全译子不语 上

原　著：[清]袁　枚

主　编：成　君

副主编：卢英梅

编　委：宋海江　杨春玲

　　　　张卫军　麻红忠

　　　　白春平　韩秀英

华夏出版社

图书在版编目（CIP）数据

全译子不语：全二册/成君主编. --北京：华夏出版社有限公司，2021.10

ISBN 978-7-5080-9957-6

Ⅰ．①全… Ⅱ．①成… Ⅲ．①笔记小说－小说集－中国－清代②《子不语》－译文 Ⅳ．①I242.1

中国版本图书馆 CIP 数据核字(2020)第 099164 号

全译子不语（全二册）

编　　者	成　君	
责任编辑	高　苏	

出版发行	华夏出版社有限公司	
经　　销	新华书店	
印　　刷	天津海德伟业印务有限公司	
装　　订	天津海德伟业印务有限公司	
版　　次	2021 年 10 月北京第 1 版	
	2021 年 10 月北京第 1 次印刷	
开　　本	880×1230　1/32 开	
印　　张	34.75	
字　　数	1060 千字	
定　　价	150.00 元	

华夏出版社有限公司　　地址：北京市东直门外香河园北里 4 号
邮编：100028 网址：www.hxph.com.cn
电话：（010）64663331（转）

若发现本版图书有印装质量问题，请与我社营销中心联系调换。

前　言

　　袁枚的《子不语》，与蒲松龄的《聊斋志异》、纪晓岚的《阅微草堂笔记》并称为"清代三大笔记小说"。这鼎足而三的皇皇巨作，均是中国文学史上不可多得的文化瑰宝。

　　《子不语》(原名《新齐谐》，因袁枚担心与元人说部《新齐谐》书名雷同而后改的)的书名，来自《论语·述而》中的"子不语怪、力、乱、神"，是讲端庄持重的孔子从不主张谈论怪异、暴力、变乱和鬼神，认为这些都是离经叛道的货色，不足挂齿。这当然是一种正襟危坐的思维道统，且确在两千多年的封建文人/文化天地里发挥着很大的影响，而身为儒士和康雍乾盛世之际文坛宗师的袁枚，何以斗胆与孔圣人唱对台戏呢？

　　袁枚(1716—1797)，字子才，号简斋，晚号随园老人、仓山居士。浙江钱塘人。祖父、父亲、叔父都常年在外做侍从幕僚，家境清苦，靠母亲佣工度日。袁枚天资聪慧，七岁读《论语》《大学》并习诗作文。还乡寡居的姑母沈氏带小袁枚视若己出，教他读经书，讲说历史、野史，开拓了这个好学少年的眼界，丰富了知识，启迪了智力。十二岁那年，袁枚考中了秀才，世人目为神童。此后，袁枚既要学诗词文赋，又要学习八股文以应对科举考试，生性自由的他用心不专，"四战秋闱，自不惬意"，连战皆北，可见他随性、洒脱的心性，让他多么的"与时代脱节"。直到二十二岁，他才考中举人，次年中进士。此后，袁枚身为翰林却改授知县，清贵高士倒外放江南。尽管仕途受挫，但袁枚为官清廉、政声甚佳，在他为官履历上写满了百姓的赞誉。孝心极重的他，两次为父母之事辞官，尤其是严父故亡，袁枚的奔丧服阙让他完全放弃了颇不自在的仕宦生涯。

　　袁枚在江宁知县任上时，买下了一处废弃的园子。他施以修葺后，便是竹木扶疏、花草芬芳、叠石为山、静水流泉、馆榭廊回、曲径透迤,他把这明丽深幽的去处取名"随园",终日逍遥园中以诗文自娱,并把慈母迎入园中奉养。文人的天性、风骨和客观条件,让他广交社会名士;往来筹唱者中,有达官贵人也有各色人等。他的无官生涯,在随园风生水起、有声有色,一时间风头无两。清代散文家姚鼐曾说:"四方士至江南,必造随园,投诗文几无虚日……所以待宾客者甚盛,与人留恋不倦"、"上自朝廷公卿,下至市井负贩,皆知贵重之。海外琉球有来求其书者……"自此,袁枚的名声越来越响,影响越来越大。这种度日优游、才情纵放的舒展恣肆感,更激发了他的情致张扬,他的《随园诗话》、《小仓山房诗文集》、《随园琐忆》、《随园尺牍》等都是在这里完成的。

袁枚科举考试的经历,已经表现了他对八股文的反感与抵触。他的考中进士,本是他在对仕途经济思想一次可控的妥协中必然灵光乍现的结果。他特立独行的本性、思想癖好和价值取向、生活方式等,与主流意识形态下的文人士大夫皆大异其趣。其时,盛行的程朱理学已蜕变成保守、迂腐、虚伪的一套伪道统。士大夫们以此作为仕途管钥和人生信条的时候,袁枚对其表现出的蔑视与轻慢,足以彰显他与俗世的格格不入。他在诗文中放言"六经尽糟粕"(《偶然作》)、"孔郑门前不掉头,程朱席上懒勾留"(《遣兴之二》),他主张合情理、求真实,坦陈"解爱长卿色,亦营陶朱财"(《秋夜杂诗》),主张"人欲当处,即是天理"(《再答彭尺木进士书》),主张文人要以才能立足于世,不可倚名位也不能靠命运。在文学上,他厌恶儒家的"诗教"思想,喜欢散淡、冲和的闲情逸致;他力倡写性情,创立性灵诗派,并由此继往开来,成为一代文宗。在袁枚累累的文学硕果中,《子不语》无疑是耀眼的一颗;而他专以"子不语"为书名,则分明昭彰着自己不以封建礼教为然的叛逆之心。

《子不语》一书的采集、编撰与修订,贯穿了袁枚的一生。在《子不语序》中,他说:"余生平寡嗜好,凡饮酒、度曲、樗蒲……乃广采游心骇耳之事,妄言妄听,记而存之,非有所惑也","好听长者谈古事"(《亡姑沈君夫人墓志铭》),"我年十二三,爱书如命。每过书肆,两脚先立定。若无买书钱,梦中犹买回"(《对书叹》),他将《子不语》题为"随园戏编",他通过这副自娱自乐的游戏形态及人狐鬼怪、神兽树精之口,曲折展现了社会现实与人生图景。

《子不语》正编十四卷,续编十卷,所记载、描摹的故事大都取材于本朝,或是在民间流传的前朝轶事,展示了当时社会各阶层的现实状况。书中有对世态炎凉、人情冷暖的描摹,有对吏治腐败、枉法弄权、骄奢丑恶、草菅人命的统治体系的深恶痛绝,有对黎民百姓破除迷信、战胜魔鬼的赞颂,也有对人们愚顽蒙昧、蠢不可及的哀叹,也有对他们突破礼教禁锢的高歌赞美,更有对下层人民命运遭遇的同情,当然还有对官僚酷吏愚蠢思想和行径的讽刺挖苦,书中也记录了不少地震、龙卷风、日食等自然景观。《子不语》中,世情弊病、官场丑恶、思想禁锢、假道伪学、陋习鄙俗等,尽在其里,不少内容,不仅具有文学意义和批判精神,也从民俗学、社会学等方面为后人的专业研究提供了有价值的材料。

袁枚笔下林林总总的这些故事、段子,被他写得自然流畅,情节宛转,引人入胜。书中的故事呈现出不同的韵致,有的幽峭奇险,有的凄清哀婉,有的空灵飘忽,有的幽默诙谐,文随意转,词彩斑斓。作者通过如椽巨笔,将自己冷静的思考赋予委婉的表达,使这部寄托孤愤、化真为幻的笔记文学,成为一部生动、丰富的包罗万象的集大成之作。

袁枚作诗,主张直抒灵性,挥洒情志;为文,他擅长骈文,跌宕顿挫,深得六朝体式,但在写志怪时,则换了一副笔墨,强调辞藻章法,或曲笔曼妙、摇曳生姿,或直言道来,畅意淋漓。多种笔法章规,穿插变化,参差错落,不拘一格尽以行文生动流畅、主旨含露有致为核心目标,以才子之笔,闪耀着斐丽文采和个性光辉。他以批判的眼光针砭社会丑恶,又以炙热的情感讴歌正义光华。他明言作此书“以妄驱庸,以骇起惰”(《子不语序》)则是高扬出他要喻世、警世的意旨。

鲁迅先生在《中国小说史略》中说《子不语》是“其文屏去雕饰,反近自然”的一部作品,先生对《子不语》整体风格的这个基本定评相当高,也成了后世研究界的主流共识。也正是因为《子不语》广搜天下奇闻,笔录人间百态,是袁枚长年累月积累,采风天下、搜罗素材,几十年不紧不慢地拈笔写来的一部大作(“戏编”,只是他戏言自己松弛的心态,实际上,是因他用力甚多才历时颇久),在一种悠远散漫的状态里,轻松闲淡、不温不火,使作品获得自然灵动特质的同时,也难免带有少许不足,比如,有的作品失之粗糙简略了些,有的故事所涉背景复杂却没有在行文中作必要的交代,使不了解相关史料的读者摸不着头脑,有的篇章因错谬、舛误、失照等，出了不该有的"硬伤"，有的题目与内容相悖，有的写错了地点，还有个别篇章描现了僻野之地的异风奇俗，有的则表现了时人尚不了解的心理疾患等，篇什甚少的这一类，传达出文人的猎奇取宠之心而已，对今天的读者鉴别力来说，大概不过收获会心一笑耳。

尽管《子不语》可能存在些许差池，其优劣短长，恰是因内容驳杂及采风似的实录风格所难免的，但瑕不掩瑜，它能一时间席卷天下、风头无两，直至成为清代笔记文学巨擘，可见作品的市场覆盖力和持久、蓬勃的生命力之强劲，再次证实了只有当作品真正具有批判锋芒和深厚的思想力度，才能在社会上把根扎深、经得住时间检验而成为珍贵上品这一铁律。

《子不语》不仅与《聊斋志异》、《阅微草堂笔记》文化历史价值难分伯仲，其文字规模也大致相当，在笔记文学中同属一个重量级，对于今天的读者来说，也都存在相同的语言障碍。尽管《子不语》大大小小的选注、选译本有不少，(也有若干"全译本")，但"借一斑略知全豹"也只是略知，要看到《子不语》的"全豹"且是最大限度地排除了语言障碍的，还是要借助全译本。

古文白话化，是中国语言文字史上百多年来许多仁人志士孜孜以求的一项浩大的文化创举，对于优秀民族文化的传承具有极其重大的意义。在这样的背景下，我们诚挚地为广大读者推荐、翻译了《子不语》这部文学佳品。本书是以乾嘉年间《随园三十种》本为底本做的白话翻译。《子不语》正编翻译者：成君、宋海江、韩秀英、麻红忠、白春平；《子不语》续编翻译者：卢英梅、杨春玲、张卫军。全书由成君和卢英梅统稿、审订。希望本书能受到读者的欢迎和喜爱。内中或许尚有不周之处，还专家学者不吝赐教，以提醒我们在今后工作中做得更好一些。

编者

2015 年 5 月

目 录

卷 一

卷 二

卷 三

卷　八

卷　九

卷　十

卷二十一

卷二十二

卷二十三

卷二十四

续子不语

卷 一

卷 二

卷 三

卷 四

卷　五

卷　六

卷 七

卷 八

卷 九

卷 十

卷　一

李　通　判

　　广西有个姓李的通判，是个大富豪。他有七个小妾，家中奇珍异宝堆积如山。李通判年仅二十七岁就病死了。他家有个老仆人，向来忠厚老实，对主人早早去世很悲伤，就与李的小妾们请和尚设坛念经，祭奠亡灵。

　　忽然有个道士手拿化缘簿子来求布施，老仆人呵斥道："我家主人不幸早亡，哪还顾得上来给你布施！"道士笑着说："你想让你家主人复活吗？我会作法术，能使你家主人还魂。"老仆人便急忙奔到内室，向小妾们说了此事，于是大家将信将疑地出来拜见道士，可道士已经走了。老仆人和小妾们都很后悔怠慢了这个活神仙，以致让他跑了，相互埋怨起来。

　　没过几天，老仆人上集市，在半路上恰巧又遇到了这个道士。老仆人又惊又喜，硬拉住道士，一边赔礼，一边苦苦哀求道士让他主人复活。道士说："不是我不肯作法使你家主人复生，按照阴曹地府的规定，还阳一个死人，必须另有一人替代他死，我怕你家没人肯替代主人去死，所以那天我就不辞而别了。"老仆人说："那就请您跟我一道回去商量这件事吧。"

　　老仆人拉着道士回到家里，把道士说的那番话告诉了主人的小妾们。小妾们一开始见着道士的到来很高兴，接着听到得有个人去代主人死都很气愤，你看看我，我看看你，一声不吭。这时，老仆人毅然说道："各位娘子年纪还轻，去替死很可惜，老奴我风烛残年的人有什么顾虑的！"说完，老仆人走出内室，对道士说："如果由老奴我代死可以吗？"道士说："你只要不后悔、不害怕就可以。"老仆人说："我能。"道士说："看你如此诚心，我就成全你。你现在可以去和亲朋好友诀别，让我作法。这法术三天就可作成,七天就灵验了。"

于是,老仆人把道士供养在家里,早晚请安问礼,不敢怠慢。他白天走家串户,告诉亲朋好友这件事,流着眼泪诀别。他的亲朋好友中间,有笑他傻的,有钦佩他忠诚的,有同情他的,也有嘲笑他、表示不相信的。回家路过关帝庙,老仆向来信奉关帝,便进庙跪拜,祷告关帝说:"老奴情愿替代我家主人死,恳求关圣大帝助道士作法成功,让我家主人还阳。"没等老仆说完话,忽见在香案前站着一个赤脚和尚,训斥说:"我看你满面妖气,大祸马上就要临头了。我有办法救你,可千万不要泄露秘密。"随即送给老仆人一个纸包说:"到紧要关头就打开来看。"说完,那和尚就不知去向了。老仆人回到家里,偷偷地打开了纸包,只见包里有五根长长的手指甲,还有一副绳套,然后又包好,揣在怀里。

转眼间,三日作法期已到,道士命人搬来老仆人的床,放在与主人灵枢相对的位置上,紧锁门户,只在墙上开了个洞,好给他送饭送水。那道士却在小妾们的居室近处筑了个祭坛作法念咒。开始几天,没有发现特别的动静。老仆人有点起疑心了,才想翻动一下身子,忽听得床底下有"飒飒"的响声。不一会儿,有两个黑鬼从地下跳了出来,绿眼睛,眼窝深陷,全身长满短毛,身高二尺左右,头有车轮一般大,目光闪闪死盯着老仆人,边盯边走,绕着棺材转圈儿,并用牙齿咬棺材的缝道。缝道开了,老仆听到了几声咳嗽声,很像是自家主人的声音。两个鬼打开了棺材的前端部分,把主人扶出棺材。主人一副气息奄奄的模样,好像不堪忍受病魔的折磨。两个鬼按摩主人的腹部,于是主人慢慢地开口说话了。老仆人再定睛一看,形体虽是自家主人的,可是说话的声音却是道士的。老仆人又气又恨,心想:"关圣帝的话,现在不是真的得到验证了吗?"

老仆人急忙打开藏在怀中的纸包,只见五根指甲凌空飞出,变成五条金龙,每条有几丈长,把老仆人抓举到空中,用绳子把他拴在梁上。老仆人从梁上昏昏然地朝下面看,只见两个鬼把"主人"从棺中扶到老仆人睡觉的床上,却发现床上并没有人。"主人"突然大叫一声:"我的法术被破坏了!"两个鬼便凶相毕露,满屋子乱找一通,结果什么也没找到。这时,"主人"大怒,将老仆人床上的帐子、被子撕扯得粉碎。忽然有一个鬼抬头看见老仆人原来藏在梁上,开心极了,就与"主人"一起纵身飞跃而上,来抓老仆人。还未摸到屋梁,突然间一声雷响,老仆人掉落在地,棺材闭合得跟原来一样,两个鬼也无影无踪了。

小妾们听到屋内雷响就开门进去,看到底发生了什么事。老仆人向她们一一诉说了所看到的一切。大家急忙去看那道士,道士已被响雷震死在祭坛上。道士的尸体上有硫黄写的十七个大字:"妖道炼法易形,图财贪色,天条决斩,如律令。"就是说,这个邪恶道士作法施展调包计,企图占人钱财和女妾,犯了天条,被处死刑,现在按照法律已经执行了。

蔡 书 生

杭州的北关城门外面,有一间房子,鬼魂常常出现,人们都不敢居住,关锁得很牢固。

有个姓蔡的书生要购买这间房子,大家为他担心,蔡生不听劝告。买房的契约签署了,家里的人不肯搬进去住。蔡生亲自打开屋门,点起蜡烛坐下来。到了半夜,有一个女子慢慢地走来,头颈上拖着一块红布,向蔡生拜了两拜,把一条绳子挂在屋梁上,伸长头颈去钻那绳圈。蔡生一点也不害怕。女子在屋梁上再挂一条绳子,招呼蔡生。蔡生伸出一只脚套入绳子里,女子说:"你错了!"蔡生笑着说:"你错了,才有今天。我没有错!"女鬼大笑,趴在地上磕个头,就走了。

从此,这间房子的鬼怪就消失了,蔡生也考上了进士。有人说,蔡生就是布政使蔡炳侯。

南昌士人

江西南昌有两个书生,一起在北兰寺读书,一个年长,一个年少,相处很好。

　　一日，年长的书生回家后突然去世了，那年少的不知道，还像平日一样在寺里读书。到了天晚睡觉时分，那年长的书生推开门走了进来，上床抚摩着年少书生的背说："我离开你不到十天，不料得了急病而死，现在我成了一个鬼。你我朋友之间情谊很深，我实在是割舍不下，所以特地前来与你告别。"年少的书生被吓得开不了口。年长的安慰他说："我如果想害你，岂肯将实情原原本本告诉你？你千万不用害怕。我之所以到你这儿来，是想将几件身后之事托付给老弟。"年少的此时才稍稍有点定心，问年长的有何事要交托。年长的说："我有个老娘，七十多岁了。我的妻子，年纪还不满三十。她们一年只要有十几斗米就可维持生活了，求你能周济她们，这是第一件事。我有一部文稿尚未交付出版，求你能代为刻印，以使我的微名不致被泯灭，这是第二件事。最后是我还欠那卖笔的几千文钱，来不及还了，求你代为还掉，这是第三件事。"年少的听着连连答应。年长的便起身告辞，说："承蒙老弟答应了这三件事，我就走了。"说完就要离开。

　　那年少的见他说话很近人情，外表也和往日没有什么两样，渐渐地不再害怕了，于是就哭着挽留他，说："这次是与兄永别，何不多留一会儿再去呢？"死者也哭了起来，重新坐到床边，又叙谈了几句生前旧事，然后再次站起身说："我要走了。"但却站立着不动，双眼圆睁直看着他，外貌愈变愈难看。年少的十分害怕，催他说："兄长的话已说完，现在可以走了。"那年长者的尸体还是直挺着不去。年少的敲床大叫，那尸体还是不动，照样挺着。年少的更加害怕起来，起身朝外就跑，不料那尸体紧跟在后；年少的跑得愈快，尸体追得也愈紧。如此追逐了有几里路，年少的翻墙时摔倒在地上，那尸体不会跳墙，只把头耷拉在墙外，流出的口水直滴在年少者的脸上，湿漉漉的。

　　天亮以后，过路人发现了年少的，就给他灌了姜汤，他这才苏醒了过来。年长的家属此时正在到处寻找死者尸体，听到消息，急忙赶到，把尸体抬回家去安葬了。

　　见多识广的人评论这件事说："人的魂是善良的，而魄却是邪恶的；人的魂是聪明的，而魄却是愚笨的。年长的死者一开始来的当儿，他的灵魂还未完全泯灭，魄依附着灵魂的指向行动。等到要离别的时候，他的心事没有了，灵魂也就失散，可魄却留下来了。灵魂在的时候,是个人;灵魂没有了,就不是人了。人世间的那些行尸走肉,都是魄在指使,只有那些有道德的人,才能控制住自己的魄。"

曾 虚 舟

康熙年间,有个名叫曾虚舟的人。据他自个儿说,他是四川荣昌县人。他假装疯癫,经常浪迹江湖,来往于江苏、浙江、湖南、湖北以及两广一带。

这个曾虚舟,有点儿装疯卖傻,行为癫狂。然而,他的一干疯话,往往又能和一些事实相联系,有时候,一些事物的因果,又神奇地被他事先言中了。因此,他的名声也就大起来。在他所到之处,无论是街头巷尾,还是农舍村野,总有那么一大帮人围着他凑热闹,这里头,男女老少,婢媪童仆,一应俱全。他一会儿诙谐嬉笑,一会儿怒容满面,一会儿破口大骂,一会儿痛哭流涕。有的人还成心在一边儿挑逗他几句,惹得他丑态百出,围观的人则捧腹大笑。然而,他的这些疯话,却能击中某些人的隐私,触及某人的内心深处。有时候,他对某人是好言好语,那个人听了他的话,却不胜悲痛,大哭而去;有时候,他对某个人急赤白脸,又打又骂,那人却表现得大喜过望,得意之极。这里头的奥妙,只有向他卜问的人心里才明白,局外人是一概不知道的。

杭州人王子坚先生,曾经官居湖南泸溪县县令。后来,他因事罢官,心中郁郁。有人就帮助他分析罢官的原因,认为他家祖坟地的风水不好。王子坚先生就想请人卜地堪风,迁移祖坟,正在犹豫不决之时,听说曾虚舟来到此地,他就步上街头,打算向他卜问个凶吉。

这个时候,那曾虚舟正站在一个高高的土岗子上,手里拿着一根长长的破竹竿子。他居高临下,正在那儿发表演说呢!土岗子下面,围了密密层层的人,那王子坚先生哪里挨得上去?曾虚舟却一眼看见了挤上来的王子坚。他扬起手中那根破竹竿子,从人群头上够着敲打王子坚,嘴里骂道:"这个老混蛋!你来干吗?啊,你干吗来?你不是想着刨坟掘墓,抠尸盗骨吗?大逆不道的畜生!瞧你也掘不成,盗不成!"王子坚听了,知道了迁坟的可怕,就改变了主意。

后来,王先生的公子王文璿官至御史。

钟　孝　廉

我的同科邵又房,从小跟一位姓钟的举人读书。钟先生是常熟人,生性耿直,认真严肃,与邵又房同住一室。

一天半夜,钟举人忽地醒来,哭着说:"我要死了!"邵又房忙问是怎么回事。钟举人说:"我梦见两个当差的从地下冒出来,走到床前,拉着我一起走。那条路宽广无边,遍地是黄沙和白草,见不到人烟。走了几里路,我被带进衙门,有一个鬼神爷,头戴乌纱,面南而坐。两个当差的各挟持着我的一只手臂,按我跪在堂下。那鬼神爷说:'你知罪吗?'我说:'不知。'鬼神爷说:'再想一想。'我想了很久,说:'我知罪了。我不孝,我父母死了有二十年,因无钱安葬,父母的灵柩一直停放到现在。我罪该万死。'鬼神爷说:'这是小罪。'我说:'我年轻时曾奸淫过一名婢女,又与两个妓女厮混过。'鬼神爷说:'这也是小罪。'我说:'我有出口伤人的毛病,特别喜欢讥笑指责别人的文章。'鬼神爷说:'这个罪更小了。'我说:'此外我再没有犯过其他的罪。'那鬼神爷便对左右两个差人说:'让他清醒一下。'当差的取来一盆水,往我脸上一浇,我这才恍然大悟,我原是一个杨姓的人托生的,本名叫杨敞,曾同一位朋友去湖南做生意,我贪图他的财物,就把那位朋友推入河中淹死了。一想到这件事,我不禁浑身发抖,伏倒在鬼神爷面前说:'我知罪。'鬼神爷厉声呵斥说:'你还不变么?'举手猛拍了一下桌子,只听霹雳一声响,像是天崩地裂,什么城墙、衙门、神鬼、刑具之类,全不见了,但见一片汪洋大水,无边无际,我独自一身,漂浮在一张菜叶上面。我想,这菜叶那么轻,而身体那么重,怎么能寄身在上面却不掉进水里呢? 回头看看自己的身子,竟已变成了一条蛆虫,耳、目、口、鼻都只有芥菜般大小,我禁不住大哭起来,梦也就醒了。我做了这么个梦,难道还活得久吗?"

邵又房安慰他说："先生何必自寻烦恼？梦不过是梦，不足为信。"可是钟先生却马上叫人预备好了棺材和殡葬物品。过了三天，钟举人突然吐血身亡。

南山顽石

浙江海昌县，有一位姓陈的秀才。这位陈秀才很不得志，就到于肃愍庙里去求梦，借梦卜问前程。于肃愍，就是明朝的于谦。他为官清正，曾经平定冤狱、赈济灾荒，并在北京城外击败了瓦剌军。可惜，他被明英宗以"谋反"罪杀害了。明孝宗时，追加他为太常，赐谥号肃愍，所以称他为于肃愍公。于谦是浙江钱塘（现在的杭州市）人。人民怀念他，所以，很多地方给他建了庙。

这位陈秀才果真做了个梦。他梦见于公在官府里接见他，并且打开正门欢迎他。那时候，进入高官的正门，都得是有身份的人，陈某一个穷秀才，哪敢有这个奢望？他踟蹰不前，不敢迈步儿。于公笑着说："没关系，进来吧！将来，你是我的门生，按礼节，你也应该走正门儿。"

进门落座，还没说上几句话，就有下吏向于公禀报说："汤溪县城隍求见。"接着，只见一位头戴高帽、身穿大袍的神，威风凛凛地走进来。那陈秀才又坐不住了。于公说："没关系，你坐着你的。将来，他还是你手下的属官呢！你理应在上座。"陈秀才又忐忑不安地坐下来。

城隍落座之后，就与于公说起话儿来。他们说话的声音很低，又有点儿诡秘之意。陈秀才坐得又比较远，总是听不太清楚，只是听见有"死在广西，中在汤溪；南山顽石，一活万年"这么几句话，也摸不清是什么意思。一会儿，城隍就告辞了。于公命陈秀才代他送城隍到大门外。城隍问秀才："刚才，我和肃愍公说的话，你听见没有？"秀才说："没太注意，只听见十六个字。""好了，"城隍打断他说，"这十六个字，你要记住，将来，是会有灵验的。"说罢告别而去。

送走了城隍，回到堂上，于公又与他说了一会儿话儿。这当中，于公也提到了那十六个字。神人都如此重视，陈秀才又惊又怕，一下子从梦中惊醒。他把这梦说给别人听，谁也解释不了。

陈秀才是很穷的，可他有个表弟，新选了个广西通判之官，他姓李。李通判就邀请陈秀才一起到广西去，推荐他做个幕僚。陈秀才不敢去，他说："神在梦里明明指出来：'死在广西'，我去了，还能有什么好儿？不去，不去。"李通判解释说："神说的，是'始在广西'，是开始的始字，不是死亡的死字，你怕什么？再说，要是'死在广西'，怎么还能够'中在汤溪'呢？"陈秀才觉得表弟分析得有理，就和他一起到广西去了。

通判府的西跨院壁，有几间闲房。那儿房屋宽敞，庭院幽静，确实是个好去处。但是，那院门却老是锁着，没人敢去住。陈秀才叫人打开门，进去一看，只见院里亭台花石样样俱全。他一下就喜欢上了这地方。和李通判说了一声儿，他就搬进去住了。住了一个多月，也没发生什么意外的事。

转眼之间，到了八月中秋。陈秀才在庭院中置杯独饮，不免勾起一丝思乡之情，多贪了几杯，又有了几分醉意。举目上望，月圆如镜，不由得即兴信口吟道："明月如水照楼台……"忽听半空中有人拍着巴掌讥笑道："明月既然如水，怎么能照楼台呢！把'照'字改作'浸'字，岂不更好！"

陈秀才吓了一大跳。抬头一看，只见那梧桐树树杈儿上，坐着一位老者。他头戴白藤帽，身穿葛布衣，须眉银白，风度潇洒。秀才认定，他是非鬼则狐，起身就往屋里跑。那老者干净利索地从树上跳了下来，一把拉住了秀才，说："你先别急着跑。你说，世界上文雅风流的鬼里，还有比我更强的没有？"陈秀才被他拦阻，也无可奈何，硬着头皮问道："老先生是位什么神？"那老者却岔开话口儿，说道："不谈这个，咱们俩还是讨论讨论作诗吧。"

陈秀才见他虽然衣着古朴，态度倒也平和，语言、行动和正常的人没有什么两样儿，这才松了一口气，并请老者到屋里坐，献上茶。两人吟诗对句，一唱一和，甚是融洽。但是，老者所书写的诗句，大都是蝌蚪文，有的字，秀才一时也认不出来。秀才问："先生为何不以楷书为文？"老者说："我小的时候，民间正流行这种文字。从小儿就这么学的，写惯了，想改用楷书，一时还没改过来。"听他那口气，所谓小时候，大概是在女娲氏炼五色石补青天以前了。

从此,这位老者是每日必来,和陈秀才的关系也越来越密切,越来越融洽。李通判家中的童仆,也经常看见秀才凭空举杯,似乎是和谁对饮,但是,对面儿并不见有人。他们惊慌失措,急忙把这情景禀报给李通判。那李通判也发现这位表兄精神恍惚、气色不正,就责备他说:"这些日子,我发现你行动反常,满脸的邪气。可别让神那'死在广西'的话给说中了!"陈秀才听了,也大有醒悟。当即和通判商定,他赶快离开广西,避开此地,回海昌去。

第二天,陈秀才就束装,登舟起程。可是,开船之后,他发现,那位老者已经先在船上了,别人却看不见他。等到船行过了江西,老者就对秀才说:"明天,船就要进入浙江境内,咱们俩的缘分也就此结束了。不过,我不得不告诉你:我修道,已经有一万多年。之所以至今没能修成正果,就是缺少一尊用三千斤檀香木雕刻的九天玄女像。今天,我就求你来帮这个忙。你要是办不到,对不起,我就得借用你的心和肺来使一使!"陈秀才大惊失色,问道:"先生修的这是什么道?"老者冷笑道:"我呀,修的这叫斤车大道!"

陈秀才一听就傻了眼。他明白,车字和斤字拼在一起,正是一个斩字。他心里非常害怕,表面上却应付说:"好说,好说。等到了家,我和家里人商量,一定尽快办理雕刻佛像的事。"于是,他们一起回到海昌。

陈秀才到家后,很快地把以上情况通报了亲朋好友。有一位朋友就提醒他说:"当初你做的那个梦,于肃公和城隍爷的谈话里,不是有'南山顽石,活一万年'的话吗? 这个老怪物,大概是那块南山顽石,你何不去问问他?"

第二天,老者又来找秀才纠缠。秀才说:"老先生的祖籍,莫不是就在南山?"老者一听,立刻变了脸,说:"这绝不是你自己能说出来的话,一定是哪个恶人从背后教唆你的。你说! 他是谁?"秀才没理他,又把他的表现告诉了那位朋友。朋友说:"他最怕见于肃愍公。你要千方百计把他拉进于公庙里。"

秀才主动找到老者,说:"先生无辜派我雕佛像,哪有这个理? 咱们到于肃愍公庙里去,请神明评评理!"

老者大惊失色,拼命挣扎,企图逃窜。秀才毕竟年轻,拉拉拽拽,死不放手。快到于公庙的时候,老者忽然一声怪叫,犹如虎啸狼嗥,然后,耸身一跃,冲天而去。从此,这个老怪物就绝迹了。

后来,这位陈秀才冒用汤溪县籍,跻身科场,竟中了进士。会试的时候,他的阅卷老师,就是雍正元年(1723)癸卯科状元会檀于振先生。

丰都知县

四川丰都县,民间传说是一个人鬼交界的地方。县中有一口井,老百姓烧纸钱物品投入井中,为此每年花费约三千两银子,名为纳阴司钱粮,稍有一点怠慢,就会流行瘟疫。

清朝初年,刘纲出任酆都知县,一听说此事,就下令禁止,这一下可是舆论哗然了。刘纲却坚持要禁,毫不动摇。大家对他说:"老爷若能向鬼神讲明缘由,那倒是禁也无妨。"刘纲问:"鬼神在什么地方?"众人说:"这井底下就是鬼神的住所,可没有人敢下井去。"刘纲毅然地说:"只要能为民请命,就是死了也没有什么可惜。我一定亲自下去一趟。"说完,就叫差役拿来长绳,缚住腰身,准备下井。众人忙劝留刘纲,他不听。他有一个幕客叫李诜,是一位豪杰之士,就对刘纲说:"我想见识见识鬼神的模样,请让我与你一起下去。"刘纲不同意,可是李诜一定要去,也只好让他与自己一起下井。

入井大约五丈深的地方,原本黑洞洞的地下忽而重新变得明亮起来,而且灿烂得有如天光照耀,眼前见到的城墙、宫廷、房屋,全与阳世一样,只是人生得都很矮小,日光照着他们的身子也不留下影子,走起路来双脚腾空,自称这里的人不知道有什么天地之分。见到刘纲,众鬼都围绕着下拜,说:"老爷是阳世的官,到这里来做什么?"刘纲说:"我是为请求阴世免去百姓的纳贡钱粮而来的。"鬼听了都连连称赞这个县令的贤明,用手加额表示敬意,说:"这件事一定要和包阎罗商量才行。"刘纲说:"包公在什么地方?"众鬼说:"在阎罗大殿。"于是带他们到一座堂堂皇皇的宫殿,殿上高高坐着一位头戴华贵礼冠的人,有七十多岁,容貌端庄严肃。此时两旁的群鬼一起传呼起来:"丰都县令到!"包阎罗就走下台阶迎接刘纲,作揖行礼,让上上座,说:"阴阳两地,通道阻隔,不知刘公到此有何要事?"刘纲站起身来,拱着双手对包公说:"丰都县这几年来水灾、旱灾接连不断,民间财力耗尽了。朝廷每年下派的课税都苦于交纳不上,哪里再有能力为阴司交钱粮,负担两份租税呢? 本县冒死而来,目的就是为民请命。"包公笑着说:"世上就是有一些坏和尚和恶道士,打着鬼神的名号,诱骗百姓斋祭、布施,因此而倾家荡产的何止成千上万。只是因为鬼神所居的阴司与阳间道路阻隔,所以不能揭露这些招摇撞骗的行径,使人们家喻户晓。明公为百姓除去此弊,就是不到阴司来计议,难道还会有人胆敢违抗吗? 今天你特地光临敝府,更是表现了你的大德大勇。"

话未说完,一道红光从天上降下,包公起身说:"伏魔大帝到了,请明公稍稍回避一下。"刘纲就退到后堂等候。不一会儿,关帝爷身穿绿袍,飘拂着须髯,慢慢下殿,与包公行了宾主之礼,至于他们之间的谈话却听不清楚。关帝爷说:"明公这里有一股生人气,不知什么道理?"包公就将事情的经过详细说了一遍。关帝爷说:"这么说来,还是一位贤明的县令,我倒愿意见见他。"包公就叫刘纲与幕客李诜一起出来会面。关公请刘、李入座,态度十分温和,详细地问了阳间的情况,唯独不谈阴司之事。李诜为人一向憨直,突然发问:"玄德公刘备如今在什么地方?"关帝不回答,神色很是不高兴,怒发冲冠,立刻辞别而去。包公见此大吃一惊,对李诜说:"你一定要被雷电击死,我也救不了你。你刚才怎么可以用这种语气、提这种问题呢? 又怎么能在一个臣子面前,直呼他帝君的字号呢?"刘纲代李诜求情、请罪,包公说:"既然如此,就让李诜快死,否则连尸体都会被焚烧掉。"说完,从匣中取出一方玉印,约有一尺见方,解开李诜的袍子,在他背上印了一下。刘纲与李诜向包公行过拜谢礼后,仍从井里出来。才走到酆都城南门,李诜就中风死了。过了没几天,有暴雷闪电专绕着李诜的棺材轰击,尸体上的衣服全部被烧光了,唯独脊背间打过印的地方,那块衣片没有被烧坏。

骷髅报仇

江苏常熟有个人，名叫孙君寿。这位孙君寿自幼性情凶悍又顽劣。他不但不信鬼神，而且变着法儿戏弄鬼神，欺辱鬼神。

有一回，孙君寿和几位朋友到郊外去游山玩水。半路儿上，他肚子发胀又发沉，就找个僻静的去处，想方便方便。他一低头，发现地上有一座坟墓，里面有骷髅。于是，他就蹲下来，对准骷髅，把大便拉到骷髅里。他一边拉一边嬉皮笑脸地问道："吃饱了吧？味道如何？"

忽听腿裆下开口答道："嗯，不错，不错，味道好极了！"孙君寿差点儿吓破了胆儿，站起身来，撒腿就跑。只听那骷髅在身后咕噜飞滚，紧追不放，像一个车轮子越滚速度越快，眼看就要追上了。孙君寿拼命奔跑，终于冲上了一座弧度很大的拱桥。那骷髅几次冲击，企图上桥，但是，到了半坡又滑了下去。骷髅无奈，又沿原路滚回到原处。

那孙君寿回家之后，面如死灰，神魂颠倒，很快就得了一场大病。从此，他落下个大小便失禁的毛病，每日随地拉屎、撒尿。他还不断地随手抓起自己的大便，大口大口地吞吃下去，一边吃还一边自问自答道："味道如何？不错，不错，味道好极了！"就这样，他拉了吃，吃了又拉。没过三天，他就一命归天了。

骷髅吹气

杭州人闵茂嘉爱好下棋，他的一位姓孙的老师经常同他对局。

雍正五年(1727)的六月，天特别热。闵茂嘉招来了师友五人，轮流下棋。孙先生下完一局以后，说："我累了，上东厢房去小睡一下，回头再来决一胜负。"

过了一会儿,听得东厢房内有吼叫声。闵茂嘉与其他四人一起进房去,看出了什么事。只见孙先生伏倒在地,口沫涎水满面。弄来姜汁灌他,孙先生这才醒来。大家问他,他说:"我上了床,还未入睡,觉得背部有一点点冷,开始时冷的面积不过胡桃般大小,慢慢地扩展到有盘子般大,隔不多久,半边全冷了,冷得直透心骨,我也不知道是什么道理。又听得床下有'咈咈咈'的声音,俯身下看,原来是一具骷髅隔着席子在对着我身子吹气,我害怕极了,就跌倒在地上。那骷髅还不罢休,竟用那头来撞我,直听到有人来才走。"

闵茂嘉的四个朋友都建议掘地,挖掉骷髅,闵家人怕招来灾祸,不敢掘,后来就把东厢房锁了起来。

赵大将军刺皮脸怪

赵良栋将军平定三藩之后,路过四川成都。四川巡抚迎候他,把他安顿在老百姓家里。将军嫌老百姓的房子太小了,想住在城西察院的衙门内。巡抚说:"听说这个衙门已经关锁一百多年了,里面确有妖怪,不敢为将军安排。"将军笑着说:"我扫荡反贼,杀人无数。妖怪鬼神要是有灵,也应当怕我!"随即派人打扫察院衙门,在内室安置家属,将军自己一人住在正房,枕着平时战斗中所用的长戟睡觉。

到二更时候,帐钩摆动,发出铿锵声响。有一个身材高大、穿着白衣裳的人,挺着大肚皮,站在将军床前,蜡烛光也变得青淡幽冷。将军坐起来,厉声喝问。妖怪连忙退后了三步,蜡烛光也亮了起来,照见妖怪的头面,好像民间所画的方相神一样。将军拔出长戟去刺妖怪,妖怪闪身躲在屋柱后。又刺,妖怪又逃,最后被赶到一条夹道里,隐没不见了。将军回到正房去,觉得有人在后面跟着他,回头一看,原来是这个妖怪微微地笑着,轻轻地跟在后面。将军大怒,骂道:"世间哪里有这样厚脸皮的妖怪!"将军的家丁们都起来了,拿着武器冲过来。妖怪又退走,经过一条夹道,逃入一间空房间里。只见飞沙走石,一片乱糟糟的声响,好像一批妖怪要来同人格斗的样子。那个妖怪跑到大厅上，直挺挺地站着，做出顽抗的姿态。家丁们你看我、我看你，没有一个敢冲上去的。将军更加愤怒，手执长戟猛刺，正中妖怪的腹部，"嘭"的一声，妖怪的头和身体都不见了，只剩下两只金眼挂在墙壁上，如铜盘大小，闪闪发光。众家丁挥刀劈斩这双金眼，一下子化为满屋的火星，最初很大的一团团，逐渐变小，最后消失了。这时，天也亮了。

第二天，将军离开成都的时候，把昨夜的经历告诉成都的文武官员们，大家都吓得说不出话来。可是，大家始终不知道那是什么妖怪。

狐生员劝人修仙

大将军赵良栋的儿子赵襄敏，官做到保定总督。

一天夜里，赵襄敏在西楼读书，内外门窗全部关上。忽有一个形体扁扁的东西从窗缝中间侧着身子进入楼内，然后用手从头搓到脚，整个身子也就渐渐丰满起来。戴方巾、穿红靴，一副读书人打扮，朝着赵襄敏作了一个长揖，拱着手说："在下是个狐仙秀才，住在这楼中已有一百年了，承蒙各位大人恩准，一直过得很安定。现在明公到这楼中来读书，作为一个秀才不敢不服从天子派来的大臣，所以特地前来请示。如果明公一定选中这座楼作为读书的地方，那么在下一定迁让，只是请求能给予三日的期限；明公如果爱怜生员，准许我在此栖息，那么还望像往日一样紧锁楼门。"赵襄敏听罢吓了一跳，笑着说："你等是狐狸精，怎么中间还会有秀才名目？"狐仙说："太山娘娘对所有的狐狸每年要举行一次考试，把那些文理精通的狐狸录取为生员，考得差的被列入野狐一类。被录取为生员的，可以修仙，而野狐则不许修仙。"

接着，这生员狐仙还劝赵襄敏说："像明公这样的贵人不学仙，真是太可惜了。而我等学仙可说是难极了：先要学会能变成人形，而后再学人说话。在学人话之前，先要学会鸟语。学鸟语时，又得要学尽五湖四海各种各样鸟的语言，无一不会，然后才能学讲人话，真正地变成人形。单单上面说的过程，就得花五百年的工夫。人若修仙，比起异类来就可省下这五百年的苦功,假若贵人和文人学士修仙,比一般的人又可省掉三百年的练功时间。大凡修炼成仙要花一千年左右的时间,这是一条不可更改的定理。"

赵襄敏很高兴地听了生员狐仙说的一番话,就在第二天把西楼紧锁,让给了那狐仙。

《赵大将军刺皮脸怪》和《狐生员劝人修仙》这两则故事,我都是从赵大将军的孙子、镇远太守赵之坛那儿听来的。赵之坛曾对我说:"我父亲很后悔没有向生员狐仙问,太山娘娘考狐狸时出的是什么题目。"

煞神受枷

江苏省淮安县有位李某人。李某婚后,夫妻之间相亲相爱,感情诚挚又深厚,生活非常和美。不幸的是,李某三十岁刚出头,就得病去世了。入殓之后,那李夫人悲痛异常,她舍不得就此离开丈夫,不准把棺材盖钉死。她朝夕厮守在棺材旁,并不时地打开棺材盖,看一看死去了的丈夫。

中国民间有个习俗,这个习俗认为,人死七天,他的灵魂还会从阴曹地府返回人间,回到他平日生活和居住的地方,这叫作"回煞"。同时,还要有一位押解他的鬼随之而来,这就是所谓的"煞神"。煞神的面目狰狞可怕,所以有人用"凶神恶煞"这个词儿形容粗暴和凶狠。回煞这一天,民间都习惯地在死者停柩的地方或生前居住的地方陈设宴席和供果,这就叫作"迎煞"。但是,在回煞的日子,无论多么亲密的家属,都得回避这个场所,这叫作"避煞";若不回避,就可能发生"冲煞",就会遭受祸殃,那是很危险的。

但是,这位李夫人就是不肯回避。她把儿女安置到别处去住,自己却独宿灵堂,睡在以往与丈夫同住的床帐里,默默地等待回煞的到来。

二更鼓之后,忽然阴风飒飒,尘土飞扬,寒气袭来。那本来就昏昏暗暗的油灯,也霎时变成绿色。只见一个鬼从门外匆匆而来,他那身高足有一丈,红头发,蓝眼睛,眼睛大而圆,闪着灼灼的蓝光。他右手掐着一把大铁叉,左手牵着一根绳子,绳子的另一头儿,捆绑着李某灵魂的双手,李某被鬼牵拉着往里走。

进入灵堂之后,那鬼发现灵堂的供桌上,摆着丰盛的宴席,就放下铁叉,解开绳子,放开了李某,他却坐在供桌旁边大吃大嚼起来。他吃得很快,简直是狼吞虎咽。而且,他每吞咽一口食物,那肚子里就咕噜噜怪响一阵。

那李某的灵魂,却是不吃也不喝。他先是留恋地抚摸着自己生前常用的书案、文具,发出悲怆的叹息,随后,慢慢地走向床前,轻轻撩起床帐。这时候,李夫人再也忍不住悲痛,大哭起来。她一把将丈夫搂在怀里,但是,她感觉丈夫的躯体就像个冰冷飘浮的云团,虚无而绵软,她急忙用被子把丈夫裹紧。

这时候,那红毛鬼已经发觉床帐里有人,扔下酒食,奔上前来,与李夫人抢夺李某。李夫人大声呼叫,家中上下人等包括亲属、儿女纷纷闻声赶来。那红毛鬼一见形势不妙,就跟跟跄跄地逃走了。

众人把裹着李某灵魂的被子移送到棺材里,李某的尸体就渐渐有了气息。又把他抬到床上,灌下些热米汤。等到天亮,他竟神奇地苏醒了。

那个红毛鬼丢下的一柄铁叉,依然立在供桌一旁。人们仔细一看,就是以往人们办丧事的时候,焚烧的那种纸糊的叉。

此后,李某夫妇又在一起共同生活了二十多年。

光阴似箭,岁月如流。转眼之间,李夫人已经是年近六旬。那一天,她去城隍庙里拜神,忽然一阵头晕目眩。恍惚之间,她看见两个小鬼儿拉着一个披枷带锁的人走来。仔细一看,正是那个红毛鬼。红毛鬼一见李夫人,大怒,骂道:"臭娘儿们! 只为我嘴馋,才让你把犯人抢了去,叫你给算计了! 你们倒是美了,我可是被枷了二十多年。今儿个,咱们又见面儿了,我岂能饶了你!"李夫人吓了一身冷汗,从昏厥中惊醒。回到家中,突然发了暴病,没等到天黑,她就断气儿了。

张 士 贵

直隶安州府参将张士贵，嫌所居官署太小，就在安州城东买了一所房屋。听人说，这屋里有鬼怪。张参将向来脾气倔强，一定要搬进去住。

住进去后，每到夜里，中间厅堂里会莫名其妙地传出阵阵击鼓声，家里人十分害怕。张参将就挟了弓箭，点起蜡烛坐候鬼怪。到夜深人静时，忽见屋架上伸出一个头来，斜看着他讪笑。张参将一箭射去，鬼怪全身落地，长得又矮、又黑、又胖，肚子大得如盛五担水的大瓢。那支箭正好射在鬼怪肚脐处，深一尺多。鬼怪一边用手摩着腹部，一边笑着说："好箭法！"张参将又射了一箭，鬼怪照样边摩腹边笑谈。参将大呼一声，家里人全都拥入厅堂，鬼怪跃上屋梁而逃，嘴里骂道："我一定要灭掉你的家！"

第二天早晨，张参将的妻子突然去世；到晚上，他的儿子又死了。参将葬毕妻与子，悲伤后悔不已。

隔了一个多月，忽听得隔壁屋墙内有呻吟声。拆墙一看，竟是他那已经入殓的妻子和儿子。赶紧用姜汁灌饮，二人又意气扬扬，和平时一样。问是怎么回事，都说："我并未死，只觉昏昏然，像在梦中，看见有两只大黑手把我摔在隔墙里。"参将打开棺材再看看，里面空荡荡的什么也没有。他这才知道，人的死生有命，虽然得罪了恶鬼，恶鬼也只能要点小魔术捉弄人，到底不能真的杀人。

杜 工 部

四川省有位杜某人，他是乾隆二年(1737)进士，官居工部员外郎。

只因为他与唐代大诗人杜甫同姓，又做得同等官阶，同僚们都戏称他为杜工部。其实呢，他哪儿有诗圣杜甫的半点儿诗才？

不幸的是，这位杜工部中年丧妻，直到五十多岁，他才续娶了一位夫人。这位夫人，是湖北襄阳人。

结亲那天，亲朋满座，许多同僚也纷纷前来祝贺。府上张灯结彩，鼓乐齐鸣，鞭炮震耳，好生热闹。婚礼已毕，宴席一直吃到下午，新人也将入洞房了。

忽然，杜工部发现在那插着一对红烛的蜡扦儿上，有一个三四寸高的小人儿蹦来蹦去。一会儿，他就叉开两腿骑在蜡扦儿盘上，对准蜡烛苗，"咈咈"地吹气。意图是，把这对象征双双和美的红喜烛吹灭。

杜工部大惊，厉声加以呵斥。那小人一边回头看他，一边仓皇逃窜，眨眼工夫竟不知去向了。但是，那对红喜蜡烛也立刻熄灭了。

众宾客都被这个不吉利的征兆所震惊，不禁议论纷纭，有人就乘机溜走了。那杜工部心里一急，脸色骤然变成煞白，汗珠儿滴滴答答落了下来。这时候，就有一名侍妾上前来，扶他到床上躺下，让他好好镇静下来，休息一会儿。可是，这位杜工部似乎是神经错乱。他坐也坐不住，躺也躺不下，两只手上下左右地乱指一气，喊道："那儿有个人头，在笑我！瞧，那儿也有一个，在骂我！那儿，那儿还有一个！……"让他这么一指，满屋里全是人头。他大出虚汗，内衣全湿透了。闹了一阵，他的气脉明显地减弱，语言也发生了障碍，只见张嘴，不见出声儿，渐渐地变得上气不接下气。没等到天黑，他就一命归天了。

上午，娶亲的轿子一落地，这位新夫人就碰上了一桩怪事儿：只见一个蓬头垢面的女人迎面走来，问道："夫人，您打算刻个图章不？"新夫人觉得她这话不伦不类，认定她是个疯子，也就没搭理她。如今，杜工部突然暴死，新夫人才省悟到那疯女人是个怪物，事先就来讥讽她、警告她。杜工部之死，和这个疯女人的出现，一定有很大关系。

可是，这个杜工部也是死不甘心。他的鬼魂儿经常附着在新夫人的身上为非作歹。新夫人每吃一口东西，他都卡住她的脖子，使她不能下咽。并借新夫人之口，悲凄地叫喊道："这么个美人儿，我舍不得你呀！舍不得呀！"经他这么一闹，新夫人精神恍惚，身体瘦弱，病倒在床。

杜工部生前有位朋友，他就是翰林院编修周煌先生。周先生对杜工部死后在新夫人身上耍威风非常气愤。他严厉斥责杜工部的鬼魂，说道："杜工部，你活着的时候，是个明白人呀，怎么一死了，就变成一个混账鬼了？你的死，和夫人有什么关系？你为什么没完没了地纠缠她？难道你让她给你偿命不成？"

那杜工部的鬼魂听了周翰林的斥责，放声大哭。从此，就不再纠缠新夫人了，新夫人的身心，也很快地恢复了正常。

胡求为鬼球

内阁学士方苞有个仆人胡求，三十多岁，时常跟方苞到宫内值班。方苞在武英殿修书时，胡求就住在浴德堂里。

一日夜里，约三更时分，有两个人将胡求抬到了厅堂的台阶下。这天夜里的月光亮如白昼，胡求看到这两个人通体青黑颜色，穿着短衫窄裤。胡求很害怕，急忙要逃走。刚想走，抬头就见东边站着一个鬼神，穿红袍、戴乌纱，有一丈多高。那鬼神用鞋子对准胡求就是一脚，胡求被踢到西边；而西边又有一个同样长相和打扮的鬼神，也用靴子踢了他一脚，胡求重新被踢回东边。这两个鬼神把胡求当作一个球一样玩耍，胡求痛得不能忍受。

直到五更鸡叫时，两个鬼才丢下胡求走了，胡求瘫软在地上。白天检查了一下，胡求遍身全是乌青的肿块，找不出一块完整的皮肤。过了好几个月，胡求才得以康复。

江中三太子

有位进士名叫顾三典，江苏苏州人。这位顾进士有个特别的嗜好，就是爱吃鼋。鼋，是鳖的一种，它的盖儿近似圆形，呈黄绿色。它嘴巴很小,眼睛却比较大。而且,它的盖儿上、头顶上往往长着许多癞疙瘩,看上去很恶心。然而,此物虽说其貌不扬,吃起来味道鲜美,还能大补元阳。那顾进士又不计较价钱高价收买,所以,江湖上的渔民都知道这个好顾主。只要捕到龟鳖之类,一定主动送到府上来。

有一天夜里,这位顾进士的岳母季太夫人忽然做了个梦。她梦见一位身穿金黄色铠甲的壮士向她躬身施礼,哀求说:"老夫人,我就是吴淞江的江中三太子。不幸被渔夫捕获,如今已经到了贵婿的厨房里,如果劳您通报,使我幸免一死,您的大恩大德我会终身报答不尽的。"季太夫人从梦中惊醒。

第二天早晨,季夫人就派家奴飞马到顾家通报。但是,为时已晚,那鲜美的鼋肉已经入锅了。

这一年秋天,顾进士家无故遭了一场大火。可怜那许多珍贵的图史资料都化为灰烬。

在这场大火之前,顾家饲养的一只狗忽然像人一样站立起来,用两个前爪儿捧着一杯水,献给主人。这个怪现象并没引起顾进士家的警惕;接着,家里一部分人又看见祖先的形象隐隐约约地在墙壁上一一显现出来,就像一幅幅画像。有见识的老人们都说:"这个征兆是阳不藏阴,恐怕是祸殃将到,不是火,就是劫。"这话果然说中了。

田 烈 妇

江苏巡抚徐士林,为人一向正直。他在任安庆太守时,一天晚上升堂审案。那夜月光皎洁,忽见有个女子,头上蒙着一块黑布,看不见她双肩以上部分。她跪在大堂门口,像有冤枉要申诉。

徐士林知道来了个鬼,就下令差役举牌高喊:"若有冤,准你鬼魂上堂!"那女子慢慢进入大堂,跪在台阶下,说话声音像小孩子。至于差役和小吏们,根本看不见这女鬼的模样,只听得见她的声音。

女鬼自述,她本姓田,是个寡妇,守节在家。她的夫兄方德,为了夺取家产,就逼她改嫁。田氏不肯,方德就逼她悬梁自尽。徐士林听毕立刻将方德拘捕到堂,与女鬼当面对质。开始审讯时,方德很不老实,等一回头见到田氏,惊怕之极,于是吐露了真情。徐士林依法处置了方德。

这件事一传开去,安庆全城百姓都称赞徐士林断案如神。徐士林亲自写了一篇《田烈妇碑记》,表彰田氏。当时安徽巡抚是泰安人赵国麟。他听说此事后,就指责徐士林说,这种事情最多只能当件传闻听听,怎么可以借托鬼神之事来抬高自己的身价?徐士林受到巡抚指责,感到非常惭愧,只是这件事实实在在是有的,怎么能让人秘而不传呢?

当初,徐士林还未步入仕途时,一次在往京师去的途中,有个同路的人忽然大叫背脊疼痛,跪在地上朝他叩头,说:"我本是个强盗,贪你的财,准备用剑在背后刺死你,恰在此时,突然有位身披金甲的神仙爷,用锤子敲我的背,于是我被击倒在地。明公您日后一定是非同寻常的人啊!"说完,此人就死了。

鬼着衣受网

安徽庐州府舒城县,有位乡民名叫陈正。陈正的妻忽然被一个女鬼所迷惑。这个女鬼非常凶狠,她一会儿掐陈正妻的喉咙,使她呼吸困难,一会儿,又似乎在用绳子紧勒陈正妻的脖子,憋得她面红耳赤。陈正妻不住地抓扒自己的脖子,并从衣领里掏出一段段碎麻绳儿来。她每天都得这么折腾几次,确实痛苦不堪。但是,除了陈正妻自己之外,谁也见不到这女鬼是个什么模样。

陈正听说桃树枝子能避邪,就找来一枝,交给妻说:"鬼怕桃树枝,她若再来,你就拿这个狠狠地抽她!"没想到,那女鬼非但毫不惧怕,反而大怒,变本加厉地大闹一场。陈正不忍心妻如此受折磨,在无可奈何之际,跑到县城里,奉献上二十两银子,请来了镇魔驱邪的叶道士。

叶道士当天就在院子里设坛作法。他在法坛的四个方向设下八卦阵。坛中设下一个小瓶,又用红、黄、蓝、自、黑五色纸剪制了十几套女服,放在小瓶的四周。一切安排停当,叶道士披头散发,右手持剑,左手持符,口念咒语,作起法来。

入夜之后,三更已过。陈正妻看见女鬼匆匆走来,她告诉丈夫:"女鬼来了!她手里提着几块猪肉。"原来,猪肉属于大荤,可以破法术。陈正在叶道士的指点下,冲向鬼出现的方向,挥动桃树枝子,一阵乱打。果然有几块猪肉落在了地上,女鬼暂时退却了。叶道士说:"她不会死心,也绝不会认输,必然要卷土重来。"又对陈正妻说:"你要想方设法引诱她,让她穿上这纸衣裳,我就容易把她捉拿住了。"陈正妻是个聪明人,很理解道士的用意,点了点头。

不大工夫,那女鬼果然姗姗而来。这一回,她没有受到任何阻截,脸上的表情洋洋得意。她径直来到坛前,看见那一套套斑斓锦绣的服装,更是喜上眉梢,伸手就要去拿。这时候,陈正妻从一旁冷不防喊道:"嘿!别偷我的衣服!"那女鬼先是一愣,机警地缩回手来,继而又哈哈大笑,说道:"哼!这么漂亮的衣裳,我不穿,让谁穿去?"她伸手就抓起一件来,风风火火地穿在身上,左瞧右看,还美滋滋地扭摆了一阵子。接着,又抓起一件外套,又加上一件坎肩……

那叶道士却在暗中加紧念咒作法。霎时间,穿在女鬼身上的华贵服装,一齐化作层层罗网,先宽后紧,终于把她的全身紧紧捆住。那女鬼发现自己上当受骗,暴跳如雷,大骂不止。但是,一切反抗挣扎已经无济于事了。这时候,叶道士抛出一杯法水,直向女鬼的头部打去。水泼到女鬼头上,杯子不碎,当空飞舞,女鬼躲到西,杯子追向西,女鬼闪向东,杯子飞到东。"啪"的一声巨响,杯子破碎,女鬼也头破血流,扑倒在地。叶道士随即打开小瓶,瓶口对准女鬼。那女鬼顿时化作青烟一缕,被徐徐吸入瓶中。叶道士塞紧瓶塞,用盖有法印的五色纸封了,埋在了桃树下。

接着,叶道士又焚了两道法符,用绛香合着灰烬团成两团,交给陈正妻,郑重地说道:"这个女鬼,也是个有夫之妇。她被消灭了,她丈夫绝不甘心。估计半个月之内,他就会找上门儿来,为他的鬼妻报仇。你甭怕,拿这个打他,包你没事儿。"叶道士拱手告辞。

过了几天,夜里果然有个面目狰狞的男鬼,乘风呼啸而来。他直逼内室,大叫:"泼妇!还我爱妻来!"陈正妻夯着胆儿,把两个符团连续向男鬼打去。男鬼被打中,只听"嗷"的一声怪叫,恶鬼凌空逃窜。

从此,陈正家里安居乐业,鬼怪再也不敢登门作乱了。

阿　龙

　　苏州木渎镇有个徐世球,从小进了城里,在韩其武家读书。韩家有个仆人阿龙,二十岁,在韩家书楼侍候,十分勤快。

　　一天晚上,徐世球在楼上书房读书,叫阿龙下楼取茶。不一会儿,他上来了,被吓得脸也变了色,说:"我看见一个穿白衣服的人,在楼下不停地狂奔,喊他也不应声,莫非碰见鬼了?"徐世球听完笑了,不相信有此事。

　　第二天夜里,因为阿龙不敢上楼侍候,徐世球叫了一个姓柳的替代。到二更时分,柳某下楼去取茶,忽觉得脚下踩着了什么东西,一跤被绊倒在地。一看,原来是阿龙横倒在台阶下。柳某高声喊叫起来,徐世球和韩家的人以及其他宾客都闻声赶到,见阿龙头颈上有被人抓扼过的伤痕,青黑色,一条条如柳叶形状,眼、耳、鼻、口里全被塞满黄泥,人虽僵硬,气却未绝,忙用姜汤灌醒了他。阿龙说:"我走下客厅台阶时,迎面碰到了昨天见过的白衣鬼,四十多岁,短胡须,黑面孔,张着嘴,尺把长的舌伸在外边。我想喊叫,他就把我打倒在地,并用手扼住我的喉咙。边上有个老头,白胡须,戴顶高帽,劝白衣鬼说:'他还年小,别欺侮他。'我这时快要断气了,正碰上柳某绊在我脚上,白衣鬼就冲出屋外逃了。"徐世球叫人扶阿龙到床上,只见床四周几十盏鬼灯闪亮起来,那光如大萤火虫发出的差不多,通夜不灭。

　　第三天,阿龙还是迷迷痴痴地躺在床上,什么也不吃。韩家就招来一个巫婆探察。巫婆说:"只要求取县官审堂时用的朱笔一支,在阿龙手掌心上写一个'正'字,头颈上写'刀'字,手臂上写两个'火'字,他就有救了。"韩家照巫婆的话办了,当写到左手臂上的"火"字时,只见阿龙张大眼睛,高声叫喊:"别再烧我,我立刻走就是了。"从此以后,韩家再没有闹过鬼。阿龙现在还活着。

大乐上人

河南洛阳水陆庵有个老和尚,法号大乐上人。别看他是个出家人,却广开财源,资产浩富,是洛阳城有名的财主。

在离这水陆庵不远的地方,住着一家人,主人姓周。这周某,在洛阳县衙门里充当一名差役,主管催讨官府的赋税,这是一个上压下挤的苦差事。怎奈周某家境贫穷,上养八旬老母,下有妻室儿女,一年到头,总是过着吃了上顿不知下顿的日子。周某无奈,就经常挪用赋税银子,顾全一家老小度日糊口,日久天长,就欠下了亏空。等到合总上缴税银的日子,往往凑不齐原数儿。每当这个紧急时刻,周某都向大乐上人借点儿银子,补贴亏空,免受惩处。积久,他拖欠大乐上人的银子达到七两。周某明白,他不会有什么意外的收入,欠大乐上人的银子很难偿还。每当与大乐上人见面,他都非常愧疚。大乐上人也很理解他的心意,就对周某说:"阿弥陀佛,佛法慈悲,普救众生。扶病怜贫,乃佛门宗旨。区区数两纹银,施主何须挂念,老衲效力,不再收用了。"周某听了,感激涕零,说:"法师待小人情深义厚,周某今生今世若不得偿还此债,来世当驴变马,也要报答上人!"

大乐上人合掌念佛,说道:"阿弥陀佛!施主何出此言!常言道,今生之事今生了,何说来世恩与情?施主好生修善,自重才是。"

过了些日子,半夜三更,大乐上人睡得正香,忽听有人凿得山门咚咚响。上人赶来开门,问道:"谁呀?"门外回答说:"上人请开门,小人周某,特来报答上人长年救济之恩。"上人急忙取下门闩,拉开山门。举目四望,夜幕低垂,四野寂沉,秋虫唧唧,却连一个人影儿也没有。大乐上人平日温和,乡里的顽皮青年总爱与他玩笑。他以为又是这些调皮后生捣鬼,也不在意,径自关山门,回禅房去睡。

后半夜,小沙弥来报告说,养在殿后的母驴产了个驴驹。大乐上人不由得一惊。天一亮,就传来了消息,说邻居周某,昨天夜间三鼓,忽然得病去世了。

大乐上人急忙来到殿后,看那新产的小驴驹儿。那小驹儿毛色乌黑,只有额前和四蹄上长着白毛。它一见大乐上人就昂头转耳,四蹄捣动,尾巴左撇右甩,仿佛是说:"我们是老相识了!"大乐上人也欢喜上前,爱抚地摩挲着驴驹儿的脖颈和耳朵,嘴里高声叹念:"阿弥陀佛!善哉! 善哉!"

小驴驹儿很快地发育长大。它形态优美,体格健壮,大乐上人爱如至宝,只有自己出行的时候才肯骑它。平日,责令小沙弥好生喂养。

忽一日,这水陆庵里住进一位山西客人。客人对这头小驴驹儿产生了浓厚的兴趣,请求大乐上人将此驹转让给他。大乐上人当然不便明说其间的缘由,只得连连摇头,说:"此乃老衲出入代步之畜,不能轻易让人,请施主恕罪,另择他便!"那山西客人笑了笑说:"既是法师爱畜,鄙人怎敢夺美? 只是近日须出洛阳县一走,法师能否暂借一骑,日后当及时奉还。"大乐上人点头答应,说:"可以,可以。施主请便!"

山西客人马上收抬行装,骑上驴驹,走出几步,回过身来笑着说:"老和尚,这回你可不免上当了:鄙人此去,未必回来。我已经把银子放在了几案上,你好好儿检点清楚,收下吧!"说罢,扬鞭策驹,头也不回地直奔大道而去。

大乐上人无可奈何,望着飞尘,叹息不已。回到禅房,一点那银子,正好七两,完全符合周某生前欠银的数目。

山西王二

翰林编修熊涤斋先生曾对我说过这么一个故事。

康熙年间,熊涤斋住在北京城里。一日,他与参政陈仪、副都御史计某,在报国寺饮酒。这三个人都是早年得志,喜欢热闹和铺张,都觉得宴席上没歌妓陪酒是个缺憾,于是就派人招来一个相识的女巫,唱唱秧歌助助酒兴。女巫一曲唱完,三人酒兴正起,那女巫却感到小腹有点胀,要小解了,就离席到寺墙偏僻处去了一次。过一会儿回来时,女巫两只眼睛直呆呆地瞪着,并跪倒在三人面前说:"我是山西人王二。某年某月某日,我被店主赵三抢了钱财杀死,尸体就埋在这寺院的墙下,求三位老爷为我申冤。"三人见此情状都面面相觑,非常害怕,无人敢说话。最后还是熊涤斋开导她说:"这事属于司坊官管,不是我们三人所能做主的。"女巫说:"现在这一任的司坊官俞公,与您熊老爷有交情,但求熊老爷转请俞公到这寺院墙下来验尸取证,我就心满意足了。"熊涤斋说:"这件事很重大,听你空说一通,又无证据,我去转告怎么可以?"女巫说:"按理我应当亲自陈述冤情,只是我躯体已经腐朽了,必须依附在一个活人身上方能说话,务求三位老爷替我出出主意。"说完,女巫就栽倒在地,很久才醒来,问起她刚才发生的事,什么也不知道。三个人商量了一下,都认为:"我等不能替鬼申冤,就是申诉了怕也没人相信。还是明天去请俞司坊官老爷到此饮酒,同时再召唤女巫来当面质问,如此才能弄清冤案。"

第二天,三人就约了俞司坊官到报国寺饮酒。饮酒时,就告诉他昨日所遇到的事情。于是,派人再去召唤女巫来,那女巫害怕之极,不肯再来。俞司坊官就派差役将她拘捕到寺,就在女巫已到寺院门口却还未踏进寺内的那一刻,忽又开口诉起冤来,所说一切与昨日相同。司坊官将此案报告了巡城御史,然后到寺院墙下掘地挖尸。挖得一副白骨,见颈骨下处确有伤痕。问了当地居民,居民说:"从前这寺墙的地方是山东济南府人赵三开的一个安顿旅客的小旅店,某年,这赵三忽然弃店逃回山东去了。"俞司坊官就发公文,并专派关提官到济南府,一查,果然有这个人。就在拘捕公文到的那天,赵三忽然大叫一声,气绝而死。

大福未享

江苏苏州有个人,姓罗,年仅二十岁。大年初一,这罗某就做了个梦,梦见了他去世的祖父。祖父对罗某说:"你在今年十月十八那天就得死。这叫作寿数已尽,命里注定,万不能免。你呀,趁着这半年多的时光,该吃就吃,该喝就喝,有什么要紧的事儿赶快办。好好料理后事。"罗某从梦中惊醒,把这些说给大家听。全家人也精神沮丧,恐惧万分。从此,一家人垂头丧气,一天天地熬日子,终于熬到了十月十八。

那一天,全家人都没敢出门儿,从早晨一直守到天黑。可是,罗某却表现得没事儿人似的,一点儿特殊的迹象也没有。全家人都深深地嘘口气,以为春梦无凭,并不足信。半年多来,大家焦心如焚,白白落了虚惊一场。

可是,夜里二更天以后,罗某到院子里解小便,半天不见回来。人们很诧异,急忙掌灯来找,只见罗某光赤溜溜地躺在地上,已经没气儿了。他的衣服,却抛在了十步之外。用手摸一摸他的胸口,还有点儿热乎气儿,就没急着给他装殓入棺材,先停放在一间空房里。没想到,第二天夜里,他竟然神奇地又活了!

罗某说:"我之所以必死,是因为我造下冤业。我妻子屋里的婢女小春儿,曾多次被我强奸,致使她身怀有孕。事后,我又赖账,矢口否认她怀的是我的孩子。我妻子怀疑妒忌,苦苦拷打小春,小春悲愤寻死。如今,小春在阴曹告了我,并奉命亲自来拘拿我。正好,昨天晚上我出去小便,她就像我当初强奸她的时候一样,凶狠地扒光了我的衣服。我一时昏迷不醒,就跟随她到了阴曹。城隍爷刚要审理此案,山西城隍的公文和解差就到了,他们是来拘押小春的。原来,小春上辈子在山西造了大罪,山西城隍拘查对质,当下就把小春锁走了。这么一来,我这个案子就没了原告。阴曹不收留没头儿的案犯,城隍爷就命人把我放了出来。这不,我又还阳了。不过,我琢磨,我还是活不太长!"

这时候,罗某的父亲凑上来问道:"你怎么没借此机会打探打探这阴阳两界的事儿?"罗某说:"我也知道我是活不长了。我怕我死了之后,没人照料您,就问管我的冥官:'家父身体也欠安,我先于他而辞世,不知老人今后的境况如何,寿数有几?'冥官听了,笑了笑说:'难为你这份儿大孝心呀!令尊哪能寿尽归西,他还有大福未享呢!'"全家人听了这话,都大为兴奋,纷纷向这位福寿双全的老人表示祝贺。那罗老头儿也洋洋自得,满心喜悦,竟忘记了自己的儿子可能寿命不长了。

但是,事不遂人愿。没出一个月,那罗老头儿就得了大肚子鼓胀病。他那肚子光溜溜硬邦邦鼓起来老高,活像一个大葫芦瓢。没过几天,这个充满了自信的老头子就一命呜呼了。

罗家的人这才纳过闷儿来,原来那冥官所谓的"大福未享",乃是"大腹未享"!

观 音 堂

我的同僚赵天爵,亲口对我说过一件事。他在做句容县令时,一次下乡去验尸,天黑以后,投宿在一座古庙里。夜里梦见一个老太,满面尘垢,左鬓头发全掉光了。她站在赵天爵的面前说:"万蓝正扼住我的咽喉,老爷是当官的,一定要快点救我命!"赵天爵被这梦惊醒,睁开双眼,隐隐约约地看见油灯前有个人影儿,急起直追,什么也没有。

次日早晨,赵天爵出来散步,看见庙旁有座观音堂,堂的边上塑着一个老妇人的立像,活像梦中的老太。观音堂前有条小巷道,特别狭窄,是居民必经之地。赵天爵就叫来庙里的和尚问道:"你们这一带里巷中有一个叫万蓝的吗?"和尚说:"在观音堂前的那小道口,就是万蓝的家。"赵天爵又叫人把万蓝找来,问:"你的房子是祖传的吗?"万蓝说:"不是的。这间屋过去是通向观音堂大门口的出入之地。今年正月,庙里和尚把地卖给了我,开价二十两银子。"赵天爵不告诉他梦中之事,只自己掏出二十两银子给了万蓝,赎还了这块宅基地,并作了整修。

此时,赵天爵四十出头,还没有儿子。几个月后,他夫人就怀孕了。临产那夜,赵天爵作了一个梦,梦见老太又来了,并抱了个男孩子给他。夫人醒来时说她也作了一个相同的梦,结果真的生下一个儿子。

常格诉冤

乾隆十六年(1751)八月初三,我阅读官府的抄报,报上刊载着一则案例。案例说,皇宫设立在景山的玉器库里,忽然丢失了几件珍奇的古玩。当时,景山内正在施工修葺宫殿。主管玉器库的内务府官员就怀疑是被施工挑土的民工盗窃的。当时,就把参与施工的几十名民工全部拘来,严加审讯。在审讯过程中,忽然,有一名民工自动出列。只见他两眼直勾勾地瞪着,脸色发白,好像是得了癔症。他"扑通"一声跪在地上,向审讯官员申诉道:"启禀大人:我名叫常格,今年十二岁,满洲正黄旗人。一个多月以前,有一天,我到市场上买东西,民工赵二把我骗到厚载门(德胜门)外的僻静处,企图将我强行奸污。我奋力反抗,大声呼救。赵二怕被人发现,当即把我杀死,并把我的尸体埋在了附近的煤堆旁。可怜我爸和我妈一时找不到我,到现在,他们还不知道我已经做了鬼!求大人挖掘尸体验证,为我报仇!"民工说完这话就扑倒在地,似乎是昏迷了。待了一会儿,他又跪了起来,向上磕头说:"启禀大人:我就是赵二。企图奸污并杀死了常格的人就是我!"经过核查,这个民工正是赵二。

内务府的官员们一听,这是冤魂附体在债主身上告状,着实吓了一跳。此案人命关天,责任重大,又与丢失古玩案全无关系,急忙将案犯移交刑部审理。

刑部经过复审,派人到厚载门外勘察挖掘,果然在一个大煤堆旁边挖出了常格的尸体。经查访,找到了常格的父母。他们一见常格的尸体,就痛哭失声,说道:"格儿呀,你失踪了一个多月,爹妈日夜寻访,也没下落,揪心得要死啊!没想到,你会死得这么惨!求青天大老爷给我那屈死的孩子报仇!"

刑部再次审讯此案,赵二招供了他作案的详细经过,并在供词记录上画押,对杀人罪供认不讳。

按照大清的刑律,凡是具状自首的罪犯,定罪减等。但是,赵二是在冤魂的附体下吐露实情的，只能算是申诉，不能称为自首。杀人抵命，拟处以斩立决。奏呈皇上御览，承旨。

杀人犯赵二被押赴菜市口处斩。

蒲州盐枭

岳水轩路过山西蒲州盐池，见当地的关帝庙里供着张飞的塑像，与关公塑像一起面南而坐。旁边有周仓将军的像，怒目圆睁，形象吓人，手里拖着的铁链条上锁着一段朽木。岳水轩弄不清楚这朽木的来历，居民指着这段朽木说："这就叫盐枭。"

他继续问这盐枭的故事，居民说："宋朝元祐年间，蒲州出过一件怪事。老百姓用盐池的水熬盐块，接连熬了几天也不出盐。百姓和盐商都感到迷惑害怕，就到庙里祈祷。回去后，大家都做了个相同的梦。梦中，关帝召见众人说：'你们这里的盐池被蚩尤霸占了，所以烧不出盐。只有我的弟弟张翼德到此，方能擒服蚩尤。我已派人到益州去请他了。'大家被这梦惊醒后，马上就在庙里添塑了一尊张飞像。立像的那天夜里，狂风、雷电大作，这段朽木就在这时被套锁在这铁链条上了。第二天再从盐池取水煮盐，烧成的盐竟比平日多了十倍。"

岳水轩这才明白，现在通行的"盐枭"这个恶名，出典就在此处。

灵璧女借尸还魂

灵璧县位于安徽省东北部、沱河下游。据说西楚霸王项羽的爱妾——虞姬的坟墓就在灵璧县境内。

王砚庭曾经官居灵璧知县。本县有个李家村，李家村村民李德良，三十多岁，为人诚朴厚道又勤劳谨慎，很受乡里人夸赞。可是，他的妻李氏，却是面貌极其丑陋，而且双目失明，是个睁眼瞎子。这还不算，她还得了个大肚子鼓胀病，肚皮胀大下垂，如同一头老母猪。这个病，已经足足折磨了她十几年。婆婆和丈夫心里就腻烦她，轻慢地对待她。她默默地忍受，一声不吭。那一天夜里，她不声不响地死了，直到第二天，家里人才发现她断了气。

李德良急忙奔到县城，给妻置办了一口棺材。到了中午，棺材就运到家。家里人忙着给李氏穿寿衣，准备把她装进棺材。这时候，那李氏忽然睁开双眼，坐了起来。她那胀大如瓢的肚子也瘪下去了，和普通人一个样。她神情茫然，看看周围的环境，又看看身旁的众人，现出极其惊慌的样子。

李德良见妻死而复生，两眼复明，欢喜雀跃，上前拉着她的手，说道："这下儿可好了，你的病全没了，眼睛也全能看见了！"

那李氏却一下子甩开了他的手，满脸怒容，说道："混账！躲我远点儿！我不认识你！"李德良惊讶地缩回手，众人也被李氏这举动惊呆了。那李氏忽然落下泪来，抽抽噎噎哭泣着说："我是香园村儿的王再春，爹妈也曾为我许了人家，可我并没有结婚，怎么会跑到这儿来了？我爹我妈在哪儿？姐妹兄弟又在哪儿？快送我回家去？"李德良一家听了这话都愣了，弄不清是怎么回事儿。幸亏这香园村离李家村并不远，李德良风风火火地来到香园村，找到了王再春的家。

一进门，只见王氏夫妇和子女们正在哭泣，原来他们刚刚埋葬了新去世的二女儿。李德良把他们的女儿借尸还魂的事儿说了一遍，那王氏夫妇都听傻了。继而，他们又是喜又是疑，跟随李德良来到了李家。

那复活了的李德良之妻，一见王氏夫妇，就一头扑到他们怀里，呜呜咽咽，泣不成声。她一边儿哭，一边儿向王氏夫妇叙述生前的许多生活琐事，样样合情合理，与事实丝毫不差。王氏夫妇惊叹点头。那么，这个借尸还魂的女人该归属谁家？两家马上爆发了争论。

这时候，王再春的未婚夫家闻讯，也带着儿子找上李家门儿来。这婆家非常蛮横，当时就要强行把李氏抢走。而那李氏见了未婚夫，羞得满脸绯红，躲躲闪闪。为此，两家由争吵发展到几乎动起手来。一直吵到灵璧县大堂，打起官司来。

知县王砚庭升堂，问明案由，断起来也感到棘手，只能为两家调解说和。

王先生对王再春婆家说："王再春已死,这是事实;尸体已经掩埋,这是证据。至于借尸还魂,可信其有,也可视其为无。李氏已婚,配偶犹在,断无令其离异再嫁之理。何况她年逾三十,且非完璧,与你家后生也难匹配。你等宜息怒平和,归里安居,为儿辈另择佳偶。"婆家默默无言。

王先生又转而对李德良说："原是你妻,自应归你。死而复生,病愈目明,又是双喜。你不可持此而骄傲,要重建夫妻之情,不可鲁莽。"李德良叩头领命。

王砚庭依情依法,明断灵璧女借尸还魂案,为全县百姓所叹服。这是乾隆二十一年(1756)发生的事儿。

汉高祖弑义帝

主管山东驿亭盐务的道员卢宪观突然间暴死,没多久竟又活了过来。据他说,他前身是项羽手下的九江王英布,义帝被杀是汉高祖刘邦干的,不是项羽指使的。刘邦暗地里派人杀了义帝,却又把这罪名转嫁给了项羽,而且还虚伪地要与各路诸侯联合讨伐项羽。项羽不服,告到了天帝那儿。天帝认为,这件事必须要英布当面对质,才可判断曲直。一对质,事实就清楚了,义帝果然是刘邦所杀。这是陈平替刘邦策划的六项妙计奇策之一。所以,我卢某突然死去,是到阴间去作人证,作毕人证又生还到人世间来了。

有人问他,为何这个案子拖了两千年之久方才结案?卢宪观说:"因为项羽当年在咸阳活埋了二十万俘虏,所以触怒了天帝,被杀死在阴山,吃了无数的苦。现在项羽死刑期满,才准许他申诉这项冤案。"

查检王渔洋《池北偶谈》所记载的唐将张巡杀妾一案,也拖了将近一千年。这大概是由于张巡有个"忠节"的封号,所以很难告倒他。而项羽由于得了个极坏的罪名和惩处,所以要为自己申诉冤情也是很难的。

地 穷 宫

直隶保定府督标守备名叫李昌明。李昌明得了个暴病儿，突然死去。可是，人已经死了三天，尸体依然暖墩墩温乎乎，家里人就没敢给他入殓装棺材，而是停放在一旁，派人守候，细心观察。到了三天头儿上，尸体的肚子忽然胀大起来，光溜溜硬邦邦的，活像一面鼓。不一会儿，死尸就撒了一大泡尿，把被褥浇了个精湿，那大鼓肚子，也随之瘪下去了。这时候，李昌明也有了气息，很快苏醒过来。

李昌明苏醒之后，紧握着看守在身旁的亲属的手，说：人到临死的时候，那股痛苦的滋味儿，是难以用任何语言来表达的。只觉着自己的气脉向身外扩散，从脚趾头一直延续到头顶。心里的感受和身体一样，都空虚得像一无所有，失却了一切。等到真正咽了气了，倒反而觉得轻松多了，比活着的时候还要安逸，还要自在。

我独自走在天地之间，天色深黄，飞沙茫茫，不见半点儿阳光。走起路来，浑身轻飘，脚不沾地，左右摇摆不定。举目四望，四空旷野，连一间房屋、一个人影儿也没有。我神魂虚晃，顺着风向往东南方向走出了好远好远。这时候，天色渐渐晴朗，风沙也小些了。低头一看，天际的东南角出现了一条长河。河水清冽，两岸绿草如茵。河岸边有三位牧羊人，他们头戴草笠，手执长鞭，有站有坐，谈笑风生，悠然自得。我走上前，向三位拱手施礼，请求指明我回家的方向。没想到，三个牧羊人都不理睬我。这时候，我才注意到，他们放牧的羊群一片洁白，每只羊都肥硕健壮，竟然有人间的马匹那么大。

我无可奈何，又往前走了有几十里，眼前隐隐约约出现了层层宫殿。越往近走，看得就越清楚。殿顶上，一色的黄琉璃瓦，兽脊流檐则黄绿间杂。建筑雄伟壮观，极似人间帝王宫阙。殿门前，有两位高帽宽袍、脚着朝靴的官员守护。看他们那形象，有点儿像人世间戏台上的高力士、童贯一类的人物。殿门上，有镶金匾额一块，颜体大字赫然书道"地穷宫"。笔力苍劲，雄浑壮阔，堪称绝妙。

我站在殿前，着意欣赏这巍峨的建筑、绝世的书法，赞叹良久。殿门前的一位官员大怒，走上前来劈头盖脸地斥责我说："这是什么地方？能容你这小子站下来就不走？滚开！"我这个人一向刚正不阿，活着的时候也不曾怕过谁，死了就更无所谓了。我就和他争辩起来，越吵声音越大，他急我更急，后来几乎就要动手。这时候，忽然从殿里传下话来，问道："何人大胆，在此吵闹喧哗？"其中一个官员气昂昂走进殿里去。过了很长时间，他才又走了出来，气色也变得平和了。他对我说："你也甭走了，等候听宣谕旨吧！"于是，他们俩一边一个，把我看管起来。

一会儿，暮色降临，天已经黑了。阴风飒飒，凄神寒骨。雪片儿纷纷扬扬落下来，竟然有人间的瓦片儿那么大。到了半夜，我已经被冻得浑身颤抖，那两位看管我的门官，也冻得鼻涕眼泪一齐流。他们点着我的鼻子抱怨说："若不是你小子来到，我们哥儿俩怎么能摊上受这份儿洋罪！"

好不容易呀，总算熬到了东方发白，天色放曙。大殿里晨钟初动，殿外的风雪也停止了。不一会儿，就有一位官员从大殿里走出来。口传谕旨道："奉旨：昨日所拘阳间生民，着发落送归原处。钦此。"两位殿门官不禁白了我一眼，拉着我沿着原路儿往回走。走了一阵，又回到了那条长河岸边。三位牧羊人依然待在那里，两位官员竟把我交给了牧羊人，并且对他们说："奉旨：将此人交由你等，即日将他交回原处，不得迟误！"说罢，转身儿就走了。

我正莫名其妙，又不知牧羊人将把我怎么处置。这时候，三个牧羊人却一齐逼上前来，对我拳打脚踢。我承受不住，一仰身，就掉进了河里。平时，我不识水性。这一下儿，只能是咕嘟咕嘟地灌了满满一肚子水。没想到我撒了一泡尿，就又活过来了！

李昌明说罢就起床漱口洗脸，生活得和往常一样。但是，他只是又活了十几天，却真的死了。

李昌明家有一位姓张的街访。张某在李昌明第二次死去前的一天夜里，听见床边有人呼叫他。他急忙坐起身来，发现身旁有四位身着黑衣黑裤的大汉。他们命令张某："走！给我们带路，到李守备家里去。"张某人固执，不肯给他们带路。四个黑衣人揪住他的脖领，就要拳脚相加。张某无奈，只好给他们带路。

　　他们走近李昌明家的大门口，只见有两个大汉已经先守在了门口，他们那面目，比这四个更加狰狞可怕。四个黑衣人就敢走正门，让张某带领他们迂回到后院，从菜园子的篱笆之间钻了进去。不一会儿，内宅里就传出来哭声，宣称李守备已经过世了。

　　这个故事，是保定提督傅卓园先生讲给我听的。而李昌明既是傅卓园的属下，又是他的朋友。

狱中石匣

　　绍兴人周道澧，因祖上有人死于国难，所以根据荫功授官的规定，选派为陕西陇州知州。

　　他抵达知州衙门后，照惯例，先巡视一下监狱状况。发现狱中有一个石匣，约有一尺来长，密封得很紧，还上了锁。周道澧想打开它看一看，守监狱的小吏坚持不肯打开，说：“相传从明朝末年就有这只匣子，里面不知藏着什么东西，只记得有个道人说过：‘谁打开此匣，谁的官运就不吉利。’”周道澧向来自以为是，一定要打开看。于是用斧头砍开匣子，里面有半幅人像，赤裸的身上流着血，面目模糊不清，一股寒气逼人。

　　周道澧还未看完，一阵硫黄气从匣内飘出，那卷画幅烧了起来，纸灰直飘空中，不知去向。他受此惊吓，终于病死在陇州任上，最终也不知这匣中是什么鬼怪。

　　这则故事是学士周兰坡告诉我的，周道澧就是他的从孙。

卷 二

张 元 妻

　　河南偃师县乡民张元的妻子薛氏,一次走娘家回门时,由小叔子去接归。半路上经过一处古墓地,林木阴森。这时,薛氏想小便,就将骑的驴子交给小叔子看管,自己从身上解下红布裙挂在树枝上,权作屏障。薛氏小便后回看,那红布裙忽然不见了。回家后,夜里薛氏与丈夫上床睡觉了。第二天天大亮,家里人见夫妻俩没一个起来的,就闯进房里看出了什么事。只见窗门关闭正常,而床上夫妻俩身躯虽在,两颗人头却不见了。告到衙门,官府一时无法审理,就把小叔子拘捕到府,进行审问。他就将昨天半路丢失红布裙的经过详细地叙述了一遍。

　　办案人就来到古墓现场察看一番,见墓边有一个洞,洞穴很光滑,像是常有东西拉进拖出似的。走近一看,见有一条红布裙的裙带露在洞口,正是薛氏丢失的。再挖进洞里,就发现了张元与薛氏的两颗人头,洞内并无棺材。奇怪的是,这个洞穴很小,仅仅能伸进一只手。官府始终不能解开此案之谜。

蝴 蝶 怪

　　北京有个姓叶的人,他和易县人王四是好朋友。那年七月初七,正是王四六十岁寿辰。初六下午,叶某就骑着一头小毛驴儿,到易县去为王四祝寿。他走到房山县境内,太阳落山,天就要黑了。

这时候，忽然有位大汉从身后跃马而至。大汉在马上拱手施礼，问道："冒昧得很，敢问年兄将往何处？"叶某还礼，说："鄙人要到易县王家村，为老朋友王四祝寿。"大汉一听，现出特别高兴的样子，说："太好了。王四是我大表哥，我也是去给他拜寿，咱们一块儿走吧！"姓叶的一听高兴极了，两人一路做伴儿。

可是，这个骑马的大汉却不肯走在前面，总是不紧不慢地跟随在叶某的小毛驴儿屁股后头。叶某几次谦让大汉，请他在前边走，大汉嘴里答应着，却总是成心煞后儿。叶某不由得起了疑心，怀疑他是个强盗，心里警觉起来，不断地回过头来，观察大汉的动向。

当时，天已经蒙蒙黑。两人相距不远，却看不清那大汉的面部表情。一会儿，云升西北，远处还打起雷来。借着闪电的亮光，叶某发现那大汉把脑袋瓜儿倒悬在马肚子下面，两条腿朝天，似乎是踏空而行。一路上，那雷鸣闪电总是围着他的身边转。倒悬的大汉却从嘴里吐出一股黑气来，与雷电抗衡。他吐出来的舌头，竟然有一丈多长，殊红鲜丽，蜿蜒曲伸像一条毒蛇。这一下，可把叶某吓坏了。可是，夜路静寂，绝无行人；四周旷野，没有居家，叶某没有可以逃避躲藏之处。他强忍着恐惧之心，急切地用鞭驱驴，一口气跑到了易县王家村。他回头一看，那个大汉也策马随后来到。

王四得到禀报，亲自迎出门来，与二人寒暄问好。接着，就摆宴为两人接风。

酒席之间，那大汉出去小便。叶某急忙乘机问王四道："这个大汉是什么人？他是干什么的？"王四说："他是我表弟，姓张。如今在北京绳匠胡同开了个铺子，专化白银。"叶某一听这话，心里才稍微安定了一点儿，心里说：也许是路上天黑，我看花了眼了。

酒席已毕，王四就为客人安排住宿。叶某依然是心有余悸，强调了种种理由，坚持不与那大汉同住一屋。而那个张某却非常热情，死乞白赖愿意和叶某住在一起。叶某也不好显得太生分，就偷偷请王四再安排一个人，三人同住。王四无奈，就派了自己一个身强力壮的仆人与他们同住。

入夜之后，那个仆人酣然入梦，一点儿顾虑也没有。那叶某却是心怀恐惧，翻来覆去睡不着。夜近三鼓，油灯渐渐灭了。那个张大汉却忽然坐了起来。只见他嘴里又吐出了那个大红舌头，把屋子里映得雪亮。他先伸着脖子，往叶某的方向嗅了嗅，接着，就扒了扒他的床帐，流出了一尺多长的口水。但是，他没有动叶某，却伸出两只手抓住那个熟睡的仆人，抱着大啃起来。不一会儿工夫，皮肉净尽，头骨稀里哗啦落到地上。

叶某吓得没了魂儿。他平时信奉关老爷，不由得失声大叫："伏魔大帝何在？"话音一落，远处就有钟鼓之声。一霎时，关圣帝手持青龙偃月刀，自房梁而下，一闪便向怪物劈去。那张大汉顿时化作一只大蝴蝶，双翅展开，足有车轮子大小，与关圣帝抗拒周旋。他们大约战了四五个回合。忽然，一声霹雳巨响，关圣帝和蝴蝶怪全不见了，叶某也被震得晕倒在地。

第二天，王四发现客人过午不起，急忙进屋来看望。只见地上有一大摊鲜血，叶某昏厥不省人事，张大汉和那个仆人都不见了。王四急忙命人给叶某灌下姜汤水，他才慢慢醒来，叙述了夜间发生的事。可是，张大汉所骑来的马，依然在马槽前安闲地吃着草料。王四火速派人，到北京城里绳匠胡同去寻找张大汉，发现张大汉正在熔炉旁边烧火化银。他昨天根本就没出门儿，更甭说到易县去给王四祝寿了。

白　二　官

常州人王某，以在官府当幕客谋生。他年底回到家乡，因为喜欢当地张家的青山庄的园林美景，就带了行李住在这青山庄里，尽情游玩。一日，在园里遇见了他一向所要好的唱花旦的白二官。王某很是高兴，游玩之后就和他一同住在园中。

这一夜，王某神思恍恍惚惚，总不能入睡。忽见白二官从被子里伸出头来要吹灭油灯，油灯离他床头足有二丈多远，白二官的头颈居然也能伸到二丈多远处将油灯吹灭。王某害怕至极，用被子蒙着头，再不敢看。白二官走到王某床前，揭开被子，用手将王某上上下下计量了一下，凡被他按过的身体部位冷得像铁块。王某惊叫起来，也没有人应。突然间，西窗口跳进来一个猪脸毛爪的黑色怪物，与白二官激烈地搏斗起来。王某不知道二者之间谁胜谁负。不久,天亮了,只见地上淌着一摊鲜血,还有一条死去的蟒蛇。

王某忙赶到白二官家看个究竟。这白二官患精神错乱的病已有半年了,突然之间全好了。白二官病好的那天,正是王某在青山庄碰到他的时候。

关东毛人以人为饵

关东人许善根,以采掘人参为业。按照惯例,采掘人参者必须黑夜去采掘。许善根黑夜行走,劳累疲倦,便睡倒在沙丘上。醒过来的时候,他才发现自己被一个长人抱住。长人身长二丈多,全身长满红毛,用左手抚摩许某的身体,又把许某的身体在自己的红毛上擦来擦去,好像玩弄珍珠宝玉一样。但是,长人每次抚摩,就发出一阵狂笑。姓许的心想,自己恐怕就要被长人填肚子了。过了一会儿,长人将许善根抱进一个山洞。洞里虎筋、鹿尾、象牙之类,堆积如山。长人把许某放在石床上,拿来虎筋、鹿尾给他吃。许善根喜出望外,但他不敢吃生肉。长人低下头,好像想起些什么,然后点了点头,似乎有所醒悟。于是,长人敲打火石点着了火,汲水烧锅,把肉烧熟了,再给许善根吃。许善根就大吃了一顿。

第二天黎明,长人又抱着许善根到外面去,身边还带着五支长箭。长人走到绝壁上,把许善根捆在高高的树上。许善根很是惊怕,猜想长人就要射死自己了。过了一会儿,一群老虎嗅到生人气息,都冲出洞穴,争着向许善根扑过来。长人拔箭射死老虎,再把许善根放下来,抱着许善根,拖着死老虎,回到山洞里,仍旧烧熟兽肉给许善根吃。许善根这才醒悟:长人养活自己,是为了用来作猎虎的引饵!这样过了一个多月,许善根没有受到伤害,长人竟因此肥胖起来。

一天,许善根思念家乡,跪在长人前面,边哭边行礼,用手不停地向东方指画。长人见了,也流下了眼泪。于是,长人把许善根抱到采参的地方,给他指明了归路,还一一指点了许多产参的地方,表示报答的意思。许善根从此就富裕起来了。

平 阳 令

平阳县令朱铄,性情残忍刻毒,在他的官衙中,专门制作了加厚的枷锁和特粗的梃杖。凡是涉及妇女的案子,硬是要引到奸情上去盘问。拷打妓女就剥去她的内衣,用刑杖抵她阴部,使她下身又肿又烂几个月,还说:"看她再怎么接客!"朱铄还用妓女臀部的血涂抹嫖客的脸。如果是长得漂亮的妓女,朱铄就更加残忍,先剃光头发,再用剪刀剪开两个鼻孔,说:"使漂亮的人都不漂亮,那么嫖妓之风就绝迹了。"碰到同僚,必定自我标榜一通:"见了美色不动心,不是像我这样铁面冷心的人,有谁还能做到?"

任期一满,朱铄升任山东别驾。赴任途中,他带着家眷投宿在茌平旅店。他见该店楼上客房紧紧锁着,问店主是什么道理。店主对他说:"这楼上有鬼怪,房门已有多年不打开了。"朱铄向来刚愎自用,说:"怕什么!鬼怪只要听到我的赫赫大名,早该自动退避了!"妻子在旁苦苦劝他别多事,朱铄只是不听。他把妻子安排在别的客房,自己独自一人佩着一把剑,在灯下独坐。

到三更时分,有人开门进来。那人白胡须,戴一顶红帽子,见了朱铄,恭敬地作了个长揖。朱铄叱责道:"你是何方鬼怪?"白胡须老人说:"我不是鬼怪,是这里的土地神。贵人驾到之日,正是这里的鬼怪被消灭干净之时,所以我特意前来迎接。"还叮嘱他说:"等一会儿鬼怪一来,明公只需挥动宝剑砍杀就是,我一定全力相助,定叫鬼怪乖乖交出首级。"朱铄大喜,道谢以后送走了他。

一转眼,青面鬼、白面鬼一个接一个地来了。朱铄用剑砍去,个个仆跌倒地。最后来了个黑嘴长牙的鬼,朱铄用剑刺那鬼,那鬼也叫着痛苦而死了。朱铄自鸣得意,喜不自胜,迫不及待地招呼店主前来,告诉他自己的杀鬼事迹。当时,鸡才叫,天未大亮,店家拿着蜡烛进屋照看,只见满地尸体,竟全是朱铄的妻妾子女。朱铄大叫一声:"我是被妖怪作弄了吗?"痛哭一声,气绝而死。

不 倒 翁

　　蒋生到河南去,经过巩县宿夜。旅店有座西楼,打扫得十分清洁。蒋生很喜欢,拿来行李要住在这里。店主笑着说:"先生,您的胆子大吗? 这座楼不很安宁呢!"蒋生说:"我是'椒山自有胆'。"就点着蜡烛坐下来。

　　到夜深时候,听到茶儿下面好像有用竹桶泼水的声响。紧接着跳出一个三寸长的小人儿,穿着青色衣服,戴着黑色的帽子,好像衙门里差役的样子。小人儿斜着眼睛看着蒋生,许久,嘴里发出叱叱的声音,就进去了。过了一会儿,几个小人儿抬出一个小官员来。官员的仪仗如旗帜车马之类,清清楚楚,但细小得如豆子那样。小官员戴着乌纱帽,一本正经地坐着,手指着蒋生大骂,声音小得像蜜蜂、蝎子一样。蒋生毫不害怕。小官员更加愤怒,用小手拍打地板,指挥众小人儿来抓蒋生。小人儿们过来牵鞋扯袜,但是并不能动蒋生分毫。小官员嫌手下人没有勇气,捋袖伸拳自己冲过来。

　　蒋生用手指夹起小官员,放在茶几上,仔细一看,原来是市场上所卖的不倒翁,毫无生气地躺着,实际上是一个小泥人儿而已。小官员的随从们团团跪在蒋生脚下,乞求蒋生归还他们的主人。蒋生开玩笑地说:"你们必须要用东西来赎人。"小人儿们答应说:"好的!"只听见墙洞里发出"嗡嗡"的声响,一会儿四个小人儿抬一支钗,一会儿两个小人儿扛一支簪。一下子首饰、金银、布匹之类,布满屋下。蒋生拿起不倒翁掷还给那些小人儿们,小官员马上活动起来,就像刚才那样。但是队伍已经不那么整齐,乱哄哄地逃散了。

　　天快亮时,听到店主人大叫有贼。蒋生问店主,原来楼上赎小官员的那些东西,都是三寸小人儿们从店主人那里偷来的呀!

算命先生鬼

平望有个姓周的人,靠撑船为生。一次撑船过湖州桥下时,船篙触着了一只骨灰坛,那坛滚落到了河中。

周某回到家里,见妹妹正在闹病,口中不停地喊叫:"我是湖州算命先生徐某,在世时,连总督、巡抚、按察司、道台老爷这些贵人都敬重我!你是什么人,敢将我的骨灰投进水里?"他的妹妹本来不识字,这次病后居然能读书,喜欢替人算命,有人写生辰八字给她,她竟能推排得符合世上通行的阴阳五行之说,只是预言吉凶祸福还不太灵验。周某将他妹妹的前后变化情况写了一状,向城隍投诉。这以后,他妹妹又卧床不起了。

一天,妹妹醒来,对周某说:"我梦见有两个穿青衣的差役拘押着一个鬼,与我在神前对质,那个鬼就向神诉说自己的骨灰坛如何被弄坏的事情。神说:'是她哥哥触犯了你,而你却归罪于他的妹妹,为什么如此欺弱怕硬?你自称能算命,怎么连自己的骨灰坛也守护不住?你算命不灵由此可见,你生前恐怕不知哄骗了多少人、多少财物呢!判鞭打二十,押回湖州。'"周某的妹妹病好后,既不能识字,也不会算命了。

鬼借力制凶人

相传,凶狠而残暴的人,到了他临死的时候,阎王爷必然会差遣一群恶鬼来缉拿他。因为,只有恶鬼,才足以制服凶人。

江苏扬州有一位唐先生。这唐先生的夫人,就是个既凶悍又爱妒忌的女人。姬妾婢女之辈,被她虐待折磨致死的,可以说是不计其数。

这位恶劣的夫人不久就得了暴病，眼瞧着就要不行了。可是，她嘴头儿上依然是嘟嘟囔囔、咒骂不止，就和她平日里撒泼逞凶时的劲头儿一样。

唐先生家有位邻居，名叫徐元。徐元身材高大，膂力过人。在唐夫人病危的几天里，他也忽然昏迷不醒。他躺在床上，也是又骂又打，好像不停地在与人搏斗。过了三天，徐元苏醒过来。有人就问他："你怎么昏倒在床上，还又打又骂？"徐元说："嘻，甭提了！我是被那伙拘拿唐夫人的鬼给利用了！阎王爷派他们来拘拿唐夫人，可是那个女人太霸道，他们制服不了，所以借我的力量捆绑她。我和她斗了三天三夜，都没见分晓。昨天夜里，我抽冷子抓住了她的脚脖子，把她拉倒在地，用绳子捆了起来，交给了众鬼。这才算我完成了任务，众鬼才把我放了。"

有好事儿的人，就到唐先生家里去窥探。唐夫人果真是在昨天夜里断了气儿。留神一看那右脚腕子上，果然是青了一大块。

马盼盼

寿州知州刘介石，热衷于扶乩请仙。他在泰州任上时，常在西厅扶乩请仙。一天，刘介石见乩盘大动，先写出了"盼盼"两字，接着又写了"两世缘"三字。他暗自吃惊，以为是唐代名妓关盼盼与自己有什么缘分了。刘介石问乩仙："乩盘上写的是哪两世姻缘？"乩仙说："具体请看《西湖佳话》。"他又是烧纸符，又是做祈祷，问乩仙："能与这位盼盼见一面吗？"乩仙说："就在今晚。"

当天傍晚，刘介石果真生病，双眼迷离，神志不清。他的妻妾十分害怕，围坐在床边守护着。天黑上灯后不久，阵阵阴风袭来，接着有个从头到脚都打扮得雍容华贵的绝代佳人，执着一盏红纱灯，走进屋内，直向刘介石扑来。刘介石吓得汗如雨下，心里开始后悔起来。那女子却说："你怕我吗？只是我俩缘分还未到呢。"说完，就出门离去。刘介石的病也好起来了。从此以后，只要刘介石意念中想着那女子，那女子就必定来与刘约会。

一次,刘介石在扬州天宁寺投宿。秋雨绵绵,刘介石一人独坐,闷闷不乐。他又想起那个叫"盼盼"的女子,就取出乩盘,烧起纸符来。乩盘上用大字写道:"我是韦驮佛,看到你被妖怪迷惑住了,特地前来救你。你难道不知天条吗? 天帝最忌恨的,莫过于世间活人专与鬼神交接的勾当,这种罪比一般的淫乱罪大得多。你今后必须赶快改过自新,再不要请仙媚鬼,否则只怕自己害了自己的命!"刘介石见字顿时毛骨悚然,只是叩头。于是烧了乩盘,弃了纸符,再不敢干这种事了。从此以后,倒也未见鬼怪出现。

几年后,刘介石读《西湖佳话》,见书中写到,宋代时的泰州,有一个官妓马盼盼,她的墓就在泰州府衙门的左边;又从《青箱杂志》读到,马盼盼,说她机灵聪敏,能写一手苏东坡体的字。刘介石这才明白,那个现形而来的妖怪根本不是关盼盼。

滇绵谷秀才半世女妆

四川人滇谦六,是个大富翁。他家私万贯,妻妾满堂,奴婢成群。可惜,就是没儿子,其实,他的那伙妻妾也不是不能生养,只叹是生一个死一个,一个也没落下。有位星相先生教给他一种"厌胜"法,说:"足下两辈人之中,都是雌星高照,就是得了男孩子,恐怕也立不住。我教给您个法子,就是生了男孩儿,也得把他当作女儿养。这么办,或许能挽回您命里注定没有子嗣的定局。"

不久,滇夫人果然又添了个男孩儿。滇谦六给他取名儿叫绵谷,并依照算命先生的说法,给他梳了个女孩头,扎了耳朵眼儿,又给他裹成了两只小脚,全家上下都称他为七姑娘。

等到滇绵谷长大成人,就专门选了一个不梳女人头、不扎耳朵眼儿、两只大脚的女人给他做妻子。后来,滇绵谷进县学,还中了个秀才。

不久那滇谦六就先后得了两个小孙子,他一高兴,就忘了雌星高照那回事儿,给一个小孙子取了个男孩儿的名字。没想到,这个小孙子又病死了。

从此,他再有了孙子,一律取女孩儿的名字,又和他们的爸爸一样,当女孩儿养着。

那滇绵谷假装了多半辈子女人。也巧,只因为他容貌俊秀,一根胡子也不长,面皮儿白嫩,说话柔声细语,确实也像个女人。他自己,也很大程度上以女人自居,还作了一篇《绣针词》,来描摹自己的心境,并流传了开来。

我的老朋友、蜀州刺史杨潮观先生给我讲了这个故事。那杨潮观是滇谦六的好朋友,两人过从甚密。所以,滇家的事儿,他也很摸底。

炼丹道士

湖北张履昊尚书,信奉道教。退休之后,住在南京。进城安居的时候,携带银子一百六十万两。

有一个姓郎的总兵,是张尚书的门下弟子,推荐一个姓朱的道士,说此人擅长烧炼丹药、点化金银的法术,有九百多岁,能够把杏核烧炼成银子,多次试验,都有神效。朱道士劝说张尚书炼丹:用白银一百万两,炼成仙丹一粒,就可以长生不老了。张尚书被迷住了,斋戒了三天,按照八卦的方位设置丹炉,开始炼丹。每一炉就用白银五万两、木炭百担。白天张尚书亲自监炉,晚上派专人守候。银子很快就化成液体。烧炼三个月后,花去银子八十万两,可是丹药还是没有任何迹象。

张尚书质问道士。道士说:"炼完一百万两银子,丹药就成功了。把炼成的丹药含在口里,永远不会饥饿,不知寒冷,可以随心所欲往南往北,没有什么地方不可以到的。"张尚书没有办法,只好再给道士十多万两银子,但是心中隐隐感到道士不可靠。于是,道士大小便的时候,他都派人暗中监视。

一天清晨,道士到后园小便,监视的人偶然间回头看其他东西,道士忽然不见了。张尚书连忙去看那个炼丹炉,百万两银子都没有了。

打开道士的行李，发现有一封信。信中说："您这些银子，都是不义之财。我和您有缘分，特地来把银子取走，替您预先用作打点阴间的赎罪费用。以后一定会有效验的，希望不要见怪。"曾经暗中监视道士的家人都说，每次把五万两银子放到丹炉里的时候，隐隐约约听见房屋顶上有打雷的声响。道士很害怕地伏在地上，把用红笔画的符箓盖在自己的头上。

道士搬走银子的事，实在一点痕迹也找不到。

叶 老 脱

有个名叫叶老脱的人，他的籍贯乡里，没人知道，也没人打听。他头上束着发髻，却不戴帽子，经常是光着两只脚，没鞋穿。一年四季，老是穿着那么一件油渍麻花、冒着臭汗味儿的破长袍，手拿着一领破凉席儿，走到哪儿随地一铺，躺下就睡。

叶老脱曾投宿维扬旅店。店主人本来就瞧不起他。别瞧这叶老脱腰包儿不硬，可穷酸的毛病还真不少：他嫌大客房里人多嘈杂，非要寻个清净的去处不可。店主人就挖苦说："您是铺地盖天的睡惯了，是比这儿清净。可惜，鄙店的单间儿早就客满了。那儿，倒是有一间屋，又清净又豁亮，就是有点儿闹鬼，住不得。"

叶老脱说："闹鬼？嘻，那有什么可大惊小怪的？只要我叶老脱一到，鬼也得挪窝儿！"店主人翻了翻白眼儿，不再理他。叶老脱径自找了一把笤帚，自己去清扫一番。打开破凉席儿，铺在地上。不一会儿工夫，他就打起呼噜来了。

半夜三更，忽然"吱哑"一声门响，把叶老脱惊醒了。只见一个女人歪歪扭扭地走进来。她脖子上拖着一条长长的白绸带，两颗眼珠子冒了出来，耷拉到颧骨以下，那舌头也吐出来有几尺长。紧跟在她身后的，是个没脑袋的鬼，左右两手各提着一颗人头。另一个鬼浑身焦黑，耳鼻面目模糊，看不清模样。最后一个鬼，周身水肿，皮肤呈蜡黄色，肚子大而鼓，像个能盛五石米的大石瓮。

众鬼伸着脖子嗅闻了一阵,说道:"嗯,有生人气,有生人气!咱们得好好儿搜寻搜寻!"于是,满屋里四下搜寻,东冲西撞,就是不能接触叶老脱。一会儿,一个鬼说:"明明在这里,却搜不出来,怎么办?"那个黄肿的鬼说:"那些人被咱们制服,都是因为他们一害怕,魂儿先出了壳儿,咱们就轻而易举地把他抓获了。看起来,这个人多半儿是个有道之士,他不害怕,镇静自若,魂不离体。恐怕一时半会儿抓不住他!"

众鬼茫然四顾,搜寻无果。那叶老脱却忽然从破凉席上坐了起来,拍着胸脯儿说:"我叶老脱不就坐在这儿吗?"四个鬼吓了一跳,他们一齐跪在地上,一边儿磕头,一边儿求饶说:"我等冒昧,不知道叶高士在此,多有冒犯,多有冲撞。您别跟我们鬼辈一般见识,求您恕罪。"

叶老脱一一审问四个鬼。那个女鬼指着另外三个鬼说:"我们四个都是横死鬼,冤深罪重,不得托生,来抓替身。他,是个淹死鬼,浑身肿胀,肚皮膨大;他,是个烧死鬼,遍体焦黑,面目模糊;这位,是个抢劫杀人犯,被官府砍了头。至于我嘛……因为淫情私奔被人揭穿,觉得没脸活着,就悬梁一死。高士高抬贵手,放了我们吧!"

叶老脱问:"你们服我不服?"众鬼磕头,连声称"服"。叶老脱说:"服就好。你们生前造孽,不得好死,当了鬼,就该诚心服罪,争得善果,那样,你们就会各自早日托生,再不可作祟扰民了。"众鬼又磕头谢罪而去。叶老脱又重新躺下,一觉睡到大天亮。

第二天,叶老脱向店主讲了夜间的经历。从那以后,那屋里真的就不闹鬼了。

苏耽老饮疫神

杭州有个苏耽老,生性滑稽,喜欢嘲笑人,大家都讨厌他。年初一那天,不知是谁画了一张瘟神画像压在他家门口。苏耽老早晨出来开门,见了这像哈哈大笑,把瘟神像请了进来,并张放在上座,与它一起饮酒,而后焚化掉了。

这一年流行瘟疫,苏耽老的四邻八舍都传染上了,各户人家都争先恐后祭祀起了瘟神。那些得了瘟疫的人,竟会代瘟神说起话来:"我瘟神大年初一就受到了苏耽老的礼遇和款待,很惭愧,没有什么可回报的,你等一定要我驱除疫病的话,那就请苏耽老陪着我,这样我才肯去。"于是那些祭祀瘟神的人家,争着请苏耽老吃饭。苏耽老天天忙个不停,见了酒食就犯愁。他的一家大小十多个人,没有一个得瘟疫的。

刘刺史奇梦

寿州刺史刘介石,陕西人,补官江南,住在苏州虎丘。

有一天夜里,大约是二更鼓之后,刘介石忽然做起梦来。他梦见自己乘着一股和暖的清风,走在回长安的路上。半路儿上,就碰上了一个鬼尾随身后。这个鬼约莫三尺多高,一头蓬乱的头发,哭丧脸。无论从形态上或是从相貌上,都让人觉得又可恶又可怕。这个鬼不问青红皂白,扑上来就和刘介石扭打。刘介石也不示弱,使出了浑身解数与鬼较量。扭打了一阵,那鬼不是他的对手,挣脱开来,撒腿就跑。刘介石一把将他薅回来,挟在了胳肢窝底下。他一溜小跑儿,想把这鬼扔进附近的一条河里。这时候,忽然有个人从对面走来,原来是他老家的街坊余四。余四对他说:"城西边儿就有观音庙,你何不把他擒到庙里,交观音菩萨处治,也免得将来再生后患?"刘介石觉得有理,就挟着这鬼奔了观音庙。一进门,那守门的韦驮神、金刚神都对鬼怒目而视,而且摆动着自己手中的武器,做出要打鬼的姿态。那鬼被吓得闭上了眼睛,浑身哆嗦不止。

观音菩萨问明由来,说道:"这是个属于阴曹地府管辖的鬼,必须把他送回阴曹加以惩治。"观音就示意由金刚去押送。金刚跪下来回话,他说了些什么,刘介石听不大懂,瞧那意思,大概是不屑于押解这么一个鬼。观音就笑着转向刘介石,说:"那么,就由你来押解吧。"刘介石慌忙跪下,回话说:"弟子肉眼凡胎的,是个阳世间的俗人,怎么可能押解鬼回阴曹?"观音菩萨说:"这个容易,你过来!"刘介石不解地凑上前去,观音就捧着他的头,往他脸上呵了三口气,说:"行了,你押解着鬼去吧!”就打发他上路了。

刘介石心里确实有点儿茫然,他信步走出庙门。也怪,鬼也乖乖儿地跟他走。走了一阵,刘介石忽然想到:虽然是身受观音的派遣,鬼也服服帖帖,可是,这阴曹地府到底在哪儿? 我把鬼押送何处? 嘻! 我怎么没问问呢? 他正在徘徊怅惘,街坊余四又出现了。余四说:“老兄是不是要去阴曹地府? 你瞧,前面那块儿地方,有个大竹斗笠扣在地上,斗笠底下就是阴曹地府。”刘介石抬头一看,路北的地面儿上,果然扣着一个大斗笠,从远处瞧,就像乡下人盖酱缸的盖子。他急忙走过去,一把掀开大斗笠,地面上就出现了一口井。那鬼一见井口,欢喜雀跃,纵身一跳,就进入到井里。刘介石无可奈何,这会儿就不容思索,他一狠心,一闭眼,也纵身跳进井中。

刚一入井,刘介石确实感到阴森凄冷,难以忍耐。但是,下坠了大约一丈多深,井壁忽然收缩,轻轻把他挟住,这时候,就觉着有一股强大的暖气流自上而下向下压迫,随后,井壁松弛,他又往下坠落。这样,经过三挟三坠,“哐当”一声,脚下落了实,却是落在了一座大殿的瓦顶上。举目四望,白日蓝天,却是另有世界。

这时候,脚下的大殿里发出一阵震雷般的怒吼:“啊? 怎么会有生人气? 哪儿来了生人?”接着,一位身着金盔金甲的武官飞身殿顶,一把将刘介石擒拿下殿,拖到金殿上。

只见阎王爷头戴垂珠旒冕,身穿绣龙大袍,须发如银,威严地坐在殿上。他慢条斯理地问道:“下跪阳间生人,你如何能来到这里?”刘介石急忙往上磕头,把捉拿鬼及受观音菩萨派遣,专程押送鬼的经过说了一遍。阎王爷就给那位金甲武官递了个眼色,金甲官大步上前,把刘介石的头扳了起来,脸向上。阎王爷看了,说:“嗯,面有红光,果真是菩萨的差遣。那么,你押送的鬼何在?”刘介石说:“他掉在大殿的西墙脚下了,不知还在不在?”阎王立刻变了脸色,厉声吓道:“这个恶棍!怎么能让他这么自在? 来人! 给我押回原处!”一时,刀光闪烁,又戟交加。不一会儿,就又着那个鬼,一下扔进殿前那个深池子里。鬼一落地,只见毒蛇、怪鳖蜂拥而来,争相吃咬那鬼,鬼就地打滚儿。

这时候,刘介石心里想:既然已经来到阴曹地府,机不可失,何不乘机问一问我上辈子的事? 于是,他向那位金甲官作揖施礼,请求说:“在下想知道一下我上辈子的事,不知可与不可?”金甲官点了点头,把他领到了廊下,抽出一本生死簿,指点着告诉他说:"你上辈子九岁那年,偷了人家卖儿卖女的八两银子,逼得那对夫妻活不下去,懊悔愤恨而死。只因你造了这个孽,落得个夭折早死。这辈子,你最终还得落个双眼瞎,以偿还上辈子欠下的债!"这一说,可把刘介石吓晕了。他大声喊叫:"我做什么好事才能赎这个罪呀?"金甲官说:"这,就得全靠你自己了……"话还没说完,就听金殿里大声宣谕:"圣谕下:速令阳界人刘某返回,免得泄露阴司机密!"金甲官急忙把刘介石带回殿上。刘介石跪在地上,请示说:"我刘某肉身凡胎,自个儿怎么能返回阳间?求大王示下。"阎王爷什么也没说,走到他背后,朝着他的后背吸了三口气。不知不觉,他忽然又来到了那口井底。他往上一纵身,就蹿起一丈多高,井壁收缩,将他挟生,一股热气从井下往上托。和下井的时候一样,又是三挟三托,他就跃然于井口之上,回到了长安道上。

刘介石还没忘了向观音菩萨回报,径直走进观音庙,向观音述说押送鬼的经过。可是,在他回报的时候,旁边却站着一个小人儿,也唠唠叨叨地在说话。听他说的话,却和刘介石所说的完全一样。刘介石留神一看:嘿!不但说的话完全一样,长相也和他完全一样,惟妙惟肖,丝毫不差,只是缩小得如婴儿一般。刘介石大惊,指着那个小人儿喊:"这……这是个妖怪!"那个小人儿几乎是同时,也指着他叫喊:"这……这是个妖怪!"菩萨对刘介石说:"你甭害怕,也别大惊小怪。他,不过是你的灵魂,你们俩原本是一回事儿。你呀,灵魂丑恶,但体魄善良。所以,你做起事儿来不彻底。好吧,现在我就把你的丑恶灵魂抽掉。"刘介石听了,连连磕头致谢。那个小人儿却不谢,嘴里还唠叨说:"别忘了,我是他的灵魂,总是凌驾于体魄之上,把我抽掉了,对他又有什么好?"菩萨笑着说:"没关系,对他不会有什么损害。"说着,从头上拔出一只金簪,足有一尺多长,一下刺入刘介石的胁下,又一钩,就有一节肠子被钩了出来。菩萨边拽边绕,把肠子缠在手腕上。随着菩萨的缠绕,那个小人儿逐渐缩小,最后完全消失了。菩萨把腕子一抖,一团肠子就挂到了殿梁上。刘介石看得发愣。

忽然,菩萨"啪"地拍案一声,把刘介石从梦中惊醒。仔细一看,自己依然是睡在苏州虎丘居室的床榻上,胁下还丝丝作痛,低头一看,肋骨下紫红色的伤痕犹在。

过了一个多月,刘介石收到了来自家乡陕西的一封信,信中提到他家的老街坊余四，已经在一个多月之前过世了。

这个故事，是刘介石亲口对我讲的。

赵李二生

广东有赵、李两个书生，在番禺山中读书。端阳节那天，赵生的父母送来酒菜，让他们过节。两人对酌，十分快乐。

到半夜二更时分，听到有敲门声，开门一看，也是个读书人。他穿得衣冠楚楚，自我介绍说，住在离他们十里左右的地方，因为仰慕赵、李二位的为人，所以特来拜访、结识。赵、李二人就邀请他入座，三人一起谈笑风生。那书生先发表了一通关于举业功名的高论，后来又谈到古文、辞赋，说得头头是道，赵、李二人自叹不如。

最后那书生讲到了神仙和佛，赵生向来不爱听，而李生很相信。那书生不但竭力说服赵生相信确有仙佛，而且还说："二位想见见佛吗？这是立刻可以办到的事。"李生听说，很高兴地要那书生试验一下。

那书生将书桌、茶几堆到五尺多高，自己坐在上面，顿时便有一股股带有檀香气的雾从四面缭绕而来，然后取出身上的一根绢带，拴成一个套圈，对赵、李二人说："进入这圈内，便是佛界，就可以看见佛了。"李生对他的话很信，看到圈内有观音，有韦驮，香烟弥漫，恨不得立刻把头伸进圈内。可是，赵生从圈内望去，全是些青面獠牙、伸着一丈多长舌头的鬼怪，于是大喊救命，赵家的人闻声都奔进了房内。这时，李生犹如大梦初醒，忙挣脱绢套，但脖子已受了伤。至于那个书生，早已不知去向，再也找不到他了。赵、李的父母都认为这座山中有邪鬼，不能继续留在这里读书，就叫他们回家了。

隔了一年，李生考取举人，会试又中进士，出任庐江知县，最后被人弹劾，悬梁自尽。

山东林秀才

　　山东有位秀才,名叫林长康。林长康官运不佳,年已四十,还没考取个举人。他真有点儿灰心丧气,打算弃学经商了。他刚一产生这个念头,旁边儿就有人劝道:"别着急,别灰心! 您坚韧不拔地努力,会有成功之日的。"林长康往周围一矼摸,却一个人也没有。嘿,这可邪了! 穷秀才历来不怕鬼,大声呵问道:"什么人?"又听得空旷中答道:"我不是人,是个鬼。说真格的,我追随先生、守护先生已有好几年了。您往日潜心进取,平平安安,我就没动声色。近日来,先生灰心丧志,将要放弃功名,我心焦如焚,不得不劝您几句了。"林长康笑了笑,说:"照你这么一说,咱们是没见过面儿的老朋友了。既然如此,你何不亮出相儿来说话,岂不更为方便? 我真不侍见这藏藏躲躲!"鬼长叹一声,说道:"我怎么不愿意和您真诚相见呢? 泉下人是被他人谋杀而死,您想想,能有个好模样儿吗? 我现了形,再把您吓着了,多对不起您哪!"林长康说:"这个,你就放心。秀才外无田产牵缠,内无妻室拖累,无牵无挂,也就没有什么可怕。再说,人死为鬼,我将来也不免为鬼,先后不一,你我同等,怕从何来?"林长康同意了。倏忽之间,就有个蓬头垢面、脸色铁青、口鼻流血、没有脸形的鬼跪在他面前。林秀才一看,确实也吓了一跳,继而请他站起来,并请他坐下。鬼执意不坐,躬身说:"小民魏常学,蓝城人,以卖布为生。那一年,我到掖县卖布,遇上了当地人张某,他见我手里有钱,就主动和我交朋友。不想他谋财害命,乘酒后把我杀死,并移尸灭迹,把我埋藏在东门外大石头磨盘底下。我苦大冤深,死不瞑目。先生日后应当荣任掖县令,所以我常常侍奉在您身旁,到那时候,求先生发尸验证,立案拘凶,为枉死者申冤,以正国法!"说罢,又跪在地上磕响头。

　　林长康急忙请他起来,笑着说:"你死得确实冤枉。你瞧,我已经过了不惑之年,可依然是个穷秀才,仕途无门,何以承担生死大任? 你把希望寄托给我,这岂不渺茫?"鬼说:"不然。某年秋天,您将高登乡榜;某年,连成进士。我的希望为期不远了。先生保重吧!"说完这话,鬼忽地一闪,就隐没了。

第二年乡试,林长康果真是高居榜首,成了举人。可是,会试却是名落孙山。他不由得叹道:"福禄前定,生死有命,真是一点儿也不假!这仕途功名,连鬼神的预测也有不准的么?"话音没落,空中又有声音搭话:"先生此言差矣!您前程受阻,自是您自己德行有亏,不是小人的预报有误。"林长康说:"这么说来,是我办了亏心事儿了? 我没干什么呀?"鬼说:"先生真可谓贵人多忘事儿了,您高中乡榜之后,忍不住私欲的折磨,很快就和邻居一位小寡妇勾搭上了。从此,您溜门儿逾墙,多次与她密约私会,姘居过夜。幸亏她没因此而受孕,也没被他人察觉。阴司已经把您这个过错记录在案,念惜您成年无妻,宽恕了您淫乱之罪。不过,罚您晚中两科,以示警告。"林长康这才感到害怕,从此谨慎修身行善。

又过了两次会试,林长康中了进士,外放山东掖县令。赴任到掖县县城,他就注意到东门外果然有个大石磨盘。他差人掀开磨盘,掘开浮土,就有一具残尸显露出来。立刻缉拿张某,严加审讯。张某尽吐谋财杀人的实情,供认不讳。林知县命枷了张某,关入死牢,等候秋决。又去清检其他狱案。掖县人都惊叹新任林老爷神奇断案,明镜高悬。他们哪里知道这林老爷未仕之前的一段隐情。

秦中墓道

西北一带的土层极厚,挖了三五丈深还不见泉水,是常有的事。凤翔县以西,民间习俗,人死不立刻埋葬,而是将尸体露晒户外,等到尸体的肉血风化干净,然后再安葬,否则的话,传说就会"发凶"。尸体未风化而埋葬,一得着地气,三个月以后就会遍体生毛,生白毛的称为"白凶",生黑毛的称为"黑凶",都会闯到人家屋里去兴风作浪。

刘知州有一个姓孙的邻居,掘沟时触到一扇石门,打开石门,有条隧道,里面摆设的鸡、狗以及酒器都是用陶土做的。隧道中央悬着两具棺材，两旁各排列着几名男女，身子被钉在墙上，推测是当初将他们殉葬时，怕他们的身子会扑倒，所以上了钉。这些被殉葬男女的服饰和面目，还可看出大概。但当人靠近前去细看时，洞穴内忽然刮起一阵阴风，这些男女全都化成了灰，连骨头也化为白灰，那一根根铁钉却还在左右两旁的墙壁上。谁也不知道这是哪个侯王的墓。

据说，也有人掘到作卧倒姿势的土人，有长角的头和四肢，却没有耳朵和眼睛，恐怕这也是古尸风化的结果。

夏侯惇墓

本朝松江提督张勇，在降生之前，他父亲就做了个梦，梦见有位身着金盔金甲的将军来到他面前，自称"汉将军夏侯氏"。张勇之父对此梦疑惑不解。第二天走进门来，张勇就呱呱落地了。

后来张勇曾经参与镇压吴三桂、王辅臣等人的叛乱，屡立战功，封靖逆侯，他身经百战，曾经攻克五府、五十多个州县。有一回，他的右脚被箭射中，伤了骨头，穿不上鞋。他就命人用一抬小轿抬着他去督战。在战场上，他表现得若无其事，而且奇计百出，多次以少胜多，出奇制胜。

康熙二十二年（1683），张勇以老病请求退休，皇帝谕旨挽留。二十三年（1684），有消息说，青海省的蒙古游牧民族要扰乱边城，张勇奉旨去防御。到了甘州，病情加重。皇帝派他儿子和御医去探视、治疗，但终于不治而死。死后赠封太子少师，赐谥号襄壮。

张勇死后，归葬乡里。挖墓穴的时候，出土一块古碑，古碑上刻有碗口大的七个隶字"魏将军夏侯惇墓"。从三国时期到如今，已是两千多年。夏侯惇几世转身，成为张勇，张勇死后，又埋回夏侯惇的原葬之地。这事儿，可以说是奇中之奇了。

塞外二事

雍正年间,定西大将军纪成斌,因为违反军纪被处死在塞外,他的鬼魂常在当地作怪。一次,后任将军查公的部下,有个士兵,大白天突然扑倒在地,口称自己是"纪大将军",求吃讨喝。许多士兵都到查公处跪拜求情,代为请命。查公有位幕客陈对轩,是个豪杰之士,径直走到那个仆地的士兵旁,上前就是两记耳光,骂道:"纪成斌,你带兵征讨阿拉蒲坦,临阵脱逃,所以按王法处死了你。你这鬼如若有灵性,应该自觉惭愧,为何还胆敢化为恶鬼,装出一副屠夫酒鬼讨饭吃的无赖相?"骂完,那个兵立刻从地上跃起,不再说胡话了。

从此以后,凡有谁得了瘟病自称是"纪大将军"的,只要用"陈相公来了"这句话吓他,他的病立刻就好。

纪成斌被正法时,家奴全部逃散,只有一个厨师留下来收他的尸。隔不多久,这个厨师病死了,他的鬼魂常常依附到病人的身上,自称是"厨神",说:"天帝爱怜我怀着忠心替主人收尸安葬,所以封我为鬼群中的长官。"有人问:"纪将军在什么地方?""厨神"说:"天帝对他违反军纪很光火,使几万兵民因此受了伤,所以罚他做疫鬼,受我的管派。他原是我的主人,我也不大敢管派他。可是我说的话他总听。"后来,塞外地方凡遇到纪将军的鬼魂兴风作浪,先请出陈相公,陈相公不在,就叫"厨神",纪的鬼魂就会逃跑了。

关神断狱

江苏溧阳县有位举人,名叫马丰。马丰在没有考取举人之前,生活清苦,靠着在本县西村李财主家设馆教书养家糊口,是位不起眼的穷教书先生。

这李财主家有个街坊,姓王。这个王某好喝酒,性情粗暴凶狠,把打骂妻子当成家常便饭。一言不顺,就要拳脚相加,打完了,还不给饭吃,饿得他妻子心慌意乱。那妇人无奈,就偷偷抓了李财主家的一只老母鸡,杀死后炖肉吃了。不想这妇人不会做贼,被李家的人发现了蛛丝马迹,李家的人就告到了王某面前。当时,那王某正是喝醉了。他一听说老婆偷了街坊的鸡,大发雷霆,忽地跑进厨房,抄起一把菜刀,揪着妻子的头发,扬起了刀,问道:"你这个贱货! 你把人家的鸡偷着吃了?"那妇人浑身哆嗦,脸色煞白,说:"饶了我,饶了我! 不是我偷的,是……是他们自己家那位马先生偷的。"王某一听,手提着刀,一手抓着妻子,来找马丰辩理。

马丰是位教书先生,何况又是位秀才,当然是能言善辩。怎奈那妇人为了活命,一口咬定是他偷了,又没人证实他没偷,他就是长了一百张嘴,也难以说清。

马先生想了想,只好说:"这么着吧! 村东头儿就有关老爷庙,咱们一块儿到神面前去占卜,投环珓,请关老爷来明断是非。"这投环珓,就是在神佛面前把蚌壳投进铜磬里,以蚌壳朝上或朝下定吉凶。马先生说:"蚌壳朝上为阳,就是我偷了鸡;蚌壳朝下为阴,就是她偷了。"三人约定后,就去关老爷庙。有一些好事者,也跟在后面起哄看热闹。

到了庙里,三人焚香磕头,祷告的时候,各自说了理由和要求,然后就投蚌壳。三人各投一次,不幸三次都朝上是阳。马丰当时真傻了眼了。

王某当即扔了手中的菜刀,放开了妻子,哈哈大笑,指点着马丰的鼻子说:"可惜,你还是个识文断字的先生,闹了半天,也干这偷鸡摸狗的事儿! 李财主也不长眼,让这样儿的先生教后代,还不都成了小偷儿?"众人跟着起哄,七嘴八舌,就更不堪入耳了。马丰虽然没做贼,也是个大红脸。

李财主因为马先生涉嫌偷鸡,就婉转地将他辞退了。马丰从此落了个坏声名,有好几年没人请他当教师。

那一年,一位朋友家里请仙扶乩,马丰也在场。乩仙降坛,自称是关圣帝,这使马丰想起了关老爷断案那场面。他余恨未消,跳起来大骂:"什么圣帝不圣帝! 纯粹是昧尽良心,欺压好人,狗屁不灵!"

　　乩仙立刻在沙盘上写道:"马举人,你应该头脑清醒。要知道,你前途有望,将来也会做官、理民事,你更应该明白,事有轻重缓急之分。你落了个偷鸡的坏名声,只不过是失去了几年坐馆教书的机会,而这个罪过落在那可怜的女人头上,她就没命了!在于我,宁可落个为神不灵,受你一人的憎恨,也要救活一条性命。天帝明鉴,认为我处理此事明大义,识大体,特命嘉赏,使我连升了三级!你就不要再怨恨我了。"马丰半信半疑,问道:"你既自称关圣帝,就有帝王之位了,帝王为至尊,怎么还能连升三级?"乩仙说:"如今,四海之内,九州之间,到处都有关神庙,实际上没有那么多关神。凡乡里所设的关神庙,大都奉天帝之命,选一些平生正直的鬼来代理,由他们掌管一般人鬼之间的诉讼案。真正的关神,总是侍奉在天帝的左右,他不可能随时下凡界料理事务。"马丰先生明白了其中的权衡,不再耿耿于怀。不久,他也就乡榜高中了。

紫清烟语

　　苏州人杨大瓢,本名杨宾;擅长写字。六十岁时,一次病死后又活了过来,说:"天上的书学院召我去考试,近来玉皇大帝著了一部《紫清烟语》,由于缺少抄写的人,所以召唤许多擅长书法的人来参加考试。我不知道自己是否考中,如果考中,就不能再活了。"

　　隔了三天,半空中传来鸾鸟、仙鹤和钟鼓的声音,杨大瓢悲伤地说:"我学不到像王僧虔那样,因为写一手好字而做了两朝的大官;相反,我被几支秃笔连累,以致送了命。"双目一闭,死了。曾经有人问他天上书学院的排名榜,他说:"紫清排在第一等第一名,王羲之排在第一等的第十名。"

顾 尧 年

乾隆十五年(1750),我在苏州江雨峰家里做客,正赶上他儿子江宝臣去金陵(南京)参加庚午科乡试。江宝臣参加乡试以后,回到家中就得了一场大病。这下,可把江雨峰急坏了。他遍请了苏州名医,百般医疗调治,不但不见效,病情却日重一日,趋于急险。名医都束手无策,现出为难的样子。那江雨峰知道我和江南名医薛一瓢很有交情,就死乞白赖地求我给薛一瓢写封信,求他无论如何也得大驾光临,来救救这位江相公。我遵命命笔,信很快送了出去。

那一天,薛一瓢还没到,我和江雨峰就到大门口去迎候。这时候,忽听病人在屋里大声呼叫道:"哟!顾尧年先生来了?哎呀,顾老先生辛苦了!快,快请坐,请坐!"

说起来,这顾尧年,本来是苏州的一位平民。他读书识字,是位在当地很有名望的人。三年前,他联合一部分人上书官府,请求平定米价,他的目的当然没能达到。于是,他就聚众闹事,殴打伤害了官府的吏役,当时的江苏安巡抚下令将他逮捕入狱,并以聚众谋逆、横行不法罪,将他判死刑,斩立决。这顾尧年已经是死去两年的人了。

顾尧年坐定之后,借着江宝臣之口,告诉江宝臣说:"江相公,我给您道喜了:恭喜您已经高中了江苏庚午乡试第三十八名,您已经是位举人老爷了。至于您的贵恙,那不过是个浮灾,没多大关系,很快就会好的,您放心吧。不过,在下沉沦黄壤三年,肚子里素得很!您能不能备些酒肉,来供我一餐?我吃完了,马上就走。"

江雨峰听了这番话,急忙进屋,拱手施礼,急切地说:"恳请顾老先生先行一步,祭祀酒肉,学生即刻奉献。"

那顾尧年的阴魂依然是磨磨蹭蹭,不肯就走,说道:"大门口儿站着那个人,他在那儿唠叨不休的说些什么?他大概就是钱塘袁子才,他在门口吵嚷,我真有点儿怕这个人。他站在大门口儿,我怎么敢出去?"接着,又长叹一声,说道,"薛雪先生已经来到了,他是江南名医,大名鼎鼎的人物。我应当回避他。"

江雨峰一听这话,急忙走出屋来,拉开我,好给顾尧年的鬼魂闪开一条道儿,不想,正在这当口,薛一瓢就来到了。寒暄已毕,我就对一瓢说:"顾尧年的阴魂在这儿呢!他来给江翁报喜,说是公子高中了;他还说,一怕我袁子才说三道四,二怕你薛一瓢大名鼎鼎!怎么样?"

薛一瓢一听,不禁哈哈大笑,说道:"得了,得了!真有你的!既然鬼明言怕咱们俩,老兄也不必推辞,咱们就一块儿进去驱逐他。"说着,就一起进入病房。

薛一瓢坐到床前,给病人诊脉问病。我呢,也别闲着,就抄起笤帚,给病人洒扫房间。不大工夫,薛一瓢的处方就开出来了。

薛一瓢真不愧是一代名医,江宝臣只服用了一剂药,就药到病除了。不久,乡试张榜,江宝臣果然乡试中举,果然是第三十八名。

妖道乞鱼

我的姐夫王贡南,住在杭州横河桥,早晨外出时见一位道士立在门口,对他拱一拱手,说:"向你讨一鱼。"贡南训斥说:"你们出家人是吃素的,怎么讨鱼肉吃?"道士说:"我讨的是木鱼。"贡南不肯。道士说:"明公小气在先,将来一定要后悔。"说完就走了。

这一天夜里,贡南听到有落下瓦片的声音。第二天一看,庭院里尽是瓦片。隔了一天夜里,他的衣服全部被扔进了茅坑中。王贡南就到秀才张有虔的家里求驱鬼的符箓。张有虔说:"我这里有两种符,一种便宜,一种贵。张挂便宜的那种,早晚就可太平;张挂贵的那种,就会有神仙来除掉妖怪。"贡南要了一张便宜的,回去挂在各堂里。当夜,果真很太平。

过了三天,又来了个老道士,样子长得很古怪,敲着王家的门。这一日贡南正好有事外出,他的二儿子王后文出来开门,道士说:"你家前几天让某道士害苦了,那个道士就是我的弟子。你求救于纸符,还不如向我求救。告诉你父亲,请他明天到西湖边上的冷泉亭,高声呼喊三声铁冠，我立刻便到。不这样做的话，你家张挂的符也将会被鬼偷去。"贡南回家，王后文就把刚才的事告诉了父亲。

第二天清晨，贡南到了冷泉亭，连呼"铁冠"几百声，根本无人答应。正碰到钱塘县令王嘉会路过这里，贡南拦住轿子原原本本地申诉了这件事。王县令怀疑他是个痴子，大骂了他一顿。当天夜里，王贡南召集几个身强力壮的家丁，在客堂守护挂着的符。五更时分，只听"托"的一声，符已没有了。天亮以后查看，茶几上留有巨人的脚印，至少有一尺多长。从此以后，每天夜里，群鬼必到，撞门砸碗，贡南害怕极了，又到张有虔家花了五十两银子买了一张符，挂在客堂里，群鬼果然不来了。

有一天，王贡南对着大儿子王后曾大发脾气，要用棍子打他。王后曾外逃三天不回家，我姐姐哭个不停。王贡南亲自去找，见王后曾在河边彷徨，准备投河而死。贡南急忙将他拉上轿，抬轿的觉得他儿子体重比过去增加了一倍。到了家里，王后曾两眼瞪出，呆呆地直视，嘴里喃喃不休地不知道说些什么。他睡在床上，突然惊叫起来："要开审了，要开审了，我马上去！"贡南说："儿要到何处去？我一定要陪你一起去。"王后曾从床上起来，衣冠穿戴整齐，跪在客堂的那张符下，王贡南也与他一起跪着。王贡南什么也未见着，王后曾却看见一个神坐在上面，三只眼睛，面色金黄，红胡须，边上跪着的全是矮小鬼。神说："王某人阳寿去终，你们为何利用他的畏惧之心，迷惑他走上死路？"又说："你们这些五方小吏，不接受天帝的指令，为何却反替妖道当奴仆？"小鬼们个个服罪，神吩咐对他们每人打三十大板。小鬼们"啾啾啾"地求饶、悲哭，被打得臀部肿痛发青。审判处罚结束，神用穿靴子的脚踢了踢王后曾，王后曾这才如梦初醒，汗流浃背。从此以后，王家一直平安无事。

尸行诉冤

江苏常州郊区的西乡，有个人姓顾。那天顾某外出办事，回来的时候，太阳落山，天色已晚，从这里到西乡，路程八十多里，加上他白天奔忙劳碌，身体非常疲惫，就打算到眼前的古庙里借宿一宵，明天继续赶路。他叩动山门，有老和尚迎出门来，合掌念佛，躬身问施主何事。顾某申明求宿之意，老和尚说："今天夜晚，要为某家送殓，僧徒们全体出行，寺中无人。施主光临，敝寺沾光，烦劳代看山门，老衲也就放心了。"顾某满口答应，老和尚就引他到西厢僧房安歇。一会儿，众僧人披袍列队，管乐铮铮地出发了。顾某关好庙门，吹灯安卧。

约莫到了三更鼓，忽听得有人猛烈地撞击庙门，叫门的呼声急切而凶狠。顾某披衣而起，走到院里，没好气儿地喝问："谁呀？三更半夜的。"外面的人气喘吁吁和缓地回答："开门吧，我是沈定兰。"顾某立刻头皮发麻，起了一身鸡皮疙瘩。原来，这沈定兰是他多年的老朋友，可是，此人已经死了整整十年了。深更半夜竟然来叫门，这不是活见鬼吗？他愣在那儿了，迟疑着不敢去开门。

鬼见里边没动静，又焦急地捶打着庙门，大声地说："老朋友，你不必害怕，我是有重要的事托付你呀！你不想想，我既然为鬼，你迟迟不给我开门，我就不能冲进去吗？我之所以叫你来开门，还是按照人间的常规办事，念惜咱们的老交情啊！"顾某琢磨这话在理儿。他无可奈何，心里直扑通，还是开了庙门。门一开，就有个影子扑了进来，跟跄了两步，就像一段湿木头，只听"咕咚"一声，好像一个人，倒在了地上。顾某手忙脚乱地关上了庙门。

漆黑的天，没有一点儿月光。顾步泉心惊胆战，更看不清倒在地上的到底是谁人。他回转身，要进僧房去点支蜡烛。那躺在地上的鬼又大叫："别去点灯！说实话吧，我不是沈定兰，我是东村里刚过世的李某人。"顾某大惊，说："我与你往日无冤，近日无仇，你我素不相识，你干吗找我的麻烦？"鬼说："唉！一言难尽哪！我那贱内她坏了良心，和邻居那小子通奸。他们如胶似漆，难分难舍，嫌我碍眼，就把砒霜下到饭菜里，把我毒死，而诡称暴病身亡。我若不是假托您的老友沈定兰先生之名，您肯开门吗？请宽恕我冒名之罪，求您帮助我报仇申冤。来生变牛作马，也不忘报答相助之恩！"一边说，一边呜呜咽咽地哭起来。

顾某被他的悲惨命运所触动，气愤之余，心生怜悯，也就忘了害怕了。顾某说："可我不是官府，怎么帮助你报仇？"鬼说："这不要紧，您只要去报了官，有我尸体上的伤痕为证。"顾某问："你的尸体在哪儿？"鬼说："拿灯来，立刻就能看见。不过，一见光亮，我就不能说话了。"

这时候，庙门外脚步声杂沓，人语声声，接着，有人敲门。顾某开门迎出来一看，却是本寺的僧众们回来了，他们个个脸上还留有惊恐的表情。他们说："阿弥陀佛！天下竟有这等怪事！老衲正与众徒在念经，超度亡灵，送尸体入殓。谁知那尸身，忽然不见了！何等怪诞，何等可怕！故此退了回来。"顾某忙把刚才发生的事说了。僧众点燃火把，熊熊火光照得寺院通明。照见山门内，果然躺着一具尸体，只见他七窍流血，面色青紫，显见得是中毒身死。有的和尚认出来，他正是李秀才。第二天清晨，众人将此案一举报官，奸妇奸夫被捉拿归案。

李秀才行尸求诉，终于得以昭雪。

沭阳洪氏狱

乾隆九年（1744），我任沭阳县令。淮安有个吴秀才，在姓洪的人家教书。这洪家世居当地，很富。吴秀才带着妻子和一个儿子，住在洪家外院。

一次，洪家主人临时请吴秀才和他的儿子吃饭，吴妻独自一人在家。半夜二更时分，秀才和他的儿子回家，见妻子被人杀死，凶器弃在墙外，捡起一看，原是秀才自家的菜刀。我前去验尸，见那妇人头颈里有三处刀伤，咽喉处还流着粥粒，悲惨之极。究竟凶手是谁？一时没有线索。洪家有个仆人洪安，习惯用左手拿东西，而妇人颈处的刀痕正巧是左重右轻，于是拘捕、审讯了他。洪安开始承认自己就是凶手，后来又说是受了洪家儿子洪生指使杀的。洪生强奸师母不成，所以要杀她。洪生就是吴秀才的学生。待审讯洪生时，则说，奴才洪安曾被自己鞭打过，所以故意诬陷他。此案尚未了结，我被调任江宁县令。

接替我的是县令魏廷会。他竟认为洪安是凶手，并把卷宗上报。江苏按察司翁藻看了卷宗，认为所供证词并不确凿，就将洪安等人全放了,另捉真正凶手。十二年过去了,一直没有捉到。

乾隆二十一年(1756)元月,我的堂弟袁凤仪从沭阳来,说当地有个武生员洪菜,去年病死,尸棺尚未落葬。一天夜里,洪某托梦给自己的妻子说:"某年某月某日,强奸并杀死吴秀才妻子的,正是我。我逃脱法网已有十多年,现在吴妻的冤魂正在向天帝控告我,明天中午天帝就要打雷轰击棺材,请尽快替我把棺材换个地方藏起来。"洪某的妻子被这梦惊醒。她正在与家人商量如何用车载柩迁移一事时,棺材突然起火,棺内尸骨全部化为灰烬。而他家里的草屋和家具之类,却都完好无损。

我听完此事后,感到非常惭愧,自己身为县令,既不能使这妇女的冤案得以昭雪,又对无罪之人妄加刑责,我深深感到做官的力不从心。上天报应凶手拖到了十年以后,而且还不直接加在他身上只惩罚他的无知无觉的尸骨,这是什么道理? 这个凶暴之徒,躯体已死,他的鬼魂也必定冥顽不灵,却偏偏让他的精魂托梦给妻子,而且如此看重自己的躯壳,这到底又是什么道理呢?

雷公被骗

江西南丰有位隐居山林的读书人,名叫赵黎村。赵黎村说:当年,他祖父在世的时候,称得上是一方豪杰。当地的老百姓都挺敬重他,亲切地称他为赵大爷。明朝末年,战争四起,社会动乱。有那么一帮子土匪流氓之类,霸占一方,横行乡里。他们惯用的手法,是以为公众造福为名,挨家挨户搜刮钱财。钱一到手,就被他们瓜分净尽,挥霍一空。老百姓是苦不堪言,可谁又敢惹他们呢?

赵黎村的祖父气愤不过,就把这伙人的所作所为报了官。官府施加压力,总算把这伙歹徒驱散了。可是,这伙匪徒花天酒地的日子过惯了,一朝没有了这项收入,欲望难忍,不免对他祖父记恨于心。可是,他祖父自幼能文习武,膂力过人。这伙匪徒惧他三分,又不敢暗算他。

每当天阴雷雨之际，匪徒们就摆下酒肉供品，带领他们的妻儿老小，向上天跪拜，不停地祷告说："请雷公爷殛杀赵大爷，他是天底下的大恶人！"

那一天，赵大爷正在花园儿里悠闲地散步，采朵野花儿反复赏玩。忽听晴天雷响，他抬头一看，正有一个尖嘴儿猴腮的大毛人自天而降。只见他顶盔披甲，手持两柄大锤。他撞击大锤，雷光闪电立刻大作，直向赵大爷袭来，而且，伴有一股浓烈的火药味。

赵大爷知道，这是雷公受骗，上了歹徒们的当了。他随手抄起一个尿盆子，向雷公打去，气愤地斥责道："雷公啊，雷公！你怎么这么糊涂？我也五十多岁了，还没见你击杀过一只吃人的老虎，可耕地的黄牛，却被你伤害了不少！你欺善怕恶何至于此？今天，你得给我说个清楚。说明白了为什么，你就是击死了我，我也不冤枉。"

雷公被赵大爷问得哑口无言。只见他怒容满面，目光闪闪，似乎是非常惭愧。加之尿盆子里的污水泼了他个满脸满身，使他一时失去了灵光，摇摇晃晃站立不住，一下子跌落到田野上。他呻吟吼叫，一直过了三天三夜。

还是那伙匪徒们惦记着他。他们见雷公这副惨相，私下里叹息说："唉！是咱们把雷公给害了！咱们别忘恩负义，见死不救啊！"于是，他们聚集资金，宴请僧道，大作法事。雷公得到超度，才能起身。他悔恨交加，腾云而去。

鬼冒名索祭

有个禁军侍卫，喜欢骑马射箭。一次，他为了追猎一只野兔，驰马到了东直门，不巧有个老头儿蹲在井边打水，马狂奔失控，就把老头儿撞跌到井里。侍卫十分害怕，慌忙奔逃回家。

当天夜里，侍卫看见井边那老头儿推门进来，骂道："你虽然不是存心害我，但见我掉在井里却不救。如果你立刻喊人救我，那我还有活的希望。你怎么能忍心潜逃，丢下我回家了呢？"侍卫无话可答。这老头儿又摔东西,又砸门窗,不停地捣乱。侍卫全家人都跪在地上求鬼,答应马上备斋祭祀,鬼说:"这些无用。若要我太平,必须刻个木头的神主牌位,写上我的姓名,每天用猪蹄子供我,当祖宗一样敬重,我才能饶过你们。"侍卫照鬼的话办了,这才太平无事。

　　从此以后,侍卫凡路过东直门,一定要绕道而走,避开这口井。一回,护卫皇帝出巡,当经过东直门时,侍卫又想绕道。他的总管训斥说:"倘若圣上问你到哪里去了,我拿什么话回答?更何况现在是青天白日,又有千乘万骑人众,你怕什么鬼?"侍卫没办法,只好打路口井边走。侍卫忽然看见那老头儿就候在井边,见了侍卫,直奔到他跟前,拉着侍卫衣服骂道:"我今天总算找到你了。你前年骑马撞得我掉井不救,你为何这么狠心?"老头边骂边打。侍卫吓得苦苦哀求说:"我罪责难逃,可是公公已在我家受祭享供三年,也曾经当面答应宽恕我,你为何讲的话又不算数了呢?"闻听此言,老头更加光火了:"我没有死,不需要你祭我!我虽为马冲撞所逼,失足落井,可是正好有人路过,听到我呼救,将我从井里拉出。你凭什么疑心我是鬼呢?"侍卫听了大吃一惊,马上拉着老头一起到家,让他看神主牌位,原来牌位上写的不是这老头的姓名。老头骂着,挽袖伸膊,夺过木牌位就朝屋外扔,桌上供品撒了一地,侍卫家里人被吓怔了,不知道又发生了什么事。此刻,忽听半空中有声音传来,那冒名的鬼魂大笑而去了。

鬼畏人拼命

　　介侍郎有一个族兄,性格强悍,很讨厌别人谈论鬼神的事。每到一个地方居住,都喜欢选择那种平时被称作不祥的地方居住。他路过山东到一间旅店投宿时,人家说西厢房有妖怪,介某很高兴,打开西厢的门径直走进去。

　　坐到二更,有瓦片从屋梁上掉下来。介某骂道:"你是鬼吗?必须挑我这房顶上没有的东西掷下,我才怕你。"果然有一扇磨石掷下。介某又骂道:"你是恶鬼吗?必须把我这茶几砸碎,我才怕你。"马上掉下一块大石头,把茶几的一半砸得粉碎。介某大怒,骂道:"你这鬼狗奴才! 你敢砸碎我的脑袋,我才服你!"说着站起来,把帽子掷在地下,昂起头等着。

但是,从此却寂然无声,而且,这所房子的妖怪也永远消失了。

天　壳

古代解释天体的"浑天"学说,认为天地浑然一体,像个鸡蛋,蛋中的黄、白未分时,天地处于混沌状态;蛋黄与蛋白一旦分开,便是开天辟地了。人不能游离在这蛋壳之外。因此,道家那种天外还有三十三重天的说法,似乎有点不着边际。

关中一带土层很厚,常发生地震土裂,使整个村子陷落。大地震动崩裂时,或有黑水直冲空中,或有喷烟冒火,或是先裂开随即又合拢。只是那些被沉陷的居民和屋舍,再也没法出土,也不知道这些人和房屋究竟到哪里去了。

顺治三年(1646),甘肃武威就发生过地裂村陷的惨剧。有个名叫董遇的人,专学修炼形体的道家法术。他能控制呼吸,沉入大海中而不死。在董遇一家遭到地裂被埋的九天以后,他竟独自从地下钻了出来。

董遇说,刚刚陷进土里时,觉得整个身子一直在往下沉个不停,一天一夜以后,落进了地下泉中。在往下沉时,人的姿态似飞非飞,似转非转,很顺利、舒适,还可以与家里人说话。一落进泉水里,他家里人就全被淹死了。

当时,董遇控制住呼吸,直沉到水底一千余丈处,顿觉周围又干燥起来,四面一片纯黄色。一会儿,天色渐亮,董遇往下一看,莽莽苍苍,天就在他的下面。侧耳细听,居民和鸡狗的声音随风飘来。董遇想,这大概是天壳之外的天了,若能下落到第二层天宫当然很好,即使降落在人家瓦屋顶上,那居民难道不是又要敬我为天上神仙了吗? 于是,他竭尽全力将身子往下坠动,不料被旋风挡住,整个身子卷在半空直兜圈子,就是下不去。

不久,出现了一个古装打扮的人,身高二丈,对董遇大声斥责说:"这是二重天的分界处,万古以来的神仙和圣人都不能破这分界线,你是什么人,竟如此胆大妄为? 赶快趁地还未合拢,仍旧回到人间去吧。否则,地壳一合拢,纵深百万余丈,你虽能穿水,却不会穿土,所以必死无疑。"话还未说完,只见万道金光,正从远处射来,热不可当。古装打扮的人抚着董遇的背说:"快走,快走,太阳已转过来了! 连我尚且要避开,不要说你这凡人身躯了。你再不走,定将烧为飞灰。"董遇直听得毛骨悚然,立刻运气腾空而上。董遇的面目,因被水土侵蚀,黑得像焦炭,身上的衣服也与肌肤粘连着,直到一个月后,才恢复了原貌。打此以后,他自称"劫外叟"。

我见到《淮南子》上说"温带下面,没有生灵之物",照此看来,太阳附近,便是《淮南子》上说的"温带"了。

董贤为神

康熙年间(1662—1722),我的堂叔祖父弓韬先生,官居西安府同知,曾经上终南山拜神求雨。

终南山侧有一座古庙。庙里的神灵塑像,却是个美貌青年。他穿着金黄色的貂皮衣,头戴盘龙高帽。看他那服饰和气派,很像汉代的公侯。弓韬先生问庙里的道士供奉的什么神,道士说是三国时代的孙策,弓韬先生认为孙策曾经先后辅佐袁绍、曹操,横行江东,从来没听说他到过长安。再说,孙策是位叱咤风云、转战杀场的将军,应该是颇具威严英武之姿才是。可这尊神像却妩媚温雅,简直像个女人。他怀疑是个什么邪神。

恰巧这时决定在太白山修建一座龙王庙,打算拆除终南山这座古庙,用拆下来的砖瓦木石,挪去建造龙王庙。

当天夜里,弓韬先生就梦见终南山古庙之神召见他,对他说:"我不是孙策,而是西汉朝哀帝的大司马董圣卿。我被王莽那个老贼所杀害,死得好惨。天帝怜悯我无罪,认为我生前虽说是居高位,又蒙皇上恩宠,可是,我没有利用权势,加害过任何一位士大夫。因此,天帝封我为大郎神,命我掌管这一方的晴雨。"弓韬先生这才明白,他就是西汉末的董贤,记得他的传记中有"美丽自喜"的话,就目不转睛地注视着他。这位大郎神现出不高兴的神色,说:"先生甭信班固那老家伙的胡说八道,千万别上他的当。班固在《汉书·哀帝纪》上说,哀帝刘欣有阳痿病,不能生儿子,又怎么能宠幸我呢?班固的传纪,本身就自相矛盾。当时,我们君臣之间感情融洽,同吃同住的事儿,确实是有的。不过,这也不算是什么新鲜事儿。武帝朝,大将军卫青、霍去病,也曾享有过这种宠幸,这怎么能与战国时候魏国的龙阳君、楚共王的安陵君,那种专门儿以男色取宠的人相提并论呢?人臣受宠幸,本属天意,这是我没法儿辞却的呀!可是,两千多年来,我一直蒙受着这以色媚君的骂名。这个,还得仰仗你来为我平反昭雪。"

大郎神的话音未落,只见两个青面獠牙的小鬼儿,牵着一名囚徒走了上来,看上去,这个囚徒已经上了年纪,头顶光秃,声音嘶哑,但见他手里还捧着一本书。

大郎神对弓韬先生说:"您瞧,他就是王莽老贼!天帝以为他罪恶滔天,就把他打入了阴山,让他受毒蛇咀嚼很久了。如今,把他赦免了,押送到我这儿来,我命他洒扫庭堂,冲刷厕所。他只要有一点儿过错,我就命令小鬼儿拿铁鞭子抽他。"

弓韬先生问:"他手里拿的是什么书?"大郎神笑了笑,说:"这老贼,一辈子信奉《周礼》,死抱着这本书不放。就连他挨打的时候,还忘不了拿这本书护着脊背呢!"

弓韬先生走近王莽,见他手里捧着的果然是一本《周礼》。那书皮儿上,还印有"臣刘歆恭校"的字样呢!弓韬先生看罢,不禁哈哈大笑。一笑而醒,原来是南柯一梦。

第二天,弓韬先生就捐赠自己的俸银百两,用来修茸这座大郎庙,并命人杀羊祭祀,以示崇敬。

不久,他又梦见这位大郎神来致谢,说:"承蒙先生修庙祭祀,您的深情厚谊,真使我感激涕零。但是,这么丰盛的祭享,我一个人一时难以用尽,也感到很孤寂。我活着的时候,有一位属吏,名叫朱栩,他很重义气。我被王莽杀害之后,是他给我收的尸,并埋葬了我,后来他也被王莽杀害了。我感念他的恩义，奏明天帝，荫恩他儿子朱浮做了光武皇帝的大司空。这些，您一看史书就知道了。"

于是，弓韬先生又请人塑了一尊朱栩像，坐落在大郎神的身旁。又塑了一个囚徒样子的王莽像，让他跪在殿堂的台阶下。

从那以后，每次祈雨求晴，没有不灵的。

三　头　人

康熙年间（1662—1722），吴三桂叛乱，道路被阻绝。湖州客商三兄弟，姓张，从云南逃出来，沿着蒙乐山东边走了十天十夜，迷失了方向，只能采挖路边的草叶、树根充饥。一天清晨，三兄弟走在旷野上，忽然一阵大风从西边刮来，风声像是海潮和江涛的呼啸声。三兄弟怕了，就爬上土丘远望。只见一头黑牛，体大如象，踉跄奔来，所到之处，草木全被踏倒。

天黑了，三兄弟正愁无处投宿安身，忽然发现前面一棵大树下，像有人家，便走了过去。这人家很宽敞，里边走出一个男子，身高一丈多，头颈上长着三个头，说话时，三个嘴巴一齐发出声音，清楚响亮，像是中州人口音。三头人问三兄弟从何而来，他们如实告诉了。三头人说："你们迷了路，肚子一定饿了吧？"三兄弟拜谢了他的关心。三头人立刻叫他的妹妹为客人烧饭，态度很客气。他妹妹应声前来，也长着三个头。三头女子看见张氏三兄弟笑着对她的哥哥说："这三位先生，老大可以长寿，两个兄弟恐怕难免要遭到不测。"

张氏三兄弟吃完饭，三头人折了一根树枝给他们，说："根据这根树枝的日影，可以选择方向，作用与指南车一样。一路上凡经过庙宇，可以投宿，却不可撞庙宇里的钟鼓，一定要牢牢记住。"张氏三兄弟又上路了。

隔了一天，三兄弟走到一处乱山丛中，见有一座古庙可以歇脚，他们就在庙的屋檐下坐了下来。此时，飞来一群乌鸦，俯冲而下企图啄三兄弟的头顶。张氏兄弟大怒，捡起地上的石子就朝乌鸦投掷，不料，误触了庙中的钟,响起了铿锵的钟声。顿时跳出两个夜叉,捉住两个弟弟,撕着吃掉了。两个夜叉又准备过来抓老大,只听得一阵风涛般的呼啸声,有头大黑牛蹦跃而来,与两个夜叉角斗。一会儿,夜叉被斗败逃跑。老大总算逃脱了险境。又走了几十天的路,他才回到湖州老家。

水鬼帚

我表弟张鸿业,曾经暂住在秦淮河边一位姓潘的朋友家里。他所住的房子靠近秦淮河,当地人管这种房子叫河房。

夏天夜里,他出来上厕所,已经是三鼓,人声寂然。这时候,一轮明月映照水中,微波荡漾,月影飘摇,煞是好看。张鸿业凭栏远眺,乘凉赏月。

忽然,近处的河水咕噜作响。张鸿业低头一看,只见水中忽地冒出一个人头来。张鸿业纳闷儿:半夜三更,还有人游泳?他仔细一瞧,这个人头黑乎乎,没鼻子、没眼睛、没耳朵。他的头前后一样,死板僵硬,脖子也不能转动,像个木偶。张鸿业拣起一块石头,朝黑头打去。黑头咕嘟一声,潜入水中就不见了。第二天中午,就听说附近的河里淹死一个男人。张鸿业断定,他昨天夜里看见的,是个水鬼。

张鸿业把这当作奇闻,讲给大家听。有一位贩米的客人由此更讲出一个水鬼要命的奇闻。他年轻的时候,曾经到嘉兴去贩大米,路过黄泥沟。这黄泥沟底,淤泥很深,他就骑上一头水牛,驱牛涉水。走到河正中,从淤泥里伸出一只黑手来,拉住了他的脚脖子。他使劲儿往上提脚,可是,这只黑手又死死地搂住了牛腿。那牛,是一步也挪不动了。他被吓得够呛,急忙呼喊过路人帮助牵牛,可那水牛依然是纹丝不动。有人就点起了火,烧那牛尾巴。水牛疼痛难忍,狂暴挣扎,终于摆脱了淤泥。但是,那牛肚子下面,却紧紧地拴着一把破笤帚。这笤帚腐烂污秽,发出一阵阵恶臭。有人拿棒子一敲打,就流出一股黑红色的臭水来,很像是瘀血,而且还啾啾地鸣叫不已。

有人用刀把这破笤帚砍断下来,架起干柴树叶,点火烧起来。破笤帚终于化为灰烬。可那腥臭的气味,却过了一个多月,才渐渐消失。

从那以后,黄泥沟就不再出现淹死人的事儿了。米客还曾经写过一首七言绝句来记述此事,诗道:"本欲牵人误扯牛,何须懊恼哭啾啾。与君一把桑柴火,暗处阴谋明处休。"

罗　刹　鸟

雍正年间(1723—1735),京城内有个富豪替儿子娶媳妇。女家也是名门望族,住在沙河门外。

新娘上了轿,随从车马前呼后拥而行。路过一座古墓时,有股狂风从墓中扬起,绕着花轿旋转多次,刮起的飞沙使人睁不开眼,路上行人纷纷躲开。一个时辰以后,风才止住。不久,轿子到了男家,停在大厅上。迎亲伴娘撩起轿帘,扶新娘出轿。不料,轿中又有一个新娘,自己掀开轿帘出来,与先前的新娘并肩而立。众人惊奇地看着,见两人服饰、打扮,甚至涂抹的脂粉颜色,无一点不同,难以辨出真假。于是,将两位新娘扶进内房拜见公婆叔姑,公婆叔姑见了都惊怕得面面相觑,无可奈何。

接着举行婚礼。在拜天地、祭祖宗、参见诸亲好友等仪礼中,新郎立在当中,两个新娘分立左右。新郎暗想,娶一个老婆却得了一双,喜出望外。夜深人散,新郎与两位新娘同床,男女仆人们各自回房睡觉,公婆叔姑也就枕安寝。

突然,从新房中传出新媳妇的一阵惨叫声,宅内上下里外全被惊醒,披衣而起,连小孩、仆人和女眷们也都推门进去察看。只见满地鲜血淋漓,新郎已跌倒在床下;床上,一个新娘仰躺在血泊中,另一个已不知去向。打着灯笼在房内四处探照,见梁上停着一只大鸟,灰黑毛色,尖利的钩嘴和巨大的两爪都是雪白色。众人一边高声喧呼赶鸟,一边奋击,只因手里拿的剑棍太短,打不着梁上的鸟。当大家正商量准备用弓箭长矛射杀这鸟时,听到一阵磔磔声,那鸟振翅而飞,目光闪闪像磷火，夺门飞了出去。

新郎晕倒地上，醒后说："三人并肩坐了一个时辰，正准备解衣睡觉，左边的新娘举起袖管朝我面前一挥，我的两只眼睛已被挖去。一阵剧痛，我昏死过去，不知她什么时候变成了鸟。"再问新娘，说："新郎在痛叫时，我惊问他出了什么事。那女人已变作了一只怪鸟来啄取我的眼睛，我也顿时不省人事。"后来，夫妇俩治疗了几个月，都康复了。夫妇之间，伉俪情深，只是两个人都失去了双眼，太令人同情和悲伤了。

这个故事是正黄旗张广基给我讲的。

据说，废墟、坟墓之地，阴气极盛，尸气积的时间一长，就化变为一种罗刹鸟，形如大灰鹤，能变幻作怪，专爱吃人的眼睛，与药叉、修罗、薜荔等厉鬼恶怪同属一类。

卷 三

烈杰太子

湖州乌程县有座庙,庙里供奉着名号叫烈杰太子的神像。相传元朝末年,有个勇敢的年轻人召集起本乡的兵民起义,最后在与张士诚的部将打仗时战死。当地人哀悼他,为他建了庙,称他为"烈杰",是因为他英勇壮烈,无愧是豪杰的意思。

乾隆四十二年(1777),县里有个姓陈的人,到烈杰庙烧香,回家后中了邪,悬梁自尽。他的哥哥陈正中,是个刚强正直的汉子,认为庙应当是神灵所栖居的地方,不应该是鬼怪兴风作浪的场所。他便去问庙里的道士,回答说:"今年到这庙里进香的人中,已有两人上吊而死了。"陈正中大怒,带了仆人、书童,拿着锄棍器械,跑到庙里把烈杰太子的神像砸了。

乡里的百姓却惊慌起来,议论纷纷,认为得罪了神明,整个乡里都会遭殃,于是向乌程县衙门告了一状,控告陈正中大逆不道,砸神毁像。陈正中也向县衙门一一申诉了砸像的原因,并且说:"烈杰太子这四个字,既不见于史书传记中,又不载于县志典籍中,明明属于五通神和社鬼一类,不是正统之神。现在,我陈正中已将烈杰太子的神像拆毁,触怒了众乡邻,我情愿出钱将庙修好,另立关圣帝的神像,以替乡邻求福消灾。"乌程县令认为陈正中说得很有道理,决定撤销此案。过了两个月,庙里平安无事。

县里姓孙的人家有个女儿,年近十五,中了邪症,眼睛歪,眉毛竖,口中自称是烈杰太子,还说是有坏人拆去了神像,所以无处安身,必须供给酒食给她吃。孙某家里人上酒供菜稍稍晚了些,她就自己打自己耳光,一副悲伤痛苦的样子。孙某就跑到陈家责怪陈正中,陈正中大怒,手拿桃枝直奔孙家,大声地说:"冤有头,债有主,拆毁你像的人是我! 我就住在本县,你不来报仇,却欺负人家小女孩,还索骗酒食,你烈在哪里、杰在何处? 简直是无耻小人! 你还不给我快快离开!"这时,孙某女儿又发出惊怕声说:"红面孔的恶人又来了! 我走,我走。"说完,她又清醒如常人一样了。

裴 秀 才

江西南昌有位裴秀才。夏天,他为了凉快,就脱了个光溜溜的,躺在土地庙里睡了一觉。没想到,回家以后就大病了一场。那秀才娘子认为他是触犯了土地神,就备下酒食供品,到庙里去烧香磕头,替秀才请罪,这么一来,秀才的病也就好了。

秀才娘子催秀才到土地庙里去拜谢。秀才大怒,不但没去,反而写了一张状纸,拿到城隍庙里焚烧了,状告土地爷依仗权势兴风作浪,不择手段敲诈民财。过了十几天,城隍爷竟然没理睬他,秀才更怒了,又写了一份呈文,催促城隍办理此案,并且指责城隍爷纵容属下贪赃枉法,不配受人尊敬,不配享用供品。

当天夜里,秀才就做了个梦。他看见城隍庙门外的墙上贴着一张批文,上面写着:"土地乘机敲诈,玷污了官位,着革职查处;裴秀才行为放荡,不敬鬼神,好胜逞能,又爱告状,发往新建县,打三十大板。"秀才醒来,暗自发笑,心里说:"我就是有错儿,也应该在南昌受罚挨打呀! 新建离这儿百十里,我是南昌人,新建县管得着吗?"因此,他怀疑这梦未必就灵。

不久,来了一场大雷雨,那土地庙里的神像,被雷劈了。秀才这才有点儿害怕,从此不敢出门儿了。

又过了一个多月,江西巡抚阿思哈到南昌视察,州县长官都来觐见。阿思哈到这土地庙来烧香,被他的仇人暗算,砍了一斧子,头部受重伤。众随从官慌了神儿,合力缉拿凶手。偏在这个时候,裴秀才觉得这事儿新奇,探头探脑地去瞧热闹,恰好被新建县县令看见了,觉得他可疑,喝令皂役拿下,问他是什么人? 秀才慌作一团,结结巴巴,一个字儿也说不出来。新建令见他身穿长衫，倒是像个读书人，可他头上没有顶戴，又显得不伦不类，大似无礼。一怒之下，命皂役把他就按在大街上，打了三十大板。他挨完了打，才说出一句"我是秀才"来。接着，又说出来他是户部尚书裘日修先生的本家。新建令一听，大为后悔。为了挽回面子，就推荐他到丰城县去主管教育。

摸龙阿太

吏部侍郎姚三辰先生是杭州人，世代行医，擅长外科。传说，有一天半夜里，姚三辰的祖父采草药归来，路过西溪，醉倒在山沟边，手靠在一块石上，只觉得又滑又软，黏糊糊的，接着一伸一缩缓缓动了起来。他吃了一惊，以为是条蛇。

过了不久，那物背着三辰祖父爬了起来，两只眼睛亮得像灯，头上有角有须，然后将他留在地上，腾空飞去。三辰祖父这才知道，这是一条龙。他的两手所碰到龙唾液的地方，香味几个月不散。他用手抓的药，病人一吃就好。从此，他的儿孙就叫他"摸龙阿太"。他还有一个外号"姚篮儿"，因为他采药总是拿着一只竹篮。他医德高尚，医好了别人的病，却不接受病家馈赠，所以他的孙子姚三辰官做到二品，大家认为这是对他祖父所积阴德的回报。

水 仙 殿

杭州学院到考试的时候，廪生们都聚集在明伦堂上，按照规定互相具结保证应试的童生，称为"保结"。有个姓程的廪生，在家中一清早就起了床，穿戴得整整齐齐出门去，走了两三里路，仍然回家，把门关上又坐下，好像和什么人在说话，语音听不清楚。家里的人很奇怪，又不敢多问。过了一会儿，程生又出门去，很久没有回家。在明伦堂上等待程生保结的童生来到程家，打听程生消息，程家的人很觉惊异。正在惊慌猜测的时候，有个箍桶匠扶着程生回来。只见他衣服全湿透了，脸上涂满污泥，瞪着眼睛不说话。灌了姜汤，在脸上涂抹朱砂以后，程生才会讲话。他说："我刚过小门，街上有个穿黑衣服的人向我拱手行礼，我就迷迷糊糊跟着他走了。那个人说：'你到家去收拾行李，和我一起去游水仙殿，好吗？'我就拉他到家中，将随身的钥匙系在腰带上，然后同他一起出了涌金门。走到西湖边，只见湖面上有一座宫殿，金碧辉煌，当中有一些美女，打扮得漂漂亮亮的在唱歌跳舞。黑衣人指着向我说：'这就是水仙殿呀！在这个宫殿里看美女，与到明伦堂保结童生相比，两件事哪件快乐？'我说：'这里快乐。'我纵身跳到水里，忽然有个白头发老翁在后面大喝：'恶鬼迷惑人，不要去，不要去！'仔细一看，原来是我死去的父亲。黑衣人就同我父亲对打起来。我父亲眼看打不过了，刚好箍桶匠走来，好像有一股热风吹入水中，黑衣人就逃走了，水仙殿和我父亲也不见了，因此我才能回到家里。"程家非常感谢箍桶匠，同时问他救出程生的经过。箍桶匠说："那一天，涌金门内一户姓杨的人家叫我去箍桶。我走过西湖边，天气十分炎热，看见地下有一把伞，想过去拿来遮挡日晒。走到伞边，听见水里有窸窸窣窣的声响，才知道有人掉在水里了，便扶他起来。你们家的相公，还要埋头沉到水里。我牢牢抓住不放，才使他出水回家。"程生的妻子说："人是未死的鬼，鬼是已死的人。人不硬要鬼做人，可是，鬼喜欢硬要人做鬼，为什么呢？"忽然，空中有声音接着说："我也是读书的生员。古书上说：'有仁德的人自己想有所建树，并且使别人也有所建树；自己想尊贵高尚，并且使别人也尊贵高尚。'我们做了鬼，自己被淹死的就想让别人也被淹死，自己吊死的就想让别人也吊死，有什么不可以呢？"说完，哈哈大笑着就消失了。

火烧盐船一案

乾隆三十二年(1767),镇江修城隍庙,由姓严、高、吕的三人主持这件事,建立账本,募集资金。

一个下雨天的早晨,有个妇女坐轿而来,从袖中取出一封银子,交给严某,说:"这是修庙的银子五十两,拜托你登记一下。"严某请问妇女的姓名和住处,以便登记。妇人说:"实在是微不足道的小善,不必留名,烦请记下银子数目就可以了。"说完就去了。

高某和吕某来了,严某便将刚才妇人捐款一事告诉他俩,商量如何入账。吕某笑道:"何必登记?趁这件事没其他人知道,我们三个人平分掉,也没啥要紧。"高某说:"好。"严某认为这种做法无理,赶忙制止,高、吕二人不听,严某无可奈何,就离开了。于是,高、吕二人将五十两银子对半分掉。直到修庙竣工,这件事除了他俩,只有严某一人知道。过了八年,高某死了。隔一年,吕某也亡故了。严某从未与人谈起高、吕私分捐银一事。

乾隆四十三年(1778)春天,严某生病,见有两个差役手拿传票对严某说:"有一个妇人在城隍面前告你,我等奉命带你前去对质。"严某问差役是什么事,差役说不知道。于是严某与差役同去,走到庙门外,气氛肃穆、阴冷,平日那些算命、卜卦的人全没了。庙门内两旁,原为居民所住,眼下所见到的,只是差役、班房。

过了仙桥,到庙的二门,忽见一个带枷的囚犯,对严某叫着:"是严兄吗?"一看,是高某。他向严某哭诉说:"小弟自乙未年死后,到现在已受苦四年,全是因为在阳间犯的罪被判刑、惩罚。眼看就要期满,可以托生,不料又为着侵吞修庙银事发,才押解到这里受审。"严某说:"这件事已隔了十多年,怎么又会突然案发?大概是那个妇人告发的吧?"高某说:"不是的。那妇人今年二月死的,凡鬼不管是好是坏,都要押解到城隍府来。那个妇人是一个善人,就与其他几个行善的鬼一起到城隍面前来过堂。城隍就开玩笑似的问她:'你一生见有好事就要行善,好几年前本府修缮衙门,你偏偏舍不得捐钱,这是为什么呀?'妇人说:'小妇人那年六月二十日,曾送银五十两到募捐公务所,是一个姓严的秀才接收的,自己觉得做这么一点点好事,算不了什么,不肯在账本上留名,难怪老爷有所不知。'于是城隍爷立刻下令憎恶司仔细查明事实,我只得将这件事全盘托出。当初,因为严兄有劝阻一事,所以叫你来对质。"严某问:"吕兄现在何处?"高某叹着气说:"他生前犯的罪重,已被关在无期徒刑的大牢中,不只是为分占银子事。"话未说完,两个差役来传话:"老爷升堂了。"严某与高某跟着差役立在台阶下,有两个童子举着彩色旗幡导引着一个妇人上殿,又牵着一个带枷锁的犯人进来,一看就是姓吕的。

城隍对严某说:"善妇的银子是交在你手里的吗?"严某便一一据实相告。城隍对判官说:"这件案子涉及修理本府衙门一事,我不能擅自做主,应该将此案交付东岳大帝定案,你快准备文书案卷送去。"城隍又叫两个童子将妇人送走。两个差役押着严、高、吕三人出城隍庙,路过西门,沿路看见有的男人穿着女人衣服,有的女人穿着男人衣服,有的头上罩着盐蒲包,也有身披羊皮狗皮的,来来往往,满眼尽是。严某耳边听到有人说:"乾隆三十六年(1771),仪征有盐船火烧一案,凡在当时被烧死和淹死的,到今天都期满,可以轮回托生了。"两个差役说:"东岳大帝难得坐殿升堂,我们还是送文要紧。"送完案卷文书,两个差役急急忙忙地边走边对这三人说:"文书已送上,你们可以前去听候宣判。"严某等三人赶忙上前去,还未站稳,就听得殿上宣判说:"在押犯高某,私分善妇捐银,其罪还算小,可按城隍原判,枷锁处置。吕某生前,包揽讼词,专门坑害无辜百姓,罪恶很大,除照原判枷锁服刑外,命火神焚毁他的尸体。严某是个君子,他的阳寿未满,应快送他还阳。"

严某听完,惊醒过来,见自己睡在床上,家里人全披麻挂孝,说:"相公已死三天了。胸口尚有余温,所以守护在这里。"严某将梦见的事一一讲给家里人听,家里人还不大相信。一年以后八月的某夜,吕家失火,吕某的棺椁果然被烧掉了。

年 子

江苏盐城县东北的草堰口有个村子叫小关营。村民孙自成的媳妇谢氏,大年三十晚上生了个儿子。因此,就给这孩子起了个名字叫年子。

年子长到十八岁,挑着两笼鸡到盐城县县城去出卖。半路上,忽然刮来了个大旋风。旋风把两个鸡笼掀翻,两笼鸡都东逃西散了。年子因此而受惊,回家后得了一场大病,病势转危。刚好这当口,谢氏又要临产,全家人都去照料产妇,就没有人来看护年子。

年子昏昏沉沉,觉得自己的身体犹如随风飘荡,忽然从一个红色的门堕入万丈深渊。幸好没有摔疼,只觉得自己的身体已经缩得很短小,不如平日那么舒展了;两眼也很蔽涩,总是睁不开;耳朵里听到的,却依然是自己父母说话的声音。他以为自己是在做梦,还在耐心地等待有人来看护他。

孙自成见妻子平安分娩,又跑来照看年子,他发现年子已经咽气了,就放声大哭。这时候,襁褓里的婴儿被惊醒,不知道父母为什么要哭。那谢氏大哭道:"生了个不中用的肉疙瘩,反而是长大成人的儿子没了,这叫我怎么活呀!"这时候,年子才知道他已经转生为同一母亲的婴儿。他怕母亲急坏了,就大声说:"妈!你别哭,我没死,我就是年子。"谢氏听见刚落生的婴儿就会说话,当时就吓傻了,没过几天,就惊风而死。新生儿没奶吃,孙自成就打些面糊糊,熬点儿稀粥来喂他。这孩子,三个月就长了满口的牙,五个月就会走路。孙自成给他起了个名字叫再生。

这个故事,是盐城县知县阎先生讲的,如今,这孩子已经十六岁了。

狐　撞　钟

　　陈树蓍先生任汀漳道道员时,海上忽然漂浮来一口钟,巨大到可以容纳一百石的东西。人们把这看作是吉祥的征兆,报告了官府,官府就在城西建造一座高楼,悬挂这口大钟。撞钟时,钟声可以传到十里之外。官府挑选了本地百姓李老头管理这座楼。不久,这一带屡次发生海啸。陈树蓍认为,根据金水相生的道理,海啸是钟声引起的,于是命令知县用盖有官印的封条封闭这座楼,并且严肃地吩咐李老头,不许任何人再撞击大钟。

　　有一个英俊的青年人常来这座楼,与李老头闲谈。有时需要食物,他总能从空中弄来。李老头知道青年人是狐仙,忽然起了贪心,跪在地上说:"您是仙人,为什么不赐予我银子,而光是弄来些酒菜呢!"青年人开导他说:"人的财产是命定的。你的命运注定应该穷困,不能得到很多财产,即使得到,也有灾祸,就自寻烦恼了。"李老头反复请求,青年人只好笑着答应他说:"好吧。"过了一会儿,就看见茶几上放着一锭大元宝。从此以后,青年人再不来了。李老头很高兴,把大元宝收藏在衣箱里。

　　有一天,县官路过,听到楼上撞钟的声音,大为愤怒,认为李老头管理不负责任,把李老头找来,打了十五大板。李老头无法说清楚,回到钟楼一看,盖着官印的封条仍然十分完好,但是已经挨过打,只好闷闷不乐。

　　过不久,县官又经过钟楼,楼上钟声乱响。县官派差役上楼去探看,楼上一个人也没有。县官一时醒悟,说:"楼上难道有妖怪么?"李老头没有办法,只好把经过如实汇报。县官命李老头把大元宝取来一看,原来是本县官府仓库里的东西,就把大元宝收回仓库。从此,钟也不再自己响了。

土地神告状

洞庭山畔棠里的徐家,家资富饶,是个大财主。徐家想建造一座花园,苦于自家的地盘儿不够用。徐家的东邻,就是一座土地庙,此庙年久失修,坍塌倒坏,早已断了香火。徐家就通过中间人,给了那庙里唯一的一个和尚几两银子,把土地庙的地盘儿吞并了,盖起了花园。

一年以后,徐家的夫人韩氏正在梳头,忽然跌倒在地。有个小丫鬟上前去扶她,也跌倒了。两人昏迷了一时。过了一会儿,小丫鬟自动爬起来,搬了一把大椅子,摆在大厅正中,然后扶夫人起来,坐到大椅子上。那韩氏就大模大样地说:"我是苏州的城隍神,奉都城隍之命,来审理侵吞土地庙一案。该来的都来了没有?"那个小丫鬟跪下禀告说:"启禀城隍爷:太湖神到了;棠里巡拦神到了。"韩氏一一点头。

随后,命令徐家的婢媪奴仆,一一听候点名,点名之后,分为两班,站立左右。有不服调遣者,当即打板子。接着,就传讯被告人,被告人就是韩氏自己的丈夫。她讯问了被告人的姓名、乡里,以及侵吞土地庙地盘儿的经过,以及花了多少钱等等,又讯问了中间人。她讯问时候的口音,已经绝不是什么吴方言,而是一口地道的北方话,声音是个男人。吓得她那丈夫趴在地上磕头,表示服罪,情愿归还土地庙的地盘。

这位韩氏本来一个字不识,这会儿却命人拿来纸笔,写判决书道:"徐某侵吞土地庙地盘儿,理所不该。何况土地神年老多病,贫困之极。自从拆了土地庙,他露宿一年多,实在是可怜。他屡次向本地城隍提出控告,遭到冷落,置之不理。不得已,才上诉于都城隍。徐某既然悔过,答应修复土地庙,可以备下祭品,隆重祭祀。侵吞土地,免于追究。中间人从中撮合,本该治罪,念惜你得到的好处费不多,罚你出资,演一场大戏,安慰鬼神,土地庙的老和尚私卖官地,本该追究,可是,去年他已经死了,也就算了。"

写完判词,把笔一扔,这位夫人又跌倒在地。过了片刻,她又从地上爬起来,恢复了女人的口音,梳头如故。当别人问起她刚才发生的事情时,她却茫茫然毫无所知。

徐某遵照判决词的要求,退还了土地,修复了庙宇。从那以后,土地庙的香火兴盛不衰。

鄱阳湖黑鱼精

鄱阳湖里有条黑鱼精,常常兴风作浪。

有位姓许的人乘船经过鄱阳湖,忽然湖面上刮起一阵黑风,顿时卷起几丈高的大浪,浪尖上有一条大鱼,嘴有舂米的石臼般大,朝着天喷吐水柱。姓许的就死在这次灾难中。他的儿子许某立誓要杀死这条黑鱼精为父报仇。

许某做了几年生意,资财已很丰厚,就上访龙虎山,敬献盛礼,请求天师除害。这时,天师已经老了,对他说:"除怪斩妖,全靠血气刚纯。我年老多病,活不了多久,不能为你效劳,你的孝心使我很感动,我虽将死,但一定嘱托我儿子代我完成除害之事。"不久,天师果然死了,他儿子接了天师之位。

一年以后,许某又前去拜请。天师说:"说真的,父亲交付给了我除害的遗命,我一天也不敢忘记。可是这个妖怪,是条黑鱼精,占据鄱阳湖已有五百年,神通广大。我虽有符咒法术,但还要一个功底非凡的人助我一臂之力,方能成功。"他从箱子里取出一面小铜镜,交给许某说:"你拿着这面镜子去照人,凡照出有三个影子的人,赶快来告诉我。"许某按他的话,拿着小铜镜几乎照遍了全江西的人,都是一人一影。

许某又明察暗访了一个多月,忽然在乡村的杨姓人家,照见一个小孩儿有三个影子,马上报告了天师。天师派人到小孩儿家,给他父母送上了一份厚礼,只是说,早就知道杨家出了神童,所以特地派人接他到席中测验一下。小孩儿家里很穷,父母也就同意了,高兴地陪着儿子上了山。天师让小孩儿调养了几天,就带着许某和小孩儿一道来到鄱阳湖边上，建了法坛，念起经咒。

一天，天师给小孩儿穿上法衣礼服，将剑缚在他背上，趁他不注意，把他投入到湖中。众人大惊，小孩儿的父母又叫又哭，向天师索讨儿子性命。天师笑着说："没事。"过了一会，听得霹雳一声，小孩儿手提一个很大的黑鱼头，耸立在巨浪尖上。天师派人去接抱到船上，见小孩儿连衣服也不曾沾湿。十里左右的湖面上，都泛起了血色。小孩儿回到家里，村人争着问他在水中见到些什么。小孩儿说："我不过熟睡了片刻，并未受苦。只是看见有个身穿金甲的将军提着一只鱼头放在我手中，而后抱我立在水柱上。其他的事我也不知道。"从此以后，鄱阳湖再没有黑鱼精害人的事了。

有人说，那个小孩儿，就是当朝的漕运总督杨锡绂。

鄱阳湖小神

江西新建县有位张员外，张员外有两个女儿，姐妹俩的年龄差只有一岁。长大成人，她们在同一天出嫁。迎亲那天，天气不好，刮起了大风，天昏地暗。送亲的、抬轿子的人都被刮迷糊了，他们把姐姐抬到了妹妹婆家，把妹妹抬到了姐姐婆家。就这样拜堂成亲，入了洞房。第二天，才发现姐妹易嫁，阴错阳差了。两家父母都感到诧异。但是，事已至此，天命该着，也就无话可说了。

妹妹嫁到金家，丈夫金某。婚后，金某就出门去做买卖。那一回，乘船航行在鄱阳湖上。金某忽然对他的伙伴说："我就要做官了，一两天就去上任。"伙伴们听了他这话，没有不笑的，以为他是官迷心窍，吹牛撒谎。

船行几里，金某突然特别兴奋，他站在船头，指着前方的水域说："你们看，衙役轿马都来迎接我了，我可不能久留了。"说着，一跃跳入水中，随之沉了底儿，淹死了。

这天晚上，鄱阳湖附近的小村里，就发现了个陌生的男人，他雄赳赳气昂昂地站在村口，对村民们说："我就是鄱阳湖小神，分管这一带的水域和乡村。你们要给我立庙塑像,并及时祭祀。"村民们怀疑他未必是什么神,就没理会他。

不久,村民中不断有人头痛发烧,昏迷不醒,口称鄱阳湖小神,谴责村民怠慢。村民们都很害怕,赶快集资,为他立庙塑像,供奉起来。从此,村民们只要是有所祈求,都是有求必应。可是,这位鄱阳湖小神又提出了新的要求,他对村民们说:"哪有年轻轻的神灵打光棍儿的?我需要一位夫人来相陪。你们必须刻不容缓地塑一尊夫人像,供奉在我身旁。"村民们不敢惹他,没咒儿念,只好依了他。

再说金员外家,得知金某跳水淹死,就雇人把尸体打捞上来,收敛埋葬,举家哀悼。有一天,那金某的媳妇忽然脱去了孝服,换上了盛装,涂脂抹粉,打扮得花枝招展,得意扬扬。公婆大怒,斥责她说:"丧期未满,你这么狂妄放肆,哪儿还有点儿孀居之道?家法不许,礼制难容!"媳妇说:"我夫君并没有死,他就在鄱阳湖那边做官儿呢!如今,他派车马仆役来迎接我,我就要做官太太了。外面正等着我呢,我能不换换衣裳吗?"说着,走出大门去,做了个上轿的姿势,就躺倒在地闭上眼断了气儿。

从那以后,鄱阳湖小神的名声大振,远近的村民争相拜祭,香火更盛。

囊　　囊

桐城南门外的章云士先生,平日信神奉佛。一次,偶尔路过一座古庙,看见有尊木雕的神像,神情威严,就迎回家供作家堂神,祭祀、供奉得很虔诚。一天夜里,章云士梦见一神,样子就像自己正供奉着的那尊,说:"我是灵钧法师,已修炼多年,承蒙你敬爱,用香火祭祀。假如你有什么要求,可以烧一张信牒叫我,我就会在梦中与你相见。"

从此以后,章云士加倍地信奉和敬仰这尊神。

章云士的邻家女子,被鬼怪纠缠。鬼怪的面目狰狞可怕,遍体毛茸茸的,像毛却又不是毛。每次同床时,那女的下体疼痛难熬,总是苦苦向鬼怪求饶。鬼怪说："我并非是要害你,不过是喜欢你漂亮。"女子说："某家的女儿比我更美,你怎么不去纠缠她,却单单折磨我呢?"鬼怪说："某家女正气,我不敢去冒犯。"女子发起怒来骂道："她正气,难道我不正气吗?"鬼怪说："你某月某日,到城隍庙烧香,路上有个男子正走着,你通过轿帘暗暗地瞧他,见他长得英俊,心里羡慕。这可以算是正气吗?"女子面红耳赤,无话可答。

这女子的母亲将鬼怪作祟的事告诉了章云士,章就祈求灵钧神相助。当天夜里,他梦见灵钧神,神说："现在还未查明这是什么鬼怪,请再等三天。一定查办。"

过了三天,灵钧神果然托梦说："鬼怪名叫囊囊,神通广大,非由我亲自除掉不可。可是,鬼神虽有威力,最后还要靠人力相助。你选定一个黄道吉日,用纸剪好轿子一乘、轿夫四名、打手四名、绳子刀斧等器械,全都布置在客厅上。你在一旁按顺序高喊:'上轿!''抬到女家!'最后吆喝一声:'斩!'如此,妖怪必除。"两家人都照此要求作了准备。

到了那一天,抬纸轿的果然觉得这轿的分量比平日重了。轿到女家,章云士大喝一声:"斩!"只见纸刀、纸剑盘旋得像风刮似的,又听得"飒飒"的一声响,看到有一样东西被投出墙外。此时邻家女顿觉如释重负,轻松许多。

家人追出墙外一看,是条蓑衣虫,有三尺来长,近千条细足,闪闪发光,自腰以下已被斩成三段。家人焚烧了这条虫,散发出的臭味连几里路外都可以闻到。

桐城人不知道这名叫"囊囊"的怪虫究竟属哪一类,后来翻查了《庶物异名疏》,才知道蓑衣虫的别名叫囊囊。

两神相殴

江苏常州有位举人,名叫钟悟。此人一生行善修好,但直至晚年,连个儿子都没有。非但如此,经济上也越来越拮据,食不饱肚,衣不遮体。他因此而忧郁不乐，觉得这世道太不公平，好人不得好报。

后来，他一病落床，趋向危急。他知道自己死是必不可免，就拉着妻子的手说："我死后，千万别马上给我装棺材。我这一辈子，遭遇太不公平，我要到阎王爷面前去告状。倘或阎王爷有灵，兴许给我平反昭雪，再放我回来呢。"说完这话，就断了气儿。可那胸口窝儿，总是热的。妻子遵从他的遗嘱，把尸体停放在门板上。

死后三天，钟悟果然还阳了。他说：我死之后，来到阴世间一看，人民的生活状态、人与人之间的往来，和阳世间没有多大区别。我听说有位李大王，他掌管赏善罚恶之事。我就求人给我带路，来到李大王的衙门。这里的宫殿巍峨，庄严雄伟。殿中央坐着一位尊贵的大官，他就是李大王。我磕头拜见，自报了姓名。把我终身行善，却落得个穷困潦倒、老而无子等等不平，一一诉说，并且当面斥责鬼神不灵，赏罚不明。李大王听罢，笑着说："你一生中的行善或作恶，这我是知道的；至于你穷了一辈子，又落得个没儿子，我可就不知道了。因为，这不是我管辖范围之内的事。"我问："那么，谁管这些事？"李大王说："素大王。"我这才纳过闷儿来：李者，理也，就是天理；素者，数也，就是定数。原来，行善修好是天理，穷困无子是定数，还有什么可争执的？可是，我从心眼儿里不服气儿，还是想找素大王去问一问。李大王说："素王衙门里戒备森严，不像我这儿随随便便，出出进进无阻拦。正好，我要到素王那里去议事，你就跟着我走吧。"

顷刻之间，一阵人喧马叫，车已经备好了。众吏役列队开道，李大王登车，官驾整齐肃穆，浩浩荡荡向前进发。一路上，跟随李大王车后边的鬼真不少：有浑身是血的，说是有冤未报；有咬牙切齿的，说是恨逆党未除；有个很漂亮的小娘儿们，却拉着一名丑汉子，说是错配了婚姻。最后，有一位相貌庄重、体形高大的人，只见他头戴垂珠帽，身着龙袍，腰横玉带，很像帝王的打扮。可是，他的衣服上下湿透，不知为何。他走到李大王车前，拦车说道："我就是周昭王（姬瑕），论我们家祖上，从后稷到公刘，都积了大德；到了我的祖辈和父辈，文王、武王、成王、康王，也都是圣贤相继。为什么传位到了我，就在依例南征的时候，无故被楚地人给淹死了？幸亏，有个勇士名叫辛游靡，他胳膊长、力气大，才把我的尸体从水里捞出来，不然，我早就葬身鱼腹了！后来，虽说有齐侯小白（齐桓公）曾经过问此事，那不过是走走形式，想要借题发挥,潦草收场。这么大的冤案,历时两千多年,怎么会不见因果?李大王,你要仔细查一查!"李大王唯唯诺诺,点头称是。

这会儿我才知道,原来世界上还有这么多大压抑、大冤枉没解决。相比之下,自己的贫困无子,真是小巫见大巫了。心头的气愤,就平和多了。

这时候,忽听人马之声杂沓,车声隆隆。有人大声喝喊:"素大王到!"李大王的车就迎上前去。两车相错,他们就坐在车上说话儿。起初,他们是低声细语,说的是什么,听不清;继而,声音越来越大,接着就争吵起来。随后,两位大王都跳下车来,挥动拳头,互相殴打。那李大王渐渐不是素大王的对手,他的随从吏役也来助战,我也凑上去帮忙,终于无济于事,李大王败下阵来。

李大王大怒,说:"你们等着,我去报告天帝,请他来评判!"随之腾云而起。李大王与素大王都不见了。

不大工夫,两位大王又都回到地面上。这时候,天空的云朵上,便出现了两位凤冠霞帔的仙女。她们一位手里拿着金樽,另一位持有玉杯。她们传达天帝的旨意说:"玉帝只管三十六天以内的事,没工夫审理你们这小打小闹。现在,赐给你们天酒一樽,共有十杯。谁喝得多,就算谁有理。"李大王大为高兴,他自信平生酒量儿大,就抢先去喝。可是,他刚喝到第三杯,就恶心呕吐,差点儿晕倒。那素大王却不慌不忙地喝完了七杯,却一点儿醉意也没有。

仙女说:"二位稍等片刻,待我向玉帝请示,听候处理。"说罢,飞身上天,顷刻之间,又返回来,宣称谕旨道:"理不胜数,自古如此。一比酒量,你们自己就明白了。要知道,世界上的一切神鬼、圣贤、英雄、才子,以及好花、美女、珠玉、锦绣、名画、书法等等,都会有逢时受宠或背时遭害的机遇。这是理所当然的,不是什么意外与不平。所以,素大王要掌管天下的七分,而李大王只能管其三分。素大王酒量大,往往因为醉酒而颠倒黑白,胡乱行事,就连我们三十六天内的日食、陨星他也敢越权把持,我们也无可奈何。李大王量仅三杯,可算量小,但是他能保持清醒,善于辨明天理人心、善恶是非,所以他办事有三分公道。这种用权方式,恐怕要流传万古千秋,绵延不断。至于那个钟某人,他阳寿虽绝,却有幸知道了事理天机。所以,必须通过他,把上天的谕旨传达到人间,使之家喻户晓。这样,就可以避免以后告状的人越来越多。玉帝特别开恩，增赐钟某人阳寿一纪，火速送其还阳。下不为例。"

钟悟听罢，立刻回到阳间，躺在自家的门板上。

钟悟又健康地生活了十二年，才又病死。他曾经对人说："李大王相貌清雅，很像人世间庙里供奉的文昌君；素大王则面目丑陋，形体团团浑浑，连耳眼口鼻的界限都不大分明。他们的随从，长相儿都差不多，但其中也不乏眉清目秀者。至于他们那些党羽，行为都不大雅观。"

钟悟原名钟护。自从他冥游之后，大彻大悟，所以改名钟悟。

赌钱神号迷龙

李某，曾经当过缙云县县令，因为赌博，被弹劾去职，但是性好赌博，一天不赌也不行。病危的时候，李某还用手臂拍击床上，口里发出赌博的呼喝声。李妻哭着劝他说："这样气喘吁吁，劳神费心，何苦呢？"李某说："赌博并非一个人可以进行的。我有几个赌友，在床前一起掷骰子，只是你们没有看到罢了。"说完就断了气。

过了一会儿，他忽然苏醒过来，伸出手掌向家里人说："快烧纸钱，替我还赌债。"李妻问他，和什么人决胜负，他说："阴间的赌神，叫作迷龙。他手下有赌鬼几千名，都受他指挥。赌鬼探听到有人将要托生了，就请迷龙签个名，把签名纸片塞入托生人的天灵盖里。此人一生下来，就爱好赌博，即便有严格的父亲和贤惠的妻子，也丝毫不能挽救。据说，《汉书》公卿表上记载，因为赌博失去侯爵称号的，就有十多人，可见赌神自古就有了。有人一心贪赌，有精美的食物却送给别人吃，有美貌的妻子却陪别人睡觉，这些都是迷龙在作怪呀！不过，阴间赌钱的方式，与人间不同。他们聚合十多个鬼，一起掷十三颗骰子。每当骰子下到骰盆，有五彩金光闪耀出现的时候，就算是赢了，赌鬼们把自己收藏的纸钱全交出来。迷龙在上面分别抽头，以此来发大财。赌鬼们输光穷极，便到人间传播瘟疫，诈骗人们的酒食。你们这时候赶快烧纸钱一万,阴间可以放我生还的。"

家里的人听信他的话,按照数量烧了纸钱,可是李某竟然闭上眼睛死去了。有人说:"他又骗得赌本,可以放心去大赌一场,所以,不愿生还了。"

羊 骨 怪

杭州人李元珪先生,在江苏沛县韩公馆里当差,主管回禀事务,草拟文书。

偶然,有位老乡要回杭州,李元珪先生就写了一封平安家信,托付老乡带回杭州。他命馆童打了点儿糨糊,把信封好。剩下的糨糊就盛在碗里,放在书案上。

半夜里,李先生听见书案上窸窣作响,以为是老鼠来偷吃糨糊了。他撩开床帐一看,微弱的灯光下,只见一只两寸来高的小白羊正在舔吃糨糊。它皮毛洁白,还有一对小角。吃完了糨糊,跳下书案,它就隐没了。

李先生以为自己睡意蒙眬,看花了眼。第二天,又特意打了一碗糨糊,放在书案上。半夜里,小白羊又来吃糨糊。李先生留心观察它的去向,结果,它走到院里的槐树下就不见了。

第三天,李先生把此事禀告了韩公。韩公命人挖掘树下,果然挖出了一块腐朽的羊骨头。韩公命仆人架柴,把羊骨头烧掉。此后,羊骨怪随即消失。

夜 叉 偷 酒

传说直隶永平府的滦州河底下,龙王每年要建造宫殿。到时,就有黄色和白色的两条龙，从古北口拔了树，从水路运来。每棵树木有一百枝条，由一个夜叉专门看守。水运的树木，都是直立着漂流而下，上面还挂一盏红灯作为记号。

关外贩卖木材的商人，每年趁龙发水运木的机会，跟着运输木材。一次，龙发现所运的木材少了一根，便大发雷霆，命令夜叉必须找回，顿时风雨大作，山石飞滚。村民酿好的八缸酒，当夜就被夜叉喝个精光。村民害怕因此而惹祸，赶忙从山上伐了一株大树放在水中，这才平安无事。

这个故事是石埭县令郑首瀛给我讲的。郑首瀛就是滦州人。

披 麻 煞

江苏新安县有位老太太，她的孙子做了官。她选了一位大家闺秀，为自己的孙子订了婚。

婚期将到。老太太派奴仆之辈把新人将要住的楼房打扫干净、布置停当。

老太太的住处离新房并不远，也就有十几步。那一天，夕阳西下，老太太独自坐在新房楼下休息。忽听得楼上有些"橐橐"作响。老太太以为是丫鬟们在楼上干活儿，也就没在意。可这声响越来越大，引起她的不安，以为是闹小偷儿了。她急忙站起身，堵住了门口，猛地把门推开。抬头一看，只见有个披麻戴孝的人，手拄一根桐木手杖，直挺挺站在楼梯的最上层。他一见这位老太太，回头就跑。老太太素来胆儿大，不管他是人是鬼，奋力追上楼去，力图把他抓住。这披麻人一直闯入新房，"窸窸窣窣"一阵乱响，化作一缕青烟，冉冉而没。老太太这才意识到，这是个披麻鬼。

她急忙下楼，想把这事儿告知别人。可又一想，明天就要娶亲了，除此之外，不可能另选新房。如果把此事宣扬出去，对迎娶之事大为不利。因此，她就把要说的事儿深藏肺腑，讳而不言。

第二天，新人进门。管乐齐鸣，张灯结彩，亲朋满座，欢声笑语，老太太暂时忘掉了昨天的烦恼。傍晚,亲朋渐渐散去,新婚夫妇也归房了,家里非常宁静。老太太心里惦记着披麻鬼,总是睡不着。她起身下床,蹑手蹑脚来到新房外偷看,只见新婚夫妇已经上床,正在亲切调笑,搂搂抱抱。老太太特别高兴,以为夫妻感情笃深和美,鬼怪也不作祟,就把她原想给新人迁居的打算取消了。

可是,这位老太太总是心有余悸。每当新郎不在家的时候,她总是千方百计阻止新娘独自上楼去。有一天晚上,新娘要上楼,老太太问她什么事?新娘说是要解大便,她也不便阻拦,只是说:"天黑了,点上蜡烛吧!"新娘说:"楼上我都熟悉,不用了。"说着,就上楼去了。可是,过了约莫一顿饭工夫,新娘也没下楼。

老太太在楼下叫,没人答应。她派丫鬟掌灯上楼去找,又不见新娘,下楼报告了老太太,她大惊失色。小丫鬟说:"少奶奶是不是到厨房去了?"老太太说:"我就守着楼梯坐着,没见她下楼呀!"无奈,赶快派人把新郎找回来,告诉他新娘不见了。全家人惊恐忙碌,束手无策。

忽然,一个小丫鬟在楼上喊道:"快来呀,少奶奶在这儿呢!"全家人一齐拥上楼。只见新娘团伏在一把大椅子下,四肢像被捆绑一样。众人急忙把她扶起来。她口吐白沫,昏迷不醒,气息奄奄。给她灌下一碗姜汤,过了一会儿,她才苏醒过来。问她是怎么回事?她说:"上得楼来,就有个披麻戴孝的人。他往我脸上吹了一口气,我就什么都不知道了。"老太太听了,哭泣着说:"唉!这事儿怨我呀,怨我呀!"接着就把办喜事的前一天,她遇见披麻鬼的事儿说了,并说明了隐瞒的理由。众人无不为之叹息。

当时,已经是三更鼓。老太太就拉着新娘,一起和衣而卧。新郎秉烛独坐,守护在一边,两个小丫鬟在一旁侍候着。熬到五更天,天快要亮了。两个小丫鬟支持不住,俯在桌子上睡着了,新郎也打起盹儿来。

他们刚一迷糊,一个披麻鬼就破门而入。他直奔床前,双手掐住新娘的脖子按了三五下。新郎听见嘶叫,立刻扑上前去救护。那披麻鬼一纵身,就像一只鸟,破窗而去,眨眼之间,没了踪影。点起灯来再看新娘,已经断气儿了。

有人说:这是阴阳先生算技不佳,错定了婚期,喜庆占祥日,正好触犯了披麻鬼。

瓜棚下二鬼

　　海阳县城中有个姓刘的女子，夏天在瓜棚下刺绣。天色将晚，一家人在瓜棚下铺了草席乘凉。忽然，好端端坐着的刘女看着自己的影子，喋喋不休地自言自语起来。大家嫌她荒唐，呵斥她。

　　不料，她大声地说："唉，我哪里是刘家女儿呢！我本是某村的某家媳妇，几年前因气愤悬梁自尽，现在想找个替身，所以到此。"刘女说完，又哈哈大笑，拿起一根带子就勒自己的头颈。全家人无不惊怕，一边取来米、豆驱邪，一边诅咒赶鬼，可是鬼还是不走，于是只得再苦苦哀求，说："我家的姑娘一年到头为他人压金线、绣衣裳，赚几个钱换几斗米，家里穷得可怜。她与你一向无冤无仇，求你放了她吧。不然的话，待张天师一到，我们一定去投诉。"

　　鬼有点怕了，说："不要吓人，不要吓人。不过，我不能白跑一趟，你们考虑一下，该拿什么东西送我。"大家说："用香和纸钱祭祀怎么样？"鬼不吭声。"再加一斗酒，一只鸡好不好？"鬼高兴了，点头答应。家人照说的办了，刘女果然醒来。

　　才不过三天，家里人正庆幸驱鬼免灾，不料，刘女却又甩着衣袖翩翩起舞，昏头昏脑地说："你们太亏待我了，我回去一想，还是不肯罢休，所以再来讨替身。"说着，变本加厉地做出一副恶相，用带子直往头颈里套。众人细辨这鬼的声音，与前个鬼不一样。

　　正在惊疑的时候，听得瓜棚下传出一阵窸窣脚步声，仍旧借刘女的口叱责说："鬼丫头，胆敢冒充我的姓名来诈骗钱物，真丢脸。快走，快走！否则，我要找城隍爷告你。"一边又安慰刘家人："你们不要害怕这个无赖鬼，我在这里，她不敢作恶。"说完，刘女的脸颊泛起一阵红晕，像害羞、畏缩的模样。

　　一顿饭光景，两个鬼悄悄地退走了。第二天，刘女和平日一样梳妆打扮。问起她昨日的事情，什么也不知道，像是做了一个梦。

　　海阳县有个老人李某，一天傍晚，从县城回家。他走着走着，觉得有件重东西缠在腰间,解开衣服一看,却什么也没有,只得勉强拖着步子负重而归,这时已明月当空。

家里人听到敲门声,走去开门问安,老人却瞪着双眼,不说一句话。端上酒菜,他也不吃。家里人愈加觉得奇怪了。接着李某取一布条,挂在梁上,做出上吊自尽的动作,说:"我是吊死鬼,现在找你家老头当替身。"家里人一惊,问起前因后果,鬼借李某口说:"我姓李,借住在县城里,曾经到刘家瓜棚下找他家女儿作替身。由于刘家人苦苦哀求,我也可怜她太柔弱,所以放了她,另外找替代。可是我奔到城门口,有两个大人看管极严,不让出城。从此以后,我天天受苦,一言难尽。"

大家又问:"既然有城门大人拦阻你,那么今日怎么又出来了?"鬼笑嘻嘻地说:"说来也巧。今天早上,有个乡下人把一担粪桶寄放在城门边上,管城门的大人很讨厌这股臭味,两人商量说:'昨天晚上下过一阵雨,城头上的山景一定很美,何不一起去登临眺望?'于是结伴登山去了。我趁这空隙出了城,路上碰到你家老头回家,就搭在他腰带上,承蒙他将我带来。我急于托生,所以还是想借用一下李老当替身。"

众人听这鬼说话口气比较软,似乎能用感情打动他,就哀求他说:"公公年老,如活普通人的岁数,墓地上的树木也有一围粗了。你不忍心刘家的弱女子,难道就狠得起心肠害死一个老人吗?如果你放过他,我家一定请高僧为你超度,让你升入天人境界,怎么样?"鬼拍起手来,开心地说:"我前次在瓜棚下,本想叫刘家作一次佛事,看着他家贫困,所以没有说。现在,各位居士既然能如此慷慨,我还有什么可要求的?尽管世人常常要些哄骗鬼的手法,可是我请各位居士别这样,不要忘了答应的诺言。"大家连连说是,鬼做出顶礼拜谢的动作。

一顿饭的时间,李某已能从床上起来,要汤水喝了。第二天,李家请了不少和尚,连作七天道场,瓜棚下从此清静太平了。

介 溪 坟

严介溪,就是明朝的大奸臣严嵩。严嵩的妻子欧阳氏,先严嵩而死。严嵩要为妻子选坟地,实际上也是为自己选墓地。他召集了门下的几十位风水先生,对他们说:"我严某这一辈子,位极人臣,荣华富贵也到了顶峰了。我还有什么可追求的呢? 我只希望我的子孙后代,都像我一样荣华富贵。所以,我得选个有风水的好坟地,为子孙造福。各位要留意,精心为我挑选。"众风水先生唯命是从地答应着:"是,是。"

没过一个月,就有一位先生来向他报告说:"某某山上有个洞穴,那可是个风水宝地。您若肯将尊夫人葬于此地,保您子孙万代荣华富贵,与您同等。"

严介溪大喜,亲自带领一群风水先生,到此山上观察。那伙风水先生前呼后拥,一味地阿谀奉迎,赞不绝口。独有一位先生说:"这地方风水是不错,荫福子孙也是大富大贵。只是荫福的世代太晚了,要到七代以后。"众人听了这话,七嘴八舌地议论起来。少数人随声附和,大部分表示反对。那严介溪听了议论,只是微微一笑。他决心已定,还是把这个山头儿买了下来。他立刻命手下官吏组织人力,破土动工。

开工不久,就从地下掘出一块墓碑来。清除了碑上的黄土,拓摹了碑文,仔细一研究,正是严介溪七世祖的碑文。严介溪震惊又恐惧,命人停止工程,填死墓穴,下令严守机密。

但是,严氏家族从此衰落。后来,严公子(严世蕃)被杀头,严介溪被革职,籍没了家产。

这个故事的素材,是严介溪的后裔严秉琏提供的。

李 半 仙

甘肃参将李璇,自称李半仙,只要看一看某人所指的一件东西,便知吉凶祸福。

少詹彭芸楣和翰林沈云椒一起到李璇住处占卜。彭芸楣指着一方砚台求卜,李璇说:"这方砚石,石质厚重,八角形状,这是八座尊位的象征,官可做到尚书、仆射的高位。可惜只是舞文弄墨的材质,不是封疆大吏的料子。"沈云椒指着房内挂着的一条手巾,请李一卜。李璇说:"绢素清清白白,当然是朝廷中的品格高洁之官,可惜手巾边幅太小,格局不大。"

三人正在说说笑笑,云南的一位地方官也来占卜,随手拿起一根烟管问卜。李璇说:"烟管是由三节材质镶合而成,老兄做官莫非也是三起三落,可对?"对方答说:"对。"李璇又说:"老兄今后为人应当闻过即改,不可再像烟管。"对方问其中道理,李璇说:"烟管是最势利的东西,用得着时浑身火热;一旦用不着,立刻冰冷。"对方大笑之后,自觉惭愧,怏怏而去。

过了三年,彭芸楣学政任满回到京师,李璇到京师述职。彭故意再拿出烟管问卜,李璇说:"老兄又要外放做学政去了。"彭问这是什么道理,李说:"吸烟不像吃饭可以饱腹,学院及主考也不是肥缺。烟管一天到晚不过为别人呼吸,学政一年到头不过是提携提携天下寒士。所以,老兄一定又要连任学政了。"不久,果然如李璇所说。

李香君荐卷

我的老朋友杨潮观,字宏度,江苏无锡人。他以举人授官,官居河南固始知县。乾隆十七年(1752),他充任壬申科河南乡试同考官。当时,阅卷工作已经基本结束,就等着拆卷填榜了。杨潮观无事,就搜罗落榜试卷,加以批示。劳困倦极,不觉伏案睡去。朦胧中,有位女子揭帘而入,来到他面前,看样子,她三十多岁。清妆淡抹,面目清秀,身材短小,着青紫色衣裙,头上一条乌巾束额,完全是一派江南女子打扮。她向杨潮观深深施礼,说道:"拜托学官杨老爷,请您留意试卷中,卷首诗有'桂花香'之句者,那是一位才学卓著的贤人,求您着力推荐,多多帮助。"杨潮观一惊,就从梦中醒来。

他把这个梦说给考官同僚们听,考官们都觉得可笑,说:"您这是做梦心中想。哪有都要发榜了才来推荐试卷的?"杨潮观觉得此话有理,也就没放在心上。

杨潮观继续翻阅落榜试卷。偶然,他发现一份试卷的表联中,有"杏花时节桂花香"的句子。原来,这壬申年乃是当今皇太后万寿生年,这"桂花香"之句,乃是祝寿谢恩之意。杨潮观惊喜,更加着意研读,才发现此卷辞藻华美,思维瞻远,策论部分论证有据,古朴翔实,显现出答卷者坚实的功底和非凡的才能。可惜他的八股文工夫欠佳,因此而名落孙山。

杨潮观的思想陷于极端矛盾之中。就以梦幻为理由推荐此卷?在科举考试中绝无此理;以遗贤直接荐于主司?他的时文又确实不佳。他犹豫不止,决心难下。

第二天,主考官户部侍郎钱东麓(钱汝诚)先生就下达指令,钱先生认为,这次开考中试的试卷中,策论没有一篇够得上是上乘佳品。命各房考官在落卷中详加检索,搜集余贤。杨潮观大喜,把"桂花香"试卷呈上。钱主考得卷,大为震惊,如获至宝,立刻批示取为第八十三名举人。等到拆卷填榜,才知道答卷人是商丘的一位老秀才,名叫侯元标。他的祖上,就是明朝大名鼎鼎的东林党人侯朝宗(侯方域)。由此,杨潮观断定,给他案头托梦的,一定是秦淮名妓李香君了。

杨潮观为自己能梦会李香君而无上荣耀。为此,他每每在众人面前都夸夸其谈。

道士取葫芦

秀水人祝宣臣,名维浩,与我同是乾隆三年(1738)的乡试举人。他的父亲祝某,是个财主。

有一天,有个长髯道士敲门求见,祝某问:"法师有什么事吗?"道士说:"我有一位朋友,现在住在你家,所以来拜访他。"祝某说:"我这里没有道人住,请问哪位是你的朋友?"道士说:"我的朋友现在就在尊府的观稼书房的第三间里,你若不相信,烦请先生与我一起去寻访。"

祝某与道士到了第三间书房,见墙上挂着吕纯阳的像,道士指着像,笑着说:"这是我的师兄。他偷了我的葫芦,好久不还,所以特地来问他讨还。"说完,道士伸手向画上做出取葫芦的动作,画上的吕纯阳竟然笑着将葫芦投还给了道士。

祝某再仔细瞧画面上,果然没有了葫芦,不禁大吃一惊,问道士:"你要那葫芦有什么用处?"道士说:"此地一府四县,夏天将有大瘟疫流行,连鸡狗怕也难保性命。我取回葫芦去炼仙丹,救这一方的百姓。有做好事的人,如肯用一千两银子买了我的药备用,不光能救活自己,还可以救世上的人,积无量的功德。"随即从囊中取出几粒药丸给祝某,药香芬芳扑鼻,又说:"今年八月中秋明月当空时,我还要到你家来,别忘拿瓜果招待我,恐怕那时这里的百姓已减少了一半呢。"

祝某的心有点被道士说动了,说:"像我这样的人,可以立功立德吗?"道士说:"可以。"祝某就唤家童取一千两银子给道士。道士将银子束在腰里,像是缠了一幅布,一点不觉得有分量。他留下了十粒药丸,拱一拱手就走了。从此,祝某全家上下就把道士留下的十粒药丸看成是神丹灵药,早晚叩头礼拜。

这一年夏天没有发生瘟疫。中秋节那天,不但没出月亮,而且风雨交加,那个道士也踪影全无。

火焚人不当水死

安徽泾县人叶某,是一位行船经商的人。有一回,他和几位同伴到外面做买卖。船行到安庆地方,江面上忽然狂风大作。商船被大风掀翻,十几位伙伴几乎是全部葬身鱼腹。

叶某在水中拼命挣扎,风急浪大,几于没顶。他知道自己是生存无望了。突然,水中冒出个穿红袍的人来,一把将他抱住,送上了江岸。叶某总算是死里逃生。

他庆幸自己福高命大,危难时有鬼神相救,将来前途无量,必有大富大贵。

没想到,不久之后,他家里夜间失火。大火熊熊,吞没了他的居室。还没等他纳过闷儿来,已经是葬身火海,化为焦土。所以,应当遭火焚的人,绝不会被水淹死。

城隍杀鬼不许为聋

台州朱始的女儿,已经出嫁,丈夫一直外出谋生。一天晚上,朱女见灯下有个赤脚的人,身披红布袍,相貌丑恶,前来调戏、猥亵她,说:"我要娶你为妻。"朱女柔弱,无力抗拒。从此以后,朱女变得又痴又呆,一天比一天黄瘦。这赤脚怪不来时,她谈谈笑笑很正常。那怪一来,顿时刮起一阵阴风,别人看不见这鬼怪来,只有朱女能看见。

朱女的姐夫袁承栋,一向练拳习武。朱女的父母就将她藏到姐夫家里,赤脚怪也就几天没出现。过了一个多月,赤脚怪竟跟踪而来,说:"你原来藏在这里,害得我到处找。得知你在这里,我正要来,又隔着一座桥,桥神用棒打我,我过不来。昨天将身子坐在挑粪人周四的粪桶里,才到得这里。从今以后,你即使藏到石头柜子里,我也找得到你。"

袁承栋就与朱女商议如何除怪。袁决定先用大刀砍怪。朱女指着西,袁某砍向西;她指到东,袁某又砍到东。一天,朱女高兴地拍手说:"已经砍中了赤脚怪的额角了。"那怪果然接连几天没有来。过不久,赤脚怪用布包缠了额角,重来作恶。袁某就用鸟枪击怪,赤脚怪很会躲闪枪击,连打几枪都打不中。一天,朱女又高兴地说:"打中这妖怪的手臂了。"那鬼又停了几天没来。不久,鬼用布包缠了手臂来了,进门就骂:"你如此无情,我来要你的命。"对着朱女又是打,又是撞,朱女满身青肿,哭得痛不欲生。

朱女的父亲与姐夫袁承栋联名写了一张投诉状子,到城隍庙焚烧求告。这天夜里,朱女梦见有两个穿青衣的人,拿着传令牌来叫她去听审,而且还向她要钱,说:"这场官司,我包你打赢,你只要烧两千只锡箔元宝给我。你别嫌多,阴间仅仅得了九七成色的银子二十两罢了。这笔钱不是我等独吞,是为你打官司铺路用,剩下的由你的叔公朱绍先分发给大家,以后你自然会清楚。"绍先,就是已经死去的朱氏家族中的叔父辈人。朱家按照青衣人的吩咐,连夜烧了两千只锡箔元宝。

五更时分,朱女醒来了,说:"案子已经审明,这个赤脚怪是东码头的轿夫,名字叫马大。城隍对他生前作恶,死后仍不悔改,十分愤怒,用大棒打了四十板,戴了长枷,在庙前示众。"这天以后,朱女开始正常了,合家很欢喜。哪知不到三日,朱女又像过去那样痴迷了,口里说着:"我是轿夫的妻子张氏,你的父亲、姐夫到城隍前告了我的丈夫,挨了板子,戴了长枷,害得我忍饥挨饿,独守空房。我今天要为丈夫报仇!"说完,用手指甲掐自己的眼睛,几乎被掐瞎。

朱女的父亲与袁承栋无可奈何,只得再到城隍庙去焚了一张投诉状。当天夜里,朱女又梦见鬼将她召去,赤脚怪也在。城隍将投诉状摊在案桌上,瞪着眼睛,厉声斥责说:"这对夫妻一样凶恶,真可以说是一床不出两样的人了。这次非将马犯腰斩不可。"命差役将马犯捆绑住,大刀一挥,斩成了两段,冒出一股黑气,既没有肠胃,也没有血。边上两个差役说:"可不可以将马犯押解到鸦鸣国去做再死鬼?"城隍不同意,说:"这个奴仆做了鬼就害人,若做再死鬼,一定会害鬼。只可将马犯尸首焚化后,彻底散灭,以断祸根。"两个差役叫了两个长胡子的人来,各拿一把大扇子,对着马犯尸体扇,顷刻之间,便化为黑烟散尽,看不见了。然后,将马犯的妻子关进囚车,手与脚上了木枷,发配到黑云山罗刹神那里去服苦役。城隍又命原来的差役,将朱女送还阳间。这时,朱女从梦中惊醒。

从此以后,朱女才真正平安了,又回到夫家,生了两个儿子一个女儿,如今还健在。赤脚鬼所说的那个挑粪的周四,是她夫家的邻居。问起这件事,周四说:"好像确实有此事。我那天挑了空粪桶回家,觉得肩上压得很重。"

卷 四

吕蒙涂脸

湖北有个姓钟的秀才，是翰林唐赤子的表亲。在即将参加乡试前夕，他梦见文昌神把他叫了去。他跪在文昌殿前，文昌神一句话也不说，只是示意他靠上前来，随手拿起笔在砚台上蘸了极浓的墨汁，朝他脸上就涂，几乎涂满一脸。钟某大吃一惊，从梦中醒来。他担心这是考试中将出现污卷的不祥兆头，心里闷闷不乐。

钟某进了考场，一时困倦，就在自己的号房内小睡起来。忽然梦见有一个高大英武的男子汉掀开号房帘子进来，长长的胡子，身穿绿袍，原来是关帝神。他见了钟某就骂："吕蒙你这老贼，你以为把自己的脸涂黑了，我就认不出你了吗？"说完，就没了踪影。钟某此时才知道，自己的前身是吕蒙，心里惊恐不安。

这一年，钟某考中了举人。十年以后，他被派往山西解梁县任知县。上任后的第三天，钟某去参拜关帝庙，哪知才跪地一拜，就起不来了。家里人上前察看，钟某已经死了。

郑 细 九

扬州人给奴仆们取名字，都爱带个"细"字。大富商郑记有个奴仆，名字就叫郑细九。

忽一日，郑家的主夫人病情严重，危在旦夕。忽而不一会儿，她又苏醒过来，而且精神抖擞地坐了起来，说："这事儿听起来多可笑！我死就死,有什么关系? 不该让我托生到郑细九家,去给他当儿子,哪有这个理儿? 我的灵魂走到半路上,就听得了这个消息,一怒之下,挣脱了押送的鬼差,就跑回家来了。"这位主夫人说完这番话,觉得口渴,要喝青菜汤。家里急忙煮了一碗,给她端来。她刚刚喝了一口,就又突然倒在床上,闭眼而死。

不大工夫,奴仆郑细九就来向主人报告,说他媳妇刚才生了个儿子。落生之后,嘴里就含着青菜叶子,而且,哭的声音特别大。

此后,郑家对这个孩子精心抚养,不敢把他当作奴仆的儿子看待。

替鬼做媒

南京江浦的南乡有个姓张的女子,嫁给陈某为妻。七年以后丈夫死了,张女成了寡妇,由于难以维持生计,就改嫁给同姓的张某为妻。这张某的妻子也死了七年,媒人认为这种巧合正是天赐良缘。

不料结婚才半个月,张女前夫的鬼魂附在她身上说:"你太没有良心,竟然不替我守节,改嫁给一个没出息的蠢材。"还用手打自己的耳光,张某家里的人为她的前夫烧了纸钱,再三地开导安慰,张女还是闹得很凶。

没过几天,张某前妻的鬼魂又附在张某的身上,骂道:"你太无情义,心中只晓得有新人,不知道还有故人。"同样用手敲打自己的头。全家上下怕得不知如何才好。

正在这时,原来做媒人的秦某在一旁半开玩笑半认真地说:"我从前既然可以为活人做媒,那么今日不妨就替这两个死鬼做个媒吧。陈某既然在这里索讨妻子,张某的前妻又在这里索讨丈夫,为什么你俩不可以配成一对而离开呢? 如此,你俩在阴间不冷清了,而阳间活着的夫妻也太平过日子了。何必在这里这般大吵大闹?"张某听了,脸上露出羞答答的样子,说:"我也有这个意思,不过我的长相难看,不知陈某肯要我吗? 我不好意思自己开口说,先生既然有这番好意,就请求先生替我代说,怎么样?"秦某就给两人身上所附的鬼魂做媒、说合,双方都连连说是。张某忽然又笑着说:"这件事极好,我们虽是鬼,也不可随便野合,免得被群鬼看轻。你媒人一定要替我俩剪好纸做的轿夫随从,准备好锣鼓音乐,摆桌酒席,让我俩举行完婚礼你再离开,我们也回阴间去了。"张某家里人就按照他所说的办了。

从此之后,张女与张某两人太平无事。南乡地方的人得知此事,都传说开了,说某村某人替鬼做媒、某人家替鬼做亲。

鬼有三技

举人蔡魏公常常说,鬼有三种本领,第一是迷惑,第二是阻拦,第三是恐吓。

有人问他:"这三种本领怎么说呢?"他回答说:"我有个姓吕的表弟,是松江府的廪生。他性格豪放,自称豁达先生。有一次经过泖湖西乡,天色渐渐黑了,看到一个涂脂抹粉的妇人,手里拿着一根绳子,冒冒失失地跑过来。她看见吕生,连忙躲到大树后面,她所拿的绳子却掉在地上。吕生拾起来一看,原来是条草绳,再嗅一嗅,有一股阴冷的气息,心里知道,这个妇人是一个吊死鬼。吕生把绳子藏在身上,自管向前走。这妇人从树后跑出,在前面阻拦吕生。吕生向左行,妇人就在左面阻拦,吕生向右行,妇人就在右面阻拦。吕生心想,这就是老百姓所说的鬼打墙了。他直接向前冲去,女鬼没有办法,大叫一声,变成披头散发、血流满面的样子,伸出一尺多长的舌头,向吕生蹦蹦跳跳。吕生说:'最先你涂脂抹粉,想迷惑我;接着在前面阻挡,想拦住我;现在你变成这种怪样子,想恐吓我。这三种本领都施展出来了,我都不害怕。想来你已没有其他本领好施展了吧?你可知道我平常叫作豁达先生吗?'女鬼只好仍然变回妇人的样子,跪在地上说:'我是城里姓施的妇女,和丈夫吵架,一时想不通,上吊而死。现在听说泖东有个妇女,也和她的丈夫不和睦,所以我要去找她做我的替身。想不到半路上被先生您截住,又将我的绳索夺去。我实在没有办法了,请求先生超生我。'吕生问她,怎么超生法? 她说:'请你替我转告城里施家,设置道场,请些有道行的僧人,给我多多地念往生咒,我就可以投胎托生去了。'吕生笑着说:'我就是有道行的僧人,我也有一篇往生咒,为你念一遍罢!'随即高声念道:'好大世界,无遮无碍。死去生来,有何替代? 要走便走,岂不爽快!'女鬼听完,恍然大悟,趴在地上磕了几个响头,就跑走了。后来当地人说,这里一向不平静,自从豁达先生经过以后,再没有东西作怪了。"

鬼多变苍蝇

　　徽州有位状元公戴有祺,他与朋友喝醉了酒,漫步赏月,出城来到回龙桥上。有个身穿蓝衣的人,手里拿把雨伞,从西乡那边走来,看到戴公,畏畏缩缩不敢过桥。戴公怀疑他是窃贼,上前将他抓住盘问。穿蓝衣的说:"我是衙门差役,奉命拘捕人。"戴公说:"你说了个大谎话,世上只有城里差人到城外去拘捕人的事,绝对没有城外差人走进城里来抓人的道理。"穿蓝衣的无可奈何,跪倒在地说:"我不是人,是鬼。奉了阴间长官的命令,进城抓人。"戴公问:"有传票吗?"蓝衣鬼说:"有。"

　　戴公一看,那传票上的第三名就是自己的表兄。他想救表兄的性命,心里又疑心蓝衣鬼所说的不是真话,便放他过了桥,自己坚守在桥上坐等。四更时分,蓝衣鬼果然来了,戴公问:"要抓的人,全抓到了吗?"蓝衣鬼说:"抓齐了。"戴公问他,抓到的那些人在哪里。蓝衣鬼说:"就在我撑的这把伞上。"戴公看那把伞,见上面用线缚着五只苍蝇,还发出嘶嘶声。戴公哈哈大笑,拿过伞来就把五只苍蝇放走了。蓝衣鬼又怕又急,踉踉跄跄走了。

　　天色慢慢亮了,戴公进城到表兄家探问情况。表兄的家人说:"我家主人病了很久,昨夜三更时死去,四更时分曾活转过来,到天亮时又死去了。"

　　江宁县有个姓刘的小孩,只有七岁,患了阴囊红肿病,求医吃药都不见效。邻舍有个姓饶的妇女,常到阴间兼做差役,轮到去阴司值班时，就与丈夫分床而睡，不喝不吃，像个痴呆人。刘母就请求饶氏到阴间去查问一下自己儿子的吉凶。

过了三天，饶氏来到刘家通报说："没有关系。你家二郎前生喜欢吃青蛙，剥杀得实在太多了，所以今世有成群的青蛙来咬二郎，为同类报仇。不过，这东西本来就是供人食用的。虫鱼之类都属于八蜡神管辖，你们只要到刘猛将军的庙里去烧香祈祷，便可太平无事。"刘氏照着办了，儿子的病果真好了。

有一回，饶氏睡了两天两夜才醒来，浑身流汗，气喘吁吁。饶氏的嫂子问她为何这般吃力，饶氏说："邻家有个女人凶狠泼辣，难以将她拘捕，阎王派我去捉拿。不料这女人临死时力气还很大，跟我格斗了好久。幸亏我把缠脚布解了下来，将她的手捆缚住，才牵了出来。"嫂子问："现在你将那妇人寄在什么地方？"饶氏说："就在窗外的那棵梧桐树上。"

嫂子前去一看，并没有看见什么东西，只见树上有根头发丝拴住了一只苍蝇。嫂子觉得好玩，就把苍蝇取了下来，放在针线匣里。

过不多久，只听得饶氏在床上发出阵阵叫喊声，好久才清醒过来，说："嫂子，你这玩笑开得太残酷了！阴间长官怪我捉拿不到那妇人，重重地打了三十大板，勒令我限期将那妇人捉拿报到。嫂嫂快快还我那只苍蝇，免得我再挨板子。"嫂子见饶氏的臀部，果真有挨板子的伤痕，后悔极了，将苍蝇还给了饶氏。饶氏取过苍蝇，含在口中睡着了，于是恢复了平静的模样便。不过，从此之后，饶氏再也不肯替活人到阴间去查问吉凶的事了。

严 秉 玠

严秉玠当上了云南禄劝县知县。县衙门的东跨院儿里有三间房。这三间房长年上锁，没人居住。相传，这里住着狐仙儿。每当新官上任，都要到这里来祭拜狐仙儿。严秉玠遵循惯例，一上任的第二天就来拜过了。

严秉玠的夫人可是位特别好奇的人。她决心要看一看狐仙儿到底是个什么样儿。她每天藏在附近偷看,却是一点儿迹象也没有。

有一天,她忽然发现那屋里的窗下坐着一位美人儿,正面对梳妆台,慢条斯理地梳着头。那副娇柔妖媚之态,自己无法与其相比。严夫人平素性格蛮横嫉妒。她担心,若是这么个女人迷惑上自己的丈夫,那可了不得。于是,她率领男女奴仆,各个手持棍棒,蜂拥而入,把这个美人儿打翻在地。美人儿顿时化作一只白鹅,绕开人群奔跑哀鸣,似乎是在求饶。

这时候,严秉玠也闻讯赶到。他用自己的官印在鹅背上印了一下,白鹅立刻现了原形,卧倒在地,化作一只灰狐狸,当即生下了两只小狐狸,然后悲哀长号而死。两只小狐狸在地上蠕蠕爬动。那严秉玠又取来朱笔,在两只小狐狸额头上各点了一个点,两个小狐狸就相继死去。严秉玠命人将三具狐尸抛入火中焚毁。从此,禄劝县衙门不再闹狐仙儿,严秉玠一家也全福无祸。

又过了一年多,严夫人有孕,生了一对双胞胎。这对小儿一落生,额头上就各有一个红点,就和严秉玠用朱笔点在小狐狸额头上的红点一样。严夫人受惊,没出满月就病死了。严秉玠痛哭亡妻,忧郁成病,不久也不治身亡。两个头上带红点儿的小孩儿,终于也没养活。

奉新奇事

江西奉新县村民李某的妻子难产,临产三日,胎儿还是生不下来。她婆婆带了三个女儿日夜守护,因为太困倦了,所以又请邻居的三个妇女轮流看护。其中有一个姓孙的妇女,有个儿子尚未断乳,不便带来,就托给了外婆暂领,自己带了大儿子孙钟同去。孙钟年满二十,已经是个秀才。他想,夜里看护太寂寞,便带了一卷书去读。

第二天将近中午时分,李氏门内连一点动静也没有,邻居不免疑心起来,就破门而入,只见产妇死在床上,看护的七个人全死在地上,其中六个人的衣服与容貌没有什么反常,只是都断了气。唯独秀才孙钟还端坐着,右手照样拿着一卷书,从左臂肩下一直到脚底,全被烧毁,焦黑得如煤炭一般。全村因此大哗,人们到衙门去报官。县官赶忙派人前去验尸,结果验不出什么名堂,就命令埋葬了事,自然也无法向上司申报立案。

这个故事是兵部侍郎彭芸楣给我讲述的。

智 恒 僧

苏州人陈国鸿,是乾隆四十二年(1777)彭芸楣先生任丁酉年浙江乡试主考官时所取中的举人。

陈国鸿酷爱古玩,家里的珍藏琳琅满目。陈家的花园里,有一口荷花缸,年代久远,是件传家之宝,不知有多少年没挪动过了。陈国鸿想考查一下缸底的款识,鉴定一下这荷花缸到底是哪个朝代的产品。

荷花缸挪开之后,意外地发现缸底下的泥土中埋着一个陶瓷坛。这个陶瓷坛的釉子呈碧黄色,花纹典雅古朴。坛子内有半坛淤泥,淤泥里混杂着几片朽骨。陈国鸿命人把淤泥朽骨倒进河沟,并就地把陶瓷坛洗刷干净,作为一件珍品,摆进室内。

当天夜里,陈国鸿就梦见一位秃头长眉的和尚来到他面前,合掌施礼,说道:“阿弥陀佛! 贫僧乃大唐智恒和尚是也。圆寂以来,遗蜕寄居此土,已是八百余年。您无故侵夺了灰坛,抛撒遗骨,这是天大的罪过! 劝施主早日还我灰坛、埋我遗骨。不然,您是罪不容诛呀!”

那陈国鸿平生豪放不羁,根本不把智恒僧的警告放在心上。第二天,他还把这个梦当个故事,讲给朋友们听,说罢哈哈一笑,毫不在乎。

过了三天,陈国鸿的母亲梦见一位秃头长眉的和尚带着一个面目凶恶的和尚来到面前。秃头和尚说:“老夫人,您儿子做事太无理。他侵夺了灰坛,抛撒了遗骨,我反复劝告,他竟不思改悔! 难道欺我老而无力不成? 我师兄大千法师,为此愤愤不平,特随我来,索取你儿子的命!”

陈老夫人从梦中惊醒,吓出了一身冷汗。她急忙命奴仆们去打捞朽骨。可是河沟里水深泥滑，费了九牛二虎之力，只打捞起一片遗骨。

　　这时候，有家奴来向老夫人报告，家主人突然病倒，昏迷不醒。老夫人命人延师用药，极力救治。十几天过去了，医治无效，这位堂堂的举人竟一命呜呼了。

三 斗 汉

　　三斗汉，是广东郊野人。他每顿饭要吃三斗粟才饱，人们因此叫他"三斗汉"。他身高一丈，腰粗得一人难以合抱，络腮胡子，乌黑面孔，终日流浪在街市上，靠讨饭过日子，常常连肚子也填不饱。

　　有一天，三斗汉来到惠州，竟然在提督军门胡闹，两手提起提督府前一对石狮子，扬长而去。提督派人召唤他，三斗汉仍提着两只石狮子来了。提督叫人将五条牛横套在一根长木上，叫三斗汉在后面拉住这根横木，同时命差役用鞭子抽打牛。牛奋力地想向前奔，结果连一尺一寸也挪不动。

　　提督很欣赏三斗汉的力气，就赏他马匹军粮，让他加入到军队中学武。三斗汉跪在提督面前恳求说："小人一顿饭要吃三斗粟，请大人将口粮加倍。"提督答应了。他练习武艺将近一年，可是骑在马上一奔跑就会掉下来，射箭也没一次射中。提督就让他改做步兵，三斗汉郁郁不得志，就干脆回家了。

　　一次，三斗汉游荡到潮州，正好碰上潮州东门外在修湘子桥。桥的石梁有三丈多长，宽与厚各一尺五寸，民工们搭好起重的架子，几十个人提拉石梁上架，可就是上不去。三斗汉在旁见此情景便笑着说："这么多的人，面孔涨得通红，汗流浃背，怎么连一条石梁都拉不上去呢？"民工认为他口出狂言，十分恼怒，就叫他试一试。

　　三斗汉独自一人拉着石梁就登上了起重架，下面的民工见此都吓呆了，连脚也软了。湘子桥的桥洞有百来个，乾隆三十六年（1771）有三个桥洞倒塌了，地方长官范某捐出自己的俸禄，倡议修桥，见三斗汉能独自一人拉起大梁巨石，既省开支，又能加快进度，于是就将余下的活儿全让他包干了,最后给了他几十千钱。

不到一个月,三斗汉将这些钱吃用完,离开了潮州,不知去向。有人说,他是在澄江饿死的。

苏 南 村

浙江桐邑(今浙江桐乡)有个人叫苏南村。苏南村病重垂危,昏昏沉沉,他问家里人:"李耕野和魏兆芳来了没有?"家里人莫名其妙,不知这李耕野和魏兆芳到底是谁,就随便地回答说:"啊,来了,来过了。"他就闭上了眼睛。过了一会儿,又问:"李耕野、魏兆芳来了没有?"家里人觉得他是在说胡话,含糊其辞地说:"没,没来。"苏南村现出着急的样子,说道:"你们派人去请,叫他们快来!"说罢,长叹一声,气息奄奄,快要不行了。

家里人就准备后事,派人到市上的冥衣铺去买一乘纸轿。抬回家里,才发现抬轿的纸人背后都有名字:一个是李耕野,另一个叫魏兆芳。家里这才省悟过来,苏南村之所以苟延不去,是在等待这两人抬的这乘轿子。他们当即把纸轿焚烧了,苏南村立刻就断了气儿。

这抬轿子纸人背后的名字,是冥衣铺的小伙计淘气,胡乱写上去的。但是,这在死鬼苏南村的心目中,已经全变成真的了。这也算是一桩大新奇事儿。

叶 生 妻

桐城城西,近牛栏铺的地方,有个叶生,靠笔墨文书糊口。他的父亲和哥哥都务农为生。乾隆四十八年(1783)春天,叶家在牌门庄租了一家同族人的田种,全家也就搬到那里。

　　叶生的妻子十八岁,平日沉默寡言,端庄自重。一天,突然颠三倒四地骂起人来,听她骂人的口气,不像是一个人,夹杂了好几个人的声音,但都骂李某人丧尽天良,毁了他家祖辈十个人的坟冢,造房建屋,你们李家住得舒适,他们十人的尸骨都被践踏。

　　叶生听了摸不着头脑,去请教当地父老,才知道他现在住的房子,原是李某所盖的。康熙年间,李某在此平了坟头,造起房子。他妻子所说的事,确是实有。叶生回家便责问附在妻子身上的鬼说:"平坟头造房子,是李某干的,与我有什么相干?"鬼借叶妻之口回答说:"当年李某有财有势,气焰嚣张,我们只好忍气吞声,出去东躲西藏,现在看你家运气不好,所以到这里来发泄怨气。"在骂声中,这个人的口气最厉害、最凶狠,其他九个人,不过偶尔插插嘴,口气也比较平和。叶生答应把这房子拆掉,重新培土修坟。妻子回答说:"这屋的主人还在,你不可自作主张拆屋,何不找他一起商量?"叶生赶忙跑去找了李某来。

　　叶妻带他到了客厅西边的两间正屋中,边指边说:"这里原有两口棺材,这里原有四座坟墩,那边窗下是两座女人的坟头,我的坟在内室床后面的墙根下。"李某问:"你是什么人?"叶妻回答说:"我叫阮孚,死时二十二岁,是明朝正德年间的儒生,在白鹤观读书,原不过是好奇学点道术,不料后来竟当了道士。一次,因一时被女色所诱惑,爬墙头约会时被人羞辱了一顿,上吊自尽,葬在这里。十座坟中,我这座坟遭到的践踏最厉害,受苦最深,所以我纠集他们一同到此算账。"李某问:"你的骨头埋在什么地方?"回答说:"在当中的一座坟头里,掘进地下三尺,看见有个黑色的棺材,就是我的。"

　　李某人还有点犹豫,不敢挖土,那鬼便不停地骂。远远近近闻讯前来看热闹的络绎不绝。凡有人提问,这鬼必答。叶生烧起纸钱,恳求其他九个鬼劝阮孚不要再骂,其他九个鬼果然劝起阮孚来。这九个鬼说的话也全是借着叶妻的嘴说出来的。阮孚不禁又骂了:"你们这九个赌鬼,受了叶家的纸钱,彼此只图自己一时受用,反倒帮人家来劝我?"于是,九个鬼不说话了,只剩阮孚这个吊死鬼独闹。

　　叶生就请道士作法,驱邪消灾,又请私塾先生陈某写了一篇送鬼文。阮鬼哈哈大笑,说:"这篇文章不通到了极点,或者典故用错,或者文辞粗俗,更何况送鬼文应当用恳求的笔调,不应当用威胁的语言。"

私塾陈先生被指责得面红耳赤,连连说对。道士诵念经文稍有差错,阮鬼立刻加以指正、斥责。

叶生有个姓程的亲戚,家境丰裕,刚到叶家门口,阮鬼就借他妻嘴说:"富翁来了,应准备好茶迎客。"叶生的姻亲举人章甫快到叶家时,鬼说:"文曲星来了,请求他替我写篇墓志铭。"章甫当即作了一首律诗赠给阮鬼,大意是:"当年你为何事竟去上吊自尽,落个遗体飘零,埋葬此地。造屋择地不当,可以拆掉;你的坟头被毁,重新建造就是了。从此你在九泉之下安居乐业,还望可怜叶妻让她早日清醒。今后定会靠你自己法力获得超升,步步高升名列仙道班头。"

阮鬼听完,谢道:"承蒙过分夸奖,我阮孚犯有风流罪过,怎会步步高升,名列仙道班头?只有那第五、第六两句,说得很对。我听你的话,马上离开此地。"临走时,叫叶生来,对他说:"我不接受道士的忏悔经,却接受文人的忏悔诗,这是因为我毕竟还有文人的习性。你把章甫的诗刻在墓碑上,让我在九泉之下沾点光。"

叶生的妻子这才闭上眼睛沉默安静了。过了一天,就完全清醒了。

七盗索命

浙江杭州有个秀才,名叫汤世坤。汤秀才三十多岁了,什途经济都无所建树,只得屈尊在范氏家学里当一名老师,靠教书糊口。

那时候,已经是初冬时节。傍晚,学童们早已散去。为了保留一点暖和气儿,汤先生就把门窗都关闭了,独自一人坐在荧荧的灯下读书,四壁寂然,毫无声息,不觉之中已是夜下三鼓。他微有倦意,打个哈欠、伸伸懒腰,借此恢复精神。

忽然,有人推开窗户,跳进一个无头人来。紧跟其后,又跳进六个,也是无头人。汤先生仔细一瞧,他们的头都用带子拴住了发髻,挂在腰间。七个无头人一拥而上,围住了汤秀才,各自提着头,往他身上滴血。那血滴在他身上,犹如寒针,冰冷刺骨,沁人心脾,使他浑身打战。他惶恐万分,头脑发胀,一时说不出话来。这时候,侍候他的馆童给他送进夜壶(夜间小便用溺器)来,才把七个无头人冲散了。汤秀才却瘫倒在地,昏迷不醒。

馆童慌忙报告了主人。范氏主人组织人力,紧急抢救。连灌了几碗姜汤,秀才渐渐清醒,才向主人叙述了他刚才的经历。他表示此地不可久留,要辞去馆师之职,回家去住。范氏主人慷慨允许,当即派一乘小轿,并几个仆人,送汤先生回家。这时候,天已经大亮了。

汤秀才的家,就在城隍山的山脚下。小轿抬近城隍山,汤秀才又急忙呼喊轿夫,命他们掉过头儿往回抬,声言他不能回家了。轿夫只好把他抬回范家。一下轿,他就对范氏主人说:"离着老远,我就发现那七个无头人,端端正正地坐在城隍山的石崖上。他们显然是在等我。我不能回家了,还是暂住府上吧!"

范氏主人无奈,还请他住在学馆里。汤秀才被这一惊一吓,得了一场大病,卧床不起,身上烧得像个火炭儿。范氏主人平素就慈悲善良,见秀才如此受难,心生怜悯,就派人用小轿把秀才夫人接来,也好日夜服侍,送汤送药。

汤秀才的病却是急转直下,三天以后,病陷垂危,终于咽了气。可是,过了几个时辰,他又神奇地还阳了。

他拉着夫人的手,说:我是必死无疑了。只是冥府的政策宽大,念惜你我夫妻一场,放我回来,也好做个诀别。昨天,我病危。迷茫之中,就有四位穿青衣的差役拉着我走。他们说:"有人在阴曹告了你,传你去偿命,快走吧!"我被他们拉着,所经之处,都是黄沙漫漫,一望无垠,冷风袭骨。我就知道是到了阴曹地府了。我不禁问道:"请问四位差爷:我犯了什么罪?为什么要拘捕我?"青衣差役说:"请先生看看自己的面貌,自然就明白了。"我莫名其妙,说:"一个人只能看见别人的相貌,自己怎么能看自己呢?"四位差役几乎是同时从布袋里掏出一面带把儿的小镜子来。我接过其中的一面,往脸上一照,就觉得自己的身体高大魁梧,不像如今这么小巧清瘦了;颔下还留有七八寸长的胡须,相貌庄重又威武。原来,我上辈子姓吴,名锵。在明朝末年,官居娄县(今上海松江)知县。在阴曹状告我的,就是那七名无头鬼。他们原本是一伙强盗,抢劫了四万两银子,藏匿在某个地方。后来,他们被我逮捕了,但没有搜查到藏银子的地方。强盗们想拿出两万两银子作贿赂,以求免除死刑;另外两万两银子依然归他们所有。他们托出娄县姓许的典史,向我转告这个意思。我知道,按照大明的刑律,聚伙抢劫,论律当斩,绝无赦免的可能,就一口拒绝了。可是,典史许某却引用《左传·哀公十七年》的条文说:"咱们何不学习戎州己氏的手段,钱也得要! 人也得杀!"我一时糊涂,接受了许某的策谋,假意表示接受贿赂。等强盗们供出藏匿银子的地方,四万两银子一到手,我们就翻脸不认账,把七名强盗就地正法。现在想起来,真是后悔莫及。

我随着四位青衣差役,来到一个去处。举目一望,殿阁巍峨,雄伟壮丽。殿中的书案前,坐着一位头戴高帽、宽袍大袖的官员,显然是阎王爷。他眉清目秀,面容和善,使人没有恐惧之感。我急忙磕头拜见,发现七个无头鬼也站在堂上。他们用双手捧着头,放在脖腔上,那头就能说话,控诉我和典史许某的罪行。诉完之后,又把头挂在腰间。我哀求阎王爷,对我的罪行给予宽恕。阎王爷说:"我对一切罪犯都不抱成见。以事实为依据,以法律为准绳,按法律办事儿。你要求宽恕,还得找他们说去!"

我又膝行向前,给七个无头鬼磕头,哀求说:"只要你们答应饶我一命,我一定延请高僧高道,大作法事,超度你们的亡灵,早日托生为人,还要给你们多多地焚烧纸钱!"四个挂在腰间的鬼头几乎是同时摇动,表示拒绝;他们个个怒目圆睁、龇牙咧嘴,面貌狰狞可怕,而且渐渐凑上前来,要咬我的脖子。

这时候,阎王大喝一声:"众鬼休得无礼!"无头鬼们才退立原地。阎王爷说:"根据你们的罪行,理应依法处死,并不是他枉法滥刑,残害无辜。他的主要罪恶,是伙同典史许某,贪污了你们劫掠的四万赃款。不过,这个案子的主谋是典史许某,而从犯是知县吴锵。据此一节,我看对吴锵的后身,可以缓期索命!"

七个无头鬼听了这话,又陆续把头捧到脖腔上,哭诉道:"我们向他讨还的是这笔债,没说一定叫他偿命。他吃着朝廷的俸禄,却干着这贪污掠夺的勾当,等于也是一个强盗。是强盗,就应该依法制裁! 至于那个典史许某,早就被我们抓住,嚼烂吃掉了。只有这个吴锵,竟然逍遥法外。他第一次转轮托生,成为一个美女,嫁给吏部尚书宋牧仲(宋荦)先生为妾。宋先生是位贵人,文章又颇具名气,我们当然不敢惹她;如今,他又托生到汤家,成了个秀才。汤家的祖先历来有善行,积了不小的阴德,他家的子孙将在科考上有所成就。据可靠的信息,今年除夕,主管仕途的文昌君将把他的名字送上天榜。他如果登上仕途,有了显贵的地位,我们报仇的目的又落空了。所以,现在是千载难逢的机会,机不可失,时不再来。请您不要存妇辈仁义之心,迅速缉拿,将他依法论处!"

阎王爷听了无头鬼们的这番哭诉,紧皱眉头,陷入了沉思。既而说道:"强盗们的申诉也很有道理。我别无选择,只能依法秉公办事。不过,我可以允许你回到阳间,和你的妻子作个最后的诀别。然后,来这里投案自首。"

汤世坤说完了这番话,就瞑目而卧,再也不说一句话。秀才夫人为他焚烧了成千上万的纸钱,最终也不能挽救他的生命。

第二年,汤世坤的本族兄弟汤世昌,高中乾隆十六年(1751)辛未科二甲第七名进士,入翰林,光宗耀祖。人们都说,这是文昌君送天榜名额的时候,发现汤世坤前生有罪,时运不济,性命难长,才把汤世昌换上去的。

陈清恪公吹气退鬼

陈鹏年还没有得志的时候,和同乡李孚很要好。秋夜,陈鹏年踏着月色,到李家聊天。李孚是清贫的读书人,对陈鹏年说:"我找妻子弄酒喝,没弄到,你先坐坐,我到外面去买,和你一起赏月。"陈鹏年就拿着李孚的诗集,一面看一面等。

门外,有一个穿蓝衣服、蓬头散发的女人推开门,看见陈鹏年,就退出去。陈怀疑这是李家的亲戚,因为回避客人,不敢入内,于是,把身侧坐,背对女人。女人把藏在袖子里的东西,放在门槛底下,就走入内室去了。陈鹏年心中怀疑,究竟是什么东西?就靠近门槛仔细看,原来是一根绳子,发出腥臭味,还有血迹。陈鹏年恍然大悟,这是个吊死鬼,就把这条绳子放在自己靴子里,依然坐下看书。

过一会儿,蓬头散发的女人从内室出来,一摸门槛下藏绳子的地方,发现绳子没有了,她愤怒地直冲到陈鹏年面前大叫道:"还我东西!"陈鹏年说:"什么东西?"女人不回答,只是耸肩站着,张开口向陈鹏年吹冷风。风一阵阵地冷得像冰,使人浑身起鸡皮疙瘩,毛发竖起,牙齿打战。灯焰也闪闪烁烁,变成青蓝色,快要熄灭。陈鹏年心里想:鬼有气,我就没有气吗?于是也鼓足力气,向女人吹气。这女人的身上被陈鹏年吹气的地方,马上成了一个空洞。开始是腹部吹穿,跟着胸部也消失,最后连头也不见了,一下子有如轻烟般消散干净,再也看不见了。

不久,李孚拿着酒回来,进内室,大叫:"妻子在床上吊死了!"陈鹏年笑着说:"不要紧,鬼的绳子还在我的靴子里。"他把经过告诉李孚,并且一起进内室解救李妻,给她灌了姜汤。问她为什么要寻死。李妻说:"家里很穷,我的丈夫又很好客,头上就这么一支钗,还要拔去换酒。我心中很烦闷,客人又坐在外面,不好大声张扬。忽然身边有个头发乱蓬蓬的女人,自称是我们的邻居。她告诉我,丈夫拔去这钗不是为了招待客人,而是去赌场赌钱。我更加烦恼怨恨,又想到夜已深了,丈夫不回家,客人又不走,我真是没有脸皮去见客人。蓬头散发的女人用手围成一个圈,说:'从这里进去就是佛国,你会感到无比快乐。'我从这圈钻进去。可是手围不紧,这圈老是散开。这个女人说:'我去拿佛带来,你就成佛了!'她走到外面去取带,很久不进来。我正在昏沉沉好像做梦,你们就来解救了。"

他们到邻居家查问,几个月前,果然有个女人上吊而死。

陈圣涛遇狐

浙江绍兴人陈圣涛,是个穷书生。他早年丧妻,孤独无依,流落到扬州,住在天宁寺旁边的一座小庙里。因为他穷,庙里的和尚都瞧不起他,对他很冷淡。

这小庙里有一座楼,那楼门儿却是常年紧锁。陈圣涛就问:"这楼那么清净,为什么没人住?"和尚嫌他多事儿,没好气儿地说:"那儿祟狐闹鬼,你敢去吗?"陈圣涛说:"狐狸不过是畜生。鬼是人变的,有什么可怕的?"那和尚恨他呆痴,信口吹牛,就开了楼门儿,放他进去。

陈圣涛上得楼去一看,发现这里虽说是长年闭锁,竟然桌明几净,室无纤尘。靠窗的墙壁下,是一张很考究的梳妆台,那上面,陈列着梳篦脂粉、珠翠钗环,妇女用器一应俱全。显然,这是女辈的闺房。陈圣涛心里说,这伙鸟和尚,表面儿上仙风佛骨,道貌岸然,私下里,却窝藏女人,什么东西! 他一声没吭,就退了出来。那和尚依旧把楼门儿锁了。

过了几天,陈圣涛就发现那楼上有个艳丽的女人依窗而坐,不住地往下看。她的目光触及陈圣涛似乎又微微一笑。陈圣涛也不是个省油的灯,乘机用眼神儿挑逗她。这就是男女之间的调情方式,所谓眉来眼去吧? 可是,那个女人竟然飞身而下,转瞬之间已经站到陈圣涛面前,他这才感到有点儿害怕,料定这女人,绝不是个一般的人。

那女人察觉了陈圣涛的恐惧心态,温存地说:"先生甭害怕,我是狐仙女。也是咱们前世有缘,私情未了。所以我不辞羞辱,屈身相就,请先生放心,我们只有恩爱,没有怨仇,我不会加害于您的。"

陈圣涛贪恋美色,也顾不得什么仙或鬼了。当天,他们就同床共枕。从此,狐仙就没离去,那甜蜜的劲头儿,赛过了新婚夫妇。

可是,每到月初,这位狐仙就宣告请假七天,说是要到泰山娘娘那儿去当差。陈圣涛对她的体己箱子,一向觉得很神秘。这回,乘她不在,到底要打开来看个究竟。他掀开箱盖儿,不禁大吃一惊:这里边满装着金银首饰、珍珠翡翠,稀世珍玩,应有尽有。陈圣涛看罢,好生叹息了一阵,却丝毫不取,原封不动地盖上了箱子。

过了七天,狐仙当差回来,陈圣涛悄悄对她说:"我很穷,这个你是知道的。你有那么多钱,放着也没用,不如借给我当本钱,去做买卖,也好谋个生路呀!"狐仙说:"不怕您不爱听,您是个天生的穷酸相,一辈子也富不了;就是去做买卖,也是只赔不赚。若论您的品格,还是满高尚的。打开我的箱子,在令人眼花缭乱的稀世珍宝面前,竟是丝毫不取,这一点,就足以令人佩服。今后,您的衣食住宿我全包了,生计问题就不劳您操劳了。"从那以后,陈圣涛不再留心食宿,一切由狐仙料理。

这样共同生活了一年多。有一天,狐仙忽然对陈圣涛说:"我用我的资金,给您捐赠了个飞班通判(京师分管豢养、驯马之官)。您只要进京向有关部门送点儿礼物,就可以听候上任了。我呢,必须先行一步,到京师置办房宅器用,一切安置停当了,专等您来。"陈圣涛问:"北京城里地方那么大,我上哪儿找你去?"狐仙说:"您到达之后,就在彰义门(今广安门)城门下等着,我自会派人去接您的。"

两个月之后,陈圣涛到了北京。他刚到彰义门楼下一站,就有个黑衣老仆上前给他磕头,说道:"老爷是刚到吧? 老奴恭候已久。快回府吧,夫人已经等急了!"于是,领着他过骡马市大街,来到米市胡同,进入一家大宅院。只见庭院宽敞,移花接木;屋宇肃宁,装饰典雅。一群奴仆婢媪之辈,纷纷前来拜见,口称"老爷万福"! 看他们那表情,对自己并不陌生,好像是拜见他们久相侍从的主人。

走进正堂,那狐仙衣妆华贵,由丫鬟们簇拥着,喜气盈盈地迎上前来。夫妻久别重逢,欢喜之情自不必说。两人手拉着手进入内室。陈圣涛不禁问道:"这些奴仆丫鬟们,怎么会认识我呢?"狐仙说:"这个事儿,您千万可别声张出去,不然,就不好办了。在您没来之前,我已经幻化成您的样子,到吏部申请,捐赠了官职;又以您的形貌出现,买下了田宅、立下了契约;收买奴婢的时候,也同样以您的面目出见。所以,他们都知道您的大名,认定您是他们的主人。您不要表现出生疏,免得引起他们的疑虑。"接着,狐仙又把常在身边侍候的几个丫鬟、奴仆的名字介绍给他,免得发生误会,引起麻烦。

陈圣涛有了这样的地位和舒适高雅的生活环境,当然是心满意足。不久,他写了一封家信,把自己在北京的时运亨通,告知了绍兴老家。

第二年,陈圣涛前妻所生的长子就找上北京来。儿子知道父亲已经续娶,同时拜见了父亲和继母。狐仙对他也非常怜爱,简直赛过了亲生儿子;儿子对继母特别敬重,孝敬之心胜似对待亲娘。狐仙问道:"听说我儿在家乡已经完婚,何不将贤媳迎来? 等明年你父亲上任了,大家一齐住进别墅,共享天伦之乐。"陈圣涛的长子,连声满口答应。狐仙当即赠送了车旅之费。不久,陈的长子把媳妇王氏也接到北京来。

忽一日,门上老仆禀告:"门外有位青年人要见老爷。"陈圣涛问:"没问问他是谁?"老仆说:"奴才问过,他不肯说,只说他家母在咱们府上。"陈圣涛问狐仙:"这是谁呢?"狐仙顿有所悟,说道:"啊!那是我儿子,是我与前夫所生,叫他进来吧!"青年人大踏步进门,拜见了陈圣涛夫妇,口称父亲母亲;又拜见了陈的长子夫妻,口称兄嫂。从此,这个家庭里又多了一位小叔子。

那是一个月初,狐仙又去为泰山娘娘当差,陈的长子也外出办事。闺房里,王氏正悠然自得地梳妆打扮,那位小叔子却乘机溜进了王氏的闺房。他一把将嫂子搂在了怀里,又是亲嘴儿又是乱摸一气。王氏奋力反抵,却被他抱到了床上。王氏威胁说:"快放手!回来我要告诉你哥哥!"小叔子嬉皮笑脸,说道:"他是个男人,我也是个男人,你跟他跟我岂不一样?"说着,竟脱下裤子,露出那不便见人的东西,面对着王氏,说:"嫂子,你看,你快看哪!"他又动手,撕下了王氏的裙子。王氏感到事态紧急,大声呼喊救命。小叔子怕被人发现,惊慌放手,狼狈逃出了王氏闺房。

陈的长子深夜归房,已经有几分醉意。他见王氏神色沮丧,就追问其所以。王氏无奈,就把遭受小叔子调戏之事实说了。丈夫听罢,怒发冲冠,当即拔出几把腰刀,直奔小叔子房中而来。那狐仙之子,却已是酣然入梦,不知不觉。陈的长子掀开床帐,手起刀落,咔嚓一声,头就咕噜到枕边上。点燃蜡烛一照,却是一只黄狐狸掉了脑袋。

陈圣涛得知消息,简直吓破了胆。继而又惶恐万分,恐怕狐仙归来,找他们父子算账,要他们偿命。于是连夜收拾行李,父子媳三人又连夜逃回到绍兴。

回到老家,陈圣涛身上一文钱也没有。他财也没发成,官也没做上,还和当初一样,是个穷书生。

长鬼被缚

翰林沈厚余,吴兴竹墩人,年轻时与一位姓张的朋友一起读书。一连几天,张某不来,沈厚余一问,原来他患了伤寒症,病得厉害,就前去问候。

走进张家门,寂静无声。快到客厅时,见有个高个子的人先到了,笔直地立在厅前,正仰起头在观看厅堂上的题额。沈厚余怀疑他不是人,顺手解开身上的腰带,偷偷将高个子的两条腿缚住。高个子吃了一惊,转过身来,对着沈厚余打量。沈问高个子从何处来。高个子说:"张某将死,我是勾人灵魂的当差,特地早到一步,以便与张某父母讲清楚,然后再动手勾捉。"沈厚余告诉高个子,张某的母亲是个寡母,而张某还未结婚生儿子,怎么能让他死呢?恳求当差的想个办法,缓一缓再说。高个子也很同情,只是一时想不出好办法,便谢绝了沈某的请求。

沈某再三恳求,高个子说:"现在只有一个办法。张某明天午时应该死,午时前阴间的五个差役,将会与我从门外的柳树下进入张家。阴间的鬼,早就又饿又渴。如果这时让鬼有吃有喝,就会延误他们勾捉的时辰。你可预先摆好两桌酒席,安排六张座位,同时等在门外柳树旁。到时如感觉有股自上而下的旋风吹来,马上就打躬作揖,将五鬼请进门,招待入座,殷勤劝酒,好好应酬,到太阳的影子过了午时光景,就可以散席。张某便能免于一死。"沈厚余答应照做。他马上进去告诉张某家人,到时要一一办妥。

到了那一天,张某从早晨开始已昏迷不醒,到了中午时分,只剩下一口气。一直到外面酒席散了,张某的神志才渐渐恢复。事完后,沈厚余很高兴地回家了。

过了一个多月,沈某夜里梦见了高个子,他苦不堪言,皱着眉头告诉沈某:"一个月前我替你想了个计策,使张某多活十二年。他命中还能考取秀才并考中某科的副榜,该有两个儿子。可是,我自己却因为泄露了阴间的秘密,被其他五个鬼差役告了一状,责打四十大板,连饭碗也丢了。我本来不是鬼,是峡石镇的挑担脚夫刘先,现在我被打伤,不能干活了。算起来我还有三年阳寿,请你转告张某,请他支付日常生活费,让我过完余年。"

沈厚余将此梦告诉了张某,张某立刻拿了几十两银子,买了条船,与沈某一起到峡石镇寻访刘先,找到刘先,果真见他瘫卧在床上。二人就拜谢了刘先,将所带的银子送给他,而后回家。张某此后十二年的命运,果然全如梦中所预言的那样。

西园女怪

杭州人周某与陈某，是一对好朋友。他们旅游来到古城扬州，借住在城西南邗江畔的一位绅士家里。虽说当时已经是初秋时分，盛夏的暑热还没有完全消除，加之主人派给他们俩的住房低矮狭窄，使他们感觉郁热而气闷。

主人的西花园里，却有几间相当讲究的房子，背山面水，环境清静而幽雅。这房子常年没人居住，门也不上锁。这几天，主人外出办事，家事无人做主。周、陈二人竟自作主张，擅自搬到花园里来住。住了几天，平平安安，他们确实是很惬意。

有一天晚上，他们饭后散步。皎洁的月光，清爽的气候，使他们乐而忘返。直到过了二更鼓，他们才倦倦步归寝室，准备睡觉。

忽然，听到院里有穿着木底鞋走动的声音，脚步越来越近。又听见有人慢条斯理地吟诵道："春花成往事，秋月又今宵。回首巫山远，空将两鬓凋。"那声音哀怨凄婉，使人动情。

周、陈二人最初以为是主人出来步月散心，但是，如今的男子一般不穿木底鞋；再说，那吟诵之声，柔声细语，显然是个女流之辈。于是，他们披衣而起，从窗隙往外偷看。月光下，一位美女正背靠栏杆而立，似乎在赏月叹息。陈某小声嘀咕说："没听说主人有这么位千金呀？咱们也没见过。"周某说："瞧她那装束，不古不今，不像是本朝人，别是人们所说的妖魔鬼怪之类吧！"陈某年轻放荡，眉开眼笑地说："能有这么个如花似玉的小姐儿，是鬼是妖又有什么关系！"周某不满地白了他一眼，陈某却迫不及待地冲窗外说道："小姐如此风雅，何不请进屋来，也好畅谈终宵呀！"那美女立刻掉转身来，说道："奴家可以进去，难道先生就不兴出来吗？"陈某不容分说，拉着周某，径自开门走了出来。

可是，那个美人儿却不知去向了。陈某呼叫她，有人答应，但声音越来越远。他们俩寻声追踪，一直来到花园西侧的小树林里，仔细一瞧，一个女人的头倒悬着挂在柳树枝上。周、陈二人吓得嗷嗷乱叫，抱头鼠窜。那个女人头,却"嘡"的一声滚到地上,蹦蹦跳跳地在他们背后穷追不舍。他们仓皇逃进屋里,拼命挤住门。那女人头已经追到门口。她几次跳起,撞击到门环,却没有撞开门。周、陈二人在里面奋力顶住门,腿却直打哆嗦。女人头大怒,落到地上,张开大嘴咔嚓有声地狠狠啃咬门槛儿。

这时候,东方微明,远近的鸡叫声此起彼伏。那女人头恨恨地罢休了,蹦蹦跳跳离开了门前,临近屋前的荷花池,才逐渐模糊,隐而不见了。

周、陈二人被这一吓,简直是魂飞丧胆。他们俩好不容易熬到天大亮,才不言不语地把各自的行李搬回原来居住的狭窄小屋。两个人浑身瘫软,有十来天卧床不起。

雷劈营卒

乾隆三年(1738)的二月里,打雷时震死了兵营里的一个士兵。这个士兵平日没有什么不轨之事,大家都认为这是件怪事。有位与这士兵同营的老兵,诉说了这个士兵的往事:

这个士兵现在确实已经改好了。可是,二十年前他刚当兵时,曾出过一件事,我因为与他在一个班里,所以知道这事的底细。一次,某将军在皋亭山下打猎,我们就在山下的路旁搭起了帐篷。

傍晚时分,有个小尼姑路过帐外。他见前后无人,就将小尼姑拉入帐内,企图强奸。小尼姑拼死反抗,丢下裤子逃走了。他追了半里路光景,见小尼姑逃到一个农户的屋里,才懊丧地回到营里。小尼姑所躲的那个农家,只有一个农妇和一个小儿子,丈夫外出打工了。农妇看见小尼姑进屋,开始不肯接纳。小尼姑告诉了刚才发生的事,并要求借宿一夜,农妇很同情她,就答应了,还将自己的裤子借给她,小尼姑约定三天以后一定还来。

第二天天色还未大亮,小尼姑就离开了农家。第二天农妇的丈夫回到家,脱掉了脏衣裤想换干净的,农妇打开箱子,找不到丈夫的裤子,而自己的裤子却还在,这才想起原来昨夜在慌里慌张之中竟将丈夫的裤子借给了小尼姑。正在暗暗自责粗心大意时,小儿子却在旁边说道:"裤子给昨夜的和尚穿去了。"丈夫不禁怀疑起来,就对儿子细加盘问。儿子就告诉父亲,昨夜和尚怎么苦苦哀求阿娘,怎么借宿,怎么借裤子,怎么和尚天亮时出门。农妇反复申辩,借宿的是尼姑,不是和尚。丈夫不相信,开始骂,接着用棍子打。农妇将这件事告诉邻居,恳求他们帮忙作证。邻居觉得这件事发生在夜里,便都推说不知道。农妇实在咽不下这口冤气,竟上吊自尽了。

隔天早上,丈夫一开门,见一个小尼姑拿着裤子来还,并且还带了一小篮糕饼表示感谢。他的小儿子指着小尼姑说:"这个就是前夜借宿的和尚。"丈夫十分后悔,痛打小儿子,将他打死在农妇的灵柩前。这丈夫自己也上吊自尽了。邻里乡亲害怕将此事报了官会招来牵连,就相互出钱安葬,马虎了事。

第二年冬天,将军又到皋亭山下打猎,当地人讲起这件事。我虽然心里知道这是谁干的,可是因为事情已经平息,就不再报告。我私下曾悄悄地将此事告诉过这个士兵,他感到很不安,从此之后,改恶从善,希求能将功赎罪。没想到老天爷对该死的人一个也不会轻易放过的。

青 龙 党

浙江杭州有一伙流氓恶少,他们歃血结盟,胳膊上都刺有小青龙,号称"青龙党"。这伙人横行乡里,无恶不作,老百姓恨他们,却也惹不起他们,只好忍气吞声。到了雍正末年,范国瑄先生出任浙江按察使,先后将他们捉拿归案,十之八九被处以死刑。可是,他们的首领人物董超,竟侥幸逃脱,免落法网。

乾隆初年的一个冬天,董超忽然在梦中会见了他那十几位死难的党徒,党徒们说:"别忘了,你是咱们青龙党的魁首。你虽说幸免于国法的制裁,明年却要遭受上天的诛杀。"董超听了这话,当然非常害怕,就求鬼党徒们给他想个万全之策。鬼徒们说:"你只有一条路,宝石山保俶塔旁边有座小土庙,庙里有个老和尚,你拜他为师,出家当和尚,或者能得以幸免。"

董超从梦中惊醒,访问到宝叔塔下,果然有个老和尚。只见他结草为棚,就在草棚里打坐诵经,苦心修炼。董超跪在和尚面前,一把鼻涕一把泪地哭着,自述了他以往的罪行,恳求老和尚能收他为徒,遁入空门,重修来世。和尚一再拒收,说:"佛门慈悲,怎可容恶混之徒,此举断然不可。"那董超跪而不起,再三乞求。和尚见他情真意切,诚心忏悔,也就收下了。当即为他剃头受戒,度为行脚僧,法名解化。老和尚说:"解化呀,一入佛门,当为皈依佛祖,严持佛法,恪守十二苦行,坚执四大皆空,方可修炼成形。切不可疏疏,以乱真心。你日间除干些杂务,余则用心诵经;夜间敲木鱼,沿山间小路寻礼,口诵佛号,切不可大意妄行!"董超叩拜称是。

自那以后,董超从春到夏,自秋至冬,日复一日,专心修行,竟也颇见成效。

第二年四月,有一天,他从集市上化斋归来,觉得很累,就在一座土地庙里小歇。朦朦胧胧,他打了个盹儿,就梦见他的党徒们又集聚而来。他们气喘吁吁地警告董超:"你还不快走? 快走吧! 天一黑,雷霆将到,你就没命了!"董超惊醒,踉踉跄跄跑回小庙,闯进草棚,这时候天已经黑了。远处天际,果然响起滚滚雷声。董超无奈,只好把党徒们的告诫,向老和尚实说了。老和尚当即命他跪在自己膝下,用两只宽大的僧袖盖住他的头部,诵经如故。

顷刻之间,雷鸣闪电随风而至,霹雳震耳,火光耀眼。雷电围绕着草棚,上下左右击杀不止。草棚右侧的一棵古槐被击中,拦腰折断。雷霆下击了七八遭,不得击中董超,渐渐收敛。

不一会儿,风雷皆止,云开月朗。老和尚从地上拉起浑身颤抖的董超,说:"起来吧! 雷劫已过,大难已去,从此你就平安无难了!"董超这才想起拜谢法师的蔽救之恩。他起身走出草棚,想去小便。刚一出门,忽然电光骤闪,霹雳又下。老和尚慌忙出棚查看,只见那董超已经被击死于台阶之下。那尸骸焦黑,竟是面目难辨了。

陈州考院

河南陈州学院衙门的客厅后面,有座小楼一直紧锁着,传说里面有鬼怪。

康熙年间,汤西崖以御史官差往当地督学,听了试院老书吏的话,让这间楼屋照常锁着。当时正好是盛夏天气,衙门里人多屋少。杭州秀才王煦、中州秀才景考祥,平日都自以为胆子大,要搬到楼上去住。汤西崖将听到的传说告诉他们,二人不相信。他们扭断门锁,登上了小楼,见房内明亮的窗户全部打开着,屋梁上一点灰尘也没有,便更加疑心以往人们传说的不可信。景睡在小楼外间,王在内房,留出中间一房作为起居休息室。

二更敲过,景先躺下了,王从中间拿着蜡烛准备回房睡觉,对景说:"人说这楼闹鬼,现在睡了几个晚上都很太平,可见前人胆子太小,上了老书吏们的当。"景某还未答话,就听到有人缓步上楼的声音。景就问王:"楼下是什么声音?"王笑着说:"大概是楼下的人故意吓吓我俩罢了。"

不一会儿,听得楼下那人加快脚步上了楼。景急得大叫起来,王也起床,拿着蜡烛走出房门,到中间房内照看,忽然间,蜡烛光一点点地暗了下来,缩成萤火虫一般的微光。二人怕极了,连忙再添点几支蜡烛,烛光才稍亮了些,可是烛光的颜色却始终是青绿色。

这时,楼门大开,门外立着一个穿青衣的人,身长二尺,脸也有二尺长,无眼无口无鼻,却有头发,头发朝上直竖,也有二尺来长。景、王两人大声喊叫:"楼下快来人啊!"这个怪物闻声倒在地上。随即从窗外四周传来啾啾声,约有一百来种鬼的叫声,同时见房内的家具什物都在跳动。景、王二人几乎被吓死。直到鸡叫,这声音才停息。

第二天,有个老书吏讲述了曾经发生在小楼上的一件事。当初溧阳人潘某督学此地岁试已结束,隔天就要发榜。潘某睡到将近二更时分,忽听得厅堂上有击鼓的声音。潘某被惊醒后,就派书童去查房。

值班的书吏说,刚才有个披头散发的女人从西边的一间考棚中走上台阶,要求见潘大人。书吏怕深夜扰醒大人,不敢传话。披发妇说:"我有冤枉,要向大人投诉。我不是人,是鬼。"书吏被吓倒在地上。那鬼就自己敲起鼓来。衙门内一片惊慌,不知如何才好。

有个姓张的仆人,稍有胆量,就走到厅堂,问那鬼有什么冤,那鬼说:"大人见见我又有什么关系呢? 现在大人既然不出来,就麻烦你转告,我是某秀才家的女佣人,主人见我长得好看,想强奸我。我坚决不从,主人就用鞭子打我。我将此事告诉了丈夫,丈夫因吃醉酒,说话冲撞了主人。主人当夜率领家人杀死了我正在喂马的丈夫。第二天早上主人进入我房内,叫几个人强架着我,奸污了我。我破口大骂,主人大怒,将我打死,把我的尸体埋在花园西边的石槽下面。我受了这么多年的冤枉,特地前来要求昭雪。"说完大哭起来。

张某说:"你所告的那个秀才,这次也来参加考试吗?"女鬼说:"也来了,已经录取在第二等的第十三名了。"张某将这话告诉了潘督学。潘督学拆开第十三名的试卷一看,果然是这个秀才的姓名,于是再叫仆人张某出去安慰那个女鬼,告诉她说,潘督学一定替你发文给本府衙门审理此案。女鬼对着天长长地叫了一声,离去了。

潘督学第二天发文给本县的县令,并要求他查办此事,后来果然在石槽下挖到了女尸一具,就将这个秀才拘捕正法。这不过是与此地衙门有关的一则奇闻。可是王、景两位秀才碰到的鬼怪,就说不清到底是怎么一回事了。

这位杭州王秀才后来考中了举人,中州景秀才后来官做到监察御史。

符离楚客

康熙十二年(1673)冬天,有位湖北客商要到山东去做买卖。他从江苏徐州出发,来到安徽符离(今安徽宿县东北)。当时,已经是夜下二鼓。北风凛冽,寒气袭人。他是又冷又饿又渴。黑灯瞎火,不见人烟。只有道儿边上的一家酒店，依然是灯火辉煌。他走进酒店，先要了点儿水喝，并提出要在这儿住宿，店主不免现出为难之色。

这时候，从内堂走出一位老者，只见他须发皆白，面容慈祥。老者对湖北客来得仓促且无住处深表怜悯，说道："敝店所备酒肴，实为招待远征归来的士卒，备量不多，没有酒食侍奉客人，请尊客海涵。若是客人屈尊将就，西厢倒有间耳房，可供您暂住一宵，不知您能否就住？"湖北客无奈，也只能是住下。于是，他在老者的引导下，住进了右耳房。

可是，他腹空无食，饥肠辘辘，辗转反侧，难以入睡。一会儿，听得院子里人喧马叫。他心生疑虑，就爬起来，从门缝儿往外看。只见院子里布满了士兵，他们三五成群，席地而坐，吃吃喝喝，谈论着行军打仗的事，话语嗡嗡，不甚了了。

忽然，有人大喊一声："将军到！"院外传来喝道声，士兵整队肃立，鸦雀无声。首先看到十几对儿纸灯笼错落而进，接着，一位身材魁梧、金盔铁甲的将军大踏步走进来。他颏下一抹长髯，威风凛凛。将军径自步入正堂，在上首坐下。众军事头领，侍立门外，店主人摆上宴席。这位将军一不用陪客，二也不谦让，独自大吃大嚼，桌上的菜肴顷刻一空。吃罢之后，就地命令道："你们刚刚远征归来，且各自归队休整待命，我也稍事休息。等上司公文来到，我们得令行事，再走不迟！"众军官士兵齐声应诺，纷纷退下。

这位将军随口叫道："阿七！来！"只见从店堂左门进来一位年轻的军士。这时候，店主人告退，回身把门带上，走开了。阿七带领着这位将军，进入左厢房，灯亮了，从门缝儿里透出来灯光。湖北客出于好奇，又溜到左门外，从门缝儿往里偷看，只见屋里设有一张竹床，床上没有被褥枕席，一盏孤灯就放在地上。

那位长须将军坐在床上，举起两臂撼动自己的头，那头就像出了榫儿一样，顺利地脱落下来。他把头放在床上。那个叫阿七的军士又帮他分别活动左右臂膀，两只胳膊也卸下来了，放在床一边；接着，他就把将军的躯干放倒，摇晃他的身体，将军的躯体就从腰部整齐地分作两截，摆在床上。此后，灯光熄灭，什么也看不见了。

湖北客被这些见闻吓得神魂颠倒。他仓皇溜回右耳房，躺倒在床，用袖子捂着脸，心惊胆战地睡不着。不一会儿，就听得远方传来一两声鸡叫,他才感到身上有点儿冷。他挪开盖在脸上的衣袖,才知道天色已经微明,自己却躺在乱木草丛之间。举目四望,四周一片旷野,没有一间房,没有一个人,就连一个坟头儿也没有。

湖北客冒着清晨的严寒,急行了三四里,才来到有村落的地方。那里的旅店刚刚开门,店主人见他这副狼狈相,问他从何而来,他叙述了一夜的经历。店主人说:"哎呀! 客官跑到那地方干吗去了? 那地方一向是军家争杀的战场!"

徐氏疫亡

雍正十年(1732)的冬天,杭州城里徐家女儿嫁到夫家已整整一个月,照杭城风俗,此时她要偕同新姑爷一起回娘家,行双回门礼。回门那天,徐家摆酒宴款待新女婿,还为他在楼下布置好了房间。新女婿揭开床帐躺下,还未睡着,忽听得楼梯上有脚步声。只见从楼上走下四个人,站在灯前。一个头戴乌纱帽,身穿红衣裳;一个头戴方巾,道士打扮;其余两个头戴棉帽,身穿皮袍,四个人都在唉声叹气。

过了一会儿,又有五个穿女装的人下楼,在灯前掩着脸直哭。其中一个上了年纪的妇女,指着帐内说:"可以拜托这个人。"戴乌纱帽的摇了摇手说:"没用。"又哭着说:"我一定恳求张先生为我徐家留一条命根子。"他们相互劝慰,有的坐着,有的在房内来回踱步。新女婿害怕极了,不敢出声。

到五更时分,他们才互相搀扶着上楼而去。这时,忽从桌子底下钻出一个黑面孔的人,急忙踏着楼梯上楼,用手挽住戴乌纱帽、穿红衣服的说:"难道就不能替我留一条命根子吗?"穿红衣服的连连答应。这时鸡已叫了,黑面孔又奔回,钻到桌子底下。

新女婿等窗口透进亮光,就披了件衣服走到内室,问谁住在楼上,徐家人告诉他:"没人住,只有在新年供祭时把徐家祖先遗像挂在墙上。"新女婿上楼去看那挂着的遗像,服饰和外貌与昨夜所见的相同,心里仍旧不明白是怎么回事,只是口中不再提起。

徐家的三个儿子原先都是张有虔先生的学生。这一年,张先生在松江开馆授徒。五月中旬,张先生因母亲生病要回家,想请徐家三位公子中的一位暂到松江学馆代他主持教务。徐家向来有钱,三个儿子平日娇生惯养,都不肯出门。张先生坚持要派一人去,徐家主人就派第三个儿子去。有个仆人的儿子叫阿寿的,一直侍候张先生,因此就命他与三公子同去。

主仆二人离家不到二十天,杭州流行了虾蟆瘟疫,徐家上下一共十二个人,死了十个,只有第三个儿子和阿寿因为出门去了松江,才未染瘟疫。后来,三公子回家治丧,新女婿也来帮忙。新女婿就将过去所看见的告诉了他,三公子听了很惊奇,说:"阿寿的父亲之所以名叫阿黑,就是因面孔黑,你看见的从桌子底下钻出来的那个黑面孔正是阿黑了。"

蒋文恪公说二事

其　一

蒋文恪(蒋溥)先生,江南常熟(今江苏常熟)人。先生是雍正八年(1730)庚戌科进士。乾隆四年(1739),先生以侍读学士出任己未科会试同考官,是我的座师。

蒋先生致仕以后,圣赐宅第李广桥。先生曾讲起他青年时代的一个故事。蒋先生说自己年轻的时候,在平台读书,住处远离其他住宅比较远。可是,每当他夜间有事,呼唤家人奴仆,总是有人答应;答应之后,却是不见人来。有一天,是个月黑天,窗外黑咕隆咚。蒋先生想去解小便,又没人相陪做伴。他呼唤随身侍候他的小童,当即有人答应。蒋先生说:"进来!"等了一会儿,却不见动静。先生觉得奇怪,就出门来看,只见有个人躺在里外院儿之间的门槛儿上,头朝里,不停地应声答应着。蒋先生以为是他的侍从小童在调皮捣蛋,不禁张口就骂。可那家伙依然躺着,一动不动。蒋先生很气愤,就想去打他。走进中门,才发现躺在地上的人只有三尺多高。他头戴方巾,身着皂农,白头白鬓,老态龙钟,很像庙里塑造的土地爷。蒋先生大声呵斥,这小老头儿便徐徐收缩,一会儿就不见了。

其　二

蒋先生的父亲文肃公(蒋廷锡),一向持家严谨,戒教子孙则更加严格。他立的家规之一,就是不允许子孙们接触戏曲艺人。所以,文肃公在世的时候,每逢喜庆之日,摆宴招待宾客,从来不以戏剧娱乐。文肃公辞世以后十几年,蒋先生主家,才渐渐开始请艺人演戏。可是自己家里却从来不单独豢养和训练戏班。

有一天,饭后闲聊,蒋先生偶尔谈及梨园戏班,老奴顾升就一旁打趣怂恿说:"依老奴的愚见,外面请来的戏班终究不如自家养得好。自家的戏班,不但能做到训练有素,而且可以随心所欲地命他们排练自己喜爱的剧目,又能够随叫随到。咱们家奴辈里,少年子女不少,您何不选出些头面清秀的,请位老师教练一番,以备应时娱乐之用。"蒋先生被顾升这番话说得真有点儿动心了,但他当时还是没有明确表态。

忽然,顾升现出惊慌恐惧的神情。接着,他就脸色煞白,两只手像铐上柳锁。他咕咚一声,跌倒在地,头钻进了太师椅的一角。他由第一角钻到第二角,又由第二角钻到第三角,最后,全身蜷缩成一团,就像被塞进了一个木匣里。蒋先生大声喊叫他,他却像死了似的,闭口不答。蒋先生急忙命人请来巫医巫师,千方百计加以解救,直闹腾了半夜,顾升才渐渐苏醒。

顾升一睁眼,就气喘吁吁,大喊:"吓死我了!吓死我了!老奴说完那养戏班的话,就被一位大汉抓走了。到了一个去处,只见老主人高坐堂上,一见我,就声色俱厉地怒斥道:"顾升,你世代在我家为奴,难道不知道我立下的规矩?你竟敢挑唆五少爷蓄养戏子,真是胆大包天!"老主人命人打了我四十大板,还把我活活地塞进了棺材里。老奴只觉得气闷难忍,性命不保,悲悔莫及。这时候,似乎听到远处有人呼叫我,我想答应,只是唇焦口燥,嗓子喑哑,喊不出声儿来。后来,才渐渐清醒,知道是主人救了老奴的命。"

蒋先生验看顾升的屁股,果然是被打得青一块紫一块,走起路来也一瘸一拐的。

猎户除狐

海昌元化镇有户富人,房子有卧室三间,在楼上。白天大家都在楼下处理家务。一天,他妻子上楼拿衣服,见楼门从里面关上,还装上插销。她想,家里的人都在楼下,谁关的门呢? 就透过板缝察看,只见一个男人坐在房里的床上,她怀疑是小偷,大叫家里人快来。

这个男人大声说:"我正要搬家到这楼上。我先来,家属马上就到。借你们的床桌用用,其他东西还你们。"就从窗口把富人的箱子和零星物件抛落地下。不久,听到楼上相逢聚会的谈笑声。三间房间里,老老小小参差不齐地敲着盘子唱着歌,歌词说:"主人翁,主人翁,千里客来,酒无一盅!"

富人家里很害怕,办了四桌酒席,放在院子当中。那桌子就凭空升起到楼上。吃完了,又从空中丢下来。从此以后,楼上妖怪也不很作恶。

富人请道士来驱除妖怪,刚在外面商议好回家,楼上就有人唱道:"狗道狗道,何人敢到!"第二天,道士来了,正在布置法坛,好像有东西敲打道士,道士跟跟跄跄逃出去,那些神像、法器,都被扔到门外。从此,家里日夜不得安宁。富人就到江西向张天师求救,张天师派了一个法官来。那个妖怪又唱道:"天师天师,无法可施。法官法官,来亦枉然!"

不久,法官到了,好像有人抓住他的脑袋来摔打,法官脸也破了,衣服也裂开了,只得十分惭愧地说:"这妖怪法力很大,必须请谢法官来才行。"谢法官住在长安镇一个道观里,富人去接谢法官来,布好道坛,施行法术,妖怪竟真的不再唱歌了,富人家里很高兴。忽然,一道红光,有个白胡子老头从空中飞到楼上,大叫道:"不用怕谢道士! 谢道士所行的法术,我能够破的!"谢法官坐在院子前念咒语,把一个法钵丢在地上。只见那钵奔走如飞,绕着厅堂盘旋,好几次要飞上楼去,可是始终飞不上去。过了一会儿,楼上有人摇铜铃,发出丁令丁令的

声响，那钵就掉在地上，不再转动了。谢法官大惊，说："我的法力尽
了，不能够除去这妖怪。"马上拿了钵就走，楼上响起一片欢呼声，响彻
墙院之外。从此，妖怪什么坏事都干。

　　这样又过了半年。冬天的一个傍晚，天下着大雪，有十多个猎人
来富人家借宿。富人家告诉他们，借宿不难，只是楼上有妖怪，恐怕要
受到惊扰和连累。猎人们说："这是狐狸。我们是专打狐狸的猎人。
只要有烧酒给我们喝醉，我们一定会报答你们。"富人家就买了酒，办
好菜肴，院子内外点亮大蜡烛。猎人们痛饮得醉醺醺的，拿出鸟枪，装
上火药，向空中放枪。一时烟尘漫天，震响了整整一夜。

　　等到天亮，雪停了，猎人才离去。富人家正在担心惊吓了妖怪，会
更作怪，可这天夜里却整夜很安宁。又过了几天，还是一点没有动静。
上楼探看，只见一团团狐狸毛堆在地下，窗扇都打开着，妖怪已经逃
走了。

卷　五

城隍替人训妻

杭州望仙桥周生,是个守本分的读书人。他的老婆凶狠蛮横,常常冒犯婆婆。逢年过节,她故意身披麻衣到厅堂上去见婆婆,以此诅咒婆婆早点死。周生虽是个孝子,却很懦弱,没有办法管住妻子,只得每天写一份祝告文,求城隍神处死他老婆以让母亲安宁。周生焚了九次祝告文,仍不见应验,就愤愤不平地写呈状指责城隍神不灵验。

当天夜里,周生梦见差役找他,说:"城隍召你去。"周生跟着差役去了,进入城隍庙,跪在地上。城隍对他说:"你老婆忤逆不孝的情况,我岂有不知的道理? 只是你命中注定只有一个妻子,不能续娶,而且你应有两个儿子。你是孝子,怎么可以没有后代? 所以暂且饶恕你老婆。你又何必不停地告状?"周生说:"我老婆如此凶狠,那我母亲怎么办? 更何况我与这妇人恩绝义尽,又怎么还会有儿子?"城隍问:"过去是谁替你做的媒?"周生说:"是范、陈二位。"

城隍命差役将范、陈两人拘到,指责说:"那女子不好,你们却替她做媒,嫁给孝子,全是你们害了周生。"城隍命差役打板子。范、陈不服气,说:"我等无罪。女子居住深闺,她是否贤惠,我们哪能知道呢?"周生也为范、陈二人求情,说:"范、陈二人也是因为与我要好才做媒的,并不是贪图钱财故意骗人的,不可将他俩治罪。依我看,这妇人虽凶狠,却不会不怕鬼神,平日她还念经拜佛,只是请求城隍老爷将她带来,警戒、教训她一顿,或许会改忤逆为孝顺,也是说不定的。"城隍说:"这话有理。你们都是善良之辈,所以我给你们好面孔看。那妇人凶狠,我如果不变出一副可怕相貌,就无法对她示威,你们等会儿见了别怕。"

城隍叫蓝脸鬼带着大枷锁去提周生老婆,城隍本人用袍袖朝脸上拂了几下，顷刻之间变出一副青蓝脸、红头发、怒目圆睁的相貌。两旁的差役手拿刀和锯，面目狰狞，凶猛无比。台阶下摆着油锅和磨盘。

　　不久，差役将妇人带到。她跪在台阶前，浑身发抖。城隍高声指出她犯的罪状，拿出一本记录簿一条条核对给她看，接着命令夜叉将那妇人拉下去，剥下她的皮，放在油锅里炸。妇人苦苦哀求城隍，表示以后再不敢对婆婆凶悍。周生与两个媒人也代她求情。城隍说："考虑到你丈夫素来孝顺，姑且饶你一次，以后再犯，一定用此大刑！"于是将四人全部放回。第二天，周生与老婆互相对梦，内容完全相同。从此，那妇人对婆婆很孝顺，后来果然生了两个儿子。

文　信　王

　　我的朋友沈炳震，有一天，在书房里读书，感到困倦，大白天就睡着了。朦胧中，有位青衣使者带领他来到一处院落。这里茂林修竹，郁郁葱葱。进入正堂，陈设很质朴，木床素几，几上立着一面大镜子，足有一丈多高，非常醒目。青衣使者说："请先生照见一下前生吧。"沈先生抬头一看，镜子里的自己已经是头戴方巾，足登朱履，完全不是本朝人的打扮了。正在惊讶错愕，心中纳闷儿，青衣使者又说："请先生照见三生。"他再往镜子里看，只见自己是头戴乌纱，身穿红袍，腰横玉带，足登粉底皂靴，不再是个儒生了。

　　这时候，忽然有个奴仆打扮的老年人闯进堂来，一见沈，纳头便拜，说道："老爷还记得老奴吧？当年，您出任大同兵备道，老奴一直跟随侍奉在您身边呀！唉，说起来，这是二百多年前的事，也许您不记得了！"说罢，感慨万分，不由得落下泪来。接着，又递上一份文卷稿。沈炳震不解其意，问道："这……这是什么？"老奴说："老爷的三世前身姓王名秀，在明代嘉靖年间，官居大同兵备道。这位青衣使者，是奉阴曹文信王之命来传讯您的。文信王那里，有五百名怨鬼告状，要请先生去对质。老奴清楚地记得，杀掉这五百人不是您的本意，主谋杀人的，是当时的大同总兵。这五百人，是刘七造反失败后留下的残部。

他们向朝廷投降,后来又反叛,总兵才决定杀掉他们,以杜绝后患。那时候,您曾经亲自修书,呈送总兵,劝他不要采取这种赶尽杀绝的手段,总兵并未采纳。如今,您将要到文信王殿上去对质,老奴唯恐天长日久,您已经忘记了这封书信,就难于申辩自己在此案中的责任了。所以,特将原稿送来。"

沈炳震听了他这番话,恍然省悟,前生像是经历过这么一回事儿,似乎也记得这位老奴,便伸手将他扶起,好生夸赞安慰了一回,说:"难得你一片耿耿忠心,二百多年的岁月流逝,依然不忘旧主。"这时候,青衣使者在一旁问沈炳震:"您是走着去呢,还是坐轿子?"不等沈回答,那老奴就在一旁呵斥说:"废话!哪有监察大员走着去办事儿的?"说着,就唤来一乘华丽的二人抬小轿,扶沈上轿,自己扶着轿杆,随从步行。

走了几里地,只见前方宫阙巍峨,殿阁宏伟。正殿大堂上,端坐着一位王爷。他头戴皇冕,身着龙袍,白发白须,面貌庄严。显然,这就是文信王了。

文信王身边的那位官吏,也是头戴乌纱,身着绛紫袍,手持文簿,高声叫道:"兵备道王秀进见!"文信王忙摆手,制止说:"且慢!此案的主谋是总兵,先传唤他吧。"那位官吏又改叫总兵。一位身着金甲戎装的将军从大殿东厢走进来。沈炳震仔细一看,果然是他当年的同僚、原任大同总兵某人。总兵拜见过文信王,两人一问一答,交谈了很久。因为相距甚远,他们到底说些什么,难以分辨。

接着,就传唤王秀上殿。沈炳震进入殿堂,拜见过文信王,站立一旁,文信王说:"杀戮刘七余党五百人一案,总兵已经承担全部责任,与你无关;你事先也曾修书劝阻,这个也确认了。然而,根据明朝吏治之法,总兵在一定程度上要受兵备道的节制。你劝阻不成,理应采取其他措施。你却放手不管,听之任之。你平日居官软弱无能,由此也可窥见一斑。这一点,你知罪吗?"沈炳震只得俯首谢罪,那文信王也不甚追究了。

站在一旁的总兵又争辩道:"在下的愚见,这五百叛卒是非杀不可的。当初,他们就是假意诈降;投降不久,又起而反叛,足见他们是贼心不死。若不根除,必贻后患。何况,作为一方的总兵,我是为国家的安全而杀人,不是为私人的恩怨而杀人。"

这位总兵的话音未落，殿阶下就刮起一阵黑风。黑风如云如墨，向殿堂滚滚涌来。五百颗人头蹦跳翻滚，拉拉杂杂向前扑。随着一团啾啾的鸣叫声，一股血腥气令人掩鼻。那些人头个个龇牙咧嘴，一拥而上，大咬总兵的脖子。有的怒目圆睁，又扑向沈炳震，吓得他浑身颤抖，跪地磕头如捣蒜，乞求文信王保护，又哆哆嗦嗦地从袖子里掏出那份文书稿，用以开脱自己的罪责。

文信王"啪"的一拍书案，喝道："断了头的鬼奴才们，休得猖狂！你们假投降、降而又反，有这回事儿没有？"众断头鬼不得不认账，嗳嗳嚅嚅地答道："有，有这回事。"文信王问："既然如此，总兵依法将你们斩决，又何错之有？你们还闹腾什么？"断头鬼辩驳说："当初的假投降，是我们当中的少数头目策划的；降而又反，也是他们的主意。我们是被迫胁从，为什么轻重不分一律杀头？再者，这个总兵枉杀无辜，完全是为了迎合嘉靖皇帝的严苛之心，用以邀功取宠，不是为国为民！我们是冤枉的！"

文信王听了这话，笑着说："你们说他杀人不为民，这倒也罢了；若是说他杀人不为国，可就不对了。"接着，文信王又严肃起来，宣布道："这桩案子沉搁了二百多年，只因为是事出为公，阴司也不能决断。到如今，总兵的心迹到底如何，还不能非常明确。因此，他不能升化成神；你们怨气不散，又不能托生去做人。我将把这桩案情如实地上奏玉皇，你们要耐心地听候处置。兵备道王秀，在此案中罪过甚小，又有他当时劝阻总兵的手书为证，可以放他回阳间去。下辈子叫他托生为一名富家女子，以惩罚他前世为官懦弱之罪。"那五百个怨鬼都持头在地上磕得嗒嗒作响，说："大王的决断极是，我等唯命是听！"

文信王命青衣使者引导沈炳震走出殿堂，又回到那所茂林修竹的大院落。老奴仆迎出门来，又惊又喜地问："这回主人的案子总该了结了吧？"沈炳震淡淡地点了点头。那老奴仆立刻跪到地上，朝上天拜了又拜。

青衣使者引沈再次来到镜前，说："请先生照见前生。"沈看镜中的自己，已经又是那个方巾直缀的前明老秀才了。青衣使者又说："请先生照见今生。"沈炳震忽然从梦中惊醒，汗流如雨。他这才觉得自己依然躺在书房里，全家人都环绕着他哭泣。夫人说："先生已经背过气去一天一夜了。只为胸间还有点儿温热，才没敢及时为您装殓，幸而您就过来了！"说着，转悲为喜。

沈炳震如大梦初醒，阴间的一番经历马上就模糊了。文信王大殿的厅柱上匾额、对联很多，难以记忆，只记得，宫门口的一副对联是："阴间律例全无，哪有法重情轻之案件；天上算盘最大，只等水落石出的时辰。"

吴　三　复

苏州人吴三复，他父亲很有钱，可是到了晚年，家道开始衰落，家里只存有一万两银子，可是欠人家的债却很多。

一天，父亲对吴三复说："我一死，别人要债的念头也绝了，你等还可以靠我留下的银子度日。"于是就上吊自尽了。吴三复事前既不防范，出了事也不马上抢救。他有个朋友顾心怡，探听了吴三复父亲之死的前后内情，就故意摆好了乩仙的牌位，叫吴三复来请仙占卜。吴三复到后，焚香叩头。这时，乩盘抖动，写道："我是你父亲。你明知父亲打算自尽，竟然事先不加防范，出了事又不抢救，你的罪很重，过不了几天你将被阴间处死。"吴三复十分害怕，跪在地上一边哭，一边表示知罪改悔。这时乩盘又写道："我到底还念父子之情，替你想想，现在只有一个办法，你捐三千两银子给顾心怡，建一座斗姆阁，一方面可以超度我的亡魂，另一方面也可以减轻你的罪孽，只有这样，才能免于一死。"

吴三复深信不疑，马上就取了三千两银子交给顾心怡，顾写了收据作为凭证。起初顾心怡故意推辞，好像是实在没法推脱之后才收下的。接着，他留吴三复喝酒，乘他酒醉时，派仆人偷了收据烧掉了。吴三复回到家里已找不到字据。当吴三复派人去催顾心怡建斗姆阁时，顾竟然说："我没有收到你的钱，拿什么来建阁？"吴三复这才明白顾心怡的奸诈，不过当时家里还有点钱，也就不再跟他计较了。

又隔了几年，吴三复实在穷得过不下去了，就去向顾心怡借钱。再说顾心怡靠了从吴三复那儿诈骗来的三千两银子做生意，赚了不少

钱,就想用三百两银子救济吴三复。可是,顾心怡的叔叔出来阻止说:
"如果你给了他三百两银子,那么等于承认了他给了你三千两银子。
这叫小事不忍着点,就会坏大事啊!"顾心怡认为叔叔说得对,最后没
有借钱给吴三复。

吴三复被逼急了,就去官府控告顾心怡,可是到底拿不出字据,不
准立案。吴三复怨恨极了,写了张状纸向城隍投诉。焚了呈状三天以
后,吴三复死了。又过了三天,顾心怡和他的叔叔也死了。顾死的那
夜,他的邻居看到苏州城隍庙内外挂满了灯笼,据说是城隍在审理这
件案子。

这是乾隆二十九年(1764)四月间的事。

影光书楼事

苏州城的史家巷,有个人名叫蒋申吉。蒋申吉的父亲和我都是乾
隆三年(1738)的举人。

蒋申吉的儿子已经婚娶。儿媳妇徐氏,年方十九,端庄淑娴,小夫
妻和谐美满。不久,他们又有了个胖儿子。孩子满月那天,阖家欢庆。
小媳妇却单备了一桌酒席,与丈夫同饮。酒席间,她突然莫名其妙地
说:"咱们共饮的是离别酒。我和郎君缘分已满,即将离去。昨天,我
昔日的冤敌已到,看来,灾难之于我,是势所难免了。您没听说有这样
的谚语吗?'夫妻本是同林鸟,大难来时各自飞。'我就要大难临头了,
我死后,郎君千万别再想念我。"说罢,就放声大哭。

妻子的这番言谈举动,使他惊愕不已,他弄不明白这话是从何说
起,只有好言安慰,劝她去休息。这位小媳妇却一下子把酒杯摔到地
上,霍地站了起来。顷刻之间,她变得横眉立目,怒发冲冠,不复是那
庄重淑娴的面貌了。她忽然倒在床上,面向西,大声喊道:"你忘了明
朝万历甲申年(万历十二年,即1584年)发生在影光书楼的事了吗?
你们两人策划计谋,在那儿杀死了我,我死得好惨哪!"接着,她又自打
嘴巴,直打得满口流血,又抓起剪子,刺向自己的咽喉,幸亏被家里人

夺了过来。

她说这些话的时候，完全改变了腔调，操着山东口音。蒋家人知道，这小媳妇是中了邪了，全家人就环跪到她面前，磕头祷告，请求恕罪。就这么折腾了三天，总不见效。

蒋申吉听说有位老和尚，他素有道行，可以驱妖辟邪，就商议派人去请这位高僧。小媳妇立刻严厉斥责道："我是你们家的祖宗，你们竟敢请和尚来驱逐我？屈祖灭宗，天理不容！"随之，她就用蒋申吉祖父的口吻说话，逐个儿呼叫奴仆婢媪的名字，一个也不错；数落蒋家子孙历年来干的败家之事，一样儿也不差。有些事儿，说得又似是而非，沾点边儿，又不全对。

这时候，老和尚请到了。小媳妇叹道："这秃驴贼头贼脑，真讨厌，真可怕！快滚！快滚！"和尚勉强做完法事，告退出门。小媳妇又骂道："你们缺德不？自己家小媳妇的闺房里，有一天到晚待着个和尚的吗？"

老和尚高声念佛，对蒋申吉说："施主须知，此乃前生冤业，距今已是二百余年。这冤鬼追寻年久，今日才得怨主，必将报复。此业不可久滞，积年愈久，冤仇愈深。此非妖邪，实为冤对。对此，老衲无能为力。告退，告退！阿弥陀佛！"

老和尚走后不久，这位小媳妇就断了气。她死后，脸上的肌肤横崩竖裂，样子非常凄惨。竟不知她前生造了什么孽，遭此惨报。

这件事发生在乾隆二十九年(1764)二月。

波 儿 象

一天，在江苏布政使衙门里掌管文书的吏员王文宾，正在睡午觉，忽听书房里有人走路时发出的衣服摩擦声，一看，是一位差役，王文宾见到他便神智昏迷不清，身不由己地跟着那差役走去。

到了一个地方，殿堂屋宇严整、静穆，大殿中央坐着两个官儿：上座是一个白胡须的老头，旁边坐着一个中年汉子，麻脸，留着黑须。台阶下,用金属丝编成的熏笼里罩着一头野兽,猪一般肥,尖嘴巴,浑身长着绿毛,看到王文宾,张大嘴巴,用力跳跃,企图扑上前来咬他。王文宾很害怕,跪在地上的身子尽力向左边挪动,不料左边又站着一个衣衫破烂、骨瘦如柴的乞丐模样的人,用愤怒的目光斜视着他。

白胡须的官儿向王文宾招手,要他向前跪靠,而后问他说:"受贿五十三两银子的事,你还记得吗?"王文宾一听愣住了,摸不着头脑。边上那个中年的官儿笑着说:"就是变卖公船一案,是你前世的事。"王文宾这才恍然大悟,原来是指明朝的海运一案。明朝有一个时期停止了海船运输业务,几百条海船作价卖给船员,限期交款,所收款项全部上缴官库。王文宾前世也在当时的布政使衙门任书吏,被派去处理这件案子。船员们过了期限交不出船款,为了免挨棒打,凑了五十三两银子贿赂王文宾,希望能准许延缓支付船款的期限,想不到这五十三两银子被中间人吞掉了,结果王文宾还是照催不误,毫不罢休。左边那个衣衫破烂的人,就是因为到期限付不出船款,挨了官府的棒打后上吊自尽的船员。王文宾将前生所经历的这件案子的前前后后,从容不迫地讲述了一遍。

两个官儿听后,点点头说:"冤案既然已弄清谁是主犯者,自然应该拘捕和问罪那个中饱私囊的家伙。你可以回到阳间去了。"两个官儿就命差役将王文宾带出殿堂。一出殿堂,他眼前只见黄沙遮天。王文宾知道自己是在九泉之下。他问差役说:"那个斜看我的乞丐,我知道是个冤鬼。那个长相有点像猪又不像猪,企图咬我的,到底是什么怪物?"差役说:"这个怪物名叫波儿象,不是猪。阴间养这怪兽的目的是,凡在审案子时,查到了罪行特别重大的人,就投给这个怪兽吞咬掉。这好比你们阳间将极坏的人投掷给豺狼虎豹吃掉一样。"

王文宾听了不觉毛骨悚然。当走到一条大河边上时,王文宾就被差役推进水里。突然间,王文宾从梦中惊醒。睁眼一看,妻子、儿女正围着他在哭。原来,王文宾昏迷不醒已有三天了。

斧断狐尾

直隶河间府有个人,姓丁,他游手好闲,不事生产,还专门儿爱搞些歪门邪道的风流事儿。他听说有个地方闹狐仙儿,就兴冲冲地独自前往。他投上名片,声称愿与狐仙儿结为兄弟。

当天晚上,就有个约莫五十来岁的人找上门来。此人自称姓吴,名清。他对丁说:"咱们哥儿俩真是一见如故。今后,你就称呼我为愚兄吧。"

丁这个人嗜欲很大,自从他结识了狐仙儿,先后提出过许多要求。这位自称愚兄的总是为他广为张罗,丁非常得意,经常夸口说:"跟人打交道,真不抵与狐仙儿做朋友。"

有一天,丁对狐仙儿说:"我想去江苏扬州玩儿一趟。那儿正在举办灯会,咱也去凑个热闹,不知我兄肯不肯帮这个忙?"狐仙儿毫不在意地说:"可以。从河间府到扬州,路途两千多里,说起来,不算近了。但是,兄弟只消穿上我一件衣服,和我闭目同行,是不费吹灰之力的。"说着,就脱下自己的衣服,递给丁穿上,并且叫他闭眼。丁顿时感到自己是腾空而起,两耳生风,顷刻之间,已经飞跃千里。狐仙叫他睁眼,一个繁花似锦的扬州城就在脚下了。

这时候,有一个大商人家里正在演戏。狐仙儿和丁就悬在半空中看热闹。忽然,剧场上一阵紧锣密鼓,只见关云长手提单刀,大摇大摆地出场了。狐仙儿吓得飞魂丧胆,转眼之间逃了个无影无踪。丁只觉得自己身子一沉,飞落直下,掉在了商人家的宴席之间。商人大惊,以为是妖从天降,立刻命家丁捉拿捆绑,送交江都(今属扬州市)县县衙门处置。江都知县几次升堂,严刑逼供,到底也没问出个所以然来,只好派人把他押送回原籍直隶河间府。

不久,丁又见到了狐仙儿,埋怨说:"哥啊,你真不地道!怎么能一到紧急关头,就扔下我而逃之夭夭呢?这下子,害得我好苦,真不够朋友!"狐仙儿说:"你还不知道吗?愚兄是个狐辈,素来胆儿就小。那关圣帝一出来,我能不逃跑? 再说呢,我忽然之间想起了你嫂子,就赶紧跑回来了。"丁一听说女人,就眉飞色舞,问道:"哟,我还有嫂子? 真不知道! 她如今在哪儿?"狐仙儿说:"我们狐辈,哪有娶媳这一说? 我不过是用魔迷之法迷媚良家妇女,使她们如醉如痴,乘机鬼混。邻居李家那位小姐,如今就是你嫂子。"丁一听,心里就发痒,迫不及待地想见一见这位嫂子。狐仙儿说:"这又有何不可呢? 不过,你是个俗人,肉体凡胎,怎么能轻易进入人家闺阁,入人密室? 愚兄有一件小袄,给你穿上,你就可以从容出入,如入无人之境了。"丁穿上这件小袄,竟然进入了李家小姐的闺房。

那李家小姐,长期被狐仙儿蛊惑迷媚,已经是如梦如痴,神志不清,气息奄奄,坐以待毙了。这回,她与丁同床,忽然接触了真阳之气,反而特别的舒畅,病情也因之而逐渐好转,神志也较之清醒。丁不失时机,告诉她说,这是狐仙儿魔迷她的结果。李小姐虽然明白了原因,却对这一切秘而不言。

日复一日,她却显露出欢喜丁、反感狐仙儿的意思。狐仙儿很敏锐地察觉了这个动向,就把丁叫来,对他说:"我叫你接近那女人,等于是开门揖盗,这是愚兄的不是,自作自受,罪有应得。当然,你两世为人,女人爱你,也是理所当然。不过,你别忘了,如果没有愚兄的老丑,怎能对比出你的英俊? 所以,你要适可而止。"丁听了,心里更是美滋滋、洋洋自得的。

狐仙儿妒忌丁夺走了自己的宠爱,决心报复。他乘丁与李小姐酣睡之机,潜入李家小姐的闺房,偷走了那件小袄。丁醒来,想逾窗出走,却一下子从窗户摔到地上。李家小姐的父母以为捉到了妖怪,先给他来了个狗血淋头,又把屎盆子、尿盆子一齐扣在他头上;接着,又拿针扎他、用火烫他,叫他吃尽了苦头。丁费尽口舌,说明迷媚小姐的是狐仙儿,而不是自己,李家的人全然不信。还是小姐从心眼儿里爱他,私下里在父母面前为他讲情:"他也是被狐仙儿迷惑了,才跑到我屋里来的,还是放他回家去吧!"丁这才得以逃脱。

此后,丁几次寻找狐仙儿,责问他设圈套害人,狐仙儿都避而不见。这天晚上,狐仙儿就写了个纸贴,贴在了丁家的门口。纸上写道:"你私通李家女人,如同陈平盗嫂,两次受罚,罪有应得。今后我与你一刀两断,分家另过,别再称兄道弟!"

从那以后,丁和李家女就断了线儿,狐仙儿却依然是常来常往。李家延僧请道,设坛作法,却总是无效。后来,李家女竟一胎生了四个儿子,身体面貌和正常人完全一样,只是每人的屁股上都长了一条小尾巴。他们一落生,就会蹒跚走路。长大之后,又能曲尽孝道,经常跟随那位狐仙儿父亲,上山采集鲜菜瓜果,拿回来侍奉母亲。

有一天,狐仙儿又来到李家闺房,忽然面向李氏哭泣着说:"我和你的缘分,算是到此为止了。昨天,泰山娘娘得知我在民间蛊惑妇女,罚我修砌从各方到泰山进香的御路。看起来,我是永世不得出来了。不久,我将带领四个儿子,同归仙界。"接着,他从袖子里掏出一把小斧子来,交给李氏女,说:"这四个孩子,如果不断了尾巴,就永世不能修炼成人。尾巴,是他们的孽根。你是人,请你亲手砍断他们的尾巴。"

李氏女毫不犹豫,一一砍掉了四个孩子的尾巴。狐仙儿父子五人纷纷向她跪拜,然后腾空而去。

洗紫河车

四川丰都县衙门的差役丁恺,带着公文往夔州去投递。路过鬼门关时,看见关前树了一块石碑,上写"阴阳界"三字。丁恺走到石碑下,抚摩、观看了很久,不知不觉地越出了分界线。他想返回原路,却已迷了路,辨不清方向,没有办法,只得信步走着。丁恺走进一座古庙,见庙里神像漆色脱落,两旁站立的牛头鬼灰尘蒙面,蜘蛛丝网密布。他感叹这庙中竟没有当家和尚,便用衣袖拂拭掉神鬼像上的灰尘和蜘蛛丝网。

丁恺又走了二里多路,忽听得水声潺潺,一条大河挡住了前面的去路。他见有个妇人在河边洗菜,菜色深紫,枝叶环抱,像荷花形状。丁恺走近细看,这妇人竟是自己去世的妻子。丁妻见是丈夫到此,大吃一惊说:"夫君为何到这里来? 这里不是人间地界!"丁恺告诉妻子迷路的经过,问她现住哪里,手里洗的是什么菜。丁妻说:"我死后,被阎罗王的差役牛头鬼娶去,家住大河西边的槐树下。刚才洗的就是人间的胎胞,俗名称作'紫河车'。这胎胞洗过十次,出生以后小孩面清目秀,长大后一定富贵荣华;洗两三次,长大后是个平常之辈;未洗的那些胎胞,出生后成了愚昧丑陋的人。阎王将这差使分派给了牛头鬼负责,我是在代丈夫洗胎胞。"丁恺问妻子说:"有办法让我回阳间吗?"妻子说:"让我回去和现在的丈夫商量一下。可是我曾是你的妻子,死后又成了鬼妻,一开口新夫、旧夫的,总觉得很难为情。"说完,就将丁恺邀请到家里,聊了家常,问起亲戚朋友的近况。

不一会儿,外面有敲门声。丁恺怕了,钻到床底下躲着。妻子开了门,牛头鬼进了屋,将蒙在头上的牛头假面具取下来丢到茶几上。去掉面具以后的牛头鬼,外貌言谈与平常人一样。他对妻子说:"太累了,今天侍候阎王爷审了几十起大案,站的时间太久,脚跟酸痛,快去拿酒来倒给我喝。"牛头鬼渐渐地惊觉起来,说:"怎么屋里有生人气?"一边嗅,一边寻。

妻子估计这事瞒不过去了,索性将丁恺从床底下拉出来,叫他叩头,并告诉了牛头鬼是怎么回事,代前夫苦苦求情。牛头鬼见是丁恺,便说:"这个人,不单贤妻你要救他,其实他对我也是有恩的。我站在庙中,满面灰尘,就是他替我揩抹干净,他是个忠厚的长者,但不知他的阳寿是多少。我明天到判官那儿跑一趟,偷看他的生死簿,就会清楚了。"牛头鬼唤丁恺入座,三人一起喝酒。开始上菜,丁恺举起筷子要吃菜,牛头鬼和妻子急忙夺过他的筷子,说:"鬼饮的酒你喝没关系,鬼用的肉食你不可吃。吃了就要永远留在阴间了。"

第二天,牛头鬼一早出去,直到晚上才回家,只见他很高兴地向丁恺贺喜,说:"我已查过了阴司的生死簿,你的阳寿还未结束,好在我手上恰巧有一件差使要办,正好送你出鬼门关。"牛头鬼手里拿着一块肉,颜色发红,发出臭味,他对丁恺说:"这块肉送给你,你拿着可以发大财。"丁恺问是什么道理,牛头鬼说:"这是河南一个富人张某背脊上的一块肉。张某平时有劣迹,阎王捉拿了张某,用钩子钩住了他的背脊,将他吊在铁锥山上,不料半夜里张某背上肉烂钩脱,让他逃回到阳间。现在张某在阳间正在患背疮,没有一个名医能治好这病。你去找张某,将这块肉研成碎末,敷在他背上就可治好这疮,他一定会重重地谢你。"丁恺拜谢了牛头鬼,用纸把这块肉包好,藏在身上,与牛头鬼一起出了鬼门关,牛头鬼立刻消失了。

丁恺到了河南,果然有个姓张的富翁生背疮。丁恺将张某的病医好了,得到五百两银子的酬金。

石门尸怪

浙江石门县(今浙江桐乡)有位乡里小吏,名叫李念先。他催讨赋税,来到一个荒僻的小村庄。入夜之后,一片漆黑,连个小旅店都找不着。他抬头一看,远处有几间茅草屋,从那里的窗户上透出来昏昏淡淡的灯光,他就朝这有灯光的地方走去。走近了才看清,茅草屋周围扎着东倒西歪的篱笆,篱笆之间,是一个破栅栏门。茅草屋的门敞着,灯光就是从这里透出来的,从屋里传出来一阵阵低沉的呻吟声。李念先大喊道:"我是乡里下来催税款的,要找个住处,快开门来!"竟然没人答应。他从篱笆缝儿往里看,只见到处铺满零乱的稻草。稻草窝儿里躺着一个人,他骨瘦如柴,脸色灰中透白,像盖了一层纸。那脸瘦成了一长条,既短又窄。听到有人呼叫,他才微微有些转动,好像是一点儿气力都没有了。

李念先估计这是个重病病人,就扯开嗓子大声喊叫,喊了半天,才听得他有气无力地说:"门没插着,你自己推吧!"李念先走进屋里。躺在稻草窝儿里的人说:"我们一家子都得了传染病,死绝了! 看样儿,我这命也活不长了。"说活的声音微弱而凄惨。在这种情况下,李念先还是想喝口儿酒。他大声命令道:"哪儿有酒店? 你起来,给我打点儿酒来!"那人摆摆手,说:"我,我已经走不动了!"李念先说:"你给我打酒来,我给你二百钱!"那个病人才勉强从草窝儿里爬起,一手拿钱,一手抓住酒葫芦,一步一趔趄地出门去了。

病人走后,洞里那盏昏昏淡淡的灯渐渐油干熄灭,屋里一片漆黑。李念先疲倦之极,"咕咚"一下就躺倒在草地上。不一会儿,就听见身边的草飒飒作响,像有谁从草窝儿里爬起来了。李念先从腰里掏出火链,蹭了一下打火石。火光一闪,照见靠墙站着一个披头散发的女人。她比那个打酒去的人更瘦,小脸儿顶多有三寸宽,闭着眼,眼角流着血,样子像一具僵尸。李念先问:"你是谁?"连问了几声,不见回答。他害怕起来,连击火石。每当火光一闪,那个可怕的瘦脸就"忽"的一现。他想逃跑,又不敢站起来,就坐着一步一步往后退。他退一步,僵尸就蹦跳着追赶一步,吓得他猛地站起来,冲倒篱笆墙,拼命往外逃。僵尸却穷追不舍,脚下趟着稻草,唰唰作响。

李念先狂奔了一里多地,才看见一家酒铺。他仓皇闯进店堂,一下子就昏倒了。那具僵尸也随之赶到酒铺门外,摔倒在台阶下。

酒铺伙计给李念先灌下一碗姜汤,他才苏醒过来,具道所以。

原来,这地方闹了大瘟疫,全村人已经死了大半。这个追赶李念先的僵尸,就是那个打酒人的妻子。她死后,家里已经没人收殓,就一直躺在地上。这会儿,她忽然感受到健康人的阳气,就诈了尸,随风追起人来。当人受惊后阳气衰微,她也随之倒地了。

第二天,村民们在村东的一座小桥旁边发现了那个打酒的人,他已经死了,一手攥着钱,一手抓着酒葫芦。他倒下的地方,离酒铺只有五十步远。

空 心 鬼

杭州人周豹先,家住东青巷。他家大厅里,每天夜里立着一个人,身穿红袍,头戴乌纱,留着长须,四方面孔,两旁有两个差役侍候。差役长得丑陋矮小,穿青衣,随时听从乌纱官使唤。乌纱官从胸以下到腹部空心透明,像水晶一般,从他腹部望过去,还可以望见厅堂上所挂的画幅。

周豹先的儿子十四岁,病在床上。一天夜里,听见乌纱官招呼两个差役商量说:"用什么办法可以害死他?"差役说:"明天他将服用医生卢浩亭开的药,我二人变作药渣伏藏在碗中。他服药时会连同我等一起吞下,这时就可以抽掉他的肺和肠。"

第二天,医生卢浩亭来,看完周家儿子的病,要他服药。他无论怎样也不肯服药,并将昨夜听到的鬼话告诉家里人。家里人就买来一幅钟馗的画挂在厅堂上,鬼笑着说:"这个钟馗先生是个近视眼,双目昏昏然,辨不清人与鬼,有什么可怕的呢?"原来是画画的人开玩笑地画了小鬼正在替钟馗挖耳朵,钟馗忍着耳痒,微微地闭起了双眼。

过了一个月,鬼差役又对乌纱官说:"周家运气还未败落,闹下去也没意思,不如到别的人家去。"乌纱官说:"如果就这样了,岂不是白白到周家一趟?一开这个先例,以后怎么能永保有祭祀的酒肉享用呢?"乌纱官扳着手指头说:"今年正好是猪年,何不捉一个属猪的人替代一下。"

不多几天,周家果然有个属猪的奴仆死了,周家儿子的病却好了。周家上下直到现在还把那个胸腹透明的鬼称为"空心鬼"。

画工画僵尸

杭州人刘以贤是个画匠,尤其善于画肖像。在这五里三村儿,他是很有点儿名气的。

刘以贤有位邻居,邻居家只有两口人:一位老父亲和一个儿子。不久,这位老父亲也因病去世了。儿子到杭州城里去买棺材,临走之前,拜托另一位邻居说:"麻烦大叔代劳,帮我请刘以贤给家父画一幅像,日后也好供奉祭拜,留作纪念。"

刘以贤受请来到邻居家,室内却空无一人。他想,死者必是住在楼上,就登梯上楼,来到停尸床前。只见那老人安详地躺在床上,恰似闭目长眠,一点儿恶相也没有。

刘以贤坐下来,铺纸抽笔,开始画像。突然,这位死去的老人倏地坐了起来。刘以贤知道,这是诈尸了。他原地坐着,一动不动,那僵尸也坐着,一动不动,仍然闭着眼睛,那嘴却一张一合的,似乎有点儿气息,眉宇间的皱纹也有些舒展,不那么紧巴巴的了。刘以贤想,如果我现在撒腿就跑,僵尸必然穷追不舍,不如就此给他画像,或许会好些。于是,他重新铺开画纸,照着坐起来的僵尸,动笔作起画来。可是,他每一动臂、每一挥笔,僵尸都极相对应地学着他的动作,简直是一丝不差。这一下可把刘以贤吓坏了,不由得扔掉手中的笔,大喊大叫起来。可惜,楼上楼下空无一人,怎会有人答应呢?

过了好久,死者的儿子才慢条斯理地走上楼来。他一见父亲竟硬邦邦地坐在床上,吓得立刻昏倒在地。紧接着,另一位来帮忙的邻居也走上来。他一见这情景,顺着楼梯滚了下去。

说实在的,这当口的刘以贤,也吓得头发根儿发麻,差点儿尿了裤子。不过,他头脑冷静,强行忍耐,等待时机,借以制服僵尸。

这时候,楼下人声嘈杂,前呼后应。刘以贤知道,这是抬棺材的人到了。他忽然想起,诈尸怕笤帚,就大喊:"楼下的人。快,快拿一把笤帚来!"抬棺材的人们一听,知道楼上诈尸了,就手持笤帚,冲上楼来,用笤帚往僵尸身上一扫,僵尸就咕咚一声倒在了床上。人们急忙用姜汤灌救两个被吓昏了的人。等他们苏醒之后,才着手把死者装入棺材。

这工夫,刘以贤为死者作的肖像已经完成了。

莺　　娇

有个名叫莺娇的扬州妓女,二十四岁,下定决心要嫁人从良。一个姓柴的人,准备娶莺娇为小妾,婚期已定。太学生朱某慕莺娇的名,给她十两银子,要与她求欢。莺娇收下了银子,骗他说:"某天夜里你来这里,一定与郎同睡。"朱某到期去找莺娇,只见花烛盈门,莺娇本人却已登车出嫁了。

朱某知道自己受了莺娇的骗,若有所失地回家了。过了一年,莺娇生痨病死了。朱某忽然梦见莺娇披着一件黑布衫径直走进朱家门内,说:"我来还债!"朱某被梦惊醒。第二天,朱家养的母牛生了一头小黑牛,见了朱某依依不舍,像是认识的一般。朱某卖了这头小黑牛,竟然卖得了十两银子。由此看来,即便不正经的钱也是不可以白拿的。

旁观因果

江苏常州有位秀才，名叫马士麟。马士麟说，他小时候，跟随父亲在北楼读书。这北楼的窗户外面，邻近一位卖菊花的老头儿的花圃。老头儿姓王，约莫六十多岁。花圃里筑起一座宽大的高台，台上三面环绕矮栏杆，东侧无栏杆，有十几层台阶可供上下。繁茂鲜艳的菊花就种在高台上。

有一天早晨，天刚蒙蒙亮，马士麟就起了床。他打开楼窗，举目四望，只见那王老头儿正在高台上浇花。浇罢之后，正要走下台阶，有一个挑粪的，肩挑两桶，已经走上台阶。看那意思，他是来帮助王老头儿施肥的。王老头儿很不高兴，嫌他多事，站在台上左推右挡。那挑粪的却非常固执，定要上台不可。王老头儿不免推推搡搡。他是空身，又居高临下，当然是占了上风；加上露水湿滑，台阶陡峭，挑粪的一个趔趄，失去平衡，就连人带桶一齐滚下台阶去了，两只粪桶又正好砸在他身上。王老头儿急忙跑下台阶去扶他，哪里还扶得起来？连摔带砸，那挑粪的两腿儿一蹬，就断了气儿了。

王老头儿直起腰来，现出很害怕的样子。看得出来，他思索了一会儿，结果断然地打开花圃的后门，先把挑粪者的尸体拖出去，扔到河边上，又回来拿起粪桶和扁担，放在尸体身旁，看了看，才走回花圃，关了后门，回屋里装睡去了。

马士麟当时只有十二岁，年岁虽小，也知道这事儿人命关天，不敢宣扬，只好关闭了窗户，秘而不言。

太阳出来以后，就听见河边上人声鼎沸，喧闹嘈杂，挑粪的死在河边上的消息不胫而走。里正不敢急慢，马上报告了官府。将近中午时分，乡间响起一阵鸣锣开道之声，武进县正堂亲临发案现场。验尸官仔细检验了尸体，然后跪下向县太爷禀告说："死者尸身不见外伤，未见谋杀痕迹，实乃失足跌倒，颠及脏腑致死。"知县又命里正招来邻近父老质询，父老们都说："清晨出门即见此尸，实不知其死何由。"知县无奈,即以"自身失足,跌厥致死"立案,并命棺殓加封待查。出告示,昭告家属,然后就鸣锣开道,回府去了。

事隔九年,马士麟已经二十一岁了。他考入府学,当上了秀才。后来,马士麟的父亲去世,家境日趋贫困,他不得不放弃学业,回到家乡,在自己当年读书的北楼设馆授徒,以舌耕为业,当起教书先生来。

乾隆四年(1739),刘吴龙(字绍文,号平田,江西南昌人,官至刑部尚书)提督江苏学政。马士麟想再参加乡试,于是,他又起早贪黑,发奋温习经籍。

那一天,他照例起得很早,推开窗户,只见远处街巷道上,有人肩挑两只粪桶缓缓走来。他一眼就认出,这是那位被王老头儿推下高台阶而摔死的挑粪鬼。马士麟吓了一跳,心里说:"哟!这不是那个挑粪的死鬼吗?多半儿是找王老头儿报仇来了!"但是,挑粪鬼却慢慢地越过了王家的大门,一点儿也没有去王家的迹象。他又往前走了十几步,进入了一家姓李的家门。

这李家是本村的富户,也是马士麟的近邻居,这就更引起马士麟的疑心。在极其好奇心思的驱使下,他下楼出门,尾随到李家门口,要察看个究竟。

马士麟刚走到李家门口,只见李家的奴仆慌慌张张地走出来。马士麟认识他,问道:"陈四儿,慌手忙脚的干什么去?"陈四说:"哎呀,我们家少奶奶要临盆,叫我请接生婆儿去。"马士麟问:"你看见有个挑粪的进去了没有?"他说:"没有。"话音未落,又从大门里跑出来一个丫鬟,喊道:"甭去了,少奶奶已经生了,是位小少爷!"这时马士麟方才省悟,挑粪的是来投生的,不是报仇的。

但是,马士麟依然迷惑不解。他寻思,挑粪的不过是个穷小子,他有什么阴德,能转轮托生到这富贵之家呢?从那以后,他就特别留神这个孩子的成长和动向。

转眼之间,七年又过去了,李家那孩子已经渐渐长大。他特别顽皮,特别淘气;不爱读书识字,专门爱养鸟儿。再说那王老头儿,已有八十多岁了,身体却依然健康,饭量也好。那爱菊的嗜好,可以说是老而弥笃了。每天的绝大部分光阴,差不多都消耗在这菊花台上。

那一天,马士麟又早早起床,洒扫已毕,开窗眺望,只见那王老头儿正在高台上浇花,李家的孩子正在楼上放鸽子。那鸽群飞翔迁回了一阵,有十来只就落在了高台的栏杆上。李家那孩子怕鸽子再飞走,又是呼叫,又是打口哨。可那十来只鸽子,却如铁铸木雕一般,一动不动。李家那孩子一急,拣起一块石子,朝鸽子砍去。万也没想到,这石子正砍在站到高台东侧的王老头儿的脑瓜儿上。平心而论,这一下打得并不重,顶多是起个包。但是,由于他年纪大了,本来就脚下无跟,加上突然一惊,身子一歪,就着着实实地从台上摔到台下,半天不见起来,两腿一蹬,就咽了气了。李家那孩子吓呆了。幸亏天色尚早,没人见到这出悲剧的演变过程,他赶紧关了窗户,一声不吭地跑到别处玩儿去了。

太阳升起老高,王老头儿的孙子叫他去吃早饭,才发现爷爷已经死在高台下,他慌忙报告了父母。王老头儿的儿孙们都认定为他自己失足跌落台下,也就无所谓追究,全家悲哀哭泣一回,装殓埋葬,也就了事了。

刘绳庵(刘纶,江苏武进人,官至文渊阁大学士,兼工部尚书)先生听了这个故事后,说道:"一个是挑粪的,一个是种菊花的老头儿,他们之间的报复历程,竟然如此奇巧,又如此地公平。他们都是局内人,但他们对这因果关系,却是自我不知,彼此不知。这一切,全靠马士麟冷眼旁观,历历在目。由此看来,天下的吉凶祸福都各有因果,因果牵缠,是一丝一毫也不会差的。可惜的是,众多的因果关系是没有像马士麟这样的人从旁冷眼相看的。

徐四葬女子

小旗兵营武器库的守卫徐四,家在京城金鱼胡同,很穷,与哥嫂住在一起。有一天,哥哥夜里去衙门值班,嫂嫂为人贤惠,就对徐四说:"外面北风很大,房里只有一个暖炕,我和你都很怕冷,同炕就寝不妥当,我今夜索性住到娘家去,这暖炕让给你睡。"徐四连连答应。他嫂子就回娘家去了。

到二更时分,月色微明。忽然有人敲门,徐四一开门,有位头戴貂皮帽,身穿狐皮外套,手里提着一个袋子的美少年进了门,坐在炕上,哭着说:"请先生救我。我不是男子,先生也不必问我从哪里来,只要答应我住一夜,我用貂皮帽回赠。"说着打开袋子给徐四看,里面尽是金银珠宝首饰,价值万两银子。

徐四年纪轻,见是一个美貌女子,又带着金银珠宝,心里自然不会无动于衷,可是这女子来历不明,留她住下呢,怕惹出祸来;拒绝她呢,又不忍心,于是想了想,说:"请少奶奶暂坐一会儿,让我去和邻居商量一下,马上回来。"女子说:"好的。"

徐四从外面把门关好,奔到善觉寺,将此事告诉了圆智方丈。圆智和尚,年高有道,徐四一向很敬仰他。圆智和尚听了徐四的讲述,也大吃一惊,说:"这女子一定是有钱人家的爱妾,出了什么事才私逃出来。你既然留她惧惹祸,拒她不忍心,那你就不如留在我庙里坐等天亮吧,到清晨回家也不算晚。"徐四认为圆智说得对,就留在庙里。

圆智有个弟子,一向无赖,他听了师父和徐四的谈话,便伪装成徐四回家的样子,开了门,灭了灯,急忙上炕,抱了那女子一起睡觉。

当夜在衙门值班的徐四哥哥,因为天气苦寒,就回家去拿件皮衣,此时已是四更时分。他拿着灯朝炕前一照,发现有双男人的鞋子,不禁大怒,误以为自己妻子与弟弟通奸,就拔出腰刀,把两个人的头都砍了,然后奔到丈人家报告。

到了丈人家,他便大声喊叫,他妻子从屋里走了出来。他一见妻子,以为是白日见鬼,吓得昏倒在地。正在乱嚷嚷的时候,徐四和圆智也赶到现场,见此情景,便知道是他哥哥误伤了两条人命。于是,一起到衙门报官。经过审理,刑部认为误杀通奸男女,根据法律可以不再追究。只将那女子的头示众,目的是招她的亲人来认尸。可是,一直无人认领。徐四同情那女子白白地送了一命,就卖掉了她的珠宝首饰,为她买棺安葬。

羊践前缘

　　康熙五十九年(1720)，山东巡抚李树德，汉军正黄旗人，康熙五十五(1716)至六十一年(1722)任山东巡抚，六十一年(1722)改福州将军。先生做生日，各司、道官员都争相送来活羊和整坛的酒，为之祝寿。李巡抚家里还搭起了戏台，连日演戏，大宴宾客。他的许多幕僚日夜出席作陪，有的几乎是连续几天不睡觉。

　　李巡抚的幕僚里，有位主管刑名的张先生。张先生酒喝得多了点儿，感觉头昏脑涨，就借故逃离宴席，回房去睡觉。他一进门，就发现自己的床帐微微颤动，帐内嗫嗫有声，像有男女在那儿同床的迹象。张先生不由得大怒，以为是其他幕客在这儿狎昵娈童，玷污了他的床榻。他大声喊叫着，揭开了床帐，却是两只羊跪在床上，像人似的干那种勾当。这两只羊，就是别人送给李巡抚的祝寿礼。两只羊一见人，就跳下床去，逃之夭夭了。张先生也觉得这事儿新奇可笑，就当作新闻，讲给他的同僚们听。

　　可是，没过多会儿，这位刑名张先生就陷入昏惑之中，他跌倒在地，自己打着嘴巴，骂道："张先生，你这个可恶的老奴才！我和谢郎风雨同舟，前缘未了，事隔四百七十年，才又碰到一块儿，成其美事，这机会的到来谈何容易！怎么一时就被你这老东西给惊散了！你破坏人家姻缘，罪不可饶，掌嘴！"说着，又自打嘴巴不止。

　　李巡抚听说了这件事，亲自来到这位刑名张先生面前，笑着安慰道："谢家小娘子，你何必如此呢？我李某做生日，本来就要放生行善的，你不要心急。现在我决定把亲朋好友送来祝寿的几百只羊一律放生，让你们自由自在地去选择配偶，成全好事，你看如何？"那刑名张先生听了，立刻磕头拜谢说："多谢大人恩典！"就从地上爬了起来，头脑也清醒了。

　　这个故事，是梁瑶峰(梁治国，字阶平，号瑶峰，一号丰山，浙江山阴人，官至东阁大学士兼户部尚书)相国讲的。

鬼神欺人以应劫数

本朝入关定江山后,有位姓顾的人,企图纠集常熟、无锡两地的民众造反。一个有点心计的人,认为这么闹事无益,而众人又很难劝阻,于是他对众人宣传说:"某村的关帝庙很灵验,大家何不去向关帝祈祷,将周仓扛的那柄重一百二十斤的铁刀投入河中,卜个吉凶? 如果刀沉入水中,表示造反会失败,不可起事;相反,刀浮在水面,表示造反会胜利,可以起事。"他心里想,铁刀必定会沉入水中,所以要用这个办法阻止大家造反。

众人在他的鼓动下,先向关帝祈祷,然后围观铁刀投水,不料这铁刀竟浮在水面上,好像一片芭蕉叶。众人又惊又喜,当天就揭竿起义,参加的人有好几万。不久,官兵赶到,将他们全部剿灭,一个也未放过。

楚　　陶

乾隆十一年(1746)夏天,江苏江阴县的徐甲家里,全家人都得了肝厥病。他们嘴唇发紫,手指甲和脚指甲发青,浑身痛苦难熬。紧接着,他家屋顶上的烟囱失火,房顶儿烧去了大半;饭甑里无缘无故充满了大粪,臭气熏天。这种怪事儿层出不穷,搅得徐家日夜不得安宁,就连街坊四邻也受其影响,苦不堪言。

当时的江阴县县令,是广东刘翰长先生。刘先生是位很有名望的学者。他知道徐甲家的事以后,就亲自祈祷于神佛,却是毫无反响;他又延请道士设坛作法,驱逐妖邪,也不起作用。他就转请工部侍郎刘星炜[字映榆,江南武进人,乾隆十三年(1748)进士,官至礼部侍郎]

代拟呈文,焚烧祷告于城隍庙,并命徐甲沐浴斋戒,在城隍庙的廊檐下住宿听命。第二天,又是毫无反响,只不过那香炉的炉灰上,起了几道波纹,波纹的形状像是"楚陶"二字。

据此,刘县令审问徐甲说:"香炉里呈现'楚陶'二字,一定是你与一个姓陶的湖南或湖北人有瓜葛,你要从实招认。"徐甲听了大惊,不得不吐露实情。

原来,徐甲年轻的时候,曾经随同他人去武昌,寻访一位亲戚。走到半路上,他忽然得了暴病。远离家乡,身无分文,更谈不上请医用药了。眼看着重病不治,生命垂危,他的同行人就把他弃之路旁,各奔他乡了。这当口,有个身材魁梧、浓眉毛深眼窝儿的乞丐来救他。先拿出干粮来,掰成碎块儿一点儿一点儿地喂他,又端些汤水来给他喝。经过半个来月的精心护理,徐甲的病渐渐有了起色,后来能站起来走路,随同大汉沿街讨饭了。一个月之后,他的病痊愈了,没有什么危险了。

这位大汉膂力过人,乞丐行里都惹不起他,他是独霸一方,得利最多。大汉又节衣缩食,积攒下一些银两,交给徐甲,叫他用作舟旅之费,返归故土。就这样,徐甲才得有命,并安全回到老家江苏江阴。

这徐甲,素来是个有心计的人,经历了这次磨难,更增强了他的慎重与老成。回到家乡之后,他就租佃田亩,精心耕作,省吃俭用,积累财富。过了四五年,他就有了自己的田地,并娶妻生子,家境富裕起来。

又过了十几年,那位武昌路上曾经救他一命的大汉突然出现在徐甲面前。他身体依然是那么好,表情却非常惨淡,有焦虑与沮丧的情绪。徐甲热情设宴款待,席间不免询问起他历年的踪迹。大汉说:"武昌路上一别,怕有二十年了。与足下道别不久,我就入绿林为盗。历年来,辗转于湖南、湖北之间,倒也逍遥自在。不虞最近事败,官府追捕甚紧。我到府上来,就是来寻求庇护的。"

徐甲当时唯唯诺诺地答应了。但事过之后,他心里总是忐忑不安,搁不下忘不了。他实在忍耐不住,就找儿子商量。儿子说:"按照国家的法律,隐匿强盗者,应与强盗同罪,不如放他走,赶快离开咱们家,也就罢了。"徐甲念惜大汉是自己的救命恩人,不忍心拒人于危难,支支吾吾,久议未决。

这时候,里正突然带领七八名捕快闯进门来,把大汉团团围住,捉拿捆绑后,带走了。徐甲大惊失色,不知从何走漏消息。随后,从内室里传来一阵拍手大笑声,这大笑者,正是徐甲的儿媳妇。接着,她就姗姗走出内室,对公公徐甲说:"大恩未报,又要驱逐恩人,我知道你们爷儿俩是于心不忍。所以,为媳妇的才赶快去报了官,捕快就把他抓走了。这么一来,既免除了后患,又可以得到一笔优厚的奖赏,何乐而不为呢?"那徐甲也就无可奈何了。

大汉被捕之后,不久就被正法。他的亡灵就不断地找上徐家门来,寻求报复。

县令刘翰长先生说:"强盗抢劫杀人,在逃漏网。由于你们家的举报,而落网被杀。他的死,应该说是罪有应得,亡魂就没有理由再作祟害人。只为你曾经受益于强盗,因此你们家也是强盗,神佛哪能保护强盗?"

后来,徐家的邪怪愈演愈烈,把徐家搅得毁坏殆尽。徐甲的儿子和儿媳妇先后病死,邪怪作祟方才停止。

藏 魂 坛

云南、贵州地方,妖符邪术最为盛行。贵州按察使费元龙赴云南途中,他的一个随从家奴张某,正骑在马上,忽然大叫一声,从马上摔了下来,失去了一条左腿。费元龙明白,这一定是妖人所为,于是张贴告示说,谁能将张某腿补上,就赏钱若干。告示刚贴出,就有个老人前来,说:"这是我干的。张某在省里时,仗着主人的势力,作威作福太过分,所以故意跟他来个恶作剧。"张某苦苦哀求老人救治。老人解开荷包,取出一条腿,小得像虾蟆腿一般,他呵了一口气,念完符咒,将小腿朝着张投掷过去,张某的双脚又跟过去一样完好了。老人领了赏钱便走。

有人问费元龙,为何不用刑法处置他。费说:"没有用的。我在贵州时,有个恶棍,所犯罪案,堆积如山,官府用棍棒将他活活打死,并将尸首投进河里。可是,第三天他就还魂过来,第五天上又开始干坏事了。接连几次都是这样,下边的官府只得报告巡抚,巡抚不禁大怒,请示朝廷后,将这恶棍斩首,并将身体与头分放两个地方。不料,三天后他又活过来了,只是在头与身体合拢的颈处隐隐约约可以看到一丝红痕,他仍旧和过去一样作恶。后来,这个恶棍打起自己的母亲来,他母亲就来官府控告,手里捧着一只坛罐,说:'这是我那逆子的藏魂坛。逆子自知罪大恶极,所以在家时将自己的灵魂捉出来,修炼后藏在坛内,官府棒打刀砍他的,仅是他的血肉之躯,不是他的灵魂。靠他那久经修炼的灵魂,治疗新伤的身体,三天就可以康复。现在他恶贯满盈,竟然打起我来,老妇我不能容忍他再这样胡作非为了。恳求官府先毁掉这个藏魂坛,用风轮转动的扇子,扇散他的灵魂,然后再对他身体用刑,这样,逆子差不多就可以真的被处死了。'官府照老妇的话做了,再用棍棒打死他,然后验他的尸体,不到十天就已经腐烂发臭了。"

老妪为妖

乾隆二十年(1755),京师新生的婴儿都爱得惊风。他们浑身抽搐,喘息不止,往往不满一周就会死亡。

病儿的父母们说:"每当哪一家的小孩儿得了病,晚间就有个猫头鹰似的黑色小鸟在灯下飞跃盘旋。它飞得愈快,病儿的喘息就愈急迫,直到病儿断了气儿,这怪鸟才飞走。"

不久,又有一家的新生儿得了惊风。内廷侍卫鄂某人,平素骁勇凶悍,从来不信妖邪。他听说竟有这种怪事儿发生,不由得大怒,就身带弓箭,隐藏在病儿家中。掌灯以后,那猫头鹰似的黑鸟果然飞来,在病儿的房中翩翩飞舞。鄂侍卫拉了个满弓,一箭射去,正射中那只黑鸟。与此同时,似乎听到有人"哎呀"一声叫喊,那黑鸟就带着箭飞去了。

鄂侍卫寻着血迹穷追不舍,只见它越过两堵墙,进入兵部尚书李元亮家,逃入了厨房。鄂侍卫追到李家,奴仆见他挟弓持箭,气势汹汹,全家大惊,不知道发生了什么事,赶快禀报了李元亮。原来,李、鄂两家还有点儿亲戚关系,就请他到客厅里坐,细问根由。鄂侍卫把京师小儿患惊风以及出现黑鸟的事一一说了,李元亮就陪同他来到厨房。

一进厨房,就看见有个长着一副猴儿脸,有一双深陷的绿眼睛的老妇人,坐在墙角下打哆嗦。鄂侍卫那支箭,正插在她腰间,鲜血淋漓流个不止。原来,她是李先生坐镇云南的时候,从苗人居住区带回来的,如今,在厨房里帮助做饭。在女奴仆里,她年岁最大,表现得也最老实忠厚,问她多大年纪了她自己也说不清。

经过审问,老妇人承认她会念一种咒语。念咒之后,就能化作一只黑鸟,二更以后飞出,专门啄食婴儿的脑髓,被她害死的,已经不下几百个了。

李元亮听后大怒,当即命奴仆架起干柴,将这老妇人捆绑了,扔上柴堆,点起火来,把她活活烧死。

从那以后,京师流行的小儿惊风,几乎是绝迹了。

署 雷 公

婺源有个姓董的人,二十岁那年夏天午睡时,忽然梦见几个奇鬼在端详他的面容,互相议论说:"雷公正生着病,这个人嘴巴尖尖的,可替代雷公当班。"就把斧头交给董某,放在他的袖中。

几个鬼把他带到一个地方,那地方宫殿壮丽,像是王者所住的处所,董某在殿外等了好一会儿,才被召进殿里。有穿戴着帝王服饰的人坐在殿中央,对董某说:"乐平县有个姓朱的村妇,对婆婆不孝,理该遭到天诛,现在雷部的两位将军因为行雨过度劳累,正在生病,一时找不到合适的人。雷公的部下推荐你充当此职,你现在可以领了信符前去执行命令。"

董某接受命令,辞拜大王,走出宫殿。他觉得自己的脚下生出团团云朵,闪电环绕,与雷公没有什么两样。

不一会儿到了乐平县界,马上有土地公公做向导。董某站在空中,见村妇朱某正在大骂婆婆,围观的人挤得水泄不通。董某取出袖中的斧头一击,当场击毙了她,轰隆隆的雷声,吓得众人全都跪下。

董某回去复命交差,大王想留他在雷部供职,董某借口母亲年迈谢绝,大王也不勉强他。大王问董某是干什么职业的,他说:"将考秀才。"大王命侍候在旁的差役取来郡县的名册簿,亲自查阅,说:"你明年可考中秀才。"

董某梦醒,将梦中经历的事情告诉亲朋好友,有人到乐平县去查证了一下,果然有个妇人被雷击死,日子、时辰全都符合。当初大王在查阅名册簿时,董某偷看了一眼,次年考中第一名秀才的是程隽仙,第二名是王佩葵。梦中的事,第二年全都应验了。

捉　　鬼

婆源县汪启明,迁到上河的进士第去居住,这是中过进士的同族汪波的老房子。乾隆甲午年(1774)的四月,有一天,汪启明晚上做噩梦,折腾很久。醒来看到一个鬼靠近帐子站着,几乎和房子那样高。汪启明一向勇敢,猛地跳起来和鬼搏斗。鬼急忙找门逃走,却碰在墙上,样子十分狼狈。汪启明追上它,双手抱住鬼的腰部。忽然阵阵阴冷的风吹来,油灯吹灭了,看不清鬼的样子,只觉得双手很冷,鬼的腰粗得像只大瓮。汪启明想呼唤家人,可是叫不出声音。很久,用劲大叫,家人都听到了。

这时,鬼的形体缩小得像个婴儿。家人都拿着火把走来,照着一看,原来汪启明手里所抓住的,是一团烂丝棉。这时,窗外碎砖破瓦,像暴雨一样乱掷下来,家人都很害怕,劝汪启明把鬼放了。汪启明笑着说:"鬼的同党虚张声势吓人罢了,还能有什么作为呢!? 假如放了它,就会帮助它作怪,不如杀一个鬼,警告其他鬼。"于是左手抓住鬼,右手拿过家人的火把去烧那团丝棉。只听得哔哔剥剥的声音,鲜血四溅,臭不可闻。

到了天亮,邻居来看,闻到这臭气,没有不把鼻子捂住的。地上的血有一寸多深,又腥又腻,像胶泥一样,直到最后也不知是什么鬼怪。

中书舍人王蔚亭因此写了一篇《捉鬼行》,记载这件事情。

某侍郎异梦

乾隆二十年(1755),某侍郎受命视察黄河,驻扎在陶庄。此时正是大年三十晚上。侍郎向来勤勉尽职,他骑着马,带了四个随从,手持火把、灯笼,在黄河边上巡视,走入了一片冰封的泥淖地带。一眼看去,尽是枯黄的茅草、灰白的芦苇,侍郎不觉感到有些凄凉。在不远处,他发现苇草中支着一架帐篷,还有烛光闪现。招来一问,原来是某主簿在守夜。侍郎很欣赏他的勤勉,对主簿大加夸奖。主簿也邀请侍郎说:"大人在除夕之夜还到这里巡视,现在已是三更时分,天冷风紧,回公馆还要走远路。我这里正备有过年的酒菜,请大人痛饮一杯怎么样?"侍郎笑着答应了,饮了几杯酒,仍旧返回公馆。

侍郎感到疲倦,解衣便睡。睡梦中他还在骑马巡河,只是所到之处不是原来的地方,前后都是苍苍茫茫的黄沙地。约走了二里路光景,前面有间草屋,还亮着烛光。侍郎向茅屋走去,有个老妇在门口迎接。侍郎仔细一认,竟是自己的亡母。她见了侍郎,惊奇地问道:"你怎么会到这儿来?"侍郎说是奉命巡河而来。亡母说:"这里不是人间,你已经到了阴间,怎么才能回到阳间去呢?"这时侍郎才明白,母亲已死,自己也死了,于是大哭起来。他母亲说:"河西有个老和尚,法力高明,我带你去求他帮忙。"侍郎跟着母亲而行,走到一座庙前,庙宇庄严肃穆,像是帝王所在的地方。西南坐着一个老和尚,闭着双眼,一言不发。

侍郎跪在台阶下,拜了又拜,老和尚不还礼。侍郎问:"我奉天子的命令巡河,怎么会到阴间来的呢?"老和尚还是一言不发。侍郎忍不住发怒说:"我是天子的大臣,即使该一死,也须让我知道自己所犯的罪,使我心服,为什么你一言不发像只哑巴羊呢?"

此时,老和尚笑着对侍郎说:"你杀的人太多了,应享用的利禄已经折算光了,你还有什么可问的呢?"侍郎说:"我杀人虽多,都是按照国法量刑,全是应杀的人,不是我的罪过。"和尚说:"你当初办案时,果真只知道有国法吗? 是否还有迎合上司意图,草菅人命,为的是讨好上司、升官发财的私利呢?"老和尚拿起桌子上的一柄如意,直指着侍郎的心口。侍郎顿觉有一股冷气逼进五脏,心咚咚地急跳不已,汗如雨下,惊怕得连一句话也说不出来。过了很长时间,侍郎才说:"我知罪,以后改过,可来得及?"和尚说:"你不是一个肯改过自新的人,只是今天不是你寿终正寝的日子。"老和尚示意两旁的小和尚说:"领他出去,放他还阳!"

侍郎与小和尚一起走在黑夜中,小和尚摊开手掌,掌中有颗小珠,珠光照亮了黄河岸边,从工地直到陶庄公馆,亮得如同白天一样。他的亡母迎上前来,哭着说:"儿虽然暂时回去,可是不久就会来,不会隔很长时间。"于是侍郎按原路回家,到门口下马时,梦醒了。这时已是大年初一中午光景。许多河道的下属官员都到侍郎公馆来贺年,见侍郎年初一一直睡到中午,不禁起了疑心,因为他平日一向勤勉。侍郎也不肯告诉大家迟起床的原因。当年四月,侍郎生病吐血,一病不起,死了。

这个故事是裴日修讲给我听的。

奉行初次盘古成案

《北史》里有这样的记载:说毗骞国国王的头就有三尺多长,而且长生不老,至今不死。我总认为这种说法荒诞无稽,是绝不足信的。

康熙年间,浙江有个叫方文木的人泛舟大海,一阵狂风把他从船头卷到了一个去处。只见宫殿巍峨,庄严华丽。正殿檐下,一幅横额大匾,上书"毗骞殿"三个大字。方文木大惊,心里说,当真有个毗骞国? 他心里害怕,就躲在一个角落里不敢动。忽然,有两位身着华丽披风的人向他走来,不容分说,就将他拉进了毗骞殿。

一进大殿,就看见有个长头长脸的国王南面而坐。只说他那帽子就与众不同，像个又高又大的圆桶矗立在头上。帽子四周珍珠四垂，互相碰撞，铿锵有声。他那胡子飘拂在胸前，也唰唰作响。

方文木慌忙跪拜，国王命他站起来讲话。问道："你是浙江人吗？"方文木恭敬地答道："是的。"国王说："你知道吗？这里离你的家乡，已经有五十万里。"方文木又是一惊。国王说："你远道而来，肚子一定饿了，赐饭！"因命内侍领方文木到侧殿用餐。餐桌上摆设的美味佳肴，数不胜数。就说那米饭粒儿，每颗都有枣儿大，香甜味美。

饭后，国王又接见他，亲切地问长问短。方文木料定这毗骞国国王是个神灵，就跪拜磕头说："大王的厚待，小民终生不忘。只是人思故土，民恋家乡。这五十万里之遥，我怎回得去？还求大王相助。"国王听了，就对左右侍臣说："取第一次盘古皇帝的历史档案来，为他查一查，看看他有什么重要使命没有？"方文木一听这话，更加惊讶不已，问道："据小民所知，那开天辟地的盘古只有一人。刚才，您说什么第一次盘古皇帝，难道这盘古还能有几个？"国王说："天地是无始无终的。此天地毁灭了，即有新的天地继之而起，往复无穷。天地以一次始终为一元，一元有十二万九千六百年；而这一元在大化过程中，不过等于现今的一年而已，这就是元会运世说。所以，每过十二万年，就会有一个盘古出现。迄今为止，朝见上天的盘古氏已经有万万人，我哪儿能记得住详细数字？不过呢，这元会运世之说，已经被宋朝人邵尧夫（邵雍）向世上人说破了。可惜的是，历来盘古开天辟地之说，都是根据第一次开天辟地的成案来解释这个谜，至今还没有谁向人世间说破。所以，狂风把你吹到这里来，就是要借你的嘴把这个谜说破，使世人知晓。"

听了国王这番话，方文木还是愣头磕脑，不解其意。国王进一步启发道："我且问你，人世间的善恶祸福、权势淫威，为什么有的受报，有的不受报？天地之间的鬼神，为什么有的灵，有的就不灵？学佛修仙的，为什么有成功又有失败的？有人自叹红颜命薄，有的却不命薄？人人都说才子命穷，可有的却不穷？一吃一喝，都由天定？日月食缺，山崩地裂，为什么都应劫数？那些善于为别人推算性命的先生们，为什么自己不免一死？那些整天怨天尤人、不知满足的人，上天为什么不加惩罚？"这些问题，方文木又答不上来。

国王不禁叹息，说道："是呀是呀！如今的世上人，都是按照老套子行事,一丝一毫也不改变。其实,在那第一次开天辟地的十二万年之间,所有的人和事,也不是造物主有意造作的呀!那不过是随着天地间气化过程的推移,产生的半明半暗、似是而非的事物。它就像泄水落地,偶成方圆;就像小孩子下棋,随手布子,是不加任何思索的。但是,只要这些一变成事实,就写进了一本本历史,就成为铁板一块,必须遵循的了。每当旧天地即将毁灭,新天地即将开辟之际,上天就把这些本本交给肩负第二代开辟任务的盘占,叫他依样儿画葫芦,丝毫不得改变。所以,人心与天意往往是参差不齐的,不得统一。你看,世上的人们整天忙忙碌碌,其实呢,他们恰似傀儡木偶,一切行动都有人从背后牵拉指引,自己根本做不了主;一切事物的成败与拙巧,也是早有前定,谁也左右不得。只不过是人们不能自知而已。"

方文木这才恍然有所省悟,说:"照您这么说,今天历史上的三皇五帝,就是从前的三皇五帝,今天的二十一史,就是以往的二十一史了?"国王说:"对的,你总算纳过闷儿来了。"

卷 六

猪道人即郑鄤

明朝末年,华山寺里养着一头猪。这头猪,养得年头儿可不少了,以至于身上的毛已经完全脱落。但它却持斋,污秽的食物从不进口,每当听见僧众们诵经作法,它也做出膜拜顶礼的样子,合寺的僧众都认为它有了灵性,不把它当个牲畜看待,称它为"猪道人"。

不久,这猪道人因为年老而得病,卧倒不起,眼看就不行了。华山寺主持湛一和尚,是位年高有道的老禅师。可巧,这时候有其他寺院邀请他去讲经说法。临行之前,他召集僧徒,嘱咐道:"我走后,猪道人若是死了,一定要把它的肉割成碎块儿,分送给邻里们吃"。众僧徒嘴里虽然答应,心里却非常反感。湛一和尚走后没几天,猪道人果真死了。众僧徒并没有遵照湛一和尚的嘱咐去办,而是选了一个僻静的去处把它埋葬了。

湛一主持出外讲经之后,回到华山寺。他首先问及的是猪道人的善后处理。僧们也不隐瞒,如实回禀道:"佛法慈悲,屠割本佛门之戒;我等已将猪道人的遗骸埋葬了。"湛一和尚大惊失色,又有几分怒容。急命僧徒带路,来到埋葬猪道人之处,用禅杖击打着地面,悲痛地哭道:"猪道人呀,猪道人,我湛一和尚对不起你呀,对不起你呀!"众僧徒忙上前搀扶劝慰,说道:"此乃一无知牲畜,既能入我佛门,颐养天年,免受屠戮之苦,可算是很有造化了,师父何而为此过哀?"

湛一主持说道:"三十年之后,江苏武进将有一位清明正直的官员无辜遭受极刑,他就是这头猪的转世再生。这头猪的上辈子身居宰辅,他依仗权势,干了不少亏心事儿。他自知恶劫难逃,所以托生为猪,来到这佛门之下,以求超度。为了免除他下辈子的碎尸之苦,我才命你们将它死后的尸体分割,分给邻人食用,以求解脱。没想到我一时不在寺中,竟被你们这些平庸之辈把事儿耽误了!唉!这也是天数难逃,老衲也无可挽回!阿弥陀佛!"

到了崇祯年间,有翰林官郑鄤[号奎阳,江苏武进人。明天启二年(1622)进士,改庶吉士。崇祯年间,为温体仁所构陷,以杖母不孝,磔于市],平素端正清廉,是位东林党人。他的舅父吴某诬告他杖打母亲。崇祯皇帝大怒,不问事实,不查佐证,就以大逆不孝之罪将郑鄤处以剐刑。天下的老百姓都知道郑鄤死得冤枉。

那时候,华山寺主持湛一禅师已经圆寂升天了,众僧人都赞叹他能预知因果。

徐 先 生

宿松县石赞臣一家很富有,兄弟几个人,都有好几万家财。宿松的风俗,有钱人家每天一定办一席家常饭菜,放在外面大厅上,不管什么客人,都可以去吃,叫作"燕坐"。忽然有一个姓徐的人,面貌清瘦,有些胡须,也来吃饭。他指着门外的青山说:"你们见过山跳吗?"大家都说:"没有。"姓徐的人用手指向门外撮了三撮,青山果然跳了三跳。大家十分惊奇,称他为先生。

先生对赞臣说:"你们家虽然富有,要是能够炼丹,财产还可以增加十倍。"石家兄弟被他的话迷住了,就设置丹炉,摆好灶头,每人拿出几千两银子做母银,用来炼更多的银子。二房媳妇一向狡黠,暗中把铜杂放在做母银的银子中,不让先生发现。不久,炭火很旺,有大风炸雷在房屋上大作,劈碎了几片屋瓦。先生大骂:"这里面一定有假银掺杂,以至鬼神都愤怒了!"

查问之后,果然有这种事,姓石的一家人又惊怕又佩服。

先生把一个铜盘举在半空,大叫:"丹来!"叮当一声,一锭银子从空中坠落到盘子里。先生又不断地呼叫,只听得一片叮叮当当的声音,大锭小锭的银子一齐落在铜盘上。

先生说:"炼大丹要在深山里,在其他人不易到的地方,这样,就可以取得上千万两的银子。你们何不跟我去江西庐山炼丹呢?"石家兄弟更高兴了,马上带上几万两银子,跟先生坐船前往。走不到一半路,先生上岸去了。晚上,先生带着几十名强盗,点着火把、拿着武器来抢劫银子。先生还说:"不要害怕。我虽然是强盗头子,但是比较有良心。想到你们招待我很诚恳,我会留下一千两银子,使你们能回到家乡去。"于是,石家兄弟只好把所有的银子交给先生,垂头丧气地回家去了。

十年之后,安庆按察使衙门里有个管监狱的差人来到宿松,对石赞臣说:"监狱里有个强盗头子,姓徐,要求和你见见面。"石赞臣没办法就去了,果然是先生。先生说:"我的劫数已经到了,死还有什么好逃避的呢! 只请你看在我们之间好几年友谊的分上,为我埋葬遗体。"他说着,脱下手上四只金手钏,交给石赞臣做棺木费用,还说:"我的死期在七月一日未时,你可以来送送我。"

到了那一天,石赞臣来到做刑场的街市,看见先生双手反缚,正等着开斩。忽然,先生裤裆下面冒出一个小孩子,用先生的嗓音说:"来看杀我,来看杀我!"一会儿,先生的头被斩下,小孩子也不见了。当时,担任臬司的叫祖廷圭,是满洲正蓝旗人。

秦 毛 人

湖北房县,有座房山,高峻险要,远离城镇。山的四面有许多石洞,像房间一样。有许多毛人,身长丈余,全身生毛,常常到山外面吃人家的鸡、狗。有人抗拒他们,就要被捉走。用枪炮打他们,枪弹都落在地上,伤害不了。相传制伏毛人的办法是:只要鼓掌大叫:"筑长城,筑长城!"毛人就仓皇逃走。我有一位世交名叫张敬的,曾经在房县做官,试验过上述办法,果然有效。

当地人说:"秦代修筑长城,人们逃避到房山里,多年不死,就变成这种怪物。毛人看见人一定问长城修好了没有,所以知道他们害怕这件事,就以此来吓唬他们。"

几千年之后,毛人还害怕秦朝法令,可以想象得到当年秦始皇的威势了。

貘

湖北房山有一种怪兽叫貘,喜欢吃铜和铁,却不伤害人。凡是看见民间的犁、锄、刀、斧之类的铁制品,貘就会馋涎欲滴,吞食起来容易得像吃豆腐一般。城门上所包的铁皮,全被貘啃光了。

人　同

新疆喀什喀尔地区有一种动物,长相很像猴子,但又不是猴子,内地人管它叫"人同",当地人却叫它"噶里"。

这种动物很聪明,往往在人居住的帐篷附近探头探脑,向人索要吃食。或者索要人们日常所使用的小刀、烟具一类东西,甚至动手偷走。你若是叫喊、恐吓它,它会丢弃手中之物逃之夭夭。

有位喀什喀尔的驻军将领抓住一个"人同",并把它畜养驯儿,教它干些诸如铡草、砍柴、打水之类的活儿。它不但能干,而且干得很好,尽职尽责。

一年之后,将军任期已满,将要离开喀什喀尔。"人同"站在他的马前,依依不舍,泪如雨下。将军出发后,它又跟在马后边,随行十几里。将军几次驱赶它,它还是不离开。将军说:"去吧!你不能随我回中原,就和我不能久留喀什喀尔是一个理。你为我送行,就到此为止吧!"那"人同"悲哀地号叫几声,掉头而去,还几次回过头来,凝视着将军远去的背影。

人　虾

　　本朝初年，有个前明遗老，想殉国尽忠，但不愿用自刎、上吊、投水、自焚等自杀方式死。他想，快乐死的方法，没有比信陵君在美酒、女色中沉沦自杀更理想的，于是就仿效进行。他娶了许多小老婆，一天到晚纵酒荒淫。这样过了好几年，结果还是不死。但是，他的阳脉已断，头曲背驼，萎缩得像只熟虾，走路只好爬行。人们寻他开心，嘲笑他，叫他"人虾"。如此又过了二十多年，直到八十四岁才死。王子坚先生说，他幼年时还见到过这个老头。

鸭　嬖

　　江西高安县衙门里有个童仆名叫杨贵，十九岁，性情温和，也有几分姿色。凡是要求和他狎昵鬼混的，他都不加拒绝。

　　有一年夏天，杨贵在水池子里游泳，忽然有一只公鸭子扑过来，啄咬他的屁股，并用尾巴抽打，做出猥亵的动作。杨贵拼命击打它，它仍然不肯离去。

　　待了一会儿，那只公鸭子竟死在了水里，尾巴后面拖着一个长条形的秽物，池水也被污染了一大片。

　　全衙门的人都为此哄堂大笑。因为杨贵荒淫放荡，居然得到公鸭子的宠爱，人们称呼他为鸭嬖。

赑屃精

　　无锡的华生，美貌而有风度，家住在水沟头，靠近孔庙。庙前有一座宽阔的桥，常常是游人休息之处。

　　夏天，华生在桥上乘凉。太阳快下山时，华生漫步走进孔庙，看见小路旁边有个小门，有一个姑娘在门口徘徊。华生心中一动，装作借火上前招呼，姑娘微笑着给了他，而且也深情地看着华生。华生还想讲些什么，姑娘却关门进去了。华生只好记住了地方，就回家了。

　　第二天，华生再去，姑娘已经等在门口。华生问她姓名，才知道是孔庙门斗的女儿。姑娘还说："我家很狭窄，家人都能看到听到。你家很近，只要有一间幽静的房间，我晚上自己来找你，你明天晚上在门口等我吧。"华生高高兴兴地回家，骗妻子说自己怕暑热，要一个人睡觉。于是在外面打扫干净一间房间，悄悄地在门口等候。姑娘果然晚上来了，两人手拉手走进房去，华生高兴得什么似的。从此以后，姑娘每天晚上一定来。

　　几个月后，华生渐渐地瘦弱下去。华生的父母悄悄地到华生寝室偷看，看到华生和一个姑娘并排坐着说笑，马上推门进去，姑娘一下子不见了。父母紧紧地追问华生，华生把事情经过全部讲了出来。父母大惊，和华生一起到孔庙去寻找，可怎么也找不到原来的地方。问遍所有的门斗，也没有人有这样的女儿。大家才知道姑娘是妖怪，于是到处延请僧道，请求符箓来治妖怪，却一点效果也没有。华生的父亲把朱砂粉交给华生，说："等她来的时候，悄悄把朱砂擦在她身上，就可以寻找了。"华生等姑娘睡着了，把朱砂粉散在她头发里，姑娘并不知道。

　　第二天，父母带人到孔庙里四处寻找，一点影子也没有。忽然听到隔壁的女人骂她的小孩："刚换上的新裤子，又染上红颜色，从什么地方染来的？"华生的父亲听到觉得奇怪，走过去看，小孩子的裤子上都是朱砂的粉末，于是问小孩子究竟从哪里染来，小孩子说："刚才骑了骑孔庙前背碑的龟头,没想到染了颜色。"走去看屃赑的头,有朱砂粉撒在上面。于是报告学官,砸碎石碑下的龟头,只见石片上都有血丝,龟腹中有一颗像鸡蛋大小的圆石,坚硬光洁,像镜子般闪亮,敲也敲不碎,只好把它远远地抛到太湖里去。从此,这姑娘不再来了。

半个月后,姑娘忽然一直走进华生的寝室,骂华生说:"我有什么对不起你的,竟然砸碎我的身体? 不过,我也不生气。你父母所顾虑的,不过是你的身体罢了。我现在已经讨到了仙宫的灵药,吃了一定没病。"她拿出几株草药,硬要华生吃下去,草药的气味芳香甘甜。姑娘还说:"以前我住得近,可以每天来去。现在比较远,就长住在这里了。"

从此,白天也出现,只是不吃不喝。家里大人小孩,都可以看到她。华生的妻子大骂,姑娘只是笑笑,并不回嘴。每天晚上,妻子抱着华生坐在床上,不让姑娘上床,姑娘也不硬来。只是妻子一躺下,就昏沉沉地大睡,一点知觉也没有,只有姑娘和华生睡觉。华生吃了灵药以后,精神顿时振作起来,一点不像从前那样瘦弱。父母没有办法,只好由它去。这样又过了一年多。

一天,华生偶然走到街上,有一个生疥疮的道士,仔细地看着华生说:"你身上的妖气太重了。不讲实话,死期快要到了!"华生如实讲出,疥道士请华生走进一间茶馆,把背上的葫芦拿下,倒酒请华生喝,又拿出两张黄纸画的符交给华生说:"你拿回家,一张贴在寝室门口,一张贴在床上,不要让那姑娘知道。她的缘分还没有完,等到八月十五晚上,我会来和你见面的。"当时是六月中旬。华生回家,按照道士的办法贴好道符。姑娘走到寝室门口,大吃一惊,连忙退后,大声骂道:"为什么又这样薄情了呢! 但是,我难道怕这个吗!?"话讲得很凶,可是始终不敢走进寝室。

过了很久,姑娘大声笑道:"我有重要的话告诉你,随便你选择。你先把道符拿掉。"华生拿掉了道符,她就走进寝室,对华生说:"你很漂亮,我爱你,道士也爱你。我爱你,想你成为我的丈夫;道士爱你,想你变成他的男色罢了! 这两方面,请你选择吧!"华生恍然大悟,就和姑娘像以前一样相亲相爱了。

到了中秋,十五日晚上,华生正和姑娘坐着赏月,忽然听到有人叫华生的名字,只见一个人站在短墙外面,露出上半身。走过去一看,原来是疠道士。道士拉住华生说："妖怪的缘分快要到头了,我是特地来替你赶走她的。"华生心中不愿意,道士说："妖怪用坏话污蔑我,我也知道,所以更不能饶她。"马上写了两道符,说："快去,把妖怪抓来!"

华生正在进退两难,刚好家中有人出来,马上把道符拿来,送到华生的妻子那里去。华生的妻子很高兴,拿着道符向着姑娘,姑娘浑身发抖,发不出声来。于是大家把姑娘的手缚住,押着走出去。姑娘哭着对华生说："早就知道缘分尽了,应当离开你。只因为对你还有一点痴情,才留在这里受此灾祸。可是,几年来我俩的恩爱,你是深深知道的。现在要永别了,请求你把我放在墙的阴影里,不要让月光照着我,或许我能慢一点死。你能不能可怜我呢?"华生本来就不想和她断绝关系,就把姑娘带到墙的背阴处,解开了缚住姑娘的绳子。

姑娘用力一跳,变作一片黑云,从平地飞快地飘去。道士也撮口长啸一声,向东南方向腾空追去,不知到什么地方去了。

阴间中秋官不办事

湖北荆州府监利县有个举人,名叫罗之芳。乾隆十六年(1751),他进京参加辛未科会试。考试之前,有个姓李的来拜访他,自称是福建浦城县人,对罗之芳说："足下今科考试必中进士。但是选庶吉士入翰林院的机会恐怕是没有的。"罗之芳感觉他这话说得很新奇,就问:"那么,我为什么不能选入翰林?"李某只说:"您先别着急,等您会考高中了再说吧。"不久,会试发榜,罗之芳果然中了三甲第六十七名进士。

为此,罗之芳专门去拜访李某,向他请教何以能预知仕途。李某说:"鄙人并非通阴阳之道,明因果之事。只是前些日子做了个梦,梦见足下将出任我们浦城县的父母官。所以冒失拜见,事先敬告。日后,还望您多加关照。"

因为要注册吏部,候选官职,距公布的日子还远,罗之芳就南下返乡,回到湖北监利县,在一个大户人家的学馆里当教师,以为将来选官一定是浦城知县。没料到一下子馆居三年,选官之事如泥牛入海绝无消息。他却一朝染病,卧床不起,不久,就病重辞世了。罗之芳的家里人,哪里会知道三年前李某曾预言他将做浦城知县?

第二年的八月十五,正是中秋节。罗家扶乩请仙。乩盘大动,书写道:"我是罗之芳。离别一年有余,如今回到家里来了。"罗家上下人等,都不相信这是罗之芳的英灵。乩盘上又大书道:"你们不信?这不要紧,我有咱们家在螺蛳湾的地契一张,可以作为证明。去年,我客死于学馆,没有来得及向家里人交代此事。这张地契,夹在《礼记》里,你们不是因为地界不清正与邻田的主人打官司吗?现在,你们可以出示地契,那上面写得清清楚楚,呈验官府,真相马上大白,官司就可以结案了。"罗家人马上去翻检《礼记》,果然找到了那份地契。全家人这才放声痛哭,祭拜亡灵。乩盘上也连续写了十几个"哭"字。

家里人又问:"您如今在哪儿?日子过得可好?"乩盘上写道:"我到了阴间不久,就被任命为福建浦城县城隍。"又说:"唉,说起来,阴间的公务比阳间更忙,一时一刻也不得闲暇,哪儿还腾得出工夫,回家来看看,只有八月十五这天,阴间照例放假,才得休息。但是,必须赶上个风清月朗的日子,魂灵才能远行。今年正是如此,我才回家来看望。不然,就没有这个机会了。"

又吩咐家里人说:"庭院外面的一草一木,你们都不要去惊动,我随身带来的鬼卒有十几个,都隐藏在草木里。他们必须依草附木,才得休息。鬼的习性怕风,如果无所成附,被风一吹,他们就将不知漂泊到何处去了。那么一来,岂不是我这个当城隍的把他们害了?"乩盘书写完这番话,又作长赋一篇,叙别离之情,才恋恋离去。

缚 山 魈

湖州人孙叶飞先生,在云南做教官,平日酒量很大。中秋之夜,月色很好,他叫了一班学生在乐志堂喝酒赏月。忽然,众人听见近旁的茶几发出一阵响声,好像是巨大的石块在崩裂和倒塌时所发出的声音。众人正在奇怪和察看时，见门外有个妖怪，头上戴红草帽，又黑又瘦，像只猴子，头颈下长着绵密的绿毛，用一只脚跳跃进屋来。妖怪看见众人正在喝酒，就哈哈大笑着离去，那笑声好像是竹子裂开时发出的响声。众人都称这妖怪是山魈，没有一个人敢靠近它，暗地里跟踪观察妖怪的去处，看见它走进了右边的厨房间。厨师喝醉了酒睡在床上，山魈揭开帐子看着他，笑个不停。众人在房外大喊大叫，厨师被惊醒了，看见妖怪，拿起木棍就打，山魈也伸出双臂做出搏斗的样子。这厨师一向胆子很大，双手抱住怪物的腰，与它一起在地上滚斗。

众人纷纷拿着刀和棍前来相助厨师，那怪物不怕刀砍。用棍棒打了很长时间，怪物的身子才渐渐缩小，面部五官也模糊不清了，最后变成一个肉团。众人就用绳子将怪物捆在屋子的梁柱上，准备到天亮后将它投到河里去。

到天亮鸡叫时，又听见茶几发出一声巨响，众人赶忙起床察看怪物动静，不料那怪物早已逃走了，地上仅仅留下一顶草帽，一问，这帽子原来是书院里学生朱某的。此时众人才明白，平日书院里常常听到有秀才丢失帽子，原来都是这个怪物偷的。山魈这种怪物，竟然爱戴草帽，也让人难以理解。

门夹鬼腿

尹月恒家住杭州城艮山门外。

有一天，他从沙河滩回家买了半斤菱角，揣在怀里。路过钵盂潭，那里地旷人稀，有一片乱葬岗子。他走过来之后，就觉着怀里轻巧了许多，伸手往怀里一摸，半斤菱角一个也没有了。他觉得奇怪，又回身寻找，走到墓地，只见那些菱角都堆在一个破坟头儿旁边儿，有的被剥开，菱肉已经吃光了，有的还没有剥。尹月恒把那些没剥的捡起来，重新揣进怀里，跟跟跄跄跑回家中。

回到家里，定了定神儿，他就坐下来剥菱角吃。可是，没等他把那些剩下的菱角吃完，就忽然发痴发狂，大嚷大叫起来。他说："我们哥儿们吃不着菱角肉,可是有了年头儿了! 这回好不容易碰上了,想解解多年的老馋,没想到,又被你小子原数收了回去。嘿,你这家伙没见过世面? 怎么这么小家子气? 如今,哥儿几个已经追到你们家里来了,若不好生招待一番,让我们饱餐一顿,我们是不会走的。"

尹家的人一瞧,知道主人这是鬼魂附体,不由得害怕起来,赶快备下酒菜饭食祭送鬼魂,为主人赎罪,然后送鬼出门。杭州有个风俗,凡是送鬼出门,前面的人送出去,后面的人随手就关门。尹家的人遵循老例,尹月恒一迈出门槛儿,家里人赶紧关门。尹月恒又忽然大叫:"哎哟! 夹死我了! 你们家请客送客,就该恭恭敬敬才对呀! 怎么,我们还没走利索,你们就急着关门,夹坏了我的腿。这回,你们非得大摆宴席,山珍海味必备。不然的话嘛,哥儿几个就住下来,永远不走了!"尹家的人更加害怕,连声祈祷,满口答应。尹月恒的病态虽说有所好转,但是时好时坏,病不离身,终于不治而死。

祭 雷 文

黄湘舟说:与他家田地邻界的一户人家的儿子,才十五岁,被雷电劈死了。他的父亲写了一篇祭雷的文章,全文是:"雷公的神威,谁敢轻视? 雷公的劈击,谁敢阻拦? 不过,我倒要问一声雷公:倘说是我儿子今世有罪,可我儿今年才十五岁。若说是我儿子前生作孽,那你为什么不让他永世留在黄泉? 雷公雷公,你还有什么话可说?"祭完,将祭文写在黄纸上焚烧,忽然间听见霹雳一声震响,他儿子又活了过来。

王介眉侍读是习凿齿后身

我的同乡、举人王介眉先生,名延年。乾隆初年,我和他一起,参加博学鸿词之试。

王介眉先生说,他年轻的时候,做过一个梦,梦见自己来到了一个非常幽静的居室。只见此处古籍排列满架,奇器珍玩不胜枚举。室内正面的床榻上,坐着一位白头白鬓、身材矮小的老头儿。他见到王介眉进来,不起身,不行礼,也不说话。旁边儿还坐着一个人,此人身体颀长,面皮黑瘦,黑胡须,显得彬彬有礼。他站起身来,向王介眉作揖施礼,说道:"在下就是汉末晋初的陈寿。说起来,当初我撰修《三国志》,并没有贬黜蜀汉刘备之心,弘扬魏帝曹操之意。可是,后人却把这个观点强加于我,成为我修史不遵正统的口实。这对我来说,真是个天大的冤枉!"他又指着坐在正面床榻上的那个白胡子老头儿说:"这位就是彦威(习凿齿,字彦威,晋襄阳人,以文笔著称。著《晋汉春秋》,奉蜀汉为正统)先生,幸亏他撰写《晋汉春秋》,为我的观点作了补正。您大概还不知道吧? 您就是这位彦威先生的转世后身。我听说,您正在编撰《历代编年纪事》。瞧,若不是彦威先生转世,怎能具备这般才华? 先生多加勤勉,尽快完成这部著作吧!"陈寿说完这番话,就随手递给他一部书,请他在扉页上题诗留念。王介眉挥笔,题七言绝句一首,刚搁下笔,就从梦中惊醒,诗句的内容也随之忘光了。他渺渺茫茫记得最后两句写道:"惭无《晋汉春秋》笔,敢道前身是彦威。"

后来,王介眉活了八十多岁,《历代编年纪事》终于完稿。他将此书进呈御览,龙颜大悦,特恩赐翰林院侍读。

周 若 虚

慈溪人周若虚,屡次参加乡试落榜。他在城外的谢家店教了四十多年的书,村子里无论是年长的,还是年少的,没有一个不是他的学生。

有一天晚饭后,周若虚在学馆里独坐休息。有个姓冯的学生,进馆向他作了个揖,邀请他到自己家去,说有件要紧事恳求先生帮忙。说完就告别而去,他说话时的语气和神态,很悲惨凄凉。周若虚想起冯某已是死了的人,刚才他所看见的一定是鬼,不禁吃了一惊,马上到冯家去问个究竟。

冯某的父亲冯梦兰,已立在门外等候,看见周若虚到来,就挽留他进屋饮酒。周若虚也不告诉冯梦兰刚才所发生的事,只是拉些家常话。不觉夜已三更,没法回馆去,冯梦兰就留周若虚在楼上过夜,房内放了一张床榻。这房间的隔壁就是冯某妻子王氏住的内室。周若虚似乎听见室内有隐隐约约的哭声。

这一夜,周若虚亮着蜡烛不睡,忽然看见楼梯上有个穿青衣的女人,多次伸头向房门探看,一开始只露半张脸,接着就现出了全身。周若虚斥问她是什么人,那妇人用严厉的声调回说:"周先生,这时分你应该睡觉了!"周若虚说:"我睡觉不睡觉,与你有什么相干!"妇人说:"我是什么人,与先生有什么相干!"说完,那妇人散乱头发,口鼻滴血,拿起绳子直向周若虚奔来。周若虚惊怕得快摔倒在地上时,忽然背后有个人用手托住了周若虚,说:"先生别怕,学生在这儿保护你。"回头一看,原来就是死去的学生冯某。刹那间,冯某也消失不见了。

周若虚就喊冯某的父亲上楼,冯梦兰手持蜡烛上楼进房。周若虚将刚才所见的一切告诉了冯梦兰,冯梦兰立刻敲隔壁房门,叫媳妇王氏开门,房内却毫无反应。撬开门进去一看,王氏已上吊自杀了。周若虚协同冯家人一起抢救,过了一个时辰,王氏才渐渐苏醒过来。

原来当天吃饭前,王氏与小姑争吵了一场,王氏因此而被冯梦兰责骂了一顿,王氏想不开,就轻生寻短见了。这时恶鬼得知后,便乘机前来勾魂。冯某在阴间知道后,就向周若虚求助,解救王氏。

葛道人以风洗手

(原题不确切,应为"云林先生以风洗手")

有个葛道人,此人姓葛,名道人。本身并不是道士,浙江仁和人。他从年轻的时候起就讲求修身养性之术,到年纪大了,更是爱好愈深。年过五十,就把家财的一半儿分给儿子,教他去独立生活,另一半儿自个儿全带上,要去周游名山大川,求仙访道去。

那一日,他渡过了钱塘江,将取道东南,往天台山去。走到半路儿,就遇见一个老头儿。老头儿把他端详了一阵,便上前拱手施礼,说道:"观先生之风姿,颇具仙风道骨,您可是去访仙求道?"葛道人一听他这话就高兴,当即引为知己,并与他攀谈起来。那老头儿说:"老朽原籍福建,幼习天文,曾在京师钦天监供职。后来辞官归田,至今已有二十多年了。先生若不嫌弃,明年春天,我将在老家恭候光临。"说罢,把自己家的住址写了,交给葛道人,匆匆告别而去。

第二年春天,葛道人按照所留地址,千里迢迢找到了福建省。但是,那里根本没有那位老头儿。葛道人心灰意冷,准备返回浙江。晚上,他住进一家旅店,又碰上了一位道士。此道士身材魁梧,精神抖擞。但是,整整一晚上,没听见他说一句话。葛道人主动上前与他拉话儿,陈述自己是为了访仙求道才来到福建的,恳请这位道士开导指教。那道士说道:"你果真有这个志气,我可以举荐你去庐山,见我大师兄云林先生,他可以做你的老师,教你求仙修道之法。"葛道人请道士为他写了一封荐书。第二天就起身,直奔江西庐山。

葛道人身揣荐书,深入庐山,步行十几天,寻遍了山峦庙宇,并不见有位云林先生。他开始怀疑道士的推荐是真是假,又有点儿垂头丧气。

一天,他偶尔走进一个山洞,只见正面坐着一个老头儿,他正用两手捧着空气,做着类似洗脸漱口的动作。葛道人觉得这很新鲜、很奇特,认定他就是云林先生,急忙跪拜于座下,并呈上了道士所写的荐书。

那老头儿眯着眼看了荐书,感叹道:"唉!你现在来求仙学道,未免为时过早。你还有三十年的人间之缘未了,怎么可能求仙学道呢?念惜你一片虔诚之心,我先送你经书一卷,法宝一宗。你携带此二物出得山去,每日诵经守宝,多做善事,以济世人。三十年后,你再进山,我就可以传授给你学仙之道了。"葛道人问:"刚才,您手捧空气,又洗又漱,是什么意思?"老头儿说:"凡是求仙学道的成功者,饮食不取火,盥漱沐浴不取水,只消以手气,取热洁身全都有了。刚才,我是取空间之气洗脸漱口呢!"葛道人不禁大为敬佩。

第二天,这个老头儿亲自给葛道人引路,他才得以绕出了深山。

又走了半天的路程，就到了通往南昌的大路口。

葛道人回家之后，一心诵经守宝。后来，他竟也修炼到能为别人治鬼伏妖。说起他的那件法宝，不过是一颗鹅卵石。石头中部，横向里有一道缝儿，看上去极像人的一只眼睛，眼里还有瞳仁，并能发出一束青光。眼皮儿能自动开合，就像人在眨眼一样。这样一件奇特的宝物，葛道人也是不肯轻易拿出来给别人看的。

沈 姓 妻

杭州城里有个姓沈的人，住在运司衙门前面，与葛道人很要好。他大儿旭初的妻子怀了孕，旭初询问葛道人，妻子是生男还是生女。葛道人叫沈旭初取来一碗水，放在茶几上。葛道人默默地念了好几遍咒语，又侧着耳朵听了好一会儿，皱起眉头说："怎么办，怎么办？"沈旭初吃惊地问是怎么回事，葛道人说："你的妻子不久将有灾难，恐怕连自己的命也保不住，别问肚里孩子是男是女了。"沈旭初一向知道葛道人的预测很神灵，可是一想到自己的妻子很健康，不禁对他的话有点将信将疑。

过了几天，沈旭初的妻子拿着烛灯上楼准备睡觉，突然间，她大声叫喊起肚子痛来，公婆和丈夫急忙奔上楼探看，见沈妻已睡在床上翻来滚去，脸上露出笑容，说："今天才解了我的恨。"听沈妻说话的声音像绍兴人。公公婆婆问媳妇说的什么，媳妇回答说："我报自己的冤仇，与你们没关系！"公公急忙叫二儿子去请葛道人。葛道人来了，端着一碗米，口里念起咒语，用手抓起一把米朝媳妇身上投去，媳妇现出很怕的样子，说："我是奉着符命前来报仇的，请道人别打我。"葛道人问："你有什么冤？"媳妇说："我是绍兴人，这个女人的前生是我邻居家的一个妇人。我四岁时，偶尔到她家玩，打碎了她家的一只碗，她便骂我，说我是母亲与野男人来往生的坏小孩。我将此事告诉了母亲，母亲怕我将这件事声张出去，竟将我打死。真正害死我的，就是这个妇人。我早就要报这个仇了，只是今天才找到冤家。"

　　葛道人告诉沈某说:"报仇抵命的事都是东岳大帝掌管的,必须向东岳大帝投诉。东岳大帝肯救,才有办法救治;否则,很难救治。"第二天一早,沈某就上法华山的岳帝庙,向岳帝默默地诉说了家中媳妇的病情,结果占得一个上上签。沈某回家后,告诉了葛道人。这时,媳妇已早产,葛道人嫌产房不干净,不肯进去。沈家上下哭着求他,他才到产妇的床榻前,在一张纸上画了道彩龟的云符,问媳妇:"好看吗?"媳妇说:"好看!"道人说:"为什么不出来看呢?"媳妇应声说:"是。"道人立刻用手向空中一抓,说:"捉到了!"然后,道人奔下了楼。

　　这时,媳妇还是半昏半醒,说:"我为什么会全身发痛,肚子又饿极了?"身边侍候的丫头就给她吃了东西。安定不到半刻时光,媳妇又哭喊起来,说:"你捉了我的孙子去,我在这里还是可以向你讨还人命的。"说完,翻身打滚,癫狂起来,听她的口音很杂,但都是杭州人腔调。这声音中有一个鬼说:"我等都是张老头请来的,你家如果肯超度、斋祭我等,我等马上离去。"沈某请和尚作道场,众鬼连声不停地称谢。其中忽有一个声音以张老头的口气说:"我是主客,怎么反而冷落了我? 别人都是菜心馒头,怎么只有我豆沙馒头多,菜心的少?"沈某看了一下张老头牌位前的馒头馅子,果然像他所说的那样。于是将馒头全都换了菜心,再求张老头快离开,不料他还是不肯离去。

　　沈某只得又去请葛道人来,葛道人将一束桃树枝交给沈某,说:"那老头再闹就用这个打他!"沈某拿了桃树枝进产房,向媳妇做出要打的姿势,媳妇伤心地呜咽起来,说:"别打,我走,我走!"葛道人立在产房门外,预先放了一只空坛,对着空中喝骂了一声:"快到这里面去!"接着立刻用一张符将坛口封闭,随即将坛带走,沈家的媳妇从此病就好了。

　　半年以后,有人在理安寺看到葛道人,只见许多和尚将道人抬着,在一间空房子里走来走去,七天七夜不让道人着地和碰到梁柱,葛道人这才吐出几升黑水,这黑水污染到衣服上,颜色就跟血一样。葛道人对人说:"我的童真身体,被产妇的血秽之气污染了,幸亏众和尚超度我,不然的话,我又要重新坠落到人世间。"

怪弄爆竹自焚

绍兴老百姓家有座楼,常年关锁。有一天,有个远道来客来找住处,主人说:"房子东边有座楼,你敢住吗?"客人询问缘故,主人说:"这座楼平常堆放箱笼杂物,有两个仆人住着。有一天半夜,听到楼上有叫喊的声音,走去看看,只见两个仆人脸如土色,浑身发抖,说不出话来。过了一会儿才说:'我们两人刚躺下,还没有灭掉蜡烛,就看见有个东西一尺多长,形状好像世间常见的石敢当。走到床前,掀开帐子想爬上来。我们害怕极了,就大声叫喊,拼命往楼下跑。'他们所看到的就是这样。从此,再也没有人敢住到楼上去。"客人听了,笑着说:"我亲自试试看。"主人挽留不住,就替客人在楼上打扫尘土,摆好床桌,让客人住下。客人上楼后,点着了蜡烛,佩着长剑,静静地等候。三更了,房间北边角落发出索索的声音,定神仔细看,有一个妖怪,样子像主人所讲的一样,跳着上了座位,翻看客人的书籍,看了很长时间,又打开客人的箱子,把里面的东西一一摆在桌上,一样样仔细看。箱子里有几个徽州产的炮仗,妖怪拿着在蜡烛前面看了很久,烛火爆火星,飞落在火药引线上。只听一声轰响,好像霹雳一样,这妖怪滚落地上,吱吱乱叫,就不见了。客人心中很奇怪,又担心妖怪再来,等到更尽天亮,妖怪竟然销声匿迹了。早上起床,讲给主人听,大家都很惊讶。到晚上,客人仍然住在楼上,什么东西也看不到了。后来,这楼上的妖怪也就绝迹了。

喀　雄

喀雄姓杨,父亲是守备,很早逝世。表叔姓周,是镇守河州的副将,可怜杨喀雄是孤儿,收养了他。周副将有个女儿,年纪和杨喀雄一样,看到喀雄聪明伶俐,十分喜欢他,经常送他吃的喝的。周家家教很严,两个青年也没有发生什么事。有一个税务所的小吏,也是周副将的亲戚,值班住在周家书房里。

夏天的月夜,喀雄闷热难当,在月下散步,看见周女慢慢地走出来,就和她成了好事。第二天,喀雄走进内府,看见周女在梳妆。喀雄向她使个眼色,微微发笑,周女也向着喀雄微笑。从此以后,周女没有一天不到喀雄寝室。那个小吏听到喀雄房间里有说笑声,怀疑起来,偷偷地看了看,原来是喀雄和周女亲亲密密地在一起,心里十分嫉妒,偷偷地报告了周副将。

周副将走到里面质问夫人,夫人说:“女儿夜夜都和我同床睡觉,哪里有这种事?”周副将终究觉得可疑,找个借口,打了喀雄一顿,把他赶了出去。

喀雄没有地方安身,便住在兰州的古寺中。一天,周女忽然带了许多箱子和包袱来到。喀雄又惊又喜,问周女从哪里来,周女说:“我和叔父一起来。”原来周副将的弟弟叫周锯,也是武官,正好升任兰州守备。喀雄十分相信,和周女住了半个月,扬扬得意,好像富人一样。

周女的叔父到任之后,在路上遇见喀雄,高兴地说:“侄儿在这里吗?”喀雄说:“是。”周锯骑马来到喀雄家里,叫侄媳妇出来拜见,原来是周女。周锯大吃一惊,问周女来这里的缘故,喀雄就把事情都说了。周锯说:“我来的时候,没有听说家中走失女儿的事。难道我哥哥隐瞒这事了吗?”

住了几天,周锯借口有公事,回到河州,详细地讲给周副将听。周副将十分惊异,说:“我女儿确实在家里,刚刚还在一起吃饭,哪有这种事?或许是狐仙假冒的吧?夫人说:“与其让狐狸冒名顶替,败坏我女儿的名声,不如索性把真女儿嫁给喀雄,看他怎么样!”周家兄弟两人都认为这办法好,马上叫喀雄回来结婚。

结婚那天,西宁那个姑娘早就在新房中,喀雄糊糊涂涂,不知怎么办才好。这姑娘笑了,对喀雄说:“什么事这么慌慌张张呢?我是狐狸,实在是为了报恩来的。你祖父做将军的时候,曾经在土门关打猎。我中箭被捉,你祖父替我把箭拔出,放了我。我多次想报答恩德,都没办法下手。最近知道你爱周女,但不能实现,因此我来做媒人,满足你的愿望。这也是你和周女有缘分,不然的话,我也没有办法的。现在媒已经做成了,我走了!"说完,一下子就不见了。

常熟程生

乾隆九年(1744),江南举行乡试。有位应考的程姓书生,江苏常熟人,年龄大约四十岁出头了。八月初九日考头场,八月初八下午,他就领号入场了。夜里,他突然惊恐大叫,像得了疯病儿似的。同号儿的考生们看他那样子非常可怜,纷纷上前扶持安慰,问他发生了什么事。程生只是低头不语,什么也不肯说。第二天,正式开考。还没到中午,程生就把一应文具收入考篮,交了白卷,退出了考场。考生们不解其意。有的就拉拉扯扯、死乞白赖地问他罢考的原因。程生无奈,只得实话实说了。

程生说:我从前干过一件缺德事儿,如今,报应临头了。那是我三十岁那年的事,那会儿,我在一位绅士家里设馆授徒,所教的学生,都是这位绅士的子、侄。其中,有一个姓柳的学生,年龄在十八九岁,长得细白嫩肉,眉清目秀。当时,我就起了猥亵之心,想占有并玷污他,只可惜不得时机。过了几天,清明节到了。学生们都告假回家,只有我和柳生还住在学馆里。我就作了一首歪诗挑逗他,诗道:"绣被凭谁寝,相逢自有因。亭亭临玉树,可许风栖身?"柳生看了这诗,脸羞得绯红,立刻把它揉作一团,放进嘴里嚼烂了。我以为他已心有所动,就强拉着他一起喝酒,把他灌得烂醉,并乘机奸污了他。过了五更天,他醒过酒来,知道已经被我奸污了,大哭一场。我千方百计地安慰他,又哄着他一起睡着了。等到天大亮,我从梦中醒来,发现他已经吊死在床栏杆上了。柳生的家长并不知道他的真正死因,我当然不敢说,并极力掩盖其真相,终于蒙混过关。

没料到,昨天我一进考场,就瞧见柳生倒先坐在我的号位上。他身旁,还有两名皂役。皂役见我进场,就不容分说,把我和柳生一齐押送到阴曹地府。

一位阴间官吏端坐大堂之上。柳生上前跪拜,并详细地哭诉了被我奸污乃至上吊自尽的经过。阴官又问及我,我对柳生的控告供认不讳。阴官判决说:"按照阴间的律例,凡鸡奸他人者,一律按秽物入人口之罪论处,应责打一百棍;程某为人师表,而心生淫邪,着罪加一等,责打二百棍。本来你命里注定该登乡试、会试两榜,并有官禄可享,今一并削除,使永世为民!"柳生向上叩头,争辩说:"他玷污了我的身体,逼得我羞愧至死;只打他二百棍,处分太轻了!按理,他应该为我偿命才对!"阴官听了柳生的话,笑着说:"你虽然是因此而死,但是,毕竟是自杀,而不是程某加害于你而致死。所以,不能使他抵命。如若判他偿命,他真的杀死了你,又该怎么判呢? 何况,你是个堂堂的男子汉,上有老母要赡养,下有传宗继嗣之重任。怎么,就学着妇人的见识,一时羞愧就寻了短见?《易经》上说:'你曾经动心,也是可耻的。'这话对你来说,是足以自戒的吧? 所以,自古以来,只旌表那些贞节烈女,而从不旌表所谓贞童。先朝圣贤立法之意,是很值得认真研究思考的呀!"柳生听了这话,大为后悔,顿足捶胸,又大哭了一场。阴官笑着说:"念惜你这个人拘谨迂阔。下辈子就发你托生到山西省的蒋善人家里,去当个节妇,替他们家苦守闺门,将来也好享受旌表。"

阴官判案已毕,只命人打了我三十大棍,就放我还阳了。我一睁眼,发现自己依然坐在考场的号舍中间。下身被棍打的记忆犹新,臀部伤痕累累,阵阵作痛。我也没心思再应科考、争仕途了。即便我能写出好文章来,命里注定要削去官禄,不也是白搭吗? 不退出考场,还能有什么希望?

程生说完这番话,精神沮丧。他不用人搀扶,一边呻吟着,一瘸一拐地走出了考场。

怪　风

在凉州的大靖营附近有座松山,四周全是沙碛地,是历史上有名的古战场。

塔思哈将军因公率领部下经过松山。一眼望去,黄云密布,白草遍地,无边无际。正行军时,忽见前面有座万丈高山正在遮天蔽日地移动过来,山上溅出万点火星,移动时发出的响声好像是在打雷。见此情景,人与马都吓得不知如何才好。塔思哈大吃一惊,以为是山移地动。一会儿工夫,这座山愈来愈逼近部队,已来不及回避了。于是,全体都下了马,就地坐下,闭着眼睛,抱作一团。

顷刻之间,天地黑暗得像墨一般,每个人滚翻在地上,马也是一样。过了很久,才重见天日,安定无事。塔思哈将军的部下三十六个人,个个满脸是血,有不少石子嵌进脸中,深的竟有半寸。回头再看那座高山,已在几十里以外。

傍晚,塔思哈一行到达了大靖营。将军将途中所遇的事报告了总兵马成龙。马成龙听后,笑着说:"这是一阵怪风,不是山移地动。如果是高山移动,你等早就送命了。达种怪风,在塞外的冬天常常会遇到,但不至于伤害人的性命。不过,你们三十六人的脸被石子击破受伤,从此就成了麻脸,原来的年龄、外貌登记册又得重新填写一本了。"

孝 女

京师崇文门外花儿市的居民,有很大一部分以手工扎制通草花为生。有位少女也操持此业。这位少女家中,只有一位年迈的父亲,如今,又久病不起。家境贫困之极,无力于请医用药。少女每日里废寝忘食,除了精心扎制通草花之外,还要日夜悉心照料父亲,明面儿上百般安慰,内心里却忧心如焚。

第二年春天,有位邻居老妈妈要携同几名妇女到丫髻山去进香。少女就问这位老妈妈道:"如果我也去烧香敬佛,能不能保佑父亲早日康复?"老妈妈说:"我的儿!你有一片孝敬老人的赤诚之心,心到神知,犹如立竿见影,你爸爸的病会好的!"少女又问:"从咱们家到丫髻山,大约有多远?"老妈妈说:"要有一百多里地呢,走着去,走一天一夜;骑马,也是一天的路程。"少女问:"那么,一里地有多远?"老妈妈说:"一里地大约是二百五十步,这还要看步子迈的大小。"少女把老妈妈的话谨记心上。

从那以后,每当夜深人静,少女服侍父亲先睡下了,她就手持高香一炷,绕着院子走上几百步,然后朝西方磕头,祈祷说:"神佛在上,听民女一言:只因家境贫寒,老父卧病在床,恕不能亲临佛前烧香祈愿了。愿神佛有灵,护佑老父早日康复,民女今生有幸,必亲临叩拜,重塑金身!"她就是这么天天行走,夜夜祈祷。转眼之间,半个月过去了,她所行进的路程,也足有一百多里地了。

这丫髻山在京西百花山之一隅,山势陡峭,顶峰两侧各有巨石高耸,犹如少女头上的两只鬏髻,远远望去,又酷似一个"丫"字,故名丫髻山。山中的寺庙里,供奉碧霞元君,俗称娘娘庙。每到阳春四月,进山烧香敬佛的信男信女络绎不绝。每天,鸡叫以后就进殿烧香的,称之为"进头香"。但是,这进头香的人,必定是权贵士绅或富豪大家,庶民百姓是没人敢抢这个先的。

京师紫禁城内有个张太监,众人尊称张公公,是个很有权势的内监。每年四月,他都独占这丫髻山娘娘庙进头香的鳌头。可今天,殿门一开,佛座前的铜炉里烟云缭绕,高香三炷,已是燃着将半了。张太监大怒,当即斥责陪同在身旁的主持僧。主持僧诚惶诚恐,合掌念佛道:"阿弥陀佛!公公驾临之前,山门不开,殿门未启。这头香为谁所进,老衲也不得而知,请公公恕罪!"张太监怒气稍息,说道:"好吧!既往不咎,今天的事就算了。明天,我要来进头香,再被人抢了先去,你可要仔细了!"

第二天,天方四鼓,张太监就入庙进香。殿门打开,又是香烟袅袅。昏暗中,似有一妙龄少女正在佛前叩拜祈祷。听见人声,忽然之间就不见了。张太监大惊,说道:"岂有在神佛面前,鬼怪公然现形之理?此中必有缘故!"便草草进了香,退出山门之外,坐在凉棚里,把刚才的所见所闻,向小太监们讲述,并说出了那个少女的外貌服饰。有位来进香的老妈妈站立一旁,听了一会儿,说道:"依公公所说,这叩拜的女子,莫不是我们邻居那位少女?"接着,她就细说了少女为求神护佑父亲而每夜祈福的详情。

张太监听罢老妈妈的絮叨,叹道:"这是位孝女呀!令人赞美,令人佩服!她的赤子之心感动了神佛,虽然身不离家,却天天先我而到,进了头香!"他当即起程,策马还京,来到崇文门外花儿市,找到了这位少女,当面赏银五十两,教她用此为父亲调养治病。随后,又收她为义女,日后不断有所资助。少女父亲的病很快好起来,家里的生活也得温饱。

过了几年,这女儿年龄渐长,就嫁给了大兴县的张某,成为一位富商的妻子。

老妪变狼

广东压州地方,有个姓孙的农民,家里有个老母亲,已七十多岁。老母忽然两臂上长出了毛,渐渐连腹部、背部一直到手掌都长满了毛,有一寸多长,整个身子也弯曲起来,臀部生出一条尾巴。一天,她倒身在地,变成一只白狼,冲出门外跑了。家里人没有办法,只得听之任之。

每隔一个月或半个月,白狼总要回家来探看自己的子孙,与平常一样吃顿饭。邻居很恨这条白狼,想用刀箭射杀它。一天,媳妇买了猪蹄,专等白狼来。白狼一到,儿媳妇就对它说:"婆婆好好享用这一顿,以后不要再来了。我等儿孙非常懂得婆婆很想念家的心思,没有什么坏意,可是那些邻居哪里会知道这一点?万一你受了刀箭伤害,叫我做儿媳妇的心里怎么舍得?"说完,白狼哀号了很长时间,看遍了家里的角角落落,然后就离开了。从此以后,白狼再也没有来过。

义犬附魂

京中(今北京市)有位常公子,年轻貌美。常公子蓄养了一只狗,白质黑斑,取名花儿。花儿聪明机敏,颇通人意,常公子非常珍爱,寸步不离,他走到哪里,花儿就跟随到哪里。

那年春天,常公子带着花儿到丰台去赏花,回来的时候,天色将晚,赏花的人群都已散去,路静人稀,非常僻静。路边上,正有三个流里流气的家伙席地而坐,起着哄喝酒。他们见常公子英俊文雅,就说些极下流的话来挑逗他。常公子心生惶惧,回避着他们,不敢理睬。一个流氓凑上前来,拉扯住他的衣裳,另一个抢上前拥抱他,逼迫他亲嘴儿。常公子是个文弱书生,哪里抗拒得住?他左推右挡,力不从心,一下被流氓们摔倒。

花儿眼见得主人被欺辱,像猛虎一样扑上去,狂叫着撕咬那些流氓。一个流氓大怒,双手搬起一块大石头,猛地朝花儿砸下来。这石头恰好砸到花儿的头上。只听它惨叫一声,脑浆崩裂,一头倒在树下。

这回,三个流氓更加有恃无恐。他们解下自己的腰带,把常公子的双手双脚捆绑起来,剥掉了他的裤子。两个流氓用脚踩住他的后背,另一个流氓褪下裤子,就要对常公子进行鸡奸。

在这千钧一发之际,有一只癞皮狗从附近的小树林里悄悄窜了出来。它不声不响,急奔流氓的背后,到了近前,猛力一窜,一口咬住了流氓的阴囊,两个睾丸一齐被咬下。顿时鲜血直流,这个流氓痛得满地打滚。另两个流氓大惊失色,抬着受伤的流氓仓皇离去。过了好久,才有人从此路过,给常公子松开捆绑,并脱给他一条外裤,他才得以回到城里。

常公子感念花儿为救护主人英勇赴死。第二天,就差人寻回了花儿的尸骸,并将它埋葬,起墓立碑,当天夜里,公子就梦到花儿来见。它用人的语言对主人说:“花儿受主人豢养多年,知恩难报。这次主人受辱,花儿正图报恩,不料志未酬而身先死!花儿虽死,一灵不昧,急附魂于豆腐房的癞狗身上,使之代我效力,终于咬杀了恶少流氓。花儿虽死,于心也大安了!”说罢,哀号数声,腾越而去。

常公子惊喜而醒。第二天,又带领家丁到丰台,果然寻得一家豆腐房。院子里,卧着一只癞皮狗,瘦弱不堪,无精打采,见了生人,连眼皮都不抬一抬。豆腐房掌柜说:“这狗老了,又长了一身癞皮疮。平日里毫无气力,更甭提会咬人了。可它前天从外边回来,两眼通红,满口是血,不知是什么缘故。”

后来悄悄打听,才知道那个被癞皮狗咬伤的流氓到家就死了。

白 虹 精

浙江塘西镇的丁水桥,有个撑船工马南箴,一天夜里,他撑着一只小船航行在江上。岸边有个老太,带着一个女儿,招呼小船,要求搭渡。小船里的几个客人,都说别理她,拒绝老太搭渡。马南箴说:"深更半夜,又是妇道人家,不便投宿,搭渡她们也算是积点阴德。"就招呼母女俩上船,老太带着女儿应声上船,坐在船舱里,一声不响。

当时正是初秋时节,北斗星的斗柄正指向西方,老太指着星象笑着对她的女儿说:"猪郎又要用手向西方指了,他竟如此喜欢赶时髦?"女儿说:"不是的,七郎君也是不得已啊!如他不是随着时辰不停地指示方向,怕人世间连春夏秋冬都不知道了。"船舱里的客人听了她俩的谈论,你看我,我看你,感到非常惊讶。她俩却一点也不介意。

船行到北关门时,天已亮了。老太从布袋中倒出一升左右的黄豆酬谢马南箴,并且解下一方麻布为他将豆包好,说:"我娃白,住在西天门。以后有朝一日你要见我,只要脚踏在麻布上,就可以升飞到天上,找到我家。"说完,她俩就不见了。

马南箴以为她俩是妖怪,就将送给他的豆撒在田野里。回到家,卷起衣袖,还存着几粒豆子,仔细一看,原来全是黄金。他后悔起来,心想:"莫不是遇上神仙了?"他急忙赶到撒豆子的田野小路,豆子已不见了,而麻布却还在。他就脚踏在麻布上,觉得身边飘过白云,全身轻举上升,俯瞰下面的居民和村落分明都从自己脚下经过。

他到了一个地方,玉楼琼宇,有个穿青衣的女子,已守候在门外,说:"郎君果然来了。"青衣女子就扶着老太出来,说:"我与你有一段旧缘。我将小女儿许配给你。"马南箴很谦逊,说自己配不上。老太说:"配不配这话怎么说,只要有缘分,就是配。我在岸边招呼你渡江时,这缘分是从我这儿发生的;你肯让我搭渡,这缘分是从你那儿发生的。"话音刚落,已摆出酒肴,吹笙唱歌,举行了婚礼。

马南箴住了一个多月,虽然夫妻恩爱、养尊处优,可还是想念起家乡来,就与妻子商量,妻子教他仍旧踏在麻布上,乘云而下。马南箴照她说的办法做,终于回到丁水桥。乡里的人都集聚到马家围观,不相信他是从天上回来的。

此后,马南箴常来常往于天地之间,靠着一块麻布当作车马工具。他的父母却讨厌儿子这一举动,暗地里将麻布烧掉了,焚烧时留下的麻布异香,一个月还未散尽。但是,马南箴上天之路就此断绝了。有人说,老太自称姓白,大概就是天上的白虹精。

冷　秋　江

浙江省镇江县,有个姓程的,以贩卖布匹为生。乾隆十年(1745)有一天,他做罢生意,夜间从象山回家,路过一个山脚下,眼前是一片荒坟,他心里就有点儿发毛。忽然,有个矮人从草丛儿冒了出来,拉扯住了他的衣服。程某料定是鬼,就强多着胆儿大声呵斥他,企图把他吓唬走。可是,这个矮人对他的恐吓浑然不觉,并不走开。反而不知从什么地方又窜出一个矮人来,抓住了他的手。

这两个矮人东拉西扯,你争我夺,把个程某闹得晕头转向。第一个矮人往西拉他,西边忽然出现一垛高墙。墙头儿上晃晃悠悠,布满了黑影。他们用泥团投掷、击打程某。第二个矮人往东拉他,东边也出现一堵高墙。墙头儿上啾啾鸣叫,鬼影幢幢。他们不停地向他扬沙土,眯得他睁不开眼。程某无可奈何,只好听任他们东拉西拽。墙头儿上的鬼们,始而大声嘲笑,喧哄不已,继而为两个矮鬼呼喊打气,火上浇油。程某被折磨得筋疲力尽,一下子跌倒在泥坑里,心里说:这下是非死不可了。

忽然,鬼群里大喊:"不好!冷相公来了!这家伙是个读书人,性情极其迂腐可恶,厉害得很,没人敢惹他。咱们快跑吧!"群鬼纷纷跳下墙头儿,踉跄四散。

这时候,只见一个大块头儿、宽肩膀儿、虎背熊腰的大汉昂首阔步毫无顾忌地走来。他手里拿着一把大折扇,用扇子在另一只手心上击打着节拍,大声唱道:"大江东去,浪淘尽,千古风流人物。故垒西边,人道是三国周郎赤壁……"这工夫鬼群已经散尽了。他走到程某跟前猫着腰看了半晌,笑道:"你被鬼群捉弄了吧?我来救你,还不快点儿爬起来跟我走!"程某挣扎着爬了起来,跟着大汉走。只见他又昂首阔步,用折扇击打着节拍,继续唱道:"遥想公瑾当年,小乔初嫁了,雄姿英发,羽扇纶巾。谈笑间,强虏灰飞烟灭。故国神游,多情应笑我早生华发。人间如梦,一尊还酹江月!"

唱着走着,不觉已走了三四里地。东方发白,天将要亮了。那人回过头来,对程某说:"这儿离你家已是不远,我不送你了!咱们还是分道扬镳,各走各的路吧!"程某急忙磕拜说道:"多谢先生救命,终身不敢忘。敢贸问先生姓名、乡里。"那人淡淡地说:"我冷秋江是也。就住这城东门外十字街。我这个人好清净,门户闭塞,交游甚少,就不劳你光顾了。"说罢,转身走去。

程某回到家中,发现自己满脸满身全是青泥。急忙更衣洗浴,进了些饮食,又休息了一会儿,就去东门外十字街再次拜谢这位冷秋江。来到十字街,问遍了街坊邻里,并不见有冷秋江。后来,有一位老人告诉他:"街南路有个冷氏祠堂,由于无人祭祀,年久失修,已经颓废不堪了。那祠堂里面有不少灵牌,有一块上题主名冷峋。据我所知,此人生前是个名士,是顺治年间的一名秀才,秋江是他的号。你不妨去看一看!"

钉鬼脱逃

句容县捕快殷乾,捕捉盗贼很有名,每夜都在阴暗冷僻的地方侦察。一次,他要去一个村子,有一个拿着绳子的人急急忙忙地跑过来,撞了一下殷乾的背脊。殷乾想,这人一定是强盗,就在后面跟着他。

到了一处人家,这人就翻墙进去。殷乾心中又想,去抓他,不如等候他。抓他,不过交给官府,未必能得到奖赏;等他出来就抢他,一定可以得到很多好处。一会儿,隐隐约约听到有妇女的哭声。殷乾心中怀疑,也翻墙进去,看到一个妇人在对着镜子梳妆,屋梁上有个头发乱蓬蓬的人,用绳子去套妇人的头颈。殷乾才知道这是吊死鬼在找替身,便大喊一声,破窗而入。

左邻右舍被惊动,都跑来了。殷乾把情况一五一十对他们讲了,大家果然看到妇人吊在屋梁上,就把她救下来。妇人的公公婆婆都来表示感谢,备了酒,殷勤招待。

酒席散后,殷乾从原路回家,天还没有亮。背后发出簌簌的声音,殷乾回头一看,是拿绳子的鬼。这鬼骂道:"我自己去取那妇人的命,碍着你什么事,却要破了我的法术?"说着,举双手过来扑打殷乾。殷乾平常胆子就大,就和这鬼对打,拳头打着的地方,只觉得又冷又腥。天渐渐亮了,鬼力气也渐渐衰弱,殷乾愈加奋勇,抱住鬼不放。

有个过路人,看见殷乾抱着一块烂木头,口里低声骂着,走上前细看,殷乾这才如梦初醒,手一松,烂木头也掉到了地上。殷乾愤怒地说:"既然鬼附在这块木头上,那我也不能放过这块木头!"他拿来钉子,把这块烂木头钉在庭柱上。从此,每夜都听到哭泣的声音,显出疼痛难熬的样子。过了几晚,有来和鬼讲话的,有来慰问的,有来代鬼讲情的,叽叽啾啾,声音像小孩子一样,殷乾都不理会。其中有一个鬼说:"还好主人用钉钉你,要是用绳子捆你,你就更苦了!"一群鬼乱糟糟地说:"不要说,不要说!恐怕泄露了机关,让殷乾学乖!"

第二天,殷乾采用那些鬼所讲的办法,用绳子换下了钉子。当夜就听不到鬼的哭声,到天亮,看看烂木头,竟已逃走了。

樱 桃 鬼

熊本太史在北京的半截胡同租了一间房子居住,和庄令舆编修是邻居,常在晚上备酒互相往来。

八月十二日的晚上,庄令舆摆酒招待熊本,宾主二人一起坐着喝酒。忽然,宰相派人来叫走了庄令舆。熊本知道庄令舆会很快回来,就自己一个人喝酒等他。

他倒了一杯酒，放在桌上，还没有喝杯子已经空了。起初他还以为自己忘记了倒酒，便又斟满一杯，看看是怎么回事。只看见一只蓝色的大手，从桌子下面伸出来摸酒杯。熊本站起来，蓝色大手的人也站起来。这个人头、眼、皮肤、头发，没有一样不是蓝色的。熊本大叫起来，两家的家奴都闻声跑来，点起蜡烛照看，可什么也没有。

庄令舆回来了，听说这事，就开玩笑地对熊本说："你敢睡在这里吗？"熊本年轻气盛，马上叫家童搬来枕头铺盖，放在床上，就叫家童出去。熊本自己一个人，拿着一柄剑留下。这柄剑是大将军年羹尧所赠送的，在平定青海叛乱时，曾杀过不知多少人。

这时，秋风呼呼作响，斜斜的月亮冷冷地照着。床上罩了绿色的纱帐子，透明清晰。打更的已打三更了，熊本心中担心这妖怪，始终睡不着。

忽然，桌上"咣当"一声，砸过来一只酒杯；再"咣当"一声，又砸过来一只酒杯。熊本笑着说："偷酒喝的人来了！"一会儿，就看到一条腿从东边窗口伸进来，接着出现一只眼睛、一只耳朵、一只手、半个鼻子、半张嘴巴；再有另一条腿从西边窗口伸进来，接着出现一只眼睛、一只耳朵、一只手、半个鼻子、半张嘴巴。好像把人体从中间分开两半一样，都是蓝色的。再一会儿，两半合并成一个人，眼睛闪闪发光，愤怒地斜看着帐子，阵阵冷气逐渐逼近，帐子忽然自动掀开。

熊本站了起来，拔剑就砍，正中鬼的手臂，好像碰到破烂的棉花一样，一点声音也没有。鬼跳过窗口逃走了，熊本追到一棵樱桃树下面，鬼就不见了。

第二天早上，主人起床后，看到窗外有血迹，急忙走进来探问。熊本告诉他事情的经过，于是把樱桃树砍下来用火烧，烧时还冒着酒气。熊本所睡房间窗外有个看门人，年纪老了，又聋又瞎。他所睡的床，正在鬼经过的窗下，当时却什么也听不到看不见，睡得很香，鼾声如雷。熊本后来活到八十多岁，大儿子当上浙江巡抚，二儿子当上湖北的监司。熊本常常对人笑着说："我因为有胆量有福气，胜过了妖怪，可是终究不如看门人又聋又瞎，更加胜过妖怪啊！"

鼠啮林西仲

当年藩王耿精忠在福建发动兵变时,在厦门任司马的林西仲,因为坚决不投降耿精忠,被绑着投进牢中。林西仲入狱前,家里留着一幅请人画的肖像。他入狱后,这像的头被老鼠咬断衔走,而且被咬的头颈处的一条线整整齐齐,像被刀割断似的。林家人见此情景,个个痛哭,认为是不吉利的征兆。

隔不多久,朝廷的部队打败了耿精忠,将林西仲从狱中救出,不但恢复了他的官位,而且还提升三级。林西仲回到家里,家人摆了酒席庆贺他再生。

当天夜里,林西仲听见一群老鼠吱吱叫着,像是很忙碌的样子,只见老鼠正将一件东西扛到茶几上去。林西仲暗中观察,原来是老鼠将衔去的那幅肖像上的头,重新衔了回来,还给了林西仲。

卷 七

尹文端公说二事

乾隆十五年(1750)，尹继善任陕西总督。苏州人顾某，是绥德州知州，身体向来丰满，但这年九月，他到西安求见尹公时，却已经非常瘦弱了。尹公怀疑顾某有病，就问他是什么缘故。

顾某跪拜在地，说："我一生读书，从来不相信鬼神，怎么敢在大人面前胡说什么鬼神之事呢？可是，事到如今，我早晚将死，为了我死后的事考虑，我不敢不向大人禀告。

"今年五月初七清晨，我起床后坐在书房里，看见一个人穿戴黑色衣帽，手拿名帖进来，对我说：'某官请先生前去会审，马已准备在门外。'我看了看名帖，是我同僚汤栻，就随即出门上马，出了城门，向北走了三十里，来到一所办公的衙门。一个穿戴古代衣帽的人迎了出来，作揖说：'请先生屈驾来这儿的原因，是为了想编写花名册，呈送给天帝，必须与先生一起办理。'我还没有回答，旁边的一个官吏就跪下启禀：'花名册刚刚起草，还没完成，要到八月二十四日才能誊写清楚。'于是穿戴古代衣帽的人就示意黑衣差役将我送回去，并叫我到那天再去，不要失约。我便重又骑上马，走了三十里，回到官衙。这时发现自己的身体僵卧在床上，我的妻子和儿女正在一旁号哭。黑衣差役将我一推，我就进了我那僵卧身体的嘴巴，但却感到格格不入，好像我不能与身体复合在一起，四肢、筋骨和五脏之间，有一种说不出的酸痛。我渐渐苏醒过来，开始吃一些米汤。此后，我就安排公务和家事。

"到了八月二十四日早晨，我醒来穿戴好衣帽，向同事、朋友和妻子儿女诀别，哭着嘱咐他们说：'我的尸体没有变冷之前，暂时不要入殓。'到中午，我昏昏沉沉的，头发晕，像是中了风。果然，那黑衣差役又来了。他将我领到上次去的地方，穿戴古代衣帽的人坐在大堂上，前面摆放着两张桌子,就好像人间官员会审的情形。官吏逐个点名,没有一个人是我认识的;叫到第三个人,则是我们绥德州的某差役;叫到第八十五名,则是我们绥德州的某东房吏;其余的人,我看上去很眼熟,却不知道他们的姓名。我把我们州的那两个人叫到桌前,问他们,他们也说不知道为什么来到这里。穿戴古代衣帽的人笑着说:'先生,你问什么呢?你将永远在这里和我共事,自然会知道这里的一切。'我问他:'应该什么时候来这里?'他说;'今年十月初七日来,你趁这段时间,快回去安排一下家事吧。'说完,他又和我拱手分别。我又像上次一样醒过来,身体状况比上次更加糟糕。没多久,县里发生了严重的瘟疫,那个东房吏和差役,都因为染上瘟疫死了。现在已经是九月份了,我的死期也不远了,所以来和大人诀别。"

尹公再三安慰顾某,顾哭着拜谢,然后就走了。

第二年正月,尹公巡视边境,路过绥德州。他的幕僚许孝童早就听说顾某这件事,就留心去拜访顾某,却见他平安无事。顾某到尹公总督府拜见,身体像以前一样壮实。尹公跟他开玩笑说:"鬼的话为什么在小吏和差役身上很灵验,而在你身上却不灵验了呢?"顾某叩头谢恩,也不知道其中的缘故。

尹公任陕西总督时,还接到过华阴县某官员呈上的禀告文书。文书上说:"因为我触犯了神灵,所以向大人陈述实情,禀告我的死事。在我官衙的三间大厅前,有一棵古老的槐树,浓荫遮住了房子,使房子里非常阴暗,我就想砍掉它。可是,城中的官吏和差役都说:'这棵树下有神,不能砍它。'我不相信,就砍倒了它,并且挖出树根。树根挖完以后,我看见有一块鲜肉,肉下面有一幅画,画着一个赤身裸体的女子,横躺着。我心里十分厌恶,就烧了画,又将那块肉喂了狗。当夜,我觉得心神不定。从此,我没病没痛的,却一天比一天消瘦,还听到一阵阵气势汹汹的恶骂声,看不见任何形象,却能听得到它的声音。我知道自己活不长了,请求大人另外委派官员来。"

尹公把这份文书放在衣袖里,给幕僚们传阅,说:"像这样的禀告,叫我怎么批示下发呢?"话还没说完,华阴县就有文书报来,说那个官员已经病死了。

霹雳脯

海州有位朱先生。据说,他是康熙年间生人。可是,从外貌看上去,他只有三四十岁的样子。这位朱先生行迹出没无常,时隐时现。不知寒暑,暑热三伏,他能穿着棉袍;而数九寒冬,他又身穿单衫。他常对人们说:"咱海州这地方风水好,可惜的是,读书人太少。"

后来,一连好几年见不到这位朱先生。那一年,他又突然出现在海州,对人们说:"我的本家竹垞(朱彝尊,字锡鬯,号竹垞。浙江秀水人,清代著名学者)先生的公子昆田,博雅多才,有学者的风度,还值得与之一谈。还有山阳人阎百诗(阎若璩,字百诗,号潜秋,今山西太原人,清代著名学者),也可以称之为后起之秀。可惜的是,这二位都没听说过'道'。"

过了些日子,朱先生又对人说:"我犯了那项过错,竟得罪了老天爷,今天要派雷公来击我,这我可就不得不反抗了。这对于我来说,简直是无所谓,只怕要把乡亲们吓坏了。所以,还是希望大家躲避一下为好!"到了下午,果然是乌云骤起,天色晦暗,雷电交加。有个大蜘蛛脚盘着长丝自空而降。那雷电爆响了几声之后,就哑巴了。

大雨一过,田野里丢下了血淋淋的一团鲜肉,竟有车轮子大小,吓得老百姓都站得远远的。朱先生却指点着它对大家说:"大家不必怕,这玩意儿叫霹雳脯,是雷公身上掉下来的一块肉。刚才他是战败了,被砍了一刀! 不过呢,这倒是一道难得的好酒菜,诸位不妨一尝。"说着,他就用刀子割下一块来,烹炒之后,独自就酒吃。

没过几天,又是乌云骤起,雷电交加,来势之猛,更甚于上遭。只见那朱先生站在旷野之间,张开大嘴向空中嘘气。一会儿,天空中就出现了千百万条亮闪闪的白丝。这些白丝,迅速在空中织成一盘密密层层的天网。忽然,从云端里伸出来两只大龙爪,锋利勾挠,势不可挡。但是,那天网也只是颤抖了几下,并没有被撕毁。乌云雷电无能为力,逐渐散去。

事后,朱先生叹息道:"海州这块地方濒临大海,怪物太多,岂是久留之地? 我还是快点儿躲开吧!"从那以后,这朱先生就没了踪迹,后来,再也没人见过他。人们怀疑他,多半儿是个大蜘蛛精。

瘟　鬼

乾隆二十一年(1756),湖州人徐翼伸妻子的叔叔刘民牧做了长洲县主簿,住在前礼部侍郎孙岳颁受赐的府宅里。徐翼伸乘回乡之便,前往拜访。由于天气很热,他就在书房洗澡。

那时,月色朦胧,他觉得窗外有一股气喷进了书房,好像早晨行路时遇到的臭雾,桌几上的鸡毛掸帚竟无缘无故地转个不停。徐翼伸拍着床,大声呵呵斥斥,却见床上挂着的浴巾与桌子上的茶杯都飞出了窗外。窗外有一棵黄杨树,茶杯碰到树干,"砰"的一声,茶杯就被撞碎了。徐翼伸大吃一惊,叫仆人出去看看,只见一团黑影绕着屋瓦转来转去,发出很大的响声,好长时间才平息下来。

徐翼伸洗完澡,坐在床上。一会儿,鸡毛掸帚又转动起来,徐翼伸就起身用手握住掸帚,感觉到这已不是平时的掸帚,握在手上,又湿又软,宛似妇女的一头乱发,而且还散发出一股令人恶心的臭味,让人不敢靠近;又有一股冷气从他手掌传到手臂,又直传到肩膀,徐翼伸强忍着,毫不松手。

这时,墙角又传出一个声音,像是从罐子里传出来的,开始像是鹦鹉学语的声音,接着又像是小孩啼哭的声音。那声音说:"我叫吴中,从洪泽湖来,被雷声惊吓了,所以躲在这里,请求恩人放我回去。"徐翼伸问:"现在,吴地正遭受严重的瘟疫,你难道是瘟鬼吗?"那声音回答:"是的。"徐翼伸又说:"既然你是瘟鬼,我就更加不能放你,免得你去害人。"瘟鬼说:"避除瘟疫,是有药方的。我把药方交给你,请你开开恩,放我回去吧。"

徐翼伸让鬼说出药名,然后记录下来。写完后,他实在忍受不了这股臭味,而且手臂又冷得受不了,想放开掸帚,又担心瘟鬼作怪害人。这时,正好有几个仆人站在旁边,都拿着坛子和罐子,他们叫徐翼伸将掸帚放进去,封起来。徐翼伸就按他们的意思,把掸帚鬼塞进坛子,封好坛口,扔进太湖。

徐翼伸所记录的药方是:雷丸四两,飞金三十张,朱砂三钱,明矾一两,大黄四两,掺水做成药丸,每次服用三钱。后来,苏州知府赵文山要去这个药方,用以治疗染上瘟疫的人,没有不救活的。

千年仙鹤

湖州菱湖镇的王静岩,家资富有,住宅高大而宽敞。光是"九思堂"大院,就占地五六亩。宴会待客,都在这"九思堂"进行。可是,一到太阳落山之后,"九思堂"大厅的圆柱之下就梆梆作响,听上去就像有谁在敲打竹片。王静岩非常厌恶这个声响,又不敢轻易触犯它。

有一天,王静岩对着圆柱作揖施礼,祷告说:"你莫非是鬼?如果是就请你敲三下。"柱子下面应声敲了四下。王静岩又说:"也许你是个狐仙?那就敲四下。"柱子下面却敲了五下。王静岩说:"大概你是个妖怪?那就请敲五下!"柱子下面乱七八糟地敲了一阵,简直是不计其数。

王静岩气忿非常,请来道士设坛施法。道士用雷签插入圆柱下,企图以此驱妖。不料,王家一名丫鬟的头上立刻起了个大包,疼痛不可忍耐。道士只好把雷签抽回,丫鬟的头就不痛了。事隔一天,这名丫鬟忽然又狂呼滥叫,像得了伤寒后发疯一样。王静岩急忙请来医生,给她治病。医生刚刚按脉问病,她却冷不丁飞起一脚,踹到医生脸上,医生当即口鼻流血。王静岩命五六个强壮有力的奴仆上手,一齐制服她,却也按不住她。

王静岩有个小女儿,年方十五。这位小姐听说这丫鬟病了,就过来看她。一进门儿,小姐就被吓得坐在了地上,说那个发狂胡闹的人根本不是那名丫鬟,而是一个怪物。它的脸方方正正,恰似一堵白墙。没有眼睛,没有耳朵,也没有鼻子,只有一张大嘴。从嘴吐出一条血红的舌头,足有三四尺长,还来回抽动呢!这位小姐被惊吓成病,没过几天就命丧黄泉。这小姐一死,那丫鬟的病也就好了。

王静岩痛恨之极,千方百计要驱除家中的妖邪。有一天,来了一个扶乩的人,自称所奉乩仙名为"草衣翁",专门驱逐妖邪,很灵验。王静岩听信了他的话,就在家里设香案、置乩盘,焚香磕头,请仙降坛。只见那乩笔颤抖了几下,哗啦一响,飞出窗外去。到了窗外,才在窗纸上写道:"何苦来呢,让土地爷代你受罚。"

王静岩不明白,乩仙为何作此断语,就请教扶乩人。扶乩人说:"草衣翁说,当地的土地爷失职,措施不力,致使地下妖邪猖獗。如今已经把这老头子扭送到城隍爷面前,吃了二十大板,看他以后还敢渎职!"从那以后,王静岩家的"九思堂"就不闹鬼了。

据说,这乩仙"草衣翁"很喜欢与百姓相往来。他所预言或评判的事物,又往往很灵验。有人就大胆请问仙家的姓名里居,草衣翁说:"我嘛,不过是一只修炼多年而成形的千年仙鹤。有一次,我腾云驾雾,偶尔飞越鄱阳湖。湖面上波涛汹涌,一条大黑鱼正要吞吃一位渔民。我怒不可遏,当即凌空而下,狠狠地啄了几下大黑鱼的脑瓜。大黑鱼脑裂而死。被救的渔民就把他的姓名和外貌假托给我。从那以后,我有了人的形象。因此,我姓陈,名芝田,草衣翁是我的别号。"

又有人问:"能不能与您见见面儿呀?"草衣翁说:"可以,可以。那算得了什么!"又问:"什么时候?"草衣翁说:"就定在今年七月十五晚上吧。"

到了七月十五那天,月色皎洁。人们恍惚看见夜空中有一位道士,白净面皮,略有胡须。头戴冠角道巾,身着晋唐服装,风仪潇洒,面带笑容。过了不少工夫,才像烟云般散去。

夏太史说三事

高邮人夏醴谷先生到湖南任学政,乘船经过洞庭湖,正巧遇上大风浪,几千只船都停泊在岸边,没法出发。夏先生性子急,想赶上到任的日期,就命令舵手逆风行船,别的船也随后起航。船行到湖中央,风越刮越大,天昏地暗,白色的浪涛像山一样巨大。这时,人们看见水面上有两个矮人,一尺多高,脸色微微发黑,从船旁擦身而过,用手指点着船桨,像是巡逻的。每只船上的人都看见了他们。不久,风停了,太阳出来了,那两个矮人也渐渐消失了。

夏先生住在学政衙门,家丁和学生常常在大白天看见妖怪,看到妖怪的人肯定会生病。夏夫人就把学生们锁在屋里,中午以后不许他们去后园,并嘱咐夏先生祭祀鬼怪,夏先生不相信。

当夜,夏先生在灯下看卷子,听到西边传来一阵哭声,哭得非常伤心,声音也很大,一片嘈杂。沙石飞起来,打在窗户上,好像下雨一样。夏先生大声呵斥:"我已经知道你的用意了,明天祭祀你就是了。"那声音才渐渐远去,消失了。

第二天早晨,夏先生就到发出声音的地方去寻找,发现一间破旧的房屋,里面有几十个木牌位,都是前任学政聘来阅卷的幕僚中死在学政衙门里的。于是,夏先生就撰了祭文,备办了牲畜等物品祭祀他们。从此以后,鬼怪就绝迹了。

夏先生的学生朱仕琇,从福建到京城去,经过山东茌平时,天色已晚,他就准备到旅店投宿。这时,天刮起大风,下起大雨。他叫仆人先去寻找旅店,自己将车子停在三岔路口,等待仆人回来。

夜里二更时分,天昏地暗,漆黑一团,他看见远处树林中有一团火光,忽上忽下,猜想是仆人举着火把回来了。一会儿,火光渐渐靠近了,有车轮一般大,几十个火光交错辉映,高的到了天上,低的只有马蹄一样高。朱仕琇非常恐惧,认为这一定不是人间的灯火,等到靠近后观看,只见火光中有三个人,从他车子旁边擦身而过。其中,走在中间的那一位,额头中央有一只眼睛,闪闪发光,他穿着红色的衣服,系着宽大的腰带,长着很长的胡须和眉毛,身材十分魁梧;他身旁有一个侍童,穿着锦绣衣服,相貌俊美,扶着他往前走;最前面的,是一个白胡子老头,弯着腰,走在前面,背上有碗大的一个洞,火光就是从这个洞里发出的,好比烟雾突然从炉灶里喷泻出来。他们看见人,一点也不觉得惊奇,慢慢地走进远处的村庄,然后就不见了。

不久,仆人和店主赶来了,说他们也见到了那些怪人,大家都感到诧异和害怕。

石崇老奴才

　　康熙年间,进士任雨林很有诗名。可是,他只能到河南巩县当主簿,感情上很不舒畅。

　　那一天,他白日困倦,就在书房里休息,朦朦胧胧,有位头戴鲜花的女郎手持请帖,款款施礼,说道:"石大夫请先生过府宴饮,请先生务必光临。"当时,门外已经是仆夫成群、车马盈门,声势浩大,盛情难却。任雨林身不由己,就随从女郎上车,任其而行。

　　走了一段路程,来到一座官府,宅第宏伟宽敞,巍峨壮观。这时候主人出迎。他头戴晋巾,身穿宽大便服,合掌叉指为礼,谈笑风生,很有气派。迎客至大厅落座,主人便命摆上酒宴,山珍海味,任雨林见所未见,闻所未闻。酒过三巡,菜历五味,有女乐八人、舞伎八人奏乐一起翩翩起舞,婀娜多姿。

　　舞毕,主人拉着客人的手,来到后花园。亭台参差,幽径回廊,奇花异草,美不胜收。园中有浅井一眼,碧绿清澄,如琼浆玉液。主人拿出一柄金勺,命左右侍从酌水,为客人解酒。任雨林接过金勺,稍一沾唇,就觉得唇边火烧火燎,辛辣难耐。他立刻婉言谢绝道:"在下自幼不习辛辣,请主人见谅!"主人却托住他的手腕,劝道:"请喝下去,即可解酒!"众美女也上前帮忙,半劝半灌。任雨林推辞不过,只得把这勺水强咽下去。

　　不大工夫,就觉得翻肠搅肚,肝胆欲裂,痛不可忍,呼喊叫痛,请求回家。主人似乎是胸有成竹,不慌不忙地拱手为礼,说道:"客人果真是醉了! 不妨先回去休息。咱们后会有期!"说罢,命手下人等备车,送任雨林回家。

　　任雨林仓皇登车,原路而归。路过城隍庙,那城隍爷竟小跑着迎出门来。一看任雨林那痛苦难耐的样子,就惊叹道:"石季伦这个老奴才! 又用毒水害人!"任雨林一愣,不知所以。城隍爷说:"刚才,设宴款待您的人,就是晋朝人石崇。这老家伙,活着的时候穷奢极欲,赌气斗富,消耗了无数资财。后来,因为眷恋妓女绿珠,得罪了孙秀,孙秀借赵王司马伦之手,杀了他全家十五口,横尸东市,血肉狼藉。石崇死后,强魂不散,自封为罗刹尊神。他发誓要杀死三千名士,以泄平生结交名士而惨遭杀害之恨。我就是被他毒杀而死的第十九人,而先生已经是第二十九人了!我平生为人正直,死后不服,申诉于天帝。天帝不能救我复生,封我做这一方的城隍,并赐给我神药两丸,并告诉我说:'以后,如果遇上真正的名士被害,给他吃上一丸,就可以起死回生。'您是当今很有名气的诗人,怎能见死不救呢?"说罢,从袖中取出神药一丸,塞进任雨林嘴里。

任雨林只觉得清香之气沁人心脾,不大工夫,肚子就不痛了,出了一身冷汗,忽而从梦中惊醒。睁眼一看,自己依然是躺在书房里,妻子儿女环床哭泣。原来,他昏迷不醒已经是两天两夜了。

后来,任雨林主持修复巩县故城,挖掘地基的时候,出土了一块石碑。石碑上大刻"金谷"二字,那风格,很像是索幼安(晋朝索靖,字幼安,甘肃敦煌人,著名书法家)的手笔。由此可知,当年石崇建"金谷园",故址并不在河南洛阳,而是河南巩县。

鬼差贪酒

杭州人袁观澜,四十岁还没有结婚。邻居家有个女儿,长得很美,袁观澜十分爱慕,两人互相钟情。可是,那女儿的父亲嫌袁观澜贫穷,就拒绝了这门婚事,女儿相思成疾,死了。袁观澜因此更加悲痛。在一个月光皎洁的夜晚,他无法摆脱悲伤,拿着酒杯,独自喝闷酒。

这时,他看见墙角有一个蓬头散发的人,手拿绳子,像是牵着什么,斜着眼睛,微笑着。袁观澜以为是邻居家的仆人,就招呼说:"你想喝酒吗?"那人点点头,袁观澜倒了一杯酒给他,可他只是闻了闻,并不喝。

袁观澜问:"你嫌酒太凉了吗?"那人又点了点头,袁观澜就热了一杯酒递给他,他还是闻一闻,没有喝。可是,他闻了几次,脸色却渐渐红起来，嘴巴也张开了，不能再闭上。袁观澜把酒灌到他嘴里，每灌一滴酒，那人的脸就缩小一次，灌完一壶酒，那人的身体和脸已缩得像个婴儿，神情痴呆呆的，站在那里不能动弹。

袁观澜随手牵过那人的绳子，看见绳子上绑着的正是邻居的女儿。袁观澜喜出望外，拿来空酒瓶，将那个蓬头鬼塞了进去，将酒瓶口封死，画上八卦镇压。接着，袁观澜解开邻家女儿身上的绳子，与她进了屋，二人结成夫妻。夜里做爱时，她是实实在在的身体；白天，却不见她人形，只能听到她的声音。

过了一年，邻家女高兴地告诉袁观澜说："我可以复生了，可以真正成为你美丽的妻子了！明天，某村有个女子阳寿已尽，我借她的尸体可以复活。你凭着让她复活的功劳，还可以得到她家的资财作为我的嫁妆呢！"

第二天，袁观澜就去某村打听，果然有个女子断了气，正要入殓，她父母正在悲伤恸哭。袁观澜就对他们说："你们如果把她许配给我做妻子，我有药能使她复活！"那家人非常高兴，便答应了。袁观澜附着这女子的耳朵，低声说了一阵话，女子就立即跃起身来。全村人都很惊讶，认为遇上了神仙，就给他们举行了婚礼。

这个女子开始所记忆的，都不是她自己家的事，过了一年，也就渐渐熟悉了，她的相貌也比原来的女子更加漂亮了。

李　倬

福建人李倬，是乾隆十五年（1750）的贡生。那一年，他乘船去京师，准备参加顺天乡试，路经江苏仪征。有位乘客自我介绍说："在下王经，河南洛阳县人，也要进京赴乡试。只因家境贫寒，所带旅费有限，一路上还请先生挈带照应！"李倬很慷慨地答应了。他们一路上说说笑笑，情趣很相投。王经还拿出他作的八股文来，请李倬批评。文章风格清雅，也算得上有根底。只是篇幅稍短，显得意已至而言未尽。

可是，他们同桌吃饭，王经就表现异常：每次进餐，他都故意把许多饭撒到地上；端起碗来，只是深深地嗅闻饭菜的气味儿，并不曾有一饭一菜进口。李倬就怀疑他不是个正常的人，从内心里开始讨厌他。王经似乎看透了李倬的心意，拱手谢罪，说道："在下素染噎嗝（中医指食道癌）之症，不便于进食，故嗅吞水谷之气，以充饥肠。还望先生见谅，不必因此而厌恶！"李倬见他词意诚恳，也就不把这放在心上了。

来到京师，将要进城租赁寓所。王经突然扑通一声给李倬下跪，请求说："先生不必害怕，实话告诉您说，我不是人，而是个鬼。我是河南洛阳的一名秀才，论我的才学，应该拔贡进京，参加会考。可是，督学大人受了贿赂，以他人之名挤掉了我的名额，使我被黜落选。我愤激郁闷，不久病死。现在我来到京师，意在报仇。进城门的时候，门神定会阻挡。还得请先生低声呼唤我三声，才得进门。请先生务必帮忙。"

李倬一听，不禁吓了一跳，王经所说的督学大人，正是自己的座师。他一琢磨，怎能为了维护一个怨鬼，而忍心去得罪自己的座师呢？他当即严词拒绝了王经的请求。鬼王经，也马上沉下脸来，说道："您若是结党营私，袒护那老东西，座主门生沆瀣一气，我可就对您不客气了！"李倬听了这话，无可奈何地答应了他。

租赁住宿之地妥当了，李倬就去拜访座师。一进老师的家门，就听见屋里屋外一片哭声。老师听报门生来访，迎出门来。李倬上前见过礼，惊问："恩师家里发生了何事，竟如此举家悲伤？"这位座师苦着脸说："唉！甭提了！老夫之爱子，年方十九，韶秀英俊，才貌双全，是我家最优秀的子弟。不料，前天晚上，他忽然得了疯病儿。更怪的是他手持菜刀，不伤别人，专门要砍杀老夫，医生也说不出这是什么病，这可如何是好？"

李倬一听这话，心里早有了谱儿，但也不便说破，拱手请示说："请允许门生看望世兄，然后再做理论，不知妥否？"话音未落，就听得卧室里那位发了疯的少爷哈哈一笑，抢先说道："啊！是我的恩人驾到了！我很感谢您的帮助。但是，我自己的事儿，您却管不了，还是少操点儿心吧！"

尽管如此，李倬还是进入卧室，握住那位少爷的手说了一番话，在场的人都莫名其妙，琢磨不透这话中的含义，内心更加惊恐。他们围上前来，请李倬说个明白。李倬这才道出其中的原委。众人一听，知道只有李倬才是他家的救命星,全家人竟一齐跪到了他面前,磕头求救。李倬对此愧不敢当,忙将大家扶起。

李倬对那位发了疯的少爷说:"这就是您的不是了!您被黜落榜,和我恩师有关联,但是,您是气愤之极,染病身死,毕竟不是我恩师杀害了您。如今,您作祟报仇,加害于这位少爷。倘或少爷有个三长两短,绝了他家的后嗣,说起来,您所采取的报复手段,也算不得是正大光明。何况,我与您一路同行,如今来到京师,总算是缘分厚重,有些交情。难道您就连这么一点儿面子也不给吗?"

这位被王经的鬼魂所凭附的少爷一时无言答对。忽而,他瞪大了眼睛,说道:"您的话倒是很有道理。不过,您的老师收受贿赂,得赃银三千两,难道就任凭他去享受不行?我必得把他这非法所得糟蹋尽了,才能离开!"说着用手一指,叫道:"东厢房里有一只碧玉瓶,价值一千二百两,快给我拿来!"众人面面相觑,又不敢不拿来。拿来之后,递到少爷手里,他就猛地往地上一扔,哗啦一声,摔了个粉碎。少爷又用手一指,叫道:"西厢房那樟木箱子里有貂皮大衣三件,价值一千八百两,全给我拿来!"家里人战战兢兢,又不敢不拿来。

拿来之后,少爷当众点火烧了个乱七八糟,然后哈哈大笑,对李倬说:"痛快,痛快!总算解了心头之恨。好吧,瞧在您的面子上,暂且饶恕了这个贪得无厌的老奴才!"并与李倬拱手作别。不大工夫,这位少爷就悚然清醒了。

这一年,李倬果然榜上有名,成为进士。在返回南方的路上,路过山东德州。有一天傍晚,王经又突然出现了。只见他头戴纱帽,身着红袍,车夫仆马,前呼后拥,绝非昔日一介贫寒之士了。王经急忙下马,上前躬身行礼,说道:"与先生京师一别,去日不久。如今,先生荣登科榜,可喜可贺!天帝认定在下去京师报仇理由充分,行为正直,特赏封我为德州城隍,即将走马上任。不过,这德州城隍的位置,早已被一名妖物所篡夺。他凭借此职,为非作歹,享受人间祭祀供奉二十年之久。这回我来上任,他岂肯善罢甘休,必然激烈抗拒。这倒没关系,我已选定神兵天将三千人,与他决一死战。今天夜里,您若听到干戈杀战之声,千万不可出外观看,以免涉嫌遭受误伤。自古邪不压正,那假城隍是必败无疑的。"王经稍加停顿,似乎若有所思,然后拱手继续说道:"只是在下还有一事相求,我初任此职,唯恐当地人、鬼缺乏了解而不信任。有必要立碑撰文，说明我的来历和身份，使人鬼咸知、家喻户晓。这就要烦劳先生题写碑文，拜托您了！至于您，今后将有高官厚禄，是在下所望尘莫及的。今此一别，以后很难再会。先生多多保重！"王经拜了又拜，挥泪而去。

当天夜里，李倬住宿在德州馆驿，果然听见人喊马嘶、杀声震耳。直到天将亮，战事才平息下来。第二天一早，李倬就来到德州城隍庙，与道士商议建碑之事。

没想到，他一进庙门，就发现道士已经设下书案，磨墨铺纸，焚香以待了。道士说："昨夜新城隍爷到任，托梦于贫道，要立碑安民，说是新科进士李大人要亲自来题写碑文，贫道怎敢怠慢？这不，已经备好纸笔，恭候多时了。"李倬当即提笔，碑文一气呵成，道士叩谢，送别了李倬，又请工匠镌文立碑。

据说，这座石碑至今还巍然屹立在德州的东门之外。

王将军妾

苏州人慕崇士，任河南汲县知县。他没做官时，在京城一户姓任的家里教书，住在半截胡同。有一天晚上，他一个人住在房内，看见灯下有一个怪物，身体黝黑，还长着毛，来拿他的书箱。慕崇士手提宝剑追赶，但什么也没得到。

第二天晚上，月光很好，慕崇士去上厕所，看见一个女子慢慢走过来。他以为是主人家的女佣人，就仍然蹲着，不敢起身，而那个女子竟然不走开。这时，寒风呼啸，令人毛骨悚然，慕崇士这才开始惊恐起来，就用瓦片投击那女子，那女子才消失不见了。

慕崇士跌跌撞撞回到书房，只见那个女子已经在他床上了，一身军士装束，手拿大刀，容貌十分美丽，叫她也不答应，赶她也不走。慕崇士叫别人来看，可别人都看不见。没多久，慕崇士就病了，嘴里胡言乱语，说道："我是明朝王将军的小妾，长期以来得不到祭祀，所以，我派儿子来拿吃的东西，你却用剑刺伤了他。我亲自来赔礼道歉，你又蹲在厕所污辱我。所以,我来要你的命!"与慕崇士住在一起的人,都来为他哀求祈祷。

那女子说:"如果能够为我准备衣服和车马,送我回故乡,我就饶了你。"大家按照她说的话去做,慕崇士才苏醒过来,吃了一些粥。没过多久,那女子又来了,说:"我被你们欺骗了! 衣服的领子和袖子并没有裁好、缝好,我怎么能穿呢? 快叫裁缝好好处理一下。"

大家更加害怕,看了看那些送去的衣服,果然没有剪裁过,就请人将衣服整理好,并且再次向那女子行礼致歉,慕崇士的病终于好了。

三年以后,慕崇士考中进士,被任命为河南汲县知县。他路过开封时,住在一家客店,客店的西边有一间偏房,锁得严严实实。慕崇士感到奇怪,就从窗缝里偷看,只见一口红漆棺材,横放在房子中间,上面积了几寸厚的尘土,棺材的前板上写着"王将军亡妾张氏"。慕崇士非常害怕,又很后悔,心里闷闷不乐。

黄昏时,那女子果然来了,打扮跟上次一样,说:"以前我逼迫你,是我的罪过;今天,你偷看我,是我的缘分。我在这里几十年了,除非有人替代我,否则我就不能离开阴间。所以,今夜我来陪你。"

慕崇士吓得要命,连夜叫赶马车的人送他进城,并将这件事告诉了开封同僚,要他请道士来驱除这个女鬼。开封知府把慕崇士留下来喝酒,一直喝到天亮。

第二天清晨,开封知府与慕崇士一起来到客店,只见一个书童吊死在床上。开封知府非常愤怒,命令打开那口棺材,里面的尸体穿着色彩鲜艳的衣服,尸体虽然僵硬,却没有腐烂。知府下令烧掉尸体,竟然没有出现什么怪异的现象。

仙鹤扛车

方绮亭先生在江西做知府。他有一位姓郭的同僚,是个四川人。郭某说:他年轻的时候,一度想放弃仕宦之途,去求仙学道。有一天,他上峨眉山,在半山腰上,巧遇一位老者。老者头戴羽巾,身着道袍,面目清秀,须发飘拂。郭某上前行礼,说明特来求仙学道之意。老者表示愿意为他指引,就飘飘忽忽地走在前面为他领路。来到一个去处,宫殿巍峨,雄浑壮丽,很像人世间帝王将相之所居。那老者对郭某说:"你想求仙学道,必须由我家大王决定。现在,大王出巡未归,你在此稍等片刻。"

郭某借此机会东张西望,觉得一切都很新奇。没过多久,忽听得仙乐齐鸣,悦耳动听,又觉得异香扑鼻,沁人心脾。有两只雪白的丹顶鹤扛着一乘玲珑剔透的水晶车,乘风排云,自天而降。车中坐着一个小人儿,样子很像人间画图上的香孩儿(传说宋太祖赵匡胤,生而体有异香,经久不散。后人画其像,洛中人称之为香孩儿)。他身披大红绣缎斗篷,眉清目秀,齿白唇红,面似美玉,肤如凝脂。嘴上嘻嘻地笑着,身高约莫一尺,很像个襁褓中的婴儿。殿前的群臣蜂拥而上,口称大王,迎他入殿,在正中落座。那位老者就向这位大王启奏道:"启奏大王:今有民间郭某求见,声称真心求仙学道,请大王示下。"那个小孩儿毫不经心地说:"那就传他进来吧!"老者带领郭某上殿,那小孩儿并不向他问话,只是上上下下地把他打量了一番,就命令道:"此人生性轻浮,凡心太重,不是求仙学道的材料。快把他送还人间去经历红尘吧!"郭某想辩驳几句,那位老者就不由分说地将他拉下殿来。

郭某问老者:"你家这是个什么大王?依我看,纯粹是个不明世道的乳臭婴儿!"那老者听了这话非但不恼,反而哈哈一笑,说道:"你不可求仙学道,正在于此!凡是仙人、圣人、神佛,他们修行成功的时候,都要返璞归真,都是'婴儿'。岂不知,孔夫子也是个儒童菩萨?孟子云:'大人者,不失其赤子之心。'凡是道德修养高尚者,都要永葆其纯朴天真的赤子之心。这对于你来说,恐怕是很难理解的。我家大王已经年满五万岁了。"

郭某学仙不成,无可奈何地原路返回人间,最终踏上仕宦之途。不过,仙界宫殿门柱上的一副楹联,他至今记忆犹新,道是:"胎生、卵生、湿生、化生,生生不已!天道、地道、人道、鬼道,道道无穷。"

红花洞

　　溧水知县曹江最初在四川做官。有一年夏季,他大白天睡觉,梦见两个差役牵着马来邀请他,曹江就与他们一起上路。走了二十多里,又有一个人骑着快马来了,一身军官打扮,手拿令箭,大叫道:"奉天帝命令,麻烦先生清点、释放山洞里的囚犯,请你不要推辞!"曹江十分惊讶,不知道其中的缘故。

　　又向前走了二三里,来到深山,有个山洞题名为"红花洞",洞前两扇石门,锁得严严实实。洞口有七八个主管文书的小官,拿着案卷和花名册,跪在道路左边,迎接曹江。军官把令箭交给曹江,嘱咐说:"你按照花名册点名释放。"说完,军官就骑马走了。

　　曹江登上座位,一个小吏上前禀告,请求打开洞门,营江同意了。这个小官就向着山洞大叫了三声"开门",随着叫声,一股阴气从洞里吹出来,冷得让人毛骨悚然。不久,有几千个女鬼披头散发,满脸灰尘,从山洞里乱纷纷地涌了出来,苦苦哀叫着,十分凄惨,情状难以形容。小吏按花名册点名,并打开她们身上的刑具,将她们赶向南方。众鬼在洞口转来转去,好像是不得已才离开的样子;走在最后面的三个女鬼,向曹江苦苦哀求,请他不要释放她们。

　　曹江因为奉天帝的命令办事,无能为力,就拒绝了。三个女鬼又气又恼,骂道:"二十年以后,我们一起再来报仇!"

　　释放完囚犯,先前的军官又来嘱咐差役,说:"曹先生辛苦了,你们必须好好地送他回家。"于是,差役仍然用马送曹江,走到途中,经过一条大河,渡水时,忽然马失前蹄,曹江就落下马来。

　　曹江惊醒后,看见家人围着自己在哭泣,这才知道自己已经死了一天,但他心里隐藏着梦中的事,不敢告诉别人。

　　过了二十年,他大儿媳因为难产,死了。没到一年,他二儿媳将要临产时也得了病,忽然说起梦话,把婆婆叫到跟前,说:"红花洞的事情暴露了!我的房子已经定下来了,应该与一个姓李的人做邻居。"她又笑指着小叔子说："在我以后,就轮到你了。可恨公公当时手里有令箭,本来可以乐得做个人情,为什么不肯呢?"说完,她瞪着眼睛,大叫起来,血流满面,腹腔溃烂,肠子流了出来,她死了。

婆婆与三儿子急忙跑去告诉曹江。曹江听了,大吃一惊,回忆起以前的那个梦,他从来没有将这事告诉别人,不知二儿媳是从哪里知道的。曹家人将二儿媳收殓后,把棺材寄放在一座古庙里,庙里原来就有一口红漆棺材,一打听,果然是某家的妻子李氏的棺材。

后来,曹江为三儿子娶了媳妇,三儿媳也因为生孩子死了。曹家的三个媳妇虽然年龄各有大小,但算一算她们出生的时间,都与曹江做那个梦的时间差不多。以后曹江儿辈的小妾们生孩子,都安然无恙,没有出事。

大毛人攫女

西北地区的乡间妇女,夜里解小便大都不用便盆,有的直接撒到屋里的土地上,有的跑出门去,撒在院子里。

陕西咸宁(今陕西西安市郊)有位姓赵的农夫,他那媳妇,年方二十出头,长得细皮嫩肉,很有姿色。那年夏天,天气闷热。夜里,这位农家媳妇只穿了个小裤衩儿,就跑到院子里的墙下解小便。她去的时间很长,不见回来,农夫又听得院墙上的瓦檐嘎嘎作响,他心生疑虑,就起身到院子里去察看。

只见那媳妇,已是赤身裸体,光溜溜地爬在墙头上。她的两条腿在墙外,两条胳膊向内,扒住墙头。农夫急忙抢上前去搀扶,并问她发生了什么事。那媳妇只是摇头,说不出话来。农夫这才发现,她嘴里塞满泥块。农夫忙着掏出她嘴里的泥块,她才气喘吁吁地说:"我出来以后,刚褪下裤衩,就看见墙头上露出个大毛人。它两眼冒着亮光,正在冲我招手。我回头就跑,它却伸过一只大毛手来,一把抓住我的头发,把我提到了墙头上,用泥巴堵住了我的嘴,把我的下身拖出墙外。我死扒着墙头,才没被它拉下去。我已经精疲力竭,支持不住了!

快救救我吧!"

　　农夫探身墙头之外,看见墙脚下果然蹲着个大毛人,正用两臂紧紧抱住媳妇的腿,使劲儿往下拉。它那长相很像猴子,又不是猴子,丑恶可憎,令人发指。农夫抱住妻子的上身,与大毛人抢夺,显然,他没有毛人力气大,抢夺无效。他心急火燎,就大声喊叫,呼唤邻居。可惜,荒村居住分散,加之夜深了,大家睡熟,竟无人响应。农夫更加窘迫,只好放手,到屋里去取刀,以砍断大毛人的手。

　　可是,当他取刀回来,大毛人已经把媳妇拖出墙外,挟持着走出了一段距离。农夫大怒,一面打开院门去追,一面拼命叫喊,这才惊动了街坊邻里,大家蜂拥而至。那大毛人挟着农夫的媳妇,行走如飞,农夫追赶不上,眼巴巴听着那悲惨的呼救声越去越远。人们寻声追赶了二十多里,最终一无所获。

　　第二天,农夫又邀请了一些村民,沿着可疑的足迹去分头寻找。找到一个山谷里,但见那媳妇已经赤裸裸地惨死在一棵大树下。她的四肢都被藤条捆绑着,阴部被撕裂,露出了耻骨,两腿之间流了一摊血,血中还掺杂着精液。

　　全村人得知这件惨案,无不痛哭流涕。农夫把此案报了官,县官也为之落泪,却无可奈何,只命将此村妇厚重埋葬了,然后召集猎户,合力捉拿大毛人,其结果依然是一无所获。

吴生不归

　　会稽县东面四十里的地方,名叫长溇,那儿有一个姓吴的书生,十八岁,相貌堂堂,仪表出众。一天,他在家里读书的时候,忽然间不见了。过了三天,他才回来,说道:"那天,我坐在书房里,看见一个美丽的女子从房上下来,招呼我与她同行。我跟着她来到一所很大的府宅中,里面的陈设十分华丽精致,来来往往的人中,没有一个男子;房间里还有一个更加漂亮的美女,倚着窗户,斜着眼睛看我。她们准备了酒饭,与我一起喝酒,喝完以后,这两个美人就和我轮流寻欢作乐。我问她们的姓名，她们都笑着不回答，只说：'这里很快乐，我们二人只听从你的吩咐，你只管放心住下就是了。'过了几天，我偶然间动了思乡的念头，一个美人说：'既然你思念家乡了，我们应该送你回去，免得你心里难受。'于是，她们就将我送到村口，我这才回来！"

从此，吴生神思恍惚，无精打采。当天中午，家人为吴生准备了午餐，他却说："这味道太差了，比不上她们的食物美味可口。"当天晚上，家人为他整理床铺被褥，他却说："这种用品太差了，比不上她们的用品华丽精美。"

没过多久，吴生又不见了。几天以后，他又回来了，所讲的话与上次一样，只是他的脸色枯黄，神情憔悴，浑身有一股腥气。家人请来和尚与道士做法事，祷告神灵，都无济于事。没多久，吴生又不见了，竟然几个月没回来。

吴生有个弟弟，一天路过白塔山，看见山洞口有一条被人丢掉的腰带。他认识这是他哥哥的东西，就拿回了家。然后，他领着人，举着火把，进了山洞，只见吴生赤身裸体地趴在稀烂的泥土里，像是做爱的样子。人们将吴生扶回家，给他灌了一些药，吴生才稍稍苏醒过来，瞪着眼睛，骂道："我做爱还没完，正躺在锦被中，为什么将我弄到这里来！"亲戚们都来守护他，用铁链子将他捆绑起来，并用符咒压邪，吴生这才略微知道害怕了，不敢再睡。

晚上，大家正围成一圈坐着，忽然听到一个洪亮的响声，有一束闪电般的光线，围着房子绕了好几圈，最后，光线消失在吴生躺着的地方，只见铁链子像被刀砍一样，忽然间从中间断了。门窗仍然关闭着，而吴生却不见了，大家都不知道他是怎么出去的。

第二天早晨，人们再到白塔山洞去寻找，什么也没找到。于是，四方的百姓都纷纷传说山洞里有妖怪，每天来围观的人有一千多。县令李某担心出事，亲自前来搜查，也是一无所获，于是下令用石块堵死山洞。从此，人们不来观看了，可是吴生也终于没有回来。

狐仙冒充观音三年

杭州人周生,跟随张天师进京,路经河北保定,住进一家旅店里。不一会儿,就有店家禀告,有位妇人来谒见天师。张天师迎出门来,那妇人就在台阶下跪拜,似乎是有所祈求。周生虽然不知道那妇人所求何事,却发现她容貌极美,内心生慕。只见那张天师简单地回答了她几句话,就转身走进屋里来。那位美妇人却依然站在院子里,不肯就走。

周生问张天师道:"不知这位美妇人叩见天师,所求何事?"天师说:"她是个狐仙,向我来请求享受人间香火。"周生又问:"您答应了没有?"张天师说:"她修炼多年,已经很有些灵气了。如果允许她享受人间香火,恐怕她纵欲恣肆,作威作福,给人间带来祸殃。所以,这个请求是不能答应的。"周生被狐仙的姿色所触动,就在一旁帮助她求情,说:"您瞧,她不过是个娇娜柔弱的女子,有什么能为非作歹的?加之她修炼有年,用心良苦,享受香火之后,未必兴妖作祟。依学生之见,还是垂怜为好。"张天师笑了笑,说:"判别品德优劣,怎能以容貌为取舍?看在你面上,就让她享受香火三年,不得超期。"说罢,命法官批写黄纸一幅,交给那美妇人。美妇人拜谢而去。

过了三年,周生在京师应举下第,名落孙山。他郁郁不得志,启程返归杭州。路过苏州,听说上方山(即楞伽山)那座庙里的菩萨很有灵,就想去看一看,凑个热闹,也散散心。来到山下,就和香客们攀谈起来。有人就说:"这庙里的菩萨特别灵,也很厉害。凡是进香的信徒,必须步行上山。谁若胆敢乘坐小轿,半路儿上必出毛病,叫他受到惩罚。"

周生一听这话,从心眼里拱火儿,他不信这一套,马上雇了一乘小轿,抬着自己上山。小轿沿山路上行,向前不过一百步,突然咔嚓一声,轿杠折断了。周生被吓了一跳,幸而没摔着。他只好下轿,步行上山。

来到菩萨庙里,只见进香者来来往往,络绎不绝。佛台之上,锦绣大黄缎帏幔低垂,进香者并见不到这位菩萨的塑像。周生又是不解,向殿前的和尚问道:"为何不许菩萨与这些善男信女会上一面?"值日僧合掌答道:"阿弥陀佛!至尊菩萨容颜过美,鄙寺虑及朝拜之众有尘心浮动者,见之妄生邪念,还乞施主见谅。"周生本是个狂悖之徒,坚持要一睹为快。

值日僧拗不过他,牵动幔绳,帏幔缓缓拉开。展现在面前的菩萨塑像,虽是微闭双目,两手合十,容貌却极其妖冶,与其他寺庙所供奉的菩萨相比,竟是大不相同。周生仔细一端详,觉得好面熟,似曾相识。忽地,他恍然大悟,想起这正是在保定旅店中,向张天师乞请人间香火的那个狐女。周生不由得大怒,手指这狐仙冒充的菩萨,斥责道:"三年前,多亏我在张天师面前为你说情,你才得以享受三年的人间香火!你非但知恩不报,反而作祟,毁了我乘坐的轿杠儿,险些把我摔了,你也太没良心了!何况,张天师只许你三年香火,如今已经超期,你冒充菩萨三年,现在还赖着不走,难道你忘了前约?"

话音未落,那美人儿菩萨忽地从佛台上倒了下来,轰隆落地,化作一堆泥土。值日僧被吓得目瞪口呆,但却无可奈何,周生扬长而去。

后来,寺中和尚请工匠为菩萨重塑金身,照常供奉,但却再也没那么灵验了。

陈姓父幼子壮

扬州人陈山农世世代代以赶骡马为生,五十多岁了。他生病躺在床上,看见一个少年骑着马,从门外走进来,用手掌拍打他的脖子,他就昏迷过去,被少年提起来,放到马上,飞快地出门而去。陈山农大声呼喊,却没有人来救他。到了郊外,少年将他扔在地上,说:"快来,我先走,在前面等你。"又用手掌打他的大腿,然后骑马走了。

陈山农心中犹疑不定,但两只脚却不由自主地往前走,而且速度飞快,也不感到特别疲劳,只是觉得他所穿的鞋子很容易破,但破了以后,路边便有织鞋的人给他替换新鞋;换完鞋,他又继续赶路,没有人问他干什么,偶有人问,他也不回答。他觉得肚子很饿,看见集市上有饭菜,就试着拿来吃,也没有人阻止他。大约走了三天三夜,他看见路边有一块歌颂官员政绩的石碑,他才知道已经到了陕西咸阳城了。

到了城门口,少年正在那里,呵斥道:"怎么来迟了?害得人家受了三天的苦!"随即领着陈山农进城,在一户人家的门外停了下来。少年进去以后又出来,拽着陈山农的衣角,将他拉进屋内,只见一个妇女在床上翻来滚去,好像非常痛苦的样子。少年抓住陈山农的脖子和脚,把他扔进那妇女的身体内,陈山农昏昏沉沉,好像进了一个很深的岩洞,满鼻子里全是污秽的腥味,眼睛看不到一点光亮,他心里非常紧张。

过了一会儿,他看见一个小孔,稍微有点光亮,就用力向前移动,突然间,他落了下来,只听见耳边有许多祝贺的声音:"得了一个好儿子!"陈山农又害怕又惊讶,很想说话,但嘴里却发不出声音,就大声叫喊,可是他面前的男男女女,谁也听不到他的声音。

慢慢地,陈山农仔细分辨自己的声音,觉得仿佛是婴儿发出的;再摸一摸、看一看自己的耳朵、眼睛和四肢,没有一样不是小小的。他这才想道:"难道我是投胎转世了吗?"于是,他瞪大眼睛四处张望。

这时,有一个老太婆说:"这孩子目光像火焰一样,难道是妖怪吗?再这样看,就该杀掉他!"陈山农害怕了,立即闭上眼睛。从此,他昏昏沉沉,像个白痴,可他胸中充满了哀愁、激愤和惋惜,不由得大声叫喊着啼哭起来,旁边的人就将他抱去喂奶,根本不理解他的意思。渐渐地时间一长,他就习惯了,也不再想前世的事了。

长到六岁,他才稍微能够讲话了。他的父亲从江南做生意回家,将一匹绢交给他的母亲,骗她说:"这种东西不容易得到,在江南价值几十两银子呢。"陈母十分珍视,将绢藏在枕头套里。陈山农偶尔将绢取出来玩,陈母却因为陈父说过的话,不让陈山农玩。陈山农笑着说:"父亲是乱说的,这不过是江南人家做的绸子,用不了几两银子就能买到。"

陈父大吃一惊,再三问陈山农怎么知道这样的事。陈山农便流着泪,详细地讲明了原因,又说:"我来投胎的时候,我的儿子已经十多岁了,现在他应当长大成人了!他名叫陈某,住在某某村。父亲到江南去的时候,可以去打听一下。"陈父点头答应了。

第二年,陈父到扬州,果然找到了陈山农前一世的儿子,就将这些事告诉了陈某。陈某也因为做生意的缘故,高兴地跟随他来到咸阳。陈山农与亲生儿子见了面,竟一点也不认识。儿子陈某已经有了胡须,而陈山农却还是个小孩子。陈山农叙述家事,历历如在眼前,并且说:"某某欠我的债还没有偿还,某个地方有我积存的三百两银子,我积存这些银子,是为了你的婚事,你回家后应该取出来。"说完,陈山农长吁短叹起来。陈山农的儿子非常悲伤,回去以后一一查访,陈山农的话果然都是真的。

十多年以后,陈山农长大了,继承了父亲的家业,来到江南做生意,并去探访他本人前世的住地。他前世所生的儿子陈某已经死了,家境十分衰败,只有他白发苍苍的老妻抚养着孤孙。陈山农不禁感慨万分,留下三百两银子,供他前世的妻子料理后事,又准备了一杯酒,洒在他本人前世的坟墓上,然后,他就走了。

吴生手软

乾隆二十四年(1759)五月,丰县(今浙江丰县)县丞卢世昌主修《丰县志》,组织了一班学者文人参与其事。其中有位吴生,江苏苏州人。此人在书法上很有工夫,吴世昌就聘请他为誊录员。

吴生来到丰县,就和本馆的同事们共住在一座楼里。有一天,他忽然穿戴得衣帽整齐,向同事们作揖告别,说:"在下恐怕将不久于人世,以后馆里的事就烦劳诸位多担待了!"

众同事听了,非常惊讶,问道:"您这话从何说起?"吴生现出很悲戚的样子,说:"我来丰县的时候,经过沛县,有个女人中途拦车,要求搭乘一段路。我以车身狭小,坐不下更多的人为理由,拒绝了她的请求。那女人就跟随在我的车子后面,步行了二十多里。对此,我感到惊讶,就向车夫说道:'瞧见没有?那女人一直跟在咱们身后边!'车夫回过头去看了看,说:'您大概是眼花了吧?车子后边谁也没有。'我这才省悟到，这女人准是个鬼。

"晚上，投宿到旅店。夜深人静，那女人又找上门来。她一屁股就坐在了我的床头儿上，说道：'我和您同岁，今年二十九。合该咱们俩有缘分，应该做夫妻。'我一听这话，吓得心惊肉跳，随手抄起了枕头，朝她打去。随着枕头落地，那女人一闪，就不见了，从此不再现形。然而，总有她的声音在我耳边絮絮叨叨说个不止。无非是要求与我同床，马上成为夫妻。她不叫我的名字，只称呼我为'写字人'。我被她搅得烦躁不安，干脆问她：'你照直说吧，要我怎么酬谢你，你才肯走？'那女鬼正儿八经地说：'我也不难为您，您把二百大钱放到楼板上，我拿起来就走！'我听信了她的话，如数把钱放在了楼板上。可是，她并不取那些钱，也不肯走，依然赖在我身边，纠缠不休。诸位想想，这女鬼岂不是要我的命来的吗？这可如何是好？"

同事们听了吴生的叙述，也想不出万全之策，只好安慰劝解一番，每日里派两名小童儿陪伴着他，倒也没发生什么意外。过了几天，忽听得楼上失声惨叫，众人一齐奔到楼上，吴生已经倒在了血泊之中。他那肚子的右边，被刀扎了个大窟窿，肠子露出在外；脖子下面，食管也被切断了，但是，还活着。大家急忙把他搀扶上床，他的表情却是毫无痛苦。

县丞卢世昌得到禀报，也来看望吴生。吴生示意他走近前来，在他手心上写了一个"冤"字。卢世昌问："你有什么冤枉？"吴生说："我的对手是个欢喜冤家。今天早晨，她又找上门来，逼迫我快点儿死，好到阴间去和她做夫妻。我问：'该是怎么个死法'？她指了指书案上的佩刀，说：'用这个最好！'我拉出佩刀，就朝自己的右腹部捅了一刀，一时疼痛难忍。那女鬼急忙凑上前来，为我抚摩伤口，说：'您一刀捅在了粪道上，这无济于事，死不了。'可是，经她那双柔软的手一抚摩，那伤口立刻就不痛了。我问她：'割哪儿最顶用？'她用手在自己的脖子上横划了一下，说：'这样，这样干才干净利索！'我又拿起刀，在喉头下左边一抹，食管被切断了，血流满地，但还是死不了。女鬼急得直跺脚，说：'这面是食道，不顶用，白白多受痛苦！'又急忙为我按摩伤口，并指着我的喉下右边，说道：'这儿，这儿是最好的下手部位。'我当时有点儿害怕，手也哆嗦起来，对她说：'我手软了！已是无能为力了，还是你亲自动手吧！'那女鬼立刻披头散发，面貌狰狞，凶残无比，持刀向我扑来。这时候,楼下诸君大概是听见了楼上的响动,纷纷赶上楼来。那女鬼见人多势众,就逃之夭夭了。"

卢世昌听了吴生的叙述,也想不出个万全之策来,只得请来了外伤医生,为吴生纳肠入肚、缝合伤口,经心调养。吴生最初尚不能进饮食,经过敷药治疗,渐渐进食,终于恢复了常态。

那女鬼却从此不再来,吴生至今也依然健在。

狐 祖 师

盐城某村的戴家有个女儿,被妖怪附了身,即使用符咒镇压,也始终不能制服妖怪。于是,戴家人就到村北的关圣帝庙告状,妖怪这才绝迹。

没多久,有个穿金铠甲的神托梦给戴家,说:"我是圣帝手下某部的邹将军。你家的妖怪是个狐精,前天我已经将它斩首。它的同伙约定明天来报仇,到时候,你们就去圣帝庙敲打金鼓,协助我拿妖!"第二天,戴家便召集了许多邻居一同前往圣帝庙,只听见空中有金铠甲碰撞和战马嘶杀的声音,大家就奋力敲锣打鼓,果然有一股黑气落在庭院中,随即,村前村后掉下来许多狐狸的头。

过了几天,戴家又梦见邹将军来说:"我由于杀狐太多,得罪了狐祖师,狐祖师又告诉了大帝。某天,大帝将到圣帝庙来处理这件事,到时候,请各位父老乡亲为我说情。"

众人如期前去圣帝庙,跪伏在廊下。到了半夜,阵阵仙乐响亮。一个头戴王冠、身穿王袍的人,乘着车子悠悠而来,侍卫众多。大帝身后跟着一个道士,粗粗的眉毛,白白的牙齿,两块金字牌上写着"狐祖师"。圣帝非常恭敬地出庙迎接。狐祖师说:"小狐们扰乱人间,应该是死罪;可是你的部将杀死我族类这么多,也太残忍了!他的罪过不能推脱!"圣帝连连称是。

村里的人们都从廊下走出来,跪在地上,为邹将军求情。这时,有个姓周的秀才骂道:"老狐狸,你的胡子都白成这个样子了,还放纵你的子孙奸污人间妇女,却反过来让圣帝惩处部将。狐祖师是什么东西?罪该千刀万剐!"狐祖师笑着,也不发怒,从容不迫地问:"人间犯下奸污罪的,怎样处罚?"周秀才说:"打板子。"狐祖师又说:"这就可以知道,奸污妇女并不是死罪。我的子孙与人不是同一类,却奸污人间妇女,应该加倍惩罚;但最大的处罚不过是充军发配罢了,为什么要被斩首呢?何况,邹将军不仅斩杀了我一个儿子,而且还斩杀了我几十个子孙,这又是为什么呢?"

周秀才还没来得及回答,就听见庙里传出叫声,说:"大帝有令,邹将军处罚过于严厉,杀戮也太多,但考虑到这件事属于公事,他也是为民除害,可以罚他一年的俸禄,将他调去管辖海州。"村里人齐声欢呼,合掌向空中念佛,然后散去。

纣之值殿将军

天台山有个和尚,法名智果。智果和尚喜欢云游,行动无踪迹。有一回,他忽然进入万山丛中,一时迷失了路途,来到一个大石洞前。只见洞口处坐着一位修道者,穿着薜萝香草做的衣裳。智果急忙上前跪拜,说道:"贫僧有幸,得遇仙人,还望多多指教!"修道者说:"我不是什么仙,而是个普普通通的人。你进入这深山幽谷,有何贵干?"智果说:"贫僧误入深山,已经十几天了。现在,肚子里空空,饥饿难耐。冒昧得很,您能不能给来点儿吃的东西?"修道者说:"这么着,你姑且在此等上一等,待我到后山去找找看。"说罢起身,向后山疾速奔去。

过了很长时间,修道者的身影才又在山腰上忽隐忽现,由远而近,终于回到智果面前。他手里拿着个带短柄儿的东西,样子很像蘑菇,呈鲜艳的乳白色。修道者把它掰成两半,自己吸吮着其中的浆汁,随手把另一半递给智果,说:"这是生长千年以上的茯苓。"于是,他们在洞口内落座,亲热地攀谈起来。

修道者忽然问道:"岳飞将军如今可好?秦桧那个老卖国贼死了没有?"智果说:"您提的那是宋朝的事儿,距今已是过了几百年。这期间,又有元、明两个朝代;如今,已经是大清朝的天下了!"接着,他就依据着《宋史》的记载,把岳飞将军悲壮的一生向修道者作了个概括的介绍。修道者听罢,现出非常悲戚的神色,问道:"难道,难道岳将军真的被奸臣陷害死了?"一边问着,一边不禁失声痛哭,并说道:"我叫周通,本来也是岳将军麾下的一名小将。当年,岳将军北上抗金,连连告捷,眼看收复失地、重振朝纲的日子指日可待了。那秦桧老贼却假矫王命,向他连发十二道金牌,召他班师还朝。我看出其中有诈,回朝必遭劫难,就中途脱离了部队,逃进这深山老林里。幸亏我寻吃了灵芝,才得以不死。后来投师学道,才进入这个石洞。老师总是告诫我,不可远离这个石洞,离远了,就有生命危险。你是个人间的凡僧,此地更不可久留,还是快点儿离开这儿好。快走吧! 等到发生意外,再躲避就来不及了!"

智果和尚听了这话,心中害怕,匆忙拜别了修道者,向别处走去。道路越走越难走,迂回曲折,不可攀越。他历尽艰辛,才来到一面陡峭的石崖之下。抬头一看,蓦地吓了一跳,一个巨人,正坐在崖石上。看上去,身高一丈有余;不穿任何衣服,全身长满寸把长的绿毛,油光发亮,犹如披上了一身翠锦。智果和尚认定这必是个怪物,吓得不敢出声儿,连连后退,原路逃回石洞,把见到巨人的经历讲给修道者听。

修道者听了,并不惊讶,说:"不用怕,这位绿毛巨人就是我的老师商高,他在殷纣王朝官居值殿将军。他为人正直,秉公不阿,因此,遭到奸臣飞廉(纣之谀臣)与恶来(纣王之臣,力大、善谗)的排挤与陷害,不得不弃世埋名,隐居此山。几千年来,他以野果、兽肉为食,所以,长相与普通人大不一样。不过,他绝不伤害无辜。你去向他礼拜求助,一定会有所收获,还可以顺便问一问殷商时代的事儿呢!"

智果本是个粗笨无知的和尚,没有多大心计,听了修道者之言,又原路来到石崖下,向绿毛巨人礼拜求教。巨人问道:"这位世间僧俗,你来见本将军,将有何求?"智果说:"听说您是殷纣王的值殿将军。那么请问:纣王无道,宠信妲己,误国误民,失信于诸侯,终于杀身亡国,到底有这么回事儿没有?"巨人回答说:"你这一问,本身就错了! 妲,是殷商时代的女官名;己,和戊、庚、辛一样,是按天干名目排列次序,犹如说某甲、某乙。因为,殷商宫中女官非只妲己一人。我倒要问你,你所谓的妲己,是殷商三十一王之中哪位王朝的女官?"这么一反问,智果和尚反而答不上来了。智果和尚一转念,又问道:"据说周文王临终之际,嘱咐武王姬发早图灭商,建立西周王朝,有这么回事儿没有?"绿毛巨人说:"你所说的周文王到底是谁?我真的还没听说过。大概你指的是封于西方的诸侯姬昌吧?据我所知,他侍奉纣王非常恭顺,自己也并未称王,更甭说他临终曾经指使儿子推翻纣王了!"智果和尚听了这话,又是愕然而无所答。巨人接着就追问道:"你这些奇谈怪论都是从哪儿听来的?"智果说:"书上说的。"巨人现出非常诧异的神情,问道:"什么?书?书是个什么东西?"智果就用手势给他比画了个书的形状,并示意性地翻了几页。巨人哈哈大笑,然后摇摇头说:"我在朝的那个年代,还没有书这玩意儿呢!"

巨人说罢,飞身下崖,只用单臂挟住了智果和尚,飞檐走壁,如同腾云驾雾一般,走了一段路程。忽而停步,把智果和尚置于地上,微笑着拱手而别。智果定睛一看,发现自己已经又回到天台山山脚下了。

疟　鬼

上元县知县陈齐东,年轻时曾与张某住在太平府的关帝庙中。当时,张某得了疟疾,陈齐东仍与他住在同一间房里,因为中午太疲倦,就躺在张某对面的床上休息。这时,陈齐东看见屋外有一个小孩,脸皮白皙,衣帽鞋袜都是深青色,正探头看张某。起初,陈齐东以为这小孩是庙里的人,也没问他,不一会儿,张某的疟疾就发作起来。那个小孩一走,张某的疟疾症状又消失了。

又有一天,陈齐东睡着了,忽然听见张某大喊大叫,痰如泉涌。陈齐东被惊醒了,他看见那个小孩站在张某的床前,手舞足蹈,欢笑着左顾右盼,样子非常得意。陈齐东知道小孩是疟鬼,就直扑上前,他一碰到那小孩,就觉得双手冷得受不了。小孩跑了出去,呼呼直响。陈齐东追到庭院中间,小孩却不见了。张某的疟疾痊愈了,可是陈齐东的手掌上却有一块黑斑,像被烟火熏过一样,几天后才褪尽。

误学武松

杭州人马观澜家里,每当春夏秋冬四季之始,必然极其隆重地祭祀门神。我对他们这种祭祀活动迷惑不解,问道:"祭祀门神,这是古代五种祭祀之一,不过早已废弃不用了。为什么在您家里,却是如此长盛不衰呢?"

马观澜说,这事儿说起来话长。马家有位老奴仆,名叫陈公祚,是个酒鬼,每天晚上非得喝得个酩酊大醉,才肯回家。往往是深更半夜,别人起身去给他开门。

有一天夜里,忽听得院门外大吵大闹,咒骂连声,马观澜也被惊醒,和奴仆们一起赶来开门。只见陈公祚已经昏沉沉地倒在地上,又像是喝醉了。马观澜有点儿生气,责问道:"怎么又醉成这个样子?"一面命人把他扶起来,坐在台阶上。

陈公祚似乎不太醉,喘着粗气说,奴才没醉。只是一回到家门口,就看见一男一女站在台阶下,他们把脑袋瓜儿提在手里。女的大喊大叫:"陈公祚,你不认识我?我是你嫂子!当初,我和别人通奸,这是事实。如果我丈夫杀了我,那是在理儿的。可你只是个小叔子,怎么就持刀把我杀了?当时,我丈夫虽说是持刀在手,可他的心已经软了,只是咬牙瞪眼,却是下不去手。这当口,你小子竟夺过刀来,眼也不眨一眨,就把我们两人全杀了。难道这捉奸杀奸之事,是你这小叔子应当代劳的吗?我们几次来找你清算这笔血债,都被你家门神阻拦了。今天,冤家路窄,堵在门外,看你还往哪儿跑!"女鬼上前撕打,破口大骂;那个奸夫男鬼,就用头击打陈公祚的胸口。陈公祚支持不住,就大喊大叫起来,随之倒在了地上。幸亏主人带人迎出门来,男女二鬼见人多势众,转身逃走了。

马观澜命众家奴把陈公祚搀扶回房,躺在了床上。陈公祚也承认他年轻的时候,确实干过这么一桩代兄杀嫂的蠢事。

陈公祚说:"我年轻的时候爱看《水浒传》,知道武松就是因为潘金莲与人通奸而杀掉了她的。我很仰慕佩服武松的英雄气概,一见嫂子与人通奸,就学着武松的样子,把她杀了。"

有人就告诉他说:"小说里写的,未必是事实,怎么可以奉为楷模,妄自照办呢?再者,武松杀嫂,是因为潘金莲为了西门庆而毒杀了武大郎;而你嫂子,不过是与人通奸,并未杀害你的兄长。按照大清朝的刑律,与人通奸,不过是处以杖责。而你,却刀伤二命,这怎么能行?"话音未落,那陈公祚忽然又如呆如痴,并瞪大了眼睛,用女人的声音说道:"这就对了!公道自然存在于群众之中。我找你来索命,不算冤枉你吧?"说着,就从床上爬起来,给说这番话的人磕了三个响头,身子往后一挺,就咽气了。

马观澜记住了门神爷能拒鬼于门外的话,所以,对门神特别敬重,每当四季之始,总要隆重祭拜,久而久之就形成了一个老规矩,世代相传下去。

孛星女身

山东有个姓施的道士,善于祈晴求雨。乾隆十二年(1747),山东发生严重的旱灾,巡抚大人准泰求雨没有成功,就将道士抓起来,逼他求雨。道士说:"雨不是不可以求,但必须等到孛星下降的那一天,你捐出一条锦被和一百两银子,我捐出阳寿十年,这样做了,才能求到雨。"巡抚按照道士的话做了。

到了那一天,道士登上神坛,将一名童子叫到面前,让他伸出手,并在他手掌上画了三道符,嘱咐说:"你到某处的田野中,看见一个穿白衣的妇人,就把这道符扔过去,她一定会追赶你;你就再扔第二道符,她仍会再追你,你就将第三道符扔过去;然后,你迅速回来,登上神坛,躲藏起来,就行了。"

童子领命前往,果然看见一个白衣妇人。童子就依照道士的话,将第一道符扔过去。妇人大怒,丢弃裙子,追赶童子;童子又扔出第二道符,妇人更加愤怒,脱掉上衣,袒露双乳,追了上来;童子又扔出第三道符,忽然霹雳一声,那妇人将内衣全部解开,赤身裸体,发疯似的追赶童子。童子急忙跑回神坛,而那妇人也随后赶到了。

道士见状,一敲令牌,大声喝道:"雨,雨,雨!"随即,那妇人躺在神坛下面,只见一股云气从她的阴部散发出来,遮天蔽地,紧接着,雨下了五天也没停住。

道士用锦被盖在妇人身上,妇人渐渐苏醒过来,她又愤怒又害羞地说:"我是某家的妇人,为什么赤身裸体躺在这里?"巡抚大人给她置备了衣服,让她穿上,又派一个老太送她回去,还送去一百两银子,酬谢她家。

事后,巡抚问道士怎么回事,道士说:"孛星是个女的,而且本性淫荡,能够布云降雨;住在天上,她也是赤身裸体,只有朝拜北斗神的那一天,她才穿上衣服。这天,她从天上降到田野里,我用符咒把她摄入那妇人身上,让她代替孛星来这里;又激怒她,才使雷和雨一齐下来。但是,用这种方法也太恶毒了,我必定会因此遭到报应。"没过几年,施道士果真突然死了。

九 夫 坟

句容(今江苏句容)县的南门外,有个九夫坟。相传,过去这里住着个女人,她容貌绝代,无人能比。不久,她的丈夫病死,留下一个幼子。这女人家财豪富,不愁配偶,就招了个丈夫,又生下个儿子。不幸,这个丈夫又死了,女人就把他安葬在第一位丈夫的坟侧,又招来第三任丈夫,又生了个儿子。不久,这第三任丈夫也病死了。

就这样,她招来生,生了死,死了葬,一连嫁了九位丈夫,生下九个儿子,埋下九个坟头儿。九个坟头儿环列起来,形成一个坟圈儿,当地人称之为九夫坟。

女人死后,人们就把她埋葬在九夫坟的坟圈儿正中,叫她去陪伴这九个男人。可是,每当日落西山,夕阳西下,九夫坟里就刮起一阵阵阴风。到了夜里,呼吼斗殴之声不绝于耳,好像是这九个男人为争夺女人而争风吃醋,大动肝火。走道儿的人害怕,不敢从此路过,邻近的村民也惶恐不安。大家联合起来,把这种情况反映到句容知县赵天爵案前。

赵天爵先生随即亲临九夫坟,命衙役排班,每三人一组,指定坟头儿,各打三十大板,然后鸣锣回府。从那以后,这九夫坟的骚乱就清静下来了。

土地奶奶索诈

虎踞关有个名医,名叫涂彻儒,和我十分要好。他的儿媳吴氏,是举人吴镇的妹妹。

乾隆四十一年(1776)六月间,吴氏晚上梦见街坊的总甲李某,拿着簿子来化缘,说:"虎踞关将有火灾,要募集资金演戏,才能消灾免祸。"看他簿册上的姓名,都是吴氏认识的本乡人。正当吴氏犹豫的时候,一个老妇人穿着黄衫红裙,从门外进来,对吴氏说:"今年这里有火灾,将发生在九月初三日,你家第一个遭灾,这是注定的,不可逃脱。必须焚烧纸钱,买牲口还愿,才不至于有人被烧伤或烧死。"

吴氏梦醒后,才想到总甲李某早就死了。于是,吴氏就到每个邻居家,告诉他们其中的缘故,并且问他们:"这一带是否有个穿黄衫的妇人?"邻居们都说没有。吴氏心里有了戒备,当她到土地庙去祈祷时,发现土地奶奶的塑像,很像自己梦中见到的那个老妇人,吴氏恐慌极了。邻居们听说这件事,也非常害怕,就相互出资演戏,祭祀祈祷,花费了几百两银子。

快到九月时,涂氏全家把所有的衣箱器物,都搬到了亲戚家里,并且从九月初一日起,就不再生火做饭。到了九月初三那一天,左邻右舍都毫无动静,并没有发生火灾,而涂家至今也平安无事。

卷　八

鬼闻鸡鸣则缩

　　我的学生司马骧,在溧水县一个姓林的人家教书,他住的地方名叫横山乡,是个很偏僻的地方。当时正好是盛夏,天气炎热,因为林家西厅很宽敞,他就与学生们洒水打扫,作为晚上乘凉的地方。他带着书籍和行李,将床搬到西厅住下了。

　　这天晚上,他点着蜡烛,躺在床上。到三更时分,门外传来啾啾的声音,门闩被拨开了。这时,烛光渐渐微弱,一股阴风吹来,有个矮鬼先走了进来,脸上的表情似笑非笑、似哭非哭,在地上绕着圈,小跑着。随后,一个头戴纱帽、身穿红袍、白须飘飘的人,摇摇摆摆地走进来,慢慢向前走了几步,坐到椅子上,翻看司马骧所写的诗文,还连连点头,像是领会理解了其中的意思。一会儿,这人站起来,手拉着矮鬼,走到床前。司马骧也坐起身,与两鬼互相看着。忽然,鸡叫了一声,两个鬼的身子竟缩短了一尺,烛光也随着一亮。鸡叫了三四声,两个鬼也连着缩短了三四次,越缩越短,渐渐地,鬼纱帽上的两只帽翅,也擦着地面消失了。

　　第二天,司马骧问当地人,当地人说:"这间房子的地基是明朝监察御史林氏父子的葬地。"于是这家主人就挖地,果然发现了一口红漆棺材,完好如新,因此撰文祭吊,然后起出棺材迁葬到别的地方。

蜈蚣吐丹

我的舅父章升扶先生，路经温州的雁荡山，独自行走在一道山谷里。

当时，正是中午时分。忽然，觉得一股腥风从东北方向迎面扑来，有一条长数丈的大蟒蛇如腾云驾雾一般凌空而降。落地之后，它爬行迅猛如箭，拼命奔逃，好像是要躲避什么东西。果然，在这蟒蛇的身后，有一条五六尺长的蜈蚣在追赶它。蜈蚣的身体呈绛紫色，头背之间的肢节油光发亮，纹理闪着金光，来势非常凶猛。那大蛇无路可逃，一跃而潜入溪水之中。蜈蚣追到溪畔，看来是不识水性，不敢下水，急得它挥舞着群脚，在岸上爬来爬去，搅动得沙石飒飒作响。后来，就把头部的两只触角插进水中，唰唰拨水。不一会儿，就从嘴里吐出一粒药丸一样的东西来。这东西颜色血红，迅速滚入溪水之中。

顷刻之间，那溪水冒出团团热气，蒸腾直上；接着，就像开了锅一样沸腾起来。那条大蛇在水中烧疼难忍，颠扑翻滚不停。不大工夫，就精疲力竭而死去，尸体漂浮在水面上。蜈蚣则飞身一跃，落到了死蛇的头部，啄开蛇的颅骨，吸食它的脑汁。饱食之后，又低下头向溪水中长吸一口气，将那颗珠子似的红丸又纳入口中，接着又是飞身一跃，回到岸上，舞动群脚如腾空飞跃一般，乘风而去。

雷部三爷

杭州有个姓施的人，家住在忠清里。六月的一天，雷雨过后，他到树下小便。刚解开裤子，就看见一个怪物，长着鸡爪，尖尖的脸，正蹲在树下。他被吓了一大跳，慌慌张张跑回家。

当夜,施某就得了急病,大声狂叫:"我触犯雷神爷了!"施家人围着他跪下,祈求雷神赦免。这时,病人说:"赶快买酒给我喝,杀羊给我吃,我就饶他一条性命。"施家人照他的话去做了。三天后,施某就痊愈了。

这天正巧有位道士路过杭州,施家原与他有交情,就将这件事告诉了他。他说:"这是雷神手下的奴才,小名阿三,一贯仗势欺人,骗取酒食。如果真是雷神,怎么会只有这几招呢? 如今,跟着长官当差的随从,被叫作三爷、四爷,就是这么来的呀!"

鬼 乖 乖

金陵人葛某好喝酒,性情豪放而顽劣。他嘴皮子尖刻,爱欺辱人。有一年清明节,葛某和几位朋友春游,来到雨花台。雨花台的一侧停放着一口破棺材,从那破棺材的缝隙里,可以看见一角红裙,足见死者是个年轻的女人。有位朋友对葛某开玩笑说:"葛兄一向强悍,见了女子就要挑逗,不知你敢不敢和棺材里这位女士逗一逗?"葛某白了他一眼,笑道:"怕什么? 逗逗又有何妨?"说着,大踏步走上前,拍打着棺材板叫道:"乖乖! 别睡了,快起来陪你葛大爷喝酒!"如此连叫了几次,众朋友都佩服他确实胆儿大。大家尽情游玩一会儿后,哄笑散去。

下午,天色将晚。葛某有些疲倦,正往家走,就觉着有个黑影儿尾随其后。他正在琢磨对策,忽听那黑影儿柔声细气地说:"葛大爷慢走! 乖乖来陪您喝酒!"葛某立刻明白,是棺材里那个女鬼追上来了。他思虑,我若是逃避,先暴露了我已经气馁。不行! 我先得稳住她,然后再出对策。于是,回转身来,向黑影儿招手,说:"哎呀乖乖,随你葛大爷来!"

他带着那女鬼,走进一家酒店,来到楼上,在一张空桌子前与女鬼面对面地坐下来,要了一壶酒、两只杯、四盘菜,劝酒对饮。酒店里的其他顾客看不见女鬼,只见葛某对空相酌,以为此人或许有点儿精神失常,也就不去理会。

对饮了多时，葛某就把帽子摘下来，放在桌子上，小声儿对那女鬼说："乖乖稍等，你葛大爷到楼下解个小便，一会儿就回来奉陪。"女鬼点头答应。于是，葛某起身下楼，一口气儿就跑回到家中。

且说酒店的一位伙计见桌上已经没人，却丢下一顶帽子，就顺手窃取那顶帽子，扣在了自己头上。没想到，女鬼却认定了那顶帽子，跟上了这位伙计。到了夜里，同住一屋的人就听见这位伙计整夜说梦话，似乎是在与一个女人纠缠不休。等到天将亮，大家都睡熟了，这位酒店伙计竟悬梁自尽了。

事后，葛某向人说明了这场事端的缘由。酒店主人笑着说："她只认那顶帽子，而不知辨认人的面貌。看起来，这位鬼乖乖，还是不太乖。"

凤凰山崩

与我同科考中的沈永之，在任云南驿道时，奉制台大人璋公的命令，在凤凰山开了一条八十里长，通往傣族和苗族的路。那里，山路险峻，汉唐以来，人迹不到。每砍倒一棵树，就有白烟从树根里冒出来，好像一匹白绢升上天空；那里的蛤蟆有车轮一般大，看见人，就瞪起眼睛，恶狠狠地盯着，谁面对着它，谁就会倒在地上。当地人喝醉了烧酒，用雄黄塞住鼻子，手握大斧砍死蛤蟆，然后煮熟了吃，吃下以后，可以保证三天不饿。

一天，忽然有个美女浓妆艳抹，从山洞里奔跑出来。几千名工人都出了石洞，追着去观看，只有一些老成稳重的人没有动心，仍然像往常一样干活。不一会儿，凤凰山崩倒了，没出洞的人都被压死了。

沈永之给我讲了这件事，还开玩笑说："看来，人不可不好色啊，这就是例子。"

董 金 瓯

　　董金瓯是湖州的勇士,能够负重步行去北京,十天就到。他曾经替别人带一千两银子去北京,经过山东开成庙,有个强盗在后面盯梢,想要夺取他的钱财。董金瓯知道了,把银两挂在树上,下马和强盗对打。

　　强盗不能取胜,便问道:"您的拳法是谁传授的?"董金瓯说:"是僧耳。"强盗说:"破僧耳的拳法,必须我妹妹来才行。你敢在这里等着吗?"董金瓯笑着说:"逃避女人,不是大丈夫!"就坐下来等着。一会儿,一个美丽的姑娘来了,年纪十八九岁,态度很温和。两人相见马上就格斗起来。斗了很久,姑娘说:"你的拳法,不是僧耳传授的,一定是另外一个人!"董金瓯把实情告诉她说:"我最初向僧耳学习,后来向僧耳的师傅王征南学习。"姑娘说:"如果是这样,那么先要到我家去,大家吃顿饭,再决一胜负。你敢去吗?"董金瓯依仗着自己的武艺强,就跟着姑娘去了。

　　到了她家,姑娘的哥哥已经先在家里张灯结彩,带着妻子来欢迎,一边说:"妹夫来了!"一边就用红头巾罩了姑娘的头,一定要他们行结婚交拜的礼。董金瓯惊讶地询问原因,哥哥说:"我父亲也是替人保镖的,半路上遇到僧耳,和他格斗,不能取胜,反而被打死了。我和妹妹立志报仇,一同练习拳法。我们想,必须有个打得赢僧耳的人,才能杀死僧耳。我们已经查访到僧耳的师傅是王征南,正苦于没有门路去拜见。你是他的徒弟,就可以带我们去拜见王征南,跟他学拳法,再报这笔杀父之仇。"

　　于是董金瓯就入赘到这家,另外派人带着那一千两银子送去北京,以后就不知他的下落了。

蒋　厨

　　监察御史、常州人蒋用庵家的厨子李贵，在灶下面打水，忽然昏迷，倒在地上。叫巫师来看视，巫师说："这个人晚上出去，冲犯了城隍的仪仗队伍，因此被鬼卒抓去。必须摆三牲、烧纸钱，向城隍庙里西边走廊的黑面差役祷告、请求，就可以被释放了。"人们按照巫师的话去做，李贵果然苏醒过来。

　　家里的人问他，究竟是怎么回事，他说："我正在打水，忽然被两个武进县的黑面差役抓去，说我冲犯了他们老爷的仪仗队伍，把我缚在衙门外面的树上，听候老爷发落。我实在不知什么原因。今天听到他们两个人私下说：'李某人已经孝敬过了，可以放他回去，不必禀告老爷了。'他们解开绳子，把我推到水里去，我就惊醒了。"

　　蒋御史听了笑着说："看这种光景，抓人时城隍不知道，放人时城隍也不知道，都是黑面差役诈钱作怪罢了！谁说阴间的官比阳间的官清正呢？"

见曹操称晚生

　　江宁（今南京市郊江宁县）乡试副榜王蒂做了个梦，他梦见一位古衣古冠的人约他同行。来到一个去处，但见宫殿巍峨，戒备森严。有位头戴红包头的人走出殿门，对王蒂宣告道："奉汉丞相曹公之命，敬请王蒂先生屈尊入见！"王蒂就跟随此人进入殿内。

　　大殿上，迎面殿台中央为一书案，书案之后，是一把虎皮座椅。椅上端坐一人，他剑眉虎目，须发全白，目光炯炯，威风凛凛。王蒂一见这阵势，心里就透着害怕，知道上边所坐者，一定是曹操了。一急之下,不知道在他面前如何自称,忙深深作揖施礼,口称:"晚生王蒂,奉召参见曹丞相!"曹操对他却很敬重,微微点头示意,命他在侧面坐了,说道:"闻得王先生学识渊博,酷爱书法,敢问这字体之中是先有楷书呢,还是先有草书?"王蒂欠身答道:"晚生后人,浅学鄙陋,实不足以充视听。若论字体,鄙以为还是先楷而后草。"曹操听罢,连连摇头,说道:"这一点,先生就差了,书法之源乃是先草而后楷。后人不知,谬传至今。今天,请先生到此,就是为了申明古义,以正悖谬,并借先生之口转达于世人。我公务繁重,恕不多陪,改日重会,再做长谈。"说罢,命那位红包头的人把王蒂领下殿来。

王蒂刚刚跨出殿门,就从殿里传出了悲惨的呼号声,王蒂不觉为之一怔。红包头者告诉他说:"丞相又使用五色棒惩罚人了,快走吧!"那王蒂不由得一惊,随之从梦中猛醒。

武后谢嵇先生

侍读学士嵇受之是无锡人,他是我教授的学生。乾隆四十六年(1781)冬天,他路过我的随园,我留他喝酒。酒席上谈论史事,我极力说明,《资治通鉴》里记载的安禄山母事杨贵妃,"贵妃以锦绣为大襁褓,裹禄山",玄宗"赐贵妃洗儿金银钱"的事情,是荒谬胡言。嵇受之说:"我在国史局时,被派去编写《唐鉴》,我的观点与先生的观点非常相合。当时,我将《旧唐书》中记载的武后淫乱的事大都删去,同事们都不同意我的做法。没多久,我晚上睡在书房,梦见来了一个小太监,说:'则天皇太后请嵇先生。'我就跟他走了。

"我望见前面有一座宫殿,外面有四根金柱子耸入天空,高几十丈,上面写着'天枢'二字。又有一个宫女,梳着云朵般的发髻,戴着彩霞般的首饰,从宫里出来,将我领到宫殿的西角,说:'请嵇先生稍坐,等我去禀报。'说完,就进了殿。

"宫殿的门槛很高,跨过去很费力。我看见绣帘里面坐着一个头戴王冠的人,因为相距较远,抬头看也看不大清楚,还有一股奇异的香味从殿上飘来,仿佛是莲花的清香。绣帘的旁边有一张虎皮椅子,上面坐着一个白胡子老头,手拿牙笏,正在禀奏什么事情,声音洪亮,滔滔不绝,也听不清楚。戴王冠的人似乎正与这个老头争论,过了一会儿,才大笑起来,露出牙齿,洁白如玉,但她的脸却被王冠上的玉串遮住了,我始终没看清。

“不久,刚才的那个宫女出来了,对我说:‘今天已经晚了,太后没有时间见你,请嵇先生暂且回去。请你屈驾来这儿的原因,是为了感谢你驳斥并修改了《旧唐书》的说法,你自己肯定也知道这件事。’说完,她从衣袖中取出一杆玉秤,说:‘这是我在长安时,用来称量天下人才的秤。你将到长安去,我就把它赠送给你吧。’我知道这个宫女是上官婉儿,就一边后退,一边作揖拜谢。然后,我也醒了。这一年,我果然接到了去陕西任督学的差使。”

冒 失 鬼

相面之法认为,人的眼睛瞳孔颜色发青的,可以看见妖怪;瞳孔颜色发白的,可以看见鬼。

杭州三元坊的石牌楼旁边,住着一位姓沈的老婆子。据说,她的瞳孔就发白,所以,这老婆子自称能看见鬼的行动。沈老婆子说:十年前,她曾经看见一个蓬头垢面的鬼,手里拿着一丈多长的绳子,绳子上穿满了纸钱,就像一串珠子。这个蓬头鬼藏身于牌楼的石绣球后面,用手中的纸串子当飞镖,不断地袭击过往的行人,专打人的头部。被他击中的人,立刻打个寒噤,毛骨悚然。回家之后,必是大病一场。病者的家属必得向天祈祷,还得备酒肉到郊外祭祀,病人才能痊愈。蓬头鬼靠耍弄这种暗算的伎俩,竟然混得酒足饭饱、肚儿圆圆。

有一天,一位身材魁梧的男子汉,昂首阔步走过石牌楼。看样子,背后还背着半口袋银子。蓬头鬼一镖击中了这男子的头,只见头上冒出一道火光,纸镖立刻熊熊燃烧,穿纸钱的绳子也断成数节,没烧着的纸钱散落满地。蓬头鬼也从石牌坊上一头栽了下来,摔到了地面上。

他连打了几个喷嚏,化为一缕黑烟,飘忽散去。而那位被蓬头鬼袭击的高大男子,却像是浑然不知,大踏步向前走去。从那以后,这石牌楼的附近,再也没有鬼作祟扰人的事发生了。

我的老朋友方子云先生听了这个故事,笑着说:"当了鬼就害人,也得学会看风使舵呀?像这个蓬头鬼,不看清了对象,抬手就打,落得个自身消亡。他不就是大家口头上常说的冒失鬼吗?"

史宫詹改命

漂阳宫詹史胄斯是溧阳人,他没做官时,到省城参加乡试,在南门外,遇到了一个姓汤的道士,精通算命。史胄斯就将生辰八字告诉了道士,求道士为他推算。道士说:"如果按丑时出生来推算,你一生只是个普通的秀才,寿命可达八十三岁;如果按寅时出生来推算,你将会做到三品官,而且这次乡试就能考中。你是丑时出生的呢,还是寅时出生的?"史胄斯说:"我是丑时出生的。"道士说:"如果这样的话,那这一次乡试,你就考不中了。"史胄斯听了,闷闷不乐。道士说:"命运是可以改变的,但阴司对人的阳寿算得很精确,你如果愿意少活三十年,我就可以将你改作寅时出生。"史胄斯十分高兴,愿意改变命运。道士说:"如果你真的心甘情愿,那么就明天早晨来吧。"

第二天凌晨五更时分,史胄斯就熏香沐浴来到庙里,道士已经打开门,正等着他。道士说:"你真是讲信用的人,但以后你虽然官职尊贵,寿命却很短,你不要后悔。"史胄斯连连答应,就拿了香烛,朝着天,陈述了改变命运的愿望。道士则披头散发,手提宝剑,口中念念有词,念着咒语。过了很久,道士又另外写了一个生辰八字,交给史胄斯。史胄斯拿回家,放在箱子里。这一年,他果然连连考中了乡试和会试,官至詹事,主管内宫事务。

史詹事五十二岁时,想降低官职,延长寿命。然而他在任期内,从来没有犯过错误,他就去跟吏部商量,吏部的官员觉得好笑,不相信有这回事。到了第二年春天,史詹事精神健旺。五月间,史詹事偶然生了一点小病,皇上叫太医前去给他治病,不料太医用错了药,他就此一病不起。

这件事是史詹事的孙子州同知史抑堂说的,他是我的亲家。

高相国种须

高文端相国自己曾经说:他二十五岁就当上了山东泗水知县。有位吕道士曾给他相面,说道:"从老爷的相貌看来,当是贵极人臣,前途无量。然而,您这胡须长不出来,官位就升不上去。这可是个大问题。"高文端抚摩着自己的下巴,说:"您瞧,连个胡子根儿都没有,哪还谈得上长出胡子来?"吕道士说:"这个无妨,待贫道为您种些胡须。"高文端哈哈一笑,说道:"这胡子又不是庄稼,怎么还能种? 好! 你既然有这个本事,不妨试试看。说定了,若是种须不成,本官可要罚你!"吕道士说:"贫道遵命! 种须不成,甘愿受罚!"当下一笑而散。

当天晚上,待高文端熟睡之后,吕道士就以笔蘸墨,在高文端的下巴上画上了一片星星点点的胡须。三天之后,高文端的胡须就神奇地长出来了。但是,笔墨之画终归有限,所以,高文端终生胡须稀疏,不甚浓重。

就在这种须的当年,他就迁官陕西邠州知州,累迁按察使、布政使、两江总督,乾隆三十六年(1771)晋文华殿大学士兼礼部尚书。果然应了吕道士的话,真是迁官拜相、位极人臣了。

说官话鬼

河东运使吴云从,他任刑部郎中时,公馆外有一次举行庙会,吴家佣人的老婆抱着小公子出去看热闹。小公子在路边撒了一泡尿,忽然没完没了地哭起来,佣人只得把他抱回家,却不知道其中的原因。

到了晚上,小公子讲起北方话来:"怎么这个小孩子这样无礼,竟把尿撒在我头上,我与你决不罢休!"就这样吵闹了一整夜。吴公生气了,第二天早晨,就写了状子,烧给当地的城隍神。状文上写着:"我是南方人,无缘无故地我的小儿子撞上了一个说北方官话的鬼,这个鬼猖狂可恨,拜托城隍捉拿查办。"当夜,吴家平安无事。

到第三天晚上,小公子又病了,仍然说着北方话:"你不过是个官员而已,竟敢这样糟蹋我们老四,咱们兄弟今天来替他报仇,要些烧酒喝喝。"吴夫人不得已,说:"给你们酒喝,不要吵闹了!"于是,一个鬼喝完,另一个鬼又要喝,还索讨前门外杨家的血贯肠做下酒菜,吵吵嚷嚷,一直闹到天亮。吴公上前打了小儿子一巴掌,骂道:"狗奴才,你硬着舌头,学说北方官话,再说就打!"但是,打归打,说归说。吴公只得又给城隍神写状子:"说北方话的鬼又来了,请城隍神惩治他们。"这天晚上,吴家传出鞭打的声音,那些鬼叫道:"你不要打,咱们走就是了。"小公子的病随即就好了。

偷 雷 锤

杭州孩儿巷住着一位姓万的富人,他家资巨万,住的是高楼大厦,吃的是山珍海味,藏的是金银珠宝,粮食满仓,奴仆成群。有一天,忽然天降大雨,激雷闪电,迅猛异常,使人胆战心惊。这时候,万家的一位少妇却是临蓐将产。雷公追击一个妖怪,经过她的产房,不幸被血气污秽了。霎时间,雨过天晴,乌云立散。雷公受污回不了天上,就蹲在了万家后花园一棵大树的树顶上。只见他红毛绿眼,尖嘴儿猴腮,手脚都呈鸡爪形,左右手各持一柄球形锤,样子很可恶。最初,大家都闹不清他是个什么怪物,后来,他久久不去,大家才猜想他是雷公。

有一天,万某开玩笑似的对奴仆们说:"谁要是能把雷公手里的锤偷下来,我就赏他十两银子。"奴仆们你瞧瞧我,我瞧瞧你,嘿然一笑,都说没这个胆儿。

这时候，有一位瓦匠站出来说："我去！"说着，就把一架梯子立到了靠近大树的墙根下。等到日落西山，天色全黑，他就登梯爬树，悄悄接近雷公。这时候，雷公已经睡着了，锤把儿握得很松。那瓦匠轻而易举地把锤偷下树来，交给了主人。万某无奈，只得赏了那瓦匠十二银子。

万某仔细一看，这不过是柄长不过七寸、重不过五两的小锤，倒是很像儿童玩具。不是金属制品，也不像是岩石雕琢而成，但却锃光瓦亮，棱角锋利，削石如泥。可惜一点儿用处也没有，等于是件废物。

万某就把这柄锤交给铁匠，请他们回炉重炼，煅成一把佩刀，以便有个用场。铁匠们当即开炉，刚把锤投入熊熊炉火里，只见这柄锤化作一股青烟飘飘然分散而去了。俗语说："天火见人火，随热而消。"这话一点也不假呀！

土地受饿

杭州秀才张望龄发疟疾，发高烧病重的时候，看见已死的同学顾某，跟跟跄跄走来说："仁兄的寿命已经断了，幸好你小时候曾经救过一个女人，因此可以增加寿命十二年。仁兄所救的那个女人知道你病重，特地来探望，被本地鬼中恶棍欺诈，污蔑她生平有暧昧的事。我把恶鬼训了一顿，才把她送走，特此到你家来祝贺。"

张望龄看到老朋友为自己的事而来，身上衣服破破烂烂，脸色又青又黄，于是送银子给他表示感谢。顾某推辞，不肯接受，说："我现在是本地的土地神。因为官职小，地方收入稀少，我平常又讲究操守，不肯随便听鬼怂恿，去作威作福，所以一年到头都没有人祭祀。虽然做个土地神，往往还要挨饿。不过，不是我分内的钱财，虽然是老朋友所送，我还是不接受的。"张望龄不禁哈哈大笑。

第二天，张望龄办好礼品去祭祀他，当夜又梦见顾某来感谢，说："人饱食一餐，可以顶三天；鬼饱食一餐，可以顶一年。我受到你的恩惠，可以熬到阴间官员考核，指望荐卓异时升官了。"张望龄问道："你这样的清官,为什么还不升为城隍呢?"顾某说:"会应酬的人,可以提前破格升级。做清官的人,只好等考核时被举荐为卓异再升官了!"

批僵尸颊

桐城(今安徽桐城)人钱某,家住凤仪门外。钱某好喝酒,又素有胆量。有一天晚上,他喝了不少酒,夜已过二更鼓,他坚持要回家去。朋友们就劝他说:"夜静更深,道路不平。不如权且住下,明天早点儿回去。"钱某不听劝告,提灯上马,乘醉而行。

走到扫家湾,眼前是一片荒坟。唧唧虫鸣,人迹罕到,绝无其他声响,幽静清寂,使人毛骨悚然。偏偏在这个时候,有个黑影儿从坟圈子的树丛中闪了出来。看起来,这黑影不会迈步子,只是两腿并到一起,蹦跳着向前,三蹦五跳就到了钱某的马前。只见他披头散发,脸色白得像粉墙;袖口和裤脚都提得挺高,光着两只脚。钱某的马呜呜嘶叫,惊恐而不肯向前。手里的马灯也顿时黯淡无光,化为青绿色。

钱某趁着醉性,忽地跳下马来,且不问他是人是鬼,抬手就扇了他一个大嘴巴。随着"啪"的一声响,被打者的头就转了一个角度。钱某就觉得他越发地可恶,一气之下,又连扇了四五下。每打一下,那头就转一个角度,等他打到第五下,那头则正好转了一圈儿,又回到了原来的位置。钱某也被逗笑了,说道:"你他妈的是木偶托生的吧? 怎么脖子上有转轴儿,脑瓜儿像有根线儿牵着似的?"说着,又要动手去打。

只见那家伙又跳了几跳,顿时阴风飒飒,寒气袭人,刺痛肌肤,冷不可耐。幸好,这时候有其他行路人结伙而来。那怪物一见人多,才倒退着蹦跳而去,隐没在密林中了。第二天,钱某就发现他昨天打鬼那只手漆黑如墨。过了两三年,这黑色才渐渐退去。当地的老人们对他说,他所遇见的是一具僵尸。他初次为鬼,还不太成熟,就想作祟扰人。恰好碰上了酒醉而大胆的人,也算是运气欠佳了。

簸箕龟

乾隆三十六年(1771)春天,山阴人刘际云乘船经过镇江,看见一艘外来船只被风吹翻,漂浮和沉入水中的货物很多。江边有熟悉水性的人,俗称"水鬼",他们专门以打捞货物为生。这天,见有客船翻沉,水鬼们都赶来了,与船主讲好价钱后,一齐下水打捞。

等到上岸时,他们发现少了一个人,大家就怀疑这人在水下藏金银,便又下水去找,但找遍了也没找到。这时,他们看见一只红乌龟,比澡盆还大,扁扁的,像是簸箕一样,没头没尾也没脚。那个水鬼被乌龟咬住,拉也拉不开,大家就用大铁钩,把乌龟拽上岸。那乌龟全身有几百个小孔,都是它的嘴,人血已被它吸干了,它却仍然紧咬不放。大家用锋利的刀刺它,它也毫无知觉。不得已,大家只好连人带龟,用大火焚烧,那臭味传出了好几里。

有人说:"这就是最大的锅盖鱼变的。严州的江水中,这种鱼尤其多。"

命该薄棺

台州(治所在今浙江临海)有位张财主,张财主有个老仆人,年逾花甲,身边无子。他思虑指着儿子养老送终已是无望,就早早地自备了一口棺材,以防万一,他一旦不济,好作为装老之具。可惜的是,这口棺材用料太薄,堪称是一口薄棺。为此,这位老仆人总觉着很不惬意。所以,每当那些贫困之家有了丧事,仓促之间来不及置办棺材,他都要把自己的备用棺材先让给人家用。救人之急嘛,也算得一分阴德。但是还有一个条件,归还新棺材的时候,棺材板的厚度必须比原来的加厚一寸,这也算作是利息吧。这样,历经数年,他这口棺材几经更易,棺材板儿逐渐加厚,后来,竟达到九寸了。这下,老仆人心满意足了,他便把这口棺材寄存在主人家的东厢房里留作自用,不再转让更换了。

不幸的是,有一天晚上,邻居家突然失火,火势凶猛,张财主家也岌岌可危。全家上下惊慌失措,一时没了主意。这时候,有人看见张财主家的房顶上站着一个人。只见他身着黑衣裳,手执一面红旗,逆着风向频频挥舞。那烈火的龙头,就随着他的挥舞而转换方向。这么一来,张财主家的几间正房安全无恙,只有那东厢房被引着了。这下可急坏了那位老仆人。他急忙组织几名壮汉,冲进东厢房去抢救那口棺材。但是,只因棺材板太厚,分量太重,抢救实属不易,好不容易才抬出门来,已经被燃着了,人们急忙把棺材抛入水池里。等到余火全熄,又把棺材从池塘里拖出来,觉得它还能用,就请木工拆开刨平,重新组合。可是,经过修整的棺材,竟然和这位老仆人最初拥有的那口棺材一模一样,依然是地地道道的一口薄棺。

向狐仙学道

云南有个监生,名叫俞寿宁,他学习仙家画符策,又凭着一柄古剑,替人家驱除妖怪,居然很有灵验。

一天,他的朋友张某到乡下收租,遇上大风大雨,路过俞家门口,就请求借宿,俞寿宁没答应。张某生气地跑了,却一定要弄清楚俞寿宁拒绝他的原因,于是又返回到俞家门口,挖了墙洞朝里偷看。只见俞寿宁摆了两桌酒席,宾客欢叫,男女混杂,张某更加气愤,用斧头把门砍碎,一推就闯了进去,只见酒席还在,而客人们却不见了。

俞寿宁大吃一惊,慌忙跑出来,跺着脚,对张某说:"你误了我的事!你误了我的事!我想学仙,难以得到真师传授道术,不得已,才请来四方的狐仙指导。半年以来,我遇到了很多男男女女的狐仙,他们有的和我约为兄弟,有的和我约为夫妇,还有的和我约为兄妹,我不能一一列举。今天,群仙聚会,将把长生不老的秘诀教给我,所以,我郑重其事,准备了酒席,隆重地招待他们,还没谈到关键的地方,就被你撞破,泄露了天机,导致群仙散去。这难道不是天意吗?前几天,紫文真人就说,今天是破日,肯定会被凡人冲破好事,必须改天再聚会。可是,因为瑶仙的三妹明天要出嫁,所以只好选在今天,果然不吉利,也是命中注定!我明天就要走了,将另外选一个整洁清净的地方,与群仙聚会,不让别人知道。”

从此以后,俞寿宁就在外面四处游历,人们也不知道他后来去了哪里。

五通神因人而施

江宁县人陈瑶芬有个儿子陈某,自幼性情顽劣,行为放荡不羁,在这附近的五里乡村,竟然没人敢惹他。

有一天,陈某游览于普济寺,看见这庙里供着一尊五通神(鬼神名,又称之为五圣、五显灵公。《唐诗纪事·卷六十六》说:“牛阿房,鬼五通,专觑捕,见东西。”)。这五通神的座位,竟然排列在关圣帝的上首。为此,陈某勃然大怒,认为这种排法太无理,当即把庙里的主持僧叫来,当众大加斥责,并命他立刻派人把这五通神的位置,移于关圣帝之下。许多游人拍手叫好,陈某更加洋洋自得。

太阳落山之后,陈某才兴尽回家。到了家门口,只见那五通神怒发冲冠,当门而立,说道:“陈某,你说,把我摆在哪个位置为最好?我是五通大王。要论我享受这人间香火,可有了年头儿了,从来没受过别人的怀疑与欺辱。只是有时候运气不佳,撞上江苏巡抚汤斌、两江总督尹继善那样的大官儿,祠堂被取消,塑像被毁。他们都是达官贵人,又是有名的正人君子,我惹不起他们,只能甘心忍受。陈某,你是个什么东西?一个市井小人,竟敢犯到你五通爷头上来,岂不是自作其死!”

陈家上下环跪叩拜,又备三牲祭品金银纸课,延请高僧,祷告超度,竟也无法挽救陈某的生命,他狂闹一阵厥然而死。

张 奇 神

　　湖南人张奇神,能够用法术摄去人的魂魄,所以敬奉他的人很多。江陵有个读书人吴生偏偏不信这一套,在众人面前指责张奇神。吴生知道当夜张奇神一定来作怪害人,就拿着《易经》坐在灯下等待。

　　听见屋瓦上沙沙作响,有一个穿金色铠甲的神人推门进来,手里持着枪来刺吴生。吴生把手里的《易经》扔过去,这神人就倒在地上了。一看,不过是一个纸人而已,就把它捡起来夹在书里。一会儿,又有两个青面鬼拿着斧头冲进来,吴生也拿《易经》扔过去,两个鬼像神人一样也倒在了地上,变成纸人,吴生又把它们夹在书里。半夜,张奇神的老婆大哭大叫着来敲门,说:"我的丈夫张奇神,昨天派两个儿子来作怪害人,不料都被先生抓住了,不知有什么神奇法术。求求你放他们回去,还给他们性命吧!"吴生说:"来的是三个纸人,不是你儿子。"女人说:"我的丈夫和两个儿子,都是附在纸人上面来的。现在有三具死尸摆在家里,过了鸡啼的时间,就不能复活了!"她悲痛地哀求很久。吴生说:"你们害人不少,应当有这个报应。现在我可怜你,还给你一个儿子算了。"女人拿着一个纸人,哭着走了。

　　第二天去探访,张奇神和大儿子都死了,只有小儿子还活着。

青阳江丫

　　青阳(今安徽省青阳县)有位名叫江丫的教书先生,他在乡下设馆教了五个学生,大的不过十二三岁,小的只有八九岁。

　　那一天,江先生教读完毕,突然抄起一根大木棍来,把五名学生劈头打死,而后他自己也一头碰到墙上,落得头破血流,立刻昏倒在地,人事不知了。

五名学生的家长听到这个噩耗,纷纷奔赴学堂,抱着自家孩子的尸体哭天号地。这时候,江丫从昏迷中苏醒过来。几位家长一拥而上,愤怒斥责他无辜杀害学生,追究他杀害人命之罪。

江丫说:"今天中午,课业已毕。我坐在堂上安然读书,学生们课间休息,在院子里嬉笑玩耍。我偶尔一抬头,发现六七个奇形怪状的鬼混在孩子们中间。他们穿着各色各样的衣裳,头发深青,青中透红,蓝脸白牙,凶狠无比。他们冲上前去,抓住那些孩子,又咬又打。我惶恐之极,大喊大叫。那些鬼却似入无人之境,继续肆意折磨我的学生。一急之下,我抄起一根木棍,冲出门去,一顿乱打,那些鬼顿时逃得无影无踪。我心里庆幸学生们没有受到多大伤害。定了定神儿,仔细一瞧,被我打死的不是什么鬼,而是我的学生。五具尸体横七竖八地躺在我面前。我悲痛之极,肝胆欲裂,想到没法儿向家长交代,只得触墙一死!"说着,就呜呜咽咽哭了起来。

里正马上将此案报告了官府。官府取供验证,认为江丫的供词涉及神鬼,一人之言难以作为定案的依据,当即将他拘捕入狱。又传讯学生家长,进一步调查。家长们却都说:"我们平日与江先生绝无半点怨仇,何况江先生对学生管教虽严,却也非常疼爱他们,孩子们也很尊重他,更没听说江先生有精神错乱的疯病儿。他突然打杀了五个学生,真叫人百思而不得其解。如今,他也落得个头破脑裂、半死不活,怎么再追究? 不如等他治好了伤,再作审理。"

这个故事,是根据乾隆二十一年(1756)五月,青阳知县向两江总督尹文端(尹继善)递送的公文写成的。当时,我有幸亲自阅读了这份公文。过了半个月,青阳县又有呈文,呈文中说:"在押犯江丫,伤势严重,不治,死于狱中。"

梁武帝第四子

杭州人汪慎仪家的园林亭台十分优美,这个园子位于小粉墙北街。汪慎仪想在园子里挖掘一个池塘。夜里他做梦,看到一个英俊的少年,头戴玉冠,脚穿珠鞋,相貌堂堂,仪表华贵,衣领以下,全是翠绿的丝绸扣成彩结,袍子上绣着千万朵梅花。这少年自己说:"我是梁武帝的第四个儿子南康王萧绩。当年,我在江州都督的任上病死了,埋葬在这里已经一千多年了。听说主人要挖掘池塘,请不要毁坏我的坟墓。"说完,这少年就消失了。

第二天,汪慎仪命人用铁锹、铁锸试着挖了几下,还没挖到一丈深,就挖出了梁朝天监八年(509)所制造的方砖,有几十块。于是,他就命令停止挖掘。目前,这些方砖放在侍读严冬友的家里。

吕城无关庙

吕城,故址在今江苏省丹阳县以东五十里,又叫吕蒙城。相传,这是三国时期吴国大将吕蒙所筑。据说,吕蒙死后,就当了吕城的土地爷,一直延续至今。因为吕蒙和关羽是死对头,所以,吕城周围方圆五十里之内,不得建筑关帝庙。万一有人破了此禁,建筑关帝庙,夜里必有兵戈角斗之举,且杀声震耳,一直闹到大天亮。因此,吕城之内不建关帝庙,已经成为定例,大家都互相告诫,谁家也不许供奉关圣帝的塑像和画像。

那一天,有位算命卜卦的先生偶尔住进了吕城的土地庙里。这一夜,忽而雷雨大作,杀声四起。殿堂顶上的瓦全被掀起,漫天飞舞。看样子,是发生了一场鏖战。天亮之后,吕城人都莫名其妙,不知这场战斗因何而起。后来,才发现住在土地庙里的那位算命先生有一杆破旗,旗面上绣有一幅关圣帝像。于是,人们把这位算命先生驱逐出吕城,更不许他再住进土地庙,从此就平安无事了。

姚 剑 仙

边桂岩是山盱县的通判,他在洪泽湖的堤岸旁,修建了一所房子,常常请来宾朋好友,喝酒作诗。

一天晚上,客人们正交杯换盏,喝得起劲,忽然闯进一个人,帽子、鞋子又脏又破,辫子散开,头发披在耳边。他用手作揖,就坐在客人们的上首,又吃又喝,一点也不难为情。众人问他姓名,他说:"我姓姚,号穆云,浙江萧山人。"问他有什么本事,他说:"我能玩剑。"一说完,他从嘴里吐出一只铅丸,铅丸滚到手掌上,就变成了一把剑,一寸多长,火光从剑头喷出来,光芒闪耀,就像蛇在吐信子。客人们吓得屏住呼吸,不敢出声。边通判担心客人们受惊,就再三请姚某收起宝剑。姚某说:"剑不出来,也就罢了,剑一旦出来,杀气就很旺,必须杀掉一个有性命的东西,才能把它收起来。"边通判说:"除了不能杀人,别的东西都行!"

姚某回头看到台阶下有一棵桃树,就用手指着树,随后一道白光飞到树下,绕树一周,桃树就倒在地上,一点声响也没有了。接着,姚某像先前一样,又从嘴里吐出一只铅丸,铅丸发出的白光与桃树下的白光相互撞击,这时,只看见两条虬龙彼此扭抱着,直上青天,满屋子的灯烛全都熄灭了。

姚某一边玩弄着丸子,一边看着客人们。客人们更加害怕,有的竟跪在地上,久久起不来。姚某微笑着说:"完了!"就用手招引两道白光,两道白光迅速回到他手掌内,仍变作两粒铅丸,他将丸吞进嘴里,就什么东西也没有了。然后,他斟满酒,大吃起来。

客人们请求姚某收他们做徒弟,姚某说:"太平时代,用这些神术干什么?我有剑术,却没有点金术,所以才来这儿。"于是,边通判送给他三百两银子,姚某住了三天才离开。

黑 煞 神

安徽桐城有位农民,名叫汪廷佐。这位汪廷佐的耕地,位于城西的双冈圩。那年春耕,汪廷佐偶然犁开了一座古墓,从中得到古鼎、铜镜等文物。他把这些文物带回家中,摆在了桌子上。到了夜晚,那铜镜熠熠发光,满室彻夜通明。汪廷佐夫妻认定是得到了宝物,因此更加珍惜与爱护。

不久,汪廷佐走在街市上,突然有个黑脸儿大汉挡住了他的去路。这大汉身高丈二,膀阔腰圆,长相狰狞,十分可怕。大汉不问青红皂白,抬手就朝汪廷佐脸上打了一拳,这才说道:"不认识吧?我就是黑煞神。你胆敢盗掘了我家陆小姐的坟墓,窃走文物,真是胆大包天!仅此一条儿,就该要了你的命!你知道吗?这位陆小姐是陆安公的女儿。北宋哲宗元祐元年(1068),陆安公出任安徽桐城太守,携带家眷来到此地。陆先生为官清廉,颇有善政。不幸的是,这位小姐却因病殀亡,埋葬于此地。天帝怜惜她是清官的爱女,就派我黑煞神在这儿日夜守护,又委任小姐为徽州一路司痘疫之神。没料到,你小子却乘我与小姐出外办公之机,掘其墓而盗其物。判你个死罪,有何冤枉?"黑煞神说完这番话,汪廷佐就昏倒在地上。路上有认识他的人,就把他抬回家中。回家之后,汪廷佐背上就长了个大肿瘤。

随后,陆小姐的灵魂又附身于汪廷佐之妻,大吵大骂。汪氏举家哀求,许愿延请高僧设斋祭拜,超度亡灵。陆小姐说:"那倒不必了。念惜你是个村夫,不知道保护地下文物的重要性。如今,自己又知道认罪改错,也就算了。你要迅速把所得到的文物归还原处,还得另置一口棺材,把我的骸骨移葬到安全的地方,我可以饶恕你的罪过。不过呢,还得有个条件,我既然被委任为这一方的司痘之神,则理应享受祭祀香火。这段公案,必须由你承担。你要刻石立碑,将此晓示于村民,使我的神灵永昭,家喻户晓。桐城人姚翌佐先生,是位贡生。他人品端方,很受尊重。所以,这一篇碑文必须由他来撰写。这件事办妥帖之后,才能恕你不死!"

汪廷佐急忙磕头,说道:"我耕地的时候,只碰上了那些宝物,没看见有什么骸骨。我去置办一口棺材,倒也不难;只是有了棺材,到哪儿寻求您的骸骨去?"

陆小姐说:"当初,我辞世之际,还是一位妙龄少女,骨质原是很脆弱的。加之年代久远,骨骼早已化作腐土。不过,我的骸骨所化之土,与一般腐土截然不同。它洁净坚实,绝不会与其他土壤相混杂,表面上油光发亮,闪烁光芒。你到墓穴中取土,只消映着阳光一照,立刻可见分晓。"

汪廷佐按照她指示的方法去寻找,果然在墓穴中发现了那种圣洁的土。于是,他买棺移葬,办理妥帖。事后,他又去拜访贡生姚翌佐,请他代撰碑文。姚老先生说,他夜间也曾做了一个梦,梦见司痘女神命他代写碑文。很快,树碑立传事宜完竣,汪廷佐背上的肿瘤也骤然消失了。

这个故事,是江宁知府章攀桂先生讲的。章先生也是安徽桐城人。

吴 子 云

康熙初年,桐城县秀才吴子云春夜赏月时,听到空中有人讲话:"今年乡试,吴子云应当考中第四十九名。"还背诵吴子云的文章,声音清亮,题目是《君子之于天下也》。吴子云虽然没记住多少,但觉得那篇文章很好,于是,他就预先按这个题目写了文章,准备考试。不久,他进考场,果然是这个题目,非常高兴,就写下了预先做好的文章,交了上去。发榜时,他果然考中了第四十九名。没多久,他又考中进士,做了翰林学士,到湖南任学政,后来满载而归。

这天,他住在旅店中。夜里,他取尿壶,忽然有人双手捧着尿壶,送给他,那人十个手指又细又长。吴子云吓了一跳,问她是什么人,那人说:"我是狐仙,与先生有前缘,所以来侍奉你。"吴子云起身,点了蜡烛来看,竟是一个容貌姣美的女子,二人就做了夫妻。狐仙嘱咐说:"我曾经被雷公追击,躲在你的车中,才幸免于难,所以我来报答你。现在,你也将大祸临头,不可不防。"吴子云问是怎么回事,狐仙说:"在前面路途上,你肯定会住在吕家客店。姓吕的店主有个女儿,才九岁,你把她叫出来,做出喜欢她的样子,抱抱她,并认她做干女儿,赏给她许多珍宝,那么,你就可以避免灾祸了。"

吴子云到了吕家,吕家果然有这么一个女儿,他就照着狐仙的话做了。到了当夜三更时分,店主拉着吴子云的手,笑着说:"我是强盗的首领。你出官衙时,装载了很多钱财,我手下的人早就想抢为己有。现在我知道你是个真正的仁厚君子,不忍心害你。"于是,店主取下墙壁上挂着铃铛的鞭子,在墙上敲了三下,强盗们都进了屋。店主说:"吴学政是我的干亲家,你们不得无礼,赶快替我护送他回家。"吴子云终于免去了一场灾难。

后来,吴子云没有儿子,同族的人争着要把儿子过继给他。吴子云私下问狐仙:"应该过继哪一个?"狐仙说:"放牛娃最合适。"第二天,果然有个放牛娃路过,也姓吴。吴子云将他拉进屋,让他做了自家的儿子,同族人都嘲笑吴子云。

吴子云死后,儿子非常严谨恭谦,守住了吴家的家业,日子也一天天富裕起来,可别人至今仍叫他"吴牛"。他曾经向隐士方贞观要一副对联,方贞观寻他开心,写道:"对窗常玩月,独坐自弹琴。"吴牛很高兴,竟然不知道方贞观暗用吴牛喘月、对牛弹琴的故事嘲弄他。

秃尾龙

山东省文登县有位姓毕的年轻媳妇。那年阳春三月,毕氏到池塘边去洗衣裳,发现塘边一棵树上结了个大李子。这李子有鸡蛋大小,黄中透红,非常招人喜爱,而且,整棵树上,仅此一个而已。毕氏也觉得奇怪,因为,春天不是树木结果的季节。她顺手把这李子采摘下来,当时就吃了。没料到,这李子香气扑鼻,甜美异常,真是有生以来没有尝过的好味道。

毕家媳妇吃了那个李子之后,腹中竟有反响,蠕蠕似动,经闭不来,她这才悟出自己是有孕了。妊娠之期延长到十四个月,一朝临蓐分娩,生下来的却是一条小龙。小龙落地,打了一个滚儿,竟然腾空飞去。可是,每当清晨天将破晓之际,它就飞回家来吃母奶,吃罢之后,又腾空飞去。毕氏的丈夫非常憎恶它。那天,小龙又来吃奶之际,他就持刀追杀,一刀砍断了小龙的尾巴。小龙一声怒吼,从此不再来了。

十年之后,毕氏病死,棺材暂时浮埋在村边荒地上。有一天夜晚,忽然阴云密布,雷电交加。阴暗晦暝之中,恍惚有一条长龙盘旋于毕氏的遗骸之上。第二天,棺材已经被深埋地下,并且堆起一个大坟头儿。又过了几年,毕氏之夫死了,人们就把他们夫妻合葬于一处。夜里,又是雷电交加,第二天,毕氏丈夫的棺材就被掀出在墓穴之外。看起来,秃尾龙是不允许此人与他母亲合葬的。从此,大家就称此坟为"秃尾龙之母墓",求晴祈雨,百呼百应。

这个故事,是登州知府陶悔轩给我讲的。陶先生说:"《群芳谱》中说:'上天惩罚有过错的龙,必割其耳。耳落人间大地,必化为李子。'这位毕氏吃的李子,正是龙的耳朵,所以感受了龙阳而有孕,产生下来的必然是一条小龙。"

石灰窑雷

湘潭县西边二十里的地方,名叫石灰窑。有个老头,家境小康,没有儿子,只有两个女儿,就招了两个上门女婿,相依为命。

老头到广西贩谷子,买回一个小妾,小妾已经有了身孕。老头的二女儿和二女婿私下商议:"如果小妾生下一个儿子,我们怎能分到父亲的财产呢?"于是,他们表面上与小妾很亲热,背地里却阴谋陷害她。等到小妾分娩,生下一个儿子,一落地就死了。老头非常痛惜,认为命中注定他没有儿子,却不知道他二女儿贿赂了接生婆,将婴儿掐死了。

老头悲伤不已,脱下衣服,将死婴裹在里面,埋在后园。

二女儿和接生婆心里不踏实,就去挖开来看。忽然,一声霹雳,二女儿被雷打死,而死去的婴儿却苏醒过来。接生婆也遭雷击,全身焦烂,但还没死。众人问接生婆,才知道其中的缘故。第二天,接生婆也死了。大概老天爷故意让她迟一点死,是为了取她的口供来警戒世人。

老头埋葬了二女儿,又驱逐二女婿,给了他一些钱粮,打发他回去。二女婿乘船刚到河中心,忽然起了一股怪风,二女婿被淹死了。这些事相继发生,前后不过几天的时间。

徐 巨 源

南昌人徐巨源,字世溥,崇祯年间进士,以擅长书法闻名于世。

徐巨源有位亲戚邹某,家境富庶,他深知徐巨源学问渊博,书法精湛,就请他到家里来设馆授徒,做自己子弟们的老师。徐巨源接受聘任,立即驱车上路。不料行至半路,忽然怪风骤起,乌云压顶。怪风呼啸盘旋,把徐巨源从车中卷出,抛向九霄云外。忽而风停月朗,不知身在何地。有位身穿官服、怀抱笏板的官员迎上前来,向徐巨源拱手施礼,说道:"冥府修建工程,已告竣事。下官奉阎罗王之命,敬请徐世溥先生题写匾额楹联,望先生万勿谦辞!"徐巨源一听说是阎王爷请,早已吓了一跳,哪还敢推辞? 于是,就随从那位官员,来到一个去处。但见宫殿巍峨,气魄不凡,绝似人间帝王之所居。徐巨源又有些欣喜。进入殿中,他才知道匾额和楹联早有成句,只是要他书写而已。那匾额五字,道是:"一切唯心造。"楹联云:"做事未经成死案,入门犹可望生还。"徐巨源大笔一挥,霎时书写完毕。

阎王爷对他书法技艺之高超,赞不绝口,说道:"徐先生堪称绝世高人! 此番来到冥府,一路辛苦劳顿,教我如何酬谢才是?"徐巨源说:"徐某少孤,慈父见背。高堂尚有七旬老母。巨源别无奢望,祈求王爷为老娘延寿一纪(一纪为十二年),堪为勉慰!"阎王爷听了,点头微笑,说道:"徐先生不但是位学问家,还是一位忠厚长者、警世孝子。如今,人间地府都在褒奖孝道,我怎敢悖理而行呢? 先生的请求,我就恭敬不如从命了!"说罢,又命设茶点招待徐巨源。

徐巨源见判官正在翻阅生死簿,便乘机凑上前去,请求道:"烦劳判爷为世溥查一查生寿夭年,也算我不是枉来一趟呀!"判官指着手里的册簿说:"这是正命簿,其间所载都是寿终正寝,老病而亡者。先生乃非正命而亡,故不列入此簿。"说着,从台面取来另一本,只见册面上大书"火字簿"字样。判官翻了几下,就递过来给徐巨源看。只见其中的一行写道:"徐巨源,字世溥,江西南昌人。某年某月某日生;某年某月某日被火烧死。"徐巨源看罢,双手发抖,扑通一下跪到了地上,磕头如捣蒜,哀请阎王爷为他更改死法。

阎王爷态度严肃起来,说道:"命由天定,与您前生的功罪、今世的品德有关,是很难更改的。如今,我就徇个私情,答应了您的请求。不过,日后还需您自己处处小心,要牢记自己死亡的日子,千万不可近火!"徐巨源叩谢再三,阎王爷又命迎接他的那位官员将他原路送回人间。

徐巨源又回到路途上,重新雇车,赶到邹家。邹某大惊,问道:"先生这一年多的时间跑到哪儿去了? 车夫因为您的失踪而被控告,吃了无名官司,被关进监牢里也有一年多了。只因查无实据,正悬为疑案而待审。先生此举,可真是害人不浅哪!"徐巨源听说自己已经走失了一年多,又惊又疑。他急忙自投官府,把自己失踪的经过解释清楚。县官也就把那位车夫释放了。

徐巨源在邹家设馆教学,生活很是安闲自在。当时住在附近的一位大人物名叫熊文纪,号雪堂,也是江西南昌人,所以算是徐巨源的同乡。熊文纪曾官居吏部侍郎,是个比较显赫的京官。如今,虽然罢官乡居,人们却依然尊称他为熊少宰。

熊文纪耳闻徐巨源学问渊博,书法精湛,就召他到府上饮酒。可是,酒不过数杯,言不过几句,熊文纪就微抚着肚皮,推辞说:"我胃口不好,多半儿长了痞块,需要暂歇一会儿,不能奉陪了!"说着,就甩下客人,向内室走去。徐巨源对这种狂傲无礼的待客方式当然非常恼火,他却强压怒火,装作笑容,说道:"春秋时代,吴王夫差的麾下有位太宰伯嚭;如今,又出了位少宰熊痞("痞"与"嚭"同音),真是巧夺天工!"熊文纪听了,怒形于色,拂袖而去。

徐巨源也不甘心坐这冷板凳,临走之前,将唐代诗人柳宗元的《江雪》一诗,挥笔倒题于白壁之上。柳氏的原诗是:"千山鸟飞绝,万径人踪灭。孤舟蓑笠翁,独钓寒江雪。"倒书之后,则为:"独钓寒江雪,孤舟蓑笠翁。万径人踪灭,千山鸟飞绝。"这样,将句末四字横向读来,就是"雪翁灭绝"了。这一招儿,可把熊文纪骂苦了。熊文纪对此更加怀恨在心,伺机报复。

且说徐巨源时刻不敢忘记冥府判他的死法。他不但不敢近火,就连易燃的木柴、木器也远远地回避。生死簿规定的死期将近,他干脆辞馆不坐,在西山上开凿了一个石洞,带足了干粮,躲到石洞里去住,从此隔绝了烟火。

当时,正值明末战乱,盗劫蜂起,横行乡里,十分猖獗。熊文纪听说徐巨源躲进西山的石洞里,就部署爪牙广散流言,说:"徐进士躲进西山石洞里,是为了逃世避劫,随身带有大量金银珠宝。"盗劫们闻讯,马上出发,从四面八方包抄上来。他们闯入山洞,活捉了徐巨源,搜抄多时,只有两口袋干饽饽、一坛凉水。拷打徐巨源,依然是一无所获。众强盗余怒未消,集聚了山柴,点起熊熊烈火,烧红了烙铁,把徐巨源活活烙死。

九天玄女

工部侍郎周青原没做官时,梦见被人叫到一个地方。那里,道路两旁是高大的松树,还有一扇红漆大门,有一丈多宽,门上面有块匾,写着"九天玄女之府"几个金字。周青原进去拜访,看到玄女身着云霞披肩,头戴珍珠凤冠,朝南而坐。她用手将周青原扶起来,说:"没有别的事,只是我女儿有一张小像,请先生在上面题诗。"

于是,玄女叫侍从取出卷轴,汉魏时期名人的手迹都在里面:淮南王刘安的隶书写得最好;曹子建以后的人,书法风格比较接近于钟繇和王羲之。周青原平时才思敏捷,这时,他挥笔疾书,写了四首五言律诗。玄女很高兴,叫女儿出来拜谢。这女孩刚刚成年,神采照人,周青原不敢抬头看。玄女说:"周先生是个富贵的人,为什么身上还暗藏着疾病?我没有什么东西报答你,愿意为你根治这个病,作为题诗的酬谢。"说着,玄女解开裙带,拿出一粒药丸,叫他吞下。周青原小时候误吃了一枚铁针,留在肠胃里面,时常隐隐作痛。从此以后,他的病就迅速痊愈了。

周青原醒来后,记不起梦中写的诗,只记得其中两句是:"冰雪消无质,屋辰系满头。"

项王显灵

江苏无锡有位以贩卖布匹为生的商人,名叫张宏九。他做生意的路子很宽,经常往来于无锡与芜湖之间。

有一次,张宏九乘船过乌江,江面上忽而暴风骤起,船身失去了控制,横冲直撞,一下子碰在了礁石上,船底被撞破了个大窟窿,顷刻之间,面临着沉船的危险。船工们纷纷哭泣着在船板上磕头,祈求西楚霸王(项羽)显灵,搭救船民的生命。忽而,水面上闪出一道白光,就像一匹展开的白练,直塞船底。窟窿被堵住,船工们奋力拨船靠岸,一场生死难关就此渡过了。

第二天早晨,风平浪静。船工们上船,发现有条大白鱼正横堵在船底破处,严严实实,水不得进入。当船工们摇橹摆舵挪船之际,那大白鱼才悠悠然游向江水深处去了。

船工们修补好船底,又到项王庙里去烧香祭祀,弘扬项王显灵的神威。从那儿以后,项王庙里的香火更盛。

这个故事,发生在乾隆十四年(1749)。我的一位朋友是张宏九的同乡,亲耳聆听他讲述这个故事。

医肺痈用白术

蒋秀君精通医理,住在广东的一座古庙里。庙里停放着许多棺材,蒋秀君胆子很大,就在棺材旁边看书。

晚上,烛火忽然发出绿光,一口棺材的前板,"砰"的一声掉在地上,一个穿红袍的人从棺材里跑出来,站在蒋秀君面前说:"你是名医,请问肺痈有办法治疗呢,还是没法治疗?"蒋秀君说:"可以治疗!"那人又问:"用什么药治疗?"蒋秀君说:"用白术。"穿红袍的人大哭起来,说:"既然这样,我当初是错死了。"就伸手探进胸膛,取出一个斗般大的肺,脓血直淌。蒋秀君大吃一惊,用手中扇子去打那人。仆人也一齐跑过来,鬼这才不见了,而那棺材仍然跟先前一样完好。

朱 十 二

杭州望仙桥地区有个姓许的人家。许家有一座楼,相传往日曾有人在此楼上上吊而死,因而经常闹鬼,多年来竟没有人敢在此楼居住。

有位屠夫,名叫朱十二。此人粗壮豪勇,天不怕地不怕,更不信鬼神。有一天,他征得许家主人同意,带着那口屠刀,独自登上此楼。入夜,他点燃了蜡烛,悠然躺在床上,只等鬼来。等了很久,却是悄然无声,心想未必有鬼,朦胧将睡。

夜近三更,忽听得楼梯上踢踏作响,像是有谁拖着沉重的步子走上楼来,蜡烛马上变成暗青色。不一会儿,一个披头散发的老婆子手里攥根绳子,径直走进门来。朱十二不问她是人是鬼,霍地跳起身来,挥刀就砍。那老婆子也挥舞手中的绳子,总想套住朱十二的脖颈,总也套不着。绳子被刀砍断,霎时又神奇地自动接好,恢复了原状。但是,每当绳子缠绕住了屠刀,那刀就轻飘飘如一缕云烟。就这样,格斗了若干回合,那老婆子气喘吁吁,显然是力不从心。她突然停下手来,骂道:"朱十二,你个王八小子!别看你是个宰猪的,老娘何曾怕你?只为你福分未尽,还有十五千大钱不曾到手。今天,老娘暂且饶你不死,过些日子,等你享够了福分,瞧着老娘怎么收拾你!"说罢,拖着那根绳子气昂昂走下楼去。

老婆子走后,朱十二也无心再睡。天亮之后,他下得楼来,把夜间的经历讲给许家人听。他那刀上,还残留着紫黑色的血迹,且腥臭逼人。人们都称赞他有胆有谋,不愧是一条汉子。

过了一年多,朱十二手头富裕起来。他卖掉几间旧房,得十五千大钱,就在当天夜里,果然暴病,不治而死。

鬼攀日线才能托生

有个乩仙叫娄子春,自称是宋朝末年的进士,而且是文天祥丞相的朋友。他专习炼形之术,在九幽使者家住了四百年。他说,他的主人专门管理人间生死大事,地位比王爵低一等。娄子春预言人间的祸福十分灵验。

有人问他轮回是怎么回事,他说:"轮回,不是一句话就能说清楚的。死的方式有好几种,生的方式也有好几种。功德大的人,能够成为神佛;有来历却无故遭贬的人,仍然可以回到原位;既没有功德,也没有来历,但气数还没有散掉的,随时可以投胎为人;其余气数散尽的人,生就等于死了,死就更是死了。可是,小魂小魄像风炉炊烟,一时还不能消散掉,往往聚集成一团气,飘来飘去,有时被风吹到阴间的山下,特别寒冷,只有冬至那天,才有一线阳光照在阴间的山峰上。这时,僵硬的群鬼就慢慢动起来,开始复苏,沿着光线向上走,这才来到世上,再投胎成为人身。虽然他们投胎成了一个人,但身上常常聚集了许多魂,并不仅仅是一个人的魂。那些落在光线以外的,只得仍旧回到阴间的山下,再等第二年冬至的到来。"

有人问:"有没有第一世就投胎为人的呢?"他回答:"这种情况很多。比如草木,如果没有旧根而直接生长出来,就是第一世成为草,好比不是经过投胎而成的人,就是第一次做人的人。"

又问:"鬼也有化作物的吗?"他回答:"有。大致说来,娼妓的鬼魂化为虫子、蝴蝶;恶人的鬼魂则化为毒蛇、猛虎。"

又问:"遭雷击而死的鬼,又怎么变化呢?"他回答:"化为蚯蚓。"谭子《化书》上说:"凡是被雷电打死的,用捣碎蚯蚓所得的汁液,放在他的肚脐上,他就能活过来了。"看来,这句话还是有根据的。

死夫卖活妻

杭州有个姓陶的人家,家道小康。这家的老主人陶绍元,曾官居刺史,早已去世了。

陶家有个仆人,名叫李福。李福和他的妻陈氏,都在陶家做活。后来,李福病死。过了一年,有一天,陈氏突然中风发狂,把李家的人召集到面前,学着老主人陶绍元的口气,大喊大叫道:"我就是你们家的老太爷!李福这小子,在阴间混得没出息,他穷困潦倒,连一顿饱食都混不上。无奈之下,他把媳妇陈氏卖给了我当小老婆,字据已经写好,银子也兑给他了,你们这些人为什么老是缠着她不放?"

李家的人特别害怕,急忙请来医生给陈氏看病。医生一进门儿,陈氏抬手就打了他个大嘴巴,吓得医生连连后退,回头就跑,病也没看成。没过几天,陈氏就一命呜呼了。

说起来,陈氏不过是陶家的一名粗使女仆,无甚姿色,不知道那位过世已久的老主人,凭什么会看中了她?

恶鬼吓诈不遂

仁和县秀才陈郎渠非常严肃正直,他生有一个女儿,从小就喜欢道术,每天吃斋念经,一听说人家为她议婚,她就大哭不止,不肯吃饭。陈秀才讨厌她,父女之间都不见面。

陈女三十多岁时,忽然得了重病,说起梦话:"我是江西布商张四。你前世是船户,我雇了你的船前往四川,你竟谋财害命,将我杀死,还挖出我的眼睛,剥了我的皮,将我沉入江中,所以,我来要你的命!"陈秀才心想:"谋财害命的盗贼也许有,但剥皮这样的事盗贼未必会做。"于是,他就问:"这是哪一年的事?"陈女回答说:"是雍正十一年。"陈秀才大笑着说:"雍正十一年,我女儿已经三岁了,她怎么还会是船户呢?"

这时,陈女忽然打起她自己的脸,说:"陈先生好厉害!是我错找了你女儿,你给我三千文钱,我就走。"陈秀才大怒,说:"恶鬼妄想敲诈人,我正要用桃树枝打你,怎么会给你钱?"陈女又自打脸颊,说:"陈先生好厉害!既然你说我是恶鬼,那我就将使用恶鬼的手段,要你女儿的性命,你不要后悔!"陈秀才说:"我这个女儿不孝顺,我本来就很讨厌她。你带她一起去,我非常高兴。但是,你并不是她的冤家,竟敢这样吓唬敲诈我,想必我女儿阳寿已尽。你能立刻要她的命,我才相信你的手段;如果她三天后才死,那就是我女儿命该如此,并不是你的手段。"说完,陈女一下子挺起身,不再说鬼话了。两个多月后,陈女才死了。

道士作祟自毙

杭州人赵清尧喜欢下棋,听到下棋声,一定要与人对局。一次,他偶然到二圣庙游玩,看见一个相貌丑陋的道士正和客人下棋,棋术很差,还要自称为"炼师"。赵清尧心中很看不起他,也不和他交谈,就走出去了。

当夜,赵清尧上床睡觉,有两团鬼火在他帐子上绕圈子,他并不为它们所惊动。一会儿,又有个青面獠牙的鬼拿着刀,掀开了帐子。赵清尧就大声骂它,这鬼立刻就不见了。第二天晚上,满床都发出啾啾的声响,好像婴儿学讲话。起初听不清楚,仔细听那话,原来是说:"我棋术低劣、自称炼师,和你有什么关系,你居然敢轻视我?!"赵清尧才知道是道士作怪,更加不怕了。接着又听到道士低声说:"你的胆子大,刀剑都不怕,我要用勾魂法取你的性命!"就念咒语说:"天灵灵,地灵灵,当门顶心下一针。"赵清尧听了,觉得满身的肉都在跳动,好像要发抖一样,他极力控制住自己,总是不动心,同时,用手把耳朵塞住。但是临睡时,咒语声音还是在枕头中一阵一阵地传出来。

赵清尧坚持忍耐了一个多月,忽然看见道士跪在床前,哭着说:"我因为一时的私愤,就施行法术吓唬你,要让你央求我,我好骗取一些财物。不料你总是不动心,我后悔也来不及了。我的法术对人不灵,反过来要害自己的,所以我昨天已经死了。我的灵魂没有什么地方好去,情愿来伺候你,做你家的樟柳神,赎赎从前的罪过。"赵清尧听了,并不理睬他。第二天,他派人到二圣庙去看,道士果真自杀了。

以后,赵清尧对一天以后的事,总是预先就知道。有人说,这是道士在替他当差哩。

卷　九

木　箍　颈

庄恰园在关东的时候,看见一种怪现象:有的猎人用木头做成圆箍,箍住自己的脖子。庄恰园出于好奇,就问一位以木箍颈的猎人道:"这是怎么回事?"猎人长叹一声,说道:"说来话长。几年前,我和哥哥策马驰骋在一望无际的荒野里,持箭搜寻猎物,忽然有个人来到马前。此人身高不满三尺,白发白须,用一条白绢束住头发。他挡在马前,向我们兄弟俩拱了拱手。我哥哥问道:'你是什么人,为什么阻挡我们的去路?'那人只摆了摆手,不作任何回答,"噗"的向哥哥的马吹了一口气。马惊叫嘶鸣,开始在原地兜圈子。哥哥大怒,拔箭就射。矮老头子转身就跑,哥哥策马追赶,不一会儿,就消失在荒山漫野之中,久久不见回来。我等得心急,就催马去找。来到一棵大树下,发现哥哥已经昏倒在地上,脖子足有一尺多长。我跳下马来,拼命呼叫,他不苏醒,我这才惊慌起来。这时候,那个白绢束发的矮老头儿从树后边转了出来,又对着我吹了一口气。我顿时觉得脖子奇痒难耐,就举手去抓挠。没料到,随着我的抓挠,脖子蠕蠕蠢动,一会儿就伸得很长很长,就像变成一条蛇的脖子。吓得我抱着长颈仓皇上马逃回家中,才免一死。可是,从那儿以后,我的脖子长而软,挺不起来了。没办法,只好制作了两个半圆的木壳,套在脖子上,再用铁皮箍紧。"

后来,就有人说:这种三尺来高的矮人,就是水木之精。他与传说中的游光(火神名。一说为恶鬼名)、毕方(神名。一说为怪鸟)属于一种类型。如果能叫出它的名字,就不为害于人了。晋人葛洪撰写的《抱朴子》一书中,对这类离奇故事有比较详细的记载。

掘冢奇报

　　杭州人朱某,靠盗墓起家。他聚集了六七个同伙,每到夜深人静一片漆黑时,就扛着锄头四处活动。他们嫌所掘的墓大多是枯骨朽木,很少有金银财宝,就设乩盘问卜,想预先知道哪家的坟墓里有财富。有一次,岳王降临神坛,发下话来:"你掘墓盗窃死人财物,罪孽大于一般盗贼。如果再不改邪归正,我就将你斩首!"朱某吓得要死,从此洗手不干了。

　　过了一年多,那帮掘墓的狐朋狗友整日无所事事,就来怂恿朱某再设乩求神试试。朱某听信他们的话,果然有一位神降临,说:"我是西湖水仙。保俶塔下有一口石井,井西有一座富贵人家的坟墓,到那儿去挖,准能捞到一大笔财宝。"朱某大喜,领着那帮人,扛着锄头来到保俶塔下,搜遍了都找不到石井。正在转来转去的时候,似乎听到有人在耳边指点:"保俶塔西边的柳树下,不就是石井吗?"过去一看,真的有一口已被填的枯井。他们向下挖了三四尺,挖出一口石棺材,又长又宽,非同寻常。朱某与那六七人一起扛石棺,也没扛起来。他们听说净寺的和尚中有会飞杵咒的,咒语念到一百次,石棺材就会自动打开。于是他们到净寺迎请那和尚,许诺他一起分享棺材里的财物。

　　那和尚也是个妖匪,听说有好处,就欣然前往。他念咒语一百多次,那石棺材"轰"的一声打开了。从棺材中伸出一条青色的手臂,一丈多长,将和尚抓进棺材中,撕成碎块,吃了起来,直吃得血肉模糊,骨头被扔在地上,发出"玎玎"的响声。朱某与同伙吓得魂不附体,夺路奔逃。第二天,他们又去看,那口枯井已经不在了。可是,净寺丢了一名和尚,都知道是被朱某叫走的,就联名告到官府。朱某因此倾家荡产,后来在狱中上吊死了。

　　朱某曾说过,棺材里的僵尸不一样,有紫僵、白僵、绿僵、毛僵等。最奇怪的一次,是他在六和塔西边挖到的一座坟墓。那座坟墓有石门石户,有好几丈宽。墓中,用铁链子悬吊着一口黄金装饰的大红棺材。

朱某等人用斧头砍,却不见一点损伤。原来这棺材是用犀牛皮做的,并不是木头做的。打开棺材后,他看见一具尸体,头戴王冠,胡子、眉毛都是白的,相貌堂堂,被风一吹,全化成了灰。随葬侍卫的铠甲、服装,像是一层层茧纸叠在一起做成的,既不是丝,也不是绢。

在另一座坟墓中,特大的红漆棺材没有用绳索悬吊,却有四个铜铸的宦官跪在地上,用头顶着棺材,双手向上托着。墓壁上的花纹呈青绿色,不知这究竟是哪个朝代的坟墓。

一目五先生

传说,浙江省中部地区有五个奇特的鬼,其中的四个都是瞎子,只有那最小的老五有一只眼,是个独眼龙。五个鬼全凭这一只眼识物办事,这老五就号称"一目五先生"。

每当瘟疫大流行的年月,五个鬼就联合行动。他们专等人睡熟之后,用鼻子去嗅闻人的脸。如果被其中的某一个鬼嗅闻了,此人必大病一场;如果被五个鬼共同嗅闻了,则此人必死。然而,那四个瞎鬼往往不知目标、不敢妄行,更做不得主,他们完全是遵照一目五先生的号令行事。

有位姓钱的旅客,投宿到一家客店里。入夜,同屋的旅客们都睡着了,只有他还没睡着。忽而,灯苗逐渐缩小,五个鬼排着队蹦跳而入,为首的,就是一目五先生。四个瞎鬼乱摸了一阵,摸到了一位住客,就要凑上去嗅闻。一目五先生急忙制止,说道:"这是个大善人,怎么好在他身上下手。"四个瞎鬼又摸到另一位住客,一目五先生说:"这个也不行。他是个有大福之人,害了他是个罪过。"四个瞎鬼又摸到一位住客,一目五先生说:"这个更不行了! 他是个大恶人,霸道得很,我们绝对惹不起他!"

四个瞎鬼茫然不知所措,说道:"这个也不行,那个也不是。这么闹下去,恐怕先生也要饿肚子了!""不,不!"一目五先生连连摇头,说着用手往二位客人身上一指,说道:"这两个人,不善也不恶,不好也不坏,无福无禄,平平庸庸。吃了他俩,既没有罪过,也不必担风险。不在他俩身上打主意更待何时?"四个瞎鬼听了,欣喜若狂。

　　五个鬼一拥而上,对着那两位客人的脸狂嗅一阵。那两位客人咧了咧嘴,就断气儿了。五个鬼一齐动手,将他吞吃净尽,大腹便便地蹦跳着离去。

梦乞儿煮狗

　　秀才陈清波,在绍兴馆塾授徒。一天夜里,他做梦来到土地庙,看到庙后有好几个乞丐,面目狰狞,正围着一个炉子,将一条黄狗剥了皮,放在火上烤。那条狗好像刚被棍子打死,血还流个不止。陈秀才感到恶心。忽然,门外有一个穿戴整齐的人走进来,骂道:"我家的狗原来被你们偷来吃了,我要到官府去告你们。"话音未落,这群乞丐一起冲上去殴打,那人当场倒在地上,死了。

　　陈秀才被梦惊醒后,过了三天,他又梦见一个黑衣鬼差,手拿城隍神的传票给他看,并说:"黄狗的主人被一帮残忍的乞丐打死,他的鬼魂已告到城隍处。状纸上写明陈秀才可以作证,所以我奉命前来找你。"陈秀才看看传票,上面果然有自己的名字,而且还有听审的日期。醒来后,陈秀才心中十分厌恶,又一想,这事与他无关,不过暂时到阴间作证而已。

　　于是,陈秀才就辞去了教书的事回家,并将两次梦中的情形告诉了亲戚徐某,嘱咐说:"我死后肯定能复活,只是怕阴间阳间的道路阻隔,说不定灵魂会一时迷路,就麻烦你买一只白公鸡,上面写上我的姓名,到那天去城隍庙为我招魂,免得我迷路。"徐某认为梦中虚幻的事情不足为据,就笑着答应了,但他始终不相信会真有这种事。

　　到了那一月那一天,陈秀才果然无病无痛地死了,陈家人哭着去给徐某报丧,徐某急忙去买白公鸡,写上陈秀才的姓名,然后提着鸡,急急忙忙赶去城隍庙,正遇上城隍庙前搭台演戏,人山人海,十分拥挤。直到太阳下山,徐某才挤到神座前面,大喊着为陈秀才招魂。

等到徐某去陈家,因为当时正是六月份,天气十分炎热,陈秀才的尸体已经腐烂了。

一棺藏十八人

乾隆四年(1739),山西蒲州(今山西永济市西之蒲州)修筑城墙,挖掘城外河滩旁的土来填方,无意之中,发掘出一口大棺材。

这口棺材与众不同,呈长方形,扁平低矮,很像是个大箱子。打开棺盖,棺内又分成九槅,每一槅里都有两具尸体,一男一女。合算起来是九对,共十八人。

这些尸体身材短小,只有一尺多高,每一对男女的年龄相仿。他们当中,有老年人、中年人、青年人,还有未成年的孩子。他们的面容栩栩如生,就像依然活着一样。不知这棺材里所收敛的,到底是些什么怪物?

真龙图变假龙图

嘉兴人宋某任仙游县令,执法严峻,洁身自好,以包拯自命。

某村有一个王监生,和佃户的妻子通奸,两人感情很好。他们嫌佃户在家不便,就买通算命先生,告诉佃户:如果他待在家里,那么今年一年的运气将会很差,一定要远远地跑到别的地方,才可以避免灾难。佃户相信算命先生的话,告诉了王监生。王监生就借给他本钱,叫他到四川去做生意。过了三年,佃户还没有回家,村里的人都传说佃户被王监生害死了。

宋某过去听说过这件事,很想为佃户报仇。一天,宋某经过这村子,有一阵旋风在轿子前升起,追寻一下风源,原来是从一口井中出来的。宋某派人打捞水井,发现有一具腐烂的男尸。宋某坚信这是佃户的尸体,就逮捕了王监生及佃户的妻子。严刑拷打逼供之下,两人都自认是谋杀了佃户,被按刑律处决。全县的人无不称赞宋某是"宋龙图",编成戏文,到处弹唱。

又过了一年,佃户从四川回家。刚进城,看见戏台上上演王监生的事,走近观看,才知道自己的妻子已经被冤死了,顿时十分悲痛,到省城哭着控告。某臬司替佃户重新审理此案,宋某以"故意推问判决,致使平民冤死"而抵偿罪责。

仙游人为这件事编了一首民歌说:"瞎说奸妇害本夫,真龙图变假龙图。寄言人世司民者,莫恃官清胆气粗。"

莆田冤狱

福建省蒲田县有个王监生。王监生家境豪富,他依仗权势横行乡里,成为当地的一霸,五里三村几乎没人敢惹他。

在村东,有良田百亩,其中的九十五亩已经属于王监生,只有五亩属于一位姓张的老寡妇。王监生野心勃勃,要将这百亩良田成方成块,就事先贿赂买通了莆田县知县,然后伪造了一份地契,把张寡妇那五亩良田也据为己有。张寡妇不服,状告到莆田县大堂。县令以伪地契为据,把这五亩良田断给了王监生。

张寡妇哭天嚎地,欲诉无门,心中郁愤难平,每日里堵住王监生家大门,痛骂不止。王监生不堪忍受,用金钱买通了一名恶少,乘张寡妇大骂之机,将她打死。他又耍弄诡计,使人去通知张寡妇之子张泗强,说他母亲晕倒在地。当张泗强跑到母亲身边,王监生事先埋伏下的爪牙一拥而上,将张泗强擒住,异口同声地说他打死了自己的母亲,并将他捆绑起来,交到官府,又指使这些人去作伪证。

莆田知县已经成为王监生的党羽,他们沆瀣一气,已经干了不少坏事。如今,他掌握了所谓的证人证据,就更有恃无恐,对张泗强严刑拷打,百般折磨,逼供诱供,促其诬认。张泗强不胜毒刑,只求早死。

于是,他承认了殴杀母亲的罪行。莆田知县立刻将他定成死罪,呈报上司,只待凌迟处死。

当时的浙闽总督,是苏昌先生。苏先生看了呈文,对此案产生了怀疑。苏先生认为,张泗强纵然是个不孝逆子,他殴打母亲,也只能局限于自己家里,怎么可能在大庭广众之间、众目睽睽之下,把生身母亲活活打死呢?再者,验尸报告声称,张寡妇被打得遍体鳞伤而死。儿子打死母亲,很可能出于一时失手,怎么可能被打成遍体鳞伤呢?据此,他指令福州、泉州两位知府联席重审此案。

会审在省城福州城隍庙开庭。这是一桩奇案,闻讯前来旁听的百姓很多,城隍庙被挤得满满当当。两位知府事先听信了莆田知县的谗言,本已早有成见,加之张泗强已经供认杀人罪,又有充分的证人证词,足以认定。审判结果,依然是维持原判,凌迟处死;将张泗强押回死牢。

张泗强临出殿门,突然回过头来,嘶声呐喊:"城隍爷呀,城隍爷!我们张家母子遭此奇冤大枉,你却安然静坐,一点儿反应也没有!你算个什么城隍?白吃了莆田百姓的祭祀酒肉!你于心有愧呀!于心何忍?"喊声未落,城隍庙的西配殿轰隆一声坍塌下来,顿时尘埃蔽天,一片混乱。两位知府认为,此殿年久失修,梁柱腐朽,倒塌不足为奇,并不介意,喝令衙役将人犯迅速押离现场。张泗强被推向殿门口,突然,大殿两侧的两个泥胎皂隶自动奔向门口,以手中的大棍横叉在殿门之前,阻挡住去路。旁听的百姓在庙院里骚动喧哗,呼喊此案必有冤枉。那福、泉两州知府也吓得毛骨悚然、浑身打战,他们不得不答应日后重理此案。

后来,经过认真的调查重审,王监生雇用的打手、爪牙、伪证人纷纷落网,由他们的招供中,充分揭示了王监生的阴谋、莆田知县的贪赃枉法。于是,将莆田知县、王监生绳之以法,论罪抵偿。无辜受害的张寡妇得以昭雪,良田归故主,张泗强无罪释放。

从那以后,城隍庙的香火更盛,祭拜者络绎不绝。

水鬼畏嚣字

赵衣吉说过:"凡是鬼,都有鬼的气息。淹死的人,他的鬼魂就有一股羊臊气;死在岸上的人,他的鬼魂就有一股纸灰味。人们闻到这两种气味,都必须赶快避开。"他又说:"河里的鬼最怕见到'嚣'字,如果人在船上闻到羊臊气,赶紧写一个'嚣'字,放进河水里,那么就可以避免灾祸了。"

狐仙知科举

福建布政使钱琦和贵州布政使蔡应彪都是乾隆二年(1737)进士,在没有登第居官之前,都是当地很有名望的文学之士。

有一天,老朋友吴某请他们二位赴宴,同时被邀请的还有其他几位朋友。吴某一家历来尊崇狐仙,这是朋友们都知道的。但是,客人们坐下来闲聊,从日中一直等到太阳偏西,餐桌上依然是空空如也,并不见有一盘菜肴摆上桌来。有人心里就犯嘀咕,有人的肚子已经饿得咕噜乱叫了。这当口,大家走也不是,留又不好,处境十分尴尬。这时候,主人吴某从后房匆匆走来,他面带愧疚,对大家说:"惭愧呀惭愧!今天招待诸位的酒肴,本已置办齐备。不知我何处照应不周,得罪了狐仙,酒肴一时全被他们勾摄去了!这可怎么好?让大家空等。"有的客人表情上似乎是无所谓,心里却说,还不是你舍不得这笔破费,反倒找个无形的借口,推到狐仙身上去了,太不够意思了!有的人就要拱手告辞。

只有蔡应彪为人爽直,不知掩饰。他径直走到吴某面前,拱手作礼,说道:"老兄果真治备了酒肴,恐怕眼下厨房里未必就收拾得干净,酱水油渍,必有残留。烦劳老兄带领大家入内一睹,也好心明眼亮呀!"

吴某毫不迟疑,带领大家来到厨房。只见炉灶火势仍旺,厨师傅的围裙依然系在腰上,案上盘碗调味之品罗列杂陈,正是余事未了。大家也就无话可说,客气地道声打扰,将要拱手告退。

还是蔡应彪心直口快,大声说道:"果真是狐仙显灵,也就罢了。不过,我蔡某人有一言奉告:今年秋天,乃是乙卯,大比之年。别忘了,我辈皆为下场应试之人。如果其中有一人登第,狐仙就该归还今天的酒肴,一盘不得占有;如果我辈之中一个中试者都没有,狐仙尽可以将酒肴吃光喝光,我们这些人也就没有兴致在此欢聚宴饮了!"说罢,告辞出门。

没等得这些客人走得很远,主人吴某就哈哈大笑着追了上来,说道:"恭喜诸位,贺喜诸位! 大家刚走出门,狐仙就把全部酒肴归还于餐桌上了。看来,今年秋闱,诸君之中必是有人荣登金榜! 大家快请回来,尽饮方休,以示庆贺!"大家又随他回到餐桌旁,果然是珍馐美味,目不暇接。大家落座,开怀畅饮,猜拳行令,一醉方休。

这一年秋天,钱琦、蔡应彪都荣登科第。钱琦考中了二甲第三十二名进士,选庶吉士,入了翰林院;蔡应彪中了二甲第三十三名进士。名次只是一前一后。

鬼争替身人因得脱

会稽人王二以缝衣为业。有一次,他带着几件女人穿的裙衫,夜里路过吼山,看见水中跳出二人,赤身裸体,面色黝黑,抓住他就往河里跳。王二身不由己,被拽了好几步。

突然,吼山顶上松树林中飞下一人,眉毛倒垂,吐着舌头,手拿大绳,套住王二的腰,朝山上拽去,与黑脸鬼互相争夺起来。黑脸鬼说:"王二是我的替身,你为什么来抢夺?"持绳鬼说:"王二是裁缝师傅,你等水鬼光着屁股在河里,又不需要做衣服遮体,把他抓去,有什么用场？不如让给我！"

这时，王二昏昏沉沉，任凭他们拉来拉去。可他心中也有点明白，暗暗地想："如果这些裙衫被我搞丢了，那我根本赔不起。"于是，他就将裙衫挂在了树上。

恰好这时王二的叔叔从另一条路回家，月光中望见远处的树上挂着女子的裙衫，心怀疑虑，就走近来看。三个鬼见有人赶来，这才慌忙逃走。而王二的嘴巴里、耳朵里全被青泥塞满，他被叔叔扶回去，终于幸免一死。

城隍神酗酒

杭州人沈丰玉，在武康县（今属浙江德清县）做幕僚。不久，上司下达公文，训令武康县缉拿在逃的江洋大盗沈玉丰。

幕僚之中有位同事袁某，为人诙谐幽默，喜欢开个玩笑。看到上司下达的这份公文，袁某微微一笑，提起朱笔来在沈丰玉的名字上轻轻一勾，就勾成了沈丰玉，并指点着公文对沈丰玉说："沈先生，别那么逍遥自在了！如今，朝廷下达公文，到处在捉拿您，您竟然潜藏在我辈僚属之中，泰然自若，依我看，您恐怕是好景不长了！"沈丰玉实在接受不了这种恶作剧，他满脸怒气，一把将公文抢过来，点火烧了。袁某讨个没趣儿，悻悻而去。

当天夜里，沈丰玉刚刚躺到床上，就朦朦胧胧做起梦来。只见两个面貌狰狞的鬼卒突然闯进门来，哗啦一声就把他锁了起来，牵拉到城隍庙里。

城隍爷高坐殿上，一见沈丰玉被带了上来，顿时变了脸色，喝道："大胆沈丰玉，你杀人放火，无恶不作，又混迹于幕僚，抗拒王法，实属可恶至极！今天，先杀杀你的威风！来人，用刑！"鬼卒们应命，立刻把沈丰玉拖向老虎凳。沈丰玉竭力挣扎，嘶声叫喊道："我是杭州秀才沈丰玉，不是沈玉丰，更不是什么江洋大盗！城隍爷办案要清明，绝不可鱼鲁不分！"城隍爷一听这活，勃然大怒，说道："我们阴司有个惯例，凡是阳间发来文书,要求协助缉拿案犯的,我们都通力合作,迅速协同办理。如今,武康县发来的公文赫然在案,指名道姓地点你是江洋大盗。你竟然还敢在这儿抵赖强辩,分明是个刁贼,哪里容得? 拉下去!"

沈丰玉急得在地上磕响头。匆匆忙忙把袁某与他开玩笑及一气之下烧毁公文的经过述说了一遍。那城隍爷连连摇头,就是不信,说:"县府公务,岂有任意戏谑之理? 勾改之说,纯属编造。若不用刑,你哪肯就范? 拉下去,重打四十大棍!"任凭沈丰玉如何呼叫喊冤,也无济于事了。

沈丰玉被拉到了侧殿。两个行刑的鬼卒就偷偷对他说:"沈先生,您还没看出来吧? 在升殿之前,城隍爷刚陪着他夫人喝完酒,城隍爷已经喝多了,怎么会审好案子? 更没工夫听您的申辩。您哪,就另找门路吧! 我们这是例行公事,有什么法子? 免不了您还得受点儿委屈!"说着,把沈丰玉按倒,认真地打了四十大棍,而后拖回到城隍殿上。

沈丰玉被打得像散了架,这才想起城隍爷的确是脸色紫红、双眼迷离,醉头醉脑。他被拖回殿上,城隍就把大袖一挥,命两名鬼差将他押往阴山三处,关押收审,然后就往后殿睡大觉去了。

在押解的路上,路过一座关圣帝庙,沈丰玉禁不住大声喊冤。关老爷闻报,命将喊冤者带上大堂,细问根由。沈丰玉这才得以把事情的原委一一说清。关老爷耐心地听完了他的陈述,提起朱笔,在黄纸上批示道:"查沈丰玉确系杭州秀才,在武康县为幕僚,绝非江洋大盗沈玉丰。武康城隍肩负阴阳两界治民重任,怎能贪杯酗酒,滥施刑罚? 本官将奏明天帝,按律治罪。袁某身为县府幕僚,不知自敬自爱,竟然以人命为儿戏,浪荡渎职,应减其生寿。武康县令对属下放任失察,对此案有不可推卸的责任,念其因公外出,实不知情,从轻罚俸三个月。沈丰玉在阴司屈受杖责,脏腑严重受损,量其不能再活,着发往山西某县,托生为富家之子,使其二十岁中进士,以补偿其今生遭受的冤枉。"

听罢判词,那两个押送沈丰玉的鬼差也十分惶恐,他们向关圣帝磕头,请求恕罪。关圣帝把手一挥,说:"不干你们的事,回去吧!"两个鬼差仓皇退下。

沈丰玉一阵惊喜,就从噩梦中惊醒。他睁眼一看,妻子儿女正在环床啼哭,才知道自己已经昏迷了几天了。只觉得腹腔内时时搅动,疼痛难忍,知道自己的寿命不会太长了,急忙把在阴间的经历向同僚们细说了一遍。过了三天,他的气脉愈微,终于死去。

袁某得知了其中的原委,知道自己罪过不小,吓得要死。他索性辞掉幕僚不做,逃回老家去了。不久,还是吐血而死。武康城隍庙里的城隍爷塑像,也在一天夜里轰隆一声,突然倒塌在地。从此无人再塑金身,庙宇趋于颓废。那武康县知县,则因为滥征民马为驿马,被同官所弹劾,罚俸禄三个月。

地藏王接客

裴南湖,是我同乡沧晓先生的侄儿,性格狂放高傲。他三次考中副榜,竟不被录取,十分愤怒,就在伍相国祠里焚烧用黄纸写的表章,自己去控诉不平的遭遇。

过了三天,他病了,病了三天就死了。他的灵魂出了杭州的清波门,在水边草丛上行走,脚下发出沙沙的响声。天色是淡黄的,看不见阳光。前面有一道矮矮的红墙,好像有人家。他走过去,原来是几个老婆婆,围着一只大锅子在煮东西。掀开锅盖一看,锅里都是小孩子的头和脚。老婆婆说:"这些都是世间堕落的僧人,功德道行还没有圆满,就偷得人的形状,所以把他们煮烂,使他们在世间不能长大,年纪小小的就死掉。"裴南湖大吃一惊,说:"那么,老婆婆是鬼吗?"老婆婆笑着说:"你认为自己还是人吗?倘若是人,怎么能来到这里?"裴南湖大哭起来。老婆婆笑着说:"你焚烧黄纸表章,要求死亡,还哭什么呢?你要知道,伍相国是吴国的忠臣,在吴越一带享受祭祀,不管人间的官运这类事。现在叫你来,是伍相国将你的表章转到地藏王处,所以地藏王来叫你。"裴南湖说:"能见到地藏王吗?"老婆婆说:"你可以自己写好名帖,到西边佛殿投递进去。能不能接见你,还不一定。"她指着前面的街市说:"那就是卖名帖的地方。"

裴南湖前去买名帖,只见街上吵吵闹闹,人们挤来挤去,好像人间戏院散场的样子。有衣冠楚楚的,有光着头的,有老的小的,有男的女的,也有在人间时认识的人,但向他们打招呼,却一点也不理睬,大概这些都是已经死去的人。裘南湖更悲伤了。再走向前,果然有一间纸店,店堂内坐着一个老翁,穿着白衣服,头戴丝巾,把名帖交给裘南湖。

裘南湖向老翁借笔砚,老翁借给他,裘南湖就在名帖上写"儒士裘某拜"。老翁笑着说:"这儒字恐怕很难自称的,你应当写某科副榜,反而不会惹地藏王生气。"裘南湖不以为然,斜着眼睛看店的墙壁上贴有诗笺,题着"郑鸿撰书",还挂着许多纸钱。裘南湖一向看不起郑鸿,就对老翁说:"姓郑的一向作诗没有名气,怎么把他的诗挂在这里?而且这里已经是阴间了,还要纸钱干什么用呢?"老翁说:"郑鸿虽然是个举人,将来名誉和地位一定显赫。阴间最势利,所以我挂这些,使本店光彩些。纸钱正是阴间需要的,你应当多准备,去贿赂地藏王的卫士们,他们才肯给你通报。"裘南湖又不以为然了。

裘南湖一直走到西边佛殿,果然有牛头夜叉几百人,穿着胸前绣着"勇"字的补服,向裘南湖凶神恶煞般地喝骂。裘南湖正在彷徨紧张的时候,有人拍拍他的肩膀,原来是纸店那位老翁。老翁说:"现在该相信我的话了吧?人间有门包,阴间就没有门包吗?我已经给你带来了。"他马上替裘南湖交上几千贯,"勇"字号军人才把名帖拿进去。

听见东边小门打开,传裘南湖进去,让他跪在台阶下面。殿堂巍峨高耸,看不见地藏王,只听纱窗里有人说:"狂妄的裘南湖,你在伍相国庙告状,自称会作文,其实不过是陈腐的八股文章,根本不知道古往今来有多少事业、学问,却自称会作文,真是无耻到极点了!名帖上面自称儒士,你现在祖母八十多岁,受冻挨饿,以致眼睛也瞎了,不孝到极点,儒士难道应当这样吗?!"裘南湖说:"八股文之外,还有别的学问,我实在不懂。至于祖母受苦,实在是我妻子不贤惠,并非我的罪过。"地藏王说:"'夫为妻纲',人间一切妇女的罪过,在阴间判罪时,总要首先追究她的丈夫,然后再责罚妇女。你既然是儒士,怎么把责任推卸到妻子身上?你三次考中副榜,是因为你祖父的阴德照顾,并非依靠你的文才!"

话还没说完,忽然听到殿外有鸣锣开道的声音远远传来,殿内也撞钟打鼓,与鸣锣声相呼应。一个头戴虎皮帽,穿着"勇"字号的军人报告:"朱大人到!"地藏王走下佛殿去迎接。裘南湖连忙跌跌撞撞走开,躲在东厢房偷看,原来是刑部郎中朱履忠,也是裘南湖的亲戚。裘南湖愈加愤愤不平,大骂道:"果然阴间势利! 我虽然只会读破烂八股文,毕竟是考上副榜。朱履忠却是靠捐钱买官,也不过是个郎中,何至于地藏王亲自出去迎接呢!"穿"勇"字补服的军人大怒,用棍子打裴南湖的嘴巴。

一阵极痛,裴南湖醒了过来,只见妻子、女儿围着自己在哭,这才知道自己已经死去两天,因为胸部还有点气息,所以还未装进棺材埋葬。后来,裴南湖自己知道命运不好,不再参加科举考试,又过了三年就死了。

治鬼二妙

治鬼,有两个绝招儿。

娄真人劝人说:"若是遇见鬼,首先别惧怕。先稳住了阵脚,然后就坚持不懈地向鬼吹气。这叫作以无形之物,敌无形之鬼。鬼最怕人向他吹气。用这个招数对付鬼,比动用刀枪棍棒还要强百倍。"

张岂石先生说:"见着鬼,首先别害怕。而后就竭尽全力与之搏斗。如果斗胜了,当然最好;如果斗败了,顶多还不是和他一样——去做鬼!"

狐读时文

四川临邛县有个姓李的书生,年少家贫。有一天,他闲坐在家,只见一个老头进来,作揖说道:"我女儿与公子有缘,我知道公子尚未娶妻,愿将小女许配给你,共结百年之好。"李生说:"我家贫寒,没有钱财迎娶小姐。"老头说:"你只需答应这门婚事就行,至于娶妻的费用,你就不用操心了。"

李生正在惊疑的时候,忽然香车簇拥着一个美人来了,大约十七八岁,嫁妆、几案、衣架等物也都运来。老头摆起花烛,叫女婿与女儿互相行交拜、撒帐大礼,说:"现在,你们的婚事已经办成,我该走了。"

随后,李生拉着这女子解衣上床。女子不从,说:"我家从来没有布衣女婿,你必须考取功名,我才与你成婚。"李生说:"考期还远,你怎么能等得了?"女子笑道:"不必等那么久,我只需看看你写的文章,就能推断你能否考中,然后就可与你成婚了,不必等到以后呀!"李生大喜,拿出他平时写的八股文给女子看。女子翻阅了很久,又问:"你平时读不读袁太史写的文章?"李生说:"读啊!"女子说:"袁太史的文章写得雄健奇伟,有气魄,对你求取功名有帮助,应该多读。但袁太史天赋很高,这是你学不来的。"于是,她拿笔在李生的文章上改了几句,问道:"我这样一改,像不像袁太史的文笔呢?""像。""今后,你写文章,要先问我如何立意,然后再动笔,不要草草了事。"

从此以后,李生的文思一天比一天进步,终于在壬午年通过了乡试。这女子在李家孝顺婆婆,理家得当,至今还在,人们也忘记她是狐怪了。

这件事是临邛知州杨潮观对我说的。

何翁倾家

通州(南通州,今江苏南通市)有位家境富庶的何老头儿。这位何老头儿有三个儿子,个个庸俗丑陋。他那大儿子相貌最丑,却偏偏娶了个漂亮的媳妇王氏,与他形成鲜明的对比。王氏从心眼儿里就厌恶这个丈夫,可又总也逃不了和他一桌上吃、一床上睡的命运,日久忧郁成病,一病而死。

王氏死后,她的灵魂就经常凭附在二儿媳妇史氏身上兴妖作怪,闹得何老头儿一家焦头烂额。何老头儿没办法,就写了一份呈状,到城隍庙前去焚烧,在城隍爷面前告了王氏一状。

过了几天,忽然换成一个男鬼凭附在二儿媳妇身上,说是:"请亲家翁说话。"何老头儿莫名其妙,问道:"你是谁?"鬼说:"我是史某人,是您家二媳妇的父亲。我死后,被任命为本郡城隍的掌案书吏,政务很忙,很少再过问家里的事。昨天,我见到了您递交城隍爷的呈状,才知道我女儿被王氏的亡灵所困扰。在我的恳求之下,城隍爷已经把王氏的亡灵发配到云南去服苦役了,今后您家里就太平了。回想起来,我女儿初嫁您家之时,我已经辞世。那时候,我们史家家业萧条,也没陪送一样儿正经嫁妆。这事儿总叫我耿耿于怀,内心愧疚。如今,我在阴司任职多年,积蓄下白银五百两,准备赠送给您家,作为对女儿陪嫁的补偿。您在本月十六日半夜子时,备足香蜡纸码一应祭品,携同您的二少爷,到厨房墙外西南角下去挖掘,就能得到这份银子,千万别错过了时辰!"鬼又嘱咐说:"到时候,您还得准备一桌素宴席,我要带着几位同僚一起来,来向您表示祝贺。您可千万别忘了!"何老头儿一一点头答应了。

　　到了十六那天,何老头儿认真地备齐了祭品酒宴,这才带着二儿子来到厨房墙外的西南角。爷儿俩费了好大劲儿,挖出来的却是个空罐子,一无所有。他们当然是快快不乐,以为这位鬼亲家诓骗了自己。到了夜晚,鬼又凭附着二儿媳妇说:"亲家翁的运气太不济了!我多年积蓄的那五百两银子,的确藏在这个罐子里,没想到事先被您的外甥犬子得知了消息,让他给夺走了。这,我也没咒儿念!"

　　原来,何老头儿有位姐姐,当初嫁给某村徐家。他们有个儿子,取名犬子。后来,姐夫和姐姐先后病故。犬子孤苦伶仃,无倚无靠,就带着价值千金的遗财投靠舅舅何老头儿。何老头儿对犬子却非常淡漠,动不动就加以打骂和训斥。犬子郁郁而不得志,不久就病死了,徐家的余财全部落入何老头儿手中。犬子的阴魂非常憎恨这位舅父。这回事先得知史老者要赠他五百两银子,能不事先搂过来吗?要知道,鬼都是可以先知先觉的。

　　过了半年,二儿媳妇去住娘家。住了一段时间,在一天傍晚回到何家。一进门儿,她就倒在地上大哭不止,继而又大骂何老头儿这老家伙不是个东西!听她那口气,像是大儿媳妇王氏又凭附到她身上,莫非她从云南的流放处所逃回来了?何老头儿手足无措,只好命婢媪奴仆把她抬回房中,暂且休息。正在这当口,三媳妇房里的丫鬟也仓皇赶来,向何老头儿报告说:"不好了!三奶奶正梳着晚妆,竟把梳妆台的镜子打碎了,而后就大哭大闹起来,样子凶猛可怕!老爷和太太快去看看吧!"何老头儿和夫人又慌忙来到三儿媳妇房里。

只见那三儿媳妇披头散发,大哭大闹不止。听她那口气,像是被押解王氏的鬼差凭附了。鬼差骂道:"何老头儿,你这个老奴才!你也太没良心了!自己家的儿媳妇你全不顾恤,死而为鬼你还要控告她,依仗你亲家史老头子在阴司的势力,将她押解云南去服苦役,害得我也陪她走一趟万里苦差,你们家却分文不掬,叫我们一路上的破费如何开销?如今,王氏感念我一路悉心关怀照顾之情,决心与我私奔,嫁我为妻。我和她既回不了家乡,又进不得衙门,竟是无以安身,只能到你何家来,度这洞房花烛之夜。还不快温点儿酒来,为我们驱解这一路风寒!"

何家的二儿媳妇与三儿媳妇只住对门儿。此后,王氏凭附三儿媳妇,鬼差就凭附二儿媳妇;鬼差凭附二儿媳妇,王氏就凭附三儿媳妇。就此轮番大闹不止,搅得何家坐立不安、鸡犬不宁。何老头儿被逼得无路可走,又到城隍庙去告状。没想到,这回神鬼也不灵了。他不得不花费大量钱财,到处去征求驱鬼治邪的方士。

这么足足折腾了两年,终于有一位江西籍的道士应聘上门。这位道士名叫兰方九。兰道士首先画了十几张符,贴遍了何家宅院内的门户。然后仗剑步入二儿媳妇与三儿媳妇的居室,念咒作法。二儿媳妇和三儿媳妇最初只是躲进自己的房里,又笑又骂;继而惊恐逃窜,浑身颤抖;最终跪在地下,磕头求饶。

忽然,从屋角上发出一声闷雷似的巨响,两位媳妇立刻倒伏在地。那兰道士从囊中取出一只小瓶,以瓶口指向二位媳妇,口中念道:"鬼入,鬼入!"只见两缕青烟袅袅,从媳妇们的头顶窜出,簌簌然被吸入瓶中。兰道士随即把瓶口封了,纳入囊中。

不大工夫,二儿媳妇、三儿媳妇先后从昏迷中苏醒。在兰道士的建议下,何家重新挖开了大儿媳妇王氏的坟墓,用斧子劈开了棺盖。只见那王氏面貌栩栩如生,尸体僵硬而带有血色。于是,将她的尸体火化,与兰道士收揽阴魂的小瓶同葬于一处。王氏的阴魂从此安宁,何家也从此太平了。

可是,经过这将近三年的瞎折腾,何老头儿家财耗尽,几乎是要倾家荡产了。

江 轶 林

通州文人江轶林,世代居住在通州吕泗场。他娶彭氏为妻,感情深厚。彭氏嫁给江轶林三年,江轶林才不过二十岁,还没有考中秀才。

一天晚上,夫妇同时梦见江轶林将于这一年的某月某日中秀才,而彭氏也将在这一天死去。不久,学使来通州举行考试,吕泗场离通州有上百里,轶林因为做了这个不吉祥的梦,心中疑虑,不愿去通州。彭氏催他:"求取功名,事关重大,梦中的事,不足为凭。"轶林这才勉强上路。等到考完试,他果然得中,发榜日期正是梦中所说的那一天,他心里非常不舒服。过了两天,果然传来彭氏的死讯。轶林考完后就急急忙忙回家,彭氏已死了十四天了。

按通州风俗,人死后第十四天的夜间,应将死者的衣物放在灵柩一侧,全家躲避,据说亡魂会回到尸身,叫作"回煞"。轶林痛惜彭氏死了,就在"回煞"这一夜,将床搬到灵柩旁,躲在床帐里,希望再见彭氏一面。

守到三更时分,他听见屋角微微作响,彭氏从房檐处慢慢下来,走到灵柩前,朝蜡烛跪下叩头,烛火立刻就灭了,可室内仍然亮如白昼。轶林唯恐惊吓彭氏,不敢出声。彭氏从灵柩前走到床前,揭开帐子,低声喊道:"我的郎君回来了吗?"轶林跳出来,二人抱头痛哭,哭完,互相诉说离情别绪,然后解衣就寝,恩恩爱爱,一如既往。

轶林从容地问:"听说人死后有鬼卒看管,回煞时,有煞神陪同,你为什么能独自回来?"彭氏说:"煞神就是阴间管事的鬼卒,有罪的鬼回煞时,才被绑起来,由煞神押回。阴司念我无罪,而且与郎君前缘未断,所以放我独自回来。"轶林又问:"你既然无罪,为何这么早就死了呢?"彭氏说:"阳寿短暂,命中注定,不管有罪无罪呀。"轶林说:"爱妻与我前缘未断,今晚来此,莫非就要了断前缘?"彭氏说:"还早。了断前缘,还有后缘。"没讲完,就听到外面刮起风来。彭氏害怕极了,用手抱住轶林,叫道:"抱紧我!保护我!鬼最怕风,一旦被风吹着,那么来去就不能自己做主了；万一跌一跤，就会被风吹到很远的地方。"等到鸡叫天亮，二人分别，轶林依依不舍，彭氏劝他："别担心，夜里再会！"说完就走了。

从此，彭氏每夜必来，查点生前的梳妆用品，还为轶林缝补衣服。两个多月后，彭氏忽然长吁短叹起来，哭着对轶林说："我们二人前缘已经了结，从此要分别十七年，十七年后，我再来与郎君续后缘。"说完就走了。

江轶林本来就是个英俊少年，家财丰厚，乡里愿意作为续弦嫁给他的女子很多，轶林一概不同意。等到十七年后，他按照彭氏生前的音容笑貌来择婚，跑遍通州、泰州、仪征、扬州，都未能物色到，仍旧一人回到了吕泗。

吕泗原本靠海，这一年有一艘海船从山东返回，带来一对老夫妇，他们自称原来属于土族，只生了一个女儿，依靠叔叔生活。叔叔想把他们的女儿嫁给当地富豪，老翁很不愿意，所以躲避到这里，女儿也想嫁给一个江南人。于是有人向老翁提起江轶林，老翁非常愿意；这人又对江轶林讲，轶林认为应该先见一见这位女子，然后才能做决定，老翁答应了。

一见到这位女子，江轶林就认为是彭氏再生。轶林问她年龄，她说："十七岁。"她的生辰月日，就在彭氏死后两个月。轶林高兴地同意了这门婚事，二人比以往更加亲敬欢娱。

这女子的性情爱好，就跟彭氏生前一样。有时，轶林问她前世的事，她笑而不答。轶林叫她"蓬莱仙子"，暗指彭氏再生。后来，他们生下一子一女，分别取名"彭儿"、"彭媳"。这样，他们欢聚了十七年，之后夫妇二人得病先后去世。

裹足作俑之报

杭州人陆梯霞先生，品德纯粹端正，终身不贪二色。有人乘他参与宴会的机会，成心指使戏曲旦角演员或妓女上前，为他敬酒劝酒，肆意调侃。先生既无喜色，也无怒容，依然是泰然平淡，随意应酬，充分显示出先生的博大襟怀，更加令人敬重。如果有人犯了小罪过，请先生去为他求情说好话，先生总是满口答应，立即去办。因为先生在掌权者的心目中很有威望，说了话还是算数的。有人又以此为据来诋毁先生，说他："纵容小过，自贬风骨（身价）。"

陆先生听了这话，笑着说："见到白花花的大米饭粒撒到地下，总是要捡拾起来放在桌上，心里才觉得安逸，又何必非得自己吃了它呢？人，若是老惦记着要树立自己的风骨，那就是极端自私的表现了！"

陆梯霞先生说："当年，汤斌汤潜庵，任江苏巡抚。苏州城里娼妓多，汤先生只有劝诫，从来不加禁止或拘捕，并嘱咐他的属吏们说：'人世间之所以有娼妓，就和寺庵里有和尚尼姑是一个道理。和尚尼姑用迷信与神佛来骗人求食；娼妓则以其色相来媚人求食。迷信神佛和色情虽说都不是先王的成法，但是，在欧阳文忠公的《本论》中提出的治民基本策略至今尚不能付诸实施的情况下，你把那些饥寒交迫、怨声载道的平民百姓们如何安置？所以，今天查禁优伶娼妓，就和北魏时期消灭寺庙僧众、捣毁佛像一样，只能是给那些贪官污吏加紧欺诈盘剥百姓制造借口，使他们更加生财有道。这种舍本逐末的倒行逆施，我是坚决不能去干的。'"

忽一日，陆梯霞先生做了个梦。他梦见两位青衣皂隶手持请帖来请他，帖上大书"年家眷弟杨继盛拜"。陆先生一看就乐了，说道："正好，正好！我正想找椒山先生聊聊呢！"于是，跟随两位青衣皂隶来到一所宏伟巍峨的宫殿之前。

杨继盛头戴乌纱，身穿大红袍，笑盈盈地走下台阶来迎接，说道："继盛蒙玉帝天恩隆厚，奉旨将任满升迁。这个官职就由陆先生来荣任，可喜可贺！"陆梯霞慌忙逊谢，说道："陆墀在人世间就是不爱当官儿，所以才隐居课读，终身不仕。怎么能跑到阴间来，反而做起官儿来？愧不敢当，愧不敢当！"杨椒山哈哈一笑，说："先生真是个高人！连城隍爷这种肥差，您都看不上眼，恐怕也无官可做了！"

话音未落，有位判官凑上前来，在杨椒山耳朵边上嘀咕了一阵。杨椒山微皱眉头，说道："这案子太棘手，不大好判，还是等我奏明了玉帝，听旨再作定案吧！"陆梯霞在一旁听着有趣儿，不禁问道："什么案子，这么难拿主意？"

杨继盛说:"这是在审理南唐李后主发明女子裹小脚一案。"陆先生问:"怎么个棘手法?"

杨继盛叹了一声,说道:"说来话长啊!这李后主的前身,乃是嵩山净明寺的一名和尚,转世为南唐后主。他生活奢靡,酷好声色,在宫中恣情淫乐。偶尔,他想出了个歪主意,叫妃嫔们把脚用布裹起来,像个弯弯新月,走起路来,则歪歪扭扭。这不过是个偶然的游戏,不料后世相沿成风,凡女人都得裹小脚、穿弓鞋,还美其名曰'钩弯'。岂料这种恶习,导致将父母授予的宝贵身体矫揉造作、穿凿附会,以至于选择配偶的时候,成为一条至关重要的标准。他们围绕着这双脚挑小嫌大,肆意计较,因此而酿成婆媳不和、夫媳相憎;更有甚者,有的把女人的一双小脚当玩物,恣意猥亵淫乐。裹小脚的风气,害透了历代妇女,甚至有的悬梁饮卤,付出了宝贵的生命。玉帝特别厌恶李后主这项罪恶的发明,所以,在他降宋之后,使宋太宗赵光义赐给他牵机之药。吃了这种毒药,两腿抽搐向前抬起,头颈抽搐前后俯仰,就像头与脚被丝绳互相牵拉着一样。这样反复牵拉数十回,才能致死。这种死法,当然比裹小脚要痛苦百倍。"

杨继盛又说:"经过七百多年的忏悔赎罪,李后主服役期满,他又可以转世为人,到嵩山净明寺去当和尚,继续敬佛修道。没料到,又有几十万没有脚的女子阴魂集聚在南天门前喊冤,她们说:'张献忠攻陷四川,把我们的小脚儿通通砍下来,堆积如山,还把一只最尖的小脚儿码在最上方,当作山顶,招摇示众。我们虽说是遭受劫运,命中该死,然而,为什么把我们的小脚儿如此暴露,如此出丑?这都是李后主发明裹小脚儿所造就的孽根!我们坚决要求玉帝严惩李后主,为我们申冤,我们死也瞑目了!'玉帝听了妇女们的申诉,心生悲恻。但是,这桩案子公断不易。于是,传谕四海城隍,请大家公议。我阅读了玉帝下达的公文,做出如下的论断:虐杀小脚妇女的罪责,应该由张献忠自负,因为李后主不可能预知几百年后发生什么事。但是,还得罚李后主在阴间做女鞋一百万双,用以补偿因发明裹小脚给人间妇女们带来的灾难。一百万双女鞋做齐了,才能转世为人,再回嵩山净明寺。这番论断只拟了个草稿,还有待于与各位城隍协商,才能作为正式提案,呈上玉皇。陆先生意下如何?"

陆梯霞先生说:"人世间有些事情总是积习难改啊!我也没有更

妥帖的办法。有人把火葬视为对父母的孝敬,也有的父母把给女儿裹小脚当作慈爱,真叫人啼笑皆非。"

杨椒山听了,不禁大笑。陆梯霞辞别了杨椒山,安然而醒。后来,就梦不见杨继盛再来请他去作客了。陆先生活了八十多岁,才寿终正寝。他曾经开玩笑似的对自己的夫人说:"不要给咱们的女儿裹小脚了,免得给阴曹地府的李后主添麻烦,又得多做一双女鞋!"

判官答问

谢鹏飞以红和县廪生的身份,充任阴间判官。他白天和平常人一样,夜里就到阴间处理公务。不少朋友托他到阴间查一查寿数,他总不肯,人们怀疑他是害怕泄露天机。谢鹏飞说:"并非如此。在阳间的有关衙门里,只有犯罪牵涉官司的人,才有案卷可查。否则,百姓千千万万,谁有工夫去编排保甲册子? 官府只能听任百姓自来自去,阴间也是这样。你们没有牵涉诉讼案件,也没有违犯阴司的法规,气数未尽就活着,气数已尽就死去。我实在没法查册子。"

朋友问:"得了瘟疫而死的人,有没有册子可查?"他回答说:"这些人都是在阳九(合456年)与百六(合288年)之间的阴阳小劫难中该死的,好比县府考试,有点名簿,正好能查。但只有庸庸碌碌的人,才被记入这种小劫难的册子中。如果是有来历的人,就不在这些小灾难中生死,这就好比阳间世代做官的人家,后代子孙是不必考童生的。"朋友问:"除了瘟疫之外,有没有其他大灾难呢?"他说:"水灾、火灾、战争之类,就是大灾难。这种灾难,就连大贵人也难以逃脱。"

朋友问:"在阴间,什么神最高贵?"他说:"既然叫阴司,还有什么高贵不高贵? 高贵的,都是天上的神仙。像城隍神、土地神,就好比人间府县的一般官吏,风尘仆仆,日夜奔走,非常辛苦,贤明的人是不屑去做这种官的。以前,白石仙人整天在山中煮白石头,不肯上天做神仙。有人问他原因,他说:'天界有清规戒律,符字丹书太多,也十分劳苦,所以我宁愿在山水间自由自在,永远做一名散仙。'他说的也就是这个意思呀!"

蒋 太 史

乾隆十九年(1754),蒋士铨先生以举人官居内阁中书,携同家眷,住在北京贾家胡同。

这一年的十一月十五日,蒋先生那个宝贝儿子忽然病了。蒋先生夫妇心疼儿子,就在自己的卧室里暂设一床,在一起居住。夜里,蒋先生就做了个梦,梦见一名青衣皂隶手持请帖来请他。他朦朦胧胧,不知不觉地跟随这位皂隶走出门来。来到一座神庙,走进庙中,坐下来休息片刻,只见院子里摆着一匹新塑的泥马。此马与真马一样大小,活灵活现,栩栩如生。蒋先生赞叹不已,不由得用手抚摩了一阵。没料到,这马却鬣毛直竖,摇头甩尾,顿时变成了一匹活马。那位皂隶就扶蒋先生上了马,那马立刻腾空飞跃,凭空而行。蒋先生俯身下望,眼下的田亩一方方一块块,犹如棋盘上的格子纵横交错,飞掠而过。不一会儿,又觉得上方下起了蒙蒙细雨,他很担心自己的衣服会被淋湿。抬头一看,正有一把油红大伞遮在头上,那位皂隶正手持大伞,两脚蹬空,随马而行。

不大工夫,这匹神马直线下降,落到了一所大殿的台阶前。但见宫殿巍峨宏阔,绝像人间帝王的住所。殿外两侧各有一口井,井上设有亭台。左侧亭台的匾额上大书"天堂"二字;右侧亭台的匾额为"地狱"。天堂的上空轩爽明亮。地狱的周围则一团漆黑,深不可测。这时,那位皂隶已不见了。

大殿的另一侧还有几间小屋,从小屋里冒出来腾腾热气。蒋先生走近前一看,只见屋里并排安着几口大锅,一位老妇人正在灶下烧火。蒋先生问道:"请问大娘,您在煮些什么?"老妇人极其平淡地回答说:"煮恶人。"蒋先生半信半疑。不一会儿,老妇人就掀开了一口锅盖,沸腾的锅里果然露出几颗人头。蒋先生打了一个寒噤,不由得倒退了几步。猛一抬头,看见地狱井前有个面容惨淡、衣衫褴褛的人。他一纵身,就跳进了地狱井。

老妇人解释说:"这是阎王爷判定了要投地狱的人,他自己不投,也要被扔进去!"蒋先生问道:"如此说来,此处并非人间了?"老妇人说:"这还用问吗? 看看这儿的光景,您心里早该明白了!"蒋先生说:"我想见见阎王爷,不知道可不可以?"老妇人说:"您先别着急呀,阎王爷既然请您来,自然会接见您的! 您不妨先看一看。"说着,从炉灶旁取来一只高脚凳,请蒋先生登在凳上。

蒋先生从门窗的缝隙往里看,才知道那阎王爷是位年不过三十、面容清瘦、微微有些胡须的中年人。他头戴流旒冕,身着盛服,手持笏板,正在焚香磕头,向北膜拜。老妇人又在一旁解释说:"阎王爷正在参拜玉帝,上表述职。"

过了一会儿,殿门豁然打开,有人高声唤道:"奉王爷旨:蒋士铨先生进见!"蒋先生急忙一溜小跑进入殿中。那阎王爷却已换上了本朝的服装,以白绢缠头,两侧各有一束白绢从耳后垂到肩上,有点儿像《三礼图》上所画的古人服饰。阎王爷在上座坐定,蒋先生上前见过礼。阎王爷说道:"阴司的公务繁重,我已任满,奉天帝命调任他职。这儿的职位,不免要由您来代劳了!"听他那口音,像是江苏武进、常州一带人。蒋先生一听,仓皇逊谢,说道:"不,不! 士铨上有高堂老母,又兼妻少子幼,供奉养育,责无旁贷,恐怕是难以当此重任啊!"

阎王爷一听这话,立刻现出怒容,说:"先生素负才子之名,为什么反而这般不通达? 真是出人意料。令堂太夫人自有太夫人的寿命,与您又有何干? 尊夫人又自有她的福分,您又何必多操此心? 至于您那位宝贝公子,就更无须您去多管了! 人世间的瓜葛就是如此,要了就了,要不了就没完没了,您牵缠进去干个什么? 我已经把您的名字奏明玉帝,请您接替这个位置,而且已恩获批准,此事无可挽回了!"说着,自己动手,把椅子转了个一百八十度,背过脸儿去坐着,现出不屑一顾的神情。蒋士铨也不由得大怒,抄起案子上的界尺"啪"的一拍,吼道:"你也太不近人情了! 当官儿也得出于自愿呀! 你为什么这么强加于我?"

他这么一吼,也就从梦中惊醒了。桌上的油灯荧荧发亮,身边的夫人睡得正香,自己也依然躺在床上,四肢冰凉,一身冷汗浸透了睡衣。他喘息了一阵,才叫醒身边的夫人,把刚才的噩梦向她说了,夫人不由得大哭起来。蒋先生忙劝阻说："别哭了，小心惊动了老夫人！"蒋夫人忍住了啼哭，起身下床，去看望老夫人。

这时候，梆罗交响，已经交了四更鼓。蒋先生放平了身子，又昏昏睡去。一合眼，又来到阴司衙门，所到之处与刚才完全是两个地方。这座大殿里并排设五个座位，几案上公文堆积如山；四个座位上都有人，只有第五个座位空着。

有位属吏模样的人指着空座位对蒋士铨说："蒋先生，那是您的座位。"蒋士铨就跟着他往前走，走到第三个座位，仔细一瞧，坐在那里的正是他乡试阅卷房师冯静山先生。他急忙上前，拱揖施礼。那冯静山先生，身穿一件老羊皮袄，形容苍老。他一见蒋士铨，欣喜若狂，一把揣下了老花镜，说道："足下来了，正好，正好！你瞧瞧，这么多的文件等待处理，若非贤契到来，谁能帮得了这个忙？太好了！"

蒋先生一听这话，心里就老大的不高兴，说道："若是别人说出这种话来，也就罢了。怎么，恩师也这么说？我上有高堂老母，下有无知幼子，怎么可能离开呢？这一点，恩师您是深知的呀！"他这么一说，冯静山也现出惨淡的神色，说道："足下这么一说，又勾起了我许多心事。我虽说没有高堂父母，也是妻少子幼，本不该来呀！唉！不知道他们如今混得怎么样了？不会是贫困交加吧？"说着，就噼里啪啦地掉下眼泪来，弄得蒋士铨一时手足无措。

冯静山哭了一会儿，以巾拭泪，忍着悲痛说："唉，事已至此，再多说也就没用了。在玉帝面前保奏推荐足下的，就是那个常州人老刘。这事儿，说起来真有点儿可笑，但也毫无办法。足下应该马上回到阳间去料理后事。今天已经是十一月十五，二十那天，就到您上任的日子了。"蒋士铨无奈，只好与恩师冯静山拱手作别，忽而惊醒，窗外已是雄鸡高叫，旭日初升了。蒋太夫人得知此梦，禁不住与儿媳抱头痛哭。

蒋士铨与江西代理巡抚王兴吾是至交。如今，知道自己过几天必死，就决意与老朋友作一诀别。王兴吾一见蒋士铨，大惊失色，问道："您精神颓废，满脸黑锅烟子气，莫非是病了？为什么形色惨淡，鬼气逼人，出了什么事儿？"蒋士铨直言不讳地把两个噩梦说了。王兴吾好生安慰了一会儿，说道："您先别害怕，心里不怕，事情就好办了。我听人说，要避免这种预知之死，只有拜北斗和念大悲咒最管用。您回家去不妨试一试，或者可以免除一死？"蒋士铨是病急乱投医，王兴吾的主意也不得不拿来一试了。

　　且说那蒋太夫人本来就是位虔诚的佛教信徒,平素就礼佛拜斗。如今,为了挽救儿子的生命,更是重修神坛,带领全家上下膜拜顶礼,乞求上天保佑儿子平安无事。

　　十一月二十日那天,正好是冬至节气,许多亲友纷纷来作客。大家借机守在蒋士铨身边,看他到底是怎么个死法。一直守到夜下三鼓,蒋士铨忽然看见有一乘大轿自空而降。大轿前后旌旗招展,车夫呼从十几人前呼后拥,的确有点儿迎他而去的气氛。全家人合声高诵大悲咒,那大轿和仆马人等就愈来愈模糊,终于化作一缕青烟,消失在半空之中。

　　蒋士铨并没有死,过了三年,也就是乾隆二十二年(1757),他高中丁丑科二甲第十二名进士,入翰林。

李敏达公扶乩

　　李敏达公名卫,当初还没做官时,曾遇到一位自称"零阳子"的乩仙。这位仙人为他判定终身,说:"气概文饶似,勋名卫国同。欣然还一笑,掷笔在秋红。"旁边还有小注:"秋红,草名。"当时没有人知道其中的含义。

　　后来,李公做了保定总督,因弹劾总河朱藻而死,谥号敏达。后人这才明白,"朱"就是"红","藻"就是"草"。

吕道士驱龙

　　河南归德府(今河南商丘地区)有个吕道士。据说,他已经有一百多岁了。他这个人很怪,出气犹如打闷雷;他可以十几天不吃也不喝,又能在一个早晨吃掉五百个鸡蛋;他往别人身上吹一口气,那人就会觉得火烧火燎,承受不住;又有人和他开玩笑,把一张生饼贴到他脊背上,不大工夫,那张饼就焦熟烫手,完全可以吃了。从冬到夏,吕道士总是身着一件破道袍。他不怕冷,不说热,一天能走二三百里地,没听他说过一声累。

雍正年间,王朝恩官居北河总督。他在张家口附近的河上修筑一道堤坝,但是,随修随塌,耗费文银几万两,大坝还是修不成。为此,王朝恩非常苦恼,简直是日不思食、夜不成眠。

就在这当口,吕道士来到张家口。王朝恩急忙向他请教。吕道士说:"禀大人:大坝上游乃一深潭,潭中藏毒龙一尾。毒龙作祟,大坝何以修成?"王朝恩问:"仙师能否驱逐此龙?"吕道士说:"此龙修炼已达两千年之久,道力博大,凶猛异常。当年,梁武帝萧衍筑浮山堰,屡筑屡溃,就是此龙从中作梗。若要筑成此坝,必得贫道下水,与毒龙决一死战,若能战胜而驱逐之,大坝即可告成了。不过,贫道福薄命短,惟恐为恶龙所伤。必得仰仗圣天子的威严,加上大人的福分,靠您们的全力护持,才能担此重任!"王朝恩问:"那么,我将如何,才能有助于您?"吕道士说:"大人须乞得圣命,然后亲自将您的大名书写于木牌之上,加盖河道总督之官印,再命人用油纸包了,绑缚于贫道背上,贫道就可以下水一战了。"王朝恩点头应允。

吕道士身背河道总督名牌,仗剑入水。霎时之间,乌云蔽天,黑风骤起,雷电交加。河面上掀起冲天巨浪,河水漫无边际,混然难辨东西。直到第二天午夜,吕道士才提着那口带血的剑,满身腥秽地来到河道总督衙门。他伛偻着腰,显得疲惫不堪,向王朝恩禀告说:"贫道的肋骨,已经被毒龙的尾巴扫折了几根。不过,我也斩断了一只龙臂,可惜沉入深水去了,我只拔得了一具龙爪,特敬献给大人。那毒龙身负重伤,已经奋力游向东海。大人尽可放心筑坝了!"王朝恩大喜,马上命人摆宴,犒劳吕道士。席间,王朝恩提议,请蒙古名医为吕道士医伤接骨,吕道士却连连摆手,说:"贫道运纯阳真气,再加以调养,半年之后完全可以恢复。不必了,不必了!"

第二天,王朝恩就指挥民工,先扫除了水下障碍,然后加紧地面施工,大坝很快就竣工了。吕道士所献上的龙爪,样子很像一只水牛角,不时地散发出一阵阵龙涎香。把龙爪高悬室内,蚊蝇远避,昆虫四散。

吕道士声称,他和明末农民军领袖李自成曾有交往,吹嘘他在众军面前,亲自为李闯王系过草鞋带。他又说,他与贾士芳同时受业于王先生。王先生曾经评论说:"吕某诚实淳朴,所以必然修炼成道;贾士芳贪财好利,又爱自作聪明,必然不得善终。然而,吕、贾两人的名声都会惊动天子!"

嵇文敏先生任河道副总督,入京师觐见述职,长久不见家信。家里人着急,向吕道士问卜。吕道士说:"你家大人已被大木撑住了眼睛!"家里人更加着急,以为主人在京师得了眼病。既而消息传来,却是官拜文华殿大学士,荣登了相位。人们这才悟出吕道士喻言的含义,"大木撑眼,"乃是"目"旁加"木",暗示登上"相"位也。

乾隆四年(1739),吕道士来到京师。王公贵族争相请他看病,个个手到病除,吕道士声名大震。徐文穆先生的六儿子阳虚不闭,遗泄不止,身体极端虚弱。吕道士一见这位六公子,就直截了当地说:"公子面无血色,必是阴虚梦遗,好治,好治!"他当即请这位公子躺在地上,敞胸露怀,并请他闭上眼睛。吕道士伸手探囊,取出一根一尺多长的大铁针,直向公子胸口上刺去。旁观的人都捏了一把冷汗,吕道士却行针不误。待了一会儿,开始起针,鲜血随针而出,把铁针染成一条红线。吕道士吐了一口唾沫,涂抹到针门上,便起身告辞了。周围的人看得目瞪口呆,那六公子却浑然不觉。当天夜里,这位六公子的病就好了。

曾经官居知府的王孟亭患腰痛,行动不便,登门请吕道士诊治。那一天,天气阴沉,吕道士说:"请大人晴天再来!"第二天就是个大晴天,王孟亭又来就医,那吕道士用手抓来阳光,在王孟亭腰部揉搓。王孟亭觉得有一股热流穿透了五脏六腑,腰痛病随即消失。

有人就向吕道士请教服气导引之术,吕道士却秘而不答。后来,人们就讨好他身边的书童,从中刺探他的秘密。书童说:"师傅并没有什么特殊的招数。每天清晨,他都要到荒郊旷野上,迎着初升的阳光,像虎狼一般奔驰跳跃。伴随着蹦跳,他大把大把地捕捉阳光,纳入自己口中,随捉随吃,随吃随咽,反复不止,仅此而已。"

盘古以前天

相传天地开辟之前,有一种树,叫阴沉木。它埋在沙浪里,经过天翻地覆的变迁,又重新出现在世上。由于这个原因,阴沉木再被埋进土里时,一万年也不会腐烂。阴沉木颜色深绿,木纹就像织出的锦缎那样好看。如果在地上放一片阴沉木,百步以外,苍蝇、蚊子都飞不起来。

康熙三十年(1691),天台山崩裂,沙土中涌出一口棺材,形状十分神奇怪异,棺材的前部是尖的,尾部却宽大,有六尺多高。内行人说:"这是阴沉木做的棺材,肯定有奇异的地方。"打开前盖,棺材里有一人,眉毛、眼睛、嘴巴、鼻子与木头的颜色相同,手臂和大腿也与木纹相同,一点没腐烂。

忽然,棺材中的人睁开双眼,仰视天空,问:"这青青的东西是什么?"众人说:"是天。"那人惊异地说:"当初我在世时,天没有现在这么高呀!"说完又闭上眼睛。众人争着将棺材中的人扶起来,全城男女老少涌过来,想看一看盘古开天以前的人。正在这时,忽然刮起大风,棺材中的人变成了石头人。那口阴沉木的棺材被知县得到,后来又献给了总督。

我推测,棺材中的那个人,是远古时代天地混沌时期的人。纬书上说:"万年之后,天可倚杵。"那人讲远古的天没有今天这样高,这是真的。

卷　十

禹王碑吞蛇

屠赤文任陕西两当县县尉时，手下有个姓张的厨师，非常能吃，力气很大，身材魁梧，只是没有左耳朵。屠赤文问他失耳的缘故，他说了自己的一段经历。

我是四川人，三代打猎为生。家里有一部祖上传下来的奇书，书中教猎人学会一种奇功：抓把风放在鼻子上闻一闻，就能判断什么野兽来了。我小时候也学过。

一次，我在邛徕山打猎。山里有个叫阴阳界的地方，阳界比较平坦宽阔，而阴界却十分险峻陡峭，人迹罕至。我在阳界打猎，一无所获，就带上干粮到阴界去。走了五十多里路，天色已晚，我远远望见十里外的高山燃起一片大火，火光冲天，把树林和山谷照得如同白天，随后，吹来一股狂风。我不知道眼前将出现什么情景，就抓风闻了又闻，却是奇书上没有记载的，不由得心中十分恐惧，急忙爬上树顶眺望。

不一会儿，火光渐渐近了，大火中闪现出一座大石碑，石碑上端凿成虎形，光芒四射，好像是燃着成千上万的火炬，照遍方圆数里。石碑慢慢向前移动，移到树下时，发现了我，就忽然升高了三四丈，好像要张口吞咬我，石碑几乎碰到我身上。我屏住呼吸，一动不动，那石碑也就缓缓向西南方移去。

我正庆幸自己脱险，准备等石碑去远，好从树上下来。忽然，我又望见千万条巨蛇铺天盖地而来，大的有车轮般粗，小的也有米斗般粗。我想，这次一定会葬身蛇腹了，更加恐慌起来。不料这些蛇竟腾空而起，直冲云端。因为离树很远，我蹲在树上，竟毫无损伤。只有一条小蛇飞得较低，从我耳边擦过。顿时，我觉得疼痛难忍，一摸，左耳已没有了，鲜血直淌。这时，石碑还在前面，站立在火光中，纹丝不动。凡是从石碑旁边经过的蛇,都变成空壳,纷纷落地,仿佛万条白带飘下。我只听见一阵阵吸食蛇肉的声音,过了一会儿,蛇全不见了,石碑也去远了。

　　我一直等到第二天才敢下树,然后急忙寻找归途,结果迷了路,这时恰好遇见一位老人,我把经历的事告诉他。老人说:“我是这里的山民,你昨天见到的是禹王碑。当年大禹治水来到邛徕山,毒蛇挡道,不能前进。禹王大怒,命庚辰杀蛇,然后立下两座石碑镇压群蛇,并指示两石碑:‘你们将来成神,要世世代代杀蛇,为民除害。’至今已经四千年了,石碑果然成了神。碑有一大一小,你幸亏遇到小碑,才免于一死。如果是大碑出来,大火将烧遍方圆五里,树林将被烧为灰烬,你恐怕就难逃一死了。这两座石碑都以蛇为食,所到之处,带着蛇一起走,所以,蛇都低头等死,顾不上伤人。你的耳朵已中了蛇毒,到了阳界,一见到阳光就会死。”于是老人就从怀里取出药,为我疗伤,并给我指明了归路,我这才与他道别。

黑　　柱

　　绍兴人严某,做了王家的上门女婿。这天,严某在父母家,岳父突然派人来叫他,说他妻子得了急病。严某赶忙回去探视。这时,天色已暗,他只好拿着点燃的蜡烛赶路。一路上,只见有柱子般大小的一股黑气,时时遮住烛光。烛光东向,黑柱也往东;烛光西向,黑柱也往西,企图拦阻严某,不让他向前赶路。严某十分害怕,就到熟人家里借了一个仆人,再添两支蜡烛前行,这股黑气才渐渐消失。回到家中,岳父迎出来,说:“你不是早就回来了吗?怎么又从外面进来呢?”严某说:“我实在没有回来过。”全家人大吃一惊。严某直奔内室,看见一个人坐在床边,拉着妻子的手,好像要一起走的样子。严某急忙上前握住妻子的手,而那个人才离去,妻子也气绝身亡了。

猴 怪

杭州举人周云衢有一个女儿,嫁给了盐商吴翁的儿子。因为住房拥挤,吴翁就让儿子和媳妇住在后园的书房里。

结婚三个月后,周女忽然得了一种怪病。开始她觉得心痛,接着腹背痛,最后发展到耳、眼、口、鼻无不疼痛,哀号跳滚,惨不忍睹。家中遍召医士诊察,谁也说不清这是什么毛病。人们只看见周女被黑白两股烟缠绕着,像用绳带捆绑一样。周云衢与亲家吴翁设坛祈禳,也毫无效果,不得已,就写了一张状纸,投往城隍庙和关帝庙。半个月过去了,还是没见灵验,于是又写状纸去催促。就在投诉的当日,吴翁、周云衢与女儿、女婿大白天全都倒在床上,像死了一样。两天以后,他们才苏醒过来。

家人问周云衢怎么回事,他回答说:"城隍神接到我的状纸,便立即下令拘捕妖怪,妖怪却抗拒不来,直到我再次向关帝投诉,关帝就派温元帅前去捉拿、审讯妖怪。经过审讯,查出作怪的是一只雌猴,我女儿身上的黑白两股烟气,竟是黑白两条蛇。原来,元朝至正七年(1347)的某一天,雌猴与它的配偶在达鲁花赤余家的花园偷果子吃,当时我女儿正在余家做小丫鬟,她看见猴子偷果子,就向它们扔石块,想将它们赶走。雄猴逃出去,刚好碰到猎人张信,张信一箭射死了雄猴。雌猴惊觉地逃走了,在括苍山中修炼。如今,张信转世为吴翁的儿子,小丫鬟转世为周家的女儿,所以雌猴前来报仇。温元帅问猴怪:'你既然跟他们有仇,为什么不早点报仇,一定要等到四百年后,才报仇呢?'猴怪说:'这个女子托生七世,先后做了文学侍从官、布政使和巡抚,我不能冒犯。由于她前一世做官,没有德行,到这一世,她仍被罚作女子,而她所嫁的人,正巧是猎人张信转世,所以我两仇一起报。'温元帅又问:'那么,黑白两股烟气从何而来?'猴怪供认是吴家后园中的两条蛇,它们是被猴怪带来的。

"温元帅发怒道:'周女前世为婢女,投石驱赶贼猴,这是她的分内事;吴翁的儿子前世为猎人,射杀一只猴子,也是人间常事。你不对吴翁的儿子报仇,却报复到他妻子身上,实在不合情理。况且,这件事与园中两蛇毫无关系,为什么让它们也来助纣为虐呢?'于是,温元帅扔下宝剑,大声喝令:'先斩笼妖!'两个黑衣差役立刻斩下两蛇之头,呈上验证。温元帅对猴怪说:'你罪当问斩,但念你修炼多年,颇有一些神通,又即将修成正果,杀了你有点可惜。你必须赶快改邪归正,治好周女的病,我就赦免你,再向关帝详细汇报。'猴怪不服,面目狰狞,两眼射出凶光,张牙舞爪,好像要扑向温元帅。这时,忽然听到空中有人大喊:'伏魔大帝有令,如果猴妖不服,立刻斩首!'话音刚落,房顶上就传来叮叮当当刀环碰击的声音,猴怪开始害怕起来,叩头认罪。温元帅将小女叫到桌前,命令猴怪治疗。猴怪从小女的眼、耳、鼻、口中,挑出了十几根横刺、铁针和竹片,小女的疼痛稍微减轻,只是心痛依旧,猴怪却不肯医治。温元帅又要斩猴怪,猴怪说:'她的心病容易治,但我有个条件,吴翁必须答应了,我才替周女医治。'温元帅问有什么条件,猴怪说:'我喜欢吴家后园的清洁,请把西边扫云楼的三间房子打扫干净,让我住下。'吴翁同意了。于是,猴怪将手伸进小女口中,一直探到胸膛,取出一面小铜镜,上面还有缕缕血丝,小女的病立刻痊愈。温元帅让吴氏父子领小女回家,这才醒来。"

这件事发生在乾隆四十四年(1779)七月间。据吴翁讲:"温元帅戴着纱帽,内衬巾帕,仿佛是唐朝人的打扮。他相貌温和,白皙的面孔,略有几根胡须,完全是个读书人模样,根本不像世间所画的那样青面獠牙、瞪着眼睛。那个猴怪在神面前,穿着华丽,还自称'小仙'呢。"

鞭　尸

桐城人张某和徐某很友好,两人合伙到江西去做买卖。走到广信(今江西上饶),徐某忽然病重,死在了旅店的楼上。为了尽快为他办好丧事,张某上街去买棺材。来到一家棺材铺,很快相准了一口棺材。掌柜的索价两千文,张某也不还价,买卖已经做成了。柜台一旁坐着个老头子,他却拦阻道:"且慢!既是发送朋友,义气为重,多花点儿钱算得了什么?实话告诉你,这口棺材,你不掏四千文,是抬不走的!"张某听罢老头的话,心里想:这不是敲诈吗?我不买了!一气之下忿忿然回家去了。

当天夜里,张某上楼去取东西,他这位去世的老朋友忽然诈了尸,直挺挺蹦跳着向他扑来,吓得他仓皇跑下楼来,一夜心惊肉跳。第二天,他决心赶快埋葬老朋友,又硬着头皮来买棺材。一进棺材铺,他就主动把价钱增至三千文。棺材铺掌柜还没说话,坐在柜台旁边的那个老头子"啪"的一拍桌子站了起来,指着张某骂道:"混蛋!昨天不是跟你说了吗?四千!少一个子儿也不行!你可放明白点儿,我虽说不是这棺材铺的东家,可我是坐山虎!你拿出四千文来,对半儿分!不然,你就甭想把棺材抬走!"张某旅居在外,手头儿很紧,又不甘心被敲诈,第二次空手走出棺材铺。他怏怏不乐,没精打采地徘徊于荒郊旷野。

这时候,有个身穿蓝袍的白胡子老头儿笑盈盈地走上前来,说道:"先生莫不是出门来买棺材的?"张某一愣,随即反问:"是呀!您怎么会知道?"白胡子老头儿并不正面回答,又问:"大概是受了坐山虎的窝囊气吧?"张某不得不信服,说道:"是的,还求长辈指教。"白胡子老头儿随手从袖筒儿里抽出一把马鞭来,交给张某,说道:"后生,这是当年伍子胥鞭挞楚平王尸用过的鞭子。你拿回去,带在身边。如果你那位老朋友再诈尸,你就用这把鞭子狠狠地打他,买棺材的事就迎刃而解了。"张某感激万分,急忙伏在地上磕头拜谢。等他抬起头来,白胡子老头儿已经踪影不见了。

夜里,张某提着鞭子上楼,老朋友果然诈尸,又向他扑来。张某毫不客气,举起鞭子一顿乱抽,那僵尸咕咚一声跌倒,再也起不来了。

张某第三次来到棺材铺,那个自称坐山虎的老头子已经不在了。掌柜的喜形于色地对张某说:"今天咱们可以踏踏实实地做买卖了。坐山虎那个老王八蛋,他死了!"张某问:"这坐山虎是何许人?你为什么那么怕他?"掌柜的说:"说起来话长啊,这老家伙姓洪,年轻的时候,是个流氓无赖。后来,不知道从哪儿学会了一种妖术,能够驱魔使鬼,捉弄死尸吓唬人。他抓住死人诈尸后,家属急于置办棺材埋葬的心理,坐在我这柜上居奇,抬高棺材价,从中诈取钱财。咱是正经买卖人,不兴坑人,挣那昧心钱,可是,没人敢惹他呀!受他欺诈的人可真不少。这不,上天有眼,昨儿个夜里他得了报应,一会儿工夫就断气儿了!"张某就把碰上白胡子老头儿,以及赠鞭鞭尸的事向掌柜说了。掌柜半信半疑。

为了证明张某的话,掌柜假意吊丧,来到坐山虎家探个虚实。当时,家人正给坐山虎装殓,身上果然露出累累鞭痕。有人说:那个赠鞭使计的白胡子老头儿,正是当地的土地爷。

梁朝古冢

淮徐道衙门设在宿迁城内。宿迁原是历史上的古战场,处处都留下了战争遗迹,官署中常有怪事发生。

康熙年间,有位道台升任浙江按察使,临行前,留下一位姓朱的幕僚在衙内,等待继任官员到任后交接公务。衙内空空荡荡,可每天夜里都有阵阵人语喧闹声。这一夜,月光下,朱某听到说话的人聚集在庭院中央的槐树下。他从窗缝向外窥视,只见院子里有许多人,却看不清他们的脸,只觉得这些人大多穿着古代的服装。其中有位少年,身穿白袍,头戴黑巾,正靠在柱干上凝神沉思,不与其他人应酬。众人叫道:"陆郎,这样美好的清风明月夜,为何独自惆怅?"少年答道:"尸骨暴露的日子快到了,没法不愁呀!"说完,众人都长吁短叹起来。

这时,一位头戴高冠、胡子很长的老者出来说道:"陆郎不必忧虑,这一厄运我首当其冲。幸好我有一个老朋友在这儿,到时可以庇护我们。"接着,便大声吟诵起来:"寂寞千余岁,高槐西复东。春风寒白骨,高义望朱公。"那少年举手行礼,答谢道:"当年蒙受恩德,没想到如今变成白骨,还要麻烦你庇护。"于是,众人又一同谈论起来,说的好像都是北魏、齐、梁时代的事。不久,邻家的鸡叫了,声音传得很远,这帮人一下子消失得无影无踪。朱某胆大,像平常一样,安稳地睡觉。

过了几天,新任道台孙公到任,与朱某交接公务,然后,朱某急忙出府衙寻找船只,准备赶往浙江。忽有差役送来主公的书信,阻止他赴浙,信中说:"我到金陵见过总督后,接到远在楚地家中的讣告,我父亲不幸去世,我也不再去浙西任职,要回家吊丧。朱先生的去留,请自行决定吧。"朱某只得稍作停留。

这时,新任淮徐道台孙公的一位幕僚得急病死了。朱某就委托宿迁县令向孙公推荐自己,一说就成了。朱某随即带着行李,又搬进了道台衙门。

当时,孙公正将衙中原来的住房改作客厅,将幕僚安置到另一处所。由于公务繁重,朱某忘了当初月下遇鬼的事,而孙公一上任,就大修衙署。

一天,孙公正与朱某闲聊,家人跑来报告说:"刚才我们挖掘前面池塘,挖出一块石碑,不知是哪个朝代的?"孙公拉着朱某跑去观看,见碑上写着"梁散骑侍郎张公之墓",正好在两棵槐树之间。朱某这才模模糊糊地记起那天月下遇鬼的情形,就极力劝孙公停工,并将遇鬼的经过叙述了一遍,说:"应当还有一座墓。"

话音未落,一个扛着铁锸的人回报说:"又挖出一具尸骨。"孙公这才相信朱某说的并不假,就命令工人重新填土掩平,恢复原状,不再改筑池塘了。大概先挖出的那座碑下,是高冠长须老者的墓;后挖出的,则是戴黑头巾的少年的尸骨。

狮子大王

贵州人尹廷洽,家里供奉土地神。那年八月十五日,他起得很早,在土地神像前祭祀行礼之后,就打开院门,准备出门去谋求生计。门一开,就有两名青衣皂役扑上前来,将他按倒在地,一条绳子立刻套到他脖子上,拉扯着就走。尹廷洽惶恐万状,不知这灾难从何而起。

这当口,他供奉的土地神慢慢走来,问青衣皂役道:"为什么要拘捕他?"青衣皂役马上出示一个令牌,牌上写着"奉敕拿尹廷洽"字样。土地神看罢,只是笑了笑,并没有说什么,就跟在他们身后,随之而行。

走了大约一里多地,路旁有一家饭店。土地神热情邀请两位皂役吃酒用饭,皂役们当然高兴。进入饭店,乘他们东瞧西看之机,土地神悄悄对尹廷洽说:"他们抓你,肯定是抓错了! 不过,现在不要声张,以免引起麻烦,我将护卫你一路行进。倘或路上遇见神佛,你就拼命地大声喊冤,到时候,我会出面为你开脱。记住了没有?"尹廷洽连连点头。

酒足饭饱之后,土地神主动付了饭钱,就不知去向了,两位青衣皂役则押解着尹廷洽继续往前走。大约走了半天儿的路程,来到一个去处,眼前出现了银色的大海,风波浩渺,一望无际。一位青衣皂役对尹廷洽说:"瞧见了吧? 这就是银海。必得等到深夜,我们才能渡过。坐下来休息一会儿吧。"不大工夫,只见土地神拄着拐杖,又风风火火地赶了上来。青衣皂役瞪了他一眼,嗔怪道:"你这个老家伙,怎么又跟上来了?"土地神说:"我与这尹廷洽相好日久,情谊笃深。在这生离死别之际,怎么忍心一送而已呢? 请允许我再送一程,前面的路上再分手。"青衣皂役似肯似不肯。

正在争执不下之时,忽而天边一角出现了一片彩云,接着,旌旗飘舞,车马喧然,侍从者前呼后拥,缓缓自云际而来。土地神急忙凑到尹廷洽耳边小声儿说:"瞧,这是朝天诸神回府了,还不快点儿喊冤!"尹廷洽抬头一看,头顶那辆车上果然有一位神。他那脸宽就有二尺多,一头黄褐色的长发与胡须连成一气,乍乍蓬蓬,就像一头雄狮头上的鬣,面貌狰狞可怕,两眼放着金光。尹廷洽一心想着自己冤枉,也顾不得害怕了,就扯开嗓子大喊:"冤枉啊! 冤枉!"狮面神听见喊冤之声,立即命令停车,把尹廷洽召到车前,问道:"你有何冤枉?"尹廷洽没见过这世面,吓得哆里哆嗦,沙哑着嗓子说:"他们——他们无缘无故将我拘捕!"狮面神问:"他们可有令牌?"尹廷洽回答:"有。"狮面神又问:"令牌上有你的名字吗?"尹廷洽说:"有。"狮面神立刻变了脸,说道:"既有令牌,又有你的名字,你就是应该被拘捕的对象,还有什么冤枉可言?"接着,就喝问他无理阻驾之罪。尹廷洽理屈词穷,不知道说什么好。

这时候,土地神急忙小步跑到车前,跪地磕头,禀奏道:"启禀大王,此案中实有可疑之处,是小神鼓励他拦车喊冤,罪在小神。"狮面神问:"哪点儿可疑?"土地神说:"小神是一方土地,又兼任尹廷洽家的保护神。尹家每有一人落生,东岳城隍都下达公文,说明其人的来历和前途,以及他应享的寿数、哪年哪月哪日死,这是一点儿也不会差的。尹廷浴一落生,公文中就标定他享年七十二岁。如今,他年不满五十,又没接到折算他寿数的公文,怎么能忽而将他拘捕呢?所以,小神以为,其中必有冤枉之处。"

狮面神听了这话,迟疑良久,对土地神说:"这种事儿,本来不是我职司范围之内的事。但是,人命至重,连你这小小的土地神都如此关切,我岂能视而不问?可惜东岳城隍府距此辽远,只有从天府下达公文,才能迅速办理。"说着,命书吏备好纸笔,口授道:"生魂尹廷浴被拘捕,其中有可疑问,乞天帝遣飞天御使下达文书,责成东岳府查核,速办勿迟。"尹廷浴站在一旁,亲眼见书吏写罢文书、加了印鉴,办公的程序与人世间没有多大区别,只不过公文用黄纸、文字难辨认而已。封缄已毕,把文书交给了一位金盔金甲神,直投南天门。

狮面神又命召唤银海神。不大工夫,有位穿绣袍的神小步疾走而来,向狮面神见礼。狮面神命令说:"这是阳世小民尹廷浴的生魂,你要负责看管好,等待东岳城隍来审理。事关人命,不得有误!"银海神磕头领命,带着尹廷浴退了下来。此时,狮面神忽而起驾飞升,消失于云雾之中了。

这时候,尹廷浴休息在一棵大柳树下。两位青衣皂役却一时不知去向了。尹廷浴问土地神:"刚才那位面阔二尺、面目狰狞可怕的是位什么神?"土地神说:"你当然不认识了!那就是西天之上有名的狮子大王!"待了一会儿,银海神对土地说:"你可以引着他找个幽暗的地方坐一坐,小心别叫他着了夜风。我到前方去迎接天神,听到呼叫,你们再出来。"

尹廷浴跟随土地神,沿着海岸往前走。大约走出半里多地,沙滩上斜躺着一条破船,他们就钻进破船里隐避起来。忽而听见船外人吼马嘶,鼓吹奏乐之声络绎不绝,过了半晌,渐渐平静下来。土地神说:"咱们可以出去了。"于是钻出舱来,只见银海神和那位金盔金甲神都肃立在开阔的沙滩上。银海神对他们说:"你们站下来稍等,东岳城隍马上就到。"

顷刻之间,银海上数十匹骏马飞驰而来。土地神急忙挟持着尹廷浴拜伏在地。数十骑上的神都下了马。为首者头戴纱帽,身穿花团袍,在首座上坐了。土地神小声儿对尹廷浴说:"看见了吗?这就是东岳城隍。"其余四神分坐两旁,又有十几位武士模样的神环立左右,他们的面貌狰狞可怕,就像人间寺庙里泥塑的鬼卒一样。东岳城隍呼唤银海神进见,银海神小步跑上前去回话。他们问答了几句,银海神又小步跑下来,拉着土地神和尹廷洽去觐见。没等尹廷洽磕头回话,土地神就抢先磕头,把事情的原委一一替他说了。

东岳城隍面目和善,问起话来也和颜悦色。但是,当他听完了土地神的奏报,立刻变了脸,显得横眉立目、令人生畏了。他厉声吼道:"把拘拿尹廷洽的两名皂役传来回话!"土地神连忙回禀说:"他们早已不知去向了。"东岳更怒,说道:"妖行一周,远不过千里;鬼行一周,远不过五百。他们能跑到哪儿去? 四察神马上跟踪追拿!"立刻有四名奇形怪状的鬼腾空跃起,从怀里各掏出一面小镜,向东南西北四个方向照了一通,然后一起向东飞去。

顷刻之间,就挟着那两名青衣皂役自天而降,扔到了东岳城隍面前,回禀道:"在三百里外一棵古槐树洞中拿得。"东岳城隍问:"你等误拿生魂尹廷洽,可知罪吗?"青衣皂役立刻从腰中抽出令牌,呈上东岳,申辩道:"牌目由上司下达,差役不过是照章行事。其中倘有舛误,也该诘问下役之上司。我等不敢从中舞弊,实与我等无干。"东岳说:"尔等既无舞弊之嫌,何而远避而不敢露面?"青衣皂役说:"昨天,狮子大王驾临,所从一应众神,头上都显佛光。那土地神虽是微员小官,必定尚有阳气;尹廷洽虽然已死,但还不曾进入阴界,仍属生魂。他们都有能力不避佛光。而我等鬼役,纯系阴暗之气,怎敢与佛光抗衡?故而不得不避。狮子大王过后,又有朝天诸圣回府,鱼贯而行,我等又不敢不回避,这哪儿由得了我们? 再说,拘拿尹廷洽如若有弊,我等怎得知道?"东岳城隍听了申辩,觉得有理,说道:"这么说来,非得我亲自往森罗殿走一遭不可了!"

当即,命力士挟尹廷洽过银海,众神策神马列队而行。那力士把尹廷洽轻轻一抓,就挟在了腋下,腾空飞跃。吓得他紧闭双眼,只听得耳边风雷击荡,心魂震裂。不大工夫,风雷之声渐远,力士的脚步也慢下来了。尹廷洽才敢睁眼,却已落于平地。眼前是一座雄伟的宫殿,有位身材魁梧、冕冠大袍的官迎出门来。尹廷洽猜想:这一定是阎王爷了。

他们见过礼,进入大殿,分两案对面坐下。只见他们先是小声儿地商量了一番,随即唤青衣皂役与土地神问话。问过之后,土地神站立一旁,青衣皂役则退立阶下。忽而,有个鬼卒牵拉着一位属吏模样的走上殿来。阎王爷严厉呵斥,这位属吏连连磕头,似乎有所申辩,又有所等待。这时候,又有几名鬼卒牵拉着一名属吏上殿。这名属吏怀里却抱着一大摞本册,神情懊丧。尹廷洽从远处一看,此吏好像是他已经过世的本族叔父尹信。

阎王爷把本册一一翻检,忽而扔下一本来,命那名属吏指给尹信看。那尹信浑身颤抖,连连磕头谢罪。阎王爷马上喝令行杖。那位属吏被拖到阶下,被狠狠地打了四十大棍;又有几名鬼卒从案上领了朱批文书,一条大铁链把尹信锁了,拖下殿来。正好走过尹廷洽身边。他确认,这就是本家堂叔尹信,就大声呼叫。那尹信非但不答应,更对他显出不屑一顾的神情。尹廷洽问押解他的鬼卒:"送他到哪儿去?"一个鬼卒说:"哪儿去?好地方,到烈火地狱去受罪吧!"

尹廷洽又疑又怕,正不知如何是好,忽听召唤尹廷洽入殿。他仓皇进殿,伏在地上磕头。阎王爷和颜悦色地说:"尹廷洽听宣:现已查明,本司所拘捕之人犯乃尹廷治,不是尹廷洽。主管本案的属吏麻痹失职,并无舞弊之举。同房另一属吏尹信,是尹廷治的叔父。他欲救亲侄尹廷治于不死,知道本族有你尹廷洽,你二人名字相像,可以蒙混顶替,就乘主管属吏不备,将册簿涂改笔画,变'治'字为'洽'字,又将房册调换位置,造成错填令牌,将你误捕。如今,真相大白,本司已将他们按律治罪,你的冤枉已经昭雪。可以返回阳间去了。"阎王爷又转过脸来,对土地神说:"你虽官微职小,却敢于主持正义,不辞辛苦,不畏风险,这种精神极好。不过,你直接向本司申报核查也就是了,不该在狮子大王面前拦驾喊冤,连累本殿及各司官员都受失察处分。现在本司一面上书,陈述失察之理,一面下令牌拘拿尹廷治。你呢,就可以引导尹廷洽还阳了。"

土地神磕头拜谢,牵拉着尹廷洽走出殿来。一出殿门,就碰上了那位金盔金甲神。金甲神向他们祝贺道:"你们大喜了,得以平反昭雪。可我们,还得等到回文,才能回去复命。"

尹廷洽随土地神走出阴司衙门,所经之处已经完全不是原来的路。城市里非常繁华热闹,与人世间没有多大区别。尹廷洽又饿又渴,几次要进入饭店饱餐一顿,都被土地神严加制止。走到离城外几里的地方,爬上了一个山头。俯身向山下一看,正有一人僵卧床上,有几个人正环立床前悲切啼哭。尹廷洽问道:"那是什么地方?是谁死了?"土地神立刻沉下脸来,喝道:"蠢货!你怎么还不明白?"举起手中的拐杖,给了他当头一棒。尹廷洽头一晕,就咕咚一声跌倒在地。

尹廷洽从昏死中惊醒,睁眼一看,依然是躺在自己家床上。妻子儿女正在环床啼哭,说他已经死去两天两夜了。棺材和一切装殓物品已经备齐,只因为他胸口窝儿还有点儿热气,就没有着急装殓发丧。尹廷洽忽地坐了起来,诉说自己又饿又渴。家里人不敢鲁莽,只给他进了少量的饮食茶水。当天,尹廷洽就能下床活动,似乎身体没有什么毛病。

他清楚地记得自己是被阴司错拿了,就派儿子去打听那位族兄尹廷治的消息。儿子回来对他说:"廷治大伯前些日子病重,这几天大有好转。没想到,昨天夜里突然病危,傍天亮就过世了。"

绿 毛 怪

乾隆六年(1741),湖州人董畅庵在山西芮城县做幕僚。县城里有一座古庙,供奉着关、张、刘三神像,庙门成年累月地用铁锁锁着,每逢春秋二季祭神时才开门。传说,这座庙里有怪物,连供奉香火的和尚都不敢住在庙里。

有一天,一个陕西客商,贩了一千多头羊,天晚没地方歇脚,就到庙里求宿。居民们打开铁锁,让他住在庙里,并将有怪物的事告诉了他。贩羊人自以为力气大,就说:"没关系。"进了庙门,把羊群散在走廊里,然后,他握着羊鞭,点着蜡烛,躺在床上,其实心中还是有点忐忑不安。

到了三更时分,贩羊人还没有合眼,只听见神座下轰的一声,跳出一个怪物。贩羊人借着烛光一看,只见这个怪物身长七八尺,头和脸都像人,两眼深黑发光,有胡桃那么大,脖子以下长满绿毛,茸茸的,如同蓑衣一样。怪物盯着贩羊人,嗅着鼻子,张开尖爪,向贩羊人扑来。

贩羊人挥鞭猛打,怪物却毫无反应,竟然夺过鞭子,用嘴嚼,就像撕布一样容易。贩羊人惊恐万分,夺路奔逃出庙,怪物也紧追不舍。贩羊人爬上一棵老树,躲在最高的树梢上,怪物眼睁睁地望着,却上不去。

过了很久,东方渐渐亮起来,大路上也有了行人。贩羊人这才下了树,寻找怪物,却不知怪物的去向。于是,他就将这事告诉了众人,并一起到神座下面去找,也没发现什么异常,只是神座下面石缝的一角,正在往外冒着一阵阵黑气。大家都不敢挖,连忙写了状纸,报告官府。芮城县知县冬公命人将神座移开,朝下挖去,挖了一丈多深,发现一口朽烂的棺材,里面有一具尸体,全身衣服已经毁烂,遍体长满绿毛,与贩羊人所见到的怪物一模一样。于是,众人堆上木柴,焚烧尸骨,只听见噼噼啪啪的声音,血流满地,骨头作响。从此以后,怪物就销声匿迹了。

张 大 帝

安溪李相国的坟墓,据说就在福建某山的山脚下。李家是名门望族,世代居高官、享厚禄。人人都说,那是由于李家坟地的风水好。

有个季道士,特别妒羡李家的好风水。他垂涎三尺,欲夺之而不可得。正当此时,季道士有个女儿病危,眼看就要不行了。有一天,季道士就对这位病危的女儿说:"你是我的亲生女儿,我怎么能不疼爱?如今,你病入膏肓,已经是无法挽救了。为了我们季氏家族的利益,必须从你身上取点东西,你不得拒绝!"那病女儿惊愕非常,立刻落下泪来,说道:"既然如此,做女儿的只得从命了!"

季道士进一步解释说:"我预谋抢夺李氏家族的好风水,已经是蓄谋已久了,只是苦于条件不足。要知道,若要抢夺别人家的风水,必得把自家的亲生骨肉埋进人家的坟地里,才能奏效。但是,用已死之人的骨肉,不太灵;杀死亲儿女去办这事儿,我又不忍心;唯有你这活不成又没有死的儿女为最合适!"不等女儿答话,季道士抽出腰刀,残忍地剁下了病女儿的两根手指,放进一只羊犄角中,偷偷地埋进了李相国家的坟地里。

从那以后的几年中，李相国家族中每死去一位科甲出身的官员，季氏家族中就有一人科甲及第而做了官；每当李家庄园歉收十石粮，季家的庄田里就多收获十石粮。这种奇怪的现象，引起了人们的怀疑，可是，谁也说不出这是什么缘故。

那一年清明节，村民依照旧俗迎接张大帝（即张飞）神像举办赛神庙会。纷纷扬扬的彩旗为前导，后从人流如潮，最前面的是一幅张大帝的神像，由几名壮汉抬着做前导。当走到李相国家坟地的时候，抬张大帝神像的几名壮汉忽然僵持不动了，几十个人上去拉拉扯扯，他们依然是岿然不动。这时候，忽而有位庙会头领大喊道："快回庙里去！快回庙里去！"经他一提醒，大家才拥簇着抬神像的壮汉们回到庙中。

一进庙门，这位头领就像着了魔，他一屁股坐到庙堂的正座上，两眼圆睁，说道："吾乃大帝张翼德是也。是才，吾见李相国坟茔之地有妖，故停滞不前。此妖不除，人心难平。故急需众信徒随我擒拿！"说罢，自己拿了一根绳子，又命门徒们各持镐头和铁锹，随其奔赴李家坟地，那几名壮汉也抬着张大帝的画像，一股风似的赶上前来。

众人挥动锹镐，在李家坟地里四处寻找，过了很久，才从坟地的一侧挖出一只羊犄角来。这只羊犄角呈金黄色，犄角里有一条赤色小蛇，倒出小蛇来，它就在地上蠕蠕爬动。羊犄角的侧面刻有若干文字，仔细一瞧，都是季道士家族中的人名。

头领带人来到季道士家，把季道士绑了交由官府。经过审讯，季道士供认了使用妖术夺风水的罪行，受到了应得的惩处。

从那以后，李相国的家族更加兴旺，而人们供奉张大帝的心绪也更加虔诚。

紫 姑 神

长沙人尤琛，年轻英俊，一表人才。一次，他偶然路过湘溪，看见荒野古庙内塑着一尊紫姑神,容貌非常美丽。尤琛十分喜爱,情不自禁地用手抚摸紫姑神的脸,并在墙上题诗:"藐姑仙子落烟沙,玉作阑干冰作车。若畏夜深风露冷,槿篱茅舍是郎家。"

当夜三更时分,尤琛听到有人敲门,便去开门。来人说:"我是紫姑神,本是天上的仙女,因为偶尔犯了过错,被贬到人间,专管男女情事。白天承蒙郎君喜爱,所以前来相会。如果你不把我当作鬼物,我愿与郎君共枕同席。"尤琛欣喜若狂,二人携手入室,结成夫妇。从此以后,紫姑神每夜都来,旁人没法看见她。

一天,她把一样东西交给尤琛,说:"这叫紫丝囊,是我朝见玉帝时,织女送给我的。佩带它,能帮助你提高才学。"尤琛自从佩带了紫丝囊,先考进县学,接着又中举,中进士,不久被任命为四川成都知县。紫姑神随夫赴任,帮助料理政务,锄灭奸贼,剪除祸患,当地百姓都称颂尤县令神明。

有一天,紫姑神忽然对尤琛说:"今天备酒与郎君告别,我要走了。我被贬谪人间,期限已满,虽然仍可上天再做神仙,但因私奔的缘故,我已没脸再回天界。地府却又因为我本是上界仙人,不敢将我收留在鬼册上。我想:这样长久地飘荡下去,总不是办法。虽然我已把终身托付给郎君,但我没有形体,不能为你生儿育女。昨天,我已将内心苦衷告诉了泰山神君,请他帮忙,神君答应将我收入他的名册,按规矩送我到人间投胎转世。十五年后,我们可以重续情缘,永为夫妻。不知你能不能不娶别人,专心等我?"尤琛连连答应,不觉泪流满面。紫姑神也十分难过,哭着走了。

从此,尤琛做官再也不如以前那样神明,又因过失而被革职。有人为他议婚,他毅然拒绝。到了四十岁,仍然孤身一人。如此过了十五年。他的老师某学士,同情他伶仃鳏居,就为他提亲。尤琛又坚持不娶,并讲明了原委。

学士听了,大吃一惊,说:"照你这么讲,那就是我堂兄的女儿了!我堂兄的女儿今年十五岁,不能说话,却能提笔写字,每次有人给他提亲,她就写'待尤郎'三个字。她所等待的人,不就是你吗?"于是,学士拉着尤琛,来到堂兄家,请他的女儿出来相见。姑娘隔着帘子写道:"紫丝囊还在吗?"尤琛就解下紫丝囊,交给她验证,她看过以后,连连点头。于是选了一个良辰吉日,二人完婚。

洞房花烛之夜，姑娘仰天一笑，立刻开口讲起话来。但是，从此以后，她再也记不得前世的事了，二人如同平常夫妻一样。

魏 象 山

我的同窗老友魏梦龙，字象山，他比我晚四科成进士，由部司郎官迁御使。乾隆二十四年（1759），他出任己卯科云南乡试正考官（实为副考官），不幸病死于赴任途中。后来，他的灵柩得以还乡，暂停在西湖昭庆寺里。

同一年十月，观察沈莘田也暂停其父亲的灵柩于昭庆寺。一进殿门，就看见那里立有"云南大主考魏君之灵位"的金字灵牌。他知道，这一定是魏象山了。魏象山是沈莘田素来所尊敬的前辈，于是，他先到魏先生的灵前行了礼。忽而，有客人来为沈家吊丧，作为孝子，沈莘田急忙回到父亲灵前，应酬行礼。这时候，他的弟弟沈清藻却忽然不见了。大家找了半天，才在魏象山的灵柩一侧找到了他。沈清藻神色惨淡沮丧，昏昏然倒在地上，似乎是病了。沈莘田忙命奴仆将他搀扶回家去。

回家之后，他寒热大作，病势沉重。沈莘田又急忙请来医生为他诊治，药方里有一味药，是人参三钱。沈莘田对药理也略知一二，认为非心肾两亏之极不用大补，因此就没有同意立即用药，而是走到床前，再观察一下弟弟的病情。

沈清藻一见哥哥来到，竟然从床上忽地坐了起来，就和没病的人完全一样。他笑嘻嘻地向哥哥拱手施礼，说道："沈五哥，久违了！近来一向可好？是升官儿了，还是发财了？"沈莘田一听，他说的都是些疯话，立刻板起脸，大声呵斥。当时，有两位嫂子辈的女眷也来看望病人。沈清藻却把手一挥，说道："二位嫂嫂请回避。孟子云：'男女授受不亲。'我如今有些话，要写到书面上，快给我拿纸和笔来！"有人就给他端过义房四宝来。他对着那张纸看了半天，笑道："这纸太小了，写不下！"有人就给他研墨，又有人给他拿来成卷的纸。

沈清藻这才凭着茶几铺开了纸,写道:"不才弟魏梦龙言:我奉命典试云南,从豫章(今江西南昌)出发,到了樊城,就因为感受暑热而患了感冒。我的随身奴仆吴升没有查明病源,就在我用的药里投了三钱人参,导致我的病情恶化,一卧而不起。太可怕了!要记住,人参不可轻用!樊城县令为了给我办理丧事,真是费尽了心思。因之,我的灵柩才得以安然返回故乡。可是,我的几个弟弟却怨声啧啧,不但对丧事非常不满,反而诬陷樊城县令侵夺了我遗箱内的银两,真是不近人情,不知好歹!岂不知,我为官清廉,两袖清风,哪儿来的那么多银子?如今,家里只剩下了那么几部破书,你们还为此争吵不休,甚至于打个头破血流,真不知好歹!常言说得好:'覆巢无完卵。'我这个破家,还望沈家诸兄弟多为照料。拜托,拜托!"

书写完毕,沈清藻把笔管一扔,咕咚一声就倒在了床上。待了一会儿,又猛然忽地坐了起来,抓起毛笔,在"人参不可轻用"六个字旁,密密麻麻地加了一行圈点。

沈莘田这才明白,弟弟是被魏象山的灵魂附身,因而不敢等闲视之,也不敢给他轻用人参了。当时,就派人把魏家诸位兄弟请来,把魏象山的托付遗言拿给他们看。魏家诸兄弟看了又惊又怕,汗泪交加。从此,不再随便狐疑他人,兄弟之间不再纷争。

沈清藻的病不治而愈。家里人问起他昏聩中代人写遗书之事,他却像是浑然不知,什么事也没做。他说:"我病重之际,但见一位短身材的人走了进来。他身穿葛布衣,长着满脸的胡须。他一走近我身边,我就昏迷不知了。"说起来,沈清藻毕竟年轻,他根本没见过魏象山先生。然而,他描述昏迷时所见到的人的形象,正是魏象山先生。

后来,沈清藻高中乾隆三十六年(1771),但是,他终于不得享高龄而早亡。

王莽时蛇冤

临平人沈昌谷,年轻英俊,他和我一起在乾隆三年(1738)考中举人。一天,他在路上忽然遇到一个和尚,交给他三粒药丸,说:"你将有大难,服下此药,或许可以很快治愈。到时候,我再来看你。"说完就走了。

沈昌谷从来不相信因果报应,回家后,他把药丸随便扔在书橱上,没有服用。没多久,他得了大病,忽然讲起四川话:"我是峨眉山的蟒蛇,找你找了两千年,今天总算找到了。"他自己掐住咽喉,眼看就要断气了。家人想起那天路上和尚的话,立即到书橱上找药丸,只剩下一粒,就让沈昌谷用水服下了。这时,沈昌谷竟恍恍惚惚,记起自己前世的历代事来。

沈昌谷在王莽当政时名叫张敬,因为逃避王莽作乱,就隐居在峨眉山学仙。有位志同道合、名叫严昌的人也在那里,二人便成为一起学仙、一起耕作的好朋友。当时,刘歆谋划起兵响应刘秀,结果事情败露,刘歆的副将王均也逃到峨眉山,拜二人为师。峨眉山有一山洞,洞中有一条蟒蛇,车轮般粗,蟒蛇每次出来,都会引起风雨雷电,庄稼也常被毁坏。张敬打算除掉蟒蛇,叫王均削好竹刺,插在地上,并用毒药敷在竹尖上。果然,蟒蛇出洞,被竹刺毒死。这蟒蛇在山中修炼多年,即将成龙,出入洞穴,自然挟带风雷,并非有意害人,它被王均杀死后,一直想向主谋者张敬报仇。以后,王均听说王莽死去,就立即出山,辅佐光武帝刘秀,重振汉朝,被拜为骁骑将军。王均派人将张敬接到洛阳,张敬也被拜为征虏将军,所以蟒蛇不能报仇。后来,张敬转世托生为北魏的一位得道高僧;第三世又成了元代的将军,立下战功,蟒蛇又没有机会报仇。只有这一世,张敬汉做了个举人,所以蟒蛇前来报仇,了却心愿。这些经过都是沈昌谷自己说出的,一清二楚。

家人问他路上碰到的和尚是谁,他回答说:"那就是严昌先生。严昌先生拒绝了光武帝的邀请,不愿为官,早已修炼成仙。因为他与我有交情,所以前来相救。"说完,沈昌谷沐浴整衣,就死了。

吊唁日,那位和尚果然来了。他哭拜后,对沈家人说:"不要难过,不要难过!了结这桩公案,沈兄又将回归仙道了!"刚说完,和尚就忽然不见了。

牙　鬼

杭州人朱亮工,娶妻张氏。张氏忽而得了伤寒,病情严重。昏沉之中,她忽然操着山西口音大喊大叫,声称是前来索命的,而且,疯狂地把桌子上的盘、碗之类用具扔到地上,全部打碎。她叫嚷道:"恩是恩,仇是仇,两样儿不能相抵销!"朱亮工在家的时候,她表现得老老实实,一点儿也不闹;朱亮工一离开家,她就闹翻了天。朱亮工认定:妻是被鬼魂附体,迷了心窍。因而就写了一纸呈文,在城隍庙前祭拜焚烧,请求城隍爷公断。此后,张氏就昏然睡去,好像是灵魂被拘拿,受审去了。

过了半天儿,张氏才从昏睡中醒来。她一睁眼,就高兴地说:"这回,冤枉昭雪了,冤鬼也走了!没多大事儿。只是我这屁股被打得生疼,恐怕三天以内没法儿坐着吃饭了!"

张氏说:说起来,我和亮工上辈子都是山西人,以贩布为生。我们合伙做买卖,情投意合,是很好的朋友。可是,当地有个主管税收的衙役刘某。他利用职权向我们敲诈勒索,一下子坑去了我们近千两银子,使我们的生意濒临破产。我气愤不过,到县衙门里告了他一状。刘某被追究,日子很不好过。有一天,刘某邀我到河边,当面跳进了河里,用死亡加以威胁,企图迫使我营救他,并到县衙里为他开脱罪责。我对他这种恶劣行径愈加愤怒,说道:"你就是死了,我也得讨还这笔债务!"刘某本来不想死,但既然已经跳下水去,又羞于自己再爬上来。这样,他就被淹死了。

朱亮工上辈子名叫俞容,是个心肠极好的人。刘某淹死之后,他就对我说:"尽管他是自杀,人虽可恶,毕竟与我们有些牵缠。他无亲无故,我们就该出钱买口棺材,把他埋葬了,棺材和埋葬的费用,我们俩共同负担。"当时,我余怒未消,没好气地说:"他是死有余辜!要买,你自己买去,我是一个大子儿也不掏!"俞容不气不恼,自己掏腰包,花三两银子买了口棺材,把刘某埋葬了。

　　如今，刘某的阴魂不服，找上门儿来和我算账。没想到，俞容转世为朱亮工，并与我做了夫妻。刘某附身于我，大闹不止。但是，一见了亮工，他就远远地避开，亮工毕竟是俞容的后身，是他的恩人呀！

　　昨天，承蒙城隍爷公断。城隍爷说："刘某贪污敲诈，畏罪自杀，原本没有什么冤枉可谈；反而到恩人朱亮工家里作祟扰人、无理取闹，声称向张氏索命，实为怙恶不悛，旧习难改。着重责三十大板，押解四川丰都阴阳鬼界服苦役，永世不得托生。张氏的前身，为追索债务而见死不救，实乃居心残忍；又于死后拒殓尸身，不负任何责任，太乏人情。着轻打十五大板，发回人间反省。"

　　从那以后，张氏的病逐渐好转，不久就恢复了健康。但是，没过几天，押解刘某去丰都服役的鬼差又附身于张氏，大喊大叫道："为了你们家的事，牵连我出这趟苦差，连路上的盘缠钱都不给！谁知道这八千多里的路程会出什么差错？听着：你们朱家若不烧点儿纸钱给我做差旅费，临行之前请我吃一顿，你们就甭想过踏实日子！"朱亮工无奈，只好给他烧了纸钱，又备下酒肉祭祀了一番，才算万事大吉。

妖梦三则

　　工部侍郎李某是柘城人，他儿子李继迁中了进士。李某及其夫人死后，李继迁患了重病，梦见母亲让他服用人参。他将此事告诉了医生，医生说："人参与你的病患相忌，不可服用！"夜里，他又梦见母亲说："医生的话不能相信，你想活，就得服用人参。我有一些人参放在某个地方，你可以取出服用。"他到母亲指点的地方找，果然找到人参，便服了。到了半夜，李继迁就发狂死去。

　　征君陆射山，梦见死去的父亲对他说："我的墓穴被水浸透，我待在那里很苦。皋亭山山顶上有一块空地，是某某人家的，正要出售，你不如前去买下空地，将我迁葬，这样，我就有依靠了。"陆射山醒后就去打听，果然实情与梦中相合，就花了许多钱将空地买下。等到改葬时，原来的那个墓穴中根本没有水，而且地气温暖，一阵阵热气往上冲，但后悔已晚。改葬后，陆家越来越困顿不利，后代子孙也四处漂泊，不再兴旺。

江宁报恩寺的僧房，每到科举考试时，就出租给应考的考生作为住所。六合县张秀才，住在一间僧房，已有些年头了。这时，报恩寺的当家老和尚悟西也已去世。张秀才因屡考不中，心灰意懒，已有好几届考试都不来参加了。忽然有一年，悟西和尚托梦给他的徒弟说："快乘船过江，请张秀才来应试，张秀才今年一定会考取。"

悟西的徒弟将此梦告诉张秀才，张秀才大喜，渡江应试。发榜后，他仍然没考取。张秀才十分恼火，就设祭坛怒骂悟西。夜里，他梦见悟西和尚来说："今年，阴司派老僧到考场分发粥饭，如果缺一个考生，我这粥饭就无法开销。你命中注定还应吃三场十一碗冷粥饭，才能考中。所以，我叫徒弟请你参加考试，是为了让我免受责怪，我并不敢骗你啊！"

凯 明 府

凯音布善诗能文，风流倜傥，言谈行止不拘于流俗。他官居全椒县令，和我是好朋友。

乾隆二十五年(1760)，他分校南闱庚辰科试卷，不幸因为背长毒瘤而死。

据说，凯音布的母亲怀孕，行将分娩。那时候，他的祖父官居内务府总管。有一天夜晚，这位老先生忽然看见一个巨人站在庭院之中。他的头超过了房顶，是个怪物。老先生素来不信邪，大声加以呵斥。随着他一声声怒斥，巨人节节缩短，短到与普通人差不多，撒腿就跑。老先生抽出佩剑，奋力追赶，追到庭院尽头的一棵老槐树下，巨人已经缩成一个矮人，倏忽之间就不见了。

老先生唤来奴仆，掌着蜡烛，到老槐树下寻找。发现地上有个泥偶人。他一尺来高，头扁脸宽，右肩膀儿往上端，左手缺一个手指头，相貌相当丑陋。老先生命人把他拿进屋里来，摆到桌子上，正在仔细端详他的来历。忽而,丫鬟来向老先生道喜,说是长房里的少奶奶生了个男孩儿。

三天之后,奶娘抱着新生的小孙子来见爷爷。老先生就注意到这婴儿的左手少了一个手指,而那面貌丑陋的程度,与那尊泥偶一模一样。老先生不得不把这情况通报给大家。家里听了,大惊失色,群情骚动。议论的结果,是把这泥偶供奉于家庙之中,磕头礼拜,像祖宗一样享受祭奉。

等到凯音布去世之后,人们把他的灵位送入家庙,才发现由于家庙房屋漏雨,把泥偶的背上滴穿了三个窟窿,扑倒于地上。这三个窟窿的位置,与凯音布背上所生毒瘤的位置丝毫不差。人们后悔不该对家庙的建筑漠不关心。但是,悔之已晚。

羞　疾

湖州沈秀才,年轻时进学,颇有才气。他三十多岁时,忽然得了一种"羞疾"。每当吃饭时,他必定用手括脸皮,嘴里叫道:"羞! 羞!"上厕所时,他必定用手搔屁股,也说:"羞! 羞!"见了客人,也是这样。家里人以为他得了疯病,也不在意。后来,沈秀才越来越瘦弱,怎么医治都没用。

沈秀才有时比较清醒,家人就趁他清醒时,问他其中的原因。他说:"刚病时,有个黑衣女子抓住我的手,逼迫我那样做,动作慢一点,就被她鞭打,所以我不得不这样。"家人认为这是妖孽作怪,正好张真人路过杭州,便写明缘由,呈上状纸。张真人在状纸上批示道:"这件事要去问问归安县城隍神,请他查一查。"

十多天后,张真人派法师告诉沈家人:"昨天到城隍处去查问,根据城隍所说,沈秀才前世是双林镇叶生的妻子,黑衣女子是小姑。叶生家境富裕,小姑许配李家,但李家非常贫穷。叶生爱护妹妹,请李郎在家中读书,要等到李郎考取秀才,才议婚事。有一天,小姑月下散步,看见李郎正在夜读,便悄悄派婢女给李郎送茶。婢女将这事告诉了嫂子。第二天，叶妻在众人面前，跟小姑开玩笑，点着她的脸，说："羞，羞！"小姑一气之下，就上吊自杀了。她到城隍神那里告状，要求报仇偿命。城隍神在她的状纸上批示道："闺门处女，月下送茶，本来就容易引人怀疑，怎么能因为几句玩笑话，就要人偿命呢？"不准她上诉。小姑不肯罢休，又告到东岳。东岳神批示道："城隍神所说的，公正明了，你应该自省才对。但沈某前世既为长嫂，理应宽容，何况小姑只不过一点小错，暗中劝诫，也就算了。怎么能在大庭广众面前恶作剧呢？如果将她抓来对质，势必伤了她的性命，而且也罪不至此。我姑且准许你自行报复，让她烦恼烦恼，也就是了。所查沈某前世冤业，就是如此，现具文通报。"张真人说："这点罪过不算大，可请高僧为小姑超度亡灵，让她早日投胎转世，便可了结这段恩怨。'"

沈家照此办理，沈秀才的病就渐渐好了。

卖浆者儿

杭州人汪成瑞，为自己的儿女们请了一位老师，在家里设馆教学。这位老先生名叫方丹成，是个贡生。忽而，这位老先生接连好几天不到。见面儿的时候，汪成瑞问道："先生这几天忙什么去了？"方丹成说："嘻！我帮人家写了个呈状，到城隍爷那儿去告状。"汪成瑞问："告谁呀？这么急急火火的？"方丹成说："这事儿，说起来话就长了。"

方丹成有位邻居张三儿，媳妇病重，举行祈神仪式，求神佛保佑，来看热闹的人不少。有个卖豆浆的老头儿也挤在人群儿里看热闹。回家之后，他儿子忽然发了狂，他坐在高高的正座位上，呼叫着卖豆浆老头儿的名字，命他奉献茶水。老头儿大怒，骂道："无理的畜生！再敢胡闹，我要撕烂了你的嘴、打折了你的腿！"儿子微微一笑，说道："老头子，您先别冒火儿。我不是您儿子，而是城隍庙里勾摄灵魂的鬼差。今天，我和几个伙伴奉命来勾摄张氏的灵魂。没料到，他家把神农、尧、舜、禹、汤五位圣人请到了堂上。我们不敢进门，只好站在房檐下等待时机。时间长了，口渴难耐，这才附着于您儿子身上，讨口茶喝。

老头子,您就寻个方便吧!"

　　老头儿一听是鬼差,不敢怠慢,急忙沏茶来端给他喝。没想到,他这个不满十五岁的儿子,竟然一气儿喝下去一桶水。

　　待了一会儿,从张三儿家里传来了鼓乐之声,知道那儿送神了。鬼差说:"张家送神了,我们也该去执行公务了。不过,老头儿,您还得给哥儿几个找几支火把,我们也照照路儿!"老头儿显出为难之色,说道:"三更半夜的,我上哪儿给你找火把去?"鬼差说:"我们索要的火把,就是纸绳子,不是人世间所说的火把。"

　　老头儿就拿些纸绳子烧给他。鬼差起身,笑着向老头儿道谢,说道:"今天,得到您的酬劳和馈赠,愧无以报。临别之际,仅有一言相告:今后,您家那个宝贝儿子不可接近水,否则,遭受水难的危险就很大。告辞了!"鬼差走后,老头儿的儿子就陷入了昏睡状态。这会儿,张三儿家里哭声震天,说明张氏已经咽气了。老头儿觉得这事儿很怪道,但他还是秘而不宣,没向任何人提起过。

　　可是,第二天下午,他儿子就狂呼乱叫:"热死我了! 我得到河里洗个澡去!"说着,往外就跑。老头儿急忙把他拉回家来。儿子暴跳如雷,指着铺地的石板说:"这么好的水,你为什么不让我跳进去洗个痛快?"老头儿觉出他这举动不是个好兆头,怕自己家防范不及,有所闪失,就把儿子的病情通报给左邻右舍,请求大家多方照应。

　　老头儿的西邻唐某,此人平素信奉鬼神,村里有什么庙会祭神之事,都是由他来主持。有时候,他代表亲友祈神请命,往往也很灵。唐某听了老头儿的话,又看见他儿子那疯疯癫癫的样儿,就对老头儿说:"您那儿子,是被鬼魂附体了。您何不求求东岳城隍,帮您驱神散鬼?"老头儿说:"怎么个求法? 我一点儿路子也不懂?"唐某说:"这事儿好办。过两天,就是关圣帝爷的生日。到时候,各路神仙都来祝寿,东岳城隍也必得来。那会儿,您就托一位有学问的老先生代写一纸呈文,在关老爷庙的香炉里焚烧,我在殿里鸣鼓敲钟给您做内应。您请位有力气的汉子帮您把儿子拖到关帝庙前,磕头喊冤,听候神明发落。这样,也许能驱逐掉附在您儿子身上的邪鬼。"老头儿觉得唐某这话有道理,就点头答应,一切照办。

　　三月二十八那天,卖豆浆老头儿,沐浴更衣,吃斋食素,一大早儿就拉扯着儿子来到关帝庙。在香炉里焚烧了事先写好的呈文,接着就趴在地上磕头,大声喊冤。这当口,唐某也在大殿里紧鸣钟鼓,命执事人员把老头儿的呈文递呈神佛,并大声喊道:"请关圣帝、东岳城隍为小民作主:速遣有司驱除恶鬼,为无辜者解除危难!"

老头儿乘此机会,拖着儿子走上殿来。有的人围上来看热闹,有的人帮他搀扶儿子。他们刚走近大殿门,那儿子突然陷入了昏迷状态,满嘴流黏液,呼吸很急促。众人惶恐,只好帮老头儿把他抬回家中。

直到这天深夜,这个宝贝儿子才渐渐苏醒,第二天早晨,才能说话。

这个宝贝儿子说:"那天,我正在街上玩耍,碰见一个穿着破破烂烂的人。从那天起,这个人总是不前不后地跟着我,叫我和他一块儿到河里去洗澡。我不去,他说尽了好话,又拉拉扯扯。后来,我拗不过他,就姑且跟他走一趟。走到东岳庙大门前,忽然从庙门里窜出几名差役来,呼喊着要捉拿那个人。那人仓皇逃窜,到底被差役拿到了,并连我一起带进了大殿。大殿上,红脸儿的关圣帝正仔细地阅读一份文件,旁边坐着一位戴纱帽穿红袍的官。我们被带上殿之后,关圣帝与那位纱帽红袍的官商议了一阵,说些什么,我没听清。后来,只听关圣帝说:'卖豆浆老头夫妇老实厚道,没有什么罪过,抓他们的儿子做替身毫无道理。遂命返回阳间,孝敬父母。'又命把拉我下河洗澡的人,披枷带锁地押了下去。"

从那以后,卖豆浆老头儿的儿子恢复了健康,再也没出什么意外的灾难。

谢 经 历

广州布政司经历谢坤是绍兴人,他的外甥陆某,被任命为广东巡检,带着母亲、妻子和儿子到广东赴任。甥舅相见,十分高兴。

陆某上任不久,就给舅舅写信,请舅舅转求上司,替他调换一个美差。谢坤便写信请求上级,将陆某调到澳门。陆某在澳门的薪水比原先多，但澳门靠海，常有一种致人生病的瘴气。陆某又写信给舅舅，请求帮忙再换个地方。谢坤恼恨外甥太贪心，就没再答复。不到两个月，谢坤又接到外甥的信，信中说："我已病重，请舅舅快救我，再迟就没命了。"谢坤虽然讨厌外甥轻慢渎职的行为，但想到姐姐年纪大了，外甥如有不测，姐姐怎么办？可他又害怕上司怪罪，再去求情，也难以开口，搞得谢坤左右为难，犹豫不定。

这天中午，谢坤正在打盹，梦见外甥忽然来到面前，说："舅舅误了我！我再三恳求你，你不替我想办法，现在我已被瘴气害死了！母亲、妻子和儿子已乘船停泊在城外河边，舅舅快去迎接吧。"说完便大声号哭起来。谢坤被惊醒，看见一人跌跌撞撞跑进门来报告："你外甥陆某已于几天前死去，现在他的家眷已运着灵柩，到了城外。"谢坤这才明白梦中所见到的，正是外甥的鬼魂。

谢坤将外甥的家眷接进府衙，把灵柩放在一座寺庙里，为外甥作佛事，超度亡灵。和尚宣读祭文，请斋主上香。突然，屏风后走出一位穿着官服的人，并上前施礼，和尚不知这是什么人。陆某的儿子正在下面拜佛，看见父亲走出来，便叫喊着跑上去，但陆某却已消失得无影无踪。众和尚都凉呆了。

后来有一次，谢坤书房里的素心兰花正含苞开放，却被外孙玩耍时折断了一枝，谢坤生气地打了外孙几下。忽然间，谢坤看见外甥陆某前来，怒气冲冲地责问："舅舅怎么能因为一枝花，就这样责打我儿子呢？看我把兰花全部毁掉！"转眼的工夫，兰叶全被撕成两半。

过了一个多月，谢坤送姐姐等人把陆某的灵柩运回家乡安葬。锯开缆绳，正准备开船的时候，同村另一户人家抬上一口小棺材，放在船尾。谢家人不知道。船行出广东地界后，船家欺负陆家孤儿寡母，与陆家人争吵殴打起来。忽然，陆某从船舱中跳出来，身后还跟着一个少年，这少年帮助陆某将船家五六个人痛打一顿，直到他们求饶才罢手。陆家人觉得很奇怪，问船家："我家主人是我们所认识的，不知那少年从什么地方来？"船家惊魂未定，羞愧地说："船尾舱内放了一口小棺材，原先怕你们府上不答应，就将小棺材藏了起来。刚才帮你家主人打我们的，想必就是这个鬼了。"此后，船家一路上倍加小心，没敢惹事。

回到家乡后，陆家为陆某设位祭奠。从此，家中安宁，再没出过什么事。

赵文华在阴司说情

杭州人赵京，祖籍浙江慈溪。赵京的弟弟赵某，秉性方正，品德高尚。他结婚的时候，妻子从娘家带来一名婢女，秀丽风骚，又兼聪明智慧。她在主人赵某面前，故意眉来眼去，频送秋波，试图博得主人的青睐。而赵某却态度严正，对这几乎是唾手可得的情爱却不屑一顾。可是，赵京却很快与婢女勾搭私通，行为诡秘，竟然使赵某夫妇毫无察觉。不久，婢女有孕，身形大显，瞒也瞒不住了。赵某的岳父就怀疑他私通婢女，声色俱厉地加以逼问。婢女却在赵京的唆使之下，一口咬定腹中的婴儿是赵某的后代。婢女是赵某夫妇房内的婢女，朝夕相处，难免嫌猜，加上她诬词恶陷，有口难辩。赵某承受不住这伤风败俗的声名，悲愤忧郁，乘人不备，悬梁自尽了。

事过两年，逢赵京之父寿辰，家里大摆宴席，欢宴宾客，杯觥交错，欢笑满堂。这当口，赵京和婢女忽而昏厥倒地，人事不知。嘴里却唠唠叨叨，像是在说梦话。喜庆的场面被他们搅得不欢而散。

直到第二天清晨，赵京和婢女才逐渐苏醒。人们追问他们昏厥的原因，他们羞愧难容，只好实话实说了。

昨天，宴会上酒兴正浓，突然出现了几名鬼差。他们一拥而上，把赵京和婢女锁了，牵拉到一座大门外。忽听堂鼓震响，鬼卒高吓堂威，鬼差揪着他们的头发，把他们拉进大殿甩在了台阶下。抬头一看，大殿上端坐着一位头戴流旒王冠、身穿龙袍的王爷，态度非常威严。台阶下的另一侧，跪着赵某的亡魂，正在等待对质。王爷命赵某叙述案情，赵某把赵京与婢女私通有孕，又诬陷自己，致使忧愤而死的经过详细叙述一遍。在无可置辩的事实面前，赵京和婢女只得承认通奸有孕、诬陷赵某的事实，并表示服罪。看来，王爷就要宣判了。忽而，有鬼卒匆匆跑上殿来向王爷跪报："禀王爷：赵尚书（明朝赵文华，浙江慈溪人。嘉庆八年进士。官至工部尚书。他性情阴险，与严嵩结为父子。诬杀尚书张经方,先后论罢总督周坑、张宜等人。后失宠,黜为民。《明史》将其入奸臣传)驾到!"接着,就呈上一纸大红名帖来,上有"年家眷弟赵文华顿首拜"字样。王爷看罢,立刻整顿衣冠,起身出迎,并命将一干人犯暂押西廊下回避。

赵京、赵某、婢女等人被押下殿来。出了殿门,赵京抬头一看,只见门柱上高悬楹联一副,道是:"人鬼只一关,关节一丝不漏;阴阳无二理,理数二字难逃。"下款署:会稽陶望龄题。赵京等被带到西廊下,可他怎么也琢磨不出这副楹联的寓意来。忽听殿上高呼送客,赵尚书已经告辞了。

王爷遂命将赵京、赵某、婢女重新押上殿来,先对赵京和婢女说道:"按本案的性质,赵京、婢女二人,本应以通奸致死罪,减三等论处。怎奈刚才赵尚书亲自上门说情,暂不加论罪,放还阳间坦白悔过。"又转向赵某说:"尔身为堂堂须眉男子,通婢之事有何不了? 竟心胸狭小,轻生致死,行为可鄙! 念你无辜而死,也姑且放生还阳,加强度量修养! 都下去吧!"

赵家人都不解,不知赵文华为何在阴司为自家说情。有一天,就此请教于本族的老祖辈,老人说:"推算起来,赵文华是我们赵氏家族的七世祖宗。因为他献媚于奸相严嵩,成为奸臣,置子孙后代于不齿,所以,大家都不承认他,也就没人再提起他了。"

毁陈友谅庙

赵锡礼是浙江兰溪人,最初被任命为竹山县知县,调任大县监利县知县。到任那天,他按照惯例,拜谒了文庙和城隍神。他手下的官员报告说,还有一座庙也应该前去焚香祭拜。赵公便前往察看,只见这庙里有三座神像,并排坐着,都是帝王装束,神态庄重严肃。赵公问这是什么神,竟然没人知道。赵公打算拆毁此庙,手下的官员劝阻道:"这座庙里供奉的神,历来都非常显赫,每届官员到任,都来虔诚地参拜,十分严肃。拆毁此庙,恐怕会触怒神灵,祸患将不可预测啊。"赵公回到县衙，找来方志和祀典，一一查找，都没有记载这些神。

于是，赵公挑了个日子，召集官员和百姓到庙里去。赵公手拿铁锁链，套住神像的脖子，拽了起来。一般来说，供奉的神像形体魁伟，必须砸碎，才能搬走。可是，赵公将铁锁链一拽，那神像顿时就倒塌了。不一会儿，三座神像全被拉倒，粉身碎骨，散在庭中。然后，赵公重修庙宇，改奉关帝。过了好长时间，并没有发生什么异常。

赵公仍然放心不下，便写了文书，到天师府查问究竟，得到回文说："这些神是元朝末年伪汉王陈友谅兄弟三人，他们兵败以后，死在鄱阳湖。他们的部下也七零八落地逃跑了，在荆州为三人建造了庙宇，将他们供奉为神。庙建于元朝至正某年，毁于清朝雍正某年赵大夫之手，前后祭祀四百年。"

卷十一

通 判 妾

徽州府衙的东部,前半部是司马署,后半部是通判署,两署中间隔着一个土地庙,里面供奉着通判署的衙神。

乾隆四十年(1775)春天,司马署的后墙倒塌,这样,司马署就与土地庙相通了。这天晚上,司马署内的一个老太婆忽然倒在地上,像中风一样。经过抢救,她苏醒过来,一直喊饿,给她饭吃,饭量竟是平时的一倍。她左脚有点跛,用北方口音说道:"我是啥什氏,是前任通判的小妾,深得通判宠爱。由于大夫人虐待,我就吊死在桃树下。我上吊时,原想变作恶鬼报仇,不料死后才知道我命该如此。也就是说,我生前受尽折磨,原是命中注定,没什么可报仇的。按照阴间的惯例,凡是死在官府里的人,死后要被衙神拘押,除非墙倒屋塌,鬼魂不得出屋。我一直住在后楼。前些时,袁通判到任,将我赶进土地庙。此后,我就非常饥饿。墙倒时,砸伤我的左腿,更使我又痛又累,坚持不住,只好附在你身上求取食物,并非要害你。"从此,她白天睡觉,夜里吃饭,也没什么烦恼,还常常谈起人家的往事,十分灵验。

在此以前,司马有一个女儿,死在家中。司马来这儿赴任时,将女儿的灵位放在某寺中,逢年过节,都派人前去祭祀。这些情况,老太婆都不知道。司马见她能说阴间的事,就问她:"你知道我女儿在哪里吗?"她说:"你女儿不在这里,等我搞清楚,再告诉你。"第二天,老太婆对司马说:"你女儿在一座寺中,非常快乐,得到阴间钱钞,而且有大量盈余,她不愿再转世到人间。只是今年春天,你们送去的衣服太窄小了,穿着不合体、不舒服。"司马大惊,回去追问家人衣裳为何窄小。原来,当初派人前往祭祀时,所做的衣服在途中被雨水淋坏了,家人就悄悄到集市上买了纸衣代替,所以才发生衣服太小的事。

不久，新通判到任，开始整修官府，夯地筑墙。老太婆说："墙快修好了，我又得回原来的地方去。这一进去，不知何年哪月才能出来，还请各位多给些冥钱，夜里在墙角下烧化，我拿这些钱买通衙神，就能在庙里自由自在了。"司马按她的话烧了纸钱。第二天，老太婆面露喜色，说："主人啊，你真是贤良！分别时没有东西相赠，我擅长弹奏琵琶，能唱歌，能喝酒。我就唱一曲答谢你吧！"司马又按她的话摆设酒席，并奉上一把琵琶。老太婆边弹边唱："三更风雨五更鸦，落尽天桃一树花。月下望乡台上立，断魂何处不天涯。"音调凄凉哀婉。唱完，她就扔掉琵琶，闭目静坐。众人再叫她时，她一下子跳了起来，言语笑貌又恢复成原来那蠢老太婆的模样，脚也不跛了。

当初，府衙里的崔先生经常与附在老太婆身上的鬼谈话。她喊饿时，崔先生就问："这里离厨房这么近，你为什么不去要点吃的？"她说："这儿的衙神十分厉害，我不敢私闯厨房。"当说到她被袁通判赶回庙里时，崔先生问："袁通判刚刚上任，就大病一场，你又何必躲避他呢？"她说："袁通判虽然生病，还不至于死，将来还要升官。我哪敢不躲着他呢？"他们所说的袁通判，就是我弟弟袁香亭。

刘贵孙凤

阜阳（今安徽阜阳县）人王尹，派他的管家刘贵偕同仆役孙凤到江宁去办事。

这孙凤，粗鲁强悍，性情暴烈，专门爱管个闲事儿，打抱不平。正月初二那天上午，刘贵和孙凤在淮清桥附近的一家馆子里喝酒，孙凤忽然离开酒桌，站到众酒客当中，指手画脚地骂道："混蛋！大过年的，怎么追着别人要起债来？再说，这酒馆儿是大家吃饭休息的场所，你这个混蛋却在这儿挑起事端，打架斗殴，真他妈的不识抬举！他怕你，老子可不怕你！"说着，好像是把个人拉扯隐避在自己身后，招架着另一个人的抢夺和进攻。

刘贵和其他酒客觉得特别奇怪，因为，孙凤的身边并没有任何人。

他们正要上前问个明白，孙凤忽然把眼一闭，好像是打了个盹儿；再睁开眼，就换成了另一个人的口气，说道："他欠我的债，拖了几十年，不肯偿还。害得我到处寻找，行程七千多里，今天，总算碰上了他。这事儿，与你这个不相干的人有什么关系。你竟然拉着他、护着他，把他放跑了？既然把他放跑了，他欠的债就得由你来偿还！你是跑不了的！"说着，就自己打起自己的嘴巴来，随后，就两眼一瞪，满嘴吐白沫儿，咕咚一声跌倒在地上。刘贵一看，他真的中了邪，就央求几位酒客帮忙，把他抬回了旅店中。

不大工夫，孙凤从昏迷中醒来，对刘贵说："我刚坐到酒桌前，就看见一个穿着破破烂烂的人走进门来，很像个乞丐，额头上还留有一道道血痕。他抢上前来，就揪住了一个书生模样的人的脖领子，叫骂着向书生讨债。接着，就拳打脚踢，还往人家脸上吐唾沫。我实在看不下去，就站起来指着那个乞丐大骂。乞丐一惊，当时就松了手。书生急忙躲在了我身后，乞丐逼上来抢夺，我就张臂阻挡，挥拳与他格斗。这工夫，那个书生模样的人就跑掉了，不知了去向。没料到，书生和乞丐都是鬼，我掺和到鬼打架中去了！乞丐转而到我身上来作祟，向我讨债。那会儿，咱们不知道他是鬼，事先没防备；这回，他要是敢找上门儿来，我非狠狠地揍他一顿不可！"说着，就把马鞭拿到身边，做好了自卫准备。众酒客见孙凤恢复了正常，纷纷告辞离去，只有刘贵留在他身边。

太阳落山，天蒙蒙黑。孙凤突然指着门口说："你瞧，那个乞丐要债鬼找上门来了！"随即抄起马鞭，摆出一副搏斗的架势。突然，他的两条腿就像僵死了一样，一步也挪不动了；接着，又是自己骂自己、自己打自己嘴巴，和白天在酒馆儿里的表现完全一样。

刘贵非常害怕，急忙向孙凤作揖施礼，问道："您到底是谁？他到底欠了您多少钱？只要您说清楚，我刘贵可以代他偿还！"那鬼附身于孙凤，说道："在下王保定，被我扭打的那个书呆子叫朱祥。朱祥上辈子欠我人身债，而不是欠了我多少钱。所以，必须叫他以身相还。这些事儿，与孙凤有什么相干？他竟然粗暴干涉，横插一脚？我必然要找上门来，和他算账。您既然答应替他还债，还得看您给的实惠如何。若能令我满意，我就高高兴兴离开。不然的话，连您也逃脱不了这遭儿厄运！"刘贵听了，更加惶恐，急忙买来成千上万的金银纸元宝，焚化祭拜，供他享用。鬼附身于孙凤，向刘贵作揖致谢，说道："多谢刘先生慷慨馈赠，永世不忘！不过，十年后，我再碰上那个书呆子，还得拉上孙凤去作证。"

孙凤从昏迷中苏醒。从那以后，他神情涣散，身体疲惫，遇事退避三舍，再也不如从前那么好胜逞强了。

狐　诗

汝宁府察院里有许多狐精，每年逢到察院修整房屋，狐精们就四处活动，在大街小巷为害作怪。等到房屋修整完毕，狐精也就不再闹事了。每届学使上任后，大多受到干扰。卢明楷到任后，祭祀狐精，这才安静下来。从此，这种做法成为惯例，每届学使到任，都要到府衙后面的小阁楼上祭狐。据说，这小阁楼正是狐精居住的地方。

后来，有一位学使上任，他的两个仆人不知道这里的情况，就在小阁楼上放了床榻睡觉。早晨，人们起身后，听到呼喊声，就跑去察看，只见两个仆人赤身裸体，被捆绑在楼下，两人胳膊上分别写着两句诗。一人胳膊上写着："主人祭我汝安床，汝试思量妨不妨。"另一人胳膊上写着："前日享侬空酒果，今朝借尔代猪羊。"

大小绿人

乾隆三十六年（1771），我弟弟香亭（袁树）和他的同年进士邵一联一路进京。四月二十一那天，他们来到河北滦城县东关，发现各个旅店里都车马云集，住满了客人，只有一家新开张的旅店清静无客，他们就投宿到这家旅店里。

那是一套分成里外间的客房，邵一联住外间，香亭住里间。晚上，闲暇无事,他们各自躺到床上,点着灯,隔着墙聊天儿。约莫一更鼓,香亭忽然看见有个高大的人从外屋向里屋走来。他身高一丈有余,脸是绿的,胡须是绿的,身上穿的袍子、脚上穿的靴子,也全都是绿的。他的帽子绿而且高,摩擦着顶棚纸唰唰作响。大绿人的身后,还跟随着一个小绿人。他身高不满三尺,头大如斗。从皮肤到衣帽,也是一色儿绿。小绿人迅速跑到香亭床前,挥动两袖手舞足蹈。香亭惊恐万分,他想喊,却是干张着嘴,发不出任何声音来,耳朵里依然听见邵一联还在和自己说话,竟然一句也不能回答。他正在不知如何是好,又发现床前那把椅子上还坐着另一个人。这个人麻子脸儿,长胡子,身着宽袍大袖,头戴乌纱帽,显得非常有气派。麻子脸指着大绿人对香亭说:"他不是鬼,有什么可怕的?"又指着小绿人说,"这家伙才是鬼呢! 不过,也并不可怕。"接着,麻子脸又指着香亭对大、小绿人说了些什么,香亭听不懂。大小绿人听了,却连连点头,向香亭作揖逊谢,每作一揖,就倒退一步,退了三退,已经退出门外。麻子脸儿也站起身来,向香亭拱拱手,一转身,就隐没在昏暗之中。

　　香亭这才从床上忽地跳了起来,想把刚才的见闻说给邵一联。没想到,邵一联气喘吁吁地跑进里屋来,嘴里不断地叨唠着:"怪道! 怪道! 太可怕了! 太可怕了!"香亭问:"您也瞧见了? 一大一小,两个绿色儿的怪物!"邵一联摇头摆手,说:"没有,没有。我看见的是另一种怪物。"香亭惊呆了,问:"什么样子?"邵一联说:"我刚躺到床上,就觉着床边上阴风嗖嗖,砭人肌肤,冰冷难耐。我睡不着,又有点儿害怕,才变着方式和您找话儿说。不一会儿,您忽而不搭腔儿了,再叫您,也不见答应。我往里屋门口一瞧:嘿哟! 有无数大大小小的人脸堆积在门坎上。大的像脸盆,小的像盘碗,最上边的一个竟有磨盘那么大。他们一个个挤眉弄眼,咧着嘴儿冲着我笑。最初,我还以为是自己看得眼花了,并没在意。后来,这些嬉皮笑脸的东西开始上下调换位置,你上我下,把这里屋的门口挤得水泄不通。我又气又怒,抄起手边的枕头打了过去。那堆人脸就像一堵墙倒塌了一样,倏忽之间就烟消云散了。您所说的大小两个绿人,我倒是没看见。"

　　香亭一听,邵一联的见闻更奇特,又把自己看见大小绿人的情形讲给他听。两人一合计,一致认为这地方不是久留之地,就立刻收拾行李,不等天亮就骑马上路了。

第二天,他们一边赶路,一边听两个临时雇用的脚夫闲谈。一个说:"昨天晚上,这两位客官住进了那家鬼店。过去,住这个店的人多半儿难逃活命;死不了的,也落得个疯疯癫癫,一辈子倒霉。怎么这两位倒像没事儿似的?"另一个说:"都说这店里闹鬼,屡次出人命,官司打到县大堂,县太爷都不爱管了。这旅店关门十来年,昨天才重新开业。也许,这两位先生是贵人,福大命大,鬼怪也奈何不得。"

红 衣 娘

刘介石知府年轻时喜欢扶乩占卜。他说他当初任泰州分司时,每天都求神请仙。被请来的神仙,有的自称"仙女",有的自称"司花女",有的自称"海外瑶姬",还有的自称"瑶台侍者"。这些神仙所吟诵的诗句十分粗俗,不成章法;所讲的善恶报应,一点不灵。

当时,衙署后面的藕花洲上有座楼,相传秦少游曾经来过。一天晚上,刘知府上楼扶乩,乩盘上忽然出现"红衣娘"三字,刘知府问究竟指什么,却得不到回答,只见乩盘上写道:"眼如鱼目彻宵悬,心似酒旗终日挂。月光照破十三楼,独自上来独自下。"刘知府看了这首诗,觉得十分奇怪,就请神退位。

第二天晚上,他又请神,乩盘上又出现"红衣娘来也"的字样。刘知府问:"你究竟是哪路神仙? 从你昨天写的诗来看,你似乎有什么怨恨。而这儿也没有什么十三楼,为什么尔在诗中吟咏呢?"这时,又见写道:"十三楼爱十三时,楼是楼非哪得知。寄语藕花洲上客,今宵灯下是佳期。"写完,乩动个不停。刘知府害怕极了,扔下乩盘,直奔卧室,却看见两个奴婢举着绿纱灯,引导着红衣娘飘然而来。刘知府拔剑砍去,红衣娘立刻消失。

从此,红衣娘每夜必来,搞得刘知府不得安宁。几个月之后,刘知府搬家,才得以解脱。

秀 民 册

丹阳县荆某,参加进学的考试,作梦梦到一间寺庙。殿上面坐着王爷,下面众官吏捧着册簿站立,样子很严肃庄重。荆某指着册簿问官吏是什么东西,回答说:"科举考中的名册。"荆某很高兴地说:"替我查一下。"官吏说:"可以。"

荆某平生自负必定考中状元,首先请求看鼎甲的名册,可查遍名册都没有他的姓名。再查进士、孝廉的名册,也都没有他的姓名,荆某不觉脸色都变了。有一个官吏说:"或许在明经、秀才名册吧?"查遍也没有。荆某大笑说:"这是假的! 以我的文才,可以夺魁于天下,还怕拿不到一个秀才吗?"说着就想撕破这些名册。官吏说:"不要生气,还有秀民名册可以查看。秀民就是有文才却没有官运的人。人间把状元作为第一,天上把秀民作为第一。这名册是宣明王所掌管。你可以向宣明王提出请求。"

荆某照着官吏的话去做,宣明王在桌子上拿出一个本子,是白玉做的书页子,穿着黄金做的丝带。打开第一页第一名,就是丹阳县荆某的名字。荆某大声哭起来。宣明王笑着说:"你怎么这样痴心呢?你算算看,自古以来有几个有名的状元、有名的主考官呢? 韩文公的孙子韩衮中了状元,但是后人只知韩文公,不知道有韩衮。罗隐一辈子没有考上进士,到现在人们都知道有个罗隐。你应当回去寻求切实的学问!"荆某问道:"难道中举的人都没有切实的学问吗?"宣明王说:"既有文才,又有文福,一代人里不过几个人,像韩愈、白居易、欧阳修、苏轼就是。这些人的姓名,另外登记在紫琼宫里,你更加没有这福气了!"

荆某没话好说,宣明王生气地站起来,高声念道:"一第区区何足羡,贵人传者古无多(考取一个小小的功名有什么值得羡慕的呢? 自古以来高贵而又能传名的人并不多)。"荆某一惊就醒过来了,心中很不高兴。终于,荆某一直到死也没有考上。

妓　仙

　　苏州西碛山后，有座云隘峰，相传这山上有许多仙人踪迹，如果谁能舍命攀登，不死就能成仙。

　　有个姓王的书生，屡考不中，就放弃做官的志向，告别家人，带着干粮去登山。登上峰顶，只见一片平地，大约有一百多亩。透过一片蓊郁葱茏、耸入云端的树林，王生隐隐约约望见悬崖上有个女子，穿着和世人一样，在树下徘徊。王生诧异，赶忙走上前，那女子也走出树林来看。王生走近一瞧，原来是六七年前与他相好的苏州名妓谢琼娘，彼此早就相识，关系很亲密。

　　那女子见到王生，十分欣喜，将他领到一间茅屋。茅屋没有门，地上铺着松针，有好几尺厚，踏上去，软绵绵的，非常舒适。

　　谢琼娘说："自从与你分别，我被汪知府抓去，扒了衣服，遭受杖刑，屁股被打得血肉模糊。想想这如花似玉的身子，竟被打成那副样子，我还有什么脸面活在人间，就决定舍生赴死。我告别鸨母，以进香为名，来到悬崖前，纵身跳下去，结果却被藤条缠住，没有摔死。后来，有位白发苍苍的老婆婆，用松花喂我，教我运气。从此，我就不知道什么叫饥饿、什么叫寒冷了。起初，我还受不了风吹日晒。一年后，我就觉得霜露风雨都不再可怕。那老婆婆住在前山，我们时常互相探望，关系很好。昨天，她来告诉我，说我今天会遇到老朋友。因此，刚才出树林走走，没想会是见到你。"

　　接着，她又问起汪知府死没死，王生说："我不知道。你现在已经得道成仙，还想报仇吗？"谢琼娘说："如不是汪知府逼我，我怎么会来这儿呢？感谢还来不及，怎么会报仇呢？可那老婆婆对我说，她一次偶然到天庭，看见天神正在杖打汪知府，一边打他的背脊，一边数落他的罪行。所以，我怀疑汪知府已经死了。"王生问："是不是妓女不该责打？"谢琼娘说："怜香惜玉而不动心的人，是圣贤；怜香惜玉而又动心的人，是普通人；不懂得怜香惜玉的家伙，是禽兽！况且上天最要诛灭的就是人的坏心。当年,汪知府见巡抚徐士林有点理学名气,就故意责打妓女以迎合他,上天对此十分憎恨。况且他还有许多别的罪过,并不只是打我这件事。"王生说:"我听说神仙都是清净高洁的人,你流落烟花这么久,能成道成仙吗?"谢琼娘说:"淫欢作乐虽然不合礼数,但男女相爱,本是天地之间一切生物的本性。放下屠刀,立地成佛。这比起人间的其他罪过,是容易悔改的啊!"

接着,王生向她说明登山的目的是想寻仙,求她允许住在茅屋中。谢琼娘说:"住这儿没关系,但恐怕你一时半会儿还成不了仙。"于是,她就为王生宽衣放枕,二人情意绵绵,如同往昔,只是不提云雨之事。王生抚摸她的臀部,仍然和当初一样,又白又细,谢琼娘也不抗拒。王生愈是动情,谢琼娘的神情就愈庄重。

这时,门外猿啼虎啸,有的在小洞中探头探脑,有的把爪子伸进门,像是来窥视的。王生不知不觉息了邪念,拥抱着谢琼娘,规规矩矩地睡了。到半夜,王生听见门外有一阵阵呵斥声,还看见车马仆从,达官显贵来往不断。王生感到奇怪,谢琼娘告诉他:"这是各山神仙互相串门应酬,夜夜如此,你小心谨慎些,不要冒犯他们。"

天亮后,谢琼娘对王生说:"你的亲友们已在山下找你很久了,你还是赶快回家吧。"王生不肯走,她又说:"仙缘还要等待,等你尘缘脱尽,再来不晚。"就将王生送到悬崖前,一把将他推下山。王生回头望去,只见谢琼娘站在烟雾缭绕之中,脉脉含情,依依不舍,过了好久,那人影才消失。

王生跌跌撞撞往家跑去,只见他兄长正拿着纸钱,在山下痛哭着祭奠他,还说他已死了二十七天了,所以才来祭奠。后来,王生去打听汪知府的情况,汪知府果然已经中风死了。

李　百　年

江苏无锡的张塘桥,有个人名叫华协权,他经常纠集一伙闲散无聊之徒,在自己家里设盘扶乩,不外乎是游戏取乐儿。他乩仙下坛,往往自称仲山先生。

　　这仲山先生,是明朝时的进士,也是江苏无锡人。就是这位博学多才的仲山先生,在华协权的乩盘上,却是说起话儿来磕磕巴巴,别别扭扭;作的下坛诗,也大多是胡诌乱砍,既不合仄,也不押韵,简直就是一团糟。他倒是有个优点,不摆臭架子,每请必到。当时,正巧华协权家新落成一座小楼,就请乩仙代拟个匾额。乩仙说:“无锡城里的秦园,不是有‘聊逍遥兮容与’的字句吗? 我看用这个名称就蛮好。”众人听着这词儿好耳熟,有人就说,这大概是屈原老先生的作品《楚辞·九歌·湘夫》:“对不可兮骤得,聊逍遥兮容与”。那么,他为什么不提屈原,而偏说秦园里有这个词句呢? 难道王仲山连这点儿知识都没有? 如此说来,这个王仲山得打个问号,有冒牌儿货的嫌疑。有一天,这位乩仙又下坛,大伙儿和他对答得正红火,他却忽然说:“我要告辞了。”人们问他:“到哪儿去?”乩仙说:“钱汝霖家请我去赴宴,少陪了!”说罢,乩盘就不动了,在场的人都感到非常扫兴。

　　其实呢,钱汝霖其人大伙儿都认识,住的地方离张塘桥不过二三里。有人好奇,就跑到钱汝霖家里去侦察,回来说:“钱汝霖家里有人病重,人家祭祀祈祷,是求神佛保佑,根本没请什么仙。这个王仲山干嘛去了?”

　　第二天,华协权家里又扶乩,仲山先生应时而到。华协权问:“大仙昨天是不是到钱家赴宴去了?”乩仙说:“是呀,是呀。”又问:“怎么样,宴席很丰盛?”乩仙说:“不错,挺够味儿!”有人就讥讽嘲笑他说:“人家有病人,请的是神佛,赴宴的应该是城隍爷、土地爷! 人家也没特意请仙,你又干什么去了? 还不是白吃一顿,油油嘴儿!”

　　这一番话,把个乩仙问得倒憋了一口气,半天喘不过这口气来。待了半天,他才嗫嗫嚅嚅地说:“我呀——其实不是王仲山,而是山东人李百年。”华协权一伙人一听,哗然大喧,七嘴八舌地喊道:“什么,李百年? 李百年是个什么人?”乩仙说:“康熙年间,我就来到这地方,以贩卖棉花为业,后来就病死在这儿,暂栖在张塘桥那座小庙里。那儿有十三个像我一样的丧荡游魂。我们都没立下什么功德,可也没有多大罪恶,可以无拘无束,当个自由鬼。附近五里三村,凡是有求神弄鬼的事儿,那些祭品就全由我们哥儿几个来享受。”

　　华协权说:“人家请神求佛,请的是有名目有地位的城隍土地之属。你一无名目,二无地位,怎么能参与其间呢?"李百年说:"您说这话,可就太傻了! 城隍土地一类的神佛,哪有工夫去搭理你们那些祭祀伙食? 那些城隍土地之类的牌位,只不过是虚设。所以,那些祭祀伙食,只能由我辈来享受。"华协权一听,不由得激发了几分怒意,说:"你们无名无位,竟然冒充神佛,就不怕天帝知道了,受到惩罚?"李百年哈哈一笑,说:"天帝? 笑话,天帝连老百姓天天祷祝神佛这件事儿都不知道,还有工夫过问什么冒充不冒充? 那些祷祝神佛的举动,不过是愚民们的陋习。鬼出面作祟扰人,那还是有的。不过,这无关紧要,左右不了人的生与死,天帝更用不着过问了。何况,这些祭祀伙食,不是我们主动勒索的,而是你们自己主动奉献的。我们拿过来就吃,与天帝有什么关系? 就拿今天你们备下的酒食来说,也不是我向你们勒索的呀!"

华协权说:"你求食既然这么容易,就该直截了当,李百年就是李百年,干嘛还冒充王仲山?"李百年说:"你们家的檐头神拿着符去请仙,真仙他一个也不敢请,请来的,全是我们这类假仙。我们这十三个游魂里,只有我马马虎虎地还识上几个字,所以,大家就公推我出头露面,我也就当仁不让了。我若是直说我是李百年,保证惹得大家不待见,还肯奉献酒食来供养我? 我发现,这无锡城里到处可见王仲山题写的匾额和楹联,认定他一定是个大名人,不打着他的旗号,还能找谁去?"华协权又问:"'聊逍遥兮容与'这词儿你是从哪儿搬来的?"李百年笑着说:"我只是在秦家园看见过,道听途说。至于出处,我从来没问过。说起来,真有点儿贻笑大方了!"

华协权沉思良久,转了个话题说:"你既然是个无拘无束的自由鬼,为什么不早点儿返回故乡?"李百年说:"关津桥梁上,处处有神把守,哪一关不使钱,能够过得去?"华协权说:"我给你烧一百纸钱,权当路费,你看如何?"李百年现出感激之情,说:"太好了,太好了! 谢谢,谢谢! 既然您肯于慷慨惠赠,就劳您再多烧上一百纸钱,也好买通张塘桥神。因为,我目前正在他的属下当差,若不把他摩挲顺了,他能放了我吗?"

当时,华协权的侄儿也在场,他搭腔儿说:"我大叔对你这么够朋友,以后,我一早一晚路过张塘桥,你可别作祟害我?"李百年说:"这个您放心! 我刚才说过,鬼没本事害人致死。"

华协权焚了两陌纸钱,又毁了王仲山的牌位。从此,李百年的游魂销声匿迹了。

医　　妒

轩辕举人是常州人,年已三十,膝下无子。他妻子张氏是个妒忌心很重的人,轩辕怕她如怕老虎,一直不敢纳妾。举人的老师马学士同情他,就送了一个妾给他。张氏气急败坏,心想:"你干涉我的家事,我也想法搅乱你家。"正巧,马学士的妻子死了,张氏打听到某村有个女子,以蛮横暴躁闻名乡里,就贿赂媒婆,让媒婆怂恿马学士娶这女子为妻。马学士知道这是张氏的诡计,装着很高兴的样子,前去求婚。

结婚那天,这女子梳妆匣中有一根五色棒,上面写着"三世传家",原来是专门打丈夫的棍子。婚礼结束,姬妾们前来拜见新夫人。夫人问:"你们是什么人?"回答说:"是妾。"夫人大声叱骂:"堂堂学士礼仪之家,哪有违礼纳妾的道理?"当即取出棒,责打姬妾。马学士命令姬妾们夺过棍子,一起狠狠揍夫人。夫人招架不住,慌忙逃入房中,又哭又骂。众姬妾却敲锣打鼓,比她的哭闹声还响,人们根本听不到她的叫骂声。夫人无可奈何,扬言要自杀,马学士就让仆人送去一把刀、一条绳,说:"老爷早知夫人有这一招,所以准备好这些东西送给你。"立刻,众姬妾又敲起木鱼,念起枉生咒,愿夫人早升仙界,一片嘈杂之声。众人根本不理会夫人寻死的事。

夫人不愧是女中豪杰,暗自思量:"我原不过是虚张声势,吓唬他们而已,现在计谋用尽,却毫无效果。"于是,她转怒为喜,请马学士进房,神情严肃地说:"你真是个大丈夫,我佩服你! 我刚才玩的这几招,是我祖奶奶家传的,用来吓唬世上的平庸男子,并不是用来对付你的。从今以后,请容许我改正,好好侍奉你,也请你能以礼待我。"马学士说:"你能这样做,我还有什么可说的呢?"随即,二人重新行过交拜礼。马学士命姬妾叩头谢罪,并拿出田房账簿和所有金钱珠宝,交给夫人掌管。一月之间,马家家政严肃,井井有条,里里外外听不到闲言碎语。

张氏在马学士成亲那天，派人前去打探，并叫来此人询问。张氏听说马夫人接见群妾，就问："为什么不打她们？"那人说："打不过。"又问："那为什么不哭不骂呢？"那人说："锣鼓喧天，没人听见。"又问："那为什么不寻死？"那人说："马学士早已备好刀绳，还让人念枉生咒，为夫人送行呢。"张氏问："那马夫人现在怎么样了？"那人说："马夫人已服了马学士，遵从礼仪，不再胡闹了。"张氏气得大骂："天下竟有如此不中用的女人，误了老娘的大事！"

当初，马学士送妾给轩辕，马学士的学生都带着酒肉前来祝贺。其中有个学生，平常喜欢酗酒。客人喝得正畅快，张氏却在屏风后骂客人，大家都忍气吞声，没发作。那位好酗酒的老兄走上前去，一把抓住张氏的头发，给她一记耳光，气愤地说："你如果敬奉我轩辕兄，就是我嫂子；你如果不敬奉我轩辕兄，就是我的仇人！学生无子，老师赠妾，是为你家祖宗三代着想。我今天就替你家祖宗三代治治你，你再敢多说一句，就死在我的拳下！"大家急忙上前劝解，才使张氏脱身，但她裙子已破，衣服被撕，几乎露出肉来。张氏平常有"母夜叉"的恶名，这天威风扫地，就更加痛恨马学士，想来想去，只有拿马学士送来的小妾出气，千方百计虐待她。这小妾来之前，马学士曾指点她，叫她一味顺从张氏，虽然这小妾已成了轩辕家的人，却不跟轩辕讲话。因此，张氏虽然多次鞭打恶骂，变本加厉，但还没忍心置小妾于死地。

没多久，马学士拿出一百两银子，送给轩辕，说："明年春天，就要举行会试了。你最好带上这些盘缠，早点到京城去吧！"轩辕认为老师说得对，回家向妻子辞行。张氏正担心轩辕在家与小妾相好，就非常高兴地答应了。轩辕刚要登船出发，马学士却派人将他接到自己家中，关在后园里读书。私下又派一个媒婆，去说服张氏，趁轩辕外出，将小妾卖掉。张氏说："正合我意！但是，要卖就卖得远远的，才没后患。"媒婆说："这好办。"不久，有个陕西卖布的商人，长相丑陋，满脸胡须，他带着三百两银子来买妾。张氏命小妾出来相看，卖布商不禁拍手喝彩，当即做成交易。张氏将小妾卖掉，还不解气，竟剥掉小妾身上的衣衫、鞋子，连一根簪子都不留。小妾乘竹轿过北桥，大喊一声："我不远走！"就翻身跳入河中。马学士早已备好小船，将小妾接回自家后园，与轩辕同居了。

　　张氏听说小妾投河而死,正感到惊疑,那陕西卖布商已闯进门来:"我来买人,不是来买鬼!你家卖妾,又不跟她讲清楚,何必逼良为贱,欺负我是外地人呢!快把银子还给我!"一边发火,一边大骂。张氏没话可说,只得将银子还给卖布商,打发他走了。

　　过了一天,一对衣衫褴褛的白发老人,痛哭流涕地前来责问张氏:"马学士将我女儿送给你家为妾,如今她在哪里?活要见人,死要见尸呀!"张氏无话可说。那老夫妇俩撞头拼命,摔碗砸盘,直打得满屋乱七八糟,没有一件完好的东西。张氏苦苦央求左邻右舍出来说情,最后送给老夫妇钱物绸缎,才把他们打发走。

　　又过了一天,武进县衙来了四五个差役,气势汹汹地拿着红字令牌,大声喝道:"人命关天,请犯妇张氏赶快上堂!"说完,把铁链子扔到桌上,哗啦啦一阵声响,张氏问为什么抓她。差役起初不肯讲,张氏拿银子贿赂,差役这才告诉她实情:"有个女子的父母在县衙告状,说他们的女儿生死不明,与你有关,所以奉命带你过堂。"张氏很害怕,心想:"如果丈夫在家,这一切事都由他应付,又怎么会将我一个妇人家弄到抛头露面、对簿公堂的地步呢?"她这才深深后悔从前对丈夫太刻薄,待小妾太残忍,自己办事太专横,而作为一个女人,也太没用了。张氏正在自怨自恨,忽然,有一个头戴白帽的人跌跌撞撞跑进来,边跑边喊:"轩辕相公刚到卢沟桥,就得急病死了。我是骡夫,赶回来给你报信。"张氏大哭,伤心得说不出话来。那些差役说:"她家有丧事,我们先走吧。"于是,张氏身穿丧服,为丈夫治丧。

　　没过几天,那些差役又来了。张氏便请专打官司的人,为她谋划怎样减缓此案。为此,她不惜卖掉嫁妆,卖掉房屋,又贿赂主管案卷的吏员压住此案。诉讼刚完,家中财物已荡然无存,连每天的饮食也不能保障了。

　　这时,媒婆又来劝她:"夫人现在一贫如洗,苦不堪言,相公又死了,还守什么呢?我给你说个人家吧,你看怎么样?"张氏动了心,拿了自己的出生年月日,去请瞎婆子算命。瞎婆子说:"你命中注定,要嫁两个丈夫。再嫁后,才能穿金戴珠,荣华富贵。"于是,张氏对媒婆说:"改嫁,是我命中注定,我怎敢违抗?但我现在自行主婚,总得先见见所嫁的人吧。"随后,媒婆领来一位翩翩少年,服饰十分华贵。媒婆介绍说:"就是这位公子,他还是候选员外郎呢!"张氏心中大喜,收拾家财,为轩辕守丧不足七七四十九天,便嫁给了这个少年。

张氏正在行婚礼,忽然从房里跑出一个丑妇,手拿大棒,厉声骂道:"我才是正妻大奶奶,你是何处贱人? 敢来我家为妾! 我决不容你!"冲上来,就狠揍张氏。张氏后悔被媒婆欺骗,却又暗自想道:"当初,我就是这样对待小妾的。怎么如今我也身遭此辱? 报应得如此巧合,难道真是天意吗?"不禁失声痛哭。诸位宾朋好友上前劝止丑妇,让她离开,说:"先让郎君今日成亲,有话明天再说。"于是,那些年轻人点燃花烛,将张氏引入洞房。刚揭开帘子,只见轩辕高坐在床上。张氏大惊失色,以为前夫显灵,立刻晕倒在地。醒来后,她哭着说:"不是我辜负你,实在是迫不得已呀!"轩辕连连笑着摇手:"别怕,别怕! 两嫁还是一嫁。"便将张氏抱上床,把前后经过以及马学士的计划告诉了她。张氏起初还不相信,接着便恍然大悟,十分羞愧、后悔。

从此,张氏行善积德,改过修身,终于与嫁给马学士的那个村妇一样,成了贤惠的妻子。

风 水 客

袁文荣先生的先父清崖先生,是位布衣贫士。他家里还存有祖父、曾祖父的遗骨没有正式埋葬。清崖先生家堂兄堂弟倒是不少,可是,没有一位肯于出面办理这桩后事的。清崖先生没有仕途功名,只靠着设馆授徒来养家糊口,生活非常拮据。尽管如此,依靠着勤俭节约,日积月累,经过多年的不懈努力,总算攒下了一笔钱,买到一块地皮,作为祖先的茔葬之地。这时候,那伙历来不理此事的堂兄堂弟们又站出来挑剔,有的说那块地风水不佳;有的埋怨买地选了个不吉利的日子;有的威胁说,这一块地的方位对某一房的子孙非常不利;有的借此机会千方百计给他出难题儿,从中刁难、戏弄他。

袁清崖先生对这伙堂兄堂弟们的表现非常气愤,趁着祭祀家庙的机会,把本族亲属一百多人召集到一起。祭祀已毕,他持香向上天祷告,说道:"清崖不才,积馆谷之资买地,欲安葬祖宗于宝城。此举如有不利,只望加罪于清崖之子孙,与诸家堂兄堂弟绝无相干!上天保佑!"众亲族这才哑口无言,不再从中挑剔,说三道四。

此后三年,清崖先生的妻便生下了袁文荣。据说,袁文荣生而面目纯黑,黑中透亮,但自脖子而下,皮肤白嫩如雪。有人就认为这孩子天质不凡,很可能是乌龙转世。后来,袁文荣果然官至大学士,位在宰辅,死后赐谥文荣。袁文荣辞世之后,他儿子袁陛升将要茔葬,又有人旧话重提,说那块坟地风水不好,不可把官位显赫的袁文荣葬身其中。袁陛升惶惑迟疑,也就把茔葬之事暂时搁置了。

且说有位姓黄的风水先生,江苏常州人。他是个阴阳家,当时很有名气。一时间,公卿大夫们都争相吹捧,把他奉为神仙。这个黄先生,性情迂腐怪道,又故作狂傲,抬高自己的身价。往往是若不献上千两银子,就难以将他请进相府。黄先生来到袁府,百般刁难,饭稍不顺口,就摔盘打碗,大闹脾气;住处稍不顺心,就撕帐扯被,闹着要走。袁陛升贪图他相术神奇,总想让他给父亲选一块风水好的坟地,万般无奈,也只好是低声下气地曲意奉迎。

慈溪县曾有一位老先生,官至某部侍郎。侍郎死后,他的子孙后代已经衰落了。黄先生就说侍郎家祭堂前面那块地盘儿风水好,教袁陛升买下来做墓地。经过勘查,写下字据,这项交易就算告成了。袁陛升陪着黄先生回到相府,已经是夜下二鼓。他们一进门儿,只见大厅上灯火通明,袁文荣公头戴乌纱帽,身穿绛蟒袍,端端正正地坐在大厅上。与生前一样,有两名小童侍立于左右。

袁陛升、黄先生等人大惊失色,急忙拜伏于地。袁文荣大怒,骂道:"该死的畜生!侍郎老爷乃是我的前辈翰林,你竟敢在这个姓黄的奴才指使之下,抢夺他的墓地,你是何居心?你忘了你爷爷清崖先生,当初葬埋你高祖、曾祖时候的艰难处境了吗?如今,你处境如何?你又是怎么想的?"吓得袁陛升俯首磕头一句话也说不出来。袁文荣又指着黄某骂道:"你这个贼奴才!利用阴阳骗术蛊惑人心,说什么坟茔风水能照耀子孙荣华富贵?你这种发财之道,与娼妓的以媚取财差不了多少,手法较之于娼妓而更加恶劣!今天,再也不能姑息!"说着,命左右两个小童一齐走上前去,唾了他满脸满身的唾沫。

这之后,袁文荣先生忽然站起身来,满堂的灯火完全熄灭,大厅里一片漆黑。等到重新点燃了灯火,袁文荣先生和他的侍从已经不见了。

直到第二天,袁陛升依然是面色如土。他焚毁了那张买地的字据,把那块坟茔地交还给了侍郎的子孙后代。

那位风水先生黄某可倒了霉,他那脸上身上,凡是沾到了唾沫的地方,都生了密密麻麻的一层白蚁,这些白蚁爬领钻袖,搅得他日夜不得安宁。而且,越往下划拉越多,成倍地增长。日久天长,白蚁又变成了虱子,一抓就是一大把。它们整天吸吮黄某的血,一直到把他咬死。

吕　兆　鬺

绍兴人吕兆鬺考中进士后,被任命为陕西韩城县知县,侍读学士严冬友是他的好朋友。

一天,闲谈中,严冬友问:“吕公名为兆鬺,是根据什么意思取的?”吕公说:“我前世是北边通州陈家的一匹马,花白色,鬃毛有三尺多长。陈家畜养我,对我有恩。有一天,我在马厩中,听说陈妻生孩子,痛了三天,还生不下来。一位亲戚说:‘这是难产啊,一定得去请某某接生婆,才能平安产下婴儿。可惜她住在三十里外的一个村子,一时半会儿也来不了,这可怎么办呢?’又有一位亲喊接着说:‘赶快派人骑长鬃马去,立刻就能请来。’说完,果然有个老仆人来骑我。我心想:‘平时吃主人家的豆子草料,如今女主人有危急,这正是我报恩的时候。’于是,我就奋力奔跑,途中碰到一条又深又险的山谷,两边悬崖相隔一丈多,如果绕道,必将延误时间。当时,我救主心切,便腾身跃起,竟一下子摔进山谷,折断骨头而死。老仆人因为抱着我的背,所以没有撞在山崖上,幸免一死。我死后,立即看见一位白胡子老头,将我带到一座衙门里。一位头戴乌纱帽的神坐在堂上,他说:‘这匹马很有良心。人有这种良心尚且难得,又何况牲畜呢?’就派人写了一份公文,上面写的像是古篆字。随后,那人将公文绑在我的蹄子上,乌纱神吩咐说:‘将他送到一个好去处!’于是,我就再冉上升,不知不觉已进入轮回,转世为绍兴吕家的儿子。一周岁后,我的头发仍然分为两半,就像马鬓分开垂下的样子。所以,我的名字才叫'兆鬣'呀!"

张 又 华

　　安徽安庆府(清为安徽省治所)有位禀膳生员,名叫陈庶宁。陈庶宁寄居河南,就在淮宁(今河南淮阳)的陈州府学里就读。

　　那一年,适逢九九重阳节,他外出郊游,登高望远。出了城南门,路经一片墓地。只见丛冢之间青烟袅袅,似乎有人祭祀。他走近一座坟墓,霎时一阵冷风袭来,不禁毛骨悚然。陈庶宁感到不妙,赶快离开了这地方。

　　晚上,回到馆舍之中,夜里,就做起梦来。他梦见自己来到一座寺庙,似乎是和尚们的住处。屋里窗明几净,院内竹木萧然,是个极清静的去处。墙壁上,悬挂着一小幅松江纸字画,画面所题,乃七言绝句一首,题为"牡丹"。绝句的第一句道:"东风吹出一枝红。"陈庶宁就觉得这诗的意境不是很美,往下角一看,作者署名为张又华。

　　陈庶宁正在反复推敲诗意,忽而有人推门而进。这人长着直瞪瞪一双大眼,红鼻子,身材短小,大约四十来岁。红鼻子劈头就问:"我就是张又华。你这小子打哪儿来?为什么读了我的诗,大有瞧不起我的意思?"陈庶宁急忙逊谢说:"不敢,不敢! 学生正在欣赏您的大作,怎么敢妄加菲薄呢?"红鼻子指着自己的脸说:"那么,你仔细瞧瞧,我是人还是鬼?"陈庶宁说:"您一进门来,就带着一股冷气。大概——大概您兴许是鬼?"红鼻子冷冷地一笑,拉着长音儿说:"呵——大概,大概这词儿模棱两可。你说,我是个善鬼,还是个恶鬼?"陈庶宁更加为难,战战兢兢地说:"您博学能文,又会赋诗。我寻思,您一定是位善鬼。"红鼻子嘿嘿一笑,说:"这个,你可说错了! 告诉你吧:我是个不折不扣的恶鬼!"说着,张牙舞爪,直向陈庶宁逼来。他所喷出的冷气,犹如一团团冰雪,打到身上,寒侵脏腑。陈庶宁退到一张竹床后面,终于无路可逃,被鬼抓住了。鬼一只胳臂死死地抱住了陈庶宁,另一只手狠狠地攥住了他的肾囊。陈庶宁痛不可忍,一声怪叫,就从梦中惊醒了。

一查看自己的肾囊,已经肿得老大。

从那以后,陈庶宁身上总是寒热往来,病魔缠身,终于为医家所不能治,客死于淮宁馆舍之中。

淮宁知县与陈庶宁交好,见他死而无依托,就出面将他殡葬了,尽了朋友的笃情厚义。但他总也不明白,陈庶宁和张又华有何怨衍。有一回,他偶尔问起一位上了年纪的属吏:"您知道有个张又华不?"老属吏说:"有的,有的!此人原来是这衙门的一名书吏,死去有两年了。他平生作恶多端,还冒充风雅,爱作几句歪诗。长得大瞪眼、红鼻子、三短身材。死后,就葬在南门外。"淮宁知县一听,就想起了陈庶宁曾向他说过,在那片墓地里,他曾感受到一阵冷风。

官　　癖

相传在明朝末年,南阳府有一位太守死在官署中。从那以后,他的阴魂不散,每当黎明时候,他必定头戴乌纱,腰束官带,跑上大堂,向南端坐。有差役向他叩头行礼,他也点头称许,做出受拜的样子。等到天大亮,他才消失不见。

到了雍正年间,新官乔太守上任,听说这件事,不禁笑道:"此人必有官瘾,虽然早就死了,却不知道自己已死的缘故。我会让他清楚的。"于是,第二天黎明之前,乔太守就穿戴好官服官帽,先上大堂,面朝南端坐。到升堂时分,只见一位头戴乌纱帽的官员远远而来,他看到大堂上已有人先占了座位,有些迟疑,不敢上前。随后,他长叹一声,就消失了。从此,鬼升堂的怪现象就再也没发生过。

铸 文 局

江苏省句容县有个杨琼芳,他是康熙年间某科乡试第一名举人。考场上,杨琼芳所分到的试题为"譬如为山"曰:"譬如为山,未成一篑,止,吾止也。譬如平地,虽履一篑,进。"出场之后,他仔细回味,感觉通篇都很得意,只有其中两小段的某些字句,还有些不尽人意的地方。

夜里,他就做了个梦,梦见自己来到文昌庙的大殿里。只见文昌帝君端坐上方,两侧却排列着许多炼炉,炉中火光熊熊,闪光发亮。杨琼芳又像发问又像自言自语:"这么多火炉,有什么用处?"旁边有位长胡子的判官笑着说:"按照惯例,科场上的文章,都要放进丹炉里鼓风熔铸,使那些不太完美的段落和字句,更加充实,更加绚丽多彩。只有这样的文章,才能进呈天帝御览。"这番话,引起杨琼芳很大的好奇心,便随意从炉中拉出一篇文章来看,巧得很,正是自己在科场上那篇试文,而那些为他不甚满意的段落和字句,已经修改熔铸就绪,而且字字闪着金光。杨琼芳苦苦诵读,力图把这些闪光的字句记在心上。他一高兴,忽而从梦中惊醒。

梦醒之后,杨琼芳反而觉得有些晦气,心里说:"这是因为自己中举心切,所以才做这样的梦。要想把考场上的文章修改成梦中的样子,谈何容易?"

可是,没过多久,贡院里就失了一把火。虽经奋力扑救,依然是损失了试卷二十七本。监临官查明了被毁试卷的字号,命举子重新入场补录原文。

杨琼芳乘此机遇,依照梦中熔铸过的文章模式重新补写。等到乡试发榜,他果然是高中了乡试举人第一。

染 坊 椎

华亭县百姓陈某,娶了一妻一妾,妻子没有生育,妾生下一个儿子。陈妻妒忌小妾,趁小妾外出的时候,偷偷地把小妾的儿子扔进河里。

邻居中有个开染坊的妇人,这天,她正在河边用木棒敲洗衣服,看见河水中有一个小孩,随流飘荡。妇人觉得孩子可怜,就将他救起,抱回家,并用粥汤喂小孩,可她却忘了洗衣棒还在河边。

陈妻虽然将婴儿扔进河里,但唯恐小孩不死,就跑到河边察看。她没见到婴儿,却看见一根洗衣棒漂在水面上,便笑着说:"我洗衣,正缺这东西呢。"于是拿回家,挂在床头。

没多久,有个盗贼夜里入室行窃,掀起陈妻的被子,吓得陈妻拼命喊叫,盗贼急忙拿起床头的洗衣棒,向陈妻砸去,正好击中脑门,陈妻脑浆迸溅,当场死亡。第二天清晨,陈某报官,县令验取凶器,原来是天生号染坊的洗衣棒,于是就将染坊里的人抓来审讯。染坊的那位妇人,详细叙述了河边救小孩、丢失洗衣棒的经过。随后,县令命令将婴儿归还陈某,又派人缉拿凶手。

血 见 愁

吴耀廷博学多才,年轻的时候就旅游京师(今北京市),寓居于徽州会馆。这徽州会馆,以三间前厅最为宽敞;两侧各有东西厢房,也很洁净明亮;后房数间,房前房后满栽树木,环境宁静。

有位李守备先住进来,占据了前厅三大间,吴耀廷后到,带的随从人员又比较少,就住进了东厢房。李守备把他的佩刀悬挂在厅柱上,那刀忽然窜动出鞘,嗒嗒作响。李守备对吴耀廷说:"我曾经佩带此刀出征西藏,用它杀人不计其数。所以,这把刀很具神灵,每当它自动出鞘,必有意外发生。因此,我应该祭祭它。"说罢,命奴仆杀鸡取血,又命拿来烧酒,一齐泼洒在刀刃上。

当天,正是日当中午,吴耀廷眼看着一个身穿蓝衣服的人从后院跳墙而入,他心里说:"怎么,大白天儿的就闹贼了?"急忙赶上前去四处搜寻,却是连个人影儿也没有。他自惭自愧,怀疑自己眼花了,觉得可笑,自言自语地说:"瞧瞧,还不满四十岁呢,难道眼神儿就不中用了?"说着,也就走了回来。

不大工夫,有位应会试的范举人来到,身边带着行李和一名奴仆。范举人向吴耀廷、李守备拱手为礼,说道:"在下也是徽州人,到这里求宿,还请二位先生多多关照。"吴耀廷指指后房说:"好说,好说! 看样子,您只能住后房了。那儿清静幽雅,环境是蛮不错的。只是院墙低矮,墙外就是集市,恐怕不大安全,夜里要多加小心才是!"范举人点头称是,又指着李守备挂在厅柱上的佩刀,笑着说:"那么,就请将这把佩刀借给我一用,以备万一呀!"李守备当即从厅柱上取下佩刀,交给了范举人。

范举人在后房秉烛而卧,奴仆已经睡着了。夜不过二鼓,果然看见有个身穿蓝衣服的人翻墙而过,随即跳窗进入屋里。范举人大惊,随即叫醒身边的奴仆。奴仆看见蓝衣人,立刻拔刀出鞘,冲上去就砍。渺渺茫茫,似乎像有人与他格斗。这位奴仆竭尽全力,挥刀砍杀。斗了一阵,忽然觉得有人从背后把他拦腰抱住,使劲摇晃着喊道:"别砍,别砍,是我呀!"奴仆听那声音,好像是他主人,急忙放下手中的刀,回头观看。在烛影摇红之下,范举人已经是浑身上下鲜血直流,忽而倒在地上,奄奄一息了。

这时候,吴耀廷和李守备已经听到了后房的呼号声,一齐赶来,看到眼前的情景,他们都吓呆了。听了奴仆的叙说,才明白了真相。吴耀廷说:"奴仆杀害主人,按照刑律,是要凌迟处死的! 这可怎么好?不如趁范举人还有口气儿,让他写下亲笔供词,也好宽恕奴仆的误杀之罪。"说着,就命人取来纸笔,递给了范举人。范举人忍着剧痛,提笔只写了"奴误伤"三个字,就因为失血过多而昏厥过去。众人惊恐,束手无策。

吴耀廷有个马夫,站在一旁不紧不慢地嘲讽说:"慌什么? 院子里墙根儿底下,就长着一种草,名叫血见愁。赶快采点儿给他敷上,不就结了! 瞎急个什么?"经他一提醒,马上有人采来血见愁,捣烂敷到范举人的伤口上,血渐渐被止住,范举人因之得以不死。

吴耀廷和李守备念惜范举人是自己的同乡,捐资送他返回故乡,此后也就平安无事了。

没出半个月,吴耀廷的马夫晚间到院子里墙角下解小便,忽而有一只毛茸茸的大手,狠狠地打了他一个嘴巴,骂道:"你这浑小子! 我自报我的仇,与你有什么相干? 你却冒出来卖弄血见愁,坏了我的事!"马夫定睛细看,又是那个穿一身蓝衣服的人。

龙 阵 风

乾隆六年(1741)秋天,海风大作,将树木连根拔起。海边的老百姓,看到有龙在空中搏斗。广陵城内外,海风吹过的地方,家家户户的窗框、窗帘以及所晒的衣物,全被吹到半空。有户人家正在宴请宾客,桌上的八盘十六碟菜都随风而去。不久,这些菜肴果品,又原封不动地飘落到几十里以外的一户李姓人家。

更为奇特的是,南街上"清白流芳"牌楼旁的一个妇女,洗澡后,头插簪花,脸搽香粉,抱着一个孩子,把竹床搬到门外,闲坐着。这阵大风将她吹起,冉冉上升,地上万人观望,见她如虎丘的泥孩子一样,不一会儿就消失在一片云雾之中。第二天,这妇人落到邵伯镇。邵伯镇离城四十多里,妇人落地时,竟安然无恙。人们问她有什么感觉,她说:"刚被吹上天时,狂风在耳边呼呼作响,十分害怕。愈往上,就愈感到凉爽。俯视城市,只见云雾笼罩,却不知有多高。落地时,慢慢而下,稳稳当当,就像乘着轿子一样,只是心中一片茫然。"

彭杨记异

彭兆麟,山东掖县人。同县增广生员杨继庵先生,则是他的姑夫。彭兆麟自幼勤奋读书,学识渊博,不幸年方二十几岁,就因病早死。过了几年,他的姑夫杨继庵先生也辞世了。

后来,有个名叫胡邦翰的,山东高密县人。说起来,胡邦翰与彭兆麟、杨继庵素不相识,从来也没见过面。胡邦翰有位二哥,长期出门在外,久无音信,据说,他客居于辽宁。于是,胡邦翰就乘船泛海,到辽宁来寻找二哥。一个偶然的机会,他结识了彭兆麟。彭兆麟自称山东掖县人,在此设馆授徒。因为都是山东人,又秉性相投,两人一拍即合,成为好朋友。这样,胡邦翰就住进了彭兆麟的学馆里,大部分时间去寻觅二哥的下落,闲来就与彭兆麟读书论诗,饮酒解闷。

一晃儿住了两个多月,胡邦翰的二哥还是毫无音讯。胡邦翰就准备治装买舟,回到山东老家去。临行之际,胡邦翰对彭兆麟说:"我回老家后,不久就要到府城去应试,路经掖县。先生有什么东西或书信,我可以顺路给先生带回家去,以效犬马之劳。"彭兆麟说:"多谢,多谢!前些日子,有位乡亲自掖县来,东西和书信已经顺便捎去了。先生若是不惮烦劳,只需给家里捎个口信,说我一切都好,请家中放心也就是了。"胡邦翰点头允诺。等到胡邦翰动身那天,彭兆麟又对他说:"从这儿往东一百多里,有个东平村。我姑夫杨继庵先生,也在那里设馆授徒。先生此去,那是必经之路,烦劳您代我向他问好。"胡邦翰也热情地答应了。他东行百里,找到了东平村,果然见到了那位杨继庵先生。

胡邦翰回到山东。不久,就到府城去应试。路经掖县,就专程到彭兆麟家中拜访。他说明来意,并且说自己在辽宁见到了彭兆麟和杨继庵。他的话,使彭家的人大惊失色,以为此人精神上一定有毛病,多半儿是在胡说八道,并告诉他说:"这两个人先后过世已经有二十余年,你怎么能够见到他们?"胡邦翰听了,也是一愣。继而,他辩解说:"兆麟先生曾经对我说,您家胡同口有座关帝庙。庙中的墙壁里藏有他的亲笔遗书,不妨找出来看一看。"彭家马上派人到关帝庙里挖掘墙壁,果然找到了彭兆麟的遗书。那笔迹,与胡邦翰在辽宁所见到的完全一样。胡邦翰又说:"兆麟先生无意中提起,贤嫂的乳名为秀妮,两个侄女,一名金花,一名银叶。不知是也不是?"彭兆麟之妻贾氏,如今已经四十有余,有个女儿也已经出嫁了。除了彭兆麟这样的长辈,有谁还更多地提起她们的乳名呢? 至此,彭家人才确信胡邦翰见到了彭兆麟和杨继庵,而胡邦翰也明白了他在辽宁所见到的两个人都是鬼。胡邦翰就在这一年进入了府学。可是,没过几年,他也死了。

　　过了几年,又有个人从辽宁来。他带来了彭兆麟遗留下来的一匹马,还有一些遗存下来的衣物。彭家的人更加害怕,拒绝接受这些东西。

　　说起来,回到二十多年前,那时候,彭兆麟病重将死。他对家里人说:"我死后,不要着急入殓埋葬,兴许,我还会再活过来!"家里人以为他是病重昏聩,也就没理会他。他死后,还是按照惯例,及时收殓埋葬了。三天之后,就发现他的坟头儿侧面有一个洞,又好像有什么东西曾从洞里爬了出来。家里人以为是狐獾之类所打之洞,又没加理会。

　　就在同一年,山东下密(今山东潍县)有个姓李的人家,为自家小少爷请了一位教书先生。这位先生姓彭名兆麟,自称为本省掖县人。彭先生馆居,一住就是八九年,从来没向主人公提及回家探亲的事儿。为此,李家主人也感觉有些怪道,终于不好意思细问。后来,这位李家小少爷渐渐长大,要到府学去应试了。李家主人就迫使这位彭先生与学生同行,顺便回老家掖县去看看。师生同行到马戈庄地方,彭兆麟对学生说:"这儿有我一门远房亲戚,已是多年不见了。我顺便去拜访拜访,你在城外某处等我,我去去就来。"没想到,李家少爷在约定地点等到天黑,依然不见先生归来。无奈之下,只好自投旅店去了。

　　第二天,先生还是踪影皆无,李家少爷独自上路。他来到掖县,找到彭家,口称门生,说是来拜见老师。彭家的人还以为这是彭兆麟生前教过的学生呢! 但仔细一问,才知道这是死后收教的学生。相与之间,惊骇叹息不已。李家少爷挥泪与彭老师一家人告别,自去应考。

　　大概从那时候起,彭兆麟的阴魂就登舟泛海到辽宁,在那里从事起设馆授徒教书育人的事业了。

　　这个故事,发生在乾隆二十八年(1763)。这是安徽贵池(今安徽贵池）县县令林梦鲤对我讲的。林先生，也是山东掖县人。

冤鬼戏台告状

　　乾隆年间，广京三水县县衙前搭台演戏。有一天，上演《包公断乌盆》，一名花脸演员正扮演包公上台坐下，他看见一个披头散发、身上带伤的人，跪在台上喊冤。花脸大吃一惊，连忙起身躲开，台下一片哗然，直传到县衙内。知县派人查问，花脸将所见告知。知县把花脸叫到内堂，让他仍像刚才一样，装扮包公上台，如再看见这样的情形，就将鬼魂领到县衙来。

　　花脸领命行事，果然，那鬼又出现了。花脸对鬼说："我是个假包公，不如我带你去县衙，报官申冤。"鬼点头同意了。花脸就起身带路，鬼跟着他来到大堂。知县问花脸："鬼在哪里？"花脸说："鬼已跪在阶下。"知县就大声喊鬼，那鬼却毫无动静。知县大怒，正要责备花脸，这时，花脸看见鬼站起来，往外就走，还做手势叫他一道去。花脸将此情禀告知县，知县就派了两名差役，与花脸一同尾随而去，看鬼究竟去哪里，在哪里消失，并做下标志。

　　花脸等人跟着鬼，在野外走了好几里，看见鬼钻进一座坟墓。这坟墓是县城富豪王监生安葬母亲的地方。花脸与差役将竹枝插在坟边作标记，然后回县交差。知县随即乘轿前往察看，又传唤王监生，严加审讯。王监生不承认，请求打开坟墓，以此证明他的无辜。县令同意了。

　　等到坟墓被挖开两三尺深，人们就看见有一具尸体，神态跟活人一样。知县大喜，接着审问王监生。王监生喊冤道："那时送葬的人有好几百，一起看着棺材下土埋葬，并没有这具尸体。即使有，我也不可能堵住所有人的嘴呀！况且，这几年来一直平安无事，为什么要等到这个花脸演戏，鬼才喊冤呢？"知县觉得有理，又问："你当时是不是看完封土后才回家的？"王监生说："我见到母亲的棺材入土后，就回家了。以后的事都是土工们干的。"知县笑了："这就差不多了。"随即命人将那些土工带到大堂。

知县见土工们相貌凶恶，厉声喝道："你们杀人的事已经败露，别想再隐瞒了！"土工们做贼心虚，大惊失色，连连叩头招供："那一天，王监生回家后，我们都在茅棚下休息，有个过路客，独自一人，背着行李来借火。一个土工发现他背包里有银子，就与大家一起商议，将这人杀了，平分他的钱财。随后，我们就举起铁锄，砸碎他的头颅，将他的尸体放在王监生母亲的棺材上面，再加土掩埋。一夜工夫，我们就将坟墓筑好。王监生见我们干得又快又好，非常高兴，又重赏了我们。没人知道我们杀人的事。"于是，知县将他们依法治罪。

据说，当时土工们埋尸时，自夸说："这事再也不会搞清楚了。这小子要想申冤，除非包公再世。"鬼当时听到这句话，所以直到那花脸扮演包公，才来申冤。

奇鬼眼生背上

费密先生，字此度，四川新繁（今四川新都）人。费先生本是位布衣贫士，但诗作得好，是位很有名气的诗人。阮亭尚书见到他《朝天峡》诗中"大江流汉水，孤艇接残春"之句，叹赏不已，因而将他推荐到杨展将军的帐下做幕僚。

费密随杨将军从征四川，过成都，驻扎在按察使衙门。衙门里有一座楼，人人都说这座楼里闹怪物，杨展将军和李副将都不信。费密就拉着他们一起住进了这座楼。杨将军和李副将都是行伍出身，心无疑虑，很快就进入了梦乡。费密却心有余悸，掌着灯，手中按剑，端坐于床帐之中。

夜过三鼓，忽听得楼梯橐橐作响，接着，就有个怪物蹑梯而上。费密在灯下看得清楚，怪物有头有脸，却是无眼无眉，也没有鼻子，好似一段枯木。他来到费密帐前，却是僵立不动。费密抽剑便砍，那怪物后退了几步，转身就走。这时候，费密才看清，他有一只眼，足有一尺多长，直竖着长在脊背上，不断地放射出耀眼的金光。

　　此后,那怪物渐渐挪到杨展将军的帐前,猛地揭开了床帐,接着,他又转过身来,背对着杨将军,用竖眼发出的金光照射他。费密预感到,杨将军这下儿可要遭殃了。没料到,从熟睡的杨将军鼻腔里,忽而冒出两股白气,白气与怪物竖眼里放出的金光相对峙,白气越高昂,金光就越短小。怪物终于支持不住,连连倒退了好几步,轱辘辘滚下楼去。这些事,都是在杨展将军熟睡的情况下进行的,他是一丝不知、一毫不觉。

　　费密思量,怪物不会再来,可以万事大吉了。不料,过了不大工夫,那怪物又喘着粗气爬上楼来。这一回,他是直奔李副将的床前。费密想:"杨将军既然能对抗妖魔,李副将的道力一定不次于他。"因而,并不把怪物进逼李副将放在心上。这时候的李副将,睡得正香,鼾声如雷。怪物突然揭开了他的床帐,只听得李副将嗷的一声怪叫,怪物不见了。费密赶上来一看,他已经是七窍流血,断了气了。

卷十二

挂周仓刀上

　　浙江绍兴有个钱二相公,学就了神仙炼气之术。他能从脑门儿上放出自己的元神,使之遍游十州三岛。在这样的漫游中,他遇上了不计其数的神仙和魔鬼,有状貌丑恶狰狞的,也有形容妖娆艳冶的。钱二相公呢,遇见丑恶凶猛的他不惧怕,遇见娇娆艳丽的他也不为之动心。就这样,恍恍然度过了十几年。

　　忽一日,诸多的魔鬼聚集到一起,谋划道:"再过一个月,就是甲子年了。到了甲子年,这个钱二相公就要修炼成仙,我们可就奈何不得他了!所以,要想制服他,必须不失时机,从速动手。"众魔鬼纷纷点头,认为这个论断很英明。于是,乘钱二相公闭目打坐之机,众魔鬼一拥而上,牵胳臂抱腿,把他塞进一口大坛子里,压在了云门山(在浙江绍兴县南三十二里,亦称东山)的山脚下。这天晚上,钱家才发现丢失了钱二相公,到处寻找也不见踪影。家里人还以为他真的修炼成道,羽化而登仙了呢!

　　过了半年,有一天夜晚,明月皎洁。钱家人忽然发现钱二相公坐在了后花园高高的树尖上。见到了家里人,他大喊救命。大家急忙搬来梯子,扶他从树上下来。

　　事后,家里人问他:"相公为何无故失踪半年之久?又怎么突然跑到树尖儿上去了?"钱二相公说:"我被群魔所困扰,被装进一口大坛子里,埋藏在云门山的山脚下。幸亏我平日练功运气,才不至于冻饿而死。"家里人又问:"那您怎么会又跑到树尖儿上去了?"钱二相公说:"前几天,我在坛子里正憋闷得难受,突然,天空中现出红云一道。我知道,这是伏魔大帝关老爷到了,就拼着命地喊叫冤枉。关老爷把我从坛子里放了出来,我就向他控诉魔鬼们的罪恶。关老爷说:'众魔鬼为非作歹,作祟扰人,实属可恶至极,必将严加惩办,但是,你这个人也不顺天地阴阳自生自灭的规律,妄自矫揉造作,炼什么功、服什么气,希图长生不死。这是逆天道而行,是很不得时宜的,所以,必然要失败。'说着,环顾左右,对一位黑脸儿的武人说:'周仓将军,你负责把这个人送回家去吧!'周仓大声地答应着。我一瞧那周将军,身高一丈有余,他手中那口大刀,也有一丈多长,乌黑锃亮,闪着寒光,也叫人发抖。我正在发愣,周将军一把将我拉过来,用一条红绳子拴住,挂在了他的刀背儿上。随后,他提了刀腾空而起,穿云跃雾,走了好一程,不知不觉地就把我挂在了这棵树的树尖儿上。最初,我糊里糊涂,还辨不清这就是自己的家呢!"

从那以后,这位钱二相公随俗就世,饮酒恋色,再也不去求仙学道了。

驱云使者

宣化把总张仁,奉命侦查私盐贩子,路过一座古庙,想进去投宿。和尚不答应,说:"这里面有妖怪。"张仁自认为勇猛无比,硬在庙里铺床设帐,吹灭蜡烛就睡了。二更时分,他发现满屋子亮堂堂的,就起身厉声喝问,只见灯光向屋外移去。张仁赶紧追上去,眼前竟是万盏神灯,移到松树底下就熄灭了。

第二天早晨,张仁到松树下查看,发现一个大石洞。张仁就叫当地百姓用锄头挖掘,挖出一条丝绸被子,被子里裹着一具尸体,口吐白烟,三只眼睛,四条臂膀,似僵非僵。张仁知道这一定是个妖怪,便下令堆上木柴,把尸体烧掉了。

三天后,张仁大白天闲坐府中时,有位英俊少年穿着盛装,走了进来,对张仁说:"我是天上的驱云使者,因为降雨过多,违背了天帝的旨意,被贬到人间,将形体藏在石洞中,只等期限一到,依旧可以重返天庭。那天晚上,我偶尔出来走走,暴露了神怪的身份,这是我不知隐藏,确是不对。可你却命人烧掉我的形体,也太狠心了!我现在无处安身，迫不得已，只好附在王子晋家的仆人身上，来找你说理，要回形体。你赶快把某道士请来，诵念《灵飞经》四十九天，这样，我的形体还可以从灰烬中凝聚完整。你本来可以做到一品提督，由于这件事办得不好，天帝已撤销了你将来的提督之职。看来，你只能做把总到老了。"张仁连连应声，领命行事。那少年也腾空而去。

果然，张仁到死，只做到把总。

吾头岂白斫者

翰林院编修蒋心余先生，主修《南昌府志》。修撰将竣，夜里，梦见一位武将前来拜见，自称段将军。

这位段将军身材魁伟，相貌威严，头戴铜盔，身着铠甲。见了蒋先生便两手叉腰，并不为礼，拍打着自己的脖子粗野地喊叫道："蒋心余，你这个书呆子！听说你正在修撰《南昌府志》。你要记住，我老段这脑袋，可不是白砍的！"蒋心余听得出来，这话里带着好大的刺儿。心里一急，忽地从梦中惊醒。

蒋心余先生从梦中醒来，琢磨这位段将军必有冤屈或压抑之苦。于是，就翻查新的史志，并不见有段将军其人之记载，后来，又转而查寻旧的史志，才发现了他的名字。段将军原来是史阁部麾下的一名副将，在随史阁部镇守扬州时，死于战场。蒋心余先生急忙为他立传，补写于《南昌府志》的忠义传里。

石　　言

吕蓍是建宁人，在武夷山北坡下的古庙里读书。一个大白天，天空忽然黑了下来，吕蓍看见石阶上的石头全像人一样站立起来。这时,寒风凛冽,将窗纸、树叶吹得四处乱飞,全被牢牢地粘挂到石头上,屋檐的瓦片也飞落到石头上。不久,这些石头旋转着,变成了人形,窗纸和树叶化作衣裳,瓦片化作帽子和头巾,一下子变出十几个高大的汉子。他们有的坐着,有的蹲着,在佛殿前高谈阔论。吕薯吓坏了,关上窗子蒙头而睡。

第二天,吕薯起床后去看,一点踪影也没有。午后,石头又像昨天那样站立起来。几天下来,这竟成为常事,而那些石头变成的人也不为害骚扰。于是,吕薯就出去与他们聊天,问他们姓名,大多是复姓,自称都是汉魏时期的人,其中二位老人更自称是秦朝人。他们所谈论的事情,跟汉魏史书上记载的很不一样,吕薯觉得非常有趣。

有一天,吕薯吃完午饭,静静地等他们来。这些人来后,吕薯问他们为何借助物体,现出原形,他们都不回答。又问他们为什么不常住在庙里,他们还是不回答。可他们对吕薯说:"吕先生是个文人,今晚月光皎洁,我们一起比武,让你开开眼界。"这天晚上,他们各自带着刀剑前来比武,其中有一种古代的兵器,不像刀戈,也不像剑戟,又不好给它起名。他们在月光下舞起刀剑,有独舞的,也有对舞的,飘忽不定,神奇得很。吕薯看后,作揖拜谢。

又有一天,他们对吕薯说:"我们和吕先生相处这么久,实在不忍分别。今晚,我们都要到海外投胎转世,去完成前世未了的事,不得不与你分别了。"吕薯把他们送出门,从此庙里也安静下来,而吕薯愈发感到寂寞,好像失去了好朋友。于是,他就将他们所说的故事写成书,书名为《石言》。他原想把这本书刊印传世,却因家境贫寒,始终没能了此心愿。这本书稿至今还保存在他儿子吕大延那里。

鬼借官衔嫁女

江西新建有个秀才,名叫张雅成。张雅成从少年时期手就很巧,他常用金银纸箔制作些武士的盔甲,以及妇女头上的妆饰物之类。制作精巧,惟妙惟肖,简直可以乱真了。他把这些玩物收藏在自己居住的小楼上,自做自赏,从来不拿给别人看。

有一天下午,忽然来了一位女子。她虽说年过三十,却不失其端庄风雅。她请求张雅成用金银纸箔为她制作金钗、银手镯以及金步摇等妇女饰物共几十件,并许诺说:"相公专心制作,日夜辛苦,一旦告成,妾必有重谢!"张雅成并无意索取她的谢礼,只想借此机会,再练一练自己的手艺,也可以着意消遣。张雅成问道:"您要这些东西有何用处?"那女子说:"瞧您问的! 女儿出嫁,妆奁之中哪能少了这些?"张雅成又以为这是玩笑话,既不在意,也不细问,就慷慨答应了。

第二天,这位女子又来到小楼下,对张雅成说:"妾之夫姓唐,居住距此不远。您的高邻唐学士官居礼部侍郎,名气很大。妾想求您题写一条唐学士门幅,以光耀唐家之名,使蓬荜生辉。不知您肯不肯赏光?"张雅成觉得这很可笑,近似儿戏,不加思索地大笔一挥,写了"内阁学士礼部侍郎正二品衔唐府"一条门幅送给了她,那女子高兴而去。

到了第三天,那女子所订制的金银箔首饰已经完工了。夜晚,那女子提着几盒精制糕点和几百大钱,特来向张雅成致谢。她取了首饰,姗姗离去。

第二天早晨,张雅成一看,那些精制的糕点,不过是些土块块;那些大钱,也是些纸制冥元。张雅成这才领悟到:那位拜托他制作金银箔首饰的女子,绝对是个鬼。

又过了几天。半夜里,荒山野岭上忽而烛光灿烂,鼓乐喧天。村里人都打开窗户往山上观望,以为是谁家在卜寻葬地呢! 有些好事儿的人就跑出门来凑近些观看。发现那些人披红戴花,行的是吉祥礼,似乎是在办喜事儿。他们想:这山下的住户近万家,而这山岭之上,素来不住人家,除了少量梯田,就是一片荒坟,谁家半夜三更在荒山上办喜事? 越想越觉得怪,就要追上去看个明白。

然而,那迎送的人群已经翻过一个山头儿,渐渐走得远了。别的已经看不清,只见那仪仗的旗幡上,大书"内阁学士礼部侍郎正二品衔唐府"几个大字。人们这才知道,鬼界也和人间一样,讲求虚荣体面,崇尚金钱权势。这事儿,可真有点儿怪道了!

雷　祖

从前,有个姓陈的猎人,养了一条狗,有九只耳朵。如果这狗的一只耳朵抖动,猎人就会捉到一只野兽;两只耳朵动,就得两只野兽;如果没有耳朵动,就毫无收获。一直很灵验。

一天,这狗的九只耳朵一齐抖动起来。陈某大喜,以为今天肯定大有收获,就兴冲冲地进了山。从早晨到中午,他连一只野兽也没打到。正在心灰意懒的时候,只见狗跑到山坳中大叫起来,用爪子扒地,连连晃头,好像在喊陈某过去帮忙。陈某疑惑不解,便去挖地,挖出一只米斗般大的蛋。他拿回家,放在桌上。

第二天早上,雷电交加,风雨大作,闪电一直盘着房子转。陈某怀疑这蛋里有妖怪,就把它搬放到院子里。只听一声霹雳,那只蛋豁然而开,里面有个小孩,可爱得像画儿一样。陈某欣喜万分,将小孩抱回房中,当作亲生儿子抚养。

这小孩长大成人后,考中了进士,做了本州太守。他精明能干,政绩显著。到了五十七岁,他的肘弯处忽然长出两只翅膀,腾空飞去,成了神仙。雷州人至今还把他奉为"雷祖"。

镇江某仲

老二是镇江人。他们兄弟三人,老大没有子女,老二有个儿子,刚七岁,元宵节看灯时走失,不知下落。老二苦恼之极,带了本钱到山西去做生意,并且希望访求到儿子的下落。老二几年不回家,有人乱传话说他死了。老二的妻子不相信,请求小叔老三去寻找老二。

老大见老二的妻子年轻,可以出卖谋利,就骗她说老二的死讯确实,棺材就要运回来,劝老二的妻子改嫁。老二妻子不肯,用白麻布蒙在发髻上,给丈夫守丧礼。老大知道她的主意很难改变,偷偷地和一个江西商人商议,按一百多两银子的价格,把老二妻子卖了。老大提醒商人说:"这个女人是要硬娶的。深夜你把轿子抬来,看到有白麻布蒙着发髻的人就抬走,立刻上船快跑吧!"回到家,老大把这件事告诉了他的妻子,并且为此而洋洋自得。

当时,老大故意离家回避,老二妻子发现老大鬼鬼祟祟的样子,心知有危险,天一黑就在屋里上吊自杀了。上吊时发出了声音,老大的妻子听到了,跑过来抢救,她怕的是卖人的银子会落空。正在拉拉抱抱时,老二妻子蒙白麻布的发髻掉在地上,老大妻子的发髻也掉在地上。刚好商人的轿子到了,老大妻子急忙走出去迎接,在地上摸取发髻,错把蒙白麻布的发髻戴上。商人看到蒙白麻布发髻的女人,不由分说,竟然抢了就走。老大回家,后悔已经来不及,也不敢讲出来。

老二从山西回来的路上,在上厕所时看到有一个包着五百两银子的包袱掉在地上,心想,这一定是在我前面上厕所的人掉的,他应该走得不远,我何不在此等他呢?不一会儿,丢银两的人果然回来,老二就把包袱给了他。这个人十分感激,分给老二银子,老二不肯接受。这人就邀请老二同行。几天后,到了这个人家里。家人办了酒菜,叫一子一女出来拜见。老二看这人的男孩,好像自己的儿子。再仔细一问,果真是的。原来老二儿子是被人所卖。这个人没有儿子,就买来做自己的儿子,已经十多年了。老二抱着儿子,流下泪来。这个人说:"你把儿子带去,我的女儿就许配给你儿子做媳妇吧。"

老二在归途中等候渡江时,看见一个人掉在水里,叫喊救命,没有人答应,大家都去瓜分落水人的财物。老二看着难受,急忙高喊:"有谁肯救人,我送他银子!"落水的人被救起来了,一看,却是小弟。原来小弟受嫂嫂的委托去找老二,老大认为小弟死掉对自己有利。刚才是有人推他落水的,而且也是老大指使的。老二了解内情后,带着弟弟、儿子回了家。刚走进门,老大看到他们都回来了,就逃之夭夭了。

银隔世走归原主

　　夏镇隶属滕县管辖,镇上有位蒋老翁,靠勤俭节约发家致富。他生了一个儿子,没有教育好,长大后游手好闲,不务正业,家道便渐渐衰落了,蒋老翁十分忧虑。

　　当地有个关帝庙,庙里有个陈道士,是河南固始人,一向与蒋老翁很要好。蒋老翁就私下带着五百两银子,交给陈道士,嘱咐道:"我儿子是个败家子,我料定他不能守住家业,以后一定会饿死。现在,我把这些银子托付给你,我死后,如果我儿子改过自新,你就用这些银子接济他;如果他始终执迷不悟,你就拿这些银子修庙吧。"陈道士答应了,把银子藏在瓦罐中,上面盖了个破铜磬,埋在殿后,无人知道。

　　几个月后,蒋老翁去世了。儿子蒋某更加肆无忌惮,家业全被他花完了,妻子也回了娘家,他甚至连个安身的地方都没有。以前的那些狐朋狗友,也不再与他交往。他这才开始有点后悔。陈道士时常周济他,蒋某也渐渐学会了干活。

　　陈道士见蒋某改邪归正,便把他父亲临终托付银子的事情,一五一十地告诉了蒋某,并准备把银子挖出来交给他。等到二人拿着镢头到藏银的地方去挖,哪知挖遍了,也不见银子,二人骇得面面相觑。蒋某回去后,将此事告诉了一些不三不四的家伙。这些人顿时起哄,怂恿蒋某告官查办此事。县令传讯陈道士,陈道士毫不隐瞒,把实情说了一遍。于是,县令判陈道士赔偿银子。他拿出所有积蓄,还不足十分之二。乡邻们都认为他心术不正,他受不了流言蜚语,就离庙出走了。

　　陈道士在外云游多年,有一次路过直隶,在莲池禅寺暂住。这一日,他正准备上路,碰上和尚们为一位道台大人作佛事,诵念《寿生经》。一个老仆人抱着道台的小公子在寺门外玩耍。那小公子一见到陈道士,便抓住他的衣服,投入他怀中,怎么也不肯放手。家人不知何故,只好让陈道士抱着小公子回家,道台重重酬谢了陈道士,并送他出门,可小公子却哭叫着追上去。不得已,道台便将陈道士留在后园的一间小房住下,每日供应饮食。

这一天,陈道士打算为小公子诵经求福,需要木鱼和钟磬,家人就拿出一个破磬给他,陈道士不由得一惊,叫道:"这是我的钟磬呀!"家人忙将这话告诉了道台,道台前来询问。陈道士说:"这磬被我盖在瓦罐上,瓦罐里藏着五百两银子。"道台问:"这么多银子从何而来?"于是,陈道士就将蒋老翁留下银子的事说了一遍。道台便恍然大悟,这才明白他儿子就是蒋老翁投胎转世,这些银子本来属于蒋老翁,现在又物归原主了。道台告诉陈道士,儿子出生那天,他派人挖地埋胎衣,才挖出这些银子,因为暂时用不着,就借给布店做生意,从中获取利息,到如今已经五年了。

听了陈道士的遭遇,道台同情陈道士无端赔钱,又因道士与他儿子有旧缘,就把五百两银子连本带息送给了陈道士,并派人护送陈道士回到夏镇。道台还给滕县县令写了一封信,要县令将这件事刻在石碑上,留作纪念。

人　熊

有位浙江商人,以出洋做买卖为生。他的伙伴,就有二十多人。有一次,他们乘船出海,遇上了风暴,商船随风颠簸,被卷到了一个海岛旁。他们抛了锚,结伴到岛上游玩。走出去大约一里多地,迎面来了一只大人熊。它直立而行,身高一丈有余,膀大腰圆,走起来摇摇晃晃的。人熊张开两臂,把商人和他的伙伴们拦住,而且愈逼愈近,把他们圈到了一棵大树下。人熊拉过一根藤条来,把他们的耳朵逐个穿透,用藤条串连在一起,绑在了大树上,然后蹦蹦跳跳而去。

众人等人熊走得远了,才各自解下腰间的小佩刀,把藤条割断,仓皇逃回船上。

不大工夫,只见四只大人熊,抬着一方大石板而来。石板上高坐着一只更大的人熊。它体魄硕大,面貌则更加凶猛。那只发现商人等人的人熊,兴高采烈地在前面领路,样子洋洋自得。

　　它们来到大树下,发现藤条委地,人却不见了,带路的人熊似乎怅然若有所失。坐在大石板上的人熊却勃然大怒,狂吼起来。而后,似乎是下了命令。那四个抬石板的人熊一拥而上,把那个带路的人熊当场打死。

　　商人和他的伙伴们在船上看得清清楚楚。他们又惊又喜,庆幸自己捡了一条命。

　　山阴(今浙江绍兴)吴某,就是和商人同船的伙伴。他的耳朵上,就有一个不小的洞。吴某是沈萍如先生的亲戚。有一天,沈先生偶然问起吴某耳朵上洞的由来,吴某就讲了以上的故事。

绳 拉 云

　　山东济宁州有个差役,名叫王廷贞,会一种求雨的法术,常常喝醉了酒,坐在知州的案桌上,自称天师。终于有一次,惹得知州大怒,命令属下把他拉出去,杖打二十大板。

　　过了不久,济宁大旱,百姓求雨,总不见下。全州绅士都说王廷贞会求雨的法术,知州没办法,只得把他请来,向他道歉,请他求雨。王廷贞犹豫了好半天,才答应了。接着,王廷贞命令紧闭南城门,打开北城门,挑选属龙的八个小孩,听候调遣,并让小孩搓出五十二丈长的绳子备用。随后,他与八个小孩斋戒三天,登上神坛,诵念咒语。从辰时念到午时,果然,云从东边飘来,层层叠叠,像铺着锦缎一样。这时,王廷贞将那根长绳抛向空中,天上好像有人死死抓住绳子,绳子竟然落不下来。等绳子全部抛出后,王廷贞叫八个小孩:“快拉绳子! 快拉绳子!”小孩使出浑身力气去拉,上面却仿佛有上万斤重。云在西边,就向东拉;云在南边,就向北拉。拉着绳子的感觉,就像驾着风,飘飘悠悠的。不一会儿,倾盆大雨从天而降,积水一尺,于是,王廷贞抓着绳子走下神坛。每每有雷击打他的头,他就用羽毛扇拦挡,雷也就渐渐远去。

此后，邻县如有大旱，必定来请王廷贞。王廷贞只要酒喝，不收银钱。他说："拿了一分一厘，这法术就不灵了。"他每求一次雨，家中必定有亲人受到损伤，所以，后来他也不愿做这种事了。

济宁州知州是蓝芷林的亲家翁，这故事就是蓝芷林对我讲的。

烧　狼　筋

蓝先生府上，有一根狼筋。据说，家里丢失了东西，只要一烧这条狼筋，偷东西的人就会手脚都颤。

有一回，府上的一位小姐宣称丢失了一根金钗，不知被谁偷去了。于是，把合府的奴仆、丫鬟、使唤老婆子们都集中到大厅上，当众烧狼筋。结果，几十个人都态度平和，没有一个人表现反常。

突然，有人发现里屋门上的门帘儿不住地颤抖。仔细一瞧，那根金钗就挂在门帘儿上，原来，在这位小姐出出进进之际，头上的金钗偶然挂在门帘上了。

王　老　三

江西人陶悔庵排行老五。有一次，陶妻与小姑发生争吵，陶妻竟腾空一跃，坐到屋顶上去了，还笑个不停。人们再三叫她下来，她才下了屋顶，并用北京男子的口音说："我是天津卫的王老三，没人不知道，我已经一百三十岁啦！从北方迁居到南方，住在这儿也已经七十年了。这间房子是翰林编修蒋士铨的故居。当年，我还见过他出世时的样子呢。"

陶家人听了，个个被吓坏了，忙问："你是鬼还是狐？"她回答说："我既不是鬼，也不是狐，我是半仙。我住的这个地方，被你家五爷拆毁了,使我无处安身,我只好站在瓦檐上过了七天,又冷又饿,才不得不附在你家娘子身上。快买面来给我吃!"给她面,一吃就是五斤。她所说的"五爷",就是陶悔庵。陶家人又问:"我家五爷并没有拆过房子,你怎么说是五爷拆你房子呢?"她答道:"五爷拆毁的地方,就在东厢房庭柱那儿。"原来在此之前,陶悔庵得到一千文古钱,他想让古钱变成青绿色,就把钱埋在庭柱下面,哪里知道这里竟是王半仙住的地方呢?

陶家人又问:"你既然恼恨五爷,为什么不附在五爷身上呢?"她说:"五爷手掌上有官纹,我害怕,所以不敢附在他身上。"悔庵抬手一看,果然有个正方形的手纹,平常并不知道。陶老夫人责怪说:"你既然自称半仙,就应当知道男女有别,为什么缠扰我家媳妇!"陶妻立即做出男子作揖的样子,说:"我知道自己越礼了。但不附在你家媳妇身上,又恐怕你们不答应我的要求。正因为我知道男女有别,所以我夜里不许她睡着,让她睁着眼,就是为了避嫌疑。况且,我年事已高,又修炼多年,怎么还会有邪念呢?"陶家人问:"那你有什么要求?"她说:"送我回到老住处。"又问:"怎么个送法?"答道:"请五爷用有官纹的手,拿红纸写上'王三先生之神位',贴到东湖边的松树上,我就可以离开此地了。"悔庵按她的话去做。王老三又说:"我还需要衣帽,你们给我,我才走。"于是,陶家又到纸店买了纸衣纸帽,烧了给他。可王老三又大笑起来,说:"我是平常百姓,没有上过学,也没有钱捐官,何必买这样的金顶帽呢? 快换,快换!"悔庵跑到店里一看,果然纸帽都有金顶,便将金顶去掉烧给他。悔庵又亲自捧着纸牌位,把它贴到东湖边的松树上,只听见空中不断传来感谢的声音。从此以后,陶家平安无事。

后来,悔庵问妻子,妻子说:"我和小姑争吵时,忽然发现空中有个矮个子、长胡须的人,用手把我提到屋顶上。以后的情形,我就不清楚了。"

当初,王老三在陶家捣乱时,有人问他福与祸的事,他有时说得很准,有时说得不准。问得多了,他嫌烦,干脆就不回答,甚至还说:"我说说并不难,可我是借你家娘子的嘴说话,你们应该可怜可怜她,少让她耗费元气。"有时,这王老三还能写几句粗俗的诗,末了落款,只写"王三先生高兴"六个字而已。

择风水贾祸

　　湖北孝感县的张息村先生,曾经官居知府。张先生葬其先父于九棕山麓。事后,又在当地买下五亩多地,在当地建筑一座家庙祠堂。动工之日,工人挖地基、竖厅柱,忽而挖出一口朱木棺材来。棺材盖已经腐朽,露出一具枯骨来。

　　这具枯骨的骷髅很大,骨架也很长,说明他生前体形高大魁伟,不同于一般人。在他的胸部,直上直下地横穿着三根大铁钉子,铁钉长度足有五六寸,腰部又有一条铁锁链,围腰环绕好几圈。工人们见了这情景,都不敢再动手,急忙禀告给张息村先生。这事儿,也惊动了府中的亲朋幕僚,大家都劝张先生把枯骨就地掩埋,换个地方建祠堂。可是,张息村却固执己见,寸步不让。他说:"我是花钱买地,并非强占地盘儿;再说,风水先生论定这地方风水好,一尺一寸也不可偏离。这是一座古墓,此人作古已久,为什么不可以迁葬?"于是,他亲自作了一篇祭文,又命摆下酒肉香火,好生祭拜了一回,就下令工人动手迁葬。

　　有个工人挥动铁锹,刚一铲那朽棺,立刻跌倒在地,嘴里还喷出了血,骂道:"混蛋!看哪个敢动我!我是唐昭宗时代的蔡州刺史崔洪。只因我生前用法太严,惹得属下的士兵们造了反,把我用大铁链锁起来,用大铁钉钉死。国家衰亡,无力诛杀凶犯。我含辛茹苦,葬身此处已八百余年。张某,你算老几?竟然擅自迁我坟墓,我岂能饶你!"

　　工人说完这番话,竟从地上爬了起来,而张息村先生却忽而病倒。众亲朋幕僚都惊慌失措,当场替他祈求饶命。但是,病势不减,大家只好把他抬回府上。没过几天,这位张息村先生就一命呜呼了。

飞　僵

　　颍州知府蒋某,曾在直隶安州遇到一位老翁,看见他两手不停地抖动,像在摇铃一样。蒋知府问他是什么原因,老翁说:"我家住在某某村,村里只有几十户人家。山里出了一具僵尸,能在空中飞行,吃人家小孩。每天太阳落山前,家家户户都关闭门窗,把孩子藏起来。即使这样,小孩仍往往被抓去。村里人壮着胆子,查明僵尸的洞穴,见那洞穴深不可测,谁也不敢进去。后来,听说城里有位道士会法术,就凑足了钱物,去求道士提鬼。道士答应了,挑了个日子来到村里,设下神坛,对大家说:'我的法力能布下天罗地网,使僵尸无法飞起来,但也需要你们拿兵器帮助我,特别需要一个胆大的人,到那僵尸的洞穴里去。'众人没一个敢答应,我便挺身而出,问道士有何差遣。他说:'僵尸最怕铃声。到夜里,你等那怪物飞出,就进入洞中,手摇两只大铃,千万不能停下来。稍一停顿,那僵尸就会进洞,你就会受伤的。'

　　"当夜还不到一更天,道士登坛作法。我等僵尸飞出后,就进到洞中,手拿二铃,使劲乱摇,双手就像雨点一样,一刻也不敢停下来。僵尸回到洞口,恶狠狠地盯着我,却因铃声不断,只得在洞口转来转去,不敢进洞。这时,僵尸已被人们团团围住,无处逃,就张牙舞爪,直扑上去,与人们格斗起来。快天亮时,僵尸扑通一声倒在地上。人们立即点火把僵尸焚烧了。

　　"我当时还在洞里,不知外面发生的一切,仍在里面一个劲地摇铃。等到中午,众人大声喊我,我才出了洞,可两只手依然摇个不停。于是落下了如今这种病症。"

两僵尸野合

有位壮士旅居湖广，独宿于一座古庙里。

有一天晚上，月色甚佳。壮士感到寂寞，就信步到庙门外散步。不一会儿，隐隐约约从树林里走出一个人来。奇怪的是，这个人的衣帽装束全是唐朝人的样子。壮士就疑心他是个鬼，着意留心观察。只见那家伙进入松林密集的去处，一纵身，就钻进一座古墓之中。壮士断定，这必是一具僵尸。

壮士早就听人说过：僵尸若是丢了他的棺材盖子，就会失去作祟扰人的能力。第二天，他就早早儿地隐藏在这座古墓的一侧，细心观察动静。天黑之后，僵尸若是出走，先偷了他的棺材盖子，看他如何是好！

二更已过，僵尸果然从棺材里爬了出来。他先是愣了愣神儿，似乎是琢磨要往那个预定的地方去，随后，就大踏步地往村边走。壮士暂不去偷棺材盖儿，却紧紧尾随其后，看这具僵尸到底要干些什么。僵尸来到一家大宅院，楼上的一扇窗户开着。有个穿一身红衣服的女人正从楼窗往四方张望。见到僵尸来到，她就从窗口掷下一条宽而长的白绸带来，僵尸在她的牵引拉拽下，沿绸带攀缘而上，终于进入楼房之内。他们先是狂暴地拥抱与接吻，继而又似窃窃私语，接着，就隐没于昏暗之中了。

壮士这才重新回到松林，先把那口棺材盖儿揭开扛走，隐藏到远处的草丛里。夜深之后，只见那僵尸匆匆而回。他一瞧自己的棺材盖儿不见了，顿时仓皇失措，慌忙四下里寻找。找了半天，并未找到，就跟跟跄跄朝原路奔去。

壮士不失时机，又是紧紧尾随其后。僵尸来到楼下，又跳又叫，喊喳有声。一会儿，那个红衣女子也掩衣蓬头地出现在窗口。她又是摆手，又是扭脸儿，好像是说："天都快亮了，你怎么又回来了？该死的！"

这时候，忽而雄鸡一声长鸣，继而群鸡争鸣，此起彼伏，天将要亮了。那僵尸向外跑了几步，咕咚一声倒在了路边，一动也不动了。

天亮之后，行人都围上来观看。大家又惊又怪，不知这僵尸是哪一朝的人物，又为何倒在这里。后来，有人一打听，才知道这楼本是老周家的祠堂。楼上停放着一具灵柩，棺材里曾是一位年轻夭折的少妇。大家来到楼上，见那具女僵尸已经躺在地板上。她头饰零乱，衣装不整。大家就判断这是僵尸怀春，求偶野合。为了成全他们的美事，人们就把两具僵尸抬到一处，架起干柴烈火焚化了。

鬼幕宾

毗陵人王某，四十多岁了，在关中做幕僚。当时，庄虚庵是鳌匦县知县，就请王某到县衙做事。

这年秋天，王某与县衙里的朋友以及庄遽吉等人，一起到城隍庙观赏菊花，可惜没有见到好花。王某碰巧拾到一枝，就要派人送回县衙。庄遽吉上前阻拦，认为神灵面前的东西，不可轻易触动。王某不以为然，开玩笑说："我一生正直厚道，神灵一定不会怪罪。如果真要怪罪，那我为神办一两件事就是了。你们说怎么样？"

第二年三月三日，王某没病没痛的却死了，大家都惊恐不已。当夜一更过后，王某又突然醒来，对大家说："我正一个人坐着，看见一个使者，拿着请帖来找我，我就跟着他出门，坐轿走了。大约走了一里多路，来到城隍庙，城隍神亲自走下台阶迎接我。宾主互相行礼后，城隍神对我说：'先生还记得摘我菊花时，许愿要替我办事吗？我这里有某县多年以来积压的案卷，时间耽搁了很久，一直没有结案。现请先生前来商量商量。'一会儿，便有官吏抱着多年积压的案卷来了，城隍神就退了出去。于是，我就一一仔细审阅，觉得这些案件大都好办，只有一宗错抓犯人的案子比较棘手。我在案卷上批道：'尸骨未寒，还可还阳；否则东岳神追究起来，城隍神是要受处分的。'城隍神进来一看，十分高兴，说：'先生之见，正合我意。'喝过茶后，城隍神将我送到台阶前，说：'我还有一事拜托，如你见到包少府，请你转告他，他承办工程所需要的木料,几天后就送到。'我点头答应,告辞出门,坐轿回来,还从床头拿了三百纸钱,酬谢那些送我的人。后来,我就醒了。"

过了三天,王某在河上游览风光,看到木料已运出了黑口镇。那个"包少府",就是醴泉同知包某,人们至今还叫王某是"鬼幕宾"。

雷震蟆妖

严陵(故治在今浙江桐庐)人宋淡山说:乾隆三十二年(1767)夏天,他正旅居在遂安(今浙江淳安。清属浙江严州府)。有一天,突然来了一场大雷雨,有一家的民房遭到雷击。不大工夫,雨过天晴。幸好,房屋和屋里的器物并未受到损伤。只是屋里留下了一阵阵臭气,但也寻找不出这臭气的来源。

十几天之后,主人和一帮亲友在这屋里玩麻将牌取乐儿,忽然从天花板上滴滴答答地流下血水来。主人忙命撬开天花板,众人一看,不由得一阵惊叫。原来,天花板之上躺着一只死了的大蛤蟆。它的体长足有三尺。奇怪的是,它头戴鬃缨帽,身穿大长袍,外罩马褂儿,脚底下还蹬着一双乌缎筒靴。它躺在那儿,那姿势,就跟一个死了的人一模一样。

主人这才醒悟。十几天前的雷击现象,就是冲着这只蛤蟆妖来的。

梦中破案

曹州有个姓刘的人,以典当为业,请虞城人张某管理当铺的生意,已有两年了。张某有了一些积蓄,这年年底想回家探亲,被刘某留到春节,然后,张某骑着一头青骡子回家,约好正月十五返回曹州。到了期限,不见张某回来,刘某就派人前去催促。到张家后,张家人却说张某没回过家。于是两家打起官司,告到巡抚衙门,巡抚命令知县,限期捉拿案犯。一直拖延到六月份,差役们还是找不到人,便有些惊慌,不知怎么办才好。

一天晚上,差役们到城南查访,看见有位老人正与一个年轻人一起闲谈:"月色这么好,干嘛不到凉亭去走走呢?"原来,曹州城南门外十几里的地方有个凉亭。差役们私下商议:"这么晚了,他们二人却要去凉亭,如果回城时城门关了,他们怎么进城呢?"差役们心中诧异,就抢先到凉亭去等候。

过了不久,老少二人果然来到凉亭,听他们所谈的,全都是邻里之间的琐事。许久,年轻人忽然说:"城里刘家的事,至今还没搞清楚。依我看,这事恐怕是西门外卖饼的孙某谋财害命。"老人问有什么可疑的迹象,年轻人说:"孙家饼店已开了好几年,今年一开春却突然关门了,所以我怀疑其中有问题。"老人斥责道:"这种事人命关天,怎么能胡乱猜测呢?"样子十分不满。接着,老人便说:"夜深了,我们回去吧。"于是,差役们又跟着他们往回走。

那二人走得很快,一会儿就到了城南门。这时,城门已经关闭,差役们看见二人从门缝中进去了,就赶紧叫城门官开门。进城后,差役们见二人仍走在前面,来到一个小巷口,年轻人与老人告别,不开门就进了屋。差役们跟着老人又走过二十多户人家,到一门前,老人也没开门,就进去了。

差役们大惊,就敲老人家的门。过了半天,老人才开门出来,点着纸拈,披着衣服,样子很疲倦。差役们问:"刚才你还与一个年轻人在凉亭观月,怎么睡得这么快?"老人神色惊疑,说:"的确有观月这件事,可那是梦中的情形呀。"于是,差役们又挟持着老人,去找那年轻人。年轻人出来后,与老人讲的一模一样。差役们就将他们抓进县衙,二人向知县陈述了梦中的情景。

第二天早晨,知县派老少二人带路来到某村,找到孙某的住处,一看,那头青骡子还在门口拴着呢。于是立即将孙某捉拿归案,只审问了一回,孙某就服罪了,随后就是起赃、赔偿、抵命。这是乾隆五十年(1785)夏天的事。

曹州知府吴忠浩,原是绥德知州,与严道甫关系很好,这件事就是他告诉严道甫的。

马变鱼,园地变鹅

雍正初年,伍相国官居盛京将军。

伍将军奉命,把五百匹马从奉天府送往黑龙江边境地区,走到离目的地不远的地方,忽然有一匹马鬃毛竖立,昂首长嘶;接着,它就飞驰惊奔,势如离弦之箭。群马为之骚动,紧跟着这匹惊马驰跃狂奔,形如潮水,势不可阻挡。马群直冲向黑龙江江口,纷纷跳进滚滚的江流之中,顿时化作黑鱼。

严道甫(严长明)曾经在山东德州庐氏家族里做馆师,以教人子弟糊口,庐家有一位姓罗的亲戚。罗某要到济南府去应乡试。临行之前,他花了二百大钱,买了一只鹅,准备送给家住济南的一位亲戚。他来到济南,忽然发现这儿鹅的价码儿特别高,最高价每只鹅能卖到五百大钱,罗某认定了这是个牟利发财的好机会,心中跃跃欲试。

等到考试既过,学院张榜,罗某名落孙山。他见仕途无望,就急忙启程,返回德州。他卖掉了祖传的十五亩园田,把这笔资金全部买鹅,共得三百多只。又立刻驱赶着鹅群奔赴济南。想到此行必获三倍之利,必发大财,他心里美滋滋的。历经了两天的路程,来到齐河(今山东齐河,在山东省西部。南临黄河。清属山东济南府)县境。走到城外,驱赶鹅群通过一座长桥。突然,那只脖子上系着铃铛的领头鹅引颈长鸣,接着,竟振翅高飞。鹅群随之骚动大叫,相继展翅升空。霎时间,黄河上空扑啦啦一片洁白,恰似浮云飘逸,蔚为壮观。当时,在场的目睹者近百人,无不拍手叫绝。但是,这鹅群却于顷刻之间乘风远去,全部化为乌有。

罗某目瞪口呆,悔恨交集,但也无可奈何。他搜罗起自己的行囊,大约还有几百文钱,刚够他返回德州的盘缠。他只有懊丧地取程还乡。一路上,他不住地叹息,不断地问自己:"祖上辛勤劳动,给我留下的十五亩良田,怎么会一朝化作白鹅,腾空飞去了呢?"

聋　　鬼

乾隆四十九年(1784)，杭州半山陆家牌楼河里漂来一具尸体。村民霍茂祥一向乐于做好事，就出钱在街上买了棺材，将尸体放进棺内。

晚上，霍茂祥梦见一个蓝衣人前来，对他说："我是临平人，姓张，教书为生，不幸失足落水。承蒙你替我收尸，十分感谢。我没有什么东西来报答你，但我能预测祸福，替人消灾解难。如果灵验的话，人们一定会准备供品来谢我，到那时，你也可以收取香火钱了。"霍茂祥醒来后，把这些话告诉了乡亲们，果然大家都来算命，而且有求必应，十分灵验。没几天，这里就门庭若市、香火如云了。

这天晚上，霍茂祥又梦见张某来说："我左耳是聋的，如果有人来算命，得向我右耳说。"于是，第二天来求签祭拜的人，听霍茂祥这么一讲，便在棺材右边祭拜诉说，好像还有回答的声音。村民们信奉得发了狂，把这叫作"灵棺材"。霍家得了香火钱，也因此发了财。

不久，仁和县知县杨公路过这里，见烧香的人多得像蚂蚁，十分生气，恼恨这个聋鬼妖言惑众，就命令手下焚烧棺材。从此，聋鬼也就销声匿迹了。

棺　　床

秀才陆遐龄，去福建做幕僚，路过江山县。天下大雨，赶往旅店投宿已经来不及了。眼看天色已晚，远望前面村子树木浓密，有几间瓦房，陆遐龄就走过去敲门，请求住一个晚上。主人出来接待，样子相当清秀文雅，自称姓沈，也是江山县的秀才，说家里没有多余房子招待客人。陆遐龄再三请求，沈秀才不得已，指着东厢房说："这里可以马马虎虎铺个床位。"说着,拿着蜡烛把他送进厢房。陆遐龄见房子左边放着一具棺材,心中有点厌恶;又想,自己一向大胆,而且除了这里也没有其他地方好住,只好向主人一再表示感谢。这房间内原来有一张木床,他就把行李铺好。送走了主人,陆遐龄心中却不能不感到害怕,就拿了一部自己带的《易经》,在烛光下看书。到了二更,不敢吹灭蜡烛,衣服也不敢脱,就躺下就寝了。

一会儿,陆遐龄听到棺材中发出窸窸窣窣的声音,定睛看时,棺材的盖儿已经掀开了。有一个白胡子老翁,穿着红鞋子,伸着两条腿走了出来。陆遐龄大惊,紧紧闭着帐子,躲在帐子缝里偷看。老翁走到陆遐龄原来坐的地方,翻看那本《易经》,毫无惧色,他还从衣袖里取出烟斗,就着蜡烛点烟。陆遐龄更加吃惊,认为鬼不怕《易经》,又能抽烟,真是恶鬼呀!他只怕老翁走到床前,更加注意观看,全身发抖,连床也抖动起来。白胡子老翁看着床微微笑,就是不走上前,然后把烟斗放入袖子里,钻进棺材,自己盖好棺材盖儿。

整整一夜,陆遐龄都没睡觉。到了早晨,主人出来问道:"客人昨夜睡得安稳吧?"陆遐龄勉强回答说:"安稳。不过,不知道房间左边停放的棺材里是谁?"主人说:"是我父亲。"陆遐龄说:"既然是你的父亲,为什么这么久都不安葬呢?"主人说:"我父亲还活着呢,他身体壮健,平日对一切事情都很达观,认为自古都有死,为什么不预先演习一下?所以在庆贺过七十大寿之后,就做了棺材,里里装饰好,放着铺盖。每天晚上一定睡在里面,把棺材当作床和帐子。"说完,拉着陆遐龄走到棺材前面,请老翁起来。

宾主互相见面,果然是昨夜灯下的老翁。老翁笑着说:"客人受惊了吧?"三个人都拍手大笑。看那个棺材,四边用的是杉木,中间空着。棺材盖儿是用黑漆的棉纱布做的,所以能透气,而且很轻。

炮打蝗虫

明朝崇祯甲申年(1644),河南蝗虫成灾,竟然吃起民间的小孩来。

每来一阵蝗虫,就好像猛雨毒箭,从四面八方把人围住,一点一点地噬食,转眼的工夫,就把皮肉吃得一干二净。人们这才知道《北史》上所载灵太后当政时蚕蛾吃了无数人的事是真的。

这一次开封府城门被蝗虫堵塞,人们无法出入。祥符县知县急得没办法,就下令开火炮轰打蝗虫,这才冲开一个洞,行人得以通过。可还没一顿饭的工夫,城门又被蝗虫堵塞了。

僵尸手执元宝

雍正九年(1731),西北地区闹了一场大地震。山西省介休县有一个村子,地陷之后又重新闭合,被埋没的村落长达一里。有一个地方闭合欠佳,隐隐约约露出了被埋没的房屋的痕迹。当地居民一齐动手,进行发掘。结果,被发掘者是本村姓仇的一家人,全家老少都在,一口儿人也不少,只是都在原地化作僵尸,尸身栩栩如生,一点儿也不腐烂。屋里的摆设器物,全都处于原来摆放的位置上,完好无损。

最奇特的,是这仇家的主人,他依然站在八仙桌前,专心地用天平核兑银两。他手里还拿着一块银元宝,准备放到天平上。他已经死了,手里的元宝却攥得很紧。

张 飞 棺

萧松浦从四川回来说,在保宁府巴外原先的知州衙门大厅的东面,有个张飞墓,石头砌成的墓穴至今也没封死。一口红漆棺材悬空吊起,长有九尺,敲一敲,铿铿直响。

乾隆三十年(1765),有个陈秀才梦见穿金铠甲的神。神说:"我是汉朝将军张翼德。现今世间由驿站用快马传送公文,为了避我兄长关云长的名讳,换了个说法,却又冒犯了我的名讳。这真是太不公道了!"彼此大笑起来,陈秀才也就醒了。原来,最近驿站用快马传递公文,由"羽递"改称为"飞递"了。

误 尝 粪

常州人蒋用庵御史,和四个朋友在徐兆潢家中喝酒。徐家精通烹调,烧河豚特别出色。因此,设宴请来六位客人,一起吃河豚。这六个人虽然贪河豚肉味鲜美,都举起筷子大吃,可是心中不能不担心会中毒。忽然,一位姓张的客人陡然间倒在地上,口吐白沫,发不出声音。主人与客人们都以为他中了河豚毒,急忙寻了粪汁来灌他,可张客人还是没有苏醒过来。其他五个人十分害怕,都说:"宁可在毒性未发作以前吃药!"于是每人喝了一杯粪汁。

过了很久,张客人居然苏醒过来,大家告诉他灌粪汁解毒的事,张客人说:"我一向有羊痫风的毛病,偶然间会发作,并非是中河豚毒呀!"听他这么一说,那五个人后悔极了,后悔自己竟无缘无故去喝粪汁! 他们一边漱口,一边呕吐,发狂似的哈哈大笑个不停。

借尸延嗣

萧文登在阳湖县做知县,他有个邻居施老太,丈夫早就死了,施老太把遗腹子抚养成人,并为儿子娶李氏为妻。婆媳相处得很好。

结婚一年多,李氏突然病死。施老太家境贫寒,痛惜媳妇死了,没有能力再娶,后继无人,因此哭得呼天喊地。第二天正准备入殓,李氏突然从炕上跳起,呼喊婆婆:"我来做你家媳妇,不要再哭了。"施老太庆幸媳妇又复活了,高兴得不得了。儿子悄悄对母亲说:"怎么她说话不像我妻子的声音呀？眼光直勾勾的，恐怕不是李氏再生，不会是野鬼附在她身上作怪吧？"邻居们都感到奇怪，便围守着她。三四天内，她闭目仰卧，送来汤粥给她喝，她也像常人一样吃下去。但是只有婆婆叫她，才答应；丈夫跟她说话，她睬也不睬。

直到七天后，她才起来，梳洗完毕，整整衣服，对婆婆说："我是宁海州某村方家岭的女儿，排行老二，今年十九岁，还没嫁人就得病死了。到阴曹地府后，看见你家媳妇李氏也在那儿，跟着她的，有许多矮鬼，还有一个高个子鬼，他们围着阎王跪下，乞求阎王放李氏还阳。阎王气得大声呵斥，命人赶走矮鬼，还打了高个子鬼二十大板。高个子鬼挨打后，仍然再三哀求，说：'自小人的祖父、父亲以来，一代代都很守本分，从不做坏事，即使有过错，也不至于绝后呀。我妻子辛苦操劳，好不容易才为我儿娶了一房媳妇，现在媳妇又病死了，哪有能力再娶？这不是让我家绝后吗？求求大王放我儿媳还阳，为我家生个儿子，传宗接代。'阎王听了，怒气消了些，就命令判官核查生死簿。判官仔细看过后，对高个子鬼说：'你儿媳李氏，阳寿已尽，不能放还。姑念你家世世代代没什么过错，你妻又能恪守名节，抚养孤儿，如果让你没有后代，就无法劝诫世人行善积德。方家有个女儿，虽然已死，但她生前也非常善良，可让她借李氏的尸体复活。这样，你不就又有儿媳了吗？'高个子鬼拜谢阎王，阎王指着高个子鬼对我说：'这是你的公公，让他领你去借尸还魂，替他家传宗接代吧。'于是，我随着公公来到这里，公公指着你对我说：'这是你的婆婆。'就将我一推，跌了下来。我睁眼一看，已不见公公，却见婆婆你站在身旁，所以，我只认得婆婆，其他人都不认识。我家父母都在，还有一个弟弟，今年十六岁，希望你们派人送个信，免得我父母伤心。"

随后，施老太叫儿子前去探问，果然如方氏所言，找到一户姓方的人家，并告诉方家人前后经过。于是，方父带着方弟一起来到施老太家。方氏见父亲来了，便抱头痛哭。方父连连后退，不敢上前，说道："你的声音举止虽然像我女儿，但面貌不同，这是怎么回事？"方氏哭着对父亲说："我是借李氏的身体再生的，所以不是我原来的样子。今天再次与父亲大人和同胞弟弟相见，真叫我高兴！可我母亲却忍心不来看我，你和弟弟又怀疑我，不肯相认。我这样活着，还不如死了好！"正在悲痛时，方母派邻居老太赶来探问。方氏一见邻居老太，就叫道：

"大妈,你从哪里来? 我母亲也来看我了吗?"方父上前拉住女儿,安慰劝解她,说起往事,全都不错,这才真的相信女儿再生了。

施老太挽留方父和方弟在家。到了晚上,让儿子与方氏同室居住,方氏推辞说:"我还是处女,虽然一切都是命中注定,但请求让我等母亲来,亲自为我选择良辰吉日,举行婚礼,不能随便苟合。"亲戚、邻居都十分赞赏,方父也很高兴,就叫自家儿子回去把母亲接来,这才成亲。

三年后,方氏生了一个儿子,儿子生下一百天,亲朋好友前来祝贺,方氏忽然对婆婆说:"我已为你家传宗接代,但我阳寿早就没了,今天我该走了!"说完,眼睛一闭就死了。人们互相传说,阴间的官员破例办事,就如同阳间的官员一样,办理公事也有灵活变通的时候。

卷十三

关神下乩

明代末年，关圣帝君降临乩坛，批示某个读书人终身大事说："官做到都堂，寿命只有六十。"后来这个读书人中了进士，果然做到执掌都察院的都御史。

清兵南下，建立清朝后，那个读书人投降了清朝，官没有升，但年龄已经活到八十岁了。

这一天，他偶然来到扶乩的地方，恰遇关帝又降乩坛，他以为自己一定是积了阴德，所以能延长寿命，就跪下叩问关帝说："弟子我的官爵已经应验了，现在寿命却超过了，难道修行寿命的主动权在人自己，即使是神仙也不完全知道吗？"关公在乩盘上用大字写道："我平生以忠厚来衡量人，甲申年明朝灭亡，你自己不肯以死殉国，关我什么事？"细细推算，崇祯帝死难时，这个人正好是六十岁。

遇太岁煞神祸福各异

徐坛长侍讲在没有发迹做官之前，到京师参加会试。有一天，他上厕所，发现地上有一大块肉。这块肉上长了许多只眼睛，使人看了又肉麻又恶心。徐侍讲琢磨，这大概就是人们所说的"太岁"（古代术士把太岁指为凶方，本文代指凶神）。他忽然想起，有一部什么书上说过，"鞭打太岁能免除一切灾祸"。于是，他找来一根大棒子，命家丁轮流击打这块肉。每打一下，肉上的眼睛都闪眨不止，烁烁放光。就在这一年,徐坛长中了进士。

蒋文肃先生家里打井,也从地里挖出一块肉来,竟然有桌面儿那么大。这块肉,刀切不动,火燎不着,还微微有些颤动。经过一段时间,它自动化作一摊污水。就在这一年,蒋文肃公过世了。

礼部尚书任香谷先生没发迹做官之前,曾偶尔走在山村田埂上。从对面来了个人,他嘴上叼着一把刀,两只手又各攥着一把刀。他披头散发,面红耳赤,佝偻着腰从任先生身边一闪而过。任先生紧随其后,走了不过半里地,只见他钻进了一家办丧事的人家里。任先生就料定他是煞神。不久,任先生进士及第,官至礼部尚书。

江苏苏州有个唐某人,以孝敬双亲闻名遐迩。为此,在他家大门外竖起了孝子牌坊。可是,有一天,这位孝子忽然从自己的衣兜儿里翻出一张纸帖儿来。纸帖儿上用毛笔写了个核桃大的"煞"字。就在这一年里,唐家连续死了七口人。

归安鱼怪

民间有张天师不到归安县的说法,这里面有个故事。

前朝归安知县某人,到任半年,有次与妻子一起睡觉,半夜里听到敲门声。知县起床去看,过了一会儿回来,上床对妻子说:"是风吹得门响,没什么事。"妻子以为是自己丈夫,仍然与他一起睡,只是常常觉察到他的身体有腥气,心中觉得奇怪,但没有说出来。从此以后,归安一县被治理得非常好,处置告状打官司,判决得异常准确公正。

过了几年,张天师经过归安,知县不敢前去欢迎拜见他。天师说:"这县里有妖气。"派人去把知县妻子叫来,问她:"你还记得某年某月某日晚上有人敲门的事吗?"知县妻子回答说,是有这么件事。天师说:"你现在的丈夫不是你真的丈夫,是黑鱼精。你的丈夫已经在半夜敲门那天被它吃了。"妻子非常惊恐,请求天师为她报仇。天师登上法坛作法,拘来一条大黑鱼,有几丈长,伏在坛下。天师说:"你的罪应当斩首,姑且考虑你做县令时很有些善政,特此免你一死。"于是拿了一口大瓮,把鱼装了进去,用符纸封了瓮口,埋在县大堂之下,上面用土筑成公案镇压它。鱼恳求饶恕,天师说:"等我下次经过这里时就放了你。"天师从此以后不再从归安经过。

张 忆 娘

　　苏州有位妓女,名叫张忆娘。她姿容姣美,艺技超群,长于诗文句对,娴于吹拉弹唱,又有一派温文尔雅的风情,因此,名冠一时,那些当地的官僚显贵、富室豪绅、纨绔子弟,无不为之倾倒。

　　可是,在这群风流倜傥的人物当中,忆娘对文学之士蒋某最倾心。蒋某家资巨万,挥金如土。他常常是在忆娘的陪伴下,携手同车,游遍了观音山(在江苏江宁县北)、灵岩山(在江苏六合县东十五里)等名山大川,同享朝花夕月之乐。

　　但是,张忆娘毕竟是位聪明智慧的女子。她慨叹今生不幸,流落青楼,深知自己不会玉貌常留、青春永驻,总有一天会花凋叶落、红颜黯老。所以,期待能趁年轻之际,托身于蒋某门下,日后也好有个终身归宿。谁料那蒋某却是个赏花弄月的花花公子,加之家中妻妾成群、争奇争艳,花天酒地的日子他是过惯了。与忆娘的交往,无非如行云流水,着意取乐而已,哪有半点与忆娘白头偕老之意? 忆娘看透了他这番心思,骤然心灰意冷,遂与徽州(今安徽歙县)陈通判订下了终身之约。

　　陈通判很快地出资为忆娘赎身,并迎娶过门。从此,忆娘断绝了与蒋某的往来。蒋某又怒又恨,他派人四出活动,百般离间陈通判与忆娘的关系。在不奏效的情况下,他又利用金钱贿赂官府,诬告陈通判奸拐民女之罪。张忆娘为了顾全陈通判的声誉,一气之下削发为尼,但生活来源还需仰仗陈通判的接济。蒋某又差人到尼姑庵,对老尼姑进行威胁,迫使她阻止忆娘与陈通判往来。张忆娘悲愤忧郁,贫病交加,只能是悬梁一死。

　　过了几年,一天,蒋某清晨起床,盥洗之后,正在大模大样地用早餐,忽而头晕目眩,摔倒在地,不大工夫,竟然断了气儿了。

他恍恍惚惚走出了家门,仿佛来到一座官衙门前。有两个衙役模样的人走上前来,两面挟持着他,将要进入衙门。这时候,忽然,有人在身旁高声叫道:"哟!那不是蒋先生吗?你那案子六年以后才开始审理,你怎么这么早就来了?"蒋某一瞧,这个人他认得,曾是他门下的一名走卒,参与过离间迫害张忆娘的勾当,是个颇明底细的人物。可又一想,此人已经死去三年了,怎么会又能见面?这不是活见鬼了吗?

蒋某一惊,也就从昏死中苏醒过来,家人奴仆之辈已经把他抬卧于床上。从此,蒋某精神萎靡,食欲不振,身体一天天消瘦下来。

苏州有座玄妙观。玄妙观的黄道士精通法术,善于驱妖退鬼。蒋某就请黄道士设坛作法,禳解妖邪。三天之后,黄道士说:"冤魂已经拘到,但我不认识她,也不知道她姓甚名谁。您要立刻取一面大镜子来,镜面上泼些清水。届时,将有一位女子出现在镜子中,施主好生辨认!"

蒋某命人挪来一面大镜子,并泼以清水,镜子里立刻现出一位凄苦艳丽的女子形象。蒋家上下人等纷纷围上来观看,不禁倒吸了一口凉气。原来,镜子里显现的形象,正是苏州名妓张忆娘。众人不由得七嘴八舌地议论起来。

黄道士说:"贫道法力所能制者,莫过于妖孽之辈、狐仙鬼魅之属。至于人间男女冤怨、风流情债,权当自作自受了,贫道何得而干预?也是法力所不能及了!"说罢,并不向主人告辞,拂袖而去。

蒋某无奈,又请来一千僧众,诵经拜佛,足足作了七天七夜的道场,超度张忆娘的亡灵,但也毫无效应。这之后,他又不惜以千金聘请一代名医叶天士为他精心医治病症。叶天士开了处方,汤药煎成,未及近口,早有一只白嫩纤细的女人手严严实实地捂住药杯口,使之不能服用。有时候,药杯刚刚放到茶几上,就被一种无形的力量,骤然打翻在地。

蒋某的病日重一日,他苦熬了六年的病痛折磨,终于一朝死去。

蒋某的堂孙蒋潇园先生,还有幸见到过遗留下来的张忆娘小像。她头上以乌纱系髻,表情温柔妩媚,左手持一玉簪,簪上扦插江西腊一朵,脸上略带微笑。据说,这幅小像,乃是著名画家杨子鹤的手笔。

飞星入南斗

苏松道道台韩青岩,精通天文,曾经对我说:"我做宝山县令时,六月里捕捉蝗虫,来到田野。那天四更起来,我坐在小交椅上,监督调度手下的书记衙役,忽见一颗流星飞入南斗星座。心里不由想起占卜星象书上所说的:'见到这一灾异现象的人,会在一个月内突然死亡。化解的方法,先剪下一寸长的头发,从东向西仿道士作法时所行的步伐走三圈,就可以把灾祸转嫁给别人。'我连忙支开书记衙役,照这个方法做了。过了没多久,衙门里掌管记录文书的李某,无缘无故地用小刀剖腹而死,我却安然无恙。李某是我主持考试时推荐的学生,年纪轻轻却擅长做文章。没想到他竟代替我遭受灾祸,为此我心中很是过意不去。"

我对韩青岩开玩笑说:"你说的占卜星象书中的法术确实很有神效,但是像我这样的人,一点也不懂天文,往往夜里坐着,多次看见流星飞来飞去。如果有飞入南斗的,又不知道解除祸害的方法,那该怎么办?"韩青岩说:"像你这样不懂天文的人,即使看见流星飞入南斗,也没有祸害。"我说:"既然如此,你又何苦要懂天文,多了这一件事,害了自己又害别人呢?"韩青岩听了大笑,没法回答。

杨妃见梦

苏州人汪俊先生,字签士,号山樵。康熙年间,曾被选派为陕西兴平(今陕西兴平县)知县。在上任的路上,住宿在马嵬坡的驿馆里。当天夜里,他就做了个梦,梦见一位绝世艳丽的女子来到他面前。她身着凤冠霞帔,态度温文尔雅。她向汪先生送上一份呈文,并不施礼,而后退身姗姗而去。

汪先生打开呈文，上面写道："此地原本妾身墓穴，历经数代，已被侵吞至无容身之地。乞大人哀怜，留意察访治理，妾感恩黄泉，万世不忘！"汪山樵先生看罢，忽而从梦中惊醒。

后来，汪先生向当地居民打听这件事。老百姓们说："小人们只听说此地有个杨娘娘墓道。据说当年的杨娘娘曾葬在这里，后来又改葬了。墓地的基址，原也占地数十亩，到了宋、元、明三代，已经被周围的农户蚕食侵占。到如今，已经无法辨认哪是墓道、哪是墓地了！"

汪山樵先生到任后，就着手派人考查清理，果然从地下发掘出一块旧石碑来，上刻"大唐贵妃杨氏之墓"七个大字。于是，汪先生下令重新划定墓地，竖立碑界，修整墓丘，并买来苍松翠柏数百株，遍植于墓地之内。每当春秋两季之始，就派人洒扫祭祀。杨贵妃墓地遗址因而保留至今。

曹能始记前生

明末曹能始先生，考取进士后，经过仙霞岭，见眼前的山光水色很眼熟，仿佛前生游览过一样。晚上住在旅店里，听到隔壁人家有个妇女哭得很伤心。曹能始问她为什么哭，她说是在为死去的丈夫作三十周年。问她丈夫死的年月日，就是曹能始生的年月日。曹能始于是进入她家，一一说出各间房屋及通道，丝毫不差。

那家人家的人围在他身边，非常吃惊，人们也都聚集来看究竟是怎么一回事。曹能始也伤心地流下了眼泪，说："有间书房的南向有几十株竹子和树，我在那儿还有篇没写完的稿子，不知还在不在？"那家的人说："自从主人去世后，恐怕夫人见到书房伤心，所以到现在依然锁着。"曹能始叫他们打开，见到屋里灰尘积了几寸厚，留下的稿子与乱堆着的书，还是清清楚楚地放在那儿。只是他的妻子已是满头白发，没办法再相认了。曹能始把自己家财的一半分给她，让她安度晚年。

　　我考察《文苑英华》，有白敏中记载滑州太守崔彦武之事。说崔彦武记得前生是杜明福的妻子，于是骑着马直达杜家。但这时杜明福已经老了，谈起往年的事，崔从墙中取出当年所藏的金钗，后来他又施舍房舍作为寺庙，名明福寺。这与曹能始事相仿。

江南客寓

　　熊涤斋先生还是个诸生的时候，曾住在京师贾家胡同一家名为"江南客寓"的旅店里。

　　这家旅店大厅西侧有三间客房：左右两间都有人住；居中的一间宽敞而洁静，竟然很久没人敢住。熊涤斋先生和他的一位朋友径直住了进去，倒也没发生什么意外。

　　有一天，熊涤斋先生出门办事，料定当晚不能回来，就嘱咐朋友看管好衣物。到了晚上，这位朋友安然入睡。夜尽三鼓，他忽然醒来，察觉到这屋里非常明亮，他很奇怪，因为屋里并没有点灯。他慌忙坐起，撩开床帐往外看：不好！屋子正中站着一个身材高大的黑人影。他手里提着自己的头，滴滴答答鲜血直流。他面对着床，僵直地站立着，一动也不动，那颗提在手里的人头的嘴，却一张一合，忽而大声喊道："你是什么人？竟敢住在这里？"吓得这位朋友不顾一切地奔下床来，仓皇逃到门外，把所见所闻一股脑儿说给了店主人。店主人说："嘻！我不早就说过吗？这屋里不大干净，劝您别进去！您和那熊先生非要去住，我又有啥咒儿念？"

　　第二天，熊涤斋先生回到旅店，朋友把昨天发生的事向他学说一遍。先生沉思片刻，说："嗯，这屋里必是有鬼，他是想申诉自己的冤枉。可是，我在的时候，他为什么不敢露面儿？这也怪了！"熊先生立即提笔，写了一份公告，大意说："如果你有什么冤枉，今天晚上尽管大胆来申诉！"写罢之后，举在半空，点火焚烧了。

　　到了晚上，熊先生像没事儿人似的，又到中间那间屋里去住宿。他躺下就睡，毫无顾虑。天将一更鼓，昨天那个无头黑人又出现了。

这回,他是直僵僵地跪在地上,用手举着自己的头。熊涤斋先生定了定神儿,问道:"你是何人? 到底有什么冤枉? 且慢慢讲来,本人或许能助你一臂之力!"不料,那无头人却用手指指那头上的嘴,一句话也没说。第二天夜里,无头黑人就不复出现了。

后来,熊涤斋先生月夜在花园里散步,看见一团黑乎乎的东西在地上滚动,竟有洗澡盆那么大。熊先生健步追上前去,把黑团撵到了一棵大树底下,躲闪不及,被他两脚蹬上去,乱踩了一顿,黑团随之也覆灭了。

第二天早晨,熊先生惊奇地发现,他的靴子和袜子都像浸透了黑锅烟子,两只脚也被染得漆黑如墨。

荆波宛在

本朝佟国相,巡抚甘肃,途经一个又一个驿站,到达了伏羌县。晚上梦见神仙大叫说:"快走! 快走!"佟没将此事放在心上。第二天夜里,又做了同样的梦,神还说:"想要报答我的恩典,只要记住'荆波宛在'就可以了。"

佟惊醒后起床,急急行走了三天,这时,伏羌县已下沉变成了湖泊,但他还是不知道救他的是什么神。后来出去巡察,到建昌乡村渡口,有座关帝庙,上写"荆波宛在"四字。佟入庙拜祝,花大钱把庙修整一番。这庙如今还存在,很壮丽。

冯 侍 御

侍御史冯静山先生,曾居住在京师永光寺西街。有一年,他翻建书房,挖地基的时候,出土了一口黑漆棺材。冯先生就命人将它移葬别处了。夜里,冯先生就梦见有人投诉喊冤,状纸上赫然写着:"官宦豪门,依仗权势,强迁民墓,霸占地盘。"那被告人的名字,宛然就是冯静山。当时,冯先生官居西城巡城御史,案件正在他管辖范围之内。他又气又怒,霍然从梦中惊醒。

此后,冯静山大病,一病不起。病情危重的日子,冯夫人几次听到从卧房里传来欢声笑语,她心里高兴,以为丈夫的病有了起色。有一天,她走到卧房门口,看见一个素不相识的人,他穿一身黑衣服,正坐在床头与丈夫说笑。冯夫人一惊,那人一闪,就不见了。

有一天,冯静山忽而对守护在身边的夫人说:"你甭害怕,那黑衣人将是我的芳邻。他生前官居运粮守备。有一次,他押运粮饷到京师,不幸病死。棺材就浅埋在这永光寺西街的破庙附近。坟头儿接近我的旧书房。年长日久,坟头儿消失了。这回,我动工翻建书房,哪里知道地下有他的遗骸,草率迁葬,多有冒犯,多有得罪。如今,他知道我动身(死亡)有期,不计前嫌,特来接我,我正高兴有个新朋友呢!只是他手头上不富余,你可以烧些纸钱送他,以助行旅之费。"

冯夫人哭着遵命去办,但她知道冯先生的日子不会长了。不久,冯静山先生果然过世了。

药 师 父

昆山徐尚书的儿子徐冠卿,年幼时号"药师父",因为他曾经毒死过一位教他的老师。老师姓周,号云核,接受徐尚书聘任的前一天,梦见一条巨大的蟒蛇,口中吐出一红丸,逼迫他咽了下去,他因肚子痛而醒过来。接受聘任后,督促冠卿很严厉。冠卿一向调皮捣蛋,被鞭打得很厉害。冠卿与仆人商量,把毒药放在饭里,周云核吃了后死了。

后来,冠卿做了翰林,官运并不亨通,所作诗文多怨恨诽谤语,被人控告,到刑部受审。他一见刑部左司郎中杨景震,大惊,说:"我肯定要死了。我一见到他,清清楚楚就是周先生。"

第二天再次审讯,各位官员都因为他是尚书的儿子,手下留情,唯独杨景震怒气冲天地审问,令人打了他几十记耳光,左右的牙齿都掉了,最终定了立即斩首的罪。此案上报后被批准行刑,杨为监斩官。

徐家的人打听到杨景震所生的年月日,正是周云核死的日子。有人把这事告诉杨景震,杨景震大笑说:"有这种事吗? 如果让我早些知道这事,我或许会不按照法令而救他一命。"这事与《太平广记》所载王武俊事相同。

庄 秀 才

南通州有个人姓庄名成。他是乾隆三年(1738)戊午科江苏乡试举人。当初,庄成只是个秀才,但是,他年轻貌美,风度翩翩,惹得一个佃户的女儿从心眼儿里就爱上了他。但是,门不当,户不对,秀才怎能娶她做夫人? 这位佃户的女儿竟然思虑成病,一病不起。临死之前,她把父亲叫到床边,流着泪说:"爸爸,女儿的身子之所以到了今天,就是因为思恋那庄秀才。我也知道,咱们家地位卑贱,家境寒微,高门大户必是攀摩不上的! 今天,我唯是咽了这口气,也请您把我这番爱慕之情转达于庄秀才,只要他知道我在思念他,我死也瞑目了!"佃户无奈,怀着羞惭的心情,把女儿的心思说给庄秀才。庄成听了大惊,慌忙赶到佃户家探望这位痴情的姑娘,可是,她已经断气儿了。

这一年,庄秀才到苏州参加秋试,走到淮新桥,遇见一位姑娘。一见面儿,就使他大吃一惊,这姑娘怎么这样面熟? 啊——想起来了,她从服饰到相貌,竟然和那过世的佃户姑娘惟妙惟肖。从此,这位姑娘就不声不响地跟在他身边,他入闱考试,饮食茶点样样应时送到眼前。夜晚,还默默地站到案前,为他磨墨洗笔、添灯挑烛。这一年,庄成秋闱告捷,高中举人。日后,每当他外出远行,这位佃户姑娘必然悄然出现。她执役洒扫,不辞辛苦,饮食料理,无微不至。庄成反而感到害怕,唯恐阴魂袭扰,生寿难长。

回到家中,庄成索性给她立了神主牌位,亲笔大书"爱妾×氏之灵位"几个大字,又供奉祭祀于祠堂的侧厢。不久,又见那佃户姑娘款款拜谢。从此，她不再露面。

蔼蔼幽人

　　通州李按察使，名玉铉，丙戌进士。他年轻时喜欢扶乩请神。忽然有一天，笔在空中自己写道："敬重我，我帮助你成就功名。"李玉铉再次跪拜，用祭礼祭祀。

　　从此后，凡是有结社会文，题目一出来，他就听任笔自己写，尤其擅长写碑文上的大字。有人求字，他就写给他。李玉铉十分敬奉这神道，家里事与外面事，他都请教了然后实施，没有不如意的。文社中擅长写文章的人，每次读李的作品，都叹赏他的笔意与钱吉士十分相仿。钱吉士是前朝翰林钱熹。李私下叩问笔神，回答是肯定的。自此以后，里中有人来扶乩，多称呼为"钱先生"。笔神碰到写题跋，末尾总不写姓名，只是署上"蔼蔼幽人"四字。李玉铉中举人，中进士，笔神所出的力占多数。后来做按察使，笔神又帮助他判断案子，百姓们把他看作神。李玉铉辞官还乡，笔神陪伴着他。

　　一天，李有事外出，李的晚辈对笔神不恭敬，笔神生气了，写了一封信告辞而去。我与李玉铉的儿子李方膺一起做官，交情不错，但他从来没有和我谈起过笔神的事。李方膺去世后，李玉铉的同科进士熊涤斋编修对我说了事情的经过，还说："李方膺很不愿说这事，因为触犯笔神的就是他自己。"

僵尸求食

　　武林（旧时对杭州的别称）的钱塘门里，有一座更楼。更夫们在这座楼里坐班，应时到外面打更巡逻；老百姓则按户收钱，集中起来作为更夫们的报酬。这个惯例,已经相沿很久了。

康熙五十六年(1717)夏天,有一天夜晚,更夫任三正沿着大街小巷打更巡逻,路过一座小庙。他发现,每当他敲过二更,就有个人从小庙里闪出来,跟跟跄跄地快步向别处走去;当漏下将近五更、在更梆尚未敲响之前,他又风风火火地奔回庙中。这种现象,已经不是一天两天的事儿了。任三就怀疑是这庙里的和尚半夜跑出去干那花花事儿,他就留意观察,想从其中抓住点儿真凭实据。最起码,也能从中敲诈到点儿酒肉之资。

第二天,月亮正圆,照得那街巷胡同里亮如白昼。任三就事先隐藏在小庙门前的大树后边,然后敲响二更鼓。不大工夫,那个人果然又闪了出来。这回,任三可看清楚了:他面色黧黑,黑中透亮,脸皮上像打了一层蜡,他两个眼眶深陷,口鼻干瘪,表情呆滞。两个肩膀上,一边儿挂着几串纸元宝,走起路来窸窸作响。他依然是那么来去匆匆,心神不安。

任三这才认定是一具僵尸。第二天,他就特意到庙里去察访。山门之内,果然停着一口旧棺材,棺材盖儿上积了足有一寸厚的尘土。任三就向庙里的和尚打听这棺材的来历、棺材里装的是什么人。和尚们告诉他说:"这还是老禅师惠光和尚时期的遗物呢!老禅师圆寂日久,如今,已经没有人能说得上他是谁和属于谁了。"

任三就把他几天来夜间的经历讲给他的那些伙伴儿们听。有一个小子狡黠而滑稽,他给任三出主意说:"我听人说,鬼是最怕红豆、铁屑和谷种这三样东西。你小子要真是胆儿大,就买点儿这东西,大概合起来有一升左右就够了。你晚上就去等着他,等他出了棺材,离开庙里,你就绕着棺材洒上它一圈儿,我管保,那鬼准就进不了棺材了!"

这个任三也是个好事儿者,他当真买了这三样儿东西。等到二更以后,僵尸果然又出动了。等他离开小庙,走得远了,任三才慢慢点燃了灯,进到庙里去观察。只见那口旧棺材的后头,板已经掀了下来,平放在地上。从后部往棺材里一看,里面空空荡荡,一无所有。任三大喜,绕着棺材转三圈儿,密密层层地洒下了避邪之物。他自己也觉得很满意,这才回到更楼去休息。

天将五更鼓,忽听有人在楼下厉声喊叫:"任三爷在吧?你倒是挺安逸呀！害得我好苦！"任三一听，就知道是僵尸找上门儿来了。不过，他素来胆儿大，也不示弱，张口就反问道："你是谁？这么大胆，敢来扰乱你家任三爷休息？"鬼的口气立刻有所缓和，说道："我呀，就是那座小庙里长眠不醒的人！您瞧，我无子无孙，孤苦伶仃，是个绝了后嗣的死鬼。多年来，早已断了祭祀血食香火，肚子饿得咕噜乱叫，所以才乘着黑夜出动，找点儿吃食填饱肚子。没料到，竟然被您洒下避邪之物，断了我的后路，使我回不了窝儿了。我寻思，您一定是跟我开个小玩笑，不会存心害我！我想，您不会忘了，我可是个鬼，惹急了眼，什么事儿办不出来？您还是赶快把那红豆、铁屑之类的东西扫走，咱们是井水不犯河水！"

任三听他这么一说，心里也确实有几分后怕。但他却是闭口不答，有意拖延时间。鬼勃然大怒，吼道："我说任三爷！我与你往日无冤，近日无仇，你又何苦这么戏谑我？快把那些烂玩意儿扫干净，不然，我可就不客气了！"任三心里说："我若是把那些避邪物收拾利索了，你先整死我，而后再进棺材，我不他妈就傻了！去你的吧，甭想那美事儿！"

任三坚持一声也不吭，远处的鸡已经叫了。那鬼先是苦苦地哀求，继而是破口大骂。忽听得咕咚一声，像是重重地摔倒在地，以后，就寂静无声了。

天亮之后，过往行人来到更楼下，发现那里倒着一具干瘪的僵尸。于是，大家联名报了官。官府经过调查核实，确认僵尸是从小庙里窜出来的，就命人抬回庙里，装入棺材，架火烧掉。

从此，这一方得以安宁。

僵尸贪财受累

绍兴秀才王某，因考试优等，领取官府津贴已有多年。村中富户聘请他做教师，因为家中房舍太小，正巧离此地一里处有户人家的一座新房子出卖，富户就买了下来，让王某去住，并且说："我家中还没收拾好,学生及服侍你的馆童们明天会来,先生你一个人睡一晚,是否害怕?"王某自负胆子很大,再加上是新房子,觉得没有什么可怕的。富户于是命家童带着茶具,领王某到书房住下。

　　王某打量了一下书房,又到门前闲看。这时天已晚了,月色皎皎,看见山下有烛光闪烁,走近前一看,光亮从一具白木棺材里透出来。王某想:"如果是磷火,颜色应当是绿的。可这光焰带少许红色,莫不是金银气吧?"他想起《智囊》中的一则记载:有几个胡人,穿着丧服,把所载棺材草草埋在城外,捕盗的人跟踪侦察,原来棺中都是黄金白银。他想,这棺材莫非与胡人所埋的相同,幸好四周没人,正可把棺中金银攫为己有。于是,他找了块石头,把棺材钉子敲掉,从棺材后面把盖子打开,只见棺中明明白白地躺着具尸体,面色青紫,肚子很大,戴着麻冠,穿着草鞋——越地风俗,凡是父母健在,儿子先死的,照例这样穿戴大殓。

　　王某见状吓得怦怦心跳,慌忙向后退缩,可是每退一步,尸体就往前一跃,再退时,尸体一下子竖立了起来。王某拔脚狂奔,尸体在后面紧紧追赶。王某逃回屋子,登上楼,把楼门关了,上了锁。喘息定了后,心想,尸体应该走了,打开窗户朝外看。一开窗,见尸体仰起头十分得意的样子,从墙外跳进来,连连敲门也没法进入。尸体忽然大声悲呼,连叫三次,所有的门都打开了,像是有人帮着开门一样。尸体于是登上了楼,王某没有办法,拿了根木棍等它挨近。尸体刚上楼,王某就举棍打去,打中了尸体的肩膀,肩上挂的纸元宝散落在地上。尸体弯下身子去捡,王某趁它弯腰时,用力一推,尸体滚下了楼。不久就听见鸡叫,此后一点声响也没有了。

　　第二天去看,尸体跌伤了腿骨,横躺地上。王某就召集了众人,把尸体扛出去焚化了。王某感叹说:"我因为贪财,招致僵尸上楼;僵尸因为贪财,导致被人焚毁。鬼尚且不可以贪心,何况人呢!"

宋荔裳受恶土地之累

宋荔裳官居山东按察史。他有个本族侄儿，一向逍遥浪荡，品行不端。后来，他这个侄儿又与登州（今山东蓬莱）总兵于七混到了一起，每日里饮酒赌博、嫖娼宿妓，无法无天。这个于七，在明朝末年本是山东半岛上的一个土匪头子。国朝定鼎，他率众归顺，官至总兵，但他依然是怙恶不悛、为非作歹。

有人就把以上的情况报告给宋荔裳先生。宋先生大怒，说道："这个畜生！如此下去，必遭灭门之祸！等他回来，我非得逮住他，绑到祖宗的祠堂上，活活把他打死！"宋先生这是一时的气话，也未必就当真。可他这位族侄听了却非常害怕，连夜逃到了德州。

他无处栖身，就住进了土地庙里。夜里他做了个梦，梦见土地爷对他说："小伙子，你甭着急，也甭害怕！你大富大贵的日子就要来临了！现在，于七正在暗地里策划谋反，正是你立功请赏的好机会。你快赶到京师去，向正在那里的山东提督揭发于七将要造反的阴谋。这么一来，你还愁没官儿做呀？"此人听了，很是兴奋，但又显出踟蹰不前的样子。土地爷说："我知道你手头儿拮据，这倒不要紧。我这庙墙外头那棵老槐树底下，就埋着百十两银子，你拿去用吧，足够你路上的盘缠钱！"

这个浪荡子梦醒之后，就遵照土地爷的指点去挖地，果然得银百两。他喜出望外，内心里却更加怨恨宋荔裳先生没见识、没眼量。

到了京师，他不但揭发了于七谋反的预谋，而且诬陷宋荔裳与于七勾结，合谋造反，宋先生和他的全家都被逮捕入狱。真是贼咬一口，入骨三分。

没过十天，于七果然举事造反。宋荔裳那位族侄儿因为首报之功而受了重赏。宋荔裳先生和他的家属却入狱三年，遭不白之冤。后来，蒋国柱先生任山东巡抚，审理此案，发现有诬告之嫌。于是，奏明圣上，得旨复核。宋荔裳之案才得以昭雪。

陆　夫　人

　　某布政使的夫人陆氏,是尚书裘文达公的干女儿。文达公去世后,陆夫人有次生病,梦见有抬大轿从屋顶上抬过来,前面立着个仆役,说:"裘大人命我们来请你。"夫人坐上轿子,轿子升上空中,在云里行走。到了一座大庙,庙的正殿很高大,旁边有间小屋,很整洁。裘文达公没戴帽子,穿着丝绸袍子坐在里边,旁边有两个小童服侍,案几上堆着许多文卷。文达公对夫人说:"你知道你为什么生病吗? 这是前世造的孽。"夫人下跪祈求说:"干爹有能力帮女儿解脱吗?"文达公说:"这儿西厢房有个女人,现在躺在床上,你去把她扶起来。能扶起,病就能治;扶不起来,我也没法救你的命。"

　　小童领夫人去西厢房,果然见房里有一描金的床,床上挂着大红色的绫帐,被褥极华丽,中间躺着具女尸,光着身子,两眼直瞪瞪地,一言不发。夫人上前扶她,用尽了力气,终于无法扶起。夫人回告文达公,文达公说:"你的冤孽难以消除,可回家托张天师设法坛打醮,用以禳解。但是天师近来很粗心,他的寿数也不长了。那天他替苏州顾懋德家作斋文,错字很多,天帝很生气。怎么办呢?"

　　夫人惊醒过来,正遇上张天师在京城,夫人就把裘文达公的话告诉了他。天师检查给顾家所写的斋文,稿中果然有错字,是手下的一个道士所写的,他心中很紧张害怕。没多久,夫人去世了,张天师也去世了。天师名存义。顾懋德是辛未科进士,任礼部郎中。

牛头大王

　　溧阳农村里有个庄光裕,梦见一个妖怪,头上长角,敲门走进他家,对他说:"我是牛头大王。天帝命令我享受这一带的祭祀。你们塑像奉祀我,一定会有好报应。"庄光裕醒来,把消息告诉村里的农民。这时,村里正患瘟疫,大家都说:"宁可相信有这件事。"大家凑了几十贯钱,盖了三间茅屋,塑个牛头人身的神像供着。以后,患疫病的都好了,到庙里求子也相当灵验,因此,上香祭祀的人很多。

这样过了几年,村里有个叫周蛮的,儿子出痘,他先到庙里献礼祭祀,再占卦,得卦是大吉大利。周蛮很高兴,许愿演戏谢神。可是没有几天,儿子竟然死了。周蛮大怒,说:"我靠儿子耕田养我,儿子死了,不如我死!"他带领妻子拿着锄头铁耙,撞碎神像的牛头,敲裂神像的身子,拆了这间庙。全村都很害怕,认为一定会有大祸。可是从那以后却很安宁,牛头神也不知到哪里去了。

水定庵牡丹

江宁县丞汪易堂,到古北口去访问朋友,路过水定庵,稍作休息。庵中牡丹盛开,花大如斗。汪易堂走近花前赏玩,庵中的和尚告诫他不要摘花,说花有妖,会带给人祸害。

汪易堂素来倔强,笑着说:"我本来不想摘花,既然说是有妖,我偏要折一枝试一试。"他伸手去摘,把花左旋右扭,花却像牛筋一样坚牢,怎么也折不断。汪抽出所佩的刀去斩花,花没割断,拇指却受了伤,血流不止。

汪恼羞成怒,撕下袍袖裹住伤口,忍住痛不说话,左手抓住花头,右手用刀割花枝根部,终于断下了一枝,回家插在瓶中,向人们夸口说:"我今天擒获花妖了!"他想去买药敷手上的伤,解开一看,根本没有伤痕,连裹伤口的布上也没有血迹。

乌　台

广东的肇庆府,就是古端州的所在地。据《宋史》记载,北宋时期,包公(包拯)曾任端州知州。端州大堂暖阁的后面有一口黑水井。如今,井口上盖着一块大铁板,是人们出入的必经之地。

传说包公曾把妖怪纳入井中,囚禁起来。所以,民谣里就有"包收卢放马成湖"之说。这就是说,如果有姓卢的当了端州太守,妖怪就会被释放出来,作祟扰民,如果换上姓马的做端州太守,黑井之水将泛滥成湖,坑害百姓。然而,说来也怪,自包公以后,历经千八百年,竟没有卢、马二姓坐镇端州。

端州府衙门的东侧还有一座楼,当地人都称之为乌台。传说当年凡包公审断妖鬼之案,都在这里办公。如今,楼门楼窗都用砖砌死,从来没人敢打开。据说,只要打开其中的一处,就会有妖鬼窜出来兴妖作祟。历任太守到任,首先得备下猪羊好酒,到乌台前祭祀礼拜。谁也不敢打开封砌之处看上一看。

前任端州太守安公有个厨师,忽而酩酊大醉。他爬上乌台之顶,揭开了几片瓦。他从漏顶处往楼里看,只见楼内正中的确有一座高台,台上有三个圆形土丘,就像坟头儿一样,呈品字形排列。三个土丘中间长着一棵小树,枝繁叶茂,湛青碧绿,生机盎然,其他别无一物。这位厨师正看得出神儿,忽有一股黑气冲天而上,厨师颠滚而下,摔到地上,浑身打战,汗流满面,勉强能把在楼顶上的见闻述说一遍。到了傍晚,悲声长啸而死。

过了两天,安太守也突然发狂,他用皮鞭把夫人活活打死,又亲手杀了爱妾。因此被人弹劾,革职论处。

又有两任端州太守卸任。继而,我弟弟香亭(袁树)出任肇庆知府。他在来信中给我讲了以上的故事。我听了这个故事,气不打一处来,在给香亭的回信里说:"乌台之妖实在是荒唐而可恶!如果你讲的故事当真,它也太横行霸道了!这样的处所,也绝不可能是当年包公的遗迹。你要当机立断，命人毁了这乌台，放火烧它个一干二净！"

见娘堡

顺治二年（1645），清兵攻破建昌，明益王逃走了。王府属官刘某，是吴池人，逃到山里，下落不明。刘某的儿子蓼萧，从苏州考试回来，立志寻找父亲。这时候，藩王府已经荒废倒塌，没法打听，就去盱江张令公祠堂祈祷。

这天晚上，他做了个梦，梦见神写了"石漈"二字给他。第二天醒来，捉摸不定，不知道石漈是什么地方。后来碰到个尼姑，告诉他说："石漈在福建、广东的交界处，那儿正在打仗，难于行走，幸亏有条小路，走七天可以到达。"

刘蓼萧照尼姑的话，历尽艰险危难，终于到了石漈，果然他的父母寄住在当地姓姚的农民家里。这时，他父亲已死，母子相对痛哭，于是他带着母亲把父亲的棺木运回家乡。

他父母所寄居的村子名叫见娘堡，这名字已经够奇了，更加奇异的是，蓼萧的父亲避难时，随身带了一册家谱。顺治五年（1648），他母亲听到箱子里窸窸窣窣地有声音传出来，以为是老鼠钻了进去，打开箱子一看，什么也没有；关上箱子，又有声音。有天见到有几个穿红衣服的人慢慢地从箱子里走出来，她心中更加惊恐，过了几个时辰，蓼萧就找来了。

这件事记载在姜西溟的文集中，韩荔尚书为蓼萧作了墓志铭。

鬼　糊　涂

乾隆三十九年（1774），京师有个无赖名叫韩六。这家伙野蛮混账,竟然找碴儿殴打自己的老父亲。老人被他打得卧床不起,险一些儿丢了老命。有人将此案报官,移交刑部审理。经调查核实,判处他忤逆不孝之罪,论律拟斩。

当时,各位参审官的意见一致,只有一位刑部侍郎对这个判决提出异议。他认为,韩六殴打父亲,违情理,悖人论,理应按律治罪。但是,他没有殴打到致命要害,未伤人命。所以,罪不及死,应酌情减刑发落。刑部尚书秦树峰先生则认为,此案牵涉名分,事关重大,理应正法,但个人不可妄断,乃具折呈皇上圣裁。结果,奉旨依议,还是判处死刑。刑部孝司狱司郎中李怀中担任监斩官,韩六人头落地。

过了三天,韩六的阴魂就凭附到李怀中身上,大吵大闹,说道:"各位大人都宽恕了我的死罪,你为什么非砍了我的脑袋?我死不瞑目,非向你讨还这笔血债不可!"

许多人听了这话很诧异,以为韩六掉了脑袋还是个糊涂鬼,死与不死,与监斩官李怀中又有什么关系?

但是,李怀中终于是一病不起,很快就辞世了。

鬼 势 利

张八郎未婚时与一丫鬟私通,结婚后就把她抛弃了。那丫鬟因怨恨而生病,临死时说:"我一定不放过八郎。"说完就断了气。过会儿忽然又睁开眼睛说:"八郎的气运很旺盛,我没法报仇,把八奶奶捉去也一样。"不到两年,八郎的妻子终因难产而死。

鬼 相 思

岳州府(治所在今湖南岳阳)有个张某人,人们都叫他鬼三爷。这是因为,在兄弟当中,他排行在三,而且,他还有个鬼爸爸。

鬼三爷的名誉父亲,是岳州府的廪膳生员,在当地是位很有名望的人物。夫人陈氏,是位大家闺秀,而且很有姿色。但是,这陈氏忽而被一个妖怪霸占了。这妖怪自称是郧阳(治所在今湖北郧阳县)小神,举止相当疯狂。他大白天就毫不避讳,公然现形,搂着陈氏去同床;到了夜晚,张廪生明明与夫人睡在一张床上,却不知不觉地被抬到了别处,手和脚都像被捆绑住,一点儿也动弹不得,郧阳小神却占据了他床上的位置。张家到处延僧请道,求来符篆,企图驱逐妖邪。但是,一点儿效验也没有,陈氏却因此而有孕。十月怀胎,一朝分娩,还生了个儿子。这就是如今的鬼三爷。鬼三爷落生那天,一群鬼集聚在张家的上空,啾啾乱叫,似乎是在争相祝贺,并飘飘扬扬地从空中扔下很多纸钱来,又似乎在争送贺礼。这些行动,把张廪生气个半死。他下定决心,亲自到龙虎山(在江西省贵溪县西南八十里)去乞请张天师来劾治。

张廪生正准备动身。有一天,郧阳小神忽而踉踉跄跄地跑进张家来,气喘吁吁,汗下如雨。他对陈氏说:"我差点儿闯个大祸,玄一玄儿就丢了命!昨天夜里,我到你们的邻居毛家去,把他家的金盆偷到手。没料到,他家墙上挂的钟馗拔剑追下来,吓得我抱头鼠窜,把个金盆扔进了巷子西边儿的池塘里。这才落得轻快,逃了一条命!你还不快弄点儿酒菜来,为我压压惊!"

第二天,陈氏就把郧阳小神对她说的私房话儿告诉了丈夫。张廪生就到毛家去刺探消息。一进门儿,就听见毛家在喧嚷吵闹,说是传家宝金盆不知去向了,马上要到官府去报案,恳请缉拿盗贼,追回赃物。张廪生对毛家主人说:"您先别着急!我有办法教您寻着这宝贝,管保丢不了。不过,我得先问问,您将如何谢我?"毛家主人一听金盆有了着落,喜上眉梢,当即慷慨许诺,说:"只要金盆有着落,一切都好说。我家的珍贵之物,除金盆之外,任您挑选!"

张廪生听了这话,也不好再说什么。于是,闭眼抱拳,假装疯魔地念了一阵咒语。随后,就叫着毛家的人跟他走。来到巷子西边的池塘畔上,他用手一指,说道:"金盆就在此地!"毛家主人指派几个能泅水的仆人下水去打捞。不大工夫,金盆就取上来了。

毛家主人大喜,重新把张廪生请到家里,让到首座,设酒宴大为款待。酒过三巡,菜兼五味,毛家主人这才拱手问道:"张兄为愚弟寻回传世之宝,感激尤深。愚弟有诺在先,张兄若有所取,务必请任意,小弟不再多让了!"张廪生呷了一口酒,笑了笑说:"在下本一介书生,从不受人财帛。如若毛公肯于割爱,只消把您收藏的书画赐给一张半幅,也就足矣了。"毛家主人连称:"好说!好说!"随即命人把家中所藏珍奇书画全部取来,摆放在条案上,任张廪生挑选。张廪生左翻右拣,只选中了文徵明的一幅名为《芙蓉》的花卉画,其他一无所取。毛家主人却觉得这谢礼太微薄了,一再请张廪生再选几幅。张廪生无奈,指着挂在墙上的钟馗像说:"恕我冒昧!主人若肯以此馈赠,凑成两幅,在下也就心满意足了!"毛家主人亲自从墙上摘下了钟馗像,双手捧着,赠送给了张廪生。

自从张廪生把钟馗像挂到自己家里,郧阳小神就销声匿迹了。时不时地听见花园树颠之际有嘤嘤喊喊的鬼哭声,一直延续了三四天。人们说,原来鬼也会害相思病。

关神世法

康熙癸卯科举人江阌,出任某县知县,不久守丧回乡。丧期将满时,梦见有个武士来,自称是周仓,所穿戴打扮与庙中所塑的周仓一样,只是年纪很轻,没有胡须,手中拿着名帖,上面写着"治下年家弟关某顿首拜"。他惊醒后忍不住大笑,心想,关帝怎么可能学现在人做法?

过了没多久,江阌被任命为关帝家乡山西解梁县知县。到任后去拜关帝庙,见关公像旁所塑的周仓,果然是个没有胡须的年轻人,面貌与梦中所见的一样。于是,他拿出俸禄重新修建关帝庙。

后来,他死在任上。他是江于九知府的叔叔,这事就是江于九告诉我的。

乡试弥封

程叔才先生,名思恭,安徽皖江(今安徽潜山县)人。程先生学问博雅,以注释陈维崧的骈文而小有名气。平时,他好钻研古文,而对八股时文之类不感兴趣。他的老师唐赤子先生斥责他说:"从科名进身,非攻读八股时文不可!今年适逢乡试之年,你要多留意呀!"于是,就强迫他诵读金履祥、陈维崧等名家的文章。程叔才表面上唯唯诺诺,心里却很不自在。有关《四书》疏义一类的书籍,只是摆在案头上充充样子,到了临进试场之前,都不翻一翻它。

康熙五十七年(1718)戊戌科江南乡试,首题是《举贤才日焉知贤才而举之》(见《论语·子路》);次题是《大哉圣人之道》(见《礼记·中庸》)。程叔才考满了三场,自认为他的首选文章《大哉圣人之道》一篇作得很得意,唐赤子先生读了他的草稿,也很高兴,说道:"这次,贤契很可能是在乡试中一举夺魁了!"高兴之余,程叔才随手把摆在案头的《中庸》翻了又翻,忽然拍案而起,又惊讶又丧气地说:"糟了!糟了!我记得'大哉圣人之道'这句话在'礼仪三百,威仪三千'之下呀!怎么会是开篇第一句呢?我那文章的起、承、转、合都是承接这两句顺下来的。这么一来,我的文章犯了通篇犯上的毛病,中不了是没说的了!"唐赤子先生也为门生的失误感到惋惜。

等到乡试发榜,程叔才却意外地中了第五名。唐赤子先生感到欣慰,又有些迷惑不解。他特意去拜访主考官,想探知其中的奥秘。

当年江南乡试的主考官魏廷珍先生,也是康熙五十二年(1713)进士,所以,与唐赤子先生称为同年。主考官魏先生得知唐赤子先生的来意,只是微微一笑,问道:"今年科场上有个大笑话,不知仁兄知道不知道?"唐赤子一愣,说:"我还真不知道,什么大笑话?"魏廷珍先生说:"以前,应考诸生都把考试重点押在破题、承题和起讲上。今年,皇上下了一道密旨,责令考官扬弃以往的评卷模式,转而以中股、后股、末股的文采来取士。程叔才的文章通篇犯上,反而歪打正着,中了五魁。不过,将来磨堪(复查)试卷,一定会被剔出来,而且受到惩处。有什么法子? 让他赶上了!"

后来,程叔才先生的试卷果然被磨堪。吏部决定,罚他晚一科入仕。

两汪士铉

顺治年间,徽州人汪日衡,新年第一天做了个梦,梦见天上挂出进士榜,第一名是汪士铉。汪日衡就改名汪士铉,以与梦境相应,但是毕生没考取进士。一直到康熙某年,汪退谷先生中了第一名,榜上用的名字正是士铉,与汪日衡所梦时隔了四十多年,这时汪日衡去世已很久了。他的孙子记起祖父的话,一起感叹上天捉弄人,更感到追求功名没有什么意思。

雷击土地

康熙年间,石埭(今安徽石台县。清属安徽池州府)县县令汪以炘平素与一位姓林的朋友最交好。林先生去世后,当了石埭地方的土地神。每到夜间,虽说是幽明异路、人鬼阻隔,两人之间的交往依然不断,宴饮谈笑,一如生平。

土地神常常私下里对汪以炘说:"我和您世代交好,如果您家里将面临灾难,我怎好秘而不言呢? 可是,我事先把天机泄露了,就难逃上天的诛戮,真叫我进退两难了!"汪以炘再三追问自己家将发生什么灾难。土地神万般无奈,才直率地说:"实不相瞒,尊堂太夫人将遭雷殛,势不可免!"汪以炘大惊,声泪俱下,一边儿哭,一边儿乞求这位土地爷朋友救业已年迈的母亲。土地爷说:"这是她上辈子造就了的恶业,必须遭此劫难。我不过是一方小小的土地爷,官卑职小,怎么救得了她呢?"汪以炘拉住这位老朋友的手,苦苦相求。土地爷想了一想,说道:"唯一可行的办法,是您加速对她的孝养之道,这就是说,您要在尊太夫人平日的饮食起居上,层层加码,奢华的程度,要等于原生活水平的十倍。通过暴烈过头儿的享受,消耗、浪费掉她今生的禄数,禄数尽了,她会自然死亡,得以善终,免受雷殛之苦。雷公再来击她,也没啥意味了!"汪以炘万般无奈,只有遵照土地爷的指点去行事,没过几年,太夫人果然是无疾而卒。

又过了三年。那天,忽然天降大雨,霹雳闪电,绕着那停放太夫人灵柩的上空盘旋徘徊,满院里充斥着硫黄味。但是,那雷电始终没有下击,却回转东移,轰然下界。事后,人们才发现,那土地庙里的土地爷塑像,已经倒在地上,化作一摊烂泥了。

张 光 熊

直隶人张光熊,从小聪明英俊,如今已十八岁了,在家里的西楼读书。他家很富有,丫鬟小妾很多,但父母对他管辖很严,不让他与女子接触。七月七日,他想起了牛郎织女的事情,于是看着星星,闷闷地坐着,异想天开:"今夜会不会有丫鬟来偷看我读书呢?"刚这样想,就看见帘子外面有个美女侧着身子站着。张光熊叫她,她不答应,过了会儿,才慢慢地走到跟前,一看,并不是家里的丫鬟。问她姓什么,她说姓王。问她住在哪儿,她说:"住在你西邻。我早晚看见你进出,看上你的姿态容貌,所以来与你相会。"张光熊十分高兴,就与她同床而眠。从此以后,她每天晚上都来。

张光熊有个伴宿家童,女子对张光熊说:"小奴在边上不方便,可令他到远一点的地方去睡,听到叫唤才可进房。"张光熊就叫家童搬走,家童不肯,说:"我每天晚上听到你床上有人亲密地说情话,我怀疑是否有什么原因。老主人命奴才照顾保护郎君,不敢离开。"张光熊无可奈何,把家童的话告诉女子,女子说:"没关系,他这是自找麻烦。"这天晚上,家童还没睡熟就被一个东西抓了去,用绳子绑了,吊在西园树上。家童苦苦哀求叫喊郎君救命,那女子笑着说:"你果真知罪远离这儿,我就放了你。如果胆敢讲出去,被老主人知道,就让你加倍吃苦头。"家童连忙答应,绳子也就当即解开,家童已经站在地上了。

这样过了一年多,张光熊渐渐瘦弱下来。张光熊的父亲询问陪伴的家童,家童口里说郎君住的地方没有什么异常,但脸色很不自然,说话吞吞吐吐。张父更加怀疑,亲自到张光熊的书房去窥探,听见帐子中有女子说话声,他踢开窗户跳进去,揭开帐子一看,并没女人,只是枕头角边有枝金簪、一朵山楂花。张父想,北方从来没有山楂花,一定是妖怪带来的,大怒,将要鞭打张光熊。张光熊没有办法,只好说了实话。张父因此延请了名僧、道士,建立法坛,设置禁咒。那女子晚上又来了,哭着对张光熊说:"天机已经泄露,从此告别。"张也很伤心,临别时问道:"还有相见的日子吗?"女子说:"二十年后,还可在华州相会。"从此以后,再也没来过。

不久,张光熊娶妻陈氏,又考取了进士,授官吴江县知县,后来以资历升华州知州,这时陈氏去世了。张父在家中,为张光熊续娶王某的女儿,送她到华州成亲。成婚的晚上,张光熊看新娘子面貌与当年到书斋里来的女子完全一样,问她的年龄,正好二十岁。有人认为,这是狐仙不能忘记与张光熊的感情,所以托生为人,以续前缘。张光熊问她二十年前的事,她一点也不知道。

赵氏再婚成怨偶

雍正年间,山东布政史郑禅宝娶妻赵氏。赵氏淑贤貌美,夫妻之间感情笃深。可惜的是,赵氏身染重病,眼见着就不行了。

赵氏临死之前,对郑禅宝发誓说:"妾身虽死,愿与官人世世代代为夫妇,永不分离!"说着,呜咽哭泣,气绝而逝。郑禅宝夫人去世那天,郑家属下一位姓刘的旗丁家里就添了个女孩儿。这个女婴一落生,就眼巴巴儿地对人说:"我是布政老爷郑禅宝的夫人赵氏!"她这句话,可把在产房的人吓得够呛。这话传到刘某的耳朵里,他认定妻子生了个怪物,心里老大的不自在。幸好,这个女婴从此不再说话了。

刘家的女儿长到八岁,坐着牛车去串亲戚。半路上,遇见郑禅宝的奴才骑马而来。那奴才依仗主人的权势,趾高气扬,横冲直撞,把刘家姑娘乘坐的牛车挤到了沟边上。八岁的刘家姑娘大怒,指着郑禅宝的奴才骂道:"该死的畜生!你不就是郑四儿吗?你从小儿就卖给我们家为奴,赐你姓郑,你狂什么?见了你家主夫人为何不下马拜见?大胆!放肆!"郑四儿一听,她操着主夫人生前的口气,也感到愕然,急忙回避,策马赶到刘家,向刘氏夫妇问个仔细。刘家夫妇说:"她一落地,就声称是主夫人赵氏,还吓了我们一大跳呢!"

正说着,刘家女儿已走进门来。她见郑四儿在自己家里,气儿也消了,因问郑四儿:"你家人身体一向可好?"接着,就问起家中的一切:从妯娌间的和睦,问及婢媪奴仆的使唤;从田宅地亩的管理,又问及地租税银的收支,真可谓面面俱到。有很多连郑四儿都不明白的细节,她都能说得头头是道,叫人听了,叹服不已,目瞪口呆。

郑四儿到府上,把他的所见所闻如实向主人禀告。郑禅宝坐不住了,亲自来到刘家。

刘家女儿见了郑禅宝,先是定睛看了片刻,接着,就一头扑到郑禅宝怀里,犹如一对久别重逢的夫妻,絮絮叨叨地说起家常话儿来,闹得郑禅宝也一时手足无措。

后来,这段奇闻竟流传到保和殿大学士、兵部尚书鄂西林(鄂尔泰,字毅庵,号西林。满洲镶蓝旗人。官至保和殿大学士兼兵部尚书)相爷耳朵里。鄂相国说:"出现两世姻缘,这也是太平盛世的吉兆嘛!"于是,极力劝说郑禅宝娶刘氏之女为继室夫人。结婚那年,刘家姑娘年方十四,而郑禅宝却已年逾六旬、白发飘萧了。毋庸讳言,郑禅宝的前妻儿女们的年龄,都比这位继室夫人的年龄大得多。这样一位年幼的继室夫人的处境,就是可想而知的了!

结婚一年多,刘家姑娘的心绪一直很坏。她终日郁郁不乐,后来竟乘人不备,悬梁一死。

袁子评论说:"人与人之间的感情发展到炽热的程度,这就叫作缘分。缘分到了极点,转化为冷漠,情谊也就此断绝了!这真是人生中的一大悲剧啊!"

童 其 澜

绍兴童其澜,是乾隆元年进士,任户部员外。一天,童其澜在衙门里值夜班,与同僚数人一起饮酒。忽然,他脸朝天惊异地说:"天使来了!"他披着上朝的官服,再次下拜,俯伏在地上。同僚们问他什么天使,童笑着说:"世上还有两个天吗? 有什么可问的! 上天有敕书一卷,如人间中书阁发下的任命书,金甲神捧在头上,由云中降下,命我做东便门外花儿闸的河神,将要与各位永别了。"说完,流下了眼泪。同僚们都以为他一时精神错乱,不很放心上。

第二天,尚书海望到户部,童其澜穿戴好官服行礼请求辞去官职,详细说明了原因。海望说:"你是个读书人,办事清楚有效益,如果有病,不妨请假,何必要托神怪事来疑惑别人?"童其澜也不加辩论,坐车回家,不吃不喝,把家中的事都处理完毕。三日后,他端端正正地坐着去世了。东便门外居民连夜听到有喝道声,以为有大官经过,出门来看,什么人也没有。花儿闸河神庙中的叶道士,梦中见新河神到任,面容白皙,略微有几根胡子,个子比中等人略矮些,果然就是童其澜的样子。

镜山寺僧

浙江杭州有个王鼎实。说起来,他和我都是乾隆三年(1738)戊午科举人,所以,应该称为同年。

这王鼎实从少年时期就聪敏伶俐,中举人那年,年仅十六岁。可是,后来他相继三次进京应会试,都名落孙山。幸亏,他有一家至亲在京师做官,就留他暂住府上,以便将来再作仕途进取。

有一天,王鼎实偶感风寒,不过是些须小病。他竟然从此拒进饮食,每天只喝几杯凉水来维持生命。

那一天,他忽而对亲戚家主人说:"我上辈子是镜山寺的一名和尚,坚持修炼几十年,差不多将要修成正果了。但是,每当我看到有人少年得志,荣登科第之门,内心里总是赞羡不已,仰慕荣华富贵的念头也始终不能从我脑海里断绝。因此,我至少还得有两世堕落为俗人,今生今世只不过是其中之一罢了。过几天,我又将重新转轮托生,生在一个华富之家,就是顺治门(今北京宣武门)外的老姚家。我想,您留下我不出北京,也是应了这个定数!"亲戚家主人听了王鼎实这番混话,简直是无言答对,只好硬着头皮劝慰了他一番。王鼎实又说:"我的去向已定,恐怕是不能久留了。只是父母的养育之恩,一时难以割舍!"随即命人备下纸笔,给父母写下一份遗书。

遗书说:"儿不孝,不幸客死于千里之外,又兼年少命短,使二老备感伤心。儿此一去,家中撇下少妇幼子,成为高堂生活上的赘累,来世做牛做马,难偿负义之罪。然而,二老必须明白,我并不是您们的真儿子。真正的儿子,是我那弟弟。父亲不会忘记吧? 二十年前,您曾在茶馆里与一位镜山寺的和尚同桌喝茶,你们谈得很投机。我就是那个和尚的转世之身。当时,您曾抱怨年长而无子。我心里想:这样一位忠厚淳朴的长者竟面临绝后无嗣,造物主的决断也太不公平了! 在一念之差的支配之下,便投胎于母亲,做了您们的儿子。想到如今又要从感情上伤害您们,真是后悔极了! 至于您那儿媳妇,只不过是上辈子与我有点儿小小的姻缘未了,今生偶聚,犹如镜花水月,哪儿能长得了? 我只求二老高堂别把我当真儿子看待,割断爱意的纠缠,也好减轻我几分罪孽呀!"写罢再拜,请亲戚家主人代邮。

事后,亲戚家中就有人又问王鼎实:"这么说来,王公子将在哪一天在姚家转轮降生?"王鼎实说:"我这辈子没什么罪恶,在这边儿一出魂,在那边儿就降生,是用不着等待批转轮回的。"

又过了三天。那是一个早上,王鼎实就从容不迫地盥漱梳洗,整顿衣冠,然后端坐在一把交椅上,并命人把亲戚家主人请来。主人到来之后,两人说说笑笑,和平日里毫无区别。待了一会儿,王鼎实忽然问:"太阳到了正午没有?"有一位仆人回答说:"阳光直照,正是午时。"王鼎实说:"好! 好! 吉辰到了!"说着就闭上了眼睛,倏地就断气儿了。

后来，这家亲戚派人到顺治门外去打听。那一天，姓姚的人家果然在正午添了个胖儿子。这姚家的确很富，主人以贩卖骡马为业。

江秀才寄话

婺源江秀才，号慎修，名永。他能制作各式奇怪的器具。拿个猪尿泡，里面放粒黄豆，吹足了气后把口缚上，豆就浮在正中间。由此，他更相信大地像鸡蛋这个说法。有愿做他学生的，他先叫这人对着这个尿泡坐着看七天，不厌倦，他才认为可以教导。江永家耕田都用木牛；到城外去，就骑头木驴，不吃草料也不鸣叫，人们都把它当妖怪。江永笑着说："这是诸葛亮留下的制作方法，只不过中间装上了机关，不是妖怪。"江永又做了个竹简，中间用玻璃做盖子，用钥匙开启。开启后对着简说话，可讲几千个字，说完把它关了，传送千里之内，人打开盖子侧耳听，里边就会讲话，宛如面对面交谈；超过了千里，声音就渐渐模糊听不清楚了。

有一天，江永自己跳入水中，乡里人大惊，忙把他救起来。他只是吃了几口水，没什么事，却十分气恼地说："我今天才知道大难难以逃脱。我的两个儿子在楚地游览，今天未时三刻，应当同时在洞庭湖被淹死，我想以自身代替他们。现在你们把我救起，一定没人救我儿子了。"不到半月，儿子的噩耗果然传到。这些是江永的学生戴震告诉我的。

卷十四

勾魂卒

苏州有个姓余的,喜欢斗蟋蟀,每到秋天便带着蟋蟀盆到葑门外搜寻捕捉,黄昏才回家。有一天回来得晚了,城门已经关闭。余某惊慌害怕,没办法可想,在路旁焦急地走来走去。忽然看见有两个穿青衣的人远远走来,靴子踩在地上,橐橐作响。他们对余某说:"你这时候怎么回得去? 我家离这里不远,不如到我家去住一晚吧!"余某高兴地跟着他们走了。

走到他家,见门大开着,屋子里放着几部旧书、一个瓷瓶、一只铜香炉。余某拿着十几盆蟋蟀,坐在灯前,肚子饿极了。只见二人分别拿出酒菜来,大家一起吃。隐隐约约听见有生病人的呻吟,以及许多人喧嚷的声音,余某问是怎么回事,二人说:"这是邻居家的病人,病情已很危急。"

过了一会儿,已经五更天了,二人咬着耳朵说:"该办事了。"从靴筒里拿出一份文书,对余某说:"请你对这纸呵口气。"余某不知道他们要干什么,笑着照办了。呵完气,二人很高兴,伸脚跨上屋顶跳跃起来,脚长丈余,像鸡爪一样。余某大惊,刚想开口问,二人不见了,只听隔壁哭声一下响了起来。余某才知道碰到的不是人,是勾魂鬼。

到天亮,余某想开门出去,门却从外面牢牢地锁上了。他出不去,于是大声叫唤。这家人听见后大惊,把锁打开,进了屋,以为余某是贼,争先恐后地殴打他。余某把经过详细交代了,且指着蟋蟀盆为证,说:"难道有带着这累累赘赘的东西去做贼的吗?"这家人中也有认识余某的,余某方得脱身。他所吃酒食的杯盘都是这家人家的,真不知从什么地方拿进来的,连他自己的身子也想不通是如何进到这屋子里来的。

赵 西 席

山东按察使白映棠先生家里,聘请了一位家庭私塾先生。此人姓赵名康友,是康熙二十六年(1687)丁卯科举人。赵康友先生除了教授白家子弟们学业之外,也在按察府里参与些政事,实际上是兼做幕僚。宾主和师生之间关系融洽,相处得非常好。

那一年元宵佳节,白映棠按察家里张灯结彩,大摆酒席,欢宴宾客。酒宴一直延续到深夜方散。赵康友先生依然是回到书房去安歇。可是,到了第二天将近中午,都不见这位赵先生起床。侍候赵先生的小童儿扒着窗户往书房里一看:可不得了! 赵康友先生竟一丝不挂地僵立在床前。他头上插着一对鲜艳的纸花儿,嘴角上浮着微笑,两眼却斜瞪着盯住一边,两只手被反绑在背后。他这副形象,差点儿把那个小童儿吓死! 急忙气喘吁吁地跑去报告主人。

白映棠先生闻讯急忙赶到,一脚踹开了门。进得门来,发现赵康友先生已经死了。他的胸口上被掏了个碗口大的洞,洞口一直透到背后,腹腔内已经没有了心肝,似乎是被谁摘去了。由他头上的插花和两手反绑的形式上看,作案者是有意把他的遗体摆弄成类似用整猪整羊祭祀鬼神的样子。

杨四佐领

佐领杨四,性情耿直和气,四十多岁了,忽然对家里人说:“昨天晚上我梦见穿金甲的人叫我姓名,说:‘第一殿阎罗王出了缺,没人补,南岳神已把你的名字上报给天帝,马上要随班引见,你快些做好朝衣朝冠等候召见。’我再三推辞,金甲神说:‘已经推荐上奏,没法挽回了。

可喜的是推荐的人连你共四个，也许引见时，天帝不用你，那么你的阳寿还没终止。'说完，金甲神走了。梦中预兆这样，一定不是偶然的事，家中可快些制作朝衣朝冠等着。"

家中人听了，半信半疑，未请裁缝给他做朝衣朝冠。

这天晚上，金甲神又来了，质问他说："命你做新衣服而你拖拖拉拉的干什么？昨天玉帝的圣旨已下达，就派你做阎罗王，不必引见了。"杨四惊醒过来，急忙把话告诉家里人，就昏晕过去，断了气。

世俗人死七天，有接回煞的说法。到了这日子，杨家人按照世俗作法，都回避了。有个百户姓胡，晚上到杨家来祭奠，走到杨家所居的巷口，看见有队人旗帜鲜明，高举灯笼，正中的官穿着蟒袍朝衣，怀疑为巡城御史，就站在路边让道。

正在看，杨四在车中大声叫道："胡百户，不要怕！我在阴间已到任，但少一个判官，将请你担任这职务来帮助我。"胡百户又惊又怕，说父母年老，现在自己还不能死。杨四说："我已上奏天帝，事情已经没有商量的余地。你父母年老，我也知道，我会叫我妹夫张某代你孝养。"说完就不见了。

胡百户急忙跑回家，十分后悔去祭奠杨四，与母亲一起，心中闷乱。这时有人敲门，开门看，那人送上一封银子，说："我是杨四佐领的妹夫张某。昨天梦中被阎罗王召去，命我拿五十两银子帮助你养家。阎罗王的命令，不敢违抗，所以现在送来了，他还传言请你马上上任。"胡百户知道自己快要死了，便出门与亲友一一告辞，过了三天就去世了。

蓝顶妖人

江苏扬州有位富商，名叫汪春山。汪春山家里养着若干名戏曲艺人，其中，有一名叫朱二官。朱二官长得俊俏，艺技颇佳。汪春山就叫他居住在徐宁门外的花园儿里。没想到，有一天邻居家突然失火，殃及汪家花园。朱二官狼狈逃出花园，来到胡同口。那里，正有两位美女倚门而立。她们笑眯眯地向朱二官招手。

朱二官身不由己地随她们走进院中,进入屋内。落座之后,又献上香喷喷的茶来。两位美女自称她们也姓汪,是汪春山本家叔伯妹妹。她们一边儿与朱二官闲聊,一边不断地眉来眼去,目送秋波,着意挑逗。朱二官可一本正经,不敢生任何妄想。

他们正聊得热火。一位身着豹皮大氅、头戴蓝顶帽的人大踏步走了进来。此人看上去大约有五十多岁,一脸的横肉,面带凶气。他自称是这两个美女的父亲,张口就强迫朱二官与这两个女子成婚。

朱二官心里虽然贪恋这两个女子的美色,却慨叹自己本是个依附他人的艺技,身边一无所有,因说道:"学徒实乃一名艺伎,家贫如洗,拿不出任何东西为聘礼,又何以为嫁娶之资? 请老伯收回成命,学徒实在是愧不敢当啊!"那蓝顶人说:"这个无妨。老夫既然选定了你当女婿,就不怕你贫穷,聘礼一应全免,至于婚事上的一切费用,就不用你多操心了!"朱二官说:"如此,婚姻乃终身大事,也得容学徒回家去,禀告高堂父母呀!"蓝顶人说:"这个倒是可以。不过,我告诉你,我之所以把两个女儿嫁给你,只图你年轻貌美;若论门当户对,那可就提不上了! 所以,这桩婚事,你记住,不能告诉我的本家侄儿汪春山,更不能泄露给其他任何人!"朱二官牢记教诲,便启身还乡。

朱二官的父母,就住在苏州吴县的西北门——阊门之外。父亲是位木匠,家境贫寒。朱二官乘船回到家中,向父母禀告了婚姻之事。父亲说:"咱们家穷,哪儿有能力为你娶媳妇? 再说,一揽子娶两个富贵女人,日后花销甚大,你一个指卖艺糊口的人,怎么养得起她们? 这婚事,不是穷人敢攀的呀!"

朱二官觉得父亲此话有理,又返回扬州,向蓝顶人传达父母之意,回绝这桩婚事。蓝顶人立刻拍出两千大钱,以为帮办婚娶之资,并对朱二官说:"你拿这些钱先行一步,回家去张罗一下,我们父女三人随后就到!"

朱二官无奈,只好背着这些钱再次起身。这些钱,都用红线绳儿串着,一色儿的"康熙通宝"。一路上,他总感觉有人在尾随着他,心里就发毛。到了苏州城,他正想拿这钱买点儿东西,忽然被两个公差模样的人抓住,说道:"这红线绳串起来的'康熙通宝'是某太爷家传的压箱子底儿的钱,前两天忽然失盗。你小子可真叫胆儿大,刚偷来就敢花！定是个盗贼无疑了。好，跟我们走一趟吧！"说着，就要将他擒拿归案。

朱二官惧怕进监牢，就把他在扬州遇见蓝顶人父女的事儿实说了。当时，围观旁听的人很多，大家都说他遇上了妖怪。两位公差说："除非我们见到这个蓝顶人，否则，绝不会放了你！"朱二官说："岳丈大人给这些钱，就是约定要即日成亲的。一会儿，花轿就会到来，请二位宽容，稍等一等。"围观的人也不肯散去。

不大工夫，远处果然鼓乐齐鸣。四个戴着半截儿红套袖的轿夫抬着一乘花轿缓缓而来。围观的人一哄而上，争相掀起了花轿帘儿。不好！正有一个青面獠牙的厉鬼端坐轿中，吓得众人拼命逃散，就连那两位公差也逃得无影无踪了。

朱二官总算得以解脱，仓皇逃回家中。可是，他一进家门儿，就瞧见那个蓝顶人端坐堂上。蓝顶人一见朱二官，劈头骂道："这你个混蛋！我教你别泄露其中的秘密，你竟敢在大庭广众之中公然宣扬出去，你小子也太昧良心了！今天不打你，更待何时？来人！给我狠狠地打！"幸亏这时候那两个美女从后堂跑了出来，跪在地上苦苦哀求，朱二官才免除了一顿荼毒之苦。

当天，朱二官到底还是和这两个美女成了亲。

婚后一个月，蓝顶人和那两个女子又胁迫朱二官离开吴县，共同返回扬州，依然是住在蓝顶人家里。又过了一年多，一天晚上，两名美女忽而置酒与朱二官同饮，并对他说："婚后一年多，我们相亲相爱，感情笃深。可惜，我们姐儿俩都没能给你留下个一男半女，殊为恨事！如今，咱们的缘分已尽，就要分别了。劝郎君不必漂流在外，早日还乡，另立家室。"朱二官哪里肯答应，竟抽抽搭搭地哭起来。两个女子也不断地陪着他落泪。

这样缠缠绵绵地过了几天，蓝顶人忽然出现了。他驱赶那两个女子，立刻跟他走。朱二官舍不得，牵衣拉袖，不肯放手。蓝顶人大怒，用手轻轻一撮，就把朱二官抓了起来，抛向了空中。朱二官如同腾云驾雾，不知所往。忽然，觉得自己一屁股坐在了地上。睁眼一看，已经是坐在了虎丘山（在江苏吴县西北七里）南麓的山坡儿上了。

蒙化太守

　　无锡人曹五辑,任云南蒙化知府。他有个儿子,是乾隆十五年(1750)举人,江苏巡抚庄滋圃的门生。乾隆二十一年(1756),无锡流行瘟疫。华剑光有个儿子,素来喜欢做善事。他拿出几幅古画,托曹五辑的儿子出售,并嘱咐道:"卖八百两银子,作为埋葬本城死人的费用。"

　　曹把画带到苏州庄家,给庄滋圃看。庄滋圃看曹卖画是为了做善事,画也不错,就给了他八百两银子。曹回无锡后,拿了八十两银子给华家,说只能卖这些钱。华无可奈何,勉强拼凑,买了几具棺材,埋葬那些露骨荒野的死人,剩下的就没办法了。

　　过了不久,曹五辑的儿子生病死了。曹五辑伤心悼念不止,写了篇状纸在东岳神前焚烧,自陈做官清正,儿子无罪,不应该得到现在这样的报应。他回到家后,趴在桌子上打盹,见有青衣人拿着东岳神的名帖来请。曹五辑跟着他到了大殿外,神下堂至阶前相迎,说:"你所责怪的确实有理,但是你的儿子近来做了坏事,贪拿人家的钱财,致使千百人暴骨原野。你不信,可回家到你儿子的书房里打开箱子看看。"说完,命人押着一囚犯过来,披枷戴锁,就是他儿子。曹五辑抱着儿子痛哭,一下惊醒过来,急忙到儿子书房去,打开箱子一看,还剩下七百多两银子。问仆人,方知儿子卖画贪污的事,这事连儿媳妇也不知道。

　　从此以后,曹五辑对儿子哀悼的心情淡薄了许多。

店主还债

　　江苏省甘泉县有一名衙役邹某。有一天晚上,夜色极佳,邹某独自一人走在西门外的大道上。不觉之间,已是夜近三鼓,街面儿上一片寂静,一个人也没有了,唯有一棵老槐树下的一间小屋里,还晃动着荧荧灯火,门开着。一个年轻的女人倚门而立,似乎是在观望什么,或是等待谁。邹某本是个无赖,他假装抽烟借火,乘机靠近这个女人,并嬉皮笑脸地与她搭话儿。那女人的表情是不冷也不热,既不嗔怪,也不回避。女人的反应使邹某胆儿大起来。他一把攥住了她的手,顺势把她搂在怀里,关上了小屋的门。他们紧挨着坐在一条长板凳上,又是亲嘴儿,又是说悄悄话儿。可是,那女人坚持不能留他住宿,只约他明天再来。邹某只好兴致未尽地离开了这间小屋。

第二天,邹某不能忍耐到夜晚,大白天就来到老槐树下,寻求那个小屋,以便重温旧梦。小屋尚在,只是长期没人居住,荒凉得很,门上的锁,也是半锁半挂。邹某扒着窗往屋里瞧,只见靠东墙偏中的地方,停着一口棺材,棺材的西侧,有一条长板凳。棺材和板凳上都积了厚厚的一层尘土。而那条长板凳上,明显地留下了两人并排而坐的痕迹。邹某这才明白,昨儿个晚上和自己亲热了一回的那个女人,没准儿就是棺材里的女鬼!他这才愧悔,为什么叫个女鬼迷住了心窍儿。从那以后,邹某总是精神恍惚、闷闷不乐。

有一天早晨,邹某忽然对他媳妇说:"还有人欠我七两二钱银子呢,我得管他要去!"说着,就出了家门。可是,这一天一夜的时间里,邹某没回到家里来。

第二天,大街上闹哄哄的。传说着昨天下午有个人在茶馆儿里喝茶,无缘无故地就出溜到了桌子底下,一会儿就没救儿了!茶馆儿主人哪敢怠慢,急忙报了官。官府派人验尸,没发现被害的象征,以"暴疾猝死"结案。只因他是死在了茶馆儿里,就合该掌柜的倒霉,官府训令他买一口棺材,把死人收殓起来,然后招尸亲来认领。

邹某媳妇对他一天一宿没回家很不放心,又听说茶馆里出了死人的事,更是担着心来看看。不料,死者正是自己的丈夫,她放声大哭。事后。她问掌柜的买这棺材花了多少钱。掌柜说:"倒是不算贵,用银七两二钱。"

许氏女报奶娘仇

杭州人许某,是个盐商。女儿生下才四十天,忽然浑身红肿而死。五天以后,魂儿附在一个小丫头身上,口中说:"我做你家的女儿,命中不应该死去。实在是因为奶妈不好,自己贪睡,把我放在大厅屋檐阶下,一点不照管,因左邻人家发丧,煞神走过,我挡了路,触犯了他而死。我如今要向奶妈索命。"

她父母听了,伤心地哭着告诉她:"奶妈是海宁人,自从你死后,她已经走了,你怎么向她报仇呢?"女儿说:"去把身契拿来看,就知道她的住处。"许氏夫妇照她的话做了,她看了很久,说:"不敢劳动爹娘,我自己会去找她,只是请烧只纸船给我。"

许家的人把船烧了,小丫头就恢复了正常。后来奶妈是生是死,许某也没派人去打听。

蛊

云南人家家养蛊虫。

传说,蛊是一种由人工培养的毒虫。早在西汉成帝时的顾野王,就在《舆地志》中有如下记载:"江南数郡有畜蛊者,主人行之以杀人,行食饮中,人不觉也。其家绝灭者,则飞游妄走,中之则毙。"

云南人之所以养蛊虫,则认为蛊虫的粪便是金银,养蛊虫可以发大财。

据说,每到天黑之后,养蛊虫的人家就把蛊虫放出来。蛊虫带着电光石火,迅速向四处飞散。其他人家发现了蛊虫,就聚众呐喊,蛊虫马上就会坠落于地,有的化作蛇、有的就变成癞蛤蟆,虽然品类不一,却不能再害人了。如果没人进行干预,蛊虫就要吃人为害了。吃了男人,排出的粪便就是金子;吃了女人,排出的粪便就是银子。当然,大部分受害者是儿童。所以,只要天一黑,人们就争相把小孩子关起来,防止他们受害。

据说,养蛊虫的人家都别具密室,一律由妇女们喂养,取其纯阴之气。只要男人一插手,必然导致失败。

这个故事,是云南总兵华封亲自对我讲的。

鸩人取香火

杭州有个道士名叫廖明,他募捐银钱,塑建圣帝庙的神像。开光那一天,城乡的男男女女蜂拥前来上香。忽然,有一个无赖走来,神气活现地坐在关羽的塑像旁边,指着塑像轻蔑地侮辱谩骂。大家又气恼又担心出事,道士说:"不必管他,听任他干他的,一定会有报应。"一会儿,无赖跌在地上,大叫肚子痛,滚来滚去,七孔流血,最后死去了。

众人大惊,认为是圣帝的威灵。圣帝庙香火大为旺盛,道士因此发了财。过了一年,他的党徒分赃不均,检举了这件罪案:去年无赖侮辱关帝,是道士出钱,叫他这样干。无赖的死,是道士先给无赖喝了毒酒,可是无赖并不知道。有关官吏掘出无赖尸首检查骨头,果然是青黑色。于是判决处死了道士,圣帝庙的香火也衰败下来了。

科场二则

其　一

周学健学士,字勿逸,号力堂,江西新建人。雍正元年(1723),他参加癸卯科江西乡试,考题为"学而优则仕"。周学健提笔为文,文思幽奥。周学健所在这一房的分房考官,是一位姓张的老先生。张先生在阅读周学健试卷的时候,觉得这文章读不成句儿,因此大为恼火儿,一气之下,把这份卷子一阵涂抹,然后批为落榜。

到了晚间,各位房官都归房休息。张先生处于半睡半醒之际,忽然说起胡话来。他自己打自己嘴巴,说道:"这么优雅上乘的文章,你都不识货,还有脸充当一房的考官? 真不要脸!"一边咒骂着自己,手头儿却越打越重。跟随他的仆人以为这位考官老爷中了邪,惊慌失措,急忙把各房考官们请来,帮助料理。

大家把张先生按到床上,劝慰他好好休息,随后就查阅张先生批审过的试卷。大家发现,周学健这份答卷被涂抹得一塌糊涂,而且直批落榜。诸位考官轮番耐着性儿研读这篇文章,不但没读出个道道儿来,反而是似懂非懂。有人就建议说:"既然因此而闹了变故,其中必有缘由。不如把它作为荐卷推荐给主考官,看看它运气怎么样。不知各位意下如何?"各房考官都同意这个提法。

雍正元年癸卯科江西乡试大主考,是官居礼部侍郎的任兰枝先生。任先生阅读了周学健的试卷,大加赞赏,说道:"这可真是一篇天下奇文。恐怕全科的考生之中,没有能冠于其上的!"

这时候,副主考德先生也正在阅卷,他感到疲倦,正在案头上打盹儿。等德先生醒来,有人便向他介绍这份卷子的奇闻,并请他也看一看。德先生问:"是哪个字号?"回答说:"男字第三号。"德先生说:"那就不必看了! 就取他为第一名吧!"众考官都觉得怪道,问德先生有何根据。德先生说:"我刚做了个梦,梦见一位金盔金甲神向我祝贺说:'您三儿子中了第一名举人!'您想想,儿子,不正是个'男'字吗? 三,就是三号。这岂不是上天的旨意? 还有什么可迟疑的?"说完这话,才看试卷。看罢之后,也是大加赞赏。至此,周学健为本科乡试举人第一,就确定无疑了。

填榜之后,那位张先生也清醒过来了。大家问他在梦魇中的所作所为,他竟茫茫然似一无所知。后来,周学健中进士,官至福建巡抚、江南河道总督。

其　二

雍正四年(1726)江南乡试,聘请了江南临近各省科甲出身的官员参与复校工作。这些官员大部分都很年轻,又因为很有才气,也就很自负。其中,有一位官员名叫张垒。若论中科甲的年份,在这伙复校官里属他资格老,因此,他也就以前辈自居。

其实,这位张垒先生既迂腐又呆滞,他的许多行径,让人觉得既可笑又愚蠢,因而,经常把他当作笑柄。比如,每天晚上,他总要焚香磕头,向上苍祷告说:"老天爷明鉴:张垒年长体衰,学业荒疏,实不足委以操文柄之重任。因此,心里总是惴惴不安,唯恐考生中有贤才大能,或祖上有阴德福禄之子弟,被我疏弃了。如果真有这种情形,乞请神明务必从暗中提示,使张垒免造遗贤之罪!"说完这番话,总是拜了又拜。同僚们看了他这副迂腐的傻样儿,又可气,又可笑,就乘机戏弄他。

那天晚上,这位张垒先生正在灯下聚精会神地复阅试卷,同僚们又来捉弄他。他们观察张先生在试卷上将要有所取舍,就用一根事先准备好的又细又长的竹竿儿,隐藏在窗户之外挑他的帽子,挑挑便藏,藏罢又挑。这样反复逗弄了三次,张垒大惊失色,以为真有神明来指教他了,急忙整肃衣冠,向上苍跪拜,祷告说:"下官刚才复阅的那份卷子,实在是文理不通、辞藻欠佳,绝非是下官有意弃置。莫非这名考生祖上有什么阴德,牵带他理应中试? 如果当真如此,求神明再次赐教!"众同僚看着他这副蠢相儿,捂着嘴不敢笑出声儿来。张垒拜罢,又重新坐下来,又看那份卷子。看了半天,连连摇头,又将其批为落榜。那伙同僚忍住笑,又用竹竿儿挑他的帽子。这回,张垒不再跪拜,而是霍然起身,捧着这份卷子,径直奔向大堂,去见大主考。

当时,夜已经深了,正副主考官早已安寝。张垒不顾一切,拼命捶打大门,正吵了正副主考的美梦,人家从心眼儿感到腻味。张垒呈上这份试卷,并反复阐明神明的启示。雍正四年(1726)丙午科江南乡试的主考官是吏部侍郎沈近思[字位山。浙江钱塘人。康熙三十九年(1700)进士]先生。沈先生也无可奈何,硬着头皮把试卷草草看了一遍,说:"这文章作得很好嘛! 录取上榜,绰绰有余,何必非托言于神道?"张垒无言答对,灰溜溜退了出来。那伙同僚们都偷笑,又不敢出声儿。

及至乡试填榜,这份答卷的考生早已在录取之中了。同僚又讲起张垒先生那迂腐愚蠢的作为,不禁哄堂大笑。有人就明告诉他说:"那天晚上,并不是什么神明在启示您,而是我们这伙活神仙在捉弄您!"张垒听了,不以为然,他正颜厉色地说:"这个呀,不是各位捉弄了我,而是各位被鬼神捉弄了!"大伙儿一听,也都信服了。

狸称表兄

六合老梅庵常有狐狸精出没,晚上出来迷人,在窗外叫人的表字,以表兄称呼,人们互相告诫不要回答,它听不到答应声就会自己离去。有个少年人姓夏,在庵里读书。一个有月光的晚上,听见叫他,他当作是人了,就打开窗户答应了一声。只看见一个女子向他招手,面貌长得很丑陋。姓夏的少年想不理她,却被女子抱进房里,拉掉他的裤子,尽力吸他的阳物,精液吸干了才离去。据说这种怪力气很大,自己支配不了自己,而且毛孔里发出腥臭味,凡她经过的地方,都留下臭味,要个把月才能消散。

陆大司马坟

杭州人陆宗楷先生去世后,他儿子陆某为他卜求墓地,听信了风水先生之言,花一千两银子在清波门外买了一块土地,为自己的父亲修建陵墓。可是,刚一破土,就挖出一具棺材来。

这棺材形制宏伟,不像一般人的墓葬。陆某的亲戚朋友们都劝他说:"不要动这具旧棺材了,另换了地方开凿墓穴。"这劝告,遭到了陆某的严词拒绝。他说:"我不惜千金,置下这块风水宝地,就是为了先人安卧,阴德永垂,这棺材里的死鬼能算老儿? 竟敢强占我家风水宝地,我是一寸土也不能让他!"随后,命人挥动锹镐,把那口棺材砸碎,连同遗骨一弃之。

当天夜里,陆某就得了个怪病儿,他发痴发狂,自己打自己嘴巴。口称:"你姑奶奶是前明朝葛老太太。你小子无故抢夺了我的住宅,是不是依仗你爸爸曾是兵部尚书这份儿势力? 你撑着耳朵去打听打听,我儿子在前朝也是官居侍郎!"陆家的人就问:"您儿子是谁?"葛老太太说:"葛寅亮。若论情谊,咱们还是乡亲,若论科名,他还是你爸爸的前辈呢! 你为了安葬你爸爸,把我的遗骨抛弃了。难道你爸爸的在天之灵就心安理得?"

陆太夫人万般无奈,带全家老小哭泣着为儿子求饶,并延请高僧高道,诵经祈祷,超度亡灵。光说烧去的纸钱,就在十万以上。那葛老太太的口气有些松动,似乎有了宽恕之意。忽而,陆某又操着葛寅亮的口气说:"不行! 你们擅自毁了我母亲的坟墓,这罪过是不可原谅的,非要了这小子的命不可!"过了一会儿,陆某又换成陆家本族先祖陆梯霞先生的口吻,从中调节说情,但都无济于事。葛寅亮终于要了陆某人的命。

当陆某被病魔缠身的时候,陆家有一位亲戚,名叫舒十九。舒十九不久前刚刚被选入翰林院任职。这回,他回家探亲,正赶上陆家这当子事。他也从中帮腔,劝葛寅亮说:"人家陆某花钱置地,营葬先人,这合理合法呀,怎么能算抢夺人家墓宅? 真是岂有此理!"葛寅亮也不示弱,借助于陆某之口骂道:"姓舒的,你小子才进了几天翰林院,就晕头转向,认不得东南西北了? 你多嘴多舌,乱进谗言,小心自身难保!"陆某死后几个月,舒十九也暴病而亡。

鬼受禁

上虞知县邢某,与妻子一向不和睦。有一次,他与妻子吵嘴,打了妻子几个嘴巴,妻子发怒,上吊自杀了。三天后,亡妻现形作祟,等邢某与妾一起睡觉时，就吹冷风，把帐子揭开，或者把灯吹灭。邢某大怒，请来了道士画符念咒，把鬼魂禁锢在东厢房，用符封住，上面还盖了官印。从此后，鬼再没出现。

不久，邢某调任钱塘知县。后任上虞知县把厢房打开，鬼得以出来，于是附在一个小丫头身上，像以前一样作祟。后任官对鬼说："夫人与邢公有仇，与小丫头没关系，你为什么要害她？"鬼说："不是我敢害丫头，我只是附在她身上，以便有求于你。"问她有什么要求，鬼说："送我到钱塘邢某处。"上虞知县说："夫人，你为什么不自己去？"鬼回答说："我是枉死之鬼，沿路都有河神拦截，一定要你发文用印才能通过，再求你派两个差役押送。"问她派谁，鬼说派陈贵、滕盛。二人都是已去世的差役。后任上虞知县照她的话做了，把批文焚烧了送她走。

这天，邢某正在寝室里吃晚饭，他的妾忽然倒在地上，大叫说："你太坏了，你把我逼死，又把我关闭在东厢房里挨饿。我如今已回来了，不会与你干休。"从此钱塘县署中日夜不得安宁。邢某没办法，再次请道士作法，加符用印，把鬼关押在钱塘县监狱中。鬼临去时大叫说："你太没良心了！先前把我关在东厢房，还是人住的地方。现在我有什么罪？却把我关在牢里！我一定要对你进行报复。"

不到一个月，监狱里有重犯上吊而死，邢某因此受到弹劾而罢官。邢某十分害怕，决心剃去头发出家做和尚，云游天下。同僚中有人出钱资助他购置用具，还没走就生病死了。

狐鬼入腹

兵部右侍郎李鹤峰先生有个儿子名叫李鹍，字医山，乾隆二十六年（1761）曾在翰林院任职。李鹍有才气，以诗文见长，兼好程朱理学。

有一天晚上，李鹍正在灯下读书，忽然有两位绝色的女子出现在他面前。她们舞眉弄眼，狎谑挑逗，甚至于走上前来动手动脚，极尽蛊惑之能事，李鹍始终不为色欲所动。两位美女施展尽了伎俩，竟然毫无成效，只好悻悻地散去了。

过了一会儿，小童给李鹤送上晚饭来，他吃得很香甜。吃完晚饭，他总是觉着喉头一阵阵发痒。忽而，听见肚子里有人说话："李先生，刚才，我附着于您那盘儿烧茄子上，您已经把我吃进肚子里了。这回，我瞧您还能往哪儿跑？"听那口音，就是饭前着意挑逗他的那个女子。从那以后，李鹤就两眼发直，神情恍惚，如醉如痴。有时候，就无缘无故地自己打自己嘴巴；有时候，外面正下着倾盆大雨，他却头顶一块石板，跪在大雨之中，衣服淋得尽透，恰似落汤鸡，他竟岿然不动，呆若泥胎木偶；有时候，他会跪在随便一个人面前，向人家膜拜顶礼，虔诚至极，犹如面对神明。拉他，他绝不肯起来。可是，他的身体却明显地衰弱，面色焦黄，骨瘦如柴，几乎是难以自持了。而且，这个钻进李鹤肚子里的鬼，还经常借助李鹤之手写字，与外界的人们作问答。

我的同年蒋士铨先生听说了这桩怪事儿，亲自来到李鹤家探望，并质问那个钻进李鹤肚子里的女鬼："听说你的长相还挺俊俏，为什么不来勾搭勾搭我蒋士铨，偏要欺辱李鹤这样的正人君子？"女鬼通过李鹤的手，只写了两个字："无缘！"蒋士铨又问："像你这样的绝代佳人儿，可以称得上是玲珑剔透、一尘不染了，怎么却偏偏要钻进人家的肚子里？这样的肮脏污秽之地，你不觉得有点儿太委屈你的玉体了吗？"女鬼又借李鹤的手写了两个字："下流！"

当时的江西巡抚是吴绍诗[字二南，山东海丰人，官至吏部右侍郎。乾隆三十一年（1766）至三十四年（1769）任江西巡抚]先生。吴先生是李鹤峰的好朋友。他怜悯故人子弟，就把李鹤接到南昌，延请张天师为他劾治。张天师在滕王阁设坛作法，斋戒三天，诵经念咒三天。其后，张天师属下的法官出示召牌，宣布在三天之后，也就是二月五日那天捉拿妖鬼。

三月五日那天，看热闹的人蜂拥而至，川流不息。张天师端坐法坛正中，两位法师分坐两边，威风凛凛。他们命令李鹤跪在法坛下，仰面张口。有一位法师把两个手指探入李鹤嘴里，敏捷地只一挟，就有一只小狐狸被擒拿出来，抛掷在坛下。这只小狐狸只有家猫那么大，它并没有丝毫恐惧之色。一落地，它就慌忙回过头来，面对李鹤的肚子里喊道："我本想替姐姐探探动向，不料被他们捉住了！这没多大关系。姐姐保重，千万别出来！"张天师和法官们这才知道，李鹤肚子里还有一个女鬼。

　　张天师命人把那只小狐狸装入坛子里,盖上封盖,并加了符箓封条,投进了赣江之中。李鹅的精神有所好转,而他肚子里那个女鬼却大闹起来,她叹道:"我和李鹅是上辈子结下的世代冤仇。只因为我难于寻找到他,才请这位小狐仙妹妹来做向导。没想到反而因此害了她,我太对不起她了!为了小狐狸妹妹,我更不能轻饶了李鹅这小子!"李鹅的肚子骤然激烈疼痛。他忍受不住,在地上打起滚儿来。

　　张天师问两位法官:"李翰林还有救儿没有?"一位法官取出透视镜,对准李鹅的肚子照了半天,然后对张天师说:"肚子里是李翰林上辈子结下的冤鬼,而不是什么妖怪。道法可以降妖,但无法降服情意牵缠的冤鬼,法术和符箓也是不起作用的!"

　　张天师只能把这个意思转告吴巡抚。吴巡抚竟也无可奈何,把李鹅送回老家去调养。不久,李鹅果然是一命归天。

怪诈人父

　　举人李玉双家里有个丫鬟名叫春云,有些姿色,年龄十五岁了。李玉双想娶她为小妾,已经与妻子商量妥当了。这天,春云在白天见到屋顶瓦面上有个男子跳下来,拉住她的发髻嗅了嗅,说:"你的头发真香,你将来一定是个大贵人,应当跟随我,不要嫁给你主人。你主人是个穷教书的,虽然中了举,最终不过做个教官罢了。你去和主人说,叫他把你让给我,并且为我准备酒菜,我就入赘你们家。"玉双听后十分气愤,但也拿他没办法。这天晚上,妖怪竟然来与春云成亲。春云求主人准备酒菜,玉双照样做了,家中就日夜安宁,否则就飞砖掷瓦,极不太平。

　　玉双没有办法,与人商议,把这房子托人出卖。玉双在望仙桥施家做教师,不经常在家。这天,商人孙耕文来看房子,敲了敲门,有个穿灰鼠袍的白胡子老头出来开门。他问明孙耕文的来意后,摇摇手说:"这屋子是我祖上传下来的,并不出卖,不要听信我儿子玉双胡言乱语。你们私下做这买卖,将来是要吃官司的。"孙耕文很害怕,忙到玉双处去,告诉他刚才的遭遇,指责他父亲还在儿子不应该自作主张。玉双说:"我父亲已去世十多年了,家里也没有这么个老头。"这才知道被妖怪所捉弄,是妖怪冒充父亲,二人都大笑起来。

从此后,人们都知道这屋有妖怪,房子再也卖不掉了。玉双于是命春云的父母把春云领回去,不问他们要身价。春云毁容剪发,发誓不肯回去。她母亲怕她被妖怪害死,用绳子绑着她放在车子上带回去,另外嫁了个读书人。妖怪最终没跟来。

皂荚下二鬼

　　丹阳县(今江苏丹阳)县城的南门外有个姓吕的人家。吕家的园子里有几棵大皂荚树。每当秋天,皂荚累累,收获之后,给这家带来一笔很可观的收入。因此,每到皂荚结实的季节,吕家父子就轮流到园子里来日夜看守。

　　有一天晚上,月色微明。吕家老头儿正坐在一块石条上看园子。忽然发觉那棵最大的皂荚树下有动静,仔细一瞧,正有一个鬓发蓬松的大脑袋瓜儿从土里慢慢拱出来。老头儿不敢耽误,忙呼喊儿子来捉贼。儿子跑到树下,眼前却有个披头散发的红衣女子拔地而起,并向自己扑来。吕老头儿被吓得昏倒于地,吕家儿子撒腿就跑。红衣女子紧追其后,寸步不让。当女鬼追到屋门口的时候,她正是一脚门里、一脚门外,却像死了似的,僵立不动了。

　　乘这个机会,吕家儿子呼唤家里人,他们各持菜刀棍棒,一拥而上。那女鬼身上却散发出飒飒阴气,谁也不敢接近她。不大工夫,女鬼似乎苏醒过来,她从容不迫地走进屋里,屈身钻到床下,倏地就不见了。

　　这时候,吕家儿子才想起老头儿还晕倒在树下,急忙端了姜汤赶到树下,把老头儿灌救苏醒。吕家儿子断定女鬼必是隐藏于屋里地下。第二天,召集邻里,掘地三尺,果然挖出一口朱木棺材来。打开棺材盖儿,内有一具红衣女尸,和昨天晚上所见的女鬼一模一样。众人把这女尸转移埋葬,也就万事大吉。可是,从那以后,吕氏父子不敢夜间去看守皂荚园了。

过了三天,大皂荚树下又有人昏倒,吕家儿子又用姜汤把昏倒的人救醒过来。这人本是村西的一家街坊,大家都认识。此人醒来之后,惭愧地说:"我看您的皂荚夜间无人看守,就想偷点儿。不料,我刚来到树下,就看见那儿站着个无头鬼。他向我招手,并示意我上树去摘皂荚。我连连后退,他就抢上前来拉住我。吓得我瘫软在地,以后就不省人事了。"

吕家儿子召集街坊四邻,在大皂荚树下挖掘,果然挖出一口黑棺材来。棺里是一具无头男尸,并没有腐烂。大家架起干柴,把这棺材和无头尸一块儿烧掉。从此,皂荚园里安然无事。

中　山　王

江宁布政司公署,原为明代中山王徐家的府第,中有宁安殿,供奉中山王的像。殿中有一张茶几、一把椅子,灰积得厚达几寸,人们照例不敢拂拭。凡拂拭的,就会招灾惹祸。殿中的帐幕与桌帏,都用黄绫制作。

乾隆四十年(1775),某布政使上任的第一天,就去殿中烧香。他心里想,那中山王的爵位虽然贵,但毕竟还是臣子,帏幔用黄颜色似乎超越了本分,于是命人换上红绫。这天晚上,只见殿宇火光照耀,布政使急忙去看,只见一帐一帏都已烧成灰,而几案一点没烧坏,仔细检查,也没有火种,布政使非常恐惧,于是仍用黄绫做了帏幔。

状元不能拔贡

黄轩,字日驾,江南休宁(今安徽休宁)人,乾隆三十六年(1771)状元。

黄轩说:他还是个秀才的时候,历次考试都名列前茅。乾隆三十年(1765)梁瑶峰先生出任江南学政。梁先生很爱惜黄轩的才华,亲口答应要选荐他为拔贡生。但是,到了临场府试的时候,黄轩却头晕目眩,手里拿不住笔,哆里哆嗦,一个字也写不成。

梁瑶峰先生没办法,只好选取黄轩的同乡、秀才吴鹤龄为拔贡生,补齐了这贡生的名额。等到考试结束,榜也发了,黄轩的病也好了,就像命运在成心和他作对一样。

黄轩从此心灰意冷,以为自己在仕途上已经没有多大希望了,顶多能做个州县同知,或是判官教谕一类的副职,也就算到头儿了。没想到,三年之后,他竟然在乡试、会试、廷试上连连告捷,一举成了头名状元。

而他那位同乡吴鹤龄,却远走江苏溧水县,当了一名教书先生。后来得了伤寒病,客死他乡,终身是个贡生。

谨　权　量

方敏恳公代理直隶按察使时,饶阳有个老百姓的妻子因为反抗他人强奸而被杀。嫌疑犯周秋,十分狡猾奸诈,不肯承认,已经有两年了,还定不了案。

方公读这份案卷,一直读到三更已尽,坐着打瞌睡,梦见一个人拿着张白纸,下端宽,上端窄,缺左角,中间有个方洞,洞下有"谨权量"三个字。方公醒后细细思考，"周"字下宽左缺，而"谨权量"三个字都是"土"字在下，把"土"字移在方洞之上，就成了个"周"字，且《月令》中"谨权量"三字是说秋天的政令，凶手是周秋毫无疑问了。于是审讯周秋，果然不错。

这件事记载于方公的行状中。

拘　忌

礼部侍郎塞楞额先生，性情拘谨而多有忌讳。

每当他从别人的谈话中听到"死"、"丧"这样的字眼儿之后，都要竭尽全力打几个喷嚏，把这些晦气从自己身上驱逐出去。如果塞先生走在路上，正好撞上出殡的队伍，那可就太丧气了！塞楞额先生必然会跑到就近的那一位亲戚或朋友家里，脱下自己的衣帽，着着实实地拍打一阵。他认为，这么一来，就把自身带来的丧气和晦气扑散在别人家里，与自己就毫无干系了。

另一个故事说，著名医家薛一瓢经常到李侍郎家去，给这位侍郎看病。有一天，薛一瓢清晨进入李府，直到过午后才走出李家门。有人就问薛一瓢："他患什么病，竟看了多半天的工夫？"薛一瓢说，这位侍郎始终是脸儿朝东，背对着客人而坐。如果需要他活动活动，也是由两位公子搀扶着，倒退着走，绝不肯转过身子来。在整个诊病过程中，薛一瓢问一句，他就答一句，绝对不肯回过头来看一眼。薛一瓢对此也是大惑不解。他疑心这位侍郎老爷脸上有什么难瞧的征候，所以不愿意见人。

薛一瓢看完病，来到外堂，就私下里向侍郎的仆从打听："侍郎老爷脸上有什么毛病？为什么不肯见人？"仆从说："主人面貌丰满，没有什么见不得人的恶疾。风水先生告诉他说，今天喜神的方位在东，他不忍心背对喜神，所以不肯转过身儿来；又因今天辰、巳两个时辰已有冲，所以，一直回避到午时，才肯出来请您看病。"

奇　术

康熙年间,有个成其范,善于根据风的情况推测吉凶。三藩之乱时,成其范担任中书令,即使千里以外战争的事,他每天上奏,都推测得非常准确,因此升官,做到理藩院侍郎。

有次,成其范到东华门张参领家去,已经坐定了,忽然把帽子及衣带放在案几上,对张参领说:“我肚子痛,要上厕所。”出门叫来他的轿夫,飞也似的赶回去。轿夫问他发生了什么事,成其范摇摇手说:“我与你们三个人都是今天该遭劫的人,我不敢不到,所以留下衣带帽子压制它。”话没说完,东华门火药局起火,延烧几十家人家,张参领家被烧成灰。

又有个计小堂,因为妖言惑众,被判充军黑龙江。一天,住宿在旅馆里,饭桌很窄小,三个解差不能同时坐下吃饭。小堂用手扯饭桌,顷刻间桌子长了三尺。有个解差说:“你就因为这个犯了法,尚且不思悔改,还卖弄法术吗?”小堂大怒,站起身来,把解差所骑的马塞进墙里,只留下一根马尾巴在墙外面摇摆。解差只好哀求他,他才拉着马尾巴把马拽了出来。

小堂到了发配的地方,与某将军交情不错。有一天,小堂忽到将军那儿去,哭着说:“我们的缘分已尽,不知道什么时候才能再见。”说完,挥手告别。将军挽留他,没能留住,只见他缓缓升上天空,渐渐远去。将军急忙到帐篷中去看,小堂已经死了。

狐仙自缢

金陵评事街张家大院儿里的西楼,原本是一座藏书楼。后来,有个女人在这楼里上吊而死,因而就闹起鬼来。从此楼门紧锁,就没人敢去住了。

有一天,一位穿着华贵、书生模样的年轻人登门造访,向张家主人借屋居住。主人苦着脸说:"鄙族兄弟众多,子孙兴旺,已是没有空闲之屋可供借住,还请先生多多见谅!"那年轻书生听了这话,脸上立刻带出几分怒意,说道:"您既然舍不得把房子借给我住,我也自会来住。到那时候,我若是有所冒犯,您可别后悔!"张家主人一听他这话口儿,就知道他是个狐仙儿,连忙改口说:"不是我成心不借给您,只怕您不满意。西边那三间藏书楼倒是闲着,长年没人住,萧条又零乱。您若是不嫌弃,就到那儿去住?"

张家主人嘴里这么说,心里想的是另一个套路:那书楼上不是闹鬼吗?让狐仙儿住进去跟鬼斗,万一能把鬼驱逐出去,岂不更好?他们若是闹个两败俱伤,那可真是事半功倍了。

那位年轻书生听了张家主人的话,顿时转怒为喜,向主人作揖致谢,然后匆匆离去。张家主人则命人把书楼的房门打开,草草地洒扫了一番,以待客人。

从第二天开始,就听见书楼上有欢声笑语,间或还能听见女子咯咯的笑声。主人知道,这是狐仙儿已经住进去了,时不时地就备些酒食,差人送到楼门口,供狐仙儿享用。可是,没过去半拉月工夫,那西楼里却忽然变得寂静无声了。等了几天,依然不见动静。张家主人沉不住气了,亲自带人奔到书楼上去观察。

一进门儿,他们就大吃一惊,一只黄狐狸吊死在房梁上,地上还有一只被蹬倒了的木凳,和人寻死上吊时的模式完全一样。张家主人只落得一张狐狸皮,又把藏书楼的房门重新紧锁。

高 白 云

四川人高辰,号白云,是辛未科进士,选入翰林院。他擅长天文占验之类的学问,曾经在岳大将军家做教师。

后来,他任娄县知县,观察星象,知道山东一带不太平,不久果然有王伦起义事。

高辰没考取进士时,曾经扶乩向乩仙询问终身,乩仙判了两句诗说:"少时志业蛟潜壑,老去功名凤峙冈。"高辰不能理解。后来他由祠部主事升任凤阳府同知,还没到任就去世了。

他儿子把灵柩运回去,经过南京,暂时停放在仪凤门外,这才明白乩仙第二句诗的含义。

梁观察梦应

观察史梁兆榜先生,广东鹤山人。他是乾隆十六年(1751)辛未科三甲第八名进士。

梁兆榜先生的家族中有一位长辈,素日喜奉神佛。后来,这位长辈的夫人身怀有孕,还做了个梦,梦见观音大士对她说:"你生了儿子以后,应该给他取名叫兆榜,将来是三甲第八名进士,是个前途无量的人。"这位夫人一兴奋,就从梦中惊醒。

不久,这位夫人临蓐分娩,果然生了个儿子。夫妇二人自是喜出望外,就给这孩子取名叫梁兆榜。这孩子刚满十二岁,这位长辈就迫不及待地花费若干银两,给他捐了个监生,为他以后的仕途铺平了道路,专等他到科场上去一显身手了。

可是,事与愿违。这孩子越长大了就越显得没出息,顽劣愚笨,不爱读书。虽然专门为他聘请了馆师,精心教导了好几年,还是毫无长进,识不了几个字。这么一来,他那监生的身份,就等于白搭了。这位长辈无奈,就把这监生的身份让给了他一位本族侄子,教他用梁兆榜监生之名,去参加科考。这位侄子果然不负众望,在乾隆十五年(1750)庚午科广东乡试和乾隆十六年(1751)辛未科会试上连捷,一举成为进士。他就是我们现在所说的梁兆榜先生。

梁兆榜的会试房师,是侍郎双先生。在将要举行殿试之时,房师双先生想送一份荐书给殿试读卷官,对梁兆榜加以保荐。梁兆榜却婉言辞谢,说道:"门生的先人早有梦兆,注定了学生中三甲第八名进士。若是强争为殿试前列,唯恐是人力难以谋求,还是恳请恩师谨收成命为好!"双先生听了梁兆榜这话,不禁失笑,觉得梦幻无凭,是决不可轻信的。

及至发榜,梁兆榜却名列二甲第六十八名进士。双侍郎就更笑梁兆榜说梦的荒诞了。这时候,就连梁兆榜本人也发生了动摇,认为梦幻确实是不足信的。

这一科,进呈皇上御览的卷子共有十份。原定一甲第一名进士(状元)为某相国(大学士,清代以官至大学士为拜相)之子,皇上御批:改拨杭州吴鸿为状元。皇上又嫌二甲取八十名显得过多,拨二甲后二十名进士列入三甲。这么一来,梁兆榜就成为三甲第八名进士了。

双侍郎看了这个结果,不禁叹道:"《易经》说:'圣人先天而天不违。'这话真令人信服啊!"

大 胞 人

乾隆三十七年(1772)二月间,我经过江宁县衙门前,看见路边有个男子在爬,年龄四十多岁,有胡子,身体与面部都很小,背上隆起一座肉山,高过头顶,黄黄的,胀鼓鼓的,不知是什么东西。我细细一看,这东西有个小洞,四周都是毛,才知道是阴囊。囊是他身体的两倍,他拖着走,居然不死。他就这样一路乞讨。

钱文敏公梦辛稼轩而生

钱维成先生,字幼安,号稼轩,江南武进(今江苏武进)人。钱先生最初曾取名钱辛来,后来改称现在的名号,这是有其原因的。

当年,钱太夫人有孕,梦中见南宋大词人辛弃疾(字幼安,号稼轩)来访。所以,在钱先生出生之后,给他取的字、号都与这位大词人相同,作为对梦谶的怀念。

乾隆十年(1745),适逢乙丑科会试之年。在会试之前四个月,钱维成先生也做了个奇怪的梦,他梦见天朝会试发榜,状元似乎是个姓李的人,名字已经记不太清楚了,钱先生本人中一甲第三名,是个探花,榜眼的位置空着,不著姓名。

等到会试真的发榜,钱维成先生却中了状元。那位梦榜状元李某人却名列二甲,放外任当了知县。

后来,钱维成先生官至刑部侍郎,谢世后赐谥文敏。这种梦幻与现实的差距,也令人不可理解。

鬼入人腹

举人焦某的妻子金氏,一次见门口有算命的盲人经过,就请他进来算命。盲人算金氏以前的事都很准确,金氏就送了他些钱米打发他走了。这天晚上,金氏肚子里有人说话道:"我师父走了,我借娘子的肚子姑且住几天。"焦家的人怀疑这是算命的蓄养的鬼魂,就问他:"你是灵哥儿吗?"回答说:"我不是灵哥,我是灵姐。师父命我住在你肚子里作怪,敲诈钱财。"说完就捻动金氏的肠肺,金氏痛得无法忍受。

焦举人于是千方百计去寻找那个算命的,过了几天才在路上碰上了。把他请回家,答应赶走鬼后送他一百两银子。算命的答应了,叫道:"二姑快点出来!"这样叫了两遍,金氏肚子里应声说:"二姑不出来了。二姑前生姓张,是某家人家的小妾,被正妻虐待凌辱而死,正妻转世后就是现在的金氏。我之所以投靠师父做供你驱使的小鬼,正是为了报这个仇。如今既然已进入她肚子里,不取她性命绝不出来。"算命的大惊,说:"既然是前世冤孽,我没办法救了。"于是逃走了。

焦举人在家里悬挂符箓,祈拜北斗,鬼还是赶不走。请医生来看,有的医生来，腹中会说："这是个庸医，药也没有用，让它喝入喉内。"有的医生来，便说："这是个良医，药恐怕对我不利。"便扼紧金氏的喉咙，使她把药都吐完了才放手。又说："你们好好求我，我就放宽些，如果用法术等治我，我先咬她的心肺。"在这以后，每当听到要请僧道来，金氏便如同万刀刺心，痛得在地上打滚哀叫。鬼说："你受我这样折磨，却不自己寻个短见，为什么把性命看得这么重？"焦举人是侍郎彭芸楣的学生，彭听说这事后，想上奏朝廷杀算命的盲人，但焦举人不想声张，求他不要管这事，金氏气息奄奄几乎要死了。这是乾隆四十六年（1781）夏天发生的事。

牛 僵 尸

江宁县的铜井村，有位农民家里养了一头母牛。在十几个年头儿里，这头母牛连续产下了二十八头小牛犊，这位农民从中获利匪浅。后来，这头母牛年老力衰，不能拉车也不能耕地了。屠户们纷纷上门，要求收买这头老母牛。农民念惜母牛一辈子劳动生育，对自己恩惠不浅，不忍心将它付诸屠宰，就分派他那小儿子专心放牧喂养，直到老母牛病死，才挖了个土坑，把它埋葬了。

可是，从那以后，每到夜里，农民都能听到撞击院门的声音。最初，农民根本想不到会是这头老母牛出而作怪。过了一个多月，撞门的声音越来越猛烈，还伴有哞哞的吼叫和踢踢踏踏的牛蹄声，全村人都怀疑是这头死去的老母牛在作怪。

这位农民不信是那老母牛作怪，就把埋牛的土坑挖开来，请乡亲们来观看。

那老母牛的尸体并未腐烂，它两眼圆睁，炯炯有光；四个牛蹄子上都沾有稻芒，显然是夜间曾经破土而出。农民大怒，举刀先砍断了四条牛腿，又把它的腹腔剖开，塞了满满的一肚子粪土，又原封儿把土埋上了。

此后，夜间村儿里寂静无事，没有任何干扰。这位农民却还不放心，又把土坑挖开来查看，那母牛已经完全腐烂了。

袁州府署大树

江西袁州府公署的后花园有棵大树，高十多丈。每到晚上，树顶上就悬挂着两盏红灯。如有人走前去看，就会有泥沙朝你抛来，春夏天就会掉蜈蚣蛇蝎一类毒虫，人们因此不敢轻慢它。

乾隆年间，有个姓敏的来做知府，看不惯这妖异现象，找来了几个木匠，命他们用刀斧把树砍了。他的幕僚与妻子，个个劝阻他，可他不听，亲自坐在交椅上，监督砍伐。忽然从树上飞下来一张白纸，上面有几行字，落入敏知府怀中。知府拿出来一看，脸色变了，马上站起来，挥手把木匠遣散了。到如今那棵大树还在，只是最终不知道那张纸上写些什么，知府也始终不肯告诉别人。

燧人钻火树

四川省苗族人居住的地区，确实有不少人迹罕到的地方。那里古木参天，遮天蔽日，绵延数百里。有的古树径阔十围，高近千丈，非常壮观。

邛州（今四川邛崃县）人杨某，奉命进山采伐贡木，以供宫廷建筑之用。一次，他亲临现场和伐木工们一起勘察确定采伐对象。他们发现了一棵极高大的楠木，它的上中层枝叶互相扭曲盘结，形成龙和凤的图案，加之它躯干粗实挺拔，是绝好的栋梁之材。杨某决定，就砍伐这棵楠木。

当工人们就要开斧动锯的时候，忽然云升西北，风雷大作，鸡蛋大小的冰雹倾泻而下，砸得那伙伐木工们抱头鼠窜，纷纷躲避起来。风雨过后,就没有敢去砍伐那棵大楠木的了。作为督工的杨某也感到不妙,只好鸣锣收兵了。

当天夜里,邛州刺史就做了个梦。一位古衣古冠的人来到他面前,向他拱手为礼,并自我介绍说:"我就是燧人皇帝用来钻木取火的那棵古树,特来拜见刺史先生。自从盘古开天辟地之后,伏羲、神农、燧人三帝相继掌权,相延一万多年。可是那时候,天下只有水而没有火,所以,当时可以说是阴阳五行不全。我怜悯人世间的君民们还都过着茹毛饮血的日子,不惜舍身下界,化作这棵大楠树,供燧人皇帝钻木取火之用,让世人也尝尝熟食的美味,并身体力行,让他先从我的根部钻起。我身上至今还留有被钻被烧的伤痕,这足以证明我所付出的代价与牺牲。我对人类有如此重大的贡献,难道您竟忍心下令,把我锯倒?"

邛州刺史说:"您讲得很有道理。不过,恕我直言,神明有神明的功劳,也有神明的过错。这也是不容讳言的。"树神问道:"我有什么过错?"邛州刺史说:"凡是生吃的食物,其中不带有烟火气,入得肠胃就免遭污染,因此也就不生病,还可以延年益寿。自从世界上有了火,则水火相济,人们开始吃熟食,疾病也就接踵而至了。小的落个疮痔,痛苦不堪;大的闹个痰瘫,有的就因此丧了性命。这些病,都是由于火气熏蒸而成。这才引起神农氏的重视,他遍尝百草,采集、选择相应的药物,来医治百姓的疾苦。由此可见,生活在燧人皇帝之前的臣民们,本来是无病可治的。自从吃熟食之后,不但爱得病,寿命也相应地缩短了。这难道不是神明的过错?再说,下官是奉当今皇上的圣命来采伐木材,若得不到特大而适用的木材,是交不了差的。我又有什么办法?"楠木神说:"您这番话倒也有一定的道理。不过呢,我既然是与天地同生,就得允许我与天地同尽。现在,天地尚然不灭,怎么能动手来砍伐我?不过,那林子里还有三棵大树,是我的重孙子。它们高大繁茂,可以遮十阵之兵。您把它们砍伐了,足以交差。我这三个重孙当中,有两棵性情恭顺,您只消祭祀一番,就可以砍伐;最小的那个性情倔强,脾气很大,不大顺服,我得亲自去说服他。"

第二天,邛州刺史遵照楠木神的指点,先在森林里举行了隆重的祭祀仪式,然后开锯砍伐。三棵楠木顺利地被伐倒,没有发生任何故障。接着,就把木材运到河边上,捆绑联排,顺流而下,运往内地。

木材顺流出了山区,正在行驶,忽而江面上狂风大作,白浪滔天。那根较小的木材终于挣脱了捆绳,失去了控制,独自向江心滚去。虽经千百个纤夫拼命拉拽,终于无济于事,眼瞧着它淹没于滚滚的洪流巨浪之中。

鬼怕冷淡

扬州人罗两峰说自己能看见鬼,每当太阳下山时,满路都是鬼,富贵人家门口尤其多。鬼的身材大致比人矮了几尺,面目看得不很清楚,只看见黑气几段,在路旁走,或斜倚着站立,嘴里低声说着话。鬼喜欢暖和,在人多的地方他们就聚在一起居住,像牧民选择水草多的地方放牧一样。

扬子云曾经说过:"地位尊贵的人家,鬼就会窥探他的屋子。"这句话很有道理。遇到墙壁窗板,都直接穿过去,不觉得有阻碍。鬼与人各不相关,互相之间也完全没有妨碍。如果鬼显示出它的面目,就是报冤的鬼在作祟。贫穷破落的人家,鬼往来也很少,这是因为穷人家气衰地寒,鬼不能习惯这样冷淡的环境。谚语说"穷得鬼都不上门",真是这样。

鬼避人如人避烟

罗两峰又说,鬼躲避人的时候那股劲头儿,就和人在躲避烟雾一样。这是因为那烟气又呛又令人讨厌,鬼并没意识到是碰见了人而要躲避。

有时候,鬼往往被急匆匆行走的人横穿而过。这时候,鬼的身体就会被破碎成好几段,呈现出四分五裂的状态。不过,大约经过喝完一杯热茶的工夫,鬼的躯体还会逐渐凑合到一起来,组成一个完整的身体。看起来,这个组合过程进行得非常艰苦。

卖 蒜 叟

南阳县有个杨二相公,精通拳击,能够用双肩把粮船背起来。几百名旗丁用竹篙戳他,结果凡是竹篙触到他的地方,都一寸寸地折断。因此,杨二相公一时名声大震。

他率领徒弟,在常州教人习武。每逢到演武场传授枪棒武艺的时候,围观的人像一堵墙一样。

有一天,有个卖蒜老人,老态龙钟,腰弯背驼,不停地咳嗽,在旁边看演武,很不以为然地嘲笑杨二。众人大惊,连忙去报告杨二。

杨二大为愤怒,把老人叫到跟前,一拳打在砖墙上,陷进去一尺多,他很神气地问道:"老头子,你能这样吗?"老人说:"你只能打墙,不能打人。"杨二更愤怒了,骂道:"老东西,你能受我打吗? 打死了,不要埋怨!"老人笑着说:"人老了,到了快死的岁数,能够用一条命,来成就你的英名,就是死了还有什么可埋怨的呢?"于是邀请许多人作证,写下誓言。

杨二休养三天后,老人把自己缚在树上,解开衣服,露出腹部。杨二为了助势,特地从十步以外冲上来,再挥拳猛击。老人一声不响,只见杨二双膝跪下,磕着头说:"晚生知罪了!"说着,想要拔出自己的拳头,却已经夹在老人的腹部,硬是拔不出来。杨二哀求了很久,老人才鼓起肚子,松开杨二的拳头,杨二一下子被远远地弹到一座石桥之外了。

然后,老人慢慢地背起蒜走回去,就是不肯告诉别人他叫什么名字。

借棺为车

绍兴人张元公,在苏州开布行,请了个姓孙的伙计。孙某是陕西人,为人诚恳谨慎,而且很勤快。他所经营的买卖都获得厚利,所以与行主关系很融洽。三五年中,孙某替张元公挣来家财十万。

孙某多次要求回家,张元公硬是挽留他,不让走。孙某生气地说:"假如我死了,也不放我回家吗?"张元公笑着说:"当真你死了,那我一定亲自送你回家。走三四千里路,我也不怕劳累。"

又过了一年,孙某果然病重,张元公到病床前问他,对身后事的料理有什么要求。孙某说:"我家在陕西长安县钟楼的旁边,有两个儿子在家里。如果你念及我们的老交情,请将我的棺材送回去交给他们。"说完就断气了。张元公大哭,非常后悔从前硬留着人家不放,实在是太过分了;又想到自己的十万家财,全靠了他的大力帮助,怎么可以说话不算数,不把他的灵柩送回家呢? 于是,就准备了一千两银子做丧礼的赠金,亲自护送棺材到长安去。

到了长安,敲开孙家的门,孙某的大儿子出来见面。张元公告诉他父亲病故的经过,并且流下了眼泪。可是孙某的大儿子却泰然自若,只是吩咐家人说:"老爷子的棺材已经运回家了,就放在大厅的旁边吧。"说话时,既没有悲哀的表情,也不换穿丧服,张元公惊讶得说不出话来。过了一会儿,小儿子走出来,向张元公说了几句表示感谢的话,也神色自然,好像没事一样。张元公认为这两个儿子真不是人,难道孙某这样的好人,却生了两个禽兽一样的儿子吗?

正在惊讶感叹的时候,听到他们的母亲在里面喊道:"行主老远来到,难道不饿吗? 我的酒菜已经准备好了,可惜没有人陪坐,怎么办呢?"两个儿子说:"行主张先生,是长辈,我们晚辈不敢陪坐。"他们的母亲说:"那么非你们的死老头子不可了!"

老太婆吩咐两个儿子摆好酒席之后,自己拿着大斧头走出来,一边劈棺材,一边骂道:"已经到家了,何必还假痴呆,装死相!"死人一边大笑,一边掀开棺材盖儿站了起来,向张元公行礼表示感谢说:"你真是古道热肠的人啊! 把我送回家,不因为我的'死'而自食其言。"张元公问他,为什么要耍这个圈套? 孙某说:"我不'死',你肯放我回家吗? 再说,乘车骑马太劳累了,不如躺在棺材里舒服!"张元公说:"你既然病好了,何不再同我去苏州?"他说:"你的命中注定只能拥有十万家财,我即使再去,也不能帮你增加财产了。"

于是,孙某留张元公住了三天,两人才分别。张元公始终不知道孙某究竟是个怎么样的人。

孙 伊 仲

常州孙文介公的玄孙孙伊仲,有次去江阴本籍应试,船停泊在郊野。天色渐渐暗了下来,他上岸散步,路旁有个穿戴古人衣冠的人,问他到哪里去,孙伊仲回答去应试。那人感叹说:"功名富贵难道可以袭取吗? 水的源、树的根难道可以断绝吗? 这一点也不知道,还去应试干什么!"说完就不见了。

伊仲恍恍惚惚像做梦一样,回到船上,不想去参加考试了。同伴们都劝他去,他没办法,仍然到了江阴。在江阴,他患了疟疾,病得很厉害。发高热时,见到那个穿戴古人衣冠的人又来了,说:"你没父亲,我没儿子,风雨霜露,哀哉伤心。"

伊仲很惊恐,立即雇船回家,把那人的话告诉族里的人,这才知道文介公本来没有儿子,过继同族的人为儿子。后来他家的子孙,都是这过继的儿子所生,但这继子的墓迷失很久了。

赵恭毅公的孙子任刑部郎中,他帮助孙伊仲寻访,得知墓被一家姓沈的占了,就资助孙伊仲钱,与沈家商量,赎了回来。这是乾隆四十三年(1778)的事。

卷十五

姚端恪公遇剑仙

清初桐城人姚端恪公做刑部尚书时，有个山西人，因为犯了谋杀罪，将要定刑。犯人家用十万两银子贿赂端恪公的弟弟文燕，求他说情，从宽处理。文燕答应了，但又畏惧端恪公方正，不敢去说，希图或许从宽处理，他则作为自己的功劳。

一天晚上，姚公在灯下判案，忽然有个男子手拿匕首从梁上跳下来。姚公问："你是刺客吗？你来干什么？"那人说："为了山西人某而来。"姚公说："这人依法不当从宽，如果宽赦了他，就大大违背了国家的法规，我没有脸站立在朝堂上了，不如一死。"又用手指着头颈说："你杀吧！"刺客说："你不同意宽免，那么为什么你弟弟接受了钱？"姚公说："我不知道。"刺客说："我也料到你不知道这事。"说完，飞身而出，只听见屋顶瓦上有一阵风扫落叶般的响声。

这时候，文燕正好离开京城，去外地任知州。姚公急忙派人去告诉他这件事。哪知文燕刚到德州，就在车中失去了头颅。据家人报告："主人住在客店，吃完早饭，上了车，行了几里路，忽然大叫风很冷，我们急忙送上棉衣。一看，他的头不见了，满车鲜血淋漓。"姚公有题刑部白云亭的联语："常觉胸中生意满，须知世上苦人多。"

吴 髯

扬州人吴行九，在家族兄弟中排行在九，又因为他生有一脸非常浓重的胡须,人称吴九胡子。吴九是个大盐商的儿子,家境富庶。二十岁那年,广东布政使招吴九为女婿。他动身到广东去成亲,乘船南下。

　　船行到江西滕王阁附近,泊岸休息。大白天的,就有一个解差模样的人,携同一个女子来到船上。那女子劈头就对吴九胡子说:"好啊!我找你整整找了三世,今儿个才得见着你。这回,我瞧你还往哪儿跑!"吴九胡子被她说得茫然不知所措,说:"我没见过你呀?你说的是什么意思?"从此,这一男一女就忽隐忽现,吴九的家人和奴仆们就认定是冤鬼找上门来了。他们听人说笤帚可以避邪,就不断地用笤帚扑打这一男一女出没的地方,但也无济于事。从那时起,吴九胡子的语言和行动就开始反常,精神上也颠三倒四的。

　　这两个鬼从江西一直闹到广东。结婚那天,女鬼抢先占领了洞房,要与新娘子争个高低。只有吴九胡子和新娘子才能听见女鬼说话。

　　这个女鬼说:"我原本是湖北汉阳的一位年轻寡妇,不期与这个吴九邂逅,一见钟情,竟然和他勾搭上了。我们混得如胶似漆,难舍难分,他又答应娶我为妻。我对他无比信任,拿出我的全部积蓄共一万两银子,给他做资本。他用这些钱在苏州置下房产。并开了一家绸布店,因而发了大财。本来我们约定,他第二年就来娶我。没料到,一万两银子到手之后,他一去五年,一点儿音信也没有。我这才知道是上当受骗了,人财两空,一气之下就上吊身死。到了黄泉之下,我哭诉我的不幸遭遇。汉阳城隍行函苏州城隍爷,请他代查我的冤枉。苏州城隍爷在回文中批复:'此人已死,且已转轮托生于湖南。'于是,我追踪到湖南,投诉于湖南城隍。湖南城隍爷答复说:'此人已死,并已转轮托生于扬州。'我又追到扬州,他却又起程,到广东来完婚了。我一口气儿追到了江西的滕王阁下,才得以与他见面,一起来到广东。今天,是他成亲的大喜日子,这事儿,我不能阻挡。不过嘛,我得和新娘子一样,享受同样的乐趣!"

　　新娘子听了女鬼这番话,吓得要死,急忙找他爸爸布政使老爷拿主意。没想到,这位布政老爷竟也无可奈何,只命人给这位女鬼虚设了个少夫人的牌位,女鬼才算安顿下来。可是,那个随行的鬼差又大闹起来,吵吵嚷嚷着索要酒肉。不得已,又另设宴招待鬼差,这才彻底平静下来。

婚后一个月，吴九胡子带着新婚之妻返回扬州。女鬼和鬼差也随之而行，水行乘船，陆行乘车，形影不离。

在扬州的士人当中，吴九胡子夫妇身边有女鬼和鬼差的传说已经广为人知，但是，他们不大相信这是事实。所以，在吴九胡子夫妇抵达扬州那天，看稀罕的人填街塞巷，盛况空前。人们果然看到有四顶轿子鱼贯进城，前两顶轿子的确是空的。而抬轿的轿夫都承认空轿子和坐着人一样有分量。这事儿一时成为扬州第一大奇闻。好事儿的文人还以此为素材，写成《再生缘》杂剧，到处公演。

半个月之后，新娘子与女鬼达成协议：新娘子出资，在琼花观作七天道场，超度亡灵，并焚烧银纸锭十万，作为对吴九胡子前生所欠债务的偿还。女鬼则答应自动离去。

当时，那个鬼差已经先期离去了。所以，在做道场的时候，只在西殿的侧面立了女鬼的牌位，吴九胡子夫妻每天设宴，亲自祭拜。道场做到第七天，忽然天降大雨。吴九胡子派家人去送祭品，由于泥泞路滑，半路上跌了个跟头，把供品沾上了泥污。女鬼抓住这个借口，大闹不止，声言协议无效，自己也不走了，气得那吴九胡子把送祭品的家人狠狠地打了一顿。吴九之妻又答应把道场延长到九天，女鬼这才向吴九之妻致谢，又对吴九胡子说："看在你媳妇的面上，我先离开这地方。十年之后，我还是得要你的命！"

吴九胡子想到以后的日子，心里很害怕，甘愿舍身于城隍庙，做城隍爷的杂役。十年之后，他大白天一觉睡去，竟然永远没醒过来。时至今日，扬州城里还流传着吴九胡子曾经为城隍爷当差的故事。

麻　林

跟班麻林与李二是好朋友，李二因贫穷而死，但麻林家中较富足。一天晚上，麻林梦见李二爬上他的床，责备他说："我和你往常兄弟间交情极深，如今我死了，没有子孙，你不拿只猪蹄来祭我的坟墓，怎么这么忍心啊?"麻林连连答应照办,李二起身出门去了。

　　然而,麻林仍然觉得胸腹间有东西压着,怀疑李二阴魂未散,急忙起身一看,原来是只小猪压在被上,撒了一床的屎尿。他这才知道李二的魂是附在这猪身上来的,心中省悟过来,就绑了小猪卖了,得了二千文钱,买了酒肉,亲自上李二的坟前祭祀。

鹤静先生

　　厉樊谢先生在没中举之前,和周穆门等人交游甚广。那时候,他们经常在一起扶乩请仙。这与其说是一种信仰,倒不如说是一种娱乐和游戏。

　　有一天,乩仙降坛,挥乩笔写道:"我乃鹤静先生是也。平生雅好吟诵,因此,愿与诸君结为诗文之友,共抒雅怀。诸位若有小小不言、无关大体的吉凶卜算,只要是我知道的,一定效劳,毫无保留,至于那些关系到江山社稷、民族危亡的大事,诸位最好是别问我,我就是知道,也不敢预告给大家。"从那以后,无论是杭州久旱不雨,还是雨涝求晴,无论是疟疾瘟疫,还是医疗卜巫,这位鹤静先生都能指示出具体的时辰,或开出相应的药方,大都很是灵验。但是,提的问题只要一涉及国家大事、政局安危,他可就伏笔而不动了。

　　大家请乩下坛的时候,只需在纸上写"鹤静先生"四个字,举在空中焚烧了,乩仙立刻就会来到。鹤静先生经常与大家诗词唱和,雅兴甚高。他的诗风清新华丽,才气纵横。只用一个"雁"字韵,就可以成诗六十余首,真是个天下奇才!

　　厉樊谢、周穆门等文人学士,与这位鹤静先生交往一年多,这些人就有了个强烈欲望,请求与鹤静先生见上一面,鹤静先生却拒而不许。在众文士的一再恳求之下,鹤静先生挥乩笔写道:"请诸位明天到孤山放鹤亭(在浙江杭县孤山北)相候。"

　　第二天,众文士泛舟西湖,耐心等待。但是,直至太阳偏西,依然是一无所见。大家心中惶然,疑心是被乩仙诓骗了。正要返棹回程,忽听得半空中一声长啸。顿时阴风四起,萧萧飒飒。只见一位身材魁伟的官员出现在面前,他头戴乌纱帽,身穿大红袍,长髯盈尺,飘拂胸前。却是用长帛数尺,自挂于孤山的石牌楼之上。众文士惊骇不已,他的形象却一闪即逝了。

众文士议论说:这位鹤静先生,一定是明朝一位忠烈殉节之臣,可惜没来得及问清他的真实姓名。从那儿以后,无论再怎样恳请,鹤静先生不再在乩坛上露面儿了。

门尸无故自开

孙叶飞先生任云南五华书院山长。这年的正月十三日,院门无缘无故地自己打开,门枢及门限都脱落了,他觉得很奇怪。

第二天,城里纷纷传说家家户户的门,昨晚都无缘无故地自己打开,不知是什么妖异。

等了一个多月,大人小孩个个平安,什么事也没发生。

黄陵玄鹤

黄帝陵在陕西黄陵县西北的桥山上。

每到初一、十五,就有一对乌黑的仙鹤在黄陵上空翱翔飞舞,悠扬地鸣叫,随后又降落在黄陵周围,蹒跚踱步,流连忘返。传说,这是一对上古之鸟。

乾隆初年,人们就发现有两只小仙鹤与这对老仙鹤同飞同行,它们的羽毛也是一色乌黑,与那对老仙鹤一模一样,大家都说这是它们孵育的子女。

不久,黄陵上空出现了一只凶猛的老雕。老雕不断地欺凌小仙鹤,用那铁一样的翅膀抽打它们。小仙鹤被打伤,躺倒在黄陵的土地上。两只老仙鹤急红了眼,与老雕在空中展开了一场恶战。

但是,仙鹤毕竟不是老雕的对手,战来战去,它们筋疲力尽,将要丧命于老雕的利爪之下。

这时候,忽然乌云四起,雷电交加。一声霹雳巨响,老雕被击中,掉到了山冈的石崖下,无声地死去。它的躯体,竟然覆盖了几亩土地。有人取下它翅膀上的羽毛作屋瓦,竟盖满了数百家的房屋。

土地迎举人

休宁人吴衡,是隶属浙江商籍的秀才。乾隆三十年(1768)乡试,发榜的前一天,他家的老仆晚上睡着了忽然醒过来,高兴地说:"相公中举了。"吴衡问他怎么知道,老仆说我做梦经过土地祠,见土地神驾着车子将要出去,正在锁门。他对我说:"照惯例乡试有考中的,土地要去迎接。我现在做土地,必要上路去迎。你主人就是我迎接的人。"吴衡听了,心里虽然高兴,但总是不能相信。不久张榜,吴衡果然中了第十六名举人。

孙 烈 妇

安徽歙县的绍村,有个叫张长寿的人。张长寿娶妻孙氏。这孙氏的父亲,却是一位练功习武的人。孙氏自幼跟随父亲练功,也学就了一身好武艺。可惜她是个女孩子,到了十五岁,就嫁给了张长寿为妻。

张长寿家境贫寒,婚后不满一个月,就外出江西谋求生路去了。家里只留下孙氏独守空房,孙氏不但武艺高强,而且容貌修美。这绍村里的几名流氓恶少,早就垂涎欲滴,却吃不上口儿。这回,张长寿外出,他们可算等到了机会。夜里,他们撬开了孙氏的门,进入屋里。有的凶神恶煞,有的嬉皮笑脸。他们逼上前来,将要强行无礼。

面对这伙人面兽心的畜生,孙氏却毫无惧色。她一手端着蜡烛,一手抄起一根棍子,与扑上来的流氓恶少们展开了殊死的搏斗。不大工夫,几个流氓恶少逐个儿被打倒在地,一个个屁滚尿流,灰溜溜地爬起来,逃出了门外。

说起来,孙氏命苦,丈夫名为长寿,却是福薄命短,婚后不满一年,他就因病去世了。孙氏又独当一面,从容不迫地料理完了丧葬。此后就闭门谢客,几天不露面儿。等人们发现的时候,她早已悬梁自尽了。邻居们却认为她生前强悍,死得刚烈,灵魂必然作祟扰人。就集资请僧众作佛事,超度亡灵。夜近三鼓,忽然看见孙氏端坐正堂,指点着和尚们骂道:“你家孙姑奶奶是刚烈殉夫,堂堂正正。我们家的事,用得着你们这伙秃驴多管闲事儿吗?”吓得和尚们丢下法器,狼狈逃窜。

这绍村的后街有位妇女,是个有夫之妇,却暗地里与另一个男人勾勾搭搭,通奸有染。她淫火大旺,还预谋杀死自己的丈夫,去与那个男人成全。但是,没等她动手,自己却得了疯病,把预杀害丈夫的阴谋全部抖搂出来,并大喊大叫地说:“有前村孙烈妇的监视,我还敢干那没脸没皮、昧良心的事儿? 不敢了! 不敢了!”

从那以后,这绍村的百姓都把这孙烈妇敬奉如神了!

小　芙

黔北女子王氏,梦见有个美貌的女子把自己当作男子,二人交合。那女子说:“我是番禺陈家的丫鬟小芙。你前身是个仆人,与我有约会,但事情败露了,我忧郁而死。爱缘还没尽,所以来和你继续前欢。”

王氏醒后,就生了癫狂病,把丈夫赶开一个人住,不时地自言自语或欢笑,所讲都是男子所说的床笫间话,忘了自己是女身了。

过了一段时间,小芙白天也现形,家里人想尽了办法驱赶她,毫不奏效。一天,邻居不小心失了火,小芙高声呼叫王氏,因此全家免于灾难。王氏家人感激她，就让她住着。

过了一年多，小芙忽然对王氏说："你我缘分已尽，并且得以转生了。"她抱着王氏大哭，口中说与哥哥永远见不着了。于是王氏的疯病立刻好了，后来也没别的事。

鬼 宝 塔

杭州有个叫邱老的，以贩卖布匹为生。一天，他收账回来，到旅店住宿。旅店已经客满，而前面道路荒凉，再也没有旅店。邱老和店主商量，店主说："老客人胆子大吗？我们客店的后墙外面，有几间赌房，很长日子没有人住宿过，就怕有鬼怪作祟，所以不敢请你去住。"邱老说："我算了算这半辈子走过的路，已经不下几万里，见得多了，鬼有什么可怕呢？"

于是，主人拿了蜡烛，陪同邱老穿过旅店，走到后墙外面。这块地方，有一块空地，大约有四五亩大，贴墙有几间矮房子，相当清洁干净。邱老便走进去，只见桌子、椅子、床、帐子都齐全，便很高兴。

店主告辞走后，邱老因为天气热，就坐在门外算账。这天晚上，淡淡的月色，朦朦胧胧。恍惚之间，好像前面有人影闪过。邱老怀疑有小偷，定睛注视。忽然又有一个影子闪过，一会儿，连见十二个人影来来往往，飘忽不定，好像蝴蝶穿花，不可捉摸。邱老瞪大眼睛仔细看时，都是美貌的女人。邱老说："人怕鬼的原因，是鬼的形状凶恶。如今鬼的模样竟是这么艳美，那我就把鬼当作美人来欣赏好了！"于是，他端端正正地坐着，看他们有什么变化。

不久，有两个鬼蹲在他脚下，一个鬼爬到他肩头上，其余九个鬼一个接一个向上翻叠，而且有一个鬼轻飘飘地站到他的头顶，就像戏台上那种叠宝塔的样子。过了不久，每个鬼各拿一个大圈，一齐套在头颈上，头发都披散着，舌头伸出一尺多长。邱老笑着说："漂亮就漂亮得过了头，丑恶又丑恶得离了谱，这种反复无常的样子，倒很像眼下的人情世态，我倒要看看你们到底怎样来收场？"

他说完,群鬼也都哈哈大笑,变回原来的形状,很快消失了。

棺 盖 飞

钱塘人李甲,以勇敢闻名。一天晚上到朋友家去赴宴,酒喝得差不多了,座上有个人说:"离这儿半里路,有幢房子要卖,价钱很便宜。听说里边有厉鬼,所以到现在还没人买。"李甲说:"可惜我没钱,说也是白说。"那人说:"你有胆量敢在那房中一个人喝一夜酒,我就买了它送给你。"大家都愿做中保,于是就约定明晚实施。

第二天中午,大家集合进入那房子,安放酒菜。李甲带着剑进了堂屋,大家把门关上,反锁了。然后,借隔壁人家的屋子聚拢,说着话,等候消息。李甲看看厅屋四周,见厅旁另外开了扇小门。他转身进小门,见是一条狭窄的小弄,长满了荒草,后面还有个环洞门,半开半关着。李甲心里盘算:"我不必进去,就在外边等候,看有什么动静。"于是他在厅里点上了蜡烛,喝着酒。

到了三更,听到有脚步声,见有个小鬼,只有尺把高,脸色灰白,两眼漆黑,披着头发,从小门里出来,一直走到李甲的桌子前。李甲大怒,手持剑站了起来。鬼转身进入小弄里,李甲追了过去,进了环洞门。忽然间,狂风大作,空中有一块棺材盖,像风车一样转着飞过来,在李甲头上盘旋。李甲用剑乱砍,然而只觉得头上越来越沉重,他的身子渐渐受不住,越来越低,像泰山压向鸡蛋一样,十分危急。李甲没办法,只好大叫起来。他的朋友们在隔壁人家听到叫声,忙带人进屋,见李甲将被棺盖压倒,就合力把他抢出来,背着他逃。后面的棺盖追赶过来,李甲叫得越急,棺盖压得越厉害。忽然传来一声鸡叫,棺盖就不见了。众人把李甲救醒,赶紧把他抬回去。

第二天,众人一起问房主,这才知道后园有间矮屋停放着一具棺材,经常作祟,专会飞盖压人,已压死好几个人了。于是向官府报告,把棺材火化了,怪物也就灭绝了。李甲病了一个多月才痊愈,后来常常告诉人们:"人的声音不如鸡的声音,否则怎么会鬼不怕人,反而怕鸡?"

油瓶烹鬼

　　浙江钱塘有位举人,名叫周轶韩。这位周先生性情豪放旷达,不苟言笑,又无所畏惧,是个很开朗的人物。

　　那一年夏天,天气酷热。傍晚,周轶韩和他的几位朋友泛舟西湖,来到丁家山(在旧浙江杭县,为灵隐山之一支)下。有位朋友就说:"我听说净慈寺的长桥左侧经常闹鬼,咱们何不去拜访拜访,也许能和真鬼见见面儿,那可是别有一番情趣!"众人听了这话,都起着哄要去试一试。于是大家弃舟上岸,一起来到长桥头。

　　桥头旁,湖边上,正有人撒网捕鱼。此人正在收网。周轶韩仔细一瞧,这人他认识,是湖畔看坟的,便对他说:"把你这网借我用用,明天早晨如时奉还。"看坟的说:"周老爷赏光,您就用吧!"说着,就把那渔网递了过来。周轶韩命随行的仆人接了网,扛在肩上。大家又继续往前走。众朋友不解其意,问道:"咱们又不会打鱼,您借这么个鱼网有何用处? 白给自己增添了累赘!"周轶韩说:"你们不明白? 你们就瞧好儿吧! 今儿个晚上,我要用它把南屏山(在旧浙江杭县西南)下的鬼一网打尽!"众人听了这话,不禁哈哈大笑。于是,他们专走那些僻静荒凉的山间小径,继续向上攀登。

　　这天晚上,月色皎洁,照得那山间旷野里亮如白昼。走到一处山间丛林之间,发现那里有一位女子背对着大家,正在仰头看月。她身穿白衣白裙,一派素寒之态。众人不由得停下脚步,悄悄议论说:"入夜已久,不可能有谁家的女子独自滞留山林。这一定是个鬼,看谁敢先上去,和她斗上一斗?"周轶韩素来有胆,不待推举,自己就大踏步走上前去。

　　走到距离那女子大约半箭地,忽然刮起一阵阴森的冷风。那女子也陡然转过身来。她满脸流血,眉目倒挂,脸色白中透青,月光之下,令人毛骨悚然。这会儿的周轶韩,竟吓得面无血色,僵巴巴不敢向前,失声大喊:"网,网,拿网来!"众人这才抢上前,一网向那女子扣去。那女子只忽地一闪,已是不知去向了。鱼网里,只不过是一段一尺多长的枯木。

在周轶韩的带领下,大家提着这段枯木,夜半三更敲开了看坟人的门,借了一把快锯,把这段枯木锯成寸段,然后又用斧子劈成了碎片。每劈一片,枯木间都鲜血淋漓,流淌不止。周轶韩又朝看坟的借了个广口大油瓶,买了几斤点灯油。他们用破布把木片包了,一起回到船上。他们在船尾部烧起火,把油瓶子煮沸,继而把一片片碎木投入瓶中。一时间,青烟蒸腾,木片顿时化为灰烬。

周轶韩和他的朋友们在船上足足折腾了一夜。第二天回到城里,神秘地对他的亲友们说:"昨天夜里,我们用油瓶炸了一个女鬼。这事儿,您听起来新鲜不新鲜?"

无 门 国

吕恒,是常州人,做贩卖洋货的生意。乾隆四十年(1775),他乘舟出洋,碰上海风,满船的人都淹死了,只有吕恒抱着一块木板,随波上下翻腾,漂到一个国家。

这个国家的人都住在楼房里,楼房有三层的,有五层的。祖父住第三层,父亲居第二层,儿子居第一层。那四五层的,上面住的是曾祖、高祖。楼房有进出的门洞,但没有用来关闭的门。国内的居民都很富有,没有发生过偷盗的事。吕恒刚到这里时,言语不通,只好靠打手势表示意思。住久了,就慢慢地听得懂他们的话了。国人听说是中华来的人,都对他很尊敬。

国内风俗,把一天分为两天,鸡叫时起床,往来做生意,到中午,大家都睡觉,太阳下山时又起床,照常办事,到半夜又睡觉。问他们的年龄,说是十岁的,就是中国的五岁,说二十岁的,就是中国的十岁。吕恒所住的地方离国王的都城还有上千里,因而没见过国王。地方上官员很少,带有仪卫随从的,称为"巴罗",也不知道管的是什么。男女之间相互喜欢的就结婚,美的丑的,老的少的,各自配合,没有不公平硬性结合导致不满怨恨的。国内的刑法尤其奇怪,把人脚打断的,判刑打断他的脚;打伤人脸的,就判打伤他的脸,伤的程度及部位,完全一致。强奸人家子女的,就让受害人强奸他的子女。碰上对方没子女的,就把木头削成男子阳物的样子,插入他的肛门。

吕恒住在国中十三个月,碰上刮南风,就搭船回中国。据长年出洋的人说:"这岛名叫无门国,自古以来没有人和中国通信息相往来。"

宋　生

苏州观察史宋宗元先生有个本族弟弟宋某,命苦,幼年时期就丧失了父母,依靠叔父抚养长大。叔父对他管教极严。

七岁那年,叔父送他到私塾读书。有一天,放学比较早,宋某没有按时回家,偷偷地到戏场去看戏。小孩子贪玩儿、爱看热闹,这本来是情理之中的事,而在这位叔父眼里,这就叫奸狡逃学、大逆不道。不巧,又有好事儿的人把宋某看戏当成一种罪过,报告给这位叔父。叔父大怒,声言宋某回来后,要打他个半死。宋某因此而不敢回家。

宋某只身逃到了木渎乡,举目无亲,无倚无靠,只能是流落街头当了乞丐。木渎乡有位姓李的先生,在当地开了一家钱铺。李先生见宋某少年流浪,甚是可怜,就主动收留了他,教他在钱铺里干些杂活儿,暂且糊口。宋某干活儿主动勤奋、言行谨慎,很招人喜爱。随着年龄的增长,他先成为正式的伙计,继而成为帮账先生,是钱铺里的重要人物。这样,一晃儿就是九年,他已经是个十七岁的男子汉了。李先生见他很有出息,就作主把自家的丫鬟郑氏嫁给他为妻。宋某从此成家立业。

宋某夫妻齐心合力,克勤克俭,不但生活优裕安顿,日久天长,还有了一定的积蓄,小日子越过越红火。那一天,宋某受妻子之托,到城里敬香拜佛,不料与叔父不期而遇。在叔父的威逼之下,势不可瞒,只有把在木渎乡谋生及娶亲的事,一一向叔父实说了。叔父料定宋某出外多年，手中必有积蓄，就对他好言相劝，劝他回到家中来，并答应为他另择佳偶。宋某严词拒绝，对叔父说："侄儿是已婚之人，怎能轻易将她休弃？再说，我们已经有个女儿了。"叔父马上变了脸，说道："我们宋氏，是有名望的大家族，岂有娶个丫鬟为妻的道理？再敢强辩，家法不容！"并强令宋某到木渎乡去，立刻办理休妻事宜。

李先生听到这个消息，心急如焚。为了挽回这对美满的夫妻，使其关系不遭破坏，他做了很大让步：他情愿认郑丫鬟为女儿，以改变她卑贱的社会地位；又答应另备嫁妆，作为补充初嫁时陪送之不足。宋某的叔父对此一概置之不理，他终于强迫宋某写了离婚书，送到了李家。不等李家作出反应，就急急火火地为宋某操办婚事，娶金氏为妻。

郑氏见到这份离婚书，号啕大哭了一天。此后，就乘人不备，抱着小女儿投河一死。

过了三年，金氏也生了个小女儿。宋某有了新欢，已渐渐把郑氏母女淡忘了。有一天，宋某的叔父坐着轿子，大模大样地赴宴归来。走到王府旧址附近，忽然刮起了旋风。旋风疾速旋转，倏地把轿帘儿掀了起来。旋风过后，仆人往轿里一看，那老家伙已经歪倒，痰涌气绝，他的喉头部位，有明显的掐按指痕。

就在同一天夜里，金氏梦见一个披头散发、口鼻出血的妇女站到面前，对她说："我就是李先生家的丫鬟，你那男人丧尽天良，屈从于叔父的淫威，把我们母女抛弃了。我誓死不能再嫁，只有抱着女儿投河一死。白天，那个万恶的老畜生已经丧命；现在，该报复那忘恩负义的宋某了。当然，这事儿与你毫无关系，你也不必害怕。不过，你生的那个小女儿，我可不能饶了她，要让她给我那女儿抵命！只有这么办，才算公道。"

金氏从梦中惊醒，把这个噩梦转告给丈夫。宋某吓得要死，急忙找他的朋友商量对策。有个朋友就给他出主意说："玄妙观有个施道士，能画符驱鬼。你何不请他作法，具文把这个女鬼押入四川丰都鬼界。她出不了鬼界，岂不天下太平了？"宋某马上行动，向施道士赠以重金，并把郑氏的姓名、籍贯及出生年月日提供给施道士。施道士把这些都书写在一张黄纸上，加贴了张天师的符签，注明押往四川丰都。宋家果然从此安然无事。

三年之后，宋某早已把郑氏的鬼魂淡忘了。他正坐在窗前悠然地读书,郑氏却突然出现,骂道:"姓宋的,你这个无情无义的畜生! 你乐得我永远不能再来了吧? 我之所以先治死那老畜生,是因为他是害我的首祸。我之所以留着你,是难以忘怀那几年的夫妻恩爱之情。没料到,你反而先下手,串通了那狗道士,把我发配到丰都鬼界,关押起来。你的心何以凶残到这地步? 你还不知道吧? 关押是有期限的。我苦熬三年,关押期满,并有机会把我的冤屈诉诸东岳城隍。城隍爷非常赞赏我的贞烈气节,批准我前来为我们母女报仇雪恨。这回,看你小子还往哪儿跑!"

宋某从此如呆如痴,后来就昏昏沉沉,不省人事。宋家也怪异横生,杯盘器皿当空飞舞,落地而碎,连顶门棍也狂飞乱打。宋家人惊惧不已,延请高僧诵经作佛事,超度亡灵,竟也毫无效验。就这样足足折腾了十来天,宋某从昏迷中死去;十天之后,金氏所生的小女儿突然发病而死,只有宋某的续妻金氏安然无恙。

尸香二则

杭州人孙秀姑,今年十六岁,是李家的童养媳。李翁带着儿子去远方谋生,家里只有婆婆,年纪大了。邻居有个恶棍叫严虎,看见秀姑漂亮,以借火为由接近她,用话挑逗她,秀姑不理他。严虎又派自己的娈童去勾引秀姑,在她面前搔首弄姿的。秀姑告诉了婆婆,婆婆把严虎骂了一顿。严虎大怒,骂道:"女奴才不识抬举,我非把你弄到手不可!"早晚丢砖头撬门。李家向来贫穷,房子板壁单薄,又没有亲友,严虎又是个无赖,邻居们没人敢管他的事,秀姑只能与婆婆俩相对痛哭。

有一天,秀姑早晨起来梳头,严虎和他的娈童爬上屋顶,解开裤子,把阳物给她看。秀姑气极了,于是把里外的衣服密密缝合在一起,偷偷喝盐卤死了。她的婆婆痛哭哀叫,想要到官府去告状,但没人为她写状子。忽然有股奇异的香气从秀姑所卧的地方发出来,一直传到街头巷里,过路人都惊异地互相对看,停下了脚步。严虎知道了,拿了死猫死狗等脏臭的东西堆在李家门外,以淆乱香气,但那香气更加浓郁了。正巧有总捕厅某人路过，闻到香气，很奇怪，向街邻打听。他知道了秀姑的冤情，就报告给知府及知县，将严虎依法处决，又把秀姑的节义事上报朝廷请予表彰。她的牌坊，到现在还保留在西湖边上。

荆州府百姓范某，住在乡下，家里很富有。范某年纪轻轻的便死了，留下个儿子刚六岁，与姐姐一起过活。姐姐十九岁，读过点儿书，善于算术，管理家务井井有条。同族有个歹徒叫范同，欺负她弟弟年幼，多次来借钱，她开始时还借给他，后来范同的胃口越来越大，无法应付，她只好拒绝。范同大怒，与同党合谋要除去他姨姐，以便侵吞他们的家产。于是在城隍庙赛会时，把他姐姐沉入河里，又绑了个钱店的年轻人一起沉入河中，而后又用两根带子把尸体绑在一起，报官验尸，说他们俩素有奸情，怕人知道，所以约好一起殉情。县官信了他的话，下令备棺材把他们埋了。范某家的财产，都被范同侵占了。

过了一年，荆州知府周钟宣上任，经过范女坟，闻到一股浓香从坟墓里散发出来，就问随从书办衙役。其中有人知道范女事，说出了冤情。于是把男女两坟都挖开来检验，见尸体都像活着时一样，手脚及脖子上都有捆绑的伤痕，于是把范同传来审问。但是，范同已经在几天前被厉鬼缠身而死。周钟宣准备了酒食香纸，亲自到范女坟前祭祀，立了块碑，上写"贞女范氏之墓"。案子查清后，两具尸体就都腐烂了。

储梅夫府丞是云麾使者

宗人府宗丞储麟趾先生，字梅夫，号双树轩。江南荆溪（今属江苏宜兴）人，乾隆四年（1739）进士。他居谏官敢于直言，很有声名。晚年习静，修养身之法。七十多岁了，面部光滑红润，皓首童颜，颇为潇洒。

乾隆二十五年（1760），储梅夫先生曾奉旨去四川祭告岷山，投宿在敦邮亭一家旅店里。晚上，储先生独坐，忽然灯花一声爆响，就现出一朵莲花模样，一会儿变成如意形，一会儿变成芝兰；忽而从灯心上喷出烟雾，腾空而上，飞上二三尺高，忽而又像被风吹回，团团转转如旋风。储梅夫先生非常惊异,悄悄把家人童仆叫来共同观赏,又告诫他们不要去动那盏灯。

夜里,储梅夫先生又做起梦来,一群仙女带他来到一个去处,似乎是一座花园。门额题刻"赤云冈"三个大字。园内早有一些男女仙人列坐松下。大家都称呼储先生为云麾使者,并请他入座,一起吟诗作对。一位自称海上仙翁者,首先念道:"莲炬今宵献瑞芝。"五松丈人对道:"群仙佳会飘吟髭。"年轻貌美的东方青童接着唱道:"春风欲唤杨柳枝。"他的话音未落,身旁一位艳丽的仙女就揶揄道:"这不是云麾使者《过凌河》诗中的句子吗? 怎么被你盗来充数?"众仙同时哄笑,又似灯花爆响。

储梅夫先生一惊,从梦中醒来。

唐 配 沧

武昌司马唐配沧,是杭州人,以孝顺闻名,死在任上。过了五年,唐配沧的长子远远地跑到四川去教书。儿媳妇郭氏,在杭州生病,病危时,忽然用唐配沧的口气说:"阴司里因为我做官清正,命我为武昌府城隍。想你们刚刚成亲,我既然没有什么东西留给你们,这媳妇很勤俭,所以我特地来救护她。只是你们必须到狮子桥去把刘老娘找来,托她祈祷解殃疬。"

唐配沧的二儿子名叫开武,他赶快去找到刘老娘,请到家中。原来那刘老娘,就是杭州人俗称的活无常。唐家人问她:"这病你能救吗?"刘老娘说:"我奉阴司命令索命,怎么敢私下放了她? 如今你家太爷去向阎王说情,也许能够不死也说不定。"唐家人因而问:"你在哪儿见过我家太爷?"她回答说:"现在正在和灶神说话。"过了会儿,又说:"太爷出门了,想来是到阴司去了。"生病的郭氏一直静静地躺着不说话。

过了些时候,刘老娘说:"太爷来了。"郭氏立即大声说:"你已经不会死了,用不着担心。"这时,唐家一些亲友来看望病人,郭氏用唐配沧的口气,向他们一一问候,和他活着时一样。唐配沧次子因而跪下请求说:"父亲既然做了神,应该预先知道祸福,儿辈将来到底结局怎么样?"唐厉声说:"做好人,行好事,自然有好日子过,为什么要预先知道?"又说:"我今天为了自己的私事劳累庙中的夫役,快焚些纸钱,供些酒饭,谢谢他们。"说完,郭氏依然恢复了原来的口音,病也自己好了。

这是乾隆二十四年(1759)五月间的事,郭氏到现在还活着。

裴文达公为水神

裴文达公病危,临终之前,郑重地对他的亲属说:"我原本是燕子矶(在今江苏省南京市东北郊)水神。如今,经历了这一世,我又要去恢复原位了。我死后,你们送我的灵柩回老家,必然路过燕子矶。那里有个关帝庙,你们顺便到庙里去求个签。如果得的是上上第三签,我仍然可以去当我的水神;如果不是上上第三签,我就要受到谴谪,不能官复原职了!"裴文达说完这番话,气脉渐微,终于断了气。

家里人对裴公的这些遗言,都是半信半疑,只有他家的一名老仆人却深信不疑。这名老仆人说:"裴老爷本是先王太夫人所生。王太夫人原籍江宁(今南京市)。当年,太夫人渡江,曾到燕子矶水神庙去求子。夜里,太夫人就做了个梦,梦见一位身穿红袍、手持笏板的神对她说:'给你个儿子,还是个好儿子!'过了一年,裴老爷降世,果然是个奇才。岂不是水神转世?"

后来,裴文达之妻熊夫人携子女扶柩回江西新建,路经燕子矶。遵照裴文达公的遗嘱,到关帝庙里去求签。果然,得了个上上第三签。于是,举家大哭,在燕子矶前焚烧纸钱祭奠,纸灰几乎遮住了江面。他们又在水神庙里立了裴文达公的牌位。水神庙殿前,还有尹文端(尹继善)为水神立的诗文碑碣。

那一年,我乘船往苏州去。船行燕子矶,因逆风而受阻。就此泊船上岸,来到水神庙,在裴文达公牌位前长揖为礼,并在墙壁上挥笔题诗,道是:"燕子矶下泊,黄公垆不过。摩挲旧碑碣,惆怅此山阿。短鬓皤皤雪,长江渺渺波。江神如识我,应送好风多。"

第二天登船离岸,果然是一路顺风。

庄　　生

叶祥榴举人说,他有个朋友,姓陈,家里请了个老师庄生。八月里的一个傍晚,庄生教完了学生,看陈氏兄弟在书房里下棋,看得疲倦了,就起身回家。庄生的家离陈家有里把路,要过一座小桥。这天,庄生走上桥,一脚踏空,摔倒在地。他急忙爬了起来,跑回家去。敲门没有人答应,只好仍然回到陈家书房。

这时候,陈氏兄弟一盘棋还没下完,他就在庭院里散步。见轩后有扇小门,门内有园亭,种着数不清的高大芭蕉,庄生感叹主人有这么优雅的屋子,却不做书房。又走了几步,见小亭中有个孕妇正在生产,容貌很美。他看了有些心动,转念一想:"这是东主的内房,见了这样的情况还不退出去,就是违反礼教了。"急忙退了出来,仍然回到书房,坐了会儿。见东主的棋暗中遭到他弟弟的攻击,东主却只看别的地方,似乎不知道危机的存在,就给他指出来。只见东主不知所措,似乎很吃惊,然而仍旧不理。庄生又大叫说:"不听我的话,全盘输了!"并且用手指着棋盘中的棋子告诉他。东主兄弟俩吓得连忙跑进了内屋,把灯碰灭了。庄生没办法,仍然回家,到了小桥,又跌了一跤,爬起来后,走到家门口敲门。看门的仆人开门让他进去。庄生责备他前次敲门不答应,看门的说并没有听到有人敲门。

第二天,庄生到陈家去,见书房里灯台倒在地上,棋盘还摆着,恍恍惚惚像是做梦一样。一会儿,东主出来,说:"昨天夜里先生走后,鬼声大作,甚至把灯都弄灭了,真是怪事!"庄生听了很惊骇,告诉他昨晚曾回来,指点过他下棋。东主说:"我兄弟俩并没看见先生再来过。"庄生说:"还有个证据。我到你们家花园里,见到有个妇人临产。"东主笑着说:"我们家并没有花园,又哪来产妇?"庄生说:"在轩后。"就拉着东主一起到轩后，见有个小土门，里边只有半亩地大小的菜园子。园西角有个猪圈，有母猪生了六口小猪，五只活着，一只死了。庄生有点明白了，他很是惊恐，原来过桥时跌倒，他的魂灵已离开了身体；后来又跌倒时，魂灵重又回归身体。如果不是自己抑制了淫欲，就投胎变了畜生了。

褐道人

国朝初年，仓场侍郎德先生与一个自称褐道人的道士成了好朋友。

褐道人精通相术。他给德先生看相，预言他某年要升官，某年得赐红顶子。可是，还预料他某年某月要遭受雷击而死。德侍郎觉着他这话神乎其神，不免有点儿危言耸听，心里总是半信半疑。

后来，德先生的官运果然一如褐道人所料，他这才害怕起来，想到遭雷击的空言也将变成现实，真是不寒而栗。德侍郎恳求褐道人指教，想个免遭雷击的万全之策。最初，褐道人故作姿态，现出为难之色，说道："这是命里注定，天意难违呀！贫道与先生堪称至交，但也爱莫能助。"经过德侍郎的再三哀求，褐道人长叹一声，无可奈何地说："目前只有一个方法还可以试一试，到了遭劫那天，您必须请来朝中一、二品贵官十几人。请他们环坐在前厅的大炕上，您则坐在他们的包围之中。熬过了中午午时，就可以免除灾难了。"德侍郎点头允诺，唯命是从。

德侍郎心中惶惶，度日如年。好不容易才挨到了褐道人指示遭雷劫的那一天。他几经卑屈周折，才把十几位一、二品官请到家里。大家环坐大炕，德侍郎正居其中，有几位大人就不禁发笑。这是个非常晴朗的日子，红日高照，一点儿阴云都不见，哪儿能有雷击的可能？大家不免觉得这做法荒唐！

一直挨到将近午时，这才狂风骤起，乌云压顶，暴雨倾盆，轰雷闪电震耳耀眼。雷电绕着德侍郎的前厅兜圈子，总是欲击而不下。吓得那德侍郎魂飞丧胆,只有闭目念佛,祈求护佑,免于一死了。

这时候,忽有一名仆人飞奔而来,气喘吁吁地向德侍郎禀报:"回老爷,不好了,您快去看看吧,这么大的雨,太夫人怎么能坐在院子中呢? 奴辈们搀也搀不动,叫也叫不应呀!"众高官和德侍郎听了大惊,也忘记了什么雷击不雷击了。大家急忙起身下炕,冒雨拥出前厅,争相去救护那位太夫人。

众官员刚刚离开前厅,忽然一声霹雳巨响,雷电击入前厅,一前厅大炕的中央土崩瓦解。炕坑内,一只二尺多长的褐色巨蝎被雷击死。受了雨淋的德太夫人却是安全无恙。雷击之后,德侍郎那位好朋友褐道人就失其所在,永远不露面儿了。

德侍郎这才明白,所谓褐道人,不过是这只巨蝎的化身。他用相术蛊惑人心,使德侍郎完全陷于他的圈套之中。然后借德侍郎之力,请来高官贵人,用福禄来为自己抗拒雷击,妄图自救。他的用心,可谓巧妙之极。如果不是雷神更加巧妙,施用了调虎离山之计,恐怕德侍郎永远要蒙在鼓里,不知道自己是被精怪所利用。

佟 觭 角

北京人傅九,有次从正阳门出城,经过一条小巷子,路很狭,来往的人很多,大家挨肩擦背而过。忽然有个人如飞般地面对面朝傅九跑来,来势很猛,傅九来不及避开,两个人胸对胸撞上了,那人竟然与傅九合为一体。傅九只觉得身体像被水浇过一样,冷得不住地发抖,急忙跑到一家卖绸缎的铺子里坐一坐。刚坐定,忽然大声说:"你挡住我的去路,真是可恶到极点了。"于是自己打自己耳光,拉自己胡子。

家里人把傅九带回家,只见他整夜吵吵闹闹的。有人说活无常佟觭角能够医治,正要去请,傅九已经知道,骂道:"我不怕什么铜觭角、铁觭角。"一会儿佟觭角请来了,瞪着眼说:"你是什么地方的鬼? 到这里来害人! 赶快招供,不老实说,把你下油锅。"傅九眼睛瞪着他不说话,恨得咬牙切齿咯咯有声。这时候,男男女女围观的人像堵墙样挤满了。佟觭角倒了一锅油,点起柴烧油,手里拿着一把铜叉,对着傅九的脸比画着,做出要刺的样了。

傅九果然害怕了,自己招供说:"我叫李四,凤阳人。被饥寒所迫,去盗人坟墓,被人家抓住。我一时忙乱焦急,用铁锹拒捕,接连伤了两个人,照法律当斩首。今天被绑着押往菜市行刑,我尽力挣扎脱身逃出,没想到被这个人拦住。我心里实在气不过,所以和他算账。"佟觭角说:"这样,你赶快走吧!"于是拿着叉坐下。傅九大哭说:"小人在狱中,两脚冻烂了,不能行走,求你赐给我一双草鞋,并求你保守秘密,不要让官府知道,再来捉我。"傅家人立即烧了双草鞋给他,傅九于是伏在地上叩了个头,把脚伸出来做穿鞋的样子,旁观的人都笑了。

佟觭角问他到哪里去,他说:"逃避祸害必须远一些,我想去云南。"佟觭角说:"这里到云南有万里之遥,不是一下子能走到的,半路上必定会被公差抓住,不如跟着我做事,可得到一个吃饭的地方。"傅九叩头,表示情愿。佟觭角从口袋里取出一小张黄纸符焚化了,傅九便倒在地上一动不动,过了很久才醒过来。问他刚才的事,他什么也不知道了。

这天正是刑部秋天处决犯人的日子,一打听,果然有个盗墓的犯人,已经斩首示众了。原来这恶鬼还不知道自己其实已经死了。佟觭角年龄五十多岁,很少说话,很喜欢睡觉,往往一睡就是三四天不起来。到他家里,进门后见不到一点灰尘,为他干活的都是鬼。

淘 气 儿

永州(今湖南永州)知府恩先生有个奴仆,他年轻、机灵又透着狡猾,大伙儿给他起了个名儿叫淘气儿。

有一天晚上,淘气儿在书房里服侍恩老爷,发现房檐下飞过一只萤火虫。中国有句歇后语:"萤火虫儿的屁股——没多大亮儿。"可是,这只萤火虫却与众不同,它屁股上的光亮竟然有鸡蛋大小,飞翔于夜空之中,俨然似一盏蓝光小灯。淘气儿觉得新鲜,又很奇怪。

　　夜里，异常闷热。淘气儿就脱了个溜光，躺在床上。正当他处于似睡非睡之际，就觉得有什么东西在两腿之间处乱爬，痒酥酥地使人难耐。他伸手一摸，似乎是个甲虫，举到眼前一看，却是那只冒大亮儿的萤火虫。淘气儿不由得发笑，自言自语道："嘿！别瞧这么个小小的虫子，也懂得喜欢那玩意儿啊？唉！真他妈的怪事儿！"他随手把萤火虫扔向窗外，拉起被子盖好自己，一会儿就睡着了。

　　半夜里，淘气儿就觉得有一只柔软的手伸进被窝儿里来，抚摸他的阴部，刺激那最敏感的棱角部位。淘气儿正是血气方刚的年龄，难免欲望大发。这时候，他想翻个身，或是坐起身来，但是，却像是吃了定身丸儿，一动也不能动。朦朦胧胧之中，似乎有个女人上床来与他交欢，不大工夫，他精液泄尽，又糊里糊涂地睡去。

　　第二天醒来，淘气儿只觉得身体疲乏，精神倦怠，回味起夜间那番滋味儿，竟又美不可言，有他平生从未享受过的乐趣。他从心眼儿里企盼这个女人能够再来。因此，这个美梦他始终是秘而不宣，不肯告诉给任何人。

　　到了夜晚，淘气儿特意洗了个澡，干干净净地躺到床上，照旧脱了个溜光。二更以后，那个萤火虫先从窗外飞来，屁股上的光亮圆而且大。随后，一位美女姗姗而来，微笑着坐上床沿，身体半倚半靠。淘气儿这会儿已经忘乎所以，一把将她扯到怀里，重温了昨天的美梦。

　　事后，淘气儿才想起问她姓字名谁。那女子在枕边平和地说："妾姓姚。家父在前明朝官居永州知府，我们一家人就居住在这府衙里。妾十八岁那年，爱上了府里的一名书吏，留恋缱绻，且有所私。不料被家父看破，将书吏逐出门去，不知南北。妾思恋成疾，不治夭亡，饮恨黄泉。也是妾生前酷爱梨花，故临终嘱托老母将儿遗体就埋于院中梨树之下。郎君虽不及书吏之文雅，却雄姿英发，刚劲可爱。故妾不顾羞愧，两番来相就，还望能长结姻好！"

　　淘气儿听说与自己睡在一个被窝儿里的竟然是个女鬼，顿时翻了脸。他抓起枕头狠狠地朝那女子打去。那女子也来不及穿衣服，忽地一闪，就不见了。淘气儿这才感到后怕。他大喊大叫着跑到院子里来，拼命捶打各屋的门。府里的妇女们被惊醒，以为是哪房里失了火，纷纷开门来看，不想却是淘气儿光溜溜地站在院子里，吓得她们又缩了回去。有人很快把这事儿禀告恩老爷。恩老爷大怒，骂道："这个无耻的混账东西！给我绑了，重打四十。"淘气儿跪下磕响头，不得不招供了他这两夜的经历。

恩知府得知他是被女鬼所迷媚，也就不再责怪他，忙命人找来裤子，给他穿了，又命人给他灌些朱砂，以驱邪鬼。

第二天，恩知府就命人发掘，果然在梨树之下挖出一口朱木棺材来。撬开棺盖，里面却仰卧一名赤条条的年轻女子，面貌如生，非常美丽。恩知府命人焚尸，并命将其改葬他处。从此，永州府内安然无恙。

可是，经那一吓，淘气儿却变得终日里忧心忡忡，做事谨小慎微，永远失去了那机灵、狡黠的气质，成了一个庸人。他的伙伴儿们开玩笑说："看起来，人不能遇上鬼呀！淘气儿这样的人遇上鬼，也能变成不淘气了！"

白 莲 教

东山有个富翁姓许，世世代代住在桑湖边。他新娶了个媳妇，陪嫁很丰厚。有个小偷名叫杨三，听说后便垂涎这笔财富。过了一年多，许翁送儿子去京城，新妇已怀孕，陪伴她的只有两个丫鬟。杨三就在晚上潜入新妇房中，藏在暗中窥探。

到了三更天后，杨三忽见灯光下有个人，眼睛凹进去，络腮胡子，背着个黄布口袋，从窗口爬进来。杨三想，自己同道中并没这么个人，屏住呼吸偷看。那人从袖子里拿出一支香，在灯上点着了，放在两个丫鬟睡的地方。接着，那人向孕妇睡处喃喃念咒，孕妇忽然跃起，向那人光着身子跪着。那人打开口袋，拿出一把小刀，剖开孕妇的肚子，把胎儿拿出，放在一只小瓷罐里，背着出了屋子，孕妇的尸体倒在床下。

杨三见了大惊，出门跟着那人。跟到村口一所旅店，杨三一把抱住了他，大叫："店主人快来，我捉住了个妖贼！"左右邻居一起到来，打开布口袋看，小儿的胎血还在滴落。众人大怒，抢起铁锹、锄头就打，那人大笑，竟一点也伤不了他。人们取来粪便浇他，他这才不能动弹了。到天亮时，把那人送到官府用刑审讯，招供说："我是白莲教徒，我的伙伴很多。"官府这才知道湖北、湖南一带孕妇被害死的,凶手都是这伙人。审问清楚后,把那人凌迟处死,赏了杨三五十两银子。

服桂子长生

吕琪先生有位堂兄,官居岭南(今属广东)同知。岭南道衙署里有一口古井。那年夏天,天气炎热。傍晚,吕同知坐在院子里饮茶纳凉,忽听得那口古井里铮铮作响,和谐悦耳。他跑过去往井里看,只见水面上有无数红色小球上下翻滚,有的像弹丸、有的像棋子,非常好看。吕同知想,难道这井里有宝物?

第二天,派人系筐垂绳,到井下去搜寻,并不见什么宝物,只从水面上捞出几十枚陈年的桂子来。这些桂子颜色鲜红,光滑可爱。吕同知就将它赠送给堂弟吕琪。吕琪先生就用这口古井里的水送服桂子,每日一次,每次七枚。服用了七七四十九天,桂子服尽。

从那儿以后,吕琪先生顿感精神焕发,体格健壮,大胜于服用参茸一类的大补之药。吕琪先生因之健康长寿,竟活了九十多岁。

伊 五

当兵的伊五,身材矮小,相貌丑陋,军官很不喜欢他。他穷得没法活下去,独自一人走出城,想要上吊自杀。忽然看见有个老人飘飘然走过来,问他为什么要轻生。伊五把情况老实告诉了老人。老人笑着说:"你看上去神气不凡,可以学道。我送给你一本书,够养活你一辈子了。"伊五跟着老人走了几里路,过了一条大溪,分开芦苇进去,有条曲折的小路。他们进了一所矮房子,住了下来。伊五便向老人学道,学了七天,道术学成了,老人与房子都不见了。伊五从此过着小康生活。

伊五的同辈们都想叫伊五请客,伊五一口答应,与大伙儿去了酒楼。五六个人放量吃喝,结账时要七千二百文钱。众人正在发愁伊五怎么出得起,忽然见到一个黑脸膛的汉子上楼来,弯腰作揖说:"知道伊五爷在这里请客,我家主人派我送来了酒钱。"他解下腰包拿出钱来,然后告辞了。数那钱,正好是七千二百文。众人都十分惊异。

有一次,伊五与众人在街市上逛,见到一个人骑匹白马快速跑过。伊五赶忙策马追上去,叱喝道:"赶快把你身上的口袋给我!"那人惶恐地下了马,从怀里掏出一个皮口袋,形状如同吹了一半大的猪尿泡。那人把口袋交给伊五后,慌忙跑了。众人不知道是怎么回事,伊五说:"这里面装的是小孩子的魂灵。那骑马的是过往游神,偷偷取了不知多少人的魂。假如不是遇上我,又有个小孩子要死了。"一会儿,走进一条胡同,有家朝西的人家,门里哭声响亮。伊五把皮口袋对着门缝打开,从里面喷出一缕浓烟,射进这家人家的门里,随即听到有人说:"小孩子醒过来了!"家人变哭为笑。众人因此都把伊五当作神明。

正巧有个大官的女儿被妖邪附身,听说了伊五的名声,就用重金把他请来。女子在屋里已经知道伊五来了,神色举动很悲伤。伊五进屋,女子躲在屋角,拿着个熨斗自卫。伊五上上下下看了看,出来说:"这是器物或妖,今天晚上为你除掉它。"到了三更,伊五从袋里取出一把小剑,锋芒如雪一样闪烁寒光。他披散头发,赤着脚,持剑而入。这户人家的人都在院外观看。不一会儿,听见屋子里有叱咤声、击打声、摔东西的声音,以及骂人的吵闹声。过了很久,什么声音也没有了,只听到女子叩头哀求声,又听不太清楚。伊五忽然叫人赶快拿灯来,大伙儿带着仆人、丫鬟拿着灯烛进去,伊五指着地上一样东西说:"就是这东西作祟。"大家一看,原来是只藤夹膝,堆了柴把它烧了,血流满地。

诸 廷 槐

嘉定(今属上海市)人诸廷槐先生家里,有一位姓李的仆妇。她是个改了嫁的寡妇。

有一天,鬼忽然掐住了李氏的喉头,并借她之口宣称道:"我就是你死去的前夫。我活着的时候,重病在床,呼唤你给我端碗茶来、送口药吃,多半儿是被你不理不睬。我因气愤而病重,很快就一命呜呼!到了阴间,阎王爷却说我阳寿未尽,本不该死,着意不予收留。我的游魂只好到处飘荡,受尽了饥寒。而你呢,却另嫁了爷们儿,吃得饱,穿得暖,快快乐乐,独享清福!我心里怎么能咽得下这口窝囊气?今儿个,我就掐住你的脖子,叫你也陪着我尝尝这忍饥挨饿的滋味儿!"诸廷槐一听,知道这李氏是中了邪,抢上前去啪地就打了她个大嘴巴。那鬼哎呀一声,似乎是逃走了。诸廷槐只觉得那只打人的手又疼又痒。翻过来一瞧,整个手掌浮肿,黑得像涂了一层锅烟子。

没过多大工夫,鬼又凭附于李氏之身闹起来。诸廷槐照方儿吃药,不顾手掌疼痛,又抢上去一连串打了她好几个大嘴巴。没想到,那李氏竟然毫无惧色,反而跳起来骂道:"诸廷槐,你这个老混蛋!为什么不问青红皂白,张手就打人?刚才,我是一点儿防备也没有,所以才被你打痛了。现在,我已经深藏到这小娘儿们的脊梁骨里,你就是打死她,我也一点儿都不疼,你还为我报仇雪恨了呢!打呀,打得越狠越好!"

大伙儿一瞧,竟然把她没办法。有人就站出来调和,为李氏说情:"看起来,你媳妇不过是在妇道上有亏,在你生前病重时,侍候得不够周道,并没有成心害死你的意思。所以,你们之间没有什么大仇可报!何况,你死之后,你们所生育的子女,全仰仗她改嫁后与后夫共同抚养长大。说起来,她还是挺有良心的。你何不松一松手,叫她也稍微吃点儿东西?"鬼听了这话,竟然无言答对。李氏顿时感觉喉头上轻松了,立刻狼吞虎咽地吃了三大碗米饭。

　　大伙儿觉得这鬼还算通情达理,有门路,就进一步劝道:"我家主人延僧请道,替你超度亡灵,使你能早日超脱鬼趣,转轮托生为人,你看如何?"鬼唯唯应诺,表示赞同。诸廷槐立刻派人请来高僧,设坛祭礼,高诵往生咒。鬼果然悄然离去,李氏也恢复了常态。

　　可是,好景不长。没安生两天,鬼又回来了,重新凭附在李氏身上,骂道:"秃驴们光念往生咒管个蛋用? 他们为什么不给我烧度牒? 那才是托生为人的通行证! 闹了半天,你们把我骗了? 没那玩意儿,什么也行不通。"诸廷槐又命人跑到庙里,向老和尚讨来度牒,当面给他焚烧了。鬼从此一去不复返。

　　当初,鬼闹得最厉害的那几天,他却最怕见诸廷槐那个小儿子。鬼说:"这位小公子头上有红光,将来必是大福大贵之人,所以阳气特盛,鬼最怕见到他。"有人就问:"这是不是因为我们诸家祖上有什么功德,给子孙后代修来的福呀?"鬼说:"那倒不是,只因为诸家祖坟上的风水好。"又有人问:"何以见得呢?"鬼说:"我和我的鬼友们,经常游荡于大户人家的墟墓之间。我们的目的,不过是拣拾些人家的祭扫之余,来填饱自己的肚子。但是,我们从来不敢到诸家的坟墓去,那里的田垄间有一股热气蒸腾直上,就像从地里喷着火苗儿一样炽热。"

王 都 司

　　山东有个姓王的,官做到济宁都司。忽然有一天,他梦见南门外关帝庙里的周仓来对自己说:"你肯修关帝庙,可得到五千两银子。"王都司不以为然。第二天夜里,他又梦见关平来说:"我家周仓最诚实,不是骗人的人,所许五千两银子,现在在帝君香案脚下。你必须黑夜点着蜡烛来,就可得五千两银子。"王都司又惊又喜,以为香案下面埋有金银,注定该归自己,于是带领儿子,拿了个皮口袋前去,以便装银子。

　　到了庙里,天已黎明,见香案下睡着一只狐狸,黑色,毛很长,两眼金光闪闪。王都司醒悟过来说:"难道关神命我来是要我驱除这狐妖的吗?"就与儿子一起用绳子把狐狸捆绑了,放进皮口袋,背回家去。口袋中的狐狸忽然说人话了,它说:"我是狐仙,昨天偶然喝醉了,呕吐睡卧在关帝庙中,触怒了关帝,所以托梦给你,叫你来收拾我。我原本有罪,但想想我已修炼千年,这罪只是小罪,你不如把我从口袋里放出来,彼此都有好处。"王都司戏问:"你用什么答谢我?"狐仙说:"以五千两银子作为礼物。"

王都司心里想,周仓、关平两将军的话应验了,就把狐狸放了。它转眼就变成一个白胡子老人,唐巾飘带,说话温雅,待人和蔼可亲。王都司于是安排酒席,与狐仙谈些过去未来的事,并且问他:"都司是个穷官,从哪儿弄五千两银子?"狐仙说:"济宁城里富人很多,都不是行仁义的人。我挑其中最坏的,直接到他家去,抛砖打瓦,让他头疼发热,心惊胆战,他家自然要去请道士、求符箓驱除。你就去对他们说,你就能驱除妖邪。到时你只要拿张纸写上名字,向空焚化,我就心照而去,再去闹别家。这样闹一个月,你就能得五千两银子了。只是你的官爵只能做到都司,财量也只有五千两银子,到了这个数字,用不着费心再求。我报答你后,就从此告辞了。"

没几天,济宁城内外大闹瘟疫鬼怪,鸡犬不宁。但只要王都司一到,便就安宁了。王都司因此而得到五千两银子,用二百两修关帝庙,祭奠周仓、关平两将军,然后告病辞官回乡,至今过着小康生活。

卷十六

杭大宗为寄灵童子

万近蓬供奉斗君很认真,每年七月间,设盂兰会,与施柳南知州同设道场。施柳南能见鬼,凡是来受祭的,他都能指出是谁,并且能和鬼通话。一设立祭坛,万近蓬就先写出各死者姓名,在坛前焚化。

万近蓬是杭大宗先生的弟子,有次忘了写杭大宗的名字。施柳南见这晚各位受祭的都到了,有个人蓄着短短的白胡子,披着夹纱袍,没戴帽子,来骂道:"近蓬是我弟子,今天设会,独不请我,这是为什么?"施柳南从没见过杭大宗,只好呆呆地看着他。旁边有人告诉说:"这是杭大宗先生。"施柳南上前作揖,问道:"先生从哪里来?"杭大宗说:"我前生是法华会上点香的,名寄灵童子。因侍奉香时,见烧香女美貌,偶然动了念头,被贬到人间。我在人间心直口快,有善无恶,原本可以仍然回原位,只是因为我喜欢讥贬人,党同伐异,又贪财,被观音菩萨鄙薄,不许我马上回归原位。"他又指着自己的手与口说:"这两样东西拖累了我。"

施柳南问:"先生在阴间快乐吗?"杭大宗说:"我在这里没什么苦乐,很散淡,可以自由自在地随便游玩。"施柳南问:"先生为什么不再去投胎做人?"杭大宗作拍手的样子,笑着说:"我做了七十七年人,转眼就过去了,回过头来想,有什么趣味?"施问:"先生为什么不再去求观音收留?"杭说:"我堕落也只是因为小小过失,很容易超度。你可告知近蓬,叫他替我念两万遍《秽迹金刚咒》,我就可以回归原位。"施又问:"陈星斋先生为什么不来?"回答说:"我比不上他,他已仍回桂宫了。"说完,上座去大吃,笑着说:"施柳南一天不出仕,我辈田允兄就有吃的地方。"

田允兄,就是俗话说的"鬼"字。

西江水怪

徐汉甫先生在江西的时候,见到有个人,用念咒的方法捕捞鱼鳖一类的水产品。

此人每天来到江湖之畔,迈着方步儿踱来踱去,嘴里嘟嘟囔囔地念起咒语来。水面上立刻波涛汹涌,像开了锅似的上下沸腾。过了一会儿,水面上平静下来,鱼、鳖、虾、蟹集聚而来,老老实实地浮在水面上,任他选取。但是,这种法术的使用法则规定,用法人不得索取过多。他所取的鱼鳖之类,售出后仅仅能维持一天的生活费用而已。

有一天,此人偶尔来到大泽之畔。他正在念咒作法,水面上忽然哗地涌出一个怪物来。它那样子,很像猕猴:一双冒着金色光芒的眼;牙齿尖利,暴露在外;一对勾爪如嵌白玉,锋利无比。捕鱼人眼见得这个怪物已经向自己扑来,急忙脱下裤子,把裤裆部位套在头上,拼命逃跑。可是,那个怪物已经追上岸来,一跃而跳到他肩膀上,隔着裤裆抓破了捕鱼人的额头,顿时鲜血直流,捕鱼人晕倒在地。

在场的人都大声呼喊着抢上去营救。那怪物见人多势众,发出一阵像乌鸦一样的呱呱怪叫,继而奋力一跳,腾空一丈有余。落地之后,迅速向远处的水面逃去。人们也不敢再去追捕。

不一会儿,念咒的捕鱼人苏醒过来。他首先叩谢大家的救命之恩,又对大家说:"刚才出现的那个动物,是个水怪。水怪把鱼鳖虾蟹之属视为自己的子孙。我长年施用法术,使它的子孙们陷入昏沉,轻而易举地捕杀它们,不免引起水怪的憎恨,它今天来施报复,也不足为奇。它那对爪子相当厉害,能掀了人的头盖骨。若不是我用裤裆蒙了头,又有诸位的及时营救,我早就没命了!"

仲　能

唐再适先生做川西道台时，有个伙夫陈某，生性粗悍，喜欢喝酒。有天晚上，他喝醉了躺着，觉得有什么东西爬在他肚子上，一看，是个老人，头发胡子全是白的，相貌也很古怪奇特，朦胧中看不清楚。陈某以为是同伴和自己开玩笑，不觉得害怕。

当时是初秋，正盖着单被，陈某就用被子把那人裹住，并且挟着他睡。到了天亮拉被子一看，中间有只白鼠，有三尺多长，已被压死了。他这才明白爬在他肚子上的老人就是这鼠怪。

（按，这东西就是《玉策记》中所说的"仲能"，善于看相占卜的人如能够活捉它，可以预先知道祸福。）

雀　报　恩

周之庠先生好行善。孩子们捉住些虫鱼鸟之类的小动物，周先生总是买来些糖果与他们交换，然后放这些小动物返回自然。他尤其喜爱麻雀，不时地在自家的房檐下撒些谷米，诚心招引大群的麻雀来啄食。

中年以后，周先生忽然双目失明，但他饲养麻雀的癖好并未改变，反而更加认真了。每日里坐在檐下，听着叽叽喳喳的雀儿叫，欢欣的微笑立刻浮上嘴角。

有一天，周先生突然病重，随后就断了气儿。只为他胸口窝儿上还留有一丝温热，就没有给他装殓，放进棺材。全家人轮流坐到他的床前，整整守候了四天四夜。周之庠先生终于苏醒。

周先生说："我昏迷之后，不知不觉地走出家门，独自来到一片旷野。天色昏暗,四野寂静,一个人影儿也见不到。我心里害怕起来,疯了似的狂奔了几十里,这才来到一座城外。这里也是寂寥万分,毫无人迹烟火。我正在迷茫怅惘,忽而有位老者拄着拐杖自远处而来。等老人走近了,我才认出是过世的父亲。我扑向前去,跪在他面前哀声哭泣。父亲也大吃一惊,问道:"谁叫你跑到这儿来的?"我哭着说:"没人叫我来,我大概是迷路了!"父亲一边拉起我,一边说:"原来是这么回事。没关系,随我来吧!"

我跟随父亲进了城,来到一座大衙署门前。又有一位头戴诸葛巾、身穿道袍的老者从衙门里走出来。仔细一瞧,竟是我的祖父。祖父一见我跟在父亲身后,大惊,怒斥父亲道:"你怎么也老糊涂了? 为什么把孩子带到这地方来?"他把父亲斥退,拉起我的手来就往城外走。

这当口,已经有两名面貌狰狞可怕的隶卒追上前来,大声喊叫:"哎——这可不行! 这小子既然来到了这地方,怎么能轻易放他回去? 快把他交给我们!"说着,就奔上前来,与祖父争抢。祖父毕竟年迈力衰,哪儿能抵挡得住!

在这千钧一发之际,忽然从西边儿飞来成千上万只麻雀,黑压压如一朵乌云,遮去了半边天。它们一拥而上,猛力叨啄两个隶卒的脸,使他们睁不开眼,也没法儿躲闪。乘这个机会,祖父拉着我逃出城外,一路上,麻雀群在头上翱翔,为我们打掩护。大约又走了几十里,祖父突然从背后打了我一拐杖,喝道:"傻小子,到家了! 还愣着个什么?"我心里一惊,这才如大梦初醒。

周之庠先生死而复生,两眼也重见光明。至今,他依然健康地活在世上。

全　　姑

荡山茶馆的全姑,生来洁白,体态婀娜。十九岁时,与邻居美少年陈生私通,被无赖知道,捉住。陈家很富有,送了一百两银子给无赖私了。县里的捕役知道后,想与无赖分赃不成,就把无赖扭送县衙。县令某,一向自负是个理学家,判打陈生四十大板。全姑哀苦叫唤,流着泪伏在陈生臀上,愿代陈生受刑。县令认为全姑无耻,更加愤怒,也判打全姑四十大板。两个皂隶把全姑拉到堂下,心里爱怜她,因为这女子浑身上下娇柔得像是没有骨头一样,打不下手,况且又得了陈生的贿赂,所以把板子轻轻地朝地上打。县令怒气未息,剪了全姑的头发,脱了她的鞋,放在案几上,令人传观,作为全城人的警戒,然后存放在库房里,将全姑由官方发卖。

定案后,陈生一直记挂着全姑,出钱请别人把她买下来,自己仍然娶她为妻。不到一个月,县中的捕役们纷纷上门来敲诈钱财,路上闹哄哄的,都传说这件事。县令打听到了实情后大怒,再次把二人捉到衙门里。全姑知道这次免不了挨打,偷偷地把破棉絮、草纸塞在裤子里,保护自己的臀部。县令看见了,说:"你下身胀鼓鼓的是什么玩意儿?"于是下堂把裤子里塞的东西都扯掉,亲自站在边上监督,令差人将全姑脱光了施刑。陈生上前阻拦,被打了几百个嘴巴后受刑,打完了,回家一个多月就死了。全姑被卖给某公子做妾。

有个刘举人,是位豪侠。他闻听此事,直接进入县衙门,责备县令说:"前时我到县里,听见您吩咐用大板子,以为是您在拷问强盗或多年老贼,所以到阶下观看。没想到打的是一个美女,被剥了紫绫裤受杖,两臀高高耸起,像是一团白雪,太阳晒着还怕会融化,而你整整打了她上百板,一板子打下去,就成了烂桃子颜色。她犯的是风流小罪,何必这样做?"县令说:"全姑美貌,不打她,人们会说我好色。陈某富有,不打他,人们会说我得了贿赂。"刘举人说:"作为一个父母官,用他人的皮肉来博取自己的声名,可以这样吗?很快你就会报应临头了。"他甩袖而出,与县令绝交。

不到十年,县令升任松江知府。一天,知府正坐在公馆里吃午饭,仆人看见有个少年人从窗外进来,在知府的背上拍了三下。知府大声叫痛,吃不下饭,不久背肿起来尺把高,中间有条沟,那形状就像两臀一样。请医生来看,医生说:"没有救了,已经成了烂桃子颜色了。"他听了,心里很难受,不到十天就死了。

奇　勇

国朝初年,有两位巴图鲁(满语,勇士之义。清代往往赐称军中有功的官员),他们的技能都很奇特。

其中的一位,一泡尿能把地浇得下陷一尺,他还能拔着自己的头发,使自身离地一尺,两脚蹬空,坚持很长一段时间才又落地。

另一位在关外戍边,半夜里遭到敌人的偷袭。黑暗之中,他不幸被敌人削了脑袋。但是,刀过之后,他急忙用右手按住了被砍掉的头,左手挥刀奋战,又杀掉了十几个敌人,自己才轰然倒地。

红毛国人吐妓

红毛国多妓女,嫖客设酒席召妓女,脱掉妓女的下衣,围着她把唾沫吐在她阴部,并不和妓女交媾。吐完后给赏钱,号"众兜钱"。

西贾认父

铨部主事吴一骐先生,浙江钱塘人。当年,吴先生中了举人,就入京准备参加会试,住在一家旅馆里。

那一天,忽然有一位山西商人王某来到这家旅馆门前,请求会见吴一骐先生。王某说,他父亲临终之前留下遗嘱,说自己下辈子要转轮托生到浙江某地,成为吴家的子弟。王某说:"经过一番仔细的调查研究,吴一骐先生出生那天,正是我父亲去世的日子。"王某又说:"昨天,又梦见母亲给我托梦,母亲在梦中对我说:'你爸爸的后身已经来到京师,他就住在某某旅馆里,你还不去认他!'"因此,王某苦苦哀求,恳请与吴一骐先生见上一面。

吴一骐先生不信鬼神,也不相信转轮托生那一套,认为会见王某太怪异,坚决不见。王某在门前痛哭一场,面向旅馆遥遥再拜而去。

王某是个富商,他来拜见吴一骐先生,除了要认父亲之外,恐怕是别无所求了。因此,人们都笑吴一骐先生太迂腐,为什么放跑了这么个有钱的儿子,而不甘心充当这个阔爸爸?

后来,吴一骐先生中进士,官至吏部主事。可惜,他才高命短,几年后便因病去世,年仅二十八岁。

徐步蟾宫

扬州枭使吴竹屏先生,乾隆十二年(1734)参加乡试,在金陵扶乩,问自己是否能考取。乩盘上批了"徐步蟾宫"四个字,吴竹屏很高兴,认为是自己能够考中的预兆。结果榜发没有考中,这年第一名名叫徐步蟾。

歪嘴先生

湖州人潘淑,聘李氏女为妻。还没来得及婚娶,潘淑就病得不行了。临终之前,潘淑把岳丈李老头儿请到床前,嘱咐自己死后,不许李家女儿再嫁别人,为他终身守志。李老头儿也许是出于安慰这个要死的人,就满口答应了。

可是,潘淑死后,李老头儿立刻给女儿另找了婆家,而且,很快就要迎娶了。临嫁的头一天晚上,潘淑的鬼魂忽然凭附在李家女儿身上兴妖作祟,责难她为什么食言,不为亡夫终身守节。

当时,这村儿里有位姓张的教书先生,对潘淑的鬼魂如此无理作祟,特别愤愤不平。他径自登上李家女儿的闺楼,引用古礼当面斥责潘淑的鬼魂说:"她虽说曾经许嫁给你,但是,一没过门儿,二没在祖宗面前交拜,能算什么夫妻?这么说吧,她就是死了,也得埋到李家的坟地里,与你们潘家毫无关系!再说,没过门儿的媳妇死了未婚夫,有什么守志可言?你还不快点儿给我滚开!"

潘淑的鬼魂竟然哑口无言,没话答对。鬼魂驱使着李家女儿,突然走到张先生面前,往他脸上吹了一口气。这股气冷如冰霜,臭不可闻,冲撞得张先生跌倒在地。

此后,李家姑娘就恢复了常态,顺利地出嫁了。而张先生被鬼吹了一口气,嘴就歪向一边去了,虽经医治,也不见效。

虽然如此,本村儿的李德之先生还是很佩服张先生的胆气和为人,特聘请他为西宾,教授自己的子女。可是,合村人都背地里称呼他为"歪嘴儿先生"。

鬼衣有补褂痕

常州人蒋某,在甘肃作县丞。乾隆四十五年(1780),甘肃回民起义,蒋某被杀,家人已经三年没有他的音信了。蒋某的侄子在东城开人参店。年后忽然有一天,蒋某径直进店,用布裹着头,所穿的衣服有补褂图案的痕迹,他对侄子说:"我在某月某日被乱兵所杀,尸体在居延城下。你可派人到那儿,用棺材收殓了运回来。"又指着跟随的仆人说:"这小孩子也是那次兵乱中死的,我现在在阴间雇用了他,每年给他工价三两银子。"蒋某的侄子大惊,连连答应。蒋某命仆人取火抽烟,一会儿就不见了。

蒋某的侄子随即派人用棺材把蒋某的尸体运回来,打开一看,头骨被砍成数块,身穿红青色缎褂,上面隐隐有一方钉过官服图案的痕迹。

孙 方 伯

浙江布政使孙涵中先生做部郎的时候，家住北京樱桃斜街。那住房，宽敞明亮又干净。

有一天，一股恶臭气突然袭来，直达中庭和内室，人人掩鼻，呛不可耐。孙先生循着臭味儿的方向去寻找根源，最终证明是来自后花园的一口井里。

这天晚上，夜下三鼓，家里的人都睡熟了。孙先生忽然听到有人接二连三地呼唤一名老仆人的名字。每叫一声，还要加上一句："来呀，快来吧！"仔细一听，隐隐约约又是来自那口井里。

孙先生大怒，第二天就命人把那口井填平，臭味儿和叫喊声立刻销声匿迹了。

卖 冬 瓜

杭州草桥门外有个卖冬瓜的，能够从头顶上让元神出窍，常常闭着眼坐在床上，让元神在外应酬。

有一天，他的元神出外买了几斤鱼鲞，托邻居带回来，交给妻子。妻子接了鱼鲞，回房对他说："你又在开玩笑吧？"用鱼鲞敲他的头。

过了会儿，卖冬瓜的元神回来，因为头顶被鱼鲞所污，在床边彷徨，元神无法入体，大哭了一场后走了，尸体就渐渐僵硬了。

柳如是为厉

苏州昭文县(今属江苏常熟)的县衙署,原是前明尚书钱谦益的故居。院里有东厢房三间,一明两暗。相传那是钱尚书的爱妾柳如是自缢殉国的地方。所以,历任县令都把这三间东厢房关闭紧锁,不准有人居住。

乾隆四十五年(1780),直隶人王先生莅任昭文知县。他家人口众多,妻妾满堂,内室就显得很拥挤。于是,就开启了这三间东厢房,叫他的一个小老婆住进东套间,由两名丫鬟陪伴着;叫另一个小老婆住进西套间,由一名使唤老婆子陪伴着。晚间,夜下三鼓,忽听得西套间里那个老婆子玩儿命地喊叫:"救命呀!快来救命呀!"王先生听到呼喊,披衣赶到西套间。只见那个老婆子还在呼喊,小老婆却不见了。王先生转到床后面,才发现小老婆赤身裸体地站在那里,浑身不住地打着哆嗦,脸色煞白,撞得鼻青眼肿,额角上还流着血。王先生急忙命人帮她穿了衣服、洗了脸,这才问她到底发生了什么事。

小老婆说:"我刚刚躺到床上,还没熄灯,就吹来一股阴风,掀动了床帐,冻得我浑身打战!这当口,就有个头上梳着高高的发髻,身披着件大红袄的女人走上前来,一把撩开了我的床帐,示意要我跟她走。我退缩不前,她就一把揪住了我的头发,把我拉到床边。我不顾一切地挣脱了她,拼命逃到床后去,慌乱中,一头撞到了衣架上,磕了个乌眼青。老婆子听见我喊叫,大喊大叫着,也扑上来救我,女鬼这才放开我,从窗户逃了出去。"听了小老婆这番絮叨,合府上下大惊。都知道这屋里闹了鬼,可谁也不敢明说。又考虑到东套间里住的那位是新娶的小老婆,胆子又特别小,就没有把实情告诉她。

第二天,已经到了中午。东套间没开门,又毫无动静。王先生觉得不对头,命人破门而入。一进门,大惊失色。小老婆和那两名丫鬟共用一条长丝带,一起挂到房梁上。由于时间较长,尸体已经僵硬了。

王先生无奈,只好命人重新封锁了这东厢房,后来也就平安无事了。

有人说:"柳如是是替那钱尚书殉节呀!光明正大,名正言顺。她就不该再兴妖作祟,也来抓替身!"

然而,据《金史·蒲察琦传》记载:蒲察琦官居御史。金天兴二年(1233),崔立以西部元帅之名,在汴京(今河南开封)发动宫廷军事政变,自称为太师、兵马都元帅、尚书令、郑王。蒲察琦不服政变,决心以身殉节。他回家去,向母亲元颜氏作诀别,当时,这位老夫人正在睡午觉,忽而从梦中惊醒。蒲察琦问:"母亲怎么了?"元颜氏说:"我的儿,刚才,为娘做了个怪梦,梦见有三个怪模怪样的人潜伏在咱们家的房梁上,一下子就把我吓醒了。"蒲察琦急忙跪下说:"母亲所看见的,是三个鬼。儿决意不与叛逆为伍,将要为国殉节,悬梁一死。鬼们已经得知这个信息,他们是来接我的呀!"蒲察琦终于上吊一死,为国捐躯,年仅四十岁。

由此可见,虽然是忠臣义士,只要横死,就必得有旧鬼前来引路、前来抓替身。这一道程序,似乎是必不可免。何况,柳如是不过是个替死的女才鬼!

捧头司马

如皋人高岩,任陕西高陵知县。他的一个朋友去探望他,离城还有十里左右,天已黄昏,恐怕赶不进城,见路旁有座荒废的寺庙,正室封门上锁了,西偏房二间,内有小门,通正室,门也封上锁了。他见房子还算整洁,就借宿一夜。他买了些酒,喝了几杯,便脱衣服睡觉。他的仆人出房,去与守庙的道人一起睡在东边耳房里。

这天是农历十六,月光照耀得如同白天。高岩的朋友很久没睡着,忽然听见正室里有走路的声音,小门呼地打开了,见有个人穿着官服,挂着朝珠,但没有头,走到窗下坐着,像是在观赏月亮。高岩的朋友正在惊骇,那人转身朝里走,仿佛已见到他,随即走回正室。他赶快起床开门逃走,然而门外的锁被他的仆人倒扣住了。他大声叫喊,却发不出声音,仆人也没答应。他没办法,就从窗口爬出。窗外有道墙围着,他没法爬越,见靠窗有棵高大的树,就爬了上去,朝窗下看。只见那人已经捧着头来到外间,仍然坐在先前坐的地方,把头放在膝盖上,慢慢伸出两根手指,拂拭眉毛眼睛,然后用手捧着头,安放在项上,双眼炯炯,寒光射人。这时候,高岩的朋友已吓得魂飞魄散,昏迷了过去。

第二天仆人进屋,不见主人,到处寻找,最后在树上找到了,急忙拉他双腕,可他的手紧紧抱住树干,怎么也拉不开。过了很久,他才苏醒过来,还以为是鬼来抓自己。问守庙的道人,道人说:"二十年前,宁夏这地方打仗,有个湖北人,官同知,押送粮草误了限期,被大帅斩首。他家人运棺木回乡,走到这里,盘费用完,于是把棺木寄放在庙里。如今也许是鬼魂想家,所以在你面前现形。"

后来,高岩的朋友把这事告诉了高岩,高岩出钱作为运送棺木的费用,并写信给死者的儿子,叫他儿子来领父棺。

驱　鲨

浙江吴兴的卞山上有个白鲨洞,每到春夏之交,乡民们就能看见从这洞里飞出个巨型的白绸带。它在空中盘旋,游荡不定,所经之地的蚕茧都变成了空壳儿,对蚕农形成了很大的威胁。吴方言称虹为"鲨"。这条巨大的白绸带出现在天空中,的确很像一道虹;又由于它出自白鲨洞,当地的乡民们就称它为白鲨精。近年来,它祸害老百姓的程度日趋严重。

其实,早在明朝隆庆年间(1567—1572),太仆寺卿韩绍先生就曾组织人力,用毒箭射杀、驱逐这个白鲨精,还仿效唐朝韩(愈)文公的笔法,写了一篇《驱鲨文》,后来写入《吴兴县志》。可惜,他的行动收效甚微。

乾隆四十八年(1783),有位姓范的乡民,不堪于白鲨精的干扰,集聚蚕农联名向城隍爷上书,请求惩治白鲨精。当天夜里,范某就梦见一位老人来到他面前,对他说:"你的控告已经被采纳,官司算打赢了! 三天之后,城隍爷将派玄衣真人惩办白鲎精。不过,白鲎精曾司一方雨露,也有过一定的功劳,被它侵扰、伤害的蚕农数量也不算多。只为它生性贪婪,行为过分,才决定给它一定的惩罚。三天后,你们带上些硫黄和烟草,在白鲎洞前等候吧!"

三天后,范某组织了几十人的队伍,带着硫黄、烟草、锣鼓、鞭炮等物品,来到白鲎洞前。那天晚上,半月微明,光照不甚明朗。二更鼓之后,忽然刮起一阵风。随后,从山前飘然飞来一只大蝙蝠,它那舒展的双翅,足有一丈长。瞬息之间,又有几百只小蝙蝠出现在它周围,每个小蝙蝠的身上都有一点光亮。它们前呼后拥,似乎是在为大蝙蝠作护卫、作引导。

范某这时候才有所领悟,对身边的乡民们说:"这个大蝙蝠,大概就是玄衣真人!"范某等人立刻紧贴着洞口,烧起了那些硫黄和烟草,顿时滚滚的浓烟被吸进白鲎洞中。不大工夫,洞里一阵怪响,如风发,如潮涌。"嗖"的一声,那条巨大的白绸带夺门而出,飞上天空。众蝙蝠立即涌上来,将它团团围住,就像预先布好了阵式。它们在空中搏击了很长时间,似乎不分胜负。范某率领众乡民敲锣打鼓,燃放鞭炮,在地下助阵。

大约过了一个时辰,那条白绸带开始分离散落,化作一道青气,向东北方向流失,大小蝙蝠也相继散去。第二天早晨,乡民们在田野草丛之间发现了成千上万个碎布片,有青色的,也有白色的,拣拾起来,腥秽扑鼻。至此,白鲎精之患绝迹。

海中毛人张口生风

雍正年间(1723—1735),有只海船飘到台湾彰化县界,船上只有二十几个人,装了很多货,这些人就在彰化住了下来。过了一年,他们一个同伙的儿子,是广东人,向官府告他们。

这些人交代说,我们出海航行后遇到了飓风,迷失了海道,顺海流向东,行了几昼夜,船靠上了岸,回观海水像山般直立,船不能走,因此登岸。见到地上破船坏板与死人骨头多得数不清,自以为是死路一条了。不到一年,同船的人逐渐病死,我们活着的也没有了粮食。剩下几斛豆,种在地下,居然发芽结豆,我们就靠此充饥。有一天,有个长数丈的毛人从东方慢慢走来,指着海水发笑。我们向他呼叫叩头,长人用手指着海,像是叫我们赶快走的意思。我们起初不明白,后来明白了,急忙升起帆试航,长人张开口吹气,呼啦啦刮起了东风,日夜不停。后来望见了鹿仔港口,便收帆停泊下来。

彰化县官调查下来确实如此,办公文发到广东,把船上所有财物,按原先出海时的二百多人平均分配到各家,于是结了案。

后来,有土人说:“那儿名海阐,是东海最边缘的地方,船到那儿根本没法回来,只有每过一百二十年,才有东风刮起,屈曲可回,这二十几人正好碰上,真是奇事。只是不知道多毛的长人是什么神道。”

卞山地陷

乾隆五十年(1785),湖州闹了一场大旱灾。湖州西门外的下塘地区,地皮下陷了几丈深,乡民们的住房房脊竟落得与地平面儿一般高。他们挑破房顶逃了出来。据说,屋里的器物毫无损坏。

不久,苕溪河道正中突然凸起了一道土埂,土埂上又升起一道白光。白光直照苕溪,随之狂风大作,渔民们都被狂风刮迷了方向、被白光照花了眼。等到风平浪静,才发现几十条船都挤到了一块儿,那道白光也隐没了。

当时,有位姓方的老者,年纪在九十岁以上。方老者说,他年轻的时候听说过这样一个传闻:一位渔民在苕溪上捕获一条白鳝鱼,足有五六斤重,以其大而奇特,渔民不敢私匿,就双手奉献给乌程县令。就在前一天夜里,县令梦见一位身着素白的女子来到他面前,对他说:“我是苕溪水神。如今,又负有为陈皇后看守宫门之责。明天,我将遭到厄运,请您救救我!”第二天,县令就见到了渔民送来的那条大鳝鱼,顿时有所省悟,命人把它放回苕溪。如今,苕溪土埂上射出的白光,大概就是这个灵物吧?

据《陈书》记载,陈永定二年(558),安吉县君死,与其夫合葬吴兴卞山。湖州的西门与安吉君府的迎喜门接近,便命人从迎喜门挖一条甬道,过西门外直通墓穴。安灵已毕,又把甬道通口封死了。不知这次湖州地陷,与这条地下墓道有没有必然的联系?

鬼 逐 鬼

桐城左秀才,与妻子张氏感情非常好。张氏得病死了,左秀才不忍心与她分离,天天陪伴着她的棺木睡。

七月十五日,他家作盂兰会,家里人都在外拜佛设醮,只有左秀才独自一人伴着张氏的棺木读书。忽然,刮起了一阵阴风,有个吊死鬼披头散发,滴着血,拖着绳子,直向左秀才逼过来。

左秀才心急慌张,拍着棺材大叫:"妹妹救我。"他妻子竟然一下子掀开棺盖起来,骂道:"恶鬼胆敢无礼伤害我丈夫!"挥动手臂打鬼,鬼跌跌撞撞地逃出去了。妻子对他说:"你太痴了,爱情专一竟然到这个地步! 因为你的福薄,所以恶鬼胆敢侵犯。还不如同我归去,再投胎做夫妇,白头共老。"左秀才连声答应,张氏仍然进棺躺下。

左秀才喊家人来看,棺盖上好几道钉子都断了,妻子的裙子有半幅还夹在棺缝中。不到一年,左秀才也死了。

柳 树 精

杭州人周起昆先生,官居龙泉(今浙江龙泉县)教谕。每到夜间,祭祀先贤的明伦堂上那面大鼓,都会无缘无故地咚咚响。周起昆先生就派人暗地里去观察,却发现有个一丈多高的巨人,不停地用手击那堂鼓。

这龙泉学府里,有个看门人名叫俞龙。俞龙其人素来强悍,又很有胆量。他手持弓箭,藏在一个黑暗的角落里。等那巨人一出现,他一箭射去,就中了那怪物的肚子,怪物狂奔而去。第二天夜里,堂鼓就不响了。

过了两个多月,一天夜里刮了一场大风。学府门前有一棵大柳树被刮倒了。周起昆先生就命雇工用大锯把它锯开,当劈柴烧。民工们竟从树干里锯出一支箭来。人们这才明白,以前,夜里天天去击堂鼓的,竟是这个柳树精!

龙泉县荒僻贫瘠,历代也没出过科举人才。可是,这一年的秋闱,竟出了一个姓陈的举人。

折 叠 仙

苏州浒市关有个陈一元,离家学道,造了一栋修炼用的房舍。他独自坐在房中,从里面加锁。起初不吃粥饭,接着不吃水果蔬菜,只饮石湖的水,命他的儿子每月送一壶水来。第二个月他儿子来探望,壶仍然放在门外,水已干了,他儿子就再把壶灌满给他。

孙敬斋秀才听说后,很仰慕,就写了张纸条贴在壶盖上,问陈一元是否同意相见,并请他告诉相见的日期。贴好后心里很不安,怕陈一元拒绝。第二个月去看,见壶上的纸条仍在,下面批了一句说:“二月初七日,可来相见。”孙敬斋大喜,到期与陈的儿子同去,见陈一元看上去只有四十来岁,而他儿子已是老人了。孙敬斋问他修行从什么地方入手,陈说:“你且静坐一会儿,自己数一下心里所想的事。”

孙敬斋坐了一段时间,陈一元问:“你起过多少个念头?”孙回答说:“起过七十二个念头。”陈一元笑着说:“心中没有寄托,求静反动,这是事物的规律。你一个时辰起七十二个念头,称不上多,根底与气质可以学道。”

于是陈一元就教孙敬斋饮水的法门，说："人生本自虚空而来，因为吃东西太多，致使身体坚重，腹中秽虫越来越多，容易痰迷心窍。学道的人要先清他的口，再清肠子，让各种虫子都饿死，这样就荡涤了内腑。水为先天第一真气，天地开辟的时候，没有五行，先有水，所以饮水是修仙的要诀。但是城市里的水过于浑浊，使内脏受累，一定要取山中最清的水，慢慢吞下，使喉中发出喀喀的响声，然后甜味才辨别出来。一勺水可以度一昼夜。这样过一百二十年，身体渐渐轻清，就连饮水也不需要了，就可服气乘风而行了。"

孙敬斋问陈一元是跟随谁学的，陈一元说："我在三十年前去泰山烧香，碰上个年轻人，相貌极灵俊，能预先知道天气阴晴，我与他一路同行。年轻人背着个锦盒子，每次住店，必定要对着盒子轻轻地说上一阵子话，然后睡觉。我心里非常惊疑，在壁上凿了个孔窥视，见年轻人把盒子放在小几上，整好衣冠，再次下拜。一个老人从盒子里笑着坐了起来，双目炯炯，白须飘然。两个人一起说着悄悄话，听不明白，只听见说'有窃道者，有道窃者'八个字而已。到半夜三更，年轻人请示说：'先生可要睡觉了？'老人点了点头，年轻人于是将老人折叠起来，像纸绢人一样，装入盒子里。第二天，年轻人知道我偷看了，因此告诉我他的来历，允许收我为弟子，传给我道术。"

孙敬斋试着抱了一下陈一元，连他所坐的椅子，仅三十斤。孙敬斋因为两个女儿还没出嫁，就向陈一元请假回家，等假期满了再学道。

我在震泽张知县公署中碰到孙敬斋，他对我说了以上这些事，当时是乾隆五十三年（1788）二月初十日。

仙人顶门无发

乾隆三十八年（1773），张知府在毗陵（今江苏省镇江市丹徒镇）遇见一位杨道人。这位杨道人鹤发童颜，身体健壮。只是那头顶的中间部位，光亮得像一面镜子，一根毛儿也不长。

张知府和杨道士频繁交往，大家混熟了，说话也就无所忌讳。有一回,张知府戏问道:"仙师能修炼得如此神韵,可谓得道了。可是,如此神通的人物,怎么这头顶上却一毛不长?"杨道人听了这话,不禁哈哈大笑,说道:"您这话问得很刁钻,可我并不在意。您之所以提这个问题,说明您连眼面前的一些知识都没留神。您没注意吧?那道路的两旁,总是杂草繁茂,郁郁葱葱;而那道路的中间,千人走万人踏的地方,总是寸草不生! 不知您纳过这个闷儿来没有?"

张知府乍一听,依然是不能深解其意。后来,他细一琢磨,则想到囟门(头盖骨的交会之处)本是人的元神出入之所,也像经常被人践踏的道路一样,当然是一毛不长的。

有一天,杨道人坐在一座庙门之外,天已经黑了。庙里的和尚们三番五次地走出来,请他到庙里住宿,杨道人却执意不肯。和尚们无奈,只好关了山门。

第二天早晨,旭日东升,红光万里。有人看见杨道人坐到庙前的东墙头儿上,用头顶正对着阳光。不大工夫,就从他的囟门处冒出一个小孩儿来,面目圆润而清秀,很像杨道人的雏形。那小孩儿一面在杨道人的头顶上手舞足蹈,一面把大量的阳光吞进肚里。当太阳逐渐升高,光线由红转白,那小孩儿停止了舞蹈,身子一缩,又进入杨道人的囟门之中了。

香　虹

吴江县有个姓姜的,生了一子一女。他儿子新婚,媳妇刘氏性格柔顺和婉,但不会干家务活儿。姜家丫鬟香虹,素来喜欢搬弄是非,因而与姜女常常指摘刘氏的短处。刘氏心中怀恨,却无法表白。刘氏嫁到姜家来时陪嫁很丰厚,都被婆婆勒索去了。不到一年,刘氏生病,在床上起不来。婆婆认为她得的是痨病,不许自己的儿子接近她,刘氏因而抑郁而死。

忽然有一天,姜女上床,自己打自己耳光,数说生平所做的一件件坏事,并且说:"婆婆不让我与郎君相见,也是姻缘气数已尽。但是你们这些人用心干吗这么酷毒？"这样闹了好几天，为她设立醮坛超度，她也不答应。姜氏老夫妇用好话求她，她才说："公公对我很好，婆婆只是老糊涂，这都是香虹的罪过，我不饶她！"香虹在旁边，忽然瞪着眼大叫，两手架空而走，像是有人提着她，摔在地上时就已经死了。姜女仍然恢复了常态。

这是乾隆五十三年（1788）正月的事。

阎王升殿先吞铁丸

杭州人闵玉苍先生，曾任峨眉知县、刑部郎中，官终御史。闵先生一辈子耿直，为官清正，受到人们的普遍赞誉。

闵玉苍先生官居刑部郎中，每到夜间，他又兼任阴司的阎王之职。阴司的执法机关分为五殿，每殿都有一位阎王，闵先生就兼任第五殿阎王。

每当夜间二更鼓之后，阴间的胥役鬼卒们就打着仪仗、套着马拉轿车来迎接他。每当他升殿审理案件之际，判官先生就向他呈进一枚铁丸，样子很像个麻雀蛋，重量在一两左右，务请他吞服下去，然后才能开始办公。判官向闵先生解释说："这种铁丸乃是天帝所铸造。天帝考虑到阳间的兼职官在理案过程中前瞻后顾，不免发生徇私情之事，因而才发明了这吞铁丸的方法，用以镇住阳间兼职官的浮动之心，保证其公正廉明，依法断案。这也是世代流传了几千年的老例了，并不是对您个人的格外苛求，请您不必过意！"

闵玉苍先生恭顺地吞下铁丸，这才开始办案。公事完毕，他把铁丸吐出来，再三洗涤，除去污秽，交回判官收藏。第二天早晨，闵先生早已把夜间兼职办案的事忘光了，即便有些案情在脑海里还留有点儿印象，他也守口如瓶，不肯向世人泄露出半个字。他只劝人们最好别吃牛肉，平日里多诵读《大悲咒》，他说："这是可以减轻自身的罪孽的！"

闵玉苍先生兼任阴间公职三个月。有一天早晨，他忽然召集亲朋好友，对他们说："今天我才悟出一个道理：小小不言的善行善事，做了也没多大用场。昨天夜里，我到阴间办公，正巧我表弟李某死了，他的生魂被押上殿来。判官先生打开生死簿，历数了他在阳间做官的种种劣迹。根据他的罪行，征求我的同意，将他从重定罪，先打入地狱，然后押解东岳城隍处，具体执行。

"说起来，李某毕竟是我的表弟，不免引起我的同情与恻隐之心。我把狱牌拿起来，又放在了书案上，有意拖延时间，不断地向他丢眼色，示意他要努力为自己辩解，以减轻罪责。李某会意，随之为自己辩护道：'下官在阳间虽有劣迹，但我平生从不吃牛肉，我在任的时候，禁止私自屠宰耕牛的禁令执行得尤其好。这是我的大功德，仅此一项，就足以抵消我的其他劣迹！'我对李某这个辩解不作任何表态，实际上是默认了。判官先生却当即驳斥道：'这就是孟子所谓的"恩足以及禽兽，而功不至于百姓"的具体表现！你一辈子不吃牛肉，为什么偏偏要吃人肉？'李某说：'下官再糊涂，也不敢明目张胆地去吃人肉呀！'判官先生镇定自若地说：'搜刮尽了民脂民膏，就是老百姓的膏血。你不是在吃人肉，还能说成是什么？不吃牛肉这样一桩小小的伪善，能抵偿得了你的滔天大罪吗？'李某被问得目瞪口呆，一时无言答对。

"我知道李某平素喜欢诵读《大悲咒》，而平生诵读《大悲咒》的人，死后到了阴间又最受敬重。为了帮助他解除困境，我暗暗在手心上写下《大悲咒》三个字，乘机向他提示。没想到，此时的李某已经是昏头昏脑，他傻子似的竟茫茫然一个字也念不出来。这时候，我也变得心急火燎，索性诵读几句《大悲咒》借以启发他的意识。没料到，一听我诵读《大悲咒》，上至判官，下到胥役，纷纷跪到堂下，洗耳恭听。这当口，忽有一片红云自东方飞来，直压殿顶，照得满堂金光四射。被我吞下的铁丸开始在胸中奔涌翻腾，左冲右撞，使我肝肠欲裂，无法忍受。我万不得已，这才抓起朱笔来，在狱牌上加了批示，投下堂去。鬼卒们立刻领了狱牌，将李某押解入狱。我胸中的铁丸这才平静下来，又审理了几桩其他案件我才回到阳间来。"

有一位朋友问闵玉苍先生："照您这么一说，这牛肉到底还是能吃不能吃？"闵先生说："看起来，能不能吃，也在两可之间了。"朋友问："这又是为什么呢？"闵先生说："这与提倡敬惜字纸有点儿相像。敬惜字纸，并不是先代圣贤所提出来的主张。所以，不吃牛肉，表现了人们重视农耕的愿望;而敬惜字纸,则展现了人们器重文化之心。把这种期望推向至高无上,就要恩及禽兽,主张不吃牛肉、不毁字纸。归根结底,这不过是一种慈悲之心。然而,'天地不仁,以万物为刍狗',这是在说,人世间的爱与憎,是随客观条件的变化而受到尊重或遭到抛弃的。这个观点,早在几千年前就被老聃先生说破了。您没想想,春蚕吐丝作茧,它一生的历程多么艰难!而丝绸的应用,上达于天子,下及于庶民。按理说,蚕的功绩应该比耕牛更大,它们所作出牺牲的数量,也比耕牛多得多。为什么要把它们下锅烹煮,抽其丝而用之还不算,又要把它们借以传宗接代的蛹摆到餐桌上,成为一道美味佳肴呢?这种情况,自古从未有人肯于站出来,为蚕民们鸣冤叫屈,这又是为什么? 这就是说,天地的本意是器重人类,卑贱牲畜。换句话说,其他生物要以人类为中心,为人类服务。所以,吃牛肉就是理所当然的了,还可以被看作是思想达观的表现呢!"

万 佛 崖

康熙五十年(1785),肃州合黎山山顶上忽然有人呼叫说:"开不开? 开不开?"这样叫了好几天,没有人敢答应。

有一天,有个牧童经过,听见后,闹着玩答应了一声说:"开!"片刻间,一声响亮,风雷怒号,山石裂开,中间现出一道悬崖,上面有几千尊天然生成的菩萨像,须眉毕现。

这地方至今人们还称为"万佛崖"。童淮树道台经过那儿,亲眼见到了菩萨群像。

大 力 河

孙先生,官居打箭炉千总。在他所管辖的地方,连续阴雨,长达两个月之久。

那一天,雨停了,天空忽然放晴,和煦的阳光普照大地,空气也特别清爽。孙先生踱步旷野,仰面看天。不料,顷刻之间烟云蔽天,晴空呈现出一片昏黄,接着,就刮起了怪风,风声怒吼,使孙千总扑倒在地,大地随之摇晃颠颤,迫使他满地打滚儿,头部、脸部和腿上都受了伤。孙先生这才意识到是发生地震了。他忍耐着惊恐,躺在地上不敢动。大约过了一顿饭的工夫,地震才完全停止,孙千总这才从地上爬起来。举目四望,大片的房屋,包括自己家的房屋,全部倒塌了。只有他一个弟弟从废墟里爬了出来,幸免一死。兄弟相见,涕泪交流,惶恐万状。

孙先生久居边塞,生活经验非常丰富。他对弟弟道:"地震必有回潮(余震),绝不会只此一次。如今,家里的亲人只剩下咱哥儿俩了,咱们就是死,也得死在一块儿!"于是,兄弟俩找来绳子,把他们的身体紧紧地捆在一起,兄弟拥抱着,相诫誓死不得松手,等待厄运再次到来。

孙氏两兄弟的话还没完,忽然又刮起了怪风,树摇欲倒,大地颠颤,地震回潮已经来到了。兄弟俩被颠得在地上翻滚。幸亏眼睛没被沙子迷住,一切景象都看得很清楚。地面裂开了几丈长的大缝子,从缝子里冒出一股黑风,继而是火光飞溅,接着,又射出紫、绿两色相间的强光,非常刺眼。有的地方,从裂缝里涌出一股黑水,漆黑如墨,气味腥臭难闻;有的裂缝里竟冒出车轮子大的人头来,两眼眈眈有光,凶狠地斜视着四周;有的裂缝分而复合;有的地方下陷几丈,成为永久的低谷。

地震过后,孙氏兄弟幸而不死。于是,他们埋葬了死难的亲属,从废墟里挖掘出劫余的财物,又各自谋生去了。

三个月之前,曾有个疯疯癫癫的和尚来到打箭炉这地方。他手里拿着个化缘簿子,声言要募化人口一万。孙千总讨厌他妖言惑众,要把他擒拿起来,送交县衙处理。还没等孙千总差人动手,那疯和尚一纵身,就站到了高高的柳树枝上。和尚高声叫道:"阿弥陀佛! 千总老爷何必动气? 不劳您把我送进县衙治罪,您只消把贫僧押往大力河畔,用我的身体堵住那个决口,比什么不强?"孙千总以他疯癫而神奇,不再理他了。不久,这疯和尚就不露面儿了。

这年地震,大力河果然决了口,河水泛流,被淹死的百姓竟有一万多人。

卷十七

白 骨 精

处州(在今浙江丽水市)地方多山,而丽水县位于仙都峰之南。当地农民在此耕田种地,开垦荒地逐渐延伸到仙都峰的半山腰。可是,这仙都峰上多闹怪异,农民们只能日出而作,日落而息,没有谁敢夜晚还在田地里干活儿的。

那是个深秋季节。地主李某来到这庄子上,督促他的佃农们收割稻子。晚上,他就独自住宿在庄上的房里。佃农们担心李某胆量小,都没有实话实说,不敢直截了当告诉他这山里闹妖怪,只是委婉地告诫他:"夜晚最好是别出门儿。"

那一天夜晚,月色甚佳。李某不禁走出门来,在山前踱步赏月。忽然,有个白煞煞的怪物从远处向他走来,步子踉踉跄跄,似乎忍着极大的悲痛。脚下踢跶有声,样子也很怪。李某吓了一跳,快步奔回院子里,随手关紧了那道半截儿栅栏门。这工夫,那个白色的怪物已经追到栅栏门前。他打也打不开、跳也跳不过,就在那栅栏门前转腰子。而李某进入院里,觉得有了屏障,胆子也壮起来。他隔着栅栏门往外一瞧,追赶到门外的却是一具白骨,肩上驮着一只凸凹不平的髑髅,可怕又可恶。那白骨在栅栏外面转了一阵子,显得气急败坏起来,开始推搡、啃咬那栅栏门,随之冒出一股腥秽难闻的恶臭。但是,他的进攻毫无效果。不久,忽听一声鸡叫,那架白骨哗啦一声瘫倒在地,化作一堆白骨。等到天一亮,那一堆白骨也不知去向了。

第二天,李某就向当地的农民打听,问这到底是怎么回事。一位农民对他说:"幸亏足下遇上的是这个白骨精,他本来就没多大本事,所以,您才没受到伤害。您若是遇见那个白头白鬓的老太婆,她会幻化出一个酒馆儿来,请您喝酒、抽烟。那酒喝两口还没多大关系,顶多不过是马尿加了凉水;那烟可一口也抽不得,抽上一口,就甭想再有活下去的理由。这个鬼老婆子,只有在风清月朗的夜晚才出来作祟。她最怕笤帚,只要抄起笤帚来,准能把她打倒。但是,谁也摸不清这老婆子是个什么怪物。"

鼋 壳 亭

　　乾隆二十年(1755),川东道道台白公,用一千两银子买了个小妾,乘船回任。他对这小妾非常宠爱。船航行经过镇江时,在月色中停泊下来,小妾推开窗门取水,被一只巨大的鼋吞了下去。

　　白公又悲又恨,发誓一定要捉住那鼋才罢休。于是,传令晓谕各船,齐心协力捕捉,谁捉住了鼋,赏银一百两。船民们争着用猪肚、羊肝套在五须钩上为诱饵,上面系空酒坛,浮在水面上,日夜不睡,钓那鼋。

　　两天后,果然钩到一只大鼋,几十个人拉也拉不上来,最后用船缆绳系在巨大的磨盘上,用四头水牛绞动磨盘,才把大鼋拖到岸上。鼋头像车轮那么大,大伙儿用锋利的斧子砍它,它在地上打滚,滚出个大坑来,喳喳发声,过了很久才死去。把它肚子剖开,白公小妾手腕上戴的金镯子还在肚里。

　　于是,众人把鼋砍碎了,用火烧掉,臭气几里外还能闻到。鼋壳长、宽好几丈,比铁还要坚硬,觉得很难派什么用处,就造了一座亭子,用这巨壳作顶,透光如同明瓦窗。到现在它还在镇江朝阳门外的大路边。

鬼怕讲理

苏州有个富翁黄老人,年过八十,身体很好,食欲甚佳。老人爱心静,独自一人住在一所楼房里。

有一天,黄老人忽然发现有个妙龄少女倚着楼门往里面观望。他就回想起自己四十多岁的时候,曾有个心爱的女儿因病死在这所楼里。既然是自己女儿的亡灵,又有什么可怕的? 黄老人并不介意,也就没有理她。没料到第二天晚上,女儿的灵魂再现,身边儿又多了一个年轻英俊的小伙子,两人那股子亲热劲儿呀,真是妙不可言。黄老人心里说:"人间的事儿我还不爱管呢,何况风流少鬼们之间的事!"所以,任凭这一男一女在他眼前晃来晃去,他连眼皮都不抬一抬,只当是没看见。

到了第三天晚上,这一男一女就跨身于房梁之上了。两对眼睛直勾勾地死盯着坐在书案之前的黄老人,似乎要把老人的骨髓都看透。黄老人明知道他们盯着自己,却假装没瞧见,依然低着头,眼不离书。忽然,那个小伙子飞身而下,直僵僵地站到了黄老人面前。

黄老人笑着抬起头来,说道:"看样子,足下大概是个鬼吧? 不过,您到我这儿来,可就大错而特错了! 我已经是个八十多岁的人了,今儿晚上脱下的鞋,还不知道明天早晨穿不穿得上呢! 死,只不过是一朝一夕之间的事,说不定过上一两天,我就要与您先生为伍了,又何敢劳您的大驾特此光临呢? 您如果是位仙,一定学问渊博,很有雅兴,那么,何不请您坐下来,咱们作个彻夜长谈,老朽也好当面请教呀!"

那青年男鬼并不作回答,发出一阵怪声长啸。一时间,四面的楼窗全被震开了,阴风飒飒,砭人肌肤。黄老人大声呼唤家里人快上楼来。等到家里人闻声赶到,这一男一女两个鬼就不知去向了。

过了几个月,黄老人的两房儿媳妇和一个小孙子先后病死,只有一个十六七岁的小丫鬟幸免于难。黄老人担心这小丫鬟将来无依无靠,把她赠送给了当时还在黄家当家庭教师的华秋槎先生为妾,这个丫鬟先后为华先生养了三个儿子。后来，华秋槎先生吉星高照，仕途顺风，官居浙江临海知县。

那一年，我路经临海，特往华先生府上拜访。华先生亲自给我讲了以上这个故事。

娄真人错捉妖

松江张忠震御史，是乾隆四十九年（1784）进士。忽然，在他书房的卧炕中，每夜都有老鼠在打架，吵闹不停。张忠震讨厌鼠斗烦人，就燃放爆竹驱赶，可是赶不了；用火枪打，鼠也无所谓。张忠震怀疑炕里有什么怪东西，把炕拆了，却什么也没有。

书房后面是使女的卧房。一天晚上，有个戴方巾、穿黑袍的人来向使女求欢，使女不同意，一会儿便昏迷过去，什么事也不知道了。张忠震得知此事后，就把张真人盖过玉印的符放在使女的被套里，盖在使女胸前。当天晚上，怪物没来。但第二天又来闹，脱了使女的下衣，用脏东西涂在符上。张忠震发怒了，请来娄真人设法坛作法。三天后，提了一只像狸猫一样的东西，装进瓮里，加了封条，全家都以为这下可以安宁了。当晚，那怪大笑着来到，说："我兄弟不识进退，竟然被道士哄去，真正可恨！谅他不敢来捉拿我。"比以前闹得更厉害。张忠震再次请娄真人降妖，真人说："我的法术只能施展一次，第二次就不灵了。"张忠震没办法，每到晚上就把使女送到城隍庙里，怪才离去；一回到家，怪就来了。

这样过了半年。有一天，张忠震深夜与客人下棋。这时正下着大雪，他偶然推开窗户漱口，见窗外有个东西，像驴子那么大，黑脸膛，黄眼睛，蹲伏在阶下，张忠震吐出的水正浇在怪物背上，他迅速跳出窗口去追那怪物，怪物忽然不见了。第二天早晨，使女告诉张忠震说："昨天夜里妖怪来，说被主人看见，天机已露，从今天起就告别了。"从此，那妖怪果然再也没出现过。

陈姓妇啖石子

天台县（今浙江省天台县）的西乡举行迎神庙会。一个扮演武神的角色所穿的袍子稍微有些皱褶。陈氏少妇出于对神的敬重之心，当场用手把神袍上的皱褶摩挲平了。没想到，这却给她自己招来不小的麻烦。

晚上，陈氏回到家里，就有个头戴金盔、身着金甲的武人找上门来，自称为将军。他身后边还跟随着一帮仪卫和仆从，显得很威风。这位将军大言不惭地对陈氏说："你既然肯于为我整理衣袍，看来是对我很有感情，也就是爱我，我合该娶你做老婆。今天夜里，我就不走了，和你睡在一起！"吓得那陈氏头脑发晕、身体发软，连一个"不"字也不敢说。那位将军又说："初次相会，仓促得很，也没备什么礼物，只有一盒点心，权且献给娘子，暂遮羞颜吧！"说着，命随从人员捧上一个盒子来。打开盒子一看，里面却整齐地摆放着大大小小的河流石。

陈氏现出为难之色，心里说："石头子怎么好当点心吃呢？"那位将军却好言好语殷勤相让。陈氏心中忐忑不安，勉强拿起一颗石子，试着咬了一口，没料到，这玩意儿虽为石子，进口之后，却是既酥软又香甜。陈氏一高兴，加之肚子里确实饿了，石头点心真吃了不少。可是，事后，小一点儿的石子随大便排泄出来，大一点儿的又原路从嘴里吐了出来。排泄出来的所谓点心，依然是那些坚硬的河流石。可是，那位所谓的将军，却像一贴膏药似的粘在了她身上，扒不下，去不掉了。

陈氏的父兄和丈夫当然非常愤怒，不可容忍。他们挑选了几名勇敢而有力气的汉子，手中各持武器，等那个将军一到，就上前与之格斗。双方艰苦鏖战了几十个回合，依然不分胜负，将军退走了。

陈氏说："没有伤着他，只是把他使用的锤把打坏了！"第二天，陈氏父子到野外各庙里去察看，发现一座庙里五通神所执大锤的锤把儿折断了。他们一气之下，砸烂了神像，捣毁了这座庙。从那儿以后，那个所谓的将军，再也不来纠缠陈氏了。

天台县缸

　　天台县县衙门里,到任的县官都空出大堂不使用,让给一只缸放着,相传这是明朝的物品。这缸很灵验,能够知道人的祸福。凡是县官到任,一定行三跪九叩的大礼祭祀,否则就作怪。县官升官时,缸就预先凌空升起,好像有东西吊着它;县官降职、革职时,缸就预先下陷,陷入泥土中。平时缸离地一寸多,从来不沾泥土。

　　我心里怀疑这些传说。壬寅春天,我去游历天台山。主人钟醴泉请我到县衙门喝酒,酒后他说:"县衙门中有两件古物,何不去看一看?"

　　书房西边有一株老桂树,很高大,旁边挂着一块匾,是明朝天启四年(1624)县令陈命众写的。转过大堂,就是神缸安放之处。缸大如鼓,不过是一只粗糙的黄泥缸罢了。缸中有个小洞,县里的差役说:"这是神口。"那上面牲畜的血迹淋淋,都是历年来所祭祀的鸡猪留下的。我用扇子敲它,声音铿锵悦耳;用竹片试试缸底,一点不能插入,并没有离开地面。

　　钟醴泉很害怕,我笑着说:"我敲它,我试它,缸只会害我,不害你的。"过后却很平静、安宁。这神缸的事也记载在《天台县志》中。

木姑娘坟

　　京师的宝和班,是个很有名气的戏班子。有一天傍晚,一位管家模样的人骑马而来,对班主说:"在下是海岱门(旧称哈德门,即今北京的崇文门,今已不存)外木府上的总管。今天,是我家姑娘的寿诞之日,晚上宴请宾客,要唱个堂会,你们最好能马上就去!"正好儿赶上这天戏班儿里挺清闲,班主立刻召集演员带好锣鼓行头,随这位总管出了海岱门。

当时,天已经蒙蒙黑了。又往南走了几里地,竟来到荒郊旷野。大伙正觉得纳闷儿,眼前却出现了一所大宅院。进得门来,只见灯火辉煌,宾客满堂,非常热闹,只是那灯苗都带点儿暗绿色,总叫人感到有点不舒服。

听说戏班已经请到,有个丫鬟从正堂传下话来:"我家姑娘只爱听生旦角儿的戏,不待见大花脸舞刀弄枪的逼上场来,再说,那锣鼓大敲大打的,也吵得人不耐烦!"班主明细了主人的忌讳,这戏倒好扮了,当然,上场的都是《西厢记》、《牡丹亭》一类的才子佳人戏。

可是,这戏从二更鼓开台,一直唱到五更将尽,中间不许休息。再说,就连按例应赏的酒饭犒劳都免了。戏班上的人又累又烦,都埋怨这不像是个大门户,就这做派也太抠门儿啦,使人也太狠!更奇怪的是,上至那帘内的贵妇,下至那满堂的宾客,都在不断地说说笑笑,可是,他们的语言却唧唧哝哝,让人一句也听不清,即便偶尔能听清一两句,也摸不着是什么意思。这不能不引起戏班上人们的怀疑与恐惧。

戏班上有个姓顾的唱大花脸的演员,平日里就剽悍粗鲁,胆儿又大,他气昂昂地说:"我倒是要瞧瞧她为什么不让上花脸戏?"于是,他不顾班主的劝阻,径自涂抹了关公的脸谱,穿上扎靠,手提青龙偃月刀粉墨登场,竟演起《借荆州》来。那伙伴奏的哥儿们也憋了一肚子的气,借着关公的登场,玩儿命地敲起锣鼓来。一时喧声震天,满堂的灯火刹那之间完全熄灭,贵妇、宾客踪影全无,就连那座宏伟而富丽的住宅也不知去向了。

大家举灯一照,才发现自己正处在一片荒坟败冢之中,四周依然是茫茫旷野。

班主这才知道是见了鬼了,慌忙命大家卷起行头器物,狼狈逃回城里。第二天一打听,才知道他们昨天夜里所去的地方,是某王府的木姑娘坟。

雷诛王三

常州王三,是个作恶多端,专门挑唆人打官司从中谋利的棍徒。知府董怡到任时,首先把他列入捉拿的名单,王三躲开了。

王三的弟弟王仔,是武进县的秀才,正在成亲,新娘子刚进门。差役提不到王三,就把王仔带到府里,关押在班房中。王三知道捉走了家属,就不会再像先前那样急着要抓他,便晚上进入弟弟家里,冒充弟弟,与新娘子成了亲。

第二天,差役把王仔带上堂,知府见他是个柔弱书生,可怜他无辜,又知道他正新婚,马上把他放了。放宽一个月限期,命他寻访捉拿王三。王仔回家,进入内屋,安慰妻子。妻子才知道这是新郎,昨晚上一起睡的人是冒充的,又羞又气,上吊而死。王仔的岳父家想要来吵闹,又羞于丑事传播出去,并且知道不是新郎的过错,就说:"我们家的陪嫁衣物首饰,必须都放入棺中,我才罢休。"王仔与父母都很悲伤,一一照办了。

王三听说了,又动了贪心。他偷偷看好了他们埋棺材的地方,趁夜前往挖掘。打开棺材,见新娘子颜色如活着一样,就剥了她下衣,奸污尸体。干完了,把她的珠翠首饰藏在怀里,正要上路,忽然空中一声雷响,王三被打死,新娘子却活了过来。

第二天清晨,管坟人送信给王仔,王仔把新娘子接回家,重新成亲。知府听说了,下令刀砍王三尸骨,烧后扬灰。

铁匣壁虎

云南的昆明池(即滇池)畔,有位农民开垦荒地,却从地里挖出一个铁匣子来。匣子盖儿上贴着一道符,字体非隶非篆,谁也认不清写的是什么内容。这道符的一侧,还有小字楷书一行,道是:"至正元年(1341)杨真人封。"农民摸不清这铁匣子里到底是什么东西,举起锤子就把它砸碎了。

铁匣子里是一只壁虎,一寸多长,似动非动,半死不活。小孩子淘气,就往这壁虎身上浇了一瓢水。没料到,这只壁虎却活动起来,渐伸渐长,顷刻之间,身长数尺,鳞甲怒生,张牙舞爪,忽然跃起,腾空而去。顿时,乌云密布,天昏地暗,暴风骤雨随之而来。

有人看见一头黑色的独角蛟与两条黄龙在云层里格斗。这时候,鸡蛋大小的冰雹倾泻而下,毁掉的庄稼和民房不计其数。

图公为神

乾隆三十四年(1769),两淮盐运使图思阿到任。他为官清廉,品德高尚,每天只花费三百文钱。他对商人和气坦率,慈爱可亲,诲人不倦,人们都认为开国一百多年来,没有一个盐运使比得上他。他活到七十三岁去世。死前三日,他把所有的幕客及亲戚朋友都找来,说:"我将要死了,你们帮助我清理盐务,以便交代后任的人。"众人都很疑惑,以为他说胡话。图公笑着说:"我难道是个会骗人的人吗?"到了临死那天,他自己起草了遗嘱奏章,洗澡后穿戴好,盘着腿死了。

做三七的那天,商人们前去哭吊。图公的一位夫人派人问他们:"各位老爷可知道天下有个思州府吗?"商人回答说:"有。这地方在广西省。不知道夫人为什么问这个?"回答说:"我昨夜梦见老爷来说:'我将往思州府做城隍,是上天任命的。'"于是众商哗然,知道图公果然成了神,但又不明白为什么到边远地方去做城隍。

随园琐记

我姨母王氏夫人病重,眼瞧着就要不行了。有一天,她忽然转过脸去,面朝里吃吃地笑个不止。守在床前的表妹就轻声问她道:"母亲笑什么?"王氏夫人说:"我听说袁家那外甥就要补做廪膳生员了,怎么能叫人不高兴呢!"当时,我的确只是个普通秀才。王氏姨母去世后的第二年,我就以府试第三名的成绩,取得了廪生资格。

先父去世的时候,他有一位侍姬朱氏病得很重。家里人担心她得知先父去世会过分哀伤,就没把这消息告诉她。朱氏却忽然大喊大叫起来:"不行,我得走了!太爷坐在房顶的瓦上等我呢!"不大工夫,朱氏也辞世了。由此可见,古人所谓的"升遐(死亡)出魂",这话可不是瞎说的。

我家有一位看门儿的老仆人,名叫朱明。朱明病死,可是,不大工夫,他又苏醒过来,瞪着眼伸着手向家里人要钱:"快给我拿钱来!我这一去,哪方面应酬不得花钱?"家里人急忙给他烧了一叠纸钱,他才又闭上了眼睛。

乾隆十九年(1754)秋天,我也病得要死。那年,我才三十九岁。病中昏沉,我就看见有个白脸儿的小童儿,头戴雨缨帽,跪在我床前。他手里举着一张单条幅,上写八个大字,道是"家政条条,人口寥寥"。我想,这是鬼趁着我病重之机,存心来戏弄我,我也得找个机会来戏弄戏弄他。当天中午,家里人给我做了一碗面汤,加了不少胡椒面儿。我吃了这碗面汤,心里觉得宽畅多了,就口拈八个字,大声念道:"可怜小鬼,只怕胡椒。"那白脸儿小鬼听了,莞尔一笑,就此离开了我的床头。的确,我病重发高烧的时候,就觉着有六七个人横七竖八地躺在我床上。本来我不想呻吟,他们非强迫我呻吟不止;本来,我想躺下来静静地休息一会儿,他们却拼命地摇晃我,使我不得安宁。等到我的高烧渐渐减退,身边的这些人也逐渐随之减少;烧完全退了,床上则只有我一个人了。可见,七魂六魄的说法,或许也是有的。

至于有些梦,简直是无法解释。我祖父旦釜先生,平生喜好道术。有一回,他梦见自己来到一座山顶上,正有八个人倚石而坐,在那儿喝酒。看他们那相貌,很像是传说里的八仙。可是,这八仙见到我祖父来到,既不起立,也不礼让,显得非常傲慢,就连最起码的一点儿礼仪都不懂。我祖父当然也挺窝火儿,就信口戏弄他们道:"八个仙人,十五条腿儿!"这一句话,惹得那瘸拐李勃然大怒,他举起手里的拐杖,就要打我的祖父。众仙人齐声喊叫:"还不快跪下恕罪!"慌乱之中,不知谁猛地推了祖父一把,他已经跪在地上了。可是,瘸拐李那一棍子,依然是落在了他腰上,他恶狠狠地说:"再给你三年的活头儿!"祖父梦醒之后,腰上就起了个大包,有鸡蛋大小。后来,请遍了名医诊治,总是不见效,终于化脓溃烂,到了第三个年头儿上,祖父就去世了。

这件事,在我幼小的心灵上,留下极深刻的印象。我认定,凡是瘸腿儿的人,都与我家有不共戴天之仇。所以,我一见到瘸子,就要把他痛骂一顿,才算罢休。那会儿,我少年无知,如今想起那些行为来,真是既惭愧又可笑。然而,自那以后,瘸拐李也没敢再找上门来,与我们家过不去。

我姐夫王贡南到少保坟前去求梦,大概是想卜问一下前程。没想到,却梦见一个面目狰狞的恶和尚,手持一根大棍,穷追不舍地要打死他。王贡南拼命奔逃,来到一片宽旷的草地上。那里正有几十名和尚,他们面朝外围坐一圈,盘腿打坐,诵经念佛呢。王贡南气喘吁吁,跑上前来求救。和尚们一把将他拉进圈子里,摁坐在正中间,又继续诵经念佛了。这时候,恶和尚已经赶到,他暴跳如雷,手指着圈子里的王贡南喊遭:"像这类无情的种子,留着他又有何用?大家还不快闪开,叫他吃我一棍!"王贡南一紧张,也就从梦中惊醒了。可是,至今这个梦并不见有什么应验。

我小的时候,曾梦见把千百万支毛笔捆在一起,组成一个大筏子。我乘坐着这个大筏子,飘游在漫无涯际的水面上。这个梦后来似乎也不见应验。

有一年立春那天,我梦见关老爷身穿绿袍,长髯飘拂地站立在半空中。突然,他伸出左手把我擒住,右手一挥,就响起了一个震雷,直击入我的肚脐之中。我顿时觉得腹腔里烈火烧灼,热沸之气无法忍耐。直到从梦中惊醒,还觉着肚子里热乎乎地呢!

有人说,关老爷是马年(戊午)生人。而我却在乾隆三年(1738)戊午科乡试中了举人。有人猜测,说我这个梦或许与这个马年有关系。不过,认真地追究起来,总觉得有点儿牵强附会。

雍正十年(1732),我将要去参加府试科考,那年我十七岁。那天夜里,将近五更天,天就要亮了。偏偏在这时候,我做了一个梦,梦见我家已故的看门老仆人李念先连连向我摆手,极力阻止我说:"少爷甭去,去了也是取不上! 今年的科考,遗才一律不取! 非得等到大收遗才的时候,您才能取上。干脆就甭去了!"当时,选取遗才的幅面放得很宽,凭我的才气,我又很自信不至于考不上。所以就没听李念先的忠告,还是去了。结果,当然是名落孙山。

说起来,补个廪膳生员,在漫长的科举路途上,且算不了什么大长进。可是,事情虽小,鬼神的气机已经动了。后来,我中进士,入翰林,本来可以预想仕途一帆风顺,却没想到三年散馆,被放外任,改做知县。事先竟一点儿预兆也没有,这又是为什么呢?

广西鬼师

广西人信奉鬼师。有姓陈的与姓赖的,能够提取生人代替该死的人,所以病人家都延请他们作法。他们到病人家,先取来一杯水,上面用张纸覆盖,倒挂在病人床上。第二天来看,水经过一天还不滴出来的,便说可以救。或者捉来一只雄鸡,用刀子刺进鸡喉大约七八寸,提着鸡对着病人,运气诵咒,咒念完,鸡口不滴血的,也说可以救。刀子拔出来掷在地上,鸡仍然活蹦乱跳,像原先一样。如果滴下一滴水或鸡血的,就拒绝施救,离开病人家。

对那些可以救的人,鬼师就设立一坛,坛上挂几十幅神鬼像。鬼师装扮成女人,踩着七星步,念着咒语,敲锣打鼓。到晚上,把油纸点燃了作灯,到野外去呼魂,声音听上去传得很远。邻居中有人熟睡的话,魂一听到喊声就会来到,鬼师把灯火交给魂,魂便会接过去,然后鬼师就向病人家属贺喜,于是生病的人痊愈,而魂来接火的人就死去了。禳解祛除的方法是,凡夜间听见锣鼓声,把双脚踩在土上,也就没有关系了。陈、赖两家因此而致富,他们家堂宇深沉阴黑,供着许多鬼神像。

我的婶母患病,请赖鬼师来看。赖鬼师拿着剑在房中捕鬼,有个东西像蝙蝠么大,钻进床下。赖鬼师用掌心雷打它,火倒卷回来烧焦了赖鬼师的胡子。赖鬼师大怒,令人烧了一锅桐油,画了道符烧了,用手搅锅中的油,听见床下的鬼啾啾求饶,很久声音才没有了,婶母的病果然痊愈了。

有一天,陈鬼师为某家招魂,见到有个穿蓝衣服的女子慢慢走来。到面前一看,原来是自己的女儿来接火。陈鬼师大惊,把火丢在地上,用掌击她的背,然后急忙回家去看女儿,见女儿刚受惊醒来,说梦中听父亲叫她,所以到来,她所穿的蓝布衫上,清楚地留着个带油的手印。

桂林魏知府的女儿病危,魏夫人请了陈鬼师来。陈开价要一百两银子作酬谢。魏知府素来方正严厉,把他抓起来,打了一顿,并要将他关进牢里,陈鬼师笑着说:"你打我可不要后悔。"这里在打鬼师,女儿在床上叫道:"陈鬼师命两个鬼打我屁股,拉我到牢里去。"魏夫人十分恐慌,竭力劝丈夫放了陈鬼师,答应重重酬谢他。陈鬼师说:"她已被作祟的鬼惊吓,我已无能为力了。"魏女最终还是死了。

马 家 坟

伊都拉二十一岁那年就入职于皇家宫廷卫队。

假日休息,他带领着一群仆从,到卢沟桥之西去游玩打猎。一群野鸟飞向了一片树林。伊都拉纵马放鹰,不过是想抓只野鸟取乐。没料到,鹰一撒出去,反而把鸟群惊散了。伊都拉正要打哨收回老鹰,却见密林深处有一个人。那鹰,正架在他的左臂上。只见他伸出右手,爱抚地摩挲着老鹰的羽毛,真是爱不释手。可伊都拉仔细一瞧,此人从头到手,从手到脚,竟是一架枯骨!吓得伊都拉急拨马头,跑回原处,把这个奇闻告诉了他的仆从。有个性急的仆从就朝他指点的地方连发了几火枪。枪声过后，那架枯骨就不见了。

伊都拉收了鹰，带着他的仆从又往前走了一里多地。一座宏伟宽敞的大宅第就出现在眼前。他们认定这必是个富贵之家的庄园，纷纷跳下马来，打算上前去寻口水喝。这时候，一位老妇人从庭院里慢慢走了出来。只见她头上梳着高耸的发髻，身着杏黄袍，脚下锦靴素袜，一派贵夫人的气质。她身后，还簇拥着一大群丫鬟使女。

老夫人一见伊都拉，就惊喜地叫道："哟！那不是伊相爷的三公子吗？不认识我啦？我是你大表姑啊！既然来到家门口，为什么不进来坐？"伊都拉急忙小步上前见礼，说道："侄儿长年在内府当差，很少与姑母相见，确实不知道您府上在此，一向少礼。今天既然到了家门口，就免不了打扰了。"老夫人笑盈盈地在前边引路，并回过头来对伊都拉的仆从们说："你们也进来歇息歇息吧！"

进得院来，只觉宅第中的建筑物高大而深邃。进入正堂之后，老夫人不客气地盘腿坐在榻上，亲切地拉着伊都拉的手让他坐在自己身旁，就拉起远远近近的家常话儿来。她的话，说得真切又详尽，使人叹服。老夫人忽然向后堂高声叫道："女儿，别藏藏躲躲了！快出来，见见你这位大表哥！"随着一声答应，一位妙龄艳女款步走进堂来，微微弓身，向伊都拉见礼。伊都拉一见她天仙般的容貌，心神早已飞到九霄云外去了，慌忙起身还礼。老夫人说："这就是你那表妹，今年都十八岁了，还没给她说个婆家。也搭我就这么一个女儿，整天价惯得她疯，竟什么礼节都不懂！"说到这里，老夫人像突然想起了什么，叫道："瞧我，尽顾着瞎扯！你们远道射猎，嘴里怎能不渴？我倒把那正经事儿忘了。快，快搬几个西瓜来吃！"

几名丫鬟一拥而下，随即每人抱了一个大西瓜来。这西瓜，不但比普通的西瓜个儿大上一倍，而且皮薄肉厚，沙甜可口，另有一股滋味。老夫人命丫鬟赏给伊都拉的仆从们每人一大块。仆从们磕头谢了，自拿到堂外去吃。

老夫人说："我上岁数了，精神不济。你们都是年轻人，一定说得来，那你们就多聊会儿，我不陪你们了！"说罢，起身下榻，众丫鬟搀扶着，走进内室去了。老夫人走后，小姐就把伊都拉让到自己的卧房。落座之后，两人是越说越投缘，越凑越近乎。那小姐干脆使了个眼色，借故把身边的丫鬟支出去了。

　　正当这个极其微妙的关键时刻,一位头戴珊瑚顶、后垂孔雀翎、身着狮子补服、足登长筒朝靴的官人昂然走进门来。一看服饰,就知道他是一位正二品衔武官。须眉浓重,仪态威严。伊都拉想,这必是那位表姑夫了,急忙起身见礼。重新落座之后,这位姑夫就说:"刚才,我在那片树林里得了一只苍鹰。嘿!那架势、那羽毛,简直甭提有多么好!不知道哪个混蛋朝我打了几火枪!鹰给吓跑了不说,差点儿还伤着了我!真他妈的可惜又可恨!非找这些混蛋们算账不可!"伊都拉一听这话,才知道自己与鬼打上交道了,吓得他沉默不语,心里却琢磨着逃脱之路。

　　伊都拉忽然灵机一动,对这位鬼姑夫说:"姑夫稍待,小侄到厕下方便方便!"说罢,走出门外,呼唤仆从飞身上马,一口气跑出老远。回身儿一瞧,松柏郁翳,杂草丛生,竟是一片荒冢。伊都拉和他的仆从们个个面如死灰。跑出几里,才慢慢停下脚步。向当地农民一打听,才听人说:"那儿是马家坟。马将军为国捐躯,死后赐葬卢沟桥畔。他夫人与一个女儿也同葬在那里。如今,年久失修,已经颓废了。"

天 厨 星

　　曹能始先生对饮食很讲究。他的厨子董桃媚,特别善于烹调。曹能始宴请宾客,如果不是董桃媚烧菜,满桌子的人就会因此而不高兴。曹能始的一位同榜进士,出任四川学政,缺少厨子,请求把董桃媚带去。

　　曹能始同意了,派董桃媚去,董桃媚不肯去。曹能始发怒,要赶他走。他跪下说:"桃媚是天厨星,因为您本来是天官,所以我来侍候你。学政只是个普通人,怎么能享受天厨的口福?近来您的禄命将尽,我也告辞了。"说完,升上天空,向西而去,很久才望不到他身影。

　　不到一年,曹能始就死了。

梦中联句

曹少时先生偶然去逛太平书坊,买到一本明人杨继盛的《椒山集》。拿回家之后,晚间半卧在床上,秉烛夜读。读了一会儿,他感觉困倦,便掩卷睡着了。

忽听得有人敲门。曹少时开门一看,来者正是他的老同学迟友山先生。两位老同学多日不见,显得特别亲热。他们手拉着手出得屋来,站在台阶上赏月。那一天,明月皎洁,夜空格外明亮,习风吹来,一阵清凉。迟友山不禁诗兴大发,信口吟道:"冉冉乘风一望迷。"曹少时立刻联道:"中天烟雨夕阳低。"又启一联曰:"来时衣服多成雪。"迟友山马上联道:"去后皮毛尽属泥。"又吟上联:"但见白云侵月冷。"曹少时联道:"何曾黄鸟隔花啼?"迟友山吟:"行行不是人间象。"曹少时对:"手挽蛟龙作杖藜。"两位老同学吟诵了一阵,兴满意足,迟友山也就告辞了。

曹少时先生回到房中,把刚才迟友山来访和吟诗联句的情况对夫人讲了。没料到,平日里一向淑娴温存的夫人,对他却是不理不睬。曹先生心里恼火儿,但不便发作,又转过身来呼唤奴仆,还是没人理他。

曹先生无可奈何,只得又抄起那本《椒山集》来,坐到北窗下观看。他刚翻看了几页,就觉得心烦意乱,看不下去了。他刚要发脾气,忽而浑身一激灵,发现自己依然是躺在竹床上,手里那本《椒山集》还翻开在原来的地方。他不由得大惊,这才知道刚才的会客联句,全是南柯一梦。

第二天,迟友山先生的讣告就到了。

碧眼见鬼

　　河南巡抚胡宝琼,眼睛是碧色的,从小能见到鬼怪。九岁还不会说话,仍然记得前生事。后来会说话了,就什么也记不得了。

　　他说人间街道上的房屋里,到处都有鬼,只有朝廷的午门内没有。菜市口杀囚犯的地方,鬼聚集得特别多。碰到阳气盛的人,鬼就避开他们走;碰到衰弱的人就擦肩而过。如果鬼对着谁耍笑嘲弄,那人准会得病。鬼在中午以前不大出来,到午后路上就很多了。鬼的举止都卑劣猥琐,没有昂然雄伟正大的。胡宝琼一生不肯进庙,因为神佛见了他,往往起立。他曾经叙述生平所见到的神。最尊贵的是东岳大帝,随从仪仗特别繁盛。最奇怪的是金华将军,浑身金色,毛孔闪闪,生出万道金光。最丑陋的是狭面神,身长三尺,面长四尺,阔只有五六寸,令人对着他就恶心。其他像如来、仙子、关公、蒋侯,都没见到过。年幼时经过土地庙,见旁边塑着的牛头鬼。他踩在鬼头上,鬼跟着他回家。用角顶他的卧床,床摇个不停。胡宝琼因而患了疟疾,牛头鬼压在他胸口上,他母亲祭祀了,鬼才离去。

　　有人问:“胡公是个大官,为什么神佛见了他尚且起立,而一个卑贱的牛头鬼却胆敢捉弄他?”我回答说:“正因为神佛正直聪明,因而知道他是贵人、正人,所以敬重他;牛头鬼无知,怎么会敬重他呢?”

　　胡宝琼任河南巡抚时,初一行香,还没到庙中,忽然低下头来,用扇子遮住脸,司、道官员迎接他对他打躬作揖,他不予理睬。胡宝琼素来谦恭,一下变成这样,司、道官都很奇怪。

　　过了一天,司、道官找机会问他:“您那天行香时,像是有意不理睬我们,我们是否有得罪您的地方?”胡宝琼说:“不是。前天见庙前有两位天蓬神被河神锁在那儿,他们会求我说情。我答应吧,他们原是罪有应得;如果不答应,天蓬神就会纠缠不清,所以我假装没有看见走了过去。”

龙　　母

江苏常熟有位妇女李氏。李氏有孕,孕期长达十四个月。她一朝分娩,却生下了个大肉团团。

这个大肉团的表面儿皱折回环,而那晶莹剔透的形态,又极像一块水晶石。家里人认定这是个怪物,就把它抛到了河里。肉团一进水,就翻浪鼓荡,化作一条小龙。小龙随之跃水而出,腾空飞去。

过了一年,李氏病死,家里人正在给她入殓,忽然云升西北,雷电交加。那条小龙盘旋在李家院子上空,放声哀号,那声音很像牛吼。

当地人觉得这事儿神圣而怪道,就在虞山(今江苏常熟县西北)为李氏建了一座庙,供奉牌位,加以祭祀,尊称其为"龙母庙"。

乾隆二十七年(1762),常熟地方大旱。祭祷祈雨,毫无灵验。禾苗枯黄,地皮皲裂,百姓处于饥荒的恐惧之中。当时的两广总督桂林(姓伊尔根觉罗氏,满洲镶红旗人。历任山西按察史、户部侍郎,官终两广总督)先生,为此忧心忡忡。桂总督的门下客薛一瓢(名医薛雪)向桂先生建议说:"大人何不登上虞山,拜一拜龙母?"经他这么一提醒,桂总督立刻派遣官员,抬上祭品牢牲,上虞山祭拜祈雨。第二天,常熟地区果然是大雨倾盆。

清凉老人

五台山有个和尚,号清凉老人,因精通禅理而受鄂相国尊重。雍正四年(1726),老人去世。这时,西藏有人生了个孩子,到八岁还不会说话。有一天剃了头发,叫道:"我是清凉老人,快点为我通知鄂相国。"鄂相国把这小孩请到家里,与他交谈,所说的与清凉老人前世事完全吻合。他指着鄂相国的侍者、仆人、车夫,都能叫出他们的名字,像老相识一样。鄂公有意想试他一下,赐给他清凉老人当年所用的念珠,小孩子手握念珠,磕头说:"这珠我不敢接受,这是我前世献给相国的东西。"鄂公很惊异,命他去五台山做方丈。

小孩子将到河南时,写了封信给河间人袁某,道别离之情很感人。袁某是清凉老人的好朋友,得信大惊,立即骑着老人所赠的黑马来迎接。小孩子在半路上望见了,下车一直过去,抱着袁某的腰说:"离别八年了,你还认得我吗?"又抚摸马鬃,笑着说:"你也无恙吗?"马因此而悲嘶不止。这时候路旁围观的有上万人,都称他为活佛,团团下拜。

小孩子渐渐长大,身材苗条像个美女。有次经过琉璃厂,见画店里卖的春宫画,非常高兴,看了又看。归途经过柏乡,召妓女相狎。到五台山,把山下的淫妇与年轻貌美、阳物巨大的人都召上山来,让他们终日淫乱,他在一旁观看。他还觉得不满足,再用庙里的香火钱派人到苏州聘来伶人歌舞取乐,因此被人劾奏。奏章还没送上去,他已经知道了,叹道:"笔直的树生在色界天,错了!"就端坐盘腿而逝,这时只有二十四岁。

我的朋友李竹溪,与清凉老人交好,去看他的转世后身。见他正打扮成女子,旁边很多人在淫乱。李竹溪大怒,骂道:"活佛能这样吗?"他一点不放心上,应声作偈语说:"男欢女爱,无遮无碍。一点生机,成此世界。俗士无知,大惊小怪。"

徐崖客

湖州人徐崖客(徐霞客之误),从幼小时就遭了孽了。他少年丧母,父亲又惑于继母的摆布,总想把他置之于死地而后快。徐崖客无奈,弃家出逃,并借此机会云游四方。他的足迹北至燕晋,南及云贵、两广。凡是名山大川,深岩绝谷,他必得攀缘而上。想到自己是个死里逃生的人,也就无所畏惧。

那一天,徐崖客想攀登雁荡山,没有成功,天色却已晚。深山旷野,连个住宿的地方也难找。这时候,他身旁只有一个癞和尚。那癞和尚把徐崖客上上下下打量了一番,开口问道:"据我猜测,先生您一定是位旅行家吧?"徐崖客急忙谦逊地回答:"不敢,不敢!在下不过是闲来到处走走。"癞和尚说:"不必客气了!我年轻的时候,也曾有过和您一样的癖好。那会儿,我遇见一位奇异的人,他赠送我两样儿东西:一条皮革口袋,一匹裹脚布。到了夜间,我只要是往这皮口袋里一钻,无论是身居闹市,还是地处荒野,鬼神不敢犯,虎狼虫蛇不来侵扰。那匹裹脚布,足有五丈多长。无论是上高山,还是越峡谷,只要把裹脚布的一头儿扔过去,就可以攀缘而上、飞跃而过。如果遇上滑溜、倾跌等危险情况,只要两手紧攥着这裹脚布,就是摔下来,也不会摔着。我凭着这两样儿宝物,游遍了中华大地。如今,我老了!常言说,倦鸟知还。我也该回归山寺了。这两样儿宝物,就转赠给您吧!"徐崖客急忙磕头拜谢。一转脸儿的工夫,那癞和尚已经不见了。

此后,徐崖客无论是登高山,还是越深谷,只因有了这两件宝物,处处得心应手。后来,他来到云南南部,沿着青岭河步行一千多里,终于迷失了方向。眼前是一片沙砾,浩瀚苍茫,天地相连。徐崖客无路可寻,只能钻进那个皮口袋,露宿在旷野。月夜里,忽然听得像是有人往皮口袋上撒尿。那声音,竟像江河澎湃、波涛汹涌。徐崖客从皮口袋的缝隙往外偷看,不得了!竟是一对儿大毛人。但见他们生得方眼钩鼻,那门牙,龇出嘴外足有二三尺!他们那身量,也得比一般人高出好几倍。

一会儿,又听得似有千百只野兽从砂砾上飞驰而过,犹如被急迫追击,拼命地狂奔。随之,西南方向就刮起了大风,一股腥秽味儿扑鼻而来,使人难耐。原来,是一群蟒蛇擦着地面飞掠而过,是它们驱赶那些野兽们亡命奔逃的。那些蟒蛇都有几十丈长,个个头大如车轮,张着血盆大口,不断地吞吐那火苗儿状的信子。此时的徐崖客已经被吓得六神无主,连大气儿也不敢出一口。他蜷缩在那皮口袋里。

天亮之后,他才从皮口袋里爬了出来。只见蟒蛇所过之处,草木都变得一片焦黄。徐崖客庆幸自己独独并未受到伤害。这时候,他才感觉到肚子里饿得咕咕儿叫,上哪儿去找点儿吃的东西呢?忽见远处炊烟袅袅,似乎有个村落。他不顾一切地向那里奔去。到了近前,并没有房舍人家,只见一对大毛人并肩而坐。在他们面前,是一口用石头架起来的大铁锅,锅下燃着熊熊烈火,锅里热水沸腾,一锅芋头在水中翻滚。徐崖客真是饿极了,闻着那煮芋头的味儿,简直比炖肉还香。他急忙上前跪拜,大毛人那表情,似乎根本就不知这叫礼节。他又大喊肚子饿了,大毛人也不理会。然而,他们的表情倒是挺温和,看着徐崖客只管笑。徐崖客心急火燎,只能求助于手势了。他先指了指自己的嘴,又指指自己的肚子。毛人们看了,放声大笑。笑声哑哑的,有点儿像鸭子叫,震撼林谷。这一回,总算奏效,毛人从锅里抓出两个芋头来,递给了徐崖客。他饱餐了一顿,只消耗了一个半,剩下的那半个芋头,依然带在身上。辞别了毛人,他又上路了。

走到有人烟的地方,就拿出那半个芋头供人观赏。没料到,半块芋头已经变成了半块白石头。

徐崖客遍游四海,后又到湖州老家。他感慨万分地说道:"天地之间的性灵,人为最宝贵。凡是荒莽幽绝之地,人所不能到达的地方,鬼神和怪物也不会去。换句话说,凡是有鬼神怪物的地方,就一定会有人存在。"

虎衔文昌头

陕西兴安州有个百姓,六月里娶媳妇。天很热,路又远,新娘子用红巾蒙着头,受不了闷热,暴死车中。她父母很悲伤,买了棺木装殓了,不便抬回家去,就停放在城外古庙后面。棺木不很坚厚,正碰上下大雨,凉气渗入棺中,新娘子活了过来,在棺材里哼哼发出声音。

庙里有师徒两个和尚,听见哼声去看,打开了棺木,见是一个美貌的女子,就把她扶起来,灌了些米汤药物。新娘子苏醒了,和尚把她抱进庙中。小和尚想独占这女子,就让师父去买酒,喝到半醉,小和尚用斧头把师父砍死,再用装新娘子的棺材装了尸体,放在庙后,回来背起女子外逃,住到别村的文昌祠中,蓄发作了名火工道人。

过了一年,晚上忽然有只老虎跳进祠中,把文昌帝君望像的头给衔走了,却留下三只小老虎。此事在村里传了开来,人们争着来看老虎。新娘子的父母也来看，突然见到了女儿，以为是见了鬼了。明白过来后，抱着哭了多时。女儿无法隐瞒，把事情的经过说了一遍，并告诉父母，小和尚为了独占她为妻而杀老和尚的事。她父母告到官府，审讯后定案，把老和尚尸体挖出来检验，把小和尚依法处置，女子交父母领回家去。这件事是严冬友侍读从陕西回来后，亲口对我说的。

采战之报

　　京师人杨某习采战之术。所谓采战之术，就是用极其残酷、极其下流的手段来残害妇女。比如，他把铅条插入妓女的阴部，然后运气作法，使铅条抽动，甚至猛触深部，他把这称作"试剑"，使受害者痛不可忍。他却以此取乐，一气儿喝上半斤酒。

　　这样一个流氓恶棍，却忽然想起如此下去不是个长生之道，想求师炼丹学道，谋求长生了。

　　他听说阜成门外有个白云观。相传，那是元朝时专门为丘真人所建。每年的正月十九，必有真仙在那里降凡。所以，烧香礼拜者云集。杨某也来到白云观，只见一位美丽的尼姑正在召集信徒，烧香礼拜。她逆着风行走，步子很快，那风却丝毫不能吹动她的缁袍。杨某一瞧，就料定她是个神仙，抢上前去纳头便拜，请求学道。尼姑说："你不就是那个练就了采战之术的杨某人吗？"杨某慌忙磕头，答道："是的，是的，在下正是杨某！"尼姑说："我仙之道是要择人而传的。像你这种凡夫俗子，荒淫悖谬，怎能被我仙接纳？"杨某大惊，再三磕头，苦苦哀求。尼姑说："这也罢了，你且随我来！"

　　杨某随尼姑来到一个僻静无人之处。尼姑便拿出两丸药来，递给杨某，并对他说："二月十五那天，你再来找我，我在西静室等你。这两丸药，你回去先服一丸，到了临来之前，再服一丸，我就可以向你传道了。"杨某满口答应，高兴而归。

　　回家之后，他就先吞服了一丸。服用之后，只觉得浑身冒火，连汗毛眼儿都往外冒热气，再也不知道什么叫冷。同时，淫欲的愿望大增，比平日强烈百倍。他愈着急求偶发泄，那些姬妾妓女们愈怕他，远远地躲避着，不敢接待他。好不容易熬到了二月十五，杨某吞下了第二丸药，来到白云观西静室，尼姑早已等在那里。她对杨某说："盗道无私，有翅不飞。你听说过古人这话没有？若要学道，先得陪我一回！"说罢，自脱了下衣，倒在了床上。

杨某惊喜不已，因为他早已淫欲难耐了。真可谓大旱逢雨，难得其时，又何乐而不为呢？他自恃练就采战之术，更是有恃无恐了。但是，顷刻间，他就精泄如涌泉，一发而不可止，很快变得精疲力竭，像一摊泥似的，倒在了地上。尼姑起身，喝道："传道，传道！恶报，恶报！"哈哈大笑，扬长而去。

直到五更天，杨某才从昏厥中苏醒，发现自己是躺在一间破屋子里。忽听门外有叫卖豆浆的声音，就拼着命爬到门口，请求搭救。卖豆浆的人给他家捎去口信，家里人才从白云观把他抬了回来。可是，没过三天，杨某就一命归西了。

木皂隶

京城宅隶局有个土地庙，两旁塑着木皂隶四人，局里的铸币匠人都到那庙里去祭祀。匠人们每夜都住在局里，年轻的往往梦中被人鸡奸，像梦魇一样，心里很恨，但手脚像被绑住一样不能动，也叫不出声音。清早起来摸肛门，里边都有青泥。这样过了一个多月，大家互相取笑，但终究不知是什么妖怪。

后来祭祀土地，发现一个皂隶，面貌与晚上来的淫棍相同，就告诉官长，用铁钉固定他的脚。从此以后，怪就没再来过。

王　清　本

　　湖北巡抚陈辉祖先生,在他家的祖茔地里为其父亲陈文肃修建坟墓,坟墓的位置早已选定了。

　　有一天,陈辉祖的弟弟陈绳祖忽然做了个梦,他梦见有人呈送名帖来拜谒,名帖上端端正正楷书"王清本再拜"。陈绳祖急忙吩咐:"请!"等到把客人让进门来,却有十三位之多。大家落座之后,却个个沉默不语,一言不发。陈绳祖就感觉这气氛尴尬,不是个滋味儿。不大工夫,十二个人都起身告辞,只有一人留下来稍坐,并对陈绳祖说:"我有必要提醒足下,刚才那十二个人都是河神!"陈绳祖一惊,就从梦中醒来了。

　　第二天,陈绳祖照例到祖茔地去监督修墓工程。工匠们正要砍伐一棵阻碍墓道的大树,陈绳祖惊奇地发现,大树树干上的皱褶巧妙地组成了"王清本"三个字。这不禁使他大惊失色。随即数了数大树的主枝。整整十二杈。陈绳祖马上命令停伐这棵树,并改换了墓道的方向,躲开了这棵树。所以,这棵大树至今岿然屹立。

　　这个故事,也是侍读严冬友给我讲的。他还对我说:"我偶尔翻阅一本宋朝人撰写的杂书,书名叫《五色线》。那书上,的确记载着河神的名字叫王清本。"

女　化　男

　　莱阳县薛家有个女儿,名叫雪妹,许配给黄家儿子。将到出嫁的日子,雪妹忽然生病,病危时,昏昏沉沉地觉得有个白胡子老人摸她的身子,摸到下身,雪妹羞涩地抵挡他。白胡子老人强行把一样东西塞进去后走了。雪妹大声哭喊,父母吃惊地跑来看,她已变成了男子,病也完全好了。

邹县知县张锡组当时兼理莱阳县事,布政使陶悔轩因会审也在莱阳,把雪妹传来检验,果然是男子,但还是女子的面貌声音,阴囊微有缝,仍有点像女子的阴部。

薛家本来有两个儿子,加上雪妹变成了三个,改雪妹名为雪徕。

井泉童子

苏州人缪涣,和我同科,都是乾隆三年(1738)举人。但是,若论起辈分来,他可得算个晚辈了。

缪涣有个小儿子,名叫喜官。这孩子今年十二岁了,又顽皮又淘气,尽干那些令人讨厌的勾当。有一天,与一伙小朋友一同玩耍,他就打赌,说他敢往供全村人吃水的那口井里撒尿!这事儿,别的小孩儿们都发怵,不敢干,而这个喜官,竟真的往这口井里撒了一泡。

当天夜里,喜官就发起高烧来,病得昏迷不醒。第二天早晨,病情稍有好转,他就呻吟着对妈妈说:"昨天,我往那吃水的井里撒了一泡尿,被井泉童子拉到府城隍面前,告了我一状。城隍爷判打我二十大板,至今还疼得不敢动呢!"妈妈急忙扒开他的裤子看,那小屁股上,果然是青一块、紫一块。

过了三天,喜官屁股上的伤刚养好了一点儿,夜里,又被抓了去打板子。这回,打得更厉害了,小屁股上浸浸出血。喜官对妈妈说:"井泉童子揭发了府城隍,说他跟咱们是同乡,处理这个案子走后门儿、徇私情,只打二十板子是大罪小罚,一气之下,他越级上告到司路神的门下。司路神判道:'这孩子公然污染公用水井,理应与投毒同罪,必须夺其生命!'所以,我是活不成了!"缪涣夫妇闻之大哭。又问:"那位好心的府城隍是谁?"喜官说:"就是周范莲先生,雍正八年(1730)翰林,官居河南某地知府。先生为人正直,心地善良。每当对犯人用刑,他都用扇子遮挡住自己的脸,表示受刑的场面惨不忍睹。周先生辞世后,就当上了苏州城隍。"

就在当天夜里,顽童喜官一命归西了。

射　天　箭

苏州人陶夔典有个弟弟,十六岁,喜欢仰天射箭,号称为"天箭"。忽然有一天射完箭,把弓一扔,大叫说:"我是太湖水神,朝拜天帝经过这里,被你射伤臀部,罪该万死!"全家人下跪哀求水神,最终还是不能挽救他的性命,病了一天就死了。夔典对我说:"弟弟确实顽劣,但以鬼神之灵,却不能躲避儿童的箭,也难以理解。"

神　　秤

张玉奇,是江苏武进县主管户口、钱粮的属吏。有一回,他奉命押送钱粮到苏州去,路经横林镇,大白天的就昏倒了。过了一天一夜,他才渐渐苏醒过来。

张玉奇对他的同伴们说,我一踏上横林镇的地盘儿上,就被一位头戴金盔、身着金甲的差官擒拿了。他把我带进一所大院子里,就大声喊叫道:"大师父,恶人带到了!怎么处置?"只见堂上端坐一位青面獠牙的人,表情非常凶恶,他信口吩咐说:"既然是个恶人,就先把他囚禁起来吧!"金甲人忙下跪禀告说:"张玉奇虽说是个恶人,但是,他有朝廷的公事在身。以在下之见,不便长期拘留,还是暂且放他还阳,等他把公事办利索了,再拘来审讯,也不为迟。"那个青面獠牙的人点了点头,张玉奇随之就苏醒过来。

张玉奇押送钱粮来到苏州府,交代完了公事,又领了回执批文,原路返回武进。归途中,又住进横林镇一家旅店里。夜里,又梦见金甲神来抓他。不过,比之于上一次,显得客气多了,只说是带他去见那位"大师父"。张玉奇一听,就知道是那个青面獠牙的家伙。

他被带着,又进了那所大院子,来到堂上。那位"大师父"就命令左右道:"先把记录张玉奇一生功过的档案拿来,分别称一称,量其轻重,然后再行治罪。"就有两个小鬼模样的家伙,分别取来两杆完全相同的秤。那秤杆、秤星上,金光闪闪,连秤砣都是用紫金石制作的。小鬼们打开档案袋,抽出一份份的文件来。凡属善事,都插着红标签儿;凡是恶事,都插着黑标签儿。把红、黑两种文件分别投入两杆秤的秤盘儿里,立见分晓,显然是红轻黑重。张玉奇立刻出了一身冷汗,腿也禁不住打起哆嗦来。

就在这关键时刻,一个小鬼儿又从档案袋里摸出一份红签儿文件,投入秤盘儿之中。那杆秤立刻就打不住砣了!不知这份文件到底有多重。那位青面獠牙的"大师父"说:"他既然有这么大的功德,当然可以放他还阳了。而且,还可以给他增加寿数一纪(十二年)。"张玉奇又惊又喜,忽而从梦中惊醒。

从那以后,张玉奇就不断地把这番神奇的经历讲给别人听。有人就问他:"张先生,您能不能辨别出最后一份红签文件记录的是哪一件善事?具体说来,是什么内容?"张玉奇说:"那是我经手承办的公事,怎么能分辨不出来呢?这事儿,牵涉到前常州布政使刘某人的一桩抄家案。刘某人获罪,奉旨籍没抄家。按照被抄的账目查核,发现他的佃户多年拖欠租税。依照县令的旨意,都要按账面的记载如数追还,上缴国库。当时,我想,佃户们平时就受官府和东家的盘剥压榨,生活已经够苦的了!这回又一下子追缴这么多租税,准有人被逼得家破人亡。这么干也太损了!于是,我给他来了个阳奉阴违,耍了个小手段。夜里,我成心不加戒备,使我住宿的那所房子失了一把火,大火把抄来的账目和房子一齐烧光了!虽然,我因为渎职罪,挨了知县老爷一顿大板,佃户们追缴租税的事也就全免了!我琢磨,那压秤的红签儿文件,只能是这一条儿了。"

张玉奇其人,至今依然健在。

庄　明　府

　　知县庄炘未做官时,在广西横州知州家中做教师。一天,他白天在书房里睡觉,梦见一个穿青衣服的人拿着张请帖说:"城隍神请你去。"庄炘跟着他,走到一处衙门。城隍神下阶相迎,互相问候完了,说:"因为有个案子,你是这事儿的中间人,所以委屈你来对证一下,没什么大妨碍。"庄炘连连答应,立刻告诉他当年做中间人的原因及经过。城隍笑着点了点头,叫童儿安排酒席,城隍朝南坐,庄炘朝西坐。城隍说:"我公署中有四个幕友,能请他们作陪吗?"庄炘点头同意。左右就把四人请来,都是庄炘不认识的人,彼此行了一礼,不说一句话。四人挨着城隍坐下,离庄炘很远,阶下有四盏红灯,光芒闪烁。

　　宴会结束,庄炘知道这里是阴司,就问自己终身的事可否预先知道。城隍神也没为难的神色,命左右取来四本簿子,上面贴着红色标签,有横死、天死、老寿账目栏,庄炘名字列在老寿簿上,有妻某、子某、妾某等详注。庄炘当时还没有儿子及妾。庄炘告辞,城隍命穿青衣的人从原路送他回去。出了衙门,见街上搭了戏台在演戏,看的人围成了人墙。庄炘问是什么班子,青衣说是郭三班。班中有个白胡子老人冯某,是庄炘的旧邻,死了多年了。他一见到庄炘,便过来握手问好,并托他说:"我埋葬在某地,棺木被地风所吹,已经倾斜,请您回去告诉我的儿孙,将我改葬,让我安宁。"庄炘从广西回乡,把冯某的话一一转告冯家。把坟挖开来看,果然棺木倾斜腐朽。十多年来,庄炘的遭际,一一与梦中所说相符,只是所说为某人做中间人,他不肯告诉别人。

净香童子

　　桂林相国陈文恭［陈弘谋，广西桂林人。雍正元年（1723）进士。官至东阁大学士，谥文恭］先生，年轻的时候扶乩请命，卜问前程。那时候，乩仙下判语说："人原多道气，吏本是仙才。"对陈文恭先生的前程预测，似乎并不很高。可是，后来陈文恭先生屡任封疆，官至东阁大学士，位居宰辅，贵极人臣。如此看来，乩仙对陈文恭前程的预测，就显得不切实了。

　　陈文恭去世以后若干年，苏州薛生白（薛雪，字生白，号一瓢。江南吴郡人。清代名医）的儿媳妇忽然病重，百般医治，并不见效。无奈之下，只好求助于乩仙了。乩仙下判语说："薛中立（薛雪之子），你也显得太可怜了！放着现成的'承气汤'你不知道用，亏了你还是个名医的儿子！"薛中立马上煎了"承气汤"来，给妻子服用，果然是药到病除。

　　后来，薛中立又扶乩，急忙请教乩仙的大名，乩仙下判语说："我乃同郡叶天士（叶桂，字天士，号香岩。清代名医）是也！"谁都知道，薛生白与叶天士在世的时候，都堪称一代名医。但是，他们却在医术上争名，互相牴牾，互相贬低，闹得个不可开交，所谓同行是冤家。正因为薛中立是薛生白的儿子，所以，死了之后的叶天士，还忘不了寻找机会来揶揄他！

　　可是，当人们得知这里的乩仙是一代名医叶天士下坛，苏州的求医卜药者云集，一时香火大盛，而乩仙应诊所提供的药方，个个药到病除。

　　有一天夜晚，乩仙又降坛，诊病卜药完毕，就大书告别词曰："我奉陈家大公祖（指陈弘谋）净香童子之召，就要回归天上了！今后，不再能为诸君诊病效劳，请多多见谅！"众香客听了，又惊讶又惋惜。有人就问："陈文恭先生何以有大公祖及净香童子之称？"乩仙说："陈文恭先生原是上界净香童子转世为人。辞世归天之后，他老人家又重新回到净香童子的位置上。又因陈先生在乾隆二十二年（1757）曾荣任江苏巡抚,为咱们乡亲办了不少善事,故有大公祖之称!"

棺尸求祭

常州吴龙见御史,是吴文端公的曾孙。吴龙见的弟弟,在李家设馆教书。李家房舍很宽大,舍旁有古棺,穗帐帷幔上积满了灰尘,吴因为看惯了,不觉得有什么怪异。

有天晚上月光很亮,棺中响起了声音,一看,棺木前的和头打开了,中间伸出一个人头,戴着纱帽,白胡子,用手指着肚子,目称饥渴,求祭祀,吴答应了。白胡子老头从棺材里拿出一袭淡黄色的袍子送给他,说:"这是明朝万历皇帝赐的,送给你作为谢礼。"吴不敢接受。夜渐深,棺木又合上了,像原先一样。

第二天,吴把这事告诉了主人,为死者设立醮坛放斋。据说这棺中是李氏的高祖,名杰,做过明朝的某部侍郎,因为子孙甚多,听信风水先生的话,没有下葬。

沈椒园为东岳部司

嘉兴人盛百二,是乾隆二十一年(1756)丙子科举人。据说,他的受业老师,就是沈椒园[沈廷芳,字椒园,号盩蒙。浙江仁和人。乾隆元年(1736)博学宏词科进士。官至河南按察使]先生。

沈先生去世之后若干年,盛百二就做了个梦。他梦见自己来到一个豪华的去处,看见沈椒园先生乘坐着八抬大轿,仪仗仆从前呼后拥,甚是威风。盛百二见了授业老师,怎敢怠慢?急忙小步跑上前去,作揖见礼。没料到,沈先生在轿中只是向他摆了摆手,似乎是示意他赶快闪开,随即进入一所大衙门里。盛百二并不甘心,又拿出名帖来叩门求见。不大工夫,看门人走出来,传达主人的旨意说:"您要知道,这里是东岳城隍府。沈椒园先生在此荣任部曹,公务很忙,不便于接见客人,您改日再来吧!"盛百二听了这话,才知道沈先生辞世之后,已经做了神官,急忙跟跟跄跄地离开了府大门。

在离衙门口不远的柳荫底下,有个人在那儿走来走去,站立不安。盛百二仔细一瞧,这人他认识,正是沈椒园先生的表弟查某人。盛百二走上前去和他打了个招呼,并且问道:"老弟为何彷徨于此?"查某非常懊丧地说:"嘻!甭提了!椒园表兄召我到他府上来做幕僚,及至我风风火火地赶到这里来,他又不肯见我!这又何苦来?再说,我大女儿明姑冬月里就要出嫁了,家里的事儿还忙得不可开交呢,哪有工夫耽搁在这儿?要是再来的话,也得等到过年了。可他又不肯见我,这意思怎么告诉他?真是岂有此理!"盛百二说:"这么说来。我还得去求见沈先生。万一他接见了我,我一定先把您的尊意转达给他,您看如何?"查某现出高兴的样子,说道:"如果承蒙足下代办,那就感谢不尽了!"

盛百二再次来到大门口,向看门人反复说明求见沈先生之意。看门人显得很不耐烦,但还是走进府去替他回禀。不大工夫,看门人就走出来,传达沈先生的话说:"我的公务实在太忙,绝对抽不出时间来接见你们。百二可以代我转达查表弟:他要来就得快点儿来,绝对等不到过了冬!就连我那表侄女查明姑姑娘,很快也要到这里来的,不可能等到办完喜事了!"

盛百二把这话原封转达给查某,两人都感到这话有点儿难以理解。彼此感叹了一回,盛百二忽地从梦中惊醒了。

当时,正是早春二月。盛百二急忙去拜访查某人。两人见面后一对证,才知道在同一天里两人却同时做了同样的梦。对此,查某感到晦气,半日里闷闷不乐。可是,那会儿查某的身体很健壮,别说是死,就连一点儿生病的迹象也没有。

但是,到了八月,查某忽然患了疟疾,不到一个月,他就去世了。九月,查大小姐明姑也染上了疟疾,父女二人相继去世。

说起来,沈椒园先生还是我们诗社的社友呢!乾隆元年(1736),我才二十一岁,就和他一起进京去应考博学宏词科。我名落孙山,他却在那一年中了进士。

卷十八

陕西茶客

陕西有位商人,到江南各省去贩运茶叶。回来的路上,住宿在阌乡县(今属河南省灵宝县,清属河南陕州)的一家旅店里。这家旅店的东厢房里,已经住进两位客人,他们都是山东人,以贩布为业。大家相见,彼此呼为朋友,并在一起共进了晚餐。此后,各自归房睡大觉去了。

夜里,这位茶商就做了个噩梦,他眼瞧着有个怪物手里提着个大铁锁链子,气势汹汹地闯进旅店来。这怪物披头散发,凹心脸儿,一部短而红的胡须。他首先撞开了东厢房的门,用大锁链把那两位布商锁了,拉出门来,随即又撞开了茶商的门,把他拉到院子里,与那两位布商锁在一起。三个商人像鱼一样被贯穿起来,锁在旅店门前的一棵大柳树上。那怪物又撞进另一家旅店。

两位布商被锁得很紧,一动也不能动,无可奈何;相对来说,茶商被锁得就比较松,有活动的余地。于是,他拼命挣扎,终于挣脱了铁锁链。一惊一喜之间,他就梦醒了。

茶商感到事态严重,急忙把这场噩梦告知了旅店主人。没想到店主人对这种痴人说梦式的话毫不理会,也没有一点儿害怕的意思。茶商只好悻悻而回。

可是,过了五更天,店主人竟大声惊叫起来,他发现,东厢房里的两位山东布客已经死了,他因此要陪吃官司。天亮之后,又听说半里之外的一家旅店里,夜间也突然死了一位赶骡子的脚夫。

山 娘 娘

临平县孙家的新娘子被妖魅附体,自称是"山娘娘",喜欢抹粉、穿鲜艳的衣服,白天抱着她丈夫,口里说着交媾秽语。她丈夫难以忍受,请吴山施道士作法。正在布坛,山娘娘笑着说:"施道士只有点小名气,敢来治我? 我要和他演一出王道士斩妖。"王道士斩妖,是指民间上演的嘲笑道士无能的戏。山娘娘随即用手按小腹,经血喷出,施道士的法术果然不灵。

施道士说:"我枕中有避秽符。"命他的徒弟去取来张挂,再坐坛作法。新娘子面有惧色,也坐在几上,挥动笤帚作法,彼此斗了很久。她丈夫见有个三只眼的神将捉住一只白猴,有五尺来高,扔在阶前,猴子俯伏着。道士把猴子往地上摔,摔一次小一些,最后缩小到像刚出生的小猫那么大,于是把它放入瓦坛中,用符封上加了印。不久,有股黑气从坛中飘出。第二天把坛丢进江里,新娘子的病就好了。

瓜州公子

杭州的大方伯胡同,有一家姓胡。胡家的嫂子和小姑子,同住在一所楼里。清明节那天,嫂子忽然发现房檐与房檐之间搭上了几根柳枝,就好像架起了一座桥的样子。这位嫂子认为这是小孩子们淘气所干的勾当,就用竹竿子把这些柳枝挑掉了。

晚上,有个道冠道袍的家伙突然出现在这姑嫂二人床前,对她们说:"我是瓜州镇(又称瓜埠州,在今江苏省邗江县南部)的一位公子。合该我与你们姑嫂有缘,所以才折柳枝在房檐之间搭起鹊桥,便于从房檐上往来与二位相会,以应清明踏青之佳景! 你为什么把这姻缘之桥拆掉了？真是岂有此理！"说完这番话，这家伙就不走了，并分别凭附着这一姑一嫂胡闹一气。

胡家为此当然非常焦虑。胡老头儿就要请道士来念《玉皇经》（道教经名）来禳解妖邪。可是，那道士刚一进楼门儿，怪物就把尿盆儿扔了过去，泼洒了那道士一身一脸，手里的经卷也被污秽了。道士经受不住这种攻击，转身狼狈逃窜。胡老头儿没办法，就派了五名使唤老婆子，日夜守护在这姑嫂二人身旁。可是，只过了一夜，那五名老婆子的头发就连接到一起，编成了无数条密密实实的小辫儿，使她们丝丝缕缕相连，谁也甭想单独挪动一步。胡老头儿大怒，命人把她们的头发完全剪断了。

怪物又花样儿翻新，在胡家足折腾了一个多月。胡老头儿万般无奈，仓皇之间，把那早已有了婆家的女儿嫁出去了。怪物对胡老头儿说："我与您这个新亲家无缘，小姐嫁到了他家里，我却不能去，叫我死守着这位少妇，她虽然很美，我也觉着索然无味，不如我从此告辞吧！"胡老头儿当然高兴，说道："那我可谢谢您了！"怪物说："您就别客气了！我在您家打扰了一个多月，很觉惭愧，无以报答。鄙人有个妹妹，人品出众，谈吐不俗，情愿赠送给您为妾，以便贴身服侍，不知您肯不肯收纳？"胡老头儿也是个色相极重的老家伙，听说要送女人，就急着要看一看。怪物说："这好办。只要您在中堂挂起珠帘来，立刻就能见到她！"胡老头儿马上命人在中堂挂起珠帘。不大工夫，果然，有位绝色女子，影影绰绰地出现在珠帘之内。胡老头儿心神大动，迫不及待地请问迎娶日期。怪物说："您家境豪富，我是极愿意让您做我的妹夫。不过，我妹妹嫌您老丑，不大高兴。如果您把这胡子剃了去，不就显得年轻多了？至于那迎娶的日期，还不是在我一句话！"

说起来，这个胡老头儿也是个五十多岁的人了。他吃得个膘肥肉胖，又长了一脸的络腮胡子，本来是不大受看的。可是，他色迷了心窍，一朝之间果然把胡子剃了个精光。当他正对着镜子自我欣赏之际，那怪物已经腾身于半空之中，哈哈大笑。那位藏身于珠帘之后的美人儿，当然也不会来了。

王白斋尚书为潮鸣寺僧

与我同考的王白斋，年轻秀美，考取秀才那年才十七岁。一次偶然游览潮鸣寺，在悬挂历代和尚像的影堂里，看见一帧老和尚像，不由得毛发直竖，回到家里就生病了。从此以后，经过寺庙都不敢入内。后来，他中探花时，梦见老和尚给他五十四支线香，说："我有三个弟子：一个是梦麟，一个是钱维城，一个就是你。你将来掌管刑名时，要超度某案，再来归依原位。"白斋把这事藏在心里，没向人说。后来他果然做到刑部尚书，活了五十四岁，但最终不知所超度的是什么案子。

白 天 德

湖州东门外有个姓周的人家。周家的夫人在清明节那天进城去游玩，回家之后就中了邪，有妖物凭附其身，大闹不止。

周家就请道士孙敬书来驱妖辟邪。孙敬书大念《天蓬咒》（道家经文），并用打鬼棒击打患者。妖邪凭附于夫人之身，招供说："道长先生不要用刑了，我是白天德。而真正凭附夫人作祟的是我弟弟白维德。应该说，这件事与我毫无关系，我为什么代他受刑？"

道士孙敬书马上画了一道符，召白维德回话。审问道："白维德，你与周家夫人有何冤仇，竟如此为非作歹，扰得她身心不得安宁？"白维德道："我与这位夫人既无冤也无仇。只是我们在路上邂逅，一见面儿，她那娇美的容貌就打动了我的心，因此，我下定决心要与她结姻缘。如今，我爱她还爱不够，哪儿还有心思害她？您太冤枉我了！"

孙敬书问："你从前隐藏在什么地方？"白维德说："我一向住在东门外玄帝庙（供奉老子之庙。唐高宗崇信道教，追号老子为太上玄元皇帝)的侧殿里,在那儿偷享人间祭祀香火,少说也得有几百年了,从来没人过问!"孙敬书说:"东门外乃是玄元皇帝的太子之宫,根本就不是玄帝庙! 当初建这座庙,就是以太子之威镇住湖州,使之免于发生火灾。你为什么胡扯八道,硬把它说成是玄帝庙?"白维德说:"即便是治火,也应该首治其本,而不是舍本逐末呀! 这与伐木是一个道理,你不砍倒主木,光砍下些枝枝杈杈,又能管个屁用? 您身为道士,连那阴阳五行、相克相生的道理都没弄懂,还敢出面大言不惭地来治我?"说罢,拍拍孙敬书的肩头,哈哈大笑,扬长而去。

可巧,周家夫人的病随后也就好了。

髑髅乞恩

杭州陈以爱擅长五鬼搬运法,替人圆光,很有神效。有次他的朋友孙某住在他家里,半夜从床底下走出个白发老翁来,跪着说:"请你转告陈先生,还我髑髅,让我全尸。"孙某非常害怕,急忙起身拿灯照床下,见到一具髑髅。他这才知道陈以爱驱役鬼物,都是从破烂的棺材中取天灵盖来施符用咒。

孙某起初劝他送还髑髅,他还支吾不承认。孙某把床下的骨头拿出来作证,陈以爱才无话可说,方把髑髅送回原处。没隔多久,陈以爱遭受群鬼攻击,浑身青肿地死去。

锡锞一锭阴间准三分用

杭州秀才龚薇垣,是曾经担任过甘泉(故治在今江苏省江都县,清属江苏扬州府)县令的龚明水先生的侄儿。

那一年,龚薇垣大病一场,昏聩之中,他游历了阴曹地府。在他的印象里,阴间的街巷、建筑,以及店铺门面等等,与人世间并没有多大区别,只是那天空上黄沙弥漫,昏昏然不见日月,也分不清哪是白天哪是黑夜了。他走到一家店铺门前,发现那位掌柜的很面熟,就上前与他打招呼,向他问路。这位掌柜的笑着说:"您既然到了这地方,可以说是无路可走了! 您还想到哪儿去?"龚薇垣再问他其他事儿,他就置之不理了。

龚薇垣没咒儿念,就在大街上徘徊。忽然,有人乘一顶四人抬小轿,自西向东而来。轿前有人开路,轿后有人护卫,前呼后拥,比较气派。等到那乘小轿来到眼前,龚薇垣才发现坐在轿子里的正是自己的岳父。他慌忙小步跑上前去,问候见礼。老岳父一见龚薇垣,立刻现出惨淡的表情,惊问道:"这儿已经不是人间,你怎么也跑到这儿来了?"龚薇垣这才明白自己已经身死为鬼了,不免有些悲戚,说道:"我正在生病,头脑里昏昏茫茫,不知怎么一来,就到了这地方。"他又想,既然来到阴间,就向岳父大人打听打听自己父母的寿数吧。

岳父却摇摇头,说:"这可不是我管辖范围之内的事。你叔父明水先生不是在王府里教书吗? 你去问问他,或许能得到一些消息。不过,王府的门槛儿太高,侍从护卫人员也太多;到了大门口,你若是不递上几个重重的红包儿,恐怕是没人肯于为你通报的。"龚薇垣毕竟是个书生,他有点儿犯傻,问道:"什么叫红包儿?"这位老岳父说:"也不过是阳世间通常烧给死人的锡锞子(用锡箔制作的纸元宝)。凡是从阳间来的锡锞子,到了阴间,一锭只能折合三分用,如果锡锞子的表面有污秽或破损,就只能折合二分用了!"

龚薇垣听了这话,一心想着去见叔父,竟忘记了自己身上分文皆无了。他急急慌慌来到王府门口,果然是侍卫、仆从林立,一个个面貌可憎,青面獠牙。他们见龚薇垣来到门口,便纷纷向他伸出手来,七嘴八舌地叫喊道:"红包儿! 红包儿!"龚薇垣一时吓愣了,竟无言答对。呆了半晌,他才头脑清醒过来,赔着笑脸儿好言请求说:"在下是杭州秀才龚薇垣,家叔明水先生就在贵府教书,烦劳诸位代为通禀,使叔侄得以相聚,感念之至! 红包——红包改日一定奉上!"

那伙青面獠牙的家伙一听这话,个个变了脸,怒骂道:"我们府上有那么个不通事理的老腐儒,就够令人讨厌的了! 怎么又从哪儿冒出这么个小混蛋来? 你还想走进这王府的大门? 你找打吧!"一边骂着,一边各自抡着棍棒,没头没脑地向龚薇垣打来。龚薇垣惊恐大叫,一下子从梦中惊醒,却依然病卧床上。全家人正环围在床边哭泣,说他已经背过气去好几天了。

此后,龚薇垣的病迅速好转,恢复了正常。但是,过了几个月,不知为了什么,龚薇垣上吊自尽了。

鸡卵担粪

杭州清泰门外有座观音堂,住着个姓徐的,妻子被五通神占了。每逢初一、十五,五通神都到他家吃喝,有什么事一定预先通知他。徐家很穷,妻子天天帮助丈夫挑粪。五通神可怜她,代她挑粪,用两只空鸡蛋壳做桶,可装一石左右的粪,用细竹管挑,比普通木桶装得还多,所浇灌的田特别肥沃。

狐　　丹

常州府武进县有个姓周的人家。周家的夫人被狐仙所凭附。

狐仙化作一位美男子,他头戴唐巾,身着古服,似乎是个进士装扮。狐仙还能为人预言因果、测算祸福,可是,他的预测有时候灵,有的时候就不灵。

如果有谁到周家来占卜,正好儿赶上狐仙外出不在家,周家夫人就教占卜者把他要卜问的内容写在一张纸条上,然后把纸条烧成灰,放进一个专用的瓷坛里。狐仙回来之后,就从嘴里吐出一件东西来,很像一面小镜子,直径不过一寸左右。狐仙用这颜色发红的小镜子往瓷坛里一照,就能信口朗读出纸条上原来所书写的占卜内容,一丝一毫也不会差。照看完毕,狐仙依然把这面小镜子吞进肚子里,保存起来。有人说："他这件宝物就是所谓狐丹。"

　　狐仙若是对占卜者有所批答,一般说来都是通过周夫人之口代为传达。为了防止周夫人临时有所遗忘,狐仙就教给了周夫人一个绝招儿,教她一面口头传达批示,一面不停地掐掐自己手指的各个关节,这样,即便狐仙的批答是一段长篇韵文,周夫人也能背诵如流。可是,只要过了这会儿,周夫人依然是位斗大的字不识半升的家庭主妇。

　　有一位秀才,是周夫人的大表弟。秀才通过周夫人转达,请求与狐仙诗文唱和,意思无非是想与狐仙比试一下高低。狐仙说："我有一副对,我出上联,请这位秀才对下联,他如果能对得上来,我们就可以结为诗文之友。"狐仙随即念道:"红白桃花映纸窗,花无二色。"周夫人马上把这上联传达给秀才,秀才支吾了半晌,终于对不上句儿来,羞惭地退了出去。这位狐仙却至今依然往来于周家,为人们预卜休咎,很受人们的尊重。

　　这个故事,是鄞县〔治所在今浙江宁波市,清属浙江宁波府〕知县钱竹初先生(江南武进人,乾隆年间举人。他的家兄,就是乾隆十年(1745)乙丑科状元钱维成先生〕对我讲的。

处州溺妇奇狱

　　处州乡村农民陈瑞,送他的妻子回娘家,路过半塘桥,他妻子上厕所,很久没有回来。陈瑞去找她找不到,见前面村子外放棺木的屋子中露出红色的裙子,急忙来看,果然是妻子的裙子。他妻子仿佛被人拉进棺材,裙子露出半幅在外。他心中怀疑是僵尸作怪,要劈破棺材,救出妻子。打听棺材是谁家的,有个姓张的说:"这是我家姑妈的棺材。姑妈死时,只有三十多岁,她儿子又死了,没能力埋葬,所以停放在这里很久了。"陈瑞请求开棺,张某起初不答应,陈瑞再三哀求,张某才同意了。把棺材劈开,里边躺着个白胡子老头,手中拿着陈妻的裙子,却没见陈妻的身子。于是陈瑞以失去生妻报案,张某以失去姑妈尸体报案,官府无法审理,这案子到现在还搁着。

道家有全骨法

浙江杭县风篁岭上有一口井，人们通常称之为龙井。这地方，又以盛产龙井茶而著称。

当年，这龙井最初开凿的时候，是由商人叶某承揽并主持这项工程，而由倪某具体策划和选定开工日期。龙井完工之后，又过了十来年，叶某病死，倪某也突然得了一场暴病。

倪某在病中，就有一群鬼凭附在他身上，使他不停地大喊大叫："还我骸骨，还我骸骨来！"这叫喊的声音唧唧啾啾，语音不一，有湖南、湖北口音，有江苏、浙江口音；有江西老表，也有山东大汉。杂七杂八，乱作一团。

最后，有个鬼自称是南朝陈氏王朝的傅将军。这位将军说："我追随绥远郡公、骠骑大将军萧摩诃南征北战，曾立下不朽的功劳！死后葬于此地，已历千年之久。倪某，你胆大包天，竟敢伙同奸商叶某，擅自伤害了我的骸骨，我岂能饶你！"倪家的人环跪求饶，并辩解道："将军明鉴，想那开凿龙井的工程，乃是奉官府之命，小人们只是工程的具体策划者。您应该知道，官命是不可违的呀！我们怎敢抗拒？这一点，将军怎么不能谅解？"傅将军说："这项工程，虽说是官命不可违，可是，你和叶某已经发现了掘棺暴骨这样的事实，为什么不及时报告官府？如果你们已经报告了官府，他们置之不理，罪责就不在你们了。事实上，你们不但不报官，反而把几十具骸骨混成一堆，以至于男人的身体搭配上个女人的头骨；老头子的骨架接上一对青年人的脚；有的骸骨被折腾得至今仍然残缺不全！鬼们怎能安生？不找你们算账还能找谁去？"倪家的人说："但是，这已经是过去了十几年的既成事实了。怎么解决呢？我们只能请高僧坐坛诵经，为诸位超度亡灵，来作为补救之法了。"傅将军说："这样的事，佛门之徒是无能为力的。只有道家，才握有全骨法，你们只有求助于他们才行。"

于是，倪家人四处打听，得知有两位长年修道拜北斗的人，一位是施柳南(施光辂,字静芳,号柳南。浙江钱塘人),另一位就是万近蓬(万福,字玉苍,号近蓬。浙江鄞县人)。倪家马上差人到施、万两家去拜求。

施柳南和万近蓬应邀在龙井设坛作法,法事延续了七天七夜。那天夜里,西湖上忽然出现了神灯万盏,满布于湖面之上。这些神灯,忽而层层叠叠,形成一座光辉灿烂的灯塔;忽而横斜排列,构成一幅雁字飞的图形;忽而团聚一处,上下翻旋,恰似一只滚动着的车轮;忽而飞扬四散,如流萤万点。顷刻之间,斗母娘娘(道教称她为北斗众星之母)降临。凤冠霞帔,仙女仙官前呼后拥,华丽而庄重,使人有可敬而不可近之感。紧随其后,有天使押上两名囚犯来。大家一瞧,正是倪某和叶某。

仇者相见,分外眼红。众鬼一拥而上,对他二人拳打脚踢、又抓又咬,一时间乱成一团糟。

斗母娘娘高声把众鬼喝住,对他们说:"你们遭受掘坟乱骨之害,也是劫数使然。常言说,在劫者难逃。你们也不必怨恨叶某与倪某了!我已经命九幽使者把你们的遗骨收集在一起,严格分辨,原物搭配,保证能成全你们的骸骨,一块也不会少。你们就放心吧!"不大工夫,几十具髑髅和白骨滚作一团,白气缭绕,难分彼此。随后,几十具骨架站立起来,完美无缺。其中,以傅将军那骨架最为高大,身披金盔金甲。众鬼拜谢过斗母,一哄而散。叶某也被当众释放,他拜了又拜,含泪离去。倪某的病也随之痊愈了。

这个故事,还是当事人万近蓬亲口对我讲的呢!

批地藏王颊

两江总督于成龙还没发迹时,梦中到过一座宫殿,上面写着"地藏王府"四个字。殿上有个老和尚,盘着腿闭着眼。于成龙想,地藏王管人间生死事,家里有个老仆人,诚实勤快,病了很久没有痊愈,因此行礼把情况说了,请求为老仆延长寿命。

他说了好几遍,老和尚默默不应。于成龙大怒,上前抽了他一个耳光。老和尚睁开眼睛,笑着对他弯曲一根手指。于成龙醒后把这事告诉别人,人们都说地藏王弯曲一根手指,当是延长寿命十二年。不久老仆人病好了,果然又活了十二年。

儒佛两不收

杭州人杨兆南,毕生从事儒家经典之研究,又兼通佛学,喜好说禅,是位儒、佛两通的人物。

杨兆南死后一年,就托梦给他的夫人说:"人死之后,理应有个适当的归依之所。皆因为我生前是个儒学之士,阴府的司魂司按照'人以群分,物以类聚'的原则,把我送往文昌帝君那里。文昌帝君马上出了一道试题,以考查我是不是一个真正的儒士。那题目出得又冷僻又刁钻,我一时答不上来,文昌帝君就不肯收留我。司魂司根据我生前有个信佛讲禅的癖好,又把我送往佛菩萨处。菩萨也出一道佛家经典题来考我,看看我是不是一个真正的佛门信徒。那题目出得玄妙又深奥,我一时答不上来,菩萨也不肯收留我。这么一来,我落得个儒佛两不收,彷徨于阴间,到处流浪,连个歇脚儿的地方都没有。"

"阴司没办法,只好把我送进转轮托生的行列。据可靠消息,我将于六月初三那天投生到张某家里。回想起来,我一辈子吃斋念佛,本是个虔诚的佛门之徒。烦劳你往张家跑一趟,转告我的再生母亲不要吃荤食,免得她用荤奶喂养我,使我来世犯了吃荤之戒,再遭堕落。"其实,张某还是杨兆南生前的老朋友呢,这么一来,反而要当他的爸爸了!

到了六月初三那天,张夫人临产,果然是个男孩儿。这婴儿生相就怪,他是盘腿儿打坐的姿势出生的。落生之后,长期啼哭,三年不止。张夫人一生气,就打破了杨兆南夫人的告诫,喂他吃了几顿荤食。从那以后,这孩子不哭了,却得了个终身不得治愈的癫痫病。

这个故事,发生在乾隆四十三年(1778)。

鸟门山事

绍兴城东关有家姓张的,妻子病了,去请医生。他走过鸟门山,遇见个白胡子老头儿,与他一起走。这时天已快晚了,张某觉察到老头儿走路脚不沾地,夕阳照着他也没有影子,心里怀疑他是鬼,就盘问他。鬼也不掩饰,说:"我不是人,是鬼。但有求于你,不是来害你的。我有骸骨,葬在鸟门山西面,那里开凿山石的人每天钻凿个不停,山石将要倒塌,我坟中朽烂的棺木也已露出了一半,不久将坠入河中。希望你可怜我,为我改葬。你向前去到新桥那个地方,有五个溺水鬼坐着等你,我替你先去赶走他们。"他从怀里拿出朱家糕店出的糕给张某吃,说:"明天请到朱家,以朱家包糕纸为证。"张某与他一起走到新桥,果然有五团黑气坐在桥上,老头儿前去折了根树枝打他们,听见他们发出啾啾的叫声,都落进水中。张某到了医生家,老头儿再次行礼告别而去。

第二天,张某到朱家糕店买糕,把包糕纸拿出来,果然是朱家店中的招贴。告诉朱家事情的经过,店主人悄悄说:"你见到的老头儿姓莫,名全章,是我的亲戚。他改葬的事,为什么不托我而托你?想来他与你有缘分,你命中不该死在五个落水鬼手里,所以神灵命这老头儿为你驱除。"他领着张某前往鸟门山,看老头儿的墓,棺木离水只有一尺左右。张某为他另外选地改葬。

杨　　二

杭州人杨二,自幼练就了一套拳法和棒法,在当地也算得上是位有名气的人物,人称杨二爷。

那一年夏天,傍晚无事,杨二就坐在后花园的假山上乘凉,微风习习,很觉惬意。忽而,他发现从那假山的石头缝隙里,慢慢地钻出一个小小的人脑袋瓜儿来。他是先冒出头发和头顶,然后渐渐地露出那张小脸儿来。表情惨淡,惨淡中又带着几分狡黠。

杨二大怒,提棒而起,冲上前狠狠地一棒。那棒伴着呼啸声直向那小脑袋瓜儿砸下来。没想到,那个小脑袋瓜儿只往石缝里轻轻一缩,就不见了。

第二天晚上,这位杨二爷独自住在楼上。半夜三更,就听见好像有人穿着趿拉板儿,在楼下来回地走。杨二爷想,莫非是闹了贼了?又一想,不对! 做贼的没有穿趿拉板儿的。

杨二正在捉摸不定,就听见那趿拉板儿的声音已经沿着楼梯格格而上。杨二顿时紧张起来,他手持铁尺,严阵以待了。

等到那声响上得楼来,却是一个穿着宽袍大袖的白衣男子。他的头上,还戴着一顶白色高甬帽,巍巍峨峨,好不吓人;手里,还提着一盏方形灯笼,灯笼的四面纸上,分别书有"逃向哪里"四个大字。他盯住杨二,只是嘻嘻地笑。杨二爷猛地窜过去,劈头盖脸地给了他一铁尺。白衣男子应声而倒,咕噜噜滚下楼梯去。就听得他在楼下怒骂道:"好小子! 你他妈打得准! 打得好! 你等着,等我把伙计们叫来,一块儿收拾你!"

杨二虽说练得一身武工夫,碰上这种事儿,就是能应付,心里到底也发颤。第二天,他就召集门徒,把这两天夜里的遭遇详细说了,以寻求对策。说起来,杨二那些门徒们,也是当地的一伙流氓无赖。他们听了杨二的话,一时噪声大起,七嘴八舌地起哄说:"哎呀师傅! 他有伙计,那您这帮徒弟也不是留着他妈的吃素的呀! 今儿个晚上,徒弟们就陪着您,一块儿登楼打鬼吧!"

当天晚上,杨二爷就在他住宿的楼上备下酒宴。天一擦黑儿,他那伙徒弟们各携兵器,先后来到楼上。他们是大吃大喝,谈笑风生,一直闹腾到三更鼓以后,并不见有什么鬼上楼来。这时候,杨二那伙门徒个个喝得半醒不醉,东倒西歪,不大工夫全睡着了,有的还打起了呼噜。

等到天大亮了,有的才从梦中醒来,一找杨二爷,不见了,这才大喊大叫着跑下楼来,发现杨二爷早已倒在了一个竹榻上。用鸡毛在他鼻子前试了试,他早就没气儿了。

吴 秉 中

　　吴秉中家住蔡巷,与我的旧宅相邻。吴秉中请汪名天先生教诲他的子侄辈。有天,月色很好,吴秉中到汪先生学馆中闲谈,见墙上有个老翁,长一尺左右,白头发,头尖尖的,坐着模仿他的举动。吴秉中抽烟,他也抽烟;吴秉中拱手,他也拱手。

　　吴秉中觉得非常奇怪,叫汪先生看,汪先生见到的也是这情形。又叫侄子锡九来看,什么也没见到。这年秋天,吴秉中和汪先生都死了,而锡九一直活到现在。

土窟异兽

　　福建商人陈某和他的同伙们一起出海经商,不幸遇上了飓风。他们所驾驶的商船被卷到一个临海的山脚下。他们发现这山崖还不算十分陡峭,可以攀登。于是,相约上山去看看,或许能采集到点儿什么稀奇之物。最初,道路曲折而狭窄,走出去一二里地,眼前出现一片幽深的山谷,视野也比较开阔了。这时候,萧飒的海风不断袭来,凄神寒骨,林中百鸟啾唧,已是落日时分了。大家不敢再往前深入,就原路回到了船上。

　　第二天,海上的风浪更大,船还是没法儿离岸。大家待在船上闲着没事儿,有的人就后悔了,说昨天没能在山上尽情游览,踏遍山上景观,很不惬意。大家拉扯着陈某,一定要他和大家一起再次登山,来个兴尽方归。

　　他们沿着昨天走过的路,又往前走了七八里,眼前出现了一条小溪,流水潺潺,水质清澈透底,水面呈淡绿色。小溪旁边就是一座土山,不算很高,山腰上有几处洞穴。当他们走近一个洞穴时,听见从洞穴里发出粗大的喘息声。陈某那群伙伴都被吓得退了回去,只有他恃有胆量,迅速爬到附近的一棵大树上,用枝叶隐藏着自己,偷偷观察洞穴里的动静。

大约过了一顿饭的工夫,一个庞然大物从洞穴里挪了出来。它那体魄,比水牛还要大一倍,样子很像一头象,但是,头上却生了一只独角,这犄角晶莹光滑,看上去很锋利。怪兽盘踞于山石之间,忽而一声长啸,山谷为之震撼,竹林树木也被震得噼啪爆响。趴在大树上的陈某,吓得差点儿从树上坠落下来。随着怪兽这一声长啸,山野里也一片沸腾。只见虎群、豹群、狼群、鹿群,以及猿猴蟒兔,总而言之,山谷里的一切野生动物,不约而同地纷至沓来,俯伏于山洞之下,足有上千只,它们一动也不敢动,似乎在等待着自己的命运。

那头怪兽首先看准了一只肥大的豹子,用脚只一踏,那豹子就腹腔全破。怪兽用舌头舔食了它的脏腑和血液,随后又扑向一只麋鹿……它就这样连续吃掉了四五只野兽,才满足地轻摇着尾巴回到那洞穴里去。

众野兽浑身颤抖着,却一寸也不敢挪动。直到怪兽完全隐没于洞穴之中,它们才一哄而散。

陈某这才溜下树来,沿原路赶回船上,同伴们都为他捏了一把汗。他把刚才经历的奇闻说给大家听,众人无不为之惊叹,但是,谁也说不出此山是何山,此兽是何兽!

鸡 脚 人

福建商人杨某,世代以贩运洋货为业。他说他祖父在康熙年间与众商人出海,遇上旋风,吹进了海汊。那儿的水四面高,中间有道海湾特别低,在海水之下。他们的船随旋涡而下,人与船都没有损坏。到了海湾尽头,见到山川、草木、农田、蔬菜、谷类,与人世间一样,只是没有房屋。岸旁有船停泊,其中有几十个人,也是中国去的,见到了杨某祖父等人,高兴得像见了亲人一样。他们说这里的水仅闰年月有一天涨高,与海水平,船才能回去。不过也只有吃顿饭的时间,过了这时间,又不能上航了。这些人先前被飓风吹到这里时,也有人住在这里,后遇闰年水位高了得以回乡。他们没赶上,在这里留了六年,都是每次遇闰年都没抓住水位增高的机会,所以没能回去。

杨某的祖父同船商人有四十人,带有谷类蔬菜等种子,就分开来耕种。那儿的土地很肥沃,收成是普通收成的一倍,并且用不着人灌溉。他们每天与先到的人来往应酬,几乎忘记了自身是在世外。可惜没有皇历不知道时间,每次吃完饭都上船,等候水涨满。

有一天,杨某的祖父与同伴闲步野外,望见溪水对岸有人,走近溪口。那些人个个长一丈开外,不穿衣服,身上有毛,脚像鸡爪,胫骨如牛膝。见了他们,啾啾唧唧想和他们攀话,但听不懂。杨某的祖父回船与先到的人说出所见,他们也说初来时曾经在溪口见到过。因为溪水很深,毛人渡不过来,如果毛人到这里,我辈难道还能剩下一个吗?

过了六年,八月里遇风,海水满了,他们就同先到的船一块儿回乡。杨家有个老仆人,曾跟随同往,如今已八十多岁了,还活着,能详细地讲述这件事。台湾有鸡爪番,常栖宿在树上,这些人或许是他们的同族后裔吧。

海　和　尚

潘老头儿一辈子以打鱼为生,长年积累,家境富庶。有一天,潘老头儿和他的同伴照常在海上撒网捕鱼,一网撒下去,竟沉重得拉不上来,感觉比平日重了几倍。潘老头儿意识到其中必有大鱼,惊喜地呼喊邻船的同行来帮忙。十几名大汉齐心合力,总算把这一网拖上船来。

网里没有鱼,只有几个盘腿打坐,像和尚一样的小人儿。他们浑身长满长毛,就和猕猴差不多;头顶上却光秃发亮,一根毛儿也不长。见了人,他们双手合十,膜拜顶礼,嘴里还唠叨着一些话。他们到底说些什么，却是谁也听不懂。

潘老头儿大发恻隐之心，就打开鱼网，把他们放了。小人儿们纷纷从船舷上跳入大海，在海面上飞快地走了几十步，渐渐地隐没于海水之中了。

潘老头儿一辈子与海打交道，可以称得上识多见广，但是，这种怪里怪气的小人儿，他还真是没见过。有一天，他与当地的居民聊天儿，又提起这种小人儿。有一位年逾百岁的老人对他说："您打捞上来的这种小人儿是海和尚。这是生活在海里的佛门之徒，性情慈悲善良。如果您抓住他不放，把他囚禁起来，就是一年不给他东西吃，他也不会饿死。"

一　足　蛇

谢大痴说，他有个朋友在贵州时，有天去一村庄，见村民家大多悬挂一样东西，鳞光闪闪，已经风干了。村民说，离村五里路有座山，是村民打柴的地方，山脚是往来的道路。路旁有一株很大的枯树，树里藏着一条蛇，人头驴耳，耳能扇动发出声音，鳞像松树皮一样，只有一只脚，像龙爪一样，舌头吐出来很长，跳跃着前进得飞快。蛇靠近人，就从口中喷出毒气，令人昏迷倒地，蛇就用舌头伸入人鼻中吸血吃。

村里人招募乞丐，给他们钱，请他们去捕蛇，没有人愿意干。过了一年，有两个乞丐应聘，开价很高，大伙儿凑足了那笔钱给他们。乞丐用唾沫厚厚地涂了一身，光着身子去诱蛇。蛇果然来了，乞丐急忙跑到路旁田中，蛇追了上去，陷在泥里，不能挪动。两个乞丐然后跳起来，用长竿扎刀，用力砍，砍断了它的头，蛇死了。村民家中有被蛇毒害的，争着分蛇的肉，那挂着的东西就是分割的蛇段。

方　蚌

　　福建有个人到海口一带的山上去打柴,路过一道山涧。他发现这山涧里到处都是大大小小的蚌。蚌壳儿都呈正方形,大的足有一丈见方,小的也有几尺。它们相互之间拥挤重叠,数目多得成百上千。

　　打柴人又惊奇又害怕,决定赶快逃离这地方。这时候,忽然有一只大蚌两壳张开了,蚌壳里却半趴半坐着一个蓝脸儿夜叉。夜叉一见外界有人,立刻张牙舞爪,做出急着要把人抓到手的样子。但是,他的背部和腹部都连接在上下蚌壳上,所以挣脱不得。不大工夫,千百个蚌壳都先后张开,里面各有一个大小不一的蓝脸儿夜叉。打柴人失魂落魄,仓皇逃命。只听得背后一阵噼啪乱响,似乎是方蚌们旋滚着追赶上来了。

　　打柴人一口气跑回船上,上气不接下气地喘息着,向他的伙伴们狂呼救命。

　　这时候,有一只蚌已经追得很近了。有一个同伴从他手中夺过斧子,一个箭步跳到岸上,举手就劈了追在最前面那方蚌一斧子! 蚌壳儿被劈碎了,壳儿里的蓝脸儿夜叉也丧了命。紧跟其后的方蚌群迅速退回山涧里。这位同伴还把碎蚌壳儿和死夜叉装进船里,带回村来,供大家观赏鉴别。但是,竟没有人能说出这到底是个什么怪物。

山　和　尚

　　有个姓李的,客游中原,遇上发大水,他爬上山躲避。水势涨得很快,他又朝上爬,登上山顶。这时天已黄昏,他见有间矮草屋,是山民中晚上巡逻的人所住的,里边都铺着草,旁边放着一只竹制的梆子,李某就住了进去。

半夜里,李某听见有踏水的声音。一看,是个又黑又矮的胖和尚在水里游。和尚将逼近李某,李某大声叫喊,和尚略微退后了些。过了会儿,和尚又向前来。李某穷途无法,只好把梆子拿起来拼命敲,山民们都赶来了,那和尚走了,整夜没再来。第二天水退了,问山上的人,说:"这是山和尚,欺负人孤单弱小,就吃人脑子。"

赠　纸　灰

杭州府衙门里有位捕快,他经常带着儿子去缉拿人犯。

可是,最近一个月以来,这位捕快的儿子往往是深夜不归。捕快对儿子的行径产生了怀疑,就派属下暗中监视儿子的行迹。结果,监视者发现他的儿子半夜三更跑到荒郊野外的草地上,好像是在与什么人嬉戏调笑。接着,他就像在追赶什么人,一头扎进附近一间暂存尸棺的破屋子里,迅速脱下裤子,爬上一口棺材,做出夫妻行房事的样子。监视者大声呼喝,他大吃一惊,从棺材上溜了下来,哆里哆嗦地穿上裤子,直呆呆发起怔来。捕快的属下走上前拉他回家,这才感到他的手和腹部凉如冰雪。捕快的儿子出了一身冷汗,下身精液淋漓。属下不敢怠慢,赶快把他送还家中,交由父母。

捕快夫人盘问儿子道:"深更半夜,你不赶快回家来,跑到那荒郊旷野干什么去了?"儿子面带几分得意,对母亲说:"那天晚上,我从郊外回来,走到东门外,忽然想抽烟,就到那间亮着灯的小屋去寻火儿。没想到,那小屋里只有一位年轻漂亮的小媳妇。我说明来意,她就主动热情地替我点了烟。随后,就拉我在她身边坐下,眉来眼去地拿话儿挑逗我。接着,她忽地双臂搂住了我的脖子,我们就一起滚到了炕上。从那以后,我们就立下了终身之约。她约我每天到她屋里去过夜,这已经是一个多月的事儿了。她待我特别好,还赠我五十两银子,叫我当零花钱呢!"

捕快夫人大惊,骂道:"混蛋!你这个死到临头的畜生!你这是被女鬼给缠住了,还不知省悟。你不想想,鬼哪儿来的银子?"儿子嬉笑着,却蛮有把握地说:"妈,我就知道您不信。这没关系,我可以拿出来给您看看哪!"说着,就从怀里掏出一个布包儿来。打开一瞧,里面的确有几锭银子。张某的儿子非常得意,当啷一声,把几锭银子扔到了桌子上。不想,随着这一声脆响,几锭银子立刻化作纸灰。

第二天,捕快就派属下到郊外打听消息。当地的居民说:"那个小破屋里存着四五口棺材。有一口是最近存进去的,死者是一位年轻的寡妇。"

汤翰林

钱塘汤其五翰林还没发迹时,往贡院参加考试,借了间房子住着。房子太小了,他很不满意,见旁边有所大宅院,紧紧地关着,没一人居住。他向邻居打听,说:"这是杭州知府柴公的屋子,屋里有恶鬼作祟,所以没人肯买。"汤其五一向胆大,说:"可以借来住几天吗?"邻居笑他狂,也没人阻拦他。

汤其五就开锁推门进去了,见楼上有两张桌子、四把椅子,楼西有只竹箱,虽然很久没人住,但一点灰尘也没有。汤其五心里很高兴,就拿了行李登上楼,手中拿着酒壶、棍子,点起蜡烛读书。

到了三更天,窗外起了阵阴风,烛焰缩小了,有个女子披着头发,光着身子,喷着血进来。汤其五用棍子打过去,女子不知所措地说:"贵人在这里,我错了!"仍然从窗口出去了。汤其五见鬼走了,心里高兴,正要脱衣服睡觉,忽然听见楼的西厢房里有什么声音,一看,那女子从西厢房出来,手中拿着裙袄和颜色鲜艳的衣物及梳篦等,像是要梳妆打扮。汤其五更加不怕,一边喝酒,一边读书。

过了些时候,女子梳妆完了,穿着色彩艳丽的衣服,慢慢走到汤其五眼前,跪下说:"我身负奇冤,除了您没人能为我昭雪。我姓朱,名笔花,是杭州柴知府的姜。柴知府的正妻妒忌而又狡猾,知道知府爱我,不敢加害。正碰上我生孩子,她就贿赂了接生婆,等胎儿产下后用生桐油涂我子宫,使我溃烂死去。我的儿子名叫某某,正妻把他当作自己的儿子养。如今他虽然长大了,却不知道是我的儿子。十年后,您将做湖北乡试的主考官,我儿子当出您门下,您要把我受的冤屈告诉他。我的尸体还埋在这楼的东墙井边,有八角砖作标志,可命我儿子来改葬他的生母。"并指着竹箱说:"这是我藏首饰食具的地方。我死时,知府非常哀痛,临去时吩咐家人不要把我的箱子带回家,恐怕见了它伤心。后来有人来偷,我用阴风把他吓退了。现在箱里还存有三百两银子,可以赠送给你。"

汤其五为她的遭遇所伤心,连连答应。后来发生的事完全同鬼说的相符。楼上的怪从此后不再出现,而屋子也卖出去了。

黑 苗 洞

湖南房县地处万山之中,房县西北八百里范围之内,都是丛山怪岭。在这八百里丛山怪岭之中,苗人居住的洞穴数以千计。一般说来,是没有人敢轻易深入苗洞地区的。

有个打柴的人误入了苗洞地区,又迷了路。他转来转去,无论如何也走不出这圈子。忽而,他面前就出现了几个黑苗人。他们肤色褐黑,浑身长满长毛,语言嘀里嘟噜、喊喊喳喳,近似鸟儿叫。他们用树棍儿和草做巢,就栖息在树巅上。黑苗们见到打柴人,显得特别高兴。他们一拥而上,把打柴人抓住,用藤条捆绑起来,吊在了树枝上。打柴人心里琢磨:这回,我可是难逃活命了!

这当口,忽然有个老太婆模样的人从另一个巢穴走来。她白头发、高额头,看上去还有点儿外界人的样子。她依然操着湖南腔调问打柴人道:"哎呀,娃子! 你是房县人吧? 怎么会跑到这地方来了? 你不知道这是个九死一生之地吗? 唉,说起来,老身也是个房县人呀! 康熙年间,闹了一场大灾荒,人人性命难保。无奈之下,我外出乞食,不幸迷路,误入了这黑苗洞。当初,黑苗人本打算把我杀死吃掉的。后来,有一个黑苗摸了一把我的下身,得知我是个女人,就把我留下来。我死里逃生,与他们巢穴同居,当了他们的妻子。说来,这已经是二三十年前的事儿了!"

老太婆又指着两个高大粗壮的黑毛人说:"他们俩都是我生的儿子,尚且能听懂我的话。我一定能救你!"打柴人急忙在空中做了个磕头拜谢的动作。

只见那老太婆腾身爬树,干净利索的动作竟如猿猴一般。她亲手给打柴人松开了捆绑,并缓缓地把他放回到地上,又从袖子里掏出几枚又肥又大的枣儿,递给打柴人说:"娃子,先把这吃了,治治你肚子的饥饿! 老身这就安排人送你出去。"随后,老太婆就在那两个高大黑苗人耳根子底下嘀咕了一阵。她到底说了些什么,打柴人一句也听不懂了。老太婆又亲手折下一根树枝,把一条布手巾绑在了枝头上,对两个儿子说:"若是有你们的同类敢于侵害我这位同乡,你们就把这东西给他们看,叫他们明白我的用意!"

两个黑苗人打着这面旗帜护送打柴人,一路通行无阻。走了三天三夜,才把他安全送归原路。在回家的路上,乡亲们得知他是从黑苗洞逃离,个个大惊失色,感叹不已,进而向他庆幸道:"只要进了这黑苗洞,有多少人是去而不返叫! 多亏了那位房县老太婆搭救,不然,你早已化作黑苗人的粪便了!"

空中扯辫

芜湖江口巡检司衙门的弓兵赵信,三十多岁了,还没娶妻。有一天,他到野庙中去,说说笑笑,依依不舍,不肯回家。人们问他,他说:"我入赘于某家了。"极力夸奖他妻子的美貌,家中的富有。第二天,赵信又去野庙,还是那样喜乐欢笑。有人与他同行,什么也没见到,知道他被鬼迷惑了,于是叮嘱他父母,把他关起来不让他出去,房门紧闭,只是送茶饭时开一下。赵信在房里叫道:"我来,我来! 不要拉我的辫子!"家人在窗眼儿里偷看,见赵信头上的辫子直竖在空中,仿佛有人拉着一样,于是更加严格地管住他。三天后,什么声音也没有了,开门一看,赵信已用辫子在床栏杆上吊死了。

蓬 头 鬼

  泾县(在今安徽省东南部)的于道士,自称大白天就能看见鬼。他与泾县城里的赵家主人是好朋友,经常与赵家往来,到赵家去喝酒。

  有一天,于道士对赵家主人说:"贵府西楼的夹墙里,有个蓬头垢面的鬼。他常溜出来东张西望,就像个窃贼一样。这必是上辈子和谁有冤债,如今来捉人偿命。但是,目前还不知道他要报复的对象是府上的哪一位,您可得格外留神!"赵家主人听了这话,显得非常焦虑,问道:"请您指教,怎么才能验证他要报复的对象是谁?"于道士说:"这样吧,明天我早点儿到府上来,观察一下蓬头鬼隐藏在何处。确定了他在哪儿,我就告诉您,您教家里人一一在他面前走过,只要看一看他对每个人的态度,就可以确定他捕捉的对象了。"赵家主人点头称是。

  第二天,于道士早早儿地就来到了赵家。他到处转了一圈儿,悄悄地对主人说:"蓬头鬼就藏在贵府西大厅香案的桌腿下,您可以指使家人试一试了。"赵家主人马上召集家人,上至妻妾子女,下及奴仆婢妪,一一从香案前走过。据于道士暗中观察,蓬头鬼对大部分人表现得无动于衷,不理不睬,可是,当赵家已经结了婚的六姑娘从香案前走过的时候,蓬头鬼的眼光一直盯着她,咧开嘴儿笑起来。

  于道士说:"他找的是府上的六姑娘,这是毫无疑问的了。不过,您千万不可将此情告诉六姑娘,免得她心思过重,促其早死。"赵家主人不禁落泪,问道:"难道就没有个禳解之法了?"于道士说:"这是前生欠下的冤债,已是无法补救了!"从那以后,赵家就闹起鬼来,抛砖掷瓦、撼窗砸门,日夜扰乱不休,足足闹了一个多月。后来,六姑娘死于难产,鬼也随之不闹了。

借丝绵入殓

芜湖赵必恭任湖南衡阳知县,得了严重的伤寒病,已经断了气。家人把棺材及该用的丝绵等东西,全都准备齐全。因为他心口还是温的,所以没有下殓。

赵必恭梦见自己在黄沙中行走,迷迷漾漾的见不到天日。过了一条小河,天渐渐开朗,见到一座庙,题名为"准提观音庵"。他走了进去,见有个老和尚盘腿坐着,煮素面的气味很香。赵必恭觉得肚子饿,向和尚讨来吃。和尚喝道:"你何必在这里讨东西吃? 可赶快回家,家里有面等你!"赵必恭跌跌撞撞地跑出庙,碰到同乡邻居吴某,拱手道谢说:"承蒙您送我东西,使我身体温暖。"赵必恭不知他说些什么,吃惊而醒,果然闻到像在庵中闻到的素面的香气。原来是家中人守尸,整天没吃饭,所以煮面充饥。赵必恭立即叫人拿面来吃,家人说:"老爷病了一个多月,连汤水都喝不下去,怎么能吃面呢?"赵必恭坚持要,家人没办法,就盛了一碗。他居然像平常一祥吃了下去,病也好了。心里想起吴某谢暖的话,以为是乱梦没有凭据,一个字也没告诉家里人。

过了两年,赵必恭的家属回芜湖,把过去准备殓尸的丝绵装箱带回。正巧吴某死了,当时是盛夏,没地方买丝绵,他家大殓时来向赵家借,赵家就借给了吴家。又过了三年,赵必恭罢官回家,偶然与家里人谈起梦中事,这才知道千里之外、两年之前,这丝绵就定下该归吴某用,吴某的主魂早就来道谢了。

洞庭君留船

洞庭湖（在湖北省北部，是中国第二大淡水湖）上往来的货船，每年必然发生一桩怪事儿。有一条宽敞而干净的船卸货之后，就再也行驶不动了，即便是派上千百个船工，在岸上设缆绳拉拽，船依旧是岿然不动。有经验的老船工们说："这船被洞庭龙王借用了，大家赶快回避吧！"于是，这条船不再装货，舵工、水手人等暂时转移到其他船上，此船任龙王去使用。

到了夜里，这条船会自动飘移到湖心深处。只见船上神灯万盏，五彩缤纷，华光耀眼。远远望去，似乎还有虾兵蟹将之属、龙童玉女之辈往来于船上，终夜热闹非凡。

第二天早晨，人们会发现这条船依然泊于原处，干净整齐，毫无破损。据说，这种龙王借船的事，每年必然发生一次。但是，龙王爷很仁义，每年都换借另一条船，从来不把这差事总摊派给一家一户。

缆将军失势

航行在鄱阳湖上的客船遇上风暴，往往有条黑色的缆绳像龙一样朝船扑过来，船定会被损坏，人们称它为"缆将军"，每年都要祭祀它。

雍正十年（1732），天大旱，湖水干涸的地方，有条烂缆绳横躺在沙上，农民砍断它焚烧，水烧干后血流了出来。从此以后，缆将军不再作祟，船上的人也不再祭祀它了。

吴二姑娘

　　全椒(在今安徽省东部,清属安徽滁州府)进士金棕亭［金兆燕,字钟樾,号棕亭。乾隆三十一年(1766)进士。官至国子监博士、扬州教授］先生在官居扬州教授的时候,居住在属于马氏家族的玲珑山馆。老夫妻俩身边,还带着他们的孙子。这孩子刚满十七岁,天资聪敏,文学方面很见出息。所以,才叫他随从祖父祖母来到扬州,以便于金先生随时督导他的学业。

　　说起来,这祖孙二人住里外屋,有门相通,只是一墙之隔。夜里,金先生听见那孩子懵懵懂懂地狂呼乱叫。金先生认为他是做噩梦了,便起床来叫他,那孩子随之也就醒过来了。可是,金先生回到床上,刚躺下不大工夫,那孩子又狂叫起来,金先生只好再起身去叫醒他。

　　这时候,那孩子已经木呆呆地坐在床上了。他两手朝上举着,十指分开,面对着金先生,自言自语地说:“请屈一指!”于是,自己就弯曲一个手指。一会儿又说:“请屈五指!”自己又把五个手指收回。此后,他又是拱手作揖,又是两手叉腰,丑态百出,就和中了疯魔一样。金棕亭先生大声呵斥道:“混账!胡闹什么!是不是想挨打了!”那孩子不闹了,却没完没了地哭起来,吵着要回老家去找他的母亲。

　　金棕亭先生无奈,第二天就命人备好轿车,准备把他送回老家全椒去。那孩子自己取来衣帽和靴子,穿戴得整整齐齐,然后请爷爷奶奶上坐,郑重其事地拜了又拜,告别说:“孙儿此去,是要登天成仙去了,请爷爷奶奶不必牵挂!”听他这么一说,全家人惊恐惶惑,谁也不敢再提送他回老家去的事儿了。

　　到了中午,这孩子的神情稍有好转。他把祖母拉到一边儿,凑到她耳朵根上悄悄地说:“孙儿没别的毛病,只是被一个小狐狸给迷惑住了!”说这话的时候,他似乎很明白,可是,呆了不大的工夫,他又精神错乱,胡说胡闹起来了。他说:“我和这位吴二姑娘,本来是前生有缘,所以,她才找上门儿来,与我相就。可是,她妹妹吴三姑娘也追了来,姐妹俩都要嫁我！您说，这两女一男滚到了一张床上，叫我多为难？"接着，他就说了许多淫言秽语，简直是不堪入耳，气得金先生要抢上前去教训教训他。不料，却被他迎面吹了一口冷气，其冷如冰。这冷气从鼻子渗入胸腹，直透丹田，使金先生毛骨悚然，浑身发抖。

内阁中书蒋春农［蒋宗海，字星岩，号春农。江南丹徒人。乾隆十七年（1752）进士。官至内阁中书］先生，听说金棕亭先生的孙儿被狐仙迷媚了，就把自己保存的张天师仙符一张赠送金先生，以期能帮助他家驱除妖邪。金先生刚要悬挂仙符，他那孙子就抢上来，差点儿被他一把夺了去。幸亏那符是画在一块绫子上的，才没有被他撕坏。金先生索性把符攥在手里，面对着那孩子打开来，企图镇住他。不料，又被他吹了一口冷气，那仙符就飞出了窗外，化作几片碎片。金棕亭先生万般无奈，只好到城隍庙和关帝庙去乞求神明的帮助了。

过了几天，那孩子忽而急火火地招呼："接驾！接驾！伏魔大帝到了！"金棕亭先生又紧张又害怕，只好率领全家乖乖儿地跪在了这个孩子面前。这时候，那孩子竟点着金先生的名字数落起他来："金兆燕！你身为进士、朝廷的命官，怎么连最起码的礼仪都不懂？为什么不着官服顶戴来接驾？你脱帽露顶，衣装不整，成何体统？"金棕亭先生只好磕头谢罪。

待了不大工夫，那孩子又大声呼叫："接驾！接驾！孔圣人到了！"金先生已经昏头昏脑，又带领全家跪拜迎接。没想到，这文武两圣一见面儿就拉起话儿来。谁也听不清他们唧唧哝哝地在说些什么，但那些话都借助于十七岁的孩子之口。有一阵子，是山东口音；待一会儿，就转换成山西腔调。就这么着，从上午十一点一直唠叨到下午五点多。全家人都跪在那儿陪着，谁也不敢起来。有的腿又酸又麻，有的人腿已经浮肿了。好不容易，那孩子才用极其严厉的山西腔调说："好了！妖魔已经被斩杀，你们金家没事了！今奉天帝之命，特封你孙儿为上真诸侯，你们全家要好好侍奉他，不可怠慢！我们也该回上界复命去了。"

金先生送走了两位神仙，这才命人端些粥来给那孩子吃。那孩子接过粥碗来，忙向空中招手，叫道："二位先贤慢走，快来陪我吃碗粥！"此后，他依然是胡言乱语，癫狂如故。金棕亭先生这才醒悟，累他全家跪了多半天儿的两位圣贤，也是妖鬼冒充的，他又上当受骗了！金先生气急败坏,他怒斥孙子道:"我快活了六十岁了,从来没受过别人的欺哄! 今儿个,可叫你这个小畜生把我捉弄够了!"那孩子听了,一缩脖儿,把脸儿扭过去,捂住嘴忍不住地笑,显得非常得意。

这孩子又疯疯癫癫地折腾了一个多月,这才请来一位林道士。林道士拜北斗,能请神驱妖。金先生只能依靠他,为他设坛,请他作法,自己则陪着他诵经礼拜。法事一直延续了七天,那孩子的头脑才渐渐清醒。金先生匆忙为他办了婚事,婚后又入赘,住到了老岳父家中去。从此,妖狐果然就不来作祟了。

这个故事,发生在乾隆四十七年(1782)三月。这还是金棕亭先生亲自对我讲的呢!

石狮求救命

广东潮州府东门外,每当行人经过,总会听到叫救命的声音,四面看,却又没人,声音是从地下传出来的。人们怀疑是死人复活了,就用锄头朝那儿挖,挖了有三尺多深,见到一只石狮子被条大蟒缠住了颈部。众人十分惊骇,就把大蟒杀了,把石狮子扛到庙里。当地人对石狮祈祷请求,非常灵验;如果有人对它不敬重不相信,立刻就会降下灾祸,从此香火非常旺盛。

知府方公听说了,以为这是妖异,要把那庙拆毁。民众得知后吵闹起来,差点闹成暴乱。知府没办法,假意说把石狮迎进城里,要为它另外建庙,大众才同意了。狮子被抬到演武场,用锤砸碎后扔进河里,什么事也没有发生。知府方公名应元,湖南巴陵人。我想起晋永康年间,吴郡怀瑶家听到地下有狗叫声,挖出来两只狗,老年人说这狗名犀犬,得到的人家会富有。

全译子不语 下

原　著：[清]袁　枚

主　编：成　君

副主编：卢英梅

编　委：宋海江　杨春玲

　　　　张卫军　麻红忠

　　　　白春平　韩秀英

华夏出版社

旱　魃

乾隆二十六年(1761)，京师久旱不雨。天气干燥闷热，人人心烦难耐。

且说京师都统府属下有个传信兵，名叫张贵。那天下午，张贵奉命传送公文。当他策马来到良乡县(今北京市房山区良乡镇)境内，已经是漏下二鼓。偏偏在这个时候，又下起蒙蒙细雨。突然，又刮了一阵黑风，把他手里的灯笼也吹灭了。这地方前不着村，后不着店，上哪儿寻火去？没办法，他只能躲进道边儿的一座破亭子里，暂且避避风雨。

不大工夫，就有个艳丽的年轻女子打着个灯笼姗姗而来。看样子，不过十七八岁。生得眉清目秀，体态苗条。女子说："先生是送公文的差官吧？您瞧，这雨一时半会儿也停不了。您何不到我家暂歇一程，等雨停了再走？"张贵毫不犹豫，就牵了马，随她来到一所宽敞的大院子里，把马系在拴马柱上。那女子把他让进一间小西屋里。进得屋来，只有一桌一床，并无其他陈设。那女子殷勤地献上茶来，说道："奴家的父母已经进城，为舅舅祝寿去了！您瞧，家里只留下小女一人，又逢阴雨霏霏，多么孤寂冷落！幸亏有先生来做伴，实乃天官赐福！"说着，赶忙来添茶，又顺手在张贵大腿上捏了一把。张贵神经质地一机灵，不由得伸了一下腿。这一伸，似乎是绊着了她，她就顺势一歪，躺在了张贵怀里。这会儿的张贵，已经是欲火难耐，急火火地把她抱到了床上。两人男欢女爱，折腾了个通宵达旦。当第一声雄鸡高叫，那女子忽然挣脱了张贵，披衣下床，就要匆匆离去。那张贵却依然眷眷恋恋，苦苦相留。女子愤然，甩掉他的缠绕，毅然决然地离去了。

张贵一夜迷恋女色，身体已经非常疲惫了。女子走后，他很快就蒙眬睡去，非常香甜。

可是，他总觉得有凉冰冰的水滴不断地落到他的鼻子和脸上，他左躲右闪，又总有草刺儿扎进他的耳朵或鼻孔里，使他刺痒难耐。这时候，天已经大亮了。张贵猛一睁眼，才发现自己是躺在一片荒坟败冢之间的草地上。他那马，就拴在坟圈子里的一棵大树上。他这才想起自己是来送公文的，一骨碌从草地上爬起来，解马扬鞭，飞奔而去。

但是，到了送交地点，已经比规定的送交时间晚到五十刻了（古人以一昼夜为一百刻）。有关部门严厉追查此事，认为公文耽搁，贻误军机，责任重大，其中必有隐情，责成都统追究罪责。都统大怒，命佐领严加讯问。在严刑拷打之下，张贵只能实话实说了。都统命人押着张贵，来到良乡，找到了那个坟头儿，经过一番周密的调查，确认坟里所埋是一位姓张的姑娘。她还没出嫁，却早已与人发生奸情。后来，奸情败露，她羞愧难当，月夜上吊身死。自从把她埋到这里，她往往夜间出来作祟，以色情勾引行人，陪她寻欢作乐。

有人说："这就是民间所说的旱魃。凡是外貌似猿猴，披头散发，又只用一条腿儿走路的，人们称之为兽魃；凡是上吊横死，死后又出而作祟迷人的，就称之为旱魃。据信，把旱魃的遗体挖掘出来，架火焚烧，足以求得一场大雨，缓解旱情。"

都统觉得此事重大，修本奏明皇上，得旨照办。于是，发墓启棺，果然是一具青年女尸，遍身生满白毛。都统下令点火焚尸。第二天，京师治内方圆几百里，果然天降大雨。

蝎　　怪

佟明府在芮城做知县时，有个乡下农民，夏天光着膀背坐在石上吃面，还没吃完，忽然大叫，倒地而死。众人看他，背正中有个洞，深数寸，黑血像泉水般涌出来，不知得了什么病。众人写了报告送进衙门，怀疑是卖面人下了毒。佟公去检验，见那人坐的石头旁有洞，黑血流进洞中，下面似乎有呼吸吞咽声。佟公就命人挖掘石头底下，约挖了三尺来深，见石洞中有只蝎子，有鹅那么大，正抬着头吃血，尾巴弯环是金色的。乡民们争着用犁锄打过去，蝎子死了，但尾巴没打坏，再与死者背部伤痕相比照，完全相符。于是把蝎尾贮入仓库，到现在还在。

蛇　王

传说，湖南湖北一带有个怪物，人们称它为蛇王。蛇王是个什么样子？人们说，它那形状就和《山海经·西山经》里所记载的"帝江"差不多，没有耳朵，没有鼻子，也没有眼睛，更没有四肢；它就像一个方形的大肉柜子，只在前面的正中部长了一张嘴，用以吞吃食物。它浑浑噩噩，到处行走，绝没有任何目的。它一边走，一边做着吞吸的动作，所过之处，草木尽枯，一切巨蟒毒虫之类，也都化作它的舌下之水。它就是这么边吃边走，边走边吃，体魄越来越庞大。

江苏常州有姓叶的兄弟俩，健身习武，喜好旅游。叶氏兄弟来到湖南巴陵道上，行进在荒野里。忽而，他们发现大大小小的蟒蛇和毒虫都一阵风儿似的从身边掠过，向正西方向逃窜。它们那急促惶恐的状态，就好像后面有谁追赶，必须赶快逃命一样。接着，一股带着强烈腥秽气味儿的风愈刮愈紧了。叶家兄弟也感到有点儿不妙，一齐爬上大树，隐藏起来。不大工夫，一个正方形的、像个肉柜子似的怪物，从东边蠢蠢而来。它的形体不算大，很像个刺猬，只是没有那一身的刺儿，行动迟缓而笨拙。叶老二在树上拉了个满弓，一箭射去。那箭正射在肉柜的正面上。但是，它似乎是毫无感觉、毫无反应，背着那箭，慢悠悠继续往前走。这使叶老二胆儿大起来，他从树上跳下来，追上前去，想从肉柜身上拔下那支箭来，近距离再射，一举杀死这个怪物。没想到，他刚刚接近这个肉柜，就突然扑倒在地，再也起不来。那怪物却又继续往前走。叶老大见势不妙，慌忙溜下树来抢救。然而，弟弟的尸体已经化作一摊黑水。

洞庭湖边上住着一个老渔翁，声称他有制服蛇王的绝技。人们听了，不禁惊讶，以为他是吹牛。老渔翁说："只要备下一百多个大馒头，然后把铁叉绑在长长的竹竿上，用叉子叉着馒头，悄悄送到肉柜的嘴边儿上。只要它的嘴一张，就把竹竿收回来，换上一个新馒头。记住，千万不能让它吃到口。这样，要反复做上几十次。最初，那馒头会变得霉烂如泥,继而会变成黑色,又转变成黄色,最后呈现粉红色。当馒头递到怪物嘴边儿上,还能保持原有的白色,说明这怪物的毒气已经吐尽了。大家可以毫无顾忌地围上去,把它击杀,就像宰割猪羊一样简单,它已经完全丧失伤害别人的能力了。"

大家遵从老渔翁的指导去办,果然把这个荼毒生灵的蛇王消灭了。

颜渊为先师判狱

杭州张纮秀才,在夏天患痢疾死去。家里贫穷,买不起棺材,向叔叔求助。叔叔住在海宁,派去的人一来一去花了五天,而张纮却活了。他说,自己到天帝处受审,已入死案。后来天帝说:"他是个秀才。"就派一官员押他到学宫,请先师出来,说:"这个人已经定案,但必须听从二位老师的意见。"一个说:"他的罪轻,但从情理上说很重,应判死刑。"一个说:"虽然是这样,但事情还可怜悯,他并不是为首的,姑且减轻一等,五年后他改过就算了。他父亲在岭南做官,对人民有功德,姑且押他去见他父亲。"命原押送官把他押往岭南名宦祠。他拜见了父亲,父亲大叫说:"你不是我儿子!"拒绝见他。他母亲从旁边屋子出来,哭着说:"父亲不认你做儿子了,你当赶快回去改正过错。但你死了很久,恐怕尸体已经坏了,能回就回,不能的话仍然回到天帝那儿,天帝自然会安排,千万不要借别人的尸体还魂。"母亲派遣鬼仆同他一起到家里,看家里人是否认他。到了家,见尸体还躺着没坏,旁边点着一盏灯,供着一碗饭。押送的人把他推倒在尸体上,尸体立即动了起来。妻子哭着吃惊地看着他,鬼仆叫道:"认他了,我可以回去报告主母了。"遂去。这时,张纮已活了过来。人们争着问他犯了什么过错,他不肯说。后来不到五年,张纮竟然死了。

张纮的从兄张纲,是毛西河的朋友,告诉西河说:"大清兵下杭州,潞王北去,他宫内女眷躲藏在塘西孟家。我弟弟被王某所诱,谋出首得赏金,既而后悔了,没有列名。后来与王某一起出首的五个人都突然死去。我弟弟这次死而复苏，但狡诈的性情仍然不改，与朱道士争一鹤，却私下把道士的名字拉扯进海寇案中，使朱道士被杀，辜负了先师的训导，违背了慈母的教诲，他活不长是应该的。"毛西河问他学官里先师的姓名张纮是否说过是谁，张纲说："一个是颜渊，一个是子服景伯。"

豆腐架箸

四川省的茂州（今四川茂汶羌族自治县，清为四川省直隶州）有个富翁张老头儿。张老晚年得子，钟爱之情是可想而知的。每回带着这孩子出家门儿，都得给他换上一身儿华贵的新衣服，玉镯金锁等佩带妆饰之物，更是不胜枚举。和一般人家的同龄儿比起来，真是一个在天上，一个在地下了。

八岁那年，张老派一个忠实又可靠的老仆人带着这孩子去逛庙会。到了戏台底下，人多拥挤，一转脸儿的工夫，就把这位小少爷给丢了。这可把张老一家子人给急疯了。他们派人出去，四下寻找，当天却是毫无踪迹。第二天，才在小河边上发现了这孩子的尸体，是被人杀了，连身上的衣服也被剥光，赤裸裸地躺在浅水滩里。

张老悲愤之余，将此案报官。州县通令，缉拿凶手，竟是一无所获。当时，茂州知州是长州人叶先生。叶先生破不了此案，心里挺憋气，又找不到蛛丝马迹，只好亲自住进城隍庙，祈求神明能有所启示。夜里，叶先生梦见城隍开门相迎，并设宴款待他。餐桌上只有炖豆腐一碗，并把竹筷子架在了盛豆腐的碗上，桌上别无他物。城隍爷和善而热情，但是，终席没有说一句话。叶先生从梦中惊醒，琢磨不透城隍爷打的是什么哑谜。

后来，茂州衙门的捕快发现有个人拿着一挂儿童金挂锁到当铺里出售，行为鬼鬼祟祟，十分可疑。捕快将其拘捕，回衙交官审讯。经验证，此锁正是张老之子身上之物。这个杀人越货的家伙，姓符。

叶先生这才领悟城隍爷的喻义，竹筷子架在豆腐上，恰是组成一个"符"字。

蒋 金 娥

通州兴仁镇钱家的女儿,十五岁了,嫁给姓顾的农民为妻子。这一年,钱氏生病死去,忽然又苏醒过来,叫道:"这是什么地方? 我怎么会到这里的? 我是常熟蒋巡抚的小姐,小名金娥。"详细地说了蒋府中的事,不停地啼哭,不让她丈夫靠近,说:"你是什么人,敢靠近我? 快派人把我送回常熟。"拿了镜子自照,十分痛苦悲伤地说:"这个人不是我,我不是这个人。"把镜子扔了,不再照。

钱家派人秘密查访,蒋府果然有个小姐,小名金娥,病死的时间与钱氏的还魂时间相符,就雇了船把女儿送到常熟。蒋府的人不相信,派家人到船中去看。妇人一见了她,就能叫出她的名姓。一时间观看的人围满了。蒋府恐怕事涉怪诞,赠给钱家路费,叫他们赶快回通州去。钱氏素不识字,病后忽然识字,能作诗,举止安闲文雅,不再是过去村妇的样子。

有何义门先生的侄子号权之的,以前曾聘蒋府女为妻,还没过门蒋女就死了。何权之这时有事到钱家,钱氏出来相见,称他为姑父。和她谈起以往的事,她都能记起来,于是拜何权之做义父。何权之劝她与原夫为婚,她不肯。她想出家做尼姑,也没做成。这件事发生在乾隆三十二年(1767)。

还 我 血

刑部有个看管死牢的狱卒,名叫杨七。这杨七身当公差,却暗地里与山东惯偷人参的囚犯是好朋友。后来,这个人犯案,被捕入狱,判处了死刑。临刑之前,这个人用大量人参贿赂杨七,又赠送他三十两银子,对他说:"我混了这一辈子,无亲无故,更没有妻子儿女,只有你这么一位朋友。我死后,请你把人头捡回来,缝在我的尸体上,免得我落个身首异处。再买口棺材,把我收殓埋葬。我身染黄泉,也算心安理得。拜托了!"当时,杨七流着泪满口答应了。

可是,这个囚犯饮刃一死,杨七就变了心。他背信弃义,那犯人所托之事,概不料理。非但如此,他听说人血馒头能治噎膈(食道癌),就在那犯人行刑的时候,托刽子手把一个馒头塞进他的脖腔里。事后取出血馒头,送给他的一位亲戚去治病。

杨七认为,反正那犯人已经死了,人死如灯灭,一死百了。他杨七再怎么干,也没人能干涉了。

没想到,当天下午,杨七一回到家,就像中了疯魔一样,狠狠地掐住自己的喉咙,同时沙哑地大喊:"杨七,你这个忘恩负义、人面兽心的东西! 你还我血、还我银子来!"一边喊,一边越掐越紧,几乎就要窒息。家里人慌忙拦阻,都被他打翻在地。

杨七的父母、妻子认定他是中了邪,急忙烧纸钱祭拜,祀送亡灵,继而又请来高僧高道,设坛驱邪。这一切,全部无效。到了下午,杨七自断喉咙而死。

卷十九

周 世 福

　　山西省石楼县(在今山西省西部)有周世福、周世禄兄弟俩。那一年,周家的哥儿俩因为争夺遗产动起武来,弟弟周世禄竟往哥哥周世福肚子上捅了一刀,哥哥的肠子流出了两寸多长,伤势很严重。

　　后来,没有经过怎样的治疗,那伤口没有感染,长得像一张嘴,能张能合,那段肠子一直拖在外面。有人给周世福出了个主意,教他平时用一只锡碗把拖在外面的肠子扣起来,再用布带把锡碗绑住,从此大小便都从这段肠子排出。

　　就这样,周世福又活了三年。他临死之前,魂灵先出了壳儿,附在一个家人身上,骂道:"周世禄,你这个没人伦的畜生! 你为了霸占区区家产,竟向同胞兄长捅了一刀,丧尽天良,绝不会得好死! 不过,这一刀也是我上辈子欠下你的,本当如此。只是,你报复的时限,提前了三年,带累我多受了多少肮脏罪? 这笔账,咱们是要另算的!"

韩 宗 琦

　　我的外甥韩宗琦,从小聪明机敏,五岁就能读《离骚》等书,十三岁考中了秀才。十四岁那年,杨总督奉旨观察民风,特选他为超等,保送到敷文书院深造。敷文书院的掌教,是曾经做过礼部侍郎的齐召南。他一见韩宗琦,就非常惊异,叹道:"这孩子风神气格不同寻常,恐怕要折寿呀!"

乾隆二十四年(1759)八月初一的早晨,韩宗琦忽然对他母亲说:"孩儿昨夜做了一个很奇怪的梦,梦见天上有几百个人,都奔波在烟云雾海之中,有的在翻阅书籍,有的在传送纸笔,神态个个都不一样。过了一会儿,听到发榜唱名的声音,到第三十七名时,就是孩儿的名字。孩儿吃惊地应了一声,就醒了。那唱名的所叫的那些名字,孩儿听得清清楚楚,醒来时还记忆犹新,等到天亮披好衣服起床,就都忘记了。"

从那以后,韩宗琦和家人都认为这预示着天榜有名,今年的秋闱是必中无疑了。及至参加乡试,考到第三场,正好是八月中秋,月明如同白昼。韩宗琦将要去缴答卷时,听到有人呼叫:"韩宗琦,你好回去了!"这样连叫了三声,声音一声比一声严厉,好像是责怪他行动太迟缓了。宗琦慌忙回答说:"就走!"及至缴卷时,四面一看,考场里已空无一人,就跟跟跄跄地奔回了住处。

第二天,韩宗琦问同考场的学友,有谁在他缴答卷的时候,连续三次叫他的名字。学友们都说:"没有的事儿。倘若我们要和您做伴回来,必定称呼您的大号,怎么敢直呼您的名字呢?"等到乡试发榜,韩宗琦名落孙山。

从这以后,韩宗琦郁郁不乐,不久就得了一场病,从此卧床不起。临终之前,他还躺在床上苦吟李太白"举头望明月,低头思故乡"的名句。他对守在旁边的母亲说:"孩儿现在已经觉悟到上辈子的事了。儿前世本是玉帝驾前的献花童子,因为一次玉帝做寿辰,孩儿在献花时偷眼看了下界的花灯,不巧被诸仙察觉,参奏孩儿不敬,当天就被罚降生人间。如今罚期已满,玉帝催我回天界去了,母亲不必牵挂。"

韩宗琦死时年仅十五岁。江南民间传说,正月初九是玉帝的生日。

徐俞氏

邓州(今河南邓县)知州徐廷璐与夫人俞氏,感情真挚和美,情深意笃。不幸,俞氏染病早死,徐廷璐悲痛至极。事后,他指示,凡夫人房中陈设、衣物、脂粉香泽,一律按夫人生前的老样子设置,不得有丝毫改动。夫人生前习惯于把随时穿脱的一件坎肩儿平铺在枕头上,现在依然是原样儿放着。

人死之后的第七天,称为一七。那一天,徐家上下人等正在大厅里举行祭祀俞夫人的仪式。忽然,有个小丫鬟从夫人房里仓皇跑来,惊叫道:"老爷快去看看吧,夫人又活了!"徐廷璐听了,一溜小跑来到夫人卧房。只见俞氏正穿着那件旧坎肩儿,端坐在床上,态度平和而安详。这时候,家人子女也随后赶到了,大家都清楚地目睹了这场景。这当口,徐廷璐已经顾不得这位夫人是人是鬼了。他冲上前去,就要搂抱夫人。这时候,夫人的身子忽地一闪,就不见了。那件旧坎肩儿,还僵直地在床上悬立着,过了半天,才飘然落下。

过了几天,一个晚上,徐廷璐在夫人房内设酒肴,就像与夫人同桌对饮一样。他举起杯来,无声地流泪,说道:"夫人平日老劝我戒酒或是少喝酒,如今,还有谁来劝我?"徐廷璐话音未落,他手中的酒杯已经不见了!侍候在左右的丫鬟们找遍了整个屋子,就是不见杯子的踪影。待了一会儿,只见那丢失了的酒杯又已经倒在了餐桌上,杯子里一滴酒也没有了。

徐廷璐有个小老婆,经常与俞夫人争风吃醋,钩心斗角,遭到夫人的斥责与怒骂。俞夫人一死,这位小老婆得意忘形,她说:"这回,再也没人骂我了!"

不料,这天晚上,俞夫人竟来到这个小老婆床前,抬手就打了她两个大嘴巴,五个手指印天亮时还留在脸上,过了三天才逐渐消失。从那以后,全家人敬畏夫人之心,更甚于她在世之时了。

琵 琶 坟

翰林董潮,青年时就科场及第,书画诗文冠绝一时,性情磊落洒脱,爱好女乐。他喜好吟诗对句,曾经与一些名士同游陶然亭,一边散步,一边吟诗。一个人不知不觉转到一个土山后面。忽然他听到一阵琵琶声,循着声音寻去,发现是从一间破败的小屋里传出的,小屋里临窗坐着一位十七八岁的美女。她身穿淡红衣裙,临窗从容理弦,见了董潮,一点也不羞涩,也不回避,依然弹奏如故。董潮听得入神,在窗外前后徘徊,竟不想离开了。

那些同来的文士,见董潮去后久久不回,心里觉得奇怪,就一起去寻找,却发现他痴呆呆地站在一间小破屋的窗外,叫他也不理。文士们以为他中了什么邪,用力啐了他一口吐沫,董潮这才如梦方醒。而那琵琶声已消失,美女也不见了。

董潮向文士们讲述了他刚才的所见所闻,大家就走进小屋搜寻,只见地上都是些残砖破瓦,四壁破败不堪,并没有人居住,只有一丛蓬草,就是人们所俗称的"琵琶坟"。文士们就搀扶着董潮,把他送回家去。

不久,董潮得了大病,返回常州,病死在家中。

曹 阿 狗

归安县有个程三郎。程三郎那媳妇,年轻貌美又贤惠。乡里人无不侧目而视,交口称赞,尊称她为三娘子。

那一天早晨,正当三娘子晓妆梳理,她却忽然举动失常,疯疯癫癫起来。程三郎以为她是中了邪祟,抬起左手就打了她个大嘴巴。这一打,竟改变了三娘子原来的腔调,她操着一个男人的声音叫喊道:"别打我!别打我!我是您家的芳邻曹阿狗。这两天,我们曹家正设奠祭祀亡灵,我闻讯归来。不料,进门之后发现,老少的先灵都有一席之地,唯独没有我阿狗的位置!想我曹阿狗,也曾堂堂正正地为曹家之一员,既做了鬼,为什么还这样瞧不上我?我又惭愧,又愤恨。我知道三娘子聪明、智慧,又有威信,特意凭附在她身上,不过是谋点儿吃食,大家不必害怕!"

原来,程三郎的高邻曹家,是本乡的一个大家族。这个曹阿狗,是曹氏家族的无赖子弟。他无德无才,没人肯把女儿嫁他为妻,至死还是个光棍儿。曹家有个规矩，凡是生前无后的男子，死后无嗣，在家族祭祀的宴席上，一律不设席位。昨天，曹家的确曾延请高僧作法事，高诵焰口经，举行祭祀。曹阿狗当然不被列入祭席之内。

程三郎的家人一听他是曹阿狗，真有点儿又惧又怕又厌恶。他们慌忙端来祭酒，拿来纸钱、银锞之类，在三娘子面前供奉，求曹阿狗早点儿离开。阿狗借三娘子之口威胁说："告诉曹家，今天晚上，必须专门为我设祭席一桌，送我的魂灵到河边；今后，再有家祭，必设曹阿狗之位！否则，我可就不客气了！"程三郎把这一切转告给曹家。曹家按阿狗的要求，设宴祭送。这之后，三娘子很快又恢复了常态。

钱 仲 玉

有个叫钱仲玉的人，少年落魄，在兰溪县衙中做幕僚。

这天是正月十五元宵节，同僚们都上街看灯去了，钱仲玉因为心情不好，独自留在家里。他到庭院里散步望月，不禁起了怀乡思亲之念，叹道："如何能得到五百两银子，使我能回乡与家人团聚呢？"话音刚落，就听得台阶下有人应声说："有！有！"钱仲玉怀疑是友人在戏弄他，但环顾四周，并不见人，就又回到书斋里闲坐。

这时，忽然听得窗外传来一阵细碎的脚步声，接着一位美女掀帘进来，对钱仲玉说："郎君不要害怕，妾不是人，但也不害人。同在异乡过佳节，寂寞的心情相同，刚才听郎君自悲自叹，觉得很可笑。就凭你这堂堂七尺须眉男子，又何愁这五百两银呢？"钱仲玉问："这样说来，刚才说'有、有'的，就是你了？"美女答道："是呀。"钱仲玉又问："银子在哪里呢？"那美女笑道："郎君别急呀！"说着，就拉着钱仲玉的手，两人坐到床上，说道："妾名汪六姑，死后埋葬在这地势低洼的地方，长年被污泥所侵，求郎君把我的遗骸移葬高阜，妾必当按君所需，如数奉赠的。"钱仲玉问她得了什么病死的，美女用双手捂住面孔，说："羞死人了！叫我怎么说呢？"钱仲玉再三盘问，美女才说道："妾小时就懂男女风情。因生在小户人家，所居之楼，门窗临街。一天，妾正临窗而坐，偶然瞥见一个美少年面墙小解，露出他那话儿，红鲜如玉，妾心里实在羡慕。从那时起，妾就以为普天下的男子，这地方都是这般可爱的。后来嫁给了卖菜的周某，这小子不但相貌丑陋，那话儿更是委琐污秽，完全不像那少年那么美妙，所以怨思成疾，又不好向人启齿，最后一病不起，把命送了。"

钱仲玉听她这么一说，不禁欲心大动，连忙松开裤带，拉着美女的手来摸自己的话儿。正在这时，忽然传来人声，美女急忙缩回了手，站起身说道："妾与郎君的缘分还没到。"说罢，转身就走。钱仲玉送她到东墙下，美女就脱下手腕上的银镯子，塞到仲玉手里，说道："愿郎君永记勿忘！"话音刚落，就不见影子了。钱仲玉恍恍惚惚好像在做梦。他低头一看，那只银镯子还在手中，于是把它收藏起来。

第二天夜晚，人声已静，钱仲玉又独自到东墙下散步，希望能再与那美女相遇。但遍视四周，却不见有个人影，只得怏怏而归。他把自己遇见美女的事，原原本本对房主说了，并取出银镯子作证。房主听后也觉惊异，当即命人在东墙下掘地三尺，果然露出了一具女尸，衣腰和饰物虽然都已腐烂，但面色肌肤却栩栩如生，与仲玉所见的美女一模一样，另一只银镯子还戴在右腕上。钱仲玉连忙脱下自己的外衣，遮盖住那女尸的暴露部分，又备办了棺材衾装，把她改葬在高坡之上。

当天夜里，汪六姑就来托梦，向钱仲玉表示感谢，她说："感谢郎君的诚实高谊，我来告诉郎君藏银的地方，就在你卧榻向左三尺的地下。从前有人在那里埋了五百两银子，明日郎君可掘土取用。"钱仲玉按她说的去做，果然得银五百两。

蛤 蟆 蛊

青年书生朱依仁，写得一手好字，被广西庆远（治所在今广西宜山）知府陈希芳聘做秘书。

那正是个夏天，酷暑难耐。陈希芳先生备下酒肴，召集僚属们宴饮消夏。出于礼貌，也为了图个凉快，大家在入席之前，先除去了帽子。突然,有两三个人同时惊叫起来。因为,在朱依仁的头顶上,端端正正地蹲着一只大蛤蟆。有位朋友抢上前去,一巴掌把那蛤蟆打落在地,大蛤蟆转眼之间就不见了。

大家入席,宴饮一直进行到夜静时分。突然,那个大蛤蟆又出现在朱依仁的头顶上,众宾客不禁惊叫起来。有位客人仓促起身,伸手一胡捞,那大蛤蟆就落到了餐桌上。它是又蹦又跳,又拉又尿,把一桌酒肴全都污秽了。这次宴饮只好不欢而散。

朱依仁回到住处,刚要上床休息,顿时觉得头上奇痒难耐。第二天早晨,他就发现自己头顶上的头发完全脱落了,正中间起了个坟头儿似的大包,呈鲜红色,像是个大瘤子,光滑发亮。过了不大工夫,瘤子从中间破裂,从裂缝儿里伸出一个蛤蟆头来,瞪着两眼向四周张望。待了一会儿,两只蛤蟆腿儿也从裂缝里蹬踹出来,踩在头顶上;自腰以下,却依然隐藏在那个大包里。有人就拿锥子来刺扎大蛤蟆,企图把它扎死。但是,大蛤蟆对这种凶狠的锥刺似乎是不知不觉,毫不在意。又有人想把大蛤蟆从头皮里拽出来,刚一动手,朱依仁就大声嚎叫,痛不可忍,好像那大蛤蟆就长在头顶里。那人只得罢手。

后来,知府陈希芳先生又遍请名医,为朱依仁医治此病。医家们个个摇头叹息,无计可施。

庆远衙门里有位看门的老头儿,七十多岁了,很有经验。这位老头儿说:"朱书记这病叫作蛤蟆蛊。这是一种能够使人心神迷乱的寄生虫,只有使用纯金质的发簪,才能把它刺死。"

大家听了看门老人的话,急忙找来一只金簪,朝朱依仁头顶上的蛤蟆猛刺,蛤蟆果然被刺死,从头顶中取了出来。此后,朱依仁倒也没有发生什么意外,至今无恙。只是在他的头顶上下落一个陷坑,像一个向上的茶杯口。

磁　怪

有个叫高睿功的人,是世代显贵之家的子弟。他家的厅堂前面,忽然闹起了鬼怪，每天夜里，有人从厅堂走过，就会出现一个高一丈多、穿一身白的人蹑手蹑脚地跟在后面，用两手捂住人的眼睛，手冰冷冰冷的。因此，高家只好把厅堂的前门关闭，开边门出入。后来，这个白衣人大白天也出现在厅堂里，高家的人都不敢从厅堂走了。

有一天，高睿功喝了点酒，坐在厅堂里歇息。只见那白衣人走上台阶，倚着厅柱站立，手拈着胡须，眯着双眼昂头看天，似乎并没有发觉高睿功坐在那里。睿功就暗暗走到白衣人的背后，挥拳奋击过去，却打在了厅柱上，手指挫伤，鲜血直流，而那个白衣人已站在台阶中央。睿功大吼一声追打过去，那时天正下雨，台阶上的苔草很滑，不小心跌倒在地。白衣人见了哈哈大笑，举手要打睿功，腰却弯不下去；想用脚踢，腿太长又抬不起来。怪物大怒，围着台阶直绕圈子。睿功发现那白衣人无能为力，就往前直扑过去，抱住它的双脚，用力一掀，把它摔倒在台阶旁边。哪知怪物着地之后，忽然就不见了。

高睿功就命家人在那白衣怪物最初出现的地方掘地三尺，竟挖出一个陈旧的白瓷座磴，上面还留有睿功的鲜血。高睿功当即命人把这个白瓷座磴击碎，从此，那白衣人就不再出现了。

六郎神斗

广西南宁的乡民们，都祭祀六郎神，不知这六郎神属于哪一路神仙。人们说话的时候，一旦对六郎神有所触犯，必遭到他的作祟袭扰。这个六郎神还很贪色，特别爱迷媚女人，尤其是那些年轻貌美的女子，往往被他所凭附。受害的人家必须备下纸钱一打、米饭一碗，雇用两三名乐工，在深更半夜里吹吹打打地把六郎神送到荒郊旷野。这样，他就会转移到其他人家去作祟了。所以，这地方的五里三村，几乎天天夜间有送六郎神的仪式。

某村的杨三姑娘，年方十七，容貌出众，犹如一朵含苞欲放的蓓蕾。那天傍晚，夕阳西下，杨三姑娘陪伴着父母坐在院子里乘凉。忽而，她竟乜斜着眼睛看人，继而又嘻嘻地贱笑起来，使人莫名其妙。待了一会儿,她就迈着小碎步回到闺房里,坐在梳妆台前梳理打扮,浓施脂粉,做出一连串千娇百媚的姿态。爹妈更觉得她的行为怪道,想追问她个明白。不料,他们刚走近女儿的房门口,突然一阵砖头瓦块飞来,差点儿把两位老人砸伤。随后,闺房的门就关上了。屋里传出了一男一女的调笑声,随后,蜡烛也被吹灭了。

杨三姑娘的父母这才明白,女儿是被六郎神迷住了。急忙备下纸钱一打、米饭一碗,又请来乐工两人,将送六郎神到荒郊旷野去。六郎神一反常态,拒绝送祟,赖在三姑娘房里不肯走。杨家二老心急火燎,竟是毫无办法。

第二天早晨,杨三姑娘款步走出闺房,语言和行动都很正常。她对父母说:"六郎是位俊俏的美少年,人品很好。他头戴将巾,身披软甲,大约有二十七八岁,还特别能体贴人。这么好的郎君上哪儿寻去?何况,他对我情浓意重,我对他爱恋至深。依我看,就不必送他走了!"杨三姑娘的父母心疼女儿,也就无可奈何地任她去吧!

就这么平平静静地度过了几个夜晚。有一天,杨三姑娘忽然仓皇地从闺房里跑出来,对父母说:"不好了! 屋里又来了个矮胖个儿、大胡子男人,面目丑陋,狰狞可怕。他也自称是六郎神,正与那位小白脸儿郎君殴斗呢! 白脸儿郎君哪儿是他的对手,看起来,他是非走不可了。"这时候,闺房里的格斗越来越激烈,一片撞击破损之声,恐怕已经没有完好的器物了。杨三姑娘的父母焦虑万分,再次备下纸钱两打、米饭两碗,请来乐工四人,共送两位六郎神。幸而,他们停止了殴斗,双双离开了杨家,从此杨三姑娘安然无恙了。但不知这两位六郎神到底是谁真谁假。

返 魂 香

我家有个丫鬟招姐,她的祖母周氏,七十多岁了,笃信神佛。

一天晚上,周氏刚上床休息,突然看见一个老婆子站在她面前。初见时,这老婆子身材矮小,看着看着,身子却逐渐长高,很快就与一般人差不多了。老婆子穿着一身蓝布衣裙,颜色非常鲜艳。手里还拿着一叠纸片,堆到周氏的茶几上。

周氏心里思忖,同样是蓝色,为什么她的颜色特别鲜艳?就问那老婆子:"阿婆,你穿的这蓝布是在哪里染的?"那老婆子装着没听见,理也不理。周氏很恼火,骂道:"我问你,你不回答,难道你是个鬼吗?"老婆子说:"你说对了。"周氏又问:"你既然是鬼,是不是要来捉我呢?"那老婆子说:"不错。"周氏听后,心里愈加恼火,骂道:"我偏偏不让你捉!"说着就伸手上前,打了老婆子一个嘴巴。老婆子挨了一掌,转身就跑,周氏紧追不舍。这时,周氏的灵魂出窍了,刚追到门外,那老婆子就不见了。

周氏行进在四野没有人迹的黄沙之中,她脚不着地,好像是凭空飞行。渐渐地,前面出现了一处房屋,外面一律是白色粉墙。周氏推门进入一间屋子,屋里十分宽敞。只见摆着一张香案,案上燃着一炷高香,香分红、黄、蓝、白、黑五种颜色;香炷有秤杆儿那么高,香尖儿燃得火红;香座之下彩绒披覆,层层叠叠,好像婴儿脖子下佩戴的刘海裑儿。有个老婆子在香案前跪拜,相貌很慈祥。老婆子发现了周氏,就问周氏为什么跑到这里来。周氏说:"我迷了路,所以到了这里。"老婆子又问:"想回家吗?"周氏说:"想是想,只怕是回不去了。"老婆子告诉她:"只要闻一闻这香烟,立刻就可回去了。"

周氏靠近香案一闻,一股幽香扑鼻,直冲脑际,心中一惊,就醒了。家人告诉她,她已在家中僵卧了三天。有人听说了周氏这件事,就说:"那就是能起死回生的聚窟山产的返魂香啊!"

观音作别

我有一名侍姬(介乎婢女与姬妾之间的女性)方氏。她供奉着一尊用檀香木雕琢而成的观音菩萨。这尊观音像高不过四寸,形态静谧而庄重。说起来,还不失为一件高级的鉴赏品。我这个人,性情豁达,不拘小节,对方氏这个信仰,不表示支持,也不加以反对。

可是,我家还有个使唤老婆子张氏,她对这尊观音菩萨的崇信,可达到了无以复加的地步。每天一早一晚,她烧香磕头,膜拜顶礼,做个没完没了。非等她拜够了,才去履行她的侍候主人及打扫厅堂的责任。这一点,我虽然很不惬意,却也没有干涉她。

有一天早晨,我起床之后,几次呼唤张氏打洗脸漱口水来。这时候,她正对着那尊观音菩萨又跪又拜,慢条斯理,对于我的急切呼唤,竟如充耳不闻。一个人家的仆妇,对主人的召唤竟敢如此轻蔑怠慢,实在令人难于容忍。我奔上前去,一把抓起那尊观音像,啪地摔到地上,又狠狠地踏上几脚。张老婆子吓呆了,仓皇不知所措。

事后,方氏哭泣着对我说:"昨天夜里,妾梦见观音菩萨向我告别,她说:'明天,我将遭受一场小劫。看起来,你家我是待不下去了,我还是到别处去吧!'您瞧,他果然遭到您的作践,这岂不是定数?"随后,方氏就把这尊观音菩萨像送到准提庵去供奉了。

我琢磨,佛法定义一切全空,堂堂观音哪有工夫来向一个凡妇告别?这种狡猾多变的套路,多半是狐鬼所为,大概,这个观音像早就被妖鬼所凭附,盗享人间祭祀香火。

但是,从那以后,我不允许家里任何人再供奉神佛。

兔 儿 神

本朝初年,有位御史少年得志,荣登科第,出任福建巡按。巡按府里有个叫胡天保的杂役,爱慕这位巡按大人的美貌,因此每当巡按乘车出行或升堂理事,他总是躲避在一边偷看。后来巡按发觉了他这种行为,引起了怀疑,但不清楚他的意图,询问下面的吏役,他们也都不敢说实话。

不久,巡按到各州县巡视,胡天保也随行。一天,胡天保竟躲藏在厕所里,偷看巡按大人的屁股。巡按发觉后,愈加起了疑心,把他找来责问。开始他还不肯说,直到挨了夹棍,这才招供说:"我实在是因为见大人美貌,心里一直忘怀不了。我虽然知道大人是天上的玉桂,我是人间的凡鸟,怎么可能成为我的栖息之所。但一见到大人,我就神魂颠倒,飘忽不定,不知不觉就做出了这种无礼的行为。"巡按听后,心中大怒,立即命人用乱棍把他打死了。

过了一个多月,胡天保托梦给一位同乡说:"我的非礼行为,冒犯了贵人的尊严,被责打至死,原是理所当然的。但我毕竟是一片爱心,一时的痴想,与平常那种害人的不同。我到了阴间,那儿的官吏都笑话我,奚落我,但他们当中没有一个是真的憎恨我。现在阴间的官府封我做兔儿神,专管人间男人之间相爱的事。你们应该在当地给我立个庙,招香火来祭祀我。"福建地方原来就有聘男人为契弟的陋俗,听了胡天保托梦所说的话,就争相捐钱立庙,庙神果然很灵,有些想幽会密约而不能如愿的男人,都到这庙里来祈祷。

程晋芳听了这个故事后评论说:"这位巡按大概没有读过《晏子春秋》中劝人勿杀行为不端之人的告诫,所以他下手太重了。像狄伟人先生就不同,他也遇到过类似的事,但处理得很恰当。相传狄先生做翰林院编修时,也是年少貌美。有个年轻车夫投身先生府中,为先生推车,工作非常勤奋小心。狄先生给他工钱,他从来不肯收。先生也很爱护他。不久这车夫病危,请医服药无效。临死时,他把狄先生请到床前,对先生说:'奴才既然要死了,有句话也就不得不说。奴才所以病到这个地步,都是因为爱老爷美貌的缘故啊!'狄先生听了这话,不禁哈哈大笑,拍着车夫的肩膀:'傻小子!你果真有这份心思,为什么不早说呢?'车夫死后,狄先生为他隆重地办了丧事。"

玉　梅

香亭(袁枚之弟袁树)家里有个小丫鬟,名叫玉梅,今年才十多岁。这个小丫头平日干活儿非常勤快,最近却变得非常懒惰了。主人一气之下,打了她几回,但她仍然不改。后来,才发现她夜里躺在床上喃喃地自言自语,好像是和谁说着私房话儿。主人盘问她,她却一言不发,这更引起主人的疑虑。于是,命人查验她的身体,证明她已丧失童贞,绝非处女,而且,阴部已经有些溃烂了。

主人大怒,严加拷问。玉梅被迫无奈,才招认说:"夜里,经常有个怪物来与我同床。他长得像一头黑羊,头上有角,而且能像人一样说话。他那个怪玩意儿,像个带毛儿的锥子,最初使我痛得要死,后来就好多了。怪物天天威胁我,不许我把这事儿告诉任何人,如果我不听话,他就把我拉走,找个没人的去处把我治死。我是不得不从他呀!"她一边说,一边哭,确实很可怜。主人家听了她的叙述,都惊骇不已,从此不再打她,也不逼迫她多干活儿了。

夜里,等玉梅睡下之后,香亭就带领一帮家丁到她窗下去偷听。最初,听到一阵类似于猫喝水一样的声音,继而,就是男女混杂的呻吟了。香亭一声令下,家丁们破门而入。举烛四照,床上除了玉梅并无他人。香亭厉声喝道:"怪物藏到哪儿去了?"玉梅浑身颤抖,指着床下说:"他钻到床下去了,两只眼睛冒绿光的就是!"一个家丁手疾眼快,一把撩开了床帘儿。两道绿光"嗖"地从床下射了出来,光芒刺眼,把个床帐都映成了绿色。那位家丁又一棍子扫到床下,怪物从床下窜了出来,用头撞碎窗棂,跃身逃去。床帐的钩环、箱上的挂锁,以及屋里的其他悬挂物,都被震得铿锵作响。香亭见怪物已去,就命家丁们各自回房休息。

第二天早晨,玉梅失踪了。香亭发动全家人找遍了房间院落,并不见她的踪影。直到太阳落山,厨房里的烧火老婆子去抱柴火,才在柴棚子的西墙角下发现了她的红裙子。玉梅钻进了乱柴火堆里,痴迷不醒。人们从柴堆里把她拉出来,灌了一碗姜汤,她才渐渐苏醒过来。

玉梅说:"昨天,主人刚走,怪物就回来了。他对我说:'咱们的事儿已经被你家主人发觉了。我到你房里来,太不安全,我不得不把你抱走!'他力气很大,一下子就把我抱起来,拖到这儿,隐藏在柴火堆里。他与我约定,今天夜里还要来。"

有个家丁问玉梅:"昨天夜里,我们在你窗外听见像猫喝水一样的声响,那是在干什么?"没想到,玉梅却毫不知羞地说:"嘻!甭提了!那个羊头怪物每次淫我之前,都要先舐而后交。这口淫的滋味儿也不错!"

香亭知道玉梅这丫头已经大解人间风情,此处绝不可久留了。当即命人唤来媒婆,要了一个比较便宜的价码儿,把她转卖给他人。玉梅走后,那怪物果然就不来了。

卢　彪

　　我年轻时,有位同馆学习的同学名叫卢彪。一天,卢彪来到学馆,神情沮丧,大家都关切地问他,他回答说:"我昨天到西湖畔上去扫墓,回来得很晚,城门已经关闭了,只得住进城外一个客店里。夜里,月光分外明亮,等到鸡叫头遍,我就起床,借着月光返回城里。走到将近清波门外,我坐在一块石头上稍事休息。只见远远有一个女子走来,到了跟前,就向我施礼下拜。我疑心她是个女鬼,当即口诵《大悲咒》来拒却。那女子听后,好像显得惶恐不安,不敢接近我,而我却一边口诵一边逼近她。我愈是逼近她,她愈是后退远避。

　　"这时,我心里也发慌起来,于是撒腿就跑,一口气狂奔了几里地,来到了清波门。只见东方渐渐发白,天已经亮了,城内外卖鱼的、挑着担儿做买卖的很多,人来人往,十分热闹。我想,现在还有什么可怕的,不如再回到那里,看看这女子究竟是人是鬼。于是,我又沿原路返回刚才休息的地方。

　　"不料那女子正坐在我坐过的石头上,好像是有所等待似的。她一见了我,就哈哈大笑,向我猛扑过来,口里吹出一股冷气,如箭射人,使我毛发倒竖,浑身发抖。我又怕又急,连忙再诵《大悲咒》来拒邪。那女子见我这样,不禁大怒。她两手往上一伸,从衣袖中露出两根白森森的枯骨,还发出可怕的声响。霎时间,她的脸色也变得不青不黄,而且七窍流血,阴森可怖。吓得我大叫一声,跌倒在地。她那枯骨又随之压到了我身上,我这时也已经昏死过去了。"

孔林古墓

雍正年间,陈文勤(浙江海宁人。康熙进士。官至工部尚书、文渊阁大学士。谥文勤)公奉旨修葺孔林。这孔林,在孔圣人墓以西十几步(孔林在今山东曲阜县城北门外,为孔子及其后裔的墓地),占地达三千亩,面积广阔。在修葺过程中,发现有一处地面下陷,形成一个洞穴。陈文勤命人下到洞穴里察看,又发现洞内中空宽阔,是个长宽各有一丈左右的墓穴。墓穴正中是一座石制的棺床,棺床上的朱木棺材已经完全腐朽了。令人惊叹的,是棺材里的一具完整的白骨。由骨架的外形观察,墓主生前身材高大魁梧,是位非凡的男子汉。尸骨的一侧,放着一把一丈多长的青铜古剑,虽然生了斑驳的绿锈,依然晶莹闪亮、熠熠发光。尸骨的另一侧,则放着十几片竹简,竹简上还依稀可见奇形怪状的蝌蚪文。人们把竹简拿到墓穴之外,想研究一下那文字,不料竹简一见风,就化作灰烬了。墓穴还有不少随葬品,像鼎、俎、尊、彝之类,但大部分已经破损不堪了。

陈文勤公说:"这位墓主所生活的年代,远在孔圣人之前。所以,这是一座罕见的古墓。应该全力保护,不宜损坏。"于是,命人小心谨慎地用砖石把墓穴口砌封,加以保护,并设少牢之祀(祭品以整猪整羊为主)来祭奠这位古人。

史阁部降乩

扬州太守谢启昆扶乩,乩仙在灰盘上写出几句《正气歌》中的歌词。谢太守一见,以为可能是文天祥,急忙整肃衣冠,躬身下拜,叩问乩仙大名,乩仙答道:"我是亡国庸臣史可法。"

那时,谢太守正奉旨修葺史可法的祠堂和陵墓,还在陵墓的周围种植了松柏和梅花,因此他问乩仙道:"卑职奉旨,正在为您修葺祠堂和陵墓,不知您是否知道?"乩仙说:"当然知道了。不过这是地方官的一项职责,但也不是一般的官吏所能做到的。"谢太守又问自己的最高官位,乩仙说:"你不要担心没有地位,你应该担心的,是有了地位而无所作为。"谢太守没有子嗣,问乩仙将来能否得子,乩仙说:"与其有子而使自己声名狼藉,还不如无子而流芳后世。太守可以此自勉!"谢太守又问:"您已经成神了吧?"乩仙说:"是的。"谢太守问做了哪方的神,乩仙道:"天曹稽查大使。"

乩仙说毕,向太守索取长纸一幅。谢太守问作什么用处,乩仙说:"我要自题一副对联。"谢太守忙命人呈上长纸,乩仙挥毫写道:"一代兴亡归气数,千秋庙貌傍江山。"书法苍劲有力。谢太守命人将对联镌木烫金,悬挂在史可法祠正门的两侧。

悬头竿子

某公任宝山(今上海宝山)县令时,有位过往的客商来报案,说他的钱财和货物遭到抢劫,发案地点在江边的码头上。

县令亲临现场去调查,发现这儿的水路本可以使船直达县城,为什么偏要在此地卸货,雇佣脚夫从陆路把货物运到县城里销售呢?这个既多花钱又耽搁时间的举动,使县令百思而不得其解。他向许多人询问此事,他们都吞吞吐吐,似乎是不敢说出其真相。

县令正为此案苦恼,有一位当地驻军的把总来谒见。县令向他咨询有关此案的情况,把总直言不讳地说:"这儿的水路直达县城,此港本来是个泊船休息之所,货物无须在此卸船转运。只因码头附近的平民贫困不堪,他们必须靠着挑担驮脚的收入来维持生活。所以,客船到此,必须卸货。"

县令问:"你知不知道这儿最近发生的一件抢劫案的详情?"把总说:"这件事儿,在下不敢直言,除非太爷恕小人无罪,否则我是绝不开口的!"县令说:"国朝的法律,不是有自首可以免罪的条款吗? 你能向我报告实情,就等于自首,还有什么可顾虑的呢?"

把总立刻趴在地上磕头谢恩,说道:"多谢太爷开恩恕罪! 太爷有所不知,本港的挑夫驮脚之人,都在一帮恶人的垄断之下。客商到此泊船卸货,雇脚搬运,都是出于被迫而不得已。这个港口,就好像一座衙门,谁要是胆敢拒绝在此卸货雇脚,必是先遭一顿殴打,继而钱财货物被洗劫一空。这已经是习以为常的事了! 敢于跑到县大堂上报案的,只是受害者中的九牛一毛,吃了亏而装哑巴的,更是不计其数了! 小人不幸,有一犬子,就是垄断头目之一,还乞望太爷恕知情不报之罪!"县令说:"你既然向本县供出了实情,本县当然要为你呈报上司,请予免罪。你先回去吧!"把总又磕头谢罪,方才离去。

回到府里,县令反复思量个中的利害关系。乾隆三十年(1765),朝廷颁布新例:凡朝廷命官拿获强盗者,一律破格超拔。在为这例抢劫案定罪的时候,县令一心想着这个超拔升迁的机会,根本就顾不得他向那位把总承担的许诺了。他竟把由于把总的自首检举而破案的功绩,完全据为己有,具文向上司呈报。那位把总却以知情不报、窝藏盗匪之罪,被判处斩立决,与其他五名盗首一起被杀头,并悬竿示众。

县令获盗有功,不久就被破格升迁为安庆(今安徽省安庆市,清为安徽省治所)知府。又过了六年,累迁松太(松江府与太仓州的合称)道台。

那一年,这位道台出巡沿海,又来到宝山县当年发生抢劫案的地方。只见那里六根高高的竿头上,依然悬挂着六具骷髅。道台问道:"那竿子头儿上滴里耷拉挂的是什么?"一个属下官吏连忙赔着笑脸儿说:"哎呀! 那不是老爷当年砍下的六名强盗的人头吗? 老爷因此而超拔荣升,莫非您都忘了?"

道台一听,不禁毛骨悚然,怒骂道:"该死的奴才! 谁教你把我带到这鬼地方来的? 回府! 回府!"他气急败坏地回到道台衙门里。一进后宅,就发现内室有人,又大骂看门人:"混蛋! 你不知道这是官衙内室吗? 怎么放那个把总进来的?"大伙儿一听这话,知道这位道台老爷中了邪,是活人见鬼了。

不大工夫,道台就大声叫喊背上疼痛不可忍。家里人急忙帮他脱下衣服,一瞧,道台背上长了个六个头的大脓疮。这六个头围作一团,极似六个人头，他们的嘴都紧贴道台的脊背，似乎是在啃咬不休，凶狠无比。道台的家人看出来，这是个不祥之兆，慌忙烧纸钱、磕头祈祷，又请来高僧，诵经忏悔。但是，一切都无济于事，道台老爷竟是一病不起了。

陈 紫 山

　　与我在乡试和会试时同榜登第的陈紫山，名大喻，江苏溧阳人。陈紫山初入县学的时候，年方十九岁。有一次，他突然生了病，愈来愈重，梦见一位穿着紫衣的和尚，自称是玄圭大师，握着他的手说："你瞒着我来到人间，还不如回去吧？"陈紫山还没有答话，那和尚又笑着说："别急，别急，你在人间还要中进士、入翰林院，等享用了再回来也不迟。"和尚又掰着手指计算，叹惜道："这一别，又要过十七年才能再相会。"说罢就走了。陈紫山一惊而醒，出了一身热汗，病就好了。

　　乾隆四年(1739)，陈紫山考中进士，入翰林院，官至侍读学士。到三十八岁那年秋天，陈紫山患了痢疾，久治不愈，因此想起从前在梦中和尚约他十七年后相会的日期，自知这病是不会好了，就笑着对家人说道："十七年的期限已经到了，可玄圭大师还没有来接我，可能改期了，这样我又能多活几年。"

　　有一天早晨，陈紫山起床后，忽然焚香祈祷，沐浴斋戒，又叫家人取来冠带朝服，穿戴整齐，对家人说："玄圭大师已来接我，我要去了。"同榜进士、翰林院编修金质夫，前来探望陈紫山。金质夫素来笃信神佛，在一旁大声喝道："既然送他到世上来，又要把他拖回去，来来去去，是什么缘故？"这时候，陈紫山已迷迷糊糊，闭着双眼。听了金质夫的一番话，就挣扎着坐起来，睁开眼睛，说道："来时无碍，去也无妨；人间天上，一个坛场。"说毕，盘腿坐定，一会儿就断了气。

忌 火 日

　　翰林院编修曹来殷(曹仁虎,字来殷,号习庵。江南嘉定人。乾隆进士,官至侍读学士)先生在京居官。有一天睡午觉,梦见有位身材高大、体态魁梧的男子来拜会他,自称为黄昆圃。见面之后,不由分说,拉着曹先生就走。走了一程,来到一个陌生的去处。只见宫廷巍峨,殿宇宏伟,似乎是帝王所居。正殿里,有一位尊神南面而坐,穿的却是本朝的衣冠。见了曹来殷先生,尊神首先开口:"咱们三人都曾在翰林供职,所以是同事,只不过时间有先后罢了。那么,今天初次见面,咱们只行前、后辈礼,不叙僚属关系、官阶大小!"曹先生听他这么说,只能尊他为前辈,自道晚生见过礼。落座之后,尊神命献上茶来。

　　尊神面容慈祥,和蔼可亲。他注视着曹来殷先生说:"足下十一岁那年,曾经做过一件大好事。天帝听闻之后,非常赞赏,以为天下之大贤,特降旨命下官召足下至此,授以官职。您要迅速安排家庭后事,及时来供职。"曹来殷听了这话,感到一片茫然。他并不记得自己少年时期曾做过什么好事,再者,从心眼儿里讲,他就不愿意到这空旷而寂寞的地方来做官! 他拱手再三,推辞说:"仁虎出身寒门,才疏学浅,何足当此重任! 加之妻少子幼,家务拖累,更是脱身不得。乞望尊神转奏天帝,还是另选高才为是。"

　　那位尊神听了曹先生这番话,立刻显得特别不高兴,扭过脸儿去对黄昆圃先生说:"看来,这位曹先生岁数不大,脑瓜儿却很顽固! 您再好好儿劝劝他!"说罢,也不顾及礼貌,拂袖而去。

　　尊神走后,黄昆圃先生拉着曹先生的手,笑着说:"我也当过翰林官,怎么能不知道个中的清苦? 妻子儿女,实乃身外之物。只要您一抛了之,他们也就无可奈何了。天官清福,这可是千载难逢的好机会呀! 先生为什么还有如此诸多的疑虑呢?"曹来殷还是坚持自己的意向,反复强调自身的苦衷,拒绝到此地任职,并恳请黄昆圃先生在尊神面前为他说情。

黄先生说:"我替您说一说,也许就能免了。不过,您可得记住,以后每逢火日,您就不能出门儿了！这一点,您千万不可忘了！"

曹来殷先生又问:"这位尊神到底是谁呢?"黄昆圃先生说:"您不知道？这就是国朝初年大名鼎鼎的张京江(张玉书,字素存,号润甫、京江。江南丹徒人。顺治进士。官至文华殿大学士。谥文贞)相国。"曹来殷问:"此处是什么所在?"黄昆圃说:"此地绝非尘俗,乃天曹都察院也。"此后,曹来殷先生忽然从梦中惊醒,梦中所经之事历历在目、言犹在耳。

从那以后,曹来殷先生每次出门儿,都要先翻一翻历书,看一看那天是不是火日。如果那天恰是火日,虽是亲戚朋友家有了喜丧大事,他也要请别人代贺代吊,自己是绝对不肯出门的。

可是,过了几年,他这种意识就淡薄了。乾隆三十三年(1768)腊月二十三,曹来殷应内阁中书严冬友(严长明)先生之邀,到程鱼门(程晋芳)家里参加诗文酒会。这腊月二十三,本是民间祭灶的日子,大家就以此为题吟诗对句。不料,酒过数巡,诗兴正浓,曹来殷先生忽然变得昏昏欲睡的样子。终于,他两眼一闭,滑到桌子底下去了。众宾客大惊,一边救治,一边找原因。有人认为是某些诗句冲撞了灶王爷,急忙磕头礼拜,请求恕罪。直到半夜三更,曹来殷先生才苏醒过来,一睁眼就说:"一位穿黑袍的黑脸儿神把我送回来了。"第二天,曹来殷先生一查历书,发现腊月二十三正好是个火日。

朱　法　师

我在翰林院时有个同僚朱坛,他的父亲朴庵先生,陕西人。朱朴庵先生年轻时,以设馆教授幼童为业。有一次,他偶然经过一个村庄,村里人都争相传告:"朱法师来了。"各家都备下酒菜,请他赴宴;又都请他题名,说是用来镇压鬼怪。

朱朴庵先生笑着告诉这些村民:"我不过是个教授幼童的教师先生,不是什么法师,而且也从来没有什么法术,能镇压鬼怪。你们要我题名,究竟做什么用呢?"

众村民说:"我们村里有个狐仙,为害百姓已经三年了。昨天,狐仙在高空中说:'明天朱法师来,我要回避他。'今天先生来,果然姓朱,所以认为您是法师。"朱朴庵先生为他们题了名,这村里果然就太平了。

不多久,朱朴庵先生来到了另一个村庄。这村里的人也像以前那个村一样欢迎他,而且说:"狐仙说过,二十年之后,与朱法师在太学的崇志堂相见。"那时候,朱朴庵先生还是一个秀才,连乡举都没有参加过。

后来,朱朴庵先生在壬子科的乡试中中举,被选为国子监助教。到任之后,他发现监中的祭器早被狐仙盗去,主管祭祀的因此惶惶不可终日,到处寻找,终无所得。正要议个价钱赔偿,朱朴庵先生想起"二十年后在太学的崇志堂相见"的话,于是写了一篇祭文,请求狐仙帮助。一天晚上,那些失去了的祭器,全都在崇志堂出现了,件件丝毫无损。朱朴庵先生掰着手指一算,从他离开从前的那个村庄,正好已经二十年。

城门面孔

广西府衙门有位差役,名叫常宁。那一天夜里,正当五更时分,常宁受差遣去执行一项紧急任务。那会儿,天不亮,城门还没开链下锁呢!常宁无意中用手摸了一下城门,只觉得手感柔软滑腻,就像触摸到人的肌肤一样。常宁一惊,激灵一下缩回手来。借着残留的月光,定睛一看,一张巨大的脸满满腾腾地塞住了城门。这张脸上,五官俱全,有眉有眼,有鼻子有嘴。单说那双眼睛,就有两张簸箕那么大,眼珠儿徐徐转动,炯炯有光。吓得常宁抹头儿就跑,呼哧带喘地回到了衙门里。

等到天大亮了,常宁才敢随着大溜儿出城门。这会儿,城是城,门是门,那张大怪脸儿早就不知去向了。

竹 叶 鬼

　　丰溪人吴奉硪,在福建一个边远的山区做官,因病辞职,回归家乡。他乘船路过豫章,那时正值盛夏,就在百花洲租借了一个公馆住下。

　　这公馆的房子十分宽敞,吴奉硪住在里面,觉得非常惬意。但是,公馆内外常有鬼一样的叫声。家人单独在里面走动,往往会看见一个个黑影。有一天傍晚,吴奉硪把竹榻放在走廊栏杆的一侧,躺着乘凉,听见墙角的芭蕉丛中,传出窸窸窣窣的声音。一会儿,走出许多人来,有高个的、矮个的,也有胖的、瘦的,但都不过一尺左右。走在最后的一人,个头稍高,头上戴着个斗笠,把脸都遮住了,看不清他的面孔。这些个头矮小的人儿,走出芭蕉丛后,就绕着墙头转来转去,好像数十个不倒翁在那里晃动。吴奉硪急忙呼喊家人奴仆,但当大家闻声赶来时,这些矮个儿的人都忽地不见了,化作了贴地低飞的萤火虫。吴奉硪伸手去捉,刚提到一个,手中就发出一阵嘎嘎的声响,其他的萤火虫,都逃得无影无踪了。吴奉硪取来蜡烛一照,他手里握着的,不过是一片竹叶而已。

驴 大 爷

　　有一位贵官,他那个大儿子性情凶狠而残暴。家里的婢媪奴仆稍有不如他意之处,他就能任着性子,活活把他们打死;那些年轻的丫鬟和侍女,更遭到他惨无人道的摧残与伤害。这么一个恶棍,寿命不长,不久就病死了。真是恶贯满盈,上天有眼。

　　恶棍死后,就托梦给他生前宠信的一个奴才,对这个奴才说:"阎王爷说我生前作恶多端,罪大恶极,下辈子要打发我托生为畜类。明天早晨,我将要转化到一头母驴的肚子里再次降世。你必须在明天,早早儿地赶到果祥胡同那家驴肉铺,把那头母驴买过来,也好救我一命。千万可别去晚了,那样可就来不及了!"恶棍说这番话的时候,满脸的忧愁,声调悲哀而凄楚,完全没有了他生前那副专横粗暴、凶神恶煞的形象。

那个受宠信的奴才忽而从梦中惊醒,他对这位少爷在梦中所说的话也是半信半疑。翻了个身,他又睡着了。没料到,这位恶棍少爷又出现在梦中,板着脸对这个奴才说:"我生前作恶多端,不知伤害了多少人! 唯独宠你信你,把你当个贴心人,对你有恩又有义。如今,只有你才能救我,难道你把我生前对你的好处全忘了?"

奴才这才信以为真。第二天早晨,他早早地就赶到果祥胡同那家驴肉铺门前。巧得很,如果他再晚到一步,那头母驴就要饮刀放血了。奴才出了个高价码儿,把这头驴买到手,牵回家中,拴到后园子里。

下午,这头母驴就产下一头小驴驹儿。驴驹儿一落生,欢跳乱蹦,东张西望,好像对一切都很熟悉,与这家里的人早已认识。奴仆们出于好奇和取乐,都戏称这驴驹儿为"驴大爷"。日久天长,驴驹儿对这个称呼也谙熟了,只要有人喊一声"驴大爷",它就会连蹦带跳地奔过来。

贵官家的街坊邹某人是一位画家,就住在后园子的东侧。有一天,邹某人正在专心作画,忽听得隔墙驴声大噪。邹某烦躁万分,大声问道:"谁家畜牲这么吵闹?"贵官家一位奴仆笑着大声回答:"邹先生,请您多多原谅吧! 这是我们家驴大爷遛嗓子呢!"

熊 太 太

康熙年间,有个住在京师内城的伍公,官做到三等侍卫。那一年,伍公随从皇帝到木兰围场打猎,因为寻找离群的猎狗,掉到了深涧里,自忖不能生还了。

伍公在深涧里饿了三天，有只人熊在那里经过，就把他抱起来。伍公心里非常惊慌，总以为这回非被人熊吃掉不可。没想到人熊把他抱进了一个山洞，采来果实给他吃，或背回猪羊供他享用。伍公见了那带血的生肉，不由得皱起了眉头。人熊好像懂得伍公的心思，就采了树叶把肉烤熟，送给伍公吃。

日子一久，伍公和人熊渐渐混熟了，心里就不再害怕了。但伍公发现，他每次小便时，人熊总是瞧着他那个地方，不住地发笑，伍公这才注意到这只人熊是雌的。不久，人熊与伍公结为夫妇，生了三个儿子。这三个儿子长大之后，个个都强壮有力，超过常人。后来伍公起了思乡之念，要求出山，人熊却不同意。但伍公的三个儿子请求回家，人熊就同意了。

伍公的大儿子名叫诺布，官做到蓝翎侍卫。他特制了一辆大车，把父母从山里接回家中，家里人都称呼这人熊为"熊太太"。如果有人想要见见这位熊太太，熊太太因为不会说话，只能把两只前掌交叉在胸前，向人答礼。这位熊太太在伍家生活了十多年，早于伍公去世。

这事是学士孙春台先生亲眼看见又亲自对我讲的。

冤鬼错认

杭州城艮山门外的俞家桥有个杨元龙。杨元龙在湖墅米行里当一名管账先生。湖墅米行离这俞家桥不过五里地，杨元龙早去晚归，一天一个往返。

那一天，米行里的生意特别忙，杨元龙整理完账目，已经是入更时分了。回家的路上，走到得胜坝小桥附近，碰上了他的老朋友李孝先。李孝先像是被两个人挟持着，急急火火地赶路，根本没理会迎面而来的杨元龙。杨元龙忙上前打招呼，问道："李大哥，这么忙忙慌慌的，是要到哪儿去呀？"李孝先也有些茫然，说："我也摸不清这二位找我有什么要紧的事，非拉着我去苏州不可！"杨元龙又去问同行的两个人，他们并不回答，只是抿着嘴儿笑。杨元龙一瞧这形势，也不好再深问，只能与李孝先拱手作别了。

可是，李孝先走了几步，又回转身来，叮嘱杨元龙说："老弟，一会儿你路过离潮王庙一里多地的那座小石桥，一定会有人问你姓什么。你就瞎说一个姓氏，千万不能说你姓杨；万一说走了嘴，就得把真名实姓全告诉他，一个字儿也不能差！千万要记住了！"杨元龙觉得他这一番叮嘱有点怪道，正要问个究竟，李孝先已经被那两个人拉扯着，匆匆离去了。

杨元龙来到小石桥边，果然有两个人坐在桥边的草地上。一见杨元龙，他们就站了起来，截住了去路。其中一人问道："你姓什么？"杨元龙脱口而出："我姓杨呀！"没料到，杨字刚一出口，那两人一齐扑了上来，紧紧地揪扭着他，说："好啊！姓杨的，我们可是等候多时了！这回，绝不能再放了你！"杨元龙竭力挣脱，怎奈这一对二的阵势，终是抵挡不住，被他们拽进了桥下的河里。这会儿，杨元龙才领悟到这两个家伙是鬼。他忽而想起老朋友李孝先的一番叮嘱，大声喊叫道："我叫杨元龙！你们可认准了！我与二位往日无冤、近日无仇，为什么一心要害我？"两个鬼听了这话，不由得一愣。一个鬼说："错了！错了！放了他吧！"一齐松开了手。

杨元龙在河里挣扎呼救，正好有个卖汤圆儿的从桥上经过，听到呼叫声，跑下桥来，举起手里的灯笼一照，认出河里这人是杨元龙，急忙伸过扁担，把他搭救上岸。杨元龙也认出这是本村卖汤圆儿的老张头儿。他就把怎样被拖下水的经过学说一遍，老张头儿听了，只是叹息了一回，也没说什么，就把杨元龙送回到家中。

第二天一大早，杨元龙带着几分疑问，专程去拜访老朋友李孝先。他一进李家门，就听得一片号哭。原来，李家人正在为李孝先入殓呢！杨元龙见老朋友过世，不由得一阵心酸，扑扑簌簌落下泪来。

李家人告诉杨元龙说："昨天晚上，家主人忽然中风，很快就老去了！谁能料到有这么快！"

杨元龙这才想到，昨天夜里，他路遇李孝先，那正是他的魂儿被鬼差拿去了。老朋友在离世的时刻，还不忘营救我，令人感念！只是不明白他说要到苏州去，不知到底要去干什么？

代州猎户

代州有个猎人叫李崇南，一次在郊外打猎，遇见一个鸽群。他举枪射击，正好打中一只鸽子的背部，那负伤的鸽子却还挣扎着向前飞去。

李崇南见后大为惊异，飞奔追赶。忽然鸽子飞进了一个山洞，不见了。李崇南随即也追进山洞，只见这洞像一个石筑的大厅，里面非常宽敞，排列着几十个石头人，雕琢得十分精致。但这些石人的头，都各自提在自己手里。最后排的一个石人，作卧状，他的头枕在自己的肩膀上，对李崇南怒目而视，两眼闪闪发光，眼珠子好像能转动的样子。李崇南感到很恐怖，正要退出山洞，只见那带伤的鸽子率领着数万只鸽子，飞向洞口，向他扑咬。这时，李崇南的枪膛已没有子弹，他手举空枪，边打边退，一不小心，掉进了一个水池子里。那池子里的水，鲜红鲜红，温热如血，腥气难闻。鸽子似乎很渴，一见了池子里的水，都纷纷飞来争饮，李崇南乘机逃脱。

回到家里，李崇南发现身上的衣服都染成了红色，鲜艳无比。夜间，在灯光月色的映照下，更是红光闪闪。但李崇南最终还是不清楚这座山和这些鸽子究竟是什么怪物。

金刚作闹

严州（今江西建德）某人，官居刑部尚书。这位尚书有一门姓徐的亲戚，徐家的主人信佛，熟读《金刚经》（《金刚般若波罗蜜经》的略称），并且能够及时应用。

这位刑部尚书辞世之后，徐某为他作功德，诵读《金刚经》达八百多遍。真可谓一片苦心，虔诚至极了！可是，有一天晚上，徐某忽然病重，昏聩之中，有位鬼差把他带到了阎王殿上。只见阎王爷巍然上坐，板着脸对徐某说："严州某人在人世间官居刑部尚书，他执法苛刻，办案刁钻，伤害了不少无辜百姓。他死后，奉天帝的旨意，将他发交到本殿审理论处。在他的案头上，要清理的事件很多，一时难于了结。没料到，就在这个时候，金刚神（佛教护法神。梵语为"缚曰罗"或"跋折罗"。以手执金刚杵而得名）突然闯了进来，大吵大闹，不许我再审讯他，硬是要把他从我手里要走。金刚神这么胡闹，纯属无理。可是，我这儿毕竟是地下冥司，他却是一位天神，我怎敢不依他？只好把这位尚书交给他，叫他带去。可这位金刚神竟随手就把他释放了！我竟因为逃脱了人犯，没法儿向天帝回报，责任难却。为了查明金刚神来闹腾的原因，我追查到了地藏王衙门。根据地藏王提供的信息，才知道金刚神之所以作闹，都因为你这个家伙在人世间多事儿，为某尚书大念《金刚经》，才惹来了这么大的麻烦。地藏王倒是很英明，他知道，无论这个人在阳间官儿有多大，地位有多高，只要他死后一到了阴间，就得公事公办，不许徇私情，走门路。所以，他多次阻止金刚神，不许他再来捣乱，并把那位刑部尚书捉拿住，押送到我这殿上候审。今天，我之所以把你招来，就是要把其中的利害关系明白地告诉你，劝你以后不要随便为别人念经，免得招惹是非。你为别人念经，虽说是出于一片好心，却落了个极坏的后果。这事儿不算是什么大罪过，但是，根据阴司的条律，要为你削减阳寿一纪（十二年），然后放你还阳。以后，你不要妄自尊大，瞎为别人念经了！"徐某听了这话，大惊而醒。此后不过十年，他果然就死了！

吴西林（吴颖芳，字西林，号树虚。浙江仁和人。清代学者）先生说："金刚神是个头脑简单、四肢发达的神仙。只要有人念起《金刚经》，他就闻风而动，并不考虑这是不是党同伐异，全不顾有理无理、是非曲直。他的原则是呼之必来，有求必应。一般的佛殿都把金刚神摆在门前，用来壮门面，显示武力。所以，人们在诵读《金刚经》的时候，就应该特别地小心慎重。"

烧 头 香

民间风俗,凡是给神佛烧香,以清晨第一炷为头香,最为虔诚。如果烧的是第二炷香,便是对神佛有些不敬了。

山阴有个沈某人,为了表示对神佛的虔诚,一心想着要到城隍庙去烧头香。但是,他屡次早起,却总落后,都被别人抢了先。为此,他闷闷不乐。

沈某的弟弟知道这件事后,就预先通知管理香火的人,请他不要一清早就开门接纳香客,非要等得沈某到了,再开唐门,这样就可以使沈某烧到头香了。管香火的人答应了。

一天清晨,沈某来到城隍庙,见其他烧香的没一个来到,心中大喜,连忙点了香,躬身叩拜。谁知他刚磕下头去,就趴在地上起不来了,跟随的仆人忙把他抬回家中。

沈某一回到家,就大声喊叫道:“我是沈某的妻子。我生前虽在妻妾之间有点争风吃醋的行为,但也不是犯了死罪呀!我丈夫不安好心,趁我生小孩儿的时机,买通了接生婆,将两根铁针放入我的产门之中,把我害死,而且瞒得家里上上下下没一人知道真相。我告到了城隍神那里,城隍神说我丈夫阳寿未尽,不予审理。上月关帝路经这里,我上前喊冤,城隍神又说我冲撞了关帝的仪仗,把我捆绑起来,塞到了香案底下。幸而天网恢恢,我丈夫来烧头香,被我捉住。这回是非叫他偿命不可了!”

沈家的奴仆一听是女主人显灵,都纷纷前来,叩头拜求,又烧了上百万的纸钱,还许诺要请高僧念经作法事,为她超度亡灵。但沈某之妻却说:“你们也太痴心妄想了。我死得这样凄惨,岂肯就此罢休?我要去叩见天官,把城隍神纵恶、沈某作恶的事,统统揭发出来,请求天官惩处!像这样的事,岂是你们烧几个纸钱、超度一下就能了结的吗?”话音刚落,沈某就一头从床上栽了下来,七窍流血死了。

树　　怪

费此度(费密,字此度,号燕峰。四川新繁人。逢明末兵乱,为道士。工诗,王士祯赞赏之)先生跟随某将军从征西蜀。他们来到三峡地区,行军于一道山涧里。

前锋部队派人来禀告说:"前方路旁有一棵孤零零的树,树上无叶无花,只存得一派枯枝。士兵们从树下一过,就被它扫倒。现在,已经有三名士兵死在树下,不知是何道理?"

费此度本是位道士,闻听此言,不禁大怒。他手持利剑,亲自来到山涧路旁。只见那棵枯树的枝条一边倒地伸向路旁,形状如鸡爪,只要有人从树旁经过,枝条就急速抓人,很难逃脱。

费此度冲上前去,挥动利剑,霎时间砍掉了枯树上所有的枝条。枝条落处,鲜血溢流。此后,兵士们从此经过,安然无恙。

广信狐仙

布政使徐芷亭当初在广信做知府时,衙门里有几间西厢房,长年房门紧锁,传说有狐仙在此。徐夫人不信,亲自前去观察。她刚走到西厢房门前,就听到打鼾的声音。推门进去,却不见有人,那鼾声原来是从一张竹榻中发出的。徐夫人拿起一根棍子,对着那竹榻一阵乱打。

忽然,半空中有人说道:"夫人息怒,不要打了。我是吴刚子呀,我在这屋里已经住有一百多年了。我也很想住到别处去,但总是遭到门神爷的阻拦。请夫人替我祭一祭门神爷,并代我求情。如果门神爷能开恩放行,我一定让出朝廷命官的起居之所。"徐夫人听后,心中也非常害怕。她立即命人备了酒菜,在竹榻前祭了狐仙,同时也祭了门神,又在门神前替狐仙说情。

过了不多一回,徐夫人又听到狐仙在半空中说:"我受夫人的恩德,一时不能报答,深感惭愧。谨向夫人报喜:府上老爷,不久就要高升了。另外,我还要奉命转告夫人:七月初七那天,您千万不要带小少爷到红梅园去玩耍,那天恐怕有恶鬼在园中作祟。"狐仙走后,西厢房里就太平无事了。

到了七月七日那天,徐芷亭的一位表兄来到徐府,经过红梅园,看见树上有两个穿红衣服的小孩,正向他频频招手。这位表兄再走近一看,两个小孩又不见了。忽听一阵崩裂的声音,一座假山倒塌了下来,这位表兄差点儿被压在里面。当年九月间,徐芷亭果然升为赣南道台。

这个故事,是徐芷亭的侄子徐秉鉴对我说的。

白 石 精

天长县(今安徽省天长县)的林司坊先生,是一位很有名气的老师。林先生信道,在家里设了个乩坛,经常临盘扶乩。而他家这个乩坛,长期被一个老妖怪占据着。这个老妖怪自称为"白石真人"。有人在这个乩坛上卜问吉凶祸福,往往还挺灵验。

这个老妖怪经常劝林先生修仙学道,他对林先生说:"您要是想成仙,必须在脸上再开一只眼睛——就像传说中的马王爷一样,具有三只眼。这样,您就可以看到天帝居住的天宫,以及云游于天际的诸仙了!"林司坊听了他的教唆,整天如迷如痴,拿着一把小刀在自己两眼之间刻画。谁要是去抢夺他手里的小刀,必然遭到他一顿怒骂。

有一天,乩盘上忽然写道:"我不是白石真人,而是当地的土地神。我实话告诉你们,现在纠缠着你家主人林先生的,并不是什么白石真人,而是西山上的一块白石精。这家伙神通广大,就是不会写字。我是屈于压力,不得不受它驱使,所以,那乩盘上的字,实际上都是我写的。今天，这个怪物跑到西天参佛去了，我才敢乘这个机会把真相告诉大家。你们还不快把乩坛撤了，把沙盘毁掉，再把怪物作祟扰人的事实具文呈报城隍，请求予以惩处。不过，你们千万可别张扬出去，说这怪物的机密是我土地爷泄露的！"

当时，翰林院编修蒋苕生（蒋士铨）先生从金陵到天长来。因为蒋先生与林司坊沾点儿亲戚，正住在林家。蒋先生听了土地爷这番话，立刻主张撤了乩坛，亲手砸碎了沙盘。蒋先生又花了三十两银子，买来一道张天师的灵符，悬挂在林司坊的居室中。从那以后，那个自称"白石真人"的老妖怪，果然就不来了。

过了十来年，林司坊先生已经去世了。可那份张天师的灵符，依然挂在他的居室之中。有一天，香炉里点燃的线香偶然倒下，把灵符上的朱砂画迹全都烧尽了。而那灵符的衬纸却没烧着，依然挂着。

那会儿，蒋苕生先生早已到了京师，并不知道林司坊已经辞世了。不久，张天师进京朝见皇上，见到了蒋苕生先生，就对他说："您天长县那位姓林的亲戚已经去世了！"蒋先生听了，不由得一惊，问道："您怎么知道的？"张天师说："我那张灵符上调遣的天兵神将，都纷纷归位。这就足以说明，他们的使命已经彻底完成，您那位贵戚不存在了！"后来，蒋苕生先生才得知林家无意中毁了灵符的消息，与张天师的话两相对照，又慨叹不已！

当初蒋苕生先生在天长县的时候，只要他往乩坛那沙盘旁边一坐，乩仙就不敢下坛，一切都不灵了；等蒋先生一走，乩坛上就活跃起来。有人就问乩仙，这又是为什么呢？乩仙说："这位老先生身上文光闪烁，真叫人受不了！"

就连那位检举告密的土地爷也说："白石精缠住林司坊，不过是想利用他下坛代言，加以役使，哪想到他会有这么一位强硬的亲戚！"

鬼　圈

兵部右侍郎蒋时庵有位公子，一天与几位朋友游京城的愍忠寺。

那时正值清明节,他们踏青郊外,见有几间房舍十分精致,传出了悠扬的琵琶声。蒋公子和朋友走上前去,只见有一女子面朝里而坐,手弹弦索。再走近仔细观察,那女子忽然转过头来,不料竟是个青面獠牙、面目狰狞的女鬼。女鬼一见他们,就直扑过来,随之带来一股阴风,冷气袭人,吓得蒋公子和朋友慌忙逃回。

那时还是大白天,蒋公子和朋友怀疑自己眼睛花了,而且仗着他们有四个人,于是就各人拿了棍子,再去看个究竟。到了那间房舍,只见有四个黑脸大汉坐在那里等着他们。这四个黑脸大汉手里都拿着套人的铜圈,见蒋公子和他的朋友靠近,就抛出铜圈套去,蒋公子一帮人个个跌倒在地,手中的棍棒,一点也派不上用场。蒋公子和他的朋友们正在狼狈危急的时候,忽然有几个牧马人驱赶着马群冲来,四个黑脸妖怪就不见了。蒋公子和朋友们回到家中,因为受了惊吓,都病了十多天。

《东医宝鉴》有法治狐

萧山(今浙江萧山)人李选民,年轻而貌美。他性情洒脱,不受世俗礼法约束,行为放荡不羁。但是,他却笃信神佛,是个清教徒。

有一次,李选民到一座庙里去礼佛,却意外地遇上一位妙龄美女。野寺空旷,四顾无人。李选民就凑上前去,与这位美女搭讪说话儿。没料到,这位美女却显得很多情,一见之下,就向他倾诉心扉。美女说:"妾本姓吴,您以后就叫我小霞吧!我命很苦,自幼儿就失去了父母,伶仃孤苦,在舅舅家长大。可我那位舅妈刁钻毒辣,我受尽了她的虐待与凌辱。如今,我已长大成人,只叹没有个终身归宿。所以,我差不多每天都来烧香礼佛,求神佛保佑,渴望能嫁一个知疼知爱的好女婿。初次相见,妾竟不羞而痛陈肺腑之言,郎君不会因此而笑话我吧?"言谈之中,情意绵绵,目送秋波,不住地用眼神儿撩拨。李选民也是个情种,禁不住上前动手。那美女半推半就,顺势一歪,就躺到了李选民怀里。两人亲热了一阵,李选民就把她带回家中,藏在了自己的卧室里。从此男欢女爱,情深意笃。

可是,没过多久,李选民的身体明显地消瘦而衰弱了。他这才察觉到,每当他与这个美女同床的时候,那女人都在竭力吸取他的精气,与一般夫妻的性生活比较,滋味儿大不一样。再者,附近方圆十几里之内所要发生的事,她都能未到先知。这样,她不是人而是一个狐仙,就不难推断了。李选民下定决心,要把她驱逐出去。

那一天,李选民把他的知心朋友杨举人拉到三十里之外,向他倾诉自己招致狐仙困惑的苦衷,并求他帮助想一想驱狐的办法。杨举人忽然想起,说道:"我记得《东医宝鉴》里有那么一条儿,记载着治狐仙的方法,咱们不妨试一试。"

两人也不回家,径直来到琉璃厂。在一家旧书店里,果然找到了这部《东医宝鉴》。可惜,这书是用洋文印刷的,两人谁也看不懂。他们又辗转求索,请一位懂洋文的人把有关驱狐的章节译成中文,然后照文行事。尽管如此,那位狐女对李选民依然是恋恋不舍。她痛哭了一场,这才愤然离去。

我在翰林院编修谢蕴山〔谢启昆,字良璧,一字蕴山,号补史亭。江西南康人。乾隆二十六年(1761)进士。嘉庆年间,累官广西巡抚〕先生家里,见过这位杨举人。这个故事,是他亲自对我讲的。可惜,当时我忘了问一问这段治狐的章节在《东医宝鉴》的哪一卷哪一页了。

乩　　言

抚州太守陈太晖还是个秀才的时候,在浙江参加乡试。考试之前,他向乩仙卜问试题,乩仙批道:"具体而微。"后来陈太晖中了副榜,才知道乩仙告诉他的是榜位,而不是试题。

有人向乩仙求索对联,乩仙就写了"努力加餐饭,小心事友生"十个字。那索取对联的人不知下联的出处,又去问乩仙。乩仙说:"一个秀才,只读那些时文,而不读杜诗,真是可怜可笑!"

一次,陈太晖刚与几位朋友同游鉴湖,赏莲回来,乩仙问他们:"昨天你们游鉴湖,玩得高兴吗?"其中一位朋友就把自己游湖时所作的一首咏莲诗念给乩仙听,并请乩仙和一首,乩仙和诗道:"红衣落尽小姑忙,从此朝来叶亦香。莫恼韶光太匆迫,花开三日即为长。"

云门山有位村民家里闹鬼,向乩仙求救,乩仙写道:"我救不了你,你去请某村的余二太爷,他能救你。"这位村民就去请来了余二太爷。这余二太爷进了村民的家,对着屋子的东北角落,厉声喝道:"你们要到四川去,也该快走了!"只听得半空中应声说:"二太爷说得极是,我们这就走。"

从那以后,这位村民家里就安静无事了。这位余二太爷,就是某村的一位老学究。有人问他为什么能驱鬼,他笑而不答。问乩仙,乩仙也未作回答。

卷二十

移观音像

　　山西泽州的北门外,有一座庙,庙里供着一尊观音像。观音像座底的石缝中,常常有黄蜂飞出,纷纷扬扬,多达数万,把阳光都遮住了,使大白天变得昏暗。当地百姓就把这尊观音像移走,掘出蜂穴,用烟火熏蜂。不料,却掘出了一具朱漆棺材,没有盖子,里面躺着一个年轻的女人。这女人突然爬起身来,将红袖一挥,头颈上拖着两根带子,往前就走。众人吓得瞠目结舌,纷纷后退,眼睁睁地看着她走了。还见她穿的裙子,上面绣满蝴蝶,栩栩如生。她穿过大街小巷,进了一个姓李的人家,忽地又不见了。

　　那时,李家刚娶了媳妇,众人就把这不祥之兆告诉了李家主人。但李家主人以为这事虚妄不实,大骂众人胡说八道。不到三天,李家新娶的媳妇就上吊死了。

山阴风灾

　　乾隆三十四年(1769),翰林院编修蒋士铨先生掌教于山阴(今浙江绍兴)戢山书院。有个姓徐的人在那儿主持乩坛。有一天,乩仙下坛,沙盘上大书"关神下降"四个大字。蒋士铨先生一听是关老爷下坛,急忙叩拜,并向乩仙卜问自己的母亲蒋太夫人的年寿。乩仙批示说:"您母亲本是一位再来人,是去是来,自有一定,本神是不便预泄天机的!"接着,乩仙又在沙盘上写道:"请先生屏去左右闲杂人等,本神有要事与您单谈。"蒋先生马上命家人奴仆退了下去。乩仙说:"先生才华出众,品德高洁,所以,有些机密还可以预告于您:今年七月二十四日,山阴地区必有一场大风灾。我劝您及早做好准备,护送尊太夫人离开山阴。"蒋先生说:"弟子祖籍江西铅山,目前,只是携家寄居。所以,近地之内绝少亲友,一时无处可去。弟子虽然愚鲁,也明白这样一个道理:如果我的一家是劫数中人,恐怕逃也无济于事。还是听天由命吧!"乩仙听了,批道:"先生很通达!"随即刮起了一阵肃然的灵风,说明关圣帝已经离去。

临近七月,蒋先生早把乩仙的预言忘得差不多了。直到七月二十四那天早晨,天气依然晴朗平阳,一点儿风云变幻的预兆都没有。直到午时二刻,大风突然来自西北,天上乌云如墨,霎时间遮天蔽日,对面不见人了。

过了一阵子,天色渐渐转亮。有人说,他们看见两条巨龙在天空中搏斗。刹那间,飞沙走石,碗口大小的石头像雨点儿似的向家家户户的门窗袭来,门窗被砸得稀烂,屋顶和墙壁也坍塌了。就连那十几丈高的大树,也被连根拔起。

蒋士铨先生执教的蕺山书院,大厅上几根粗大的石柱也东摇西晃,险些倾倒。

这大风,直刮到午后申时才算停下来。蒋先生四处查看,只见墙倒屋塌,满目凄凉。两名奴扑倒在了危墙下。蒋先生七岁的小儿子钻进一只木桶里,受了点儿轻伤,大难不死;而那位年迈的蒋太夫人,却被塌房压死在离这只木桶不远的地方。

事后,蒋先生问小儿子:"你怎么想起钻进木桶里?"小儿子说:"那堵墙就要倒的时候,一个黑脸大汉窜了出来。他一把就把我抓起来,塞进了木桶里。"

这一年,沿海各县死于这场风灾的百姓,不下数万人。

谢檀霞

　　连防先生,是广西昭州人。他生性爱清洁,喜欢吟诗作画。他应朋友之邀,到湖南、湖北一带去做买卖。一次,朋友上岸去结算账目,他就独守货船,在湘江上停泊了数天,江水碧绿清澈,赏心悦目。他把替换下的衣服交给奴仆,一再叮嘱要洗得十分干净。而自己面对清江,只顾吟诗作画。

　　那天夜里,他梦见自己立在水面上,有位美貌女子脚踩水波,与他攀谈。那女子说:"妾名谢檀霞,元代人,十八岁那年,不幸夭折。父母怜惜我生前酷爱这里的山水,就把我埋葬在此地。如今坟冢已经淹没,遗骨被水吞没,早已化作沙泥。我生前天性喜爱清洁,也爱吟诵,与先生趣味相投。我应该长寿却夭折,所以能保有全神,不必走轮回转生的路,过着介乎仙鬼之间的生活。先生明天将死于惊涛骇浪之中,因感念与先生癖好相同,故前来相告,请先生从速改乘他船回家。"

　　连先生听了女子的话,大吃一惊,醒了过来,连忙收拾行装,搭乘一艘下行船回到家里。回家之后,就足不出户。不久,听说湘江上遇到大风暴,数千人死于非命。他虽然逃脱此难,但听后也还心惊肉跳。

　　这事过了一年多,连先生忽然梦见几名鬼差来到他家,指控他犯了潜逃之罪,还说阎王爷为此大动肝火,下令要严加惩处。他惊恐万分,许诺了焚烧纸钱,鬼差才答应暂缓惩处。但过了几天,鬼差又来了,而且说焚烧的纸钱要加一倍。他只得一口答应。

　　那天,连先生在焚烧纸钱之前,睡了一个午觉,梦见谢檀霞从门外走来,笑着对他说:"我是来恭喜先生大难不死的。但难寻先生居处,几经查访,才得先生踪迹。先生可知那次湘江之难,死的人太多了,缺少几个,阴官也查点不清,所以很容易蒙混过关。再说现在各府判官正在换人,新旧交接的时候,也容易混过去。我已派人到阴府去托人情,乘这混乱时期,把先生的大名从生死簿上注销了。从今以后,先生就永无死期了!我虽是数百年的英魂,但漂泊无偶,愿与先生朝夕相处,教授先生服气壮身之法,免去房事,可也像人世间的夫妻一般,不知先生愿意否?"接着又说:"鬼差上门敲诈勒索,先生可不必理他,有我在这里呢。"

以后,谢檀霞大白天就现形在连先生的家里,与他朝夕相处,形同妻妾,但她整天不饮不食。日子一久,连先生也修炼得可以不进饮食了。他每次为人预言凶吉祸福,都很灵验,因此街坊邻居都很敬重他。但是,谢檀霞因嫌人间的生活枯燥乏味,就携了连先生重游湘江流域,后来不知所终。

引鬼报冤

浙江盐运司衙门里,有位专管快速传送公文的差役,名叫马继先。马继先拿出多年积蓄,凑足一千多两银子,为他儿子马焕章买了个小官儿做。这马焕章当官儿赚钱的技能,比他父亲更高一筹,在很短的时间之内,突然就成了个暴发户,家资巨万。

马继先早年丧妻。如今,儿子已经成家立业,又当了官儿,发了财,他心中已是无所牵挂了。只是到了垂暮之年,身边无伴,深感寂寞。于是,纳妾孙氏,以为陪伴之人。孙氏比马继先小四十岁,可谓老夫少妻。但是,只有她,才是诚心诚意、无微不至地关怀和侍奉马继先的人。因此,她成为这位老主人唯一信赖和宠爱的人。

马继先是个很有心计的人,他除了为儿子买个官儿做,手里依然有相当可观的私蓄。他常对这位心爱的小老婆孙氏说:"只要你好生服侍我,我死后,手头儿上的遗财全部归你。你还年轻,我怎能耽误你?到了那时候,是留是去,也由你自便!"

又过了五六年,马继先突然病重。他预感到自己是不行了,就把马焕章叫到床前,拉着他的手含泪叮嘱道:"这些年来,我能生活得快乐安逸,多亏孙姨娘躬亲侍奉,这期间,也省了你多少心思?她对咱们这个家,是位有功之人啊!我死后,我手头儿上这点儿遗财,理应归她。她愿守则守,愿嫁则嫁,千万不可干涉!"马焕章也扑簌簌流下泪来,哭着说:"请父亲放心,我一定遵从遗命,事事照办。"

　　没过两三天,马继先溘然长逝。马焕章料理罢先父的丧事,骤然间变了心。他琢磨,这么一大笔浮财,怎么好就这么白白流入一个入门日浅的外姓女人手里去呢? 当时,马焕章的姑夫吴某来帮助协理丧葬,逗留未去,马焕章就此事向姑夫请教。而这位吴某,做过泉州(今福建省泉州市)知府,是个老谋而奸诈的人物。马焕章说:"真没想到,先父手里还有那么多贴己钱! 也许是他临危之际颠倒了,竟遗命将钱赠给那个来日不多的外姓女人! 哪儿有那么便宜的事? 可是,父命难违呀! 真这么办,岂不太可惜了?"吴某却胸有成竹地说:"这事儿最好办。如今,你爸爸不是已经不在了吗? 去不从命,事之常有。财产的处置权,全在你手里! 我来与你出个主意。"随后,吴某又压低了嗓门儿,在马焕章耳根子底下好嘀咕了一阵子。

　　过了几天,马焕章以他们夫妇要为先父守灵为名,把孙氏诱骗出老主人的居室,叫她暂时到其他房里去住。乘这个机会,他们把马继先的遗财收拾净尽,搬回自己房中,入箱加锁。而后,把先父的住房一锁了之。他们的一切作为,淳朴简单的孙氏哪里想得到呢?

　　马继先死逾七天,回煞期已过,孙氏就请求回归先主人的房里去住。这当口,吴某突然跳了出来,喝道:"姨娘且慢! 我有几句忠言相劝:依我看,你年纪轻轻,很难说能为先舅守节。不如趁早回娘家去,叫你的父母为你另择佳偶。我已命焕章代为收敛行李,再给你些安家银两,也就够仁义了!"随后,一声呼唤,把马焕章叫到面前,命他当面点给她文银五十两,又把早已收拾停当的行李摆在她面前。孙氏还要到先主灵前辞行,马焕章慌忙阻挡,说道:"这件事全由姑老爷做主,想必是不会错的! 行李已经收拾好了,银子我也付了,这回咱们是两清了! 你也不必进灵堂了。"孙氏生性朴实厚道,又惧怕吴某的威严,只好含泪提着行李,登车回娘家去了。

　　又过了几个月,已是将近七月十五中元节了。且说那孙氏带回到娘家的衣饰和银两,早被她的父母和兄弟们挤压荡尽了。她的生活依然是无所依靠,她想乘七月十五祭奠亡夫之际返回马家,从此闭门不出,矢志守节。七月十二日,孙氏备好香、蜡、纸码等祭祀必需之物,登车回到马家。没料到,她一进马家的大门,就遭到马焕章之妻的一通臭骂:"你这个不要脸的臭娘儿们! 银子你也收了,东西你也拿了,又觍着脸跑到这儿来,你想干嘛?"孙氏再三请求进入先夫居室,祭祀守节,马焕章之妻坚拒不许,只准她在大厅前的走廊下暂过一夜,明日天亮立刻离开,警告说:"你敢赖着不走,在你家大奶奶面前,绝不会有你什么好果子吃!"

孙氏在走廊下呆坐着,彻夜哭泣不止。直到凌晨五更,才听不见她的哭声。天亮之后,人们才惊讶地发现,她已经挂在走廊上方的横梁上自尽了。马焕章买了一口薄棺,将孙氏草草收殓,一埋了事。孙氏的娘家人惧怕吴某的权势,又怕招惹是非,竟然连一口大气儿都不敢出。

但是,自从孙氏吊死在走廊下,马焕章日夜疑神疑鬼,神魂不定。于是,他把这所住宅以比较便宜的价钱转让给一位姓章的老先生,自己则花高价买下一处更豪华的住宅来居住。这位章先生自幼就诵经信佛,是一位慈善家,可是自从他住进从马焕章手里买来的这所住宅,每到夜间,就能看见孙氏在灯下现形,做出悬梁自尽前的悲愤哭泣之态。章老先生对马焕章欺凌先父遗妾之劣行早有耳闻,内心愤愤不平,又憎恨他有意地把闹鬼的住宅转让给自己。于是,当孙氏再次现形时,他就当面祝告说:"马姨娘,我老章买下这所住宅,花费银两确实不少,绝非无理强占呀!您与马焕章、吴某有仇怨,又和我章老头儿有什么相干?您若是要作祟骚扰,也应该到马家去闹呀!这么着吧,明天晚上,我亲自送您到马家去,您看如何?"孙氏的阴魂嫣然一笑,面向章老先生拜了又拜,飘忽而逝。

第二天夜晚,章老先生为孙氏设了灵位,亲自祝愿祈祷。而后,引导孙氏的阴魂,来到马焕章的新居门前,低声对她说:"请马姨娘侧立稍等,待老朽前去叫门,探个虚实。"随即上前叩门。马家的看门人开门见客。章老先生问道:"请问您家主人在吗?"看门人说:"主人午时外出,尚未归来。先生有什么事?"章老先生说:"既然尊主人不在家,老夫就不便打扰了。有事明天再议吧!"看门人随即关了门。章老先生又回转身来,对孙氏的阴魂说:"马焕章还没回来,等他回家,姨娘便可随他进去,报仇雪恨的日子已经到了!"看门人只听得章老先生在门外喃喃自语,而门外显然又没有第二个人,笑道:"这老头子莫非犯气迷心了?"

可是,章老先生回家后,竟是彻夜不眠。第二天早晨,天刚蒙蒙亮,他就来到马家门前打探消息。只见马家已是四门大开,看门人就站在门外。章老先生故意问道:"管家为何如此早起?"看门人说:"主人昨夜归来,一进家门就中了风,口歪眼斜,恐怕是要不行了!"章老先生听了,又惊又喜,慌忙躲进家中,不敢出门了。下午,马焕章突然病死的消息已经传开。过了几天,听说吴某也已经暴病而死。马焕章身后无子,他的遗产被家族亲党瓜分净尽,而吴某的家境也从此一蹶不振,终于衰落了。

灵鬼两救兄命

　　武昌知府汪献琛的弟弟汪延生,在炎热的夏季得了急病,突然死去。

　　到了乾隆二十八年(1763)秋天,汪延生的堂兄汪希官,也患重病,已有好几夜因病痛不能入睡了。家人请医生来为他看病,开的药方是滋补剂。汪希官的母亲刚把药煎好,端到他床前,他却忽然喊叫说:"大婶娘,不要再误事了! 我从前被庸医所误,现在希官哥哥又遭此难,我不忍心看着他死去。"说罢,就将药碗打落在地。汪希官的母亲问道:"你是什么人? 为什么要附在我儿子的身上?"鬼魂说道:"我就是延生呀! 我死了还不到一年,难道婶娘就听不出我的声音了吗?"汪希官的母亲说:"你到阴曹地府后,做了什么差使?"汪延生的鬼魂说:"阴司念我生性耿直,而且又是屈死,就命我在常州城隍的属下当一名案吏。这次常州城隍会同浙江省城隍审议本省总督上任以来的政绩,命我来传送文件,所以我乘这个机会来探望希官哥哥。想不到他竟病成这样,差点又要被庸医害了。现在我要到城隍衙办事,等公事办完再来。"鬼魂说罢,汪希官就闭目而卧,安静地熟睡了一夜。第二天早晨汪希官醒来,问起他昨天所说的话,他竟一无所知。

　　到了晚上,汪希官忽然又以汪延生的口气说:"真把我累坏了! 婶娘,快给我一碗水解渴!"汪希官的母亲立刻把水端上。他又说:"快把八哥叫来,我有话要对他说。"他所说的八哥,就是汪延生的胞兄。八哥来后,他问长问短,亲热得就像生前一样,还说:"八哥,你为什么这样贪玩?前些日子,你在祖宗祠堂前的水池里,驾船东冲西撞,差点被石柱砸死!幸亏我当时在场,把将要倒下的石柱推向另一方向,不然你就难逃这一厄运!你要知道,这根石柱下是一座古墓。当年我们父亲修筑这座水池,因失于检察,没有发现这座古墓,致使墓中枯骨长年浸泡水中,所以墓主的阴魂要来报复。经我再三求情,他才同意今后不再追究这件事了。但是,八哥你一定要把水下的枯骨迁葬到别处去。"又借汪希官之口,把他的胞妹叫到面前,嘱咐说:"大妹和二妹都是有福之人,不会有什么事的。但小妹的福很浅,不如跟了我去,交给母亲照顾,何苦在人间常受后娘的气呢?"然后就放声大笑,拱一拱手说:"再见,再见!"

汪希官说罢,又仰卧床上,安静如初。过了几天,他的病也好了。但是不到半年,汪延生的小妹果然死了。乾隆二十九年(1764)冬天,汪希官梦见汪延生到他面前,对他说:"希官哥,你现在病好了。小弟的差事也已办完,还算有点小小的功绩,可望升官受职了。从此一别,恐怕后会无期了!"说罢转身就走。汪希官伤心地叫喊,也从梦中惊醒了。

木　画

永城县尉陆敬轩是浙江萧山人。修建县署时截树取材,县衙里原有一株柳树,锯成木板时,当中出现一幅天然图画,就像淡墨画成似的。画面的左边是高高的山峰,右边是悬崖,悬崖上有一株松树和一株山树,枝叶倒垂。松树上缠着一绺绺的藤蔓。画的当中是一个老翁,扶着手杖站着。高高的帽子,长长的袖子,眉眼像活的一样。左手藏在袖子里,放在胸前。右脚向前走,露出鞋子,左脚却遮在衣服下面。老翁回过头,像是倾听泉声的样子。这位县尉很珍爱这幅"木画",把它带回自己的老家。这是乾隆辛酉年(1741)十月十三日的事情。

滚经台

贵州平越府衙署里有一座石台,高七尺,藏着十六卷佛经,全都用梵文写成,一般人都读不懂。

相传,历任太守在审案断狱时,遇到案情重大而犯人不服罪,就取几卷经文铺在石台上,命令犯人在经文上滚过去。据说,凡是理直无罪的人,滚过后仍然安然无恙;而理屈罪重的人,则顿时目瞪口呆、浑身僵硬,最后不得不招供认罪。几百年来,平越府太守用这个办法断狱,罪犯也都不敢小看滚经台的。

张文和相国的第五个儿子张景宗,刚愎自用。后来他做了平越府太守,以为这是妖言惑众,命人把石台拆毁,把十六卷佛经全部烧毁。就在这一年,他的两个儿子相继去世。第二年,张文和相国本人也谢世了。

菜花三娘子

阳湖有个秀才年轻貌美,才华出众,是当地有名的风流才子。

那年春天的一个夜晚,秀才独坐书房,忽听得一阵轻轻的敲门声。秀才起身开门,不料来者却是一位艳丽的少妇。少妇自称菜花三娘子,说道:"妾怜郎君春夜寂寞,特携姐妹来相伴。久慕郎君风雅,料您还不至于拒众芳于门外吧?"秀才一瞧,她身后的确簇拥着四名女子,个个婀娜多姿,就好像是人家的妾媵。秀才惊叹群美毕至,就留她们住了下来。

可是,时间一长,秀才明显地现出了病态。这会儿,他再想把这群美女打发走,可有点儿请仙容易送仙难了。秀才之父眼瞧着自己的儿子消瘦下去，心急如焚，就写了一份呈文，拜送到本县的张王庙，求神明主持公道，帮助驱逐妖邪。

当天夜里，秀才之父就梦见张王开庭审理此案，当堂怒斥菜花三娘子和她的姐妹们以色相蛊惑良家子弟，并命皂隶将这五名女子各打五十大板，然后轰出了衙门。那五个女人走出张王庙大门没几步，有个皂隶手提着大板子赶了上来，阻挡住女人们的去路，伸手要钱，叫道："若不是我徇私，嘱咐爷儿们轻打了你们，你们那娇嫩的白屁股早就开了花儿了！还能走得这么利索？还不快拿出些银子来，犒劳爷儿几个打烧酒喝！不然，你们走得了吗？"

五名美女都乖乖儿地从裙带里摸出些散碎银两，交到那名皂隶手里。那皂隶掂着手里的银子，漫步走回张王庙去。

过了三天，菜花三娘子照旧来到秀才的书房里，缠绵悱恻之情不减于当初。她对秀才说："妾与郎君缘分未尽，怎能轻易舍弃了您？您的家父就是再告到张王庙去，恐怕那张王老儿也奈何我不了！常言说：'吃了人家的嘴短，拿了人家的手短。'他既是吃了我的私，也就无话可说了。"秀才听了，目瞪口呆。菜花三娘子又说："妾听说有个王先生是您的好朋友？那个人不可交，可恨又可恶。我与郎君交往之事，千万不许告诉他，最好，别叫他登上咱家的门儿！"

但是，秀才的父母却极端厌恶这个妖女，认定她毁了儿子的身心。老人再写呈文，状告到张王面前。这一回，神明果然不灵，对他置之不理。

秀才之父听说妖女惧怕王先生，急忙派人去请。但是，王先生已去外地设馆授徒，往返尚需几天的路程。等到他们把王先生请到家，秀才早已神形枯槁、一命呜呼了！

其实呢，这位王先生只是本县一名禀膳生员，年不过三十。不知菜花三娘子为何这么惧怕他。

神 和 病

　　赵云菘探花十六岁那年,他家的一位亲戚张某得了一种神和病,被一个女鬼纠缠住,弄得形如孤鹄,骨瘦如柴,奄奄一息。

　　张某的母亲到处烧香拜佛,都没有什么效果。但是,只要赵云菘坐在病人的床头,女鬼就不敢到张某身边来。赵云菘一离开,女鬼就笑着走过来,说道:"你能使赵探花常坐在这里不走吗?"

　　张某的母亲屡次去求赵云菘。赵云菘不得已,只得来到张家,日夜伴着病人。到了第三天夜里,赵云菘已极其疲倦,刚刚闭目打了个盹儿,病人精液溢流,没几天就死了。

鼠 食 牛

　　句容县有位乡民养了一头公牛。有一天,忽而有七只老鼠从公牛的肛门钻入腹腔,把它的心肺五脏都咬烂了。这头公牛竟死于老鼠之口。

　　公牛死后,七只老鼠又从它肚子里钻出来,四散逃窜。乡民们追赶扑打,只打死了其中的一只。这只老鼠硕大无比,浑身长满白毛,上秤一称,竟达十斤以上。

　　有人把它剥皮取肉,烹成一道佳肴,请大家品尝。人们纷纷赞不绝口,说道:"味道之鲜美,大胜于鸡鸭鱼肉了!"

代神判斩

　　萧十洲参将辞官回家,乘船路过巫峡,就靠岸停船过夜。这天夜里,他梦见几个差官模样的人骑着马,手拿令箭,沿江询问哪是萧大老爷的船。当他们得知萧十洲就在这只船上,便一跃而上,气喘吁吁地从怀里取出一纸公文,呈送给萧十洲。只见那公文的封面上,写着"金龙四大王封"六个大字。又见七名犯人被押上船来,跪在一旁。一位差官上前,请萧十洲判"斩"。萧十洲吃惊地说:"这是地方官的事。我是武职,而且又退归林下,怎么敢越俎代庖呢?"差官道:"公文上有大人的名衔,就请大人按成例办吧。"

　　顷刻间灯火辉煌,在传呼升堂、仪门开启声中,仪仗吏卒肃然排列两旁。萧十洲发觉自己已坐到了大堂的正座,并不在船上。差官先点了六名应判绞刑的囚犯的名字,最后点到一名应判斩决的犯人,是个六七岁的孩子。萧十洲提着笔,问差官道:"他不过是个未成年的孩子,犯了什么罪被判斩决?"差官显得很不耐烦,摆摆手说:"这些人的罪名早已定了,不劳大人费心多生异议,大人只需速速判个'斩'字,就完事了。"说着,就把写着犯人名字的标条递了过来。萧十洲没法,只得提笔,分别在标条上判了"绞"字和"斩"字。差官接过标条,立刻押着七名犯人退出堂去。萧十洲一觉醒来,感到自己是做了一个噩梦。

　　第二天早晨,江面上大雾弥漫,萧十洲嘱咐船工不可解缆开船。上午巳刻时分,萧十洲闲着无事,就陪着母亲萧太夫人说话儿,这中间也不免提到昨夜做的那个怪梦。正说之间,忽听得江面上发出一声巨响,一只货船在大雾中触了礁,船体迅速下沉,船上的人大声呼救,那呼声听上去实在凄惨。萧十洲急忙命人驾着小舟前去营救,结果只救出三人,而且都已昏死过去,经过抢救,才慢慢苏醒过来。而货船上的其他七名船工,全部被淹死。后来从水中打捞起一名无头男孩的尸体,从他身穿的衣服辨认,才知道他是货船上一位舵工的儿子。

　　我觉得萧十洲做的这个梦,与无锡人华师道所做的怪梦一样。华师道也曾梦见几个差官请他到一座衙门里,要他给犯人判"斩"字。华师道认为这些人罪名未定,不肯落笔判"斩"。这时有一个披头散发的女人奔上堂来,再三再四哀求华师道说:"大人如不肯判'斩',这件案子又要拖延三年了。"华师道最终还是不肯落笔,说:"我不知道他们判斩的理由,怎么可以随便落笔呢?"就命人把这女人逐出了衙门。华师道也从梦中一气而醒。三年后,华师道得病而死。师道,字半江,精于隶书篆刻,在淮上程莼江家坐馆授徒,是我的好朋友。

鬼 门 关

朱衣先生,字梁江,是太仓州(今江苏太仓)的一名秀才。

乾隆三十三年(1768),朱衣到江宁参加戊子科江苏乡试,在客寓中忽染热症,病情危重。几位亲朋好友急忙租了一条客船,把他送回家去。船行到丹徒闸附近,朱先生忽而昏死过去。这当口,有两位青衣人走上船来,引导朱先生离船上岸,一直向西走去。这条路,笔直而狭窄,天上无光,四周一片黑暗。朱先生自我感觉轻飘,好像是足不沾地。走了大约二十几里,忽然从路旁出现了一个怪物,它紧贴在朱先生左侧,与他同步而行;再走十几里,又来了个怪物,紧贴在朱先生的右侧,与他同步而行。朱先生在两个怪物的挟持下,又走了十几里,来到一座城下,城门楼巍然耸立于城墙之上。城楼下,两扇城门紧闭。城门洞的横额,大书"鬼门关"三个大字。

两位青衣上前叩打城门,没人理睬,他们无可奈何地停了片刻,又去叩门。这时候,突然从城门的一旁冒出个鬼来,青面獠牙,可怕又可憎。这个鬼走上前去,就和两个青衣人扭打起来,争斗良久,彼此不分胜负。忽听得远处有传呼喝路之声,一对大红灯笼引路而来。紧随其后的是一乘四人抬的小轿,轿子里坐着一名长官。等到轿子走近了,朱先生才看清,这位似乎就是太仓州的城隍爷。城隍爷见朱衣先生站立在路旁,急命停步,问道:"你叫什么名字?"朱先生忙躬身回话,说:"学生太仓州秀才朱衣,赴戊子科试下场归来,不知这城门为何不开?"

城隍爷说:"你来得也太早了!此处怎能久留?还是先回去吧!"因命轿前一名打灯笼的差役送他回去。这会儿,两扇城门骤然开启,城隍爷的坐乘与他的随从们蜂拥而入,城门又火速关闭了。身边那位差役催促朱先生说:"还愣着什么?快走,一直往东!"朱先生随他往前走,觉出已经不是来时所走过的路。走了大约二三里地,就来到了大江边。江面上,洪流滚滚,白浪滔天。为什么到这儿来?朱先生迷惑不解。这当口,城隍爷那名差役从背后猛力一推,朱先生就飞身落入江水之中,急得他大喊救命,却是一惊而苏醒。

这时候,客船已经行进到太仓州城外了。朱衣先生依然安卧舱中。亲友们告诉他:"您已经是背过去三天三夜了,只是胸口窝儿上还有一丝温热。大家催促船工日夜兼程,早点儿赶回家中,免得落个外丧。没想到,还没等到进家门儿,您就苏醒了!"

这个故事,是萧松浦先生对我讲的。

当年,萧先生去珠崖(今广东琼山东南)作客,曾经路过儋耳(今广东儋县东北)。据萧先生回忆说,那地方山岭起伏,峰峦叠嶂。中间只有一条道深入峡谷。在最狭窄处的峭石上,也镌刻着"鬼门关"三个大字;另一块巨石上,则镌刻着唐代名相李德裕贬作崖州(今广东琼山)司户参军时所作的诗句,道是:"一去一万里,十去九不还。家乡在何处?生度鬼门关。"每个大字的直径都够五尺,笔力雄浑遒劲,非一般可比。据说,只要一过此关,则云雾弥漫,恶草遍地,怪蛇异鸟,占天据地,犹如进入鬼域之中,不复有人间气息了。

冤魂索命

乾隆二十三年(1758),萧松浦和沈毅庵同在番禺的官府中做幕僚,共掌刑狱的差事。

当时,番禺县的茭塘镇发生了一起杀人抢劫案,七名案犯全部落网,证据确凿。萧松浦根据法律,拟将七名案犯判刑斩决,押解府司衙门审核批示。当时的按察使认为,七名案犯不分案情轻重,一律处斩,未免过于苛刻,因此驳回原判,令酌情减刑。萧松浦本来就不愿意审理这类重大案件,就借故推辞,于是这个案子就由沈毅庵承办了。

沈毅庵的住处,与萧松浦只有一板之隔。一天夜里,萧松浦正在灯下批阅案卷,听得沈毅庵的书房中发出一阵阵嘶嘶作响的微弱声音。萧松浦起身察看,只见沈毅庵正伏案疾书,他身旁站着三四个无头鬼,手里都捧着自己的头;又见无数的矮鬼,围着书案的前面跪着。萧松浦急忙大声叫道:"沈先生,你快抬头看看!"他的话音刚落,忽然一股血腥味扑鼻而来,沈毅庵书房里的灯烛一下子都熄灭了,萧松浦也吓得昏倒在地。住在侧房里的童仆们闻声急忙赶来,把他扶回房中,躺下休息。

第二天,沈毅庵和其他同僚去探望萧松浦,萧松浦就把自己的所见告诉他们。沈毅庵听后,说:"我明白了。昨天夜里我批阅的,就是茭塘镇杀人抢劫的案卷。这案子证据确凿,判罪得当,七名案犯都是可以斩决的。只因被上司驳回,我就不得不从七名案犯中找出两名来减刑。这七人中,谢阿挺、沈阿痴本在外面望风接赃,没有进入庭院。但是,当事主追出庭院,与他们格斗时,他们用刀砍伤了事主,按理也是抢劫杀人。况且他们又有前科,所以萧先生初判为斩决。我为迎合按察使的旨意,想减轻谢、沈二犯的罪行,却招来了两种不同的鬼。你所看见的跪在地上的无数矮鬼,是谢、沈二犯的祖宗,他们是来感谢我的。那些捧着自己头颅站在案前的无头鬼,有的是已伏法的谢、沈二犯的同伙,有的是被杀害的事主,他们对为谢、沈二犯减刑表示不服,声言要来追讨命债。我没办法,不敢枉法而活人之命,而使死者含冤于地下,只得按原判拟斩。"茭塘镇的抢劫杀人案,就这样按原判定案了。

扫　螺　蛳

徐浩先生,顺天府大兴人,乾隆七年(1742)壬戌科进士。乾隆三十四年(1769)徐先生出任山西翼宁道,有个老狐狸精幻化成道士模样,经常往来于道衙门,与徐浩先生相交游,他们情趣相投,每次都谈得很融洽。

当时,徐先生的属下有个王县令,江苏太仓人。不幸,王县令遭到他人的诽谤与诬告,徐浩先生又偏偏信以为真,将要启奏朝廷,使王县令丢职罢官。这当口,狐道士就出面为王县令说情,对徐先生婉言相劝:"大人明鉴,恕贫道直言。常言说,流言不能轻信,蜚语不可妄听。夺官去职,此乃干系一人声名前程之大事,怎可轻重潦草?何况王某祖上功德无量,他是位贤良后嗣,更不可不虑,乞望大人谨慎从事!"徐先生听了狐道士的话,觉得非常有理。经过多方调查研究,证明对王县令的控告,完全是一派诬蔑不实之词。王县令不但保住了官职,而且声誉大振,备受重用。

事后,王县令特来拜谒上官徐浩先生。闲谈之际,徐先生问道:"本道闻狐道人之言,说贵公的祖上有无量功德,不知尊祖究竟做了哪些善事?"王县令稍加思索,欠身拱手答道:"学生家世代贫寒,并没有什么大功德可谈。据学生所知,先五世祖以务农为业,夫妻躬耕海滨。这里,每当海潮到来,无数青螺随海潮上岸;潮水退去,青螺却滞留岸边,被捉了到集市上去卖,或是干涸而死。每当退潮之后,先祖夫妇便各持扫帚,把大量青螺扫回海水之中,从半夜三更一直干到大天亮。这样,一直坚持了六十多年,直至二位老人辞世。据学生揣度,狐道人所谓的大功德,就指的是扫螺蛳之事吧?"徐先生听了王县令这番话,也是感叹不已。

徐浩先生府上有个小丫鬟,名叫彩云。有一天,狐道士偶尔见到彩云,惊讶异常,对徐先生说:"此女很有根基,万不可作婢女使用。日后,观音大士会出面为她做媒,将嫁与洞庭君之子。"徐先生听了这话,一笑而已。

过了几天,彩云拿着他父亲所书写的一把小扇倚柱而立,被徐先生看到了。徐先生要过扇子来一看,只见那扇面上书法清秀,文笔朴直通达。徐先生一问才知道彩云的父亲也曾是一位秀才,而她的祖父竟是个翰林官。徐先生因而想起了狐道人的话,决定收彩云为三孙女。从此,人人都知道徐府上有位三姑娘。

大约过了半年,有位百万富翁给徐浩先生寄来一封信,随信赠观音大士画像一轴。富翁在信中说:"闻得尊大人府上有位三姑娘未聘,老朽斗胆为媒,请许嫁湖北申知府之子,不知妥否? 随信奉上观音大士画像一轴,请大人悬挂于宝斋之内。大士慈祥而灵验,有求必应!"徐先生一琢磨,申知府任职湖北,正是洞庭湖所在之地,狐道士预言彩云嫁洞庭君之子,已经验了;何况,保媒信与观音大士画像一齐送来,观音做媒之说也验了。狐仙未到先知,竟准确若此!

周太史驱妖

周用修是江西瑞昌县楼下村人,今年五十多岁,早年丧妻,现在有子有媳,日子过得很不错。

一天,有位五十多岁的老婆子来到周家,登楼把周用修的长媳叫到面前,对她说:"我是你婆婆呀,你不用害怕!"周家的长媳感到很诧异,心里想:我嫁到这周家来,从未见过有什么婆婆。周用修听说后,急忙赶到楼上,要见见这位老婆子,但老婆子不肯与他见面。周用修的长子前来相见,老婆子也不肯见面。但老婆子饮食、起居和常人完全一样,全家也安然无事。

但是不久,有些关于老婆子的流言蜚语传到她耳中,老婆子一怒之下就离开了。但是,从此以后,周家的生活逐渐困顿,而且家中所存的布匹和粮食,本来是收藏在大柜子里的,锁得也很牢固。某天打开一看,里面的布匹、粮食已不翼而飞,柜子空空如也。与此同时,楼下村的人却经常看见一个老婆子在周用修家大门附近出售布匹、粮食。这样过了三年,周家已经一贫如洗。周用修急得没法,只得把家中经常失窃的情况报告官府,官府无法可想。又请了巫师驱妖,也没有什么灵验。

这时,与周用修同族的庶吉士周厚辕正巧回乡度假,抽空到周家拜访。没想到,那老婆子在周厚辕到来之前的一天,就离开了周家。以后也总是这样,只要周厚辕要来作客,老婆子就提前悄悄地离去。周用修终于明白,这老婆子害怕周厚辕,于是就请他来驱除鬼怪。

周厚辕应周用修之请,用朱笔在黄纸上写了一篇檄文,焚烧给楼下村的土地神和社神。檄文说："阴阳异路,实出一理。如果没有阴司倒也罢了,要是有阴司存在,则小小的一个楼下村,有土地神、社神两位神明在,却听任一个老婆子兴妖作祟,不闻不问。现限你们三天之内,把老婆子驱逐。三天不成五天,五天不成七天。到时毫无效验,就说明这里没有土地神和社神,还要什么香火、祭祀! 我将命人拆了你们的庙,毁了你们的像!"

周厚辕把这篇檄文焚烧给两位神明后,就渡江访友去了。过了一个月,周厚辕访友回来,又经过楼下村。他坐在小轿里打了个盹儿,朦胧中好像看见漫山遍野都是人群,男女老少都有,人叠人的,约有成千上万,都拥来观看。有两位须长二尺的老人,立在周厚辕的轿前,默默无语。周厚辕猜想这大概就是土地神和社神了,一惊之下,就醒了。

周厚辕马上命令随从抬轿进村。这时,周氏家族人等都来向他祝贺,说:"您焚烧了檄文后,三天之内,老婆子就悄悄离去,再也没有来过。"没等众人说完,周用修也匆匆赶来,向周厚辕磕头致谢,并请他再写一篇文章慰问两位神明。从那以后,楼下村就太平无事了。

良　猪

江南宿州(今安徽省宿州市)的睢溪口(在故宿县西北七十里)镇发生了一起杀人案。凶犯移尸灭迹,把死者的尸体投入井中。官府出面调查,也没有找出凶手来。官员们行将打道回府,忽而有一头猪奔到马前,阻挡住官员们的去路,叫声极其悲惨。差役们抽打它、驱赶它,它却在原地打转转儿,不肯离去。一位官员忽而有所省悟,说道:"不要驱赶它了! 莫非这畜生将有所陈诉?"那头猪马上把两个前蹄儿一屈,跪在了地上,似乎是磕头致谢。随后站起身来,扭过身来朝村儿里跑去。

官员们命几名差役紧随其后,只见那头猪跑到一家大门口,撞门而入,直奔居室床下。它用鼻子在地上拱了几拱,土里立刻露出一把刀来,刀上血迹犹新,是刚杀过人的象征。

官员们下令拘捕了这家的主人。经过审讯,他果然是此案的杀人凶手。

乡里人感念这头猪有义气,纷纷出资,在寺庙里建了一套猪舍,把这头猪送入庙中,请和尚们代为饲养,称之为"良猪"。过了十多年,这头猪老病而死。和尚们又为它特制了一口佛龛式的小棺材,掩埋了。

雷打扒手

乌程县有个彭某,妻子卧病在床,儿子又年幼,靠他一个人贩卖生丝度日。

一天,彭某背了一捆生丝来到丝行出售。丝行的掌柜出价很低,彼此争执不下,那捆生丝就放在柜台上。这时,丝行里卖丝的人很多,掌柜嫌彭某的生意太小,就去招呼别的顾客了。谁料只一眨眼工夫,那捆生丝就不见了。彭某认定这捆丝被掌柜藏起来了,就拉他到官府评理。

到了官府,那丝行掌柜当着官员们的面,对彭某说:"我开这丝行,光本钱就是几万两银子,难道会骗你这只值几千文钱的生丝吗?"官员们认为掌柜说的话有理,因此不予追究。

彭某从官府出来,闷闷不乐地回到家中。恰巧他那年幼的儿子正在门外玩耍,见父亲卖丝回来,以为一定捎回一些糖果糕饼,就上前索取吃食。彭某因为丢了生丝,官府又不为他撑腰,心里正憋着二股怒气,见儿子上前纠缠,就一脚踢去,谁知孩子当即被踢死了。彭某后悔不及,投河自尽。而他的妻子,对家中发生的灾祸还一无所知。还是邻居看到彭家的孩子倒在地上,急忙上前扶起,发现已经气绝身亡,于是忙把孩子的死讯告诉病中的彭某之妻。彭妻痛惜幼子身亡,情急之中,也跳楼而死。邻居立刻把这事报告给了官府。官府验证之后,认为彭家三口都属自杀或误伤,就命乡人代为收敛埋葬。

过了三天,乌程县下了一场大雷雨,有三个人被闪电击倒在丝行的门口。不久,其中有一个剃头匠,慢慢苏醒了过来,据他说:"彭某那捆生丝,是扒手孙某从丝行里偷出来的,却被丝行对门的谢某看见。谢某提出,销赃后两人对半分,他就不去告发。后来,这捆生丝在我店铺里售出,我只分得三百文,而他们却各得两千文。后来听说那丢丝的人跳河自杀了,官府验尸后也没有往后追究,这事就这样瞒过了。想不到还是老天英明,罚我们三人今天同遭雷击,他们两人已经丧命,我虽不死,也被击折了一条腿。"后来,官府重新查验,发现案情果然如此。

北 门 货

浙江绍兴有李某和徐某二人。明朝末年,李自成、张献忠发动了农民起义,战争频仍,百姓疾苦,横尸遍野。为了躲避战乱,李某和徐某到处流浪,四下里奔走。

有一天晚上,李某和徐某忽然遇上两名李自成的士兵。他们听人传闻,义军见人就杀。这回,他们自己掂量,是没有活路了。无奈之下,就钻进城下的死人堆里,想装死蒙混过关。半夜里,忽见灯火辉煌,一支队伍自城头沿级而下。李某和徐某以为是李自成的巡城兵下来了,吓得浑身打战,粗气儿也不敢出一口。等那支队伍走近了,才看清那灯笼上打的是城隍爷的名号,愈发地害怕,伏在死尸之间,一动也不敢动了。

待了一会儿,有位城隍爷的差官噙合着鼻孔问:"哼——怎么有生人气?"另一位差官也嗅了嗅,说道:"嘻,甭理他们了,一个不在数儿,一个是北门货,与咱们全不相干! 走吧,走吧! 别跟他们瞎耽误工夫了!"说着,这支城隍爷的队伍渐渐远去。

第二天早晨,义军开拔出城,李某和徐某才敢从死人堆里爬出来,仓皇逃命。他们牢记着城隍差官关于"北门货"的谈话,忌讳往北,认准了道路往南走。傍晚,他们走到一座城下,眼前正是此城的北门。突然,义军自北门而出,把行动鬼祟的徐某抓住,当作官府的探子被杀了头;王某却伺机逃脱,回到了家乡绍兴。此后,天下一统,政局平稳。

王某的子孙后代繁衍不衰。

泥刘海仙行走

湖南常德徐文度知府的老家,在江苏如皋的北门内。他家曾买过一尊泥塑的刘海仙,有六寸多高,供在大厅的佛龛里有多年了。

徐太守在老家时,有一天晚上正在睡觉,朦胧中忽听得大厅里有脚步声,就命一个小丫鬟掌着灯前去看一看。一会儿,那小丫鬟慌慌张张地奔回来,说:"神龛里的那尊刘海仙,忽然跑到地上,自己走起路来了!"徐太守开始还不信,但看那小丫鬟慌张的样子,就亲自到厅上去看个究竟。只见那泥刘海仙果然在跌跌撞撞地走路。

全家人闻讯赶来,都说这泥塑的刘海仙成了妖精,主张把它毁掉。徐太守对家人说:"你们不必害怕。这像既能着地行走,或者有什么灵应的预兆,不可毁了它。"仍命人把这尊泥塑刘海仙供奉在神龛内。

至今已二十多年了,也没有发生过怪异的现象。徐太守的儿子徐湘浦,现任两浙副使。

驴雪奇冤

乾隆四十三年(1778),保定府清苑县(今河北省保定清苑区)发生了一件奇案。

李家庄的姑娘嫁到张家庄,当了张家的新媳妇。张家庄与李家庄之间,相距不过百里。新婚之后,新媳妇照例要去娘家住一个时期。一个多月以后,新郎就骑着一头小毛驴儿来接媳妇。回家之路,当然是新娘骑着毛驴儿,新郎步行跟随其后。路经一个村儿,这里离张家庄已是不足二十里。这个村里的村民与新郎很熟识,见他去接媳妇,不免拦阻,与他打闹调笑。新郎呢,知道毛驴儿认识回家的路,就任他们先走;自己不时地停下脚步,与那些相识的人说会子话儿。

毛驴儿驮着新娘子,又走了六七里地,就是一个三岔路口:从这儿往西,直通张家庄;往东,就是通往任丘(今河北省任丘市,清属直隶河间府)县界了。这当口,从路西冲出一辆马车来,把新媳妇骑的小毛驴儿挤到了往东去的路上,而且一直胁迫着她往任丘的方向走。据说,坐在车上的就是任丘县一家富豪的刘少爷。

眼瞧着夕阳西下,天色将晚。新媳妇心慌意乱,不得不问这位少爷:"请问,这儿离张家庄还有几里?"那位少爷诡谲地一笑,说:"娘子要往张家庄去,那可就差了。刚才在三岔路口上,你应该往西走哇!这是往东,通往任丘,离着张家庄有几十里地了!"新娘子一听,掉下泪来,喃喃地说:"这可怎么好?"那少爷却赔着笑脸儿说:"天已经黑了,你想回张家庄,是不大可能了!不过呢,如果娘子不嫌弃,我倒是愿意为你效劳,在附近的庄子里找个住处,暂宿一夜,明天早晨,我再派人送你回家去。不瞒你说,这些庄子里大多是我们家的佃户,咱们去了,他们不敢不好生款待!"新娘子已经是走投无路,只好是屈从于他了。

新娘子勉强地随同这位少爷来到庄子上,走进一家大门。这是刘少爷的佃户孔某之家。孔佃户见少东家带了个年轻的小媳妇进门来,就猜出其中必有故事。他不敢深问,急忙按少爷的吩咐,为他们安排了卧房。

当时,孔佃户出了嫁的女儿也正在住娘家。他就悄悄儿地对女儿说:"今儿晚上,少东家来投宿,若是他叫你去陪,咱们敢违抗吗?依我看,你还是先回婆家去吧!等少东家走了,我再去接你。"孔佃户的女儿点头称是,不声不响地收拾包袱,溜回婆家去了。

刘家少爷是绝不会放过每一次贪欲的机会的。他不但与新媳妇同住一屋,而且胁迫她同床共枕。新媳妇被逼到了这一步,已经是无话可说了。而刘少爷的车夫就住在外屋,新媳妇的小毛驴儿,就拴在屋檐下。

第二天,太阳升得老高,已经是中午时分。少爷和那小媳妇睡在那屋里,却一点儿动静也没有。孔佃户就觉出这事儿有些蹊跷,禁不住扒着窗户往屋里偷看。这一看,竟吓得他魂飞丧胆,两具赤裸裸的无头尸躺在炕上,两个血淋淋的人头滚到了地下。而且,那头拴在屋檐下的毛驴儿也不知去向了。孔佃户和少爷那个车夫都吓得浑身打战,当时,脑子里一塌糊涂,真是一点儿主意也没有。

呆了一阵子,孔佃户的头脑冷静下来,极其神秘地对那个车夫说:"这事儿,人命关天!一经官府,你和我都生命难保!我听说,你的老家在河南。只要你帮我把这两具尸体处理好,少东家随身所带之物全归你!你赶着这辆车逃回老家去,天高地远,他们到哪儿寻你去?这事儿,只有天知地知、你知我知了。"车夫既怕事儿又贪财,想来想去,还是依了孔佃户的主意。当天夜里,两人乘夜深人静之际,把两具尸体拉到荒郊旷野,偷偷掩埋了。之后,车夫用马车载了刘家少爷的遗物,扬鞭催马,逃回河南老家去了。

且说那刘家,本是任丘县的豪富。儿子外出几天不归,当然非常着急,派人四下里寻找,又是毫无音讯。刘家的老夫人又急又恨,就指派人到任丘县衙门里去告状,请求官府捉拿跟随着刘家少爷的那名车夫。再说张家的那位新郎,半路儿上把媳妇丢了,急得他到处寻找,还是不见踪影。一气之下,跑着清苑县衙门去告状,疑心是他的岳父岳母从中捣鬼,把小媳妇隐藏转卖了。

任丘县和清苑县两县官府认为两案必有缘由。于是,表面上似乎是搁置不问,暗地里却布置密探,进一步调查侦访。过了一个多月,就有个人牵着一头小毛驴儿,到任丘县与清苑县交界的集市上出卖。根据张家提供的线索,这头毛驴儿与新媳妇所骑的毛驴儿,从形态到毛色完全一样。据此,官府立即拘捕了卖毛驴儿的人。

经过审讯,得知此人名叫郭三儿,是当地的一个好吃懒做、酗酒赌博的无赖汉。原来,这孔佃户的女儿在没出嫁之前,就与这个郭三儿有那么一腿子。出嫁之后,两人依然是藕断丝连。所以,每当孔佃户的女儿来住娘家,郭三儿必然潜入偷情,这已经是习以为常的事了。

那天,郭三儿照例从后窗潜入,却见一男一女搂抱在炕上,已经睡着了。一股酸辣水儿立马儿涌上他的心头,怒和恨交织成一股洪流。他不加犹豫,操起案头的一把菜刀,咔嚓咔嚓,干净利落地切下了这一男一女的脑袋,丢到了地上。随后,出得门来,见屋檐下正拴着一头毛驴儿。他顺手解开缰绳,悄悄把毛驴儿牵到院外,翻身上驴,逃之夭夭了!

根据郭三儿的招供,官府里追究这被杀的一男一女两尸体的去向。孔佃户无奈,只得带领官府人员去挖掘尸体。在埋葬地掘地三尺,露出来的却是一具完整的尸体,不是刘家的少爷,也不是张家的新媳妇,而是一个秃头老和尚。把老和尚搬开,再下掘一锹深,两具尸头分离的男女尸才显露出来,正是郭三儿杀死的一对男女。这么一来,这起杀人案的案情已经明朗:张家新媳妇是胁迫从奸,熟睡后被误杀;而刘家少爷也总算有了下落。但是,老和尚的尸体又构成了新的疑案。

人们正在疑虑之中,天气阴沉,忽而下起雨来。官员们慌忙躲进附近的一座古庙里。但是,这庙里却是寂寥非常,不见人迹。官员们就向古庙附近的居民询问起这庙里的情况。居民们说:"这庙里原本有一老一少两个和尚。据说,他们是师徒。前些日子,听说那个老和尚出寺,云游四方去了。后来,那个小和尚也走了,不知去向。"雨停了。官员们就带领居民们来辨认那具挖出来的老和尚的尸体。大家一致认定,这就是古庙里那个老和尚。

于是,官府下令通缉那名在逃的小和尚。经过多方调查,一直追寻到河南归德府地界,终于抓住了那名小和尚。他已经改名换姓,蓄发娶妻,在当地开了一家豆腐房。

经过审讯,澄清了这样的事实:小和尚现在的妻子,原本与老和尚通奸,经常通过小和尚联络,往来频繁。不料,小和尚渐渐长大成人,也与这个女人勾搭上了,从而冷淡了老和尚。老和尚不服气,怨恨于心,见诸行动,不免生出许多枝节来。小和尚与那女人策划日久,决心要除掉这老家伙。那天晚上,那女人一派妖媚,乘机把老和尚灌醉,与小和尚一齐下手,把他勒死,然后埋尸灭迹。也是天缘巧合,他们把老和尚的尸体,正好埋在了那一男一女的尸体之上。事后,两人携手而逃,到了河南,结为夫妇,以为从此万事大吉了。不料天道巧合,难逃法网。

张 大 令

　　嘉兴张大令先生,乾隆二十六年(1761)进士,是海宁查虞昌太守的授业老师,为人一向正直。

　　忽然有一天,张大令早晨起来,心急火燎地催促家人为他准备朝服冠戴,说是有当权的贵人要来拜访。家人为他准备好衣饰后,他就穿戴整齐,然后迎候到大门外,再回到中堂,作揖让坐,口中喃喃地好像在和客人交谈。他说的那些话,家里的人都听不懂。看他那样子,开始好像很高兴,接着又长吁短叹,随后是一番谦让。他还斟上两杯茶,一杯自饮,一杯举向空中,松手后,那茶杯竟能悬在半空中,不掉下来。这样应酬了好长时间,张大令就送行到大门外,然后作揖道别,回身走进了家门。

　　张大令的家人问他来了什么贵人,他回答说:"刚才来的,是嘉兴府的城隍神。他已经升官了,就荐举我做他的继任者,所以先来我这里拜访。他还告诉我,最近一两年内,嘉兴将有两位贵人不得好死,连同遭劫的人也不少。这是天机,我就不便说出来了。"说罢,他就端坐床上,从此不喝不吃,三天之后,就死了。

　　不出两年,浙江王、陈两位巡抚的事被人揭发,死于非命。

镜　　水

　　湖南省湘潭县有一汪泉水,当地人都称它为水镜子。这面水镜子,能照出任何一个人前三世的形象。

　　有一位姓骆的秀才站到了水镜子前,水面上映出来的不是人形,而是一只张牙舞爪的斑斓猛虎。

　　有位鬓发苍白的老篙工站到了水镜子前,水面上映出来的却是一位云鬟霞帔、飘飘欲仙的美女。

　　水镜子的表面上,长年莲花盛开,奇怪的是,花瓣儿却一律呈淡青色。

蔡　掌　官

　　虎丘有位蔡掌官,年轻貌美,以贩卖古董为业。

　　一天,蔡掌官在倪康民家里饮酒。酒后,倪康民派一名年轻的奴仆送他回去。两人走到一个僻静无人的地方,蔡掌官突然做出与人作揖的样子,口中还轻声轻气地说着话。那个奴仆感到很奇怪,就问:"您跟谁在说话呢?"蔡掌官道:"我的好友李三哥来请我,我现在就要到他那里去。你不必送我了。"话未说完,就跳到了河里。那奴仆连忙把蔡掌官救起,送回家中,并把这事告诉了他的父母。

　　蔡家的亲友听说了这件事都很吃惊,纷纷前来看望。这时,蔡掌官已神志不清,不能说话了。但只要见到刀,他就会操起来抹脖子;见到绳子,就拿了往脖子上套,好像死对于他是一种最大的快乐。家里的人就把他锁在屋里,内衣内裤上的带子全都去掉,在墙壁上又留了一个小小的洞口,以便按时给他送吃的东西。

　　到了清明节那天,蔡家的人都上坟扫墓去了。蔡掌官乘这机会,越窗逃出,两天两夜没有回家。他家里的人料想他一定是死了,派人四处寻找尸体。一直寻到白莲桥的荒郊野外,忽然看见他背靠着一棵桑树,大声说:"我在这里,不要再找了!"他的家人又惊又喜,急忙奔到那里一看,只见他已吊死在树上。刚才的叫声,是他的魂灵发出的。再看那根上吊用的绳子,是偷了染坊店晒的布搓成的。

沈 文 崧

　　高邮(今江苏省高邮市)人沈文崧先生,曾任山东霑化(今山东沾化,清属山东武定府)知县。那时候,沈先生有一位同僚,奉命将要到西藏去例行公事。此一去,三年两载。而这位同僚的家里,上有高堂父母,又是妻少子幼,确实难以脱身。但是,上司之命难违,又不敢不去,真是左右为难了。沈文崧先生得知此情,慷慨应诺,自愿代替这位同僚出差西藏。知道这件事的人,无不赞叹沈文崧先生的高风亮节。

　　经过三年多的艰苦跋涉,沈文崧先生终于圆满地完成了任务,胜利地回到山东霑化。据沈先生回忆说,沿途冰天雪地,高原苦寒,天气又变幻无常,所经之地,往往行走一个多月不见人烟。而沈先生身边,只有两名随身奴仆,其中的一名老仆名叫夏祥。夏祥为人老成厚道,侍奉沈先生最尽忠心。每当他们扎营安帐驻马休息的时候,夏祥就会忽而不见了。用不了多大工夫,他就会捧着一捧栗子,乐呵呵地跑回来,炒熟了奉献给沈先生吃。也摸不清他这些栗子是从哪儿弄来的。

　　有一天,天空阴晦,大雾弥漫。沈先生和他的仆人迷了路,走上了一个险峻的山头儿。山的另一面,是个万丈深涧,两个仆人先后滚下涧去,沈先生也是马失前蹄,情况非常危急。忽而,云雾中显示出观音大士的形象。她手持青瓣莲花,向沈先生和他的马挥舞鼓励,那马忽而一声狂啸,飞身跃过山涧,来到一片开阔地,沈先生化险为夷。惊魂既定,下马休息,痛悲失掉了两名忠仆,落得孤身只影。他徘徊怅惘,一时不知所从。

　　这时候,天已经快黑了,四顾茫然,真是无可奈何了。忽听得似乎有人自言自语。沈先生想:难道在我走投无路之际,鬼也找上门来?便夃着胆儿问道:“是谁?”不料,一个人从昏暗中向他走来。沈先生定睛一看,却是老奴夏祥。主仆相见,抱头痛哭,犹如见了隔世之人。沈先生拭泪问道:“你何以能得生还? 这不是在做梦吧?”夏祥说:“老奴也料到难于再与主人见面了。我掉入山涧之时,犹如腾云驾雾,自思必死。不想直落涧底，却被一位一丈多高的绿毛人凌空接住。他背负着我攀崖越岭，一直把我送到您身边。回想起来，也像是一场梦。"

沈文崧先生从西藏回到山东，就把他这一段险恶而神奇的经历说给老朋友高文良先生听。高先生听了，深受感动。高先生还是位画家，当即乘兴提笔，画了一幅《观音大士图》。画幅上部有题诗，记叙了沈先生这段经历，并题记了年月日，作为沈先生西藏之行的纪念之物。

三十年后，沈文崧先生之孙沈均安，官居赣县（在江西省西部，清为江西赣州府治所）知县；而高文良先生之孙高士镛则官居赣县尉。沈、高二人虽为同僚，却是互不相知。后来，在闲谈时涉及家世，两位才知道他们的先祖曾是至交良友。高士镛说："先祖所绘《观音大士图》如今还在，已经成为我们家的传世之宝了。为了追念您先祖西藏之行的奇遇，就把这幅画赠给您吧！"于是，这幅《观音大士图》就珍藏到沈均安手里。

蓝 姑 娘

王巡抚为父守丧，免官家居，住在杭州羊市公馆。

一天，他家一个在厨房里干活的丫鬟忽然倒在地上，昏迷不醒。过了很久，才慢慢苏醒过来，瞪着双眼，用旗人的口气说："我是镶红旗某都统家的蓝姑娘，现在又渴又饿，请你们告诉王大人，立刻弄点东西给我吃。"

王巡抚亲自前去看视，问她道："你既然是旗人，为什么到我汉人家来？"那附在丫鬟身上的鬼说："我和姊妹们清明节出来看庙会，不巧碰到布政使国大老爷路过。他的仪仗和随从很多，把我们姊妹冲散了。我因来不及回避，就只好跑到大人家里来了。"王巡抚说："你回避国大人，却不回避我，难道你不知道国大人还是我的下属吗？他把你冲散了，你为什么不到他家里去作祟呢？"鬼说："我怕他。"王巡抚说："这样看来，你们这些作了鬼的，心眼儿也很势利，只怕现任的官，不怕卸任的官。"鬼说："那倒不然。卸任的官如果是个好官，我也怕他。"

王巡抚听后,心里非常不高兴,但也没有办法,只得供给她饭食,烧纸钱给她,把她送走。

这样,丫鬟就恢复了常态。但不到一年,王巡抚因犯了罪,丢了性命。

鼠胆两头

山东桂未人谷广文先生,精于隶法篆刻,家里收藏着大量的碑板石刻,以及大量的碑石拓本。但是,每到夜间,谷先生这些珍爱之物就遭到老鼠的啃咬,使谷先生相当恼火儿。

谷先生绞尽脑汁,设法捕捉老鼠,效果很不错,许多老鼠被他活捉。谷先生听人说,老鼠胆能治耳聋,就把一只老鼠活活地剖腹,从它的腹腔里取出一颗胆来。这颗鼠胆呈深绿色,外形就好像一条蚕,两端都长着头,而且是活的,不停地蠕动。那只被剖了腹的老鼠很快就死了。而这颗两端有头的鼠胆却活了多半天儿。谷广文先生弄不清这是个鼠胆,还是个什么怪物,心里有点儿害怕,就把它扔进了臭水沟里。倒也没发生什么意外。

中国有句成语,叫作"首鼠两端"。这个成语的来历,大概与此有关。但是,宋朝人陆佃在《埤雅释虫》中说:"旧说鼠性疑,出洞多不果,故持两端。"照此解释"首鼠两端"为迟疑不决之意,与鼠胆并没多大关系了。

后来,谷广文先生又剖开了若干只老鼠,在它们的腹腔之内,就连鼠胆也找不到了。

西海祠神

嘉兴人钱汝器,是太傅钱文端公的第七个公子,选任陕西武功县令,但到任没几个月,就得病死了。

钱汝器去世前的一天,清晨起来,就命家人给他准备了沐浴器用,洗了个澡,然后穿戴了朝服,向北九拜,又向东九拜。家人问他做什么,他说:"向北拜,是谢皇上的大恩。向东拜,是我当初出京赴任时,路过蒲州,住宿在西门外的禹王庙。夜里梦见禹王把我召去,任命我为水神,驻地在西海祠。我再三推辞,禹王不允,明天就是我上任的日期,非去不可了。所以我向东而拜,就是拜谢禹王。"第二天早上,钱汝器端坐在床上死了。那是乾隆四十七年(1782)九月十七日发生的事。

在这以前,有位姓郭的书生,陕西周至人,聪明智慧,能歌善舞,钱汝器对他很眷爱,而当时有位孙渊如也很喜欢他。不久,郭书生因事离开了钱府。后来,孙渊如客居在朝邑县令庄虚庵的府上时,接到郭书生的一封信,信中说:"今年九月我经过解州,梦见钱七公子也来解州,仪仗随从众多,气派非凡。钱公子对我说,他将到西海祠去任水神,要我仍像通宵达旦畅叙的老朋友一样,不要有阴阳隔世之感,到蒲州城南郊去找他。钱公子说罢,我也就醒了。如果梦中听到的话是真实的,那么钱公子可能已经不在人间了。"

那时,孙渊如正在打听郭书生的行踪,却一直得不到确实的消息。接到信,他当天就乘车出发,渡过黄河,到了蒲州寻访,那里果然有个西海祠。这祠建于元世祖至元十二年(1275),现在已经重新修过了。孙渊如正在祠前徘徊,忽见郭书生从廊下走来。两人相见,互道别情,真是悲喜交加。随即取酒列供,同行祭祀之礼。孙渊如还为钱汝器写了一篇祭文,文中说:"昔者巨卿死友,厥有索车之驰;子文酒徒,无损成神之骨。恭闻故实,不谓逢君。"当时阳湖举人洪亮吉也有吊诗,诗中有句道:"少年有愿须先偿,既入神籍何能狂?"

猢狲酒

曹洛禋学士给我说过,康熙甲申年(1704)春天,他和友人潘锡畴旅游黄山。来到文殊院,和僧人雪庄相对吃饭,忽然看不见同席的人了,每人仅仅露出一个头顶。僧人说:"这是云雾经过。"

第二天,进入云峰洞,有一位老人,身长九尺,长须整洁,穿着布衣草鞋,坐在石床上。曹洛禋向他讨茶喝,老人笑道:"这里哪儿来的茶?"曹洛禋带着炒米送给老人,老人说:"六十多年没有尝过这个味道了!"曹洛禋请问他的姓名,他说:"我姓周,名执,做过总兵。明朝末年隐居在这里,一百三十年了。这是猿猴的洞,被老虎占领。猿猴很痛恨,请我杀死老虎,也打杀了那一类野兽,因而可以住在这里。"石床上放着两把剑,发出雪白的亮光。桌子上供奉着河图、洛书、六十四卦,地上堆着几十张老虎皮。老人笑着对曹洛禋说:"明天,那些猿猴来为我祝寿,值得一看。"

话未落,有几只小猿猴来到洞前,看到有人就惊慌地跳走。老人说:"虎害消除后,猿猴感谢我的恩德,每天轮班来听我使唤。"随即叫道:"我要请客,去捡些柴来煮芋头!"猿猴跳跃而去,不一会儿,捧着柴火来煮芋头。老人和曹洛禋一起吃,曹洛禋心里想,这里有酒就更好了。老人已经知道他的心事,领他到一座山崖,有一个石头覆盖着的小坑,坑里的水澄清碧绿,发出酒香。老人说:"这是猢狲酒。"盛出来,两人一起喝。老人喝醉了,拿起双剑来舞,动作迅猛如闪电飞沙,发出呼呼的风声。舞剑结束后,回到山洞,大家靠着虎皮躺着。老人对曹洛禋说:"你饿了,可以随便拿松子、橡实、栗子吃。吃后你会觉得身体灵活矫健的。"原来曹洛禋畏寒,从此病情减轻了十之八九。最后,老人领曹洛禋到一座山崖上,有一只长胡子的白色猿猴,坐在松枝搭成的一间屋子里,手拿一册白色的书,读书声很清脆,只是听不懂读什么话。老猿猴下面,有上千只猿猴在行礼、跳舞……

曹洛禋大喜,急忙跑回去告诉雪庄,拉着雪庄一起去看。跑到时,石洞里只剩下石床,已经看不到老人了。

张　秀　才

　　杭州有位张秀才,在京城某都统家设馆授徒。他的书房坐落在花园中,离正宅大约有一百步。张某一向胆小,每到晚上,就叫馆童和他做伴睡觉。一到掌灯时分,他就命馆童关上园门和房门,早早地上床。这样已经有一年多了。

　　第二年的八月中秋节,月色皎洁,馆童出外饮酒去了,园门没有关上。张某正站在假山石上赏月,忽然看见一个披头散发、赤身裸体的女人从远处跑来。张某仔细一看,只见那女人皮肤洁白,但脸上和身上都沾了不少泥巴。张某见后大吃一惊,以为这是一具从地下爬出来的僵尸。尤其是女人那双眼睛,炯炯有光,真可以与明亮的月光相比,使张某更感恐怖。他赶紧跑回书房,用一根木棍顶住房门,然后爬到床上,偷偷观察外面的动静。

　　不多一会儿工夫,只听"哐啷"一声,房门被撞开,顶门的木棍也被折断,那个女人昂首阔步地走了进来。她一屁股坐到了张某的椅子上,将桌上的书籍、字帖飒飒地撕成了碎片。这时的张某,已吓得浑身发抖。那女人又拿起桌上的戒尺,用力地敲着桌子,忽而又仰天长叹,发出哈哈大笑的声音。张某被吓得魂飞魄散,昏过去了。

　　在迷迷糊糊中,张某觉得有人伸手在他的两腿中间摸了一阵,又好像听她骂道:"这个南蛮子,不顶用,不顶用!"骂罢,摇摇摆摆地走了。

　　第二天,张某直僵僵地躺在床上,像死了一样,叫他也没有回应,馆童和学生们急忙请了都统前来。都统见他只是昏迷,并未死去,就命人给他灌了碗姜汤。

　　过了一会儿,张某慢慢地苏醒了过来,把昨夜遇鬼的事,对众人说了一遍。都统听后,哈哈大笑起来,说道:"先生不必害怕,那女人不是什么鬼,那是我家的一个仆妇,因死了丈夫,思虑成疾,得了这个疯病。

为了怕她闹事,就把她锁在一间空屋里,至今已经两年了。昨天晚上,门锁偶然断裂,让她跑了出来,闹得先生一场虚惊。"张某不大相信,都统就拉着他到空屋里去看,果然是昨夜所见的女人。张某眼见为实,很快就从这场虚惊中恢复了过来。

但是,那女人说张某那东西"不顶用",使他感到很惭愧。那馆童得知张某的心病,笑着对他说:"幸亏先生那东西不顶用,不然就遭殃了! 那些被这疯女人看中的男人,都被她纠缠着不放,有的被她咬伤,有的被她掐痛,也有的差点给她揪掉了!"

周将军墓二事

其　一

山西宁武(今山西宁武县)有周遇吉将军之墓。

周遇吉将军,明代锦州卫(今辽宁锦州市)人。他少有勇力,好骑射;后来入行伍,累功官至京营游击。崇祯十五年(1642)擢山西总兵。崇祯十七年(1644)二月,李自成军攻陷太原,周遇吉退守宁武,食尽援绝,周遇吉巷战受伤被俘,尤大骂不止,被杀。所以,他的墓地就在宁武。

宁武县临近桑干河,而周将军的墓地接近河岸。年深日久,墓基受河水冲刷浸咬,有倾斜倒塌的趋向。当地有个张某人,极崇敬周将军的忠烈节操,又担心将军的墓地被毁,他自备了酒肉供品,在周将军墓前祭奠礼拜,默默地祷告说:"将军生前英勇威武,宁死不屈,死后也该成神有灵。您为什么不想想办法,维护一下自己的墓地呢?"

第二天,宁武一带就下了一场大雷雨。大雨倾盆,还伴有千军万马奔腾呼啸之声。隔了一夜,人们就发现周将军的墓前凸起了一座十几丈高的小山头,完全阻止住河水对墓地的侵蚀。桑干河流到此地,只好是曲折绕道而行了。宁武县的百姓都说这可是个大怪事儿。

其　二

乾隆四十五年(1780)，宁武县雨水特别大，闹了一场大灾。有个叫周得志的人，据说，他是周遇吉将军的后裔。大水进村，家家自危，周得志却置娇妻幼子于不顾，背负着八十来岁的老母亲仓皇出逃。那老母亲捶着他的脊背骂道："你这个混账东西！快去救你媳妇，将来能为你生儿育女；有了儿子，就能为咱们老周家传宗接代。你救出我这将要入土的老婆子又有何用？你简直是混蛋透了！"周得志任她捶、任她骂，还是背着这位老母亲，逃到了洪水包围之外。

第二天早晨，他才发现，自己和母亲都站在了周遇吉将军的坟头儿上。坟高一丈，洪水当然是淹不着的。周将军的墓地离周得志家不过三里。闹了半天，周得志背着母亲走了半夜，竟没绕出这三里之地！

水落之后，周得志背着老母亲回到家中，他的娇妻幼子竟然意外地安然无恙。周得志问他们何以逃生，妻说："大水进院之后，就好像有人托着我们母子，一直浮到了房顶上。不然，我们哪能活到今天？"

可不是，周家的街坊邻里，全都被洪水吞没，已经没有几个人侥幸活在世上了！

卷二十一

娄罗二道人

娄真人幼小的时候就失去了父母,依附在一位表叔门下长大成人。可是,他刚刚成人,就和表叔家里的一名丫鬟通奸,搞得乌烟瘴气。表叔大怒,一气之下把他赶出了家门。

可是,他从小儿在这个家里长大,当然熟悉这个家庭的门路。于是,他又乘人不备溜回家去,偷了表叔五百两银子,连夜逃往江西龙虎山去了。

那一天,娄某将要过一座桥,早有一位白胡子道士,手里拄着一柄拐杖等在桥头。老道士一见娄某,就笑道:"你可来了! 你不就是娄某人吗? 你是不是想在张天师的麾下当一名法师呀? 要知道,当法官和寻找其他的行当一样,照样儿得送进见礼! 你腰里只揣着五百两银子,而进见礼必须是一千两,你那点儿银子,能顶个屁用?"娄某一听,心里一阵空虚,说道:"我身上确实只揣五百两,还差一半儿呢! 这可怎么好?"白胡子老道士说:"小伙子,别起急呀! 贫道已经为你预备齐了。你看看!"说着,命身边的侍者打开担囊,那里面果然有五百两白花花的银子。

娄某见道士既能先知先觉,又肯慷慨相助,认定他不是个凡人,便慌忙磕头致谢,口称仙师。老道士听了,哈哈一笑,说:"快起来,快起来! 贫道姓陈名章,只是张天师门下的一名法师,并不是什么神仙。只因为我尘缘已尽,即将离去,但必须等你到来,交代后事。现在,除了这五百两银子,我还要送你锦囊三只,你要把它随时带在身边。来日有了急难大事,你再一一开启,那时候,它会助你成功。你要多加自勉!"白胡子老道说罢,就在桥头上盘腿儿打坐。不大工夫,他就悄然化逝了。

　　娄某来到天师府,献上礼银,拜见张天师。张天师说:"陈法师盼望你来,可不是一天了! 你一来到,他就死了,这岂不是天数! 好吧,从今天起,你就顶替他的位置,当一名法师吧!"

　　过去有个老例儿,凡天师进京朝见皇上,他门下的法师都要随从而行。雍正十年(1732),张天师应召进京朝贺,全体法师从行。只因娄某资历太浅,就不准备带他进京了。夜里,张天师梦见陈章法师跟跟跄跄而来,流着眼泪对张天师说:"我们的道派行将灭亡,非娄某人莫救啊! 所以,您这次进京是非带上他不可! 否则,一旦贻误时机,后悔莫及。望您三思!"听陈法师这么一说,张天师愈加惊叹娄某有来历,就改变原意,决定带娄某进京。

　　当时,京师正是久旱不雨,朝野人心焦灼。京师的高僧高道们各尽法术,依然是滴水未降。世宗宪皇帝召见张天师,口传谕旨说:"今京师大旱,黎民遭灾,朕心甚戚。今命尔等祈雨,十日不成,尔道将废!"张天师惶恐万状,伏地领旨。忽而,他想起临行之时陈章法师在梦里向他说的话,他当庭向皇上推荐娄法师升坛作法。世宗降旨设坛,令娄法师登坛祈雨。娄某这才打开身上的第一只锦囊,依据囊中文字启示,如法诵咒。还没等他登上法坛,忽而云升西北,闪电雷鸣,顷刻之间,大雨倾盆。京师地面儿上的积水都没过了脚脖子。世宗宪皇帝大喜,优赏有加,并赐封娄法师"真人"称号,命留京师,供奉于白云观。

　　雍正十一年(1733),妖人贾士芳在民间兴妖作祟,坑害百姓,皇上诏命娄真人劾治。娄真人拜北斗,请以五雷正法治妖,妖人果然被制伏。同年,京师发生了强烈地震。震前,娄真人向朝廷作了预报,使百姓免受其害。这后两项功绩,也是依第二只和第三只锦囊妙计建立的。

　　如今,娄真人依然健在,可是,他的锦囊已经空了,他的法术也算到了尽头。据说,娄真人之所以健康长寿,是因为他长年服用一种名叫"一二三"的药丸。这药丸的主要成分是:当归一两,熟地二两,枸杞三两,捣末,合蜜为丸,水送服。

　　还有一位罗真人。他的名号和来历,就不得而知了。无论春夏秋冬,他总是穿着那么一件破衲衣,疯疯癫癫地招摇过市,惹得一群小孩儿追随在他身后吵吵嚷嚷。有人就端来一碗泡了水的米,请罗真人吹气。只要他吹上一口气,那米立刻熟透,变成一碗热气腾腾的大米饭。晚上,店铺里点蜡烛照明,只要把蜡烛举到罗真人面前,请他吹一口气,那蜡烛就自动点燃了。京师有九门,一天之内,九门内外都可以看到罗真人的身影。忽而,人们有好些日子看不到罗真人的踪影了。大伙儿普遍认为,他疯疯癫癫,又没有生活来源,多半儿是冻饿而死了。日久天长,也就没人再理会他了。

京师有个习俗,到了冬天,一些富贵人家都要睡暖炕。地炉子前方的灶坑又深又大,容积可观。坑内的炉灰三年才清理一次。所以,灶坑的盖子是长年累月不被打开的。这一年,正赶上一位姓年的富人家要清理灶坑。一打开坑盖儿,就听见鼾声震耳。清坑的奴仆们吓了一跳,急忙把主人请来。

主人仔细一瞧,却是罗真人睡在灶坑里。只见他伸了个懒腰,打了两个哈欠,才从灶坑里爬出来,睡眼惺忪地说:“灶坑里这么暖和,我本想在这儿借住三年,好好儿睡上它一觉! 怎么? 你们竟敢把我轰出去?”因为他是大名鼎鼎的罗真人,主人也不敢惹他,只好恭恭敬敬地说:“不敢,不敢! 请真人归庙。”罗真人撇撇嘴说:“我没有庙,也从来不入庙!”主人又说:“那么,我们找个地方供奉着您。”罗真人又说:“我从来不受人供奉!”年家的人无可奈何地问:“那么,您打算怎么办?”罗真人说:“你们就把我送到前门外那个土山上去吧!”

这前门外土山的山坳里,有一处庞大的野蜂窝群,几十万只野蜂子集聚在那里。一里之外,就可以听到蜂群的嗡嗡声。年家的主人根据罗真人的请求,让人把他抬到了这座土山上。罗真人一跃而起,把身上的衣服脱光,一头扎进了山坳里。群蜂一拥而上,有的钻进他的嘴里,有的钻进他的鼻孔里,又从他的眼里、耳朵里爬出来。罗真人却泰然自若,就像没事儿一样。

从此,罗真人就呆在这座土山上。有人给他送来吃食,他有时候吃,有时候就不吃。可是,只要他一张嘴,一斗米做成的饭,再加上三百个鸡蛋,他照样儿狼吞虎咽,吃个精光,而且没有一丝一毫被撑了肚子的迹象。有位富人成心想戏弄他,派人给他送去四十斤生姜。罗真人毫不含糊,一块接一块地大吃大嚼。他边吃,嘴里还不停地唠叨着,有的时候像杜鹃哀鸣,有的时候像夜猫子叫。但是,谁也不懂他所要表达的意思。

　　罗真人在野蜂窝附近生活了多年,忽然不知去向了。从那儿以后,再也没人见过他。

蛇含草消木化金

　　张文敏公有个侄子,住在洞庭湖畔的西碛山庄。这位张公子每天在厨房里放两个鸡蛋,以便第二天早晨食用。可是一到夜晚,鸡蛋就被蛇偷吃了。张公子暗中观察,只见一条白蛇把两个鸡蛋吞了下去,脖子下部就鼓起了两个大包。因一下子消化不了,就爬到屋外的一棵树上,用脖子在树干上摩擦,不一会儿,两个鸡蛋已经消化了。

　　张公子对这条蛇恨之入骨,就削了两个椭圆形的木头疙瘩,分别装入鸡蛋壳中,放在原来放鸡蛋的地方。晚上,那条白蛇果然又出现了,把两个木头疙瘩吞了下去,脖子下部又鼓了起来。它仍然到树干上去摩擦,但两个木头疙瘩怎么也消化不了。白蛇显得很窘迫,它爬过了花园中的许多树,都见而不顾,却忽然爬到花园亭子以西的深草丛中,选择了一种叶子呈绿色、顶端分成三个叉的草,用身体在草上摩擦,木头疙瘩就消失了。

　　第二天,张公子赶到草丛中,认清了这种三叉草,采了回来。有人如果患不思进食、腹中胀饱不适的病症,张公子就用三叉草在他肚子上摩擦,病就立刻好了。

　　张公子有位邻居,背上长了一个恶疮。张公子想,三叉草能隔着肚皮把食物消化掉,毒疮为什么不能消? 于是,他采了一两三叉草送给邻居,叫邻居煎成了汤服用,那邻居服了三叉草汤,不多一会儿,背上的恶疮就好了。但是,那邻居的身体,一天一天地缩小,时间一长,他的骨肉都化作了一摊污水。邻居家大怒,把张公子捆绑了起来,准备送到官府,控告他以巫术害命。张公子苦苦哀求,把三叉草能治积食症的实情说了,但邻居家还是不肯罢休。邻居到厨房吃饭。一进门,只见那口煎三叉草的锅上有一种奇异的光芒闪耀,走近一瞧,那铁锅已变成黄金了。邻居家转怒为喜,就释放了张公子,不但不怪罪他,反而感谢他了。但是,人们至今还不知道这种三叉叶的绿色植物,究竟叫什么名字。

蔡京后身

明朝崇祯年间(1628－1644),有个闲人常对别人说自己是蔡京转世,是天上的仙官将凡人间,每每诵读《仁王经》的时候,都会眼前一亮、耳聪目明起来。又说自己被罚转为扬州的一个寡妇,独守空房长达四十年。

这人有个癖好,就是喜欢看女人的屁股和男人的阳具,说男人之美美在前,女人之美美在后。世上的人们搞反了,实在是不懂得赏色之道。他常常让家里的女侍穿上男人的服装,让男仆打扮成女人的样子,自己随意摸弄他们的美臀和阳具,享受那种常规之外的情味。

他还常常叫来娼妓戏子几十人,用被子蒙住他们的头,只露出他们全裸的下身,选出一个猜他们分别是谁,以此取乐调笑。

有个在朝廷做事的人叫石俊,姿容很好,阳具长得尤其出色。这个人竟会为石郎做口活儿!有人向他求字,他一定要让石郎给自己研墨才行。他喜欢女人的屁股,称之为"软玉样雪白的棉花团团",把男人的阳具成为"红霞中仙风凛凛的大棒槌"。

天镇县碑

天镇县隶属云中郡。那里有一座玄帝庙,庙里有一方古碑,上面嵌进了许多炮弹片和子弹头。

天镇县的百姓传说,明朝末年,李闯王的义军进攻天镇县,官军抵挡不住。这时,这方石碑忽然从庙里飞了出来,在阵地前盘旋飞舞,把义军射来的枪炮弹头一一挡住,官军不失阵地,而且无一伤亡。官军就靠了这方石碑,把义军击退。当地的百姓都叫它"天成碑",现在还保存在玄帝庙里。

抬轿郎君

　　杭州有个姓汪的人家,世代显贵,在当地很有名望。这家有位公子,自幼儿聪明俊秀,喜爱读书。他还不满十岁,就能把《汉书》读得滚瓜烂熟。可是,到了十八九岁的时候,他忽然远出不归了。这可把汪家的主人急坏了,他们派人四处寻找,总是没有个踪迹。

　　过了一个多月,他父亲在荐桥大街撞上了他,发现他正给别人家抬轿子。一位显贵人家的公子,竟然当了个轿夫,说起来,真叫人面红耳赤。他父亲又惊、又羞、又怒,一把揪住了他,把他强拉回家。一进家门儿,先把他狠狠地揍了一顿,问道:"你这个该死的畜生!咱家里是亏了你吃的、少了你穿的,还是短了你的钱花?你丢人现眼,竟然去给别人抬轿子?"沈公子只是默默地流泪,却一声也不吭。

　　从那儿以后,汪家就把这位公子关锁在书房里,派专人侍候与看管,不准他离开家门一步。可是,没过几天,他乘看管人员不备,又逃了出去,又去给人家抬轿子。家里把他寻回来,交给父亲,照例是一顿痛打,然后关锁起来。此后,他竟是屡关屡逃,只要出了这沈家的门,必定又去当轿夫。看起来,他是死心塌地地要当个轿夫了!面对这种形势,他的祖父和父亲竟也无可奈何,只能由他去了!

　　凭着汪家的财势,这位汪公子完全可以娶一位名门闺秀做妻子。只为他当了个抬轿子的,亲戚朋友之中,就没有一家愿意把女儿嫁给他,更甭提能有人为他保媒说亲了。所以,一直到三十来岁,他依然是个光棍儿。

　　可是,《汉书》里那些被他读透了的篇章,几乎是终身不忘。他在抬轿子之余,就找个清净地方坐下来,当众背诵全篇的《高祖本纪》,竟是朗朗上口、一字不差。因此,杭州的士大夫们都乐意把他请到家里,听他背诵《汉书》,更胜过自己开卷读书了;当然,背罢之后,也能得到一些酬谢,但他的主要职业还是抬轿子。他说:"只要那轿子杆儿一放到肩膀儿上,就觉着浑身松快,筋骨灵通;抬完轿子,吃饭吃得饱,睡觉睡得香! 一天不抬轿子,就浑身没劲儿,吃不下饭,睡不好觉,心里总是闷闷不乐,连我自己也不知道这到底是为什么!"

杨笠湖救难

杨笠湖在河南做知县时,奉命前往商水县去赈济灾荒。当时正值初秋时分,天气依然酷热难当。杨先生命属下中午公务办完后,都到城隍庙里纳凉。

杨先生和他的属下进了城隍庙,还没坐定,就有一个人飞奔前来,说:"小民张相,求老爷救命!"杨先生问他有什么危难之事,他说:"我没有什么危难事呀!"杨先生的随从一听,以为他有什么疯病,就一拥而上,要把他赶出庙去。但他却大声叫嚷,死活不肯出去,口中还说:"我昨天夜里做了一个梦,梦见本地城隍爷和本县已故王太爷坐在一起。城隍爷对我说:'你如遇到什么危难,可求救于你的父母官。'我急忙向王太爷磕头。王太爷说:'我已来到阴间,救不了你了,你该去向邻县的杨老爷求救。过了明天中午,你就太平无事了。'我今天一早就起身,听说杨老爷在城隍庙里,所以来求救。"说罢,又磕起头来。

杨先生听了他这一番话,虽感到莫名其妙,但也无可奈何,只得笑着说:"我答应救你。你有什么危难,随时可来找我。"又命随从记下他的姓名,把他送出了庙外。

几天以后,杨先生到张相居住的地方救灾,向当地百姓询问张相的情况,百姓们说:"张相那天做了个怪梦以后,就进城到城隍庙去了。他走后,他那两间卧室忽然倒塌了,损坏了很多东西。他因为进了城,所以得以幸免。"

冯侍御身轻

侍御使冯养梧(冯浩,一名学浩,字养吾,号孟亭。浙江桐乡人)先生说,他刚落生的时候,身体小得像个猫崽儿,重量不足二斤。家里人都认为,这么一个纤弱的婴儿,必难于长大成人。料没到,十岁以后的冯先生,却逐渐发育得高大魁梧,成为一个很标致的男子汉。乾隆十三年(1748),冯先生进士及第,选庶吉士,授编修,入了翰林院。冯先生最终官至御使。

冯养梧先生有两个儿子,大儿子冯应榴,字诒曾,乾隆二十六年(1761)进士,官至鸿胪寺卿、江西布政使;另一个儿子也曾在翰林院做官。

据说,冯养梧先生幼年时,身体极其灵敏轻巧,往往能脚不沾地就能凌空行走十几步。传说,李邺侯小的时候,竟能够腾空飞行。他母亲怕他因此跑掉,就经常给他些葱蒜吃。据说,葱蒜能镇住邪气。有了冯养梧先生幼年时期的实例做证明,李邺侯能飞行的传说,也许会是事实。

江都某令

江都某县令,因公事要出差到苏州去。临行前,他到甘泉县令李某府上告别,并托付李其说:"我走后,如果本县有验尸的事,盼您代为办理。"李某一口答应了。

但是,李某听说县令没走多远,当天夜里三更之后,又搬着行李回到了衙门。李某不理解县令为什么去了又回来,经过打听,才知道江都县发生了一起人命案子。原来江都县有位姓汪的商人,家中两个奴才发生口角,一个奴才一气之下,就上吊自尽了。汪某是位富商,县令以为生财的机会到了,就命汪某把尸体停放在大厅里,却故意拖延时日,不去验尸,让尸体发臭。汪某了解县令的用意,马上献上三千两银子,县令才带了人去验尸。到了现场,县令又威胁汪某,说死因可疑,要严加追究,结果又敲诈了四千两银子,才同意把案子了结。

李某后来见到县令,就指责他贪婪,做得太过分了。县令却辩解说:"我这也是不得已呀!我为了要给小儿子捐个县官做,必须向上司奉献七千两银子。现在这七千两银子已派人送往京师,我家里可是一两也没留下呀!"

不久,县令的小儿子果然做了甘肃某县的县令,后来又升为河州知州。乾隆四十七年(1782),这位知州因谎报灾情、贪污救济款子被查处,杀了头;知县的两个孙子,也被充军发配到边疆,所有的家产,全部抄没入官。县令受了这场惊吓,一病不起,后来背上又生了个毒疮,溃烂而死。

执 虎 耳

云南大理县有位乡民名叫李士桂。李家世代以务农为业,精心畜养着两头水牛。这两头水牛很聪明,每到天黑,它们就会自动跑回家来。

可是,有一天,天已经黑了,有一头水牛还没有回来。李士桂很着急,就出门去找。他来到水牛平时休息、吃草的旷野上,只见一个庞然大物正卧在地上睡觉,鼾声震耳。当时,月色朦胧,视象不很清晰。李士桂认定了这就是他的水牛,骂道:"该死的畜生!都什么时候了,还不回家去,非得等我来请?"说着,他就骑到了那畜生的背上,顺手去扳那两只牛犄角。可是,这畜生的头上,根本就没有犄角,只有两个薄而圆的耳朵,支支棱棱竖立着。李士桂不由得一惊。他定定神儿,一瞧,发现这家伙长满一身黄狸相间的横纹,竟是一头斑斓猛虎!他不由得出了一身冷汗,心里说,这回,我可真是骑虎难下了!

老虎睡得正香,忽然觉得有人骑到背上,特别不是滋味儿,何况,他又死揪住了自己的两个耳朵,更加不可容忍。老虎咆哮怒吼,腾身跃起,旋转直立,恨不得一下子把背上这个怪物甩到地上。李士桂虽说很害怕,心里却明镜儿似的,只要他从老虎背上掉下来,必然成为它嘴下的一顿美餐!他几乎是使出了吃奶的力气,死揪住两只虎耳朵,手指头把虎的耳轮都穿透了。他的手还是越攥越紧,死也不松劲儿。

老虎生性凶猛、暴烈,哪儿受过这种窝囊气?它背驮着李士桂,翻山越岭、腾崖跃涧,被山石荆棘刺得遍体鳞伤。凌晨时分,它精疲力竭,一头扎在山坡下,竟然累死了。

李士桂也僵卧在虎背上,奄奄一息了。

第二天,李士桂的家人在山坡下找到了他,把他抬回家里抢救。这才发现他的脚和小腿儿上的肉多半被老虎抓去,露出了白骨茬儿。他卧床治疗调养,过了一年多,才算恢复了健康。

十八滩头

湖南某巡抚,平时敬奉关老爷,每逢正月初一,他必到关老爷庙里进香,拜神求签,预卜一年之内的祸福。他的预卜,总是很灵验。乾隆三十二年(1767)正月初一,他到关老爷庙里敬香求签,求得的签上却有"十八滩头说与君"的句子,引起了他的戒心。这一年,他外出即使是涉浅水有近路,也总是不乘船,宁可坐轿走陆路。

这一年的秋天,为了审理侯七一案,皇上特派钦差大臣莅临湖南,途中要经过某湖。走水路,路近而快速;走陆路,就要起早摸黑,路远而缓慢。钦差大臣要乘船走水路,而他却竭力主张走陆路,并把"十八滩头说与君"的签语背诵给钦差大臣听。钦差大臣虽然勉强依从了他,但心里很不高兴。

不久,贵州铅厂贪污案发,有人揭发他在贵州巡抚任上受贿,他却矢口否认。而当时在贵州巡抚衙门看门的奴才李某,也牵进了这个案子。李某一口咬定银子是转交给巡抚老爷的,自己只是按主子的意思行事,并没有招摇撞骗。当时李某已受了重刑,两腿瘫痪。

主子和奴才,两人正争辩个不停,钦差大臣对巡抚厉声喝道:"你也不必争辩了,'十八滩头说与君'这个神签,已经应验了! 你这个奴才姓李,'李'字的上半部,就是'十八';这个奴才双腿已经瘫痪,就是'滩';'说与君',就是奴才所说的银子都给你了。关老爷早就知道你会犯法,你还有什么好说?"巡抚哑口无言,心里发虚,只得承认了受贿,受到了严厉的惩罚。

三　姑　娘

监察御史钱琦巡视南城时,见有个姓梁的守备,年纪虽老,却还能跳越腾空,所捕获的大盗,数以百计。钱御史对此感到惊奇,向他询问平时捕贼立功的事迹。梁守备跪下来说:"抓强盗不稀奇,我至今还为之感到心里发悸而又赞叹叫绝的,是去抓妓女三姑娘的事! 让我说给您听吧!"便讲了以下故事。

雍正三年(1725),某月某日,九门提督命梁守备前去,当面吩咐说:"你知道金鱼胡同有个势力非常大的妓女三姑娘吗?"梁守备说:"知道。""你能把她抓来吗?""能。""需要带多少兵?""三十人。"提督按梁守备的要求拨了人,说:"三姑娘抓不来,你抬棺材来见我!"

三姑娘住在大院深宅里,不易擒获。梁守备命令三十人在大门外包围埋伏,自己爬墙而入。这时天已黄昏,初秋暑气渐消,院内搭有高高的席篷,遮住屋檐。梁守备趴在席篷上等候。初更时分,有两个婢女提着红灯笼,从西屋带一个青年人进来。婢女跪在东窗下面,低声说:"郎君来了。"青年人在大厅上坐了很久,茶也换过几次。有四个婢女,提着红灯,护送一个美女出来,与青年人行礼说话。这美女皮肤和眼睛好像明珠似的光艳照人,使人不敢靠近去看。

过一会儿,两席酒菜摆好,六个婢女轮流斟酒,都打扮得很艳丽,奔走侍候。喝三杯酒后,美妙的歌声和笙箫的乐声,彼起此伏。美女看着青年说:"郎君疲倦了吧?"站起来,拉着青年的衣裳,走进东屋去了。大厅上的灯都熄灭了,只剩下西楼的竹竿上,还悬挂着两只红纱灯笼。梁守备心中想,这正是深入虎穴的时候了! 他从席篷上下来,脚踏住寝室窗户跳进去。

那美人惊觉爬起,裸体跳下床来,上前抱住梁守备的腰,低声而且恭敬地问道:"是哪个衙门派来的?"梁守备:"九门提督!"美女说:"作孽呀,哪有提督抓人能够躲避的呢? 即便如此,裸体妇女去见达官贵人,是失礼的,请让我穿衣服,每穿一件送你一双明珠。"梁守备允许了,丢给她一条裤子、一条裙子、一件上衣、一件夹袄。美女打开箱子,拿出四双明珠,丢到梁守备的手里。美女穿好衣服后,态度从容地问:"您带了多少人来?"梁守备说:"三十人。""在哪里?""包围埋伏在大门外。"美女说:"赶快请进来。夜深了,因为我的缘故,拖累他们又饥又渴,我心中感到不安。"回头吩咐左右准备食物。女婢们煮羊烧兔,一下子把酒席摆出来。三十个人就在地下大吃,高兴异常。梁守备心中想,床上那位客人还没有抓住,想要去掀开帐子。美女摆了摆手,说:"您不要乱来。他是某大臣的公子,与国家体面有关,而且他也没罪过。我已经叫他从地道出去了。提督审问时,一定不会责怪您。如果责怪您,我愿意一个人承担责任。"

天色黎明,美女坐在红布幔围着的马车上,和梁守备一起前往。离九门提督衙门还有不到半里路,提督派人飞马拿着朱笔的手令,命令梁守备说:"本衙门所捉拿的三姑娘,侦查不准确,立即释放,不要连累良民,以致招来重重的罪名!"梁守备又惊又怕,跳下马车,把明珠退还美女。美女笑着,不肯要他归还。昨夜那十二个婢女骑着马来迎候,围护着车子回去了。第二天去探查一下那所房屋,已经没有人住了。

搜河都尉

我的亲家张开士官宿州知州时,曾奉旨负责开凿一条河流。开工后,民工们从地下掘得一只鳖来。这鳖有一个车轮子那么大,脖子上还系着一块金牌,上面刻着"正德二年皇帝敕封搜河都尉"十二个大字。这只鳖的两眼呈深绿色,背壳上长着一寸多长的绿色茸毛。宿州的老百姓听说后,都纷纷前来观看。

民工们把掘地得鳖的事报告了官府,张知州怜惜它是前朝皇帝敕封的老物,就命人放了生。当天夜里,突然风雨大作,正在开掘的河道,一夜之间向前延伸了三十多丈。

科场事五条

其　一

乾隆元年(农历丙辰年,公元 1736 年)大年初一,保和殿大学士张文和(张廷玉)公做了个梦,他梦见先父桐城公张英[字敦复,号梦敦、乐圃。浙江桐城人。康熙六年(1667)进士,官至文华殿大学士。谥文端]独坐书房,正在聚精会神地看着一卷书。张文和不禁问道:"父亲看的是什么书呀?"桐城公说:"这是新科状元录。"张文和又问:"本科的新科状元是谁?"桐城公向他招手,说:"你过来,我告诉你。"张文和悄悄来到桐城公的左侧,桐城公就说:"啊——你已经知道了,何必再问!"张文和莫名其妙,从梦中惊醒。

等到秋围放榜,才知道丙辰科状元是金德瑛(字汝自,一字慕斋,号桧门。浙江仁和人。官至左都御史)。后来,张文和才纳过闷儿来,他本人名廷玉,占了一个"玉"字;而桐城公名英,占了一个"英"字。若是"王玉旁"来到"英"字的左侧,便组成一个"瑛"字,新科状元恰好是金德瑛,这个梦已经验了。

张文和结婚很早,久不得子。他就到京师前门外的关圣帝庙里去求梦。后来,他果真做了个梦,却梦见关老爷交给他一根孤零零的竹竿子,竿子上光秃秃,无枝无叶。张文和认为不吉利,不是个好兆头,心里很不惬意。

后来,有人听他说出了这个梦,立刻向他道贺:"先生大喜了! 这说明您命里要有两位公子!"张文和问:"何以见得呢?"这个人解释说:"商代的孤竹君有两个儿子,一个叫伯夷,一个叫叔齐,都是历史上的大贤人。关老爷赐您一根孤竹,就象征着您有两位公子。再者,把'竹'字一分为二,就是两个'个'字。这叫作拆字预示法。"后来,张文和果然有了两位公子。

其 二

王士俊[字犀川,号灼三。贵州平越人。康熙六十年(1721)进士。官至兵部右侍郎,署四川巡抚]先生官居兵部侍郎。乾隆元年(1736)丙辰科殿试,王先生荣任读卷官。那天夜里,王先生就做了个梦,他梦见文昌帝君抱着个短胡须的道士,亲自交到他手里。王士俊先生从梦中醒来,百思而不得其解。

后来,殿试唱胪(口头宣布中试者名单),头名状元金德瑛,果然是留着一部短胡须,他那相貌,也很像梦中的那个道士。金德瑛尊他为座师,算是他的一位门生。

其 三

刘大櫆[字才甫,号海峰。安徽桐城人。乾隆副贡。曾任黟县教谕。桐城诗派的重要成员]参加丙午科(乾隆五十一年,公元1786年)安徽乡试。下场归来,正碰上朋友们设坛扶乩,他就向乩仙卜问仕途前程。乩仙只批了四个字"壬子两榜"。刘大櫆不解其意,思忖道:"会试三年一举,这壬子年(乾隆五十七年,公元1792年)也不是会试之年呀?或许,这一年将开个恩科,额外取士?"那么,"两榜"又是什么意思?

到了乾隆五十七年(1792)乡试放榜之后,刘大櫆先生才醒过闷儿来。原来,乩仙预示他,在丙午、壬子两科乡试中,他只能是中个副榜,终身是个副榜贡生。

其 四

缪焕[云南昆明人,雍正五年(1727)进士]先生,江苏苏州人。十六岁那年,他就成了秀才,进入府学深造。后来,缪焕先生也扶乩请仙,预卜科名。乩仙给他批了四个字:"六十登科。"缪先生气忿不平,认为:"等到六十岁才叫我中了进士,未免为时过晚,也太不公平了!"

但是,雍正五年(1727),缪焕先生还不满三十岁,就考中了丁未科三甲第六名进士,乩仙的预言可算不灵了!后来,缪先生才醒过闷儿来。原来,缪先生所领到的试题是"六十而耳顺",乩仙所谓"六十登科",是指试题而言。

其 五

有三个书生一起进京赶考,借宿在于肃愍公(明朝于谦,谥肃愍)庙里。他们都向于肃愍公的神灵求梦,以卜问仕途前程。可是,只有其中的一个书生做了梦。于肃愍公对他说:"仕途前程嘛,你只要到庙门外面的墙上去瞧一瞧就知道了!"

另两个书生妒忌独他有梦而自己无梦,就以到庙门外去解小便为名,用毛笔在庙墙上重重地写下了"不中"两个字。中国传统书法,都是自右而左,自上而下。再加上当时天还没亮,书写时又慌张,把"不"字上部的"一"横与下部的"小"字之间的距离拉得比较大。又由于"小"字写得潦草,很像"个"字,这么一来,"不中"两个字就变成"一个中"了。

第二天早晨,三位书生又一起到庙门外去看,一个拍手大笑,两个目瞪口呆。

考试结果,还是那个有梦的书生登上了科第之门。

百四十村

内阁学士周煌,四川人。他说他的祖父是个樵夫,住在峨眉山,到了九十九岁时还没有娶上媳妇。他每天都进山砍柴,然后卖给山脚下一个开豆腐坊的吴老头儿。吴老头儿夫妻两人,生有一女。吴老头儿每天买周老头儿的柴烧,两人的交易做得很满意。吴老头儿六十大寿时,对周老头儿说:"明天是我的生日,请老哥来喝点薄酒。"周老头儿答应明天一定去。

　　到了第二天，吴家左等右等，只是不见周老头儿到来。吴老头儿的老伴儿对吴老头儿说："周老头儿是个爱喝酒的人，但今天既不来卖柴，又不来祝寿，是不是病了？你应该去看看。"

　　吴老头儿过了生日，第二天就上门去拜访。一见面，周老头儿气色如常，身体健康，没有什么毛病。吴老头儿就问："老哥昨天为什么不来喝酒？"周老头儿笑哈哈地说："我昨天进山，盘算打点儿好柴，来给老弟祝寿。不料路过一条山涧，只见水中堆积着许多黄白的东西。仔细一瞧，竟然是世上人见人爱的黄金白银。我费了九牛二虎之力，才把它们运回家来，现在就堆放在床底下。老弟想想，我若是下山到你府上喝酒，这些东西叫谁来看守？"

　　吴老头儿往床底下一瞧，果然都是黄金白银，就替周老头儿出主意说："老哥，你再不能住在这里了！老哥孤身一人住在这荒山野地，能保证强盗不来抢劫吗？"周老头儿说："老弟说得有理，我也想到这一层。那就请老弟进城去，在人烟稠密的地方替我找个住处吧！"吴老头儿一口答应，在城里找了一所住宅，并帮助周老头搬好了家。

　　不久，周老头儿又来到吴家，手捧一百两银子的礼物，面红耳赤，不好意思地对吴老头儿说："我又要来求老弟了。明年我就满一百岁了，还从来没有娶过媳妇。我自忖快要入土的人了，不敢再有什么非分之想。不料发了这笔大财，我一个孤老头子守着它，又有什么用？我想请老弟做媒，替我说个媳妇。"吴老头听了他的话，斜着眼睛看着自己的老伴儿，夫妻两人吃吃地笑个不停，笑这周老头儿人老了，心倒还不老。周老头儿又说："不但如此，我娶媳妇，是非要姑娘家不可的，若是娶个二婚的，就不是白头到老、郑重其事的结发夫妻了。如果嫌我老，我愿以万两银子作聘礼，用三千两银子来酬谢媒人。"吴老头儿虽也知道这个媒人很难做，但为了三千两银子的谢金，就勉强答应了。周老头儿向他再三拜谢，方才离去。

　　这样过了一个多月，竟没有一家肯答应这桩婚事。周老头儿三天两头来催问，吴老头只是支吾其词，一点办法也没有。在这当口，吴老头儿那十九岁的女儿却动了芳心，她跪在父母的面前，请求说："女儿愿意嫁给周老头儿。"吴老头儿夫妻俩听了女儿的话，都目瞪口呆。女儿又说："父母的意思，无非是嫌周老头儿老了，而女儿正当青春年华，怕耽误了女儿的前程。但女儿也听说人各有命，如果女儿命薄，就是嫁了年岁相当的郎君,说不定也会少年孀居;如果女儿命好,或者这老头儿还能活几年,要是有幸生个儿子,将来能支撑门户也未可知。况且父母没有儿子,只生女儿一个,女儿恨不得做个男子,以报答父母的养育之恩。如果答应了这桩婚事,周老头儿以万两银子作聘礼,又用三千两银子来酬谢,这不是生女儿强于生儿子吗?再说,女儿内心也得到慰藉了。女儿想这老头儿这么大年纪,意外地得到这批横财,一定是上天所赐,让他享用几年,不会很快就死的。"

吴老头儿夫妻听了女儿这番道理,也只能照着办了。

过了几天,吴老头儿把女儿的意思转告给周老头儿。周老头儿听后,满心欢喜,立刻跪在地上,连连向吴老头儿夫妻磕头,口中不住地叫着"岳父、岳母"。

不久,吴老头儿的女儿嫁给了周老头儿,一年后生了个儿子。这孩子长大后刻苦读书,后来补了廪膳生员。而周老头儿的孙子,就是内阁学士周煌。

周老头儿一百四十岁那年,他的妻子吴氏先他而死,终年五十九岁。吴氏死后,周老头儿隆重地为她办了丧事,哭得十分伤心。又过了四年,周老头儿已经一百四十四岁了,方才辞世。他所居住的村庄人们称为"百四十村"。

人畜改常

《搜神记》中,有"鸡不三年,犬不六载"的说法(晋朝干宝《搜神记》中,无此语。语出明朝商濬《商氏稗海·王子珍》),这是在告诫人们,禽兽不可久养,养的时间长了,就会变成祸害。

我有个家奴名叫孙会中,他就养了一只大黄狗。平日里,这只狗很机灵,很驯良,也很懂话。孙会中经常抚摩着它的头,对它说话儿,亲自喂它。出来进去,它总是追随在孙会中身前身后,不停地摇头摆尾,非常惹人喜爱。

有一天,孙会中拿了一块肉来喂它,它竟一口把孙会中的手掌咬透了，顿时鲜血直流，疼得他倒在了地上，差点儿昏过去。等孙会中忍过了疼痛，一棒子抡到了狗头上，就把它打死了。

扬州人赵九，善于驯养老虎。他把老虎圈到笼子里，载于车上，驱车招摇过市。街上围观的人之中，只要有人肯出十个大钱，他就打开笼门，把自己的脑袋瓜儿伸进虎嘴里，而且还要在嘴里转来转去，老虎涎水沾得他满头满脸，却是对他毫无损害，观赏者无不称绝喝彩。赵九就靠玩这种把戏度日，一直延续了两年多。

有一天，赵九来到平山堂（在江苏省扬州市西北的法净寺中）前，他又在这里献艺敛钱。没想到，这回他刚把脑瓜儿伸进虎口里，就听得咔嚓一声，他的头已经落入虎口之中。老虎出了笼，观众惊奔四散。幸亏有人及时报了官，官府就命猎户用火枪把老虎打死了。人们都说："禽兽总是不能长期与人为伍，它们的性情往往是反复无常！"我说："这倒不然！人里头也有这种像禽兽一样的反常现象。"

乾隆十一年（1746），我做江宁知县。一天，突然有人来报案，说有个凶犯一下子杀死了一家三口。我立刻动身，带领属员去验证调查，发现杀死这一家人的凶手正是这家主人的小舅子刘某。据调查，平时，他和姐姐、姐夫相处得非常好，一点儿隔阂也没有。姐姐已经有了个儿子，年方五岁。这位小舅子每次来到姐姐家，都要帮助姐姐照看这个小外甥——抱他，亲他，还喂他饭吃。舅舅非常喜欢这个小外甥，这是大家都知道的。

这一年的五月十三那天，刘某又来到姐夫家，从姐姐怀里接过了小外甥。谁也想不到，他竟然把孩子扔进了水缸里，还压上了一块大条石。姐姐一看就红了眼，拼着命去抢救那孩子，刘某随手操起一把割麦子的镰刀，一下子把姐姐的头割了下来。姐夫冲上前来与他拼命，这个杀红了眼的小舅子又一刀捅进了他的肚子，致使肠子流出了一尺多长，只是当时还没有断气儿。我问这位姐夫："你们夫妻俩平日里与刘某有何冤仇？"他忍痛挣扎着说："没有！没有！什么仇也没有！"说完这话，他就断了气儿了。

我命差役把刘某缉拿归案，当即升堂，讯问他为何要杀人。刘某两眼斜斜着我，却是一言不发。突然，他仰天大笑，笑声不止。我厌恶他这种装疯卖傻的行径，立命用刑。不想他竟死于刑杖之下，死也没开口。这个案子，至今不明原委。

　　江宁县还有一位寡妇,她年少丧夫,矢志守节,二十多年如一日,在当地是很有点儿名气的。不料,她年过五十,却和自家的一名青年奴仆私通,身怀有孕,死于难产。

　　由以上两个事例看来,人若是改变了常性,就和那条狗、那只老虎是一样的了。

梦 葫 芦

　　秀才尹廷一,他在没有登第之前,每逢参加考试下场,当天夜里必定会梦见神仙给他一个葫芦,发榜时又总是名落孙山。自此以后,他每次考试,心里就会想起那只可恶的葫芦,而梦中的葫芦又一次比一次大。

　　雍正二年(1724),尹廷一参加甲辰科会试。入场之前的那个晚上,他怕又要梦见神给他送葫芦,就彻夜枯坐,通宵不睡,想避开这个梦。可是,他那个随身的小奴仆刚睡下不久,就从梦中大叫而醒,说是梦中有一位神给他一个大葫芦,有尹相公一般高大。尹廷一又懊悔,又愤恨,心想这又是个不祥的兆头,但也无可奈何。

　　后来会试放榜,尹廷一竟然中了第三十二名进士。而第三十名进士姓胡,第三十一名进士姓卢,两姓相连,谐音恰好是"葫芦"二字。这两位都是少年登第。尹廷一这才醒悟过来,以前梦中所见的小葫芦,是说明两位同科进士年岁幼小,还没有长大成人。

乩仙示题

　　康熙二十七年(1688)戊辰科会试。试前,有一伙举人聚集到一块儿扶乩,请乩仙事先透露一下试题。乩仙立刻在沙盘上回敬了"不知"

两个字。举人们认为,乩仙这是打官腔儿、拿架子,于是,又面向乩仙拜了又拜,请求说:"岂有仙家连这么点事儿都不知道的? 快告诉我们吧!"乩盘上一时大动,写道:"不知不知又不知!"举人们不约而同地哄堂大笑,觉得这位乩仙也太无知了!

结果,这一科的会试试题,竟是《论语·尧日篇》"孔子曰:'不知命,无以为君子也。'"那一节。

康熙五十三年(1714)甲午科乡试之前,有一伙秀才扶乩请仙,也想请乩仙试前透露一下试题,乩仙只批了个"不可语"三个字。秀才们当然不信,又苦苦地哀求。乩仙批道:"正在不可语上。"秀才们更加迷惑不解,再请乩仙给予明确的启示。乩仙又批了一个"署"字。秀才们琢磨,这"署"字不过是"兼而有之"之意,还是不大明确。再问,乩仙就拒而不答了。

结果,这一科的乡试试题,是"知之者不如好之者",语出《论语·雍也篇》。

神签预兆

状元秦大士在翰林院供职,即将散馆前,他到关帝庙去求签,卜问前程,得到的签语是"静来好把此心扪"。秦大士闷闷不乐,认为这是神仙在嘲笑他有什么亏心事儿。

不久,朝廷对翰林院进行考试,试题是《松柏有心赋》,限押韵"心"字,但他全篇却忘了点出这个"心"字。阅卷官仍以优等文章呈上御览。皇帝读罢,问"心"字韵为什么不明押,秦大士无言以对,只得磕头谢罪,而阅卷官也因审阅未详,纷纷磕头请罪。皇帝笑道:"状元有无心之赋,主司无有眼之人!"

奇　骗

骗术的巧妙，愈来愈奇。

金陵有个老翁，拿着几两银子，到北门桥的钱店换铜钱，故意争论银子的成色，唠唠叨叨个不停。有个青年从外面进来，恭敬有礼地称老翁为"老伯"，并说："您儿子在常州做生意，和我同事，有书信、银子一包，托我带给老伯。正要去您府上，不料我在路上就遇到您。"说着，把银子、书信交代完毕，行个作揖礼就走了。

老翁拆开信，对钱店主人说："我老眼昏花，字看不清楚，请您读一下。"钱店主人按他的请求读信，信中都是家常琐细的事，最后说："另外有纹银十两，给父亲作生活费。"老翁满脸高兴，说："还给我那些银子吧，不必再争论成色了。我儿子所寄来的纹银，信上写明十两，就把它来换铜钱，怎么样？"店主接过银子，称了一下，有十一两零三钱重，怀疑是老翁的儿子写信时急急忙忙，没有检查，所以信上只说十两。老翁又不能够自己称银子，可以将错就错，赚这多余的利钱。于是，店主就拿了九千铜钱给老翁。当时价格，纹银十两可以换铜钱九千。老翁背着铜钱走了。过了一会儿，有个客人在旁边笑着说："店主该不会是受骗了吧？这个老翁，是多年搞假银的骗棍。我看见他来兑换铜钱，已经替你担忧。因为这老头儿在店内，所以我不敢讲出来。"

店主大惊，剪开那块银子，果然是铅胎的，悔恨极了，很是感谢那客人，就追问老翁的住址。客人说："老翁住在某地，离这里十多里，您追赶还来得及。但是我是老翁的邻居，假使老翁知道我说破他的骗术，他会记我的仇。我把他的家门朝向告诉你，你自己去追他吧！"店主一定要客人和自己一起去，说："你只要和我一起去，到那个地方，指给我老翁的门口，你就马上离开，老翁就不知道是你说的了，有什么好记仇的呢！"客人还是不肯，店主送他三两银子做酬劳。客人好像不得已似的，勉强一起去。

来到汉西门外面，远远望见老翁把钱摊在柜台上，和几个人正在喝酒。客人指着说:"这就是了,你赶快去抓他,我走了!"店主直冲入酒店,抓住老翁便打,又说:"你这个老骗子,拿十两铅胎的银子,换我九千铜钱!"大家都站起来询问原因。老翁不慌不忙地说:"我拿儿子寄来的十两银子兑换铜钱,并非是铅胎的。店主人既然说我用假银,我原来那块银子可以拿来看看吗?"店主把剪破的那块银子给大家看。老翁笑着说:"这不是我的银子。我的银子只有十两,所以换得铜钱九千。现在这块假银好像不止十两重,不是我原来那块银子。是店主人拿来诈我罢了!"酒店的人拿来戥秤称银,果然是十一两零三钱。

众人大怒,责骂钱店主人。店主无法解释,大家都来揍他。店主人因为一时的贪心,中了老翁的诡计,只好悔恨而返了。

骗术巧报

用骗术骗了人,也有因此遭到巧妙报应的。

常州商人华某,带了三百两银子到淮海地区做生意。他乘的船行过丹阳县,见岸上有个人身背行李,焦急地向他乘的船打招呼,要求搭乘一段路程。华某起了怜悯之心,命船家靠岸接客。船家疑心这人是土匪,怕找麻烦,就向华某直摆手,叫他不要多管闲事。华某却固执己见,非要船家靠岸。船家无奈,只好从命,把那人接到船上,安排到后舱休息。

船将要到达丹徒县时,那位搭客背着行李走出后舱,对华某说:"我是来走亲戚的,现在已到亲戚住的地方了,特向先生告别,多谢先生关照。"搭客拱手向华某道别,上岸去了。

不久,华某打开箱子取衣服,发现放在箱子中的三百两银子不翼而飞,却添了一堆瓦片碎石,这才知道是被那位搭客偷换了,心中懊恼不已。很快,又下起雨来,天气突然变得寒冷。船又遇逆风,行进困难。华某思忖,银子已经被盗,做生意没有资本,不如掉头仍回常州,等筹集了资本,再去淮海。主意打定,就叫船家返航,并许诺照付到淮海的租金。船家心中自然也乐意,于是顺风扬帆,直驶常州而去。

船到了奔牛镇时,天突然又降大雨。只见又有一个人身背行李,浑身淋得湿透,站在岸边,招呼着要搭船。船家一看,认出那人就是原来搭船的盗贼,就急忙隐蔽在船舱中,叫别的水手停船靠岸,接那人上了船。那时,天色已晚,雨又大,那个盗贼没有发觉这是他作过案的那条船。他上船急切,先把行李递到水手手里。当他准备纵身跳入船舱时,忽然看见华某坐在舱内,吓得他掉头就逃。水手把篙一点,船就离岸了。

华某打开盗贼的行李一看,那三百两银子分文不少,另外还有珍珠数十颗,价值千金。华某从此就成了个富翁。

香亭记梦

乾隆三十七年(1772),香亭(袁树)进京谒见,听候选派官职。进京途中,他绕道东昌府(治所在今山东聊城,清为山东东昌府治所)。十二月十五日,投宿冠城县(今山东冠县,清属山东东昌府)东关外一家旅店里。夜里,香亭做了一个怪梦。

他梦见自己来到一个大花园,那里百花盛开,绚丽夺目。花园中,亭台楼阁,曲径回廊;莲池假山,应有尽有。只是竹石萧疏,境界幽深,似乎非凡人所居。他走进一处居室,很像是一间书房。几案上,松卷着一轴书法画卷,打开一看,通篇用蝇头小楷写成。字形工整隽秀,风格飘逸潇洒。仔细一读,却是一则故事。

故事说,新野(今河南新野)境内有一条渠,渠里有一条大鱼。一朝一夕之间,这大鱼忽而化作一名美女,自称名叫乔如。新野县有位李公子,很快就被这个乔如迷住了。他们在一起混了三百六十天,致使这位李公子的身体极端疲惫,极其衰弱,不治而死。但是,乔如的容貌太美了,宋家的公子不顾李公子的前车之鉴,又迷上了乔如。结果,他只和乔如混了三十六天,就一命呜呼!乔如的魅惑杀伤之力,就可想而知了。

李、宋两家公子之死,使人们警惕起来,大家把乔如视如洪水猛兽,没人敢再与她勾搭。可是,有位杨公子,他明知道乔如是个怪物,是个害人精,却偏偏要纳她为妾,把她娶到家里,而且宠爱得了不得。只是,生活上的一切所需都照常供应,就是一滴水也不多给她喝。这么一来,乔如就无计可施,乖乖儿地当杨公子的小老婆,三年之内连生了三个儿子。可惜的是,这三个儿子落生不久就化为鱼。

过了六年,这位杨公子竟然遍身生满鱼鳞甲,看上去就像一条鱼;而乔如却出挑得更加妖冶艳丽,使人忘掉了她曾是一个精灵。有一天夜里,新野县境突然下了一场大暴雨。这时候,乔如紧紧地把杨公子搂住,两人的身体骤然合二为一,变成一条大鱼。只在肩以上还保留着一男一女两颗人头,忽而,这条双头鱼又乘着暴风雨展鳍腾飞,投入洞庭湖之中。从那儿以后,这条双头鱼白天靠杨公子的头呼吸进食;夜里则由乔如的头代替。两人过着这种同体生活,竟不知是如鱼在水。但是,杨公子却因此而享不死之寿。这真是所谓"物其物,化其化"(《诗·小雅·鱼丽》:物其旨矣,维其偕矣。物其有矣,维其时矣)。

香亭再往下看,书卷的字迹就模糊不清了。晨钟初鸣,他倏忽从梦中惊醒,躺在床上背诵书卷所描述的内容,竟然一字不漏。

敦　　伦

李刚主先生讲究"正心诚意"之学。他有一部日记,把自己每天所做的事都如实记载下来。他每次与妻子同房,也必定要用工整的楷书记录:"某月某日,与老妻敦伦一次。"

一字千金一咳万金

商丘(今河南省商丘市)县令某人,向上司申报一桩案件,请予批复。呈文中,有"卑职勘得,毫无疑义"这样的话。不料,河南按察使看了他的呈文,勃然大怒,认为他这"毫无疑义"四个字是目无上司,口气太大,独断专行,太不像话了!当即给予批驳,并声言要移交有关部门,依法惩处。

商丘县令看了批文,吓出了一身冷汗。他手打着哆嗦,提笔把呈文中的"毫无疑义"改成了"似无疑义"。再呈上去,就迅速得以批转,万事大吉了。

但是,只为这一字之差,光是往返徒劳的盘费,以及往各个要害部门赠送的活动费,就花去了一千多两银子!

山东汶上县县令奉召觐见巡抚大人。不巧,这几天他正患了感冒。在巡抚大人接见他的时候,他嗓子眼儿里又憋闷又发痒,他实在忍耐不住,禁不住咳嗽了一声,惹得巡抚大人勃然大怒,指责他在上司面前仪容失态,有大不敬之罪,声言要修本对他参劾,使他丢官儿。

这位汶上县县令惶恐万分,托人情,走门路,又向巡抚大人私献纹银万两,这才算渡过了这场危机。

后来,人们都把这两件事传为笑柄,说道:"这可真是一字千金,一咳万金了!"

菩萨答拜

我的祖母柴太夫人,曾给我讲起她外祖母杨氏老太太的故事。

杨老太太因为没有生过儿子,到了老年就依靠女儿洪夫人过日子,终年九十七岁。

　　杨老太太平时居住楼上,天天拜佛诵经,三十年不曾下楼。她生性慈善,只要听到楼下有鞭打奴婢的声音,她就坐卧不安,连饭都吃不下。有时奴婢上楼,她必定要把自己的食物分给他们吃。她九十岁以后,每当拜佛时,那佛竟然会站起身来,向她答拜,她因此惊慌失措。

　　那时,我祖母柴太夫人还年幼,每当杨老太太拜佛时,就拉她一起拜,说:"你是个小孩子,有你在这里,菩萨就不会答拜我了。"

　　杨老太太临终前三天,要取盆洗脚。丫鬟把她平时常用的木盆取来,这次,杨老太太却说:"这木盆我不能用了。我这一去,将要脚踏莲花,用木盆洗脚多么不干净! 快把我平时洗脸用的铜盆拿来!"不久,楼上忽然有一股檀香气在空中缭绕。杨老太太盘膝端坐,无疾而逝了。她死后,过了三天三夜,楼上香气才慢慢散去。

暹罗妻驴

　　古时候的泰国,有些地方的世风非常鄙俗:男孩子长到十四五岁,他的父母就要给他娶一头母驴,让他们交合。男孩子晚上睡觉的时候,也要和母驴绑在一起,而且要让他的阳具一直保留在母驴的阴道里,这是为了得到充分的滋养,因为都说经过母驴滋养过的阳具会非常壮硕强悍。一直这样做三年,男子才能正式娶妻,滋养了他阳具的母驴,便要被当作侧室养着。男人如果没有事先娶母驴养阳具,也就没有女子肯嫁给他。

倭人以下窍服药

　　倭人得了病,不饮用汤药治疗。有位老倭医给人治病,先熬好一桶药,叫病人俯卧在床上,把一根竹筒插入他的肛门之中,然后把药水乘热灌进筒内,再用力朝竹筒吹气。不多一会儿,病人的肚子里就会汩汩作响。这时,老倭医把竹筒拔出肛门,病人肠胃中的污物立刻倾泻而出,病也就好了。

狮子击蛇

侍御使弋涛(字芥舟,号蘧园。直隶献县人。乾隆进士,授编修。官至刑科给事中)先生的先翁戈锦先生,曾任某县知县。

康熙十四年(1675),西洋人向朝廷贡献狮子一头。在运往京师的路上,正好途经该县。由于长途劳累,这头狮子现出病态。因此,狮子和押送狮子的官员都暂住在该县的驿站里。那时候,狮子蹲伏在驿站院里的大树下。它虽然疲惫,依然是两目炯炯,光芒刺人。突然,它昂首四顾,似乎是在寻觅什么,继而,又猛地回过身来,把暴露在地皮之外的树根抓断。霎时间,鲜血从树根部喷涌而出。仔细一瞧,一条隐藏在树根下的斑斓大蛇被拦腰抓断。目睹此情景的人,无不为之惊讶。

在此之前,该县的马经常闹病,不少马病死了。人们长期找不出马得病致死的原因。自从这头贡狮消灭了这条大蛇,本县的马染病和死亡的数目大大减少。为此,戈锦先生更加款待贡使,以表达感激之情。

贡狮到达京师,倾城欢跃。圣祖仁皇帝亲驾观赏。当时,同来的贡献物还有大象数头,这些大象都是经过驯化的。但是,它们见了当今皇上,竟然拒而不跪。正当贡使着急为难之际,狮子突然一声怒吼,大气激荡,地动山摇。大象们在吼狮的威震之下,纷纷下跪。圣祖仁皇帝感念其为山野之王,谕旨即在山野放生,任其自行返回本土。过了几天,朝廷就收到陕西巡抚的奏章,奏章中称:"京师放狮的那天中午,狮子已跃过潼关,直奔西北而去。"

贾　士　芳

　　贾士芳是河南人,小时候有点痴呆相。因此,他的父母就尽力供养他哥哥读书,而叫他耕田种地。但他时时在心里想着,要往天空遨游一番。

　　一天,有位道士问贾士芳:"你不是要上天吗?"贾士芳回答说:"是呀。"道士说:"那么,你就闭上眼睛,跟着我走吧!"贾士芳就闭上了眼睛,顿时觉得身体腾空而起,耳边的风声像浪涛一样呼啸而过。不一会儿,道士对他说:"睁开眼睛吧!"贾士芳一睁眼,发现自己双足已经落地,眼前是一座雄伟壮丽的宫殿。道士告诉他:"你先在这里等一会儿,我进去一下就来!"说罢,道士就进了那座宫殿。

　　贾士芳等了很久,道士才从宫殿内慢慢出来,问贾士芳说:"你肚子大概饿了吧? 快把这杯酒喝了!"随即把一满杯酒递到贾士芳手中。贾士芳接过酒杯,只喝了一半,就觉得肚子已经胀饱。道士也不强求他喝完,只对他说:"这里不是你的久留之地!"又叫他闭上眼睛,于是身体又腾空而起,耳边响起了跟先前一样的风涛声。不一会儿,他睁开眼睛,已回到了自己的家门口。

　　这时候,贾士芳的哥哥已经成了秀才,在本村设馆授徒。贾士芳走进哥哥的书房,吓得他哥哥惊叫道:"你是人还是鬼?"贾士芳说:"我是人,是你弟弟呀! 怎么会是鬼呢?"他哥哥问:"你这么多年不回家,跑到哪儿去了呢?"贾士芳说:"我跟人到天上去了一次,往返不过半天工夫,怎么说是几年呢?"哥哥觉得他又犯了痴呆,就不再理他,只顾给学生讲解《周易》去了。

　　哥哥给学生讲解《周易》,贾士芳也坐在一旁听讲。听了一会儿,他忽然站起身来,摇着手说道:"哥哥所讲差了,此卦爻题九五阳刚与爻题六二阴柔相应。这叫作阴阳合德,得位乘时,水火相济,就演变为正月之卦。从此以往,阳刚渐升,阴柔渐降;阳升到上九,就达到了数的极限。数不可极,极则有悔,悔则潜藏,以待剥、复的转机。"他哥哥听了他这一番议论,大惊道:"你没有读过书,怎么剖析易理竟会如此精辟深奥呢?"从此以后,人们都相信贾士芳遇到了神仙,远近地方的人都慕名而来,请他预卜凶吉祸福,竟没有一次是不灵验的。

不久,河南巡抚田某把这奇迹上奏皇帝,贾士芳受到皇上的召见。后来,贾士芳在民间兴妖作祟,被皇上下令将他处死。

据说,贾士芳遇到的那位道士,名叫王紫珍,极为神通广大。有一天,这位道士沏了一杯茶,叫贾士芳往茶杯里看,并指着这杯茶说:"刚沏的茶,茶叶漂浮,清浊不分,象征着天地没有形成之前的混沌状态;稍停片刻,就水在上,茶叶在下,就是开天辟地的景象了。天地的形成经过了十二万年,但在我们道家看来,不过像沏一杯茶的工夫罢了。"

嵇文敏公任河道总督时,贾士芳是他府上的常客,许多幕僚都很敬佩他。但也有人不把他放在眼里。遇到这种情形,贾士芳就把对他不敬的人拉到僻静的地方,当面将这个人一生中连他妻子都不知道的隐私一一数说出来,弄得这个人又羞愧又畏惧,贾士芳才肯放过他。贾士芳还经常问别人怕不怕鬼。如果有人说怕鬼,也就罢了;要是被问的人说不怕鬼,那么当天夜里,一定会有奇形恶状者到他房里弄神弄鬼。

石　男

"石妇"这个词儿,最早见于《太玄经》(汉朝扬雄撰,亦称《扬子太玄经》。晋朝范望注。今本十卷,乃仿《周易》之作),亦称"实女",说的是女性生殖器官有先天闭锁或狭小的缺陷。可见,这种病态是自古有之的。至于半男半女,俗称"二尾子"的人,在佛经书籍里更是屡见不鲜。

近来,又有所谓"石男"之说。扬州有个严二官,若论他的相貌,称得上是一位美男子,但是,没有一个人亲近他,也没有一个女人肯嫁给他。据说,他的肛门细小如绿豆,排泄出的大便就像线香一般。一天之内,他只吃一碗粥,喝上几杯酒,再加少量的蔬菜,也就足够了。如果他一时忘乎所以,吃下过量的饮食,肚子就会暴胀,大便的时候就痛不可忍了。

须长一丈

震泽县有位黄龙眉,官热河四旗厅巡检。黄龙眉蓄着一部胡须,有一丈多长。他把胡须往腰间绕两个圈子,余下的部分还垂到地上。

禁魇婆

广东崖州(治所在今广东省崖县崖城镇)的居民,有一半儿以上是黎族人,黎族人又有生黎、熟黎之分。生黎大部分生活、居住在五指山(在海南岛东南部)中,他们各自为政,不服从朝廷治理;熟黎则服从当地长官的统治,觐见长官的时候膝地而行,以示尊敬与臣服。

黎族妇女中有一种巫婆,当地人称她们为"禁魇婆"。这种女人能用念禁咒的方法,使人致死。据说,她们若是想陷害谁,就想方设法得到这个人的毛发、胡须,或是他吃完槟榔吐出的槟榔核儿。巫婆把其中的一种东西纳入竹筒之中,带着竹筒登上山顶。她赤身裸体地躺在山顶上,面对明月繁星念起咒语来。这么连续诵咒到第七天,被咒的人就会死去。死者的身上没有任何伤痕,尸体软绵绵的,一点儿也不僵硬。

但是,"禁魇婆"的咒术只适用于黎族人,对汉族人来说这种咒术无效。受巫婆陷害的人要想拉着她到官府去打官司,必须先准备一根长竹竿,竹竿头上设一个活绳套。用绳套套住巫婆的脖子,把她拉到官府去。否则,你一接近她,就会中了她的咒术,提拿不及,反而害了自己。

据巫婆们供认,她们要经常用禁咒法害人,自己才能生存下去,不然,她们就自身难保。有的小巫婆,年不过十五六,就干起这个行当来,可见,她们的巫术是祖辈相传的。

巫婆们的咒语也极其神秘,在公堂上,你就是活活地打死她,她也不会吐露一个字。黎族人里,只有"禁魔婆"而没有"禁魔公",可见,这种巫术是传女不传男的。这种害人的妖术,完全掌握在女人手中。

割 竹 签

黎族人买卖土地,买卖双方既不订契约,也不写字据。他们只取一块竹片,用刀在竹片上刻上土地成交的价格,然后把竹片一劈为二,买卖双方各留一半,作为一种凭据。以后,土地的买主如果要转卖,新的买主必须拿着老买主的这一半竹片,到原来的卖主那里去验证。验证确凿无误,那么这对竹片在新老两家主人手里继续有效。

黎族人缴土地税的方法,是用一片竹签、一张纸,在纸上加盖官印,然后把盖有官印的纸封贴在竹签的下方,作为完税的标志。黎族人春秋两季纳粮的数目,要比内地多。

黎人进舍

黎族人的婚嫁方式也与汉人大相径庭。迎娶新娘子的时候,既不用车马,也不用轿抬。吉祥日子选定之后,新郎就挟着一匹红布来到岳父家,二话不说,就把新娘子用红布缠裹起来,背起来就走。只要把新娘子背到家,就算万事大吉了。

在此之前,根据黎族的风俗,这位女婿要不声不响地来到岳父家,与这位未婚之妻同床,岳父和岳母对此则佯作不知。这就叫作"进舍"。如果这位姑娘因此而受孕,公众舆论则认为这是极光彩的事,她这新娘子的地位也完全确立了;相反,如果这位姑娘与未婚夫多次同床而不能受孕,那么,她就逃脱不了被男方抛弃的命运!

"合格"的新娘被背进家门之后,亲戚邻里纷纷前来祝贺,这贺喜的方式也很奇特。贺喜人用白纸包着数量不等的黎族钱币,扔进主人家事先设置在大门口的竹筐里,贺礼的馈赠就算完成了。同时,主人家还在大门口设下一只酒坛子,坛子里注满一坛子酒,坛口里插上多支空竹管。贺喜人投币之后,就自动俯下身来,通过竹管喝上几口喜酒,喝罢之后自动离去。整个过程没有人迎接,也没有人相送,总而言之,没有任何礼仪。

我在肇庆府(今广东省肇庆市)作客的时候,涯州知州陈桂轩先生给我讲了这些见闻。

海　异

海里的水,上层咸,下层淡。生长在咸水层里的鱼到了淡水层就会死去,而生长在淡水层里的鱼到了咸水层也会死去。用咸水煮饭,就是把水煮干了,饭也煮不熟,一定要用淡水煮,饭才能煮熟。

在海水清澈的地方,往下可以看到二十多丈以内的景物,颜色有青、红、黑、黄,多种多样。如果人在海水中小便,水光马上会变作火光,像星火一样向四周喷散。

海水中的鱼类也很多。有的鱼常常会在水面上凌空飞起,像鸟儿在空中飞翔一样。有的鱼,一会儿身上能变出老虎一样的斑纹,一会儿又变得像梅花鹿一样,身上都是梅花斑点。

喝呼草筷子竹

惠州（今广东省惠州市）的山中生长着一种草，只要有人在它附近大声呼喊，它的叶子就会自动卷起来；呼喊停止了，它的叶子又会自动舒展开。当地人称它为"喝呼草"。

罗浮山（在广东省东江北岸）上生长着一种筷子竹。这种竹子矮小、纤细，却表面光滑、质地坚硬。把它截成一段段，不用任何加工，就是很好的筷子。

但是，采集这种竹子的时候，要不声不响地进行，绝对不许说话。筷子竹只要听到人声，就会遁入泥土之中，使人再也找不到它了。

蚺蛇藤

琼州、雷州地方有一种蚺蛇，身子粗得像个车轮。它经过哪里，哪里就会留下一股浓重的腥臭味道，而且毒性很大。谁如果碰上这种毒物，性命就难保了。这种蛇喜爱淫秽，但怕藤条。当地人掌握了它的特性，就在出门的时候，带上一条女人的内裤，用藤条捆在腰间，作为防卫蚺蛇之用。当地人都知道，如果你闻到了一股腥臭味道，那一定是蚺蛇来了。这时，就先把女人的内裤向蚺蛇抛去。蚺蛇会立刻抬起脖子，一头钻进女人的内裤之中，又闻又吸，闹个不停。于是，再用藤条去抽打它，它就会缩成一团，任人去捆绑。

把蚺蛇捉回家后，就用钉子把它钉在大树上，用刀开膛剖腹。这时，蚺蛇还沉浸在秽气之中，对剖腹的痛楚，似乎完全没有知觉。直到要取那蛇胆，它才做出防卫的反应，但是为时已晚了。

蛇胆好像也有知觉，怕人取它，因此总是逃上逃下，使人一下子无法抓住。等到蛇腹完全被剖开,蚺蛇彻底断了气,蛇胆才会落到地上。但它还能跳起一丈多高,以后力气渐渐用尽,就越跳越低,在地上一动不动了。把蛇胆挂在屋檐下,囊里的胆汁还会上下翻腾,一刻不停。等到蛇胆晾干了,才可以入药。

网　虎

江西鄱阳湖上有一条渔船。

那一天,渔民们撒网下水,提网的时候,就感觉分量不对,有点儿出奇地沉重。几位渔民齐心合力,总算把网拉到船上。打开渔网一瞧:网内无鱼,却有一只斑斓猛虎!

可惜,这是一只死老虎。

福建解元

裴文达公任福建乡试主考官时,把一位参加乡试的士子取为第一名举人,但他总觉得这位举人的文章有点奇怪。发榜之后,他一直想见见这位举人。

一天,裴文达公正在官署办公,忽然听到门外有吵吵嚷嚷的声音。他问了下属,才知道这位举人前来谒见,因看门的人向他索取门包,他不肯给,彼此争吵起来。裴文达公心里就有些看不起他,但转而一想,这位举人也许真的家里很穷,确实拿不出门包银子,就喝令看门人不许勒索,并立刻传见。见面后,裴文达发现这位举人相貌、言谈都很粗俗,没有什么可取的地方。

举人退出之后,裴文达一直闷闷不乐,责怪自己身受皇恩,典试一方,却为朝廷取了一个无用之辈。后来,他把这事告诉了福建布政使某公,后悔自己的失误。布政使说:"您如果不提起他,我也就不敢多说了。放榜的前一天夜里,我做了一个梦,梦见文昌帝君、关圣帝君和孔老夫子坐在一起。有一位身穿红衣的侍者手捧一本《福建乡试题名录》呈上,关圣帝君一看,皱紧眉头说道:'这题名录上的第一人,平日作恶多端、专横武断,怎么可以取为乡试第一名呢?'文昌帝君接着说:'这个人原定的官位很高,只因行为不端,官爵已经削得差不多了。但他平时虽好勇喜斗,只要一听到母亲呵斥,他就立刻收敛。上天念他还有孝心,姑且给他一个头名举人,过不了多久,就会叫他命归故土的!'关圣帝君听了文昌帝君的话,心里还是愤愤不平;而孔老夫子则静坐一旁,一言不发。"

这也真算是一件奇事!不久,这位福建乡魁,果然得病死了。

顾四嫁妻重合

永城知县吕居简先生家有个佃户名叫顾四。

乾隆二十一年(1756),河南归德府地方遭受了一场大饥荒,许多人都活活饿死了。顾四为了自己的生存,也为给妻子刘氏找一条活命之路,万般无奈,就把她卖给了来河南经商的孙某人,自己得了几十两银子。

商人孙某,江南虹县(今安徽省泗县)人。孙某带着刘氏返回虹县,不出一年,刘氏就为他生了个女儿,取名秀娟。

第二年,归德地方年成转好,五谷丰登,当地人摆脱了贫困。顾四的生活得以改善,随即就娶了续妻王氏。不出一年,王氏就为他生了个儿子,取名顾成。

光阴似箭,岁月如流,转瞬之间,顾成已经是个十六岁的小伙子了。他少年有志,不愿意依赖父母,毅然出走,远走高飞,哪怕是为别人当雇工,也要自谋生路。

顾成几经辗转,已经来到了江南虹县。经人介绍,他来到孙某经营的杂货店里当帮工。天长日久,孙某夫妇发现,顾成这后生不但少年英俊,而且勤勉朴突,为人厚道,就招他做了个进门女婿。婚后,顾成与秀娟和谐美满,孙氏夫妇也非常欣慰。

不幸的是,两年后,孙某暴病而死。顾成发葬戴孝,如丧考妣。事后,他深感异乡孤寂,就变卖了全部家产,带着妻子秀娟和岳母刘氏返归河南永城。顾四得知多年外出的儿子携妻室归来,欣喜若狂,激动万分,亲自迎出门来。一见面儿,就把他惊呆了:儿子的岳母,正是他的前妻刘氏! 幸好,一个月之前,顾四的续妻因病辞世了。这样,老少四口人重新组成一个家庭,生活得和谐又美好。

千 里 客

明朝万历年间,浙江绍兴人大学士商某,准备建造私人宅第。开工之前,他拜佛求签,预卜凶吉,得到的签语是"千里客来居此宅"。当时,商某非常惊讶,弄不清这句话究竟预示着什么。到了国朝初年,侍御史王兰膏先生出任江南盐政,任满回归故里,从商某的后代手中买下了这所宅第居住。王兰膏,字千里,正应验了"千里客来居此宅"那句话。这位王兰膏先生,就是现任江宁检校王某的先祖父。

赵子昂降乩

秀才邓宗洛说,他的伯祖父邓开禹先生,年轻的时候曾经寄居在海宁陈大司空[陈世倌,字秉之,号莲字。浙江海宁人,康熙四十二年(1703)进士。官至工部尚书,故本文称"陈大司空",授文渊阁大学士。谥文勤]家里。

那一天,陈公的僚属和亲友们汇聚一堂,扶乩请仙。当时,陈大司空也在场,他也向乩仙卜问自己的终身。这时候,乩盘上大动,飞笔写下"我赵子昂(赵孟潇,字子昂,号风雪道人。湖州人。元代著名书画家。官至翰林学士承旨)也"五个大字。字迹潇洒浑厚,一瞧,就知道是赵孟頫的手笔。

邓开禹先生站在一旁,只是微微一笑,说道:"书法虽好,可惜是个两朝人物!"这是因为,赵孟頫是宋太祖之子秦王赵德芳的后代。身为宋代皇室后裔,竟入元为官,实在有失气节。所以,邓开禹先生才讥讽他是个两朝人物。

乩仙显得有点儿生气,随即判诗一首,诗道:"莫笑吾身事两朝,姓名久已入丹霄。书生不用多饶舌,胜尔寒毡叹寂寥。"

后来,邓开禹先生年满八十,才以岁贞生的资格授来安县(今安徽省来安县)训导,只不过是个县官属下的教职。又过了十年,邓先生以九十岁高龄寿终正寝。

神仙不解考据

乾隆五十一年(1786),严道甫在河南作客。当时有位乩仙,自称是雁门人田颖,在巩县刘某家降坛。田颖降坛时,能作诗写文章,也能写字绘画,而且作品都达到了相当的水准。他还能代请韩愈、柳宗元、欧阳修、苏轼等古代名人到刘某家降坛。因此刘某说:"我家里的乩坛,已经设了好多年了。河南的官僚和士绅,对古代名人降坛说法,都心悦诚服。"

田颖是唐代开元、天宝年间的人,曾撰写过《张希古墓志》,碑石原藏西安的碑林,巡抚毕沅把它移置在江南的灵岩山馆。

有一天,田颖忽然降坛在毕沅的府中,一开始,他就感谢毕沅收藏、保护张希古碑。毕中丞收藏张希古碑的事外人都不知道,而田颖却了解得清清楚楚,大家都称赞这乩仙很神奇。当时严道甫也在座,就说道:"记得《张希古墓志》中,有'左卫马邑郡尚德府折冲都尉张君致'的话。唐朝的府兵都隶属于各卫,左右卫共领六十府府兵。墓志中说尚德府归左卫统领,这当然是不错的。但《唐书·地理志》中,马邑郡的辖下并没有尚德府,不知仙人当时撰写墓志时,根据的是什么?"乩仙听了严道甫的质问,沉默了半天,方才说道:"当初我落笔时,只是根据墓主的《行状》。《唐书·地理志》是欧阳修撰修的,等我改日见到了他,问明了这个问题,再来奉覆。"

然而,自此以后,田颖再也不到毕沅府中降坛了,即使别的地方请他,如果有严道甫在场,他也不肯露面。

产　　公

广西太平府(治所在今广西凭祥市)的妇女姐妹有这样一个习俗,她们在生育后的第三天,就到村庄附近的溪水里去洗个澡。从此之后,她的产期就算结束了。

而这位产妇的丈夫,却从此怀抱婴儿、围着被子,躺在床上坐起月子来!他的起卧饮食,反而得由刚生完婴儿的妻子来侍候,稍有不当,他就会像产妇一样,落下许多后遗症。当地人称呼这种男人为"产公"。

这个风俗,是查俭学中丞(查礼,字恂叔,一字俭堂,号铁桥。顺天宛平人。官至四川布政使、湖南巡抚)给我讲的。

乌鲁木齐城隍

乾隆四十一年(1776),乌鲁木齐修筑城墙,在地下挖出一块唐肃宗至德年间的残碑,上面有"金蒲"二字。这才知道这个地方在唐代叫金蒲城,现在的《唐书》却写作"金满城",这显然是错误的。

乌鲁木齐修筑城墙时,还同时修建一座城隍庙。动工后第三天,都统明亮做了一个梦,梦见有个儒冠打扮的人来见他。这人自称姓纪,名永宁,陕西人,昨天经天山之神推荐、玉皇大帝诏准,将出任乌鲁木齐城隍,所以特来拜见地方长官。

明亮梦醒之后,觉得这事很奇怪。当时毕秋帆正在陕西做巡抚,明亮就写信请他代为查询纪永宁其人。毕秋帆为此特地向各州、县发了公文,命令各地详细查明此人的情况。但结果是,各地在籍人口的纪氏百姓中,都没有查到有个叫永宁的。

当时,正好严道甫在修撰《华州志》。有个姓纪的人,拿了一份家谱来,请求把他远祖的事迹编入州志。严道甫翻阅这份纪氏家谱,"纪永宁"这个名字,居然在谱。但这人是明代中叶的贡生,一生也没有什么煊赫的功业,只是嘉靖三十一年(1552)华州地震时,他曾捐款埋葬了四十多名地震死难者。严道甫就马上写信,把这个发现告诉明亮。明亮收到这封信的那天,正好乌鲁木齐城隍庙落成。

黑　霜

平时,人们口头上所说的四海,就是环绕着大陆的近海。在南方见到的就称为南海,在北方见到的就称为北海。实际上,所谓四海,就是一个海。这个道理,从历史典籍上可以找到充分的证明。

过去,严道甫(严长明)曾在秦中(指陕西、甘肃)做客,有幸会见了诚毅伯伍公(伍弥泰,蒙古正黄旗人。封三等伯。官至东阁大学士。谥文端)。伍公对严道甫说,雍正年间,他奉旨出使鄂罗索(与俄罗斯音近,疑为今俄罗斯境内),听说有大海在其北界。伍公就要求到海边上去看一看。鄂罗索人现出很为难的样子,婉言谢绝。伍公坚持要去看一看,鄂罗索人不好驳这个面子,就勉为其难地请了二十多位西洋人做向导。向导们带上罗盘、火器,以及食物等生活必需品,又备了一辆用几重毛毡围起来的马车,供伍公乘坐。向导和伍公的随行人员都带着行李骑上骆驼,一行队伍浩浩荡荡地就向北进发了。

大约走了六七天的路程,眼前出现一座冰山,冰山构成一围冰墙,就像一座城郭。冰峰高耸云天,寒光闪烁,使人睁不开眼。冰峰下,有无数冰洞。西洋人用火把照亮罗盘,引导大家进入一个最大的洞穴。洞中一片漆黑,洞道蜿蜒曲折。人们在冰洞里转了三天三夜,才从另一个洞口走出来,已经是冰峰的北麓了。

出了冰洞,好似到了另外一个世界。天色昏黯,呈玳瑁(褐色)色,天地之间混混沌沌。间或有一阵阵黑烟迎面扑来,烟里夹杂着大量沙砾,打到人脸上,痛不可忍。做向导的洋人说:"这叫作黑霜,是这个地区的常见现象。"从那以后,他们每走上几里,就要躲进山洞里或冰崖下,避一避黑霜。用随身携带的硝磺点火照明,并借以烤热干粮。因为,那地方草木不生,更谈不到有煤炭取火了。就这样停停走走,走走停停地过了五六天,眼前突然出现了一对互相对峙的大铜人,铜人的身量都有几十丈。一个铜人站立在龟背上,另一个铜人骑在一条巨蛇上,手握蛇脖,蛇头高高昂起。在两座铜人之前,还矗立着一根粗大的铜柱,铜柱上杂乱地镌刻着一些蝌蚪形文字,谁也辨认不出是些什么内容。做向导的洋人说:"据传说,这铜柱和铜人还是中国远古时代的唐尧皇帝所建立的呢! 相传,铜柱上的蝌蚪篆文,只不过是'寒门'二字。"

至此,洋人向导又劝告伍公,此行应该到此为止,回车返程。洋人说:"从此地再往前走三百里,就到了暗无天日的地方。那地方寒气彻骨,中了寒气的人不会有活路;海水呈漆黑色,冰层随时都会崩析开裂。夜里,还会有夜叉和怪兽来捉人。到了那地方,自身携带的水也将不能流动,火也点不着,就没有活路儿了,我们还去干什么?"

伍公还有点儿不大相信,当即用火去点燃自己的貂皮大衣,果然是烧不着。他这才叹息了一回,同意启程返回。

回到鄂罗索公馆,伍公检点人数,才发现他的五十名随从人员中,一路上已经死了二十一名;就连伍公自己,也已经变得面貌黧黑,像个黑脸儿包公,一直过了半年,他才逐渐恢复了原来的肤色。而他那些生还的随员中,有的竟终身黑脸儿,再也不能恢复原来的肤色了。

中 印 度

从中国的后藏往西南方向走四千多里,就到了一个叫务鲁木的地方,也就是佛经中所说的中印度。据说,中印度是世尊释迦牟尼居住的地方。那里,有用金银建筑的宫殿,与佛经上所记载的没有什么差异。宫殿外面有个大水池,方圆有百里。水池里的白色莲花,大得像斗,散发着阵阵清香,附着在人的衣服上,一个多月后还能闻到香气。这就是佛经上所说的阿暂池。

阿暂池周围的广大地区,气候虽有冷暖变化,但都和内地三四月份差不多,稻谷一年两熟。那里没有金银,当地人做买卖都是以货换货。中国的达赖喇嘛,每隔五年就到务鲁木来朝拜一次。

据说雍正初年,鄂罗索人曾出兵一万,又驱赶数百头凶猛的野象打头阵,向务鲁木进攻,企图占领这个地方。世尊活佛就念起禁咒,驱使几千条毒蛇巨蟒去抵敌。鄂罗索人心中害怕,提出停止交战,那几千条蟒蛇顷刻之间就不见了。世尊活佛对鄂罗索人说:"这些蛇是你们的贪恶心所引来的。不贪恶,就消失了。"并告诉鄂罗索人,中印度地广人稀,要他们每隔十年,就向中印度选送五百童男、五百童女,让他们长大后自由择配,在这里生息繁衍。一直到现在,还是如此。

这个故事,是诚毅伯伍公对我讲的。

来文端公前身是伯乐

来文端公(来保,姓喜塔腊氏,字学圃。满洲正白旗人。历官工、刑、礼、吏四部尚书,加太子太保,授武英殿大学士,为军机大臣。谥文端)自称他是伯乐转世。他的两眼炯炯有光,显示出他不凡的机智。

若是相起马来,的确有他独到的神韵和别人不可比拟之处。

来文端公授武英殿大学士,兼兵部尚书,管上驷院事。这上驷院,掌宫内用马。所以,每当上驷院选马进马,必请来公到场。那时候,骏马集聚,百十成群。来公只消用眼一瞥,就能迅速说出每一匹马的优劣,不但能指出它们的症结,就连那些不惹人注目的小毛病,也能说得纤细入微。那些马贩子们也不禁拍手叹服,称其为神。

七十岁以后,来公精神衰减,所以,无论是居家静坐,还是骑马上朝,差不多总是合着眼,闭目养神。但是,每当有马匹从他身边走过,他只要听一听马蹄声,就能准确地给这匹马做出评说,就连毛色和一些细微的小毛病,他也能说得一清二楚。

皇上所乘坐的御马,大都是经来公选择敲定的。有一回,几位内侍卫为皇上选定了三匹马。他们不敢毛糙,经过千百次审视检查,认为绝对可靠,将要献上御用。那时候,来公已经是个龙钟老翁,平时眼皮下垂,就像老是睁不开眼一样。他听说内侍卫为皇上选了三匹马,这才用两个手指头撑开眼皮,简略地看了看这三匹马,立刻就说:"一匹能用,那两匹都不能用!"内侍卫们听了,都惊得目瞪口呆。他们又对那两匹马观察了很长时期,这才发现它们性情暴烈,犯起毛病来,难以驯服。这样的马,怎么能进奉皇上呢?

有一天,来文端公正在内阁闲坐。史文靖公〔史贻直,字儆兹,号铁厓。江苏溧阳人。康熙三十九年(1700)进士。官至文渊阁大学士。谥文靖〕从外面骑马而来。一进门儿,他就看见这来老头子闭着眼睛,似睡非睡,就有意撩拨他,自言自语地说:"我这枣骝马是没挑儿了,骑起来又轻快,又平稳!"来文端公却眼也不睁一睁,便顺口搭音地说:"是呀,您这匹马,的确是匹好马。不过,这是一匹黄骠马,您怎么把它说成枣骝马呢? 您蒙谁哪?"史文靖公一听,就笑了,说:"是呀是呀!刚才就算是我说错了。可是,您老兄连眼都不睁,怎么知道是黄骠马?"来文端公只微微一笑,没作回答。

有一天,梁文庄公〔梁诗正,字养仲,号芗林。浙江钱塘人。雍正八年(1730)探花。官至东阁大学士。谥文庄〕来内阁应值,稍稍晚了一点儿。一进门儿,梁公就抱怨说:"我这马伤水了,走得这么慢,多耽误事!"来文端公说:"依我看,您这马不是伤水。它是到河沟儿里饮水的时候,喝进去不少水蛭。水蛭在它肚子里繁衍滋生,它怎么会不病呢?"梁文庄公马上请兽医为这匹马诊治用药。这匹马服药之后,排泄出水蛭数升,病也随之而愈。

来文端公曾经对侍读严道甫说:"我二十岁的时候,曾经因事被官府监禁在长安门外三十多天。在此期间,我闲暇无事,就反复研习了《易经》的乾坤二卦。我从卦理中得到启示,深悟相马之道。所以,此道深奥,只可心领而不能口授。"

福建试院树神

有一次,纪晓岚太史作福建学政。那福建试院的西厢房旁边,有一棵柏树,长得高大粗壮,枝繁叶茂。有位同来的幕友,常在深夜看见一个人在柏树下走来走去。这人穿的是本朝的衣服,只是袍子是大红色的。纪晓岚以为这是树神在作祟,就命人打扫出一处事堂,立"树神之位"祭祀,并作对联一副,悬挂在亭堂门的两侧。那对联是"参天黛色常如此,点着朱衣或是公",从此以后,树神就不再出现了。

于　云　石

金坛(今江苏金坛)人于云石先生,是顺治四年(1647)进士。于先生在翰林院任职的时候,就想把老父亲接到京都来赡养。

于老先生身体还硬朗。收到儿子的信之后,就独自启程,到京师来投奔儿子。那一天,这位老先生走在半路上,天色已晚,却正是个上不着村、下不着店的无人旷野。于老先生费了好大力气,才找到一家山村旅店。可是,店家主人却说:"老客官来得太晚了。鄙店的铺位早已住满了,没法儿再留客。委屈您另寻住处,鄙店不好安排呀。"于老先生说:"店主,您是知道的,附近没有第二家旅店,何况,天已经大黑了,我这么大岁数了,您还叫我到哪儿去? 还是寻个方便,给我随便拆兑个地方,凑合一夜吧!"

店主人听了这话,现出踌躇之态,半天才说:"鄙店倒是有两间空房,是小儿当年读书住宿的地方。不幸,他少年夭亡。我不忍再到他生活过的地方去,免得触景伤情。所以,长年锁着。老客官若是不嫌,不妨到那屋里委屈一夜,明天也好上路。不知您意下如何?"于老先生料定这屋里不会安宁。但是,除此无处栖身,万般无奈,也只好硬着头皮随店主去了。

店主打开房门,告声劳累,也就去了。于老先生进得门来,只见四壁尘蒙,顶棚与墙角之间,布满了丝丝缕缕的蜘蛛网。案头上散乱地放着残书数卷,其间还扔着一本八股时文文稿。于老先生大致地翻阅了一下,使他惊讶不已。原来,这文稿从笔迹到文辞,竟然与自己儿子的一模一样。于老先生又往后翻,发现后面分别为乡试、会试的文稿,仔细一瞧,竟然与于云石的乡试、会试中的文章一字不差。于老先生大为震惊,摸不清这是现实还是梦境。

忽然,从窗外射来一道刺眼的光,借着闪光,于老先生似乎看见门外的石墙上刻有"于云石"三个大字。老先生更加愕然,急忙举着蜡烛到门外去看:石砌的墙上却是"干霄石"三个字。

于老先生转身回屋。他刚一进门,忽听得背后轰隆一声巨响,回头儿一瞧,石墙已经倾倒:"干霄石"三个大字也不知去向了。

这一夜,于老先生惊疑不定,几乎是一夜没合眼。第二天天一亮,他就辞别了店主上路了。来到京师后,一见到儿子于云石,首先把他在山野旅店里的奇遇详细地叙述一遍。于老先生万也没料到,于云石听了父亲的话,骤然面容改色,忽然扑通一声,昏倒在地。于老先生慌忙呼唤家人救治。然而,于云石竟就此死去了。

卷二十二

王昊庐宗伯是莲花长老

礼部尚书王昊庐[王宏泽，字涓来，号昊庐。湖广黄陂人。顺治十二年(1655)进士。官至礼部尚书]先生在没中进士之前，从湖北黄冈县出发到京师去参加会试。半路上经过安徽黄山，住宿在莲花宫里。因为第二天还要赶路，天没黑，王先生就上床休息了。

王昊庐先生刚一合眼，就梦境联翩。他梦见自己坐在大殿的中央，俨然是佛祖的位置。供桌上摆满了斋食供果；供桌前，则有上百个穿着五颜六色袈裟的和尚。他们盘腿儿打坐，围成一个半圆形，正在诵经念佛。王先生看着眼前的供果，非常鲜艳喜人，就随便捏起几个大枣儿尝一尝。就觉得这枣儿香脆嫩甜，非常爽口，非同一般。

王先生一兴奋，竟从梦中惊醒，咂巴着自己嘴里尚有大枣儿的清香余味儿。他正在惊讶这样一个无由的梦境，忽听外面诵经声四起，灯火辉煌。众和尚正在膜拜顶礼。佛堂上摆着供品和祭祀之器。此情此景，俨然与他刚才的梦境完全一样。

王昊庐先生披衣走出门来，问和尚们为谁在大做佛事。值日僧告诉他说："今天，是鄙寺圆寂长老净月上人的忌辰，徒众们正在为他诵经超度。他是一位受人尊敬的大师，人称莲花长老。"

王昊庐先生大为惊异，急忙走到供桌前一瞧，那盘供枣的上部果然是微有欠缺，仿佛是少了几个。他这才恍然大悟，知道自己的前身是本寺的莲花长老。所以，他终身信佛，是一个虔诚的佛教徒。

据说，王昊庐先生的父亲王用予，是前明的一位翰林官。清军南下，明朝覆亡。王用予先生在庐山壮烈殉节。为了追悼先父，王先生自号昊庐，取《诗·小雅·蓼莪》"欲报之德，昊天罔极"之义，取名为宏泽。

鬼 买 儿

　　洞庭山有位很有文名的贡生,名叫葛文林。葛文林的大母周氏早亡,父亲葛荆州续娶李氏。李氏就是葛文林的生母。

　　李氏进门第三天,在整理周氏留下的衣箱时,翻出一件绣有九枝莲的红袄,爱不释手,就把它穿在身上。可是,她穿着这件红袄只吃了一顿饭,就神志不清了。她自己打自己的嘴巴,口中说道:"我是葛家的大奶奶周氏。箱子里的那件红袄,是我的嫁衣。我平时很喜欢这件红袄,一直舍不得穿,而你进门不过三天,竟公然偷出来穿到身上。我决不甘心,所以来要你的命!"

　　葛家的人一听是已故的大奶奶显灵,纷纷下跪为李氏求情,并说:"大奶奶,您已魂归乐土,要这么华丽的衣服做什么用呢?"周氏说:"快把这件红袄烧给我,我等着要穿!我知道自己气量小。我生前的嫁妆和一切生活用品,一点也不能留给李氏,全部烧给了我,我才肯离开这里。"葛家的人没有别的办法,只得按照周氏的要求,把她生前的所有物品都烧给了她。周氏的鬼魂这才拍手笑道:"我现在可以走了!"随后,李氏的神志很快就清醒了。葛家的人都非常高兴。

　　第二天,李氏早晨起身,正在梳妆,忽然打了一个哈欠,周氏的鬼魂又附在她身上,对奴仆们说:"快去把相公请来!"葛荆州听到奴仆们的禀报,立刻赶去。李氏就拉着他的手,用周氏的口气说:"新夫人还很年轻,无法料理家事,还是我每天一早代为操劳吧!"从此以后,周氏的鬼魂就每天上午来到葛家,附在李氏身上,查问柴米,呵斥奴仆,把家政管理得井井有条。这样过了半年多,葛家的人也习以为常,不再觉得家里在闹鬼了。

　　忽然有一天,周氏借李氏的口对葛荆州说:"我要走了。我的灵柩停在家里,你们每天在我身边走来走去,震得灵床不停地颤动。我躺在棺材里,骨头关节都震痛了。快快出殡,让我的灵魂早一点得到安息!"葛荆州说:"还没有找到一块合适的墓地,怎么办呢?"周氏说:

"村西那个卖炮仗的老张头儿,他在山脚下有一块空地,昨天我去看了,那里有松有竹,很合我的意。老张头儿口头上说要卖六十两银子,实际上,你给他三十六两,他也肯卖了。"

葛荆州听周氏的鬼魂一说,就去看了那块空地,老张头儿也打算出让,于是以三十六两银子成交,双方订了契约。周氏的鬼魂又要葛荆州定下出殡的日期。葛荆州说:"地虽已买下了,但我还得告诉亲戚朋友,请他们来参加葬礼。再说,我还没有生得儿子,丧葬的典礼上没有披麻戴孝的儿子,实在是个缺憾呀!"周氏的鬼魂说:"相公说得很有道理。现在你的新夫人虽有身孕,但还不知是男是女。你给我烧三千纸钱,我就给你买一个儿子来。"周氏说罢,就悄悄离去。葛荆州按照周氏的话办了。到了产期,李氏果然生了一个男孩,这就是现在的贡生葛文林。

李氏生育后刚满三天,周氏的鬼魂又附在她身上。婆婆陈氏斥责周氏说:"新媳妇刚刚生了孩子,身体虚弱,你又来纠缠,为什么这样不近人情呢?"周氏说:"婆婆,您错怪我了! 这孩子是我花钱买来的,将来我还要靠他祭祀孝敬我呢。我对这孩子实在不能忘怀。再说,新媳妇年轻贪睡,倘若孩子被她压死,到那时怎么办呢? 我有一句话要奉劝婆婆,等孩子断奶后,您就带着他睡,这样我就放心了!"陈氏听了周氏的话,觉得有理,就点头答应了。李氏打了一个哈欠,周氏的鬼魂就离开了。

不久,葛荆州选定了出丧日期,为周氏出殡。但他怜惜儿子刚满月,穿粗麻衣受不了,就给他穿细麻衣,周氏的鬼魂大为恼怒,又来附在李氏身上,责骂葛荆州道:"这细麻衣叫'齐缞',是孙辈为祖父穿的丧服。我是孩子的嫡母,该穿粗麻做的'斩缞'才对呀!"葛荆州没办法,只好又给孩子改穿粗麻衣为周氏送葬。

临葬时,周氏的鬼魂附在李氏身上,大哭道:"我的魂灵已经得到安息了,从此以后,我再也不来麻烦你们了。"落葬以后,周氏果然就不再到葛家显灵了。

从前,周氏还没有出嫁时,与邻居的两个姑娘结拜为三姊妹,发誓同生死、共患难。后来那两位姑娘死了,周氏病重时,对葛荆州说:"我的两个结拜姊妹来了,她们现在躲在我的床后,正唤我去呢!"葛荆州大怒,立刻拔剑向床后砍去。周氏顿足说:"你不好好地跟她们说情,反而去砍伤她们的手臂,我的性命就更加难保了!"说罢,就断了气,年仅二十三岁。

鬼抢馒头

葛文林说,洞庭山(在江苏吴县两南的太湖中,分东西两山。东山古称胥母山,原为太湖中的小岛;西山古称包山,是太湖中最大的岛屿)地区到处都是饿鬼,老百姓家里的食物,往往不翼而飞,被饿鬼偷吃了。

有一天,葛文林家的厨旁里蒸了一锅馒头。馒头熟了,刚一揭开笼屉,就眼瞧着那馒头上下跳动,继而渐渐缩小,表面上生满皱纹儿。不大工夫,馒头就由碗口大,缩小到核桃那么大了。这种馒头,吃起来没滋没味儿,就像一团面筋。好像馒头里的精华全被吸收净尽,留下的只有残渣了。

最初,谁也弄不清楚这里头有什么故事。后来,上了年纪的老人就告诉他们说:"这叫鬼抢馒头。实际上,馒头的精华早就被群鬼吃光了。"

这位老人又说:"要想制止鬼抢馒头,必须在揭开笼屉之前预备好一支笔、一盘儿红颜色,掀开笼屉之后,急忙在每个馒头上点一个红点。鬼怕红色,馒头就抢不去了。"

葛文林的家里人就按照老人的指点去做。但是,笼屉一掀开,点的自管点,抢的自管抢,馒头照旧一点一点往回缩。岂不知,一个人点红点儿,哪儿胜得过群鬼一顿乱抢?

荷 花 儿

　　余姚人章大立,是康熙三年(1664)举人,在家里设馆授徒。忽然有一男一女两个冤鬼,大白天显现原形,找上门来。先是扼住他的喉咙,接着把他推倒在地,强迫他高举两手,就像被铐住后用绳子吊在空中一般,两个冤鬼都借章大立之口说话。女的说:"我叫荷花儿。"接着男的又说:"我叫王奎。"说话时,都操北京口音。童家的人问道:"我家主人与你们有什么冤仇?"

　　冤鬼说:"这个章大立,前世姓翁,名字也叫大立。明朝隆庆年间,他官刑部侍郎。那时,我家主人周世臣官锦衣指挥,由于家境贫寒,娶不起妻子,身边只有荷花儿和王奎一婢一奴相伴。有一天,一伙强盗闯进门来,杀死周世臣后逃走。我们去报了官府,官府就派张把总前来捉拿强盗。他怀疑我们两人通奸,因奸情败露而杀死了主人,当即把我们抓去,交刑部严加审讯。我们经不住严酷刑罚,只得无辜认罪。

　　"当时的刑部郎中是潘志伊,他对这个案子有疑问,因此只把我们关在牢里,而迟迟不作判决。以后,翁大立做了刑部侍郎,他对潘志伊久审不决大为恼怒,就另派刑部郎中王三锡、徐一忠审讯,王、徐两人为了迎合上司,竟然按照原定的通奸杀主定罪。潘志伊虽据理力争,但也无法改变两人的态度,终于把我们判了剐刑,送上了刑场。

　　"过了两年,凶手终于抓到,京城百姓方知我们两人的冤枉。消息传到朝廷,天子大怒,立刻下了一道圣旨,命将翁大立等人交部议处。可是,部议仅削去翁大立的官职,王三锡和徐一忠也只是外调,到地方上继续做官。请问,我们无辜地被判了剐刑,光是一个夺职、调职所能平息的吗? 所以,我们才找上门来,向翁大立的转世后身章大立讨还性命!"

　　章家的人问道:"那为什么不去向王三锡、徐一忠讨还血债呢?"两个冤鬼说:"这两个家伙劣迹更多,现在一个死后已转生为猪,另一个已被关押在丰都县的狱中,所以我们不必再去报仇了。只有这个翁大立,前身虽干过不少坏事,却有'清官'的名声,又身居高官,所以迟迟没有得到报应。现在,他已经是第三次投胎做人了。现在的章大立,只是一个举人,禄位不高,我们才能报复他。再说,当时明朝末年纲纪不整,气数将尽,连阴司的鬼神也都很昏聩。我们屡次提出申诉,都不获允准,还不许我们出京。哪里比得上如今大清皇朝,政治清明,连阴司的官吏都洗心革面呢!"

章家的人知道这两个冤鬼非报仇不可,就纷纷下跪求情,说道:"那么,我们主人请高僧做法事,超度二位如何?"冤鬼说:"如果我们确实有罪,这才需要高僧超度。现在我们没有任何罪行,为什么需要高僧来超度呢?况且,所谓超度,不过是让我们脱离阴界,托生为人罢了。我们早就想过,就是托生为人,只要遇到翁大立的后身,我们也要报仇,叫他死在我们手中。然而,因为这是隔世之事,旁观者不了解事情的来龙去脉,就是后身章大立,也不知是怎么回事。所以,我们要把这隔世之仇说清楚,不这样,就不能警戒后世做官的人。老实说,阴司曾多次允许我们托生为人,都被我们拒绝了。现在,我们报了仇,就可以托生做人了!"

被冤鬼附体的章大立说完这些话,从桌上拿起小刀割自己身上的肉,一片一片坠落到地上。一面割,一面用女人的声音问:"这像不像剐刑?"一会儿又用男人的声音问:"可知道痛吗?"就这样,割得血流满床,气绝身亡。

欧 阳 澈

宋代,浙江西部曾经有陈东、欧阳澈庙。

陈东,字少阳。宋代丹阳人。他只凭一个贡生的卑微身份,竟然上书直谏宋钦宗,指责蔡京、童贯、王黼、李彦、朱勔为六大奸贼,并请求诛杀六贼。到了宋高宗朝,忠臣李纲被罢相,他又与欧阳澈(字德明。江西崇仁人)带领诸生伏阙宣德门外,力保李纲,从者成千上万。这件事触怒了宋高宗,以聚众谋反的罪名将陈东和欧阳澈处斩。

当时，老百姓们怜悯陈东和欧阳澈一片忠心，就私下里在当地立庙祭祀，以示怀念，香火延续多年。有一次，王伦（字正道。家贫无行，为任侠，数犯法而幸免。宋钦宗封他为兵部侍郎。多次使金而被拘留，不屈不降，死于金国。谥愍节）出使金国归来，发现了这座庙，非常气愤，命令地方官吏把它拆毁。

到了明朝末年，有个叫李士贵的富人。他家资巨万，又很讲究义气。由他出资，又在艮山门（浙江杭县县城的东北门）外修了欧阳澈庙。从那儿以后，老百姓们都到这庙里来烧香磕头，祈问吉凶福祸，往往还很灵验。

有一天夜里，李士贵忽然梦见一位身穿布袍、足着皮靴的神叩门求见。一见面儿，那位神就自我介绍说："在下就是宋代布衣儒生欧阳澈。想当年，我和陈东年岁小，地位低，口气大，因此而自不量力，触怒了宋高宗，双双被杀，完全是咎由自取。幸亏，天帝心明眼亮，怜悯我一片忠诚，特任命我主管杭州的水旱之事。这杭州地域宽广，我一人之力哪儿忙得过来？我倒有两位好朋友，一位名叫樊安邦，一位名叫傅国璋。这二位虽然都是布衣贫寒之士，却非常重人格，有气节。因此，请您给他们二位各塑一尊像，摆在我身旁。以协助我治理水旱，安抚百姓。"李士贵当即点头答应了。

忽然，李士贵想起了陈东，就半开玩笑似的问道："陈东先生如今到哪儿去了？您怎么不请他来做您的助理？"欧阳澈说："李伯纪（李纲，字伯纪。宋朝福建邵武人。政和进士。靖康初为兵部侍郎，高宗朝居相位，力主击退金人入侵。谥忠定）公辞世后，荣任南岳（衡山）城隍。陈东先生应李相国之聘，已经给李相国当秘书去了，哪儿还有工夫来帮助我？"

第二天，李士贵就请工匠，开始雕塑樊安邦、傅国璋像。竣工之后，又安放在欧阳澈塑像身旁。

浮　尼

乾隆四十三年(1778),黄河决口,河官监督治理。但是,每次把堤坝修好,就发现有一群绿毛鹅在水面游弋,到了夜间,新修的堤坝必定重又决口。用鸟枪射击绿毛鹅,它们就立刻飞散开去,过了一会儿,又重新聚集起来。这事闹了一个多月,才渐渐太平。这些绿毛鹅究竟是什么样的怪物,就连老河工都说不清楚。

后来,我翻阅《桂海稗编》,这本书中记载着明朝黄萧养作乱的事,其中也说到黄河和长江有绿毛鹅作祟。据有见识的人说:“这种绿毛鹅名叫浮尼,是一种水怪。只要用黑狗和五色粽子投到水里祭祀它们,它们就会自动离去。”河官用这个办法试了一下,果然很灵验。

雷火救忠臣

金光辰,字坦居,是明朝崇祯六年(1633)进士,累官至佥都御史。

崇祯末年,边乱迭起。朝廷上的文武大臣们都萎靡不振、软弱无力,担当不起国家委派的重任来。崇祯皇帝降旨,派遣卢维宁等太监,分别总督各方兵马和粮饷。那会儿的崇祯皇帝,性情愈加暴躁、刚愎自用,很不爱听臣下的反面奏议。而金光辰依然直言不讳,上书反对,请求罢除太监控制的兵权。

崇祯皇帝大怒,立诏金光辰平台对质,当面斥责他目无君主。金光辰回奏说:“陛下认为现今的文武大臣不能治理国事,就委任内臣来代替。岂不知,这么一来,他们就愈加松弛而不负任何责任了! 这岂不是自毁长城?”崇祯皇帝听了,勃然大怒,将要给金光辰以最严厉的制裁。这当口,天上阴云密布,突然一声霹雳震响,大地颤动,差点儿把这位皇帝从宝座上颠了下来。内侍们急忙扶持他转入后宫,也顾不得对金光辰的制裁了。

明朝嘉靖二十一年(1542)秋天,皇帝妄听方士陶仲文之言,降旨在内苑太液池以西修建所谓的"祐国康民雷殿"。工部主持建造这项工程的官员为了迎合皇上的意愿,极力要把它建得富丽堂皇。可是,由于皇帝急于求成,工期又相当紧迫,这必须消耗巨额库银,而且是劳民伤财。

当时的工部员外郎刘魁(字焕吾。江西泰和人。正德举人)将要面奏皇上,力图阻止这项工程。他明知道此举一出,凶多吉少,就叫家里人事先准备好一口棺材,等候自己被处死。刘魁对嘉靖皇帝说:"现在,泰享殿、大高玄殿工程尚未竣工,陛下又降旨大修什么祐国康民雷殿。陛下可知道国库还存有多少银子? 每年的国库收入又是多少? 一项工程就要动用亿万两银子,雕梁画栋,饰紫涂金,这也太奢靡了! 再说,所谓'雷殿',乃是道士之流的居所,公然建于深宫内苑,不伦不类,有失体统。何况,国库将被耗尽,民力将被用竭。国力民力倾注于无益之事! 陛下此举,何以告先帝在天之灵而诏示百姓?"

嘉靖皇帝听了刘魁这一番议论,勃然大怒,当庭命人打了他一顿大棍,投入监狱。

当时,御史杨爵[字伯修。陕西富平人。嘉靖八年(1529)进士]也因为直谏反对修建祐国康民雷殿与封方士陶仲文为"宫保"而先于刘魁被投入监狱,不久,吏科给事中周怡[字顺之。安徽太平人。嘉靖十七年(1538)进士]也因为直言弹劾奸臣而入狱。这样,三位耿臣就被关到同一所监狱里。

后来,有神仙屡降乩坛,为这三位直臣喊冤叫屈。嘉靖皇帝得知此情,就把三位忠臣赦免了。可是,吏部尚书熊浃(字悦之。江西南昌人。正德进士。谥恭肃)又启奏皇上,说乩仙是呼来的神、唤来的鬼,其言绝不足信。嘉靖皇帝灵机一动,又降旨把三人逮捕入狱。

不久,将要竣工的大高玄殿突然起了一把火,烧个不亦乐乎。嘉靖皇帝这才有点儿害怕,亲自祷告于灵台。这时候,大火中隐隐约约有人呼唤这三位忠臣的名字。嘉靖皇帝这才有点儿良心发现,当即降旨释放了刘魁、杨爵和周怡,并恢复了他们的官职。

滑　伯

河南滑县衙门附近有座滑伯墓，规模很大。每有新任县令到任，必先到滑伯墓祭奠；每月初一、十五，还要进香叩拜。

滑伯之神经常显形。如果他身着圭璋衮冕，那对县官来说，是件吉祥事，必定会升官；如果他身穿深衣便服，那就不吉利，难免要倒霉。我的门生吕炳星曾任滑县县令。一天，他忽然看见滑伯身穿铠甲立在墓上，这一年他就升官，做了香河同知。

滑伯墓前古木很多，树叶凋落时，会随风四散，从来没有一片叶子落到墓上。这事也真稀奇。

盘古脚迹

西洋的锡兰山（在今斯里兰卡），山势高峻，气冲霄汉。

据说，锡兰山的顶峰上，有一对巨人的脚印。这对脚印，深入岩石二尺多深，长度也有七八尺。有人说，那是当初盘古氏开天辟地的时候，在这个山顶上留下的足迹。

锡兰山的国民有裸体的风俗，无论男女老幼，身上一丝不挂。如果有谁敢于穿上衣服，皮肉就会溃烂。

珠重七两

据《明史》记载,明朝永乐十五年(1417),苏禄国向朝廷进贡了一颗大珍珠,竟然有七两多重!

采胆入酒

城国(古国名,也叫占婆。在今越南中南部)人有取活人胆泡酒喝的习俗。他们不但全家人共饮人胆酒,还要用这种酒来淋浴全身,取"浑身是胆"之意。

每当有生人从他们的住所附近路过,他们就隐藏一旁,出其不意地把过路人杀死,取胆泡酒。如果,被害人在被杀之前就发现了这个险境,即便杀了他,胆也不能采用。因为,由于过分惊恐,他的胆已经被吓破了。

他们把采来的人胆藏入器皿,这时候,必然把中国人的胆放在众胆的最上方。

古城国的国王在位满了三十年,他就必须让他的兄弟子侄之辈暂时代理朝政。他自己则避入深山老林之中,吃斋受戒,并向天帝忏悔说:"我当国王,荒淫暴虐,无德无仁。愿天帝指使豺狼虎豹把我吃掉,或者叫我病死!"此后,如果这位国王在深山老林里生活上一年而安全无恙,他就可以回到王宫去,继续当他的国王了。

胆长三寸

明代福王朱由崧失败那年，有个参加起义军的人叫吴汉超，是宣城的一名秀才。他随起义军逃到城外，心里惦记着家中的老母，就到官军那里去自首。晋见大帅时，他说："带头造反的是我！"

官军将他杀了，又想这人大概胆子很小，于是就剖开他的腹部，取胆一看，竟有三寸多长！

湖神守尸

明朝末年，大学士贺逢圣〔字克繇。湖北江夏人。万历四十四年（1616）榜眼。授编修。官至礼部尚书、东阁大学士。福王时追谥文忠〕守武昌，被张献忠率领的义军所包围。

在武昌城未被义军攻陷之前，贺逢圣的门生、大冶（今湖北大冶）人尹如翁奔走三百里来到武昌城。他戴着一顶僧帽、一件袈裟来见老师，劝他化装出城逃走。贺逢圣拒绝了门生的好意，对他说："你快离开这个危难之地吧！别惦记我了！"五月，张献忠的义军攻陷了武昌城，贺逢圣被俘。他大义凛然，当面斥责义军说："我乃朝廷大臣，既然落到你们手里，要杀就杀，休得无礼！"没料到，义军们竟把他释放了。

贺逢圣感叹国破家亡，报国无路，就自投墩子湖殉节了。秋天，张献忠的义军撤离了武昌城。贺逢圣的属吏们就面向墩子湖，祭祀这位忠烈之臣。

这天夜里，一位属吏就梦见湖神来到面前，对他说："我奉天帝之命守护贺相国的遗体，时间已经不短了。这个差使很苦，我感觉很疲倦。你们快把他打捞起来，收殓归葬吧！相国的左手上，有一颗很明显的黑痣,是极易辨认的!"

这位属吏从梦中惊醒,觉得很诧异。他抱着试试看的想法,来到墩子湖边。不大工夫,浩瀚的湖面上,真的浮出一具尸体。属吏急忙命船工打捞上来,竟是贺相国的遗骸。别看他已经在湖水里泡了一百七十多天,慈祥严肃的仪容不改,面色栩栩如生,与生前无异。属吏挥泪埋葬了这位亡国的宰相。

僵尸抱韦驮

宿州有个叫李九的人,以贩布为生。有一次,他做买卖路过霍山,天色已晚,客店都住满了,只好借宿在一座庙里。

深夜二鼓,李九已经睡得很熟,忽然梦见韦驮神拍着他的背叫道:"快起来,快起来,你大难临头了!赶快躲到我身后去,我好搭救你!"李九从梦中惊醒,赶紧起身,踉踉跄跄地走了几步,只听得床后有具棺材咔嚓作响,接着,又见一个僵尸从棺材中冒出。这僵尸全身长满白毛,就像反穿着一件银鼠皮袄一样。他的脸上也都是白色的绒毛,两眼呈深黑色,瞳孔呈绿色,闪闪地发着亮光,直向李九扑来。李九跳上佛台,躲到了韦驮神的身后。僵尸伸出两臂,抱住了韦驮,又啃又咬,发出嘎嘎的声响。李九吓得大声呼喊,惊动了庙里的和尚。和尚们手持棍棒火把赶来,僵尸一见,就逃进棺材,棺盖合拢如初。

第二天,和尚们发现韦驮神像被僵尸咬坏,就连神像手中拿的一柄金刚杵,也被折成三段,才知僵尸力大无比。和尚们因庙里出现了僵尸,就向官府报案,官府当即命人把棺材烧毁了。李九十分感激韦驮神的救命之恩,就捐资为韦驮神重塑金身。

穷鬼祟人,富鬼不祟人

西湖畔上有座尼姑庙,名叫德生庵。德生庵的后门外,暂存了上千口棺材。棺材竟然堆积如山,看上去也是一种奇景!

有一段时间,我就住在这德生庵里。闲来无事,我偶尔问尼姑们道:"你们这地方,闹鬼不闹鬼?"老尼姑双手合十,答道:"阿弥陀佛!鄙庵后门外所栖,皆为富鬼。他们都安分守己,这儿倒也终年平静。"我对老尼姑这番话,大不以为然,说道:"这杭州城里还是穷人多,哪儿来的那么多富人? 既然富人不多,就没有那么多富鬼! 你说这话,里边一定有很大水分! 再说,这些棺材久存而不葬,就是因为他们家境贫穷。这就是富鬼不多,穷鬼多的充分证明!"

老尼姑听了,又连声念佛,说道:"贤施主对方才贫尼之意,是理解差了。贫尼所谓的富,不是指他生前有多么阔气! 凡是死后有人以酒食祭祀的鬼、凡是死后有人给他焚烧纸钱的鬼,就都算作是富鬼。有吃有喝,又有钱花,还能算不富吗?"

老尼姑说:"您别瞧这一千多口棺材久存而不葬,但是,有老尼与众徒儿年年化缘募捐,应有四季时令为他们做道场,使他们吃喝不愁;每当七月十五,还要单独为他们举办盂兰盆会。除了吃喝犒劳之外,还得为他们焚化纸钱千万,叫他们手头儿上都有点儿零花钱。这些鬼,个个喝得醉,吃得饱,所以就邪心不生,安分守己,平安无事。"我听了她这番话,不由得点了点头。

老尼姑又说:"施主您是明鉴的。世上的盗劫诈骗之人,大部分是由于饥寒交迫所致。那些病重的人嘴里说的、眼里见的鬼,哪有一个衣冠华美、体态丰腴的? 凡是那些出面作祟要求祭祀的鬼,大多是蓬头垢面、青面獠牙的一副穷酸相。这个道理,不知施主认真思考过没有? 老尼愚妄,言多有失,还望施主见谅。阿弥陀佛!"

我由不信转化为对老尼姑这番话非常赞赏。后来,我在这德生庵里暂住了一个多月。在这一个多月里,从家童到婢女,没有一个说这儿闹鬼的。即使是天空阴霾的夜晚,也没听见过一声鬼叫。

雷神火剑

乾隆五十三年(1788)八月,河库道司马公派遣两个仆人回家。这两个仆人,一个叫祝升,三十岁;另一个叫寿子,十六岁。

两个仆人雇了一条船,来到宝应县的刘家堡地方。当时天色渐渐阴沉起来,而寿子却忽然欢喜雀跃地喊道:"前面在搭台演戏,有个头戴金盔、身穿金甲的神在表演,真热闹呀!"可是,旁人都没有看见。有人就笑话寿子说:"前面河水滔滔,哪有什么戏台演戏? 你这小子还是孩子脾气,大概是想看戏想昏了头吧?"这时,祝升和一位篙工争辩说;"没错! 真是在演戏,你们怎么会看不见呢?"话音刚落,突然有一阵怪风吹来,把船上的桅杆折为两段。这时,船舱内一片昏黑,又突然一声响雷,把船头的寿子、祝升和船尾的篙工一起击杀倒地。

雷雨渐渐停歇,船舱中的人发现寿子、祝升和一名篙工死了,大惊失色,立刻泊船靠岸,向宝应县衙门报案,请求官府来验尸。这时,祝升却忽然苏醒了过来,说道:"我与寿子正在船头看戏,忽然前面金光万道,河道都看不清了,眼前出现了一块用银砖铺设的大地,地面有一个高台,高台上是一座巍峨的宫殿。大殿正中,坐着一位头戴皇冠的神,方脸白须;两侧站立着头戴金盔、身穿铠甲的神数十名。一位身穿金甲的神出列,向坐在大殿中央的神鞠躬启奏。他说了什么话,却听不清楚,只是看见大殿中央的那位神点了点头。金甲神就奔上船来,把我和寿子、篙工三人抓到殿上,强迫我们下跪。他当众抽出腰间的宝剑,只见红光闪耀,就朝寿子的脖子上横刺过去。又一剑刺穿了篙工的胸膛。我一看形势不妙,爬起来就想逃跑,却被另一位金甲神按住,用金瓜锤朝我当头一击,我就昏死了过去,以后,什么事也不知道了。"

宝应县县官万公来验尸时,就把祝升的话作为口供,记录在案。随后又查验了寿子和篙工的尸体,发现他们的喉咙和胸腔,果然有穿透的小孔。县官命众人买了两具棺材,把寿子和篙工埋葬了。

因为祝升还活着,在船上不便医治,大伙就把船撑到大王庙停泊,把祝升抬到大王庙里安顿。但祝升一见殿内的大王神,就大惊失色道:"不好了!这位大王神,就是我刚才看到的坐在大殿中央的神呀!"又斜着眼看着殿内两侧站立的神像,喊道:"哎呀!诸位金甲神也都在殿上,看来我是活不成了!你们为什么不来救救我呀?"大伙安慰他,又给他吃了一碗粥,但他忽然又断了气。

这一年的冬天,我和刘霞裳到沭阳去游览,路过刘家堡,就上岸参观大王庙。据我看来,大殿里的那些神像,不过是平平常常的贴金木偶,并没有什么灵异之处。但刘霞裳却一本正经地问神像:"寿子小小年纪,会有多大罪恶,竟然遭到天诛?"那些神像一个个呆如木鸡,并不回答。我笑着说:"呆秀才!这就是孔夫子所说的'民可使由之,不可使知之'的道理。幽明虽是异路,但道理只有一个,你又何必对着神像多费口舌呢?"

水晶孝廉

广东有个姓纪的举人。据说,他在儿童时代曾经误入一条大蛇的腹内,就像进入了一个漆黑的世界,伸手不见五指。但觉得腥气扑鼻,憋闷得快要窒息了。伸手摸一摸四壁,处处滑滑溜溜,什么也抓不住。幸亏,他身边携带着一把小刀,他就用小刀在那滑溜的肉壁上一顿乱挖,终于见到了一丝光亮。他把壁洞拼命撑大,竟从这个洞里钻了出来。

精疲力竭的他,瘫倒在草地上。多亏过往的邻居发现了他,才把他抱回家去。当天,在离本村三十里之外的地方,发现了一条巨大的死蛇。

纪某被蛇毒所伤害,全身的皮肤都脱落了。皮下肉都变成了一种透明体,就连他腹腔内的肠胃,都历历可数、清晰可见。这种体态终身没有改变。长大成人后,他乡试中举,同科学友都称他为"水晶孝廉"。

水鬼移家

王某住在杭州城的东园,那里有许多鱼池。其中有两个鱼池,一东一西,中间只隔了一道田埂。

一年夏天的中午,王某正立在两池之间的田埂上乘凉,忽然发现东面鱼池的水面上浮起一串串的水泡,有尺把范围宽。那水泡像潮水一般向西涌来,发出一阵阵咕嘟咕嘟的声音。水泡涌到田埂岸边,就化为一股一尺半长的黑气,飞入西面的鱼池。随后,两池的水面又恢复了平静。但是,那股黑气飞入西面鱼池时,王某闻到了一股羊膻气。

王某不知这是怎么回事,就请教了一位年长的邻居。那邻居告诉他:"这是水鬼搬家。"

负妻之报

杭州城的仙林桥地区,有个叫徐松年的人。徐松年在本地开了个铜器店,以制造和销售铜制器皿为生。

那一年,徐松年才三十二岁,忽然得了个不治之症。过了几个月,病情就越来越严重了,眼瞧着就要不行了。徐松年之妻黄氏哭泣着对他说:"咱们的两个孩子都很小,您又病得这么重。万一,您有个三长两短,我一个妇道人家,又怎么抚育这两个孩子? 不如,我向神佛去祈求祷告,把我的寿命转借给您,也好将他们抚养成人,将来成家立业,娶妻生子,徐家也不乏后嗣。但是,您得答应我一个条件,我死后,您不可续娶。"徐松年在病床上连连点头,满口答应了黄氏所提出的要求。

从那天起,黄氏就每天到城隍庙里去祈祷,反复申明自己情愿代夫一死的志向;回家之后,又到家神和祖宗的灵位前祷告,申明自己志愿替夫离世的决心。没过一个月,黄氏果然染疾病重,而徐松年的病却日轻一日,竟神奇地好起来。不出当年,黄氏就病故了。

黄氏死后,徐松年背信食言,娶了续妻曹氏。新婚之夜,竟然有个冰凉的女人出现在婚床上。她正好躺在了徐松年与曹氏之间,使这一对男女无法接触。仔细一瞧,这是曹氏娘家陪嫁的一名婢女。她昏昏沉沉,似乎是黄氏的阴魂凭附在她身上。她痛斥徐松年背信弃义,并诅咒他不得好死。

吓得徐松年斋戒祭祀,自我忏悔,又延僧请道,大做佛事以超度亡灵,全都无济于事。曹氏惊恐万状,先逃回娘家去了。黄氏的阴魂在徐家足足折腾了五六个月。徐松年又怕又气,旧病复发,一命呜呼!

四小龟扛一大龟而行

杭州横塘镇上有座孤静庵,庵中有位老和尚,每天在后殿焚香打坐,诵经修炼。这位老和尚天天都会看见四只小乌龟,共同驮着一只一尺圆径的大乌龟,沿着殿墙、栏杆慢慢地爬来爬去。老和尚念罢经文,就要敲一下磬。只要磬声一响,这些乌龟就不见了。

过了几年,这位老和尚圆寂归天了,这五只乌龟就再也没有出现过。

这是雍正年间发生的事。

鬼送汤圆

杭州城的王玉绳先生,受聘于横塘镇钟氏,在钟家设馆教授子弟。钟家的三少爷字有条,今年已经二十岁了,是个聪明又肯于求上进的年轻人。但是,他总是隐瞒着实际年龄,自称十六岁。有一天,钟有条向王先生请教说:"老师您瞧,我已经这么大了,再从头儿读书,恐怕是为时太晚了吧?"王先生说:"一个人,只要有志于学,什么时候读书上进都不为晚。晋平公已经七十多岁了,师旷还规劝他秉烛夜读,抓紧有限的生命时光呢! 你正处在发育成长的青春年华,努力奋进怎么能算晚?"钟有条受到老师的热情鼓励,心胸振奋,每日里勤奋读书,上进不止。

可是,钟家的老主人却是个十足的庸俗商人,眼里头只有钱和利。他对三儿子有条刻意读书求上进并不以为然,竟强迫他到吴门(即今江苏吴县)去做买卖。钟有条不敢违抗父命,怀着郁闷的心情往吴门去了。白天,他赶到市面儿上去做交易;晚上回到住处,本来已经很疲惫了,还要关门谢客,半卧在床上苦读钻研。在他的住房里,到处悬挂着"岁不我与"的警语。就这样过了四个多月,他积劳成疾,大病而卧床。到了九九重阳节的前夕,他就不得不带病转回家中。不久,这位年轻而勇于上进的后生就郁郁辞世了。钟有条死后,钟家主人就买了一口棺材,将他收殓入棺,暂时停灵于家中。

到了第二年七月初七的头一天晚上,王玉绳先生已经上床睡下了。朦胧中,他听见有人推动了里屋的门,接着,听到轻轻的脚步声,有人进入书房。他睁眼一瞧,只见钟有条左手举着蜡烛,右手端着碗,碗里热气腾腾,冒着蒸气。钟有条来到王先生床前,先放下蜡烛,一把撩开床帐,把碗举到王先生面前,笑着说:"老师这么晚了还没睡,肚子里一定是饿了? 学生特意给您送点心来,您不妨尝一尝。"王先生坐起身来,接过有条手里的碗。只见碗里漂浮着四个乳白色的大汤圆,冒着诱人的香甜气味儿! 碗里还有一把精致的铜勺子。这会儿的王玉绳先生,已经完全忽略了钟有条是鬼,就拿起勺子,舀着汤圆吃起来。不料,他只吃完了其中的三个,肚子里特别胀饱,就随手把碗又递给了有条。钟有条扶老师卧平,又轻轻放下床帐,这才端着碗,悄悄走出书房。

王玉绳先生躺了一阵子,这才醒过闷儿来:"哎呀! 有条不是死了一年多了吗? 今儿晚上,他怎么会能给我送汤圆来? 这可是活见鬼了!"他正在思虑着,忽而觉着肚子里忽冷忽热、咕咕噜噜;接着,就里急后重,一夜之间不知跑了多少趟茅厕。第二天,就折腾得他支持不住,只好请主人备车,把他送回家去。

王先生回到家门口,早有上百个鬼堵住了他家的门,其中有男有女,有老有少;有异地他乡的鬼,也有本乡本土的鬼。他们一个个面颊瘦削、颧骨高耸,有的腹部塌陷却胸骨突起,呈现出一派久饥枯瘦的惨状。他们大都斜披着衣裳、趿拉着鞋子,作态狼狈不堪。幸亏,他们当中没有奇形怪状、面目狰狞可怕的恶鬼!

王玉绳先生有位妹妹嫁到郑家桥的翟村。她听到哥哥病倒的消息,就赶来看望。一进门儿,就有个女鬼赶上前来,借病人之口问道:"啊!那不是翟二家的大媳妇吗?你也来看望哥哥?"后来,王玉绳先生的弟弟一打听,姐夫家的一位邻居翟修发之妻,果然在最近上吊而死,就是现在说话儿的这个女鬼。

王玉绳先生这一病,家里人当然非常着急。王先生的父亲四处奔走,千方百计为儿子请医用药。可是,当家里人刚刚把病人扶坐起来,把药碗端到他面前,众鬼就一拥而上,有的扳肩膀、有的按后背,有的就死卡住他的双手,使他这碗药服不进嘴里去,结果是泼洒满地。众鬼一而再、再而三地捣乱,使王玉绳先生灰心而厌烦。他干脆违抗父命,从此不再吃药。

第二天早晨,王老先生请了另一位医生为儿子治病。医生问道:"以前吃过药没有?"王老先生就把以前请医用药的情况如实地向这位医生说了。医生就把以前的药方拿来一瞧,惊讶道:"幸亏这药没服下去;若是真喝下去,恐怕今天病人就不会说话了!"于是,另开了一服药方。服药的时候,鬼也不来捣乱了。

从此,鬼在王家填门塞户。白天,他们能多得阻挡住阳光;晚上,又能遮蔽住明亮的灯火。他们或坐或站,或说或笑,乌糟一团,个个放荡不羁。就这么折腾了十来天,王老先生再也忍耐不住,这才请高僧诵经放焰口,大作法事超度亡灵。但是,这一切都等于白费,毫无效验。

有一天,一个女鬼与一个男鬼聊天儿,就听那女鬼说:"老王家为什么不请宏道法师来坐场?宏法师要是来了,咱们不是早就走了吗?"这几句话恰好被王老先生听见了,他马上请来了宏道法师。宏法师刚一迈进王家大门,众鬼就哄然而散。从那天起,王玉绳先生的病也一天天好起来。

　　袁子才说："同样是念经,同样是放焰口,有的就灵,有的就不灵!这又是为什么呢? 这就叫作有治鬼之人,无治鬼之法! 钟有条虽然为鬼,却不知道鬼的食物绝不能奉献给人吃这个道理! 他给王玉绳先生夜送汤圆,虽说是出于一片赤诚之心,却也跳不出愚忠愚孝的范畴。"

忠恕二字一笔写

　　歙县人黄烽照,曾任福山同知,后来因事罢官,就到广东韶州书院担任主讲。

　　黄烽照曾亲笔写了"忠恕"两个大字,请工匠刻了石碑,镶嵌在书院的墙壁上。石碑的落款处题:"新安后学黄峰照敬书。"

　　有一天夜里,黄烽照忽然梦见两个身穿黑衣的差役打着灯笼找上门来,对他说:"我们奉上司的命令,传你上堂回话!"黄烽照只得跟着差役走了。来到一个地方,黄烽照沿着台阶往上走去。走到最后一个台阶,就听有人大声喝道:"站住!"黄烽照立刻停住脚步,两个黑衣差役就站到了他身旁。这时候,只听得一层白云之外有人斥责道:"黄烽照! 你身为大清朝的官员,为什么生今而返古? 你写的'忠恕'二字碑,为什么落款'新安'? 新安是古地名,现在早已废弃而称歙县了,你为什么这样崇古? 你要赶快改正过来!"黄蜂照一惊,就从梦中醒了过来,急忙请来工匠,把石碑上的"新安"二字改作"歙县"。

　　过了几天,黄烽照又做了一个梦,梦见以前的两个黑衣差役把他带到原来的地方。神又隔着一层白云对他说:"你把'新安'改为'歙县',这固然很好。但你是否知道,'忠恕'二字的意义是相连的,书写时应该一笔挥就? 你去查一查古碑帖,看看人家是怎么写的!"

　　黄烽照梦醒后,马上找来各种古碑帖,终于在《十七帖》中找到了王羲之草书的'忠恕'二字,看起来很像"中心如一"四个字。他这才恍然大悟,就将原来的那块石碑毁了,仿照《十七帖》的行书另写一幅,请工匠重刻一碑。这块石碑,至今仍保存在韶州书院里。

土　雨

乾隆十四年(1749)，秀才李元叔从京师到沈阳(入关后为奉天府治所)去就馆读书。第二年返回京师，那已经是春末夏初了。

李秀才乘船渡过辽水(今称辽河)，打算当天住到北台子去。可是，因为路程太远，还没赶到目的地，天就黑了。当时，李元叔和他的随从们共乘一辆四套马车，不知不觉地，就进入了一片森林之中。

忽然，听得头顶上的树叶簌簌作响，就和雨打树叶所发出的声响完全一样。但是，他们仔细一瞧，落到身上的却全是黄土点。又往前走了一段路，拉车的四匹马突然攒蹄不前，一阵嘶鸣。车脚夫就对李秀才说："前面有一伙鬼，他们有蹲有坐，挡住了去路，必须赶走他们，不然的话，咱们就寸步难行了！"车夫说罢，转身跳下车去，用开路的铁锄铲土，向马车的前方扬去，嘴里似乎还叨叨唠唠地念了一阵咒语。此后，马车才能继续前进。

但是，没走出去多远，前方又出现一个火团，有茶杯大小，马车走过去之后，这团火就尾随在车旁，不紧不慢地跟着马车走。它忽上忽下，忽左忽右，忽明忽暗，追了足有一里多地，才逐渐消失。

李元叔到了北台子，向当地老百姓请教为什么会下土雨？有人就告诉他："凡是鬼物将要出现，必然先下土雨。"

降　庙

广西有"降庙"治病的传说。那里每个村庄都有个总管店，但各庙所供的总管神像，美、丑、少、壮形象各异。凡是学习降庙法的人，学到一定程度，就要到总管庙里去卜卦请神了。

第一次入庙,必须拿一把宝剑插在庙门正中。如果神肯降临,就能拔剑而回;如果神不降临,那么就要用脚把剑踢倒。要是宝剑倒地后又能随脚跃起,这个请神的人还能活着;要是宝剑倒地后不起,请神的人就会被神诛杀。

总管神请到了家,就取一个碗盛满水,写个"井"字,在井字外面画个圆圈;地上写一个"井"字,画个圆圈;八仙桌的正中也写个"井"字,画个圆圈,再叫来四个孩子,在他们每个人的手心里写个"走"字,"走"字外面也都画个圆圈。然后,把水碗放在地上,再把八仙桌翻过身来,扣在碗口上,让四个孩子用手指抬着桌子。这时,请神的人就口念咒语:"天也转,地也转;左叫往左转,右叫往右转;太上老君,急急如令,转! 若是不转,铜叉叉你转,铁叉叉你转! 如再不转,土地城隍来推你转!"念完咒语,四个孩子就抬着桌子,在原地转动起来。这时,再求药方治病,就包医百病了。

陇西城隍神是美少年

康熙年间,陇西(今甘肃省陇西县)县的城隍爷是个黑脸儿大胡子形象,仪态威严,很吓人的样子。可是,到了乾隆年间,忽然改塑成一位俊美的青年人形象。有人对此产生了疑问,就问庙里的和尚:"城隍爷形象的变化为何如此之大?"

和尚们说:我们倒是听已故长老说过这件事,那是雍正七年(1729)的事了。有一位姓谢的书生跟随他的老师住在这庙里读书。那天夜里,老师因事外出,谢书生独处寂寞,就在院子里踱步,赏月吟诗。这时候,突然有个人来到庙里,在城隍爷面前祷告。谢书生感觉这个人来得不是时候,必有蹊跷,就悄悄躲到一尊神像后,听他到底祈祷些什么? 就听那个人祷告说:"城隍爷呀,城隍爷! 求您保佑我今天夜里大得手,若是大有收获,明天我一定备下三牲(牛、羊、猪三牲所组成的祭供品,称为牢牲)来供奉!"听了他这番祷告,谢书生才知道这是个贼。心里琢磨,城隍爷乃是聪明正直之神,怎么会接受你的贿赂、被你的甜言蜜语所打动？别妄想了！

可是，第二天，那个贼果真带着酒肉祭品来还愿了。显然，城隍爷是佑护了这个贼，使他的盗窃行径大得其手。谢书生愤愤不平，当即提笔作了一篇文章，严厉谴责城隍爷贪赃枉法。

当天夜里，城隍爷就托梦于谢书生的老师，警告他的学生不要胡作非为；又威胁说，不然的话，他将要大祸临头！老师从梦中惊醒，追问谢书生是否写过谴责城隍爷的文章。谢书生一害怕，矢口否认，极力抵赖。老师一气之下，动手翻检他的箱子，终于把那篇谴责城隍爷的文稿查了出来。老师大怒，当即点火焚烧了。

第二天夜里，老师又梦见城隍爷踉踉跄跄地来见他，对他说："我在你面前告你那学生对神不敬，并声称要降祸于他，不过是想用你的嘴吓唬吓唬他罢了。没料到，你怎么竟然把文稿焚化了？文稿被过往之神得到，已经呈奏到东岳城隍案头。东岳大怒，顿时就下令把我革职拿问。这一招儿，你可真害苦了我！而且，东岳已经奏明天帝，推荐你这个学生来补缺，由他来继任陇西城隍。不久，他就要上任了！"城隍爷说罢，叹息了一回，垂头丧气而去。

没过三天，谢书生突然无病而死。他将咽气的时候，庙里的人差不多都听到了一阵车马喧闹之声，接着是一通震天动地的锣鼓声。人们都说："这是新任城隍爷到任了！"

嗣后，人们就毁了那尊黑脸儿大胡子的城隍爷像，而代之以一位英俊潇洒的青年人。

城隍赤身求衣

道台张挺主持修缮湖州城隍庙。他命人用檀香木雕成城隍神的三丈法身，又绣了衮袍穿在法身身上。新的城隍神像供奉到第三天，张挺就梦见一个巨人站到他面前。这个巨人头戴平天冠，身上却一丝不挂。张挺从梦中惊醒，想到了新立的城隍神像，就急忙想到庙里去看个究竟。正在这时，庙里的道士已跑来报告，说是城隍神像的衮袍被人盗窃了。于是，又命人另制了一套衮袍，同时又指示下属捉拿盗贼。

水怪吹气

杭州人程志章，从潮州（今广东省潮州市，故治在今广东省潮安县）过黄冈，将要渡海汊而南下。船刚走了一半儿的路程，忽然刮起了大风，一股黑气从水面上冲天而起，黑气里挟裹着一个人。他浑身漆黑，犹如炭涂墨染，只有两个眼眶子和嘴唇白如面粉。

这个黑人儿登上程志章的船，一屁股就坐在了船头上。他张开大嘴面向船上所有的人一一吹气。有的人被他一吹，顷刻之间改变了模样，面貌漆黑，几乎和那个黑人一模一样了。船上一共有十三个人，有十个人变了肤色，只有三个人没变色儿。

过了一会儿，那股黑气骤然散去，那个盘踞在船头上的黑色怪物也不知去向了。

船继续在海汊上行进。不大工夫，又是狂风大作，巨浪滔天。船工奋力拼搏，终于控制不住，倾覆于海汊之中。十三人当中，有十人蒙难，都是被水怪吹黑了皮肤的人。那三个没变肤色的人，都侥幸得救，幸免一死。

坛　　响

杭州北门外的三清院有个林道士，他能够擒妖。林道士曾在兴化县捉到一个妖怪。他把这个妖怪封在一个坛子里，带回三清院，放在三清神像的座底下。

一年后，书生钱袖海设酒宴为将要到南京参加乡试的友人孔传经钱行。钱袖海喝得有点醉了,就跑到三清院去,对坛子中的妖怪说:"我的朋友这次去参加乡试,如果能中,你就响一声。"话音刚落,坛子里果然发出一声闷响。

友人走后,钱袖海夜坐书房看书。忽然,发现一个身穿白衣服的人坐在书房的门槛上,向他拱手。钱袖海怀疑是个怪物,顺手操起一把戒尺,赶上去就打。这时,那白衣怪物拍手大笑,又一下子无影无踪了。这一年,孔传经果然乡试中举。

贞女诉冤

陆补梅先生,官居浔州(故治在今广西桂平)知府。有一桩因通奸而自杀的案卷,从所属县呈递到官府,等候批转。这份案卷,就放在陆先生的案头。像这类县府已经审定了的案例,证据确凿,按一般规程,陆先生只消过目,并无明显纰漏,批个"如详核转",也就可以了。

就在这天夜里,陆先生的幕友马先生的房间里忽然刮起了一阵大风。风过之后,就隐隐约约地出现了一个青年女子的形象。她站在这位幕友面前,却是一言不发。这个女子的形象,一直持续到天将五更,方才散去。

第二天,马先生就把昨天夜间所见报告了陆补梅先生。适当陆先生奉调,要到省城去述职。临行之前,他对儿子说:"你年轻,胆子又大。今天晚上,你就住到他房里去,看一看到底发生了什么事。"

这位公子不违父命,当天晚上就住进了马先生的书房里。二更鼓刚过,书房里果然刮起了一阵阴风,穿衣透骨,使人不寒而栗。这时候,幕友马先生又看见了那个年轻的女子,马上指给公子。可惜,公子却是一无所见。公子大声喝道:"你是什么人?为什么三番两次现形骚扰?"那女子面向公子深深施礼,说道:"禀公子,妾就是府台大人书案上那份案卷中的受害者。妾不幸,遭强人迫奸,拒奸被害身死。事后,凶犯托出人来,以金钱贿赂了我的父母,迫使父母作伪证,证明我是和奸,羞愧自尽而死。这不但放纵了凶犯,而且玷污了我的名节。

我也曾多次向县官申诉,不料,县令也接受了凶犯的贿赂,根本就不予审理。万般无奈,我冲破层层阻挠,历尽千辛万苦,才得来到府上,请求申冤。望公子能转请府台大人,为妾平冤昭雪。妾来世甘为犬马,以报大德!"公子和马先生听了,不禁为之感动,答应一定如实转告父亲。那女子躬身三拜,才姗姗离去。

公子不敢怠慢,立刻修书一封,派人飞马送到省城。陆先生收到儿子的信,心里已经有了底儿,就事先通知幕友马先生,把此案的案卷打回原判县,责令重新审理。不久,陆补梅先生从省城回府,正好路经此县。县令带领属员前来迎接。陆先生并没有住进事先为他准备好的公馆里,而是先往县城隍庙里去行香礼拜。在城隍庙里,陆补梅对这个县的县令说:"经我察访,贵县所办和奸致死一案中有冤枉。不知你重新审理过没有?"县令听了,先是一怔,继而就合盘托出人犯的口供,以及那女子的父母和邻居等人的供词,极力辩驳此案并无冤枉。陆先生一时拿不出足够的证据,也是无可奈何,就对县令说:"今天晚上,本府就住宿在这城隍庙里,烦劳大人传唤一干人犯及其邻证前来陪宿。本府也好随时讯问。"县令心里对此非常不忿,却不敢不俯首称命。

陆补梅先生指派自己的亲信事先隐蔽在大殿右侧的厢房隔扇之后,然后把邻证人等都安排在厢房里过夜。入夜之后,这些人是又惊又怕,又饿又冷,不免产生了抱怨情绪:有人就自怨自艾,说自己当初不该出面作证,落得如今担惊受苦;有的就骂那女子的父母丧尽天良,贪财卖女;有的就赞叹那女子刚烈贞洁,宁死不屈;有的就骂狗官身为一县父母,竟贪赃枉法。没料到,这一切都被陆先生的亲信们飞笔直书,记录在案。

第二天,陆补梅先生立刻在本县大堂上提审这些邻证,命他们如实作证。这些人一见有本县县令在堂,一个个吞吞吐吐,不敢说实话。陆先生立刻命人宣读了昨天夜里他们的谈话记录。这些人听了,目瞪口呆,只好服服帖帖地如实作证。

至此,该案始以拒奸被杀定案。陆补梅先生将元凶绳之以法,命将此女列入县节孝祠供奉,女子的父母各打三十大板,以示教育。那个贪赃枉法的县令,也因此被弹劾而罢了官。

杨成龙成神

处州太守杨成龙,性格正直,做官五十年,很有政绩。乾隆四十七年(1782)春天,我到天台旅游,杨成龙邀请我去饮酒。席间,他详细地向我叙述了他在山东做官时办的几件大案,从中可以看出他有古代循吏的作风。我当时表示要为他写传记,以表彰他为官清正。不料,我们分别后,他就告老辞官,住在他的一个深州做官的儿子家中颐养天年,后来无疾而终。

从前,杨成龙在山东历城做知县的时候,曾为自己买过一副沙木板的寿材,存放在张秋镇的一座寺庙里。杨成龙去世后,他的儿子杨浚文坚持要派人到张秋镇去运回沙木棺材,然后入殓,以安慰父亲的在天之灵。这时,杨成龙的一个小孙子忽然头昏倒地,接着又坐了起来,用他祖父生前的口气,教训杨浚文说:“浚文,你太糊涂了!现在是六月盛暑,我的尸体停在床上,等你从张秋镇取了棺材来,我的尸体早就腐烂了!深州这地方的木材完全可以取用,何必舍近求远,非要到历城去取?现在处州那边派了人来,要我去做那里的城隍。我想等你把丧事大体办完,就去任职。我没有什么话要叮嘱,只是告诉你,大凡一个人活在世上,只要肯做好官,将来一定有好报,你要牢牢记住!到明年的三月十四日,我的二孙子也要生儿子了。这孩子将来可以继承我的遗志,等他生下来后,就取名‘绍志’吧!我还要告诉你,你埋葬我时,墓地应在唐务山中,墓口要朝着癸丁山方向!”小孙子说完这番话,就昏昏沉沉地睡着了,过了一会儿醒来,依然嬉戏玩耍,和平时一样。

杨浚文受了亡父一顿训斥,心里也有点害怕,于是一切遵从父命行事,把丧事办完了。第二年,杨浚文的二孙子果然得了一个儿子,就取名“绍志”。孩子出生的那天,正好是三月十四日,与杨成龙预言的日期,一点儿不差。

周仓赤脚

相传,东台县的白驹场(今江苏省东台市,白驹场在东台市北)有座关帝庙。关帝庙里的周仓将军塑像,却光着两只大脚丫子。

有人就对此产生了疑问,不知道为什么把周将军塑成这种形象?带着这个疑问,去请教知书明史的前辈。前辈告诉他说,当年,魏武帝曹操的麾下、人称白马将军的庞德(字令明,南安人)守襄樊,拒关羽。襄樊城被关羽包围了,久攻不下。关羽决汉水淹襄樊(实际上是汉水暴溢,非人工决口),城被攻陷,庞德将军被俘。他宁死不屈,怒斥关羽,被关羽所杀。据说,当初开决汉水的时候,周仓将军曾经自告奋勇,亲自甩掉靴子,光着脚丫子下河堤挖掘泥土。所以,他的塑像就塑成了打赤脚。

乾隆五十三年(1788)冬天,我和刘霞裳邀游到了天台县,来到白驹场,正好路过这座关帝庙,我们就决定进去看一看。发现这庙里的周仓将军塑像,果然是光着两只大脚丫子,以前听说的传闻,一下子就证实了。

我们还看见,神座后面还藏有一个三尺多长的木匣子。据说,这个木匣子是绝不允许打开的。有一位扬州知府不信那一套,在祭神之后贸然命人打开了这个木匣子。霎时间刮起一阵狂风,接着就是一场大雷雨。

张飞治河

大学士嵇文敏公做南河总督时,准备在黄河的东岸建造一道堤坝。一天夜里,他梦见一位头戴金盔、身披铠甲、留着短胡子的将军,向他作了一揖,就径直往上首座位坐下,说道:"这一带的河岸,某某堤坝需加固,某某地段才能没事。如果想在东岸筑堤,我敢说一定失败!"嵇文敏公听后,向他点了点头。

过了一会,嵇文敏又想,那人的相貌,不过是个武夫,言谈又很粗鲁,为什么他竟公然和我这个当朝宰相分庭抗礼? 想到这里,他心里老大不自在,在忿懑的心绪中,从梦中醒来。

第二天,嵇文敏公到河道上去督察,路过一座张桓侯庙,就进去喝茶,稍作休息。这时,他发现正殿里的张桓侯神像和他昨夜梦中见到的完全一样,这才醒悟过来,马上传令停止筑堤。

神佑不必贵人

观察使章先生的家奴陈霞彩,家住上元(今属南京市)义直巷。有一天,陈霞彩和他的妍妇同宿。夜里,就听得风雨声大作,轰雷震耳,好像附近有什么建筑物在雷雨声中倒塌了。

这一男一女情意正浓,对窗外的一切毫不理会,也没有起床。天亮之后,他们撩开床帐一瞧,正是他们所住的房子的后山墙倒塌了。他们所睡的床,又正好靠近后山墙。床前床后、床左床右,都堆起了几尺高的砖头,只有他们睡的那张床,却安全无恙,毫无损伤。

由此看来,受到神明护佑者不一定全是贵人。一位家奴,一名青楼女,当他们情深意浓之际,神明对他们的爱怜竟也如此!

成神不必贤人

秀才李海仲,到京师去参加顺天乡试。他在苏州雇了一条鸭嘴船,驶到淮河,见有一位从前的老邻居王某,在岸上大声叫唤,要求搭船。于是,李海仲就和王某一路同行。

到了傍晚,船靠岸过夜。王某笑着向李海仲问道:"您胆子大不大?"李海仲听了这话,不禁感到愕然,就漫不经心地答道:"胆子大呀!"王某就说:"我是担心您害怕,才问您的胆量。既然您胆子大,我就不得不对您说实话了。我已经不是人,而是一个鬼了。我和您分别,已经六年了。前年闹饥荒,我为生活所迫,干起了刨坟掘墓的营生,被官府抓获,判了个死罪,丢了脑袋。现在,我做了鬼,但依然是饥寒交迫。所以,我要到京师去讨还一笔旧债,要仰仗您一路上多多关照了。"李海仲问:"到京师去向谁讨债呢?"王某说:"向一个姓汪的人讨债。这位汪某,在刑部的一个司里当郎中。我那拟斩决的案卷呈报到刑部后,汪某曾派人向我通报消息,说他有办法可以使我减刑,保证不会有生命危险。因此,我托人向他赠送了五百两银子。想不到他对我却毫无照应,最终我还是丢了性命! 所以,我要到京师去找他算账!"

王某提到的这位汪某,原来是李海仲的亲戚,李海仲听了,大吃一惊,就婉转地对王某说:"你掘坟盗墓,犯的是死罪,所以部议斩决,也不算冤枉。实对你说了,那汪某是我的一个亲戚,但他不该骗你的财物。这样吧,我们到了京师,我就带你去见他,把事情说开了,叫他还了你的银子,这冤仇也就解了。再说,你已是泉下之人,要这么多银子又有什么用呢?"王某说:"这银子我虽然派不上用场,但我家里还有妻子儿女,他们和您是邻居,所以,我讨得了这笔银子,还要托您代我带回家去呢。"李海仲也就答应了。

过了几天,他们乘船快到京师了。王某说要先走一步:"我且到令亲家里去作祟,叫他求救无方。您再去劝说,他才肯听您的。否则,汪某是个贪财之人,他没有危难,您即使劝他,他也未必会听您的。"王某说罢,一转眼就不见了。

李海仲到达京师后,先安排了住所,直到第三天,才来到汪某府上。一进门,得知汪某果然得了个疯狂症,全家求神问卜,但是毫无效验。李海仲进门时,王某就借汪某的口说:"你们汪家的救星来了!"汪家的人听了这话,不懂是什么意思,都争相向李海仲询问。李海仲也不隐瞒,把事情的来龙去脉一一对汪家的人说了。

汪莫的妻子开始觉得只要烧上几万纸钱,作为赔偿,就算可以了。

王某立刻借汪某的口,大笑道:"拿假钱来还真钱,天底下没有这样便宜的事! 你们快拿五百两银子交给李老爷,我便饶了你家主人!"汪家的人只得照办,汪某的病果然好了。

又过了几天,王某来到李海仲的住处,催着李海仲与他一同回到南方去。李海仲不肯,说道:"我还没下场参加考试,怎么能回去呢?"王某的鬼魂说:"您不会考中的,何必一定要下场呢?"李海仲还是不听,说:"至少要等我考完了三场再说。"三场考试过后,王某的鬼魂又来催着回去。李海仲说:"我还要等着发榜呢!"王某的鬼魂说:"您不会中的,还等什么发榜!"李海仲坚持要等。但等到发榜,果然是名落孙山。这时,王某的鬼魂跑来,笑着问道:"怎么样? 现在您总可以回去了吧?"李海仲又惭愧,又沮丧,当天就动身回南方去。

王某的鬼魂和李海仲同乘一船,一路上同吃同住。桌上的一切食物,鬼魂只是闻一闻,一口也不吃。但是,热的食物,经鬼魂闻过,就立刻变得冰冷了。

船到了宿迁,鬼魂说:"岸上有个村子里正在唱戏,我们何不去看一看?"李海仲就同鬼魂上岸,来到戏台下,但看了几出戏,鬼魂忽然不见了。这时候,突然刮起了阵阵大风,戏场上飞沙走石,观众纷纷散去,李海仲也只得独自回船,等候鬼魂自己回来。

天将要黑了,鬼魂才回到船上。这时,他已穿了一套华丽的衣服,对李海仲说:"我不回去了! 我要在这地方的关帝庙里做关老爷了!"李海仲听后,不觉大惊,问道:"你怎么敢随便做起关老爷来?"王某的鬼魂说:"世上的观音、关老爷,其实都是由鬼冒充的。刚才,那个村子里唱戏,就是向关老爷还愿。老实说,那个做关老爷的鬼,比我还要无赖! 所以我心中大怒,与他进行了一场决战,把他赶走了! 刚才您没觉着狂风大作、飞沙走石吗?"鬼魂说罢,向李海仲一拜,就匆匆离去了。

不久,李海仲回到家乡,把王某鬼魂托带的五百两银子,如数交给了王某的妻子。

中一目人

康熙三十三年(1694)，裴之仙[字又航，号绿野堂。江苏丹徒人。康熙三十三年(1694)二甲第四名进士]先生和他的几位朋友一起来到京师，将参加甲戌科会试。当时，北京城里有个人善于扶乩请仙，裴先生和他的朋友们就把此人请到客舍中来，请他招仙降坛，预卜此科谁中。不大工夫，乩仙降坛，只判了一个"贵"字。这使得人们大惑不解，再次磕头叩问。乩仙下判语说："全都说明白了。"大家虽说还是不明白，却又无可奈何。

等到会试发榜，只有裴之仙中了个会元(会试第一称会元，殿试第一为状元)，其他人全部落第。这会儿，大家才省悟了乩仙判语的含义：原来，裴之仙先生是位单眼瞎。"贵"字的繁体字写作"貴"，把"貴"字拆开来，正好是"中一目人"。

女鬼告状

镇江人包某，年轻貌美，娶妻王氏。包家世代经商，常与一些商人来往于大街小巷。

乾隆四十五年(1780)秋天，包某约了几位朋友，到青楼妓院去玩，直到傍晚才回家。这时，包某的妻子王氏正同家中的一位使唤老婆子在厨房准备晚饭，听到敲门声，就叫老婆子去开门。开门一看，见是一位浓妆艳抹的年轻女子。这女子进门后，直奔王氏的内室，老婆子问她是谁，她也不答不理。老婆子怀疑她是包家的亲戚，于是去报告了王氏。王氏急忙跑到内室，发现原来就是包某，她禁不住哈哈大笑，说这老婆子老眼昏花，竟把男主人认作了女人。

可是,包某忽然做出一副女人的样子,他恭恭敬敬地走近王氏,与王氏寒暄问好,并且说:"包郎在一家妓院里饮酒时,我一直守在妓院门口,等他走出妓院,我才随他回来。"王氏见他的声音举动都不像包某,完全是一个女人的模样,唯恐他得了什么疯病,于是急忙把家里的童仆以及街坊邻居、亲戚朋友找来。包某都一一与他们见面,礼仪周到,连每一个人的称谓,都一点不错,俨然是个知书达礼的大家闺秀。亲戚朋友中也有个别的轻薄男人,见他一副女人腔,就嬉皮笑脸地上前挑逗,他就立刻变了脸色,怒气冲冲地说:"我可是个规矩的女人!谁要是在我面前轻薄,我就要了他的命!"

众人就问:"你与包某有什么冤仇呢?"女鬼这才叹息着说:"我和包某是爱极成仇,为此,我曾前后十九次到城隍神那里告他,但都没有结果。现在我又告到了东岳帝君那里,才蒙批准。过不了几天,他就要和我一起,到东岳帝君殿前受审了。"有位亲戚问:"请问小姐贵姓芳名?"女鬼说:"我是体面人家的女儿,姓名不能告诉你们。"又有一人问:"那么,你告包某,有什么理由吗?"女鬼就一连背出十九张状纸的诉讼请求,因为背得太快,不能都听得清楚。大意是控告包某忘恩负义,使她婚事不谐。又有人问:"你既然附在包某身上说话,那么,你把他的灵魂弄到哪里去了?"女鬼微微一笑,说:"他的灵魂,已经被我关在城隍庙旁的小屋中了。"王氏一面哭着,一面向女鬼磕头求拜,请求放还她的丈夫。但女鬼却不予理睬。

入夜时分,包家的亲友就私下商议说:"女鬼曾说过,她曾多次到城隍那里告状,都没有被批准。现在她把包某的灵魂关在城隍庙旁的小屋里,我们何不也到城隍神那里告她,求城隍神伸张正义?"于是,众人分头去准备了香烛、纸钱等祭祀物品。女鬼一看这形势,好像真是要去告她的样子,就立刻改变了口气,说道:"现在各位既然都来为他求情,我且放他回来。至于我告他忘恩负义,这自有东岳帝君审断。"

女鬼说完这番话,就离开包某的身体走了。这时,包某一下子瘫倒在地上,过了一会儿才苏醒过来,显出极其困乏的样子。亲友们围着他,问他见到了什么。包某说:"我刚一出妓院门口,就被这女人跟上。开始时,她只跟随我走,有时在我的左面,有时在我的右面。到了教场,这女人就上前一把把我抓住,拉到城隍庙左边一间小屋里关了起来。在黑暗之中,有人用绳子捆住了我的手脚,又把我推倒在地,旁边还好像有人在看守着我。刚才听到这女人进来说:'今天暂且放你回去!'就把我推出了小屋。我跌了一跤,就醒来了,发现自己已经到了家里。这场官司,明天东岳帝君就要开庭审理。"家人还想问个仔细,包某已经困极睡着了。

包某一直睡到第二天下午才起身,对家里人说:"传唤我的差人来了,快摆了酒肴招待!"随后,他亲自迎出大厅,面向空着的椅子拱手施礼,嘴里还不停地说着什么,而别人却一点儿也听不懂。酒席摆好后,他又回到内室,躺在床上。入夜,到了头更时分,包某突然昏死过去,但心口还有点温热。

王氏一面哭泣,一面与亲友守护在他的身旁。只见他面色一会儿发青,一会儿发红,一会儿又发黄,变化不定。过了三更以后,包某的胸口、脖子和咽喉上,先后出现了几道被抓伤的痕迹。到了第二天二更时分,他的辫发也散了开来。天将破晓时,他却开始苏醒过来,喊着肚饿,要茶要饭。家人端上后,他一连吃喝了十多碗,而且吃得很快,把家人和亲友吓得目瞪口呆。包某吃饱喝足后,定了定神,又呼唤家人摆酒招待差役。王氏照他的吩咐,命人摆了酒席。包某又叫人取六千纸钱,其中不能有一纸残缺的,然后在大厅之前焚烧四千,在大门外胡同的一侧焚烧两千。又亲自走到大门外,打拱行礼,做出送客的样子。接着,回到内室,躺在床上睡了。

包某一直睡了两天两夜,方才睡醒。起来后,他详细地讲述了自己昏迷中的所见所闻。包某说:"我被女鬼从城隍庙旁的小屋里释放回来后,第二天就有两位差役来传唤我。这两位差役,一个我不认识;一个姓陈,是商人的儿子,也是我少年时代的同窗好友。这姓陈的家境贫寒,他娶媳妇时,我曾帮助过他几千文钱。现在他已去世三年了,在东岳帝君的下面当一名差役。姓陈的对我说:'这事已经分派到速报司审理。你我都是同窗好友,我生前又承您的高谊,现在我自当用情照应。你跟着我们走一趟,也不必上枷具了。'

"我跟着两位差役走到半路,又看见两位差役押着那个女鬼,女鬼上枷带锁,见我不上枷具,又气又恨,就一头朝我撞来,又用手抓伤了我的面颊,这就是我身上所以有红色爪痕的原因。女鬼又大骂押送我的两位差役徇私枉法,不给我上枷具。两位差役没法,只好给我上了枷锁,四人同行。

"路愈走愈远,天也愈来愈黑。阴风阵阵,凄凉而强劲,吹乱了我的辫发。不久,我们到了一个地方,隐隐中好像有一所衙门。差役命我坐在地上等候。一会儿,有两个打着红灯笼的人从里面走出来。差役去掉了我身上的枷锁,带我随红灯笼进入大堂,命我在红灯笼的旁边跪下。只见公案上放着一些案卷,一位官员临案而坐。这位官员头戴乌纱帽,身穿大红袍,用手捋着胡子,问道:'你就是包某吗?'我回答说:'是。'官员又命人把女鬼带上堂来,问答了许多话。那女鬼与我虽然并排跪在台阶之下,相距不过一尺多,但她答的话,我一句也听不见。这时,只见堂上那位官员大怒,命鬼卒打了女鬼十五个嘴巴,随即上了枷锁,由二位差役带着,痛哭流涕地退下堂去。

"我刚跪到大堂上时,好像身在泥潭里,脚下泥泞不堪;又有阵阵阴风吹来,脸上丝丝如刀刺。使我直打哆嗦,寒冷难当。等到官员命人打女鬼的嘴巴时,姓陈的差役在一旁悄悄对我说:'老兄,你的官司已经打赢了!你的头发凌乱不堪,我帮你把头发梳编起来吧。'我低头让姓陈的差役编发。当我再抬起头来时,发现红灯笼和官员等等,都不见了。

"姓陈的和另一差役把我送回家中。两位差役向我说明,差钱共六千文,其中两千是给陈姓差役个人的。"

有的亲友问包某:"这个女鬼,你究竟认识不认识?"包某竭力辩解,说:"我根本不认识她!真不知她为什么要找到我头上来!"据亲友们揣测,这个女鬼生前羡慕包某年轻英俊,因不能如愿,含恨而死。死后仍不甘心,要召唤包某到阴间为偶。所以,她挟着私心诬告包某,却被神明识破,因此受到了处罚。

丁　大　哥

康熙年间,扬州乡下人俞二,务农为生。他进城去拿粜麦的钱,商店的人留他喝酒,回村子时天已经晚了。路途昏黑,走到红桥,有几十个小人拉扯他。俞二平时就知道此地多鬼,但是胆大气豪,又喝得醉醺醺的，就奋力挥拳反击，小鬼们好几次被打散了又围拢来。他听到小鬼说："这个人凶猛勇敢，不是我们能够制伏的，一定要请丁大哥来，才能制伏他！"于是一哄而散。俞二心中揣想，丁大哥不知是怎样的恶鬼，但是已经到这地步，只有前进。刚过了桥，看到一个鬼，长一丈多，黑暗中仿佛看到鬼脸上颜色青紫，狰狞可怕。俞二想，动手晚了就失去势头，难于脱身，不如乘鬼未到，迎上去揍它。他解开缠腰布，装裹了二千铜钱，迎面打过去。那鬼随手翻倒在地上，摔在街道的石板上，发出金属的响声。俞二用脚踩那鬼，鬼越缩越小，但质地很是沉重。俞二牢牢地握住它，拿回家中，在灯下照着一看，原来是古棺材上的一枚大铁钉，长二尺，粗如大拇指。放进火里熔化它，有鲜血不断地流出来。俞二把朋友们叫来，笑着说："丁大哥的力量，不如俞二哥啊！"

汪二姑娘

绍兴人吴某，排行第三，在赵州知州衙门里当刑名师爷。后来，赵州衙门又请了一个姓吴的书吏。这书吏排行也是第三，苏州人。为了便于区分，衙门里的人就把绍兴人吴某叫作吴师爷，而叫苏州人吴某为小吴师爷。两位师爷的馆舍正好门对门，彼此相处得非常融洽。

赵州知州有七八个小老婆，侍女丫鬟更是不计其数，一个个都妖艳迷人。她们常常在馆舍中进进出出，两位吴师爷每每遇见，就会评头品足一番，说某某小娘子正合我意，某某姑娘配你最为恰当，彼此寻寻开心。

一天晚上，两位吴师爷办完公事后，已经三更天了，于是各自回房休息。小吴师爷正坐在床上吸烟，床帐外面点着蜡烛，并命仆人从外面掩了门。这时候，整个衙门的人都睡了，一片寂静。忽然，听到有人推门进来，小吴师爷问："是谁？"来人不答。小吴师爷定睛一看，只见一个二十上下的美貌女子，急冲冲地小步走到他床前，直瞪瞪地看了他半天。小吴师爷吃惊地问道："你是什么人？为什么跑到我房间里来？"那女子说："我是汪二姑娘呀！我是来找绍兴吴三爷的。找错了，找错了!"小吴师爷一听这话,就料定是府上哪位风流侍婢与老吴师爷有了勾搭。于是,他笑着指了指对面的门,说:"绍兴吴三爷住在对门,我是苏州吴三爷。"那女子扫兴地瞥了他一眼,转身就走。

第二天,小吴师爷遇见老吴师爷,就嬉皮笑脸地问:"昨天晚上,你大大地快活了一阵吧?"老吴师爷被他问得莫名其妙。小吴师爷又说了几遍,老吴师爷还是摸不着头脑,就问:"究竟是怎么回事?"小吴师爷笑眯眯地说:"这是我亲眼所见,你还要装蒜抵赖?"老吴师爷更加疑惑,经过再三追问,小吴师爷才把昨夜的事告诉他,并描绘了那女子的衣着打扮。老吴师爷一听这话,脸上顿时变了颜色,说道:"她怎么会找到这里来呢?"沉默了半晌,又对小吴师爷说:"她原是我的一位至亲,死去已经十多年了,不知道她怎么会来寻我?"小吴师爷听后,也觉得诧异。看见老吴师爷神情沮丧,也就不好再问。

这一天,从早到晚,老吴师爷始终沉默寡言,心事重重,脸上还露出恐惧的神态。到了晚上,他一定要小吴师爷睡到他房间里去,与他做伴。小吴师爷觉得不对劲,就千方百计找借口推辞了。老吴师爷没法,就命两名仆人睡到他房里去,他自己则睡在两名仆人的中间。这一夜,小吴师爷通宵在老吴师爷的房门外偷听,却是毫无动静。天亮后,两名仆人起床,见老吴师爷躺着一动不动,才发现他已经死了。

谢 铜 头

镇江的西门,原本建在唐颓山侧;国朝初年,改建在北城外的阳彭山。旧西门附近有一座佛寺,殿宇廊庑秀丽修洁。据传说,这里就是丽春台古迹遗址。

这西门,地处交通要塞,是南来北往的必经之路。所以,许多官僚缙绅的迎客饯别酒宴集会,大都在这座寺庙里进行,这里曾是繁华一时的胜地。但是,自从城门北迁,这座寺庙也逐渐冷落了;天长日久,加上路远隔绝,使它陷于颓败,只有大殿里那三尊铜铸的大佛像,依然岿然独存。据说,这三尊铜像重达几万斤,是五代时期的产物,可谓历史悠久。殿宇倒塌，这三尊铜佛露处山野，依然金光闪闪，毫不逊色。

有个谢某人，素以贩卖铜器为业。他看着这三尊大铜佛，恰似三座银山。于是，他勾结了镇江府的官吏，策划把这三尊铜佛投炉熔化，作为生财之道。他们事先议定，销熔铜佛的工本费由谢某独出，所得款项谢某独得一半，其余一半参与此事者各自有份。商议已定，就把三尊大铜佛放倒砸碎，投炉熔化。经过一定时间的熔炼，铜佛的身躯、四肢都渐渐化为铜水，只有那三颗佛头，却依然在沸腾的熔炉里上下滚动，经久不化。

主持熔炉的人因此产生了疑虑与恐惧，欲进不得，欲罢不能。这当口，谢某来到炉前，说道："不就是佛头不化吗？这个很容易！不必犯愁！"说罢，他飞身跳上炉台，当众往熔炉里撒了一泡尿。也怪，那三颗铜佛头，很快地便熔化了。谢某的这个绝招儿，博得众人一片赞赏，一阵欢笑。

且说这个谢某，虽说是极其聪明伶俐，却年过四十而膝下无子。正当他显才能兴高采烈之际，家里雇佣的仆从也兴冲冲跑来向他道喜，说是尊夫人临产，荣生贵子了。谢某听了，更加喜出望外。他认定，这三尊铜佛是应了劫数，理应被我毁掉；而我谢某也算走了运气，合该发这笔横财！他一高兴，就给这初生的儿子取名为"谢铜头"，以示"铜头转世"之意。众人又是一片赞赏。

从那以后，谢某的家境骤然富裕起来，日子越过越红火。他家的主要生活来源，也由贩卖铜器转换为私铸铜钱，朝着暴发户儿的方向走下去。

可是，好景难长，没过几年，谢某私铸铜钱的伙伴首先犯了案，被官府捕获。在审讯中，同伙直截了当地把他招供出来，谢某的全家面临杀身之祸。机敏的谢某马上做出决断，用炉灰揉瞎了自己的双眼。等公差将他带上公堂，他已经是个地地道道的双眼瞎。瞎子怎么能主持私铸铜钱？同伙们的牵拉，显然成为诬告。谢某凭着他的狡狯与自我牺牲，轻而易举地被宣布无罪释放而漏网，进而保全了他全家人的生命。

可是，他儿子谢铜头长大成人之后，依然继承父业，又干起私铸铜钱的勾当，重新被人所检举。乾隆年间，谢家父子被捕，绑缚到阳彭山下，双双斩首示众。

乌头太子

有位吴某,住在丹徒镇。他家世世代代在长江中的一个小岛上经营农业。乾隆十八年(1753)初冬,吴某到这个小岛上收租,把收来的稻子放在场院里晾晒。这时候,有一群乌鸦飞来啄食他的稻子。吴某拾起土块向乌鸦打去,恰好打中了一只惊飞的乌鸦。那受伤的乌鸦惊叫一声,坠落到地上,随后又挣扎着飞去。

吴某回到庄房,刚吃过晚饭,忽然听到刮风下雨的声音。他开门仰望,只见天空一片漆黑,霎时间大雨如注。他急忙回到房中,发现身上穿的衣服已经一片白色。原来刚才淋到他身上的不是雨,而是乌鸦的粪便。他想起曾有人说过,鸟粪落到身上是不吉利的,于是叹道:"我今天落了一身鸟粪,大概是活不长了!"

吴某自从身着鸟粪后,便得了鸡爪疯,手脚抽搐,起卧不便,又不能拿东西,饮食需要家人服侍,使他痛苦不堪。但他心里却很明白,曾自言自语地说:"乌鸦啄食我的稻子,我把它们赶走,有什么错? 它们竟敢在我身上兴妖作祟! 我一定要写一个状子,到城隍爷那里控告它们!"他儿次动过这个念头,只因手脚不听使唤,所以状子一直没有写好。

一天,吴某正睡午觉,竟梦见自己用黄纸写了一份状子,准备呈送到城隍爷那里。这时,天空中忽然有两片黑云飘来,落到地下,化作了两个青衣人,对吴某说道:"以前被您打伤的不是一只乌鸦,而是我们的乌头太子! 您因为得罪了他,所以才得了这个病。您如果再去告他,那就更加得罪乌头太子了。依我们看,不如备办些酒食,向乌头太子赔个罪,不是什么事也没有了吗?"

但是,吴某根本听不进去,他愤愤地说道:"它们吃我的稻子,又兴妖作祟来折磨我,我非要去告它们不可!"他刚把话说完,天空中又飘来了两片黑云,着地之后,一片化作了一个美少年,一片化作了一名仆人。那少年头戴褐色巾,身穿褐色袍;仆人跟随在后,为少年撑着一把黑伞。少年上前向吴某拱手施礼道："听说您要控告乌头太子,不知您控告的理由是什么?"吴某就把状子递给那少年看。少年看过状子,对吴某说道："总是您以前打了那乌头太子,这才有一身的疾病。只要你承认错误,我可以为您在乌头太子面前说情,保证您健康如常,何必非要去控告呢?"说着,就把状子揣进怀里,向天空飞去。吴某急忙上前抢夺,已经来不及了。他吃了一惊,就从梦中醒来。

从这一天起,吴某所患的疾病,就一天轻似一天;两个月之后,完全恢复了健康。

吴生两入阴间

吴某,是江苏丹徒县的一位世家子弟。他的祖父、父亲都曾是府学、县学生员。尤其他祖父,品格端正,性情正直,在乡里之间是位很受人推重的人物。

吴某的祖父去世十年,吴某才娶妻成家。婚后,夫妻互敬互爱,感情真挚而笃深。乾隆二十一年(1756),吴某之妻暴病而死。吴某日夜思恋,食不甘味、睡不安席,几乎到了要毁掉自己的边缘。丹徒城里有个朱长班,全城人都知道他走阴差(又称走无常,即阳间人在阴司里兼职当差),能兼管阴阳两界的事。吴某为妻子办丧事的时候,曾经请朱长班来帮忙,朝夕相处,他们混得非常熟悉。吴某在丧妻的苦闷之中,就找到了朱长班,向他请教阴间的事。朱长班告诉他说:"阴间与阳间并没有多大差别。那些奉公守法的鬼们,都过着安闲自在的生活;只有那些在阳间犯下各种罪行的人,才受到惩处,打入各级地狱。"吴某就恳求朱长班带他到阴间走一趟,会会自己的妻子。朱长班严肃地说:"阴阳异路,两世隔绝,活着的人怎么好随随便便到阴间去? 当年,老相公(指吴某的祖父)对我恩德厚重,我怎么能干那些既害了您,又对不起老相公的事?"吴某死说活说,缠着朱长班不放。朱长班万般无奈,才对他说:"这种事我是绝对不能干的。你如果决意要去,也罢了,你可以到城里太平桥去寻找丹阳(今江苏丹阳)人常妈。你好好求求她，再多给她献上些礼金，她或许能答应你。"吴某心里有了谱儿，才高高兴兴地回到家中。

第二天，吴某就匆忙赶到城里去，在太平桥寻找到了丹阳人常妈。没料到，他刚一开口，就遭到常妈的严词拒绝，左一个不行，右一个不允。吴某死求活说，又答应事后一定奉赠几千文的谢礼，常妈脸上才有了一点儿笑容，对他说："相公既然如此心诚，我也不能不成全你。那么，三天后，你可以在家里选择个清净的屋子，一人独宿。到时候，我会来约你一块儿到阴间去。但是，切切记住：你所脱下来的衣服，千万不可稍加移动，否则，你将不能返回阳间了！"

说起来，自从吴某丧妻之后，他就依附于婶娘生活，早已是独宿厢房。三天之后，他就悄悄对婶娘说："侄儿今天身上感觉很不舒服，需要早点儿睡下。请婶娘从外厢替我锁好房门，千万不许别人进到我房里去，更不能随便挪动我脱下的衣服！这可是关系到侄儿生死的大事，婶娘万万不可疏忽！"婶娘听了他这番话，着实有些害怕，问他到底出了什么事。吴某却是避而不答。婶娘无奈，只好不声不响地从外厢替他锁上了房门，又悄悄地在外厢照应。

且说吴某进了自己的卧房，点燃了油灯，放在床前几上；宽去了外衣，搭在床头上。躺下之后，心里千头万绪，辗转反侧，竟是难于入睡。睡不着，就不免胡思乱想："常妈并没嘱咐我非睡着了不可呀！我醒着，她又如何带我到阴间去？是不是这老婆子在哄骗我？"思绪混乱，犹如一团乱麻。

二更鼓以后，突然有一线黑烟从窗户的缝隙缓缓而入。黑烟袅袅，就像一条毒蛇，突突地吐着信子。吴某的心骤然紧张起来。不大工夫，黑烟就集聚成漆黑一团，其大如斗。黑团旋转着，朝吴某脸上扑来。吴某只觉得头上一阵眩晕，耳边就有人呼唤："吴相公，跟我走吧！"是常妈的声音。接着，就把他从床上扶了起来，从门缝儿里穿梭出房，竟然毫无障碍。吴某顺便往婶娘那屋里看了一眼，只见那屋里竟然点了好几盏灯。婶娘心里大概也很害怕，所以，把几位堂弟都招来做伴。

吴某在常妈的牵拉下，一走出自家大门，外面的世界就变成另一种景象：眼前黄沙漫漫，天地相接，更辨不清东南西北。又走了一程，才渐渐有了人烟，街道、店铺、官府衙门，就和人间的情景极相仿佛。

走到一个去处,眼前出现了一个大水池,池水呈深红色,就像是一池血。许多妇女都泡在这池子里,有的抽泣,有的痛哭,有的哀号,叫人惨不忍睹。常妈指着这个水池对吴某说:"这就是佛家所谓的血污池。你家娘子大概也在其中,你找一找吧!"

不大工夫,吴某就发现他妻子泡在水池的东南角。他不禁潸然泪下,一边呼唤着妻子的名字,一边跑过去和她说话。吴妻也缓慢地移到岸边,一面与他说话,一面伸手拉他入池。吴某将要下到池中,常妈大惊,抢上前来,一把将他拽住,骂道:"书呆子! 你不要命了? 只要你身上沾一滴血污水,你就甭想再返回人间了! 傻小子,你可知道,凡是生前毒打婢妾致流血不止的,死后都要打入血污池。入池的深浅,还要由被打婢妾流血多少而定。"吴某辩驳说:"我家娘子生前温文慈善,从来没有过殴打婢妾的事,为什么把她打入血污池? 这也太不公平了!"常妈说:"这是她上辈子犯下的罪孽,那会儿还没有你,你怎么会知道?"说罢,强拉着恋恋不舍的吴某,由原路返回家中。

吴某一直处在昏睡中,直到第二天中午,他才醒来。起床之后,他脸色焦黄,就像个久病初起的人。在婶娘的精心护理调养之下,又过了好几天,他才逐渐恢复了原状。

过了一个多月,吴某思恋妻子的心情又严重起来。他又来到常妈家,恳求再带他进入阴间。常妈立刻现出为难之色,说:"可一不可二呀! 去一次,已经是冒险,怎么还想去第二次?"吴某哀求不已,并许诺比上次加一倍的厚礼,常妈这才很勉强地答应了。到了那天,吴某照旧请婶娘从外厢反锁了门;常妈又及时来到,带领他走出大门。可是,出去大约一里多地,常妈突然撇下了他,转眼之间就不见了。吴某正在错愕彷徨,不远的地方有一顶四人抬小轿缓缓而来,轿子里端坐一位白发老翁。

等到那顶轿子走到对面儿,吴某才认出坐在轿子里的老翁正是他去世多年的祖父。他又慌又怕,骤然之间只想溜掉。祖父一声喝住了他,问道:"小子,你怎么跑到这儿来了?"吴某支吾了一阵,终于无可奈何,只有把如何思恋妻子、如何两入阴间的事一一实说了。祖父勃然大怒,骂道:"没长进的畜生! 人生各自有命,这是你随便能来的地方吗? 没想到,你读了这么多年书,还是这么不通达! 学问都就饭吃了?"抬手就打了吴某两个大嘴巴,又骂道:"畜生! 你若是敢再来,我就立刻指示阴司官吏,将你连同常妈那可恶的老婆子,一起杀掉!"说罢,命两名轿夫挟持着吴某,来到一条滔滔东流的大河边。两名轿夫乘其不备,一下子就把他推进河里。

吴某惊叫而醒,才知道自己依然躺在卧室的床上。只觉得左脸上火辣辣地疼,拿过镜子来一照,左脸已经青肿。他推托有病,在床上躺了足足有十几天,才渐渐恢复了健康。

当时,吴家有一门亲戚,亲戚家的老太爷病卧不起。吴某就对婶娘道:"婶娘,咱亲戚家那位老爷子三天之后就要归西了!您还不快看一看他去?"婶娘不禁吃了一惊,问道:"你怎么会知道?"吴某说:"侄儿两入阴间,看见那儿挂着个大牌子,牌子上写着他的名字,而且明确地注明了他的死亡日期。我亲眼看见了,怎么能不知道?"

可是,从那以后,吴某精神萎靡,两个眼珠子呈碧蓝色。每到下午太阳偏西,他就能看见各式各样的鬼。但这并不能损害他的寿数,至今,他还健康地活着。

吴某的婶娘,是法嘉荪先生的大表姐。法先生是从大表姐嘴里听到的这个故事,又转而讲给我听。不知这故事到底有几成真实性。

狐 道 学

法嘉荪祖母孙氏的娘家,有位侄儿孙某,是当地一个大富翁。清初,沿海一带海盗猖獗,孙某就把家搬到了金坛。一天,有个姓胡的老人,带了子孙奴仆数十人,还有一些贵重的行李,路过孙某的家门。老人说他们是山西人,因遇兵乱,不能再往前走,要求借孙某的空房暂住。孙某看老人的言谈外貌,知道他们不是一般的过往之客,就让出一处空房,请他们住了进去。

孙某闲暇无事,就常常过去与老人闲谈。孙某见老人的书房里,有琴、剑、书籍。所读的书,都是《黄庭经》、《道德经》等典籍;嘴里所谈的,又都是《心性》、《朱子语录》中的话。老人对子孙和奴仆管教也很严,平时不苟言笑、神情严肃。可是,孙家的人却都认为他们是一群狐仙,暗地里又称老人为狐道学。

孙某家有个小婢女,长得很有姿色。一天,这小婢女与老人的一个小孙子在小巷中相遇,小孙子突然一把把她抱住。婢女不从,挣扎逃脱,把这事报告了老人。老人安慰她说:"你别恼了,我一定好好教训他。"

第二天,将近中午时分,老人还是紧闭着房门。孙某打发人去敲门,也不见动静。无奈,只得命人翻墙进去,把开打开。一看,宅内空无一人,书房的几案上,却放着白银三十两,旁边有一纸片,上写"租资"二字;又在台阶的下面,发现一只被掐死的小狐狸的尸体。

法嘉荪发感慨说:"这老人才是真正的道学家呢,正人必先正己,他把行为不轨的小孙子掐死了。如今世上有不少做官的,大谈程朱理学,道貌岸然,背地里却不择手段到处钻营。这些人比起老狐来,就差得太远了!"

卷二十三

太白山神

秦中的太白山神,是最为灵验的。太白山顶上,有三池,即大太白、中太白、三太白。如果有树叶、杂草、污泥落到池中,群鸟就会飞来,把这些杂物衔去。因此,当地人称这些鸟为"净池鸟"。

一次,有个木匠不小心掉进了太白池里,却发现这池底下有另外一个世界。只见一位身穿黄衣的人,把他领到一座大殿中。大殿里坐着一位王爷,他没戴帽子,身穿宽袖大袍,脚蹬一双朱红缎面靴,须发苍白,看了木匠一眼,笑着说:"听说师傅手艺高超,所以特地把您请来,烦您替我建造一座凉亭。"于是,木匠就在水宫里住了下来。三年以后,凉亭建成了,王爷就赏他三千两银子,并且允许他回去。

可是,木匠嫌银子分量太重,携带不便,因此辞谢不受。临走时,他看见王府中养了许多金丝毛的小狗,逗人喜爱,便开口向王爷讨一只,准备带回家去。王爷不肯,木匠就乘他不注意时,顺手偷了一只,藏到怀里,匆匆告辞走了。

走到半路,木匠解开衣襟,想看一看这只可爱的小狗。谁知,他刚解开衣襟,便觉眼前金光一闪,小狗立时化作了一条小金龙,腾空飞去,还抓伤了他的手,使他落了个终身残疾。

木匠回家后,有一天,忽然下起了一场大雷雨,雨中夹着冰雹。雷雨停止后,木匠发现落在院子里的冰雹都变成了银子,一称,恰好三千两。

太平闲吏

王世德先生,字克承,号霜皋,又号中斋,北平人。明朝末年,王世德袭父职,官居锦衣卫指挥佥事。北都(指今北京市)被攻陷,他拔刀殉节,被一名仆人抱住,夺去了佩刀,因而自杀未遂。可是,他的夫人魏氏,却率领家中妇女投井自尽。

后来,王世德先生换上和尚的服装逃往江南,隐居于江宁,自题斋名为"太平闲吏"。十年后(即康熙三十二年,公元 1693 年),王世德先生辞世,他的后代就把住宅的东院卖给了太平府(清代太平府辖境,相当于今广西凭祥市及崇左、宁明、龙州、大新等县)知府王克端。后来,住宅的西院又相继卖给了太平后任知府李敏第。这么一来,王世德的斋名"太平闲吏"四个字就变成箴言了。

楚雄奇树

云南楚雄府的得嘉州,是少数民族聚居的地方。那里,有一棵高大的冬青树,盘根错节,绵延十多里。从远处望去,这树根下就像开了几十家木器行,里面桌、椅、床、榻、厨、柜一应俱全,能住下十多户人家。可惜,这棵冬青树的树叶太稀,不能遮风挡雨。它的根部的支根拔地而出,枝枝像有脚一样。

泗州怪碑

泗州虹县(今属安徽省)有一口井。相传,那是大禹王关锁巫支祁(一作无支祈)的地方。据说,这巫支祁是淮水之神。他兴风作浪,使淮水屡屡泛滥,淮水流域的百姓连年遭难。大禹王就把巫支祁拿住,锁到这口井里,淮水平息。至今,井里铁锁犹存,为历史传说作证。

据说,就在这口井的旁边,还有一座石碑。驮碑的赑屃(杨慎《升庵集·卷八·龙生九子》:"俗传龙生九子,一曰赑屃,形似龟,好负重。令石碑下龟趺是也。")头不可稍加移动。如果万一有人把这座石碑调换了方向,立刻会从赑屃的嘴里喷出一股金黄色的水。

雁荡动静石

南雁荡山上有两块互相叠压的大石,体积有两间房子一般大。下面一块叫静石,上面一块叫动石。要想使动石移动,必须有一个人仰卧在静石上,两脚撑住动石,用力一蹬,就会发出轰的一声,动石就会移动一尺多。但如果人站着推那动石,那么就是集合千万个人,也别想移动它一步。这个谜,至今还没有人能解开。

瓦屑庙石人无头

太湖(在江苏省南部,古称震泽湖)旁边有个瓦屑庙,庙的规模不算大。这瓦屑庙里有二十多尊石相生(石人),但是,他们的头都被砍掉,七零八落地抛在地上,也有的石人手里提着自己的头。

相传,元朝末年,张士诚(幼名九四。元朝泰州白驹场人。盐贩出身。元末率盐丁起事,据平江,自封吴王,割据一方。后被朱元璋军所俘,押解南京,自缢死)起兵,占据平江,自称吴王。后来,朱元璋的部队围困平江,夜里,就有位自号石将军的人带领所部出城应战,他的将士个个奋勇杀敌,英勇无比。但是,平江城终于被攻陷,人们发现瓦屑庙里的石相生已经个个人头落地了。也有人说,明朝末年,瓦屑庙的石相生兴妖作怪,扰乱百姓,欺辱妇女。当地村民气愤不过,抢起锄头铁镐,把他们的头全部敲掉了。

十三猫同日殉节

江宁王御史的父亲有名老妾,七十多岁了,养了十三只猫。她非常爱这些猫,就像爱自己的儿女一样。这些猫都有乳名,只要一叫到谁,它就会乖乖地跑过来。乾隆五十四年(1789),这名老妾死了。这十三只猫,就围着她的棺材团团打转,同声哀鸣。别人喂它们鱼,它们只是流泪,一点也不吃。这样饿了三天,十三只猫竟在同一天死了。

鬼吹头弯

有位林千总(千总,清代绿营兵守备以下的统兵官。统率运漕粮者,称为守御所千总),是江西省的一位武举人。

有一回,林千总奉命押送粮饷进京,路经山东,住宿在一座古庙里。庙里的老和尚安置他住进东厢的楼上,并叮嘱说:"阿弥陀佛!鄙寺废颓,只有这东厢还可以勉为住室。这楼上还经常闹鬼怪,乞千总大人见谅,并多加小心为是!"林千总是个武夫,根本不把这邪魔鬼道的事儿放在心上,他只"嗯"了一声,就命老和尚退下去了。

夜里,林千总掌灯独坐,一边儿思考进京的日程,一边儿翻阅着一部兵书。夜半时分,忽听得楼梯橐橐作响,上楼的人脚步似乎很沉重。不大工夫,一个穿着一身红衣服的女子缓缓走上楼来。她往四周巡视了一番,就走到佛案前,面向神佛拜了又拜。行礼已毕,她就回转身来,面向林千总,妩媚地一笑。这笑,似爱似怨,有意有情。一般的贪色之徒绝对经受不住。可是,林千总却漠然处之,不为所动。他端坐书案,引而不发,准备后发制人。女鬼一瞧,引诱这招无效,霎时间化作个披头散发、瞪眼吐舌的恶鬼,又疯狂地向林千总扑来。林千总眼疾手快,操起身边的茶几,朝女鬼猛力砸去;女鬼也非常灵敏,一闪身,就躲过了飞来的茶几,一步窜上前来,就要拉扯林千总。林千总顺势一拉,就攥住了她的手腕。这手腕,冷如冰,寒如雪,僵似铁,使人不寒而栗。

女鬼的手腕被林千总握住,她左右挣扎,奈何不得。忽而,她张开嘴,猛地往林千总脸上喷气。这股气,又腥又臭,秽不可耐,直冲着林千总的脸。他不能就此放开被抓住的女鬼,只好把头扭向一旁,极力回避。

他们之间的格斗,整整折腾了多半夜。东方发白,天将破晓,山村的雄鸡忽而一声高唱。这会儿,女鬼已经精疲力竭,她"咕咚"一声,躺倒在地上,却是一具僵尸。

第二天,老和尚就把此案报了官,官府查验之后,命将作祟僵尸就地焚毁,从此,这古庙里的鬼怪就绝了迹。但是,林千总的脖子被女鬼的秽气所吹,像个弯柄儿茄子似的扭向一边儿,再也无法正过来。

虾蟆教书蚁排阵

我小时候住在葵巷,看到乞丐讨钱,身上背着一个布袋、两个竹筒。布袋里装着九只虾蟆,竹筒内装红白两种蚂蚁,大约一千多只。

乞丐到市场店铺的柜台上表演戏法,演完讨三文铜钱就走了。

戏法有两种,一种叫作"虾蟆教书"。这戏法是:摆一张小木椅子,大虾蟆从布袋里跳出来,坐在椅子上。八只小虾蟆也跳出来,团团围着大虾蟆,一声不响。乞丐喊道:"教书!"大虾蟆就叫:"咯、咯!"那群小虾蟆也应声叫:"咯、咯!"就这样连声地叫"咯咯",人们耳朵里一片吵闹声。乞丐说:"停止。"虾蟆们马上停止发声。另一种叫作"蚂蚁摆阵"。这戏法是:打开红色和白色的两面旗,每面旗长一尺多。乞丐把竹筒倾倒,红蚂蚁、白蚂蚁在柜台上乱爬。乞丐拿红旗摇摇,说:"归队!"红蚂蚁就排成一行。乞丐拿白旗摇摇,说:"归队!"白蚂蚁也排成一行。乞丐拿起两面旗交换摇摆,喊:"穿阵走!"红蚂蚁、白蚂蚁就穿插而行,左右绕弯,队伍不乱。爬了几圈,拿竹筒接着,蚂蚁就慢慢地分别爬回自己的竹筒里。

虾蟆、蚂蚁,是最低级最愚蠢的虫类,真不晓得他是怎样教会它们的。

木犬能吠

叶文麟先生说,在京城时,到某位刑部官员家里。刚刚敲门,有一只狮毛恶狗,咆哮着冲了出来,样子好像要咬人。叶先生很害怕,主人马上出来,喝住那狗,狗就躺下不动了。主人看着客人,嘻嘻地笑个不停。客人问什么原因,主人说:"这是木头狗呀!它外面覆盖着狮子毛,里面装有机械,就能又叫又跑了。"叶先生不信,主人再拿出一只鸡,黄毛红冠,会伸长脖子啼叫。拨开鸡毛一看,也是木头做的。

铜人演西厢

乾隆二十九年(1764)，西洋人向朝廷进贡铜制机器人十个。这十个机器人，能演出一部《西厢记》。

这些机器人各有一尺多高，身躯、耳朵、眼睛、手脚都是用铜铸成的，心、胃、肾、肠等都有机关连接，制作方法与自鸣钟差不多。这些机器人出场演出时，都有一把钥匙开启。开启时，有一定的程序。如果程序颠倒了，那么，它们的坐卧行止就会发出混乱。如果按程序开启，张生、莺莺、红娘、惠明、法聪等人，就能自行打开箱子，穿戴行头，变换身段，揖让进退，就像真人一样，只是没有唱段。一出戏演罢，这些机器人又会自行卸去行头，躺卧到箱子里。以后再登场时，用钥匙一开，它们又会自行起立，重新登场演出。西洋人设计的巧妙，竟达到了这样的程度！

双花庙

雍正年间，桂林有个蔡秀才，年轻貌美，风姿翩翩。

那年春天，蔡秀才到戏场去看戏。他看得正入神儿，就觉得有人从后面抚摸他的臀部。蔡秀才从心眼儿里冒火儿，回过身来，将要破口大骂，挥拳就打。可是，他回头一瞧，发现抚摸他的也是个年轻人，姿容风度显得比他更美，比他更潇洒。蔡秀才被色相所迷，顿时转怒为喜，反而伸手去摸那年轻人的下体。那个年轻人一见他有这个动作，更是喜出望外，急忙重整衣冠，上前与他作揖见礼，自道了姓名。原来，这个年轻人也是桂林的一名富家子弟，虽然已经读书，在校庠中尚无地位。两人色相相投，竟是一见如故。他们手拉着手来到杏花村饭馆,摆下酒宴。两人海誓山盟成了好朋友。

从那以后,这两人是出必同车,坐必同席,互相刮面熏香、涂脂抹粉,尽学些女人们做的行当,又相继穿起小袖窄襟的奇装异服。从背后或侧面猛一瞧,真分辨不出他们俩到底是男还是女。

这桂林城里有个恶棍,名叫王秃儿。此人不务正业,性情狡诈又凶残,专门留神那些偷鸡摸狗的事。蔡秀才和他朋友的放荡行径,早引得王秃儿注意,只是没得机会从中插手。有一天,这两个浪荡子正走到一个僻静之处,突然被王秃儿拦截了。王秃儿毫不隐讳,就要对这两个浪子施行鸡奸。两个浪子坚拒不从,王秃儿大怒,骂道:"你们这两个淫秽之徒!你们整日里鸡眠狗宿,如今竟在你家秃爷面前卖起贞操来了,且吃我一刀!"说罢,抽出腰间短刀,一刀一个,把两个色徒杀死。王秃儿把两具尸体拖到城角下的无人之处,就逃之夭夭了。

蔡秀才的家人发现他失踪,派人四方寻找。不久,就在城角下发现了这两具尸体。两家的父母联合起来,把此案报告了官府。官府下令缉捕凶犯,捕役们查到王秃儿身上有残留的血迹,将他拘捕法办。王秃儿在刑具的严逼之下,招供他是杀人凶手。官府以奸污杀人罪判处王秃儿死刑。

蔡秀才和他的朋友往日是两个文质彬彬的书生,文理通达。这回,他们又死于强人之手,很得乡里一些不知内情的人的怜悯。有的人多事,就倡议给他们立个庙,很快得到响应,集资顺利,庙也很快修成。此后,每当人们祭祀的时候,都要给他们各献上杏花一枝,这座庙因而有"双花庙"之名。乡民们偶尔有所祈求,总是非常灵。因此,双花庙一时香火大盛,远近的香客络绎不绝。

过了几年,一位外号人称刘大胡子的人出任桂林知府。有一天,这刘大胡子忽然向属下官吏询问起这双花庙的来历。属下不敢隐瞒,只好如实禀报。刘大胡子听了,勃然大怒,说道:"这叫什么双花庙?纯粹是两个流氓恶少!这座庙也是个淫祠,供它何益?"当即传令地保里正,马上把这双花庙拆毁。

可是,当天夜里,刘大胡子就梦见两位青年书生模样的人找上门来,一个揪住他的胡子,一个吐了他一脸吐沫,齐声骂道:"刘大胡子,你这个老混蛋!你有什么根据,开口就封我们哥儿俩是流氓恶少?你是一府的父母官,又不是我们俩的婢媪奴仆,怎么会知道我们俩在枕席之间到底干了些什么？当年，三国时期的周公瑾（周瑜）和孙伯符（孙策）都是翩翩风姿的美少年。他们是好朋友，同吃同宿，形影不离，照样是气盖一世的英雄，并没有谁说三道四。要是按你这个老混蛋的标准，周公瑾、孙伯符岂不也要列入流氓恶少的行列？就拿你来说吧，自从你就任桂林知府以来，贪赃枉法、索贿受贿的事儿还算少吗？去年，你贪赃徇私，枉杀了南村的周贡生！你是个地地道道的恶人，还有什么权利说我们？本来，我们应该立刻结束你的老命，只因朝廷的王法很快就会落到你头上，你的死期已经临近，今天姑且饶过你！"说罢，从袖口里抽出一根木棍，大约有三尺多长，并把这根棍子拴在了刘大胡子的发辫上，说："等着吧！到时候你就知道了！"说完，扬长而去。

刘大胡子突然惊醒，把梦境说给家人听。众人惊骇，主张重建双花庙。刘大胡子是一府之长，他顾面子，不愿骤收成命，人前现丑，修庙之议不能成立。不久，他贪赃枉法的事大暴露，终于被御史弹劾，下部议处，终判绞刑。临死之际，他才醒悟，那根三尺多长的棍子，就是一条绞绳的象征。

假　女

贵阳县有位洪某，是个美男子。他乔装打扮成做针线活儿的女人，以教女子学刺绣为名，行骗于湖南、贵州两省，进行奸宿。

湖南长沙有个李秀才，也是个好色之徒。他聘请洪某到家里教刺绣，准备与他私通。洪某明白李秀才的用意，就对他实话实说："我和你一样，也是个须眉男子！"李秀才听后，笑着说："你真是男子吗？如果真是男子，那就更好了！我常恨北魏的君主进后宫朝见皇太后，发现太后宫里有两个美貌的尼姑，就把她们招来宠幸，却发觉两人都是男子，于是下令把这两个假尼姑杀了。这北魏的君主真是个蠢材！他为什么不把这两个假尼姑封为龙阳，作为自己的侍从？这样，不但自己独得幸臣，而且照顾了太后的面子，不伤她的心。"洪某听后非常赞赏，就欣然与他亲热。李秀才对洪某也非常宠爱。

几年以后，洪某又到了江夏。江夏有个杜某，也是个好色之徒。他把洪某骗到家中，想与这个假女人私通。而洪某却用对付李秀才的办法，直截了当地告诉杜某自己是个男子。可是，杜某并不爱男风，竟去报告了官府。官府立刻将洪某逮捕，解送回贵阳原籍，交当地官府处置。

贵州按察使亲自检验洪某，发现他说话声音娇嫩细气，咽喉部没有喉结，头发长得快要垂地，肌肤细腻光滑，腰围才一尺三寸。但他的阴部器官却棱肥肉厚，像个大鲜蘑菇。据洪供认，他自幼就没了父母，靠邻居的一位寡妇收留抚养，长大后就与寡妇私通，并且蓄了长发，缠了足，对外则称是寡妇的女儿。后来寡妇死了，他就冒充做针线活儿的女人，教人学刺绣。他十七岁就出门流浪，现在已经二十七岁了。在这十年时间里，被他诱骗奸污过的女子已多得数不清了。按察使又追问被他侮辱的女子的姓名，洪某说："把我抵罪就足够了，何必损害那些闺阁的名声？"按察使大怒，命人施加重刑。洪某经受不住，才招出了被他奸宿过的女子的姓名。

贵州巡抚主张把洪某流放，按察使认为他妖艳惑众，伤风败俗，非斩不可，于是判了个极刑。临刑的前一天，洪某对监狱的官吏说："我享尽了人间少有的乐趣，死了也没有什么遗憾！然而，按察使也不免要人头落地！我的罪不过是和奸，畜发引诱女子，也不过是行径奸刁，按照国朝的法律，也不至于判死罪。况且，那些女子与我和奸，都是些暗昧难明的事，尽可以遮盖一下，以保全这些女子的名声。但这位按察使却非要逼我招供，把这些女子的名字写在奏章之中，使天下人都知道。还要对这些富贵人家的女子——杖责，使她们雪白似玉的肌肤，受到酷刑。他这种罪恶，比起我来，更是不可饶恕！"

第二天，洪某被绑赴刑场受刑。他指着自己所跪的地方，喊道："三年之后，那个判我死刑的人，也要在这里人头落地！"说罢，竟从容受刑。三年后，这位贵州按察使果然因事被革职，并在同一个刑场上被杀了头。这时，人们想起了三年前洪某的预见，都感到非常惊异。

我认为这事与《明史》所载嘉靖年间妖人桑翀的行径相同，但桑翀不报仇，而洪某却要报仇。为什么一个认罪服罪，而另一个却完全相反呢？

预知科名

乾隆十八年(1753)，我的本族弟弟袁楠还是个秀才。那一年，他将参加癸酉科浙江乡试。试前，他家里发生了很大的危难，他不得不四处奔走，百般周旋。等到他了却家务进入考场的时候，身体已经是非常疲惫了。

考场上，袁楠被分派到"洪"字第三号。当他进入号房之后，天色已晚。几天来的奔忙劳碌，更使他支持不住。他打开铺盖，躺下就睡着了。

二更鼓以后，忽听有人叫喊："哪一号里是袁相公?"袁楠惊起，一问，才知道叫喊的人也是分在"洪"字号的一名秀才，袁楠与他素不相识。这位秀才问道："清问您就是袁楠相公吗?"袁楠说："是的，在下正是袁楠。"那位秀才马上拱揖为礼，祝贺道："恭喜相公高中了!"袁楠更加奇怪，问道："考试还未见分晓，您怎么会知道谁中谁不中?"那位秀才自我介绍说："在下姓谢，临安人。和您一样，也分在了'洪'字号。刚才，我睡得正香，忽听得有人叫喊:快取试题来! 我披衣而起，出门一瞧，试题只有一张，题目是'邦有道，危言危行'。(《论语·宪问篇第十四》:子曰:"邦有道，危言危行，邦无道，危言行孙。")当时，出门来迎接试题的考生不下六七十名，而试题只有一张，大家不由得嘈嘈杂杂地议论起来。忽听门外黑暗处有人高声说道："诸位不必争了，这'洪'字号里，只有三号舍的袁秀才有资格领一纸试题，别人领了也没用! 看来，只有您的姓名、舍号与此完全相符，您是必中无疑了，我特来向您道喜!"

袁楠听罢，高兴地点点头，并向这位秀才表示感谢。

第二天早晨，试题就发下来了。题目果然是"邦有道，危言危行"，与那位谢秀才预报的完全一样。袁楠心里特别高兴，更坚定了必中的信心。入座之后，他文章如宿构，奋笔疾书，势如行云流水，一气呵成。发榜那天，他果然中了举人。

胡 鹏 南

胡鹏南奉命巡视中城。一天,他听说姐姐病了,就去探望。这时,他的姐姐已处于昏迷状态。但一听说弟弟来看她,就霍地从床上坐了起来,对弟弟说:"你来看我,很好。但你应该赶快回去!"胡鹏南不肯离去,姐姐就用手把他推开。胡鹏南无奈,只得怏怏地走了。他姐姐的家人和子弟,也不理解病人的用意。

胡鹏南走后,他的姐姐才对家里的人说:"我刚才已经死过去了。押差把我送到城隍府,半路上,忽见旌旗招展,车马成龙,有一名皂役赶上前来,对押差说:'原任城隍爷高升了,新任城隍爷即将到任。你且把这名女犯押送回去。'押差问:'不知新任城隍爷是谁?'皂役说:'吏科给事中胡鹏南。'我听后一惊,就醒了,想不到鹏南正坐在我床边,所以我才劝他回去。你们快到他家里去看看。"家人听了,马上派人去探望,只见胡鹏南沐浴已毕,穿了朝服,平静地躺在床上,无疾而死了。这位胡鹏南,就是族弟春圃的座师。

龙护高家堰

乾隆二十七年(1762),李因培〔字其材,号鹤峰。云南晋宁人。乾隆十年(1745)进士。授编修。官至兵部右侍郎、湖北巡抚〕先生以兵部侍郎出任江苏提督学院,并亲临设在淮安(今江苏淮安)的考场。

那天早晨,狂风怒号,大雨倾盆,搅得科场上没法儿唱名正式入场。大家正在踌躇疑虑,忽然地动山摇,天翻地覆,人人都站立不住。人们惊恐地感到,这是一次大地震。考场辕门外的大旗杆被巨风卷入乌云之中,瞬息之间就不知去向了。洪泽湖水暴涨,水面儿很快就涨得与高家堰的堤面一般齐。当时的江南河道总督高公(指高斌)和他属下的各厅长官们,一个个面色如土,手足失措。大家都恐惧地说:"如果西北风继续增强,风大浪高,高家堰一旦决口,这淮安、扬州两府的广袤田野立刻会化作一片汪洋!"

人们都处于一种极端的恐怖与无奈之中。忽而,风向由北转东,天空乌云低垂,就像一口大黑锅,低得快压到人们的头上了。只见一条巨大的乌龙在黑云层里翻腾,甩动它的大长尾巴反复地从洪泽湖中取水。它的尾巴在水面上三翻两卷,顷刻之间,洪泽湖的水位就下降了三丈。高家堰的大堤总算保住了。大家的心从嗓子眼儿一下子落到胸口里。

据说,那条护堰的长龙有几十丈长。它在天空中飞腾时,鳞甲金光四射,头和角却始终掩映于乌云之中,终不可见。

这个奇特的场面,是石埭县(旧县名,今属安徽石台县)教授沈雨潭先生亲眼所见。

雷公被污

沈雨潭又说,乾隆二十七年(1762)的一天,雷电交加,霹雳在淮安孤贫院的上空打转,正要向院内的一位老婆子打来。当时,这位老婆子正在小解。忽然,一个响雷直向她的头顶打来。老婆子心中一急,立刻提起马桶,向响雷袭来的方向泼去。随后,只见一个金甲雷神绕着房顶转了几圈,又落到地上。不一会儿,金甲雷神又蹲在了老婆子的身边。这金甲雷神生着一张大嘴,全身墨黑,身高二尺多,肋下有两个翅膀,腰下还系了一张黑皮,看上去像条裙子,遮住了下体。他瞪着两眼,一言不发,两个翅膀还在不停地扇动。

当地居民把这事报告了山阴官府。官府派了道士到现场,设坛作法,画符念咒,又用了十多石清水冲洗雷公的头部和身体。第二天,又下了一场大雨,雷公这才乘机飞回天界。

李文贞公梦兆

　　李光地［字晋卿，号榕树。福建安溪人。康熙九年（1670）进士。官至直隶巡抚，授文渊阁大学士。谥文贞］相国在没发迹富贵之前，曾祈梦于九龙滩（在福建清流县东南九千里，为全闽第一大滩）的神庙，求神明预示前程。庙神在梦中赠他对联一副，道是："富贵无心想，功名两不成。"李先生觉得这梦好不晦气，心里当然是很不自在。

　　可是，康熙九年（1670）庚戌科（下文说戊戌科，误），李光地先生高中戊戌科进士，官运亨通，任直隶巡抚，授文渊阁大学士，位至宰辅。后来，他仔细一琢磨那副对联，悟出"功名两不成"，是说"戊戌"二字像"成"字，又不是"成"字，预示"戊戌"科登进士第。"富贵无心想"，是说把"想"字去掉一个"心"字，成为一个"相"字，预示授大学士，位在宰辅。

鬼求路引

　　德龄安孝廉主持掌管太仓州的事务。他的一位幕僚，浙江人，偶然得了一种流行性疾病。

　　有一天晚上，这位幕僚大声叫道："回去啊！回去啊！为什么不回去？！"听声音，说话的不是幕僚本人，是陕西一带的人。人们问道："为什么不回去？"他回答说："没有通行证。"人们又问道："你是什么时候死在这里的？"他答道："我是宁夏人，姓莫名叫容非，是前任太仓刺史赵酉的远亲。我不远万里，自带干粮前来投奔赵酉，谁知赵酉不收留我，而且一文钱也不给我，使我穷困饿死在这里。"人们又问："为什么你的冤魂不去缠赵酉，却来缠这位幕僚？难道你和他有什么冤情吗？"

冤魂答道："赵酉已调任别的地方。鬼如果没有通行证，不能出境。缠别的人没有用，只好来缠这位幕友，为的是惊动主人，让主人同情幕友，以便发给我通行证。"

德龄安听后，准许发给其通行证，命令有关部门写文书一份，让一路上的河神关吏，放莫容非的鬼魂返回故乡，于是幕僚的病就不治而痊愈了。

石揆、谛晖

石揆、谛晖两位高僧，都是佛教禅宗慧能派的传人。石揆主参禅，谛晖主持戒，两人地位相当，不分高下。谛晖当杭州灵隐寺方丈，香火极盛。石揆不服气，就想谋夺他的方丈位置。正巧遇到杭州的天竺寺举行祈雨仪式，石揆抓住时机，在仪式上大显神通。他持咒招来黑龙，杭州地区立刻普降大雨，在场的人都看到了这情景，因此都把他奉为神仙。谛晖听说后，觉得自己法术不如石揆，就悄悄离开了灵隐寺，隐居在云栖山最偏僻的地方。从此以后，灵隐寺的方丈位置就由石揆接替，一做就是三十年。

石揆原是明代万历年间的一名举人，说话口若悬河。他做了灵隐寺的方丈以后，当众讲经说法，滔滔不绝，因而名噪四方。

当时，有个姓沈的孤儿，父母双亡，靠给人家做帮工维持生活。有一天，他随主人到灵隐寺进香拜佛。石揆一见这个孩子，大吃一惊，就请求施主把他舍到寺中。施主也满口答应，石揆就把他收为弟子。那时，这个孩子还只有七岁。石揆专门为他请了老师教他读书，他要吃肉，就允许他吃；要穿华丽的衣服，就命人给他做了绣花衣；也不给他剃头受戒，允许他蓄长发。这个孤儿天资聪颖，几年之后，就精通八股文章。他近二十岁那年，浙江提督学政巡视杭州，石揆命他参加府学考试，并给他取名为近思。沈近思果然出类拔萃，在府学考试中得了第三名，成为生员。

过了一个多月，石揆忽然召集灵隐寺全体僧众，对他们说："近思是本寺的一个小沙弥,竟然瞒着我去求取功名,成为一名生员,真是目无佛法!"当即命沈近思跪在佛前,为他剃发受戒,披上袈裟,改赐法名为"逃佛"。石揆的这种做法,激起了府学生员的极大愤怒,他们联络了数百人,联名向巡抚、提督学政控告,指责石揆强制生员剃发受戒、弃儒从佛,无法无天。有个叫项霜泉的生员,是杭州学界的一霸。他率领家中童仆数十人,从灵隐寺中把沈近思抢了出来,安置在自己的家里,为他系上一条假辫子。同时又把自己的妹妹许配给他,并当天成亲,大张筵席,广请学界生员文士前来赋催妆诗祝贺。

巡抚、提督学政平时虽与石揆交往,但众怒难犯,只得准了生员们的控告,允许沈近思蓄发为儒。谁知生员们依然不服,个个心中愤愤不平,扬言要焚烧灵隐寺,殴打石揆。官府不得已,就把石揆身边的两名侍从僧人作为替罪羊,各打十五大板,生员们的愤怒情绪才渐渐平息了下来。

又过了一个多月,石揆命侍从僧人撞响大钟,召集了全体僧人,命他们各持香一炷,和自己一起向佛祖叩拜。然后,他流着眼泪对众僧说;"这是我负心于谛晖的报应啊!灵隐寺本来是谛晖的所在地,而我因争胜的一念之差,夺了他的方丈位置。又一直在想,自己圆寂之后,除非有大福大贵的人,不能主持这座寺院。当初我一见沈近思,看他风骨不凡,将来必定官至一品;若是入了佛界,也是个罗汉之身。所以我对他一见倾心,想将来把方丈的位置让给他。我还有一个争胜的念头,就是想用佛法压倒孔孟之道。所以我就为沈近思延师受教,将来继承我这个举人出身的和尚的衣钵。这都是我贪欲的俗心未灭,言行虚矫,心不真诚。现在我的侍从僧人代我到官府受杖,是对我的极大羞辱,我还有什么脸面坐方丈这个位置?儒家提倡改过,佛家主张忏悔。从今天起,我就要离开灵隐寺,到释梵天王那里去忏悔罪过,忏悔一百年后,才能重新得道。你们从速带上我的禅杖、捧着白玉钵盂、拿了紫衣袈裟,把谛晖长老迎回,替我弥补罪过吧!"

众人合掌跪地,哭着说:"谛晖长老离灵隐寺而去,已经三十年了,音讯杳无,我们上哪儿去寻他?"石揆说:"谛晖长老现住云栖山某峰某寺,寺前有古松一株、水井一口。你们只要记住这些,就一定可以找到他。"石揆说罢,就盘膝而坐,溘然而逝,从鼻孔中垂下两道鼻涕,洁白如玉柱,各有二尺多长。

灵隐寺众僧遵照石揆的遗嘱,终于找到了谛晖,把他请了回来。后来,沈近思也中了进士,官至左都御史。他为官有政声,死后谥"清恪"。他虽然位至高官,但只要提到石揆的养育之恩,总要伤心流泪。

谛晖有位姓恽的老朋友,常州武进人。恽某逃荒外出,入八旗当兵。他有一个儿子,年方七岁,因家穷卖在杭州驻军都统家中为奴。谛晖一直想把老友恽某的这个儿子从都统家救出来。

那年二月十九日,正逢杭州庆祝观音菩萨生日,满汉两族的士人女子们都到天竺进香。香客们到天竺去,都要路过灵隐寺,也一定要进寺拜见谛晖长老。谛晖长老道行高,向他顶礼膜拜的贵族男女多以万数,他是从来不答礼的。

当都统夫人带着几十名奴仆丫鬟来拜见谛晖长老时,谛晖事前已探知奴仆中有位身体矮小瘦弱的,就是恽氏孤儿,于是突然站起身来,上前跪在这个孤儿面前,膜拜不止,说:"罪过!罪过!"都统夫人大惊失色,连忙上前问原因,谛晖说:"这个孩子是地藏王菩萨!他托生到人间,就是要察访人间善恶。夫人竟把他当作奴仆来使唤,已经是莫大的罪过!又听说夫人经常鞭打他,这罪孽就更加深重了!您大祸临头的日子已不远了!"都统夫人听后,吓得魂不附体,连连求救。谛晖说:"这事老僧也无计可施!"夫人一听,愈加惊恐万分,急忙报告都统,都统亲自前来,跪在谛晖面前,一直不肯起来,求他无论如何开一线佛门之路。谛晖对都统说:"这事不但您大人有罪,就是老僧也有罪过。地藏王菩萨下临敝寺,而老僧却不曾出迎,这罪过已很大了!现在让老僧把菩萨请入寺中,用香花清水供奉起来,然后待老僧在菩萨面前,慢慢为大人和夫人忏悔,同时也为老僧自己忏悔。"

都统听了谛晖的话,心中大喜,立刻许愿向灵隐寺布施百万银子,并恭恭敬敬地把恽氏孤儿送进寺中。

恽氏孤儿入寺后,谛晖长老亲自教他读书作画,并给他取名寿平。后来,恽寿平长大成人,谛晖就让他回到自己家中,说:"我不想学石揆长老的那种痴心。"十几年以后,恽寿平画名日噪,诗文也极清妙,成为当时画坛、文坛的大家。有人向谛晖长老问起恽寿平和沈近思二人的高下,谛晖说:"沈近思学儒而不能摆脱周敦颐、程氏兄弟、张载、朱熹的窠臼,恽寿平学画却能跳出文徵明、沈周、唐寅、仇英的范围。依老僧看来,当以恽寿平为高。"谛晖长老话未说完,就觉得自己失言,立刻用戒尺敲着自己的脖子说:"我又与石揆争胜了! 罪过! 罪过!"这位谛晖长老,享年一百○四岁。

天上四花园

嘉兴府举人祝维诰(字宣臣,号豫堂、绿溪。浙江秀水人。举博鸿科,官至内阁中书)先生,官居内阁中书。祝先生喜好扶乩。他请来的乩仙,预因果、说休咎,往往还挺灵验。

可是,在祝维诰先生去世之前的那个月,乩仙忽而告诉祝先生说:"我告诉您,我是天界专门负责看管花园的老叟。今天,我以天使的身份通知您,不久,将迎您到天界去。"祝维诰先生问:"天界还有花园?"仙叟说:"天上的花园很多,简直是不计其数。不过,由我经管的花园,只有四处。"祝先生问:"那么,这四座花园的主人都是谁?"仙叟说:"一位是昌辟疆(冒襄,字辟疆,号朴巢、朴庐等。江苏如皋人。有俊才,负时誉)公子,一位是张广泗(号敬斋。汉军镶红旗人。雍正年间,由知府累擢贵州巡抚。平定苗疆有功,官至川陕总督。后,从征大小金川,出师久无功,以失误军机罪,逮问伏法)总督,另一位嘛,就是足下您了。所以说,这里的四处花园,分属于三位主人。"

祝维诰先生听了不禁感叹,问道:"想那冒辟疆,乃是一位风流才子,张广泗是位封疆大臣。他们是两类截然不同的人物,怎么好不伦不类地混到一起,平起平坐?"仙叟说:"说起来,你们三位原本都录入了仙籍。冒公子生于富贵之家,风流倜傥,放荡不羁。他这辈子享受的福分太过了,所以,目前还不能准他归位。那座花园也荒芜至今,无人料理。要说张广泗,他福分很大,本来可以享乐一番,可是,他在川陕总督任上,用权杀人太多! 天帝因之而震怒,本想将他逮捕,投入天狱。幸亏他生前已罗国法,被杀了头,自古罪不双罚,他也可以顺利地复位,回到自己的花园里。至于足下您呀,嘿,一辈子没有什么功绩,可也没有什么罪过。无功无罪,比起他们二位来,反而不好评判。不过,您的阳寿已尽,死后可以复位了!"

就在这一年,祝维诰先生果然是一病而亡。

碌碡作怪

常州有个武生,强壮有力,前往金陵参加乡试。路过龙潭这个地方,看见一名妇女在门前,因口渴就向她要茶喝。妇女因为武生不避男女之嫌,破口大骂,进屋把门关上。武生心想,不给茶喝倒也罢,何至于骂人呢?心里愤愤不平。看见田中卧放着一个碌碡,就用力擎起来,架在树上离开了。第二天,妇女开门看见碌碡在树上,询问邻人。邻人都说:"这个东西没有几个人搬不动,会不会是树神干的呢?"因此,大家朝夕都向树和碌碡敬礼上供,没想到有求必应;如果侮慢了树和碌碡,则有不利之事发生。这样过了一个多月。武生考完试回家,又经过这个地方,见那个碌碡依然在树上,下边香火旺盛,祈祷的人很多。心想,这都是自己干的事使他们产生了误会,他感到好笑但没有说什么。当晚住在旅店里,寻思这件事终究是迷惑人的,还是转去说明为好。

一会儿,他朦胧睡去了,听见有人告诉他:"我是某处的鬼魂,游魂到这里,假装树神,为的是得到一些供品。你是新科贵人,所以不敢对你隐瞒。如果你能宽容我不说破这件事,我就感恩不尽了。"说完,鬼不见了。于是武生就不转回去,径直回常州去了。这一科发榜时,武生果然中了举人。

风 流 具

长安人蒋某,是户部员外郎的三公子。蒋某生性风流,并常常以此自诩。

一天，蒋某出海岱门，到郊外去闲逛，见一辆轿车上坐着的少妇很美，就偷偷地看起来。开始，那位美妇并不介意，后来发现蒋某一直跟在车后，脸上便露出恼怒的神色。但这蒋某却漠然不顾，依然紧跟不舍。过了一会儿，美妇忽然换了副神色，转怒为喜，向他招手。蒋某喜出望外，追得愈加卖力。美妇还不时地回头张望，好像对他很有情意的样子。蒋某神魂颠倒，竟忘记了脚下的路坑坑洼洼，更加不要命地追赶。

那辆车行驶了七八里地，到了一座大宅，美妇下车进入宅内。蒋某痴痴地站立门外，既不敢贸然进去，又舍不得随便离开。正在徘徊犹豫之间，有个小丫鬟走出大门，向蒋某招手，又指指侧面的小门。蒋某跟上前去，随小丫鬟从小门进去，那里原来是一个厕所。小丫鬟低声对蒋某说："你在这儿等一会儿，我去去就来。"蒋某强忍着厕所中散发出的恶臭，不敢大口呼吸，等了好长时间。

一直等到太阳渐渐落下，那小丫鬟才慢慢走来，引领蒋某进去。经过几间厨房，来到一个正厅大院。这里的建筑富丽堂皇，大厅门上挂着彩色珠帘，两名小童垂手站立两旁。蒋某心中暗喜，以为自己已进入洞天仙府了。他整了整衣冠，擦拭了一下头脸，由小丫鬟带领，进入正厅。蒋某一看，厅南大炕上靠着个彪形大汉，一脸黑麻子，留着大胡子，两腿叉着而坐，腿上尽是刺猬一样的毛。这大汉一见蒋某，就怒喝道："你是什么人？到这儿来干什么？"蒋某吓得浑身打战，不知不觉地两腿一软，就跪在了地上。还没等他回答，就听见一阵珠玉佩环响动的声音，接着走出车上的那位美妇。大汉一把把她抱过来，坐在自己的腿上，对蒋某说："这是我的爱妾，名叫珠团。她是世上少有的美人。你看上她，说明你很有眼力！但物各有主，你竟想吃天鹅肉吗？你为什么痴愚妄想到了这般地步？"说罢，大汉当着蒋某的面，故意亲那美妇的嘴，摸她的乳房，以夸耀自己拥有这样一个美人。

蒋某又窘又急，连连向大汉磕头，请求放他回去。大汉说："你既然乘兴而来，就不可败兴而去。"接着，又问蒋某姓什么，父母做什么官，蒋某都一一据实作了回答。那大汉听了，笑着说道："这就更加妄愚了！你的父亲，和我同在户部做官，你作为一个子侄之辈，却想玷污伯父的姬妾，你觉得这种行为可以容忍吗？"说着，呼唤左右家奴："快去把我那根大棍子取来，我要替我的朋友训子！"只听一声答应，就有一个家奴提了一根一丈多长的枣木棍子来。又有一个家奴,走上前来,把蒋某按倒在地,剥下裤子,露出屁股,就要责打。蒋某苦苦哀求,声情凄惨。

正在这个时候,那个美妇突然下炕,跪在地上,向大汉请求说:"求老爷开恩!妾见他那屁股,比奴家还要白嫩,用棍子打,他是承受不了的。依妾的愚见,不如收他为龙阳男宠,他还能够接受。"大汉说:"他是我同僚的儿子,不能做这样无礼的事。"那美妇又说:"凡是上庙会买东西的,必然带着买东西的家什。他带了什么家什而来?您何不检验一下。"大汉立刻喝令家奴查验。两个家奴就伸手去摸蒋某的阴部,向大汉报告说:"他的家什细小如蚕,包皮还是老样子。"大汉一听,就上前搔着蒋某的脸说:"不害臊,不害臊!你挟着这么个可恶的东西,居然来唐突人家的姬妾,这就更加可恶!"说着,扔了一把小刀给两名家奴,命令说:"他既然爱风流,你们就替他修整修整这风流具吧!"两个奴才应命,手持小刀,握着蒋某的风流具,就要割他的包皮。蒋某吓得魂都掉了,哭得泪如雨下。

这时,那个美妇也羞得满脸通红,又走下炕来,请求说:"老爷这玩笑也开得太过分了,我也羞得看不下去。奴家这几天想吃白面饽饽,家里还有五斗麦子没磨,毛驴又病了。不如罚他代驴磨面,以此赎罪。"大汉就问蒋某是否愿意,蒋某连声说愿意。

那美妇上炕,与大汉搂抱着睡了。两个家奴抬来了麦子和磨石,放在大厅的窗外。随后,两人轮流用鞭子赶着蒋某推磨磨面。一直磨到天亮,大汉才在炕上吩咐说:"昨夜蒋少爷辛苦了,赏他一个饽饽,打开狗洞,放他回去吧!"蒋某回到家里,生了一个月的大病。

骗　人　参

京师张广号药店,规模宏大,参桂鹿茸、地道药材,无所不备。

有一天,一位青年仆从模样的人骑马而来。他把一袋银子往药店柜台上一放,声言要买人参。店主人忙拿来几株人参,任他挑选。青年说:"我家主人毛病太大,所买的东西稍不如意,就会遭到他大加责斥。挑人参,我又不在行。不如先把这袋银子放在贵店做抵押。您派上一名老成可靠的伙计,背上一口袋人参,随我到府上,任凭主人挑选,您看如何?"店主人认定这是一桩肥生意,不可错过,就选派了一名最忠实、最可信的伙计,背上一口袋人参,随他而去。临行,还在伙计耳边嘱咐说:"多长点儿心眼儿,小心别让人家骗了!"

伙计跟随那青年仆从来到东华门,进入一家府第,青年把他引到楼上。只见这家主人正半倚半靠地坐在床上。他头戴蓝宝石便帽,身披招皮氅,眉清目秀,须髯飘然,病病奄奄,毫无气力。主人问道:"你带来的是上等长白参吗?"伙计答:"是的。"两旁的小童接过人参,一包包打开,递给主人看。主人一边看,一边品评,说的都是些很在行的话。

这时候,院子里忽然车马喧闹,有仆人跑上楼来,向主人禀告说:"回老爷,西城金大爷到了。"主人脸上立刻变了颜色,说:"就说我病重,不便会客!"仆人跑下楼去。主人小声儿对药店伙计说:"这是来找我借银子的,可不能放他上楼来!他若是知道了我有钱买人参,那可就不好办了!"

楼下传来了一阵吵闹声:"什么?病重?怕是在装病吧!多半儿正搂着小老婆睡呢吧?不行,我非得上楼去看看!"楼下有人劝阻,争吵不休,大有拦阻不住的趋势。主人显得很着急,递给药店伙计一把钥匙,指着床底下的一口箱子说:"快,快把人参暂藏到箱子里。你坐在这儿守着,我下楼去看看,尽量别让他上楼来!"说罢,由两名小童儿扶持着,踉踉跄跄下楼去了。

楼上只剩下药店伙计一个人了。他始而听见楼下主客相见,互相寒暄问好,继而是互开玩笑,戏言相骂。客人还是坚持要上楼,主人尽力婉言谢绝,力图阻止。由此而喧喧嚷嚷,又乱作一团。客人终于大怒,大声喊叫道:"你阻止我上楼,不就是怕我看见你有银子,不借给我又不合适吗?想不到啊!多年的老交情了,连这么点儿面子你都不给?好吧,好吧!从今而后,我金某人一辈子再也不求你!"又听见主人是在赔着笑脸儿说好话,继而是送客出门。似乎仆从们也随主人出门送客去了,院子里一片寂静。

药店伙计等了半天,楼下静悄悄的,并不见有一个人回到楼上来。

他慌忙打开床底下的箱子一瞧,大吃一惊,那一口袋人参已经不翼而飞。仔细再瞧,原来这是个没底儿箱子,箱子的底儿,就是楼板,而楼板也是活动的,从楼下可以启合。

刚才,伙计被楼下的吵闹声所吸引,人参早被人从楼下悄悄抽去了。伙计慌忙下楼,跑回药店,把这个骗局报告了店主人。店主慌忙打开那袋作抵押的银子,大吃一惊,竟是半袋生黄铜。

偷　　画

有个小偷,白天到人家家里偷画,刚卷好要出门,主人从外面回家。小偷很狼狈,拿着画跪下来,说:"这是小人家祖宗的画像。我穷得没有办法了,想拿它来换几斗米吃。"主人大笑起来,责骂这人愚笨、荒唐,挥手把他赶出去,竟然没把那幅画拿过来看看。等他走进大厅,这才发现那里悬挂着的一幅赵子昂的画已经不见了。

偷　　靴

有个穿着新靴的人走在集市上,一个人向他长揖行礼,握手寒暄。穿新靴的人莫名其妙,说:"我们并不认识。"那人发起脾气来,笑着说:"你穿着新靴,就把老朋友忘了。"摘下穿新靴的人的帽子扔到屋顶瓦上。穿新靴的人怀疑这个人醉了,故意以酒装邪。正不知怎么办才好时,又一个人来到跟前,说:"那人为什么跟你开这种恶劣的玩笑?尊头暴晒在烈日中,为什么不上瓦把帽子取下来?"穿新靴的人说:"没有梯子怎么办?"他说:"我这个人一贯喜欢做好事,用我的肩膀当梯子,你踩着上瓦怎样?"穿新靴的人连忙道谢。他蹲在地上,耸着肩膀。穿新靴的人刚要踩上去,他发怒道:"你太性急!你的帽子应爱惜,我的衣服也应当爱惜。你的靴子虽然是新的,但靴底泥土不少,怎能让它们踩脏我的衣衫呢?"穿新靴的人赶紧道歉,把靴子脱下来交给他,穿着袜子踩着他的肩膀上了瓦。没想到两人拿着靴子跑掉了。取帽子的人高高站在瓦上,不能下来。集市上的人以为他们是朋友,故意闹着玩,因此无人过问。丢失靴子的人哀求街坊邻居找来一把梯子才下来,但拿靴子的人已不知去向了。

偷　　墙

京城有个富翁想买砖砌墙。有某甲来说:"某某王府门外的照墙,现在想拆掉旧砖,换上新砖,您何不买他的旧砖呢?"富翁不相信这件事,说:"王爷不需要卖砖。"某甲说:"您不说,我开始也不相信这件事。不过,我在这王爷下面当差很久了,不会说谎的。您既然不相信,请您派人同我到王府,等候王爷出门,我去请求。你们看到王爷点头同意,再去拆那墙也不迟。"

富翁认为他说得有理,就派家中仆人,带着丈量工具,和某甲一起去。按照惯例,买旧砖的,用工具丈量墙壁长宽,可以折一半计算砖数。刚好王爷上朝回家,某甲就拦住王爷马头,跪下低声地讲满洲话,王爷果然点了点头,用手指着照墙说:"让他量。"某甲马上拿着丈量工具,和那仆人丈量照墙,长宽折合共十七丈七尺,应该折价一百两银子。仆人回去报告富翁,富翁很高兴,随即付给某甲一半钱,再选择了个黄道吉日,派仆人带领人去拆墙。王府的看门人大为愤怒,抓住他们查问,富翁的仆人说:"王爷有命令的。"看门人报告王爷,王爷大笑,说:"那天路上拦马头讲话的人,自称是某贝子的仆人,他主人要建筑府外照墙,喜欢我这照墙的式样,所以请求让他丈量一下,以便按照这种样式去建造。我以为这种小事,有什么不可以呢? 所以用手指着照墙,叫他去丈量。这事是有的,可我并没说是要出卖呀!"

富翁道歉,请求释放仆人。富翁费去的钱礼不少,可是,某甲早已逃走了。

鬼妒二则

其　一

常德（又称武陵，即今湖南省常德市）知府张某的四女儿，许配士族周家的大少爷。他们两家只是定了亲，还没有正式婚娶。不幸的是，这位张四小姐年方十七，就患了严重的肺痨，未嫁而亡。周家大少爷就另聘王家小姐为妻。王家小姐恰好也是十七岁。婚约刚刚确立，还没选定迎娶日期，王家小姐却忽而中了邪。她自己打着自己嘴巴，叫嚷道："我是张府上的四姑奶奶！你这个臊丫头，算个什么东西？竟敢抢夺了我的郎君，我岂能轻饶了你？"

周家大少爷很快就得到了王小姐中邪的消息。气愤之余，就找上了常德府，把他家亡女作祟害人的事，报告了张知府。知府老爷一知道，当然瞒不过夫人。岂不知，这位知府夫人素以治家甚严见称。她一听说自己的亡女作祟害人，勃然大怒，立刻命人悬挂起亡女的画像，指着她骂道："不要脸的丫头！你和周家大少爷联姻，只是订了婚约，并没有真正成为夫妻呀！谁让你命薄早死的？人家周家择女另配，这也是顺理成章的事！你为什么跑到王家去胡闹？害人家的黄花闺女？你也太不知道廉耻了！"她一边儿骂着，一边儿用桃树枝狠狠地抽打女儿的遗像。

知府夫人打骂不过数下，周家大少爷就气喘呼呼地跑来。他向知府夫人见礼，而后，马上为张四小姐求饶。知府夫人大惑不解，问他为什么要这么做。周家大少爷说："刚才，王家小姐正疯疯癫癫地胡闹，却像突然挨了一顿打，抱头鼠窜。她央求说：'请周郎向母亲代我说情，女儿再也不敢无理取闹了！请母亲息怒。'所以，小婿才敢前来说话。"知府夫人听了这番话，肚子里那口气早消去了一半儿，从那以后，王家小姐也恢复了常态。

其　二

杭州城的马坡巷，住着一位谢老头儿。谢老头儿靠打鱼、卖鱼维持家庭生活。别看他是个贫寒的老渔翁，两个女儿却如花似玉，出奇地漂亮。杭州有位武秀才李某，早就爱上了这两位渔家女。当然，李某也是个风流俊俏、文武双全的美男子。可是，大多数人说李、谢两家门不当、户不对，不肯为他们说媒联姻，还泼了不少的冷水。李某有位表妹王氏，是一位名门闺秀。王小姐爱慕李某，已非一日。王家托出人来，主动要求和李家联姻。可是，李某偏偏看不上这位娇柔婀娜的表妹，一口回绝了。他冲破重重阻拦，与谢老的大女儿喜结良缘。王小姐思恋成病，不久郁郁而亡。

可是，谢家大姑娘与李某结婚不满一个月，就忽而披头散发，中邪疯闹起来。她叫喊："我是李某的表妹——王大小姐。你，一个卖鱼婆儿出身的臊丫头，有什么资格抢夺我的秀才郎？我非要了你的命不可！"她这么闹着，一把抓起茶几上的剪子来，就要刺向自己的胸口。幸亏身儿的丫头手疾眼快，一把夺过了她手中的剪刀。谢老夫妇听说自家大女儿遭了罪，慌忙赶到女婿家，又烧纸钱又磕头，乞求王家小姐的亡灵宽恕了自己的女儿。可是，女鬼却横下一条心，死缠着她不放，叫嚷说："我饶不了你，先取你的蜜萝柑来尝一尝？"谢老问道："什么叫蜜萝柑？"附身的女鬼说："蜜萝柑，就是你女儿的心和肝！我是非取不可的！"不久，看守谢家大女儿的丫鬟困倦睡熟，这位大女儿终于用剪刀刺胸身死。

李某不甘寂寞，又来聘娶谢老的二女儿。谢老头儿鉴于大女儿所遭受的不幸，早有戒心，就断然拒绝了李某的求聘。谁知谢家二女儿早有仰慕姐夫一表人才之心，这次她怎肯失去良机？她冲破羞怯之心，对父亲说："爹爹，女儿不怕鬼。我若是嫁了李公子，女鬼再来捣乱，我就挥刀将她砍杀！也好为姐姐报仇！"谢老夫妇一瞧二女儿决心已定，在无可奈何的情况下，只能依了她。

二女儿嫁到李家后，夫妻和美。王女的阴魂，竟不敢再来纠缠。一年后，谢二姑娘为李某生下个儿子，不幸的是，李某在同一年染病死去。她落得个少年而寡居。

人 面 豆

　　山东发生了"于七之乱",死的人很多。动乱平息后,田里的黄豆长的形状像人的脸面,有男有女,有老有少,有好看的,也有丑的,但都长有耳朵、眼睛、嘴巴和鼻子,自颈部以下都有血影,当地人把它们称作"人面豆"。

粉 楂

　　杭州人范某,娶寡妇做老婆。这女人已五十多岁,一半牙齿也掉了。当时搬运嫁妆时,人们听到梳妆台里有咕噜咕噜的响声。打开梳妆匣一看,原来是两个胡桃,也不知派什么用途,只以为是吃剩了偶然忘在里面的。

　　第二天早晨,老妇对镜搽粉。她因为牙齿脱落,两腮内陷,脂粉擦不均匀,就呼唤丫鬟说:"把我的粉楂拿来!"小丫鬟取了那两个胡桃递上,老妇就把它们放到嘴里,两边腮帮子就鼓起来了,脂粉也就擦得很均匀了。从此以后,杭州人就戏称胡桃为"粉楂"。

口 琴

　　崖州人把一根配有丝弦的细竹管含在嘴里,一边儿吹,一边儿用手指上下移动,弹拨竹管上的丝弦,就像拉胡琴时的揉弦似的,竹管就能发出幽咽哀怨的乐声,给人一种孤独凄凉之感。当地人称这种乐器为"口琴"。

芜湖朱生

芜湖监生朱某,家里很富有,但人很吝啬,对待奴仆尤其苛刻。有一次他到京城花钱买州牧的官,路过茌平时,因为一二文钱,就狠狠鞭打家奴。家奴怀恨在心,晚上乘朱某睡着时,拿锡尿壶砸朱某的脑壳,朱某脑浆迸裂,立刻身亡。店主告到官府,把家奴抓起来判了死刑。十年以后,芜湖的赵孝廉参加会试,误投宿在这个店里,晚上在灯光里看见一个光着身子浑身是血的人站着对他说:"我是朱某,想请你帮忙。"赵孝廉说:"你的家奴已被凌迟而死,你的冤已雪,还有什么要求?"朱某说:"我死后才知道生前所有的银钱,一分一毫也不能带到阴间。谁知阴间的花费比阳间还要大,我客死在这个地方,两手空空,被别的鬼看不起。请你看在老乡的分上,烧些纸钱给我,以便让我与群鬼比个高低。"赵孝廉问:"你为什么不回老家?"朱某说:"一般人在何处生在何处死,这都是命中注定的。没有大福分的超度者,不能想去哪里就去哪里。死于非命的人,阴间设有栏干神严加管束,所以我不能回故乡。"赵孝廉问:"纸钱只是纸,在阴间有什么用呢?"朱某回答:"这你就搞错了。阳间的真钱也不过是铜做的,饿了不能吃,冷了也不能当衣服穿,照理说也没有用,不过是习俗而已,所以人和鬼都朝钱看。"说完,鬼不见了。赵孝廉可怜朱某,给他烧了五千多纸钱才走。

白 日 鬼

有个姓戚的小偷,偷技出众,所偷的财物也就越来越多。他怕露出马脚,就在荒坟旁边,租了一间破屋,住了下来。

一天,有几个鬼闯进戚某的梦境,对他说道:"你应该摆一些酒肉供品祭祀我们,我们会保你发财!"戚某在梦中答应了他们,但醒来之后,觉得这梦很荒诞,就把祭祀的事丢到脑后去了。

没有几天,那些鬼又到他梦中,说:"限你三天之内祭祀我们!过了三天,那么你在夜里偷来的东西,我们就在白天把它们取走。"戚某脾气倔强,醒来以后,依然不祭。

谁知三天之后,戚某果然得了一场大病,卧床不起。他叫妻子一一检查偷来的东西有没有短少,以检验鬼说的话是否灵验。当时,正是中午之分,只见那些东西忽然自己移动起来,好像暗中有人在搬运一样。戚某急了,挣扎着要起身阻拦,但他和妻子的手脚,就像被绑住了一样,一点也动弹不得。眼睁睁看着全部东西被运走后,他们的手脚才被松开。奇怪的是,戚某的病这时也痊愈了。戚某这才醒悟,他笑着说:"我烧闷香迷人,偷人东西;如今被鬼所迷,运走了偷来的东西。世俗所说的'白日鬼',大概就是指他们吧?"从此,戚某改邪归正。

饶州府幕友

慈溪人袁如浩先生,客居到江西做幕僚。他和宁都(今江西宁都)知州程子立先生是好朋友。

乾隆三十一年(1766),程子立先生被任命为代理饶州(今江西波阳,即鄱阳)府篆(即府经历,为知府衙门除知府之外的首领之官。正八品),邀请袁如浩先生同行入幕,袁先生欣然同往。

当时,饶州府府衙门刚遭受一场大火灾,前任知府被烧死在府衙之内。程子立先生到任之后,就着手重新修建府衙门,工程进行缓慢,还没有竣工。

那一天夜里,袁如浩先生掌着灯上厕所去,在后院里碰上一个人。此人大约三十岁,身穿月白衫,下着黑缎裤。他似乎是在仰头望月,像是有所思、有所怅。再看他脚下的鞋袜,就是模糊一片了。

此人一见到袁如浩先生，就上前拱手问讯。听他那口音，好像是杭州人。他自己介绍说，他姓周，名群，字雅远，号澹庵。袁先生一思量，这饶州衙门里并没有这么个人，不禁问道："先生自何处而来？"这位自称周群的先生叹息了一阵，说道："实话跟您说吧，我不是人，而是个泉下之鬼。在前任知府的属下，我是个主管钱粮的幕友。"

周群说，去年，饶州府遭受了空前的大水灾，朝廷拨下国库钱粮赈济灾民。不料，这些钱粮大部分被知府老爷侵吞了。乡民聂某等三十多人不服，相率进京，告到了户部，户部将此案转发江西巡抚审理。巡抚大人要调核大批赈灾账册。谁知，这位知府老爷早有先见之明，组织人力捏造了一整套账册，还有大批带有签字盖章的收据。赈济物资发放清楚，升斗之粮都有去向。他就是用这种巧妙的手段骗过了江西巡抚的检查，自己落个清白。反过头来，以诬告朝廷命官之名将聂某等三十多人治罪，就地正法。

聂某等人死后，还是不服气。他们的阴魂，又联名告到都城隍的门下。都城隍把此案转交阎王爷审理。我是这府里的幕友，又主管钱粮，当然是被牵涉进去了。阎王爷把我拘到阴间，命我查清饶州的受灾人口，并列出一个花名册来。我在阴司忙了一个多月，总算有了个水落石出。知府老爷冒领、贪污赈济粮银之事成立，证据确凿，何况，他还枉杀了三十多名越级上告的乡民，真是罪不容诛！我被证明不是他的同谋，理应无罪释免。

阎王爷当即派遣鬼卒，把这位知府老爷拘在衙门，随即放了一把火，使他葬身火海。可怜我本是无罪的，却因为被拘到阴间日久，尸体已经腐烂，不能还魂再生了！厝棺于府中后院，阴魂也只能羁留于此。

如今，程老爷初到，又大兴土木。瓦木工们不知所以，尽爱往我那棺材上浇尿，在一旁大便，使我所处的环境污秽不堪，我坐卧不安，无法忍受。如蒙先生慈悲，发哀怜恻隐之心，使人把我的棺材移葬郊外，泉下人将感恩匪浅！

周群的阴魂说完这番话，倏地就不见了。第二天，袁如浩先生到府后院观察，果然在墙脚下发现一口半掩半露的黑漆木棺材。周围杂土堆积，便溺满地，民工们正吵吵嚷嚷地在那儿干活儿。袁先生马上将此事报知程子立先生，经程先生首肯，差人将此棺抬到郊外深葬。袁如浩先生还为他写了一篇祭文。

雷诛不孝

湖南凤凰厅的张二,性情凶恶,父亲死后和母亲一起居住。母亲七十多岁了,张二对待她像对一个老女佣人一样,稍不如意,就破口大骂。邻居对此极为愤恨,想到官府告状。但母亲溺爱张二,忍气吞声,反而为儿子辩护。

乾隆庚寅年(1770)六月七日,是张二的生日,留了些不三不四的人饮酒吃面。因为家里穷,张二未结婚,厨房里只有母亲一个人做饭。张二酒酣要面吃,母亲说:"柴太湿火不旺,稍微等一下。"张二发起脾气来,跑到厨房呵骂。母亲急急忙忙捧出一碗面来,战战兢兢到张二跟前,因为一时慌张害怕,忘了下葱姜,张二愈发生气,接过面碗劈头打向母亲,母亲倒在地上,仰天大哭。忽然天暗下来,云气如墨,雷声隐隐而起。张二心里明白,自己的所作所为使老天爷发怒了,立即扶起老母亲,跪在地上赔罪。母亲也跪在地上代儿子向老天求饶。张二趴在地上,躲在母亲身后,抱着母亲的脚不放,雷电绕着屋子不离开。母亲站起来焚香,霎时一团电光如流星一般飞入堂屋,把张二摄去,击死在街上。邻居围着观望,同声称快。

朱锦孝廉当时正主持敬修书院的教学工作,听到这事后赶去观看。只见张二面目焦黑,左太阳穴有一针大的孔,散发出硫黄气味,身体蜷缩在一起像僵硬的蚕,提起来就拉长,放下则缩短,因为身体的骨节都已被雷电震碎了。背上有字,像篆字又不像篆字,不能识别。

桂花相公

江西丰城县衙门后边有一座桂花相公祠。相公的住处和姓氏已经无从查考,相传是明代的人,当过丰城县令的幕僚。有一次,发生了一起盗劫案,株连了好几个人。相公同情他们的冤枉,打算释放他们,但是县令不同意,于是相公大怒,一头撞死在桂树下。后人画了他的肖像,并为他修了祠堂,称为"桂花相公"。相公非常灵验,主管这里的行政事务,必须先到相公祠进香。凡有人命案子,破案的前一天,相公必定把帽子脱下来放在供几上,露出头顶。开始大家都感到惊异,时间一长,大家也就不以为怪,习以为常了。

落　漈

海水到了澎湖列岛附近,就逐渐向下倾斜;到了琉球群岛附近,海面陡然深陷,人们称这种现象为"落漈"。所谓"落",就是海水到了那里,就不再往前流了。

有些福建人要到台湾去,途中遇到大风,船被卷入了落漈,都以为绝对没有生还的希望了。忽然,船身一个大震荡,船上的人全都跌倒,船也静止不动了。大家定神一看,才知是到了一个荒岛。上岸之后,发现岛上的砂石全是金子。还有一些怪鸟,见人也不飞,人饿了则可以提来煮肉吃。一到夜里,就会听到各种鬼啾啾啾的叫声。

他们在荒岛上住了半年,逐渐熟悉了鬼说的话。一次,鬼对他们说:"我们都是中国人。当年不幸被卷入落漈,尸体漂流到这个荒岛上,不知离中国几万里。我们长年住在这里,非常熟悉这里的海潮规律。大约每过三十年,落漈的水位就与大海平一次。没有死的人,可以乘这次机会逃出去。现在,落漈的水位即将与大海一样平,你们该赶快修补船只,还有生还的希望。"到了落漈的水位与大海一样平时,大家就按照鬼的提示,乘船回程。这时,群鬼流着眼泪,目送他们,并取了很多金砂相赠,叮嘱说:"请代我们向家乡的亲人问好!请他们多作佛事,为我们祈祷超度!"

这些福建人回来后,为群鬼的深情所感动,各人出资建立了一座大祠堂,经常为落漈荒岛上的群鬼祈祷。

铁 公 鸡

　　山东济南府有个富翁,家资巨万,本人却极端吝啬。他囤积居奇,牟取暴利,日夜筹算不已,却是身着破衣,头戴破帽,逢人就叫苦连天,说是日子难熬,没法儿维持下去了。他一家老小十几口人,每天只买半斤肉,几斤菜,吃大锅的粗米饭,而且,往往是早饭拖到中午、晚饭迟至半夜,为的是省下中间的一顿饭。这老家伙也不通待客之道,客人进门,就连一碗清茶,也不会在桌子上露面儿;多么至亲的骨肉,也没见过他家餐桌上的碗筷是什么样子。可是,他每次应人宴请,都要甩开腮帮子大吃一顿,饱得几乎是猫不下腰儿。因此,五里三村的人们就送他个外号儿,叫作"铁公鸡"。说是从他身上,就甭想拔下一根毛儿来!

　　可是,这位年过半百的富翁,却偏偏没有儿子。他决心娶个小老婆,为他生儿育女。他提出了讨小老婆的两项条件:一要年轻貌美,二要花钱最少。媒婆眯起双眼,笑着说:"您这是又要马儿好,又要马儿跑,又要马儿不吃草! 上哪儿给您寻去? 您慢慢儿等着吧!"铁公鸡得子心切,催促说:"不,不! 还是越快越好!"

　　没过几天,媒婆儿就带着一位陕西口音的人找上门来,身边还跟着一个年轻女子。陕西人说,他不计较彩礼多少,只要小女得温饱,不致冻饿而死,就心满意足了。再瞧那女子,年可十七八岁,虽是乡间打扮,却也娇艳无比。铁公鸡大喜,当即留下那女子,并立为侧室。又取来一大串钱,赠给那陕西人。陕西人接了钱,也不争执,径自去了。

　　铁公鸡骤然得了这么个娇美的便宜女人,一时宠幸倍至,曲意事从。但是,他那贪鄙吝啬的老毛病却改不了。那女人就劝诫他说:"夫子已经到了这般年纪,留这么多钱有什么用,何不拿出一些来救济那般穷苦人,让他们对您感恩戴德,岂不更好?"

　　铁公鸡一听这话,暴跳如雷,训斥道:"你怎么会说出这种混账话来? 也不怕隔墙有耳,被别人听了去? 你知道吗? 钱这玩意儿,得之极难,散之最易。我从小儿就买下扑满(积存零钱之器,俗称'闷葫芦罐儿'),决意存钱。日积月累,历经十二年,才装满了二十多个扑满,积攒下三千贯钱。我拿这些钱去放高利贷,收子母之利,又过了三十年,才积银万两。我用这些钱开赌场、设宝局,坐吃抽头,又过了十年,才有今天的财富。前前后后,我为之奋斗了五十多年,其间,经历了多少风风雨雨,积财的苦头儿,我也算尝够了。如今,世道不济,那些有钱的老爷少爷们,动不动就大兴土木,修造宅第,要不,就以倾囊之资救济他人。更有甚者,越老越糊涂,把那白花花的银子买酒买肉,日夜宴饮。好像钱这玩意儿和他们有深仇大恨,非挥霍一空不为痛快似的! 我常以我的爱财如命而自赏自慰,唯恐天有不测风云,一朝钱财锐减! 你竟然劝我入他们的窠臼、蹈他们的覆辙,这怎么能行? 你还年轻,不知财力物力之艰难,才如此胡言乱语,罪过呀!"

女人听了这话,笑了笑说:"我不过是随便说说,试试您的心思,瞧把您吓的! 您爱财之心牢不可破,这我知道。不过,您这万贯家私,将来还不一定落到何人之手呢!"自那之后,铁公鸡对她虽说是爱如至宝、宠幸有加,暗地里却不得不留下心眼儿,处处防着她。

铁公鸡有十几个盛钱用的大铁柜子,封锁甚严,放在一间暗室里,每月清点一次。那一天,铁公鸡将要清点钱柜。他先插紧了房门,把奴仆婢媪之辈都拒之门外,然后携女人手进入暗室,陆续打开十几个铁柜,个个空空如也,一两银子也没有了。铁公鸡脸色煞白,如同失去了左右手。他瞪大了眼睛问那女人:"这,这是怎么回事?"那女人却是笑而不答。铁公鸡大怒,抽刀逼向那女人。女人却依然微笑着,说:"您以为我是个人?"铁公鸡怒不可遏,反问道:"你不是人,难道是鬼?"女人不慌不忙地说:"我不是鬼,却是个狐女。像您这么个鄙陋不堪、爱财如命的人,实在是没什么指望! 我已经把所有的银两盗了出去,分发给那些受苦受难的穷人了。"

铁公鸡气得浑身发抖,刀也失手掉落在地上,问道:"都分给谁了? 全给我追回来!"狐女说:"钱财乃流通之物,分给谁不行?"又说:"就是我,也不能和那些钱财一样,一辈子死守着你这只爱财的秃老头子!"说罢,转回内室,转眼之间就不见了。

铁公鸡人财两空。他大哭了一场,一病不起,呜呼哀哉了。他死后,被草草掩埋,家产被亲族抢夺一空。连那处房宅,也被拆卖一空,夷为平地,改作了菜园子。

铁公鸡家的后宅院里,旧有后楼七间。从他祖父那辈起,就有狐仙居住。他的祖父和父亲都每月具酒肉祭祀,人狐相安,已有数十年之久。铁公鸡当家主事之后,为了省钱,首先断了对狐仙的祭祀。继而,把后楼出租取利,迫使狐仙无处安身,率族迁徙它处。所以,这位狐女的出现,绝不是偶然的。

夜 星 子

京城的小孩夜晚啼哭,相传这是被称作"夜星子"的怪物所惑。有个巫师能够用桑胡桃木做的箭射杀它。有个侍郎家里,他的曾祖父留下一个老妾,已经九十多岁了,全家人都叫她"老姨"。她每天坐在炕上,不说话也不笑,饭量很大,没有什么病,养着一只猫,与猫形影不离。侍郎有个小儿子,还在吃奶,夜里啼哭不止。他就命令把捉夜星子的巫师请来治疗。

巫师拿着小弓箭,箭杆绑着数丈长的白色丝带,绕在第四个指头上。坐到半夜月光射进窗户,隐隐见到窗纸上有人影晃动,一伸一缩,像个女人,身高七八尺,手执长矛,骑马而行。巫师指着那人影低声说:"夜星子来了!"拉开弓射去,那人影发出唧唧的声音,丢掉长矛逃走了。巫师破窗牵引着丝线,带领众人追赶。

赶到后房,丝线竟穿入门隙。大家呼叫老姨,没有答应,于是点上蜡烛进屋寻找,一个婢女叫道:"老姨中箭了!"众人围着一看,老姨肩上果然中了一箭,流着血,正在呻吟,所养的猫还在她胯下,所持的长矛是一根小竹签。全家扑杀她的猫,断绝了她的饮食,不几天她死了,小儿也不再啼哭了。

疡　医

大兴县的霍筤、霍筥、霍筦,他们的父亲是擅长治疗疮霉的中医。三兄弟中,霍筥出类拔萃。他不屑于做医生这个行当,而喜欢读书。他的父亲因为他不遵家教,所以常对他发脾气,严加训斥。多亏邻居中有位姓姚的老先生,时常来安慰、鼓励他,使他努力地完成了学业。

不几年,父亲死了,霍筤、霍筦各自行医,生活过得不错。只有霍筥谋生乏术,日子过得一天穷似一天。那时,正值乡试之年,霍筥徒步来到通州,身边只有一名老仆人相随。因为动身时已经很晚,走了二十多里路,太阳已经落山,却找不到一家旅店投宿。正在彷徨之间,忽然看见树林中有灯光,主仆二人就朝那个方向奔去。

将近灯光时,对面走来一位气喘呼呼的老婆子。霍筥的老仆人急忙迎上前去,问道:"这里有借宿的旅店吗?"老婆子答道:"我正有急事,要去请外科医生,没有时间跟你谈借宿的事!"霍筥急忙喊住她,说道:"我懂得外科的医道,为什么不请我去呢?"老婆子就问:"先生这样年轻,可曾娶过妻子?"霍筥答道:"还没有婚娶。"老婆子听后,非常高兴,就请霍筥跟她一起去见主人。

霍筥对老婆子的答非所问,心里也疑疑惑惑,只是跟着她走,不一会儿,到了一处庄园。那庄园堂皇富丽。老婆子叫他们主仆二人在外稍等片刻,她先进去禀报夫人。不多工夫,老婆子就带了数十名丫鬟、仆妇迎出门来,说道:"夫人有请!"霍筥和老仆人就随了老婆子等人进入庄院,穿过十多间房子,才到上房。这时,夫人已经等候在中堂了。这位夫人三十多岁,珠环玉佩,光彩夺目,与霍筥行了宾主之礼,又问了姓名、年龄、婚姻情况。霍筥都一一据实相告。

夫人一听,神情显得十分高兴。她退去左右的丫鬟仆妇,对霍筥说:"先夫姓符,祖籍河南,率家寄居于此。我一人寡居,没有儿子,只生一女,名宜春,年方十七,还不曾许配人家。最近,小女忽然得了疮疾,部位在隐蔽之处,不便请人医治。我曾和小女商量,一定要挑选一位年轻英俊的医生来看病,病愈后,便以身相许。像您先生这样的人,正好是合适的人选,但不知您的医术如何?"霍筠开始不过是想借宿一晚。听了这话,自是喜不自胜。

夫人命丫鬟蕊儿通报小姐,自己拉着霍筠的手,穿过几重曲室,来到了小姐的闺房。挑起珠帘进去,只见一位美人拥着锦被躺在床上。夫人说道:"先生请看病。"又对女儿说:"娘去去就来。"那宜春小姐羞羞答答,经丫鬟蕊儿多次催促,才脸朝里面,侧身躺着,又举起袖子,遮住自己的脸。霍筠坐在床边,慢慢揭开锦被。只见双臀洁白似玉,肛门口细小而幽深。那隐蔽的部位,用一方红罗遮盖。揭去红罗,只见疮大如钱。霍筠诊罢,轻轻拉好锦被,走出卧房。

夫人已在窗外迎候,把霍筠请到陈设精致高雅的书斋。霍筠请夫人屏退丫鬟,然后解下自己折扇上的紫玉扇坠,砸碎后研成细末,用砚中的水调成糊状,带着去见夫人,对夫人说:"这药切忌女人之手,所以必须由我亲手敷上,才有效果。"夫人说:"只要病好,任凭先生行事。"霍筠又揭开小姐的锦被,摩挲着小姐的臀部,小心温存地为她敷药。宜春只是微笑,一句话也不说。

过了几天,宜春的恶疮完全好了。夫人设宴酬谢,举杯说:"先生和小女,真是天生的一对!"于是布置新房择了吉日良辰,为二人合卺成婚。新婚满月,霍筠就想回家乡大兴。夫人说:"这里是荒野地方,不能久居。我家在京师阜城门外有一所故宅,不妨大家一起去居住。"于是,霍筠就同夫人、宜春一同启程,带了大量的行李辎重。

到了那里,果然是一所雕梁画栋的住宅。霍筠和宜春在这里居住了数年,生了一子一女。

一天晚上,宜春忽然哭着对霍筠说:"我们的缘分已尽,明天就要离别了。四十年后,会再次相见。"第二天早晨,夫妻俩携手出门,彼此都大声痛哭。门外,先已停好一辆牛车,看上去很小,但夫人、宜春、蕊儿和丫鬟十多人同乘一车,也不显得拥挤。牛车启动,很快就不见了,但宜春的哭声好像还在耳边。

霍筠后来中了举人,出任某县县令。但不知四十年后再相见之说,能否如愿。

产 麒 麟

芜湖有个张某,以卖豆腐为业。

张某之妻怀孕长达十四个月,生下个婴儿怪模怪样:手呈圆饼形,脚呈方块形,背部铁青,腹部淡黄,全身长满翠绿的茸毛,就像一幅绣锦。左右两只胳臂上,都生有一层闪闪发光的鳞甲。看上去,简直就是一头小麒麟。

这个怪婴儿落生之后就能行走。喂他饭食,他就狼吞虎咽地大吃一气。好事儿的人就大肆宣扬这叫天降麒麟,将给这一方带来吉祥,还要去报告官府,准备大肆庆贺一番。不料,这头小麒麟很快就夭折了。从出生到死去,只有短短的七天。

生 夜 叉

绍兴郑时若秀才的妻子卫氏,生下来一个夜叉,全身蓝色,嘴巴向上豁裂,圆眼睛,鼻子缩在一堆,尖嘴红头发,鸡爪骆驼蹄子,落胎就咬人,把接生婆的手也咬伤了。秀才非常惊恐,持刀杀它,夜叉做出格斗的样子,过了很久才死,血呈青色,它的母亲也被惊吓而死。

石膏因果

嘉定张某,号称名医。偶尔一次,他下药时,误用了石膏,致使病人丧命。事后,张某自知失误,非常后悔,但也不便对人说,就连家中的妻子儿女也不知道。

一年后,张某也得了疾病,就请医生徐某前来诊治。徐某开了一个方子,就走了。将要撮药时,张某自己提起笔在药方上加写石膏一两,子弟们劝他也不听。

第二天清晨,张某服药之后,又取过这张方子来看,大惊道:"这一两石膏,是谁加的?"他儿子说:"爷亲笔加的,您忘啦?"张某叹道:"我明白了。你快去替我准备后事吧!"又自作偈语道:"石膏石膏,两命一刀;庸医杀人,因果难逃。"一过了中午,张某就死了。

刘伯温后辈

浙江绍兴府上虞县县衙门的后院是一座大花园。花园里有一座古墓。墓主是谁? 如今谁也说不清了。相传,每当新县令到任,除了首先要到城隍庙里祭拜城隍爷之外,还必须到这座古墓前祭拜。这个传统,已经是由来已久。

乾隆年间,有位冉先生出任上虞县令,礼房官吏根据已往的惯例,也请这位新任太爷去祭祀古墓。冉先生问道:"我的历届前任,有打破这个旧例,不去祭祀的吗?"礼房官说:"回老爷的话,大部分前任老爷都这么做了,只有一位张先生性情倔强,没有按旧例办事。不过,张先生倒是官运亨通,如今已是迁升湖北布政使了!"冉先生听了,微微点头,说:"这么说来,我也得学习张先生了!"冉先生最终也没到这座古墓前去祭拜。

有一天,冉先生正在大厅上审理公案,忽然有个古衣古冠的人乘车而至,摇摇晃晃地竟自走上堂来。冉先生哪里知道他是个鬼? 心里激起一股怒气,呵斥门房官吏道:"为何如此轻慢? 有客人到,为什么不前来通报?"这个怪模怪样的人走上前来,先向冉先生草草躬揖为礼,接着,就拉冉先生进入书房,避开属下众人,说道:"您何必怪他们呢? 他们根本就看不见我,向您禀报个什么?"此后,就听得冉先生与这个怪人争辩不休,外面的人只能听到他们是在争吵,至于吵些什么,却是一句也听不清。

不大工夫,那个怪人突然就不见了,冉先生却陷入半昏迷状态之中。他改变了腔调说:"在下姓苏,名松,本是元朝末年的一名进士。曾出任过这上虞县令,不幸死于战乱,就地埋葬在这府中的后花园里。不是我吹牛,那位被明太祖誉为'开国文臣第一'的刘伯温(刘基,字伯温。浙江青田人。元末进士,官居高安县丞,后辅明太祖北定中原,官至弘文馆学士,封诚意伯),算计起来还是我的晚辈呢! 你冉某又算个什么东西,上任后竟敢不祭拜我?"有人诘问他说:"谁规定的新官上任必须拜你? 有当今皇上的旨意吗? 你有啥了不起的,不过是个亡国的孽种! 前任张先生就没拜你,你也把他奈何不得!"苏松的鬼魂震怒,声嘶力竭地叫嚷道:"嘿! 你先别着急呀! 前几年,张某那小子禄数正盛,我是一时治不了他;如今,他那好运气就要穷尽了,你瞧我不挖了他的一双眼睛!"

冉先生的家属一听这话,吓得个个浑身打哆嗦。大家纷纷环跪在这个鬼面前,替冉先生磕头求饶,请求恕罪,并许诺大鱼大肉地祭祀他。过了好半天,冉先生才清醒过来。他感到可怕,急忙肃整朝服,备下酒肉,到后花园古墓前祭拜,从此,也就安然无事了。

不久,湖北布政使张某因事罢官。他又急又恨,两只眼睛双双失明。

这个故事,是詹事府少詹事钱辛楣[钱大昕,字晓征,一字辛楣。江南嘉定人。乾隆十九年(1755)进士]先生给我讲的。

小 那 爷

参领明公与小那爷是朋友。明公奉命出差去外地,三年后返回京城,行至南小街市,见小那爷站在市中,仲夏时节却穿棉衣戴暖帽。明公觉得奇怪,下马和小那爷握手,互相寒暄着说些客气话。小那爷说:"自和您分别后,经常被人欺侮,明公送给我的骡子被人骑去不还,新住地方的树木被畜牧破坏伤害，家人也不理。幸亏明公回来了，请帮我想办法。"说完，明公上马，那爷也登车而去。回到家里，明公把小那爷的事告诉家里人，家里人却说："小那爷死了一年了。"明公非常惊骇，到那家打听，那爷死后入殓所穿的衣服与在市上见到的相同。明公问他赠给那爷的骡子，那爷的儿子说："在某某家。据说是父亲送给他的，所以不敢去要。"明公把那人叫来吓他，说破他的欺诈，将骡子追回还给那爷的儿子。又去看那爷的坟墓，果然被牲畜践踏损坏，于是明公替那爷修葺墓地，并不准在墓地放牧。当天晚上，明公梦见那爷来拜谢说："很惭愧没有什么报答你。明天中午市中有一匹病骡子，你把它买下来肯定会获得大利。"明公按那爷所说的做了，果然得到一匹骡子，把它医治好以后，它每日可行五百里路。

水 鬼 坛

武林门外西湖坝上的一家人，有个老仆人，天快黑的时候到湖边打水，远远看见水面上有个酒坛子随流漂浮。想到可以装东西，老仆人想把酒坛子弄到手。一会儿，坛子已漂到跟前，他用手去抓，不料手腕伸进坛口，口渐缩小，把老仆人拖拽下水。老仆人急忙呼救，才免遭一死。

鬼 市

汪太守府上有位仆人，名叫李五。他由潞河出发，赶到京城去。那时，正值盛夏季节，白天走路很热，他就改在晚上赶路，估计到天亮就可进城。那天夜里，他在途中见街市非常热闹，店铺中正出售各种熟食，面食、米饭热气腾腾。李五肚子很饿，就走进一家店铺，饱餐一顿,付了钱,又继续赶路。

到了天明,他远远地已能望到京城了。这时,他忽然想起,从潞河到京城只四十里,沿途不过一座花园、几家小店,昨天夜里怎么会出现如此热闹的街市?他这样想时,胃里突然感到不舒服,俯身呕吐,吐出的东西都能蠕动跳跃。定神一看,却是蛤蟆,还有一团纠结在一起的蚯蚓,他见到这些东西,不禁阵阵恶心,但也没有发生其他意外。又过了几年,李五才去世。

金 娥 墩

金娥墩在江苏省无锡县县城东南六十里。相传,那是南唐李后主(李煜,五代南唐国主。初名从嘉,字重光,号钟隐。通诗、文、画,晓乐,尤以词见长,世称李后主。975 年,宋兵破金陵,后主出降,后被毒死)之妃金娥的坟墓。

据说,这位金娥贵妃也工辞章、通墨翰,还常常向李后主进忠言,因此而得到李后主的特别宠爱。过了几年,南唐发兵攻打晋陵(古县名,故治在今江苏常州),后主亲征,携金娥同行。不料,遇吴王兵中途阻截,进退维谷。这时候,金娥在帐中大病,一病不起,客死于无锡县东南。李后主命将她就地殡葬,留下的坟墓就是这座金娥墩。

到了乾隆初年,这里已经是一片荒芜。后来,当地的农民在此开荒种地,就从地面下犁出不少古砖来。砖面上都有凹雕四个篆字,识文断字的秀才们看了之后说,这是"唐王宝印"四字。直到现在,这种字砖在当地还是很容易见到的。

更叫人奇异的,是有金娥现形的传说。每当风雨之夜,当地的百姓们往往可以看见一个艳丽端庄的女子出现在金娥墩上。她边歌边舞,边诉边泣。她唱道:"日侵削兮三尺土,山川已改兮众余侮……"声音委婉悲凄,催人泪下,不忍卒听。

翻洗酒坛

　　广信府有个姓徐的少年无赖,斗酒打死了邻居,畏罪潜逃,官府到处抓不到他,家里的人也以为他死了。五年之后,他叔叔偶然发现江上有一具浮尸,一看是自己的侄儿,就将他埋葬了。又过了五年,徐某忽然从外面回到家里,家里的人都以为是鬼。徐某说:"我因杀人的缘故外逃,不料进入庐山中遇到仙人,教授给我炼形分身之法,现我已得道。担心家里人想念我,特在江上浮一尸体,以表示对家里的安慰。现在我还有没了结的心事,所以回家一趟。"徐某以前没有成亲,他的嫂子半信半疑,暂且留他住下。一天,他在酒坛里撒尿,嫂子大怒骂他,徐某说:"洗一洗有什么关系呢?"嫂子说:"污秽在坛子里面,怎么洗得干净呢?"徐把手伸进坛子,拉出坛子的里子,如同扯出布袋一样,仰天大笑,踏着云彩而去。至今翻底坛子还保存在徐家。被打死的邻居家的人早上起床,在桌上发现千金。有人说这是徐某来报答,也就是他所说的"了心事"。

雷诛吉拚

　　湖州有位姓徐的女子,一降生就吃素,三岁后就好念佛。但她长到十四岁时,忽然被一声响雷打死。

　　乡亲们哗然,都说雷公不长眼,错杀了无辜的好人!等到殡葬的时候,人们发现她的背部有三个篆字,经识字的人辨认后,说这三个字是"唐吉拚"。

狐仙亲嘴

最近,隐仙庵里忽然闹起狐仙来,他们作祟扰人,搅乱得人们坐卧不安。

隐仙庵有位老仆人王某。他不信鬼、不信狐,一提起狐仙的可恶之处来,他就臭骂一顿。有一天夜晚,王某刚躺到床上,在昏暗的油灯下,只见一个漂亮的女子姗姗而来。她坐到王某床边,一句话也不说,搂过他来就亲嘴儿。王某虽说屡次骂过狐仙,可如今这滋味儿,又觉得难得。所以,他对这骤然降临的温情,也没拒绝。没想到,刚温存了一会儿,那女人的嘴唇上突然长出一层又短又粗又硬的胡茬子来,扎到他脸上,疼如针刺。王某不胜其苦,终于忍不住大喊大叫起来。那女人这才轻轻地把他推开,一笑而去。

第二天,王某偷偷地照着镜子一瞧,发现自己的嘴唇和脸上被扎了一片密密麻麻的针眼儿,针眼儿的周围又肿胀起来,活像一只刺猬。

这事儿,王某真是有口难言。他不敢向任何人透露事实的真相,只好是哑巴吃黄连——苦在心里。可是,从那以后,他再也不骂狐仙一句了。

喇　嘛

西藏的谟勒孤喇嘛王死了,他的徒弟卜其降生在维西的某个地方。乾隆八年(1743),众喇嘛拿着活佛用的器物来寻访转世灵童。他们要去的那个地方,有个摩些头人,儿子叫达机,已经七岁了,忽然指着小鸡问母亲说:“小鸡始终会依靠着母鸡吗?”他母亲说:“小鸡终将离开母鸡啊。”达机说:“儿子就是您的小鸡吗?”

　　不久,达机对他的父母说:"西藏有人到这里来迎接小活佛,怎么款留他们呢?"父母亲以为他是乱说,不听他的话。达机使劲说,他父亲朝远处望去,果然有数十个喇嘛,不等邀请,径直寻访到他家。达机看见他们来了,在地上盘腿而坐,念了很长时间的咒语。众喇嘛拿出活佛所用的钵、数珠、手抄的《心经》一册,叫达机审视辨别。达机得到活佛用的旧器服珠,手拿着钵,打开经书大笑起来。众喇嘛摘掉帽子一起向达机叩拜行礼。达机放下钵盂,拿着经书站起来,用手遍摩众喇嘛的头顶。于是,一个喇嘛拿进来一套活佛穿的衣帽,达机自己穿戴完毕,喇嘛们又将带来的锦绣帘幕几十层布置在屋当中,簇拥着达机坐下。达机的父亲不知所措,喇嘛们赠送给他白金五百,锦、缯、毛毡几十匹,对他长久地说:"这是我们的寺主活佛,将把他迎接回西藏。"达机的父亲听了不同意,因为他只有这一个儿子。达机对父亲说:"你不用担心,明年某月某日,父亲和母亲将生一个儿子承继宗祧。我是活佛转世,不能留在这里。"他的父母亲没有办法,答应下来,并且也合掌向达机叩拜行礼。

　　众喇嘛簇拥着达机到达摩洞佛寺。维西县附近的摩些头人们,带着成百上千的人来进香皈依膜拜,布施的钱物不可计数。停留了三天,达机前往西藏。

　　第二年,达机的父母果然在达机所说的日子生了一个儿子。

梦中事只灵一半

　　泾县的胡承璘,当他还是个秀才的时候,夜里梦见自己来到一座府第,看上去好像是个王侯的住所。而这座府第,恰恰是他的叔父住着。他的叔父见他到来,吃惊地问:"这是阴曹地府呀,你怎么到这里来的?"胡承璘问:"叔父在这里做什么官?"叔父说:"不过是个小官罢了。"胡承璘请求说:"我想请叔父查查我这辈子的官禄和命运。"叔父翻出记着他姓名的簿籍一看,说道:"你这一辈子,只能是个穷秀才了!"胡承璘再三哀求叔父给他一个出人头地的机会。叔父无奈,就把另一个人的禄命与胡承璘对调了一下,并对他说:"这是最大的舞弊呀! 若是被阎王爷识破,可是个杀头的罪名!"说着,又把调换的簿籍给胡承璘看,那上面记着:"康熙五十九年庚子科举人,雍正元年癸卯恩科进士。任长垣县知县。某年某月某日寿终。"还对胡承璘说:"你参加乡试之前,要熟读《易经》,特别要多记些卦名。"说罢,就用力把他一推,使他一跌而醒。

康熙五十九年(1720),胡承璘参加乡试,第一道试题是"岁寒然后知松柏之后凋也"一节,就用《屯》、《蒙》、《剥》、《复》等十卦的系辞组成一篇答卷,果然高中举人。雍正元年(1723)癸卯会试,又中了进士。过了几年,授长垣县知县。他的官禄与梦中所预料的一点也不差。

过了几年,胡承璘的死期到了。他事先向府里的属吏交代了公务,又备了酒席,与亲友作别。然后,他沐浴更衣,静静地坐着,等待死神的到来。过了黄昏,他突然吐出几升血,自以为必死无疑,谁知却慢慢地平复了下来,竟然没有死去。又过了几年,到了乾隆六年(1741),胡承璘才寿终于云南督粮道任上。

梦中的事,忽而灵验,忽而又不灵验,变幻莫测竟至于这样!

卷二十四

长乐奇冤

福建长乐有位民妇李氏。李氏二十五岁那年生了个儿子，不幸的是，李氏的丈夫六个月之后就去世了。从那以后，她就矢志守节，一心抚孤，不思琵琶再抱了。家里只有一个小丫鬟、一名老奴仆陪伴着她。此外，虽说是亲族叔伯，她也很少与他们接触，即使是有要事相商，也莫过三言两语。乡里父老们对李氏的清心苦节是赞叹不已的。

李氏的儿子长到十五岁，就到私塾去从师就学。有一天，李氏照例早早起床，坐下来纺线织布。她无意中一抬头，就发现有个身着白衣服的男人站在床前。李氏虽然非常害怕，但她还是凛然正气，大声呵斥那个男子。白衣人退到床后，一闪之间，就不知去向了。李氏非常恐惧，急忙把小丫鬟叫到身边来，与她做伴儿。到了中午，儿子放学回家，与母亲同桌吃饭。他猛一抬头，也看见一个穿白衣服的男人站在床前。他毕竟是个男子汉，马上放下碗筷，逼了过去。白衣男子忽地钻到床下，又不见了。

李氏对儿子说："我听人家说过，财神爷就爱穿一身白衣服，咱们娘儿俩见到的，莫非就是财神爷？咱家这处房子，从祖上到现在，居住也有一百多年了，莫非这床下有先人遗留下的钱财？"为了证实这个猜想，在儿子到学堂去之后，李氏与小丫鬟合力，就把床下的地板撬起一块来，发现地板下是一块类似八仙桌面儿大小的青石板，青石板上放着个红缎小包袱。打开包袱，里面有白银五锭，每锭大约十两。李氏见到银子，当然喜出望外。她又想挪动那块大青石板，想知道青石板下到底藏有什么东西。但是，她和那个小丫鬟毕竟都是女流，要想搬开偌大的青石板，真可谓心有余而力不足了。白费了半天力气，当然是毫无效果。

　　后来,李氏就与儿子计议说:"凡是发掘地下的宝藏,必须先祭祀财神,才能得心应手。我的儿!你何不带上这些银两,到市面儿上把它换成散碎银两,顺便也买些酒肉祭品来,咱们也先祭祀一番财神,而后搬开那块青石板,看看板下到底有什么宝贝?"儿子遵从母亲的吩咐,提着那个红缎小包袱,来到集市上。他首先在肉铺里选好了一个大猪头,经过讨价还价,确定为七钱银子。成交之后,他才发现自己身上并未带零钱,肉铺掌柜声称他本小利薄,也兑换不开那么多银子,这桩买卖就要吹台。他就把那红缎小包袱放在案台上,对肉铺掌柜说:"您瞧,这里是五锭银子,每锭十两。这么着,我先把猪头拿走,包袱放在您这儿作抵押。等我回家拿回零钱来,咱们再钱货两清,也省得我白跑冤枉路。"肉铺掌柜不持异议,并找来一条布口袋,把猪头装了,递到他手里。他提了布袋,返回家去。

　　回家的路上,必经县衙门的大门口。他就觉得有两名捕役尾随在他身后,他并不介意。终于,两名捕役拦住了他,问道:"小哥慢走!请问你这布袋子里装的什么东西?"他毫不犹豫,答道:"猪头呀!"两名捕役并不因此放过他,又盘问他在哪儿买的、有几斤重、花了多少钱,问个没完没了。他被问烦了,把那个布袋子往地上一扔,叫嚷道:"你们疑心这不是猪头?难道是个人头吗?"话音未落,咕噜一声,就从那布袋子里真的滚出一颗鲜血淋漓的人头来,沾满一地血。他差点儿吓没了魂儿,倒退了十几步,兀地蹲在地上抽抽搭搭地哭起来。没说的了,两位捕役把这个十五岁的青年人带进了县衙门。

　　长乐县令立即升堂,提审这个青年人,李氏子实打实地招供,说这个猪头变幻成的人头,的确是他从某某肉铺买来的,而且把以红缎小包袱作抵押的事也如实说了。县令立刻抛下令牌,命差役去拘拿肉铺掌柜。其实,肉铺掌柜并不曾打开那个红缎小包袱看一看,就莫名其妙地被命令提着这个小包袱,押进了县衙门。经过审问,肉铺掌柜的供词与李氏子的供词完全吻合。但是,那个红缎小包袱几经传递,就到了县令的公案上。仔细一瞧,包袱皮并非红缎,乃是一块用鲜血染红的白绸,打开包袱,里面并非五锭银子,而是五根鲜灵灵的人手指!这个意外,把个堂堂的县令都惊呆了。再次审问李氏子,他无奈,只好把开启床下地板的事也实说了。县令立刻带领差役,策马来到李氏家,亲勘现场。差役翻开大青石板,坑里却是一具白衣白鞋的无头男尸,右手的五个手指都被剁去了。法医把人头、手指与死者的尸体相对验,竟是完整无缺。县令又当场审理一干人犯,终于查不出有用的线索来。只得把李氏子和肉铺掌柜拘押入狱,而此案则悬而不结。

这桩奇案,发生在乾隆二十八年(1763)。

烧　包

粤人在阴历七月半那一天,大都烧封起来的纸钱,称作"烧包",以此来祭祀他们的祖先。有个叫张戚的人,平时耍无赖而且有胆量。他的仆人三儿病卧在床上一个多月,到七月十六日那一天,忽然从床上跳起跑了出去。张戚在后边追他。出了城,来到大河旁边,三儿呆呆地站立着,点头呓语,样子似乎在和人争执。张戚打他的脸颊,三儿说:"我被差人抓来,替人挑送包钱。"张戚问:"差人在哪里?"三儿用手指着前边说:"站在前面浅滩上的就是。"张戚果然看见一人,戴高帽子,穿着青衣服,就像如今军牢皂隶的打扮,手拿着鞭子挥舞着。张戚大喊抓住他,用力一打那人不见了。张戚问三儿烧包在哪里,三儿说:"在家里堂屋板阁上,我因为太重不肯担,于是差人把我抓来。"张戚回到家中,看见堂屋果然有纸灰十包。

金　银　洞

高峰崖在广西思恩府城南一百里处,两峰壁立,崖上写有十三个大字:"金七里,银七里,金银只在七七里。"字的笔画遒劲,不知是哪一年镌刻在上面的。崖下有座土地祠,懂风水的人都说这里有金银气,一百多年来,当地的人多方搜寻,什么也没有得到。有个星士进到土地祠里,徘徊了几天,把神像攫走。当地的人去追赶他,经询问才知道神像是范金所做的,然而仍然不知道"七七里"是什么意思。悬崖中峰高数十丈,上有银洞,洞中白银累累,大的白银重达数十斤。当地的人架木梯攀登上去,拾白银,但怎么想办法也带不出去。有人把白银向洞外掷去,落地便再也找不到了。有人牵着狗进洞,把银子缚在狗身上向外边牵,狗就狂吠,等狗出来身上也看不到银子了。

猫　　怪

　　靖江县的张氏,住在县城的偏南方向。屋角旁边有条水沟,长久没有疏导,又遇上久雨不止,水就溢到了厅堂。张氏用竹竿去通水沟,伸进沟内一丈多些,竹竿就拔不出来了,叫来几人一起拔,仍旧拔不出来,想来是被淤泥胶滞住了。待到天晴以后,再去拔时,竹竿脱然而出,倒也并不费力。哪知骤然发现一道黑气宛如游蛇,顺竿而上。顷刻之间,满屋黑气弥漫,天地昏暗。这时便有一个眼睛碧绿的人乘黑来调戏张的婢女。据这婢女称,那绿眼人与她交合时,只觉阴部如同针刺,痛不可忍。

　　张氏为了驱除这怪,便广求能施符术的人来到家中设法。有个道士在他家中筑坛治妖。当道士登坛以后,黑气自坛往上,他便觉得有什么东西在舔自己,所舔之处,那舌头如刀一般,皮肉尽烂。道士作法未成,竟狂奔逃去。

　　这道士素来向天师学习法术,不得已雇船渡江去找天师。张派人随那道士同去,准备请天师亲自出来相救。船到江心,见天上黑云四起,道士高兴地拜贺道:"这妖已被雷打死了。"道士回来告诉了张氏。张回家一看,屋角有一猫被雷震死,那猫巨大如驴。

梦 马 言

乾隆十八年(1753)，山东人高蔚辰先生出任河南延津县知县。有一天，高先生在书房里阅读公文，一时困倦，就伏俯在书案上打了个盹儿。这时候，他就梦见一匹马自外而来，直冲到公堂上，站定之后，竟然像人一样对他说话。高先生认为，这不但搅扰了公堂，而且有不敬之罪。他非常气愤，随手操起身边的弓箭，张了个满弓，一箭朝那马射去。这一箭，正中了马的前胸正中部。那马狂跳嘶鸣，奔腾而去。高先生也随之惊悸而醒。

这时候，捕房吏就来向高先生报告说："刚才，王楼村的里保来报案，罗家寡妇和她的两个孩子昨天夜里被杀害。罗氏尸体的阴部还插了个木橛子，凶犯在逃。请老爷明断！"

高蔚辰先生不敢怠慢，马上带领属吏和差役，亲临现场验尸。死者的伤情，与里保所报相符。然而，凶犯为谁，却是毫无线索。高先生因命里保掩埋尸体，一行先打道回府。

回到府上之后，高先生就想起报案之前他所做的梦来。因命户房吏把王楼村及其附近村庄的户籍簿取来，查一查有没有姓马的。户房吏挨门挨户地查阅了一遍，竟然一家姓马的也没有。高先生非常奇怪，就把户籍簿接了过来，一边慢慢地翻阅，一边陷入沉思。忽而，在王楼村的一页籍簿上，一个叫许忠的人映入眼帘。这对高先生大有启发：马，在十二属相中，后午；马立而言，这岂不组成一个"许"字？何况，梦中之马正好被我射中胸部，岂不是"中心"二字，中心二字，又可以组成一个"忠"字，那么，凶手为许忠而无疑了。高蔚辰先生马上下令拘拿许忠。

许忠被带上公堂。高蔚辰先生啪地把惊堂木一拍，喝道："大胆许忠！你杀害了罗氏寡妇和两个孤儿，还不从实招来，免得本县用刑！"许忠一惊，浑身就打起哆嗦来，慌忙向上磕头，招供道："太爷说得对，那罗寡妇和她的两个孩子是我杀的。我本想，她家里没男人，我乘虚而入，与她混上一夜。不料，她非但不从，还大喊大叫，并咬伤了我的手！我又急、又怕、又恨，操起他家的菜刀，就把她杀了。这时候，她那两个孩子被惊醒，哇哇大哭。我怕案情暴露，索性一不做二不休，把他们也杀了！我恨这个女人，后来才干了那桩缺德事。不知，不知太爷怎么会知道凶手就是我？"高先生对此笑而不答，又命查验许忠的手，果然被咬伤，还在渗渗渗血。

高蔚辰先生依法判处许忠斩刑，呈上司复核。全县百姓都交口称赞，说他断案如神。

蒋　静　存

蒋麟昌，字静存，是和我同馆的翰林。他喜好李昌谷的诗，写有"惊沙不定乱萤飞，羊灯无焰三更碧"的诗句。

他出生的时候，他的祖父梦见一个奇异的僧人担着《十三经》，掷在他家的门上，一会儿长孙就出世了，所以给他起的小名叫僧寿，长大后叫寿昌，因为避国讳，特地把名改了。他自己梦见僧人画了一幅麒麟送给他，于是给自己起名为麟昌。他十七岁举孝廉，十九岁入翰林，二十五岁去世。蒋静存生性傲兀不羁，过目成诵，常说："文章之事，我畏袁子才而喜爱裘书度，其他著名的文人如沈归愚，易于交往。"

他死后第三天，他的三岁的儿子掀开帐子号叫道："阿爷穿着僧衣戴着僧帽坐在帐子里！"家里人争相来看，他却不见了。呜呼！静存往日的事迹始终与僧人有关，这就像戒律轮回一样。然而我和他交谈，他动辄诋毁佛法而且极其讨厌和尚，不知什么缘故。

天 妃 神

乾隆二年(1737)，翰林周锽奉命前往琉球去册立琉球国的国王。他所乘坐的船行到海上，突然遭到飓风袭击，飘到了黑套中。这地方的海水颜色正黑，日月昏暗无光。相传凡进入这种黑色的洋面，从来没有脱险生还的。

船员和周锽等正在悲泣之中，忽见海面上红灯万点，远远而来。船工无不狂喜，都俯伏在船舱，呼唤道："有救了，娘娘来了！"果然出现了一位束着高高的发髻，戴着金环的天神。她容颜非常美丽，在空中指挥。风便立即停息，并且似乎有人拽着船在行驶，声音隆隆地响着。不多时间，船便驶出了那黑色的洋面。

周锽完成册封使命以后，回来奏请建造天妃神庙。乾隆皇帝嘉勉他对神灵的恭敬之心，就应允了这一请求。此事见于乾隆二十二年(1757)的邸报。

宿迁官署鬼

淮徐道(地区名，清代辖境相当于今江苏西北部的徐州地区与安徽东北部的淮北地区)道台姚廷栋(字鄂辉，号橘堂。江南嘉定人)先生的府衙设在宿迁县内。

那一天，正值姚廷栋先生的老家翁六十大寿。府上大摆筵席，遍请亲朋好友，为老太爷祝寿，还包了一出堂会，晚上，就在正厅里演戏助兴。正当戏演得红火的时候，忽然有人向姚先生禀告：大厅旁边那堵很高的院墙上，有成百个人扒着墙头儿窜头窜脑地看戏。他们个个两眼直勾勾，又躲躲闪闪。姚先生以为这是本府属下的皂隶们贪看热闹儿,就亲自走出大厅,对他们严加呵斥。没料到,这些人对姚先生的呵斥不加理睬,置若罔闻。姚先生大怒,迅速赶到墙下,抬头一看,墙上一个人也没有。姚先生就觉得有点儿怪。第二天早晨,姚先生特意到高墙外面去观察,发现高墙之外就是一片湖水,根本没有人可以站脚之地。昨天晚上竟有那么多人从此扒上墙头儿,这事儿就更怪了!

不久,这宿迁官署里又发生了一件怪事。姚廷栋先生有位幕僚,名叫潘禹九。有一天晚上,潘禹九派他的奴仆到厨房里去取酒和菜,去了老半天,并不见回来。潘禹九又派别人去找他,却发现这个奴仆已经晕倒在厨房附近的草地上。酒壶扔出去好远,盘子里的菜也化作了蚯蚓和烂树叶。那个奴仆的眼里、嘴里和鼻孔处,也糊满了青泥。

潘禹九先生素来不信神、不信鬼,听了禀报,非常气愤,亲自打着小灯笼,要到奴仆经过的地方走一走,试一试,看一看鬼到底是个什么样子。

潘先生有两位同僚,也想乘机凑热闹,暗中藏起来,想吓唬吓唬这位自称不怕鬼的潘先生。潘先生打着个小灯笼走到半路上,隐藏在一旁的两位同僚就看见有一股黑气缠绕着他的灯笼,最终钻进了灯笼。灯笼里的光亮立刻变绿,微弱得像一只萤火虫。但是,潘先生对这一切好像是毫无察觉。两位旁观的同僚却非常害怕,屏住呼吸不敢出声儿。这会儿,潘先生又要往厕所去。他一进厕所门,迎面就伸出一只毛茸茸的大手来,一下捂住了潘先生的脸,吓得潘先生退出厕所,踉踉跄跄往回跑。这时候,两位藏在暗处的同僚才敢迎上去,问潘禹九:"您看见什么了?"潘先生被吓得木呆呆,一句话也说不出来。

这时候,潘先生又觉得手里的小灯笼分量越来越重,灯火也完全熄灭了。姚府的家奴们各持火把上前一照,发现小小的灯笼里竟有死野鸭一只。灯笼口很小,野鸭子肥大,不知它是怎么钻进去的。

广东官署鬼

康熙壬戌年(1682),武探花沈崇美在广东任守备一职。他的办公署后花园有口井,挑水的人起先认为不过是口平常的井。一天夜里,有女子要水,挑水的人按照她的吩咐把水给她,她却把挑夫的头按在水桶里。挑夫疑心是官署中的婢女与他闹着玩的,就骂那些婢女,婢女们说不是她们干的。

挑夫领着婢女来到取水的地方,看见一枝海棠和成群的白鸡,进入树下不见了。婢女们笑着说:"不是鬼,是藏神,在那里挖掘一定可以得到金银。"于是叫挑夫准备畚箕铁锹,挖土不到五六尺,发现一口棺材,由于恐惧他们停止了挖掘。忽然有个婢女发狂般地大喊:"请主人,请主人!"沈崇美和夫人闻讯前来查看,婢女喊道:"我是嘉靖十七年(1538)某巡按大人的第四个小妾,因遭主妇的狠毒虐待,上吊身亡埋在这里。现在您的婢女们侵犯了我,我应该索取她们的性命。您的府第土浅地湿,棺材中有很多积水,主人如果肯把我改葬在别的地方,那么挖掘我棺材的人也不是没有功劳,我将免除对她们的惩罚。大堂的西侧,我生前埋有一只金镯子,还有几颗宝珠,您可派人挖出来作为改葬费,也不让主人您破费钱财。"话音刚落,婢女又如平常一样没有病了。

主人派人启开棺材,里边果然积水涔涔;在大堂西侧挖掘,得到金手镯一只,重三两六钱,形状如同蒜苗。沈崇美派人将棺材改葬在地势高的地方。

为儿索债

礼部主事葛祖良对我说,邻居程某,家中很有钱财,但没有儿子。没想到晚年竟然生了一子,性情聪明敏慧,生得眉清目秀。程某对他爱如掌上明珠。孩子到十二岁时,身体多病,用去医药费不计其数。儿子渐渐长大以后,不从事生产与经营,却欢喜斗鸡赛狗,家产被他挥霍一空。

程某对儿子如此没有出息,感到非常愤懑。一天,他挂了祖宗的神像,准备将儿子好好鞭打一顿。这儿子忽然用山东人的口音说道:

"俺便是吴某,前世你欠了我一万两银子,现在已向你索取得差不多了。你以为我是你儿子吗?这可是大错特错了。我昨天打开账目看了,还欠我八十多两银子,如今也不能相让。"说罢,播起衣袖上前摘取他母亲发髻上的珍珠,随即把它踏得粉碎,然后死去。

程某最终穷困潦倒,还绝了后代。

鬼魂觅棺告主人

姜静敷先生有一个时期暂住在京师的愍忠寺,西厢房就成了他的书房。书房的角落里停放着一口棺材。北京人不直呼其名,而雅称之为"寿木"。

据说,这口棺材是愍忠寺的近邻郭老头存在这儿的。郭老头儿年事已高,很负众望,这一带的居民都很尊敬他。

有一天夜里,月色皎洁。姜静敷先生正聚精会神地坐在书房里读书。忽然,窗户哐啷一声巨响,豁然大开。接着,就听见那口空棺材的盖儿格嗒格嗒地乱响了一阵。姜先生不禁毛骨悚然。然而,那股子书生的耿直气还是促使他举着蜡烛走到了那口空棺材前。他举烛一照,发现那棺材盖儿有明显的错位,棺盖儿与棺口之间的尘土上,清晰地留有人的手指印。虽然如此,姜先生不去理睬,便上床去睡。半夜里,又听见那棺材盖儿动了几次。

第二天的大清早,郭老头儿的子孙们就披麻戴孝地到愍忠寺来抬棺材,说是"家翁已经在昨夜子时故世了"。姜静敷先生恍然大悟,知道昨天半夜里的响动,是郭老头儿初死的魂灵来试棺材了。

苏州人唐道原先生,七十岁去世。唐先生的儿子到"海红坊寿材店"去为他选购棺材。一进门儿,寿材店的掌柜就指点着一口棺材,极其神秘地对他说:"昨天晚上,我眼瞧着有位白胡子老头儿坐在那口寿木上,似乎很欣赏,等我举着蜡烛走到跟前,那老头儿就没影儿了!您说怪不?"唐先生的儿子就问起那老头儿的相貌来。寿材店掌柜一描绘,竟然与唐道原先生一模一样。这位掌柜平素并不认识唐先生。唐先生的儿子想,这是先父的幽灵亲自来选寿材了。于是,决定就买下这口棺材。

戴祖启先生,字敬咸,号未堂。江南上元人。戴先生是乾隆四十三年(1778)进士,官至国子监学正。

那一天,戴敬咸先生与梅式庵先生一起,到举人吴朱明先生家里作客。酒席间,戴先生忽而像是得了癫狂症,语无伦次,举止失措。他突然握住了梅式庵先生的手,眼泪汪汪地恳求说:"我要朱红色的,无论如何要多罩几遍漆! 老弟,拜托你了!"梅先生听了他这几句没头没尾的话,一时愕然,不知说什么好。

待了不大工夫,戴先生的气息就越来越弱,终于断了气,客死于友人之家。原来,他刚才拜托梅式庵先生的话,说的是他那口棺材。

程原衡家里有一名姓李的管事奴才,有一天晚上,这个奴才喝得烂醉,不小心从楼窗上溜了下来,一下就摔死了。当时,全家上下都已入睡,竟然没人知道。

半夜里,程原衡先生一觉醒来,就觉着左耳朵后面有一股阴冷的气,吹得他很不好受。程先生转过身来一瞧:在青荧的灯光下,似乎有个黑影,正在鼓着嘴噗噗地对着他吹气,冰凉而阴森。后来,那黑影又咕哝着嘴,似乎说了些什么,可惜程先生没听清楚。黑影倏地就不见了。

程原衡先生大怒,以为这非鬼则贼。他遍呼家丁,命他们举灯四处搜寻,却在楼下发现了李某的尸体。刚才,是他的阴魂把主人吹醒,请求把他的尸身收殓,置棺埋葬。

匾　怪

杭州的孙秀才夏夜在房间里读书,觉得额头上有什么东西在蠕动,用手一拂,看见是挂在屋梁匾上生出来的数不清的白色胡须,有个人脸大得像七石缸,有着逼真的眉毛和眼睛,正看着下边笑。

秀才平时就很大胆,他用手去捋匾上的胡子,一捋胡子就一缩,最后只剩下一张大脸庞端端正正地留在匾上。秀才站在小凳子上仔细看,匾上却什么也没有了。他又重新读书,白色胡须又从匾上拖下来。就这样过了几晚上,匾上的大脸庞忽然下来到桌子跟前,用长胡须遮住秀才的眼睛,使他不能读书。秀才用砚台砸过去,像敲在木鱼上一样发出声响,大脸庞逃走了。

又过了几天,秀才刚刚睡下,大脸庞又来到秀才枕边用胡须搔他的身体,使他不能入睡,秀才拿枕头击大脸庞,大脸庞绕地打滚,胡须发出飒飒声响,重又上匾隐没。

全家人都被激怒了,急忙把匾取下来投进火里烧掉,怪物才绝迹,秀才也登科了。

徐 支 手

咸阳的徐某,家里极其富有。最初生了一个儿子,非常聪明,六岁时腹内长痞块病死。徐某又生了三个儿子,相貌都相像,也都得了同样的病。

徐某年龄已大,等第三个儿子死时,他抚尸恸哭,用刀剖开儿子的腹部,取出痞块,还斩断儿子的左臂,骂道:"不要再来引诱我。"取出的痞块形状像三角菱,并且有口能够呼吸,悬挂在树枝中间,风和阳光把它弄干,每当接触油腥,痞块的口还能动。

不到一年,徐某又生一儿子,相貌和前边的孩子一样,腹部不生痞块了,但左手却废了。至今还活着,人们称他为徐支手。

鱼 怪

会稽人曹崟山,在市场上买到一条大鱼,带回家来剖杀烧煮而食。

因鱼很大，留出一半放在纱橱里。到了晚间，橱中忽然发出光来，照得满室都亮了。走近纱橱一看，只见所剩下的半条鱼，鳞甲通明，火光耀眼。曹垒山大惊，把鱼盛在盘中，放到河里。那光散入水中，随波摇荡，婉转之间变成一条活鱼游去。

曹垒山回到家中，发现屋内突然起火。灭了东边，西边又起，衣物床帐，全被烧光，只是房屋没有烧着。这样折腾了三昼夜，火才熄灭。吃过鱼的人，却都安然无恙。

盗鬼供状

先君子(指袁枚之父袁滨)在湖广按察使迟维台先生府上做幕僚。他的同事、大兴(今北京市大兴县。清属直隶顺天府)人朱扬湖先生，则在这按察府里当钱粮师爷。

有一天，朱扬湖先生忽然狂呼乱叫，像发了疯似的折腾起来。大家跑到他跟前一瞧，只见朱先生面如死灰，两眼呆滞，已经瘫在地上，处于半昏迷状态了。人们急忙沏了一碗姜糖水，扶着他喝了下去。过了好半天，朱扬湖先生才渐渐清醒过来。

朱扬湖先生说："刚才，我正坐在这儿校阅文件。您瞧，这大晌午天儿，地上的方砖就咯巴咯巴地乱响，好像有什么东西在砖底下蠕动，把那块砖顶起来了。我以为是闹老鼠了，抬脚一踩，那块砖就平了。可是，没呆多大工夫，那块方砖又被顶了起来。我掀开那块砖一瞧，砖底下是黑乎乎的一团乱毛，好像是人的头发。我正纳闷儿，那团乱发竟慢悠悠地钻了上来，一股阴森刺骨的冷风也随之而上。他先露出眼睛，又露出耳朵、鼻子和嘴，继而，脖子、肩膀、胸部、腹部也豁然出土。那两只眼睛，圆瞪而怒视，锋芒毕露，那张脸，黑似漆墨，脖子下还鲜血淋漓。这个地下鬼一跃而上，忽地抱住了我的双腿，笑道：'哈哈！你在这儿呀？这回，我算逮住你了！你大概是忘了吧，上辈子，我是山东的一个强盗，被官府捉住了，坐法当死。当时，你官居郯城县(今山东郯城县。清属山东沂州府)知县。那会儿，你向我索要了七千两银子的贿赂,答应为我设法开脱,免除死刑。可是,到了定案的时候,还是定了我个杀头之罪。我死不瞑目,总惦记着要找你算这笔账!如今,虽说你是再世为人,这个仇,我还是要报的!'鬼一边说着,一边使劲拉住我的腿,就往地底下拉。我大喊救命,诸位闻声赶来,那鬼才松开我的腿,缩回砖底下去了。"

大伙儿一瞧,地上那块方砖果然是翘起来老高,证明朱扬湖先生不是在凭空瞎说。此后,这个入地之鬼,就没有一天不现形。朱先生房里有客人在座,他当然不敢冒出地面来,只要是朱先生一人独处,那鬼必然会出面干扰,肆意纠缠。这个鬼最惧怕的人,要数迟维台先生。只要一听说迟先生将到,就吓得他抱头鼠窜,落荒而逃。迟先生公务繁忙,哪儿有工夫总是陪伴着朱扬湖?他就写了一篇檄文,放在朱先生的书案上,以警告恶鬼。迟先生写道:"请问恶鬼,你上辈子是个强盗,杀人越货,无恶不作,根据你犯下的罪行,理应杀头正法。你无仇无冤,难道还敢与朝廷的执法官对抗?换句话说,你若是想报仇,也应该上辈子就干,为什么拖拖拉拉,把上世的恩仇带到今世来?你要从速招供!"

夜里,入地鬼就把他的辩驳词写在了这份檄文的纸边儿上,字迹歪歪扭扭,疏密不一。鬼辩驳道:"小人知罪,不敢与朝廷执法官相对抗。但是,我仇视贪官污吏,要求平冤理恨,还是理所当然的!您也知道,我在世的时候,是个强盗,杀人放火,无所不为。我死后到了阴间,阎王爷还判我受炮烙之刑。十几年来,烙铁烙、火柱子烤,使我面目焦黑,皮肉几乎化作灰炭!每当我受刑不过,疼痛难忍之时,都要大喊:'我是个强盗,碎尸万段也不足惜!但是,曾经有人许诺救我不死呀!郯城县的县太爷收我赃银七千两,难道他就一点儿罪过也没有?'我这么叫喊了六十多年,始终没人理睬。如今,我已是苦海临岸,鬼域将满。阎王爷这才恩准我卸除镣铐,寻觅宿敌。我招供的都是大实话,不敢有半点儿虚假。请按察老爷明鉴!"

迟维台先生看罢这段辩驳词,点头叹息,竟也无可奈何。鬼虽说很怕他,他却不可能放弃官务,总去陪着朱扬湖先生。于是,他只能多派几名差役,日夜轮流守护在朱先生身边。

又过了一个多月,适逢迟维台先生五十大寿。按察府里大摆酒筵,搭台演戏,为迟先生祝寿。迟先生依然惦记着幕友朱扬湖,亲自来请他过去吃酒看戏。朱扬湖坚辞不往，说道："我是个等死的人，不知道哪会儿就没命了，哪儿还有心思去吃酒看戏？若蒙大人钟爱，多派几个人来陪伴我，我就心满意足了。"迟先生见他辞意恳切，也不便强求。当即指派下几名家奴，叮嘱他们好生陪伴朱先生，不得有误。家奴们齐声应诺，迟先生道了珍重，这才放心地离去。

但是，到了深夜，寿筵、戏文都已散了，人们才发现朱扬湖先生已经吊死在床栏杆上，救之已是无用了。迟维台先生和他的幕僚们得到朱扬湖的死讯，都责怪那些陪伴的家奴们不负责任，为什么没把朱先生看住。家奴们却辩驳说："奴才们怎敢怠慢？只是夜半子时一过，就从灯下吹过来一股黑气。我们一时头晕，纷纷睡去，等我们一睁眼，朱先生已经挂上多时，早就没气儿了！"

有人就说："奴才们贪热闹儿，早就去喝酒听戏了，未必陪伴着朱先生！"话虽然是这么说，但也没有什么确切的依据。

时 文 鬼

淮安的程风衣，喜好道术。四面八方的术士们都集中在他门下。有个道士叫萧琬，号韶阳，九十多岁，能游神于地府。雍正三年（1725），程风衣在晚甘园宴请客人，萧琬在酒席上喝醉睡着了，过了一会儿醒过来说："吕晚村死了很久了，还有祸事，真是太奇怪了！"人们惊奇地问他是怎么回事，他说："我刚才在地府间游玩，看见夜叉牵着一个老书生经过，镣铐银铛，身上插有一标，上面写着：'时文鬼吕留良，圣学不明，谤佛太过。'真是怪事！"当时在程风衣家里的诸位客人都读时文，学习《四书讲义》，向来佩服吕留良，都不相信萧琬所说的，而且脸上有愤愤不平之色。不久，发生了曾静事件，吕留良果然被开棺戮尸。如今萧琬还活着。严冬友秀才曾与萧琬一起住在转运卢雅雨的衙门中，亲眼看见他喝醉以后伸出一根手指，要有力气的人用利刃去割，一点伤痕也没有。

鬼弄人二则

杭州的沈济之,以教儿童读书为业。一天夜间,梦见一位头戴金冠、留有长髯的人来说道:"你家后园中有个地方埋着一瓮黄金,可去把它挖掘出来。"沈问道:"不知这瓮在哪一处地方?"那人道;"有草绳打的结,上面穿着一枚康熙通宝的铜钱,便是藏金地方的标记。"

第二天早晨,他便到园中去寻找,果然发现了草绳,并且上面确实穿着一枚铜钱。沈济之大喜,拿了锄头挖掘一丈多深,结果丝毫无获,一怒之下竟得了精神病。

乾隆九年(1744),冯香山秀才梦见有位神人来说道:"今年江南乡试的题目是《乐则韶舞》。"冯第二天就按此题目作文,然后把它熟读背诵。进场考试,果然就是这题目,以为必能录取。发榜下来,竟无自己名字。

冯秀才后来往广东教书。一天夜间,独自一人在闲步,听到两个鬼咿咿唔喇说话。他仔细一听,竟是在议论自己应试的那篇文章。一鬼在诵读,一鬼拍手说道:"好啊,真是解元公的文章!"沈惊疑以为这一科的解元,一定是割截了卷子,偷了自己的文章,便辞去了教书之职,赶赴京师,写了状词向礼部告发。礼部为弄清案情,以便奏闻,到江南来查看解元薛观光的试卷,发现薛的文章虽并不很出色,但也并非为冯香山的手稿。结果弄巧成拙,冯得了个诬告的罪名,谪配到黑龙江。

汉江冤狱

曹震亭[曹学诗,字以南,号香雪,又号震亭。江南歙县人。乾隆十三年(1747)进士。官至内阁中]先生官居汉江知县。有一天晚间,曹先生正在衙门里办公,忽而看见个无头人。他的头提在自己手里,那头上的嘴还在唧唧啾啾地说着些什么,曹先生却一句也没听清。吓得曹先生直打哆嗦,冒了一头冷汗。从那天起,曹先生大病一场。三天后,病情急转直下,到了太阳落山,他就咽了气。家里人哭天号地,本想将他装殓入棺,怎奈他胸口窝儿上总有点儿温热气,大家抱着一线希望,就没有及时为他料理丧事。没料到,只过了一宵,曹震亭先生就死而复苏,渐渐有了气息。

曹震亭先生说,昨天,一阵眩晕之后,就有两位阴差把他带进了阴曹地府。那里殿宇巍峨,阎王爷南面而坐,头戴高冠,身着本朝官服,牛头马面、各路鬼卒侍立两旁。忽听殿上传呼道:“王爷有令,汉江知县曹学诗觐见!”曹先生大踏步走上殿去,按照阳间的规矩,向阎王爷行属吏礼,只是作了三个揖。阎王爷面容和善,很礼貌地欠身还礼,并命左右给曹震亭先生设下一个座位。

落座之后,阎王爷便问道:“曹先生,有人告您办案不公,隐屈埋冤!这事儿您知道不知道?”曹先生拱手答道:“下官不才,或有疏漏。但自觉莅任汉江县以来,尚不曾发生冤案。不知王爷所言何指?”阎王暂不作答,随手拿起一份卷宗,交到判官手里,判官转而递给了曹先生。曹先生打开案卷一瞧,正是本县的旧案。他从容起身,向阎王爷回禀道:“王爷,此卷正是本县旧案,而且确有冤枉。但此乃本县前任所断,鄙职到任之后,发现有误,曾三次呈文刑部,请求重审昭雪。但是,三次都受到院司的批驳,不予重审。如今,驳回的文案依然在本县存档,王爷如用,本县当火速呈上!”阎王爷听了曹震亭先生的话,微微点头,说道:“这么说来,您是清白而无罪的。”说罢,命鬼差带冤鬼上殿。霎时之间,阴风飒飒,凄神寒骨。只见一团黑乎乎、红彤彤的大血块随阴风滚奔而来,根本分不清哪是眉目、哪是手足。血块在大殿上跳跃狂吼,那声音悲愤而凄厉,使人毛骨悚然、不寒而栗。

阎王爷当着曹震亭先生和那个冤鬼的面儿,把为什么要给这个怨鬼昭雪的理由说清楚了,又把曹先生曾三次为冤鬼申冤的事实讲明白。冤鬼虽然安静下来,却俯伏在地上不肯下殿。阎王爷命鬼卒将他拖拉下殿,并对他说:“你的冤屈终将昭雪,不过,你要另寻仇敌,与曹学诗毫无关系!”

随后，阎王爷又拱手为曹先生送行，并命令鬼卒说："曹先生无罪，要从速安全送他回府！"曹震亭先生一惊，就从昏死中苏醒。他出了一身冷汗，内衣全湿透了。家里人见他死而复苏，擦着眼泪笑了起来。

从那以后，曹震亭先生心灰意冷。不久，他就辞官归田，隐名埋姓，长斋奉佛，终其生不再出仕。

控鹤监秘记二则

武则天宠幸薛怀义已经很多年了。薛怀义骄横跋扈，在行政重地南衙跑马飞驰，目无法度，被气愤已极的宰相苏良嗣掌嘴。武则天知道后暗暗记在了心里。

一天，武则天在上阳宫置下酒席。她淡然地对千金公主说："你知道我身边并没有可用之人吗？现下正憋屈郁闷，有什么办法呢？"公主诚恳地说："儿臣很早就想上奏母后。母后不说，我哪敢先行进言啊？如今母后既然知道了小宝（薛怀义的本名）的罪过，儿臣以为，皇上是何等神圣的天佛呀，托身人间，广选男宠，自当在公卿望族大家子弟中，选天赋异秉、姿色俊美者入宫，安排在床笫锦帐间，用以滋养圣上的幽情、润化深宫愁绪。何必宠幸个市井无赖呢？他做出以前嫪毐、昙献那样的事体，您可就被千秋万世比作秦皇母后赵姬和北魏胡太后了呀。"

武则天说："即便你不讲，朕也是知道的。近日宰相掌批怀义面颊，就是欺负他是个市井草民。他苏良嗣如果遇上个公卿子弟，且兼通文墨之人，就算他身居南衙，又怎敢那么张狂？"说完，她叹息不已。

千金公主道："陛下不要叹气。陛下委身太宗之时，可知道凤阁侍郎张九成么？他的养子张昌宗，眼下年近弱冠，长得珠翠美玉样的姿容、皓雪般的肌肤，俊眉朗目，那风采，据说和太宗弟媳巢刺王妃杨氏非常像诶！"武则天沉默着，低头没有应答。

公主借势跪上前去，起身附到武则天耳边，说："陛下无须多虑，儿臣对昌宗的下体也知道一些。儿臣曾在凝碧池置办了一个庄园，春花盛开时,驸马便大宴宾客。宴会后,他带众人沐浴。在他们洗浴的时候,儿臣在琉璃屏风后面偷看。这些人当中,没有好过昌宗的。这家伙通体雪白,没有半点儿微痕瑕疵。体格清瘦却并非瘦骨嶙峋,身体丰润绝无赘肉。他那玉杵,龟头丰满雄根挺拔,没勃起的时候,那东西低垂着,也不很长,仿佛浑然一枚鹅卵。龟头下面有边棱凸起,五六分高。整个儿龟头色泽丹红,质地柔嫩。"

进言未毕,武则天面色有所缓和,轻佻地问公主:"你试过他吗?"公主道:"不是儿臣不垂涎于他,只为母后考虑,所以不敢。但儿臣始终没有完全的把握,特地让身边侍女前去一试。"公主回头看着一个侍女道:"向陛下如实禀告,不必害羞。"

侍女跪在武则天身边,学着千金公主刚才的样子,起身附在武则天耳边,奏说:"奴家初见昌宗时,看到他那龟头,就像南海新荔枝刚剥开一样,光洁晶莹。含入樱唇,感到鲜嫩滑润,浑圆鼓胀。他挺玉杵捣琼门,攻收入退,往复连连。奴家花心开绽,琼液汩汩,神荡魂飞。昌宗玉杵挺退的快慢强弱,不以其恣神畅意而定,轻重缓急都是随奴家的心愿。欢泄之后,他朱砂丹玉般的龟头已显疲态。奴家碰碰它,它会禁不住微微抖动呢。"

武则天听了非常高兴,指着公主说:"你实在是太善解人意了。朕每每听闻俗世中的女子,只喜欢壮健的粗汉,不喜欢温柔的男子,这只是村婆野娘的淫趣罢了。男子的壮硕和久战不泄,可以用药力实现,海外的春药,朕在宫中也藏有一石多,但无处可用啊。男人玉杵的曼妙佳境,全在操云弄雨的欢腾柔顺。怀义这厮,筋强骨壮远胜于肉身的灵妙,兴起时,憨直猛烈,一往无前。尽管当时朕也恣意欢畅,事后总觉有悖温香和暖之愿。御医沈南璆差强人意,玉杵上下一般粗细,蛹皮连绵衣冠一体,蒙头盖脸乌涂一片,只有玉杵高挺时,才会蛹冠下脱、龟头见日。朕总觉得它不干净。假如你们所言为实,这个张昌宗,便是男人中的极品了。"

千金公主离开武则天后,当即命令侍女传召张昌宗。赐给他轻绡雾谷之衣,再配上玉清云仙款式的头巾,用芬芳的兰花净水让他沐浴后,又让他口含丁香,把他送入宫中。侍寝后,武则天果然大喜,频频召张昌宗来欢寝。从此,薛、沈之辈再也得不到召唤了。

与张昌宗的云欢雨畅,武则天以高龄返浴青春,重习修身养体之法,常常口含玉杵睡去。昌宗玉杵坚实龟头丰硕,武则天金口久劳却也不忍放弃。

后来,武则天长出了新的牙齿,这让昌宗苦不堪言,于是,他把兄长张易之推荐出来。这样,武则天口含易之玉杵,云鬟摇曳,啧哩呜哝,下体举玉股开坤门,畅迎昌宗挺刺不绝。三人龙翻凤绕,活色生香,淋漓酣畅。

张易之受宠的程度稍逊于张昌宗。兄弟二人轮班侍寝沐浴。二张每次回到家中,武则天都派专人随行伺候,不许他俩和妻子说哪怕一句话。他若登上楼阁去,就要卸掉楼梯。张易之老母心疼儿子,替他们夫妇设了暗室,这才生下孙子张国忠。

武则天让张昌宗骑在木鹤背上,称他是子晋后身(子晋,周灵王的太子,刚正爱民。传说子晋随浮丘公上嵩山修道后,乘白鹤升天而去),又命他修纂《三教珠英》,身居控鹤监之职。其间,张氏兄弟与学士崔融、宋之问等有过酬唱来往,宋之问尤其谄媚二张,曾经为他们端送尿盆,知此事者都时常拿这事儿取嘲他。宋之问说:"你们知道那是什么样麈柄的溺物吗? 如果我是女人,遇到了二张也不知道什么是名节了,何况是皇上呢?"

武则天赐给千金公主龙锦缎,还说:"我听闻古时公主的行止多有不检,这是遴选驸马之人的罪过。自今而后,朕命令画工把昌宗的身形状貌,特别是下体,照他的样画下来,作为范本。符合这个图样的,才能作为驸马的候选人。到时候,公主夫妻和乐,也不枉生在帝王之家啊。"公主及侍女、宫娥无不叩头口呼万岁。

后来,中宗、睿宗二帝都以此法选驸马。当时,安乐公主虽然骄横奢靡,但与驸马武廷秀恩爱和好,口碑甚佳,公主身边不需要面首伺候,这都是武则天功劳啊。

张昌宗的妻子其貌不扬,被武则天召入宫中,封为一品崇让夫人。武则天常戏谑张昌宗的妻子说:"你是怎么修来的福分啊,竟会嫁给姿容秀美的张昌宗?"

当时有种说法,前一世修美貌,二世修品德。所以,没有过多久,到了神龙元年(705)正月,宰相张柬之和崔玄暐、桓彦范等五个大臣,率左右御林军发动了政变,入宫诛杀了张易之、张昌宗,没人给他们收尸。百姓怨恨二张淫乱宫中,把二张的肢体切成小块、剁成烂酱。

　　宫女上官婉儿揣度武则天的心意,在二张的尸体残骸中,找到了半段儿龟头,献给武则天。武则天见那龟头红润润、活生生,有如当时,就抽泣着说:"这是昌宗的龟头啊。易之的不是这样子。"于是,武则天选择了一个白玉盒装着,说:"我死之后,拿它作为陪葬吧。"

　　唐朝的朝廷格局里面,本是没有"控鹤府"的,武则天独揽大权后,专门设置了这个机构,把年少貌美的男子选到这里,以备自己游乐时召幸。当时最受武则天喜欢的,就数张易之兄弟了,时人称其为"五郎""六郎"而不直呼姓名。二张出入宫闱,毫无禁忌。

　　张易之原来的官职是司卫少卿,其弟昌宗则是个散骑常侍,二人以外勤的职官而侍候在武则天左右。大臣中有私下议论的,告诉给了驸马薛绍通,薛绍通又告诉给了太平公主,太平公主转达给了武则天。

　　武后听罢,悲伤地说:"我知道人言可畏。可怎么办呢?"太平公主默想了很久,给武则天献计说:"陛下为何不设置一个内侍府,用来安置张氏兄弟? 这样一来,出入宫闱就是他们的职责所在、顺理成章,人们就没有议论了。"

　　武则天很高兴,立即传旨设置"控鹤府",命张易之为控鹤府监,张昌宗为秘书监,官位属于三品。二张的声势从此越来越煊赫。想投到二张门下的人们,都千方百计地讨好二张,就连武承嗣、武三思这样的官宦子弟,照样伺候在二张门前,专等二张动身出门时,争着为二张执鞭坠镫马、牵马过市,引以为荣。薛怀义知道后,很是嫉妒,因为自从武则天宠幸二张兄弟后,就不再招呼他进宫了。

　　武则天加号称帝,在明堂开布施僧俗的无遮大会。薛怀义修鎏池,挖了一个巨大的坑,用结彩装扮起一座宫殿,佛像皆于坑中请出,并自称说佛像是自池底涌现出来的。薛怀义又杀牛取血,画一个大佛像,怀义自称是刺臂出血,用血绘制的。他命人把这张画像帖在天津桥旁,广设斋事。

　　武则天命张昌宗随同观看,薛怀义看到张昌宗与武则天嬉闹亲昵的样子,非常气愤。当天傍晚,他就放火烧了天堂。火势蔓延,烧到了明堂。火光照耀城中,如同白昼,通宵不灭。等到天明,天堂和明堂都烧成了灰烬。

　　太平公主把薛怀义纵火泄私愤的事,私报给武则天。武则天嘱咐绝不能声张,说是厨师杂工晚上煮饭,不慎失火。至于被烧掉的明堂,武则天命令重新修建,仍然命薛怀义担任督工,因为武则天对薛怀义还有些怀恋。哪知薛怀义更加专横放肆,多出言不逊,牵及武则天隐私。武则天大为恼火,与太平公主密商。公主说:"老奴薛怀义无礼至极,竟敢冒犯天威。如果还赦免他,会后患无穷。不如除掉这个祸根。"武则天说:"你说得对。这个附骨疽,你给我把他做掉吧!"

太平公主领命而出,秘密调遣健壮的宫中妇女在要道设伏。她又叫薛怀义到瑶光殿来见。薛怀义到了瑶光殿,太平公主在殿上大喝一声:"拿贼!"埋伏在要道两旁的宫女一涌而出,抓着薛怀义的两手捆绑起来。薛怀义倔强,想作困兽之斗。正巧,武攸宜用铁锤从后面猛击,薛怀义脑壳开裂而死。太平公主命武攸宜用车载着薛怀义的尸体到白马寺,把尸体焚烧,骨灰和到泥巴里,做成神龛;妥善地遣散了白马寺里面的僧人及怀义私下蓄养的私卫力士;白马寺的寺产没收充公。

同平章事(相当于宰相)狄仁杰,一向被武则天信任和倚重,张昌宗害怕性格耿直的狄仁杰收拾自己,多次请求武则天罢免狄仁杰的官职。武则天说:"老臣狄仁杰忠良正直,不懂溜须奉承,是国家栋梁。朕安内攘外,就靠他一人了。如果罢他的官,那我睡觉也不能安心。你别再提这事儿了。"张昌宗说:"我可以不再提这事,但我怕他容不下我啊。怎么办?"武则天说:"有我在,你哪用得着这么惴惴不安啊?"张昌宗无话可说了。

过了几天,狄仁杰果然向武则天上奏,请求撤销控鹤府及其监理卫队。武则天同意了狄仁杰的请求,随即召二张入宫商议。张昌宗认为把控鹤府改为"天骥府",张易之则认为天骥府为管理御马的机构,容易与上驷院混淆,建议改为"奉宸府",专门管理皇宫供奉的事,这样可以掩人耳目。武则天深表赞同,于是,改"控鹤监"为"奉宸府",叫张易之为奉宸府主,提拔张昌宗为春官侍郎。每逢宫廷宴席,武则天都要叫二张来侍宴。席间,君臣间的礼节荡然无存。

武则天想避免二张经常出入皇宫而遭人非议,命二张与文学士入内殿修史,武三思也在其间。武三思想要谄媚二张,在武则天面前奏称张昌宗是王子晋后身。武则天便命张昌宗身穿羽衣,手持笙簧,奏云璈之曲。武则天看得很高兴,命文学士赋诗,以记载这盛况。最终,把崔融的诗"昔遇浮邱伯,今同丁令威。中郎才貌是,藏史姓名非"评为最佳绝品。

改设奉宸府后，张易之在全国各地选拔面貌俊秀、仪表英挺的少年男子，发放到奉宸府。有与二张熟悉的官宦人家的子弟，知道二张得到武则天的宠信，势力极大，羡慕已久，如今遇到张易之广招美男，扩充供奉，都欢欣鼓舞，引为荣耀。只是这些人来到奉宸府后，除了随武则天游玩、饮宴、睡觉外，没有别事儿干。

右补阙朱敬则的侄子，也在奉宸府供职，来了不久得了痨病，朱敬则知道了全部隐情，便向武则天上疏进谏，说："我听说心志不可被满足，享乐不可到极点。满足自身欲望的诉求，愚氓与智者是一样的。只是圣贤者能够自我节制，不让它过度；愚蠢的人则是纵欲享乐，必将留下巨大的祸患。陛下在宫内宠幸张易之、张昌宗就够了，最近听说还广选少年扩充供奉。对于这样的事，知道羞耻的人远远躲避尚且不及，那些无耻的人竟以二张为楷模，四处扬言，自称是二张的佳宾，肌洁肤净，丰姿俊秀，只想毛遂自荐，值得成为奉宸府的特供。无礼无义的言辞充斥满朝视听。老臣即便愚钝，也知道直言诤谏是职责所在，不敢私匿本心。"

武则天安慰朱敬则说："不是你直言陈说，我还不知道这事儿呢。"于是，武则天赐给朱敬则彩缎百匹，并收回了选男宠的旨令。

张易之、张昌宗生活奢侈豪华，两人比财炫富、暗较高下，公卿大臣都纷纷巴结逢迎。户部郎宋之问因诗才深受武则天赏识，但仍谄媚张昌宗，请求做北门学士（相当于翰林院学士）。张昌宗为他这事儿求武则天通融协调，武则天没同意。于是，宋之问写了《明河篇》赠张昌宗。诗的最后写道：

　　明河可望不可亲，
　　愿得乘槎一问津；
　　还将织女支矶石，
　　更访成都卖卜人。

武后见到这首诗后，笑着对张昌宗说："我不是不知道他的文才，主要是他说话得罪了我。"武则天这么说，是因为宋之问曾把武则天宠幸二张的事写在诗歌中吟咏筹唱，以此谄媚二张，被武则天看到了。因此，宋之问终身没有了朝见皇帝的机会。

张昌宗有个弟弟叫张昌仪,官居洛阳令,借助张昌宗的势力招摇天下,有人托请办事,他没有不答应的。有个姓薛的人,用五千两黄金贿赂张昌仪,并把打算谋求的官职写了一张纸条,请他转圜此事。张昌仪接受了贿赂,亲自当面把纸条交给了天官侍郎张锡。过了几天,张锡打算给薛某补官,但他却把纸条弄丢了,便去问张昌仪。张昌仪说:"我也记不清楚了,只是知道其姓薛。"张锡很害怕,索性把六十多个姓薛的人,全部补官。二张之声威煊赫,由此可见一斑。

张昌宗比张易之先得到武则天宠幸,因武则天欢欲太盛,连日不歇,他受不了武则天的频繁召幸,便把张易之推荐给武则天。张易之的相貌虽不如张昌宗俊秀,但床上功夫超过张昌宗,因此,张易之深得武则天欢心,他得到的赏赐每次都有很多。

张易之的母亲阿臧,也是淫逸之人。她叫儿子雇用工匠造了个七宝帐,金饰珠翠、奇珍异宝应有尽有。床上铺的是犀牛皮、貂皮毯子,用汾晋的龙须、临河的凤翎编织成席,豪华程度足以和宫里媲美。阿臧与凤阁侍郎李迥秀私通,经常强迫李迥秀同饮鸳鸯杯,取其时常相聚之意。

武则天知道这事儿后,对李迥秀说:"你是阿臧暗中的丈夫,张易之应该称你为私父啊。"朝廷里上下相互戏谑,习以为常。张易之对母亲的淫荡多次劝谏无果,便请武则天颁旨,把李迥秀调到恒州当刺史去了。

狄仁杰是唐代名臣,公正不阿,深得武则天倚重,才得以立足群小间,安坐宰相位。当初设控鹤监时,狄仁杰曾以顾全武则天的圣德为名,要求撤除它,免得被后人讥笑。武则天虽然很快就把控鹤监改为"奉宸府",但对二张的宠信和眷恋,丝毫没有减弱。

后来,狄仁杰又对武则天说:"在下请求撤销控鹤监,不在虚名,而在实际。如今控鹤监之名虽然去掉了,但二张还在陛下身旁,仍足以成为陛下盛名的瑕疵。陛下意欲成就一番千秋大业却不忍除去这样的污点,非常可惜呀!唯望陛下远离二张。"

武则天说:"我知道爱卿是精忠老臣,所以才把治国重任委托给你。不过这事儿,你实在不宜过问。我宠幸二张,其实是为养生罢了。我侍奉先帝的那些年,生育过繁,血气衰竭,快耗完了,所以病魔时时缠扰,即便是常常进食参茸补药,但也没见效果。沈南璆说:'精血之衰,不是草木之力能够提振的,只有采元阳,才能固根本,这样,就能达成阴阳中和、血气充盈了。'我起初以为这是胡说,但我试了一下,果真,不久就血气逐渐旺盛、精神慢慢充沛起来了。这可不是我夸张修饰、自欺欺人。已经落掉的两颗牙齿,又重新长出来了,就是证据啊。"说完,张开嘴,狄仁杰看新长出来的牙。

狄仁杰知武则天不会改变主意了,仍然说:"游玩养生,也应该调节有度。纵欲放任,有害无益。不过,老臣知道陛下不是秦皇母后赵姬和北魏胡太后那种人,不会在奉宸府中生育。请陛下别再添加面首了吧。"

武则天说:"你的话完全正确。我年纪渐大,对处理朝政也觉得疲倦了。你曾经说庐陵王(即中宗李显。母后武则天篡唐立周,后被废为庐陵王)贤良,且深得民心。你就代我把他召回京都吧。"狄仁杰谢恩而退,立即赶赴房州,请庐陵王还都。

武则天本打算即日便退位,把皇朝权柄归还给李氏。武承嗣、张昌宗等人恐惧万状,围在武则天身边,哭着劝阻说:"陛下如果退位还政,就先杀了我们吧。如果不忍心这样,就请陛下打消这个想法。"武则天也怕退位之后,武氏宗族及二张等必死无葬身之地,便重新立庐陵王为太子,以表暂不还政之意。

以前,张易之曾劝武则天在武氏中寻找可立为太子的人。武则天此前已建立了武氏宗庙,改国号周,本有传位武氏之心,今得张易之力劝,便咨询仁杰说:"我打算册立太子,不知武氏几个侄子中,哪个可以?"狄仁杰不动声色地答道:"先帝太宗栉风沐雨,亲冒矢石、冲锋陷阵,才夺得天下,传给子孙;高宗把两个儿子托付给陛下,陛下如今却想把皇位传给武氏,假如不是反常的天意,陛下怎么向太宗交代呢?再说姑侄的亲情,能超越母子之情吗?立皇子为皇帝,陛下千万年之后都能配享太庙祭祀,这也对得起先帝。微臣还没听说过立侄子为皇帝的,也没见过皇帝把姑姑供奉在宗庙里祭祀的。即使武氏侄儿中有贤能的,那也肯定不能立为太子!何况,在武氏的众多侄子中,微臣还没有见到哪个是贤能之辈。"

武则天听罢很不高兴,草草地说:"这是朕的家事,你未必能预知未来。"仁杰曰:"称霸天下的人,把四海当作自己的家。四海之内,哪件事不是陛下的家事?微臣居相位多年,哪有不能预知未来的?陛下如果计划立太子,就该马上召回庐陵王。"

狄仁杰多次争辩,武则天意多少悟出了些道理。当天晚上,武则天梦见一只大鹦鹉折断了两个翅膀,心知预兆不好。次日早朝,她把这个梦告诉了狄仁杰,询问吉凶。狄仁杰说:"陛下姓武,大鹦鹉即暗喻陛下了。两个翅膀,是喻指陛下的两个儿子啊。陛下抛弃了他俩而打算立异姓为帝,那么,两个翅膀被折断,您说是什么寓意呢。"武则天默不作声。自此,她就没有立侄儿武承嗣之意了。

同平章事吉顼,与二张同居奉宸府。吉顼与武懿宗不和,担心武承嗣当皇帝后,自己会丢掉官职并招致祸害,便对张昌宗说:"你兄弟二人因受宠而得富贵,天下的人不敢正视你俩。你俩对朝廷也并无大功,眼下皇帝年事已高,一旦驾崩以后,你俩怎么保全自己呢?"

张昌宗听后,非常恐惧,马上说:"你的话很坦诚,请问怎样才能自保啊?"吉顼说:"目前上天还没有放弃武周,如果立武氏继承皇位,那就会加快天下的动乱。庐陵王有贤能的声誉,你何什么不劝皇帝把储位留给庐陵王,以实现天下人的希望呢? 这样,你不仅可以免除灾祸,还能长保富贵呀。"

张昌宗说:"你这话固然在理,但张易之已在皇上前力保承嗣做太子,我也答应替承嗣说话。如果现在又变为保庐陵王为太子,自相矛盾。这怎么好办啊?"吉顼微笑着说:"先生你怎么迂腐至此啊。成大事的人,会在乎小节吗? 况且,立武承嗣,不过是一群小人的狭隘浅见;如果立庐陵王,那可是天下归心的大举措。"

张昌宗彻底醒悟了,便多次在武则天面前吹风。武则天终于决定立庐陵王为太子。所以,庐陵王又坐得储位,并非狄仁杰的一人之力。

南海进贡集翠之裘,是用孔雀毛及蚕丝做外表,用白狐皮做里子,华美绝伦。张昌宗侍立在武则天身边,看见集翠裘,上前把玩,不忍放手。武则天便把集翠裘赐给了张昌宗,命他披裘而坐,和自己下双陆棋。

恰好,狄仁杰入宫奏事,武则天赐坐,叫狄仁杰与张昌宗下棋。狄仁杰也不客气,就坐下来对弈。武则天笑着问狄仁杰拿什么作为注彩。狄仁杰指昌宗所衣裘说:"就赌它吧。"武则天说:"行啊。可你拿什么赌呢?"仁杰指着自己穿的紫色粗绸袍说:"我赌它。"武则天笑着说:"昌宗的集翠之裘是珍稀贵品,价值超过千金;你是平常的朝服。

两者价值不等啊。"狄仁杰说:"我这件袍子,是朝见皇帝上奏对答时穿的;昌宗的集翠裘,是皇上宠幸他的时候穿的。这里的贵与贱,自有不同。"

两人开始下双陆。武则天认为张昌宗是双陆高手,稳操胜券,哪知张昌宗被狄仁杰的正气镇住了,心慌神乱,屡战屡败,但他不愿交出集翠裘,只想把集翠裘作价给狄仁杰银子。狄仁杰大怒,说:"天子面前无戏言。我奉旨下棋,以裘为注。胜者得裘。你现在反悔,把天子的尊威放在哪儿了?"说完,狄仁杰摁着张昌宗,脱下那集翠裘,朝武则天谢恩后扬长而去。

到了光范门,狄仁杰把集翠裘衣交给一个家人,叫他穿上它,骑马在大街上跑了一圈,逢人便说此裘来历,以此侮辱张昌宗。不但张昌宗没有办法,就是武则天也不能让狄仁杰屈从。

张易之有个家奴叫裴吉,年轻俊美。张母阿臧很喜欢和他交欢。阿臧担心张易之受武则天宠幸而太过损伤身体,便叫张易之把裴吉带进奉宸府,并嘱咐张昌宗把裴吉推荐给武则天。

张昌宗虽然受到武则天恩宠,从心里还是嫌她年老,之所以还承奉武则天,不过是想保全自己的富贵罢了。武则天年纪已高,床笫之事仅为采阳补阴,热衷于唇含指弄,张昌宗已觉难堪,加上武则天嫉妒成性,令张昌宗不离左右,若出皇宫,她必令两个内侍跟随行监督,他就不能和其他女人有接触了。原来,武则天有洁癖,担心他与别的女人交欢而弄脏了阳具,自己再经由口舌被传染到。

二张长期不能和少妇交欢,心有不甘,便刻意寻找壮硕伟男,推荐给武则天,使其顶替自己好及早脱身出去厮混。但二张推荐的人很多,却少有符合皇上心意的。从面目俊美、玉杵伟壮、媚术优异方面看,实在没人能和二张相提并论。

张昌宗已经知裴吉床功厉害,能当此重任,便把裴吉的姓名报给武则天,使劲儿说裴吉的好话。武则天即让裴吉洁身进御。张易之吩咐给裴吉洗澡、搽粉,盛装打扮。他对裴吉说:"此次你如果能让皇上满意,富贵由你选;如果皇上不满意,你也不会失去供奉。好自为之吧。入宫时,有宫女引导你进入侧室,其中最美的一个叫上官婉儿。她一定会让你脱下衣服,检视你的身体。你可得把持住啊,守住庄重的仪态。检查完毕,然后入宫承幸。一切的进退快慢,都听皇上旨意,不能随意妄行。如果触怒皇上，你就没有出路了。你要小心谨慎，切莫多言。皇上如果问你，你回答必须简略，不能啰唆。话就说到这儿，你自己小心吧。"

裴吉唯唯而行，入宫见武则天，跪拜称万岁。上官婉儿询明他姓名、年龄、籍贯，录入承幸册，裴吉由宫娥引入侧室，脱衣检查身体。裴吉本是色急之人，美人当前，欲火升腾。等上官婉儿到他近前检视时，衣衫脱尽的他，那麈柄已势不可当，骤然跃起，庞大如怒蛙欲向人扑去。上官婉儿惊异于这玉杵伟硕，不觉心动，粉面潮红，灼灼有光，竟像天空忽现彩霞一般。细看裴吉的身体，莹洁无瑕，堪与二张媲美。婉儿推断武则天必会宠他，便叫他穿上衣服进入寝宫。

此时已近午夜。武则天登上御床，叫裴吉入幸。哪知裴吉因以奴婢之身承幸于天皇，心中惶恐难安，不知所措，心惊肉跳，无法振作如常，原来怒蛙扑人般的麈柄，此时委顿似卧蚕。等到初入皇上谷实，他的腥膻之气已溢满床第，令人发哕。原来，裴吉是本有狐臭的。武则天怒吼道："滚，快滚！"至此，裴吉魂飞魄散，满地爬着寻找衣服，踉跄而逃。

武则天认为二张推荐如此粗陋的糙汉，是在侮辱自己，立即招来兄弟俩，严厉斥责。幸好太平公主、上官婉儿出面为二张解围，武则天才开释疑虑，继续让他俩服侍左右。

裴吉给张易之惹了祸，被逐出奉宸府。世上的人畏惧张易之的权势，没人敢收留他。裴吉便与些无赖混在一起，流落四野成为强盗。裴吉在一次白天抢劫商铺时，被洛州长史魏元忠手下捕获。受审时，裴吉供出是张易之的家奴。魏元忠便写奏折上诉，严劾张易之。奏折被上官婉儿看到了，告诉了张易之。张易之对婉儿千恩万谢。张易之恳求魏元忠杖毙裴吉结案，魏元忠不同意。从此，二张与魏元忠互不相容。

不久，魏元忠入朝当了宰相，武则天想把张易之(原文误，应为"张昌宗")的弟弟张昌期派去当雍州长史，就问魏元忠："你看谁能当雍州长史？"魏元忠推荐薛季昶。武则天说："张昌期也能胜任吧？"魏元忠说："张昌期年轻，没时间处理政务。从前他在岐州时，治下的农民逃得一干二净。他不像薛季昶那样，能为地方造福。委官命吏应只看贤能与否，怎能因徇私而害民呢？望陛下三思而后行。"武则天沉默着,也就没再提此事。

魏元忠又曾面奏武则天,说:"在下居于宰相之位,如果不能尽忠死节,让小人盘踞在皇上身边,那就是我的过错。"武后听了很不高兴。

二张怨恨魏元忠。张昌宗向武则天诬告魏元忠,说:"魏元忠曾说,陛下老了,不如依托太子做长远的考量。"武则天最烦有人说自己老,闻听此言,勃然大怒,下令把魏元忠逮捕入狱,打算向辅臣征集魏元忠的犯罪材料。

张昌宗私下对凤阁舍人张说许以厚禄,叫他帮助自己,作旁证说魏元忠有罪。张说听从了他的话。张昌宗对武则天说:"想知道魏元忠有罪还是无罪,陛下可以直接问张说。"

武则天马上传旨张说来受询。凤阁舍人宋璟知道魏元忠被二张陷害,见到张说要入宫受询,猜想定是关乎魏元忠的事,便拉着张说的袖子说:"人生在世,名义最重,鬼神难欺。不可拉帮结派陷害正直良善的人。如果事有不测,我不骗你,宁愿与你玉石俱焚!你好自为之吧,流芳百世还是遗臭万年,尽在此举!"左史刘知几也对张说道:"不要让丑事被史书记载,祸及子孙。"张说回答说:"我岂不知这个道理啊。你们不必多虑。"说完,张说直入宫中。

武则天问张说魏元忠是否议论过扶立太子的事。张说见二张侍立在旁,就没有回答。张昌宗催促道:"快说呀,不用犹豫。"张说对武则天说:"陛下您看,在圣颜面前都能如此威逼我,何况在宫外?臣下实在没听到魏元忠有过相关的言论。"

张易之、张昌宗马上大声说:"张说和魏元忠是谋反的同党。"武则天说:"那你说说他们谋反的证据。"张易之说:"张说曾经称魏元忠是伊周。伊尹放逐了汤孙太甲,周公摄政代王位。这难道不是要谋反吗?"张说反驳道:"张易之你个无耻小人。只听伊周之语,哪知伊周之道?伊尹、周公为臣极忠,青史流芳,千秋敬仰。陛下任用宰相,不鼓励他学伊周,那主张跟谁学?"武则天认为张说语犯天威,便将其逮捕入狱,等待时机再行审问。

张昌宗派人给张说带话:"你一句话就决定了你的生死安危。望你三思,即使不为个人考虑,难道你就不想为子孙稍微留条活路吗?"张说沉默不语。等到武则天再次找他谈及此事,他仍说以前那些话。武则天愤怒了,把张说流放到岭南,把魏元忠降为高要县尉。

　　群臣提交奏章力保魏元忠。苏安恒上疏,言及"魏元忠入狱,世上议论纷纷,都说陛下信任奸佞乱法之徒,排拒忠良贤明之士,迫使群臣都去宵小那里吹牛拍马。如今赋税徭役繁重,百姓困苦,乡村凋敝,主要是小人猖狂专横,主上刑赏不公,佞臣作恶而不惩,贤臣直言倒获罪。我担心人心不安,恐怕生出其他变故"等等。

　　写给武则天的奏章被二张截留,武则天并不知道。魏元忠被贬出京,入朝辞行时对武则天说:"微臣以如此高龄远谪岭南,实为十死一生。等到有一天,陛下会知道我此前所言是对的。"又指着二张说:"这两个小人,最终是宫廷大乱的祸根。"说罢,拜辞而出。

　　侍卿史王晙面奏武则天时,极力陈说魏元忠是被诬陷的。武则天不理他,两袖一甩,回到后宫。宋璟对王晙说:"魏元忠还好,保全了生命。现在你又去冒犯皇上天颜,为他申诉。你这不是多事儿吗?"王晙回答说:"魏公因忠于职守而获罪,我被他的正义感动,纵然招致杀身之祸,也绝不后悔。"

　　二张陷害魏元忠顺利得手,张狂之势甚嚣尘上,更加不可一世。这时,狄仁杰已经故去,朝政全由二张把持,凡是神拜奉宸府的人,都拿金帛贿赂二张,也都会被委以要职。

　　武则天曾赏赐群臣参加宴会,二张坐在上首,位居宰相宋璟之上。张易之忌惮宋璟忠良耿直,离开座位对宋璟作揖之说:"您是当今最尊贵的人,怎么坐到了末席?"宋璟说:"我自己知道才能低劣,职位卑下。张卿认为我是第一,是啥意思?"天宫侍郎郑杲,笑着对宋璟说:"中丞为啥不称'五郎'?"宋璟说:"以官职而言,正当称'卿'。你又不是张家家奴,怎么能称'郎'呢?"听着二人的调侃,在座的人都心神惊恐。

　　当时,武三思以下的人,都谨慎逢迎二张,唯独宋璟对二张言行随便。二张怀恨在心,多次诬陷中伤宋璟。宋璟此前已向武则天请求退休,武则天非常惊讶,说:"我对你非常倚重,你就犹如我的四肢啊。你怎会断然舍我而去?"宋璟说:"我居于相位,既不能为国除奸,又不被你的宠臣看好,与其有一天像魏元忠那样被人诬陷,流放到万里之外,还不如现在急流勇退,以避开谗言的中伤。"武则天语气温和地安慰并挽留他。所以,二张虽多次胡说宋璟的不是,意欲中伤宋璟,武则天都一笑置之。

　　武则天宠幸二张,叫张易之为"五郎",张昌宗为"六郎",太平公主及上官婉儿等也都这样称他俩。

时逢盛夏，武则天带张昌宗、太平公主等一同到上林苑赏荷，摆宴畅饮。太平公主知道张昌宗一向酒量大，命奴仆换上大金杯，上官婉儿斟酒相劝。张昌宗接连喝干了好几杯，脸上红云晕染。太平公主称赞说："六郎好美啊，貌似莲花。"上官婉儿说："六郎美得很，莲花未必如六郎啊。"武则天说："莲出污泥而不染，是花中的上品。为什么说莲花不像六郎呢？"上官婉儿说："六郎面貌，春天里则如雨后桃花，夏天里则像芙蓉出水，秋天时好似海棠凝露，冬日里则如朝晖白莲。美态应当存续，六郎醉态惺忪，其颜色实在是远胜莲花啊。公主谓六郎貌似莲花，我认为莲花似六郎诶。"武则天又凝视张昌宗，微笑着说："婉儿的确会观察人，聪明天赋，见解不凡。若不是你的妙赞，六郎的美貌，差点被莲花压过了。"从此，"莲花似六郎"之说，一时间广为传扬。

早年，上官婉儿因祖父上官仪有罪而受到牵连，和母亲一同充到皇宫做奴婢。上官婉儿容貌艳丽，加之词彩出众，武则天很喜欢她，让婉儿在身边服侍，主管纸笔墨砚。武则天和张昌宗交欢，从不回避婉儿。婉儿聪颖而狡黠，她既媚惑张昌宗，又总是闪避他。武则天喜欢她的识趣。张昌宗每每小便时，婉儿常常顾盼在侧，见到那玉杵伟壮，岂能不欢情潮动。

武则天命工匠在峡谷中为张昌宗造了一个公园，屋内黄金涂壁，屋外白玉做阶。武则天命人燃焚奇香，在珍珠罗帐内召幸张昌宗。张昌宗醉卧酣眠，玉杵疲软，武则天就戏耍这个玩物。她想把玉杵的蛹皮拉起来盖住龟头，但龟头边棱凸起，几经反复，蛹皮就是拉不上去。此时那玉杵坚挺起来，可根部虽挺硬，但龟头绵软，蜷缩如球，颜色似粉嫩的芙蓉，捏弄着就是个肉团。武则天叹息说："这玩意儿让我欲念顿消啊。"婉儿早已春心萌动，琼汁滴露，裙下已湿透了，不觉伸手要摸张昌宗。武则天非常愤怒，抓过旁边的金刀簪，插入婉儿的发髻，说："你敢碰我独享的小鲜肉，论罪当死。"张昌宗醒来，替婉儿求情，她才被免予处罚，但她额部的伤留下了痕迹。所以，后来在宫中她常戴着花钿遮掩疤痕。

此时狄仁杰已经去世了，二张更加肆无忌惮。群臣向朝廷奏事，奏折必须先经过奉宸府，然后进呈给武则天。遇到有参劾二张的疏文，二张一概将其隐匿。这时节，武则天年事已高，多病又懒于朝政，政事都委托邵王重润和他的妹妹泰永郡主,还有魏王武延基。

武则天虽然秽乱深宫,但基本还算知人善任,因此,她荒淫数十年,宗庙社稷依然没出什么差池。武则天尽管宠眷二张,对他们待遇优厚,但早已识破了他俩的贪婪和卑鄙。张易之多次要求当宰相,武则天最终也没同意。直到武则天年高倦政时,她依然没把权力分给二张,而是委托给邵王、魏王,由此可见,武则天是识人的啊。

二张仗着武则天的宠幸,专横跋扈,为所欲为,竟敢不做奏请,擅自干政,密令宫门监把每日所收奏疏,径直送到奉宸府。宫门监郭秀,本来就是张易之的羽翼,唯命是听。魏王武延基是武承嗣的儿子、永泰郡主的夫婿,最受武则天宠爱,闻听张易之恣意妄为,他便和邵王重润等秘密商议,面奏武则天。不巧遇到武则天生病了,张昌宗天天在左右服侍,魏王武延基没机会奏禀谈事。

但武延基这事做的不严密,被二张的心腹知道了,向张易之告密。张易之非常恐惧,与张昌宗密谋,决定先发制人。他俩在武则天面前诬告重润、延基谋反,说:“二王对陛下先许立武氏为太子忽又召还庐陵王,心怀怨恨,正打算与诸武入宫,逼迫陛下废庐陵王而立延基为太子。陛下如果不信,可召宫门监郭秀询问。”

武则天立即召郭秀入宫,问:“魏王、邵王有无谋反的迹象?”郭秀回答说:“魏王经常召集邵王及李姓大臣在郡主私邸秘密商议。他们防范严密,商议的是什么事,外人不得而知。我也只是觉得有些可疑而已。”

武则天相信了,打算把这件事交刑部按程序处理。张昌宗坚持说要不得:“兵权大都在武姓人手中,如果他们铤而走险,瞬间就兵祸汹汹,不但陛下性命堪忧,宗庙社稷也临覆亡之险啊。”

武则天凄凉地说:“急则生变,迟则坐失良机、养虎为患。可怎么办呢?”张昌宗悄悄说:“如果只杀首逆,不搞株连,那么既可消除逆反,又能不留后患。但这事只宜速战速决,迟了夜长梦多,走漏风声必会激发事变。”武则天闻言,竟不加思考就下召赐邵王、魏王及泰永郡主三人死。

事后,武三思入宫与武则天争辩。武则天用武延基等密谋造反作答。武三思说:“反状何在?且延基手中并无兵权,何谈谋反?”武则天无言以对,这才知道,是自己误信了张昌宗为争权所编的鬼话而起了萧墙之祸。武则天看着张昌宗,面露不快。张昌宗便对武三思说:"延基虽无反状,但已被赐死。纵使你再怨恨,也不能叫他复生。唯有厚加抚恤罢了。你气势汹汹地来闹,莫非打算叫陛下去抵命才吗?"武三思一直惧怕张昌宗的势力,听罢就默默退出了。

让武则天深感不安,二张在内廷尚敢谋算、陷害他人,在外面的专横也就可想而知。于是,她密令中丞宋璟侦查张昌宗兄张昌期、弟张昌仪等。此时,因有盗贼被收监,武则天命三司共同审讯,盗贼供词涉及二张。御史当面奏请武则天,说不调查二张取证,难以定案。武则天立即降旨,说张易之、张昌宗横行无羁、作威作福,即令把二张归入盗贼案中审讯。

第二天,担任审查的御史李承嘉等奏说张同休、张昌仪等犯赃四千余条,供词牵连到张昌宗,但与张易之无关。原来张易之狡猾,受人贿赂的时候委托给弟弟打理,而且张同休等本来就知道张昌宗是武则天的面首,即使受到牵连也不会连坐,因此,就把许多坏事都扣到了张昌宗头上。最后裁定,张氏诸兄弟迁徙流放,张昌宗连坐免官。武则天虽然想为二张开脱罪责,但碍于国法,只好自己闷闷不乐了。

这时候,有些心机小人打着张昌宗对国有功的旗号,奏请武则天收回罢免令。武则天就问宰相杨再思:"昌宗真的有功吗?"杨再思:"他炼好神丹进贡给陛下,让陛下欢愉无尽。没有比这个更大的功劳了呀!"武则天很高兴,就特赦了张昌宗,且官复原职。

杨再思做宰相期间,专门献媚求荣。他见武则天问及此事,推测她是想为张昌宗网开一面,所以就迎合武则天的意思,谎称张昌宗有炼丹奉养的奇功伟业。其实,张昌宗对医道一窍不通,怎么会有炼丹的事啊。

很快,因为武则天生了病,朝政就由张昌宗把持了。张易之也替遭罢官的张同休等人奏请复职。张昌宗将此事奏请武则天。武则天同意张同休出任司礼少卿,张昌仪为少监。这一伙人,从被罢官远谪到特赦复职,中间只隔了四十天。

武则天虽然同时宠幸二张,但更喜欢张昌宗一些。自从张昌仪等被贬下狱之事涉及张昌宗而与张易之无关,她就认为张易之比张昌宗更好些,从而对张易之宠幸有加。

从前,张昌宗在武则天身前身后伺候着,吃饭睡觉都在一起,出入相随半步不离,就连他家里一年一度的祭扫等事,武则天大都不许他去,即便是去,也有内侍跟随监视,不能让他和女人接触。张昌宗虽深受极宠,也非常苦闷。而上官婉儿艳若桃李,天天都能看见,两人即便相互有意,心有灵犀,但因武则天防范严密而无法承欢。两人偶尔言辞轻慢些,也会遭到武则天的斥责,吓得他灵魂出窍,就更没什么念想了。对于婉儿这样的美人,武则天当然不许张昌宗染指。张昌宗心里的苦楚,真是无法形容啊!

如今,张易之深得武则天宠幸,张昌宗倒能稍稍松缓下来了,只是武则天仍不许他随意出宫,只能在寝宫院内游逛。

一天,武则天和张易之在内宫里欢愉,赶巧张昌宗和上官婉儿在偏殿里下棋。婉儿说:"下棋却不赌彩注,胜负不够刺激,没意思。六郎敢和我赌彩注吗?"张昌宗举着手里的香囊说:"这里面实在是奇香啊!不是兰花不是麝香,常年芬芳,永不消逝。头晕目眩时,闻一下就好,真是绝世奇珍。这是契丹国进贡来的,可不是皇上赐我的啊。我拿它当彩注怎么样?"婉儿早就觊觎他这个香囊了,听了这话,笑着说:"你自愿的,可不是我强迫的啊。"张昌宗说:"那你那什么当彩注呢?"婉儿看看自己身上没有带什么奇珍异宝,就说:"今天我身上没什么太贵重的东西,任你选吧。你看上了什么,把它当作彩注就是了。"

张昌宗仔细打量了婉儿一会儿,微微一笑说:"你胸前的红锦小抹胸,是宫中美人的贴身物件,和我的香囊差不多贵重。我想要它。你解下来当彩注吧。"婉儿就笑着默认了。

两人开始下棋。子落枰盘,响音清脆,就像长夜里滴漏声声。你攻我守,争角夺边,相持不下。时间过了好久,婉儿一着不慎,连累全局被动,最终张昌宗取胜。

张昌宗向婉儿索要红锦小抹胸。婉儿说再下最后一局,以此定胜负。张昌宗担心再下会输,不同意。婉儿说:"还是再下一局吧,不然我可不给你小抹胸了啊!"张昌宗说:"即便你是美人,输了也该交出彩注啊。就算你不给,我还不能自己去拿吗?"说着,就把手伸向婉儿的胸前。

婉儿力气小,怎能推挡得住。张昌宗的手已经伸到婉儿胸肋边上,软玉暖峰已在他掌中。那温润如凝脂般的雪肌,好像碰到手就会融化。张昌宗魂迷心醉之际,婉儿急中生智,假称:"皇上来了!"张昌宗笑道："谁信啊！快把小抹胸拿来！"婉儿用力推拒，娇喘吁吁道："一件小抹胸，能值几个钱。你要拿就拿去吧。只是，你天天不离皇上左右，你在承幸时分，若是被皇上看见，我就死无葬身之地了！"张昌宗听她这么说，醒悟过来了，就说："小抹胸不是非要不可。如果咱俩做个肌肤之亲，了我夙愿，就算你偿还彩注了。好吧？"婉儿笑着说："我这身体不配承受你的恩泽。这肌肤之亲哪，你还是朝皇上索要吧。"张昌宗不听她的，再三迫她承欢，就扑上去强抱。婉儿虽然莺喘鸽呼地推拒挣扎，可也欲火腾腾了。

两人正扭作一团，忽有宫娥喘着粗气跑来说，皇上在召六郎呢！张昌宗赶忙松开婉儿，匆匆朝寝宫跑去。

张昌宗到了寝宫，只见罗帐低垂，武则天已疲惫地沉沉睡去。他便小心翼翼地退了出去。他回去找婉儿，已经找不到了。好事就在眼前却遽然而逝，张昌宗怅然若失。

正值初秋，天气仍是闷热。张昌宗站在阶梯前面，风吹衣襟。他忽然听到有哗哗的水声从旁边的院落传过来，他便蹑手蹑脚走向那扇窗前，隔着细纱帘朝里面窥视，是婉儿正洗浴呢！只见她雪肤含露，玉体款摆，就算用"雨后梨花"形容，也不足以说尽那洁白纯净的晶莹之美。张昌宗饱览秀色，心跳怦怦，他正想从窗户跳进去，忽然听到了脚步声。回头看时，正是刚才传召的那个宫娥。

张昌宗朝她招手，说："过来，有话要问你。"宫娥笑着，快步早到窗前，低声朝里面说："六郎偷看呢，姑姑当心呀！"说完，才来到张昌宗面前，含笑不语。

张昌宗打量了她一会儿，见她像个小猫一样，楚楚可人，从装束看不像宫娥，他认为是婉儿的侍女，便问她："刚才，皇上已经睡了。你竟敢假传圣旨戏弄我？皇上要是知道了，你就完了。"这个女孩名叫小燕，长得小巧玲珑，善解人意，婉儿很喜欢她，就带她到宫里做些杂役。小燕听张昌宗这么说，就笑着回答："我就算有罪，也是轻的；只怕皇上得知你和婉姑姑戏闹，你这罪可该杀呀。我是不忍心看婉姑姑受你捉弄，才编个瞎话给她解围。你不念我的好，反倒怪罪我吗？"张昌宗没话可说。

这时，婉儿洗浴完毕，她推开窗户责怪小燕："又和谁唠叨不停呢？机灵鬼儿，又想挨揍呀！"等她看到张昌宗就站在屋檐下，怕他再度骚扰,马上关窗走了。张昌宗只剩下愁绪悒悒。

　　光阴如梭,时光匆匆。寒冬到了,风雪满天。武则天带着张昌宗、张易之、太平公主、上官婉儿等,在暖阁摆宴,饮酒赏雪。张昌宗献上一篇颂词,写道:"飘飘瑞雪,佳兆年景。陛下德泽,广被苍生。天顺人和,地宝神通。"婉儿随即带着宫娥们山呼万岁。张易之说:"恰逢瑞雪,不用诗记载下这盛大的欢聚,多可惜啊。"武则天笑着对婉儿说:"一向知道你才思敏捷,能吟诵一下眼前瑞雪飘飞的景况吗?"婉儿说:"陛下金口已启,在下怎敢违拗。"张易之说:"小臣能参与这场盛事,真是有幸啊! 小臣为陛下执壶斟酒,臣弟为婉儿击箸计时。陛下饮尽一杯,婉儿该做完一首。如果陛下酒已饮尽而婉儿未能成篇,就要罚酒三杯。"婉儿应道:"有罚有赏才公平。如果陛下饮尽而我诗已作成,那各位兄弟当尽饮三杯以示祝贺。"张易之说:"可以呀。"便提起酒壶给武则天斟酒。

　　婉儿天资聪颖,也能像曹植那样七步成诗,且不事雕琢,意趣天然。开始时,皇上饮尽,婉儿诗成。往后,婉儿随吟随成,作诗愈快。武则天酒量不大,饮酒渐缓,以至婉儿十首已成而皇上杯酒未罄。

　　武则天不胜酒力,便推窗赏雪,只觉清香之气扑鼻而来。武则天放眼前庭,只见一株蜡梅勃勃盛开,清香之气正是从那儿溢散开来。武则天已有醉意,对身边人说:"天寒地冻的,蜡梅忽然绽放,是知道我在这里小酌,特来助兴的啊。"随即让人给那株蜡梅授以红锦金牌,以示恩宠。武则天又说:"上林苑花园里曾经百花烂漫,都沐浴过朕的恩泽。若是转驾上林苑,百花大概也会像这蜡梅一样绽放助兴吧!"便传旨备好辇车,要带一干人众同去上林苑赏花。

　　太平公主奏请道:"此时春虽已近,但乍暖还寒。暖气难生,百花未萌,怎会有寒枝绽花的道理呢? 还是等春暖苞发时,再巡游赏花吧,也免得寒气袭人。"武则天说:"蜡梅能不惧严寒绽放怡人,百花也会同一心意,为朕绽放祝福。用得着你在此饶舌吗? 随我来吧,说不定园中早已百花齐放了。"随后,一行人中光临上林苑。

　　上林苑花园里,除了蜡梅、水仙之外,百花全都是枯枝上满覆白雪,了无生气。武则天不禁怒色上颜。张昌宗见状,唯恐她不高兴,赶忙启奏道:"陛下是万古难得的圣主,自会有众多魂灵保佑。只是今天来此过于仓促,众花神未及迎驾伺候。如果让婉儿作一篇《催花檄》,

给众花神讲说明白，限期开放迎驾。陛下改日再来时，一定是春色满园、百花争艳了。"武后说可以，就命婉儿作文。

婉儿心知这个办法靠不住，但武则天醺醉恍惚，直接奏请也是白搭，便赋诗一首：

> 明朝游上苑，火速报春知。
> 花须连夜发，莫待晓风吹。

武后就命人把这首诗贴在上林苑，便乘辇回宫了。

太平公主悄悄对婉儿说："你这催花诗未必有效。如果陛下明天还来这儿，而百花仍不开，怎么办呢？"婉儿笑道："你就静等来日吧。到那时，百花必开！这是六郎故意为难我，我就是要和他斗一斗，非镇住他不可。"公主笑着说："你有巧夺天工的本领啊？"婉儿说："到时候咱们同去上林苑，你就能见识我这话不是白说的。"

第二天，太平公主梳妆打扮完毕，来到宫里朝见武则天。两人还没聊多一会儿，忽有宫娥来报："上林尉禀报：园中已然百花齐放，恭请陛下游园赏花。"武后高兴极了，说："昨天我是微醺中说着玩儿的，今天果然百花为我开，实在出乎意料。"随即命人备办车辇，召集百官同去上林苑赏花享宴。张昌宗和太平公主听说上林苑竟真的百花怒放，都莫名其妙，自然一同前往。

果然，上林苑满园春光，百花灿烂，朵朵花儿迎风摇摆，像是揖拜众人。武后高兴坏了，命上林尉把盛开的花品列出清单，呈报她看。

不料，武后看罢暴怒，说："自从我登基以来，一直命人把上林百花刻意照应培养，又因我一向喜欢牡丹，叫他们特别爱惜，盛夏时分要架棚遮阳，隆冬时节要包裹防寒。我对这些花可谓关爱有加了吧。可今天，百花尽放，唯独牡丹不开。太辜负我了！"下令内侍们扛着锄头，要斩伐所有的牡丹，把它们聚拢到一块儿，焚烧殆尽！

婉儿奏道："陛下息怒。百花奉旨而开，牡丹岂敢违命？它们迟迟没有绽放，是因为花朵过大，不能像小花一样说开就开呀。望陛下放宽时限，再容它个一半天儿的。如果到时候还见不到花，再严律治罪。草木都是懂道理的，它理亏就会不会抱怨了。"武则天说："既然你出面替牡丹求情，我就再放宽半天儿。下旨：实在太可恨了！如果我改了主意还是没见开花,必须全部锄了烧掉!"她又传令,让内侍准备火炭,要炙烤牡丹的枝叶,不要伤及花蕾,权当小小的责罚。

过了一会儿,内侍来报,说被炙烤过的牡丹,有一半都开花了,另一半怎么炙烤都不开花。武后生气地说:"我委屈克己,存怀柔之心,放宽时限,它们却不遵旨一同开花。太可恨了呀!堂堂上林苑,怎能培植不听话的花?岂能再容此花?快给我把所有牡丹都铲锄干净,押去洛阳。让节度使每年采制牡丹皮,当药材进贡,也就让牡丹永受剥皮之苦!"

从此,洛阳牡丹的名声日渐宏大。为了记载这一盛事,派婉儿和张易之做审卷官,评定等级,名列前茅者有重赏。于是,骚人墨客极尽歌功颂德之能事,竞相舞文弄墨,一展身手。

婉儿见崔湜年轻英俊、风流倜傥,心生艳慕,读到他的诗篇,更觉得恢宏富丽、气象万千,便力主崔湜折桂。而张易之和宋之问交情深厚,打算推拒他,便把崔湜压为三等。婉儿和张易之各持己见,争辩起来,互不相让。武则天见没有定论,便命张说重新审阅。张说的看法和婉儿一致。最终,崔湜夺冠,宋之问降至三等。所以,当时有"宋不如崔"的说法流传于世。崔湜也从此得以密侍婉儿。

吏部侍郎崔湜因才貌俱佳、年轻风雅而密侍婉儿。婉儿有一处外宅,亭台楼榭应有尽有,她就和崔湜在那儿纵欲欢会。

婉儿以前私通武三思,现在又私宠崔湜。崔湜曾问婉儿庐陵王和武三思的家伙什儿是什么样儿的。婉儿说:"庐陵王的嘛,乌涂一团,韦皇后笑话他说,想吃我的梨,不剥皮怎知味道如何;武三思当然不错,但还是觉得有点儿肉薄啊。"

崔湜又问韦皇后和武则天选面首用什么方法。婉儿说:"即便麈柄硕大,但仅靠皮肉伟壮,还是不能胜出。"崔湜问为什么。婉儿说:"在人的肉身之上,舌头没有外皮,可以直接感知味道;脚底的皮厚,所以让它踏地行走。女人的琼门玉道里,嫩膜纤纤,娇弱柔软;男人的玉杵伟壮,也是褪去蛹皮露出了薄膜裹着的龟头,用它极嫩的龟头与谷实交合,用它的边棱和玉道摩擦。它小的时候,像花苞初绽时的花蕊,长大后就像脱了蒂的茄瓜。用柔嫩的龟头抵触柔软的坤户,玉杵在玉门内频频进出,才能有融汇同一的气韵和醉酒般的迷幻之乐。不然的话,拖着粗皮带着污垢,进进出出,玉道麻木冷漠,就像隔着一层铠甲。

皇上和面首云交雨合，极乐之后，不许玉杵推出玉道。冯小宝即便壮硕，但他的麈柄会很快收缩而退出。六郎龟头饱满，边棱肥壮，肉质丰润像鲜菇灵芝一般，即便宣泄了雄精，龟头仍可塞满坤户，长久不离。所以，皇上和他欢合，余味无穷。有六郎伺候着，皇上即便衰老了，她的欢汁蜜液仍可湿透几层锦衾薄纱啊。"

崔湜说："如你所说，天下的优胜劣汰，不是都和这比较男人一样吗？在下没在仕途上多用心思，受女人喜欢，也遇上过标致可人的，可我下面有难言之隐，往往有交无欢，麻木混沌，就像瞎子掉到井里，不知道该怎么办。那时节，白白养足了精神，缺少回味，觉得所有女子都是一个样。自从承蒙昭容你赐予我欢云乐雨，才知道西施、毛嫱因为各有手段，才成为六宫中独占专宠的佳丽，自有远超他人之处。"

婉儿花心绽开，蜜汁莹莹，崔湜提枪上马直入谷实，就觉得龟头触碰到了极鲜嫩温湿处，忽如醍醐灌顶般毛酥骨软，神摇魂荡。崔湜玉指摩挲婉儿的后庭，感到它微微翕张，霍霍渐旺，知道她欢情将崩琼浆欲泄，便不再摇身耸动。等她的后园安稳下来，再听候她的美意，重整旗枪。所以，崔湜常得婉儿欢心。崔湜也深得婉儿的甘露恩泽，深纳浅出，吞芳吐华，气息交汇，如山岚汇泽霭，氤氲融合，就算次日上朝也不觉得疲惫。

想这世间，男人喜欢强挺，女人喜欢持久，都像乞丐那样不知餍足。吃了一些猪油，就认为可以穷奢极欲了。实在是切中了世人的要害。

婉儿笑着说："你的话听着真痛快，可是知音难寻啊。一般说来，男女交合，就像钥匙和锁，互有短长，各得其乐。听说刘妃玉道中有块横向的软骨，龟头不是尖细的进不去。你的龟头柔软细腻，如果遇上刘妃那样的玉道，不是大大苦了你吗？皇上说过，玉杵粗壮的，入琼门时舒服；龟头边棱凸出的，出玉道时舒服。这真是经验之谈啊。"

两人呢哝细语间，安乐公主拥偎着驸马武延秀来到门前，大概听到了几句。安乐公主脱去驸马的衣衫，素手抚弄弄着他的玉杵，说："比你崔湜的家伙什儿，怎么样啊？"婉儿说："很像六郎的诶，何止崔湜啊。这都是皇上给你选人之功，你可不能忘啊。"当天晚上，畅饮酒席，观看拔河游戏。第二天是中宗李显的诞辰日，到了中午开始做朝贺庆典。

当时，崔湜即便通过婉儿依附了武三思，但他心知韦皇后一定会完蛋，所以，他又暗中依附临淄王李隆基。

武则天生病，就转到长生园住了，宰相几个月见不到她，只有二张服侍在她身边。大臣们议论纷纷，都为武则天担忧，唯恐二张心怀叵测，弑杀皇上再假传遗诏，废斥太子而拥立武三思。此时，国号随已改为"周"，但李唐国祚不绝如缕。时逢武则天生病，正是千钧一发的关头，岂能惰守惯性而坐失良机？

崔元晖说："我会冒死一谏！即便二张专横，但未必真敢杀我。"宰相张柬之说："这本是我的职守，您能代我前往，一旦有难，我一定靖国戡乱！"崔元晖说："有您做后援，大唐天下可以放心了。"随即，崔元晖辞别大家直入长生院面奏武则天。

崔元晖说："太子相王，英明的仁义之人、孝悌之士，完全可以在陛下身旁尽孝服侍。如今，陛下容小人安居近旁，不是办法呀！"武则天说："朕深知爱卿的好意。我会召太子来此伺候的。"崔元晖就告退了。

三天过去了，不见宣召太子，崔元晖感到很诧异。原来，二张害怕太子侍奉武则天自己会遭殃，就一起劝武则天不要召回太子。崔元晖等人得知此情后，用紧急奏章禀报武则天："二张深怀贰心，所以，他们不许太子、宰相入见陛下。"

这时候，正赶上杨元嗣也向武后密告："张昌宗曾让术士李弘泰给他看相。李弘泰说他面相贵不可言，说以他的身形，应该身居宰相之上。张昌宗又问会不会拜爵封侯。李弘泰说不仅封侯拜爵，是可以做天子的啊！可见张昌宗包藏僭越之念，心怀叛逆之意。所幸陛下没有被他蒙蔽。"

武则天对张昌宗本已有所怀疑，自生病以来，她每每打算召宰相来议事，张昌宗必竭力劝阻。等到听了杨元嗣的话，武则天就更坚信张昌宗有叛逆之心了，便命平章事韦承庆、司刑卿崔神庆、御史中丞宋璟等，一同拘押张昌宗。

张昌宗承认说，李弘泰的那些话确实有过，可自己已经禀报皇上了；假如心怀二志，怎么会自泄其密呢？崔神庆便禀报武则天："张昌宗坦陈有关李弘泰相面的事，说已禀报陛下了。按照律法，应该以自首论，免除罪罚。"宋璟则报说，张昌宗如果认为李弘泰的话是妖言鬼语，就该把李送交刑部。张昌宗没这么做，可见他是包藏祸心的，就该依法斩处。武则天仍怀偏私之心，没把张昌宗论罪，依旧召张昌宗入宫。

张昌宗扭捏矫情，不奉召前往。张易之代他奏禀武则天，说："宋璟要杀昌宗。昌宗为保命，不敢再踏进宫内以招杀身之祸。"武则天便安排宋璟出巡陇蜀之地。宋璟不接受，进宫奏禀说："大唐国制规定得很清楚，御史中丞除非遇有军国大事，不能出京远巡。如今陇蜀之地并无变故，臣不敢奉诏前往。"

武则天又命刑部裁定张昌宗的罪名。司刑少卿桓彦范奏请道："张昌宗身无寸功而邀宠齐身，无意报恩却包藏祸心。他之所以禀报了李弘泰的妖言，原是想事情暴露便自首，不被察觉便暗待时机。对此心怀诡计的叛逆之徒，如若赦免，那何人适合量刑判罪呢？臣启禀陛下：严惩此贼，以安社稷。"

桓彦范上疏之后，没得到武则天的答复。宋璟入宫面圣，说："张昌宗得知有密报，是在大势逼迫下不得已自首的。谋反乃大逆不道，律法从无免处此罪之先例。唯愿陛下举振朝纲，除此乱贼！"武则天温言软语解释说："妖言已经揭开，不足为患。看在他以往无微不至服侍我的分上，包容他的过往，警醒他的前程吧。"宋璟争辩道："微臣深知'危言在前，祸患随后'的道理。义愤在臣心中激荡难平。张昌宗必须根除！"武则天的不快挂在脸上了。宰相杨再思揣摩武则天的心思，代武则天敕令宋璟退出。宋璟指斥杨再思："圣主在此，用不着你多嘴！"

武则天随即颁布特赦令，宣告张昌宗无罪。宋璟听说后，慨叹道："没有先打碎那家伙的脑袋，是我失职啊！"武则天又派张昌宗去宋璟府上拜谢。宋璟拒不接见。这也是武则天对宋璟优礼有加了。

武则天病情加重，很久没有坐朝理政了。张昌宗假冒圣旨阻拦太子、宰相等入宫探视。宰相张柬之与崔元晖、崔敬晖、桓彦范、袁恕己等秘密策划剪除二张。张柬之对羽林大将军李多祚说："您的富贵荣华，是谁给的？"李多祚说："当然是拜先帝所赐。"张柬之说："如今，先帝的亲生骨肉被二张拘禁严控。将军手握重兵，就不想着报答先帝大恩吗？"李多祚说："只要对国家有利，末将唯先生之命是从，绝不怕死贪生！"这样，李多祚也参与了除逆的谋划。

最初，张柬之与荆州长史杨元琰一同登船渡江。船至中流时，张柬之谈及二张和武则天的事。杨元琰为人一向慷慨豪迈，早有匡扶李唐社稷的雄心。张柬之在做了宰相之后，就有了反周复唐之心，所以，他向武则天举荐杨元琰为右羽林将军，又举荐桓彦范、崔敬晖、李湛等人做了羽林将军，掌握了兵权。

正赶上姚元之进京面圣，张柬之兴奋地说："这事儿成了！"他就召集大家，定下了擒杀二张及请武则天归政李氏的具体方案。

张柬之先派桓彦范去谒见太子李显，秘密告知他这个行动方案。随后，张柬之就与崔元晖、桓彦范、薛思行带羽林军五百人赶到了元武门。二张风闻有变，打算逃走却来不及了。二张被御林军士兵擒获，当场被斩。

大家去往武则天寝宫，奏禀此事。武则天从榻上惊恐地起身问道："什么人在作乱？"李多祚回禀："张易之、张昌宗谋反，臣等奉太子之命，已将二张剪除！"带兵进宫本该万死。武则天传旨令李显前来，看着他说："那两个小子已经伏诛，你可以回东宫了。"

桓彦范进言道："往昔，先帝把爱子托孤于陛下。如今太子已经长成，始终安居东宫。天意民心，一直思念李家王朝。愿陛下现在就传位于太子，还政李氏，以顺应天之意民之愿。"武则天看着崔元晖说："你是我一手提拔的，此刻也在这儿？"崔元晖说："这正是我要报陛下大恩大德。微臣怕此事惊到圣驾，这才随大家一同前来。陛下不是一直有倦政之意吗？正好借机归政李氏。恭请陛下莫再迟疑。"

武则天同意了，当即宣诏，命中宗李显复位。武则天随后迁居上阳宫。中宗李显将她尊号"则天大圣皇帝"。武周天下重新恢复国号"唐"。

牛 乞 命

天台县县令钟醴泉对我说，他的父亲在任贵州大定府知府时，开办了一个采铅局。一天正午，忽有一头牛冲进了铅厂，数十人鞭打也赶不走它。醴泉去观看，那牛伏在地上作叩头状。因此问牵牛的人道："这是一头耕牛，还是一头专供肉食的宰牛？"答道："是头宰牛。"

问他价钱多少,答道:"七千。"钟说:"把这头牛给我,我照价付钱给你,怎么样?"牵牛的人谢后,领着钱去。这牛便突然爬了起来。

猪 乞 命

在奉天锦州府锦县西南五十多里的地方,有个集市叫天桥厂(亦称天桥场)。天桥厂濒临辽东湾,是个商业性集镇。人们有的来自海上,有的来自陆路,集聚到这儿来做交易。所以,别瞧这地方是个小集镇,却特别繁华而热闹。

有一天,一个屠夫捆了一头猪来到集市上,准备在这儿杀了卖鲜肉。这头猪乘屠夫做准备之机,咬断了捆绑它的绳子,跑到了前来赶集的人们面前,屈下两条前腿儿跪在地上,似乎是在乞求大家救它一命。这时候,屠夫拎着绳子、提着屠刀赶到了,恶狠狠地把猪捉住,重新捆绑起来,就要杀掉。

这当口,有3人看着这头猪奇特而可怜,向屠夫问了价钱,把它买了下来。随后,客人就把这头猪舍给了海会寺的龙神庙,作为长生猪蓄养起来。

此后,这头猪越养越大,比一般的家猪个头儿要大一倍,而且性情越来越文静,人们给它起了个绰号叫"猪道人"。香客们来到这龙神庙里,只要大叫一声"猪道人",它就会哼哼地答应着,颠颠地走过来,歪着脑瓜儿看着你。当然,香客们也免不了喂它些剩余的供果。如果某位香客板起脸来,大声呵斥道:"猪道人!何得这般无礼?"它就会屈下两条前腿儿下跪,做出磕头求饶的样子。它的这些呆笨而滑稽的动作,又引得香客们哄堂大笑。

后来,这头长生猪的牙齿竟长到两寸多长,支起拱嘴,龇出唇外。猪蹄子也长得圆而大,奇形怪状地像四只大海螺。随着年岁的增长,"猪道人"就显得呆滞,没有当初那么滑稽而可爱了。

张 世 荦

张世荦,字遇春,是杭州府的诸生。每次进入考场,总好像有人拿着他的卷子,到天亮就把卷子用墨污染了,结果使卷子作废,他极其愤怒。

乾隆甲子科开始考试时,他接受前几次的教训,进入考场后格外小心提防。把试卷誊正后,到晚上他把它藏在别的地方,并坐在考号中留心观察,发现一个女子,伸手拿卷子。他急忙抓住她,厉声问道:"我和你有什么仇?你为什么七次弄污我的试卷?"女子说:"今年你应中解元,我也难违抗天帝的命令。但是你应当为我洗刷耻辱,选择地方安葬我,以此解除我受到的冤枉和谴责。我就是住在你对门钱店的女儿。当时邻居们开玩笑说你和我有私情,实际上并无此事,你却不申辩明白,而且自命风情,假无为有,拿此事开心打趣。等我出嫁后,这些开玩笑的话传到我丈夫耳里,他信以为真,不和我住在一起。我无法替自己洗白,一气之下上吊自杀。你坏了我的名声,我污损你的试卷,使你迟了七科,这是应该的。"说完这番话,她不见了。

张毛骨悚然,出了考场后立即到女子家去拜访,讲明原因,捐资帮助安葬那个女子,并且请了和尚为她超度。这一科揭榜,他果然中了第一名。

洗 心 池

洗心池在茅山乾元观的西面,石壁上题有"洗心池"三个字,笔法遒劲,平时隐而不现。想见这三个字,用池水浇在石壁上,便显现出来。即使是大旱之年,池水也不干涸。相传钱妙真单独居住在燕洞宫修炼,有人诽谤他,他就在这里剖开腹部用水洗心以向人们表示自己的清白。洗心池因此得名。

活死人墓

道人江文谷在洗心池旁培土垒了一个小丘,再在里面叠石架窗,砌成一间小屋,自己盘膝坐在其中,并嘱咐他的徒弟道:"你每天对着窗洞向我呼唤,我答应了,你就离开;如不答应,你就来收拾我这蜕化了的遗骸。"一连三年,徒弟每日呼唤,他都答应。忽然有一天,徒弟照常去呼唤,里面答应道:"真讨厌,我去了!"嗣后再呼,没有答应。开启石门看时,尸体果然僵着,所以称这为"活死人墓"。

屋倾有数

金德瑛先生,字汝白,号慕斋,又号桧门,浙江仁和人。金先生是乾隆元年(1736)丙辰科状元,官至左都御史。

乾隆六年(1741)十一月,金德瑛先生提督江西学政,同年莅临吉安府(清置吉安府,治所在今江西省吉安市)考试童生。那一天,五更鼓点名,点名已毕,童生们陆续进入考场。那会儿,天还没有大亮,屋里都点着灯。在昏暗的灯光下,金先生好像看见个身穿红衣服的女人,小步快速从考棚里走了出来。她越走越快,终于脚不沾地,逐渐腾空,飘然而去。金先生怕是自己眼花了,就问站在身边的仆从道:"你们看见什么没有?"仆人们回答说:"仿佛有个穿红衣服的女子飘忽而去,不知老爷看见没有?"

仆从们的回答证实了金先生所见为真,他就感到败兴,又觉得这女人可恶,也使他想起了《礼记·中庸》里的几句话:"国家将兴,必有祥祯;国家将亡,必有妖孽。"于是,他就以此为童生们考试的题目。

考试进行到中午,童生们正在紧张地握笔答卷,忽听轰隆一声巨响,考棚突然倒塌,一时间对烟尘弥漫,一片喧嚣混乱。金德瑛先生马上组织人力奋力抢救。结果,还是有三十六名童生不幸遇难。

事后,金德瑛先生据实拟文,把这桩惨案启奏皇上。皇上闻奏,悲悯异常,当即降旨,赐死难的童生们为秀才。

史弈昂先生,字抑堂,江南溧阳人,举人出身,官至兵部左侍郎。我的二女儿鹏姑嫁抑堂先生第六子史培舆为妻,我们是儿女亲家。

史抑堂先生曾出任福建按察使。有一天,史先生与福建督粮道王介祉先生等四人,正坐在花厅里议事。忽然,就听得房梁、屋角等处不断地咔咔怪响。王先生等人觉得有危险,站起身来,就要走开。史抑堂一把拉住了王介祉,嗔怪说:"大惊小怪的! 怕什么? 这房顶儿还能塌下来?"那几位同僚不得已,又心有余悸地坐下来,继续议事。

可是,房顶上的响动不断,忽而变成咔嚓咔嚓的断裂声。这时候,老耗子们也在顶棚里闷叫,那声音好像是急促地喊叫:"出! 出!"史先生这才感到不妙,急忙拉着同僚们逃出了花厅。他们跑到院子里,站脚未稳,只听背后轰隆一声巨响,回头一瞧,花厅已经化作一片废墟。

下午,省司各衙门的官员们听说按察府里出了事儿,纷纷前来看望慰问。史抑堂先生当众开玩笑说:"如果我们这四位大员一时归了天,司道官职一下子变为空缺,各位就不免要执印代理了。这么说来,这场灾难要是真的发生了,各位也是人人有份儿喽!"说得大家哈哈大笑。

沔布十三四

杭州的胡某,是程九峰中丞的表侄。程中丞到湖北任巡抚,胡某前去寻求差事。程中丞把他推荐给荆州刺史,在刺史的衙门里负责文书工作。半年以后,胡某的妻子在家里得了疟疾,忽然被鬼魂附身,声音像男子,听起来是她丈夫的声音,说:"我到湖北后,承蒙程中丞推荐到荆州，与主人相处得不错。不料不到两个月，患病身死，有衣箱、行李和新买的十三匹沔阳布，现在办公署中，需要派人前去取回。我在外边死于饥寒，可以供木主祭我，并广招名僧超度我。"家里的人听说这番话，围在一起哭泣，当即穿戴丧服供立死者的牌位。因为不知道死者病逝的具体日期，所以不便发讣告。不久，胡妻的病好了，家里因为贫穷，想派人去荆州迎丧，但没有盘费，一次又一次推迟行期。又过了些日子，胡某竟然回家了。全家都感到吃惊和害怕，以为是鬼。胡某坐下来问明情况，才知道原来附妻子身的是邪鬼，借他的名索要食物，要求超度罢了。不一会儿，胡某的衣箱到家了，打开箱子，里边果然有十三匹布，的确是胡某经过沔阳时买的。

牛卑山守岁

　　广西柳州有座牛卑山，它的形状像女子的阴部，两广的人把"阴"字读成"卑"字，因此便叫牛卑山。每逢除夕之夜，一定要派男女十人守着这山，直到次日天明。倘若守山的人稍有松懈，防守不严，有恶作剧的人把这山当作女子的阴部而用竹木梢去捅了，那么，在新的一年中，本州的妇女就都会淫奔。当地的一位县官，厌恶这种下流风气，责令里保派人用土块把它填塞，于是就发生了妇女小便梗阻，或者大小便都不通的怪现象，甚至还有因此丧命的。

　　广东沙面地方的妓船很多，船舶修造泊航诸事，由河泊大使专管。有个总督对妓船严加禁止后，便发生了海水溢漫的事，高高的城墙距被淹没只相差六尺高低，地方上的士绅商贾，都以妓船不能禁止为由向官府提出建议，当时某总督将信将疑，于是暂以收回禁约一试，果然获得了令收水退的效验。至今这地方的妓船比原先更多。

鬼 拜 风

　　钱塘人孙学田先生,曾在温州城里开了一家盐店。孙学田和钱晓苍先生是好朋友,两家之间往来频繁,非常亲密。

　　钱晓苍先生在温州城里有一座小楼,楼上楼下各有三间。要说这地方,环境幽雅,建筑风格别致,居室宽敞明亮,的确是个好去处。可是,一到夜里,这楼上就闹鬼,胆儿小的吓个半死,胆儿大的也给搅得彻夜难眠。因此,这么好的房子,竟没人敢去住。钱晓苍先生只好命家奴落锁,长年闲置了。

　　孙学田先生素来就胆儿大,不信鬼神。有一天,他约钱晓苍先生和其他几位朋友一起喝酒。酒过三巡,菜兼五味,人人脸上都有点儿红晕,话也就多起来。有位朋友就拱了拱手说:"在下久闻孙先生酒有别肠,胆量也不小。但是,晓苍先生那座小楼雅居三楹,只为夜里闹了点儿故事,不知是真是假,竟然没人敢去住了!作为钱先生的老朋友,又素有大胆之名的孙先生,您岂不应生惭愧?"孙学田一听这话,脸也涨红了,脖子上暴起了青筋,把桌子"啪"的一拍,说道:"兄弟整天价在小店里奔忙,没顾上有那份儿闲心!今儿个,承蒙老兄抬举,我不敢推辞,晚上就卷铺盖,住进那楼里去。这么着,我要是不让鬼掐死,明天,您就得花上几两银子,在望江楼请在座的各位喝一壶;我若是个孬种,不敢登那楼门儿,甘愿加倍请客!"那位朋友也不示弱,当即拿出五两银子作抵押,并请钱晓苍先生做中保。

　　当天晚上,孙学田先生就把铺盖搬到了三间小楼的楼上,特意点燃了两支大蜡烛,并把那把护身的宝剑横放在了桌子上。他闷坐着,一直等到二更鼓,竟然一点儿动静也没有。孙学田不禁暗自发笑,嘴里叨念说:"闹什么鬼?无非是草包们心里发毛,自己吓唬自己!"他一边儿叨念着,就打开铺盖,准备上床睡觉了。这当口,楼门儿吱呦一声被推开了,一个二十来岁的艳丽女人忸忸怩怩地走了进来。她一见那两支通明的蜡烛,就停下了脚步,微微地往后退了半步,随后,整理了一下衣裳，面向着那两支蜡烛，拜了又拜。她每一猫腰，就有一股阴风从她的两袖之间喷涌而出。这股风，强劲而冰冷，砭入肌肤。两支大蜡烛被阴风三吹两吹，就灭了一支，另一支也飘忽欲灭。孙学田一瞧，形势不妙，操起桌子上的宝剑，朝那女人扔了过去。那女人一闪身，躲过宝剑，返身跑下楼去。

孙学田知道这个女鬼不会善罢甘休，于是把那支熄灭了的蜡烛点着了，把宝剑捡起来，重新放到桌子上，又把两支蜡烛都挪到自己面前，坐下来等她。果然，呆了一阵子，那鬼女人又小心翼翼地推门而入。她一瞧，孙学田端端正正地坐在那里，两支蜡烛也已经挪到面前，就欲进欲退，犹豫不决；忽而，她又故技重演，面向孙学田拜了又拜。孙学田知道这不是拜他，而是想把两支蜡烛吹灭，哪里能容她？孙学田操起宝剑朝她刺去。刹那间，女人忽而变得披头散发，瞪眼吐舌，疯狂地向孙学田扑来。孙学田迅速站起身来，围绕着桌子与女鬼格斗。别看她是个女鬼，力量可不小，两个势均力敌，不分上下。斗了约莫两个时辰，忽听楼外雄鸡报晓。女鬼立刻瘫软，倒伏在地，接着就化作一团黑气，滚下楼去。

这场赌博，以孙学田获胜而告终，那位朋友，按例请大家到望江楼喝酒。孙学田勇斗女鬼的故事，在温州城不胫而走。后来，温州人编了一首歌谣："人拜曲弓，鬼拜生风。但逢孙老，比鬼还凶！"

僵尸夜肥昼瘦

俞苍石先生说："凡是僵尸，夜间出来的相貌大多体态丰腴，与活着的人没有两样；白天打开僵尸的棺材，就会发现它枯瘦得像风干的人一样。焚烧它，会发出'啾啾'的声音。"

黑 云 劫

清军出征缅甸时,昆明县有个皂隶叶果,死去三天后又苏醒过来。他说,我被鬼卒勾引到了冥府,那地方有座大殿,门是朱红色的,样子像是帝王的住处。门外坐着好多官吏,手里都拿着一本簿册,忙着在写判记。判记写毕时,会有一团黑气覆盖在簿册上。这些官吏,有的在椎腰,有的蹙着额头,自称劳苦不堪。叶果阳寿未尽,不在应死者的数额之中,所以仍被放还。

在回来的路上,叶果私下问鬼卒道:“那边的官吏手里,捧的是什么簿册?”答道:“人簿有三册,兽簿有五册。”叶问:“怎么会有簿册的?”答道:“自古以来,凡是人世间征战一类的事情,都是天上劫数预先定下的,人们无法回避。凡是一切应死的人,都早已记录在‘黑云劫’簿册之中。此外即使是一头驴、一匹马,也都有记载,毫无差错。毕竟兽多人少,所以那簿册,人三兽五。”叶问:“归属在这一劫中的,可有某官吗?”答道:“簿册中的第一名,就是你们总督。”

当时的云贵总督是刘藻。他是乾隆元年(1736)丙辰的博学鸿词翰林,后来自刎身亡。

金 秀 才

苏州有个名叫金晋生的秀才,他才华出众,面貌清雅,在当地的青年知识分子当中,堪称佼佼者。进士苏春医先生特别欣赏他的才貌,甘愿把女儿嫁给他为妻。婚事既定,婚期已经不远了。

有一天夜里,金秀才忽然做起梦来。他梦见一名穿红衣服的小丫鬟把他引到一个去处,此处房舍精雅,曲径回廊,简直如入仙境。最深的那所小院,更加清幽宁静,院首是一座圆门。那位红衣小丫鬟指着圆门以内说:"金相公,这儿就是月宫,您快点儿请进吧!我家小姐可是共恭候多时了。"金秀才踌躇迈步,他刚跨过圆门,就有一位盛妆美女迎出门来向他欠身施礼,金秀才仓皇还礼。小姐又亲自打帘请秀才进闺房落座。金晋生一瞧,这闺房里睡帐低垂,除了他和这位小姐之外,身边竟连一位侍候的丫鬟也没有,心里更加惶惧,刚要启口问及,不料,眼前这位美人儿毫无羞怯之意,开口就说:"金相公,妾之前生与相公尚有未了之缘,今生必得偿还。再说,那苏进士的女儿本凡民俗女,哪一点儿能与月宫神女相匹敌?难道您就忍心弃我而娶她?"金秀才早已被这个无与伦比的女子所蛊惑,但是,这么唐突的语言,竟出自这么一位美丽温雅的仙人之口,使他惊慌,使他困惑。他一时手足失措,不知如何回答,憋了半天,才结结巴巴地说:"学生素来鄙陋,哪儿能有那么大的福分?不敢,不敢!"那美女淡然一笑,正色说道:"书呆子!你就别装相儿冒充骚鞑子了!人有七情六欲,见过哪只猫儿不吃腥的?你就来吧!"说着,强拉了金秀才的手,推拥着他解衣上床,放下了床帐。

金晋生这个梦做得的确很美满。从那天起,他上床一闭眼,就是内容与此相同的梦。美人儿情深意浓,欲望一天比一天强烈。没过一个月,这位金秀才就面容憔悴,精神倦怠,快要支持不住了。金秀才的父母很有经验,一猜就知道儿子有了"心事"。他们急忙过府,与苏春医先生议办婚事,尽快为金秀才与苏家小姐完婚。

这位苏小姐也是个艳女,若论起风流文雅来,足以与梦境月宫的美人儿相媲美,毫无逊色之处。加之新婚宴尔,夫妻相亲相爱,金秀才一时把月宫美女淡忘了。可是,金秀才又似梦非梦,前半夜,他觉得与他同床共枕的是苏小姐,后半夜就忽而换成了月中人。久而久之,他精神恍惚,竟分辨不出哪个是苏小姐、哪个是月中人,哪一次是真实、哪一次是梦境了!

金秀才的父母却眼瞧着自己的儿子日趋赢瘦,心里很不是滋味儿。在父亲的再三严厉追问下,金秀才不得不吐露出夜间的实情。老人又认定儿子是中了妖邪,烧香祈祷,继而又请来道士作法除妖,其结果是毫无效验。金晋生秀才终于一命归天。

据金秀才生前自己说,那位月宫神女不但姿容艳绝,而且文采还相当风骚。她常与金秀才诗文唱和,作品很不少。她有一首五言绝句,题目就叫《赠金郎》。诗道:"佳偶岂易寻,夺郎如夺彩,幸亏下手强,争先得为快!"

董 观 察

董观察名叫董榕,在赣南道任长官时,所属上犹县的某个村庄,经常被山洪冲没田地农舍。董观察就为他们规划,开河引水入江,使居民安居乐业。他还把佛寺改为濂溪书院,并整饰一新。不久,他母亲逝世,他哀伤过度,痛不欲生,扶母亲的灵柩返回家乡。到滕王阁下,停船接受吊唁。大吏亲自前来安抚慰问,观看的人没有不说董榕真是个孝子、真是个好官的。第二天早上,正准备解缆开船,家仆忽然发现董观察不见了,吃惊地到处寻找也未见到他的人影,急忙报告地方官吏,沿江打捞,都没有发现踪迹。过了一昼夜,董观察的尸体竟逆流而上漂到丰城县沙岸上。检验查看,他还是白衣麻带,面目如同活着一样。于是入殓后送到船里。一个多月以后,董观察过去的仆人偶然到上犹县,当地人告诉他,为了感谢董观察开河治水的恩德,人们为董观察立庙祭祀他。仆人欣然走进庙里,拜觇神像,神像俨然就是董观察的面目。仆人问立像的时间,当地人告诉他,正是董观察落水的那天晚上。

狐仙开账

和州的张某,在扬州作客,住在兴教寺。寺中和尚住的地方经常有狐仙出没,没有人敢住。张某性格落拓,竟然住进去。

不到三天,果然有一老翁,自称是吴刚子,请求见他。行礼后,老翁和张某交谈,风采很不寻常,能知道过去和未来的事情。张某问他:"您是仙人吗?"老翁回答:"不敢。"张某是贫穷之士,想结交老翁以求富贵,于是摆酒食和他一起吃喝。吴刚子也设酒席回谢他。

不到半个月,张某感到经济上已无力负担酒席,然而吴刚子的酒馔仍然十分丰盛。于是张某就心生贪婪的念头,整天缠着吴刚子设宴摆酒。吴刚子做东,没有丝毫的吝色。

这样过了一个多月,吴刚子突然不来了。当时正是梅雨时节,张某打开箱子晒衣服。但是箱子里空无一物,里面有几张账单,上面记着某日鸡鱼若干,某日蔬菜瓜果若干,都用的是典当张某的衣服的钱。笔笔开销,都对得上账,不空设一席,也不乱花一文钱。

皮 蜡 烛

上虞地方有个姓钱的,替人当佣工。夜间回来,看见一个女子在路边啼哭,问她为了何事,答道:"丈夫死了,没有归宿。家住在夏盖山,一时迷路,祈请指点。"钱便对她调戏,跟她走了一阵,来到一所房子内,竟就此成了夫妇之好。

这样两人每夜在一起,过了几个月。后来主人见这佣工面貌一天比一天憔悴,就再三问他,钱才把事实经过说了一遍。主人道:"这是鬼,你再与她交合时,须取她的一件东西回来作为验证。"钱依照主人的嘱咐,在假意与她戏谑时暗中剪了一束头发。这女子大惊,走了。

钱细看所住的地方,并无房屋。与这女子交合淫乐的地方,精液流在蟹洞中,全都是血。剪回来的头发如蜡烛一样很软,颜色黑如牛皮,刀砍火烧都不坏。从此以后,钱不敢出门,躲藏在主人家中。

不久,这鬼找到了他主人家里,附着在一个婢女身上作闹道:"还我钱郎! 如不还我,就将钱郎交给你家,我暂时回去,明年来捉!"而且还威胁主人说:"等今秋你寿终时,我会降祸你家!"到了所说的期限,竟未应验,姓钱的佣工至今还活着。这事是台州张秀埠对我说的。

乍浦海怪

乾隆三十七年（1772）八月十三那天，天刚蒙蒙亮，浙江沿海一带遭了一场大风雨。平湖（今浙江省平湖市）、乍浦（今平湖市乍浦镇）一带有个怪物腾空而来。它裹着大风，从东南往西北行进。所过之处拔树倒屋，许多民房上的瓦被踩碎，房顶儿上留下了圆桌那么大的足迹。谁也摸不清这场暴风雨里夹裹着一个什么怪物。

更加奇怪的是，有一家大厅的房子，在这场风暴中从东南往西北整个儿移动了一尺多。房屋没有倒塌，屋里的陈设和器物也毫无损坏。

天 开 眼

平湖的张敩坡，一天漫步在庭园中，晴空万里，忽然听见豁然发出声响，天裂开一道缝，中间阔两头小，形状像船，圆得像车轴，亮光闪烁，照耀满庭，良久才闭拢。有知识的人认为这就是所谓"天开眼"。

泥像自行

平湖人张氏，世世代代住在蒹葭围，他家最早迁到平湖来的祖先叫张迪，字静庵，明洪武年间在世。张迪去世时，他家用泥塑造了静庵夫妇两人的像，高七八寸，供在家庙之中。所住的房子归属于长房的子孙。经历四百多年,长房的子孙渐渐贫穷不堪,房屋也都败破倾圮,仅存数间,而两人的塑像还在。张氏原来有宗祠,距离静庵故居三里光景。

一天黎明,有个当地的船工,遇上两个老人来雇渡船,就载着他们行驶。问到什么地方,说是将往张家祠堂。抵达目的地后,两人登岸,走路迅疾如飞。船工望去,只见他们的身躯渐走渐小。

不久,这两人到了宗祠之前。守祠的僧人听到敲门声,出来一看,却静悄悄地什么也没有,只有两尊泥像在门枢下边。一时之间,人们都对这事感到惊异。张静庵的裔孙张丹九当时正在重修祠堂,于是便在泥塑的外表加了彩绘,另外制作一橱,供在祠中。

焚尸二则

其　一

浙江平湖县城的东南郊外有个村子,村子里有一户姓马的人家,马某家盖新房,起地基的时候,挖出三穴古墓来。有两座墓穴中空虚无物;另一座墓穴里,有一口保存完好的棺材。棺材前竖立的墓砖上,刻有"赵处士之墓"五个大字。

打开棺盖,发现墓主是位四十多岁的男子。面貌栩栩如生,丝毫没有腐败。他身着蟹青色粗绸长袍,足登蓝缎云朵鞋。那长袍的粗绸料竟有铜钱那么厚,质地坚实,一点儿也不糟朽。马某把那具尸体从墓穴里拖出来,架火焚烧。无论怎么拨弄,火烧不旺,尸身不化。马家又拖着这具尸体,抛进了河沟里。

当天夜里,全村人都听到了一阵阵鬼哭声。那哭声悲惨凄厉,使人毛骨悚然,吓得人们不敢出门儿。第二天,有怕事儿的人把那具尸体从河沟里扛回来。尸体上流血如注。人们又把尸体放回棺材里,加土掩埋了。当天夜里,村里就宁静下来。马某家至今安然无恙,马某还在本县典吏房当上了一名差役。

其　二

平湖县小西溪村的村西头儿,住着一个姓蒋的农夫,他的父亲去世不满一年,他就准备把父亲的尸体烧掉,骨灰就地掩埋。冬至前那一天,蒋某提着一把锄头,撬开了父亲的棺材盖。不料,父亲的尸体一跃而起,跳出了棺材,追得他东逃西窜。蒋某急中生智,猛回身给了他一锄头,尸体咕咚一声倒在了地上,蒋某马上架柴点火,把尸体烧了个干净。

到了夜里,蒋某就听到父亲在窗外骂道:"天打雷劈的畜生! 你烧了你爸爸,心里是个什么滋味儿? 你就不怕遭报应?"第二天,蒋某的脑袋就肿得像个葫芦瓢。没过晌午,他就一命归西了!

以上这两个故事,都是张熙河先生给我讲的。张先生名诚,字希和,号熙河,是乾隆年间的举人。张先生是浙江平湖人。据他说,这两件事都是他亲眼所见,所以,也许不是什么信口开河、云山雾罩。

美人鱼人面猪

有人在崇明岛附近打捞起一条美人鱼,是女子的相貌,身体和海船一般大。舵工问她:"是不是迷路了?"美人鱼点头,于是舵工把它放了,它快快而去。据说在放归美人鱼的地方,曾出现过人面猪,平湖的张九丹先生见过。猪与人见面时,害羞地把头低下,拉它才抬起头来见人。

花　　魄

婺源地方的士人谢某,在张公山读书。一天早晨起来,听得树林中鸟声啁啾,似乎是鹦鹉在啼鸣。走近一看,竟是一个美女,长五寸光景,赤着身体,不生羽毛,浑身上下洁白如玉,眉目之间有愁苦的表情。谢某就捉了带回家中。这女子一点没有恐惧的神色。

于是谢某把它养在笼中,用饭喂食。这女子看见人,会连续不断地说话,但一点也听不懂。养了数日,受到阳光的照射,竟变成枯蜡一般,死了。

洪宇鳞举人听说这事,便说:"这女的名字叫花魄。凡是哪一棵树上吊死过三个人的,那冤苦之气就会结成此物,浇上水后,可以使它重新活转来。"谢某照着试了,果然又活了过来。

乡里聚观的人如云而至,谢某担心张扬开去会生事端,就仍旧把它放回树林中去了,一会儿,一只大怪鸟就衔着它飞走了。

《子不语》正编终。

翻译者：成君、宋海江、韩秀英、麻红忠、白春平

《子不语》续编启。

翻译者：卢英梅、杨春玲、张卫军。

续子不语

卷　一

狼　军　师

　　有个姓钱的人，赶集市后回家，晚间走在山脚的路上。突然，跳出几十只狼，包围着钱某，想要咬他。钱某处境十分危急，看到路边有个丈把高的柴火堆，连忙抓住柴根，爬上柴堆去躲避狼群。狼爬不上柴堆，其中几只狼就跑开了。过了一会儿，这几只狼聚在一起抬着一只野兽前来，就像轿夫抬着官老爷似的。抬到后，让那只野兽静坐在当中，群狼都侧着耳朵，靠近那野兽的口边，好像倾听秘密的说话似的。一会儿，那些狼跳起来，都去柴堆下面抽取树枝、木条，柴堆几乎要倒塌下来。钱某大惊，不断大叫救命。刚好有一群砍柴的人，听到喊声赶来，狼群才被吓跑掉。可是，被狼抬来的那只野兽却留下来。钱某和砍柴的人们细细地看它，有些像狼，可又不是狼；眼睛圆，脖子短，长嘴巴，暴牙齿；后脚长，可是软绵绵的，站不起来；声音好像猴子啼叫。钱某对它说："哼！我和你一向没有仇恨，你居然给狼当军师、谋士，想伤害我！"野兽就向钱某叩头并哀伤地嘶鸣，好像悔恨的样子。于是大家把这野兽抓起来，到前面村庄的酒店里，烧熟了吃掉。

几上弓鞋

　　我的同年储梅夫得子晚,钟爱备至。储的儿子性情颇庄重,每次见到我都非常恭敬地按晚辈身份行礼,十分诚实谦恭。他家里穷,在京城某都统家里教书,宾主关系相处得不错。一天早上起来,见到桌上放着一只女子的绣鞋,他大发脾气,骂仆人道:"我在这里做先生,而你们在桌上放这种东西,要是让主人看见了,会把我当成什么人? 快给我扔出去!"家人见桌上并没有女子的绣花鞋,但储的儿子仍痛骂不已。都统听见骂声进来,储立即逃到床底下,用手掩面说:"羞死,羞死! 我没脸见大人了!"都统刚为他辩白,但储已拿起床下的一根棒子,一边骂自己,一边猛击自己的头部,脑浆迸裂。都统以为他发疯了,急忙叫医生来,但储已经断气了。

白　龙　潭

　　弥勒县旧城集,汉族和少数民族的人在此杂处,环山而居。山麓有白龙潭,大约有数亩宽,还有良田千顷。当地居民筑上坝以蓄水,俯临大河,水满就启闸泄水。下雨时,有两条龙在争斗,形状像小蛇。有人看见一段巨木,上面蒙有青苔,竖着飘游,经常冲决坝岸。

　　一天,农民们正在插秧,细雨中,飞鱼大小成对,像排着队,只见一个穿绛衣服的女子拿着扇子朝飞鱼挥舞,都落到潭中,随即就不见了。相传这就是所谓的龙女归宁。天将要黑时,一个少数民族人叫侬二的家里,忽然来了一位穿孝服的人,说是要投宿。问他要什么,他说要一间卧室,另外只要装满清水的一口大缸就行了。侬二以为客人要洗澡,就按客人的要求办了,并打算为客人准备酒菜。客人说:"不必。

只有一件事要麻烦你,事后定当重谢。"依二问是什么事,客人说:"这个地方龙潭后面有棵大树,你去砍伐,等到树快要断了,你用绳子把树缚住,等潭中有两只羊互相争斗,你再砍断绳子把树放倒。"依二答应了。

黎明前去伐树,果然看见潭中水沸如潮,有黑白二羊出来相斗。依二想,这时正是放倒树的时间了,于是断绳倒树,黑羊跃出,水面也平静下来了。依二急忙回家,想告诉客人情况以请功,谁知客人已不见了。他问妻子,妻子回答:"客人在房子里没有出来。"他和妻子一起搜寻,怀疑在缸里,打开缸盖一看,里面全是黄金,这才知道是白龙化身为穿孝服的人,来找争夺潭的助手。于是这口潭便被称作"白龙潭",而依家至今还是这里的首富。

露水姻缘之神

贾正经,是黔中人,娶妻陶氏,生得相当美丽。清明节上坟,贾正经与陶氏一起前往。走到半路上,忽然一股旋风迎面而来,挡住了前进之路。贾正经疑心有鬼神在此求食,就供了祭品,洒酒在地,轻轻祝告道:"鄙人仓促来此,没有什么东西可以奉献,就这一杯水酒,请不要嫌它不洁。"祭毕,然后再往墓前拜扫而归。

第二年春天,贾正经告别了爱妻陶氏远出。一天,将近傍晚,距前方旅店还很遥远。正在担心荒野地方没有投宿的处所,忽有一个仆役打扮的人站立在路旁,走上来问道:"前面过来的莫非是贾相公么?奴才奉主人之命,在此恭候多时了。"贾正经问道:"你家主人是谁?"答道:"相公到了前面,自然便知。"说罢,遥指有灯光的地方,说是他们的村落。贾正经心中暗暗自喜,遂跟着这人前去。

大约走了一里多路,主人已在门前迎接贵客了。这人道服儒巾,是个风雅之士。此刻但见一座座楼阁横列在前,全都装饰得金碧辉煌。贾正经与主人先是寒暄了几句,接着问道:"小生暮夜经此,不意突然迷途。忽蒙先生派人宠召,不胜感激之至。鄙人自忖,以前似未曾见过先生,不知先生怎么会预知这事,且又远劳先生如此关照。"那人答道:"去年我们曾在路上相逢,叨领先生盛情款待。曾几何时,你怎么这样快就忘记了呢?"贾正经听后愈觉糊涂了。

主人又说:"去年清明节那天,你们贤夫妇去上坟祭扫,一阵旋风挡住你们去路的,就是我呀。"贾正经道:"如此说来,先生是神了?"回答道:"我并非是神,我乃地仙也。"贾正经问他的职务是什么,回答道:"说来惭愧,我是掌管人间露水姻缘的。"贾正经开着玩笑道:"鄙人相当多情,敢烦请你查一查,我今生今世有没有这方面遇合的好事?"地仙取出簿册翻阅后笑道:"奇怪了,先生今世无分。眼前尊夫人倒是大有良缘可遇。"贾正经听了,不觉虚汗直下。自思妻子陶氏,正是年轻美貌,倘若真有其事,将是我终身的耻辱。于是便请求地仙能根除此事。地仙道:"这是命中注定的大事,难道我能把它更改?"

贾正经再三哀求,地仙仰天沉思好久之后说道:"善哉,善哉!幸亏尊夫人所遇那人,是个平庸的奴仆,贪财的心思胜过了好色。你赶快回家,还可避免闺房之丑,不过却要损失些钱财的。"

贾正经屈指计算路程,一想已经出门有四天了,恐怕回去已来不及;又想,如果为了一点蝇头微利而使爱妻失节,这自然是断断不应该的,于是辞别这位地仙回家。

贾正经白天黑夜,抓紧赶路。等到离家只剩四十里时,忽然遇到大雨倾盆而下,遂无法前行,直至第二天午间才回到家门口。

他见卧房的墙头已被大雨冲坍,想到隔壁有个单身少年贴邻住着,回忆起地仙的话,不觉叹恨不已。妻子问他为何叹息,贾正经道:"墙坍壁倒,两家房子相通,彼此都是年轻独宿,其中的事情还用说吗?你倒来问我了!"陶氏答道:"原来夫君是为了此事。事情确实发生过,幸亏损失十两银子才得避免。"贾正经询问经过情形,陶氏答道:"墙壁坍倒后,那少年果然来调戏我。我逃到邻居家里,不料枕头间所藏的银子被他偷走了。如今他怕你回来,早已远走高飞。"贾正经问这银子的来历,原是某家还来的欠款。

贾正经把这事告到官府,官府将少年捕获后鞭打了一顿。但窃去的银子,已难以追回。这事是程惺峰对我说的。

缢鬼申冤

新安(旧县名,治所在今广东深圳市西)人赵天如先生,在黄氏家族中当一名家庭教师,以教书育人为职业。

那年夏天,天气特别炎热。晚上,一躺到床上就是一身汗。赵先生的书斋狭小而闷热,他就请求主人给他调换到一处比较凉快的住所。主人给他指了好几处可供居住的地方,可他都不满意。只有西厢那处小小的楼院儿,花木繁茂,清风习习,环境非常幽静,的确是个避暑的好去处。可是,主人却偏偏不愿意他到那儿去住。

赵先生马上多了一番心思,说道:"主人放心!这小楼儿虽说切近内室,可赵某人的品格,那您是知道的呀!有什么放不下心的?"主人笑着说:"先生想到哪儿去了?实话跟您说,这楼上不大安宁,经常闹鬼!我若是答应您去住,岂不是捉弄您了?"赵先生听了,哈哈一笑,说道:"我当有什么过节儿呢!不就是闹鬼吗?没关系!没关系!赵某自幼儿读圣贤书,练就了一身正气。不用说人,鬼也得畏我三分!怕他何来?"黄家主人一看拦不住他,也就由他去了。

晚上,赵天如先生移榻西楼,半坐半卧,秉烛读书。他存心要瞧瞧这楼上的鬼到底是怎么个闹法。

一直到夜下三鼓,忽听得房梁之间窸窣作响。赵先生一抬头,就发现房梁之间垂下两条女人腿来,脚上,则是一双光彩夺目的绣花鞋。继而,一个女人徐徐落地,是个二十几岁的美人儿。她沉了一沉,姗姗走向阳台,凭着栏杆看了好一会儿月亮,回转身来,坐到梳妆台前,取出奁中用具,悉心梳洗打扮了好一阵。随后,又走到楼檐下,探身抬手,从瓦沟里摸出个小黄包袱来。她提着小包袱,缓步回到梳妆台前,坐下来,打开包袱,包袱里有六封银子。看样子,那是五十两一封的,约有三百两。她把那六封银子摆到梳妆台上,反复抚摩展玩,叹息了一阵,又原样儿包好,送回瓦沟下,掩藏如故。

回转身来,她迟疑片刻,终于悻悻地奔到赵先生床前,伸手就撩赵先生的床帐。赵先生霍地跳下床来,一面怒斥,一边驱赶。美女径直逃到楼下,钻进后花园的小竹林里,隐隐而没。赵天如先生仔细一瞧,墙角儿下停着一口新棺材。赵先生料定,这闹鬼的事儿,定是这棺材里的物儿作祟。

第二天,赵天如先生见到主人,就问:"后花园那口棺材里的死鬼,大概是个女人吧? 她是吊死的? 是您什么人?"主人见问,愣了半天,不由得潸然泪下,说道:"实不相瞒,那是我的爱妾张氏。她聪明慧敏,最惹人疼爱,我就叫她掌管全家的钱粮出纳。那天,收入了一笔租金,共三百两。她收下这笔款项不久,我就有了用场,找她提取这项银子。不料,她手里的银子却不知去向了! 我是急着拿这钱去做一笔生意的,手头儿上没钱,那还得了? 我一时大怒,就把她没头没脑地大骂了一通儿。万也没想到,她气急心重,当天夜里就在这西楼上寻了短见。事后,没悔恨死我! 从那以后,这楼上就不得安宁,也没人敢到楼上去了。"

赵天如先生也不免为之感叹,说:"也许这话我不该说。她这一死,多半儿是您脾气暴躁、遇事欠思量的过错! 那么,这笔款子到底有个准去向没有?"主人茫然,说:"没有,没有! 上哪儿寻去?"赵先生又问:"她可曾为您生下一儿半女?"主人说:"有呀! 现在您门墙之下的黄生,就是她所生。"赵先生说:"好吧,请主人随我来,让我为她昭雪这不白之冤!"于是,他强拉着主人上楼,从瓦沟下取出小黄包袱,打开那六封银子,给主人看。主人一见银子,大惊,随之又落下泪来,说道:"只为这三百两银子,竟送了她一条性命。这到底是怎么回事?"赵天如先生这才把他昨天夜里的所见所闻,一一向主人说明。

当天夜里,那位美女又从梁柱间徐徐落地。她梳妆已毕,取笔向墙,飞题五言绝句一首。题罢,又面向赵天如先生的床榻拜了又拜,然后飞身下楼,绝无回顾。

第二天,只见那题诗字句清晰,笔力柔弱,道是:"小婢偷金去,私藏瓦上沟。今朝冤始雪,我恨亦全休。"

从那以后,西楼宁静如常,不再闹鬼。

执锡二童

顺治年间的进士蒋伊，因儿子的功名而得受封赠，被人称为蒋封翁。他曾在灵岩求子嗣，梦见禅僧指着两个执锡的童子作为他的儿子。后来他所生长子，取名叫陈锡，蒋陈锡后来做了云贵总督。晚年，蒋封翁想起梦中之事，常说："我命中还应得一儿子。"过了一段时间，他梦见他的中堂晒着一床锦被，其中裹着一面龙幡。正好一个姓曹的佃户带着女儿来交租，他的女儿才十多岁，穿着旧锦衣嬉笑，蒋封翁看见后大吃一惊，就把曹佃户的女儿留下来纳为妾，于是生下文肃公。

赵氏三世为神

常州人赵恭毅公，是豪熙朝的名臣，这是大家都知道的。他去世后，有位苏州人姓过的，生前与赵恭毅公相识。后来这位姓过的朋友泛舟于洞庭湖，在傍晚时候看见一条大船顺风而来，旗灯上都写着"湖广城隍司"字样，心中暗自觉得奇异。等到那大船临近时细看，则见赵恭毅公端端正正坐在船上，正在倚着桌子处理公务。

另有一件事，陆子静先生，善于施行道家的通神除妖之术。他曾伏坛施法到达二天门外，见赵恭毅公也在二天门奏事。

赵恭毅公的儿子侍读公，以大臣子弟的身份任职于肃州军。当恭毅公去世时，朝廷恩准他回家奔丧。侍读公悲痛过度，得了疾病。病中常惊异地自言自语道："呕吐满地，使人难堪。我为什么要任这种职司呢？"众人问他是什么职司，答道："痰火司呀。"家人不明白痰火司究竟属于哪一种神。过了一天，便到东岳行宫去祈祷，则见两旁的偏殿中果然有痰火司神。病危将死的人，只要见到痰火司灯笼入门，也就瞑目长逝了。

赵恭毅公的另一位儿子副使公去世后的下一年,小姑洪氏因病昏迷不省人事。她恍惚到了一处衙署,见公自里面出来,惊讶地说道:"妹妹怎么来到这里?"遂延请她进去谈论家事,说得很详尽。洪氏问道:"哥哥现在做什么官?"答道:"现任巡海道。事情繁忙,此刻要往别处去,不能留你了。"并且说道:"你嫂子亦将不久于人世。家中事情很多,可托付给你两个侄儿,望小心谨慎。"说罢,差二名仆役拿着香送她回去。等她醒来,房间里尚有余香可以闻得。

不久以后,族人以立嗣之事,引发诉讼,有一年多不安宁。又不久,她的嫂子黄恭人便去世了。

张少仪观察为桂林城隍神

长州(今江苏省吴县)有位叫顾某的人。这顾某是个大孝子,他父亲久病不愈,生命垂危,他就多次到神佛面前烧香祷告,情愿代父承病,或是代父一死。

有一天,顾某做了个梦,梦见城隍爷派遣两名皂隶,把他拘到了城隍署的大门口。因为城隍爷公务繁忙,他一时不能被接见,只好在大门口恭候。这当口,就有一抬小轿翩翩而来。顾某闪在道旁观看。小轿在城隍府前落地,轿帘掀起,走下轿来的却是他过了世的老恩师。

顾某急忙上前问候见礼,老师也拉着他的手,问寒问暖,并对他说:"如今,我已经当上了某地方的土地神,现在是来向城隍爷汇报民情的。哎,你怎么也跑到这里来了?"顾某就把他祈愿代父承病,或替父一死的想法说了一遍。老师听了,大为赞赏,说道:"你真是位大孝子呀,堪称为人子辈的楷模!好吧,我一定要在城隍爷面前为你美言几句!"说罢,匆匆走进城隍府去。顾某等了好一阵子,老师才从府里走出来,对他说:"城隍爷今天很忙,恐怕腾不出工夫来接见你了。依我看,你还是改日再来吧!"顾某觉得懊丧,一气而醒。

过了两三天,城隍爷那两名皂隶又来传他,照旧把他带进城隍府里。这回,城隍爷马上接见了他,并关切地问起了他父亲的病况。顾某躬身回答说:"启禀王爷,家父久病不愈,身体极端衰弱,已经是骨瘦如柴! 小人情愿……"不料,城隍爷不等他把话说完,唰地就变了脸。他啪地一拍公案,喝令皂役打顾某三十大板。顾某真摸不清自己哪一句话说走了嘴,就要挨冤枉板子? 他大喊大叫冤枉,城隍爷却听而不闻,视而不见! 顾某想:"大概凡是自报孝子之名的,城隍爷都要打一打,以资验证真假。自己既然走上了这条道路,那就自认倒霉吧!"

幸亏,皂役刚打了他七八下,就从内厢传递出一个纸条儿来,城隍爷看了,脸上立刻转阴为晴,喝令停打。等顾某歪歪扭扭地从地上爬起来,就对他说:"你爸爸在人世间开药铺,那一年镇子上闹瘟疫,他免费送医赠药,救活了不少人。这可是个了不起的大公德! 本王念惜你真诚至孝,一片苦心。据此,可以给你父亲延寿一纪(十二年)。你回家去吧!"顾某连忙磕头谢恩,退出城隍殿。

但是,顾某心里还是纳闷儿,不明白城隍爷刚才为什么要打他。他走到殿门口,就悄悄向殿旁侧立的一位小神请问道:"请问神爷,刚才城隍为何发怒? 又为什么喝令打我?"小神淡淡一笑,说道:"您是位识文断字的先生呀! 竟连这点儿小学问都不明白? 在兽类之中,属豺的体格最瘦,所以,成语有'骨瘦如豺'之说。可是,文人们都把'豺'字讹用为'柴',而城隍爷却初衷未改。这么一来,您就等于把自个儿的老爸爸比作豺,岂不是自找苦头儿?"小神又说:"多亏后房幕客及时为您辩解,要不,您那屁股早就被打开了花儿了!"顾某顿开茅塞,点头受教。

顾某又发现殿前来来往往的人犯中,有些人却很面熟,似乎都是些受极刑而死的前辈人,不过印象已经很模糊。其中,有一个人枷锁嘟啷,另一个人则将发配远行。顾某不明白,又向那位小神请教。

小神指着后一个人说:"他就是某某地原任知府。只为他生前贪赃枉法,死后被当地百姓所控告。如今,桂林城隍爷张相公移送公文,要求把他发回原任地审理。"顾某这个人喜欢刨根问底,他不禁又问:"这位张相公为谁?"小神说:"具体的名号,我也给忘了! 大概他是做过云南督粮道的,现任河南巡抚毕公[指毕沅。毕沅,字缊蘅,一字弇山;号秋帆、灵岩。江苏镇洋人。乾隆二十五年(1760)状元。官至湖广总督。乾隆五十年(1785)任河南巡抚]的大舅子!"

其实,这位小神所说的桂林城隍张相公,就是张凤孙先生。张先生字少仪,号宝田,江南华亭(今上海市松江县)人。他是雍正年间副贡生。乾隆二年(1737),他和我都参加了博学鸿词科考试。我落选,他中试。后来,他官至刑部郎中。

据说,张少仪从年轻的时候就有"张三子"的雅号。所谓三子,就是大孝子、大君子、大才子。他这一辈子,忠厚且品德高尚。所以,他死后荣任桂林城隍神,也是理所当然的。但是,阴司并不明了他生前的显赫声名,竟凭高官厚禄的亲戚来替他炫耀。阴间的风气尚且如此,就难怪人间也爱巴结和炫耀权势了!

尸　合

山东王伦之乱,临清的焚烧屠杀最惨,男女尸体填满了河流,堆得比河岸还高数尺。平定叛贼后,启闸纵尸顺流而下,一些无赖偷偷把尸体的衣物剥去,所以大多数尸体都裸露着。

有一个女尸年约十七八岁,裸仰在水面上,流到闸侧,左足挂在闸上停在那里。一会儿一个裸体男尸,年龄和那个女尸差不多,顺流而下,刚到闸间,忽然跃水而起,与女尸合抱,颈股交压,人们用竹篙拨动他们,费尽力气也拨不开,很快他们就顺河淌下,也辨不出他们的姓氏和名字。

葛　先　生

河南汲县李秀才,在乡村中教书。晚间走路迷途,远望发现树林间有灯,就往有灯火处走去。看见有一茅屋,隐隐约约传出读书声,便上去敲门。主人年约四十岁,开门相迎,见了李秀才,即邀他进去。这人自称姓葛,素来好读书,因厌恶尘世嚣杂,所以隐居在这僻静之处。又说他的妻子住在家里,因贫困乏食,岳母逼其改嫁,她不愿意,明日将投河自尽,并哀求道:"只有先生能救,希望伸出援助之手。"说完以后,双泪直下。李秀才口称"是是"。于是就住了下来,被褥等物,都很精致洁净。

天明起身,秀才发现自己睡在一座坟上,周围并无房屋。他惊骇至极,往回家路上快跑,途中遇见一位穿着绿衣的女子,正边走边伤心哭泣。看她走到河边,将要往下跳时,李秀才赶紧上去将她拉住。问了投河的原因,果然就是姓葛的妻子。她因丈夫去世,生活无着,父母逼其改嫁,故此想一死了之。李秀才因为离家不远,便邀她同归。

李秀才回到家中,与妻子讲述了这件奇事,葛妻便成了他家的养女。李这时已五十多岁,忽然得了一子,看那孩子的眉目长相,与所遇到的那个姓葛的人非常相像。李开玩笑地以"葛先生"叫他,这孩子也就笑着投入他的怀抱之中。

天　后

林远峰(林镐,又名林宝。字乾生,号远峰,又号双树生。福建龙岩人)先生说:天后圣母(海神,即天妃,又称惠灵夫人)是我们林氏家族的二十八世祖姑奶奶。她还没出嫁,就演化成神,在大海上最有灵威。

凡是在海洋上行驶的船只,都必须虔诚地供奉天后圣母。这样,万一船只在海洋中遇上狂风巨浪,或是其他不测风云,只要高声呼叫、真诚祈祷,天后圣母马上就会出面营救。

据说,天后圣母有神符三张,一张画的是头戴流旒冕、身着白龙袍、手持圭板的王爷形象;一张画的是个穿普通服装的人;另一张则是个披头散发、光腿跣足的恶鬼。天后圣母把这三张神符印发到每一条供奉她的船只上。

船行海上每遇危急,首先焚烧第一张神符,应该是立见功效;烧到第二道神符也无不灵验;如果烧到第三张神符仍不见反应,那么,这条船恐怕是没救了。

有时候,海面上风急浪大,天空阴晦,船只迷失方向,不知所往。这当口,人们虔诚祈祷,高呼天后圣母,就会有点点红灯如黯夜流星,在海面上忽隐忽现。只要随灯火顺向而行,无不化险为夷。有时候,还能看见天后圣母端立云际,挥动神剑前劈后砍,风分南北,随剑消失,大海就会风平浪静。

每一条船的正舱里,都设置天后圣母的神座。神座前又设一根神棍,由船上年长而有威望的船老大担任"棍师"。每当出现了群龙浮海、风浪大作的势头儿,首先焚烧字纸和羊毛来震慑。如果不起作用,就要请棍师行动,到天后圣母神座前请棍。棍师手持神棍,从船头到船尾,沿船舷向水面上挥舞一圈儿,群龙就会藏头敛尾,潜入深海。没有谁敢违抗天后的威严。如果在棍师行香请棍的过程中,香炉里无故冒起一股白烟,形似一条白线,直冲上空,骤然散去,那么,这条船的安全必不可保!

林远峰先生又说:他有一位堂伯父,少年时曾有幸赶上朝廷大军从漳州(今福建漳州市,清时为漳州府治所)渡海去征讨台湾的壮观场面。这位堂伯父跟随他父亲到教场去参观出征前的祭旗仪式。这个少年亲眼看见天后圣母端端正正地坐在旗杆顶上。他的印象很深,记得天后圣母体态丰腴,是位皮肤白皙细嫩的矮胖女人。可是,当他把这一奇观指给父亲看时,天后圣母却忽而不见了。

阴 氏 妹

吴郡县衙的南面,有个姓阴的,他的妹妹才十二岁。时值中秋,家里的人刚刚在一起饮酒吃饭,听见邻居家的妇人与小姑子吵架,骂声十分厉害。阴某的妹妹突然变色跳起来,拿着刀直冲入邻居家里,砍毁桌子,捉住妇人要杀她。家里人去救妇人,阴氏妹妹力量很大,五六个人上前才拉住她,挟持着她回家,问她为什么要这样做,她还发怒咆哮,说:"我一定要杀掉这个妇人为母亲报仇!"家里人强迫她睡下,很快就鼾睡过去。等她醒过来,家里人问她,她很惭愧,低声啜泣,不知道自己为什么要那样做。

虎 投 河

绍兴西乡的溪水很深,一个小孩在溪上玩耍,看见老虎来了,小孩窜入水中,在水中出没游动,并窥视着老虎。

老虎坐在岸上,眈眈地看了很久,神情十分急躁,涎流出挂在嘴边。忽然老虎跃起扑向小孩,于是落入水中。老虎迅速且用力地在水中扑腾,水面搅得像开了锅,然而它数跃数沉,最后竟没有浮出水面,小孩获救而老虎却淹死了。

武 夷 君

大兴人朱竹君学士任安徽学政,梦见天帝召他复职任武夷君的神位。朱先生以自己的文集还未编成为理由,流着眼泪推辞,天帝便答应了。醒来后把此事告诉贵池县令林梦鲤等,听的人都很惊奇。

后来,他视学来到闽中,往武夷君庙拜谒,庙内的设施位置,与梦中所见,每样都相吻合,心里愈加诧异。他任满后向朝廷述职复命,后来无疾而终。

我回想起宋人之说,谓杨文公初生时,遍身紫毛,长一尺,自称"武夷君",与竹君先生相似。

九 华 山

九华山在安徽省青阳县西南部,旧名原本叫九子山。九座山峰犬牙交错,环形排列,俯览侧观,恰似一朵盛开的巨形莲花。因此,才又有九华山之名,并与四川的峨眉、山西的五台、浙江的普陀合称中国佛教四大名山。

在这四座佛教名山之中,数九华山的神佛最有灵验。

据说,明代的海刚峰(海瑞,字汝贤,号刚峰。广东琼山人。回族。官户部主事、应天巡抚、南京吏部右侍郎、右金都御史等职)先生,刚正廉明,被誉为海青天。有一回,海刚峰先生雨中登九华山,脚下蹬着皮靴子。同僚就劝诫他说:"海大人,您那靴子可是牛皮做的,畜类的皮革都属荤,穿着它进佛庙,有悖佛旨,还是换一换吧!"海先生接受劝告,马上换上了一双草鞋。但是,当他和大家进入庙中,烧香礼佛的时候,老和尚站立一旁,嘣嘣地敲着一面鼓。海刚峰先生非常气愤,质问道:"这面鼓的鼓皮是什么做的? 难道只要一进了这神庙之门,皮革也不算荤的了?"在场的人目瞪口呆。海先生的话音刚落,忽而晴天响起一个霹雷,那面鼓被击了个粉碎。从那以后,这九华山神庙里的鼓都换上了布面儿。时至今日,也没人敢再用皮革做鼓皮。

江南太平(今安徽省太平县)有顾氏老夫妇。他们膝下有一儿一女。当儿女们长大成人娶妻出嫁之后,顾氏的老伴儿也去世了。这顾老头儿,就成了个名副其实的老鳏夫。儿子顾某娶妻姜氏,年方十七。她性情温顺仁孝,是位纯厚朴诚的农家女。因此,顾老头儿就特别喜欢和疼爱她。

不久,儿子外出谋求生计,久去不归。这当口,顾老头儿却突然病倒。姜氏听到老公公的呻吟声,慌忙到床前来照料,并禀告公公,应该及早请医用药。顾老头儿说:"我老了,血脉不通,两脚麻木,其实,只要温暖一下,就会好得多了。"姜氏一听,立刻就说:"要是那样,事情就好办了,何须延医用药? 我给您捂捂,不就结了。"说着,就躺在老公公的脚下,把他那两只脚拥抱在自己怀里。顾老头儿解除了病痛,很快就睡着了。姜氏终日操劳,也蒙眬睡去。这样,一公一媳,就在一张床上过了一夜。

　　姜氏毕竟是个纯朴的农家少妇。她只知道一个心眼儿竭尽孝道,根本不懂得什么叫招是惹非的桃李之嫌。事后,她还津津乐道地把这段孝敬公公的故事讲给来住娘家的小姑子听。可见,在她心里,对这种事是毫无忌讳的。

　　第二年春天,顾某谋生有道,满载而归。回程路上,经过妹妹家门,不免进门去歇息用饭。席间,妹妹就把嫂子如何竭尽孝道,为爸爸捂脚解除病痛的事学给哥哥听。顾某听了,心中为之震动,不能不对这事儿的内涵有所怀疑。但是,这事儿发生在自己的老爸爸和媳妇身上,他哑巴吃了黄连,有口难言。饭后默默地辞别了妹妹,无精打采地返回家中。

　　到了夜晚,顾某就不声不响地抱了一份儿铺盖,躲到别的屋里去睡。他这个异乎寻常的行动,当然地引起了姜氏的惊恐和疑虑。她追到顾某那屋里,气愤地问:"自从我进了你们顾家的门儿,有哪一件事做得对不起你?你离家一去半年多,回来就这么冷落我?"顾某淡淡地说:"这个,你还用得着问我?世界上有哪一家的媳妇和老公公睡在一个被窝儿里?"姜氏这才恍然大悟,明白了丈夫忌恨之心的源泉。她哭泣着说:"我哀怜咱那老爸爸年老多病,你又长年不在床前尽孝。那天,我的确是睡在了他床上,那只是给他捂脚,解除病痛。我从来没想过有什么麻烦,更不用说其他瓜葛!唉!看起来,我就是浑身是嘴,恐怕也说不清了!天哪!只有老天爷和神佛能知道我了!"顾某对她的哭诉只付之冷冷地一笑,没说更多的话。从那天起,他就立志与姜氏分居了。

　　姜氏从此过着孤苦凄凉的日子,只觉着这样活着,还不如死了好。有一天,她忽然听见邻居王老婆子念佛诵经,姜氏就追着问她有何打算。王老婆子声称自己将要进九华山,上山礼佛了。姜氏苦苦哀求这位老妈妈带她同去,王老婆子推辞不过,只好与她同往。

　　那一天,她们一起来到九华山主峰,进庙烧香,磕头诵经,祈祷已毕。姜氏回转身来,只见对面儿那座山峰更加新奇,悬崖峭壁,刀削斧砍,形势愈加险峻。姜氏向老和尚道了万福,然后请教道:"对面那山峰是个什么去处？乞老方丈明教。"老和尚单手答礼，说道："阿弥陀佛！女施主所指，乃我九华群峰之一壁，名曰香炉峰，那险峻之处，乃是龙香口。倘有心迹未明、难于置辩之事，皆可到那儿质证于鬼神，是非常之灵验的。"姜氏一听，喜出望外，她手执高香，立即要奔赴龙香口。老和尚高声念佛，上前劝阻，说道："老衲超尘进山，皈依佛祖，那时候不过是个十来岁的小沙弥，如今，已经是龙钟老态、两鬓见霜了！六十多年来，从未见有谁敢于攀登这龙香口，何况您纤纤莲步，孤身弱体。恕老衲直言之罪，何为冒此生命危险？女施主，万万使不得性子呀！阿弥陀佛！善哉，善哉！"姜氏下定决心，不听劝阻。她视死如归，径自奔向龙香口。

人们只好远远地看着她一步步艰难地爬上险峰绝壁。大家心惊肉跳，为她捏了一把冷汗。姜氏爬到悬崖的半腰儿上，人们只见她身子往后一仰，就像一块长石，坠落下来。大家只好一合眼，料定这位虔诚纯朴的少妇，必是粉身碎骨了。

第二天，邻居的王老婆子独自赶回太平县，急忙把这个噩耗报告给顾老头儿。不料，顾老头儿却嗔怪她信口开河、胡说八道。顾老头儿反驳说："您别吓唬人啦！昨儿个晚上，我们那媳妇早就回来了！"王老婆子当然不信，顾老头儿就引导她来到儿媳妇房里。一进门，就看见姜氏眯着眼睛，在一个草蒲团儿上盘腿儿打坐。她双手合十，恰似一尊菩萨。王老婆子大惊，大声喊道："哎呀！这不就是一位女活佛吗？往后，再进香礼佛，就不必去九华山了！"于是，大家齐声念佛，又面向姜氏叩拜，真把她看作了一位菩萨。

过了半天，姜氏才慢慢睁开双眼，起身走下蒲团。这时候，大家又争抢着观察姜氏坐过的草蒲团，那上面，果然影影绰绰地有"九华山置"四个大字。

随后，大家又围住了顾老头儿，问道："您家这位女佛何时到家？"顾老头儿说："昨天晚上，我刚躺下身儿休息，就听得院子里有动静。我担心是闹了贼了，就叫上儿子，一起来到院子里。不料，有个人凭空而落，咕咚一声就躺在了地上。仔细一瞧，竟是我们那儿媳妇！当时，她双目紧闭，气息奄奄，好像已经不行了。我和儿子赶紧把她抬进屋里，灌了几口热米汤，她才渐渐苏醒过来。过后一问，她说：'到了九华山，只为心迹不能明，才愤愤地去香炉峰，爬龙香口，求鬼神以明心志，已经把生死置之度外。不料，脚下陡壁千丈，深壑无底，心里害怕，手脚酥软，一下子就从半山腰坠落下来，也不知道为什么又回到家里来。'"

邻居王老婆子又向顾家父子详细地讲述了她和姜氏到九华山进香的经过，顾某这才相信姜氏的一片仁孝之心，夫妻抱头痛哭，误解从此烟消云散，重归于好。

这件奇闻不胫而走，转瞬之间姜氏闻名遐迩。许多人都把姜氏看成女活佛，凡是到九华山去礼佛的人，都先就近来朝拜姜氏了。

张 稿 公

张稿公，是滇南总督衙门里掌管文稿的官吏。他诚朴无私，历任知府都很信任他。一天，天还未亮，张稿公早起开门，看见一个缢死的尸体高悬在门前，仔细一看是某人，这人曾因为诉讼之事请求张稿公袒护，但张稿公没有答应他。张稿公把门关上，回到屋里闭目静坐，以听外边的动静。等到朝阳东升，再打开门，缢尸不见了。他暗自高兴。快到中午的时候，听说县令出城去验尸，调查死者是谁，正是门上的缢尸某某。开始他很害怕，继而又陡生疑云，始终不解其中的缘故。

几个月后，张稿公在集市上遇到卖菜的赵某。赵某问他："某月的早晨，你看见缢尸很吃惊吗？"稿公听他这么说，招呼赵某进屋里，用酒食款待，问他怎么知道的。赵某说："是我背走的，怎么不知道？"稿公说："我和你并不认识，你为什么把尸体背走？而且你背走尸体的时间很早，城门的栅栏没有打开，你怎么出去的？"赵某说："我也不知道是什么缘故。当天五更起来贩菜，半路遇到朋友，把我叫到这里，说：'你把这具尸体背到某个地方，必有厚利，比贩菜强多了。'我担心城门没有打开，朋友说：'不要紧，只跟着我走。'我跟他到栅栏前，栅栏就打开了；到城前，城门也打开了。"稿公问他这位朋友叫什么，赵某说："只认得他的人，没有问他的姓名，也是集市上认识的好朋友。他借去我的烟插，至今还没有还给我。"稿公拿出百金谢他，嘱咐他不要在外张扬，便与他告别了。

　　一天,赵某偶然散步到城隍庙中,看见大殿中有泥鬼,持着烟插,很像自己的那个,仔细一辨认,果然是自己的,因此摘了去,并且开玩笑地说:"怎么借这么长时间不还呢?"第二天早上在集市卖菜,赵某又遇到那位朋友,朋友责怪道:"像你这样的人,太难相处。为了一个小小的烟插,值得在大众面前笑我吗?"赵某正要和他说离别这段时间的事情,问问他的姓名,刚好买菜的人又到跟前,忙完生意,调头之间,他的朋友已渺然不见踪影了。

受 私 桥

　　临安府张大兴与李二为莫逆之交。李家虽屡屡亏空,但李二赋性豁达,故张大兴很器重他。

　　一天,李二向张大兴说起自己家中贫苦,张正巧有数百两银子的积蓄,因此全都拿来交给李二去经商。相约除了本金归张外,所得利润,两人平分。

　　不料数年之间,李将资本全都亏空而归,便闭门高卧,绝不与张见面。张静心等待,隔了好久,仍不见李来见自己。正值张因女儿出嫁,吉期临近,便往李家登门催讨。李置若罔闻,不承认有借钱经商之事。张大怒,遂互相争骂起来。一时间,观看的人很多。有人问张,张说李没有良心;问李,李说张来冒骗。双方均无中人凭据,难定是非曲直。尤其是李二,他哓哓相辩,不肯承认;张大兴愈加愤怒,便说道:"你明天若是敢往城隍庙,对着神灵发誓摸钱,我才肯罢休。"李随口答应了。

　　那是因为当地的人信鬼神,相传城隍神最灵验。神前有一口熬油的锅,把钱放入锅内,理直的人,手摸不烂,否则手就会烂。所以张便用这一方法去胁迫李二。

　　第二天,张大兴果然来找李二,李也并不惧怕,两人便一起来到庙里。他们撞钟击鼓,陈述前后经过。然后架起铁锅把油熬沸,将一铜钱掷进油锅之中,由李二去摸。李二伸手把钱从油锅中摸出,而他的手却完好无恙。于是，众人都说张的不是。既然众望所归，张也无法再辩。

后来李二从事别的生意，几年之间，满载而归。于是便计划所欠张大兴的本利数额，亲自登门，尽数补还给他。张说道："你我早已绝交，再也不愿收受你的银子了。"李二道："小弟实际是向你借了银子的，怎敢负心忘德，留待来世做牛马为你补偿呢？"推让再三，张大兴始终不肯收受。

于是地方上的人为他们谋划，当时城隍庙前有一板桥之木已经朽烂，便请他们拿这笔钱改造成为一座石桥，并且问李道："既然前次是你昧着良心，怎么敢在神前发誓？"李笑道："当时并非敢于昧着良心，实在担心一经承认，即须归还原欠，我是粉身碎骨也难还清。所以先到庙中去向神灵祈祷，请他暗中保佑。待日后发了财，再去报答张君。不意神灵果然依了我的祈求。"众人听了，都笑着说道："城隍神原来接受了你的私诺呵！"后来那石桥造好了，因无桥名，便在桥顶上刻了"受私桥"三字。

曹 公 梦

海阳（治所在今广东潮安）举人曹铨先生，得到出任广西某县县令的机会。得官不易呀，亲戚朋友们都认为这是一件大喜事，纷纷前来祝贺。曹先生却准备以病为借口，辞不赴任。亲戚朋友们都感到惊讶，以为机不可失、时不再来。

曹铨先生说："我小时候曾经做过一个梦，梦里把我的一生都概括了：哪一年成秀才，哪一年娶媳妇，哪一年得儿子，哪一年中举人，都规定得清清楚楚。就连我这回被选做广西某县知县，也在预定之中，但是，梦里说我到达广西之后，要被两位穿白色铠甲的将军所伤害。前面说过的那几项预言，都在我前半生的生活历程中一一应验了，一丝儿不差，这回选知县的年月，又正好儿与梦境相吻合，再加上广西某县本是个苗蛮杂居之地，土著人的性情凶猛莫测，岂不正中了梦中的预兆？我若是去了，肯定是凶多吉少！我为什么不选择一条安全祥和的道路，而偏要去自蹈死地呢？"

于是，亲友们议论纷纷，有的说春梦无凭，是不足信的；有人认为能得到个官职绝非容易，不如先去就任，干上它个一年半载，看一看势头儿再量情进退，也不为迟。曹铨先生虽说内心犹豫，但还是觉得后一种说法很有道理，虽然有些勉强，终于还是到广西上任去了。

可是，曹铨先生到广西某县就任县令之后，却是百姓淳厚，属吏朴诚，绝不像他梦中所预示的那么恶劣。因此，他心绪安定，再也没有了辞官不做的念头。

几年之后，忽而有一位当地的富豪申请开发本地方的银矿。曹铨先生就拟了呈文，转报上司，并获得核准。奉上司指示，曹铨先生代表官府，亲自参与开挖及采炼事宜。从那以后，凡是有关开发银矿的事，曹先生都事必躬亲，一点儿也不敢懈怠。

不久，开掘工作已经到了出现矿床的前夕，曹先生又亲临现场视察。不料，突然有两股白气从矿洞内喷涌而出，势如两道长虹。白气直冲到曹铨先生身上，他因惊恐冲碰而昏厥，当时就倒在了地上。属吏们急忙上前抢救，七手八脚将他抬回府上。不想，到了后半夜，他就奄奄一息，终于咽了气。

曹家的人这才明白，当初曹先生梦里预示的所谓"两位穿白铠甲的将军"，指的就是银矿里喷出的这两股白气。

治妖易治人难

汉阳令刘某性格方正耿直，惩治祝由科这门邪教过于严厉，奸民上告到抚军那里，抚军下令禁止。刘某抵触争辩，抚军发怒道："你如果真有才能，沔阳州现有一案，你能审办吗？"刘某唯唯答应。

在这以前，沔阳有位金桂姐，接受了黄氏的聘礼。到了婚期，彩轿迎到家里，则有两个新娘一齐从轿里出来，簪珥服饰，声音体态，无不相像，因此不敢举行婚礼，仍将两个女子归还金家。金家父母无从分别真伪,于是,金家和黄家均以人妖莫辨告到官府。他们从州里告到抚军那里,案悬半载,都未能结案。所以抚军用此案来为难刘某。刘某禀请把案子提到抚军公署中候审,并请求临审时借用抚军的宝印,抚军答应了他的请求。

到了审讯日期,刘县令传唤两个女子,隔离细审,对她们父母的出生年月、家里的产业陈设,一一盘诘。核实供词,如出一口。刘县令于是把二女叫到桌前,说:"看你们二人,原是一对双胞胎,如果一并断给黄家,恐怕你父母不答应。我今天特地搭设一座鹊桥在这里,能从上面走过的,就断她成婚;如不能在上面行走,就断她离开。"于是,铺白布如桥,从仪门一直拉到刘县令座位跟前,命令二女在上面行走。

一个女人说不能在上面走,泪水盈眶,一个则欣然喜形于色。刘县令呵斥哭的女人,把她逐出署外;叫高兴的那个女子登上布桥。这个女子走在布上如履平地,走到刘县令跟前,刘县令暗地擎起院印朝她头上砸去,两旁把网覆盖上去,她就现形为狐狸,把她投到江中。于是这个案子就了结了。抚军十分高兴,奏请提升他为汉阳府知府。从此远近扬名,字颂说包公又出现了。汉阳有个贩卖茶叶的人,携带很多钱物回家,中途被强盗追赶,他跑到汉川,向客店的主人求救。客店主人沉吟半晌说:"如果是真的,那么这里也不是你应该住的地方,你可立刻投奔到某武孝廉家里,才可以保平安。"店主人引他到武孝廉家里,孝廉兄弟为他准备酒菜,打扫卧室,嘱咐他说:"倘若夜间有什么动静,只管安心睡,不要轻易外出。"看到客人睡了,孝廉兄弟点起蜡烛等待着强盗到来。

强盗果然循着客人的踪迹赶来,孝廉和他们格斗,杀了四个强盗,剩下的三个强盗翻墙逃走。天亮后,孝廉把客人叫起来,让他到县里报案。谁知客人出去不一会儿,府差就来了,把孝廉兄弟锁了去。原来是狡黠的强盗装扮成贩茶叶的客商,连夜赶到府衙告以谋财害命击鼓求救。所以刘知府派遣差人就近把孝廉兄弟捉拿审讯。孝廉兄弟陈述事情本末,请求先释放他们兄弟一人回去保卫家室。刘某不准许,并将孝廉兄弟关进监狱。强盗返回孝廉家里,将他们家里的人口斩尽然后逃跑,等刘知府发觉,已来不及了。

呜呼!刘知府能断狐精,竟不免被强盗欺骗出卖,这难道不是治妖容易治人难吗?

伏波滩义犬

伏波滩,是进入广西的重要地区,因该地有汉朝伏波将军庙而得名。某一年,有个客商收债回来,那船停泊在滩边。到了夜间,有几个船家,手拿快刀,直闯舱内道:"我们都是强盗,你的性命当在此处结束,还不快来受死,免得血污船舱,还要把它冲刷清洗干净。"一客商哀求道:"财物全部奉送给诸公,是否可以让我全尸而毙? 这不但使我心中觉得毫无遗憾,而且我还将以四百两银子作为酬谢。"强盗们答道:"你的所有财产,已全部落入我们口袋之中,哪里又会有四百两银子?"客商道:"诸君只知船上的财物,岂知我还有别的东西?"于是拿出一份钱券给强盗们看,并说:"这一笔钱,现存在某钱庄,凭这钱券,便可兑得银子。只是让我神志清醒时受死,这会使人很难受;请你们赐我尽醉以后,给我裹上一条破席而终,可以吗?"强盗们看他说得坦诚,果然让他大醉,再用席子卷好,外面缚了绳索,抛掷在河里。

那客商刚没下水去,有一只狗便跳到河中,跟随着这席卷儿,一起顺流漂浮到岸边。这狗上岸后,用爪去击附近的庙门。庙中和尚在内问道:"是谁敲门?"不见答应。等到开了庙门,见有一只狗进来,浑身淋漓尽湿,衔着和尚的衣服不放,好像是要拉到什么地方去似的。于是几个和尚便跟它到了河边。和尚们见是一具席子裹着的尸体,都不愿近前而想回去。这狗又做出阻挡的样子,众僧人方才明了其意,就把尸体抬到庙里。和尚们用手抚摸尸休,但觉酒气熏腾,且有鼻息之声。解开绳索看时,发现席上还有齿痕,这才知道那绳索是这狗把它咬断的。于是灌了些茶汤,让他安卧休息。

第二天早晨,这位客商醒来,他向和尚们诉述了被害经过,又道:"强盗走的是水路,我从陆路出发去告官,当比他们在先。"这时他又想到强盗必将拿了钱券到某钱庄去兑付,故决定立即前往。僧人答应与他同去。

客商到达这家钱庄时,强盗果然未至。他便向主人讲明情由,请求暂时严守秘密。不久，强盗果然拿了钱券来兑。主人假装曲意奉承，暗中让客商速去报官，终于将这伙强盗擒获。

这位客商便与那义犬一起回家，安享天年，不再外出经商，并将此事写成了《义犬记》。

浮　海

王谦光是温州府的秀才，家中贫穷，不能养活自己，只好到从事海外贸易的商人家中学习经商。当时到海外去做生意，盈利很大。王谦光也筹集了几十两银子，与他们一齐前往。第一次到日本，就盈利几十倍。接着又出海，船上人多货重，飓风突然发作，商船漂浮，不知到了哪里。看到有山的地方，就靠过去泊岸，结果触上礁石，商船沉没，一半以上的人都淹死了。爬上岸去的，只有三十多人。这座山没有什么出产，也没有人来过这里。即使不死在海里，也难免要饿死在山上！想到这点，大家都大声痛哭起来。他们白天出去活动，捡些野果充饥，晚上就躲起来。遇到刮风下雨，天气阴晦，山林里的妖怪，其他种种奇奇怪怪的祸害，都来伤害他们，因此，又死去了十之七八。一天，他们走进一个山谷里，有一个石洞像屋子似的，可以遮蔽风雨。洞边有一种草，很芳香，挖那草根来吃，饥渴一下子消除了，精神饱满充沛。认识的人说："这是人参！"这样过了三个多月，大家都吃人参草，互相看时，都觉得脸色红润发亮，好像儿童似的。他们经常爬到山上去瞭望大海。一天，突然来了几十只小艇，看到有人在山上，就靠船过来询问，知道是中国人，就把他们载回去，原来艇上是朝鲜的境外巡逻队。巡逻队报告了国王，国王召见大家。询问到身份经历，王谦光说是生员。国王笑着说："真是'道不行，乘桴浮于海'嘛！"说着，就以"浮海"为题，叫王谦光做一首诗。王谦光提起笔就写道："久困经生业，乘槎学使星。不因风浪险，哪得到王庭！"国王称赞这诗写得好，就按礼节招待他们，住在宾馆里。王谦光经常得到国王召见，多次表达了想回国的意思。过了三年，朝鲜国才办好船只物资，送王谦光等人回家。

国王的赏赐很丰厚。王谦光在该国时,大臣们聚会赋诗,都请他去。临离别时,送礼、饯行的人相当多。到了家里,算起来离家五年多了。在这以前,当王谦光还在朝鲜的时候,有一天晚上做梦回到家里,看见很多僧人,正在大摆祭享死者的道场。他的妻子哭得很伤心,还有个儿子穿戴着丧服在场。王谦光也哭醒过来。他因此想道,几年不回家了,家里人怀疑自己死了,设置道场是必然的,可我并没有儿子,这个穿丧服的人是谁呢?真是梦境不好解释呀!只能伤心罢了。又过了一年多,回到家里,桌子摆设十分整齐,丧服放在旁边。夫妻相互拉着,悲喜交集。问了他的妻子后,发现家里做佛事为自己招魂,正是梦中回家那一天。他又问:"是谁为我穿戴丧服的呢?"妻子说:"是侄儿过继给我们做儿子,所以穿丧服行礼。"王谦光就说起做梦回家时,也见过这情景,夫妻两人更觉得凄惨了。

刑　天　国

王谦光说:"我曾漂到一个岛上,岛上有上千个男人和女人,都是肥胖短小的身材,没有脑袋,用两个乳房作眼睛,闪闪欲动,用肚脐作口,取食物在跟前,吸而唼之,发出啾啾的声音,不能分辨说的是什么。"岛上的人看见谦光有头,他们都十分惊诧,逼近跟前围观,肚脐里各伸出一根舌头,长三寸左右,争着舔谦光。谦光跑到山顶,和其他人一起扔石头打他们,他们才散开。

有知识的人说:"这就是《山海经》所记载的刑天氏。"刑天氏被大禹所杀,他的尸体却坏不了,能持盾和戚挥舞。我以为颜师古等的《慈寺碑》写作"刑天氏",就是今天所讲的"刑天"。"刑天"恐怕是传抄誊写时的笔误。另外,徐应秋的《谈荟》中记载无头人编织草鞋,都是在战争中阵亡的士兵,返回故乡后像活人一样,妻子把饮食从他的喉管中喂进去。如果想吃饭,就写一个"饥"字;不想吃就写一个"饱"字,这样过了二十年才死。

还有,贾雍将军被杀以后,拿着自己的头回去,站在营帐外问:"是有头好,还是无头好?"营帐中的人答应道:"有头好。"贾雍说:"不对,无头也好。"

这也是属于刑天一类的人吗?

万 年 松

广东香山县凤凰山上有几棵万年松,西洋人架梯窃取它们,万年松忽上忽下,随梯子而移动。洋人发起火来,用鸟枪射击,连发数十枪,最后还是未能窃取万年松。万年松至今仍然像以前那样青葱挺拔。

虹 桥 板

福建武夷山大藏峰山洞中的凹陷处,有大木千百条,这些木条,或横或斜,架立在洞中,千万年不朽不蚀,颜色与陈年楠木相同。朱文公说:"这是唐尧时代的居民为躲避洪水的住处。后来洪水退去,那大木就留在里面,但这些木头没有受过斧头砍伐的痕迹。山洞中罗列的大批木头,如同民间开木行的一样。然而山下滩头的流水十分湍急,连船也无法在此停泊。"

我到武夷山时曾亲眼见过。后来到杭州,又见孙景高家中藏有虹桥板一片,那木质有微香,肌纹细润。梁山舟侍讲曾把诗镌刻在这虹桥板上。

天上过船

　　乾隆五十五年(1790)五月十四那天,江浙一带雷声震天,狂风漫卷,大雨滂沱。仪征县(今江苏省仪征市)江边上停泊的一条客船被狂风卷到了半空中,而后,又落在了洪泽湖岸边的沙滩上。这条船上有六名贩米的商人。船落地之后,他们都安全无恙,就连船舱里的器物以及盘碗之类,也都原地未动,丝毫没有损坏。

　　但是,就在同一天,扬州有很多人曾在暴风雨侵袭之际看见天空中有一条船飞掠而过。最初,人们还以为是一只大鸟呢!仔细一瞧,却是一条船!

卷 二

鬼 状

河南祥符县公务最为繁忙。凡是各州县申报院司复审的案件，大多委托该县办理。自从承接复审诉讼案件，虽一直都在受理案子，然而由于审理没有期限，所以反而拖延了结案。

令尹鲍公处理公务很勤勉，一天，收到若干呈状，没有仔细批阅，就交给幕友批发。第二天，幕友问他："有一个地方的人命案是否去查验过？"鲍公说："没有看见呈禀的状子，怎么会去查验呢？"他把状子要来一看，原来是一张诉谋杀亲夫的状子，里面写着奸夫的姓名，原告自称是双目失明的人，被谋杀于某地，屈指一算，案发已经十六年了。鲍公惊愕地说："案悬十六年，真是件很奇怪的事情。"因此，他将其他呈状都批发了，唯独把这张呈状压住不发。

到了收呈状的日子，又亲自点名过堂，并没有瞎子。等到晚上查阅状子，那个瞎子的呈状又在里面。鲍公于是问衙门里的书役："你们是否认识刘顺？"有人回答："有这个人，现在枭司家里作厨役。"鲍公就去枭司衙门请求拘捕凶犯，枭司把刘顺交给鲍公带回审讯，刘犯供认不讳。原来，刘顺以前是个无赖，在城外河口驮人过河为生。一天，遇到瞎子夫妻同行，看见瞎子的妻子长得不错，于是萌生恶念，在背瞎子妻子过河时就挑逗她说："娘子嫁给一个瞎子，这不是一辈子的结局，如果不嫌弃我，我愿与你结为白头夫妻。"瞎子的妻子动心了，和刘顺一齐把瞎子骗到树林中休息，然后解下裹脚布把瞎子勒死，挖了一个深坑把尸体掩埋，俩人便结为夫妻。

他们装作逃荒的人跑到外县，在一位巨绅家里作佃户，刘顺学会烹饪，积攒了不少钱，便带着妻子来到开封城，在枭司家里充当厨役。

鲍公掌握了案情，就前往作案地点挖掘验尸，尸体还没有腐烂，伤痕仍然清清楚楚。于是刘顺夫妇都被判了死刑。

驱狐四字

　　周世儋在虞城任县官时,耿家庄刘化民的家里发生了狐妖作祟的事,他们采用种种方法驱禳都无效果,因此便向周公诉述,求周公移交给城隍老爷,让城隍神去处置。周公答应了这一请求。狐妖在空中喊道:"你求城隍,城隍能奈何我么?"作祟更加厉害。周公得知这一情形后,说:"神的力量尚且不能把它制服,现要除此狐患,实在是无能为力了。"

　　周公的朋友沈松涛说:"我在息县时,有豪绅某人的儿子,刚结婚不久。其父管教很严,唯恐儿子恋于新婚,不肯用功读书,便叫他从师远读,并且督责道:'无故不得擅自回家!'儿子离家之后,想起与妻子情意缠绵、新婚宴尔的情景,心神不定,想入非非。一天,独自坐在书房,看见隔墙有个美人,露着半身,秋波流注。他便前去挑逗,那美人微笑着走了。正要去搬梯子,想跨墙寻她。又见墙上立着一位身披金甲的神人,手里拿着两面红旗:一面写'右户',一面写'右夜',向那美人招飐。这美人见了,便杳然不知去向。如今也写这四字在纸上试它一试,你看如何?"

　　周公按沈松涛所说,便裁黄纸二方,研磨朱砂,用笔写了,叫刘化民拿回家去贴在门窗之间。

　　这天夜里,狐妖又来,见了这四字后,果然往后边退边说道:"户神在此,今且暂时让你,三年后我当再来。"从此以后,刘家便就安宁无事了。

　　周公不久因升官离开了虞城,不知他后来如何。这时虞城有个幕僚蒋生知此驱狐的情节,闻得绍兴桂林庵有三位尼姑也被狐妖所缠,蒋便教她们用朱砂照此办法书写"右户"、"右夜"四字,贴在庵内的楼窗上面。这天夜间,楼窗无风自开。楼上的狐妖扒窜了一夜,声音如同铁甲在冲撞。直到天亮,声音方才平静,狐妖尽都逃去。

我想这四字平平,不知出自哪一典故,却能这样神奇地降服狐妖,所以将它记录下来。

女鬼守财待婿

安阳(今河南省安阳市)县的杨某,以开客店为生业。杨的女儿嫁给汤阴(今河南省汤阴县)人邓某为妻。邓某靠做小买卖维持家庭生活,生意很不景气,家庭生活也就十分艰苦。杨某之妻杜氏经常背着丈夫周济他们些钱财,以帮助女儿和女婿艰苦度日。杨勤勉经营,手底下积蓄了几十两银子,收藏在一个小柜儿里,锁得很严实。杜氏却总是惦记着偷出一少部分来,送给女婿当做买卖的资本。可是,杨某这几十两银子来之不易,看管得很严,杜氏总也不得下手的机会。

有一天,一位邻居拉扯着杨某到他家去喝酒,慌忙之间,杨某把那串钥匙落在了床上。杜氏等丈夫出门之后,抓紧时机用钥匙去开小柜儿的锁。她几乎是试遍了所有的钥匙,费尽了九牛二虎之力,才把那把锁捅开。她刚从小柜儿里偷出一些银子,就听见了丈夫骤然归来的脚步声。慌乱之际,急忙锁了柜门儿,把银子揣进自己的怀里,钥匙放回了原地方。这时候,杨某已经是踏进屋门了。幸亏他没发现什么可疑的迹象,也没察觉杜氏脸上那股极不自在的表情。杜氏觉得,这偷来的银子不能老是揣在怀里,屋里又没有可藏之处,于是,就埋在了后院的小花园里。

但是,纸里总是包不住火的。晚上,杨某打开小柜子检点钱财,很敏锐地察觉到这银子不对数儿。这家里只有他与杜氏,杜氏责无旁贷。杨某向杜氏追问起银子的去向,杜氏却矢口否认。越这样,杨就越确信银子是被杜氏偷去了。为此,他大骂不止,骂杜氏把钱偷去倒贴给野汉子了,甚至于要动手打她。杜氏心里愤恨之极,她想,自己虽说是偷了丈夫的钱,终究是为了心疼女儿。难道这个女儿是我一个人生出来的?最不可容忍的,是杨骂她招了野汉子。这个名声若是宣扬出去,那还得了!她越思越想越无脸见人,越无路可走。等杨某睡熟了之后,她恸哭了一阵,就一根腰带吊死在了房梁上。

杜氏死后,这屋里就闹起鬼来。啼哭笑骂,摔杯砸碗,搅得杨某日夜不得安宁。杨某万般无奈,只好下决心卖掉这份房产,远走高飞了。

在杜氏还没寻短见之前,杨家的女婿邓某为谋求生路,不辞而别,带着妻子杨氏到湖北去投靠他的叔父。邓的叔父已经六十多岁了,在当地经营一家酱房,从事腌制酱菜的生意,生意兴隆,广有积蓄。老夫妻膝下无子,见到侄儿携侄媳前来投靠,万分欣喜,就把邓认作自己的儿子。从那以后,这对小夫妻就过上了非常幸福美满的生活。

过了几年,杨某之女挂牵父母,打算叫邓某北上去探望双亲。邓禀告过叔父母,得到允许,就打点行装,买舟北上,抵达河南安阳。没想到,岳父的故宅仍在,却是早已久易其主。问起岳父母的去向,这位新主人却茫然一无所知。邓某到达这里的时候,已经日落西山。如今,天已大黑,加上他一路风尘,非常疲惫,就请求新房主准许他暂宿一夜。不料,这位新房主却非常生硬,推辞说:"本店的客房早已爆满,实在无法给您安置一个下榻的地方!请您另行寻找住所。"邓某茫然,说自己没有可投奔之处,何况,天已是这么晚了。主人思虑再三,说道:"不瞒您说,后堂倒是有两间空房,人们都说那屋里闹鬼。偶尔有客人住进去,不是受到干扰就是被吓个半死。如今,已是长年闭锁,没人敢去住了!您若是有这份儿胆气,不妨去试一试?"邓说:"后堂那两间住房,原本是家岳父母休栖之所,是在下最熟悉的地方。已往从来没听说有闹鬼的事。纵然是有鬼,我只是暂住一宵,又有什么关系?"主人听了他这口气,也不再争辩。于是,执灯开锁,为他扫尘土,设床褥,安置他在此休息。

邓也太累了。他只宽去了外衣,脱去了鞋子,和衣而卧。不大工夫,他就打起呼噜来。等他一觉醒来,已经是后半夜了。就听见堂西的墙角下,有女人嘤嘤的哭声。邓某口头儿上说不怕,头发根儿却有点儿发乍!他急忙坐起身来,仔细一瞧,一个满脸污垢、披头散发的女人正站在墙角下。女人一见他坐直了身子,歪斜着身子向邓扑过来。邓顾不得一切,光着脚跳下床来,硬着头皮与她周旋。幸亏,屋子正中间设有一张八仙桌,邓就凭借着它左躲右闪,与这个女鬼转磨。鬼追到东,他逃到西;鬼扑向南,他又奔向北。吓得他大喊救命,却是干张着嘴,一点儿声音也没有。他知道,如此僵持下去,对他大为不利。他看到院子里月光皎洁、照如白昼，就抽冷子一闪，夺门逃到院子里，站到月光下。女鬼虽说也追到院子里，却不敢再侵犯邓，只站在房檐下的阴影里，两眼虎视眈眈地盯着他。但是，每当月光东移一寸，邓就后退一寸，女鬼就向前逼近一寸；月光东移一尺，邓后退一尺，女鬼又向前逼近一尺。月光上了东墙，邓只好靠墙站立。当他的下半身照不到月光时，那女鬼就猫着腰逼上来，拉拽他的双腿。

邓山穷水尽，无路可逃，只能哀叹道："没想到啊！我邓某合该要死在这个院子里！"女鬼一听这话，立刻罢手，问道："你——你是谁？"邓气愤非常，也不再害怕了，说："我就是汤阴人邓某，你要害我，就下手吧！"女鬼大惊，叫道："哎呀，是我家女婿到了！你为什么不早说？差点儿送了小命儿！"接着，女鬼就哭哭啼啼，向邓叙述她是如何惦念女儿和女婿，又如何偷窃了杨的银子，又如何被辱骂逼迫上吊身死。

女鬼又把后院小花园埋银子的地点告诉了邓，并且说："趁着天还没亮，你快去把银子挖出来，随身带走，日后，也好供你们夫妻受用。几年来，我固守此地，作祟吓人，还不是为了保全这点儿银子？今天，我终于能见到你，总算是心事已了！从此要专心修德，早脱鬼趣，超生为人，再也不必作祟扰人了。"说着，小快步奔向西墙之下，往墙上轻轻一碰，就销声匿迹了。再说那邓某，不费吹灰之力，就从后院小花园里挖出了埋藏了多年的银子。

第二天早晨，他只字不提夜里闹鬼的事，带上那银子，告别了主人，直接买舟启程，回湖北去了。到了湖北，他就把这项资金投入到叔父酱厂的经营中去，把这个作坊办得更加红火，家庭生活也达到了小康水平。

僵尸食人血

吴江的刘秀才，在元和县蒋家教书。清明节时，休假回家扫墓。事情办完后，又将去元和县教书。他对妻子说："我明天去某地访友，然后下船到阊门，你必须早起做饭。"妻子照他所说去办，鸡叫就起身做饭。

刘秀才住在乡下,房屋靠山面河。他妻子到河里淘米,在菜园撷菜,事事均已齐备,只等丈夫起来吃饭。然而天亮丈夫还没起床。她进房去催促,连叫数声不应,揭开帐子一看,丈夫横卧床上,颈上无头,又没有血迹。她极其恐惧,把邻居叫来看。大伙疑心她有奸情谋杀丈夫,于是报告了官府。官员来检验,命令暂时收殓,把刘妻抓起来拷问。最后查无实证,把她关进监狱,过了好些日子不作判决。

后来,邻人上山砍柴,看见荒坟中有棺材暴露,棺木完好,但棺盖微微开启。他怀疑有人盗墓,把众人叫来,将棺材打开一看,只见尸体面色像活人,遍体生满白毛,两手抱着一颗人头,仔细察看,认出是刘秀才的头。于是报告官府验尸。官员命令把头取出来,但刘秀才的头被尸体的手紧抱,数人用力也掰不开。官员下令用斧砍僵尸的手臂,鲜血淋漓,而刘某的头反而没有血,都被僵尸吸干净了。官员命令焚烧尸体,放刘妻出狱,案子才算了结。

鼠　　鬼

汉阳有个崔某,家里很富有,捐了个云南的县官。他带着家眷上任去了,家中留下一个老仆人守门,从大厅起,后面楼房都关锁起来。几年后,崔某被免职,回到家里。住了才几天工夫,家人纷纷来报告,说佛楼上每天夜里闹鬼。崔某一向大胆,就把床移到佛楼下面居住,想看看闹鬼的情况。刚头更天,崔某吹熄蜡烛躺下,就听见楼上拍桌子的声音、敲打椅子的声音、在楼上绕圈子行走的声音,又像官员出门时差役拖板子的声音。一会儿,妖怪渐渐下楼。每下楼梯一级,就又发出像用槌子敲梯板的声音。崔某害怕极了,拍打着床大叫,又听到好像人拖着槌子上楼的声音。家人都赶来,点起灯火上楼去照看,空荡荡的什么也没有。大家更加相信,不是有妖怪就是有鬼。请来巫师祈祷作法,却毫不灵验。全城都轰动了,人们都在传说崔家有鬼。

崔家有一个戏班子,其中有几个人胆子很大,想看一看鬼怪的样子,于是在晚上化装换上戏服,其中一个人装扮伏魔帝君,一个人装扮周将军,在旁侍卫,大家点着蜡烛等待着。忽然一只老鼠从神龛顶上窜下来,鼠尾大得像棒槌一样。这三个人急忙去追捕。老鼠因为尾巴太大,身体笨重,一下子就被缚了起来。仔细看鼠尾,原来是灰尘凝结而成,有好几斤重,却不知道怎么会这样。崔某看了,恍然大悟说:"前些年这只老鼠偷吃灯油,我从后面悄悄地捉住它尾巴,它用力挣脱逃去,尾巴的皮都褪下来,鲜血沾满身,再沾结上灰尘,日积月累,成了这个样子,拖在地上发出声响来。可笑这几个月来拜神求佛,真是白日见鬼呀!"

鳖 精

吴县(今江苏吴县)的孙香泉先生有个女儿名叫玉珠。玉珠小姐嫁本县书生张浩杰为妻。

有一天,玉珠偶尔吃了一顿黄焖甲鱼,就得了个怪病儿。她喜怒无常,高兴的时候,就打扮得油头粉面,穿得花枝招展,又唱又叫,手舞足蹈;愤怒的时候就摔盘砸碗,又哭又骂,嘴里还叨唠些极不近情理的话。有时候,她能两三天粒米不进;有时候,一顿就吃下好几个人的食量。可是,她那身体却日渐一日地消瘦下去,越来越没个人样儿了。

当年,玉珠身居闺房,是祖母最疼爱的孙女儿。这次,得知她病得不轻,这位老祖母就命儿辈们把她接回娘家来,精心调养,还亲自为她烧香祈祷,求神佛保佑,又千方百计请医用药。这一切,都不奏效。

玉珠姑娘这病,时好时坏。好的时候,就和平日一样;坏的时候,就折腾个没完没了。闹过一阵子,又好上几天。趁她明白的时候,家里人问起她病中的情景。玉珠说:"最初,有个头戴乌巾、身穿绿袍的人站在我对面儿。他往我脸上嘘了一口气,我在一阵眩晕之后,就身不由己,失去了自控能力,言语和行动都受他的摆布。其实,我的一切作为,都是那个穿绿袍的家伙干的!"家里人又问:"小姐在病中,一顿能吃好几个人的食量,怪吓人的!那又是怎么回事?"玉珠说:"那些东西,也并非是被我吃了。有个穿天青色衣服的家伙,身边还带着两个穿黑衣的家伙。他们找上门来,向绿袍人索要吃食。绿袍人就指使我狼吞虎咽,大吃一气。其实,那些吃食儿瞧着是进了我的嘴,却是咽进了他们的肚子里。大吃一顿之后,我的肚子里依然是空的,经常是饿得咕噜乱叫!"家里人又问:"小姐,那个穿绿袍的,有什么与众不同之处?"玉珠小姐说:"他呀,除了严厉控制住我的言行,还有一些怪动作。比如,每当他临走的时候,都要把那脖子长长地一伸,又伸出舌头来,在嘴巴子上舐三舐,又踮着脚儿跳三跳,方肯离去。我也摸不清他这三种动作是何用意?"

当时,孙香泉先生正在河南巡抚毕公(指毕沅)府上做幕僚。家里派人日夜兼程,把女儿病重的消息禀告孙先生。孙先生立刻向巡抚大人告假,束装返归故里。到家之后,就带着女儿玉珠躲到玄妙观(在江苏吴县县城内。创建于晋代咸宁年间,为老子神庙),住进供奉着襄衣真人的大殿里。但是,怪物照旧追进了玄妙观,作祟如故。孙香泉先生想,我带上女儿远走高飞,或许能避开这个妖怪。于是,他赁船束装,就要准备启程到扬州去。

无锡顾晴沙〔顾光旭,字华阳,号晴沙。江南金匮人。乾隆十七年(1752)进士〕先生与孙香泉先生素有交好。他听说老朋友的女儿遭此不幸,就把他们父女请到自己家中来,当然,妖怪也随之来到顾家。顾晴沙先生态度严峻,一本正经,想用一派正气压服妖怪。玉珠小姐却捂着耳朵,嘲笑他说:"算了,算了吧!一派迂腐的儒生之谈!快躲我远点儿,别污秽了我的耳朵。"顾晴沙先生面对如此顽固的小姐,也是一筹莫展。

待了一会儿,玉珠小姐转守为攻。她从嘴里吐出白银一小锭、玲珑细小的珍珠若干颗,举到顾晴沙先生面前,显摆说:"瞧见了吧?这是绿衣郎君赠送给我的结婚聘礼。他说了,本月十五日就要娶我过门儿,还免不了请您喝喜酒呢!"孙香泉先生听了这话,更加忧心如焚。他怕妖怪把女儿祟扰至死,就马上带女儿登船,解缆骤发,逃离吴县。

船行将要抵达镇江,妖怪忽然借着玉珠小姐的嘴,自言自语地叨念说:"若是到了扬州,那儿可是有江神奇老爷把守,我没法儿随她过江,那可就糟心透了!"待了一会儿,妖怪又说:"嘻!我何必非等到十五?我看咱们俩现在就成亲吧!"玉珠小姐说完这话,就仰面朝天地躺倒在船舱内,一边叫喊着,褪下了自己的衣裤。接着,紧皱眉头,呻吟不止,说道:"哎呀!痛死我了!痛死我了!"孙香泉先生一瞧这形势非常不妙,就向妖怪求饶,答应立刻掉转船头,返回吴县。玉珠小姐停止了挣扎,马上坐起身来。

孙先生带着女儿回家之后,全家人恐惧万分,惶惶然不可终日。唯恐到了十五日,女儿又生不测。但是玉珠小姐自从回到家中,反而安安稳稳,没闹什么大故事。孙先生想趁热打铁,一举驱除妖怪。他写信给河南巡抚毕公,请他代请龙虎山(在江西省贵溪县西南)的张真人莅临吴县,为他家驱除妖怪。张真人收到毕巡抚的请柬之后,派邹法官到吴县来除妖。邹法官在孙香泉家里设坛作法,经历三天三夜,玉珠小姐病态消除,恢复了常态。

事后,孙香泉先生向邹法官请教说:"请法官示教:迷惑小女者到底是个什么怪物?"邹法官说:"那个穿绿袍子的,是个鳖精;那个穿天青色衣服的,则是个虾精;那两个穿黑布短衫儿的,则是两只乌龟。它们的洞穴,就设在石湖(在江苏吴县盘门西南十里)的湖心亭下。只为贵婿在餐桌上贪吃美味,杀害它们的子孙过多,鳖王怀恨在心,才率领它们的族类出面,在贵千金身上施加报复。不过,它们作祟太甚,天帝震怒,已经派六丁(道教神名,即火神)将闹事者全部拘拿归案。您就放心吧!今后,我保您家千金安然无恙!"孙香泉先生重谢并送走了邹法官。

看来,鳖精虽说狡猾凶猛,但它还是有所畏的,江神就是其中之一。《广雅·释天》中说,"江神谓之奇相",所以,鳖精称他为"奇老爷"。晋代张华所编撰的《博物志》里,也说江神名奇相。

雷 异

金坛瓜渚有个人,他的儿子小时候与某家人订婚。不久他死了,他的妻子矢志抚养遗孤,经常饿肚子。儿子长大后,不能成婚,于是嘱托媒人退亲,要某家人另外选择女婿。那家人夫妇询问女儿,女儿志坚不夺,决不另外择婿。媒人回来告诉这家母子,母子俩无计可施。

　　过了一段时间,母亲叫儿子到跟前说:"我十多年来饥寒交迫,不想别的念头,只盼望你成立家室,为你父亲延一线香火。如今我们母子茕茕相守,就是活一百年又有什么用? 我昨天已决定改嫁到某人家,得了若干金钱,为你娶妻子,还有一些钱偿还过去拖欠的债务。现在钱都在床头,你可以看看。"儿子闭口不作一声。母亲哭泣着说:"快到媒人那里去说,我坐着等你们夫妇举行婚礼,然后离去。"儿子哭泣着不答应,母亲再三催促,儿子才去。

　　当时邻近赌博场里有一群匪徒在屋外偷听,乘儿夜间外出,在墙壁上挖洞进去把金钱偷走。母亲早晨起来发现金钱不见了,就自缢了。过了一晚上,儿子和媒人一起回来,开门不见母亲,感到奇怪。儿子让媒人坐在客舍等,自己进入房内,看见母亲已死,悲痛之极,也上吊了。媒人责怪他进去很长时间不出来,喊也不答应,窥看其卧房,母子都悬梁而死。媒人恐惧得要命,大声叫喊,邻居都来观看,但都不理解是什么原因。媒人跑去告诉女方的父母,女儿听说此事也自缢了。

　　时值隆冬,天忽然阴晦下来,雷电交加,震死赌徒七人。某子某女的绳索都被震断,二人都苏醒过来,只有那母亲经过抢救依然不醒。听说这件事情的人都感叹道:"贞烈、节、孝三事,荟萃于一家,而一时都死了,不是命中注定,如没有人为他们申理,雷电为他们申冤,这也是奇事。至于让男女二人苏醒,使他们完婚,而节母则听任她悠悠而去,所谓委曲求全就是这样。谁说雷电没有知识?"

纪曹孝廉梦

　　曹履青孝廉,未成年时,冬季得了疾病,卧床五六日。一天,梦见在治西横街,有人在身后叫自己的名字,回头看不认识,询问他,则说:"我奉太守的命令召你去。"问他有什么事。他说:"去了就知道了。"这时曹履青的族伯用章过来了,他向公人代曹履青说情,说:"我和侄子一起去怎样?"公人点头同意了。曹在路上问公人说:"最近听说城隍神不是杨公,谁代理他的职务,掌其官印?"公人说:"东汉袁公。"说完告别而去。

用章和履青同行,步履迅速快捷,街道上月色皎洁,只觉得阴气袭人,两旁屋宇门户都掩着,门楣上多挂着几串纸锭,几里街道上所见的情形没有两样。一会儿,到达一个旷野,远远看去高墙如城,正南屋宇门户都关着。用章上前敲门,里边有人应声,打开门让他们进去,要他们向东边的走廊走。往前走了不远,用章不知道自己在什么地方,觉得疲倦,想稍微休息一下。倚靠在一个门前,看见室内有十几个人,有的被绳索绑住脚,有的颈子被绳索拴着,或坐或站,室后一半都是羊和猪,不得已只好坐在门槛上。忽然,这些囚犯都把一只手伸出门外,像要东西的样子。那群羊和猪也都过去嗅衣服啃啮脚,曹履青又恐怖又困窘。旁边有人喊道:"不要无礼,所需要的东西当即见付。"

不一会儿,公人传讯,向他出示传票,这才恍然领悟这就是所谓前生,公人说:"你们父子为人作契据中,这个人负心,现在委屈你出庭作证,不要害怕。"到了衙门前,有个官吏捧着册子过来,听话语似乎是索取规例。前一人又说:"有,有,过天到我家里取。"忽然,有个短衣跣足的人,左顾右盼,如同探访公事的人。官隶挥手呵斥他,他立刻躲闪避开,只见墙壁上如一片黑烟,缕缕散去。突然间听见堂内升座审讯,用刑拷打的声音十分严厉。一会儿,有人出来说:"不须到案对证,那人已经吐露真实情况。"只见堂内牵出一个囚犯,头发蓬松覆盖额头,一手摸着胸口,一手抚背,绝索从他胸口贯穿而过,把前后手一起绑住,他疲惫地斜身行走,这就是被捕的囚犯。署前的人散去,寂静没有人的踪影。探头窥视里边,看见厅堂三楹,两廊摆着肩舆牌棍仪仗,都和人间衙门的一样。

走进去几步,看见母舅周子坚已先在里边,说:"外甥是来作证的吗?"一副劳苦的样子。这人就是前世的债主。当时他的二哥刚死,谈话中几次提到他,周子坚泫然泪下,说:"他也在这里,我不忍心与他相见。"正叙说间,前边那个官吏来说:"早就请你们回去,为什么还待在这里不走?"他们跟随他走出衙门,看见前面一个大水池,四围有墙,池中有条小路,石片相连接而成,踏在上面兀兀有声。他们掉进水里,水如涡漩,旋转得很快,他们心中十分惶迫,忽然看见岸上有万盏莲灯,闪烁照耀,往来不定,他们行走得非常快,灯渐渐远去。陡然搁浅,什么也看不见,再一看原来是治后玉带河滨。

月光西坠,谯楼上响了五更鼓。他们相扶上岸,曹履青送周子坚出北门,自己仍向西返回住处,豁然惊醒,发现自己躺在床上。望月影,听更声,一一如梦,从此病就痊愈了。

缢鬼畏"魄"字

濑江地方有两个读书人,很友好。甲年纪大些,性情凝重。乙的妻子称呼甲为伯伯,相见好比自家人一般。不久乙的妻子死了,续娶了一个年轻姑娘。甲为了避嫌,就不再到乙家去,于是便开始疏远。

一天,甲外出,因傍晚时突然下起雨来,便在茶亭中歇宿避雨。茶亭距乙的家约二里多路,忽见乙的前妻走来。甲见了心里惧怕,脸色也变了样子。乙妻道:"伯伯不要害怕,妾正有事要来求伯伯。我丈夫后来所娶的女子,勤于料理家务,善于抚育妾所生的子女。今日为了小事,造成家庭不和,被一吊死鬼知道了,将要诱她投缳自尽。如果她一死,我家的一切也就完了。所以请您前去相救。"甲说道:"我又不是巫师,能往什么地方去驱鬼?你在冥冥之中,怎么反而不能去阻止?"乙妻说道:"那吊死鬼有种恶戾之气,妾怎敢与它相敌?求伯伯去一次。"

甲不得已,跟着乙妻前往。到门口,那门早已紧闭。乙妻从旁边的墙隙间进去把门开了,不知怎么一来,那灯也点亮了。乙妻移一椅子到庭的中央,对甲说道:"伯伯坐在这椅子上,有个美丽的女子要从这放座位的地方经过,她便是那吊死鬼。您坚坐不动,她自然不敢向前。妾当在座位后面看着。"

过了不久,果然见一女子,手里拿着红色手帕,含笑婉言说道:"妾有事要进去,你能否稍稍往后退下一步?"甲不答应。这女子便就走了。乙妻出来说道:"她去以后,还会再来。来时意态更恶,伯伯不必恐慌。"

一会儿,这女子又来了,并责问道:"你为何不避让?"甲仍不睬。

她便披头散发,嘴里喷血,突然来到甲前。甲厉声叱责,鬼便就此不见。乙妻说道:"可惜啊!伯伯不要呼喊,只要以左手的两指写一'魄'字,朝地下指去,她一入地,便不能出来了。但此刻她虽暂时被消灭,却必然暗中前往我家。伯伯可急敲我夫寝室的门。"

甲如乙妻所教,去敲乙的寝室之门。乙从梦中辨出是甲的声音,问道:"兄怎么暮夜到此?"甲说道:"你不要问我,我且问你:尊嫂平安否?"乙用手绕床摸时,不见妻子,急忙开门呼唤甲进来。点了蜡烛一照,见妻子已自缢在床后。两人一起解下吊索,灌了些茶汤,才缓缓苏醒过来。乙问他妻子何苦要寻死,妻子答道:"我起初不知,恍惚有个妇人邀我到园中,我们一起看看玩玩,见有像圆窗一般的东西,她叫我伸着头颈向前望去。我头一入窗,就不能出了。"甲便详细讲述了自己所遇情形,而乙的前妻,却早已杳无影踪了。

江西有位风水先生陆在田与甲很相好,这事是他讲的。

蔡 哑 子

江苏常州有个姓蔡的人家,世代居住在城北郊的青山庄。蔡家有个儿子,是个天生的哑巴。蔡氏家道衰落,混得缺吃少穿。不久,哑巴的父母先后辞世。哑巴没有任何谋生的本事,只能混到花子群儿里,靠行乞要饭过日子。即使在花子群儿里,他的地位也处在最下等,是个经常惹人不待见的人物。他从小儿没大号,人们只叫他蔡哑巴。

朱家村有个许道士,是位善良而颇具仁人之心的人。他喜欢哑巴,经常与他打趣儿、开玩笑,也给他些可口的饭菜吃,又时不时地周济哑巴几个零钱花。哑巴的感念之情虽说无以言表,却经常流露在那双富有感情的眸子里。他常常主动帮助许道士干些粗笨的体力活儿。

不久,许道士突然被人杀害。头部有明显的被钝器击伤的痕迹,尸体却躺在朱家村朱某的家门口。许道士的家属以谋杀人命控告朱某到官府。官府拘捕了朱某,只凭死尸躺在他家门前这一点儿可怜的证据,对朱某严加逼供,并动用了大刑。朱某受刑不过,招认了杀人之罪。官府立即宣判他杀人抵偿,斩监候,以待秋决。

当时,常州人对此案议论纷纷,分歧也很明显。有的人就认定朱某是杀害许道士的元凶,被处以极刑,当然是罪有应得;有人就从中看出蹊跷,怀疑此中必有隐情,朱某是位冤主。只是没有人肯透露消息,出面作证。局外人的议论,不起任何作用。闹哄了一阵子,也就冷落下来,没人再提这回事儿了。

有一天,蔡哑巴来到朱家村。村里人对他当然很熟悉。大家你拉我拽,争着调谑地叫他:"哑巴,快跟我来! 我这儿可有好吃的!"不料,哑巴却怒目圆睁,出人意料地开口说:"去你妈的吧! 我哑巴今天是为朱某昭雪冤枉而来,哪有闲工夫去吃你那烂杂烩!"在场的人一时都惊得目瞪口呆,简直不相信自己的耳朵。常言说:"逼得哑巴说了话。"这回,他们可是亲眼见了! 这事儿,一时轰动了朱家村,男女老幼都围上来看稀罕。当时,朱家为了挽救朱某的性命,托人情、行贿赂,几乎是把全部家产荡尽了,依然不见效果。他们听了蔡哑巴的话,又惊喜、又疑虑。终于把哑巴拉到一旁,郑重地说:"哑巴,这可是人命关天的大事,可不是说着玩儿的! 你敢到公堂上去作证吗?"蔡哑巴大模大样地说:"我这当然不是瞎咧咧。到了大堂上,我当然会说得明白!"于是,朱氏的族人联合起村中愿为担保的父老一百余众,一齐拥簇着蔡哑巴,直奔城里常州府正堂。

常州知府李先生威坐正堂,听得有人擂鼓,立命带喊冤者上堂。哑巴上堂,不跪不叩,扯着沙哑的嗓子喊道:"我说老爷,杀了许道士的人是那个许雨公啊! 您怎么囫囵吞枣儿,屈打成招,就赖到朱某身上?纯粹是个糊涂官!"李先生且不怪他无礼,问道:"听说,你是个天生的哑巴,怎么突然说起话来?"哑巴说:"世道逼迫,怎么敢不说话? 就算我是个哑巴,可眼睛并不瞎呀!"于是,把许雨公如何杀害许道士的经过,说了个清清楚楚。

李先生当堂抛下令签,命差役拘拿许雨公到堂。当时,许雨公正和他的一伙狐朋狗友躲在地头儿的一所看瓜棚里聚赌。公差出其不意,将他拘拿到公堂。他一瞧有蔡哑巴在一旁作证,深知抵赖无用,没等老爷用刑,就如实供认了杀害许道士的罪行。

原来,许雨公与许道士本是同姓兄弟。当初,两家合资开了一家客店,商定利润均分。后来,客店经营有方,生意兴隆,余利大增。可是,许雨公兼具吃喝嫖赌的恶习,挥霍无度,花钱如流水。为了满足自己的贪欲,他克扣许道士的本利,还妄想把客店完全占为己有。许道士当然不容,两人闹翻了脸。许雨公怀恨在心,就图谋杀人霸产。那天夜里,许雨公和他的几个徒党策划已就,便把许道士骗到了个偏僻无人之处,用锤子猛击他的后脑勺儿,许道士当即身亡。他们又用事先备好的车子,把尸体掩盖着,拉到朱某家门口,抛尸而去。这事儿干得机密而利索,神不知鬼不觉。但是,在移尸栽赃过程中,许雨公似乎瞟见了蔡哑巴的身影。但他不太担心,因为这个天生的哑巴没法儿把他看到的说出口。

朱某出狱之后,万分感激蔡哑巴的救命之恩,决心把他接回家中,奉养终生。当朱某到花子群儿里去寻找蔡哑巴时,花子们说:"嘿!你怎么不早点儿来?哑巴已经死了!"

原来,朱某被释放出狱那天,蔡哑巴无病而卒。

珠泾纪事

嘉兴珠泾,地方濒临湖畔。有个童子,年龄十三岁,骑在牛背上,缰绳拴在腰上,在湖边让牛饮水。牛走进湖水里,越来越深,淹没了童子的脚。过了一会儿,牛忽然受惊奔走,童子被颠入水中。

岸上的人恍惚看见有个东西掀起浪花吞下童子。牛奔上岸,绳尾拽起一条鲇鱼,形如小船,群众哗然,这才知道牛起初被鱼咬,负痛奔跑,跑得太快,于是童子被颠下水,而童子与牛缰绳拴在一起,鱼虽把童子吞进肚里,但挣不脱缰绳,因此被牛拽出,如同渔夫钓鱼一样。大家拿刀砍鱼,希望童子还能救活。

等把童子弄出来,气已绝,但衣服头发皮肤一点也未受损伤。割下鱼肉一称,有三百八十多斤。封君朱绪三从吴门归来,讲了这件事。乾隆五十四年(1789)七月十一日。

叶 氏 姐

通判叶星槎的姐姐,嫁给张氏为妻,结婚还未满四十天便做了寡妇。她没有子女,守节住在母亲家里。叶星槎因她的守节,曾请朝廷对其加以表彰。

乾隆五十四年(1789)己酉,叶星槎之姐已七十二岁了。她于秋日偶然到园中去游玩,忽然一阵冷风,如箭一般直射到她的心头,从此病卧在床,虽求医服药,都未见效,然而食量顷刻大增。她向来是吃长素的,病后却大量讨取荤腥,且一人能吃几人的食量。整天朝着天空连续不断地说话,双手做出抵拒的状态。两腮与面颊之间常有伤痕。彻夜号呼喊叫,服侍她的婢女都不得安宁。只有叶星槎在她身旁时,她才能安睡片刻。

这样过了几个月,医生也不能说出她得的是什么病。叶星槎乘她神志稍清的时候问道:"你整天喃喃地在与谁说话,感到身上什么地方有痛痒,要这样呼叫不停?"他姐姐起初不回答,经一再盘问,便长叹道:"这是前世作的孽呀。那天我去游园时,忽然一阵阴风吹来,毛发都感到悚然。急忙回到房中,看见一个身材矮小的妇人,面貌既丑又麻,穿的是白布单衣,浑身都是补丁。身边带着两个小男孩,长得也很丑,并且衣衫褴褛。那妇女称呼我为丈夫,两个孩子叫我为爷。我前世是个男子,江西人,姓顾,家中富有钱财。那妇人是我妻子,两个男孩是我儿子。我嫌妻子长得丑陋,用毒药把她杀了,然后又把两个孩子也毒杀了。于是连续娶了两个美貌的妇人,平安度过了一生。这妇人沉冤百年,长期没有追索到我。上年她遇到张得新,得新前世与她有亲戚关系,便告知我在这里,并引她来到园中,后来又因我家设有驱妖除怪的乩台,她不能进来,躲匿在园中已有半年。如今相遇,要我偿命。至于我自己,也恍然觉得前世杀妻杀子的事都确实存在。曾想起过在我死后,阎罗王以我生前有罪须要审问,但怨主未至,并且罚我投胎为女人而使我早寡。这些事情,皆明明白白地存在于我的心目之间，现在后悔也来不及了。他们母子三人，每天打我的耳光，扼我的喉咙，使我不能有一忽儿的平安。所吃的东西，并非是我在受用，我不知道自己饱与不饱；呼喊也并非我自己要呼喊，我也不能使自己不声不响。我这些苦楚是很厉害的。只有你在我旁边，那三个冤鬼才会躲藏起来；若是别人在旁，三个冤鬼是不惧怕的。我之所以把这些前世的事隐忍不讲，是因事情太怪异，且又丑恶，现在不得不以实相告。望你为我把它传扬于世，使人们知道：凡因果报应，虽隔世隔代，不能宽恕假借；虽念佛斋僧，丝毫也无益处。"说完，眼泪滚滚如流。所说张得新这人，乃是叶星槎的老仆人，死已半年多了。

星槎听了，恐惧地向着空间喝道："冤冤相报，从道理上讲，固然有它的合理性。但你们果然是含冤，为何不讨取报应在前世未死的时候，而容忍他安然度过了一生；又为何不讨取报应于既死之后，而容忍他再转投人身，且延迟了七十多年之久？这岂非太觉糊涂而不合情理了吗？冤仇宜解不宜结，我为你们延请高僧，超度你等三人早投人生，如何？"姐姐摇头说道："她说不愿意，只需几件衣服上身，便就可以了。"

叶星槎就去制作大小纸衣三套，刚拿着走进房去，他姐姐欣喜地起坐在床前。但见她伸出双手，做出尽力撕扯的样子，然后说道："我妻穿的是一件白布衫，破烂不堪，完全是用断线缝补而成的，解脱不开，我便用尽力气撕了，才得从身上脱去。今天刚换上新衣，便觉得容貌渐渐可观，虽丑也像个人了。"其实那纸衣仍在桌上，并未焚化，而据叶的姐姐所说，这三鬼已将衣服穿在身上了。

叶星槎又喝道："衣服既已换上，可速速去吧！"他姐姐小声地自言自语地说了一会儿，然后道："她还要黄金数锭，白银一千两。"叶星槎有些为难的表情，她姐姐道："这不难。只要佛草数根，锡锭一千两便是。"佛草，就是麦草。于是家中眷属们都去取麦草。在割取麦草时，还要高声念佛。麦草中间有零星的颗粒掉落地，他姐姐说道："是绝好的珍珠，怎么可以抛弃？"就唤众人把它拾起。顷刻之间，已得麦草数百根，他姐姐说道："快停止割取，她们嫌重，拿不动了，应再给一个包袱。"叶星槎便用纸剪成一个包袱，并连那锡锭一千颗，焚化在床前。他姐姐即刻闭了眼睛，打呼酣睡起来。

这时有客来访，叶星槎便出去会客。过了几个时辰，他的姐姐醒了。叶问道："那些怨鬼去了么?"姐答道："去了,还要我亲自送出大门。"叶星槎问:"鬼得了衣服及物品,是否高兴?"姐答道:"不喜也不谢,但说穿上了这衣服便可去见官府了。我送她们转入大门时,你刚送郑六爷出来。我避在门旁,你难道没看见我吗?"郑六爷,是叶星槎所会见的客人,她睡在内室,是不可能得知的。家中的人听她这样说,都惊骇异常。

自此以后,叶星槎的姐姐便安眠不起,不再索要饮食。不到三天,她忽然叫唤说:"二奶奶来了!"又叫唤道:"三奶奶来了!"说着梦话,与别人叙寒温,或笑或哭,说个不停。问她遇到了什么,则说:"这两个妇人乃是我前生继娶的两房妻室。阴曹地府以大奶奶的事要对质审问,故将她们两人囚禁了很久,不准托生到人间。现大奶奶得了我给她的衣服钱财,向各衙门告状获准,放出这两妇来质讯,所以先到这里来相看。"又说:"明天当赴城隍处去听审,我要完了!"说罢,"呜呜"地悲泣,不能自我克制。

到了半夜三更,她呼喊号叫得相当凄惨。待天亮时说右腿痛得很厉害。待去看时,但见一片红肿,好像是受过杖刑一般。第二天又叫喊说左腿痛,接着喊脚踝痛,都是红肿溃烂,流血淋漓,她的身体更是疲乏得快要支持不住了。她悄悄地对其弟叶星槎说:"我所犯的事,本来没有什么可以辩白的,到案后即一一承认。我受了两次刑杖的鞭打,又有一次受了夹棍,但案子还是没有了结,这将怎样对付?"讲了这些以后,就不能说话了。又过了十多天,方才死去。

这是乾隆五十五年(1790)庚戌二月中的事,通判叶星槎亲自说的。

牟 尼 泥

汤聘先生,字莘莱,号稼堂。浙江仁和人,是乾隆年间进士。

当初,汤聘先生只不过是个秀才。家境贫困,生活拮据,还供养着一位老母亲。寒酸书生的气味儿,在他身上体现得淋漓尽致。可是,他不仅人穷,而且命短。汤先生忽然重病卧床,无医无药,日渐消瘦,眼瞧着就显出了下世的模样。那一天,他昏昏沉沉,就有几个鬼卒找上门儿来,强拉硬扯,把他拘押到东岳庙。在东岳城隍面前,汤先生放声哀号:"城隍爷呀,城隍爷!我汤某家中,有八旬老母在堂。我若是死了,老母无依无靠,肯定活不成。难道您就忍心眼睁睁瞧着她活活饿死?再说,我苦心孤诣读书几十年,功不成名不就,怎么能就这么无声无息地死去?希望您可怜我的孝诚和一片苦心,给我宽限几年生命!"东岳城隍脸上毫无表情,说道:"你命里注定只能是个秀才,寿命就到此为止。冥司法律森严,没有任何回旋的余地。这你是应该知道的,我怎敢徇私情,随便儿给你增加功名和寿数?给我带下去!"一声令下,就有两名鬼卒扑上前来拉扯汤先生。汤先生一把抓住了公案的桌子腿儿,扯开了嗓门儿哀声号叫,差点儿把城隍殿的殿顶儿震塌了。城隍爷一见这番惨景,也不免为之心动,叹道:"也罢了。你既然是个儒门子弟,那就送你到孔圣人那儿,请他来作裁夺吧!"

于是,由两名鬼卒押解着,把汤聘先生送到了褒诚宣尼公孔圣人的大殿里。孔圣人一见这个书呆子,从心眼儿里就一阵腻烦。没听进几句话,就呱嗒着脸说:"生死寿数,本来就是东岳的职分,推诿到我这儿来,到底是个什么意思?功名利禄,那是文昌帝君的事儿,根本就不该来麻烦我!还不赶快退下去?"说罢,一扔脸儿,进入内室,陪着夫人吃墩鱼去了。徒子徒孙们则把汤聘先生和那两名鬼卒一齐赶了出去,关闭了大门。

押解回程的路上,汤聘先生无端地悲戚,又有一种空虚的失落感。自己空读了半辈子书,到头来,连个屁也不顶!他正在悲哀,只见普贤菩萨坐骑大象,在侍从们的簇拥之下,缓缓而来。汤先生立刻扑上前去,磕头礼拜,哭诉自己的不幸遭际,哀求普贤菩萨给自己一线求生之路。普贤菩萨耐心地听完了他的哭诉,叹道:"人到了危难时刻,还抱定一片拳拳孝子之思,不忘高堂老母,已经是非常难能可贵了。这是一位典型的大孝子,为什么不能把他留在世上,作为人们效法的楷模呢?"一个押送的鬼卒抢上前来,向普贤菩萨禀告说:"启禀菩萨,这个人已经死了几天了。目前,人世间正值盛夏酷暑,他的尸体已经腐烂了,怎么还能起死回生?"普贤菩萨说:"这个好办。"随即吩咐侍从中的一名善才:"你马上到西天去,取释迦牟尼佛脚下的泥土来,修补好这位孝子的尸体,尽快使他复苏,继续活在人间。"那位善才合十领命,腾空而去。

整整过了三天三夜,善才从西天归来。他打开手里的小包袱,现出几团绛紫色的泥土,很像人世间的檀香木,质地细腻柔软,散发出一缕缕幽香,经久不散。善才包起了泥土,随汤聘先生回到家中。这时候,汤聘先生的尸身果然已经腐烂了:一群苍蝇在上空嗡嗡飞舞,时起时落,尸身上的几处溃烂之处,蛆虫已经乘隙攻入其中。那正是个深夜,床头孤灯一盏,在昏黑中吐着荧荧之火。白发苍苍的老母亲坐在床边无声哭泣。算起来,汤先生已经死了七天,寿衣寿木还没个着落,更谈不上装殓埋葬了。

善才打开小包袱,用释迦牟尼泥修补汤先生尸身上的溃烂之处。幽香飘拂,苍蝇们骤然散去,潜入体内的蛆虫也死的死、逃的逃;溃烂之处完好如常,汤聘先生也渐渐有了气息。善才对汤先生的灵魂说:"您从嘴钻入身躯,灵魂归位吧,我要向普贤菩萨交差去了!"这当口,汤聘先生的尸体开始微微蠕动。他一睁眼,就看见老母亲坐在身边落泪。激动、欣喜促使他忽地坐起身来,吓得老母亲失声狂叫,几步就退到了屋门口。左邻右舍们听到这位老太太的怪叫,纷至沓来。大家眼巴巴地瞧着汤先生,谁也不敢上前一步。

汤聘先生坐在床上,泪流满面。他平和地呼唤着老母亲说:"妈!妈呀!您甭害怕。孩儿并非诈尸,真的又活过来了!"接着,他就把自己怎么到了阴曹,怎么见的东岳城隍和孔圣人,又怎么路遇普贤菩萨而得救的过程,向母亲和邻居们详细地叙述了一遍。邻居们不禁为之感叹,唏嘘而散。汤聘先生又对母亲说:"儿虽然已经复生,却命中无功名,寿数已尽。菩萨悲悯儿一片孝诚之心,才假儿以生命,以报爹妈养育之恩。菩萨告诫我:今生力戒贪、淫、荤、酒。前三项我都可免,只有那口酒儿,我一天也离不开,恐怕一时半会儿是戒不了了!普贤菩萨还当面答应我今后要成进士。但是,我命里没禄位,就甭想巴结着做大官儿了!"又反复安慰母亲说:"妈,您别害怕,别疑虑!儿子确实是又活过来了!"

乾隆元年(1737),汤聘先生高中丙辰科二甲第八十四名进士,部选出任真定(今河北省正定县,清属直属正定府)知县。可是,他到任不久,就一病不起,死在知县任上。

獭 怪

　　郭生是吴郡名门子弟,二十岁左右,尚未婚娶。一天晚上读书,有个俊秀的女子来到他家里,与郭生相互调情,从这以后一过中午她就来。不料被郭生的妹妹窥见,向父亲报告。父亲怀疑郭生私下和女孩子乱搞,于是让他成婚。等到新娘入洞房,启开帐帷,发现那个俊秀的女子在帐子里。新娘大惊失色,跑着躲避,全家哗然,驱逐那女子,但那女子毫无惧色,反而毅然指责郭生说:"我与你有十年夙姻,怎么能贪恋新婚而赶我走?"家里人向施亮生法师祈求祷告,法师设醮坛作法,敕令王、朱二天君持剑击郭生,郭生立即奔突大叫,许久才安定下来,瞪着眼睛说:"妖怪见神将用剑往下砍,伏在我脚下,被神将砍伤一百多处,头颅破碎而逃遁,几乎立刻毙命。"从此以后,妖怪果然绝迹,郭生也安然无恙了。过了些日子,郭生家七口人突然在同一天仆地而死,后来求法师来作法,仆在地上的一个人忽然站立起来骂道:"我父亲已千岁,郭家杀害了他,我一定要灭绝郭氏。"其中一个人捋起袖子,伸出胳膊站起来说:"我是上方君,你认识吗? 那个女子是千年水獭,功行很多,与郭氏儿子有缘,被你所杀,现在她的子孙到我那里去投诉,我来与她申冤,你的法术奈何不得我。"法师正感到惶惑的时候,忽然死者都苏醒了。人们问是什么原因,他们说:"昨天见到五个很凶悍的鬼,拉我们到一洞窟中,看见一群妖怪共同抬着一只死獭,死獭身上有百处创伤,头颅粉碎。众妖缟素发丧,来吊唁的都是些鱼虾之类。它们聚在一起商量,议论说为了倚仗贵神的援助,要贿赂他无数珠宝。贵神就是上方君。上方君贪图它们的贿赂,当面答应它们。那群妖孽得到贵神的援助,打算全体鱼妖虾怪一起来与法师对抗。忽然听见空中万马奔腾的声音,有金甲神腾空而下,用数百条铁链绑缚群妖而去。所以我们依旧活了过来。"从此郭氏就平安了。

天 蓬 尺

读书人朱生,临到应试这天,到校士馆门口时,突然腹痛得很厉害。教官陪他进去验看后,主考官让他回去。朱生刚回到家中,隐隐然听到腹中有人在说话:"我是姚洙,金陵人。明朝初年为偏将,隶属于魏国公子麾下。魏公子就是朱生三世的前生。主帅魏公子拨了一千人给我,命我去剿灭山中盗贼。我当时因深入山区,不幸被围。主帅垂涎我妻子潘氏美貌,当我求援时他就故意不肯发兵,我和我率领的一千人马几乎都阵亡了,没有几个人能活着回去的。魏公子强逼我妻嫁给他,我妻不从,上吊而死。我早就要报此仇,所以今日前来讨命。"家人在旁责难说:"你当时为什么不立即报仇,而要相隔数百年才想到报复呢?"回答道:"当时他是主帅,既忠且勇,根基很厚,故不能报。等他再世时,则已当了高僧。到第三世时,他成了高贵的官员,有不凡的政绩,又不能报。即以今世来说,他也有功名,还不能报。不久前他一句话杀了三条人命,禄位已被削去,方才可以报了。"问杀掉三条人命是指什么事情,回答道:"朱生某月某日诬告某人是强盗,结果使此人及其妻、弟都被处死,这难道不是欠了三条人命么?"关于这事,起初因朱生家中遭人偷窃,他就怀疑是邻居张某所偷,告到官府去查究。结果以形迹可疑、真赃没有而将张某逮捕,以致牵累他的妻及弟都为此一起被处死。事情果然确实存在。

这时同县有个周生,学了法术能驱妖捉怪,相当灵验。周生得知后,便去看朱生。到了那边,朱生显得有些惧怕,腹中倒也没有人讲话。周生离开时,朱的腹中便又大声说话道:"我哪里是怕他呢,我是怕天蓬尺呀!"询问了周生,果然他带着天蓬尺,藏在袖里。

又有一个行脚僧叫西莲的,来看朱生。看到朱痛苦不堪的样子,便嘴里念他的咒语,朱生的腹中说道:"法师是有德行的人,就这样念咒来干涉我么?"西莲道:"我替你解冤,怎么说是干涉你?"朱的腹中又说道:"若是真要解冤,须诵念《法华经》。法师你所念的,是《秽迹金刚咒》,你是在让恶神干涉我,我岂服它?"西莲道:"我立即设道场,诵念《法华经》。你能解除仇恨,化解旧冤吗?"朱生的腹中似乎发出了恭敬答应的声音,又提出要冥银若干锭,订立券约,有中人作保,并说道:"依了我,我便离开这里,从此远走高飞。但我是贵人,当从口中出来;我的几名跟随者,则可从后窍出来。"做道场念《法华经》后,朱生吐痰达一斗,腹泻了好几天,肚子里的声音才停息下来。

过了几天,朱生腹中又讲话道:"我的宿冤前仇已消除,可是当初跟随着我而死于山贼包围圈的人实在太多,他们不肯就此了结,怎么办呢?"于是听到有千百人在腹中哄闹,朱生在痛苦不堪中死去。

撮土避贼

江州(故治在今江西省九江市)有位医家名叫万君谟。万先生医术精湛,医德高尚,名气很大,方圆几百里之内,登门求医者络绎不绝。万先生行医,从来不论贫富,一律热情接待,悉心诊治,从不计较所付报酬之多少。有的病人付不起医药费,万先生就把他们留在家里,管吃管住,什么时候病完全治好了,才肯放他们回家。当地人都称他为"万救星"。

忽一日,有位老道士上门求医。万先生仔细为他平脉诊病,而后对他说:"仙师痞隔胃肠,五谷阻滞,乃淤结之症。待服学徒汤药数十剂,便可望痊愈。"道士说:"贫道修炼于庐山五老峰,往来路遥,不便常来常往!"万君谟先生说:"这个无妨。仙师就屈尊暂住舍下,待几时病愈,再归山不迟。"老道士留在万家,万先生每天为他精心医治,亲煎汤药,不出一个月,老道果然是大病顿除。

这件事儿,发生在明朝崇祯末年。那会儿,李自成、张献忠的农民军早已成了气候,江南江北也形成了五花八门的地方武装势力。老道士在万君谟先生家突然出现,引起了江州地方武装的疑虑,猜疑他是农民军打进来的坐探。万君谟先生因此而受到警告与威胁,他不得不婉言劝告,请老道士早点儿离去。

临别之际，万先生为老道士置酒饯行。席间，老道士说："贫道不幸，患犬马疾，若非先生精心医护，几入泉壤。感念之情，无以言表。方今天下大乱，盗贼蠢起。敢问先生有何高策以避战乱？"万君谟先生拱手答道："学徒本一书生，除一拙笨医术之外，别无一技之长，且家中菲薄，并无长足积蓄，又无其他栖身之所。说起来，我还没认真考虑如何躲避战乱。"老道士皱了皱眉头，说："先生不必多虑，请随意撮黄土一斗来！"万先生莫名其妙，但还是照办了。老道士面对黄土，闭目呆立，念了一阵咒语，并嘱咐万先生说："请先生将此土供奉于功德堂中，早晚焚香祭祀。一旦流贼进犯贵乡，只取其中一升，撒往前后两门之外。此后，只要足不出户，不可生火，每天食用事先备下的炒米。估量流贼退尽之后，才可开门。切记！切记！"

老道走后，乱军屡次来到，几出几入江州城。万先生敬遵老道士之嘱，果然全家安然无恙，并无人财之祸。据万先生的邻居们说，在大乱的日子里，万先生家的门前门后，一片云雾缭绕，苍苍茫茫，深不可测。各路武装势力，都回避着万先生的家门而过。等到这一斗神奇的黄土将要用尽的时候，已经是大清一统、天下太平了。

沙弥思老虎

五台山上某禅师收留了一个沙弥，年仅三岁。五台山最高，师徒在山顶上修行，从不下山一次。十几年后，禅师和弟子下山。沙弥看见牛马鸡犬，都不认识。禅师就用手指着告诉他说："这是牛，可以耕田；这是马，可以骑；这是鸡犬，可以报晓，可以守门。"沙弥点头应着。一会儿，一个少年女子走过来，沙弥吃惊地问："这又是什么动物？"禅师担心他动心，正色告诉他说："这是老虎，人接近它必定会被咬死，尸骨无存。"沙弥点头。晚间上山，禅师问："你今天在山下所看见的东西，是否有心上想念的？"沙弥说："一切事物我都不想，只想那吃人的老虎，心里总是放不下它。"

子不语娘娘

　　固安乡下人刘瑞,贩鸡为生,年纪二十岁,长得很英俊。一天,刘瑞赶着十多只鸡去城里贩卖,快到城门时,看见一个女子,容态绝世,叫他道:"刘郎来了吗? 请在石上坐,我与郎有话说。我是仙人,与郎有缘,所以在这里坐着等你。你不必惊怕,我决不会害你,而且对你有益。只可惜我们的前缘只有三年啊! 你此去卖鸡肯定会碰到一个人把鸡全买下来,可以扫担而空,可得八千四百文钱。"刘瑞点头答应,心里终觉害怕。到了城里卖鸡,事情果然像女子所说的,刘瑞心中愈发惊疑,以为女子是鬼魅,想避开她。于是绕道从别处回家,谁知这个女子已经坐在家里了。她笑着说:"我们的前缘早就定下来了,岂是你能躲避得了的?"刘瑞出于不得已,只好与她成亲,她和人一样。

　　等到天亮,她对刘瑞说:"住房太小,我住不惯,须改造几间房。"刘说:"我只有卖鸡的八千文钱,怎么能造屋?"女子说:"夫君不须担心这些。我知道这所房子的地基主人,也不是你,这是你的叔叔刘癫子的地,对吗?"刘瑞说:"是的。"女子说:"刘癫子这时正在赌场上赌钱,输了两千五百文,你立即去那里,他肯定会向你借钱,你如数给他,地基就可以得到了。"刘瑞到了赌场,果然看见叔叔被人逼索赌债,捆缚在树上。他看见刘瑞,喜不自胜,说:"侄儿肯为我还赌债,我情愿将房地立契给你。"刘替叔叔付了赌债,拿上写好的地契回家。女子在他的房子旁添造楼房三间,非常高大宽敞,顷刻间家里的多种用品都齐全了,也不知道是从哪里来的。

　　乡里的邻居们听说后,争着来请求见一见女子。刘瑞回去问女子是否使得,女子说:"见一见有什么关系,但乡邻中有个叫王五的,素来品行不端,我厌恶他,叫他不必来。"刘瑞告诉王五,王五不肯,说:"众位乡邻都见,为什么独独把我排除在外?"于是和一群邻人一哄而入。邻人们一齐作揖叫嫂子向女子请安。女子答礼,脸色十分温和。王五笑着说:"阿嫂昨晚是否受用?"女子骂道:"我早就知道你积恶种种,原不许你来,还敢如此撒野?"她厉声喝道:"捆起来!"王五双手反接跪在地上。女子又喝道:"掌嘴!"王五自己不停地打嘴巴。于是众邻人一齐跪下,代王五讨饶。女子说:"看在众位乡邻的面子上,撵他出去!"王五踉跄着倒爬出去。

以后王五远远逃走,不敢再住在村里。女子为刘瑞生了一个儿子,眉目清秀,端重寡言。刘瑞家业达到小康水平,不再贩鸡了。一天,女子忽然置办酒菜,把儿子放在刘瑞怀中,痛哭不已。刘瑞吃惊地问原因,女子说:"郎君不记得我三年前说过的我们的缘分三年就满的话吗?如今已三年了。天定之数,丝毫不爽,不能多啊!但我去后,郎君不妨续娶,嘱咐后妻好好抚养我儿子。要知道我会常常来看儿子的。我能见到人,人不能看见我。"刘瑞听说后极其悲恸。女子起身一径走了,刘瑞牵着她的衣服说:"我因你来后,家业小康。如今你走了,我靠什么为生呢?"女子说:"你担心得很有道理,我也想到这些了。"她从袖子里拿出一个木偶来,一寸来长,送给刘瑞,说:"这人姓子,名叫不语,是服侍我的婢女。她能知道过去未来之事,郎君打扫一间楼房,把她供养起来,各种生意方面的事情,可以向她请教后再做。"刘瑞惊异地说:"子不语莫非是怪物吗?"女子说:"是的。"刘瑞说:"怪物可以供养吗?"女子说:"我也是妖怪,郎君为什么可以和我结为夫妻呢?郎君须知万类不齐,人类中有不如妖怪的人,有的妖怪比人还贤惠,不能一概而论,固执一种观点。只是这个婢女相貌最丑,所以我叫她'子不语',不肯让她与人相见,只供养在楼中,听她的声响就行了。"

刘瑞依照女子的话去做,把木偶供养在楼中,供以香烛,叫"子不语娘娘"就可以听到她答应的声音,全家都能听到,就是看不见她的形貌。把酒食送上楼,盘盘皆空,只能听见吃东西的声音。子不语踏楼梯留下的脚印,表明她穿着很小的弓鞋。女子临走时,还和刘瑞抱着睡了三昼夜,刘瑞早上起来一摸,她已渺无踪迹,窗户没开,不知从什么地方出去的。供子不语三年,有问必答,有谋必利。有一天,忽然那女子从空中回来,拉着刘瑞的手说:"你的家财有三千金了吗?"刘说:"有了。"女子说:"有三千金郎君已足够享福了。现在不仅我要走,子不语娘娘我也要带走了。"这以后再向楼中呼唤子不语,就没人答应了。刘瑞的儿子名钊,入固安县学。华腾霄守备亲眼见过他。

枯骨自赞

苏州的上方山上面有寺院,有个姓汪的扬州人住在寺院里。大白天,他听到台阶下面有人喃喃地说话,请其他客人来听,都听到了。大家怀疑是鬼在诉说冤情,就招集僧人们,用犁耙、锄头把地掘开,深入地下五尺,发现有一具腐朽的棺木,当中放着一具枯朽的骨架,此外什么也没有,就依旧埋回原处。

不到半个时辰,又听到地下有人喃喃地说话,好像声音是从棺材里发出来的。大家一齐侧着耳朵听,始终不能听清楚一个字。大家又吃惊又怀疑。有个人说:"西厢房有个德音禅师,道行很高,能够通晓鬼的语言,何不请他来听一下呢?"汪某人就和大家一道去请禅师来。禅师弯腰靠近地面,听了很久,骂道:"不要理睬他!这个鬼生前做过大官,喜欢别人拍马屁。死后没有人去拍马屁,所以他时常在棺材里面自称自赞罢了!"

大家哈哈大笑散去,地下的鬼声也渐渐地听不见了。

藤花送终

吏部衙门的大院儿里,有一棵古藤。据说,它已经有一千多年的历史了。枝干盘结,迂回蜿蜒,恰似一条巨龙。它的主干之粗,三人不能合抱,枝繁叶茂,覆盖住了三间寝室。即使是盛夏酷暑,室内院中,依然是清幽凉爽。绛紫色的藤花,每与牡丹同开,争奇斗艳,蔚为壮观。

乾隆六年(1741),甘汝来[字道耕,号逊斋。江西奉新人。康熙五十二年(1787)进士。官至太子少保、吏部尚书。卒,谥庄恪]先生任吏部尚书[据《清史稿》：甘汝来乾隆三年（1738）任吏部尚书，四年（1739）死，故此事不可能发生于乾隆六年（1741），为原著之误]。那一天，甘汝来先生与果毅公纳亲（史书多作"讷亲"。讷亲，姓钮祜禄氏。满州镶黄旗人。官至保和殿大学士兼吏部尚书、军机大臣。因征大小金川失利，获罪被杀。故不可能有"果毅"谥号。原著误），在吏部大堂选取官员。当时，刚刚抽签唱名，甘汝来先生手里提着批点的笔，笔还没来得及落下，他就一口气儿没上来，坐在椅子上骤然病逝了。

大学士纳亲先生亲自率领吏部官员，把甘汝来先生的遗体送回府上。到了甘府，纳先生走在最前面，先进了门儿。只见一位老太太正坐在厅堂内，低着头缝补衣裳。纳亲先生说："请回禀夫人，甘大人在部堂上猝然病故了！"老太太惊愕非常，问道："您是谁？"纳先生说："保和殿大学士、吏部尚书纳亲，甘大人的同僚。"老太太陡然扔掉手中的活计，痛哭失声。纳亲先生这才意识到，这就是甘汝来夫人！

纳亲先生和众僚属慌忙挽扶劝慰。待她悲痛稍息，这才又问："家中可有余资，以营丧葬？"甘夫人说："有，有。"说着，站起身来，颤颤巍巍地打开木箱，从中取出个小红布包袱，放在桌上。甘夫人打开小包袱，那里面不过是甘汝来先生所遗俸银数十两。

见此情景，大学士纳亲不禁感慨泪下。他回部拟本，呈奏圣上。乾隆皇帝闻奏，深为感伤。念甘汝来为官寒素，特旨赐银千两，著令吏部协助家眷料理丧葬，赐谥号庄恪。

就在甘汝来先生逝世的那天晚上，吏部院儿里的藤花突然盛开。花团锦簇，仰瓣发蕊，大香三日，较之往年晚春时节开放，竟然提前了一个来月。而且，那枝叶的繁茂之态，更胜于往年十几倍。

人们私下里议论说，这怒放的藤花，是为少有的清廉之臣送终来了。

卷 三

犼

常州蒋明府说:佛陀所骑的狮和象,是人所知道的;而佛陀所骑的犼,则为人所不能知道。犼是由僵尸变的。

有一个人晚上走路,看见一具僵尸打开棺材盖儿走出来。这个人知道它是僵尸,等到它出来,便用瓦砾石块填满其棺材,自己则登上农家的房子看它。将近四更时分,尸体大步流星地回来,手上好像抱着什么东西,走到棺材面前不能进去,睁大眼睛怒视四周,其目光凶狠而明亮,看见楼上有人,就来找他,可惜双腿硬如枯木,不能登上去,结果一怒之下就拿掉了梯子。这个人怕不能下去,就攀着树枝,慢慢地下去。僵尸知道了马上追上去。这个人窘迫慌张,幸好平生善于游泳,心想,尸体不能到水中,就渡过水再看它。尸体果然在岸边徘徊了很久,怪声地哀叫着,连续跳跃了三次,就变成了野兽的形状离去了。留在地上的东西,是一具孩子的尸体,被它咀嚼撕咬,只剩下了一半,血全部都已经干了。

有的人说,尸体开始变成旱魃,然后再变成犼。犼神通广大,口吐烟火,能够与龙决斗,所以佛陀骑着它才能镇住它。

地仙遭劫

乾隆二十七年(1762),杭州有个叫叶商的,因建造花园,开凿池塘时挖到两只大缸,上下覆合着。猜想有窖藏,叫人把它掀开,却是一个道人盘膝坐在里面,指甲达一丈多长,绕身体三圈,两目平视,似笑非笑。问他是哪个朝代的人,他摇头不答。给他饮了些茶汤,也不能讲话。叶商原是富豪,喜行善事,就蒸人参汤喂他,结果他还是不能说话,只是微笑罢了。

叶商认为这是一位在修炼地仙而功行还未完满的道人,所以想仍然把缸覆合,让他藏在里面继续修炼。有个奴仆名叫喜儿的,想要他的指甲在他人面前夸耀这异物,悄悄地拿了剪刀把它剪了下来。不料误伤了他的身体,鲜血流出。道人两眼双泪直淌,随即倒身死去,化为枯骨一堆。

我记得《南史》列传上有一则记载,说某人掘地开棺,见一女子,自称"将成地仙,当心不要伤了我身体"。可是挖掘的人为了得到她的金钏,竟砍断她手腕后把钏取走,于是她鲜血流尽而化为桔骨。方知古今之事,往往相同,大概这也是劫数。事见《王元谟传》。

张 阎 王

杭州有个张秀才。此人一贯行为不端,品质恶劣,在乡里横行霸道,闹得谁也不敢惹他。人们背地里送他一个绰号儿,叫作"张阎王"。

有一天,张秀才从朋友家归来,路过一个村儿。他听说有一家正在请巫婆跳大神儿,围观的人还真不少。张秀才横着膀子挤进人群,来到巫婆面前,抬手就打了她一个大嘴巴,骂道:"老骚货!瞧你那德行!装神弄鬼的,你这叫妖言惑众,是不可饶恕的罪行!打你两下,这算便宜你!大伙儿背地里不是叫我张阎王吗?我要真是阎王爷,非砍了你的脑袋不可!"说着,就往外走,人群倏地为他闪开一条通道。他大模大样地走了出去。也巧,不久,那个巫婆的脖子上就长了一圈儿砍头疮。临死的时候,脑瓜儿烂得几乎要掉下来。从那以后,张秀才那"张阎王"的绰号就叫得更响了。

过了几年,张阎王偶尔得了一场小病儿。昏昏沉沉之际,有两位素不相识的公差模样的人,邀请他走一趟。他身不由己地随这两位公人来到一个去处,殿宇辉煌,好像是一处官衙门。进入大殿,只见正中设有三个座位:左右两边的座位幕帘高卷,各坐着一位神官模样的人,正中那个座位前,却幕帘低垂,神官的面貌当然是不可见了。张阎王不理会这些,直接质问那两位神官道:"有什么要紧的事儿,敢烦劳您二位派公差召见我?"左边那位神官说:"那个巫婆死后,一到这儿,就告您无恶不作,横行乡里。咱们只是把您请来问一问。不过,您给她定的那个砍头之罪,还是非常恰当的,她本来就没有什么冤枉可诉。"右边那位神官板着脸接茬儿说:"不过,您也算不上个正人君子。您在人世间这多半辈子里,作恶多端,劣迹确实不少!您应该老老实实地在这儿坦白交代,等将来定罪的时候,我们也好有个担待呀!"说罢,命判官拿来笔和一大片竹简,请他把所犯罪行书写清楚。

张阎王毫不含糊,接过笔和竹简,信手不绝地写起来。写完正面,又写反面。竹片的两面都被他写得满满当当,他肚子里的事似乎还绰绰有余,又转向判官讨要新竹简。左边那位神官把他写完的竹简看了一回,笑道:"算了,您甭往下写了!就您已经写出的这几条儿,也足够您受用一阵子的了!您自个儿说说,这该定个什么罪?"张阎王歪着脑袋思忖了半天,说:"那——就判个天打雷劈吧!"右边那位神官说:"就是把您雷殛万段,也不足以补偿您犯下的罪恶。所以,您哪,要遭三次雷殛才算了事儿!"张阎王说:"没关系!三次就三次!"

这当口,忽听一声叫喊:"卷帘哪!"随后,大殿正座前的帘幕徐徐卷起。张阎王抬头一瞧,愣了。原来,正座上那位神官的相貌,竟然和自己一模一样,简直就是同一个人。他这才突然省悟到:自己的前身就是这座大殿里的阎王爷。因为犯了条律,才被打发出去轮回转生,到人间当了一名秀才。他正在踌躇无策,邀请他的那两位公差又走了出来,拖架着他,把他原路送回家中。

张阎王如大梦初醒。他一睁眼,却依然躺在自己家床上。汗流浃背,又悔又怕。他决心从此弃恶从善,一洗前非。

有一天,忽然乌云密布,雷电交作。一个霹雳骤然下击,把张阎王击倒在地,当时就断了气。可是,雨过天晴之后,又过了一个时辰,他竟神奇地苏醒过来,好像一点事儿也没有似的。

又过了几个月,镇子上办庙会,在庙前的广场上搭台演戏。张阎王也凑热闹,挤到人堆儿里去看戏。突然,鸣雷轰响,电闪飞驰,不停地在人群头上盘旋。张阎王料定这雷电是冲着他来的,大喊大叫着让大家散开。果然,雷电如刀似斧,直劈而下。张阎王当场被击毙。可是,没过多大工夫,他又从地上爬了起来,踉踉跄跄地走回家去了。

此后,张阎王就靠着有个秀才的头衔儿,到镇子里公办的学里去坐馆,当上了教书先生,从事启蒙教育。一天,又是乌云遮天,震雷大作,绕着他的书房盘旋不去。他知道这是第三次遭雷,恐怕是不可能再活了,还是躲一躲好。一时急促,就钻到了一张黑漆书桌底下。只听咔嚓一声巨响,雷电夺窗而入。一团火光之后,浓烟四起。原来,他的床帐被雷击失火,趴在黑漆桌下的张阎王却幸免一死。他知道,三次受雷殛的劫数已经过去了。

从此,他潜心读书,准备去参加乡试。过了两年,他乡试登榜,一跃而成为举人。第二年,他雄心勃勃,乘兴进京会试,想取一名进士。不料,发榜之日,他却是名落孙山。

乾隆三十六年(1771),梁阶平[梁国治,字阶平,号瑶峰。浙江会稽人。乾隆十三年(1748)状元。官至东阁大学士兼户部尚书。卒,加太子太保,谥文定]先生出任湖南巡抚。张阎王与梁先生有亲戚关系,被邀请到巡抚府做幕僚,相随到湖南任上去。途中,路经汉阳(今湖北省汉阳市。清为湖北汉阳府治所)。张阎王听说当地有位术士算卦很灵,特地拜访,请他为自己算上一卦。术士把张阎王端详了半天,才说:"先生此去,小有收获。不过,您寿数已尽,故不可久留。您只需待上一年,就该返程,不要恋恋不舍!回程的路上,最好再来见我一面,在下有要事相托。"

张阎王时刻记着术士的话。过了一年,他如期而归,路经汉阳,又专程去拜访那位术士。不料,术士已死,只给他留下一封亲笔信,托他顺便运棺材上船,一齐返回杭州。

回到杭州,张阎王把术士的椁裹如实交给他的家属,自己则闭门家居。但是,没出一个月,张阎王好像没得什么病,就安安稳稳地死在家中了。

明朝人董斯张撰《广博物志》,书中记载说:雷火所击,金石也会消融。只有上了漆的器具,才不会被损坏。张阎王第三次遭雷击而不死,大概就是占了那张黑漆书桌的便宜。但是,他终于还是难免一死。

梁氏新妇

杭州张孝廉说:有个姓梁的人娶了一个新媳妇,但娶进来没过几天,忽然间痴呆了。口里说北方话,呶呶之语难以理解。仔细观察分辨,原来是她已亡故的兄长的口吻。其兄为姚河台的儿子,做广西的知府,死于在任的地方。他口称新媳妇是他妹妹,说有要紧事请主人面谈。刚好主人的脚有病,不能登楼,就请他的妻子上楼来。新媳妇说:"我来没有别的话,只要替我造一个斗姥阁,我就走了。"女主人拒绝了他,说:"你要奉献斗姥阁,这是姚家的事,与梁家无关。"他说:"我与妹妹,前一辈子都是斗姥的侍仆。现在姚家穷,无能力造斗姥阁,非梁氏不可。如果不依我,我便同妹妹去复原位了。"女主人不得已就答应了他。新媳妇说:"不立誓言赌咒,我不会相信的!"于是家里人认为不行,与他争辩很久。姚公子生前妄非信佛奉道,死后忽然要奉斗,很不可理解。

杭州有个故事,新婚女子须手执宝瓶,里面装有五谷,进门后交换。梁家新媳妇执宝瓶过城门时,看门者吵闹着要钱,新媳妇大惊,于是就觉得恍恍惚惚。后来喝了符咒水,神魂稍稍稳定了一点,说:"我有三个魂,一个魂失落在城门外,一个魂失落在宝瓶中,必须向这两个地方把魂招回来。"家人就按照她说的去做了。新媳妇说:"城门外的魂已经归来了,宝瓶中的魂被米柜压住了,还不能出来,怎么办?"因为杭州风俗,新媳妇所拿的宝瓶都要放在米柜中。像她所说,病虽不好,神气也仍然恍惚依旧。

小婢入穴

杭州张举人又说：我父亲星子先生在任江西学政时，有个丫鬟原来很蠢，忽然变得聪明伶俐起来，家人觉得很诧异。一天，这丫头关了房门洗澡，好久不见出来。呼唤她，也不答应。往内窥看，里面无人。撬门进去，则浴盆中的水还未倒去。四面的窗紧关着，屋内一切如常，纤尘不动。只是看见地板上有个小洞，仅仅能容一只老鼠出入那样大。掘开地板寻找，发现有个穴，深约一丈，那小丫鬟正睡在里面，痴迷不醒。灌了些姜汁，过了好久才苏醒。

小丫鬟说，在一个月之前遇到一个年轻的妇人，待她很好，教她许多事情。她的忽然由愚蠢而变为乖巧，都是这个妇人教的。小丫头还说："她对我说：'我有冤要你主人替我申雪。'我答应了，但不敢向主人讲。隔了几天，这妇人来责怪我失约。我告诉她是畏惧主人，所以不敢。那妇人说：'你说的也有道理，我不怪你。我有一座非常好的花园，你何不同我一起前去游玩？'遂拉我到了一处地方，有个小小的红门，还有狭小的房间几间。我说：'这里并无可游之处，我要回去。'妇人说：'我与你且去小坐片刻，养养脚力。'这时忽然闻得外边喧嚷的声音，那妇人惊慌地走了。方才知道你们来寻我。"于是家人把小丫鬟从深穴中拉了出来，鬼也杳然不知去向。

小丫鬟长到十六七岁时，张家便把她嫁了出去。至今她安然无恙，已经五十多岁了。

吹铜龙送枉死魂　锅上有守饭童子

慈溪人袁玉梁先生家里扶乩，乩盘上出现了个姓汪的鬼，自称是严州(故治在今浙江建德县东。清为浙江严州府治所)人,还是位秀才。又说,他是从老家来,要到宁波去参加秋试。不幸,中途落水,淹死在七里泷。从此,阴魂飘荡,无所归之处,生活非常凄苦。

姓汪的游魂又凭附在袁玉梁先生家人的身上,借生人之口说:凡是死在水里的人,刚死的时候,都有人负责收管。死者被带领到一个去处,好像人世间的班房,班房的主管称之为"司官"。当天,就把死者关押起来,不作任何处理。到了第二天,才询问姓名乡里,造册登记,然后派鬼卒解送到阴曹地府的阎王殿。在解送起程的时候,还要吹铜龙(按:铜龙原指铜制龙形喷水器。后来,响器中以铜制成龙形者,亦称铜龙)表示送别。铜龙这玩意儿,用铜料制成,柄儿弯弯曲曲,很像龙的尾巴;口儿,则很像马戏团里吹的小喇叭,声音凄厉,令人心碎。

来到阴曹地府,阎王爷根据我的户籍一查,发现我这一辈子并没有什么大罪恶,就随之把我释放了。但是,并不安排我再做转轮托生面世为人,而是听任我四处游荡。说起来,我倒是无拘无束,自由自在,爱上哪儿去,就往哪儿去,没人干涉。这不,我溜溜达达,就来到了您这块贵宝地。

这个姓汪的鬼又说:号称"扬州八怪"之一的郑燮(郑板桥),画过一幅《鬼趣图》,描绘了鬼域中的种种乐趣。其实,老郑是个纯粹的外行!说真格的,一旦成了鬼,就一点儿乐趣也没有了。孤独无依姑且不说,还总觉得身上非常寒冷,总想靠近活人身旁,吸取点儿他身上的生气,使自己的血液融通流畅,得以有些温暖。如果在吸收生气的时候,几个鬼互相争挤,一旦不加小心,碰撞到活人身上,那就像肉体碰在了通红的火柱子上一样,非烧得焦头烂额不可!

姓汪的鬼又说:鬼最怕风。一遇上狂风,他们就爬到地面儿上不敢起来。因为大风有罡气的,大风压到我们的脊背上,其重如山,迫使我们气息奄奄。所以,一见要有大风来临,鬼们的小脸儿先吓得漆黑,赶紧匍匐在地。风波就像板片一样,层层从我们的背上擦削而过。一不小心,就会被削薄击散,化为屑砾。

姓汪的鬼还说:鬼长年处于饥饿状态,经常溜进人的家里,偷偷地吸收些饭菜之气,填一填自己的肚子。凡是大户人家,饭食丰厚,饭菜之气很浓,吞进肚子里就很耐时;贫困人家的饭食本身就很淡薄,饭菜之气就很微弱,吞吃一气也不大顶用。然而,大户人家的灶旁经常有

"守饭童子"把守,很难接近。"守饭童子"是灶王爷的部下,他恪尽职守,看管得很严。一发现我们来偷吸饭气,就举着大棒追逐毒打。所以,要想偷吸点儿大户人家的饭菜气也是很不容易的!要说偷吸饭气的最佳时机,是饭菜刚揭锅的时候。那会儿,饭气很大,只要有一点儿微风,饭气就会飘忽四散,犹如团团丝絮。这时候,鬼们就纷纷把饭气抢到手里,捏成一团,塞进嘴里,又忙着去抢夺另一团。如果碰上没风,饭菜气蒸腾直上,毫不四散,又有"守饭童子"站立灶旁,鬼们也只好干瞪眼儿而望饭兴叹了!

打破鬼例

　　一姓李的书生晚上读书,其家靠近河边,忽然听到鬼说话:"明天早上有人来过河,这个人就是我的替身。"到第二天,果然有人来过河,李书生极力劝阻他,那个人就不过河了。夜晚,鬼来责备他,说:"这与你何干,害得我找不到替身?"李书生问他说:"你们轮回,为什么必须要找替身?"鬼说:"阴司里的惯例向来如此,我也不知道它从什么时候开始的。这像人间的补廪生补官员,一定要等它有空缺才能补,想必这是同样的道理。"李告诉他说:"你错了!廪生有粮食,官员有俸禄,都是国家的钱粮,不可以白白地浪费,所以有限额,不得不如此。而人生天地间,阴阳鼓荡,自生自灭,自食其力,造化哪有工夫来管这种闲账?"鬼说:"我听说转轮王实际上管这本账。"李说:"你就拿我的话去问转轮王,如果转轮王认为必须要找个替身,你就来拉我做替身,以便我见了转轮王,将当面骂他!"鬼非常高兴,蹦蹦跳跳而去。从此鬼竟然不再来了。

道士留符

常州吴某,任刑部郎中,忌讳舟楫。他的祖上向来喜欢道术,从京师回来,在途中一家店里遇到一个道士,风采绝异,不带行李而睡。晚上去偷看,只见他光着膀子而坐,气咻咻然从耳朵里出来,蚊子都不敢靠近。第二天起来准备走的时候,吴某问他到哪里去,他说:"我云游四方无定处。"吴就拉他南归,很恭敬地供奉他。道士在吴家住了几年,临死时,给吴两张符,说:"我受你的恩未报,若哪一天有事,可以拿此符镇压,这是用来感谢你的。"不久,吴某死了。他的夫人大病垂危,常见鬼魅,晚上派奴婢丫鬟看着。有一个奴仆向来健壮,喜好喝酒,且有胆量,在门外摆酒而喝,已经喝醉睡着了,梦见一个老人,带着一个童子,酒壶和酒杯各拿一个,老人对童子说:"他喜喝酒,可以让他喝一杯。"童子将一个杯子放在老仆人的肚脐上把酒倒入其中,仆人开始觉得很热,后来不能忍受了,于是大呼而起,咳嗽一声,口里鲜血喷了满地了。从此鬼更猖獗了。不久,家人收拾地方,准备停放夫人的棺材,偶然在箱中翻出道士的符咒,就把它钉挂在帐上,夫人很久不说话,忽然间诧异地发现上面写着:"帐上挂一明镜,里面有甲胄将军,持刀追逐鬼魂,鬼都远逃而去!"夫人从此病就好了,又过了十多年才去世。其亲戚朋友家中有病的,借他们的符咒驱鬼,没有不灵验的。不久之后,符咒竟消失了。

夺状元须损寿

康熙四十二年(1703),江南的举人赴京师会试。解元某君,自以为有才学,轻视一切,欺蔑同时赴京的举人,常说道:"今年的状元,除我之外,还有哪个?"同去的人都受不了他的这种轻慢言论。

到了京城,已临近试期,住在一起的一位举人夜间梦见文昌帝君在殿上唱名公布考试结果,某君果然中了状元。这位同住一起的举人心中感到不平。不多一会儿,有个女子披头散发前来呼冤说:"某君的举止行为有亏,不可让他名列众人之上,须另换一人。"文昌帝君面上露出为难的神色,朝着穿红衣的神问怎么办好。红衣神答道:"万历年间也有这事,下科状元移到上科来,让他早中状元三年,减寿六岁。这个例子,今天可以照着行事。"于是重新唱名,状元换了王式丹。

次日天明大伙儿起床,某君仍夸口如常。同住的那举人告诉他梦中所见的情形,某君大惊失色道:"这是冤孽难逃,非但不想得状元,我连考试也不参加了。"他急忙穿好衣服回家,后来死在半途。这一科的状元果然是王式丹,他活到六十岁。

照 心 袍

钱塘人钱荫庭先生说:有一回,他从天津乘船回杭州,同船的客人中有一位姓杨的先生。据说,这位杨先生是江苏无锡人,也是位秀才。杨先生每日呆坐在船舱里,沉默寡言。钱先生就觉得这个人很木讷,就不大爱与他说话。

有一天,他们偶尔说起话儿来,话题涉及因果报应。钱先生是位无神论者,力主没有什么因果之说,而那位杨先生却极言其有。两人意向相悖,不免争论起来。杨先生就讲了个切身的例子,企图说服钱先生。

杨先生说:在下就在阴司里兼有差事,每个月都要有几个夜晚到阴司去办公。我的主要使命,是钩摄阳间的魂灵到阴司去受审。钩传的时候,阴司都发给一张传票。传票上都写明被钩传人的姓名、籍贯、居址乡里。如果被钩传者还有一线生还的希望,或者本身是王侯将相,传票上还要加盖一个大红印章,就和人世间官府里所下的传票完全一样。至于印章上的文字,也很像人世间的官印,采用篆字。但是,那文字到底是什么字,至今还没人能看得懂。

这位杨先生又说:阎王爷审讯阳间魂的善恶,先把一件大袍子罩在被审讯人的身上,这就是照心袍。照心袍就像人世间的一口钟,把被审讯人扣罩其中,他一生的善恶以及一切亏心暧昧之事,都会情不自禁地吐露出来。不过,阴司在处罚人的时候,量刑极为宽大。比如,你有过一个恶念,又有过一个善念,两者就可以相互抵消,以功偿过。掌握阴司大印的,就是前明的忠肃公于谦。他一直担任这个官职,没有升官儿,也没有离任。

罗刹国大荒

赵依吉从临安归来,遇到一个僧人说当年二月六日,有两个临安人,一个姓赵,一个姓李,到杭州来贩卖猪。到了半路,姓赵的已把猪卖完了,想先回去。姓李的要他等着与自己一起回去,赵不肯,李怒骂他说:"你虽然先走,但必定有恶鬼阻拦你,不能到家。"赵氏讨厌他的话,先到玄坛庙祷告以后再走。

到大渡桥,已是夜晚二更时分了,果然看见前面有四个人,蓬头恶面,七窍流血,从四面围住他。他凭着自己的勇武,想挥动拳头揍他们。一个鬼用黑布直套住他的头,他顿时觉得冷气攻心,口也不能出声,立即倒在地上。众鬼用泥塞住他的嘴巴和鼻子,忽然前面有人持棍赶来,赶散了四个鬼,用手把赵提起来说:"我特地来救你!我就是玄坛神。这四个鬼,因为去年罗刹国大饥荒,饿鬼无处觅食,所以逃到中国来作恶。你所碰到的,是罗利国的饿鬼。你现在虽然逃脱祸害了,恐怕还有后患,到家后,必须点香十三炷,从灶前点到门外,才可脱险。"

赵氏惊醒,没想到自己已躺在家门外了,于是仰望天空拜谢,并按照玄坛神的话去做,果然没有祸害。

绍兴李先生

绍兴的李直颖在山西太谷县当幕僚,夜里睡在书房中。有老人伸靴在李的炕下说道:"我是山阴人,也是这县里的幕客,死了不能回归家乡。有个奴仆偷了我的银子、书信、衣服而逃,至今家中还不知道我已去世。求先生为我寄信到家。"李答道:"不必寄信,我不久就要返回家乡。待我回乡时,将先生的灵柩一起运回便是了。"这鬼听了,大喜拜谢,并且说道:"我无以报恩,愿代为办案。"从此以后,李直颖每晚只顾悠然熟睡,而桌上的案件已有人为他办理妥当了,一时有"神明"之称。

过了一年,李直颖送他的灵柩回到家乡,老人的妻子哭泣迎守在门口,说道:"昨夜梦见老相公的灵车回家,所以在此相迎呀!"

怨气变蛇

亳州(今安徽亳县)有位贡生郜某,家道浩富,势力强大,就住在城西五里的小村镇。郜家有一帮凶悍的奴仆,他们依仗着主人有钱有势,在乡里横行霸道,闹得乡邻切齿却无人敢惹。

乡民陈老汉有几亩薄田,正邻近郜家的住宅,竟屡次无端遭到郜家骒马的践踏,损失惨重。陈老汉忍无可忍,找上郜家来理论。不料,他还没跨进郜家的大门儿,就遭到那帮恶奴的拦截与辱骂。陈老汉气愤不过,就还了几句嘴,恶奴们拥上前来,揪住他的脖领,动手将打。多亏乡亲们上前劝说拦阻,陈老汉才免受一场皮肉之苦。他自知势力不如,只好作罢,勉强咽下这口窝囊气!

但是,陈老汉毕竟是位乡下人,心胸诚朴而狭窄。自从受了郜家的窝囊气,郁忿内积于心,终日郁郁不乐,积久成病,就得了个噎膈症。将就着过了一年,已经是进食艰难,自己也觉出将不久于人世了。

那一天,陈老汉请来几位木匠,趁着自己还有这口气,给自己置备一口棺材。陈老汉对工匠们说:"烦劳几位师傅,在棺材的后合板上给老汉凿个窟窿。"木匠们都是些年轻气壮的人,听了老汉这话,不由得吃了一惊,其中的一位就问道:"我说老爷子!您是糊涂了,还是怎么的?好好儿的寿木,干嘛非掏个窟窿!"陈老汉却一本正经地说:"我老汉被郜家欺辱,一口气儿不出,才得了这么个绝症,我是被他们气死的!我知道,生不能报仇,死也必不瞑目。我死后,一定要变成一条蛇,从这个窟窿爬出去,再钻进郜某的腹腔里。我要吃尽他的黑心肝,才足以发泄我的心头之恨!"年轻的木匠们听了陈老汉的话,不禁哈哈大笑,有一个就说:"老爷子,说句不吉利的话吧,您老万一归了天,一旦入土,必是一年肉烂,二年筋断,三年就化作一堆白骨。那会儿,您还能变哪门子蛇?算哪门子账?您别招人不乐了!"但是,陈老汉执意坚持要那么做。因为他是雇主,木匠们怎好违拗他?

晚上,木匠们散工回家,一边走,一边聊,大说大笑,嘲讽陈老汉愚昧陈腐,把希望寄托于死后。他们正好路经郜家门前,被出门送客的郜某听到了片言只语。有一位木匠与郜某相当熟识,郜某便上前拦阻,问道:"老弟,又背地里理论我什么?有话当面儿说。"木匠不耐烦地说:"哎——这是怎么说话?好话不背人,背人没好话!我们大声大嗓地说,你都听见了,怎么会是背地里理论?告诉你吧,人家陈老汉说,死后要化作一条蛇,吃了你的心肝!"接着,又把陈老汉的话复述了一遍。郜某惊呆了,气愤道:"这些该死的奴才!仗势欺人!这些事,我怎么一点儿也不知道呀?"

第二天一清早,郜某就亲自来到陈老汉家,说道:"老人家,奴才们放肆无理,多有得罪,郜某特地来向您请罪!不过,这事儿我实在是不知情,使您遭受很大委屈,希望您看在乡里乡亲的面上,饶恕我的过失。"陈老汉本来就是位朴实而软心肠的人,一见郜家主人主动登门赔罪,胸中之气早已消化了一半,说道:"常言说,'不知者,不怪罪'。您既然不知道,也算罢了!不过,您那帮奴才太凶狠,不教训不足以平民愤。您必须当着我的面儿,把为首的几个当众责罚,我才能吐出这口怨气!"郜某当即说:"谨从尊命!"

于是，把陈老汉请到郜家，立刻点集所有家奴，请陈老汉当面指认出几名家奴。郜某把脸一沉，喝道："该死的奴才！仗势欺人，败坏家风，何能容得！来人，给我狠狠地打！"一声令下，就有几名如狼似虎的护院，个个手持皮鞭，抢上来把那几个奴才绊倒，挥鞭猛打。直打得他们皮开肉绽，又命按着他们的脑袋，向陈老汉磕头赔罪。

此后，郜某又设便宴，挽留陈老汉小饮。陈老汉心里痛快，酒量食量大开。但是，他忽然感到腹腔里一阵恶心，抑制不住，哇的一声吐了起来。突然，就从他嘴里吐出个一尺多长的活物来。落地之后，就在呕吐物中蠕蠕爬动。大家仔细一看，竟是一条小蛇！

郜某又惊又怕，叹道："若不是郜某亲自请罪，说不定老人家亡故后真要化作一条蛇，找到我头上来寻求报复呀！上天有眼，不负正直，不赦罪恶！"

从那以后，陈老汉的病一天好似一天，终于噎膈症全失，大病全去。日后竟红颜满面，精神抖擞，高高兴兴地下田干活儿去了。

《心经》诛狐

钱唐秀才郑国相，有个妹妹，嫁给罗氏，在康熙甲申年（1704）十月上旬的一个夜晚闲坐着，忽然间有风从窗缝里进来，微微地感觉有点气息，接着看见一个年轻盛妆的美女，嬉笑而来。后面跟着一样毛茸茸的东西，不足三尺长，身上挂着半个手臂。美女与妹妹说笑着，不知不觉郑妹随她而行了，有时候在山林，有时候在城市，来往轻快，不知道她的魂已经离开身体了，有时僵卧了三五天才醒。妖怪告诫她不要泄密，泄密了就要害她的性命，所以她不敢告诉别人，她家里的人以为她害了疯病才这样的。

到第二年八月，郑国相远路归来乡试，领妹妹回家。中秋夜，再三诘问她，才吐露事实真相。当晚妖怪就闹到五更才去，第二夜又来，妹妹马上晕倒。国相提着妹妹的衣领，朗诵《心经》，才被释放回来。郑国相因此每天在所供奉的大士面前虔诚地祈祷，愿意刊印施舍二千多部《心经》以除妖救妹。

这天夜里，妖怪又来了，全家朗诵大士的宝号。约一顿饭的工夫，妹妹才开始苏醒，说："正在危急时刻，天空中出现了大士，他大喊：'孽畜为什么到这里来？'妖怪答应说：'因为饥饿来找食的。'大士叱骂着跟上去，用手向妖怪一指，腾空而起，妖怪也不见了。"众人觉得檀香满屋，妹妹终于可以安睡了。

第二天午后，忽然间妖魂又附体了，口里说着北方的口音。国相拿出《周易》来镇住她，她说："乾元亨利贞，我曾经读过，不需要拿来！"口里只是不断地呼叫"还我胡三哥来"。郑国相因此一一询问她，她说："我姓缪，叫缪三姑。十六岁那年，我在池塘边采荷花，看见一个美女与我哭着说话，说是汪大姑，她背后跟着的，是胡三哥，名叫蒋恒，自称天下老狐第三，所以称作胡三哥。我被他迷住了，因此而死。汪大姑则得以逃生，今年已经四十二岁了。我依靠胡三哥，找一个替代的人。去年十月，连你妹子，找到了三个人。想在一年之内，必将三人中一人的精力收尽，才可替代。现在胡三哥被收了，我无处可归，怎么办？"国相说："你为什么不回娘家夫家？"她说："娘家远在江西，不能去。七月间，看见丈夫在兰盆会上抢食，想必他已不在人世了。"说完凄然而哭泣。国相答应她朗诵《心经》三百卷以使她的亡灵超度，她才合掌礼谢说："得到这个我可以再生人世。你为我先朗诵两卷怎么样？"

国相每朗诵一卷，缪三姑就念"阿弥陀佛"一声。诵到三四卷的时候，她说："不需要多朗诵，若太多就太重了，我手不能拿。"并要了烧酒牛肉，银钱五百两，烟筒荷包，国相一一给了她。缪起身作礼，道谢而去。

约一顿饭的工夫，妹妹才开始苏醒，呻吟着说："我被缪三姑藏在山洞中，正在啼哭时，忽然看见缪三姑面色微红，好像有酒气，怀里揣着银锭，口里含着烟筒，手捧着白纸经卷，口念般若波罗蜜多而来。说你父兄想你，领你回去。我走得脚痛，所以呻吟了。"

第二天早上妹妹忽然又变作缪三姑的话说："菩萨不忍心将胡三哥杀害，不过是把他拘捕起来罢了。今天我听说胡三哥要打千尺深的地洞逃出来，来害你妹妹的性命。我感谢你的恩情，所以特地来报信。大相公可以再求大士帮忙，别让他逃走。"国相又到大士前虔诚祈祷，愿意再刊印施舍《心经》一千卷,共三千卷。并将胡三哥作怪的事记载在经书的后面,以普劝世人。

祷告完毕,缪三姑说:"这样很好。但昨天给我的银锭,数量不合,还差一些。"又说:"《心经》被人夺走,撕碎了。烟袋因为狗叫,心惊而掉了。今天要银锭一千,裙子袄子两副,仍然要烟袋荷包,烧酒牛肉,许诺我的《心经》,可以先念三十卷,必须做一只纸箱,打开盖子对箱朗诵,卷数自然都在里面了。"又说:"九月初一,可以斋供大士,让你妹妹皈依菩萨,取名观贞,打一把银锁,将法名凿刻在上面,挂在胸前,以避凶灾,保年寿。"于是国相一一照办了。到傍晚送她,缪三姑又说:"这时候大士已带胡三哥到城隍那里了,你妹子也去赴审了。"

黄昏后,妹妹醒过来,把城隍庙里审讯的事,全部都说了:"我先在庙门外,只见城隍神迎接大士在上殿正坐,城隍在下侧的旁边坐。我跪在大士的旁边,胡三哥跪在丹墀下。大士向城隍说了一些话,城隍就问胡三哥说:'孽畜为什么要扰乱坑害活人?'胡三哥回答说:'我原来在新官桥里住,因为桥要拆造,就借住在罗家的空楼。这是个女鬼,她跟我来找吃的。'城隍马上责令审判官查我父母及兄长的籍贯,又查罗家的籍贯,查完后骂他说:'她是活人,怎么说她是女鬼?'

于是喝令打嘴巴。打完以后,又抽了一根签扔在地上,将胡三哥重打三十大板,说:'我这里也不处罚追究你,押你到真人府去治罪。'随之点了两个差役,准备好文稿把他押送去。押送者手执红棍,把胡三哥锁起来押送去。大士出庙后升天而去,我也出了庙门,缪三姑就领我回来了。"于是郑家请巫师来癸奠缪三姑,把她送走,就不再来了。

到二十六日晚上,国相的妹妹半夜里梦见原先的两个解差,一人手持长枪,枪上挂着一个毛头,带有血痕,说:"胡三已被正法了。"妹妹惊醒。

第二天夜里刚刚就枕,就有一个毛头随地滚来,将她的左臂连衣服痛咬一口,她马上叫喊起来,那个头不见了,只见左臂衣服上染有血痕。从此后或白天或黑夜,总看见毛头在她脚边滚来滚去。九月初一那天,依照缪三姑的话,打了一把锁把名字刻在上面,并斋供大士。大士吩咐妹妹:"胡三已经被正法了,你这辈子不要到东南方向去。你兄长答应缪三姑《心经》三百卷,她得到此经已成地仙了。我的《心经》重大,你兄长必须更加敬奉。"大士又取了香灰,在她头上写了符咒以镇邪,并让她醒过来。

于是,国相与妹妹一起叩谢。但是地上滚的头不时地来骚扰,国相也经常梦见与人打架斗殴,却不见对方的身形,只见有一个不足三尺的黑物。忽然悟到《心经》佛力浩大,可以解冤释结,超度苦魂,又到大士前去再拜,表示愿意朗诵《心经》三百卷,超度胡三,以了结此案。于是毛头也不再出现。

这些都是国相亲身经历的事,是他自己对别人说的。

旱魃有三种

旱魃有三种,一种如兽,一种是僵尸所变,都能造成旱情,阻止风雨。更有最高一档的上上旱魃,名叫"格",它造成的危害尤其严重。这种上上旱魃,形状像人而比人更高,头顶上长一只眼睛,能吃龙,连那主管下雨的天神雨师也都怕它。它看见出现了云,抬起头往云中吹气,云便散去而太阳便更加炽烈。人们是不能制服旱魃的。或者说,上天所出现的旱象,是山川之气融结而成。旱魃忽然不见,就会下雨。

鬼脚甚香能行经受胎

宁波秀才周先生,曾在于潜(字彦昭。明鄞陵人。曾任监察御史,出知隆德、昌乐两县,官至应天府尹)先生的衙署里当一位幕僚。

这些日子,同僚们就发现周秀才脸色焦黄,身体也日渐一日地消瘦下去。同僚们疑问不已,但是,周秀才总是反复地说:"没什么,没什么!"

有一天,天气燥热,同僚们凑到一块儿吃西瓜。大家东拉西扯,忽而说起鬼来。有一位同僚就说:"鬼行走如飞,脚不沾地,所以,凡是鬼,都没有脚!"周秀才立刻反驳说:"这话您可说错了! 鬼都有脚,而且,女鬼的脚还特别香呢!"同僚们一听这话,齐声问道:"哎——你怎么会知道的?"周秀才自悔失言,又低头不语了。同僚们怎肯罢休? 你一言,我一语,挤兑得他无路可逃。他只好实话实说了。

有一天晚上,绝好的月光。周秀才在月下漫步,想到自己背井离乡,远离亲人,不免对月长叹。忽而,他发现对面儿游廊下有位美妇人,也在对月长叹。周秀才想:天这么晚了,还在这儿停留,一定是衙署内官员的眷属。所以,他很坦然,没有任何惧怕之意。他不由得问道:"这位夫人,您为何叹息? 要保重身体。"美妇人顺口答道:"您不知道我叹息什么,就像我不知道您在叹息什么一样。"说罢,一扭脸儿就走了。过了一会儿,周先生回到屋里,闭门而睡。他躺在床上,心里不免有点儿后悔,在庭前月下,能有这样与美人儿邂逅的机遇,为什么没好好儿与她攀谈攀谈而坐失良机呢? 周先生正在胡思乱想,忽听窗外有女人小声儿说:"先生果真有意,明天晚上咱们月下再见!"周先生一下子从床上跳下来,开门去看。静夜悄悄,外面连个人影儿也没有。

第二天,周先生屏去了童仆,独自在庭院里徘徊等待。等了好久,并不见那位美妇人到来。周先生有点儿懊恼,认为自己是被这个女人糊弄了。他一直等到四更鼓,忽见那位美妇人跟跟跄跄而来,气喘吁吁地说:"为了与先生见上这一面,妾狂奔一千多里,可把我累死了! 难道您一点儿也不心疼?"说着,就一头扑进周先生怀里。周先生抚摸着她的秀发,问道:"宝贝儿,一昼夜的工夫,你怎么跑出去那么远? 到哪儿去了?"美女说:"嘻——甭提了,我有位于姐姐,住在六合(今江苏省六合县。清属江苏江宁府),昨天是她的寿诞之日,几位姐妹约我同去祝寿,我怎么好不去呢? 我生怕耽误了与先生的约会,撇下姐儿们独自跑回来了。一路上,历经荒山野岭。我心里发颤,要是碰上狼群虎豹,我就不得与先生见面了。我战战兢兢,怕走得慢了,来得迟了,劳先生久等。您能原谅我吗?"周先生被她的一腔热忱所感动,一时竟说不出话来。

美妇人又说:"您瞧,说话之间,天将亮了,我不能再与您缱绻了。如果您与妾是出于真情实意,您就把您身边那个小童儿支开。那样,我往来您这儿,就没了耳目,岂不方便? 也免去了阴阳相侵的毛病! 您说是不?"说罢,恋恋而去。

从第二天起,每到夜晚,周先生就想方设法打发那个小童儿到别的房里去睡。小童儿也觉摸出主人心里有鬼,总是磨磨蹭蹭,不肯就走。周先生大怒,甚至于要动手打他。小童儿被迫离开了主人的屋子。但是,每到夜深人静,他都要过来一两回,偷偷地往主人居室里窥测。因此,那位与周先生有约的美妇人,也始终不敢露面儿。时间长了,小童儿并未发现主人屋里有什么异常,从心眼儿里放松了警惕。他不再关注和干扰,自己也落得个自在。

那一天夜里,美妇人突然来到。相见的欢乐与鱼水之情,就不必细说了。事后,美妇人对周先生说:"您不必害怕。妾本是前任老爷一位幕僚的爱妾。松江(今上海市松江县。清与华亭、娄县同为松江府治所)人。妾生前偶患小疾,本来无足轻重。不料被庸医误治,反而白白葬了性命!阎王爷说,妾阳寿未尽,冥籍不能入册,且无收留之责。因而,妾反比其他冤鬼倒自由得多,可以四处游荡。后来,妾托了判官老爷一个私情,偷看了《露水夫妻之簿》,在妾的正名之侧,正有先生的大名。所以,妾与您是有缘分的。但是,您我同床,只有一百一十六次,不能增添,不可减少。至于您我相处的时日,在无人知晓与干扰的情况下,可能会长一些;如果总有人从中找麻烦,那就很难说了!"周先生听得入神,一时无话可说。美妇人又说:"不瞒您说,除了您之外,还有位先生与妾有露水姻缘,与他同床要达几百次。但是,还不知道哪天能与这位先生相会呢!此后,妾将转化而成为地仙,不复奔向轮回转世那条老路了!"美妇人又说:"妾,生理功能齐全,行经受孕与正常人完全一样。只恨您命中无子,妾也难于为您延嗣传代了!"

从那以后,这位美妇人常来常往,周先生却神惫形凋,一日不似一日了。同僚们看出这苗头儿不兆,都劝他早点儿离开这地方。周先生也觉得机密已露,不便久留。于是,辞幕登船,返回宁波老家去。不出几个月,他又恢复得身强体壮,恰似当年了。

幕僚们在周先生的遗弃物中发现了一本皇历。皇历中按日用笔帽印了许多红圈圈。有位幕僚精心数一数,整整一百一十六个。

王　弼

　　王弼,字良辅,秦州人,在延安行医,路上遇到巫师王万里及其侄子尚贤在龙沙算卦。他们恨王万里话语伤人,坐下来辱骂他。王万里很气愤,派鬼物来恐吓王弼。王弼夜晚坐着,忽然听到窗外悲惨的呼啸声,打开窗户看,明月当空,什么也没有。第二天白天有人在门前哭,并大喊冤枉。王弼就问他:"难道我要杀你吗? 如果不是,我应为你申冤。"鬼说:"小人看的人多了,只有您老可以相信,所以前来向您诉说,没有其他原因。您老如果真的要为我申冤,应该叫十个人为佐证。"王弼按他的要求叫了十个证人。鬼说:"小人是周氏之女,家住大同丰州的黑河,父亲名和卿,母亲张氏。我出生时月亮在庚辰,所以小名叫月西。十六岁那年,母亲生病,家父请王万里看病,因此认识了他。母亲死后的第一百〇五天,我父亲白天躺在床上,哥哥砍柴未归,我偶尔走到墙的北面,王万里用我出生时的禁日念咒语,我马上脑子昏迷,但眼睛直视不能说话。王万里把我背到柳树林中,反过来绑在树上,先剃掉我的头发,再用彩带缠绕,然后剖开我的胸膛割走心肝及眼舌耳鼻手指之类的,先碾成粉末,再做成颗丸,放在包中。再用纸扎成人形,用咒语强制我为他服奴役,稍有怠慢他就举起针刺我,痛不可言。昨天因为被您羞辱,他就派小人报复您,小人实不忍心。您老人家能同情我,不再让我含冤九泉,我发誓与您结为父女。在座的诸位父老乡亲万望慎重,不要泄露秘密,万一泄露则大祸来临了!"说罢,哭得更加悲痛了。王弼他们共十人,都哭泣着记下了月西的话,一起署名,到县官那里去申诉。县官如其他的案子一样审讯,草草地先把王万里叔侄二人抓来审问。开始王万里百般抵抗,月西与他苦苦地反复多次争辩,并请求搜查他的行囊,于是找到了符咒、印章、尺子、长针、短钉等东西。这时王万里才认罪说:"我是庐陵人,到兴元卖手艺,碰到刘炼师,他教我采生法,大致像月西所讲的一样。我不相信,刘炼师在囊间解开了五色帛纸,中间藏的头发像弹丸一样,他指着它说:'这是咸宁李延奴,他是被我采过来的。你若能给我七十五万串铜钱,我就命他侍候帮助你。'我欣然答应了。刘独步点燃符咒念念有词,延奴在空中说:'师父命令我做什么事?'刘说:'你应当随从王先生出游。先生是仁人,注意不要让他吃苦。'我如约付钱,并全部接受了他的法术。再次经过房州时,遇到邝生,与他说的意思相吻合,又得到耿顽童,也把他收作奴仆,得到的钱全部归炼师。他告诫我终生不要近牛肉狗肉,我近来忘了,因为吃了牛心,所以事情失败了。还有什么话呢!"

县官到文丰州,追和卿做证。和卿来,心里很怀疑,走在稠杂的人群中。王弼问月西:"谁是你的父亲?"月西在墙壁的缝隙中呼叫:"是那个穿黑衣服戴蒲草帽的。"和卿恸哭,月西也痛哭。痛哭了一会儿,一一询问家事,如生前一样慰问。县官认为案子已经成形,上呈大府,将定他罪行,而王万里死于狱中。开始,王弼从县里申诉归来,亲朋好友拿酒庆祝,忽然听到哭泣声,王弼问他们为什么哭,鬼说:"我们是耿顽童、李延奴。月西的冤已经申了,您难道不同情我们两人吗?"王弼感到有难处。顽童说:"月西与您结为父女,难道就我一人不是您的儿女吗?您为什么待遇厚薄不一样呀?"王弼不得已,再到县里去告状。县官传顽童的父亲德宝、延奴的父亲福保来作证,他们所说的都是真实的。

从此,三鬼留在王弼家,白天相伴行动,晚上同床共眠,虽然不见其形,但其声音琅然可闻。王弼从容地问他们:"门口有神,你们从哪里进来呢?"月西说:"没有。只看到画像挂在门上面。"王弼又说:"我想烧纸钱送给你们,怎么样?"他们回答说:"没有用。"王弼又问:"你们已经死了而气能够永久留存于世吗?"他们说:"气数到了就散了。"顽童善于唱歌,每次王弼喝酒时他就唱汉东的山调为他助兴。王弼不断地把酒洒到地上,顽童总喝醉,应对都失常。有客人故意用醋代酒来戏弄他,顽童就怒冲冲地说:"简直要刺破我的喉咙了,哪个小子做如此恶作剧?"并嚷嚷着不停地诉说着阴间的事,客人内疚地走了。月西尤其狡黠聪慧,不时地她与王弼等人相戏谑,言辞也很滑稽。众人有时会理屈词穷,便转而议论发出声音的地方。月西大笑说:"鬼是没有形状的,老兄何必这样做?这只能说明你们不明智。"这样热闹了整整八个月,才开始寂然无声。

萧总管求焚

戚南元当归安知县的时候,归安有座萧总管祠很灵验,祠庙十分壮丽。一天,戚南元经过这里,刚好是赛会的日子,聚集了好几千人。戚南元对神祷告说:"天很久不下雨了。假如祈祷神灵能够下雨的话,那当然好;不然的话,你这座庙要被捣毁,你的罪过是不能宽恕的!"他派人抬出庙里的木偶神像,安放在桥上。结果并没有下雨,人们就把木偶神像推到水里去了。过了几天,戚南元坐船出行,忽然那座木偶神像从水里跳进船舱。戚南元的侍从吓得脸色都变了,跑来向他报告说:"萧总管来了! 萧总管来了!"戚南元笑着说:"这是总管要求将它火化的呀!"他命令手下人把木神偶像捆缚在船边,又观察到岸边有座土地庙,就派遣能干的差役,改换服装,藏在庙里,提醒他们说:"等水里的人往外钻,就把他们逮起来!"后来果然是这样。原来这是赛会的把持者为了继续蒙骗老百姓,收买会潜水的人干的。事情揭露后,就烧了木偶神像,惩罚了弄虚作假的人。

全州兵书匣乃水怪奔云之骨

乾隆元年(1736),我经过广西的全州,看见悬崖绝壁上有口棺材,像是木制的,又好像并不是木制的。悬棺上面无盖,船工说这是诸葛亮藏兵书的地方。乾隆四十九年(1784),我再次经过全州,距上次到全州已将近五十年了。仰面仔细察看,那棺材丝毫无损,疑心世上怎么会有这种不朽之木? 广西布政司奇公路过这地方时,曾用千里镜观看,的确是木制的棺材,并非是石制的。这悬崖绝壁之下,江流迅急,船不能久停,对此人们的心里终觉得是个疑问。

后来读到了《涌幢小品》里一则记载:嘉靖皇帝曾派遣南昌姜御史前去取兵书。姜叫人架起云梯,并招募健卒沿着云梯爬了上去,发现一具木制棺材,棺木有一尺多厚,黄黑色,它上面有盖。打开棺盖,内有白骨一具,头颅大如车轮,两牙长一尺有余,锋利如刀一般,于是把这白骨取下。姜御史将此情形据实向嘉靖皇帝奏明以后,便把白骨埋在山侧。这天夜间,姜梦中看见一个虎头人,长一丈有余,撞门而入,瞪大眼睛愤怒地说道:"我乃水神巫支祈的第三子奔云,能出入于风云之间,吞噬虎豹。当大禹治水的时候,我们父子曾与他大战,我被击败,伏在山泽之中,伯益前来放火烧山,几乎被烧死。我咬伤伯益的手指而逃。禹王大怒,命天将庚辰用神霄剑斩我,尸体掷在江中。这时候我父亲还在,便令水怪们取了阴沉木做棺材,葬我在此。将来劫数满了的时候,我想来世上报仇。你竟然命某卒来剖棺戮尸!不过,你是贵人,是奉天子之命而来,我不能杀你;那个剖我棺材的士卒,我将要去拿他的性命。"讲完以后就走了。第二天,上去开棺的士卒果然暴疾身亡。

我以为,阴沉木是远古洪荒以前之木,历经劫火余灰,万年不坏。因此,这棺材经过千百年,仍巍然不朽。棺盖是被姜御史命人取下来的,所以至今依旧暴露在上。我在乾隆五十一年(1786)游武夷山,见大藏山洞的虹桥板,森森地高架在崖上,只恨没有姜御史那样的人,能架云梯取来见识一番。

卷　四

帝　流　浆

　　方延济先生擅长扶乩术。降坛的乩仙,每年必更换一个。乾隆三十三年(1768),主降方先生家乩坛的乩仙是陈真人。陈真人,字髯翁,这是因为他有一副非常漂亮的胡须。陈真人喜欢高谈阔论,加上他经得多、见得广,好像就没有难得倒他的题目。

　　一天,有人问道:“被水淹死的人身上,为什么总带着一股羊臊气?”陈真人说:“人死后,魂与魄相离。魂,就是他那口灵气;魄,就是他的躯体。人们所说的‘魂归于天,魄降于地’,就是这个意思。人既然被淹死了,躯体不可能不沾水,一沾水,就产生了臊气。再说,河底上肯定是积满淤泥,淤泥里又充满了污秽之物。落水的尸体被这些污秽物浸泡侵蚀,七天之内就会产生一股羊臊气。水鬼带上羊臊气,就不能作祟害人了。必得等到五年之后,羊臊气彻底消除了,他才能作祟祸害人。”

　　陈真人又说:“被火烧而死的鬼,多半儿五体不全。他们必须寻觅一起烧死的同伴儿的肢体,七拼八凑组成一个完整的身体,才能自由活动。拼凑的方式不等,有时候是两三个人的肢体拼凑的,有时候竟高达五六个人。合并的原则是:老不并少,男不并女。”

　　陈真人又说:“凡是草木成妖,必须感受月光的精华。但是,月光的精华,必是每月初五的不可。因为,只有初五的月光精华,才包含着‘帝流浆’。所谓帝流浆,实质上是指天帝的精华。它的形象很像一串贯连不断的橄榄球,发着万道光芒。它下垂到人间大地,草木受其精气,就能成为妖怪;狐狸鬼魅之属,吞吃下这些橄榄球,也能大显神通。草木之属只有性而无生命,帝流浆可以补充它们的生命;狐狸和鬼魅之属,本来就有生命,吃了帝流浆,对它们就更有益处了。”

讨 亡 术

　　杭州陈以逯,善于讨亡术。凡是人死了还有未了却之事的,其子孙想问其缘由,必须拿重金请陈以逯作讨亡术。他做讨亡术时,须选一个六岁以上的儿童,并且这个儿童必须与死人向来相识。他让儿童盘腿闭目而坐,他则站在孩童的背后,在他的头顶上画符,其符内有"果斋寝气八埃台庆"八个字。书写时叫亡故者的家人在门外烧甲马,写完后,就闭目睡去。只见当地的土地神,背一个包裹,牵马前来,一起去阴间寻找亡故的人,问完他平生未了却的事以后,就苏醒过来。陈以逯的讨亡术尤其盛行于杭州城。布政司的土地神,相传是汉代萧何。一天,陈以逯正在做讨亡术时,童子忽然瞪眼大叫道:"我是汉丞相萧何,你陈以逯是什么人,竟敢以邪术驱使我为孩童背包牵马?因为你朗诵太上元经来教训,我不敢不遵命。今后你如果再敢这样做,我就去天帝那里控诉,马上就给你阴间的杀头之罪!"陈以逯贪利不改。一天做法术时,土地神就领孩童经过枉死城,那里全是断体残肢,狰面恶鬼,被挂着的头和被扔去的尸骸,遍布马前,孩童受惊吓而醒过来。后来不敢再奉行其法。陈以逯没办法,又叫他击剑的口诀,命孩童手里拿一把剑,仍然念原先的经语。土地神又领小孩童到原来去过的那个地方,童子遵照口诀舞剑,斩杀众鬼。众鬼呼号,忽然见空中金光万道,众鬼高兴地叫道:"关帝来了!"只见土地神在马前作揖,口中喃喃不知说些什么。过了一会儿,牵着童子的马到关帝面前,关帝教训他说:"我考虑到陈以逯这老奴才信奉太上元宗之教,所以不忍心马上把他的法术破灭。你可以转告他,以后倘若再敢做他的讨亡术,我将立即砍掉他的脑袋!"于是下令周仓用青龙刀在孩童的背上打了一下,孩童大叫而醒。从此后童子就下定决心,不再跟陈以逯做法术了。陈以逯很久不做法术,越来越穷,找不到吃的东西,偷偷地到其他地方又去做他的讨亡术。这年秋天,梦到钱塘门外黑亭子湾,看见一块木牌上罗列他的罪状,将于九月十三日,斩杀妖人陈以逯。醒来以后,他不太在意,悄悄地把梦中的情况告诉了别人,到了那一天,有些好事的人想验证一下他的话,到陈家去看,只见陈以遄身上换了道服,全身都画着符语,口里念着经书咒语,好像有解除灾难的办法。很久,忽然间大叫道:"被斩了,被斩了!"众人说:"你还能说话?怎么说被斩呢?"他回答说:"幸好我的魂魄多,斩了以后仍不死,但也不能延续太久了!"不久,他就病死了,看他的项颈,皮肉虽然还好,但里面的骨头已经断了。

学竹山老祖教头钻马桶

在湖广竹山县,有一种叫作"老祖"的邪教,此教单传一人,专门窃取客商财物。教的内部分两派,破头老祖即竹山师弟。学这种法术的人,必遭雷击。学法术的人,必须先在老祖面前发誓,情愿七世得不到投胎做人的机会,方才肯教授法术。避雷霆的办法是:须用产妇马桶七个,在农历大年夜,穿上重孝麻衣,把三年内用邪术从他人银箱里"搬运"得来的银子,摆在桌上,叩头完毕后,就钻马桶数遍,这样做的目的,说是为了压天神。

有位江西大商人的伙计,夜间失去三千两银子。白天检查箱子筐篓,丝毫没有动过的痕迹,只发现包银的纸张有虫蛀过的小洞。因而忆起当时船过襄阳时,有个搭船的老翁,借居在舱内。记得他每晚总要焚一炷香,对着上空三揖三拜,嘴里喃喃地在念诵咒语,也不知是什么意思,现在想来这便是竹山邪教。有见识的人,改用红纸包银,四面再用五谷护住,那么,这种邪法就不能施行了。

关帝现相

姚孔鋹先生,字范冶,号小安乐窝。江南桐城(今安徽桐城)人。雍正十一年(1733)癸丑科进士。官至翰林院编修。

姚孔鋹先生曾在北直隶(明成祖以北平为北直隶。即清之直隶省,今之河北省)某位观察御史(道员)家里作客。这位观察老爷很崇奉乩仙,有什么疑难事儿,都喜欢请乩仙来评判。

有一次,这位观察老爷府上扶乩,许多僚属和亲友都来助兴。只有一位朋友,他是观察老爷的同年举人年家的儿子,却独自坐在书房里,表现得特别冷淡。有人就劝他说:"您也去露露面儿,照顾一下观察老爷的面子嘛!"这位朋友却极不耐烦地说:"我才不去呢!乩仙,不过是耍弄文字之鬼!我信奉的是圣帝关老爷。关老爷肯定不会到这鬼地方来降坛,我干什么去?"劝说的人将他一军,说:"您既然信奉关老爷,您倒是把他请下坛来呀!"这位朋友说:"不但能请下坛来,而且能叫他当众亮相儿!"有人就把这话传到观察老爷耳朵里。观察老爷崇奉乩仙,就枉驾屈尊,亲自来请这位朋友。

这位朋友一瞧这阵式,有点儿为难与恐惧,但是,他提出两个条件:第一,扫洒一间清静明亮的大厅,供奉关圣帝的名位;凡是参加仪式的人,都要沐浴斋戒三天,每天供奉礼拜。第二,在大厅前备下十口大水缸,里面贮满清水,到关圣帝降坛时,大家躲在水缸以外侍候。观察老爷当即满口答应了这两项条件。

到了第三天,这位朋友身穿一套青色衣服,一直奔向供奉着关圣帝的大厅。他烧香磕头之后,竟仰面向天,大声号哭起来,嘴里还唠叨不休,似乎在诉说着什么。

这当口,忽然金光一闪,只见关老爷身着帝王冠冕,乘五色彩云凌空而降。他红面长髯,威风潇洒,身后还跟随着扛着青龙偃月刀的周仓将军。关老爷步入正厅,径自南面而坐,对正在号哭的那位朋友说:"你何必心急呢?你报仇的日子,很快就要到了!"那位朋友听了,连忙磕头谢恩,号哭的声音更大了。

只见周仓将军托住关圣帝脚下的靴子,立身腾空而上。不大工夫,就消失在烟云缭绕之间了。当时,金光四射,晃得众人睁不开眼,只好伏在十口大水缸后面磕头送神。

忽一日,那位能请关圣帝降坛的朋友不辞而别。不久,就传出了一位显赫的权贵中邪而死的消息。人们都怀疑权贵之死与那位逃亡的朋友有关系,但是,谁也说不出个所以然来。

鼠作揖黄鼠狼演戏

绍兴周养仲,在安徽做官,带外甥住在县署中。署里有三间空房子,向来没人敢住。周养仲不信邪,打扫干净以后,他自己搬进去住在里面一间,点上蜡烛就睡了。

忽然见房门自动打开,有一只白鼠,像人一样拱手而立,走了几步,鞠躬作了一个揖,到床前,又作了一个揖,跳上了床。它旁边有两只黄鼠狼,拖着长尾巴,嘴里含着芦柴,演吕布耍枪的戏,看起来都像白鼠的奴隶而向鼠王求媚似的。白鼠伏在周养仲的脚下,从他的腹下慢慢而上,周感到肢体酥软,浑身觉得很舒服。白鼠到了胸前时,他便觉得像石头压在身上,不能动弹,白鼠用嘴对着周的嘴,抓他的唾沫吃。然后慢慢地退下去,仍然从他的脚上下床,对着门作一个揖再出去。周也安然无恙。

他的外甥在外面,只见老鼠刚来时,作一个揖门就开了,出去时又作一个揖,门就依旧关闭如故。

韩诗说:"礼鼠拱而立。"这果真如此呢!

温元帅显灵

阳湖县县令潘本智的父亲潘用夫开着一片线庄,忽然失窃银子千两。仁和县县令李学礼,为审理这宗窃案,亲自到现场去实地调查,在灰堆中查出银子六百两。李公以为这与该店的几名伙计有牵涉,想押他们到县衙中进行审问。潘太公道:"这几位伙计都是诚实有德,平时出力很多的人,必不会做这种事情,还是将我家中的奴仆带去,向他们做些调查审讯就是了。"众伙计说道:"要不是主人仁厚,我们少不了要在县衙中受刑。即使这样,我们也应当到温元帅庙里去明明各自的心迹。"

众人刚到庙门,内中有一人忽然闭起眼睛大叫:"不要打,不要打!我说,我说!你可将瓮中的四百两银子,叫你兄长亲手捧到庙中去。"众人见到这种情景,一起去搜这人的家,四百两银子果然在瓮内。这人的兄长就头顶着四百两银子送到了庙中。李县令取了他的亲口供词,判道:"这是冥司的法律,并非官府的法律。等其安静以后,带到县署去听候发落。"不多久,这人就投水自尽了。

僵尸拒贼

杭州洋市街石牌楼附近,住着个以卖鱼为业的人,人们都叫他鱼三儿。鱼三儿每天都五更鼓起床,出艮山门(浙江杭县县城之东北门),到早市上从渔民手中趸鱼,然后进城,走街串巷去叫卖。

鱼三儿每天出城早,天还蒙蒙黑呢。他总是发现郊外的一片树林里,隐隐约约地有灯光。有一回,他多着胆儿上前偷看,那是一间茅草屋,屋里有位极其艳丽的青年女子独坐地下。她低着头,手摇纺车,专心一意地纺线。日后,鱼三儿每经过这里,都要偷偷地往茅屋里瞧一瞧,断定这茅屋里,除了这女子绝无他人。他天天去看,女子天天如此。鱼三儿就怀疑这女人是鬼,但他一点儿也不害怕。

有一天,鱼三儿又大老早来到艮山门外,碰上一个老头儿,老头儿对他说:"看得出来,你是爱上了这个女人。没关系,你想娶她为妻吗?只要你听我的话,照我说的去办,这事儿,我就敢保你能成!"鱼三儿说:"愿意听从大伯的指教。"老头儿说:"明天早晨,你手里拿个饭团儿,公然闯进她那茅屋里,想方设法引诱她说话。只要她一张嘴,你就用饭团儿把她的嘴堵住。随后麻利地把她背回家去,你们的好事儿就算成了!"老头儿又叮嘱说:"千万记住,回家之后,不许让她见天日,要长年地把她关在黑屋子里,她就和普通人没有多大区别了。"

鱼三儿谨遵照老人的教导去办,果然顺利地把这个年轻的漂亮女人背回家里。他把她关在楼上,把向阳的门窗遮掩起来。于是,他们就成为一对和谐美满的夫妻。过了一年多,这女人生下一个儿子。婴儿能吃能睡,和普通的婴儿完全一样。出了满月,每逢阴天下雨的日子,鱼三儿这个鬼妻还能下楼来为鱼三儿做一顿可口的饭食。

这样,一过就是二十年。鱼三儿的儿子已经长大成人,娶妻生子,鱼三儿和他的鬼妻已经当上了爷爷和奶奶。鱼家已经发展成为一个小康之家,鱼三儿也不再贩鱼,而是在城东的闹市上开了一家茶馆儿,他当上了老板。

那年夏天,天气酷热,骄阳似火。鱼家的儿媳妇听见婆婆下楼的脚步声。但是,刚走下楼梯的一半儿,就听不到动静了。抬头一看,婆婆已经化作一具僵尸,楼梯上流下一摊血水。鱼三儿深知其中的缘故,也没有过分地悲哀。他买了一口上好的棺材,把这位鬼妻收殓了。鬼妻每晚从棺材中出入。家里经常闹贼,贼偷窃之后,出前门,有人挡,出后门,有人拦,一直折腾到天亮,终于被鱼家捉住,押解送官府。这一切,全仰仗鬼妻从中出力啊!

亡父化妖

　　某太守,西北人。他的父亲已死了多年。忽然有一天父亲骑马而来,与活着的时候没什么两样。父亲说:"我已成仙,只是爱你未能忘情,所以来看你。你可打扫一个干净的房间给我住。"太守虽然怀疑,然而看其音容笑貌、举止做事,果真是他的父亲,于是就对他如同生前一样。白天看书,夜里有时睡有时不睡,时间长了饮食也正常,于是就平平安安地过他们的日子了。

　　一年多以后,江西张真人路过此地,太守把他父亲的情况告诉他。张说:"这是妖怪。哪里有仙人永久地住在城市,并与人毫无异样的呢? 能让我见见他吗?"太守把此事告诉给他的父亲,父亲欣然答应说:"我正想与天师相见。"他们的谈吐如故。张天师说:"这个妖怪非我所知。"就去请教老法师,老法师说趁他不备时可以识破他。

　　有一天,其父正在写字,法师忽然从背后叱喝一声,他就惊如木鸡般痴呆地站着。法师拿出袖中的天篷尺,从头量着他,量一尺就短一尺,量一寸就短一寸,量到脚就死了,他的衣帽像变了质似的,只剩下颈骨一条。法师对太守说:"这是你先父的真骨。被狐狸钻进洞穴,野狗衔出,接受了日月的精华而变成这个妖怪,所以能说前生的事情。若再与女人交媾,得阴精,其祸害就更不止于此了。"太守请求拿回其父颈骨把他葬掉,法师不肯,说:"不要留下后祸!"于是带走了骨头。

　　《太平广记》中记载说:唐朝一个姓李的恶霸死后回家,处分其奴仆,都井井有条,然而他独居一室,不与人相见。一天,他的子孙硬要见他,只见他变作了青面獠牙的鬼,头大如车轮,眼光如野火。子孙恐惧而逃,恶霸从此也就不来了。

干 麂 子

干麂子，不是人，是僵尸类的东西。

云南多五金矿，开矿的人，有的遇上塌方被土压住出不来的，或数十年，或百年，被土金气所养，身体不坏，看起来虽然不死，其实已经死了。凡是开矿的人，苦于地下黑如长夜，大多额上点一盏灯。他们穿地而入，遇上干麂子，麂子很高兴，向人说自己冷，并讨烟吃。人给他烟。他就站着唏嘘哭泣不止，于是长跪在地上乞求人把他带出洞。挖矿者说："我到这里是为金银而来，没有空手出去的理由。你知道金苗的地方吗？"干麂子带他去所开的矿，必定有收获。临出洞时人哄骗他说："我先出去，然后用篮子接你出洞。"于是将竹篮系在绳子上，把干麂子拉到半空，剪断绳子，干麂子就坠地而死。

有个开矿的人性仁慈，怜悯他们，竟拉上七八个干麂子，一见风，他们的衣服肌肉骨头就化为水，其气味腥臭。闻到这股气味的人都得瘟疫而死。这就是此后拉干麂子的人，必剪断其绳子的原因。若拉上来，怕吸收了他们的腥气而死，不拉则又怕他们无休止地缠扰。又相传若人多干麂子少，就大家一起把他捆绑起来，让他靠着土墙，四面用泥封死作土墩，上面放灯台，就不再作怪了。若人少而干麂子多，则会被干麂子缠死不放了。

石 某

苏州下津桥石某，开着一爿米店，家境素来富裕。一天，石某忽然病倒，有个女鬼依附在他身上，用杭州口音说道，石某前生与女鬼是贴近的邻居，开着当铺。女鬼的父亲作客外出不在家，家里有一座月台，男女彼此暗暗相爱。一天,两人正在月台上幽会私语,女鬼的叔父自外面进来,不巧被他撞见,男的急忙逃窜,躲避起来,女的被她叔父羞辱教训了一番,竟抱愧自尽身亡。男的受惊后返回家中,又听到女的已死,也一病而亡。男的转生投胎在石家仍是个男身,女鬼找寻了三十多年,方才得知在苏州,因此寻觅来到这里。

石家的人听了,向那女鬼哀求,情愿把她当作祖宗供奉在书房。这样,石某的病果然好了。没有多久,石某的一个女儿因痘症死了,有个老妈子看见此女坐在那女鬼的膝上,女鬼正抱着她在嬉耍。石某听说,顷刻大怒,骂这女鬼,并从此停止了对她的祭礼。女鬼大肆作祟,石家只好重新求饶,一切祭礼,恢复如旧,那女鬼才平静了下来。

半年以后,忽然有一天这女鬼附在石某身上说:"我从此去了,快准备酒席车船。"石某的家人问是什么缘故,回答说:"监生娘娘来领我投胎,在扬州姓张的家里,他家的第三子是我。"石家后来托人去打听,果然与这女鬼说的相符。

物　　变

每年的八九月间,于阗河(今新疆和田地区的和田河)里的石头子都能化成美玉。那会儿,当地人都争相趟水下河,用脚在水里触摸。每当触到了光滑又沉重的石子,人们或猫腰或泅水,把石子打捞上来,往往就是一枚极其精美的玉石。

但是,每到这个季节,官府就派士卒在河的沿岸步步设卡,并擂鼓助阵,以监督百姓们采集玉石,每一个猫腰或泅水的人,都有人严密注视。他们所采集到的玉石,大部分要交由官府,敬献朝廷,自身的所得就微乎其微了。如果有人隐匿玉石,抗令不遵,他将立刻被抓起来治罪。说来也怪,这于阗河里的玉石,今年打捞尽了,到了明年八九月间,又会自然而然地多起来。

在于阗地区,还有许多怪现象,比如,天降大雾的时候,山坡上的石头、河里的石子,都可化为可作工艺品的石料,石料的质地很像玛瑙和紫石英。在山上采到的,称之为山料;在河里采到的,则称之为河料。

这个季节,又有从俄罗斯国飞来的成千上万的鸟群。它们进入于阗地区,如果遇上大雾,就会匍匐于地,顷刻之间化为灰鼠。更怪道的是,当地河里的沙鱼,也能变成老虎、变成麇鹿;蚂蚁摆阵相斗,竟也化作一群苍蝇;虾能变成各类爬虫,有的变成蜻蜓。如果遭到人的扑打,它们还会怨恨愤怒,因而化作蜈蚣。

人 变 树

外国兀鲁特的人和回族部落的人,从来不肯自尽,说自尽者必定变成树,而树易被砍伐,所以他们不愿意自尽。这是秦中明府蒋云骧说的。

水精碧霞洗

在漳州的山上,如果见到气往上冲,就可知道在这下面有水精。滇南地方听到隆隆巨雷声时,就会有碧霞洗生成。

水精和碧霞洗,都是由当时物体变化而成,并非远古洪荒时代以来就有的东西。

浮 提 国

浮提国(亦作"浮屠国",即信奉佛教的国家)的百姓都能凭空行走。他们脚不沾地,往来自如。只要他们心目中有个向往的地方,顷刻之间,他们就可以神行万里,到达预期的目的地。

明代有位江西巡抚,曾经乘船渡海出使到浮提国去。据这位巡抚说,他曾经亲眼见过这些能日行万里的自由人。他们的相貌严肃而端庄,很有佛门气派。而且,他们走到哪里,就能很快掌握与运用当地的语言。他们能任意地出入人家的宅院和闺阁,门窗对他们来说是没用的,丝毫不能阻挡他们自由出入。但是,在那个国度里,却恰恰没有淫乱和盗窃的事情发生。

刀 疮 药

甘肃田五之变,官兵被杀死在石峰堡,死的人很多。诸孩童割男女的阴物,连成一副,卖钱十二文,配刀疮药的人争相购买。过了一夜,这些东西就腐臭不可用了。

乩仙灵蠢不同或倩人捉刀

扶乩所请的仙人灵蠢不同。赵云崧在京师,烦请他的同乡王殿邦举人请仙。殿邦本有自己素来尊奉的乩仙,不须画符,只要焚香默默祝告以后即会到来。来了便下笔如飞,都有文义。有时赵云崧与乩仙唱和,赵心中刚想到某一字时,那乩上已写了出来,每个字都比云崧早半刻。

后来,赵云崧在滇南果毅公阿将军幕下,阿将军的儿子丰异赫也能请仙。一天晚间,丰异赫请仙时,邀云崧一起观看,那乩来回大动,不能显现成文字。云崧知道这乩仙并非是品级通达一流的,乃出于好玩而从中传递。他心中想到一字,大约到了喉边还未说出,则乩上就写这字;心中故意停住不构思,则乩上就显现不出字来。

拔 鬼 舌

蒋敬五的仆人阿真,勇敢而喜欢喝酒,曾经跟着主人住在西直门。那个地方常闹鬼,人们都不敢居住,阿真却住在那里。

一天夜晚,有一个鬼披头散发地走来,阿真刚好喝醉了,毫不害怕。鬼把舌头伸出一丈多长来吓唬阿真,阿真站起来,用手抓住鬼舌头,而且用力拔它。那舌头又凉又软,软得像棉花一样。鬼大声哭喊,逃跑了,阿真就把鬼舌头放在席子下面。

第二天早上一看,不过是一条草绳子罢了。这里的鬼怪从此就绝迹了。

蒋 莹 溪

蒋莹溪,招女婿于华亭王氏之家。其内弟继勋,从桐乡娶来一个妻子,到家没有几天,房里就丢失了好几件牙箸银器,在陪嫁而来的奴仆那里搜到了这些东西。他们准备上报给官方,不料当天晚上仆人夫妇一齐自缢而死。其夫是一个僧人,他的女人是拐骗来的,担心被发觉而罪行更大,所以自尽了。

　　没过几天,蒋莹溪的小奴婢无故自缢,经急救才苏醒过来。蒋到那个仆人死的地方去骂道:"你有奸拐盗窃的罪行,没有到官方去治罪,你自己结束生命,也算是你的大幸了,怎么还敢在无辜的小婢身上作祟? 如果小婢不能活,我将用鞭抽打你们俩的尸体并烧毁你们的尸体!"从此后,奴婢就安然无恙了。

方 宫 詹

　　桐城方宫詹亨咸,前辈子在嘉靖年间做青城山的道童,见杨升庵中状元,也为之动心,就托生于宜兴的潘家。

　　少年中进士,与一尼姑相好,半途又抛弃了她,尼姑思慕他抑郁至死。死后,尼姑转世为贵公子,潘转世为女人,嫁给贵公子而早寡,守节七十多年,这是他所得到的报应。三次轮回,为宫詹公,天生美貌,耳朵上有穿孔,所以乳名叫姐哥。其父拱乾,是前朝明代的侍郎,为他儿子取名必取文头武脚的字,叫膏茂,叫章钺,叫亨咸,都是这个原意。

　　有的人逗弄他说:"怎么不取於戏哀哉为名呢? 这也都是文头武脚的呀!"

麒麟无肠

　　乾隆四年(1739),芜湖民间的一头牛生下了麒麟,第三天麒麟便死了。剖开它的腹部,不见肠胃,肚子里塞满了像蟹一样的东西,人们觉得很奇怪。后来有人说:"康熙《南巡盛典》中,曾记载这事。"

四 耳 猫

四川简州的猫都长四个耳朵。凡是从简州来的人都这么说。

清人黄汉撰《猫苑》,其中就记叙了四耳猫的情况,说这种四耳猫产于四川简州,捕鼠能力特别强,老鼠只要碰上它,就甭想逃脱性命。因此,这种猫也成了稀罕物,简州的各级官吏每年都精选优良品种,分别敬献给他们的上司。

简州知州张孟先解释说,所谓四耳猫,并不是猫头上就长着四个耳朵,而是在正常的两个耳朵里,套长着一对小耳朵。这种猫的听觉,就比一般的猫更加灵敏。物以稀为贵,简州的官员们每年都要自掏腰包,选购四耳猫贡献给上司和同僚,这项开销,也成了他们一种不轻松的负担。

华润亭先生说,湖广总督李松云(李尧栋,字松云,号松堂。浙江山阴人。乾隆三十七年(1772)进士。官至湖广总督)有位女公子,特别喜欢猫。李松云住在成都的时候,简州知州为了讨好上官,特选了十几只四耳猫送到府上,而且为每一只猫特制了一架小床榻,床上配有精致的绣锦帷帐、丝棉缎被。这位知州的阿谀工夫,也可谓用心良苦!

头形如桶

《南史》记载,毗骞国国王的头有三尺长,能万古不死。后来我翻阅谢济世的《西域记》,书中记载,毗骞王生于汉章帝二年(77),本朝称董喀尔寺呼尔托托,圣祖曾派遣使者到他们的国家见他。毗骞王头如桶,颈如鹅,都有三尺长,张开眼睛直视,说话不可分辨清楚。他的子孙都生死如常人,只有国王不死。这件事载于《康熙天文大成》,是赵衣吉秀才说的。

鸟　怪

松江王掌科的姨母,就是凌应兰进士的次女。她刚满十五岁时,便嫁给李氏为妻。一天早晨,她正在梳妆,一只五彩缤纷的鸟飞翔在窗间,后来飞进房来,立在镜架之上,举起脚爪向她招引。这时,她便忽然变得痴迷了,嘴里喁啾喁啾发出鸟的鸣叫声,别人不能听懂。顷刻之间,她又身轻如雀,梁间瓦上,上下如飞。再看停在镜架上的鸟时,早已不知去向。

家人见她这种情景,十分担忧,却又无法祈禳消解。听说苏州穹隆山有位道人,能施行法术,就去将他请来作法。道人说:"这是一种怪鸟,我能驱邪治病。只需白布三尺,裹在那鸟站立过的镜子上面,用火去烧。如果镜子发红而布未烧坏,这病就能治愈。"家人按道人的吩咐做了,果然镜子见红而布仍安好无损。

这时,道人嘴里喃喃念诵咒语有好久,然后说:"妖怪已经捉住了。"遂把它放在瓦坛之中,封了起来,上面还写了篆字。他嘱咐家人道:"不可以打开来观看,快把它投入江中。"这时,那女子果然如梦初醒,说话如常。问她是怎么一回事情,却全然不知。

岂知手拿瓦坛的家人一时好奇,揭开封记,正要偷看坛中之物,这女子便又昏乱如初。她所做的女鞋形状,都与鸟爪一般。于是家人再请道人,道人说:"你们不听我的吩咐,果然又生枝节。幸亏你家夫人有福,这怪逃得还不远。可再用原先的办法试它一试,这次应在烧布后现出一朵牡丹花图纹,我的法术才称灵验。"家人又按道人的吩咐做了,布上果然显现出牡丹花的图画。道人再取一只瓷瓶,把妖怪放入瓶中,仍加封写了篆字,亲自把它投入江中后,她的病也就痊愈了。这个女子如今已生了孩子,安居在家,一点也没有别的任何病痛。

刘 子 壮

　　明朝末年,湖广黄冈州(今湖北省黄冈县)张某人的儿子病重,昏督之中,被鬼类所迷惑。一鬼引路,群鬼毕集,把张家的门里门外挤个满满当当。有的鬼要饭吃,有的鬼讨酒喝,还有的伸着手要零花钱。一时乌烟瘴气,把张家人整得昏天黑地、晕头转向。

　　正在这当口,邻居刘克猷先生推门而进。群鬼一见,大惊。有个鬼就悄声悄气地说:"不好!刘克猷来了!他可是个状元,咱们该回避一下!"群鬼不吱声儿,但似乎已经默认,他们一个个不声不响,鱼贯而溜出张家大门。有个上了一把年纪的老鬼,走到大门口儿,又停下步半回转身来,乜斜着刘先生,嬉皮笑脸地说:"其实呢,他现在还是个没有纱帽戴的状元!我怕他干嘛?"大伙儿都摸不清老鬼这话的含义。可是,从那天起,张某人儿子的病却一天天好起来,终于痊愈。

　　刘子壮先生,字克猷,号雅川。湖北黄冈人。顺治六年(1649)己丑科状元,授国史馆修撰。他九岁丧母,少年孤苦,所以,每当谈起母亲,都像小孩子一样哭泣。他把自己的书斋命名为"屺思堂",也是寄托对母亲的哀思。然而,在治国上,他一派正气,廷对万言,主张王治本于道,道本于心;讲学为明心之要,修身为齐家、治国、平天下之本。他的自束自强之心是可想而知的。顺治八年(1651),他充壬辰科会试同考官,同年辞官归里。次年病逝,年仅四十四岁。

　　综观刘子壮先生的生平,您就可以悟出当年那个老鬼在张家揶揄他的理由了。

黑 牡 丹

福建惠安县,有一座青山大王庙。庙的台阶下,所种的都是黑牡丹。花开时数百朵,朵朵都向大王神像而开,若移动神像,花也转动而面向大王像。

李秀才捕亡术

闽中地方有位李秀才,屡试未中,到老依旧没有取得功名,所以家境相当贫困。但他又不去教书,只是以帮人捕捉逃贼来混日子,他在这方面的效验倒也颇为神奇。

有个王某被窃,来求李秀才。李念诵咒语完毕后,在水盆上面放了一个镜子,让王某察看踪迹,并叫他于某时某刻到东门外,看见有个白须且又跛足的人就将其抓住,则失物便能重新追回。王某心想,跛子没法去偷窃东西;长着白须的人必然老了,怎会做贼,便抱着试试看的心态去了。结果竟如李秀才所说的,人赃俱获。

原来这个行窃的人是个惯偷,年龄二十多岁,担心被人识破,所以偷了戏场中演员戴的假须,扮作老翁。前一天,他因上山遇雨,跌伤了脚,故走路一瘸一拐,像是个跛足的人。

石 树 榕

石树榕先生以太学肄业生的资格，受到孙文定[孙嘉淦，字锡公，号静轩。山西太原人。康熙五十二年(1713)进士。官至协办大学士，吏部尚书。谥文定]公的赏识，推荐他出任四川犍为知县，并兼理嘉定知州。

石树榕先生精通占卜术，他算命祷卦，预卜吉凶祸福，往往很有灵验。当时，他的名声不亚于著名卜算家官公明和郭景纯。

有一回，石树榕先生在嘉定州官府里为自己占一卦，卜罢之后，不禁大惊失色，自言自语道："我如今还不满四十岁，已经代理了嘉定知州，怎么会说我七十二岁才能当上知府呢？"就连石先生自己，也琢磨不透这占卜辞中的奥妙！

石树榕先生刚刚年满四十岁，就因病辞世了。他一生的卜算生涯中，只有给自己算的这一卦是不灵的。到了雍正年间，升嘉定州为府。如果石树榕先生还健在的话，他正好是七十二岁了。

禅师吞蛋

得心禅师游方到一个村子，在村子中求食物。村子里的人品行都卑劣，喜欢恶作剧的青年人很多。他们对禅师说："村子里只施舍酒肉，不施舍蔬菜素食。你真能饿三天肚子的话，一定办斋饭供养。"

三天之后，他们邀请禅师去吃斋，仍然摆出满桌的酒肉，原来他们想让禅师因为肚子饿而不择食物，吃了荤腥，好让他们大笑取乐。禅师接连拿了几只鸡蛋吞到肚子里，然后讲了四句偈语："混沌乾坤一口包，也无皮血也无毛。老僧带尔西天去，免受人间宰一刀。"

大家你看我，我看你，好像犯了什么错误似的，他们终于把禅师供养在村子里了。

含元殿判官

甘肃中卫令胡纪谟，是隶录通州人，乾隆三十三年（1768）的孝廉。自己说当年他未做官时，住在京师。忽然有一夜梦见衣着华丽的仪仗队跟随在他后面，他身跨银角花鹿，乘风而行。到了一个地方，殿宇很宽敞，匾额上写着"含元殿"。旁边设有公座，案上点着红蜡烛，有泥果三盘。台阶下有许多书吏，捧着书侍立两旁。他还没有登座时，先到旁边的房间，将所着的衣服鞋子脱掉，全部换成纸的，颇觉寒冷侵入肌骨。走出屋，就关闭侧门，如果有时门缝略开，就觉得风吹衣服鞋子，有秽气冲进来。

他所办的事，只是按照簿子点名罢了。刚刚开始点名的时候，有时见旧时相识的人将受苦楚，稍稍带点保护之心；有时见绝色美女，不无动念，每当这个时候，殿上就起火，身上的纸衣都被烧光。只要惊动的心一镇定，火就自动熄灭。只是所点的男女，都有黄气一团，据说是道门中转世的。

一天，看见一童子，七八岁，他翻阅了名册才知道他的前身是仁和邵昌皋，也中了戊子年的北闱，榜文发出后就死了，估计这个童子又转世了。像这样的事好几年，每夜必去，几乎与受戒的僧人相似，心里很苦。当时他还没有儿子，幸好其父是杭州龙工的书吏，因为缺少后代，破例为儿子请求免除这份差事。龙王为他申请、恳求而获准，免除了这份差事。在含元殿看到天府所颁发的秘密信件很多，没有像梦中举笔如千钧之重的，仅仅默默记得《心经注解》一本，《元君下品戒格》一册，是关于杀盗淫狂的四则。其法律很细，大抵与禅门戒律相似。可惜当差多年，含元殿的主人从来未见到过，不知是何人。杭州屠润南，当时在陈望之方伯署中，亲眼见过那个人，自己说确实这样，并亲自记录了两本书，其中《戒格》一本带回来了。

这事是万近蓬说的。

狐狸驮旗白鹿张伞

胡纪谟又说，那边的书吏都是阳间的读书人，或者是秀才，或者是举人，也有一些是认识的。至于下属那些小官小兵，多数是狐鹿之类。当时来迎接我时，仪仗随从的队伍整齐肃穆，狐狸背着旗帜，白鹿张着伞盖，有的头上长着金角，有的头上长着银角，似乎以此来区分职司的高低和尊卑。后来我任教官，住在城内，就不再来了。

凡男女都不得同床睡觉，同床则魂灵归来时要被生人所冲，便不能入城。这是因为京城是皇帝居住的地方，那城是用来护卫皇帝的。城中有许多天神天将，狐鹿之类不能进城。我后来因为泄露机密被革去职务，方始能生育子女。

虎有黄光

胡纪谟先生又说，有一回，含元殿受理一件老虎轮回转生案，发现这老虎脸上也笼罩着一团黄气，烁烁有光，由此得知他前生是道教中人的落劫者，转生而为虎。它生前活动于荒郊旷野，就连山神和土地爷见了它都发毛，不得不把它存在于世的危险性奏闻于天帝。不久，这只老虎果然遭猎劫，死后落册于含元殿。

这只老虎的前生也是人，不幸自缢身死。只因阴司办事差员玩忽职守，忘记了勾取他的生魂，致使他有机可乘，混入虎胎之中，落生为虎。

不久，就接到天帝诏旨，凡因阴司执事发生偏差，误使生魂投胎为虎，而到了阳间又发生了伤害人命者，一律咎罪于含元殿阎王与判官。

正色立朝四字现出腿上

吴锅孙,字坚士,仁和诸生,雍正二年(1724)孝廉,县令紫廷先生吴邦烺的孙子。他住在本城汪氏家,白天打瞌睡,起来时觉得左腿发痒,仔细一看,现出了一个"正"字,红字隆起来。又过了一些时候,再现出"正色立朝"四个字,如碗口那么大,擦也擦不掉,端楷工整,笔法很像虞世南《庙堂碑》,看见的人没有不称奇异的,然而寻找其原因又不得而知。

先是一天以前,吴君为移置棺墓而到三台山,路过张天官的墓,石碑上刻着"正色立朝"四个字。有人认为有所触犯,他便再坐轿子到天官墓上,虔诚地祈祷。此地离忠肃公祠不远,他就到公祠中去祈祷求签。神示签说:"少年发迹自豪雄,更复花枝压帽红。引得乡人齐俯首,洛阳季子一时荣。"旁边有解释的人说:"这是吉利话,不须说了。今年秋天刚好举行已酉正科乡试,这肯定为中取的征兆。第三句说远近来观看的人,都低头仔细看。第四句暗用引锥刺股之事,而延陵季子之称呼,与姓氏也有关系。"

到了秋试时,竟然没有中第,原来现出的四个字渐渐平复了,以后也没有其他怪事。这是乾隆五十四年(1789)六月初三的事。

《涌幢小品》记载,嘉靖年间山东海丰县民徐二患了伤寒病,忽然胳膊上生出"王山东"三个字。知州尤宝以听说这件事,把他逮到京师,验明以后才释放。

狗　　儿

有位姓申的人,名叫祥麟,小名狗儿,住在渭南地方。他原本是农家儿子,长得容貌妍媚而生性执着有信,却并不受父母的宠爱。正巧遇到关中发生饥荒,父母因将往外郡去谋生,就把祥麟寄养在邻居家中。邻居家人叫他去耕地,如稍有怠惰,就鞭打。他受不住虐待,便找机会逃进蓝田山,又越过秦岭向西。他白天吃野草野果,夜间钻进岩洞中栖身,这样经过了数月。

这时,正当酷暑,往山中走去,越走越深。一天,坐在一座很高的山头,往下看去,见有一个洞穴,周围长满了树木藤萝,他便走进洞去睡个片刻。不多一会儿,黑烟突然喷进洞来,火燎烧到毛发而发出声响,于是急忙奔逃离开洞穴。只见一条巨蟒,有瓮口一般粗,它的头不知在哪里,尾巴摔在洞外,发出来的毒雾像幕一样挡在前面,有三丈多高。祥麟惊仆在地,跌落到一个土坑之中。醒后再看自己,浑身黝黑如漆。不得已,只好在山中有人居住的地方乞讨为生。

人们看见这般模样,都呼喊嘲笑,当他是怪物。有的还用短刀、木棍砍他殴他,把他驱赶出来。

不久,他在深山灌莽丛中见有一种植物,形状如栲栳一般,因为饿极的缘故,就把它剖开来吃了,里面白色的浆液宛似乳汁。几天以后,觉得身体发痒,便跳到溪涧中去洗浴,忽然身上的黑皮像蝉脱壳似的,全都落去,容貌肌肤变得柔美无比了。

祥麟从小喜欢演唱,曾学习过秦声。出山以后,由汉中到了武昌。武昌有个叫胡姐的艺人,演唱技艺非常精湛。祥麟便去向她请教,想学得技艺后,作为自己糊口的资本。不料胡姐不但不肯教他,反而与其同人一起嘲笑了一番。祥麟便愤然放弃原来的打算,离开了胡姐。

此后,他到金弹儿家去做佣工,金是汉阳有名的演员。祥麟在金弹儿家做事,这位艺人日常的一举一动,全在他眼里。对于金弹儿的一颦一笑,甚至饮食、睡眠,明姿冶态,祥麟都刻刻留心在意。

在金弹儿家住了一年,祥麟高兴地说道:"我学到本领了。"于是请求登台演出,当时观众都为之倾倒,那种盛况如侯方域所写马伶演《鸣凤记》时的情形相同。

又过了几个月,祥麟夜宿在旅店,忽然有一把亮晃晃的小刀,自窗门飞进屋来急刺其头。幸亏祥麟躲避得快,才免遭暗算。出门一看,原来是胡姐。因知自己招到胡的妒忌,这地方不能继续居住,便于当天动身回家乡渭南。

祥麟起先从家乡出奔时,才十六岁。过了四年回到家里,父母已不知去向。有人说在山西见到过他们。他又离家渡河,由蒲州往太原寻亲。一路上,他边演戏,边寻访。

一天,他在沈竹坪道台的府署中演剧。在场的侍从行列中,有个老年人很像他父亲。祥麟刚登场,一见以后不觉失声痛哭。众人问明缘故后,让他们当场相认,果然父子团圆。他母亲这时也在署内,闻得消息,急忙奔出,抱住儿子,仔细观看,悲伤痛哭得无法控制。座上的人见此情景,也都纷纷泪下。沈竹坪非常感动,便慷慨解囊,厚赠银两,请他们一起返回故乡。

祥麟回到旧居,在酒河川原地方,买田五十亩,侍奉双亲,在此终其天年。

鹏　　粪

康熙十一年(1672)春天,住在琼州海边上的村民们突然发现乌云暴起,遮天蔽日,而且伴有一股不堪入鼻的腥秽气味儿。大家预感像是有什么灾难就要临头了。村里有位上了年纪的老人说:“这是鹏(又名山鸮,猫头鹰一类,夜鸣,声恶。古以为不祥之鸟)鸟将过。光是它们拉的粪,就足以伤害许多人! 大家赶快回避,免得遭殃!”这位老人是村子里最有权威的发言人。他既然这么说,谁敢不信? 一时扶老携幼,逃个精光。

不大工夫,天空漆黑如夜,村子的上空,下了一场倾盆大雨。第二天,雨过天晴。大家回到村里一瞧,茅屋草舍早被几尺厚的鹏粪压倒。大家只好掘开鹏粪,修葺房屋,重建家园。在清除积粪过程中,村里弥漫着鱼虾的腥臭气,有的人吃不下饭,有的人还因此生了病。

更有甚者,有一根鹏鸟毛遗落到村子里,一下子就遮盖住十几间民房。鹏鸟毛呈灰黑色,很像海燕毛。但是,那毛梗粗大坚硬,中空的梗茎竟有几丈高,有人骑马从中飞驰而过,空间还绰绰有余。

银 伥

人们仅仅知道虎有伥,却不知银也有伥。

朱元芳的家在福建,在山峪中,他得到了一窖的金银回来,忽然闻到一股腥秽臭不可闻,况且人的口经常要痉挛。长老说:"这是流贼挖金时,常常困苦一人挖不出,以至求死而不得,于是金子约他说:'你能为我守金窖否?'那个人答应了,就闭在地窖中。因此凡是得到金子的人,都必须祭祀后才可以得到金子。"

朱氏按照长老的说法去做,就念辞说:"你做贼守在这里已经很久了,我得到了这些金子,我应当超度你。"一会儿,秽气果然干净了,病也好了,朱氏成了大富。

有一个姓周的人,也得了金银而归,然而超度终究不能长久,反而自己被关入金窖中。汤某为他作银伥诗说:"死仇为仇守,尔伥何其愚?试语穴金人,此术定何如?"

苍蝇替人治病

秀才俞某长久生病,家境极为贫困,无钱去求医买药。桌上有《医便》一册,想按药书内容,自找药物服用,然都不见效验。

有一苍蝇飞来,鸣声很响,停在这医书之上。俞某哭泣着祈祷道:"蝇者,应验也,神灵也。如它真的灵验,我翻着书帙,蝇为我选择药方,然后就停在那药方上。也许可以找到病源而对症下药,使我得以病愈。"

于是便翻那医书,翻了十多页,这蝇迅速停在一页书上。仔细看时,乃犀角地黄汤。俞某按药方熬制,服了数剂,身体便就康复了。

鼠荐卷

　　乾隆九年(1744)，我和繁昌(今安徽繁昌县)知县黄先生都充任甲子科江南乡试同考官，分房校阅试卷。

　　那天晚上，黄先生校阅的是"赵"字号舍的一份试卷，他左瞧右看，看不出来有什么可取之处，于是，就把它放进了存放落选卷的箱子里。可是，第二天早晨，那份不中人意的试卷，又摆在了黄先生的案头上！这事儿，岂不怪了？最初，黄先生怨自己记性不好，也许这卷子根本不曾放进箱子里去。第三天早晨，那份卷子又端端正正地摆在案头上！

　　黄先生就怀疑自己的家奴接受了别人的贿赂，乘自己熟睡之机从中作弊。那天晚上，他明烛高照，躺在床上装睡，想暗暗看清到底是谁从中捣鬼。不大工夫，就有三只老鼠从地面窜上案头。它们从案头跳进盛落选试卷的箱子里，咬住那份试卷，有的拉，有的扛，另一个干脆钻到试卷下面用背驮。它们动作谐调，配合默契，很快地就把那份落选试卷运上案头，跳跃而去。

　　黄先生思量这位考生的祖先必有阴德，不然，朱衣神明为什么屡次三番地派遣老鼠来荐卷？万般无奈，只得勉强荐他中了一名举人。

　　发榜之日，新举人来拜谢房师，这时候，黄先生才知道他姓闵。交谈之中，黄先生不免把神鼠三次荐卷的神奇故事如实地告诉了他，并问道："贤契祖上有何善事，以至阴德无量，力感神明，神鼠荐卷？"闵举人躬身为礼，说道："学生家道清贫，祖上并无善事可为。只有一件，从先祖父至学生一辈，三代不许养猫而已。"

石人赌钱

雷州府前，站着十二个石人，手执牙旗分两旁站立，也就是今天的卫府。有一夜，守护军士忽然间听到赌博的争吵声，大家赶过去一看，原来是石头人，地上还掉了数千两钱。第二天早上郡守听说此事，就去检查兵库，锁仍然丝毫未动，然而里面已少了钱，所失的钱与地上的钱刚好相等。

于是，郡守就将石头人分放在城隍、东岳两座庙，这种怪事就停止了。

犬逐通判

甲辰年(1784)闹大饥荒，平湖更为严重。有个叫赵通判的，下到县里来催征粮，刑法严厉苛刻，县里人非常害怕他。

当时乞丐很多，忽然有一只黑狗站立起来说起人话："赵通判领了库存银子三千来赈灾，咱们为什么不去乞求？"说完领着众人来到赵家，顷刻间几百人相涌而来，一些无赖又夹在其中乘机大闹。

赵通判惶恐不安，马上越墙而逃。

佛奴穿母胁生

锡山尤少师时亨的儿子平贞，娶妻王氏，产一女儿，是从王氏左胁下面生下来的,取名叫作"佛奴"。

佛奴聪明异常,五岁的时候,举动就与成人一样。到了这年秋天,渐渐不吃东西,形体也一天比一天小。一天,王氏的左胁重新张开,佛奴便从胁下跃入,其母立即痛死。他家按照僧人的习惯,把王氏火化后,在赤石岭建造一个小塔葬了。平贞思念妻子和女儿,不到两月也死了。

我素来听说,鱼昔率领小鱼昔在水中游来游去,倘小鱼昔见人受惊,则仍奔入母腹之中,不料人也如此。

彭祖举枢

传说中的彭祖,生活在殷商以前。他姓篯名铿,是陆佟氏的第三个儿子,古帝颛顼的嫡孙。

据说,彭祖死于夏季六月初三,正是个酷热难耐的日子。可是,送枢归葬那天,竟有六十名侍从(那时候称为"社儿")被活活冻死! 后来,就把这六十名侍从随葬在彭祖墓旁,还起了个很大的坟头儿,形成一个土丘,人们都叫它"社儿墩"。社儿敦这块古地,至令犹存。

社儿墩前,生长着一片薤头(俗称藠头)林。它们春不种而自生,秋不收而自枯。如果有谁胆敢在社儿墩的土地上妄自耕锄,必然阴云密布,闪电轰鸣,招来一场大雷雨。

人 皮 鼓

北固山佛院,有人皮鼓,是嘉靖年间一个名叫汤宽的都督杀了海盗王艮,用他的皮所做的。其声音比其他的鼓稍微闷一点,因为人皮比起牛皮,肌里更厚但不如牛皮坚固。

指上栖龙

　　有萃里平民王兴,左手大拇指显现出红纹,拇指形状纡曲,仅一寸光景,却有五六个关节可以弯曲。每逢雷雨时,拇指各节就会摇动不停。王兴心里觉得很遗憾,想把它除掉。

　　一天夜里,王兴梦见一个男子,容貌仪态都与常人不同。这人对王兴道:"我是应龙,谪降在你身体上,你不要加害于我。三天之后的午时,你把手指伸在窗棂外面,我将离去。"

　　到了约定的日期和时辰,雷雨大作,王兴按他所说的做了,果然拇指断裂,应龙便远飞天外了。

卷　五

夺 舍 法

庄怡圃先生说,他在前往西番(泛指我国西部少数民族居住地区)的路上,突然感到劳累,就在一座古庙旁坐下来,暂歇片刻。可是,眼前就躺着一匹死马,已经腐烂发臭。习习微风迎面袭来,却夹杂着一股浓烈的腥秽气,使人难以忍耐。庄先生走的时间也长,腿已经累瘸了,一步也不想再走,可这地方臭不可耐,是走呢,还是不走呢?

正当庄先生踌躇不决之际,忽而有个老和尚偕同一位青年同向走来。他们似乎也累了,在古庙旁坐下来歇息。很快,他们也感受到了那股臭马肉味儿,纷纷皱起了眉头。待了一会儿,那青年人就恳求老和尚说:"禅师,还是快点儿把那匹马打发走吧,真有点儿受不了啦!"那老和尚却眯起了眼睛,一声不吭。不大工夫,只见那匹已经腐烂了的死马忽而动撼起来,继而,突然蓦地一跃而起,朝着顺风的方向狂奔了二里多地,又咔嚓一下倒在了路边上,不动了。这时候,那位老和尚才慢慢睁开眼,问那个青年人道:"怎么样,打发走它了吧?"

他们使用的这套工夫,人们就叫作"夺舍法"。据说,夺舍法还要分为两种,一种叫作夺生,一种叫作夺死。练夺生,是把有生命的生魂凭附在已死的体魄上,使其行动;练夺死,是使已死的阴魂去凭附他人。阴魂已死,不会有形体,要想夺舍行动,还要另行修炼体魄,这一步就比较艰难。

据说,西藏的红教喇嘛都善于运用夺舍术。然而,在佛教经典《严楞经》里,却称夺舍法为"投灰",并被视为邪魔外道。

尸　奔

尸体能自己移动地方，是阴阳之气一张一合造成的。人死后，阳气消散，身体里只有阴气。只要阳气旺盛的活人突然碰触它，那么阴气就会忽然消散，而把阳气紧紧吸住，这样就能跟着人移动行走，像被什么东西绑着在旋转一样。这就是《易》经里所写的阴气与阳气相凝结必定要发生争斗的原因。

所以守灵的人，最忌讳的是与死者并着脚睡觉。人睡觉时阳气大多从脚心的涌泉穴流出，就像离弦的箭，没有任何阻碍地完全透射出去。如果守灵的人和死者对着脚，那么活人的阳气就会全部贯注到死人的脚中，尸体就能立刻站起来，俗语称作走影，而不知道这是受了阳气的缘故，只是嘴不能说话。那能说话的，是像黄小二那样的人，是被老鬼附体。

陈聂恒所著的《边州闻见录》记载，有一寄居的人在山间小路行走，途中突然听见有人叫他的名字，他就不知不觉地答应了。晚上到店主人那里投宿，把这件事告诉了他。店主说："你不必忧虑，我能制服这种现象。"晚上店主就拿着剑和那客人睡在一间房里。门外打了三次更，果然听见有唤那客人的名字，那声音从墙外传过来。店主问是谁，那声音答道："我是黄小二。"店主打开门赶走它，发现有一个像人一样的东西，跑到一座坟墓里就消失了。

第二天店主问旁边住的邻居，才知道是刚刚死掉埋葬了的人，于是店主与那客人就一起把这事报了官。官方把尸体从坟墓中掘出来，加以检查，发现尸体五色斑斓。店主说："是这样，然而还没有成精。"于是和大家一起四处寻找，到了深山中，发现一具遗骸，也是五色斑斓长满毛发。店主说："这就是那个黄小二啊！"大家一齐用火烧他，果然啾啾地有声响。等到烧那刚刚埋葬不久的尸体时，没有一点异样的地方。

大概这是由于干枯而死的魂灵，时间长了就会变成鬼，附魂于刚死了的尸体上，来祸害人，没有可以附着的尸体就会慢慢产生灾异，假若遇到雷电击散了它的阴气，又能使这阴气广为散布就成为瘟疫。这都是自然界中有害的气体，偶然被身体所接触以后所产生的。

骷髅三种

地下有游尸、伏尸、不化骨三种，都是外面没有棺材掩蔽的。游尸乘着月气，按照节令移动而无固定去向。伏尸则千年不朽，始终伏在地下。不化骨，是这人生前精神贯注的部位。他的尸骨到了地下，虽然棺木腐朽，衣服烂尽，身躯以及别处的骨头都化成了土，唯独这一处的骨不化。它的颜色黑如磬玉，时间长久后，得了日月的精气，也能作祟。所以凡背米的人死后，肩骨最后才朽；轿夫死后，腿骨也是最后才朽。这是因生前用力，有关部位为精气所结聚，故入土后不容易朽腐。伏尸也是这样，伏尸存在的时间久了，则因受了精气变为游尸，又久了便会变作飞行夜叉。《峋嵝神书》说："老蛤能驱除伏尸。"

人气分尘

人世间到处充满尘埃，空气里尤其严重。只因人的气脉能使尘埃回避，所以，在人们的眼前，是看不见尘埃的。但是，尘埃能使器物老化、腐朽，最终败坏，这却是显而易见的。没有人居住的宫室，要比有人住的房屋容易老化。然而，那些有人居住的房屋里，器物长年受人气和日月风露的感化，木料、石料之类也能起内在的变化，正像含文嘉《夏鼎图》一书中所显示的那样，门窗、桌椅、日常所用器皿，甚至于便盆也能化作精灵。它们各有各的名字，你只消一声呼唤，它们就会高声答应。

这些成了精灵的器物,存在超出一百年,就会产生影子,超越一千年,影子又能转化为形体。到了那份儿上,事情可就严重了。如果,这样的房屋有人长年居住,由于受到人身纯阳气的威逼,这些成了精的器物的精气不得外越,仅仅潜伏于器物的内在之中,这就形成了所谓"金水内景之象",还不至于产生多大的不良影响。万一这些屋子被长期封闭,得不着半点儿真阳之气,这当口,器物的内蕴之气就会日见猖獗,溢于外部,就变得有体有形,能说会道,形成了所谓"火日外景之象"了。

这种形象没有实质,单凭一股交感之气所形成。它们虽然能幻化成各种形象,也只是内秉邪气,外驾空虚,没有真实的魄力。只要点燃火酒灯一照,它们就立现原形。就是闻到一点儿硫黄气,它们也要迅速退避。

鬼气摄物

赵衣吉说,凡是鬼魂进入人体和器具,都用气来禁止它们,就能够以小容大。我年轻时在西城童佛庵一个姓韩的人家读书,亲眼看见他们家的老仆人被冤鬼所纠缠。一天晚上他忽然从他所在的地方消失,而当时门窗都是关着的,后来发现他已经死在二里外的桑园中,脖子上有用手掐的青色的痕迹,但人们始终不知道他是从哪儿出去的。

乾隆三十三年(1768),我寓居在常山,看见有妖怪把一个人吸引到石洞里,石洞不是很大,仅能容纳他的身子,洞口像一个小杯子,在外面叫那人,能够听到回答,但最终也不能出来。把石头击破,发现那个人已经死了。

我的亲戚中有个姓唐的,家里闹狐精,一天他的妻子找镜子找不到,后来取一个瓶子用来插花,感觉到瓶子比原来重了几倍,往瓶子里一看,才发现丢失的镜子原来在那里面。瓶子口很小而中间却很大,不知道镜子是怎样放进去的。这都是气作用的结果。

《汉书·方技传》中有禁架的法术,就是前面所说的法术。

山魈怕桑刀

常山璩紫庭有一个贡士,他有一座书塾在东门外的山中,书塾中时常有山鬼出没,当地的土人经常看见,并不以此为怪,只是把那些山鬼叫作独脚鬼。

独脚鬼都倒着脚走路,他们到来时必定有风云相伴。令人奇怪的是这种山鬼最怕桑刀,用老桑树的枝干削成的刀,一砍它们就死,把桑刀悬挂在门上,也能把它们赶走。

这种山鬼爱听人唱歌。有一个姓张的人住在衢州山中,每天晚上山鬼都要踯躅而来,强迫张某唱歌。

驱疟鬼咒

道书上说,疟鬼都按天干地支不同时间值日,值日的疟鬼有名字。如某日得病,只要查得这天值日者的名字,就可以用符驱逐它。那些不按时间活动的疟鬼,是属于狂疟之鬼,作祟尤其猖狂。它们的名称叫"岳子贵",必须用值日的疟鬼来捉它们,这便叫作"以贼攻贼"。

然而施行这种方法,有时也会毫无效验的,不如《太平广记》中所载驱除邪疟鬼的符咒灵验。

《太平广记》中的符咒说:"勃疟勃疟,四山之神,使我来缚。六丁使者,五道将军,收汝精气,摄汝神魂。速去速去,免逢此人。"

凡人疟疾发作时,不断朗诵,寒热即会散去,待出汗后便痊愈了。张雨村先生在台州任盐运使时,曾亲自试过,确有效验。传授给别人,也没有不奏效的。

阴 沉 木

阴沉木产于湖广施南府(治所在今湖北恩施县),属于山野里的土产品。当地人开发地亩,往往能够得到它。为什么称之为阴沉木呢?

阴沉木质地轻柔,纹理细腻,而且能发出阵阵幽香。用手指一掐,就会出现指甲印儿;但是,过不了多会儿,指甲印儿就会平复消失,恢复原状。这种性质,和奇楠木是一样的。

施南府的乡民说,用阴沉木制作棺材,棺材入土后就会变得沉重。愈重,愈往下沉;愈往下沉,就愈沉重。当它陷入地下十几丈,就变得坚硬如铁了。所以,这种木材陷地愈深,就愈值钱。在施南府,买上一副阴沉木的棺材料,不过花六七十两银子。可是,一运到武汉,不出上几千两银子,是绝不会买到手的。这是因为,水陆辗转运输的费用是相当可观的。

关于阴沉木的产生年代,就很渺茫了。盘古氏之前,恐怕是无可考究的。有人说它是产生于混沌时代,也就是天地不甚分明之时。那应该是脱高、龙汉时代吧?据道书上说,老子就出生在龙汉五劫之一的龙汉元年。

织登科记

过去有一个人误入了星河,看见有一个女子在织细绢,那绢上有许多古体的篆字,那人不认识,就向女子询问。那女子回答说:"这是今年科举考试被录取的状元名单,用来呈报给玉皇大帝的。"

录取的名单必定要织出来,录取的文章必须刻印出来,天上都这样重视科目,那么人间流传千古的名经佛典就更不用说了。

假若杨琼芳因自己的宅第失火而得了状元,那与先前明朝焦状元的故事有什么不同呢? 那个时候的人们有一句话:"如果不是因为南院着火,哪能获得焦状元这个名字呢?"

朱 鹿 田

朱鹿田先生在官居刑部郎中时,伴随大学士马公赴河南查办案件。途中住宿在一所公馆之中,内有卧室三间,朱与马两人是对房而居。

这时是七月十六日,月色皎洁,朱鹿田怕热未睡。到三更时候,忽然有风吹来,门户自动开启,见白气如虹,蜿蜒进来。当它临近朱的蚊帐时,朱便举拂尘击它,这白气就从朱的房间出来。朱蹑手蹑脚紧随在后,见这白气进入马的卧室。稍过一会儿,白气从马的房内出来,有红光一道,将白气交绕着往外驱逐。白气不胜,形态光色也渐见淡,然后出门而去,红光也就回来,不再追逐,这时门户也都自动关闭。听那厩中的马,则鼾声如雷,似乎没有感觉到有白气与红光的较量。

第二天,住在旁边房间内的人忽来禀告说,有二名随从家丁死了,他们都身软如绵,但不知死于什么病症。

飞 僵

凡是僵尸留存日久,都变得会飞行。它们再也不安分守己地待在棺材里,人们就称这种僵尸为"飞僵"。飞僵浑身上下生满了长毛,毵毵然披拂下垂,就像穿上了一件长而肥大的蓑衣。飞僵的一出一入,都带着一袭耀眼的闪光,使人不易看清它的形象。

飞僵存在日久,还能演化成飞天夜叉。这家伙力大如熊,经常出没害人,损坏庄稼。而一般百姓,谁也抗拒不了它。它最怕的就是遭雷击,若非雷击,谁也没法儿置它于死地。

在民间,只有火枪能侥幸偶尔将它击毙。福建省山居的乡民,每每遇上飞天夜叉,他们鼓噪喊叫,请持枪人爬上树顶。但是,当火力齐备之后,飞天夜叉早就飞出很远。人们朝它空放上几枪,早已是鞭长莫及、无济于事了。

程 嘉 荫

赵衣吉说,我小时候和程嘉荫一起上学。嘉荫善于巧思,喜欢探讨制造器具的方法。他和范羽士相交,得到了一本《奇器录》,能够按上面所说的做成木牛,他亲眼看见木牛的制造过程,外行人也都能做出来,只是其中所设的机关各不相同。

木牛的喉舌下横着一根直木,一头系在舌根上,一头连缀着心脏,心是用铅做成的。这根横木的四边有孔窍,都用粗绳索穿起来,与脚相连接。木牛走动的时候心就摇动起来,铅体就重重地下坠,而木头的一头就下垂,不一会儿舌头又开始下垂,铅心就又被抬高而向上。像这样一俯一仰,脚上所系的粗绳子就会拽着脚一屈一伸地走动,但是走得很缓慢,不能跑动。把重物加在牛背上,也会走得迟钝缓慢。程嘉荫说还有九个风轮,把五个风轮放在木牛体内用来和五脏相合,体外有四个用来催动四肢,这样就能使木牛走动起来快速如飞,几百斤的重担都可以背负了。捻动木牛的舌头让它转动起来,那么铅做的心脏就会横搁在腰上,连贯在一起的绳子就会拉起来,脚就会弯曲,这样木牛就卧倒了。这和民间所传的武侯木牛、壬遁等书所写的西洋的木牛都不一样。

嘉荫还能造寄话筒,筒中间有几寸宽,里面有一个闸门相隔,里面有一机关闭气,人对着话筒说完话,就关上闸门,闸有次序,如果乱开就不能把话连成句。据程嘉荫说,用这种方法可以把话存一百天,过了一百天则机关失灵,气体散尽。

可惜程嘉荫死得很早，他的父母认为他是用心过度，吐血而死，所以他所藏的书籍，都被烧毁，以免留下来以后害他的弟弟。

水　虎

《尔雅》上说，虎有角叫作虒，能在水中行走。其实，不知水中确实有虎。

康熙年间，朱鹿田先生曾见松江提督养一只虎在池中，四周以铁栅栏围着，名叫水虎，用鱼虾喂养，不吃生肉。《象山志》上说，乡间有渔民在海边捕鱼，一网捕到一头雄虎，在网中时还活着，出水即死。剖开它的腹腔，发现有三头小虎。这头雄虎当是鲨鱼感气变化而成，它还未登岸就被渔人捕获了。

绿郎红娘

《广语》里说，广州的女孩子长到十五岁之后，往往因为冒犯了"绿郎"而中邪致死，而年轻的男子在没娶媳妇之前，又多有因为冒犯"红娘"中邪身亡的。"绿郎"又叫"驸马"，"红娘"又称"过夭"。所以，广州流传着一则谚语，叫作"女忌绿郎，男忌红娘"。

青年男女若是冒犯了"绿郎"或"红娘"，必须持斋祭祀，才能驱逐邪魔。如果驱逐而不去，就是被妖鬼所凭附，必定是性命难保。这种情况，就像金华（今浙江金华，清为浙江金华府治所）人被猫魈迷住了一样。

文人夜有光

　　爱堂先生说,听说有个老学究夜晚走路,忽然碰到他已死去的朋友。老学究为人憨直,也并不害怕,问道:"你去哪儿?"鬼说:"我当阴间的小吏,到南村去勾人的灵魂,刚好和你同路。"于是两个一起走。来到一所破旧的房子前,鬼说:"这是文人的房子,不要放肆。"老学究问:"你怎么知道呢?"鬼说:"人们白天忙忙碌碌谋生,禀性灵气都被淹没了。睡着时一点心虑也没有,天性清晰呈现。平日所读记在心里的书,字字都发出光芒,从人体各个孔道处透露出来。那种光芒闪闪烁烁,五彩缤纷,灿烂得像锦绣一般。像郑玄、孔颖达,像屈原、宋玉、班固、司马迁等人,光芒照耀云天,和星星、月亮争辉。差一些的人光芒有几丈高,再差一些的人,其光仅几尺高。最差的人也像一盏闪闪发亮的灯,映照门窗。这光芒,人看不见,只有鬼才能看见。这所房子上的光芒高达七八尺,所以知道他是文人。"老学究问道:"我读书读了一生,睡觉时光芒会有多高呢?"鬼显出想说又不好意思说的样子,过了很久才说:"昨天经过你的学校,你正在午睡。我看见你心胸间有高头讲章一部,墨卷五六百篇,经文七八十篇,策略三四十篇,每个字都变作黑烟,笼罩在房子上面。学生们读书的声音,好像从浓密的云雾中透出来。实在没有看到光芒,不敢随便乱说。"老学究气得怒骂起来,鬼哈哈大笑着走了。

狐仙正论

　　献县的县令明晟是应山人,他曾经想澄清一件冤案,但担心上官不允许,所以始终拿不定主意。他的差役中有一个叫王半仙的,和一只狐狸是朋友,据说这狐友能预测人的吉凶,一般都很灵验,于是县令便派差役去询问他。

这个狐友一本正经地说:"明公身为父母官,只应当论案件冤不冤而不该顾虑上面允不允许,难道他没有记住制府李公的话吗?"差役回去把这番话告诉了明县令,明县令很害怕。

他就说制府李公在还没有上任的时候,曾经和一个道士一起渡江,恰巧碰到一个人和船夫吵架,道士叹息着说:"生命就在这片刻间了,还计较这几文小钱呢!"不一会儿,那人被帆脚绊了一下,掉到江里淹死了。李公心里很是奇怪。到了中游,风刮得很大,船几乎要翻,道士蹑着步念着咒语,风很快就停止了,船也得以顺利地通过。李公拜了又拜,感谢道士使他得以免难。

道士说:"刚才掉到江里的那人是他命不好,我不能救助他。而你是贵人,遇到危险而能得救,这也是因为你的命啊,所以我不能不救,你还谢我做什么呢?"李公又拜了一下说:"我领受于您这样的教训,我将终身安于自己的命运。"道士说:"这也不全是这样。一生的贫穷或富贵应当遵从命运的安排,若不安于命运,那么奔走、竞争、排挤、倾轧等等就会争相到来。李林甫、秦桧即使不陷害忠良,其才也可做宰相,而他们陷害忠良,只是自己增加罪行罢了!至于国计民生的利害关系,就不能只顾命运的安排了。天地生有才之人,朝廷设大小官吏,是用来对命运的补救。身掌大权却束手束脚只听从命运的安排,那么天地为什么要生这样的有才之人呢?朝廷为什么要设这样的大小官吏呢?晨门所说的'是知其不可而为之',诸葛武侯所说的'鞠躬尽瘁,死而后已',这都是圣贤之人的立命学说,您想必是知道的吧?"

李公很慕敬地接受他的指教。李公拜问道士的姓名,道士说:"说出来怕你害怕。"说完走下船才几十步,一下消失了踪迹。

外　国

外国三异,传闻最多。高丽有狗站,用四只狗拉车。无启国的人死后,把他的心仍保存着,埋在地下,百年以后,这心又重新变成人。土啥国昼长夜短,太阳落山后顷刻又是日出。沙弼国太阳落山时,声音大如雷鸣,国中的人必须敲锣打鼓来扰乱这种声音,否则小孩子会被惊吓致死。大耳国人耳朵长七尺,阔四尺。人们睡觉时,一只耳朵当垫褥,一只耳朵当被头。

宁公台外的人,到了冬天必伏藏起来,如蛇虫冬眠一样,不饮不食,不语不言。逢春以后,才蠕蠕而动,恢复饮食,往来行走如常。又,某国的人民,冬眠状的蛰伏时间长达一百年之久。

雷州地方的人民吃熟肉,念了咒语会变生肉,再念咒语生肉变为猪羊,恢复了它们的原形,再念咒语,仍又变成了熟肉。他们所念的咒语"东山王母桃,西方王母桃",只有十个字而已,实在无法解释清楚这是为什么。

大秦国离长安有四万里遥远的路程,羊生在泥土中,它的脐连着土地,将脐割断了必然会死,须击鼓用声音去震动它。这样,那羊脐便会脱落,并到水草丰茂的地方寻食。这种说法见《新唐书》。新近果然有地种羊的羊皮,可见古人说的并非是在欺骗我们。

作势渡水

张灏游历到真州竹林寺,寺庙隔着小河,河宽两丈,僧人搭板桥来往。张灏来到的时候已经黄昏,桥板已经抽回去了。他跳起来,踩着水过河,走到寺庙,只浸湿半只鞋子。僧人大惊,以为张灏是神仙。张灏笑着说:"我并非神仙。小时候有师傅传授,方法是用一尺多高的厚砖头横放在地上,铺有三丈多宽,人跳上去飞快地跑动。砖头不歪不倒,再换上薄的砖头做试验。跑来跑去砖头毫不摇动,再用霉烂的布匹丝绢,脚踩布绢不破,再换上豆腐。最后用棉纸、竹纸。能够做到踩着竹纸而竹纸不破,就可以踩水跑动了。只是起跑必须在二十步之外,鼓一口气,马上像老虎腾空一样飞跑过去,鞋头踩水,不过浸湿五六寸,就能踏上对岸了。假如到了水边才鼓劲,就不能有冲力。不过踩水最多也不能超过两丈远。"当年王莽招兵,招募会飞的人。有应招的人,捆缚着鸟的羽毛做的翅膀,只飞行几十步就掉了下来。王莽知道这不能派用场,能用的就是张灏这一类人了。

唐公判狱

保定制府唐公执掌大权时,曾经核查了一起杀人案,罪案已成立。一天晚上唐公秉烛独坐,忽然听见有哭泣声,好像这声音离窗户越来越近。唐公让小丫环出去看看,那人哀号着扑倒在地上。唐公掀开门帘,看见一个鬼正鲜血淋淋地跪在台阶下,就对他厉声叱喝。那鬼磕着头说:"杀我的是某某,您冤枉了现在那个人。此仇不报,我不能瞑目啊!"唐公说:"我知道了。"于是鬼走了。

第二天,唐公亲自提审讯问,大家所提供的死者的衣服鞋子与他亲眼看到的相吻合,他就更加相信鬼说的话,于是按照鬼所说的给某某定了罪。那人向他申辩了许多理由,但他最终认为南山可移,但此案不能再动了。他的幕僚怀疑其中必有其他原因,叩问唐公,唐公这才说出了事情的真相,幕僚也没有说什么。

一天晚上,幕僚问唐公说:"那鬼从哪里来的?"唐公答道:"从那台阶下。"幕僚又问:"那鬼从哪儿走的呢?"唐公说:"忽然一下子他就翻墙走了。"幕僚说:"鬼都是有形状而没有实体的,离开的时候应当是突然一下子不见了,而不应当翻墙。"于是他们立刻到鬼翻墙的地方查看,虽然砌的砖瓦没有裂开,但刚刚下过雨之后,墙上隐隐地有泥迹,一直到墙的那一边。幕僚把这些指给唐公看,说:"这一定是原来那囚犯贿赂强盗所做的事。"唐公这才恍然大悟,但仍然维持原判。

他忌讳这件事情,也就不再深究了。

郭 六

郭六这人，是淮镇农家的一个妇女，不知她丈夫的姓氏。雍正二年(1724)至三年(1725)间，正逢灾荒，她丈夫估计活不下去，想离家去他乡乞食谋生。将要远行时，对妻叩头嘱咐道："如今父母都是既老且病，我走以后，你受累了。"

郭六原有相当姿色，乡里的年轻人见她贫穷少食，就用金钱去引诱她，她概不理睬，只是一心做女工针黹来赡养公婆。日久之后，渐渐地已不能养活两位老人，便邀集邻里中的人，向他们叩头说道："我丈夫外出了，他把父母托我赡养。我虽竭尽全力，但仍不能养活他们。如不想别的办法，只能一起饿死。乡邻们如能够助我，就请给我帮助；如不能助我，我只好倚门卖笑，希望不要讥笑我。"邻居们听了，窃窃私语一番后，便各自散去。当她痛哭着把自己的打算告诉了公婆之后，便公然与那些浪荡公子朝夕相处，干那倚门卖笑的勾当。此后她便暗暗把自己卖身得来的钱买了一个女子，将她养在家中，平时防备很严，不使外人与她见面。有人说："这个女子将来可以赚大钱。"郭六听了，也不去争辩。

三年多时间过去了，郭六的丈夫归来，她向丈夫说了几句见面的话后，即领他去见公婆，并说："父母都在，现归还给你。"又叫那买来的女子见其丈夫，又说："我的身子已有了污点，不能忍耻再来陪伴夫君，所以为你娶了一个女子，现在也交付给你。"丈夫正在惊愕，还未回答，郭六就说："我且为你去准备吃的。"说罢，就往厨房中奔去。不多一会儿，她便在厨房中自缢身亡了。

这事报到县衙，县官来到她家验尸。只见郭六双目炯炯，没有闭上。县官判令葬在夫家祖坟之内，但不祔在丈夫墓穴之旁。县官解释道："不祔墓，是让她与丈夫断绝；葬于祖坟，表明她与公婆的关系没有断绝。"县官说后，郭六双目仍旧不闭。这时她的公婆悲哀号哭道："我媳妇本是个贞节的女子，是为了我们两人才这样做的。我儿身为男子,不能养活我们,而把赡养的责任委托给了一个少妇,不论是谁,都会知道她的心迹。是谁的过错而使她断绝与丈夫的关系的,这难道还不明白吗? 这是我们的家事,做官的不必去管这些事吧!"话刚讲完,她媳妇的双目就闭上了。

又有一个住在孟村的女子,崇祯末年大盗肆意掳掠,见她长得容貌俊俏,便把她及父母一起绑了去。她不愿被污辱,而她父母被绑缚将要受炮烙的酷刑。父母经受不住,呼喊号哭,极为凄惨,叫女儿忍辱从贼。这女子提出先把父母放了,才肯顺从。盗贼知她是骗自己,就一定要先奸污她再释放她的父母。这时她便奋身上去打了贼人的耳光,结果与父母一起被杀害了,尸体被丢弃在荒野。后来这个盗贼在与官兵格斗时相遇在荒野,那马行至尸首前时,惊退不敢向前,于是陷入烂泥中而被官兵抓获。

这两桩事情正好是相反,论述这两事的,对她们都有贬词,以为前者是失节,后者是太忍心。我说,她们都有道理,都是对的。孔子说:"殷代有三个仁者。"郭六改行,好比是箕子去做奴隶;孟村女子的抗节,好比是比干的直谏而死。古人对于徐孝克妻、乐昌公主还要给予同情,何况对于这两人呢!

刘 遇 鬼

纪晓岚(纪昀,字晓岚,号春帆。直隶献县人。乾隆进士,历官礼部、兵部尚书,官至协办大学士。谥文达)先生说,有个人姓刘,字羽冲,叫什么名,已经不可考,只知道他是沧州人。

刘羽冲与先高祖厚斋公(纪坤,字厚斋。明朝禀膳生。景城纪氏十世祖)是同代人,并与厚斋公多有诗词唱和。但他性情孤僻,好讲古制,所提出的主张多不切合实际,又迂腐而不可行。他曾经请董天士先生作画若干幅,又请厚斋公在每幅画上题词。有一幅画名为《秋林读书图》,厚斋公就在画上这么题道:"兀坐秋树根,块然无与伍。不知读何书,但见须眉古。只愁手所持,或是井田谱。"厚斋公写这样一首题词,就有委婉地劝诫他休要一味地迂腐下去之意。但是刘羽冲竟对此毫无警觉。

他偶尔得到一部古兵书,于是,刻苦攻读了好几年。自我吹嘘说:"在下足以将兵十万,打败任何敢于来犯之敌!"正好,这时候乡下闹起土匪来,他便自己组织训练乡兵,和土匪们作一番较量。没想到,一战则大败,全队人马溃散覆没,就连他这个"主帅",也差点儿被土匪所擒获。

后来,他又得到一部古水利书,又刻苦钻研了若干年,自称可以使千里之内的荒原,全变成良田沃土。而且,他还绘出大量的水利工程图,呈给州官,请求纳用。这位州官也是个好事儿者,就叫他在某个村子里先进行试点。于是,招募民工,大兴土木。沟渠修好之后,正是洪水季节,大水骤至,顺渠入村,水满横溢,淹没了村庄,全村人几乎化为鱼鳖。

刘羽冲从此郁郁不得志,总是独自在庭院里踱步徘徊,摇头晃脑地自言自语:"古人这岂不是欺骗我?欺骗我!"这句话,一天之内少说也要叨念上千遍,不久,一场大病突然暴发,他就在郁闷中死去了。

刘羽冲死后,每当风清月朗的夜晚,人们往往可以看到他的鬼魂在坟墓前的松柏树下徘徊,他摇晃着脑袋,嘴里嘟嘟囔囔,仔细一听,还是他活着的时候那句话:"古人这岂不是欺骗我?欺骗我!"人们听了,不觉笑出声儿来,他便忽地一闪,不见了。第二天再偷偷去看,他还是那个老样子。

拘泥于古人的章法,何至于愚蠢到这地步!

阿文勤公(阿克敦,姓章佳氏,字冲和,一字立恒。满州正白旗人。官至刑部尚书,协办大学士。谥文勤)曾教导纪昀说:"满肚子都是书能坏了事,肚子里空空不读书,也照样坏事儿。国棋手遵循旧棋谱,但他们不执着于旧棋谱;国医手不拘泥于古方,但又离不开古方。所以,《易经》上说:'领会了精神,运用于现实,才算真正掌握了这项技能。'《孟子》中也说,木匠只能把制作轮舆的方法传授给别人,却不一定能使人具备高超的技术。——那真正的技艺,是需要自己去寻求的。"

痴鬼恋妻

　　京师有一个老妇人能看见鬼,常告诉人们说,昨天在某家看见一个鬼,可以说是绝对痴情的,然而那情形实在可怜,也不禁使人的心脾凄然而动。鬼叫某,住在某村,家里也算小康水平,死时刚刚二十七八岁。刚死了百天后,他的妻子邀我陪伴她,我看见他经常坐在院中的丁香树下,有时听见妻子的哭声,有时听见儿子的啼声,有时听见嫂子和妻子吵架声,虽然他因为阳气所逼不能靠近他们,但一定会在窗外侧耳细听,很是凄惨。

　　后来看见媒婆来到了他妻子的房中,他突然非常吃惊,左右环顾。后来听说事情没有商议成,这鬼才稍见喜色。不久媒婆又来了,来往于他兄嫂和他妻子之间,鬼也就随着媒婆来回奔走,惶惶然像丢失了什么似的。送聘礼的那天,这鬼坐在树下,眼睛直看着妻子的房间,眼泪扑簌簌地如下雨一般。从此,他的妻子每次出入,就跟在她的后边,眷恋之意更加深厚。出嫁前的晚上,他妻子在整理捆扎嫁妆。那鬼又徘徊在屋檐外,有时靠着柱子哭泣,有时低下头像在想什么。稍微听到房里一点咳嗽声,就会从缝隙中偷偷地窥视,像这样一直到通宵。

　　老妇人叹息着说:"痴鬼何必这样痴情啊!"然而那鬼好像没有听见这话似的。娶妻的人进来了,拿着烛火在前面走。鬼躲避在墙角,仍然抬起头看他妻子。我和他妻子一同出来,向后看,发现他远远地跟在后面,一直到娶妻的那人家里,被门神阻拦住了,那鬼磕着头乞求才得以让他进去。他就藏在墙角里,看着他妻子行礼,凝神站立在那儿像喝醉了一样。他妻子走入洞房,他就稍微靠近窗子向里窥视。直到他妻子灭了烛火睡觉了,还舍不得离开,被中雷神所驱赶,他才狼狈而出,仍然回到他妻子原来住的地方。

　　他妻子留下一个孩子在家,听到孩子寻找母亲的哭声,他就赶快跑出来围着孩子四周转,搓着两只手无可奈何。不一会儿他嫂子出来了,打了那孩子一巴掌,鬼更蹬着脚捶着胸,咬着牙远远地看着他们。

老妇人实在不忍再看这种景象，于是径直回家了。

狐仙惧内

纪仪庵有爿当铺开在西城中，一座小楼被狐仙占据着，夜间常听到它们的说话声，然而并不出来害人，长期相安无事。

一夜，楼上传出辱骂、责备以及鞭笞声，闹得很厉害。众人就去偷听。忽然听到一狐负痛狂呼道："楼下诸公都应当是通达明理的，世界上可曾有妻子鞭打丈夫的么？"正巧在楼下窃听的人中有一位刚被妻子鞭挞，面上的爪痕还未愈合，众人哄然一笑，说道："这种事情从来就有，不足为怪。"楼上群狐也哄然而笑，不再打架相骂，和解了。

听说这件事的人，无不笑得前俯后仰。

军 校 妻

纪晓岚先生从军乌鲁木齐的时候，有一天，属下向他报告说："军校王某人被差遣往伊犁运军械去了。他妻子独居在家，日过中午还不见开门，叫她也不答应，恐怕有什么意外，请您示下。"纪先生便命传话乌鲁木齐同知木金泰，请他一道去勘察。

他们破门而入，只见男女二人同床而卧，裸体相抱，都是剖腹而死。这个男人，也不知从何而来，没有人认识他。问遍街坊四邻，也找不出一点儿头绪。纪先生和木金泰想不出别的办法，只好命军士守尸，日后作疑案了结。

这天夜里，女尸突然开始呻吟，把守尸的军士吓了一跳。他仔细一瞧，原来那个剖腹的女人苏醒了，急忙禀告了纪先生。第二天，这女人就渐渐能说话了。女人供认说："我自幼儿就与这个男人相爱，青梅竹马,感情挚深。由于父母的阻挠,我们无缘结为夫妇。我被迫与王某结婚后,还不断地与他有来往,私下里约会,丝缕不断。后来,我随丈夫驻防西北边疆,他对我思念而不能忘,就千里迢迢来寻访我。他刚一露面儿,我就把他赶快藏进屋里,街坊四邻都没有发现。幸而王某受差遣出门,给我们极好的做爱机会。事后,我们忧虑短暂的相会必然过去,最终还要分离,倒不如一块儿死去,得以共伴终生。钢刀入腹,疼痛已极,当时昏死过去。忽然之间,又像在做梦,入梦之后,觉得灵魂离开了自己的尸体。急忙寻找他,他已经不见了。只有我自己站在茫茫的沙漠之中,地上白草,空中黄云,天与地接,渺无边际。我正在徘徊茫然不知所措,忽然被一个鬼捆绑起来,拉着我就走。到了一处官府,他们就对我与他相爱的过程和细节,进行了刨根问底式的讯问,并对我施行了人身污辱。可后来,他们又指着我说:'这个女人虽然无耻,她的寿数尚未享尽。'于是,命鬼卒狠狠地打了我一百刑杖,把我赶了出来。那刑杖是铸铁制的,打到身上疼痛难忍。我当时又昏了过去。等我再清醒过来,已经回到人间了。"

经过验证,她屁股上果然是杖痕重叠、血迹斑斑。

乌鲁木齐驻防大臣巴公(巴彦弼)说:"她既然已经受到冥司的惩罚,就免去她通奸败俗之罪,不必深究了。"

纪晓岚先生的《乌鲁木齐杂诗》中,有一首写道:"鸳鸯毕竟不双飞,天上人间旧愿违。白草萧萧埋旅榇,一生肠断华山畿。"这首诗,实际上就是咏叹这个故事的。

飞天夜叉

先生在乌鲁木齐时,当地的把总蔡良栋说:"这个地方刚刚平定时,我曾经到南山深处巡视。日近傍晚,好像看见山洞的那一边有人影,我怀疑是强盗埋伏在丛林中,就秘密侦查。只见有一个人穿着戎装坐在一巨石上,几个小兵站立在周围,面貌都很狰狞。由于离得较远,他们说话的声音不能分辨出来。只见那人指挥一个小兵,从石洞中叫出六个女子,都是面貌娇好,皮肤白皙,所穿的衣服都绘了彩图,她们都被反绑着手,低着头浑身颤抖着跪在那里。她们按次序被带到那坐着的人面前,剥去衣服,趴在地上被鞭子打得直流血,哭叫得很是凄惨,声音响彻山谷。那人鞭打完她们就独自离开了,六个女子战栗着跪送他,直到看不见他的影子为止,这才呜咽着回到洞里。那块地方只要射一箭就可以到达,然而山涧很深,悬崖很陡,没有路通到那里,于是我让一个箭法高明的人,射中对面悬崖上的一棵树,有两只箭留在树上,用来作为标记。第二天走了数十里,才找到那地方,然而洞口堆满了尘土,拿着火炬进去,里面曲曲折折大约有四丈多深,但没有一点人的行迹,真不知道昨天所遇见的是什么神仙,那被鞭打的又是什么东西。有人说那是飞天夜叉化作的女子。"

虎　伥

　　新安城里有个读书人叫程敦,他有一个同家族的人住在深山中,他家的后园亭很有一番幽趣,程敦就到那里去问候他。到了晚上,这个同族人就要加固大门,原来是因为那里有虎。

　　一天初更的时候,月色微明,狂风骤作,一个童仆要钥匙出门,同辈们都劝阻他,他不听从,主人也亲自劝阻他。那仆人不得已就想私自翻墙出去,然而因墙很高而上不去。忽然听见墙外有虎啸声,主人于是命令众仆人捉住那个童仆,那童仆癫狂撞叫,最后不省人事。

　　程敦知道有异样的情况,亲自登上小楼观察,看见有一个脖子很短的人在墙外,用砖头击打着院墙,每击一下那个童仆就叫喊着要出去,不击了,他才安定下来。程敦和主人都知道这一定是虎伥,于是更加用力地绑紧那童仆,童仆叫了很久,忽然声音就变成了猪的声音,便溺俱下,那屎也变成猪屎了。园中的人都非常吃惊。

　　到了五更天,这个童仆睡去了。天亮时,程敦和主人又登上楼观察,看见一只老虎从西边丛林中跑远了,而那虎伥也就不再见到了。

狼　牙

凡猛兽都是爪牙锐利,所以能捕捉和吞食别的动物。古时候为何独称"狼牙"？只是因为它特别尖利而能伤物的缘故。

数年以前,甘泉县令某某,自外面回署,看见班房内系着一头小兽,它的形状如狗,双眼浅绿色,以为它是狼。问了,果然不错,于是牵到县署中养着。有位幕僚用烟杆戳狼的口,小狼露出牙龊,做出要咬人的样子。仔细看时,它的牙齿鲜明洁白,大小参差不齐;而它的牙龈却生成一片,不像人或别的兽类那样依次排列。因此恍然领悟古人以狼牙命名为兵器,就是因为这个缘故。

狼的性情狼戾,且又恃有这副牙齿,这也是上天赋予它的一种独特之处,如同人的肋骨是相连着的,猿的两条臂膀是相通的一样。

楼　怪

陕西省长安市的四府街,有一所王太守宅院。据说,这位王先生携带家眷到浙江做官去了。这座宅院终年空闲,门窗关锁,只留下一位老仆人在大门里看门守户。

有一天,邻居们忽然发现王宅的后楼上张灯结彩,人影幢幢。大家都以为是王先生任满,荣归乡里了。有的人就跑到大门上,向留守的老仆人询问。老仆人反而感到惊讶,说是主人并未回府。又急忙提匙开锁,到后楼上去巡查。哪儿的事呀？后楼上寂然如故,一点儿有人活动过的迹象也不曾有。邻居们没趣儿地走开了,老仆人也只当他们眼神儿不济,也许是眼花了。

过了几天,有几个顽皮的孩子知道王宅后院无人,就大胆地跳墙而入,在那里恣意嬉戏玩耍。忽而,发现楼上有个白须银发、飘飘洒洒的老头子。他正在双臂凭栏,往四下里眺望。小孩子们不懂事,就指手画脚地喧哗:"快瞧!快瞧呀!楼上有个白胡子老头儿!"不料,他们一喊叫,那老头子忽而变得凶神恶煞,面目狰狞,从嘴里吐出一条足有一丈长的舌头来,一直垂到楼下。几个调皮的孩子也被吓得惊恐四散了。

乾隆二十一年(1756),王先生由于政绩恶劣而被御使所弹劾,不但被夺职罢官,家产也被籍没入了官。后来,四府街这所住宅就被王先生的同科举人、乾州(今陕西乾县。清为陕西省直隶州)知州高璨先生买到手。不久,高璨的属下、武功(今陕西省武功县。清属陕西乾州)知县黄景略先生上省述职,晚上就借宿在高先生这所新买的住宅里。那正是个酷热的夏季。那天,中午以后,黄景略就在前厅睡个午觉。一觉醒来,太阳已经偏西了。他一睁眼,就发现朝北的窗户自动打开了,有个黑乎乎的家伙,正把脑瓜儿探进屋里来东张西望。他那两只眼睛,赤红充血,就像刚吃完人的恶狼。吓得黄景略先生大喊大叫。奴仆和随从们闻声赶来,黄先生就带着他们跳出窗去追赶了一阵,却是什么也没追着。

后来,高璨先生升迁到省府做官,就把在长安任上的一大箱文件收藏到后楼。有一天,高先生要查阅一桩旧案,就命一名书吏到后楼开箱寻找。不料,一条巨大的五花蛇正盘踞在箱子上,簌簌地吐着蛇信,吓得那名书吏退下楼来,禀告高先生。当高璨先生亲自登楼来取的时候,那条蛇早就无影无踪了!从那以后,后楼就没人敢住了。就连最不常用的东西也不敢存放在那里了。

有一天晚上,后楼突然失火。火光冲天,浓烟四起。

高璨先生指挥他的属吏和卒役奋力扑救。布政使秦先生和按察使舒先生也率众赶来增援。但是,这座后楼还是被烧了个片瓦无存,一片灰烬。事后,在瓦砾堆中出现了一堆白骨。长安令童小亭用木棍拨拉着一看,其中有大牙数十颗,长度都不小于五寸。秦布政和舒按察出于好奇,各拣了一两颗带走。此后,这所宅院里再也没发生怪异。人们都说,这是长期盘踞在后楼上的那个怪物引火自焚了。

后来,高璨先生荣升宁武(今山西省宁武县。清为山西宁武府治所)知府,他便携家带口迁居山西去了。如今,这所住宅已经数易其主。最后,卖给了前任陕西周至知县杨翊亭先生了,倒也安全无事。

武进两异事

　　武进的北边,当地人叫作尤村。有一个人生了一个孩子,长得很快,刚刚十一个月就长到了三尺。每次吃饭都是三大碗,有时用糍粑喂他,他能够吃掉七个,但他还不能说话,还躺在摇篮中,需要有人去抱他,这是乾隆五十五年(1790)的事。

　　毗陵郡的北边,有一姓秦的妇女,忽然生了一个孩子,长得相貌凶恶,头上有两只角,角上隐隐约约好像还有两只眼睛。他全身都是青色的,肉很多,堆积在一起,生殖器长达几寸,像灯草一样纤细。他的哭声也很奇怪。他们家以为他是妖怪,把他埋到废弃的菜园旁。第二天,有人从那菜园边过,还能听到地下呦呦作声。这是乾隆五十五年(1790)八月的事。

有子庙讲书

　　江西周驾轩编修,当年刚考中举人时,往京城参加会试。路过孔孟的故乡,梦中被人带到一处地方,只见房屋巍峨高峻,上写着"有子庙"三字。他心中产生了疑问,以为有子配享圣人的事久已成了事实,这里怎么又另立了庙宇? 一会儿被召进了庙堂,上面坐的是位古代衣冠、年约五十多岁、头发眉毛苍秀的人。周揖拜而进,命他坐在一旁,然后说道:"你是江西名士,可知《论语》第二章'孝悌也者,其为仁之本欤',应作怎样解释?"周答道:"仁是五种德行——仁义礼智信之首,孝悌又为仁德之首。"有子说道:"不是这样解释,古字'人'与'仁'通,我首句是'其为人也孝悌',末句'孝悌也者,其为人之本欤',它的意义是一样的。汉朝、宋朝的一些儒家学者不识'仁'字即'人'字,将个孝悌放在仁外,反添了枝节。你到人世间去为我明明白白地告诉诸生。"周恭恭敬敬地退了出来。这年周驾轩就中了进士,进入翰林院。

按:"井有仁焉"的"仁",即"人"字,则这一章"仁"之为"人",当然也是相同无疑的了。

米元章显圣

江苏芜湖人鲍某擅长绘画。他的拿手好戏,是专门儿临摹米元章(米芾,初名黻,字元章,号襄阳漫士。北宋著名书画家。祖籍太原,定居润州。曾官礼部员外郎)的作品,竟学得惟妙惟肖,使许多行家都难辨真假。他还善于把作好的画烘染成旧色,冒充米元章的真迹,使南北各界的古董收藏家们争相购买,他也因此而发了大财。

有那么一天,鲍某临摹作画也太累了,坐在画案前打起了瞌睡,恍惚之间已经进入梦乡。忽然,见一位头戴唐巾、身着宋服的人闯进门来。一进门儿,就指点着鲍某的鼻子破口大骂道:"你这个欺世盗名、滥发横财的小孬种!你认得我吗?我就是大宋王朝润州米元章。你小子学我的画儿,不过是仅得皮毛!若是用来消愁解闷,也算罢了。你竟敢冒用我的名字,欺骗世人,沽名钓誉,大发不义之财,怎能容忍?等到千百年后,后人拿出你的烂画,指点着说道:'瞧!这就是米元章的画呀!滥画涂鸦,毫无章法,什么名画,纯粹是骗人!堂堂书画家米元章,也莫过如此!'我的名望和身份,就全叫你给糟蹋尽了!我岂能轻饶你?"说着,就从袖子里掏出一块石头来,一下就打在了鲍某的右胳臂上。鲍某只觉得胳臂上酸痛难忍,一惊而梦醒。

从那以后,鲍某只要是一握笔作画,手腕子就酸痛得不可忍耐,几次把笔掉落在地上。但是,他做别的事却毫无妨害,吃饭时灵活地使筷子,数钱的时候,手腕子一点儿也不疼。

麒麟喊冤

　　有一个姓邱的读书人，是吴国人。他从小就学习作文章，但多次科举考试而不取，于是他愤怒地说："宋代儒学把我耽误了！"就烧尽了自己的文章、典籍、语录，而去从事考据之学，尊奉郑奉成、孔颖达为圣人，而藐视程颢、朱熹。

　　他家里穷，有一次游学于湖北、四川，经过峨眉山时，坐在古松下温习《仪礼注疏》，有一只白额虎衔他而去。走了几里地，才把他扔到深山中，老虎就径自走开了。邱生心里后悔这是当时他背弃宋代儒学的报应。正在懊恼的时候，只见山谷旁边有一座石门大开，邱生走了进去，里面殿宇巍峨，上面署名"文明殿"。两旁排列的书籍有百万之多，没法确知其数量。邱生翻阅书目，以为一定是以六经冠于首位，不料翻完书目，竟不见六经。他心里非常疑惑。

　　旁边有个穿戴古代衣帽的人，靠着门站着，邱生向他作揖而问："这里是什么神居住的地方？"那人回答说是仓颉圣人。邱生又问："仓颉大圣开始创造文字，自然应该有万卷书陈列于此，单单没有六经，这是为什么呀？"此人说："以前原来有这些书，只是名叫《诗》、《书》《周易》，不叫经。自从汉人制造事端，取名为六经，造作注疏，穿凿附会以来，天帝动怒了，天帝命仓颉圣人造字，产生了这样严格的界限，从此，文明殿中就撤去了注疏的文字，以致你翻阅不到它们了。"

　　邱生又问为什么注疏致使天帝发如此之大的怒火，他说："这件事要说原因就很长了，你暂且静静听我一一道来。你可知道万国九州，只有一个天吗？自从盘古开天以来，三皇五帝，没有不钦奉那个昊天的，天也安然享受其乐几千年了。到东汉末年，忽然有五妖神头戴冕旒，身穿龙衮，闯入了天宫，各称自己的名号。他们自称赤熛怒者，红色的面部、刺猬一样的髯须，面目极为狰狞可恶。其他兄弟四人，穿青衣的号灵威仰，穿黄衣的号含枢纽，穿白衣的号白招拒，穿黑夜的号汁光纪。他们竖眉昂首、吵吵嚷嚷，竟想篡夺天帝之位，分据为五国。天帝盘问他们五人的命名由何而来,他们都目瞪口呆不能回答。天帝命令神兵擒拿他们,与他们决斗未分胜败,刚好仓圣人来朝拜天帝,他向天帝奏章说:'这五个神的姓名,都来自谶纬隐语妖书,是汉人郑玄师弟传来的。只要把郑玄招来,即使不与他们决斗,他们也会自动降伏的。'天帝无可奈何,就命令九幽使者召见郑玄师弟上殿,只见郑玄师弟举止老成,喝酒三百杯也不醉,天帝就封他为文明殿的功臣,五个妖神才服服帖帖不动弹。凡是郑玄所拟的奏章,天帝都颁发到世间。

"时间久了,其奏折必然有些行不通的。天子的冕旒用了二百八十八片玉,天子的头几乎被压死了;夏日祭祀大地,必须穿厚厚的裘衣,天子几乎热死了;天子只准每天吃一顿,必须请求他吃两顿,否则天子快要被饿死了;行丧礼时,把死人抬进棺材,用二升四的米盖上,死了的君子士大夫须口含粱稷四升,若象角之类的器具也撬不开他的牙齿,就必须在尸体的脸颊上凿一个小洞才能把粱稷放进去,凡做子孙的,必然都不忍心。这样以讹传讹,习惯了就不察觉了,从而沿袭了千年。

"一天,天帝坐在紫微宫,看见云中飞下一只野兽来。长着龙鳞马毛,向天帝喊冤:'小臣是麒麟。我不吃生虫,不踏恶草,人人称我为仁兽,一定等圣人出,我才下世。不料有妄加胡说的郑某、孔某,生硬地制造注疏,说效天必须剥麒麟的皮蒙鼓,才可奏乐。果真如他们所说,天帝游天一次,必定杀一只麒麟。麒麟有什么罪过,要遭受这样狠毒的屠杀呢? 这样的话,只是用来恐吓欺骗黄巾贼的,他们见了郑某便一齐下拜。如果让我们见了,一定要唾骂他!'话语未完,又见天空中云彩披挂的人,率领几个女人姗姗而来,她们向天帝跪奏说:'我是姜氏,是周王的妃子。当时周王劝人农耕,我并不随行。今有狂妄之人郑某,说天子劝人农耕,必定要与王后同行。我想女人体质柔弱处于幽闺,行动不能超出规范,哪有披霜冒雨,出来劝农的道理? 北魏的肃王曾经说妇人劝农不合适,而唐人孔颖达将肃王大加呵斥,诬妄之辈竟然到了如此的程度!'

"众女人一齐上奏说:'我们是南国诸侯大夫的妻室,夫君外出,我们心里担忧。与夫君一旦相见,我们的心就平静了,夫妻相见就心情安定,这也是人之常情啊。郑某却训觏为交媾的媾,说交精了心绪才平静。'他又训道:"五日为期,六日不詹。"说女人五日不见夫君驾御,

则必定有想男子而不得的病。我们都是公侯门庭的淑女,不应该如此贪淫啊!'

"麒麟在旁边踢脚大笑。天帝问他什么笑,麒麟说:'诸位夫人只知道指责郑玄,却不知指责戴圣。戴圣人制造《礼》经,他的罪过更大。我在周文王的灵园中,与振公子一起游玩,见文王的宫女,原本无固定人数,最多不过二三十人,并没有九嫔、二十七世妇、八十一御妻的名号,也从来没见过有金环进、银环退的条例。文王一天忙到晚,乐而不淫,哪有工夫十五个晚上而亲御一百多个女人呢? 戴圣本来是个贪官污吏,制作宫闱经典,用来献媚于昏君,而郑玄师弟又跟随而附从他,以致后世隋代宫廷中每天用烟螺五石,元代宫中宫女六万多人,这些都是从他开始的。况且,他注释《诗经》中"昏椓靡供",说椓是椓女有的阴部。这是《景十三王传》中的事,三朝以来没有这种惨刑。'

"天帝听了非常后悔,感叹说:'我用错人了!' 于是召仓圣说:'你造字原本就有功于万世,大圣人周公孔子都出自你门下。没想到后来庸俗儒学流传以致这种地步,用什么可以补救呢?' 苍圣人奏说:'我兄弟三人造字,我所造的字,都是下行,我的弟弟沮诵、卢所造的字,或右行,或左行。左、右行,排在东、西两边,下行排在中华。现在东西方只有一教,而中华的教派如此纷繁,只有请西方通达明圣、学佛未成的人来,大显神通,将这些人一扫而空。' 天帝说:'请佛是应该的,为什么要请学佛未成的人呢?' 仓圣说:'佛没有夫妻父子,所以被称为异端,若他们来,恐怕中国人大多不服。只有年轻时候曾借佛书研究过一番、中年遁归于周朝孔子、墨子而行儒教的人,别人才肯服从。这样的人宋朝某某为最佳人选。'

"麒麟在旁边争着说:'楚国已经失掉了,而齐国还没有得到呢。据汉朝儒生麟鼓郊天的说法,不过是麒麟晦气,而天帝还能得到一顿饱餐。如果宋朝儒生主持名教,训天命叫性,称天就是理,古代帝王只有祭天的,没有祭理的,将来天帝吃血,不是从此被斩断了吗? 不仅如此,恐怕尖嘴雷神还要来闹。' 天帝说:'为什么?' 麒麟说:'朱熹注释"有盛馔"三句,说敬主人的礼节,不是用那种馔的。下文注释"迅雷必变"说天发怒,岂不是下文暗藏是不用雷的意思吗? 从此雷公没人怕了,雷公岂肯甘心?' 天帝笑着说:'你说的也是。但气运各有盛衰我也不能作主,暂且请通达明圣之人来,试试他的办法怎么样?' 不一会儿，只见苍圣带领宋朝书生上殿来，有宽衣博冠手持太极圈的，有闭目指心自称常年清醒聪明的，有拈花异月自吹活泼自如的。最后四个人扛着一个大桶，上面放着一千枝稻草，说：'这是稻桶。自孔孟死后，没人能扛这个桶。唐人韩愈妄想扛它，被我拿出他给大颠和尚的信札，搜出了真赃，于是把他所扛的桶大多掀翻了。何况郑玄、孔颖达，敢与我们四人作难吗？'话未说完，果然见赤熛怒、白招拒五妖神爬墙出洞，偃旗息鼓而逃。天帝非常高兴，立即命令这四个人掌管文明殿的功臣。这就是汉学不昌盛，文明殿无注疏的原因。"

邱生问："既然如此，为什么书架上不收藏宋朝佛生的注疏呢？"穿戴古代衣帽的人说："岂能一误再误？宋朝儒生的这个座位，恐怕也不能保持太久了。现在有陆王二姓，本朝的颜息斋、李刚主、毛西河等，都与他们为难作对。"

正在谈话的时候，忽然听到钟鼓声，听到里面仓颉传来圣旨说："我命令白虎驮邱生来，原本恨他以汉学自夸，凌蔑百家，挟天子以令诸侯，所以有把他投给豺狼虎豹的意思。现听说他已悔过了，可以赐给他山中云雾茶一杯，领他出山，让他记载所听到的一切，可以让世人知道。"穿古代衣帽的人带他行走在曲折溪涧中，邱生问他说："据仓颉大圣人说，汉学不可跟从；据麒麟说，宋儒也不足取。那么我将归附于哪一种？"这神仙说："随时间的变化而变才是大义啊！士君子相时而动，所以说顺天者昌。就像设立神学道教，蒋帝衰落，关帝自然就兴盛了，这是眼前的明证。当汉学兴盛时，晋朝王弼注释《易》，骂郑康成为老奴，康成白天就现形，索取了他的性命。元行冲有句话，现在的人宁愿说孔圣人的谬误，也忌讳说郑玄、孔颖达的不是。这也是怕康成作怪的缘故。现在气运已经衰弱，那些鬼也不灵了，而人们也很少谈孔郑了。当宋学盛行时，元朝祭朱考亭，以致祭祀时直呼太祖御名成吉思汗，把他尊于同天一样高贵伟大。明太祖登位时，又聘请宋金华等四位先生来讲学，他们都是朱考亭的小门生。他们与其师傅一脉相传，颁行《四书大全》，通行天下，捆绑有聪明才智的人，统一都遵从他们的学说，不谈其他书。杨升庵有句话，虫是有回声的。现在的读书人，都是宋儒的回声虫。你不做回声虫，怎么能摘取科名，上报君父呢？"

邱生说："那么天帝也喜欢当时的八股文吗？"古衣冠者大笑说：

"天帝不是秀才,怎么用当时的八股文? 不仅天帝无这种文章,即使是琅嬛洞的二酉山,也从来没有这种腐烂之物。细字小报,古书也没有这种可恶的模样。"邱说:"那么当时文官科举考试中,怎么出许多豪杰呢?"神仙说:"读书人像鱼一样,可以钓到,可以射到,也可以用网捕到。大的像蛟鳌,小的如鲂鲤,都是水里生长的,不会因为钓钩枪射或用渔网而不同。历代以经学取为名臣的有很多人,以诗赋策论而取为名臣的有很多人,以八股文而取为名臣的也有很多人,豪杰之士,岂能为功令所束缚而被淹没呢! 你请看吕蒙早先做盗贼,郭子仪也是犯律之人,盗贼罪人中尚且有人才,何况八股科举呢?"

邱生问天帝爱好什么,神仙回答说:"爱好诗文。"他又说怎么知道的,神仙告诉他:"你试想一下,天帝的白玉楼建成后,为什么不召老成持重的马季常、井大春作记载,却召一个年轻放达的李长吉呢? 海上仙龛、芙蓉城主,为何不召周程张朱这些聚集徒弟讲学的人来居住,却召一个好酒好色的白居易、一个豪纵不羁的石曼卿来住呢?"邱生恍然大悟,就再次叩释说:"如仙人所说,我将放弃汉学、宋学而从事于诗文,怎么样?"神仙说:"你又错了! 人的天资才性,各有短长。写文章的才能是水,果真有本源的话,自然成江河;考据讲学是火,若胸中无物,必须附有东西以后才有所表现,像火必须附于柴炭一样。你的天性中本来就没什么东西,怎么能不兼顾两端? 你既然精通汉学,请问帝王所吃的米叫什么?"邱生不能回答。

神仙说:"康成为《诗经·大雅·生民》中的'释之叟叟',这一句作注释时说,先把种子捣去壳再播种,使它趋于凿。粟一石为粝,舂一斗为粺,又去掉九升为侍御。侍御是帝王所吃的东西。你试想一下,米舂到八九次,那些粝、粺、糠、秕,将到哪里去呢? 上天所以专门生这一批专吃糠秕的人,或进行琐屑的考据,或迂腐地讲学,各就其所长,自行排成一队。常常可以见到孔圣人、如来佛、老聃等人在空中相遇,他们彼此微笑,拱手而过,绝对不交谈。这就是天地之所以大的原因。"邱生听了,面色如死灰,想流连于此不出去。神仙说:"你完了! 你被老虎衔到山涧,衣袖中所带的《仪礼注疏》,已经被虫蛀了一半多了,你还不快回去?"邱生叩拜了一次才出洞。邱生至今还在。

大通和尚

苏州有个进士,懂佛学的理论,立志要成佛。他听说天台山有个叫大通和尚的,年纪一百二十岁了,就徒步走路去访问那位和尚。两次去拜访,和尚都推辞不肯相见。

进士跪在门外一整天,和尚把他叫进去,问他:"你来干什么?"进士说:"想修行成佛。"和尚说:"你不是某尚书的儿子吗?"进士说:"是的。"和尚说:"尚书还活着吗?"进士说:"活着。"和尚问:"你有妻子儿女吗?"进士说:"有的。"和尚说:"你错了!佛性是慈悲的。你父亲还活着,你妻儿还在家里,可是你却忍心告别父亲、抛弃妻儿,贪图成佛。这样的心地见得了佛吗?"进士不能回答。

和尚又问:"成佛必须有功德,你做过什么功德呢?"进士说:"我遇到荒年,一定倡议捐款给灾民施粥,遇到暴露在外的棺材一定给它掩埋好,年年都买活的动物来放生。"和尚说:"凡是存心积德用以求取福分的人,和没有积德的人一样。好像法律上的过失杀人,虽然杀了人也不需要抵命。你贪图成佛,勉强做这些善事,算什么功德呢?你当真要学佛,首先要学我,就从现在学起。我坐你也坐,我吃你也吃,我大小便你也大小便,我睡你也睡,你能照样做吗?"进士说:"能行。"

和尚长叹了一声,就闭上眼睛,坐在僧床上,一天不说话,不饮水,不吃饭,不睡觉,不起来大小便。进士连骨节都酸痛了,肚子打雷似的乱叫,大小便都拉了出来,可是和尚不理会。进士没办法,只好起来到和尚面前跪下,表示情愿暂时回家。和尚也不回答,拱拱手,微笑着把进士送出去。

掠 剩 鬼

　　广陵(治所在今江苏省扬州市)的法云寺有个和尚法号珉楚。珉楚与中山县(宋置香山县,明清皆属广东广州府。即今广东省中山市)人章某亲昵而友好。章某从商,不幸染病暴亡。珉楚为他主办丧葬,设斋诵经,面面俱到,尽了一个好朋友的义务,博得了众口赞誉。

　　可是,几个月之后,珉楚和尚竟然在集市上又遇见了章某。珉楚心里明知道他是鬼,只因以往情谊深笃,却一点儿也不觉得害怕。当时,珉楚还没吃饭,章某就请他一起进饭店,请他吃胡饼(烧饼),还点了几道菜。

　　吃饭之间,珉楚就悄悄地问章某:"老兄,你不是已经死了吗? 怎么会又出现在这地方?"章某说:"我本没犯什么大罪,只为了一点儿小过错,被阴司罚到扬州,当了个掠剩儿鬼! 我敢不从命吗?"珉楚一听这词儿,就感觉着新鲜,因问道:"什么叫个掠剩儿鬼?"章某说:"这个,你当然是不明白了! 凡是人间的官吏、商人,以及一切可以得厚利的人,他们所应得的利益,都有个常数儿,超出这个常数儿,就叫作'过剩'。这过剩的部分,本是他身外的不应得之物,必须予以剥夺。掠剩儿鬼,就专门儿负责剥夺这过剩的部分。剥夺之后,全归己有,所以称为掠剩儿鬼。不瞒你说,这是鬼界的一桩美差,有的鬼还求之而不可得呢! 还告诉你,人世间像我这样儿的掠剩儿鬼,真是不计其数!"接着,章某就指点着街上的过往行人说:"瞧见没有,那个穿深蓝色衣服的家伙就是个掠剩儿鬼,那个半大儿老头子也是,那个——那个打扮得花枝招展的小娘儿们也是。"不一会儿,一个和尚走进饭店门来,章某小声儿说:"这个和尚也是!"随后,就招呼那和尚走上前来,俯在他耳边秘语一阵,和尚便匆匆出门去,一晃儿就不见了。

　　饭后,珉楚陪章某走在大街上,迎面来了个卖鲜花的女人,章某就说:"这女人也是个掠剩儿鬼! 她卖的那花儿,在人间毫无用处!"他迎上前去,花四吊钱买了一束鲜花,并把它转赠给珉楚,对他说:"你拿着这束花儿,尽管走你的路。不过,凡是看见你拿着这束花儿就笑的,都是鬼!你也甭在意,你试试看吧!"章某说罢,就告辞离去了。

珉楚接过这束花儿,才发现它呈深红色,且散发出阵阵幽香,确实很招人喜爱。但是,这束花儿的分量可不轻,沉甸甸的,总觉得有点儿压手。他拿着这束花儿,脑瓜儿忽而有些昏昏然。他一步一步往回走,一路上还当真有不少人朝他笑!

珉楚和尚快走到法云寺山门外时,忽然想:"我今儿个整整和鬼打了一天的交道,手里又拿着这么束招鬼的花儿,这算怎么回事儿呢?再说,这也不吉利呀!"一狠心,就把那束鲜花扔进路边的泥沟儿里。花束落地,溅起不少污水。

珉楚和尚回到庙里,师兄弟们一片惊讶,都说他气色不正,精神反常,断定他是中了邪气了,急忙煎来汤药为他救治。过了好半天,珉楚总算头脑清醒了,这才把自己一天的遭际讲给师兄弟们听。众和尚们非拉扯着他到小泥沟儿里去寻找那束鲜花。

到了泥沟儿岸上一瞧,哪有什么鲜花?是一只血淋淋的死人手!

卷　六

多　官

　　多官是福建莆田人，他在襁褓中就失去了依靠，靠嫂子郑氏把他养大。他长得修长美丽，兄嫂都很喜欢他。其兄到外面做生意，有时常年不回家。嫂子常住在母家，她把小叔子也一同带去，让他出去找先生学习。

　　本县有一个叶先生，在家里教授徒弟，多官就到那里跟他学习。江西有个陈仲韶，是个贵公子，十八岁时在乡里中进士。他的兄弟在福建做官，因为丧偶而来省亲，刚到莆田，正赶上大雨，在路上碰上了多官，他被多官的美貌弄得神魂颠倒，就下了车跟着他走。多官回过头来看他，只见他穿着很鲜艳的衣服，粉色的靴子，走在泥淖中，像是很痴狂的样子，心生很疑惑不解。

　　仲韶终于尾随到他家了，苦于不能进去，向邻居去打听，才知道他叫多官，从书塾里回家，到的是他嫂子的家。仲韶到了他兄长的住处，和他宠爱的京儿商量，想得到多官。京儿说："你为什么不向你兄弟请求让你去参观学校呢？他同意了，那么这事也就成了。"他的兄弟果然很高兴。

　　仲韶托莆田县令准备了一份厚礼给叶先生，叶家用公子的礼遇来接待他，却不知道他是达官贵人。仲韶拜见了全体同学，多官也出来见他，惊骇了许久，心里知道客人是为自己而来的，从此他绝对不过分放纵，只是关门读书。住了一个月，仲韶最终没有机会接近多官。

　　一天傍晚，他听到多官的呻吟声，一看，才知道他病倒在床，叶先生带着医生来为他治病，医生诊了他的脉后说："他有些虚脱，除非用四两人参，否则无法治愈。"叶先生听了这话，就想把多官送回家，仲韶勃然大怒，说道："他家里穷，怎么能办到这些事呢？即使让他回去，也

必死无疑!"说着,他站起来打开箱子,拿出钱给医生,又对叶先生说:
"若有什么事故,全由我负责。"于是他亲自侍候多官的汤药,半个多月
没有宽衣解带休息。

多官很快就病好了,非常感谢仲韶,于是他们之间的交往就日益
密切,但始终没有玩笑的内容。仲韶没有缝隙可入,又和京儿商量。
京儿说:"我知道他很感激公子,不知他是否爱公子,你可以假装生病
试试他。"于是仲韶就按她说的做了,多官来了,也像仲韶侍候多官一
样照顾他。京儿贿赂医生假称药中必须有人手臂上的血,病才可以得
到治愈。让京儿献血,京儿假装不愿意。多官在旁边没有说话,暗地
里却刺破自己的手臂把血和在药里让仲韶喝进去。仲韶知道以后非
常高兴,认为从此以后就可以有所表示了。恰巧仲韶的兄长被推荐去
京城做官,让仲韶陪他一起去。多官听说这件事,就在晚上到仲韶的
房间说:"从前公子您倾囊而出把我救活,不是爱我的缘故吗? 现在你
就要走了,我也不忍心有负于公子,请让我们缔结三日之好,我发誓守
住自己等你回来。"于是,多官在仲韶家住了三天,仲韶才上路。

叶先生有个外甥叫淳的,性情淫恶,并且体力也很好,青睐于多官
的美貌,想和他亲密,但不能如愿。一天,仲韶派来一个送信的,多官
把来信放在桌上,追出去向那人询问仲韶的起居状况。淳偷偷地钻进
多官的屋,看见仲韶的信里有许多亲昵的话,高兴地说:"这可以要挟
他了!"多官回来,淳从袖口里拿出书信给他看,说:"你跟从了陈公子,
为什么不可以跟从我呢?"多官起先想拒绝他,后又想到有信在他手
中,考虑到不能灭迹,就假笑说:"如果你把信还给我,我今晚就跟从
你。"淳非常高兴,把信还给他就走了。多官把信烧掉,又写了两封,一
封与仲韶诀别,一封是告诉他的嫂子。多官把信放在箱子里,就拿出
自己所佩带的刀刎颈而死。嫂子闻讯赶来,打开多官的箱子拿到了
信,并上诉给官方。淳痛死在狱中。

仲韶回来,看到遗书,非常悲痛,几乎自杀,为多官的义气所感动,
发誓不再娶妻。一天晚上,他梦见多官来了,并说:"你不能因为我的
原因而不要你的后代。你娶妻,我将成为你的后代。"仲韶依从了他,
果然得到了一个儿子,眉目非常像多官,因此取名为喜多。

先前,京儿与仲韶商量的时候曾说:"多官很美,但眉目之间英气
太重,充其量可以为忠臣烈士,我担心他不会有好的结果。"后来果然

如她所说的那样。

祈梦二则

宜兴有一个人，小时候到于忠肃庙中祈梦，晚上梦见神旁的小差役来摸他的臀部，和他很亲昵。那人非常愤怒，大叫着醒来，认为忠肃不能管住下属，没有什么值得敬佩的，就把这事遍告亲友。后来那人考中了进士，选在湖广龙阳县任职，十多年后死在上任的地方。

赵笠亭在坟场祈梦，梦见少保靠着桌案坐着，案头上燃烧着两支蜡烛，上面刻有绿色的字，写着"冠冕通南极，文章列上台"两句话，赵认为这是很吉祥的兆头。后来他竟然因病而亡，将要入葬的时候，他的弟子相伴来祭奠他，设了筵席摆了祭台，那筵席前有蜡烛两支，用绿色写成的就是这两句话。

鬼被冲散团合最难

绍兴有个叫傅长纯的人，在巡抚胡宝瑔府中教书。一天，胡宝瑔出堂处理好公务，回来告诉幕府中朋友们这么一件怪事。

胡宝瑔正坐在堂上，有个差役急急忙忙赶来，才跨进门，冷不防有个鬼也正跑来，刚好跟差役碰上，一下子被撞倒在地。那个鬼四肢都散落在地上，耳朵、眼睛、嘴巴、鼻子、手、脚、腰部、腹部都好像被刀剖开一样，还能在地上蠕动。过了好久，那些散落剖开的鬼体各部分才慢慢连接合拢。又过了好久，那鬼才又从地上爬起跑了出去。胡宝瑔清楚地看到，那差役的阳气十分旺盛，鬼应该避开阳气旺盛的人，却不小心碰上了，被旺盛的阳气摄住，所以逃避不及而被冲倒。那鬼被冲倒的时候，差役一点也不知道，旁边廊下有许多鬼都耻笑那被冲倒的鬼,并且停步不再向前走了。

石板中怪

桐城人朱书楼先生说,他小的时候,曾随先父敬轩先生居住在巢县(今安徽巢县)一个农村里。那里地处偏僻,村北一里多地,就是一座山,山势险峻,人迹罕至。近几天,佃户们接连向朱敬轩先生报告说:"老东家,这几天,我们总是听见山里有木鱼响,可总也瞧不见有和尚影儿,木鱼可一天比一天敲得更脆声了!您说怪不?您也该上山去瞧瞧!"

朱敬轩先生带领十来名佃户,披荆斩棘登上山顶,这才听出那木鱼声出自山顶一座石洞里。他们莽莽撞撞闯进石洞,只见一个老和尚盘腿儿打坐在蒲团儿上,手里敲着木鱼,闭目念经。朱敬轩先生上前行礼,问道:"请教禅师来自何山?宝刹何名?您的法号又怎么称呼?"那老和尚却眼也不睁,闭着嘴一声不吭。佃户们见和尚如此傲慢,个个气愤填膺,有的就要冲上去,把这老秃驴从蒲团上拉下来。朱敬轩先生挥手制止,耐着性儿问道:"禅师是不是需要供应些斋饭?我叫仆从们送上山来?"老和尚这才慢吞吞地说:"贫僧早已辟谷米多年,供斋饭又有何用?"敬轩先生和佃户们得知这和尚多年不吃饭,惊讶不已,只好出洞下山了。

朱敬轩先生回家后,把他在山上的见闻禀告高堂老母。老母亲说:"我的儿!这是位神僧啊,怎好怠慢了?这儿有我多年的积蓄,文银五百两。你拿去在山顶上建一座佛阁,供奉这位神僧吧,也给咱子孙后代积点儿善业!"

朱敬轩先生尊从母命,请来工程头目,一起上山勘察测量,定下方案,雇工备料,即日开工。忽而,那个惯于闭目养神的老和尚急慌慌走出洞来,指点着施工现场警告朱敬轩先生说:"施主,这地下有一块石板,千万不可掀起来呀!若是掀起它,必然放出妖怪来作祟害人呀!"朱敬轩先生满口答应,并当即嘱咐民工,不可掀动石板。但是,那伙民工偏不听那一套,他们说:"甭听这老秃驴妖言惑众,他吓唬谁呢!兴许,那石板底下藏着一窖金银,他不叫咱们动,留着他自个儿发财!"他们七手八脚往下挖,地下果然出现一块平整的石板。不用再商议,大家齐心合力,一下就把石板翻了起来!一股黑气从被掀开的石板下冲天而上。顿时,黄沙弥漫,怪风四起,谁也睁不开眼睛。等到风沙已过,才看清石板底下是个方方正正的黄土坑,坑里一无所有。这时候,老和尚从山洞里狂奔而出,怒道:"愚氓不信贫僧之言,恣肆放妖物出人世,使无辜受累!罪过呀,罪过!阿弥陀佛!"

朱敬轩先生不违母命,继续在山上修建佛阁。但是,佛阁工程刚刚修建了一半儿,村里方家的两个女仆就被妖鬼所缠绕。她们迷迷瞪瞪,举止失措,有时候几天不进饮食,有时候又暴食而不知饱,有时候脱衣裸体,丝毫不知羞耻,有时候又胆小如鼠,畏缩不肯见人。急得方家主人仓皇攀山进洞,苦苦哀求老和尚下山驱妖,普救生灵。老和尚应邀下山,在方家大院里设坛作法。法坛上高竖七星灯(灯体呈北斗七星式样的法灯),老和尚喃喃地念起咒语。突然,他把宽大的僧袖向空中一挥,喝道:"妖孽!尔等幽禁虽久,野性未泯,偶逢时机,便又作祟扰人,岂不自增罪孽,竟蹈深渊?还不速从老衲进山修炼,消冤衍,成正果!"继而,袖中出宝瓶一尊,向空中一举,两股袅娜的黑气徐徐吸入瓶中。老和尚封了瓶口,纳入袖中,下坛不顾而去。当天晚上,方家的两名女仆神智忽而清醒,一切如常。

朱敬轩先生在山顶修佛阁给村里带来灾殃,引出了全村人的愤怒和谴责。一气之下,便停工不建了。此后,每逢有人上山砍柴,就不免往那山洞里窥探。只见两名美女在老和尚身边侍立,一个手持经卷;一个焚香拨烛。她们丰姿绰约,袅娜动人。消息传开去,一时轰动全村。有人赞赏他临色不欲,有人就说这老秃驴是佛门败类!不管人们怎么说,这样一过就去了五六年。

忽一日,老和尚托人捎口信,请朱施主上山。朱敬轩来到山洞,老和尚合十念佛,说道:"老衲大容,仅谢太夫人善念之心!贫僧当年受异人指点,出家为僧,如今修行已满,明朝即将飞升归天。两名妖女已经皈依佛祖,专行修善,老衲升化而去,她们自会再投他处。不过,她们与方家是宿怨未了。恐怕还须供奉七日,方能了此冤结。烦劳施主转告方家小心侍候,休生烦恼。拜托,拜托!"

第二天清晨,只见山洞口冒出浓烟,继而火光四起,山洞崩塌。大容禅师在洞中引火自焚。

当天下午,两个女妖又凭附在方家那两名女仆身上索要酒食。方家主人事先得到朱敬轩先生的告诫,一切百依百从。女妖们吃喝已毕,依然大闹不止,说道:"我们姐妹儿幽禁地下,生活寂寞清苦,怕有一千多年没得看戏文了!方家必得连唱七台好戏,叫我们姐妹儿也娱乐一番。看在大容法师的情面上,才能饶你!"方家主人无奈,只好每日设盛宴祭祀,又请艺人办堂会,大演戏文七天。到了第七天日落西山,两个妖女不辞而别,家里这才安详如初。

后来,有人在前厅的桌子上发现红帖一纸,上面以楷书大写"嫣红、环翠谢戏"六个字。

僵尸贪财

金陵张愚谷,与李某是要好朋友。他们一起在广东做买卖,张有事回家,李托他带家信回来。张回来后,带信到李家,见有棺材在堂前,知道是李父死了,就为他祭祀行礼,李家非常感激他。李妻出来见他,年纪才二十多岁,相貌极为美丽典雅,她设酒款待张。当时天色已晚,李妻留张宿在她家。

张住宿的地方与停棺材的地方只隔一个天井。到深夜二更时分,月光很明亮,只见李妻从里面出来,在窗缝中偷看。张惊愕,以为是男女之间受嫌疑的时候,不应该如此,如果她推门而入,应当正面拒绝她。一会儿,只见她手持一把香,向她公公的灵柩前喃喃念诵。念诉完毕,仍然来到张的住所,将腰带解下,紧紧地拴住门上的铁环,然后慢慢地出去。张更为惊惧疑惑,不敢上床睡觉。忽然听到放棺材的地方,豁然有声,于是棺盖落地,坐起来一个人,面色深黑,两眼凹陷,眼光中有闪闪的绿色,狞恶异常,他大步走出,直奔张的住处,长长地做了一声鬼啸声,顿时阴风四起,门上所缚的腰带顿时寸断。张竭力拦门,力量毕竟斗不过尸体,尸体冲门而入。幸好旁边有一口大木橱,张推倒大木橱挡住尸体,橱倒了,正压住尸体,尸体倒在橱下面,而张也昏迷不醒了。

李妻听到有动静,带家丁举着蜡烛赶来,用姜汤灌醒张,并告诉他说:"这是我的公公,向来品行不正,死后变作僵尸,常常出来作怪。生性最爱财,前天夜里向我托梦说:'有一个寄信的张某将来我家,身上带着二百两银子。我将杀死他而把钱拿过来,一半放在我棺材中,另一半给你家里用。'我以为是妖梦,不信他的话,不料你果然来住在这里,所以我烧香祈祷,劝他不要生这个恶念。怕他推门害你,所以用腰带缚住你的门环,却不料鬼的力气是如此之大啊!"说完与家丁把尸体扛入棺材。

张劝她立刻火化,断其妖气。李妻说:"我早已有这想法,因为是公公的缘故,于心不忍。今天就不得不从俗而火化了。"张资助她一些钱作道场的费用,请了一些名僧为他超度亡灵并火化了,他的家才开始安宁。

黄鼠狼着纸衣呼小将

李半仙是奉天人,他的老师姓黄。现任我们杭州布政使的国栋在乾隆七年(1742)参加科举考试时,黄公就是阅卷的考官。黄公先前担任通州知州时,因为待人仁慈,被上司弹劾,说他纵容盗贼奸人祸害百姓,把他削职,发配到奉天,让他教授学生读书。

黄公在学生中看到李半仙,对他说:"你可以传习道法,但不是能够取得功名的人。"半仙恭敬地叩首听从师命。黄公让半仙祭拜北斗星七七四十九日,然后交给他天书一卷、宝剑一口。从此,半仙就有了为人驱邪治病的本领。黄公每年都要去云南一次,从奉天到云南,来去有万里之遥,他却只要极短的时间。发配期满,黄公恢复了自由,后来再也不知他的去向,大概是得道升天了。

李半仙每年都去一趟京城,就在国栋府第住宿。人们常常看见半仙役使鬼神,很有效验。一天,有一狐仙请李半仙赴宴,席上摆出的猪羊鸡鸭等肉食,不加盐也不加酱,入口都是淡味。在一旁站立、捧着食盘上菜的,都是长得极大的黄鼠狼,像人一样地站着,穿着纸做的衣服,叫到他们的时候,就称呼为"黄小将"。宴席的主人,虽然是狐,却全都是人形,穿着鲜丽的绸缎衣服。半仙感到奇怪,问主人为何如此,主人答道:"这些黄鼠狼福分浅薄,只配穿纸衣。他们一穿绸衣就会生病,一穿缎服就会送命。今天我宴请您,是对您有所请求。我们家族年轻的一辈中,常有在外不守礼法、行为不轨的,请求法师您遇到这种情况,就用文书通知我,让我来用家法处置他们,希望不要伤害他们的性命。如果日后您有文书,可以在紫禁城拐弯处的城墙脚下焚烧,连呼三声'黄小将',我就能收到您的文书了。"半仙连声允诺,告退而出。

李半仙常为人治病消灾,如果遇到有人被冤魂缠身而生疾病,就设祭解除冤魂纠缠,治好疾病;如果是妖精作怪,设祭不能驱除,就仗剑作法斩除妖精。作法时用米一斗,把宝剑插入米中,焚烧纸符,诵念咒语,宝剑就会自动从米堆中拔出,在空中飞舞,不断砍在门柱上。这时,可以看见有怪样的毛,好似蓬松的乱丝,被截成一段段,每段大约八寸多长。病人于是就痊愈了。事成之后,李半仙就马上告辞,从不收受病家的谢礼。

徐明府幕中二事

徐振甲先生,当年曾做句容县县令。徐先生府上有位幕僚戚仲先生,专主司刑名。句曲山(即茅山。在江苏省南部)中,盛产野鸡、野兔,以及獐子、狍子之类。每到秋天,当地官府都要雇佣猎户捕取野味,作为土产礼品馈赠上司。那一年,徐振甲先生照例招来几名猎户。进山之前,猎户们在官府大院里试火枪。火枪砰然震响,竟吓得那位戚仲先生面无血色。他仓皇躲到了一个僻静无人之处,蜷曲着身子一动也不敢动了。天黑之后,这位主司刑名的师爷竟然失踪了。

徐振甲先生焦虑万分,差衙役四出寻找,一直追到了省城。第二天早晨,才发现戚仲先生躲在一座不起眼儿的小庙里,浑身沾满泥土。

有人说，戚先生之父曾与狐女相暧昧，戚仲实乃狐女所出。所以，一听见猎枪响，他早已吓破了胆。

后来，徐振甲先生调任清河（即今江苏淮阴。清属江苏淮安府）知县。在赴省城途中，路经小仓山，便顺路来访。酒席间，徐振甲先生又对我说："如今，我府上的幕僚都有外癖，个个养着宠童，有的公然把宠童带进府来，同吃同睡。而我的家人奴仆们又瞧着这种宠童运气，就不免有所冲撞。一遇见这种情况，有关幕僚定是大发雷霆，愤而辞职！只为这一条儿，用人就难了！后来，我对这种暧昧滥事干脆放任不问。这种养宠童的风气愈演愈烈，闹得府里乌烟瘴气，甚至于两只公狗也公然配起对儿来，真叫人哭笑不得！"

当时，座中陪客孙广文先生搭腔说："您这事儿，一点儿也不新鲜！我们家养的公鸡和公鸭子，还互相踩蛋儿呢！这要叫您看见了，岂不是更新鲜了？"

同服硫黄效验各别

硫黄有毒，是人所皆知的，然而服了硫黄之后而寿命更长更健康的人也有。疽生在背上生在颈上死的人都有，福祸互相不同，因为各人的气体本来就不相同。

本朝托家宰在冬至日嚼雪吞冰，不知道冷，自称与太阳光热一样。尹文端公隆冬不戴貂皮帽，如果戴着，即使在大雪中也汗出如雨。宋夏英公服钟乳硫黄，偶尔分出这两种味道，手足就像冰一样冷，真不可理解。

杭州黄画师常服用硫黄，吃久了毛孔中常常突然起小泡，青烟一道，直射而出，都冒出硫黄气。据说硫黄的毒气从毛孔中出来，就没有其他祸患了。至今那个人仍然高寿，始没有其他病。

夜航船二则

　　杭州有夜间起航的客运船,一夜之间可行百里。船上男女同载,只是在男客、女客之间用一块板隔开。

　　仁和县有个姓张的少年,一向行为轻浮不正经,却又以风流潇洒自居。一天,张搭夜航船去富阳。上船后,从隔板缝向女客一边偷看,见有一个美貌的少女,对着他似笑非笑,娇态可餐。张心神荡漾,以为那女子对自己有“意思”了。

　　睡到三更天时,乘客们都鼾声四起,进入梦乡,张忽然发现隔板被掀开,有人伸过手来摸他的下身。张正中下怀,大喜过望,挺直阳物,任凭抚摸,一面急忙伸手去摸对方,好像是个女子,于是翻身爬到隔板另一边。彼此一句话不说,极尽男女之乐。到鸡叫时,张起身,要回到自己舱里去,那女子仍然紧紧抱着他不放。张以为她钟情于自己,更加缠绵不舍,又躺下身来。到天色渐亮,照见了身旁的女子,张仔细一看,女子头上满是白发,才大吃一惊。

　　那老妇说:“我是街头讨饭的乞丐,今年已经六十多岁了,没有丈夫,没有子女,也没有亲戚,正愁没有地方安身,不料昨天夜里竟承蒙您怜爱。俗话说,一日夫妻百日恩。您现在就是我的丈夫,我情愿从此托身予您,不要分文财礼。跟着相公您,有粥吃粥,有饭吃饭,您看怎么样?”这时张又窘又急,叫喊着向众人求救。

　　乘客们看得明白,忍俊不禁,笑成一片。他们劝张付出了十余金赔偿费,老丐婆这才放张回到自己舱中。张回头看看那位美貌少女,只见她又对着自己大笑。

　　一次,柴东升先生搭乘夜航船到吴兴去。船上老老少少乘客共十五人,船小客多,睡下时难免挨挨挤挤。

　　到半夜里,忽然听到一个操陕西口音的人破口大骂:“你这狗小子真下流!”只见他抓住一个人,挥拳狠狠地揍着,一面大声喊叫:“我今年已经五十八岁了,从来未干过这种勾当。今天你这狗才乘我熟睡,把你那鸟东西塞进我的肛门,把我痛醒了。你毁伤我父母遗留给我的身体,让我死后见不得祖宗!诸位如果不相信我说的话,请看,我两臀上被他擦的唾沫还潮湿未干呢。"被他痛揍的人,在旁边低着头一声不吭。

柴东升和乘客们一起打火点灯,起身坐着,为双方劝解。只见一个少年,满脸羞容,被老翁打伤的鼻梁,血流满舱。柴问那老翁是做什么职业的。老翁答道:"我是陕西同州人,以教授儿童读书为业。一生讲性理之学,奉行袁了凡先生的功过格,每天做的事都分善恶作记录,务求扬功消过,从来不生一点淫邪之念。我怎么会受到这种作孽的报应?"柴东升笑着说:"老人家平日奉行功过格,今天能救人之急,也算是一件功劳。如果竟把这人打死了,反倒铸成大错啊!我们众人担保叫这个对您行非礼的人向您老叩头认罪,并各出二百钱买酒肉祭祀水神,叫他为此事忏悔。您看如何?"老翁点头同意,这才放了那少年。

到天色大明,众人一起笑着劝酒。老翁坐在首席,只管饮酒吃肉;被揍少年在一边垂头丧气,不吃不喝。另外有一个少年在一旁不停地吃吃嬉笑,从身着的服装看像是戏班中的小旦,众人这才恍然大悟:那被揍少年,约好夜间共同行乐的,原来是这个小旦。

盛 林 基

乾隆四十一年(1776),乐安县(今江西省乐安县。清属江西抚州府)有位名叫盛林基的居民。盛林基那年三十二岁。家里有老母亲和一个妹妹。他自己还没有婚配。一家三口,生活安乐。

但是,意外的事儿发生了。有一天,盛林基忽然抄起菜刀,把母亲和妹妹的头砍了下来,高高地举到几案上。随后,又亲自来到集市上,买回香、蜡烛和纸码,把两颗人头供奉起来,磕头礼拜。

乡亲们见他杀了自己的母亲和妹妹,大惊失色,问他为什么如此凶残。他却平和地笑着说:"我这是送她们上天堂去成仙成佛,那才是极乐世界呢!比跟着我过这份儿穷日子要强百倍了!送他们去享福,我也尽了孝道,这有什么不好?"乡亲们一听他这套谬论,以为他是神经错乱了,不敢迟延,把这起杀人案报告了总甲。总甲认为人命关天,案情严重,及时报告了官府。

安乐知县马上率领属吏差役包围了现场。当总甲带领政府官兵来到盛家时,盛林基坦然含笑出迎。当县官讯问他为什么杀死母亲和妹妹时,他依然是那一套话,说这是送母亲和妹妹升天堂!

县令立命将故意杀人犯盛林基拘拿归案。以其刀伤二命,拟以凌迟处死。行刑之日,盛林基面带笑容,丝毫没有畏惧之色,也没有一点儿感伤,也没说一句话。

邻居们都说,盛林基平日对母亲极尽孝道,对妹妹也知疼知爱,极备手足之情,竟不知他中了什么邪魔歪道,干出这种极愚蠢而残忍的事儿来!

赵友谅宫刑一案

赵成是陕西山阳城人。他向来无赖,老来就更恶,要强奸他儿媳。媳妇不顺从,他就持刀相逼,媳妇不得已顺从,但心里却始终不愿意,于是私下与丈夫赵友谅打算迁到远处而避开她公公。

他们的亲戚牛廷辉,住在某村,离城三十里地,他们就搬到那个村,对山造房而住,彼此能够相互叫应。住了一个多月,赵成知道这个消息,就追踪而来,并拿了食物去拜访牛廷辉。牛设酒宴款待他,乡亲邻居都聚集在一起。酒席间,与牛廷辉极其要好的客人严七问及牛的近况,牛告诉他生意不好,卖掉了两头驴才得三十两银子,用十两买来修屋,家里仅存了二十两等等话。

赵成想与儿媳私通,讨厌友谅在旁边,难以下手。他得知邻居有个叫孙四的,凶恶异常,并且很有力气,全村人都怕他。赵成就去与孙四商量谋杀牛廷辉,分掉他所剩下的钱。孙四开始不答应,赵成说:"我的媳妇很美,你能帮我杀了牛廷辉,并嫁祸于友谅,友谅受惩罚,我就把媳妇许配给你,这样就不止一人分十两银子了。"孙四心动,竟然爽快答应替赵成杀牛廷辉。

当天晚上,他与赵成持刀直闯牛家。友谅见势不好,马上逃到山洞中。孙赵两人,竟将牛家夫妇及子女全部杀尽,并且去报告给官府,说是友谅杀的。县官路学宏,急忙派人去捉拿友谅,发现友谅躲在山洞里,形迹可疑,就施加了刑讯。友谅不忍心证明他父亲是杀人犯,却又经受不了刑罚,就痛哭诬告。

然而,杀牛家的刀是孙四家的,赵家是没有的,友谅多次招供藏刀的地方,却多次都搜查不到。路学宏因为凶器未得到,终究不可确信,就多次审讯而拖延了时间,此事连累了乡邻曾参加酒宴的十多个人,他们的家产也为之一空。

一天,捕役刚刚带赵成复审,赵成私自高兴案情快要了结了,正在高声歌唱。他的媳妇见到他立即怒骂道:"俗话说老虎再毒也不吃儿子,可你做父亲的,自己杀人却嫁祸于儿子,拖累乡亲邻居,还快活高歌呢。一人做事一人当,天地鬼神,能饶得了你吗?"赵成面红耳赤,目瞪口呆。捕役因为情况紧急马上报告给路学宏,路开始追问赵成。开始,赵成不承认,用毒烟熏他的鼻子,他才招认了实情。

按法律规定,杀死一家五口的,也必须以一家五口相抵命。按察使秦公与抚台某人,都为赵成的儿子的孝顺所感动,写狱奏时专门加了这些情节。后来上面传来审判结果,赵友谅的情况似乎值得同情,然而赵成凶恶已到了极点,这种人怎么能让他有后代呢?赵成应处以分尸之刑,他的儿子友谅可以施加宫刑,满一百天以后,充发黑龙江。

换尸冤雪

京师顺承门外,有甲乙两人发生口角相斗,甲用拳打伤了乙的喉咙,乙断气倒在地上。当时天色已晚,路过的人把凶手绑到兵营,把尸体交给两个士兵看守,想等第二天去向官府报案。

刚好碰到天下雪,其中一个兵年纪大,生病怕冷,他向年壮的那个兵说:"我回家去添件衣服喝口酒,稍稍耽搁一下就来。"年壮的答应了。那个老兵走了以后很久不来,年壮的也去买酒取暖,喝醉后睡在帐房里。早上起来找尸体,尸体已经消失不见了。

正在惊愕时,老兵来了,他说:"我已报案给官府了,他们马上来验尸。"年壮的兵说:"尸体已经丢失了,官来了没啥可验的。我们两人罪过很大,怎么办?"老兵沉思了很久,说:"我有一个办法。在一片荒地前,有人抬来一口棺材,好像是刚死的人,尸体还没有坏。我和你一起去打破棺材,把尸体扛出来冒充他,或许可以免罪。"年壮者以为有道理,就根据他的办法去做了。

过了一会儿,官来验尸,见尸体额头上有一条长钉,血流满面。问凶手,凶手说:"我实在是失手打死这个人的,并没有用钉子钉他的额头。况且这个尸体的面孔,不是我所打的那个人。"当官的不能断案。

正在喧嚷的时候,有一个男子大声喊叫着闯进来:"这件事与甲无关。我就是被打倒在地的人,当时气断了倒在地上,后来苏醒过来回家了,实际上我没有死。"官才把凶手放了,而查问从荒地上扛棺材而来的人,细细加以推究。原来被钉额头的尸体,姓刘名况,以染工为业。他的妻子与人通奸,乘着刘酒醉时,与奸夫用钉子杀死他。于是官方放掉了甲而把奸夫惩办。

旁观者说:"尸体不是可换的东西,而两个当兵的居然有如此奇绝的想法,这不是当兵的愚蠢,而是鬼神暗中弄的把戏。"

凡肉身仙佛俱非真体

我每次游览寺院,看见肉身菩萨像,大多数全身用生漆胶粘着布,敲起来发出"托托"的声音。虽然腿上的筋络盘绕弯曲,隐隐约约可以看见,但是头颈总是歪斜的。在武夷山看草鞋仙的肉身像,他姓程名岊,坐在石洞里;在九华山看无瑕和尚的肉身像,都是两眼垂下来,没有眼珠子,摇他的头还会动,敲他的牙齿,都被虫蛀腐朽,脱落下来;只有广西永州的无量寿佛,虽然是肉身,头却是端正的。我心中常常怀疑这件事。

后来有人说,顺治年间,有个姓邢的秀才,在村里寺庙中读书。黄昏出门散步,听到有人悲哀地哭叫:"我不愿做佛!"邢秀才爬上树去偷看,看见一群僧人围着一个僧人合掌行礼,祝祷他早点往生西天。旁边放着一根铁条,长三四尺的样子。邢秀才不明白什么原因。后来听到全郡传说,某一天有活佛升天,请大家去烧香行礼,来的有一万多人。邢秀才去参观,看到升天的人就是那个叫喊不愿做佛的僧人,已经抬在香桌上,即将被焚化了。邢秀才急忙报告官府,去检查时,那僧人已经死在莲花座上面了,鲜血流满一片。肛门里有一根铁钉,一直通到头顶上。官府逮捕了那些凶恶的僧人。审讯时,僧人说:"烧化这个僧人,用来骗取香火钱财。不用铁钉,那么临死时头就歪斜,不端正。"结果官府把这些僧人都法办了。一时间,烧香许愿的人十分后悔地散开去。

全州的佛庙大门外面,有一座坟。相传有个御史进庙去拜佛,想试试是不是肉身,用针刺佛像的耳朵,鲜血流了出来。御史大吃一惊,跑出庙门就摔死了,他的家属把他葬在庙门外面,以表示告诫。我看那坟上的石碑,只有记述是明朝的某人,并没有那些传说。我虽然没有用针去刺佛像,但是剥去佛像所披衣服的油彩共十三层,敲佛像的胸口,还用手指弹它,自己感到也算无礼了!

动 静 石

南雁宕(即南雁荡山。在浙江省平阳县西。主峰为九峰尖)有两块动静石。两块巨石上下相压,大约有七架梁的屋子一样大小。上面的一块叫动石,下面的一块称静石。

游人只消仰卧在静石上,用两脚去蹬撑动石,只听轰隆一声闷响,动石就随之移位一尺有余。这个动作,即使叫一个七八岁的小男孩儿去做,也会收到同样的效果。

但是,若是站立在静石上,想凭借臂力用手去推动石,哪怕是十几位年轻力壮的轿夫一齐上,也休想使动石挪动一丝一毫。天地间万物之理,真有令人难以理解之处啊!

玉 女 峰

雁荡有一块石头,像女子一样单独站着,长五丈多,头上有头髻的形状。杜鹃花开,红满了一头,恰恰没有一朵挂在她的面部。衣袍颜色微红,裙子颜色暗绿,像天然染成的样子,界线分明,衣褶的痕迹,宛然如织就的衣物一样。

庐山禹碑

庐山宗生庵旁有个谷帘泉,泉水倾泻如挂水帘。水帘下有一个石洞,又深又险。有好奇的人用绳子缒身下到洞底,发现一块石碑,上面有夏禹王时代刻的六个大篆体的字,就是"洪荒漾,余乃析"。这件事是星子县县令丁正心在莲花池宴席上对我说的。

飞钟哑钟妖钟

伏虎山,属于位于福建崇安县的武夷山系。

伏虎山的半山腰儿上挂着一口钟,相传是唐代从什么地方自动飞来的,人们都说它是"飞钟"。这口钟离地面儿有三十几丈,凌空悬挂在峭壁上,上不挨天,下不着地,从来没有谁能敲响它,所以,人们又管它叫"哑巴钟"。

直隶张家口外有座总管庙。总管庙里的那口钟,只要过了夜半三更,没人敲它也要自鸣。人们说,这是一口"妖钟"。

鼠 渡 江

乾隆五十年(1785),有数万只老鼠,互相衔着尾巴渡江,大小不一,在水上飒飒有声。顷刻间,整个江面几乎全被它们遮蔽。老船工说,鼠上江必定有水灾。到七月间,来安、全椒两个县起了蛟龙,粮田、堤坝全部被冲坏。

鹏 过

康熙六十年(1721)时,我刚刚七岁,才进学堂读书。那年七月三日,才吃中饭,忽然天色黑暗,如同夜间。未过多久,天色渐亮,红日照彻堂中,天空中一片云彩也没有。听人说,刚才天暗时,是大鹏鸟飞过天空遮住了太阳。庄周所说的大鹏鸟"翼若垂天之云",原来并非没有根据的空话。

石中玉碗

乾隆五十五年(1790),荆州(治所在今湖北江陵)发了大水,周王山(在今山西省襄垣境内)崩溃,有一块粗玉石被洪水从山上卷到山下。

事后，有位农夫发现了这块玉石，就用锄头随随便便地敲打了几下。不料，这块粗玉石很容易地就破碎了，碎玉之内，却出现了一只完整的玉碗。这只碗，色泽温润而洁白，没有任何雕饰，纹理之间，却沁出道道细腻的血丝，红白相映，煞是好看。碗口直径六寸，是个敞口大碗。可惜的是，农夫敲打过力，碗口开裂了，使它变为伤残珍玩。

碗出石中，多有疑问。学问家就解释说："古代富贵人家的玉碗，偶尔掉进泥沼之中，历经千年，翻压入地。泥沼受地心燥气蒸腾，逐渐硬化，变为玉石。玉碗裹在泥沼之间，当然必在粗玉之中了。"

瓜 子 妖

陶方伯在江宁署中，与濮某、刘某互相很友好。中秋节那天，他请这两位喝酒，每人一把瓜子，散步到台阶下，边走边谈，风吹过来，不料瓜子落在土中。

夏天，那片地上忽然冒出瓜藤，越长越大，不久结了三只瓜，如斗那么大。一段时期内，前来道贺者纷纷云集，以为是祥瑞之兆，他们三人听了，也自我得意。

不到一年，陶方伯因为书案被判罪，濮因为生病而死，而刘则癫病大作，血肉溃烂而死。

琴 变

金陵吴观星善于弹琴，他常对我说，琴是先王的典雅音乐，不过是口头语罢了，我不相信。吴五十岁那年，被赵都统所逼，命令他弹《寄生草》，旁边有个小戏子，唱淫冶小调来附和他。忽然间，一声风雷，七弦全断，抬头看看青天，并无任何云彩，都统全家都大变脸色。从此，每逢吴君弹琴,他们必定烧香洗手,非古调不弹了。

古北口城楼火箭匣

乾隆六年(1741),嘉兴知府杨景震因为卢某一案被贬职,往西北军台防戍。途中,他登上古北口,看见城楼上有一个铜匣,封锁得十分牢固。相传这个铜匣是明代总兵戚继光留下的,并规定路过关口的人不许开匣观看。

杨景震拿着匣子玩赏多时,发现匣子上面用金字刻了一条“震”卦,便笑着说:“匣子上的卦名叫‘震’,和我的名字景震正应上了,我要开匣看看。”就打开了匣盖,突然从匣中飞出火箭一支,恰好射在对面景德庙正殿的柱子上,顿时燃烧起来,把大殿、僧房差不多全烧光了。

官受妓嗔

杨镜村(杨灿,字镜村,号质亭。福建邵武人)先生曾做过苏州知府,那时候,他对娼优勾栏的禁制非常宽仁。后来,杨先生调离苏州,下层妓女们对他有无限眷恋感激之情。可是,继任知府初上任,就一改原制,对娼门妓女们严酷无情,非打则罚,妓女们的生活就更加艰难困苦了。

可是,不久,前后两任苏州知府,都出自个人的不同原因,离任去官了。一个偶然的机会,两位前任苏州知府同过江都(今属江苏省扬州市),当地一位富豪大绅又同时邀请二位到府上赴宴饮酒。酒宴上,专门招来三名妓女陪酒助兴,这三名妓女都是苏州人。酒酣耳热,那位富豪就拥着妓女们说:“宝贝儿,你们都是苏州人,今儿个,老爷我高兴,你们可得说心窝子话! 我问你们,这几任苏州知府老爷,都对你们好不好? 说呀,说呀!"

不料,这几名妓女都认识杨镜村先生,却认不出眼前的另一位也做过苏州知府,就竟一味地撒娇,说道:"要说这位杨老爷,素来对奴辈们宽厚仁慈,还明令禁止地方上的光棍衙役们前来恫吓勒索。如此的好官,一定会子孙满堂、世代显贵。哼! 后任那位老爷,外表上冠冕堂皇,骨子里淫糜难耐。他随便找个碴巴儿,就把奴辈们拿到大堂上,不是鞭打,就是上手夹板儿,又逼迫我们供出嫖客的姓名,以便于他们从中敲诈勒索。我们若是不肯招供,定遭一顿毒打。像这种贪官酷吏,若是有了女儿子孙,祖祖辈辈儿得干奴辈们这一行!"

举座听了,哄然大笑。那位继任知府左右不自在,没等到宴会终了,他就找了个借口,登上马车,溜之大吉了!

京中新婚

北京的婚礼与南方不同。邵又房娶妻,南方几个同年朋友前来祝贺,想闹洞房拜见新人。

不料,花轿一到,就直进内房,新郎像弓一样弯腰而出,向轿帘发了三支响箭,然后抱着新娘出轿,新娘则鬓发纷乱蓬松,红绸裹着头。新郎用秤杆挑下红头巾,不行交拜礼,就对坐在床上。两个伴娘,手持红毯将四面的窗帘全部遮蔽,给他们送一个大饺子,剖开大饺子,中间再藏有小饺子一百多个。两个新人喝完酒吃毕饺子,就脱衣交颈而睡。第二天鸡叫时分,公公点蜡烛早早起来,新人开始礼拜天地、灶神和祖庙。过五天以后,才开始宴请宾客。当天前来祝贺的人,全都没有茶酒,都饥渴而回。

有人嘲笑说:"京里新婚大不同,轿儿抬进洞房中。硬弓对脸先三箭,大饺蒸来再一钟。秤杆一挑休作揖,红毡四裹不通风。明朝天地祖宗灶,拜得腰疼是阿公。"

张赵斗富

康熙年间,河道总督赵世显与里河同知张灏斗富。张灏请总督喝酒,在树林上挂灯六千盏,高高低低的,像银河星星相互错落。派兵丁差役三百人,点蜡烛,剪灯芯,大呼小叫,嘈杂不堪,人们都以为豪华得很。

过了半个月,赵世显回席请张灏喝酒,灯盏增加到一万,可是安排点蜡烛剪灯芯的人,不过十多个。里里外外安静得很。人们都怀疑到时候人手会不够用。等到赵世显吩咐点灯,却一阵风似的发出声响,万盏灯一齐亮了,并不需要剪灯芯,却通宵光亮。张灏十分惭愧,但是不知道这里头的奥秘。

他用重金贿赂总督的家奴,才知道总督是用火药线串联着每支蜡烛芯的头上,一串火药线相互连接,每一根火药线又串联上百盏灯。点燃一根火药线,一下子上百盏灯就点亮了。再用薄绸子做烛芯,每隔半寸,里面包藏着一只很小的鞭炮。鞭炮点燃爆响,灯花就炸飞了,不需再去剪了。

盐商安麓村请赵世显喝酒,十里以外,就张灯结彩,像云霞一般。来到家里,东屋西屋都罗列着无数珍宝古董。可是,赵世显一路走过,就好像没看到一样。一直到喝完酒,散了席,到休息室坐下,有两个美女捧着一对锦绣装潢的盒子送上来,称为"小玩意"。赵世显打开盒子,却是两只活的关东貂鼠跳了出来,向赵世显拱手行礼。赵世显这才笑了,说:"今天费你的心了!"

朱　尔　玫

　　康熙年间,有个叫朱尔玫的人。他算命倒卦,驱狐弄鬼,预示吉凶福祸,是个专门以邪术蛊惑百姓的家伙。但是,他却名重京师,有"活神仙"的雅号。一时间,许多王公贵族、高官显宦都争相敬奉他,把他的社会地位抬得很高。但是,这个朱尔玫曾经三次亲登熊文贞[指熊赐履。字敬修,号愚斋。湖北孝感人。顺治十五年(1658)进士。官至武英殿大学士,礼部尚书。谥文端。本文称文贞,误]公之门,三次都被拒之门外。但朱尔玫并不死心。

　　有一天,朱尔玫又跑到熊府大门上来,对看门人说:"今天,您家相爷穿的什么衣着、坐在什么地方、吃的什么饭菜,我全都说得上来,您信不信?"看门人就叫他说说看。结果,朱尔玫说得惟妙惟肖,竟然与熊文贞公当天的作为完全一样。看门人大惊,急忙进府,把朱尔玫所言禀告了熊相国。熊文贞公笑着说:"是呀,他测得了我今天的行动坐卧,一点儿也不错,可以说是够'神仙'了!但是,我心里有五个大字:'绝不见妖人!'这一点,他却茫然不知,算个什么神仙? 去,把我这话说给他去!"看门人把熊文贞这话原原本本传达给朱尔玫。朱尔玫听了,惭愧沮丧,不斥自退。

　　据说,这个活神仙朱尔玫,曾经与张真人斗法。朱尔玫抄起几上的茶杯,忽地抛向空中,茶杯竟稳稳当当地悬在半空中,并不坠落,就好像有人暗中托住一样。在场的观众无不为之震惊,盛赞其术之玄。张真人看了,只是笑,却一句话也不说。朱尔玫得意扬扬,问张真人道:"怎么样? 您也该显露法术,让大家也开开眼界了吧?"张真人说:"这个,倒也容易。不是我不露,只是我一用法,就把您的招数破了,多有不敬啊!"朱尔玫却以为张真人技穷,不过是借口掩饰,满脸正经地说:"没关系,没关系! 您能破就破,在下也好领教!"张真人无奈,只好也从几上拣起一个茶杯,随意抛向空中。张真人的茶杯刚在空中停住,朱尔玫所抛的茶杯就飞落直下,掉落在地,摔了个粉碎。

事后，有人专门儿向张真人请教其中的奥秘。张真人说："这很简单，没有什么奥秘。朱尔玫的茶杯，只是靠拘来的狐仙儿凭空托住；而我的茶杯，却是恭请五雷神前来服役。五雷乃上天正神。正神凌空而降，狐仙之辈就没有不望风而逃的！"

不久，朱尔玫就因为妖术惑众，坑害百姓致死，而被官府绳之以法。

梁制府说三事

我的同年梁构亭制府，总管直隶。他自称五岁时，有个外祖母杨氏，无依无靠，就寄养在女儿家，得了一种奇怪的病卧床不起，能将绸缎被一寸寸撕裂，也不知她手指的力量是从哪里来的。

一天，她招来梁太夫人说："以后千万不准二官外孙站在我床边。他浑身是火，一靠近他，人就会被烧痛。现在我前面的某姑某舅，都是旧人故友，对我有情，不时地要与我来谈话。一看见二官到，他们没有一个不爬墙跳屋而逃的，我心里极为不安！"梁太夫人就挥手让梁公出去。梁公不敢再进去，经常在窗缝中偷看，杨老太太又发觉了，皱着额头说："二官这小孩，又来作闹了，快把他赶走！"梁公走后，他的外婆就平静地睡了。不久，杨氏病重断气了。很久，她又苏醒过来，睁开眼睛对梁太夫人说："我的灵魂要出去，你家灶神、门神一齐在大门拦住我，说我不是梁氏的人，不许我出去，怎么办？"梁太夫人说："我立刻去请高僧来念经，为母亲忏悔求情怎么样？"杨氏说："不如仍叫二官来，同二神说一声，神肯定会同意的。"太夫人马上带杨公去灶前、门前，代为说情，顷刻间，杨氏就闭目而死了。

杨公在良乡做官时，患疟疾很厉害。夜里梦到本县的城隍请求见他，城隍神对他说："我从前也是这个地方的县官。天帝因为我做官清白廉正，命我做城隍神。大人您所患的病，也是我从前所患的病，后来吃了一种药就好了。今天我告诉你药方。"说着口述了几味药，作了一个长长的揖后去了。第二天，杨公服了那个药方，果然吃两剂药就好了。杨公查了良乡的县志,果然有那个人。

另外,杨公在香河做官时,有位老人带他的女儿来喊冤。女孩颇有姿色。杨问他们有何冤屈,那女子说:"小女被城隍神霸占,每天晚上城隍神用车来接,我就痴迷不醒,一定到第二天辰时,才放我回来。我已经与某家订婚了,总这样以致某家不敢来娶我,所以求大人救救我。"杨公说:"我能治老百姓,却不能治神啊!"老者说:"我女儿说您来城隍庙行香时,她看见城隍神必定先出来迎接。您拜城隍神时,他就避位还礼。他如此敬重您,先生您如果肯说一句话,或许城隍神肯听也说不定的。"杨公私下非常高兴,立马写信一封交给老翁,烧给城隍神。第二天,老翁果然领着女儿前来道谢,说是昨天晚上城隍神竟然不来接女儿了。

官运二则

华雍任淮宁县令时,有某钦差从广东来,不多天就要从淮宁县过境。华雍不敢怠慢,赶紧派仆人张荣安排公馆,操办接待事宜。张荣做事一向干练,富有经验,把接待工作准备得周密而完善,大约花费了百金。不料钦差大人半途中又接到圣旨到另外一处审理案件,结果没到淮宁县来。

张荣眼看空忙一阵,正不知如何是好,恰巧江西巡抚阿思哈被拿回京城,行途也要过淮宁县境,张荣就代华雍送上名帖前去迎接,禀告公馆已经准备好了。阿思哈大为惊异,心想,自己和华雍从来没有接触,华又不是自己的下属,怎么会有这样隆重的接待呢?进了公馆之后,只见到处张灯结彩,祭祀用的牲畜,前前后后的使唤仆人,全部安排到位。阿思哈喜出望外,就招来张荣,告诉他说:"我现在是戴罪之人,一路上人情冷漠,就连以前由我提拔的下属官吏,也对待我态度十分冷淡,为什么你的主人如此同情我,对我盛情招待呢?你主人的名帖,按理我应归还,但今天怀着满腔感激之情,生怕日后忘记你主人的姓名,所以暂且把名帖留下,以便作为将来报恩的根据。"说完,亲自写了封信给华雍,再三道谢,才上马告辞。

张荣回到县衙,把上述情况向主人说了一遍。华雍听了,责备他没事找事。旁边有个幕僚笑着劝解道:"这个仆人办的差事用费太大了,不如此出脱,叫他从哪里去开销办好的物品呢?"华雍也笑了,同意了幕僚的解释。

未过两年,阿思哈被朝廷起用为山西巡抚。华雍在淮宁任期已满,到吏部述职后,被分配到山西重新任职。华雍刚到山西,去行馆拜见巡抚大人。阿思哈听到华雍前来,如获至宝,一面派家人向当地司、道官员分别打招呼说:"请大老爷暂时推迟来行馆会见,因为我家主人的大恩人到了!"一面立即大开中门,亲自到堂下迎接,口中连称"老贤弟",握着手一同走进堂内。席上摆满美酒佳肴,完全像是招待贵宾。华雍惶恐地跪下辞谢,表示万万不敢当。阿思哈说:"如果有恩不报的话,我成什么样的人了? 今天我尽我的报恩之心,明天你行你的参见之礼。"于是二人尽情畅叙,开怀痛饮。席散后,阿思哈送华雍上轿而别。司、道官员听说这一情况,都对华雍刮目相看。不到半年,华雍升任通判;过半年,升任同知;不久又升任南安府知府。后来,阿思哈调到河南任职,华雍也打报告申请辞官退休。华雍做官时积聚了许多财物,满载而归,他赏给张荣二千金,张也过上了小康日子。

傅四爷是吏部司官中很能干的一位。果毅公讷亲掌管吏部的时候,凡是司官们说堂上有无法解决的事,就叫傅四爷出来,只用几句话,问题就迎刃而解了。为此,讷公对傅十分器重。按照惯例,保举郎中时,可以推荐一位正选、一位副选。一次,户部郎中职务中有缺额,讷亲把傅四爷作为正选推荐,引他上光明殿见皇上。傅四爷刚一进殿门,就赶紧下跪,皇上觉得他呆头呆脑,结果挑中了副选。过了一年,吏部郎中职位又出现空额,讷公再次把傅排作正选推荐,傅进殿门还是立即跪下,皇上很不高兴,对讷公说:"这样昏聩的人,怎么能够保举呢?"讷公奏道:"傅某办事很得力,所以我一再推荐他,不料他不熟悉朝廷礼仪,该是他福分太薄吧。"皇上见奏,也就消了气。

不久,又碰上保举引见的机会,将要入朝的时候,讷公把傅四爷找去教导一番:"你两次上殿都违反礼仪,这一次千万要留神,不要再像以前一样,使我脸上无光。"傅连连应声表示遵命。等到引见时,各位官员都一一报完履历,发现其中却没有傅某这个人,讷公也不明白其中的原因。直到退朝，走到午门外，才看见傅某鼻青脸肿，踉踉跄跄哭着跑过来。讷公问他怎么回事，回答说："我以前两次进入殿门，都看见一位穿红袍的大人，身长一丈有余，将我拦住，我不得不跪下。这一次是第三次了。我牢牢记着大人您吩咐我的话，认为我如果再遇见穿红袍的人，就应当直冲进去，不会受到他的阻拦。哪里料到那人又在殿上拦阻，我往前一冲，他就伸手一阵耳光，一把将我提起，远远地朝外一扔，我就摔倒在殿外台阶下面，以致脸面伤成这样，不能再参见皇上了。不知道我前生造下什么冤孽，反正已自知福分浅薄，只求大人从今以后不必费心再保举我了。"讷公只能无可奈何。各位司官听了，都感到又惊又奇。于是派人把傅扶上车，送回家里。傅随即发病，过了四天就病故了。

钱 县 丞

钱先生官居睢宁（今江苏省睢宁县）县县丞。本县知县之职出缺，钱先生便代理知县事。

睢宁县有这么个老惯例，凡是在县境之内出现了无主尸体，尸体所在之地的地主儿（土地使用所有权拥有者）就得向官府缴纳八千大钱，此案便可了结。这个惯例，在本县相沿不衰。有一天，某个村前来报案，在河边上发现了一具尸体。属吏们就事先提醒钱先生说："按照惯例，地主儿要缴八千大钱！"钱先生说："知道了！"就亲临河边去验尸。结果，尸身上并未发现任何伤痕，确定为投河而死。钱先生就吩咐地保就地掩埋。

钱先生回到公馆之后，属吏便把地主儿缴纳的八千大钱呈了上来。这是钱先生理所当然的收入，他完全可以堂堂正正地收下。但是，他仔细一瞧，这八千大钱却是用红绳子串起来的，颜色十分鲜艳。钱先生就察觉出其中必有缘故，问道："这是怎么回事，怎么还是用红绳子串着？"属吏说："回老爷的话：这家地主儿家境贫困，根本出不起这八千大钱。可他又不敢不拿，只得把自己的一个女儿卖给本村的一个富人为妾,得价二十四千钱。只因这钱是出卖女儿而来,也算结了一门亲,故而称作'喜钱'。凡喜钱,都是用红绳子串着的。"钱先生一听,就明白这是被逼迫卖女儿的血泪钱,怎么好滥收?为了进一步把情况落实,钱先生因命招来几位本村父老,亲自询问其间的细情。结果,父老们所反映的事实,与属吏所说完全相符。

于是,钱先生命把买卖女儿的双方拘到大堂,首先对卖女儿者说:"你这八千大钱,是出卖亲骨肉而来,本县若是按例照收,首先就是不仁,这么来的钱,就是花起来,也很不受用!"又转而对那个买女儿为妾的富人说:"你乘人之危,以贱价收买少女为妾,本身就是不义!干这种缺德事,早晚会遭报应!现在,我明白地告诉你:我绝不收他这八千大钱;你呢,也乖乖儿地把女儿归还人家,叫他把身价钱退还给你。不然,本县将按民法处治。"富人一见县太爷有令,连忙唯唯称是。心里却叨叨说:"我真他妈的晦气!"

钱先生又问买女儿的人:"除了这八千大钱,其余的钱还在吧?"买女儿的现出惶恐为难之态,过了半天,才吞吞吐吐地说:"那……那十六千,一半儿被地保拿去做安葬费,另一半儿,给府上差官大爷们做酒钱了!"钱先生一听,大怒,马上唤来地保和几个差役,立命他们退出赃款。但是,他们有的酗了酒,有的嫖了娼,有的进了赌场。那十六千大钱,早就没了踪影。钱先生更怒,下令每人责打三十大板,限期退还赃银,否则,依法严惩。继而,感慨万分地对那个富人说:"钱,权由本县一次偿还;人,你要立刻放归,不得迟疑!"当即命人取库银,如数点发给富人,又命他当堂把女儿归还那位贫民,此案终归了结。

不久,钱先生的背上,就长了一处恶疮。流血溃烂,病情急重,卧床不起了。在昏迷中,钱先生梦见有位青衣差役将他召去,来到一个陌生的去处,只见殿宇巍峨,气势不凡。正殿上端坐王者一人,一见钱正人先生,就说:"先生的大数已经尽了!幸亏您做了一件大善事,足以抵偿一阵。我说这话,您明白吗?"钱先生摇摇头,内心茫然,竟是一无所知。王者朝一旁站立的判官努努嘴儿,判官便从架上取下生死簿一册,翻了几下,递给了钱先生。钱先生一瞧,在自己的名下,记载着某年某月某日,曾营救卖少女为妾一事,心中这才恍然有所悟。判官收回生死簿,转而向王者奏道:"此等功德甚大,按例应得延寿一纪(十二年),官至五品。"王者点头,判官遂用朱笔在簿上写些批示文字;又命那位青衣差役将钱先生原路送回家中。

钱先生梦醒之后,背上的恶疮逐渐收敛,又经历了一番精心的治疗,终于完全恢复。钱先生心知这是善报,从此更一心行善。赈济饥民、掩埋野骨、修桥补路、怜幼济贫,无不逢善必行。几年之后,他官至徐州府同知,果然是个正五品官。但是,背上的恶疮复发,骤然恶化。钱先生明白,这是延寿期限已满了,便坦然卧床待尽。

家里人想着要给他准备后事,又不免迟疑,并安慰钱先生说:"以往,您只行了一件大善事,便受到阴司嘉奖:病也好了,官也升了,又给予延寿一纪。从那以后,您行的大大小小的善事,已经不计其数了。难道,阴司不会据此再推延您的寿算吗?"钱先生听了这话,只是苦笑,说道:"这可就不一定了!过去,我做了那件善事,是无所为而为之,所以,阴司格外看重,以后的事,都是为行善而行善了。这种有意而为之,就不会被阴司器重了。我知道,此番我的大数已尽,断不能逃脱。但是,有心行善或许比有意作恶强得多,也许能给我来生造下一些好报吧。"

没过几天,钱先生的背疮溃烂崩裂,终于辞世。

卷　七

乩　仙

乾隆丙午（1786）年春，樵川人杨荷锄为金陵人徐沧浔扶乩问卜。有一女仙降临神坛，在沙盘上题诗一首："何处重寻旧翠钿，涛声如梦恨如烟。泉台一去千余载，只抵相思半日眠。"（大意是说往事难寻，阴间阳间相隔，日日相思。）女仙并在沙盘上显示字句说："我叫王小筠，今日刚好遇见与我有缘分的人，想和他说说话，请诸位不要害怕。"扶乩的人中有一姓孟的友人，见沙盘上显现的诗句内容关涉艳情，害怕招来邪魔，就打算烧一道退邪的符咒。扶乩用的木棍便在沙盘上写道："既然已经把我招来了，哪能挥挥手又让我马上走开呢？想从前，我容貌出众，你才华超群，我们在大堤下相遇，一同在柳荫下漫步。刚刚结成鸳鸯伴侣，谁料到又被死亡拆散。正同珠玉沉没，蕙兰凋残。你屡次托生于人间，而我的幽魂则一直停留在水府龙宫。今天刚好做水神的侍从，偶尔作符召唤我来。今日我与隔了几世的有鱼水之交的爱人相逢，纯洁的心没有丝毫改变。可叹尽管面对面相见，但中间阻隔着高山大河，又有谁知我泪流满面？遗憾的是阳世阴间差别太大，庆幸的是精诚所至，使两颗心儿相合。今夜窗明风露冷，我将于星斗横斜的后半夜来会你，而你在酣梦之中，就能见到我。原谅我没有写出你的姓名，我是害怕让大家心生怀疑和畏惧。我一心想的只是和你再续情缘，哪里是要兴邪作祟呢！"

当天夜里，徐沧浔果然梦见一女手拿团扇而来。这女子艳丽非常，徐沧浔与她亲亲爱爱，极尽欢事。第二天夜里，女子又降临梦中，与徐沧浔在一起，一直待到天亮才走。过了一天，女子又在扶乩的沙盘上写出两首诗。一首诗道："赤甲峰头雨似尘，天风吹送步虚人。请君试采梅花嗅，老却琼香树树春。"（大意是，赤甲山上落雨了，我乘着天风要走了。请你采一朵梅花嗅嗅,那香气比春天的万木还要浓烈持久。)另一首诗道:"露里夭桃风外柳,昨宵几执纤纤手。千秋无尽是相思,绿卿又到君知否?"(大意是,桃花含露,杨柳迎风,昨天夜里,手拉手情意缠绵。这一别,千秋万年,相思不尽。你知道吗?又将有人来与你结缘了。)诗后面又写"珍重"二字,女仙便离去了。这以后,女仙一直没再入徐沧浔梦中,也不再在扶乩的沙盘上显灵题诗了。

勒　　勒

　　淄川人高念东侍郎的玄孙高明经说,他年轻时,刚结婚就得了头晕病,一下子扑倒在地不省人事。几天后,耳边听到有一物发出"勒勒"的声音。又过了几天,见到这物的形状,模模糊糊像是一个一尺来长的小人儿。从这以后,高明经一天天消瘦下去,不能起床。家中人认为有妖怪,就请驱鬼的术士来驱赶,但不见效果,于是在高明经床头暗藏一剑。高明经病中醒来时,常见那小人儿由床前急跑到木条桌下便消逝了,于是用铜盘盛上水,放到木条桌下。

　　一天,高明经午睡刚醒,见那小人儿又来了,便抽出剑砍去,只听"嘡"一声,那小人儿便跌到水中。家中人过来看,见铜盘里有一小木偶人,穿红衣,脖子上缠着红丝绳,用两手拉着,好像要自尽的样子,于是把这小木偶人打碎销毁,妖怪便没有了。后来听说街里有一个木匠也在这一天死了,原来当初高明经入赘到女家时,他岳父家修理房子,木匠大概是因为工钱等方面的要求没有得到满足,因此做木偶人来咒弄高明经岳父家。这种鬼法术一旦被破了,木匠也就当即身亡。然而从那以后,高明经疾病缠身,走道都无力了。

　　高明经家有一个花园,园中有亭子。一天晚上月亮出来时,高明经让小仆人扶着来到亭子里。在亭子里坐下后,高明经便让仆人回房中取茶具。高家邻居有一个少女,十五岁了,长得很美,明经原先认识她。那少女等到仆人走了,便爬上墙头观望,手端茶碗,从墙上慢慢下来。她来到亭子里,把茶碗放到桌上,对明经说:"知道您渴了,我特意来敬茶。"明经觉得她举止有些怪异,加上自己旧病未好,就极力撵她走。少女说:"您喝了这碗茶,我才会走。"一会儿,听到小仆人走来,这少女忽地就不见了。回头看小桌上的那碗茶,只是一片桑叶包着一撮土而已。

这以后,每逢夜深人静,月光明亮,少女就会来,与高明经交谈,很是聪明。明经因为病刚好,诸事十分小心,那少女也不和他轻薄调笑。少女的容貌意态,身高体形,一天内可以随意变化。因此高明经起先虽然心怀疑虑,但时间长了,也很乐意有这少女做谈话的朋友,不再问她是从哪里来的。少女来去的形迹人们看不到,只有当她来时,感觉到周围冷气逼人。

一天晚上,高明经做梦与妻子亲昵,醒来一看,身边睡的却是那少女。明经知道他是被少女的幻术迷住了,但他还想尽力留住她。少女急忙穿衣下床,大笑着走了。明经去抓她的衣服,感觉那衣服像纸一样,发出瑟瑟的声音。

后来明经学到了"导引"这种养生术,那少女就再也没有出现过。

雷击两妇活一儿

安东县一个村庄里,有个妇女分娩,请接生婆来接生,产下一子。接生婆留下住了一夜,第二天离去。妇人的丈夫从外面回家,抱着儿子,十分高兴,想去祭祀神灵还愿感谢。他伸手去摸枕头,大吃一惊,说:"我在枕头里藏了四锭银子,并没有人知道,怎么会不见了呢?"妻子也觉得奇怪,想了一想,说:"昨天晚上接生婆睡的就是这个枕头,这是很可怀疑的。"丈夫就赶到接生婆家里去讨银子,答应一半送给接生婆表示感谢,请接生婆还给他另一半去做敬神还愿的费用。

哪知接生婆听了,勃然大怒,一边谩骂,一边赌咒地说:"我替你家接生,你却冤枉我,说我是贼! 你的儿子一定不得好死! 我如果偷了你的银子,就遭天雷打死!"一直骂个不停。丈夫见到这种情况,反而怀疑起自己老婆可能有问题,也不敢再向接生婆讨银子了。

过了三天，又请接生婆为婴儿洗澡。那天，接生婆不到，派了她的女儿来。洗澡之后，到夜里，那婴儿突然死去。夫妻俩一面哭着，一面用木匣装儿子的尸体，把他埋在一块空地上。人们都传说："接生婆的话应验了！"

这时，忽然雷电大作，远近都可听到一声极响的炸雷，全村都弥漫着硫黄的气味。人们都去寻找炸雷落在哪里，只见空地上跪着两个妇人，全身都被雷火烧焦，手中还各捧两锭银子。与此同时，原来埋下的小儿已经钻出地面，呱呱地发出哭声。乡邻们连忙奔去告诉那夫妻俩来认，只见小儿腹部肚脐上露出一指长的针头，把针拔出，流了一点血，小儿却平安无事。天雷烧死的两个妇人，一个是偷银的接生婆，一个是接生婆的女儿，她给小儿洗澡时用针刺进肚脐，害死了小儿，是想证明接生婆诅咒得对。看到这副景象，人们都感到震惊。这是乾隆五十七年(1792)六月间的事。

火神打踪

吴旸先生，字南谷。毗陵马迹山人。吴先生尚未出仕做官之前，家境贫寒，地位卑微，以为名门大族设馆教授蒙童来糊口。

那一年，正值这家主人新建了一处宅院，外部工程已完，内部装修未竣。主人请吴先生这位馆师住进未竣的新房里，夜间代为看守。白天，建房的工匠们就用一个铁盆烧木屑做饭烧水，到了晚间，盆内炭火犹燃，并不熄灭。

有一天夜里，吴先生忽听得有人咈咈地吹气，黑暗中，盆里的炭火一闪一闪，已经冒起了火苗儿！吴先生兀地坐起身来，大声呵斥道："什么人？半夜三更的瞎胡闹，这要是失了火又怎么办？"那人一惊，立刻站起身来，倒退了好几步。吴先生这才看清，他是一个红脸儿大汉，满脸的络腮胡子。刚才，他正蹲在火盆旁，卖劲儿地猛吹。如今，他却蜷缩着身子，对吴先生说："实不相瞒，我是高辛氏火正祝融派来的使臣。这座新宅院，合该在今天夜里烧掉。我不过是奉天令来完成使命的,请您正确地对待我,不要耍蛮横!"

吴南谷先生说:"这是怎么说的? 我吴某明明住在这屋里,怎么能随便儿烧掉呢?"那红脸儿大汉听了,略加思索,说道:"是呀,是呀! 本来应该照令行事,怎奈先生住在此处! 唉,缓上一两天吧!"说着,便退了出去。

几天之后,这家主人找了个借口,终于把吴先生辞退了。虽然如此,吴先生还是诚心诚意地提醒主人说:"您多保重,更要注意防火!"主人笑他书呆子气,说:"多蒙关照!"吴先生离开这里的当天,这个富贵人家就失了一把火,只见火势凶猛,又乘着西北风,把这家的新老住房都化为一片瓦砾。

后来,吴旸先生高中万历三十五年(1607)丁未科三甲第一百七十四名进士,官至布政使。

杀一姑而四人偿命

建平县令周君有个族侄,他说,他和兄长二人,都娶了妻,各有一个儿子,父母死后,留下一个弱小的妹妹,兄弟二人也不关心爱护,两个嫂子更是虐待她。小妹妹已许配给一位做学官的人的儿子。这家人贫穷,娶不起媳妇,于是男方便当了上门女婿。

两个嫂子经常在一块儿嘀咕:"一个小姑子已经拖累人了,现在又多了一个吃饭的,怎么办? 最终一定要想办法把他们撵走。"刚好赶上兄弟二人在城外僧舍里读书,妹婿也回家探亲去了。两个嫂子便都借口回娘家走了,临走时把柴米食物都锁了起来。第二天,小姑进厨房做饭,发现柴米都没有了。她挨了两天饿,怕人笑话又没处去说,苦恼极了,于是上吊死了。

两个嫂子回来,把男人们叫来,撒谎说小姑病死了,草草就入棺了,又写封信给妹婿家,让他把棺材带走了。两个嫂子心中暗喜,以为事情就这样过去了。

但是,这以后,房中经常听到鬼啾啾的哭声,几个月后大嫂母子突然生病死了。没多久，二嫂和孩子也病了。她吓坏了，嘱咐丈夫牢牢守护她。到了夜里二鼓时分，忽然刮来一阵阴风，门帘一下子掀开了，就见一士兵红头发蓝脸盘，牙齿有几寸长，手握钢叉，径直来到床前，抓起孩子就走了。丈夫急忙追出去，见孩子光着身子在动，忽然又不见了。回来再看床上，孩子已经死了，而妇人还在呻吟。天亮时，妇人也死了。

这个弟弟亲眼看到了老婆孩子的死，悔恨不已，常常给人讲这事作为教训。杀了一个小姑，结果四个人偿了命，也太过分了，但话说回来，设阴谋害死人的罪过也是太大了呀！

误杀金童

本朝大学士阿云岩奉皇命南下杭州，有一天得空闲，想请人为自己画一幅小像。鄞县的钱县令邀请暨阳人缪炳泰一同前往，为他画了一幅肖像，栩栩如生，十分逼真。阿相公非常高兴，吩咐钱县令将他的肖像补画成全身像。钱县令知道阿相公平日常常谈论佛法，就补成了一幅他身穿红色袈裟，在山洞里打坐的图画。

阿相公看了，更加高兴，指着图说："这就是我的前生啊！"钱问是怎么回事，阿相公说："从前我在滇中带兵作战，正逢上额驸色布腾珠尔布纳病得很沉重，昏死过去，又苏醒过来，急忙叫侍卫把我请到病床前，对我说：'刚才昏睡中，梦见了一座山里，那里长着高入云霄的松树，周围一片苍翠。山中有一个石洞，一排坐着几个罗汉，旁边有一个蒲团，却空着没人坐。一个罗汉指着空位子说，这就是阿某以前的位子，因为他失手杀死了一位金童，所以被贬谪到凡世，如果能坚持不妄杀生灵，并全力救人性命，就可以恢复原位。你把我的话传达给他。于是掀开蒲团给我看，赫然入目的果真是一具儿童的尸骨。希望您要好自为之。'额驸说完，就瞑目而逝。现在你为我画的图形，正好与额驸所说的相符，难道不是天意吗？"

这张图被阿相公带回京城府中，达官贵人和风流名士几乎都为这张图题过诗。当然,缪炳泰也以绘画人物能够传神而闻名京城。

钱 尚 书

　　钱春先生,字若林,号梅谷。毗陵人。钱先生是万历年间进士,授御使,曾巡抚湖广。崇祯初年,累迁南京户部尚书。

　　传说,钱梅谷先生幼年时期出水痘,病势垂危,濒临死亡。家父钱启新先生悲叹他是独子,抱在怀里不忍抛弃,绕着门前的台阶打转转。

　　这当口,就听得半空中有人瓮声瓮气地大声呵斥道:"何厮大胆,错把毒痘撒往钱尚书身上?真乃混账!罪不可赦。着重责三十大板,令其改撒好痘,下不为例!"随后,只听得屋瓦上一阵噼啪之声,犹如千百珍珠泼洒其上。钱启新先生怀里的幼子也哇哇哭出声来,随之病愈。

　　钱梅谷先生进入少年时期,就自己长年独宿楼上,外厢有仆从伴同,从来不曾更换住宿之地。

　　那一年夏天,天气奇热。为了避暑乘凉,钱梅谷偶尔移宿别处。那个陪从的年轻奴仆就悄悄睡在了主人常宿的床榻上。半夜里,这位仆人恍惚听见有人大声呵斥他:"混蛋!你算个什么东西,竟敢仰尔八叉地睡在钱尚书的床榻上?也没照照镜子,看看你是何等人?不怕那福分折了你的寿数?可恶,可恶!还不快点儿滚下来?"继而,那床榻竟猛烈地颠晃起来,好像要天翻地覆一样。那奴才一惊而醒。发现自己已经睡在墙角下,而梦中的咒骂,言犹在耳。

　　从那以后,这个奴仆见了少年钱梅谷,浑身就打哆嗦,而且,每次都要跪下来回话。少年钱梅谷见了他这副狼狈相儿,又是可怜,又觉得奇怪而可笑!

梦　墨

　　武进人钱文敏,乾隆三年戊午年(1738)参加顺天府科举考试。进考场前,梦到了正阳门外,见一人相貌严肃,支着个布帐,在帐下陈列着一些墨块。先是有一个长胡子的来买墨,钱文敏也凑过去买。卖墨的人把钱文敏看了半天,给了他两块墨,接着给了长胡子的一块。梦到此,钱文敏就醒了。

　　后来,钱文敏去拜见主考官孙文定时,发现孙文定很像那个梦中卖墨的人。接着一个同年考生来拜见,钱文敏发现,这就是梦中那个长胡子的,他就是无锡人李时乘。钱文敏得了两块墨,预兆他连中两榜。而李时乘得一块墨,就中一榜,最后当了昌平州太守。

钱状元小名

　　乾隆十年(1745)会试以后,京城里有个人梦见已经张了天榜,榜上第四十一名是特地用泥金写的"集贵"两个字,上面还插一把小黄伞遮着。梦醒之后,他只记得榜上第四十一名姓"集",名却忘记了,以为一定是满族人,而且肯定有奇异现象。

　　等到会试正式发榜,第四十一名却是钱维城,而且旋即被点授为状元。那个梦见天榜的人疑惑不解。一天,他在聚会宴饮时谈起这件事,正好编修汤大绅在座,听了这话,汤笑着说:"钱状元小名是'集贵',又有什么值得怀疑呢?"众人才恍然大悟。

归宁女遇怪

陕西清涧县某村儿,有位少妇去住娘家。她住了一程,就要回婆家去。父亲为了她路上平安,专程送女儿回婆家去。

这一段路程中,有一段是山路,是他们往返必经之地。行走到这里,突然刮起一阵暴风。这父女二人被刮了个迷迷瞪瞪,谁也睁不开眼。等到风平浪静,老父亲睁眼一瞧,女儿竟光溜溜地站在自己面前,里里外外,她的衣裤全不知去向了。老父气愤非常,却又无可奈何。他只好脱下自己的外衣,把女儿包裹起来,背她回婆家去。

到了婆家,已经是夕阳西下了。女婿一见娇妻竟落得这副寒蠢模样,心里特别窝火儿。他逼问岳父:"她这是怎么回事儿?"老丈人就把在山路上遇上怪风的事儿学说一遍。女婿大怒,骂道:"这是他娘的什么毵怪物?明天我就背了火枪上山去等它!不将它打翻在地,我就不算一条汉子!"大家劝慰了这位女婿几句,也就各自归寝,谁也不再提这回事儿了。

第二天,天刚蒙蒙亮,媳妇却在自己房里失声大喊大叫起来。婆婆带领女眷闯进她房中,只见那儿子光溜溜地仰卧床上,脑袋瓜儿已经不知去向了,枕褥之间却不见一滴血。大家惊恐悲号,最终报告了官府。

当时的清涧知县,是荆溪(今属江苏宜兴。清属江苏常州府)人戴树屏先生。戴先生拘审有关人犯,怀疑这位少妇有外遇,勾结野男人杀害了自己的丈夫。于是,对她施用了重刑。但是,这位少妇宁死于刑具之下,也坚决不承认有通奸杀夫之罪。少妇之父得知女儿无辜遭受酷刑,哭着闯进大堂,一边磕响头,一边向县太爷追述了那天在山中的遭遇。请大老爷调查审核,解开其中之谜,为自己的女儿解除冤枉。戴树屏先生这才觉出此案有蹊跷,立刻带领属吏衙役,叫老者引路,来到山间出事现场,在少妇丢失衣服的地方搜查寻觅。

不大工夫,就在山坡下发现了一个山洞。这个洞深邃而漆黑,显得阴森可怕,令人生畏。戴先生立下赏格:有敢入此洞者,赏银五两。真是重利之下出英雄,有位年轻力壮的衙役挺身承担了这桩差事。他高举火把进洞去,行不过数武(古人以六尺为步,半步为武),就觉得洞中逐渐有了光亮,就和洞外的天光是一样的。仔细一瞧,洞壁下有一座狭窄的土炕,一个面貌狰狞的恶和尚,正微闭双眼侧卧在土炕上。这衙役觉出自己身单力薄,难以对付这个恶和尚,便悄悄地退出洞来,把自己看到的向戴知县做了禀告。戴先生又选了几名衙役,各自手持铁锁兵器,再次进入洞中。这时候,那个面目丑恶的和尚已经醒来,坐在炕上。众衙役一拥而上,把和尚锁了个结结实实,把他推推搡搡地带出洞来。

戴先生见此僧确实面露妖气,再三追问他何山修炼、何寺出家、姓氏法号。不料,那和尚却紧闭双唇,缄口不言。戴先生大怒,命衙役左右开弓,打了他若干大嘴巴。那和尚依然是闭口不言,一字不吐。闹得戴先生也无可奈何,命人再给他戴上几条锁链,亲自监督着衙役把他押解回城,准备投入监狱。

回城的路上,走出不过数里,忽而又狂风大作,几位属吏和衙役的衣帽都被大风卷去,大家都一时难于睁眼。等到狂风已过,才发现那个恶和尚与他身边的几名衙役都不见了。戴先生怕承担这项罪责,就有意地把这桩怪案不声不响地压制下去了。

戴树屏先生有位亲戚,那时候曾在清涧县府上做幕僚,亲自经历了此案的始末。后来,我有幸结识了这位亲戚,他向我详述了这一番奇特的经历。

龙诛龙

乾隆辛亥年(1791)八月,镇海招宝山旁边,大白天里忽然天色昏黑,有两条龙抓着一条龙,摔到海滨。这条龙有几十人合抱起来那么大,形状正同人间所画的样子,只是龙角很短而龙须极长。刚开始落地时,还蠕动着身子,随后就死了,腥臭味一里外都能闻得到。乡人竞相上前,把这条龙分取了。龙的一个脊骨骨椎刚好可以作臼。有人得到龙的下颌,拿到街上卖,得到二十串钱。

桑 蚕

宜兴东仓桥离城有几里地,有一个村子,村中一妇女的孩子患水痘,医生开药方,要求用桑蚕作药引。丈夫在外做佣人,婆婆就叫媳妇去找桑蚕。这妇人到野外来寻找,看见一棵老桑树,上面有蠕动的蚕,长得很大,妇人高兴地把蚕捉住了。走了几步,忽然不见了蚕。妇人回来告诉婆婆。婆婆说:"这是活蚕,不是长翅能飞的,掉了也只会在草丛里。你为什么不去找找呢?"妇人就回到丢蚕的地方来搜寻。树林空隙处有一个洞,妇人正看那洞,忽然一条大蛇昂首爬出,脑袋极像人头,身上长着一条胳臂,发怒的眼睛像喷着火,指着妇人,像人那样说道:"你再来打扰我,我就吃了你!"妇人惊吓得倒在地上。婆婆奇怪媳妇久久不回,就去看视,见媳妇躺在地上,口吐白沫,面无人色,赶快扶回来,媳妇这才慢慢醒过来。妇人于是讲了见到的情况,孩子到底还是死了,妇人也紧接着得了疯病。不知道这是什么怪物。这是乾隆壬子年(1792)五月间的事。

韩 六

有个叫冯心法的人,在山阴县任库书。辛亥年(1791)冬天,冯的母亲生病,冯晚上回来点灯,见以前的朋友韩圣华来到,一时忘记韩已死亡,和他叙谈起来,居然和以往一样融洽投机。韩说:"老兄家里有差我做的事。正好上司已为我备好经办文书,三天内就可发下,我会替老兄把事情办得妥帖的。"冯库书平时喜欢舞文弄法,这时听韩一说,怕他告发,就主动向他表示愿意出钱贿赂,许下六千的数目。韩同意了,道谢告别而去。冯心法正奇怪韩已经死去,认为韩来,母亲病情必然转危,又想自己答应送上六千钱行贿,或许可以救母亲一命。到了第三天,韩又到冯家,径直走进屋内,而冯的母亲就在这天病逝。难道冥间的差使也像人间官司诉讼一样,不论是输是赢,总是要花上下打点的费用吗?或者是衙门里的人,生前不顾及他们的亲朋好友,死后成鬼也和阳世没有两样吗?

魑　魉

山阴高进士家的尊翁高老太爷,当初并不富贵,只靠给他人做雇佣为生。

那天,已经是夜幕低垂,高老先生才转回家来。半路儿上,他看见一个高大颀长的鬼。这长鬼正站在路边上,背靠着一所民房,他的腰,正好依靠在房檐上。

那会儿的高老先生,纯粹是个穷人,人一穷,就无所牵挂、无所畏惧。他站稳了身脚,要看看这个长鬼到底要干些什么。只见那长鬼的两只大手里,捧着一个婴儿。他左瞧右看,面对这个婴儿叨念说:"我呀,本该把你吃掉!可怜呀,你是个人才,将来还是个九品官儿;家有良田三千亩,北房九大间;还得有两个儿子。你也属于富裕小康之人了!我真想把你一口吃掉,又于心不忍!唉,算了吧,算了吧!"长鬼一边叨念着,就把手中的婴儿放在了房瓦上,转身将走。他一回身儿,就发现了眼前的高老先生。

当时的高老先生,刚刚喝罢几碗酒,胆气很壮。他站在那儿观察长鬼很久,绝无恐惧之感。心里又琢磨:"他不忍吃掉小康的后生,颇具慈悯之心;我目前还不至于穷饿而死,他也不会伤害我,我还有什么可怕的呢?"于是,大步走上前去,向长鬼躬揖行礼,说道:"在下鄙陋,又薄见寡闻。但是听人说,鬼神中之高大魁梧者,称为魑魉。又曾听人指教说,魑魉能使人致富。不瞒您说,我如今也穷得可以,您是不是能帮我一把?"那长鬼把袖子一甩,喝道:"老东西! 想得可倒美! 哪有那么容易? 还不快点儿滚开,挡我的路!"高老先生索性扑了上去,抱住长鬼的腿,苦苦地哀求。长鬼被他缠得无可奈何,一伸手,从那宽袍大袖里掏出一个物件来,递给了高老先生。老先生一瞧,是个竹竿儿,一头儿穿着几根短而细的绳子,另一头儿光秃秃,很像一杆秤。高老先生又转向长鬼索要秤砣,说道:"没有秤砣,怎么能算一套? 不能用呀!"那长鬼理也不理他,拂袖而去。

高老先生回到家中,把半路儿上巧遇长鬼的事向老伴儿说了,又说:"某某家的房瓦上,还弃下一个婴儿呢!"高夫人也是个慈善心肠,急忙催促老头子搬了梯子,把那婴儿救回家中来。

第二天,一里之外的冯家村,有人丢了孩子,一直寻找到本村来。高老先生与夫人抱出婴儿,任冯家认领。冯家人感动之极,磕头拜谢,当即把高老先生认作婴儿的义父。

后来,冯家婴儿长大成人,官居山西巡检,官秩、田亩、房产,以及子辈人数,都与长鬼的预言完全一致。高老先生从此逐年致富,过上了小康生活,他儿子也随之登上科甲之门,成为进士。

獭 异

山阴人施汉一秀才说,越地水乡水獭成怪的很多。小獭怪只不过泼水欺侮人,一赶它就藏起来了。而老獭怪能像鬼魅那样迷惑人。我家以前有獭怪,遇到中科举的富人,必定近身纠缠。我一生中见到过三次。那三次,獭怪没赶跑,不过也没有造成祸灾。

我乾隆三十二年(1767)回家乡,夜里睡觉时,听到有像撒螺壳的声音,稀里哗啦响个不停,好像在桌子和床之间,起来点亮蜡烛看,却什么也没有。我怀疑是北边的窗户没有关好,便把窗户关上了,獭怪也就慢慢安静了下来。

二十年后,我居父母之丧的时候,正侧躺着,感觉好像有东西压住了胸口。有一小手掌不断地摸我的头顶。这怪物身体滑溜,在我耳边啧啧地说些猥亵的话。我在梦中见一个白脸女子,年纪约二十四五岁,穿紫缎衫,黑缎子的短袖,深蓝色裙子,靠着我来搂我。我推开她,她又从背后来搂我,嘴贴着我耳朵絮絮聒聒说个不停。我在梦中对她说:"世上还真有淫荡的女子! 我二十年前都能抵住诱惑,今天你还能引诱得了我吗?"我突然惊醒,只觉得耳边啧啧的声音还在响,那手掌仍在抚摸我的头。紧接着,那怪物从枕头上跑开,轻巧如同一只猫。第二天,怪物又来了,我只觉得有东西在我右大腿上,梦见昨夜那女子,仍穿着那身衣服,站在不远处,隔着栏杆向我招手。我暗想,昨夜这女子靠近我的身子,我尚且不动心,今天她隔着栏杆,我还能动心吗? 于是醒了,那怪物从我腿上跳开去,便不见了。

次年冬初,我夜宿在狭猱湖口陈氏的新楼,楼临近湖。刚把蜡烛吹熄,就有一个东西跳上床。我知道这既不是鬼,也不是小偷,如果叫嚷起来,平白地惊扰四邻,只会被人笑话,我决定想办法把这怪物赶走。我记起了杭大宗先生的《秽迹金刚咒》是驱邪的,便试着念起《金刚咒》,怪物立刻趴下不动。到五更时分,它跳下床,发出一声响动,便跑了。早晨起来,我看到怪物趴过的衣服被揉皱得很厉害。我因为是客居此处,不便把这事告诉主人。

一个月后,我又经过此地,又住下了。脱衣服时才想起上次发生过的事,想躲避也来不及了。钻进被窝,我疲倦得刚合上眼,那怪物已经在床上了。我又念《金刚咒》,刚念得稍松松劲,那怪物就蠢蠢欲动地要上我身子。等到我念得累了,松劲了,那怪物慢慢就爬近我胸膛,像老鼠一样发出尖细的叫声,随后又像人那样讲话说:"你佩戴上正一真人的符我并不害怕,但只要你一念《金刚咒》,我就怕得要命。"五更时分,怪物从脚底下绕出了床。这天夜里,我念咒念了一百多遍。第二天,家人说我夜里说了好久梦话,觉得奇怪,从这以后,陈氏家再没有其他怪异的事发生了。

今年二月初二这天,乡里的教书先生沈昭远来说,他遇上水獭作怪了,身上还有水獭留下的几根毛。他向我告急,打算辞了教书的事离开。我劝他念《金刚咒》,但时间太紧,他也念不会。

我偶然想起《本草》上有"熊吃盐而死,獭饮酒而毙"的说法,以前曾听说乾隆五十二年(1787)的进士徐景芳曾用这方法除掉过书馆里的獭怪,我让沈先生试试。

当天晚上，沈先生在桌上摆上两条鱼、一罐酒。二更时分，獭怪来了，沈先生已被迷住不能出声。只见獭怪跳上桌子饮酒，罐子打翻了，獭怪就咂咂作声地舔洒在桌上的酒，两条鱼也都吃光了。然后跳下桌子，想去登沈先生的床。这时它前腿立起，而后腿却跟不上，一连三次掉到地上，看来獭怪是醉了。獭怪逃走了，再也没见过。

这样看来，看书记事并不嫌弃过于琐碎杂乱，有些偏方土办法，也是救人的。水獭爱饮酒，这一点，住在水乡的人都该知道，而狗熊喜欢吃盐，这一点，住在山区的人也不会不了解。

柏香簪不宜入殓

陈生，是会稽乡下人，娶当地金家的女儿为妻，夫妇感情极为融洽。金氏不幸病死，陈生挂了一幅金氏的肖像祭奠。他从早到晚对着那肖像，像对着生前的金氏一样。不久，金氏的妹妹金二姑也病死了，将要入殓时，忽然苏醒，家里人十分高兴。但听二姑说话，却是姐姐大姑的声音。她说："昔日我被勾魂的神错拿到阴间，经查明实情，要放我的魂魄还阳，但入殓时用柏香簪，魂魄不能再返回原来的身体了。现在妹妹寿数已尽，所以我求阴间官府让我借尸还魂。我将要回陈家去。"人们都觉得非常奇怪。金二姑一一数说指点姐姐生前留下的箱笼衣物，没有丝毫遗漏和错误，并且能讲出和陈生床头枕边的悄悄话，看起来真是陈生的老婆。金的哥哥从远方回来，二姑和他说起姐姐生前到他家时，招待什么酒饭，用的什么杯盘，连哥哥买了羊肉，弄得船上腥秽气味逼人的事都记得，都是那时哥哥亲身经历的事，没有丝毫差异。

但不巧妹妹已许配给另一家男青年了。家族中怀疑妹妹可能是借鬼的话来掩饰和陈生的暧昧关系，不肯把她马上送到陈生家里。陈生也认为姐姐的魂、妹妹的魄，混在一起，多有不便，不忍心接她回去。那定亲的人家又一定要娶金二姑，父母就把金二姑送过门去。一下车，金二姑就大声说："我是金家的大姑娘，不是二姑。我应回陈家，不应进你们家。你们家一定要留下我,将会大大的不吉利。你们不要后悔啊!"当天夜里,她的公婆把她和新郎锁在新房内,三天以后,新郎无病暴死。陈生更加不敢接她回去,她就为新郎家守节住下。凡当地有吉凶的事,她必定预先知道,预报像巫神一样灵验。乡邻们感到十分惊奇。有人说,这就是妖魅的证据,并不是金大姑的真魂。陈生不把她接回去,并不是没有见识的行为。

猎户说虎二则

　　大的老虎力气有上千斤,小的也有二三百斤,又加上张牙舞爪地跳跃,人力绝对不能战胜它。所依靠的,是人的智慧,可以制服老虎的贪婪顽固。老虎气力旺盛,往往中了枪也不当场毙命。郑猎户曾经进深山去,在小路的转弯处,有一只像牛一般大小的虎,蹲在路边。郑猎户急得要命,来不及用枪打,只好大喝一声,借此用气势来恐吓老虎,老虎果然跳走了。郑猎户估计它一定会再来,又没有村子可以躲避,就先观察虎去的方向,找个山坡埋伏下来。老虎果然跑跳回来,中了郑猎户的枪击,又跳走了。郑猎户估计它再一次回来,就很难抵挡了,急忙爬到高大的树上躲避。一会儿,老虎又来,寻找猎户不见。郑猎户过分紧张,一时踩不稳,碰动了树枝。老虎抬头看见郑猎户,跳起来扑过去,碰得大树枝丫断落好几次,震动得树叶乱摇,发出声响。老虎受伤很重,不能再跳,就咬碎了许多路边石块,嘴里衔着石头才死去。

　　老虎饿了也吃蔬菜之类。樗里有个姑娘,和她嫂子在楼上煨芋头吃,把芋头皮抛出窗外。小姑偶尔靠窗,看见有只老虎在窗下把芋皮吃完,又抬头等着。嫂子十分害怕,尽量多喂芋头皮丢给虎吃,怕它跳上楼来。小姑想关窗,可是伸手出去又怕老虎跳起来抓手;坐着等候,眼见嫂子的芋头皮就要完了,就试着把整只芋头丢给老虎,老虎一口就吞了进去。小姑说:"我有办法了。它不怕烫,就可以干掉它!"说着,她就把铁锤烧得通红,用芋头皮包着,芋头皮一碰烧红的铁锤就粘住了,把这铁锤丢给老虎。老虎抬头看着,已经很久了,看到有东西掷下,张嘴接着就吞了下去,马上跳走了。过了两天,村子附近发现死虎一只,只见老虎自己抓裂前胸,骨头都露出来了。

鬼请上任

侍御官沈立人,名叫孙涟,在京城官邸卧病十多天了。他对身边亲近的人说:"有穿红衣的人从天上下到院中,说直隶保定地方的城隍神空缺,要我去代理。我因为老父亲在南方,妻子和孩子没有依靠,而我单独一个在京城,死在他乡太可怜了,请求红衣人行行方便,替我把这任命辞了,另外找人去上任。红衣人走了后又来了,说:'你父亲以老百姓的身份却受到了皇帝封赐的侍从待遇,已经很荣耀了。你家中有弟弟在,你父不会没人供养。你孩子也已上学,你又担心什么?假如所召请的人都辞退不干,那就没有可以召请的人了。'红衣人这样说,我恐怕活不了了,你为我准备后事吧。"

身边人一再安慰他,认为那不过是他病中的胡话,然而沈立人这以后就不再出声了,吃药喝水,一概都停了。这样过了三天,一天夜深人静,车夫在门房睡觉,忽听得敲门声一阵紧似一阵。车夫问是谁、做什么。门外回答说:"请老爷去上任。"车夫以为他们敲错门了,便让他们找别人家去。敲门的人说:"没错,就是你们家。"车夫说:"我家老爷是京官,十年没出京城了,现在正病着,哪里有上任的事?"敲门的人说:"不是去外地做官。我们是直隶省城隍庙的衙役,明天新的城隍爷上任,我们远道来接他。你们家没人管事,也不给打点些行装或犒赏我们,所以我把这情况告诉你。"车夫吓坏了,把脑袋缩到被子里,觉也睡不着了。

四更天后,只听得沈立人在里屋呼叫着随从出来了,又听得起轿子、轿子杠碰到门上,还听到沈立人的咳嗽声。声音渐渐远去了,才听到守在沈立人身边服侍的人哭起来。原来沈立人死了。第二天,车夫把夜里发生的事告诉了沈立人亲近的人,那亲近的人才知前两天沈立人说的话,不是病中的胡话。

通 幽 法

南塘通判顾梅坡说,张天师有通幽法。如果有不清楚的事,他能令人魂游坟墓,召鬼问话,鬼的答话就借人的口中说出,那人自己却不知道。但是,这必须要选愚笨的人,通幽法才能有效。

顾梅坡曾亲眼见过五十六代天师掌教时,有一位法官,遗失了他所掌管的俸银五十两,怎么也找不到,又愧又恨上吊死了。死后,失去的俸银自然找不到。主人就采用通幽法,叫一个挑水佣人站在门槛上,向他身上喷水,贴上百余张符纸,把全身几乎贴满了,只是不贴头顶和嘴巴。那佣人开始身体还在动,接着就像铁铸一般,一动不动了。过了一会儿,佣人开始发话,说是到了阴府门口,看见那死去的法官揪着屋梁套着绳索,站在阴府门外等候发落。看见佣人来到,就说:"你回去告诉天师,银子是我宠爱的娈童偷去藏在地板下面的。"天师派人揭开地板一看,果然是五十两银子,一点也不少。就问那吊死的法官:"你扛的是什么屋梁?"回答说:"吊死鬼都是要扛着上吊的屋梁,带着绳索而不能解脱,很重苦。只有阳间为他做法事,才能解脱,如果不脱去的话,就不能另外投生转世。请天师发慈悲,为我作法事。"天师答应了他。

忽然阎王对天师府法官发出旨谕,说你们屡次因为琐碎事情烦扰阴间,着打来阴府的使者二十大板,以后当不可再行这样的烦扰,否则将受更重的惩罚。挑水佣人本来是僵身直立的,这时忽然弯曲身体,口中从一数满二十才直起腰,仍然和以前一样僵立。阴府的传话都是佣人口述,天师如同讯问,佣人随问随答。问完,佣人突然说:"本府的门神不许我进来。"原来是作法者忘记烧掉送给门神的一张符。挑水佣人醒来之后,感到双脚一点气力也没有,问他阴府的事,他懵懵懂懂,只记得刚去阴间时身上的符越贴越多,束缚也越来越紧,两胁间束得最厉害,又有魂从头顶飘出,疼得难以忍受。魂归来时,也是从头顶上进去,一进去就全身轻松舒适,如释重负,像疲倦到极点后睡上一个好觉一样。醒来后,佣人屁股上有受杖的伤痕,青色,过了很长时间才消失。从此以后,天师府法官不敢轻易用通幽法了。

喜　婆

越郡城(即今浙江绍兴)有个隋民巷。隋民巷方圆一里,居民们大多不从事体力劳动。男人们大都充当乐户(俗称吹鼓手),专门为别人家喜庆丧葬时吹吹打打;女人们则多充当喜婆儿,专门说媒拉纤儿,或在婚嫁时给人家充当伴娘。

民间每到婚嫁喜庆的日子是非常热闹的。这当口,隋民巷的男人们就结成团伙,为人家吹吹打打,高喝喜歌儿。那种忸怩作态的样子,惹人发笑,又令人鼻酸。他们的妻子,则去侍候新娘,替人家穿衣梳妆,修饰打扮;又扶持新娘上轿下轿,进门拜堂。而后,站立在洞房门外听候使唤,就像人家的奴婢一样。直至新郎新娘熄烛就寝了,她们才悄悄离开。这就是喜婆儿的全部功业。她们最能迎合人的心理,无论男人或女人,她们都能使人达到满意。平日里,她们也有固定的雇主,等于给人家当婢女,而且订有临时契约,就像田地有了佃户一样;喜婆与喜婆之间,还可以互相顶替。喜婆们除了被雇佣于婚丧嫁娶之外,平时则靠说媒拉纤儿或贩卖衣锦为业。

有一位公子,很年轻,也很放荡,喜好寻花问柳。有一天,一个平素与这位公子非常亲昵的喜婆儿找上门来,对这位公子说:"三天后,请郎君到我家去,我要大备宴席,好生地款待您一回。"这位浪荡公子当然不肯放过这风流的机会,如期而至。喜婆儿则微笑着对他说:"请郎君稍等,其间必有佳境!"浪荡公子虽说弄不懂她这话的含义,却理解成挑逗自己的隐语,就坐下来耐心地等待。

不大工夫,就从外面来了一乘翩翩小轿。从轿上走下来一位年轻而艳丽的女子。她服饰整洁华丽,仪态温文尔雅,年龄大约在二十三四岁。喜婆儿把这位艳女向公子作了一番介绍,随即请他们相向而坐,又献上茶来。而后,却悄悄走了出去,把房门反锁了。浪荡公子一下子明白了喜婆儿的意图,一时被这艳女迷得神魂颠倒。他扑上前去,与艳女取乐,那女子不坚拒,但也不顺从。公子急忙把身上所佩带的值钱之物全赠送给了她,并海誓山盟地说了许多痴话,那女子才与他成其好事。事后,公子究问她的姓名居里,并请求日后之约。那女子却总是笑而不答。浪荡公子痴迷不悟,一再追问,那女子才说:"这就要看日后公子对奴家的心意而定缘分了!"

他们刚刚整衣而起,钻出床帐来,喜婆儿已经推门而进了。她二话不说,又帮那女子修饰一回,便拥着她又上了那乘小轿,匆匆而去。浪荡公子又向喜婆儿追问她的姓名居里,喜婆儿坚拒不答。

一年之后,这位浪荡公子正在河干上闲逛,只见一艘画舫临岸而舶。许多人在船上饮酒作乐。作陪的女子当中,就有去年在喜婆家与他一度作乐的那位艳女。这时候,她已经是珠翠满头,显得更加雍容华贵了。众多的婢媪奴仆侍候在她身旁,气派非常之大。不久,这位艳女也察觉了这位浪荡公子的注目。但是,她只用目光向这位公子表示某种喻义,却毫无起身相迎之意。浪荡公子正在惶惑之际,那画舫已经解缆奋桨,顺流而去。浪荡公子与她只是一面而散,从此再也不得相见了。

獭　　淫

水獭生性淫荡,吴越地方的小家女人常在河水中洗内衣,水獭喝了这水,时间一久,就能变为异怪迷惑人。雌水獭多数与变为异怪的水獭交合,而异怪水獭则常来迷惑男人,不过,也不会很快,就把人魅死了。雄水獭嗅到少妇内衣的气味就会纠缠不走,众人便追着将它打死。

辛亥年(1791)十一月,蔡村有一人家娶媳妇。客人走了,婢女仆人们也各自安歇了。新郎喝醉先睡了,新娘关上门脱衣服。这时就有一个动物在她两腿间绕来绕去,伸着鼻子闻,口流涎水。新娘子又吃惊又奇怪。新娘很聪明,她不出声,悄悄打开门,告诉了婆婆,这才知道是獭怪。新娘回到房中,那獭怪正跪在门口等,见新娘来了,便又绕着新娘的腿跑来跑去。过了一会儿,公公婆婆带着健壮有力的十来个人,一人拿一根蜡烛一根棍子,进到房里把门关好守住,见獭怪过来就打。獭怪上床就在床上打,下地就在地上打,跳到桌子上,众人就聚拢来打。满屋子东西打了个稀里哗啦,再看獭怪,已让众人棍棒交加,打死在地上。这獭怪皮毛黑又亮,如同镜子,身长有一尺五寸,生殖器很大。人们剥下它的皮卖了,所得的钱足够补偿毁掉的器物。

水獭的肉很腥,不能吃。有人说:水獭肝髓可入药,这在医书上有记载。水獭的生殖器如果很大,可以作滋阴补阳的药,可惜医书上没有记载,而乡村里的人也都不知道。

虎困藤斗

樗里有个姓王的少年,拿着藤斗去买米。这时正是黄昏,下着雨,走过小溪上的木桥,少年就把藤斗扣在头上,手扶木栏杆过桥。

桥下面有只老虎正等着,上前就咬少年的头,咬住了藤斗就跑了。少年摔在地上,还认为是被别人推倒,把那藤斗拉去了。

第二天,山里的人看到一只老虎满山乱跑,原来是老虎咬住藤斗,脱不下来了。虎口闭上,藤斗也跟着压扁;虎口张开,藤斗就跟着弹开,把老虎嘴巴塞得满满的。藤条很柔韧,一丝丝都嵌进老虎的牙缝里。老虎性情暴躁,不能忍耐,跑了三天就倒毙在山上了。死后,虎头还是仰着,张着嘴,还一直咬着那藤斗。

甘公入梦

冢宰甘汝来,是我乾隆四年(1739)参加考试的主考官。他的孙子甘立功,是某科的翰林,曾主持湖北的乡试,在贡院里去世。后来,立功的叔父甘广出任汉兴的道台,在乡试时监考。一天夜里,甘广睡在床上,梦见甘立功掀开帐子进来,惊叫道:"二叔,您怎么在这里呀?"甘广惊醒了,找来贡院的差役一问,才知道自己住的地方,就是那时甘立功灵柩停放的地方。

卷 八

尸 变

鄞县人汤阿达在京师定居。他哥哥汤阿通千里迢迢从老家到京师来探望他。他却对哥哥非常冷淡，总是带搭不理的。有好心人对他说："兄弟之情，亲如手足。你哥哥不辞辛劳，从南方老家来探望你，你为什么这般对待他呢？"

汤阿达叹息了一声，说道：这因由，说来就话长了！二十年前的一个夜晚，我和哥哥共同看守邻居家一具暴死青年女子的尸体。夜深人静时，哥哥声言口渴，起身到楼下去取茶。那会儿，我太年轻，不通事理，越瞧那死女人越漂亮、越可爱，一时间，欲火中烧，就起了邪念。不料，我刚一接触那女尸的身体，她竟忽地站立起来，我魂飞胆丧，仓皇逃到桌子的一侧躲避起来，那女尸却绕着桌子追逐，死不放过。我绕到离房门较近的一面，企图夺门而出。没想到，房门已经被阿通从外面反扣上了。原来，他从楼下取回来，发现女尸正在追我，唯恐危及自己，就把房门从外面悄悄反扣，溜之大吉了。

我万般无奈，只好破窗而出，跳到围廊上，又登着栏杆，拼命爬上屋顶。一时头晕眼花，就昏倒在房瓦上，女尸只能蹦跳追人，却不能跳过窗户，就僵立在窗前，不动了。

第二天，家人上楼发现女尸僵立窗前，大惊；继而又发现我昏死在房瓦上。他们先把我救下房来，灌些姜汤，救我苏醒；又把女尸用筛子系下楼来，收敛装棺，及时埋了。

三天后，我去赶集，竟然白日见鬼，在集市上遇见了这位死去的邻居女子。她追着我破口大骂，当众把我企图奸尸的劣行揭发出来。我羞愧难当，没脸在家乡再生活下去，只身逃到了府城宁波。在宁波混不下去，又辗转到了京师，艰辛奋斗四五年，这才站住脚。从那以后,我二十几年不敢回老家。

　　我恨自己当年太懵懂,一念之差,干出那种缺德事儿来,真是后悔莫及;又恨哥哥危难之时不相救,反而害我,至今耿耿于怀。

鬼买行头

　　杭州针线铺的施三聘死后没有儿子,他妻子便带着家产改嫁某人。施三聘便到阎王府告状,阎王不准他的状。施三聘便和鬼判官、书役商量。判官和书役说:"妇人改嫁不带走丈夫的财产,我们就不能判她有罪。你妻子现在带家产改嫁,只要你有钱给我们,我们就把你妻子捉来,即便阎王知道,我们也没有大罪。只是你必须带银子来买通阴间的班头,才好去吓唬后夫,同时可以捉来你妻子的魂。"施三聘便遵照判官、书役的话,渡江到本家取来阴间用的四百纸钱来打通关节。

　　果然,后夫家一听到炮仗响,就会听到鬼叫,见到淹死鬼、吊死鬼。这都是鬼班头干的。这样闹了十个月后,有一个新死的木匠鬼来。鬼差役说:"这个人的力气大,能把你老婆的魂取来。"这木匠鬼果然去了,又砍床,又锯她的腿,施三聘的妻子果然叫喊了三天后死了。后夫娶亲花的钱,还有医药钱、买棺材的钱、祈祷的钱,加起来恰好和施三聘妻子带来的财产相抵了。

韩六三事后又缀一事

　　钱铺里有个姓叶的,十九岁年纪,生病二十多天后,忽然自言自语地说:"我是山阴的活无常韩六,现在是阴司的差役。我生前和你叔叔交情很好,你寿数并未完结。因为你幼时背后骂小寡母受到阴间惩罚,但还可以挽回,只是要你叔叔走一趟。可叫你叔叔等候我的上司后天外出会见宾客时,到岳庙前东头第一位判神面前焚烧纸钱并虔诚叩头,我会为你嘱托阴司里的官员为你求情挽回。但进庙后不能讲为了什么事,只要多烧些纸锭就行了。"

第二天,韩又来说:"你叔叔可约几位朋友签名写保状,立即焚烧,我会送去,为你通关节陈述。你叔叔明天午时就可来,不必等到我的上司回去的时候。"到指定日期,叶的叔叔去庙里拜祷,韩已经先到家里通信息,叫叶起床跪下,对叶说:"状纸已送上去了,费了许多周折,阴司宫府已经批定了,但还要八百钱费用。你的叔叔自会有所感觉,你可问他:'麻雀从哪里来的呀?'"叶的叔叔回家,果然说拜神像时有麻雀飞来,拂着帽子而过,觉得十分奇怪。叶的病也就好了。

在清凉桥卖烘糕老婆婆的儿子,在县里当差役。乾隆五十五年(1790)的夏天,他带着平时穿的青衣回家。有个姓徐的和他一起当差,恰好丢了青衣,见他带着青衣回来,徐问他是不是拿了自己的衣服。他认为徐是诬蔑自己盗窃,就痛骂了徐一顿。第二天,他就和母亲去城隍庙摆上香炉,诅咒姓徐的,并骂神不灵验。这时,正好被另外三名差役叶、李、孙三人看见,便上前劝阻,一场风波便平息了。九月间,有个姓程的同衙差役生病而死。

乾隆五十六年(1791)正月十四日晚上,他看灯回来,忽然倒在地上,到早晨醒来,脸上青肿,自己说是被阴司官员处以打耳光的刑罚。他又一一讲述被逮到阴间,阎王判断程是偷衣服的,已经折了他的寿命,现在又上了枷锁。徐失去衣服,偶然问,本来就没有罪。叶、李、孙三人对与己无关的事,能够主动地排解纠纷,劝人不要亵渎神明,各人增加口福三年。卖烘糕婆婆的儿子,因为小小的不愉快而亵渎神明,已经在阴间受了打耳光的处罚,还要让阳世的官责打他四十大板。他又说,一切都是通过韩六料理,会安排他再返阳世的。到他回官府服役后,果然因公事被罚责四十大板。现在叶已经老了,李、孙还在中年,身体都很健康。

戴七也是山阴县的差役,平时好嫖赌,常常一个多月不回家。一次,妻子托邻居王三给戴七捎去口信,说家中等钱开销,等米下锅。王三找到了戴七,见他正与女人鬼混,就开玩笑地说:"你在这里嫖女人,现在你老婆捎信说,你再没钱带回家,她也要偷养汉子了。"戴七信以为真,愤愤地说:"她是个妇道人家,居然有脸对王三说这种话? 其中必有缘故。"当天夜里二更天时突然回家,急急地敲门。妻子披着衣服起来开门,恨他久出不归,故意做出脸色,一句话也不说,进房睡觉去了。戴七以为妻子有外遇在房里,提着灯到处搜寻,没有找到,坐下来还是疑神疑鬼。正巧有个姓吴的人,也是县里的差役,走过戴家这条巷子,随手在墙上磕了三下烟灰,声音在夜间听来十分清晰。戴七正在怀疑,以为是妻子与奸夫约定的暗号,现在奸夫来了,就开门追上去。吴猛然被问得吃了一惊,急忙逃走。戴七追了一里多路,追上了吴。两人面对面看了一会儿,各自走开了。戴七回家,以为妻子一定是和吴某私通,就狠狠地打她。妻子正值怀孕一个多月,被戴一打,就死去了。当年冬天,王三突然得病死了。

乾隆五十六年(1791)正月上旬,吴吃好晚饭,突然喉咙哑了,说不出话,倒在床上昏睡过去。第二天早上起来,口里说着:"我要去感谢韩六,我要去告发戴七。"原来吴喉咙哑了的时候看见阴间两个差役,其中一个就是韩六。吴被带到阴司,只见堂上坐着的官员,身穿地位显赫的官服,审判王三因开玩笑戏弄别人,以致造成伤害人命的案件。王三寿数已尽,应该杖打四十,带枷三正,再另案处理。吴某吸烟,不该夜深时在人家墙上磕碰;戴既已开门出来,吴尤其不应该急忙逃走;戴追了一里多路,二人见面,吴也应该说明情况以消除戴的疑心。吴应减少寿命六年,责打一百二十记耳光。戴在外轻浮放荡,久不回家,因疑心杀死妻子,应断绝后代并终生受穷挨饿。判官查阳间的簿册,戴有个儿子已经七岁了,就派了五个鬼去勾取戴子灵魂,并且说:"韩六读判词给你们听,需费用八百钱,你们要到韩家去焚烧纸锭表示感谢。"戴七听到上述情况,十分害怕,带着儿子到神像前叩头祈祷,却无济于事,第三天,戴子无病暴死。吴脸上吃耳光的青肿痕迹过了四个月才退去。

鬼 买 缺

　　山阴县衙门里有位掌管户籍的书记官徐某。徐某重病期间，忽而他久已辞世的哥哥出现在面前，对他说："我花钱走门路，在阴曹地府给你买下了个官缺，你死后，还照样可以当这个书记官，没有什么苦头儿可吃，你就放心吧！"徐某听了这话，心中自然高兴，但也明白了自己是必死无疑了，又不免凄凉。

　　没过几天，徐某的老同僚、已经死去两年多的祝某也来登门拜访。他对徐某说："按照阴司的惯例，像你这样的人，可以死，也可以不死。只要你肯出一大笔银子，我就能为你打通关节，求得不死。你何乐而不为呢？"徐某一琢磨："死后到阴曹去，虽说还是当官儿，到底不如活着好。"于是，满口答应向祝某付出一大笔银子，去为他打关节，开路子，以求不死。

　　第二天，徐某的亡兄又来到他面前，张口就责备他傻："你是个挺聪明的人呀，怎么犯起傻来了？那姓祝的也想谋求这个职位。他来找你，是为了堵住你与他竞争的路子，哪儿是救你不死？又乘机赚你一笔钱，你怎么看不出来呢？再说，你的寿数儿有定，甭抱那可以不死的幻想，白白丢了阴间这桩美差！"徐某一听，又很后悔，说道："可是，可是我已经答应付给祝某一笔钱了，这可怎么好？"徐某兄说："这内情，你可就不知道了。阴间的事儿和阳间一样，补缺也不能马上到任；这个官缺，少说还得等上一年半载，才能实际上到任。现在的竞争，只不过是争先预约。所以，现在回绝对祝某的拜托，一点儿也不算晚！"徐某点点头，又问："可是，祝某是个过了世的人，我上哪儿找他去？"徐某兄说："这事儿就交给我，我一定能把他拘来。"

　　第二天，徐某兄果然拉着祝某和另一位死鬼来到徐某面前。当徐某婉言谢绝祝某为他不死谋路子时，祝某马上变了脸，责骂徐某不守信用，毁约食言；又责骂徐某兄从中挑拨，坏人名誉。徐某兄则当场揭露了他谋缺骗财的阴谋。两个鬼语言不顺，漫骂争吵，几乎要动起手来。多亏同来的另一个鬼从一旁劝阻,调谐评议,最后才达成一个谅解:五年之内,阴司这个官缺由徐某补任,徐某任职期满,再由祝某顶补。又认定由徐某焚烧纸元宝,作为赠给祝某的"酒钱"。祝某这才勉强点头。

可是,没过几天,祝某又找上门来,很不情愿地对徐某说:"这个美差等得太长了!我等不及了,去谋别的差事,全让给你了!"可也巧,从那天起,徐某的病就一天天好转,终于痊愈,至今还健康地活着,也就没有到阴间补缺的机会了。

这个故事,发生在乾隆九年(1744)。凡是山阴县衙门里的书记官,都能津津乐道地讲述这个故事。可见,它的真实性是相当不小。

温 将 军

世人祭祀温将军,道家称之为"天篷神",佛家称之为"药叉神",他的神威相当灵验。

丙戌年(1766)初秋,山阴安昌里人娄象甫从山西巡检任上休假回来,有次出门访友,中途遇上了,两个人便站着说话。娄象甫忽然见他已死去的大哥敬甫来了,把他拉到路边,悄悄叮嘱说:"我家修宗族祠堂的事被告发了。当初卖给我家地的人家的祖先有一姓周的,很厉害。他起初控告到土地神、城隍神那里,我已经把这控告给消了。如今温将军奉天帝命令,到乍浦办理海潮劫灾一案,亲自来到海上。姓周的拦住温将军的马投状子,将军已接受了状子,派副使神到宗族祠堂,会同城隍、土地神调查审讯。修祠堂原来是你我弟兄主管的事,迁墓事又是你实际掌管,你该和他们对质受讯。你可以赶快回去,沐浴、换衣,挑一间房,躺床上听传讯,并叮嘱家中人不要吵嚷,尤其不要有哭声。有哭声,你的魂就会散去收不回来。这件事你不要怕,我想城隍、土地神也将调停处理,一定不肯翻案的。我在阴间帮助你,你可以多烧些纸钱,并把周家卖地的契约抄一份烧掉。"

娄象甫在路边和人小声说话,但却看不到对话的人,朋友非常奇怪。娄象甫说完话,便直接回了家,沐浴、换衣,进书房,关上门,便睡下了。他的家人聚在窗外等候,静悄悄地听里边的动静。打更以后,娄象甫开始说话,都是对质答供的话。娄象甫催促家中人多多安排茶具献客人。端上来一百多杯茶,还嫌不够。五更时分客人离去,娄象甫自己打开门出来了,说刚才审讯的事是,当初买地建祠堂时,曾经从地里迁出过十多口棺材。娄象甫给了迁墓的佣工工钱。而佣工粗心马虎,把周家一位祖先的尸骨给弄丢了。等到迁完后才发现地上有尸骨。佣工怕主人责怪,便偷偷把尸骨丢到河里去了。姓周的一再在阴间告状,不肯罢休,并把当时迁出的各个棺材里的鬼都叫来,一同见温将军告状。温将军命令城隍查清尸骨下落,结果发现,尸骨清清楚楚在河中。温将军判案说,周家子孙拿了钱,自愿卖地迁棺,娄象甫又给了迁棺的工钱,然后在这地上盖祠堂,又有当时订的契约,娄象甫无罪。周家家道败落,子孙们卖祖坟,本来是不应该的,但他们已很贫穷,不需要再判罪了。佣工拿了工钱却不负责,把尸骨偷偷扔到河中,这罪过实在难以开脱。他的寿命已经完了,交付给恶鬼去把他的魂勾来。姓周的哭着走了。姓周的与娄象甫原来是同乡,活着时立有军功。娄象甫不肯讲出他的名字。这一年,乍浦海潮成灾,淹死几千人。娄象甫大哥说温将军奉天帝命出使乍浦的事,这下灵验了。

娄象甫朴实厚道,今年八十三岁了,但走道儿仍然可以不用拐杖。

鬼请吃烟

德清县人谈竹苍,名震。乾隆五十年(1785)夏天,谈震住在苏州,想谋一份教书的差使,不巧染上伤寒病,连续发了几天高烧,一下子消瘦衰弱得不成样子。

昏沉之中,梦见有个青衣人拿着一个手卷到谈的跟前来说:"叫你去!"谈问:"哪个叫我去?"回答说:"阎王叫你去!"谈一听,心里害怕,不肯跟青衣人走。青衣人就把手卷打开,上面是黑纸白字,像如今书法字帖的样子。谈不知不觉间跟着青衣人走了。

到了一个地方,只见一位官员坐在案前,旁边站着一个书吏,似乎在议论公事,双方争执不下。谈被带到案前,书吏问道:"你是谈师爷吗?"谈说:"是的。"书吏告诉他说:"我们谈论的就是你的事。"谈心中害怕,转身逃走。又到了一处,见有一个月洞形的门,远远地朝门里看,里面的房屋很是高大宽敞,堂上排列着十多张几案,边上都有穿官服的人坐着,好像参加会审的人。中间坐着一位官员,金色面孔,形状极为可怕。谈看着不敢进去,青衣人从背后推着,把他推到了案前。金面官员对谈说:"有个姓严的到我衙门中来告你。"谈问道:"告我什么事呢?"官员说:"告你奸夫淫妇之罪。"谈回答说:"我并没有干这种事。"金面官员就叫鬼卒把罪犯、证人带上堂来。于是有十几辆囚车推到台阶下面。先叫男犯人一名来辨认,男犯人看了看,说:"不是这个人。"后来有个女犯人远远地辨认说:"人虽然不是,面貌倒有些像。"金面官又问谈道:"你认得仓米巷的佛婆吗?"谈回答说:"并不认识。"金面官员就命令青衣人送谈回阳世。这时,前面车中说话的女犯人还招手对谈说:"为什么不到我那儿吃杯茶呢?"谈不理会她,跟着青衣人走出来。到了半路上,青衣人从袜筒中拿出烟管一根,只有五寸长,请谈吃烟。谈竹苍晓得青衣人是鬼,不肯拿过来吃。

梦醒后,谈全身出大汗,湿透了几层被褥,伤寒病也就好了。

李生遇狐

歙县有个李生,名圣修,英俊有风度,十四岁时,在二十里以外的岩镇别墅中读书。一天夜晚,二更天了,李生一觉醒来,忽然看见一个美人坐在床边,对他嫣然含笑,年纪大约十五六岁。李生心动了,伸手过去拉她,她也不拒绝,两人就合欢了。每天晚上,她自己飘飘然地来到,常常教李生作诗填词,并且替他修改。和她谈八股文章,她就很难过,说:"这种东西和学问无关,而且你在科举功名上是没有福分的,何必忍受这种辛苦呢?"从此两人相互唱和,并不感到寂寞。过了几年,也没有人知道。

刚好有个杨生,是李生的表兄弟,也来到这里读书,住在李生隔壁。杨生总是奇怪李生为什么一到黄昏就把门关上。一天晚上,在月光下,杨生悄悄地从墙缝中偷看,只见李生正抱着一个美女坐着,急忙敲门进去,举着蜡烛照来照去,却一点踪迹也没有。询问李生,却不肯讲。第二夜,杨生又去偷看,又像昨夜的样子,并且听到两人在谈笑,心知是狐狸精,就跑回去报告李生的父亲。

父亲催促李生回家,可是狐狸精也跟着到李家。其他人都看不见,只有李生才看得见,全家都担心会害了李生。有一天,李生的嫂子走到李生房子里,大声骂道:"狐狸精难道不知羞耻吗?硬要抢人家的女婿。何况我们家小叔自幼已经订婚,将来新娘进门,究竟谁是正房谁是偏房?"当夜,狐狸精哭着对李生说:"嫂嫂骂我了,她的话是对的,我不能不走。今天要永别了!"李生哭了起来,挽留狐狸精。狐狸精不肯留下,两个相对在床上痛哭。听到鸡啼,狐狸精走下床就不见了。

李生擅长作诗填词,会打拳弄棒,都是狐狸精所教。听说狐狸精赠给李生的诗词,风格清丽,可惜传说的人没有记下来。

这故事是新安县洪介亭说的,李生自己也毫不隐瞒地承认了。

仙童行雨

粤东大旱,制军孙公祈祷求雨,但不见效果,当时正轮到孙公到潮郡视察,路上休息时,见百姓一千多人聚集在前面山坡上。孙公便派人去探问。人们说:"我们在看仙童呢。"原来,潮郡农村有一姓孙的百姓,儿子十二岁,和村里一帮小孩子在山坡上放牛玩耍。一小孩开玩笑,用拳头打孙家孩子。拳头刚伸出,那孙家孩子两只脚忽然腾空离地几尺高。又一小孩用石块打他,他则越升越高,石块都打不到他身上。于是这帮小孩儿到处去说,轰动了乡里,十几里外的人,都跑来吵嚷着要观看。小孩儿的父母哭着仰头叫儿子,但那小孩儿只是往下看着笑,也不说话。

孙公听到有这种怪事,便和司、道等官员徒步去观看。抬头见一童子,背挂青色竹笠,牛鞭插在腰间,站在空中。孙公正为天旱而发愁,便祷告说:"你真是神仙吗?你如果能在三天内引得雨来,救活庄稼,我将建祠庙祭祀你。"童子笑着点了点头。

不一会儿,童子化为一朵浮云,消失不见了。孙公也坐上轿子赶路去了。随即大雨滂沱,几天内粤地境内到处汇报降雨了,雨水灌满水沟湖泽。孙公于是命令人为仙童塑像,派了画家到孙家。画家让孩子的父母回忆孩子的面貌来作画。仙童的父母都是没文化的农民,怎么也说不清孩子的面貌形象。画家画了好几幅,都不像。正没办法的时候,那童子忽然从天上降下,笑着说:"我特地来让你画我的面目。"画家于是把画作成了。

童子的父母想挽留住儿子,但一下子那童子就不见了。于是,人们在五羊城内三元宫立起童子的塑像,题为"羽仙孙真人",拜祝的香火很盛。

这是乾隆五十二年(1787)五月的事。歙邑的洪介亭曾去过粤东,亲眼见到人们迎孙童子的像,因此问清了事情的来龙去脉。我怕这故事还有缺漏,改日将去拜望补山相公,再加以证实。

金能退鬼

乾隆己酉年(1789),常熟县县令是敬公。有一老百姓二更时分回家,忽然见到一个穿红裤黑靴的,拿着火把站在街当中,从腰以上则看不到什么。这老百姓躲到亲戚家中,怪物立刻追赶而来。这百姓便取铜盆打怪物,怪物一下子变成五个。这百姓吓坏了,紧紧闭上了房门,躲了进去。

后来水兵巡逻,在船上见坐着的人都是穿红裤黑靴,知道这是些妖怪,便开枪射击,那些怪物又一个变为五个。不大工夫,河中全是怪物。这些怪物夜里闯入民家,搅得全城不安。

敬公派人请来顾德懋公,向顾公请教除妖的办法。顾公说:"先试着敲鼓吓吓妖怪。"结果怪物越发厉害。又让敲锣吓唬,妖怪于是退去了。顾公解释说:"这是阴间兵阵的信号,敲鼓进军,敲金(锣)退兵。"敬公于是传令全县人敲锣三天,这才安定下来。

秀结宜男

杭州富家子金挺之,是一位美少年。他爱慕一位女子,未能如愿,于是就有妖精变形冒充那女子来迷惑他。每天晚上,妖精都来紧紧地抱住他,使他遗精十分严重,几乎要形成痼疾。金挺之搬到别的房间躲避,妖精来了,找不到金,就在空楼上用棕叶扎成人形,用瓦钵做成头,插上山间的野花,披上红锦衣,来恐吓金家的人,并时时发出喃喃的絮语。一天,妖精带了一个斗大的馒头来,上面写着"秀结宜男"四个字,字体娟秀。

金家请了顾安伯、万近蓬来看。万说:"这是蛇妖作怪。它修炼了一千多年,我已受菩萨的告诫,不忍杀它,但可以把它赶走。"顾就画了先天八卦图镇妖,万只写"楞严咒心"四字来治妖。妖精这才哭着对一个小婢女说:"我本是扬州人,是为找妹妹到杭州来的。因为鼓楼被毁,妹妹找不到。偶然间看到金郎貌美,我一见钟情。现在被你们驱逐,我自然要按限期离开。只是从此见不到金郎了,我只要求金郎喜欢的歌童为我唱一曲《阳关》,我就满足了。"金家到了指定蛇妖离开的那天,果然用歌唱为它送行。蛇妖听了歌曲,把一个线绣的瓶袋和六钱银子赏给歌童,就离去了。

这是乾隆五十七年(1792)二月间发生的事。

黑眚畏盐

丁宪荣先生,山东诸城人。丁宪荣先生说:诸城县郊区有个殷家村,殷家村的四围旷野荒凉,又多有古墓。相传,古墓之间有个怪物,俗称"黑青"。它形态像人,但没有实质,只不过是个一丈多高的黑气团。它的习性是昼伏夜出,行动没规律,使人难于琢磨。遇见人之后,它首先是穷追不舍,把人吓住;待到距人只有一箭之地,它又长啸一声,响如霹雳,令人心惊胆战、魂不附体。奇怪的是,它这种威慑性的吼声,除看见了它的人之外,别人是完全听不到的。它把人吓住之后,就以黑气把人包围起来。黑气的气味极其腥秽,人吸入鼻腔之后,会立刻晕倒。所以,殷家村的居民们都知道这怪物黑青的厉害,相诫行路时尽量避开古墓群。大家把那地方视为畏途。每到日落西山,就没人敢路经此地了。

殷家村的一个盐贩,有一天到集市上去趸盐,进饭铺儿贪喝了几杯酒,回来的时候,有些醉醺醺。他摇摇晃晃,深一脚浅一脚地走近古墓群,完全忘记了平日村民之间相约的戒条。何况,当时已经是月上东山、更鼓二敲了呢!

盐贩猛一抬头,发现那怪物就站在路旁。它长啸一声,企图把盐贩吓住;盐贩猝不及防,那酒意却吓走了多一半儿。他没有选择的余地,只能抢起挑盐的扁担,与这个黑青展开格斗。他每一扁担都准确地打在黑怪身上。但是,着力之处,都像是打在了棉花套子上,对它毫无损伤。这一下,盐贩傻了眼,知道自己除此之外没有别的招数了。他又急又恨,双手抓起大把的盐,没头没脑地向黑怪甩了过去。没料到,这一招儿很灵,黑怪着盐之后,节节败退,逐渐萎缩,终于隐没于地平线之下。盐贩余怒未消,索性把两箩筐盐都倒在了黑怪的隐没之处,挑着两个空箩筐回家去了。

第二天,盐贩并不死心,又赶到出事地点去察看。只见那堆盐早已化作血红色,气味腥秽扑鼻。盐堆旁边,还留有斑斑片片的血迹。自此之后,古墓群间的黑青就无影无踪了。

僵尸挟人枣核可治

知县尤佩莲还没有显达做官时,曾客居河南。他说河南这地方死人棺材多数放在野外,经常有僵尸抱人的患害。但当地人有办法治,所以也不以为怪。

凡是僵尸抱住人,就会抱得很紧,即便两手断裂,僵尸的手指甲仍扣入人的皮肤内,到头来还是挣不脱,这时用七个枣核钉进尸体脊背上的穴位中,僵尸的手就会松开。屡次试验都很有效。偶尔有新死的尸体奔跑,人叫作"走影",这是尸体感受到阳气触动才这样的。人有被它抱住的,也可以用这个法子来治。

量 童 子

《褚氏遗书》上说,男子十六岁而精通,就能够接触女子了;六十四岁而精衰。但是现在因为各人先天气质厚薄不同,有十三四岁的男孩娶妻生子的,似乎又难以确定年龄的界限。

民间有一种量童子的办法,能测定童子是否可以和女子接触。这种办法是,用粗线一根,在颈部绕上一圈,记下线的长度,再将线对折,从鼻梁中央横着量到耳朵。如果线长过耳朵,就说明此人已发育成熟,有能力与女子交合,否则就还是童子,不能和女子交合。

灵　符

万近蓬说,河南巡抚胡宝瑔(江南歙县人)先生病重的时候,忽一日,嘱咐家里人说:"明天,我将紧闭房门,自行办事;我不叫人,你们绝不可擅进房门!"家里人谨遵吩咐,谁也不敢去打扰他。

可是,第二天,太阳落山,天已经快黑了,依然听不到胡先生的呼唤。胡夫人心急火燎,不知道屋里发生了什么事,亲自来到房门外,借着窗户的缝隙往屋里察看。只见屋里面对面地摆下两张方桌,南北相向。南面的方桌前坐着一个人,头大如能容十石水的坛子,两眼灼灼放射着金光;嘴大唇厚,正在一张一合地蠕动,似乎是在说着什么。胡先生则坐在北面的桌前,与那个怪人面对面,桌子上摆着纸笔,似乎是在作问答记录。但是,只见他们口动手书,却听不见任何声音。

胡夫人大惊,生怕老爷发生不测。她不顾一切地破门而入,那个怪人立刻就不见了。胡宝瑔先生愕然,"啪"的一声把笔扔到了桌子上,气愤道:"女人无知,你呀你,坏了我的大事了!你若是不贸然闯进来,我的生命或许还能多延续几个月;这么一闹,我的生命可算到头儿了!唉,这也算做天数吧?无可挽回了!快给我准备后事吧,三天之内,我就要去了!"随之,又锵然卧床,病情急骤恶化,不出三天,果然是气竭而逝。但是,当时,谁也说不出这个大头人是个什么怪物。

万近蓬讲这个故事的时候,张六乾先生也在座。张六乾先生说:"这种怪物称之为'灵符',它是上界文昌帝君宫中的星宿。凡是有文名又兼才德的世人,他都热情地给予护佑。宋代的朱紫阳(朱熹,字用晦,号紫阳)作《四书集注》,每每得到灵符的指教,促使他文思敏捷,受益匪浅。每遇疑难之处,他都把灵符请来,帮助他分析,许多难题迎刃而解。灵符对于朱紫阳,简直达到了招之即来、挥之则去的地步。"张六乾先生又说:"胡抚台此番招来灵符,就是要与他探讨如何延续自己的寿命。不料,夫人出于一时急躁,把这个良机破掉了!"

听了这话,我便向张六乾先生请教道:"您说朱子著书曾得灵符教海,这话可有出处?"张先生说:"这故事,就出在朱子集的《中序》,不信,您翻检一回!"我就把张先生的话牢记心里,等到有了空闲我真得仔细查阅,作一番系统的研究。

吞　舟　鱼

凡是出海的人,都要买些用写了字的纸烧的灰,包起来带走。据说海中多怪风,还有各种水怪,以及吞舟鱼,但只要把灰扔过去,这些东西便都会退去。有一个盐商从海上运输,装了满船的盐出发。一天,忽然遇见吞舟大鱼,翻卷着浪头奔来。船中没有字纸灰,商人就把盐包投下去,鱼吞食了几十包盐后离去了。后来过了几天,听说有条大鱼死在海滩上,鱼肚中残剩的盐包还没化尽,这才知道鱼是吃了盐死去的。

鸡毛烟熏死蛇

李金什说,用鸡毛烧出烟来,一切毒蛇闻到这种烟气,马上就会死亡。凡是蛟蜃之类的动物也是这样,没有能够幸免的。可是不知这种相克制的功用到底是从哪里来的。

有人说,这是很容易理解的。凡是蛟蜃与蛇类动物都属阴性,鸡原本是南方积阳之象,性属火,为极强的阳性,所以,极强的阴性动物碰上它,没有不立刻死亡的。这正是《阴符经》注里所说的"小大之制,在气不在形"的道理。

蛇　钳

浙江衢州府常山县有座名山，就叫石碹山。石碹山麓又有个石碹寺。山前溪水汇注，涓涓潺潺。百姓们枕山开陌，在那里耕作灌溉，丰衣足食。

不久前，当地农民在山下翻地耕作，从泥土里拨拉出一种东西来。它那样子，很像松球，又很像荔枝，大小也差不多。外表呈松皮色，表皮很脆，一经敲击就裂碎，从碎壳里流出来的液体呈半流动状态，很像沥青。把这种古怪的东西投入火中，它立刻化作一团白气，腾空飞散而去。

当地的老百姓都称呼这种怪东西为"蛇钳"。他们说，这是蛇类冬季入蛰的时候，含在嘴里的泥土。第二年惊蛰之后，蛇复苏出洞，就把这种东西吐在了泥土之中，所以，把它叫作蛇钳，说明它是蛇口中的产物。

其实，这种东西是土壤里的铅汞混合物集结而成。所以，见火之后，受高温而蒸腾，就挥发飞散了。它绝不是什么蛇嘴里的吞吐之物。乡民愚鲁，哪里悟得出这番道理？

番僧化鹤

宫中丞做滇省藩守时，西藏有两个僧人来到滇省，其中一个老的看上去约八九十岁，自称已三百多岁。另一个稍微小一些，看上去约五六十岁，自称已一百二十岁。宫中丞安顿二人住在省城隍庙旁馆舍的东廊房中。二僧不主动吃喝，人们给他们饭菜时他们也吃，吃起来一个人顶几个人。每月初一和十五，宫中丞必定把两位僧人请进官署,安排饭菜给他们吃。僧人就把饭菜都倒在一个盆里,用手团饭吃,能吃完一二斛。回到馆舍,始终不饮不食,每月只吃这两顿饭。闲暇时二位僧人就买些民间的小铁器物,转卖获利,卖得了钱,必定是买砖积存到屋外。人们感到奇怪,问僧人买砖干什么,僧人也不回答。

这一天,年龄小一些的僧人外出了,老僧忽然用砖把门窗封起来,关紧了房门。一会儿,就见屋内冒出火苗,人们争相去扑救,但没办法进去。就见浓烟火焰蔽空,有一只白鹤,从浓烟中飞出来,飞走了。火灭后,人们捡拾老僧烧剩的骨殖,埋到塔下。年龄较小的那个僧人再也没有回来,更不知他到哪里去了。

谢珍格物

谢珍,字紫玮,是武进地方人,到杭州来,在官府做事。谢珍性情豪放,好客有奇才,平日里对工艺技术等很精通,喜欢研究物理。

一天,他对人说:"古人制造物品用心精妙,即便是日用小东西,也有很深的道理寄寓其中。比如畚箕扫帚,是铲除垃圾的器物,人们经常忽视它们。但他们不知道,在畚箕角上插上彩花,可以让紫姑神降临;用畚箕扫过小鸡的背,鸡毛就会长反;有瘟疫时烧撮过粪的畚箕,烟气能把瘟病鬼赶跑;笤帚掀起的风吹过冬瓜,冬瓜就容易烂。这都是互相感应、同类相从的道理。"

于是,我指着他座位右边用来取火的刀石器问:"这也有什么高深的道理吗?"

谢珍说:"金石一类物质,都是感应土火的气凝结而成,它们都是同类物质,性质都很刚硬。铁击打石头,就会相应生出火来,这是铁石与火感应的缘故。因此,取火刀忌讳去拨弄火,拨弄了火,再击打石头就不利了。取火石如果出火花少,可以放在水里,过一两天拿出来,那么火花就会出得多。这是什么原因呢?是因为金是水之母,取火刀拨火则枯,枯了就会钝。取火石的火,分布在四周,等到外面部分剥落多了,火就会藏在石心,不易透出,这时用水一激,藏在石心的火就会出来,因此击打时火花就多。"我试了试,果然是这样。

烟　龙

　　张宁人说,他隔壁的一位老人喜欢吸烟,手持一根竹管,有五尺多长,已经用了三十多年了。忽然有一位道士从门前走过,看见老人手持的烟管,对他说:"你这件东西得人精气很长时间了,已经成为烟龙了,用它治疗虚症有特效。日后有来向你讨取的,不要轻易给他。"

　　一天,果然有一个典当商来,说他儿子得了痨虚病,得知老人有长年使用的竹烟管,恳求能卖给他用以治病。典当商出价七十千钱,老人就让他截取半尺左右。商人的儿子服下之后,体内病虫都化成紫水排泄出来。过了些时候,老人又在门口遇到那个道士,拿出截短的烟管给他看。道士说:"烟龙已经伤了尾巴,还可以救活,但必须再用这烟管吸烟十年,才能重新作丹药治病。"老人求问具体办法,道士笑而不答,扬长而去。那根竹烟管至今还在,张宁人曾亲眼见过,果然是光泽无比,头发、胡须都能清晰地映出,夜里挂在墙上,一切毒虫都不敢靠近。

形交气交

　　刘上舍先生,字怡轩。山东诸城人。刘怡轩先生说:"凡是鸟类,它的形体外部生有八窍,即耳、眼、鼻、口七窍,另一窍则为肛门。只因为鸟类的排泄系统只有一窍,它们就只有小肠,没有大肠,大小便皆从一窍而出。哺乳动物则不然,它们有阴部与肛门之分,形成外九窍。所以,它们既有大肠,又有小肠;大便走肛门,小便走前阴。"

　　赵衣吉(即赵学敏)听了刘先生这一番议论,立即反问道:"既然鸟类腹腔里只有一条肠子,您何以见得是小肠而不是大肠呢?"

刘怡轩先生说:"您知道,人类的大肠通向体后,结于肛门,通大便;而前阴则为小肠之头,通小便、司生殖。哺乳动物的生理构造也与人类一样。只有鸟类,它们的小肠通于后,没有前阴。不知您是否做过细心观察?鹅、鸭在交配的时候,雄性的前阴突出在尾巴之后,这不是小肠之头又能是什么呢?所以,大凡鸟类中的扁嘴者,都能以形交配,也就是说,雄性具有外生殖器;而那些尖嘴儿的鸟类,不具备外生殖器,只能进行以气交合了。"

刘怡轩先生这番话,可以看作是对《禽经》(我国最早的一部鸟类学著作。相传为春秋时期师旷撰,一卷。晋朝张华注。)的一个补充。

蜜　虎

蜜虎属于蜂类,形状像蚕蛾,头上有斑点,鼻上有两条短须,口上有像铁丝般的黑丝,黑丝常蜷缩着。有人说这是蜜虎的鼻子。蜜虎在花丛中采蜜时,就把黑丝伸入花蕊中钩取,如同大象用鼻子取东西那样。蜜蜂采蜜用脚爪,蜜虎用鼻子,又各不相同。

诸人王氏的仆人叫王三,曾管理庄田几十年,说这种虫子山东最多,是农业的大害,当地人称为"古路哥子"。蜜虎身上有五彩,长满细绒毛,像蚕蛾,尾部像鸭尾张开。雄蜜虎身子窄小,可以入药。雌蜜虎肥壮,不能入药。秋天时雌蜜虎腹中产卵,卵排出后长成成虫,有好几种。卵产在豆荚上,就长成豆虫,像青虫样子。如果把豆虫打落,虫身上的细毛就会掉尽,用油、盐、葱辣椒炒了吃,味道胜过蚕蛹。蜜虎吃蜜蜂时,把头伸进蜜蜂窝里,用鼻子上的黑丝刺蜜蜂,蜜蜂中了黑丝的毒就死了,蜜虎然后慢慢吃掉蜜蜂。一般蜜蜂的蜂针在尾部,蜜虎的蜂针在头部。在尾部的属阴,在头部的属阳,以阳制阴,因此蜜蜂不能斗过蜜虎。

滇南灵草

吏目胡什从云南到内地来,说云南出产多种灵草。近日有一种名叫安驼驼的草,各地的人都赶到云南去购买,说是能把铜炼成银,又能治病。

那里的吐蕃妇女擅长制造媚药,用来讨好男人。药制成后一定要经过试验才能使用。试验的方法是,把两块大石头分别放在房间的东西两头,相距八尺至一丈,把药涂在石头上,到夜里两块石头就能相合。这种媚药也是用当地的各种草制成的。

这样说来,边远荒僻地区出产的入药植物,《本草》没有收进去的不知有多少,最近不仅仅只有鸡血藤胶才被认为是珍品啊!

羊乳鹿

临安(县名,在今浙江省杭州市西)县的山中产野鹿。母鹿在每年的清明节前后产仔。但是,那些初生的鹿仔儿,若不经历一场雨,则永远不能站立和行走。

当地人乘不下雨之际,很容易地捕捉到新出生的鹿仔儿,把它抱回家中,交由刚刚产羔的母羊去哺乳。经历一场春雨,小鹿仔儿站立起来,开始行走,并在母羊的哺育下逐渐长大。长大后,它依然亦步亦趋地跟随在母羊的身后,那性情也比野生鹿驯服得多。

富贵人家都喜欢弄这么一头鹿,放养在自家的园林里,成为一种点缀。但是,人们习惯上仍然称它为"羊乳鹿"。

多 角 兽

志定和尚住在天目山，他说天目山深处绵延有一二十里，草木丛生，无路可走。山中产沙木，可做方柱形木材。豪猪常在树的裂缝中筑巢，破坏树，成为木工取材的一害。忽然有一年，豪猪绝迹，不知去哪儿了。山里人大喜，于是纷纷拿起斧头砍伐木材。

有一木匠进到一荒谷里，见有一只动物被藤条挂在树上死了。一看，这动物形状像牛，但比牛大一倍，遍体都长着短角，角长二三寸，灰黑色，像羊角，角有几千只。动物头顶上长一角，血一样红，长二三尺。大概是藤多缠绕在大树上，这野兽偶尔从崖上误跳进来，角被藤条缠住，四脚架空，加上藤条柔韧，野兽没办法施展力量去挣脱，终于饿死。

人们这才知道豪猪都是被它吃了，但到底不知道这野兽叫什么名字。

江中黄袱

张寿庄说，有个客人乘船在长江里航行，一天，忽然看见江面上漂浮着一件东西，形状好像黄布包袱，随着波浪在江面移动。张急切之间不能仔细分辨，就叫船夫来看。

船工中有个人大惊失色，说："这个东西出现，一定会有翻船的危险，怎么办呢？"急忙放下桅杆，折去船篷，只剩下船底，叫客人们坐稳了以备应变。刚刚安排停当，果然突起狂风，船在惊涛骇浪中上下颠簸，时隐时现，最后幸好平安无事。其他未经特别防备的船只，都翻沉了。

张问那个船夫是什么缘故，原来他父亲以前曾遇过这样的灾难，所以知道它的危险。但是,他也不知那漂浮的到底是什么。

回想起贾文琮对行船经商很有经验,他曾对我说过,在江上航行如有大风,必定有风旗先在水面出现,或许风旗就是这个漂浮的东西吧。

水 乩

和州与含山(今安徽省含山县)交界之处有个叫程华的人。程华生而不幸,自幼双目失明。长大成人后,偶尔路遇高人,授之以一种奇妙的占卜之术,称之为"水乩"。程华从此以其为职业,为人卜算吉凶,预决进退取舍,很有奇验。一时间,"算命程瞎子"之名,喧噪一方。

程华为人卜算的方法,与一般的算卦或扶乩迥然不同,他只命取清水一盆,放在桌子上。他只用手在水面上悬空虚画,似乎是在写字或画符。此后,只消稍等片刻,水面上便泛起许多泡沫,泡沫又游动离聚,进而凝结成一些字形,用以显示卦理。人们从这些字句中,可以推断出预请事物的吉凶进止。一片字句显示完毕之后,泡沫重新游离,又组成其他字句,显示另一个内容。如果占卜人并未看得分明,只需向程华提出请求,程华再用手在水面上虚写一次,字句依旧再显示一遍,直至占卜者看清楚为止。

这样,文字浮现与隐没数十次,把所有的字句串联起来,就组成了绝好的诗歌——隐语或答对。其中所包含的内容,往往能切中占卜人的要害、机密或隐私。

九 尾 蛇

茅八年轻时曾到江西做纸张买卖。江西地方深山里纸厂很多,厂里的人到太阳快落时便把门插上,告诫他不要出去,说:"山中怪物很多,不光是虎狼。"

一天晚上,月光很好,茅八睡不着,想开门出去赏月。犹豫半天,仗着自己胆子大有武艺可以抵挡,于是开门出去了。走了没几十步,忽然看见一群猴子,有几十只,边跑边叫地过来了,全都爬上了一棵大树。茅八也爬上另一棵树远远观察。随后就见树林里出来一条蛇,身子有大柱子那么粗,两眼闪闪发光,身上的皮都像鱼鳞一样硬,腰以下长了九条尾巴,互相拽着爬行,发出铁甲样的声音。蛇到了树下,便倒立着把尾巴伸上去,尾巴旋转像在跳舞,每条尾巴末端都有小孔,孔中的毒汁像弹出来一样,直射树上的猴子。有猴子被毒汁射中,便号叫着掉到地上,肚子裂开死去。那九尾蛇慢慢吃掉三只猴子,拖着尾巴走了。

茅八害怕极了,赶快回到住处,从这以后夜里再也不敢出来了。

蝎虎遗精

蝎虎也叫守宫。刘怡轩说:"蝎虎遗下的精液毒性很大,人要是误吃了,千万不能接触水,假若有一滴水在身上,不管在什么地方,都能把人的骨肉销毁化成水。

曾经有一个江南人,他的两个儿子放学回来,母亲用干冬菜蒸肉饼给儿子吃。当时正是暑天,两个儿子吃完后去洗澡,半天不出来,家中人感到奇怪便去看,这才发现澡盆中只有血水,儿子的骨肉都已化掉了。大家都十分害怕,但不知是什么原因。于是检查存放干菜的坛子,发现坛中有两只大蝎虎,正在干菜上交配,精液撒到菜里,这才知是误取了这种菜给儿子吃了。

由此可见蝎精剧毒。不过查考《遵生书》,看到书上说:夏天冷茶过夜,不能吃。守宫(蝎虎)生性喜交配,见到水就要交配,只怕冷茶上会有蝎虎遗精。不过古人还没有说过蝎虎精能把人筋骨销毁化掉。

皖城雷异

　　乾隆五十六年(1791)八月初一日中午时分,有黑云从东南方向遮蔽江面而来,高度离地面不过几丈。一会儿,又是响雷,又是闪电,接着就是大风大雨。从中午到夜晚,炸雷打了几十次,房屋都震得摇晃起来,电光一闪,窗纸就发出"飒飒"的响声。当时人人都觉得自己处于极端危险之中,不知道将发生什么事。第二天早上,人们才知道被雷击中的地方有好几十处。抚军官署前左方的旗杆被削去半截,碎裂的部位有着像梳齿一样的爪痕,深度大约三四分。火药局前水池中被雷打死一条大蛇,有一丈多长。其余墙壁倒塌、梁柱折断的情况也很多。

　　有个姓游的渔翁,几天前梦见有人恳求允许在他家藏身,游因为家里房屋狭小,谢绝了。早上起来,就看见有像狝猴样的动物,长着绿色的爪子,身长约二尺多,睡在他家屋脊上,并不时移动屋上前后的瓦片,别的也没什么异常情况。那天炸雷响起之后,邻居看见闪电的光像几十条金色绳索盘绕在游家屋顶上面。游家屋旁空地上有一株老柳树,树心是空的,像竹子一样,雷把树皮击得几乎全剥光了,树身进裂,像被横放在地面上捶碎似的,但中间有一块块煤炭样的东西堆积着,又像是被火烧成的。料想游家房屋上那个怪物被雷击时,就逃到柳树心中躲藏,雷跟踪击中柳树,把怪物捉拿去了。但是不知道那究竟是什么怪物。

　　此后过了几天,有来自黄湓的人,说当地那天雷声很小;有来自樅城的人,问起他们打雷的事,他们一点也不知道。黄湓距离皖城三十里,与桐城相距一百里,情况竟是如此大不相同。

卷　九

天后绣女

　　清河县（今江苏淮阴）有汪家、刘家、阎家三户人家，三家各有一个女儿。这三个女儿同年而生，一个比一个聪慧伶俐，一个赛一个清秀俊美。汪家姑娘嫁到王家；刘家姑娘嫁给阎家，也就是嫁给阎家姑娘的哥哥；阎家姑娘则嫁到王家菅村的韩家，韩家是清河县内很有名望的富户。

　　到了乾隆五十一年（1786），出嫁后的阎家姑娘就病得很重了。有一天，她对丈夫说："您知道吗？我和咱们县的汪家姑娘，还有我嫂子，都是河口天后娘娘宫中的绣花女。只因我们各自犯了不同的过失，同时被贬谪降世为人。如今，贬谪年月将满，我们将应召归位去了！汪家姑娘和我嫂子都要走，一个也不能留在人世。"

　　韩家少爷听了这番话，既惊骇又悲哀，但他更怀疑爱妻这话的可靠性。于是，先走访了王家，又去阎家探望岳母。调查的结果是，汪家姑娘病情危重，舅爷的娇妻也危在旦夕。他这才悟出妻子那一番话的分量。

　　不久，阎家姑娘最先病死，汪家姑娘也随之而逝。只有刘家姑娘还躺在床上，气息奄奄，只是个时日早晚。阎家老夫人得知女儿早夭，悲痛欲绝；儿媳妇命在垂危，心如刀绞。这位老夫人亲自带领家人奴仆，急匆匆赶到河口天后宫，在天后娘娘的神像前哭泣祈祷道："天后娘娘在上，老身阎氏，女儿已经先我去了！如今，儿媳妇又命在不保！倘或她一旦弃世，老身孤独无依，活着还有啥意思？乞求娘娘大慈大悲，使她能稍留人世，陪伴侍奉老身残年。老身将终身供奉，重塑金身。"

　　说来也怪，自从阎家老夫人到天后宫祈祷之后，刘家姑娘的病渐渐有了起色,终于完全病愈。不久,她已有孕,到了秋后,即将分娩。那一天,她忽而梦见天后娘娘来到面前,训斥她道:"只因为你婆婆年老孤寂,我才应她的请求,允许你暂留尘世。怎么,你竟敢孕育生子,作起永世不归的打算了?天戒不许,佛法难容,你想得太美了!"说罢,就用手往刘姑娘肚子上按了一下,刘家姑娘一惊而醒。第二天,她那原本高高隆起的肚子,竟平复如常了。

原来,刘家姑娘从孩提时期,一直到长大嫁人,始终有一种神秘莫测的行为:每个月当中,必有一两天关门闭户,拒绝见人。日久天长,人们不能不感到疑虑,有人就到她窗下去偷听。就听得屋子里似乎有青年女子若干人,不停地议论谈笑。这种热闹场面往往从夜晚一直持续到大天亮,才渐渐寂静无声。为此,家里人也曾多次追问刘姑娘,她却总是避而不答。现在,大家才知道了这位姑娘的来历。

刘家姑娘至今依然健在。不过,随着岁月的流逝,她虽是徐娘半老,却也清秀淑娴。代州(辖境相当于今山西代县、繁峙、五台、原平四县地,清为山西省直隶州)人冯松涛先生旅居清河,听说了这个传闻,并亲眼见到了这位天后绣女。

桃源女神

桃源县郑家的女儿,生下来就很庄重严肃,很少说话嬉笑。到十五岁时,一天,对母亲说:"孩儿将要在某日死去。死后将做某村的神,当地将立庙祭祀我。"母亲以为她在说疯话,没有相信。果然到了那天,她开始生病,几天后便死了。死时端端正正坐着,容貌和活着时一样。房间中人们闻到有奇异的香味,还有云旗风马等,隐隐约约都见到了。又过了几天,某村的男女老少同一天梦见这女子告诉他们:"我将在这里享受祭祀,为你们降福。"村民们认为这是神仙,便集资为她塑像,建庙叫作娘娘庙。这个娘娘神也常显灵。这是乾隆三十四年(1769)的事。

郑家女儿原来有一个女仆姓李,二人关系极亲密,郑家女儿成了神后,每月都必定把女仆召去几次。人们把女仆用轿子抬到庙里,女仆便昏睡终日,睡醒才回家。假如娘娘神想留女仆,而人们非要让女仆回去,哪怕有十个人抬轿,也抬不起来。

女仆李氏嫁人后,仍然像平常那样听从娘娘神召唤。到了乾隆五十一年(1786)冬天,李氏对丈夫说:"娘娘神命令我腊月里的某日去她那里,去了就不再回来了。"丈夫向来不信神,只"嗯啊"了两声。

到了这天,李氏洗浴干净,点上香,让人叫丈夫回来,好和他诀别。丈夫因有事没有回来,李氏恨恨地说:"耽误了我的时辰!改到明年正月某日吧!"丈夫回来,听到李氏没有死,认为妻子在骗他。

到了第二年这一天,李氏又叫丈夫回来告别。丈夫生气地说:"她又要骗人了!"于是回到家中,要看妻子是真要死还是假要死。等他回来,李氏言谈说笑和平常一样,叮嘱了几句家中的事,便靠着桌子,闭上眼睛去世了。

安庆府学狐

乾隆三十六年(1771)秋祭的前几天,安庆府学里洗涤祭祀的用器,预备供奉的祭品,——陈列在明伦堂里,夜里要派人看守。有个姓田的副斋轿夫,身体强健而有勇力,总是由他单独看守陈列祭器祭品的明伦堂。

那天夜里,只有朦胧的月色,田睡到三更天,醒过来,听见有对话的声音,睁开眼一看,只见两个人沿台阶走上来,已经快到他睡觉的床前。田猛地从床上跃起,大喝一声,那两人一起上前和田搏斗,田奋力抓住一人扔到台阶下面,只见那人长嗥一声,变成狐狸逃跑了。另一个又来与田搏斗,又被田抓住扔到台阶下面,也变成狐狸逃去。田认为狐狸不会再来了,就继续睡觉。

不料,还未睡熟,忽然又听见说话声,而且听上去人更多,已经到跟前了。田急忙起身,只见一个老头,白胡须、白眉毛,躬着腰走路,带领着十几个小伙子。老头大声命令小伙子们一起攻击姓田的。田大怒,挥拳就打,那十几个人都被打倒,没有一个能抵挡得了的。老头发怒说:"居然这样可恶!"说着就跳起来,猛然用头撞田的左胁,田顿时像被大石头击中一样,疼痛难忍,倒在地上爬不起来了。老头大声命令众人:"快把他拖到堂后左侧的柴房里去!"田心中暗想,这一去肯定活不成了。

这时,田见堂右边有大钟悬在架上,便趁着众人只顾搀扶着他,冷不防快步跑到钟架下面,用一手挽着架子,一手抵抗众人。那老头大怒,用手抓住田的肘部使劲拉扯,田十分害怕,用两手拼命挽住钟架。哪知老头用力过猛,把田连人带架子拖着移动了好几尺远,大钟不停摇晃,发出很响的声音。那老头听到钟声,一阵战栗,停止了拉扯,吩咐众人上去围打田,将他打得从头到脚体无完肤,吐血好几升。天快亮时,老头和众人才离去,田也倒地昏迷不醒了。

天亮后,负责祭祀的官员进来,见状大吃一惊,忙叫人给他灌了汤药,过了好一阵子,田才苏醒过来,把夜里的见闻说了一遍,众人才知是狐狸作祟。第二天夜里,集中了十几个人看守明伦堂。大家都不敢睡下,一直坐到四更天,没有看到什么异常。

大家倦极了,刚躺下睡觉,就听到许多人奔跑的声音,睁开眼向上看,只听见老头的声音在问:"那个人在不在?"那些领头的就逐一验看,回答说:"不在。"老人就说:"让他侥幸漏网了,我们走吧。"周围也就静寂无声了。

田卧床病了一个多月,总算痊愈了。病好后,田想带着刀睡在明伦堂里等候狐狸来,好报仇雪恨,由于妻子拼命阻止,他才罢休。

湖南贡院鬼

乾隆五十一年(1786),湖南举行丙午科乡试。理州(即今四川理县,清属四川杂谷厅)人冯名廷先生任长沙府吏目,奉命负责乡试试场的巡查保卫工作。

考试进行到第三场,已经是七月十四了。那天夜里,冯名廷先生和他的同僚李华先生在大堂上值班,李先生非常困倦,俯伏在桌子上似乎就睡着了。当时,月色微明,远处的物体形状模糊,看不太清楚。可是,冯名廷先生依然清晰地看到有个怪物,从堂前的台阶下咕咕隆隆地冒了出来。这怪物,看上去身高两丈有余,圆溜溜的腰腹就像一个粮囤;浑身上下生满绒毛,两眼闪闪发光,从远处瞧,就像一对火炬。怪物出地之后,先是急匆匆进入西考场;不大工夫,又从西考场走出来,慢条斯理地走进东考场。

冯名廷先生素来有胆量,目睹着怪物,任其出没,毫不惧怕。可是,当怪物刚出现的时候,他曾悄悄地将李华先生唤醒,把怪物指给他看。李先生一见怪物,顿时脸色儿煞白,目瞪口呆;随后就俯伏到桌子上,不敢再看了。直到冯先生告诉他:"怪物已经走了,快起来吧!"他才从桌子上支撑起来,仓皇逃回卧室。

这一晚上,李华先生命令他的随身奴仆陪伴在身边,不许他离开半步。冯先生与李先生的卧室,只有一墙之隔。冯先生知道李华胆儿小,害怕得要死。所以,躺上床之后,就时不时地敲打几下墙壁,吓唬这位惊魂未定的李先生,给自己身边的仆从们取乐儿。李先生被吓得浑身战抖,失声大叫;冯先生和他的仆从们却哄堂大笑,喧闹非常。

这当口,忽听得院子里一声长嚎。那声音悲惨而凄厉,阴森恐怖的气氛使所有的人都打哆嗦。有的人用被子蒙住头,怎么拉他,他也不敢钻出来。不大工夫,贡院里的人轰动喧嚷,值班的冯名廷和李华也不得不披衣而起。这长嚎声和喧闹声,把监临官和两位主考官都惊动了,纷纷派属员来讯问。冯名廷先生不得不把他看见鬼怪的情况禀报上去。

当时,头场试卷的评判已经有了眉目,有十七八份荐卷已经被判中。怪物的出现,引起主考官的疑虑,他们又把那十几份试卷重新校阅,发现其中的七份有纰漏悖谬,给予黜落。从此,贡院里也就清静了。

大概,正是因为这七个人不够中举的资格,神鬼为之不平,才闹起妖怪来的吧。

雷异二则

滁州某村有一个黄老太婆,独自坐在屋中。中午后风雨突起,忽然霹雳一声,左墙下的各种器物都移到了屋子中间,离墙有四五尺。墙上的白灰不过三分厚,也离开墙四五尺,齐刷刷地立在那里,一点儿也没损坏。老太婆受惊倒地,好半天才醒过来。不知道雷要打的是什么怪物,她家也没有别的变化。

代州旅店中有两个客人住一屋。一天早上起来,外面刮大风,夹着细雨。一客人在炕上扣了一个大瓦盆,坐在上面。另一客人坐在门槛上和他闲谈。坐门槛上的客人忽然抬头看见屋梁上有两寸高的火苗,像小蛇在跳跃。他急忙叫炕上的客人看。那人还没来得及回答,忽然霹雳一声,屋顶揭去一片。

众人跑进屋里看,见地上躺着一人,炕上稳稳坐着一人,靠近一看,已经死了。屋顶上有一豆子大的孔,众人起初怀疑是雷击的孔,抬头看屋瓦朝外飞出,不像是从上而下打的雷。搬走炕上的尸体再看,见那人坐的瓦盆底上也有个豆大的孔。把瓦盆拿走再看,炕上也有个小孔。

原来那雷竟是从地下起来,穿过炕和瓦盆,从那人腹部洞穿头顶,破屋而去。躺地上的客人用汤灌后苏醒过来,没有死。

人 变 量

我的侄子致华任淮南分司,押解四川兵饷经过夔州城。一路上,只见男男女女,吵吵嚷嚷,全都陷于狂热之中。

问他们发生了什么事,回答说:"某村妇女徐氏,和她丈夫同床而眠,相亲相爱。早上起来,却发现徐氏容貌、头发、皮肤和往常一样,下半身已变成鱼的形状了。乳房以下长满鳞甲,又腥又滑。她口还能说话,相貌也还平整,只是流着眼泪悲叫着说:'我睡下时并没有别的痛苦,只觉得下身发痒,用手去抓,渐渐起棱,还以为不过是要生疥疮罢了。不料五更以后,两脚竟合并在一起,不能弯曲伸缩,摸一摸,已经变成鱼尾了。现在怎么办呢?'于是夫妻二人相抱大哭。"

致华派了家人去看,果然有这样的事,因公务行程紧迫,不能在夔州停留,不知道这事上报官府以后,是把那妇人放到江里去呢,还是养在家中呢?已经来不及问清了。

韩昌黎称老相公

据说,号称"文起八代之衰"的韩文公(唐朝韩愈),死后不过是当了浙江贡院(省学府,乡试试场)的土地爷。以下这个故事,可以作证明。

乾隆四十五年(1780)庚子科浙江乡试。临考的前几天,有个叫陈效曾的秀才来到贡院土地庙。陈效曾是嘉兴(今浙江嘉兴市,清与秀水县并为嘉兴府治所)人,生性狂傲。庙祝听说他是位应举之人,就规劝他说:"先生既是位求功名仕进之人,就该好好拜一拜土地爷,也保您岁月平安,仕途顺利!"陈效曾却横扭着脖子说:"听说,现任土地爷是韩昌黎?他哪儿值得我拜?要地位他没地位,要学问他没学问;他那几篇烂古文,就更没法儿效仿了!我凭什么要拜他?"庙祝见他如此狂悖,口中高声念佛,继而说道:"先生既入我庙门,必礼我庙神。不拜,恐怕您是走不了的!"说着,就横过身儿来,把庙门挡住。

陈效曾一瞧这阵式,大怒,破口大骂庙祝和尚为"秃驴"!两家各不相让,就动起拳脚来。多亏有几位香客上前劝阻,才算没惹出事端来。

可是,陈效曾参加过乡试,回到家里,没过上几天,就得了丁点儿小病,竟一命归天了!家里人觉得他死得太突然,却找不出其他缘故来,只好急匆匆将他装殓入棺,棺材就暂时停放在西厢房里。

陈效曾媳妇年轻寡居,到了晚间不免害怕,因此,每到夜间,就把小姑子叫到房里来与她做伴。姑嫂二人同睡一床,同盖一被,显得特别亲热。那一天半夜里,小姑子下床去小解。她刚刚坐上马桶,就瞧见哥哥陈效曾推门而进,急匆匆走到床前,把床帐一撩,就钻进去了!这不是活见鬼吗?小姑子一时吓蒙了。等她一清醒,就声嘶力竭地拼命喊叫:"快来人呀!有鬼!有鬼!"等到家人奴仆手持灯烛棍棒赶到这里,却没有什么鬼,只见陈效曾媳妇已经整肃衣装走出床帐来。但是,她那行走坐立、仪容风度,却和死去的丈夫陈效曾完全一样,就连说起话儿来,也完全是陈效曾的声音。她直瞪着两眼,把在场的人环视一回,问道:"怎么?我刚离家这么几天,大伙儿就不认识了?我是效曾啊!我的尸身呢?你们,你们把我的躯体放到哪儿去了?"有个奴才嘴快,躬一躬身说:"回少东家的话,您的遗蜕已经装棺材,就停在西厢房里。"

陈效曾媳妇又疯了似的,噔噔噔地奔到西厢房,用手狠命地拍着那棺材盖儿,哭诉道:"只为我在土地庙里得罪了老相公,老相公的门人家仆就把我抓了起来,暂时锁进大厅里。他们说这两天老相公在科场上事儿忙,等公事了结,亲自发落。昨天,考场上已经放榜,老相公回府,斥责我狂傲,命家人打了我二十大板,也就把我放了!谁能料到你们这么着急,把我的遗体早早地装了棺材!你们也该知道,尸体一进棺材,灵魂就不能归壳。说我是个鬼,阎王爷又不收;说我是个人,魂儿又不附体。哪儿是我的安身立命之地?"一边说着,又放声大哭。

家里人等她哭得缓和些了,问道:"你所说的老相公,到底指的是谁?"凭附于妻子之身的陈效曾说:"老相公就是贡院的土地爷!"有人又问:"现任土地爷由谁担任?"陈效曾的灵魂说:"韩昌黎!嗐,韩愈这个人,老家是河南孟县,只因人家昌黎(今辽宁义县)韩家是个望族,韩愈巴结势力,就自称郡望昌黎。再搭上他的古文有点儿名气,后人就称他韩文公、韩昌黎。这不是瞎掰吗?"

座中有一位客人,显得很有学问,他说:"韩昌黎历官阳山令、国子博士,刑部、吏部侍郎,您怎么称人家为老相公呢?最不济也是潮州刺使,还是位州官儿老爷呢!若是不论这些,而按辈分儿算,根据咱乡下的习俗,您也该叫他一声'大伯'呀!怎么能称老相公呢?太目无尊长了！"

陈效曾不屑一顾地说："到了阴司，无论他原来名气多大，只要他是个品外官，一律称为老相公！"

急淫自缢

京城香山那一带有一个当兵的，他老婆跟小姑子住在一块儿。这位嫂嫂一向好淫成瘾。她在后门外面放了一只马桶，像是给来往路人行方便的，其实她是要借此暗窥一下男人阳具的状貌。如果碰到看上眼的，她就想法儿招呼这个男人到屋里来，共享鱼水之欢。她这么做，已有好几年了。

这天，姑嫂二人一起趴在门缝上朝外偷窥。一个宰羊的屠夫推着小车来到巷子里。屠夫对着马桶小便。这人的阳具比她以前见过的都伟壮很多。嫂子高兴极了，马上把他迎进屋里，脱了屠夫的衣服，两人就云雨起来。小姑子就坐在旁边看着，猜他们快要完事了，就要轮到自己了。

哪知屠夫不仅勇壮，时间也很长，从午时到未时都没收工，只是因为肚子饿了，要吃饭。他急匆匆吃过了饭。小姑以为该轮到自己了，就赶紧脱下衣裙求欢。她摸着屠夫的阳具，吞吐了一番，那家伙又屹立起来了。嫂子对小姑说："他太厉害了，我怕你受不了。还是让我来吧。"小姑也就答应让开了。

嫂子重新上床，和屠夫两人癫狂不停。小姑情急难抑，阴水一直流到脚上。她生气嫂嫂骗自己，就去另一间屋里上吊自杀了。

小姑家人到官府告状，说是嫂子虐待小姑，小姑自杀的，却不知道真相的丑恶。嫂子的丈夫，那个巡街小卒回家后，他见妻子神色慌张、心绪不宁，又见被褥上有污垢，就关上门严厉拷打妻子。妇人这才说出了实情。丈夫报告了官府。

这是乾隆五十一年（1786 年），刑部福建司承审的一起通奸案。官府认为诉讼罪名成立，因为招供的情节龌龊，实在耻于上报，又因为妇人身小体弱,经不起苛律大刑,最终只是杖打八十而已。

照海镜

宜兴西北乡新芳桥镇,有个家民耕地时得到一件东西,圆圆的像罗盘,周长约两尺,外圈黑红色,像玉石又不是玉石,中间镶着一块白色石头。这石头透明晶莹,像水晶又不是水晶,凸出来像个盖子。农民把这件东西卖给了镇东的药店,得到八百文钱。

有个住在堤岸西的客人经过药店,用十千钱买下这东西,又拿到崇明卖出,得银子一千七百两。海商说:"这是照海镜。海水沉黑,用它一照,可见怪鱼和大大小小的礁石,船在百里之外可以事先预防躲避。"

谷　佛

湖州沈书记号讷庵,有一尊谷佛,用一个玻璃盒子收藏着。盒子有半寸长,下面有二分多高的盒座。盒中藏着一颗大谷粒,长一分半。谷粒上有芒,芒的长度也有一分多。谷旁有个小孔,晴朗天,把谷粒拿到阳光下,闭上一只眼仔细朝那小孔里看,小孔渐渐变大,大到如一扇门。看久了,从门里可以看见堂,再由堂可看见殿,殿里现出三宝如来像。像有好几丈高,满身珠玉,形象庄严,还可看见佛像胸前尺余见方的卍字形纹,旁边分立文殊、普贤两座佛像。若有人说话出声,眼睛一眨,一切景象就都不见了,仍然是一颗大谷粒而已。

据沈解释说:"这件东西传留湖州某尚书家里,是明朝时候利西公从西洋墨瓦腊泥迦州带来的,于是传进了中国。他们国内秋收时,这种谷粒如果生长在田地里,千里之内农田将颗粒无收。"我的学生王昙曾亲眼看到这颗谷粒,现在不知传到谁的手里了。

丹徒异狱

有一天,丹徒(今属江苏丹镇江市,清属江苏镇江府)知县张振纲先生出行办案,行进在街道间。衙役仆从们鸣锣开道,前呼后拥。作为一县的父母官,那场面好不威风。

官轿正在穿街而行,突然有了物件从半空中落到了轿檐上。由于轿子前行有一定的惯性,那物件又从轿檐上滚落到轿里,正好落入臂扶轿沿的县太爷张振纲先生的袖筒里。不料,这物件好像是个活物,进入了县太爷的袖子里还活蹦乱跳,一点老实劲儿也没有。吓得这位爷慌忙一抖搂袖子,把它甩出轿外。那物件落到马路上,还在滚跳不止。县太爷惊慌失措,仔细一瞧,竟是一具男人的阳物,只有两寸来长。张振纲先生料定这必有缘故,急命落轿,命衙役们将它抓住,带回府去。

官轿前发生了这种怪事,老百姓们闻讯而来,蜂拥而上,观者如墙似堵,一时把县太爷回府的路都阻塞了。衙役们几费周折,才给太爷的官轿开出一条路。回衙之后,张先生命将此物登册入库,并立专案侦查。但是,查了一个多月,却是毫无端绪。属吏们都私下里议论,笑张先生迂腐,何苦把这么个秽物带回府来,自找累赘!张先生对这些责难与议论,只是置之不理。

又过了一个多月,家住县城西门内、靠挑卖水为生的王大娘前来举报,举出种种迹象,说明她的邻居萧家婆媳有杀人嫌疑。张振纲先生立命衙役将萧家婆媳拘拿审讯。这两个女人上得堂来,一个个铁嘴钢牙,矢口否认干过杀人害命之事。重刑之下,她们才供认罪行。

原来,那萧氏早年丧夫,膝下只有一子,名叫萧祥。萧祥成人后,娶妻刘氏。不久,萧祥出外谋生,家里就只有这婆媳二人了。

萧氏年逾不惑,却是情欲之心未减。很快,她就勾搭上了一个到丹徒来做生意的陕西老客。每到夜晚,她就把这个陕西老客引进家中奸宿。但这绝对瞒不过儿媳妇刘氏的耳目，于是，私下里达成妥协，婆媳二人与这位陕西老客，同奸同宿。刘氏年轻，水性杨花，情欲更切。没过多少日子，她又勾搭上一个年轻的陈某，公开引回家中奸宿。婆婆萧氏心生妒忌，公开滋挠，婆媳二人发生分裂。但是，为了满足情欲，婆媳之间又达成妥协，陈某也同时与她们婆媳通奸。这样，两男两女、两老两少就混混沌沌地鬼混一起，不伦不类。

　　但是，那天夜里，这婆媳二人正与那陕西老客欢乐，陈某突然闯了进来，情敌相见，分外眼红，先是拳脚相斗，终于动起刀来。陕西老客年长力衰，终于被陈某砍杀。随后，把尸体肢解成若干段，由陈某去埋尸灭迹。为了防止尸身一旦暴露，追究真相，就把尸体的性器官完全割下，使见者不辨男女。这一切，都是在萧氏、刘氏婆媳二人的密切配合下进行的。但是，陈某把肢解后的尸体装入袋子里背走，并从此一去不归、不露面儿了，却把那个被割下来的物件甩在萧家。婆媳二人整天整夜对着这个物件发愁，藏也没处藏，丢也不敢丢，惶惶然不可终日。那天，刘氏将它抓在手里，一狠心，一闭眼，就从楼上将它撇向窗外，以为只此一举，一了百了。不料，这怪物件却正好落在了本县太爷的轿顶上！

　　事后，张振纲先生将此案呈报知府。那些同僚们听了他回禀案情，无不捧腹大笑。按大清律，萧氏、刘氏以及奸夫陈某，一律处斩监候，以待秋决。

鬼怕讨债

　　常州有一个穷汉死了，他的房子卖给了一个富人。这房中常有鬼作祟，富人就把房子锁起来，一锁就是差不多十年。后来富人也变穷了，便把大房子卖掉，搬到原来穷汉的房里住。

　　搬来后，忽然穷汉变的鬼跑来大闹，要钱要祭祀，富人一家大小都病倒了。当时正是冬末，富人负债太多，债主们天天上门，叫骂讨债。这时，那讨钱的鬼忽然没有了，病人们的病也都好了。

到第二年,富人的债务还得差不多了,便把账单烧了。那鬼又来了,大白天骂道:"我去年见讨债的人很多,怀疑是讨我生前欠的旧债,因此躲避了。现在一看你所烧的账单,都是你家积攒下来的欠债账,和我没关系,我为什么要躲避呢?"于是抛砖掷火,叫骂声一天比一天厉害。富人没办法,只好搬走,不再在穷汉的屋里住了。

兰渚山北来大仙

会稽兰渚山有座兰亭道院。道院被北来大仙住着。当初,会稽姓陈的一位商人,年轻时在楚地客居行商,赔光了所有的资本,贫困得不能养活自己,又生了病,只好住在荒废的寺庙里。

一天夜里,来了一个年轻的女子,容貌美丽,举止优雅,穿着色彩明艳的衣服,都是明珠缀连而成的。陈一见,吃惊得爬起来。女子从手臂上脱下金钏送给他说:"知道你手头拮据,所以来资助你。"说完就离开了。

第二天又来。这样一连几个月,二人枕席之间十分欢畅,感情也日益深厚。陈就用金钏赎回一些资产,重新做起生意来。女子也购置了新居,料理他家里的事务,而且每天送来金银珠宝等财物,数目成千上万。就这样住了几年。

一天,陈忽然接到一封家信。他想带着财富回到家乡夸耀,又怀疑女子是鬼魅。一天,他趁女子不在家,叫了几百个佣夫、奴仆,收拾财物,打成包裹,一大队人挑着离去。女子回来,见室内财物搬迁一空,出门追赶,在江口追上了陈。陈已经唱起歌扬帆启程。女子面对河水号啕大哭,无法渡河。于是,陈回到家乡成为巨富。

过了十年,女子来到他家,对陈说:"我是狐神,积了千年阴德,名字已登在仙籍。你对我干出负心事,我已上告天帝,天帝命令江神授给我文檄,到此地步,你应当死了。"于是,她掷出飞刀火把,扰得全家不得安定。陈千方百计请方士作法驱邪,也毫无效果。

一天,只听见女子在空中叹息说:"我因从前对你一往情深,所以对你负心恨到极点。但是,使你因此而死,又恐天下有情人笑话我们。你家如果能虔诚地祭祀消灾,选择名山安置我的神灵,我对你的仇恨就一笔勾销。"

当时兰渚有位道士,道法向来很高超,为女子设醮祭七七四十九天。道士对女子说:"为什么不到我的兰渚山来住呢?"女子说:"很好。但我一住下,就要五百年后才离开。"从此陈家的怪异惊扰就消失了。现在道院成了罗家的产业,罗家为女子塑的像十分华丽,那女子也时常在夜里出来,并和人们一起谈论。

吃肾囊中举

杭州有位士子,他到于忠肃公祠堂里去求梦,希望神灵能在梦中对他的科举前程给予启示。

当天晚上,这位士子刚刚躺上床,立刻做起梦来。他梦见一个青面獠牙的鬼,推着一辆手推车,那车上,却装载着一个巨大的肾囊(男子睾丸及其包皮,北京俗称"蛋包子"),竟有酒坛子一般大。那个青面獠牙的厉鬼指着车上的肾囊,对士子说:"你不是想中举吗? 那就必须把这家伙吃掉;不然你就甭想登上科举之门! 怎么样? 你有这个勇气吗?"士子一瞧这怪物件,从心里犯恶心,因恐惧而发怵。但是,想到这关系到仕途前程,强忍着内心的懊恼,还是决心把它吃下去。

这怪物件,从外表上看很不洁净,但是,一入口,倒也甘甜酥脆,有几分榛子仁的味道,吃起来并无痛苦。不大工夫,四面的表皮已经被他啃光了,只剩下光溜溜的两个肾丸。士子信心十足,决意把这怪物件完全吞吃下去。出乎他所料,那两个肾丸光滑而坚硬,凭他那副牙齿,绝对无法克服,这倒使他大觉为难了。

那个青面獠牙的鬼在一旁冷眼相看,吃吃地笑道:"算了吧,既然啃不动,你就把它扔掉,不必再啃了! 你已经中了举人了!"士子一听这话,欣喜若狂,他在梦境里就笑出声儿来,竟然被自己的笑声惊醒了。

从那年起，这位士子是屡进考场，屡次被黜，科举之途的运命，竟然与梦中的预示截然相反，这使他大惑不解。直等到乾隆四十八年（1783）癸卯科浙江乡试发榜，他喜中乡魁[乾隆四十八年（1783）癸卯科浙江乡试解元为陈锦，浙江仁和人]。

至此，这位士子才恍然领悟吃肾囊一梦的启示：原来，浙江人称肾丸为"卵"。而卵字去了核，则成为一个"卯"字。而推车送肾囊之鬼者，"癸"也。"鬼"、"癸"二字音同。故整个梦境构成"癸卯"二字，预示中乡魁于癸卯年也。

杨老爷召稳婆收生

嘉兴乡镇间立祠庙祭杨老爷神，很灵验。有个叫阿凤的接生婆发了财，远近有生孩子的人家，一定要把她请去，才能顺利产出。

一天夜里，天下大雪，忽然有人敲阿凤家门，阿凤问有什么事。敲门人回答说："冷水湾杨府生公子，主人让我来请你，请赶快上船。"阿凤穿了件裘皮衣，和杨家的仆人坐上船，来到冷水湾，只见杨府房屋庄严华丽。进了门，见杨府主人靠窗站着。他看见阿凤来了，非常高兴，命令仆人把阿凤带到后屋。

那里，产妇正躺在床上喊叫，奶妈婢女拿着蜡烛站在四周，都很发愁，说："我家太太生孩子，四天了还没生下来。"阿凤给产妇检查了一下，发现是肠子绕住了胎儿，急切中生不下来。阿凤便想办法抢救，胎儿随着阿凤的手一到，便出来了。人们报告给主人这一喜讯，主人给阿凤赠了两锭金元宝酬谢。阿凤收下了，说："第三天婴儿过'三朝'庆时我会来。"

当时天下着大雪，而房中热气逼人。阿凤接生时脱了外衣，等到出门上船时，才记起外衣丢在杨家没穿。回到家中天已经亮了，看金元宝，则是用金纸叠的，而她的裘皮衣已经送回家来了。

于是，乡亲们便为杨老爷神的婴儿作"三朝"庆，在祠庙里摆上首饰、糖果等举行祭礼，迎接各庙的神灵来为杨老爷神贺喜。

溺壶失节

西边人张某任如皋县县令,幕中有一位杭州人王贡南。一天,二人同船出行,夜里王贡南向张某借用溺壶。

张某一听大怒,说:"我们西边人的习俗,是把溺壶当作妻妾。壶口含着的是什么物件,可以允许别人乱用吗?先生实在是无礼到极点了!"说完,立即命令差役取来刑杖,责打溺壶三十板,把它投入水中,又把贡南的行李扔到岸上,开船扬帆而去。

三虎索命

甘肃巡抚元展成(字允修。直隶静海人。岁贡出身,官至贵州、甘肃巡抚)先生有两个女儿,皆称倾国之美。元家的大女儿嫁给直隶总督李敏达公(李卫)的四公子、观察御史李星曜;二女儿则嫁刑部侍郎厉杜讷的公子、翰林院编修厉守谦。

乾隆五十七年(1792),我与厉守谦先生在虎丘(在江苏省苏州市西北)相遇。饭后茶余,我们坐在一起闲聊,偶尔提起往事。厉编修感慨系之,叹道,想起我的前妻元氏来,她死得就很怪道。我们结婚之后,感情非常之好。夫妻共处三年,没有拌过一句嘴,没有红过一次脸,真是举案齐眉、相敬如宾了。

有一天,她忽然在闺房备置酒肴,陪我开怀畅饮。酒过三巡,她说的却全是些生死诀别的话。她说:"妾上辈子为人,绝非女流,而是一名矫健骁勇的猎户。那时候,妾的足迹遍踏深山,曾经三次击杀三只猛虎。如今,这三只老虎阴魂不散,将要找上门来向我讨还这笔血债。您知道,妾已经有了几个月的身孕,明年年初行将分娩。可是,明年岁在甲寅,正是虎相的本命年,看样子,妾之谢世是必不可免了!"她一边说着,又抽抽噎噎地哭泣不止。

厉守谦先生急忙安慰她,问道:"你何以得知明年必死呢?"这位巡抚大人的二小姐说:"昨天夜里,妾突然梦见一位金盔金甲神,他的头上,却戴着一顶虎头盔。这位虎神告诉我说,我上辈子击杀的三只老虎中,有两只曾伤人命,只有一只生平不曾害人。天帝对前两只老虎请求复仇不予受理,只批准后一只老虎前来索命。"事已至此,厉守谦先生只能陪她落泪,竟是无计可施。

第二年,这位翰林院编修的贤夫人,果然死于难产。

梁相国解梦

梁文定公病重,梦中到一处,只见宫殿巍峨,堂上坐的人都不认识。梁文定公和这些人交谈了好久,忽然想抽烟,苦于没有火。有个人便指着一处大殿说:"那里面有火。"坐在中间的一个神人招呼梁说:"先不急着抽烟,我有一个对子你来对对。"神人便写下"三代之英汝继泰"七个字。

梁文定公惊醒了,叫来诸位门生来看他的病,让门生解释这对子。大家都解释不了。

过了许久,梁文定公说:"我的病好不了了。对子中说'三',指的是三保大臣;'英',指的是英廉大臣;'泰',指的是伍弥泰大臣。这三个人和我官位相同,都死了。我大概要继他们而去了,你们快为我办后事吧。"

过了三天,梁文定公便死去了。

斋　猴

　　天目山猴子很多，人要想去给猴子喂食，先要到韦陀庙烧香，然后通知其某一天将上山来喂猴。韦陀庙的和尚便为他挂出一牌子，告诉猴子这事。

　　到了喂食这天，施主买一千个馒头，铺在庙外地上。清晨，猴群都来了。有一只老猴，生着一尺来长的白胡须，弯腰驼背来了。旁边有两只猴，也是白胡须的老猴，互相搀扶着来了。群猴都跪下迎接。老猴们面朝南坐在地上，群猴拱着手也坐下了，静悄悄的，场面严肃，不敢喧哗。有两只猴像是仆人，捧着馒头献给老猴，老猴吃了，然后群猴这才一块儿吃起来。吃完了，猴子们向施主叉手致谢后，离去。

　　孝廉梁履素亲眼见了这事。我也打算去给猴子施饭，因为路险草深，没有成行。

狗熊写字

　　乾隆二十六年(1761)，虎丘有个乞丐豢养了一头大狗熊，身体大小像川马，身上的毛像箭一样直而密。这狗熊会写字作诗，但不会说话。前往参观的，一文钱允许看一次。拿白纸去请狗熊写字，它就用大字写唐诗一首，索酬金一百钱。

　　一天，乞丐外出，狗熊独自在那儿，人们又去观看，其中一人给它纸要它写字。狗熊写道："我是长沙乡间教孩童读书的私塾先生，年轻时被这个乞丐和他的同伙捉去，先用哑药灌我，于是我再不能说话。他们先养一个狗熊在家，把我衣服剥掉，捆起来，浑身用针来刺，刺得鲜血淋漓，趁身上流血还热的时候把狗熊杀死，剥下狗熊皮包在我身上。人血和熊血粘在一起，牢牢结住，永远也不能脱落了。以后就用铁链锁着我来骗人，至今已赚钱数万贯了。"一写完，指着自己的嘴巴，泪如雨下。众人大吃一惊，急忙把乞丐捉拿解送官府。官府照法律条文，立即用杖刑将乞丐打死，然后把"狗熊"护送到长沙，交还给他的本家。

我说，从前，京城里某个官员强奸仆妇，被仆妇咬去舌尖。蒙古医生来诊治，叫人杀狗取舌，带热血镶人舌上，告诫他一百天不要出门。后来，那官员上殿奏事应对，与以往完全一样。元朝某将军杀人敌阵，浑身都是刀箭创伤，血流如注，已经气绝。一位太医命令杀马，将马腹剖开，抱起将军让他睡在马腹中，再叫数十个人摇动。过了一顿饭的工夫，将军满身是血地站起来了。这些同上面的人造狗熊都是一样道理。

雷　屑

吴县人蔡鸣西和徐佩玉是表兄弟。两个人合资到湖南去做生意，他们从当地买了一批苎麻，雇用了一条货船运回江苏吴县。

乾隆二十三年（1758）九月十三日，蔡和徐的货船在回程的路上，夜泊九江（今江西省九江市，清为江西九江府治所）口。夜间，忽而雷雨大作。蔡天性怯懦，一听到霹雳闪电声，就吓得用被子把头一蒙，躺到床上不敢动了。这时候，还有个铜饭锅坐在炭火炉子上，随着船身的晃动，摇摇欲坠。徐无可奈何，只好硬着头皮从床上爬起来，把那个铜饭锅挪到了比较稳当的地方。

这当口，一道激闪直射而下，刺得他难以睁眼；几乎是同时，一声霹雳巨响，将船的尾柁削去，船底立刻漏水，江流喷涌而入。船工们都被惊起。为了不至于沉船，大家跳入水中，齐心合力把漏船拖到了沙滩上。昏暗中，船工们摸索着把底舱的什物搬上甲板，免得被舱中积水浸泡。大家手忙脚乱地忙活了一夜，天已经转亮了。

这时候，人们才突然发现徐的头顶上插着一根木橛子，大约有三四寸高、一寸粗细。大家当然非常惊讶,失声叫道:"哎呀!徐先生,您那头顶上怎么插根木橛子呢?疼不疼啊?"徐却愣愣磕磕,似乎根本没有什么感觉。经人提醒,他才下意识地往自己头顶上一摸,这才感受到确实有个木橛子存在。但是,木橛子虽然钉在他头顶上,他却是不疼不痒,毫无痛苦,就像天然生成的一样。忽而,他感到自己的头活动起来却是非常不便了,成了他一大累赘,愈觉得一刻也不可耐了。

正好,临近的一条船上有个客人善巫术、能符咒。这位善巫术的客人说:"徐先生头上所中,名为'雷屑',是大雷雨过程中的附加产物。一般说来,没有罪过的人误触雷屑,对自身并无损害。鄙人只消小施法术,就可以把雷屑拔除!"

徐听了这话,当然特别高兴,而蔡虽然胆小怯懦,心路却比徐多。他疑心这位客人术中有诈,就打发奴仆赶到九江府衙门报了案。

九江知府也觉得这案子奇巧,亲临岸边视察拔除雷屑的经过。只见那位巫师先画了一道符,贴到徐的头顶上,随后,嘴里念起喃喃咒语;而后,举手一拔,徐头顶上的木橛子很容易地便脱落了。巫师又把一张小黄纸贴到了徐的伤口上。

在整个拔除木橛的过程中,徐的表情若无其事,好像此物与他无关,一点儿也不痛苦。大家仔细一瞧,那根从头顶上拔下来的木橛子,下端呈圆锥形;楔入徐某头顶内的部位,至少也有一寸多长!

据那位巫师吹嘘说:"这雷屑降临到人世间,已经是个无价宝。它可以驱邪辟鬼,保人平安!"九江知府却说,这是一桩奇案的重要物证,必须征收归官,入库存档。九江知府不顾巫师的再三抗议,强行把雷屑带走了。

第二天,徐头上的那片小黄纸就自然脱落了,头顶上的楔痕也不见了,完好如初。他们修补船柁,推船下水,又奔向归程之路了。

看起来,世界上的奇情奇事无所不有,而奇人奇技也无处不在啊!

牛 濆 水

临武县的河流水急浪险,东南三十里地名叫牛头濆,是由于山像牛头的形状而命名的。河中盛产鱼,但水势急湍,难以下网。人们一般都用白鸽粪投放水中,鱼吃了便都僵死浮上水面。人们有的驾小船,有的脱衣下水,沿河捡鱼。

一天晚上,有两个人喝完酒回家,顺着河岸行走,看见水面上浮起一条大鱼。其中一个人喜滋滋地对同伴说:"你稍等等,我去把这条鱼取来。"于是便脱衣下了水。过了好久,人和鱼都没声音。同伴怀疑那人已淹死了,急忙到村中找来一个平常善于潜水的人张某,请他下水寻找,约定酬谢若干钱财。张答应了,又要酒喝,当时就干了几斗酒,看样子,好像醉了,身体有些支持不住。

张某驾一小船来到鱼浮起的地方,纵身跳进波涛中,游了几步远,时而潜入水中,时而探出头来,这样好几次,奋身一跃上了岸,说:"见到一人坐在水底沙中,那人见有人来就移开了,快拿酒来让我喝,我还要再去一趟,把那人带来。"又喝了几斗酒,张某再度跳入水中。一会儿波浪涌起,只见张某抓着一人的头发,游到岸边,上了岸,将那人扔到地上,用巴掌打那人脸,说:"你连累我往返好几次费了这么大劲,实在可恨,打你该不该?"旁观的人尽力劝解,这才罢休。

看拖上来的那人,已经死了,正是昨天去捉大鱼的那人。求张某捞人的同伴要给张某酬金,张某笑道:"我两次痛快地喝了酒,肚里已满了,假如仗着自己这点儿本事来骗人钱,又和迷惑人的水鬼有什么不同呢?"摇着头,摆着手,当时便走了。

张某大概是一个隐居在水乡的奇杰之人吧? 吴门人顾朗村那天经过那地方,目睹了这事,并说当地人称河下面有龙宫。以前有一小孩儿不慎掉到水里,来到一官署前,看见门口坐着两个人在下棋,长得像虾蟹。他们见了小孩,很惊讶,问明原因,便把小孩儿送出了水中。那小孩儿现在还在,刚三十岁,曾经向人们谈起这件奇异的事。

阴 阳 山

在川东新宁县的南乡火石岭,有个姓唐的人,平日一直吃素斋,念诵佛经。活到五十多岁,忽然无病而终。过了四天,他的胸口还是温热的,家里人不忍心马上就把他装进棺材,而他竟渐渐地苏醒过来。家里人用汤粥喂他,于是他又活了过来。事后,他对家里人说——

我前天偶然走出门外,看见一个道人,穿着布袍,赤着双脚,叫我和他一起走,我就觉得身体不由自主地跟着他。走了几里路,听见奔腾的水流声,不久便到了一条河边。河面宽广,望不到边,有一座大桥高高地架在河上。桥上的人看见道人,笑着招呼说:"通灵来了。"我问这是什么地方,回答说:"是黄河。"又向前走几里路,只见高高的山岭耸立,我问是什么山,回答说:"是阴阳山。"猫着腰向山上爬,陡直的高崖密密层层,形状奇特怪异,山中气色昏暗,一条小路,只能容一人通过,路两旁都是荆棘,我看见许多人在草木丛中来来往往,好像找寻道路的样子。他们身上的皮肤都被棘刺戳伤,鲜血直流,大声哭号。

我感到恐惧,就问是怎么回事。道人说:"为人居心坦白、公正无私的,就能看得出这条大道可以通行;为人巧诈欺伪的,就会自己走进荆棘丛中,白白遭受苦难折磨而找不到道路,这是因为他们生平不走正道的缘故。"山过去之后,阳光明媚,天色晴朗,一座城市就在眼前。道人说:"这是太平城,来往的人很多,都是等候发落的。"这时,忽然看见一个隶卒拿着一个牌子出来,大声叫道:"且带三十六个人去。"道人急忙叫我进城。

城里的衙门官署很多,都冷清无人。不久走到一座官署,匾额上写着"业镜司"。道人拉着我从东边的小门进去。我站在大堂檐下,看见右厢房椅子上坐着一个人,身穿官服,头戴顶帽,他前面有个十七八岁的女子,拉着他哭诉冤屈。仔细一看那人,原来是同乡的吴县令。我问这是什么原因。道人说:"吴任县令时,有个女子陈氏,丈夫死了,守节在家,父亲想要她改嫁,女子不肯。后来告到吴县令那里,吴见双方都年轻貌美,料想二人相配一定融洽,就判女子改嫁那个男子。女子不从,竟然上吊身亡,现在也是来听候发落的。"一会儿,一个人升堂高坐,身着方巾大服,像是道教的装束,两边站立着胥吏差役,显得十分威严。我悄悄地问那是什么官员,道人回答说:"这是阴司的总政。"

道人上去叩见,二人的问答言谈,都听不出说的什么。接着带我上去跪下拜见,座位上的官问道:"汝在人世间诵念佛经吗?"我回答说:"念过。"又问:"你念的什么经?"回答说:"念《金刚经》。"那官员说:"你本来是个好人,但为什么把挚摩诃念成沙摩诃呢?因为你念错一个字,罚去你一年寿命。现在叫你到这里来,是让你快点改正,还你十年阳寿。回去罢!"于是我叩头起身。

正好前面那个女子上来叩见诉冤,所诉的事果然如道人所说。座上官员说:"汝本该是这样死法。"说着从案上扔下一件东西,形状像个方斗,说:"你自己看看。"女子就一声不响了。官员又说:"你立志保守贞节,现在奉岳主之命,要你去燕地投胎,在皇庄受禄。下去罢!"随即退堂,敲击云板鼍鼓,仪式和人间相同。回头看看右厢房,吴县令已经不见了。

出了平阳,只见三十六个人面对面蹲在地上,一个隶卒走过来,手拿一把大扇一扇,就腾起几丈高的火焰。过一会儿,大火熄灭,三十六个人还在那儿。隶卒又从怀中取出一个珠子,像鸡蛋那么大,把它放在地上,再用大扇子一扇,顿时狂风骤起,三十六个人就不知到哪儿去了。我吃惊地问那道人,回答说:"阴司的刑法和人间不同,只用这种阴阳火剿灭恶类,接着再用罡风扬尽他们的渣滓。渣滓落在山地就成为虫介,落入水中就成为鱼虾。行善的人另有善路安排。"

我依旧随道士沿着来时的路返回,途中遇到一个舅舅,背上背着猪皮,哭着对我说:"我不幸死在利川县,现在要变成猪了。"到了家里的中门,道人竟自离去了。现在我醒过来,并不知道自己曾经死去。

唐立即派家人前去看望吴县令,果然有好几天病情危急,两手僵直不能动弹,现在已经好了。问吴县令女子的事,果然是他任蓝田县令时的案子。没过多久,唐的外甥来了,说他的父亲在某天死在利川县。

这件事发生在乾隆二十二年(1757)四月间。姓唐的现在还活着,说起这件事来绘声绘色。吴是康熙庚子年(1720)的孝廉,在秦地做官,世代居住在新宁县后乡,我曾到过吴家。吴的儿子名霖,是县学的学生,擅长诗文,精通医术,他也曾给我详细地讲过这件事。

亡夫领妇到阴间见太公太婆

　　毗陵人庄家千先生早死。庄先生的遗孀陆氏,在乾隆五十七年(1792),整整病了一夏天。到了七月初六,已经是进入中伏了。那天夜里,陆氏忽而梦见亡夫庄家千先生将她领到了一个去处。进门之后,就觉得这家大厅宽敞明亮,陈设古朴庄重,很像个知书达理的旧式世家。她随丈夫登上大堂,一眼就看见已经作古的公公和婆婆坐在那里。陆氏不敢怠慢,急忙上前拜见公婆。两代人相见,不胜悲喜。公婆又不免询问起她孀居的处境,陆氏也倾诉心声,无限悲苦,公婆也不由得随之拭泪。

　　这当口,忽而有一对极老的夫妇,双双手扶拐杖,迈着蹒跚的步子,从那屏风之后缓步走出堂来。公婆慌忙起身让座。那老翁须发飘拂,行动迟缓,怕有八旬以上年纪;那老妇,鬓发全白,表情呆滞,怕是眼花耳聋、视听不灵了。庄家千先生指着这对老夫妇,向陆氏介绍说:"这是咱们的爷爷和奶奶,你过门的时候,两位老人已归宝城(指坟墓),你始终未能相见。还不快上前拜过!"陆氏急忙趋步上前,拜过太公太婆。两位老人得见孙媳,乐得眉开眼笑。

　　那位须发飘拂的老翁感慨万分,说道:"我俩与孙子媳妇是初次相见,愧我拿不出礼物相赠,无论如何,也该设宴款待呀!"庄家千先生之父马上回禀说:"如今,咱们身居泉壤,年事已高,不能从业,家境空乏。哪儿还有办酒宴的余资呢?"八旬老翁听了,马上探手于怀,掏了半天,才摸出一锭银子,付与左右说:"权且因陋就简吧!"不大工夫,一桌丰盛的宴席已经摆设于正堂之上了。

　　一家祖孙三代同桌进餐,气氛和谐而欢乐。这时候,家千之父忽而指着盘子里的肉丸子说:"这丸子的味道的确不错!何不叫陆氏带回家去,叫我那孙子媳妇也尝一尝?"庄家千先生一听这话,忽然现出一种非常凄怆的表情,两眼注视着祖父,好像是在埋怨父亲说:"有老太爷在座,您怎么能说出这样的话来呢?"庄老先生会意,就不再说话了。

酒宴已毕,陆氏来到公婆面前请示说:"儿妇如今既然已至阴曹,是不是应该拜见阎王爷呀?"庄老先生说:"你生平无罪过,偶尔来到阴间,不过是我们挂牵着你,也引你见一见太公太婆。阎王爷公务繁忙,你又没有什么要紧之事,就不必见了!"庄老先生又指着身边的奴仆对陆氏说:"你今天先回去,把家里的事料理一下,明天晚上七八点钟,我还要派他们用肩抬小轿去接你!"

陆氏的梦做到这里,猛地一惊,醒了。她向亲邻长房叙述梦中所见,长辈们都说她所描述的形象与太公太婆生前的音容笑貌完全一样。就连在阴间所见到的婢媪奴仆,也是庄氏家中的亡故人。陆氏讲述了全家在阴间团聚的喜乐场面,听者无不为之悲戚,欢笑又流泪。

第二天,也就是那年七月初七夜里,陆氏果然梦见一乘肩抬小轿翩翩相迎。初八早晨,人们才发现她已经梦寐而逝了。

据查,那位须髯飘拂的太翁为庄椿,字书年。康熙年间举人。曾经官居射洪(今四川省射洪县,清属四川潼川府)县令。这位老人毕生清明爽直,学识政绩都颇负盛名。庄家千先生之尊翁庄君实先生,生性诚恳朴实,也是一位很受尊崇的忠厚长者。

卷　十

淫谄二罪冥责甚轻

老仆人朱明死了一天后，又苏醒过来，对人说——

我被阴间叫去，是因为前生我曾替人作借债的中间人，结果债主和借债的两方互相争执，必须我去了，才能把事情搞明白。我见了阎罗王后，据实讲了事情，这个案子于是判定了下来，阎罗王便放我返回阳世。我出了阎罗殿，见柱子上有一副对联："是是非非地，明明白白天。"我很欣赏这副对联，认为不愧是神明的口气。

正徘徊时，看见一群要去托生的鬼从大堂上下来，大多数我不认识，只有一个女子、一个老头，都是我的邻居。女子有淫秽行为，老头儿谄媚富人，我心想，这二人一定要打入阿鼻地狱。等到判官走过，手中拿着托生簿，我便去问。判官说："这女子很孝顺，因此托生山西贵人家做公子。老头儿很慈善，因此托生山东做富人家女儿。"我很不服气，说："我一向知道这女子行为不端，这老头儿人品很差，他们都托生到好人家，这样看来，阎罗衙门哪里称得上是是非非、明明白白呢？"

判官叹口气说："这正是所说的是是非非、明明白白呀。为什么这么说呢？男女作风不好，都是黑夜里不明不白的事，因此阳间法律规定捉奸必捉双，又规定不是亲属不能擅自捉奸，正是害怕黑暗之地，容易诬陷了人。阎罗王是尊严正直的神明，哪里肯爬到人床下去窥察人的阴私呢？何况古代周公制定礼仪以后，才有妇女从一而终的说法。请问没有周公以前，黄帝、神农、虞舜、夏禹一千多年，史书中记载的失节的妇女又有谁呢？至于贫贱的人，无法谋生，有的便去奔走权门，有的去巴结富户，被人耻笑，这也是不得已的事。所谓'顺天者昌'，又有什么罪过而不许他托生到好地方呢？何况古人中，如东汉的陈太丘去慰劳宦官张让而解除了党禁之祸，明朝的康海拜见刘瑾以救出李东阳,他们降低自己的身份去施行仁义,功德尤其大。天帝将他们录入菩萨一类,并且给他们善报。至于因淫乱而酿成人命,因谄媚而陷害他人,这就是大罪过,阴间悬挂一面照恶镜,坏人坏事看得清清楚楚,不必等着受冤的人来告发。"我听了,恍然大悟而醒。

　　朱明说,判官也是朱家的族叔,名启宏,做过黄冈州吏目,生前以端正谨慎闻名。

人寿有定阴间不能增减

　　六合县有个姓程的,一向不相信鬼神之事。活到六十多岁,生了重病,卧床不起,四十多天粒米未进。忽然有一天他对妻子说:"我的病不会好了。但两个孙子的婚期已定,我如果不能见上孙媳妇一面,别人一定会笑话我没有福分。为什么不提前从速办理,来宽慰我心呢?"

　　妻子照他的话做了,把两个新娘领到病床前来拜见。程脸上显出十分喜悦的神色,说:"明天我可以去了。你们可以在明天早晨就扶我起来,穿上入殓的衣服。"家里人送上蟒服,程马上叫拿回去,说:"我并没有做官却穿上这种衣服,必定会被群鬼耻笑,还是穿日常的衣服就可以了。"穿好衣服之后,很久才说:"有两个人在外面等着,可烧些纸钱、备上酒菜招待他们。"妻子问是什么人,他回答说:"是俞龙、江辛两个已死的人,他们曾经舍身担任城隍的役卒。"

　　说完,他昏昏沉沉地睡了将近一天,忽然醒过来说:"把我扶起来,暂且脱去入殓的衣服。现在是城隍夫人的生日,宾客来来往往,十分忙碌,没有空点名,所以俞、江二人仍放我回来,后天才能去那儿听候发落。"程还像平常一样吃梨汁清茶。

　　又过了两天,睡中醒来,命取出殓衣穿上,说:"这次是真去,不再回来了。但是家中子女都向城隍烧香要借寿给我,有的愿减五年,有的愿减十年,虽是他们的孝心,却都是可笑的举动。人的年寿,各有各的定数,不像其他东西,可以借来挪用。只是有一件奇事,我看见城隍跟前有个素不相识的妇人哭泣着为我说情,要城隍放我还阳,城隍摇头不允许。我很是怀疑,就问二位皂隶这是哪一家的妇女,皂隶说:'这是唐李氏。你不记得三十六年前的事了吗?李氏嫁给唐某,唐某不久死去。这个妇人侍奉家中婆婆直到送终,又替丈夫过继了一个儿子。家事都办好之后,到亡夫灵前一拜再拜,就上吊而死。你很敬重她的节气,托人教唐氏的小叔子向官府递送请求旌表的申请,一切费用都是你包揽下来的。为什么居然记不起来了呢?'我听了,恍惚之中好像是昨天发生的事,而且知道城隍之所以摇头,也是因为人的寿命有定数,不是城隍所能任意增减的。"他说完,又吃了几杯梨汁,就逝世了。

程的儿子号石泉,亲口对我说了这件事。

关帝血食秀才代享

有个秀才经常请仙,有一天,竟然把关圣帝爷给请下坛来。秀才就出了一段《春秋》上的文字,向乩仙请教,乩仙的批答明晰、详尽又很具体,使这位秀才佩服得五体投地。批答之后,关圣帝爷就退坛了!

这位秀才回到家里一思忖,就对这次请仙产生了怀疑。他想:"关老爷生前,在名相诸葛亮的麾下辅佐蜀汉。他忠心贯日月,勇猛震乾坤;死后被历代帝王屡屡加封,荣称帝号,位至极尊。这么一位高贵的神仙,怎么可能只在乩坛上焚一纸符箓,就被轻而易举地请下坛来呢?"想到这儿,心里就更加七上八下了。

秀才下定决心,要写一份表章,焚送给天帝,问一问这位关帝老爷,到底是真是假。

秀才坐在书案前,提笔写字。这当日,外面响起急促的敲门声。秀才起身,打开门一瞧,门外悄然寂静,一个人影儿也没有!这使他颇为恼火,气呼呼地回到案头儿上,继续写表章。这时候,案前忽而有人说道:"请相公且慢落笔,鄙人有个小小的请求。"秀才问:"你是个什么人?为什么隐形不露,不敢与人面对面地说话?"对方回答说:"我就是白天在乩坛上临坛讲道者。实不相瞒,我不是什么关圣帝君,而是唐朝的一名秀士。安史之乱骤起,我不幸被乱军所杀,魂魄就流落到这关圣帝庙里。从那天起,我每日早晚打扫殿宇,辛勤执役。关圣帝怜悯我辛勤劳苦,特命我代享庙里的祭祀血食。从表面上看,这的确是一座关帝庙,事实上,享受祭祀血食的,却是我这样一个落魄幽魂。"

秀才听了他这一番表白,禁不住哈哈大笑,说道:"你自己既然招供是个假仙,我就更得向上告发你了!"说着,又把已经写好了的表章举到灯前,将要烧掉。案头前的隐身者又加以拦阻,说道:"相公且慢!我有一言在先,我享受这庙里的血食,是受命于炎圣帝,绝不是强掠祭祀。所以,您如今具表上告,告的并不是我,而是关圣帝!所以,我求您把我的名字从表章中抹掉,而换上关圣帝的大名。这么一来,此事就与我无关了。"

秀才一听,这等于是去告神明,自己也寒了大半,就不敢再坚持焚表章了,因问道:"照你这么一说,乩坛上的关圣帝全是假的,那么,真正的关圣帝,有没有临坛说法的时候?"隐身者说:"您应该知道,天下的关圣帝君只有一尊,而中国大地上的关圣帝庙,真是数不胜数。所以,绝大部分庙宇里的祭祀血食,都被我们这些文人野鬼代享了,这不是明摆着的事儿吗?只有当今天子致祭的时候,真正的关圣帝才肯临坛一次。"秀才又问:"这些情况,都是上天的机密,你一个荒寺野鬼,何以能知道?"隐身人说:"我结识了一个修炼了几千年的老狐狸精。这个老狐狸精得知天子将要致祭,它提前一个多月就沐浴斋戒,前往祭坛窥测情况。这个老狐狸精发现,在开祭前七天,周仓将军就亲临坛场,认真打扫。周将军一到,霎时红光满室,一切现存的妖魔鬼怪全被烧死。听了老狐狸精的经历,我才知道,只有天子致祭之期,关圣帝才临坛一次。"秀才听了隐身人这番话,就不再声言上告了。

恶人转世为鳖

扬州有一人姓胡,他有个儿子相当聪明,年近二十。将娶亲的前几个月,忽然得了疯病,吃饭睡觉没有规律,又像明白又像糊涂,自言自笑。

一天,他坐在床上对父母说:"儿在昨夜奉岳神命来做本县城隍的事。本县以前的案子积压下来的有十件,岳神派我公正办理。我恐怕犯错误,需要请个师爷,细细想来,只有我曾就过学的某位老师,一向被称作治学可信,你们可赶快准备礼物去请他。"当时那老师已故去多年了。一会儿,儿子忽然站起来说:"老师来了,老师来了。"嘟嘟嚷嚷个不停。家人从旁听,竟是两个人在你问我答,声音笑态,和平日一模一样。

两人商量说,十件案子中有七件仍维持原判,其余三案,一个案犯应当砍头,一个案犯应当剁手,一个案犯应当充军发配。当时,因为医生说胡家儿子的病需要滋阴,家中便买了一只鳖放在灶下,把鳖头引出来砍下,那鳖头落地,怒目狰狞叫人害怕。灶房离卧房很远,胡家儿子忽然在床上大声喝道:"这恶人,应当受砍头的罪,还有什么不服的?砍去头还敢怒目看我吗?"家中人到城隍庙祈祷还没回来,胡家儿子又在床上说:"老太爷为什么在判官面前烧香? 他怎能承当起老太爷一拜?"

十件案子的案犯都有姓名,仔细察访,都是已死在县境内的恶迹斑斑、人所共知的恶人。

奸夫死后报仇

仪征县府的衙役何二曾和一妇女通奸。这妇女有一个旧相好叫胡四,二人来往多年,妇女从胡四处得到不少钱财。后来胡四渐渐贫困,这妇女便对胡四渐渐疏远了。而何二又来欺凌胡四,胡四最终抑郁而死。这妇女的丈夫也死了,妇女便投身于何二,二人竟成了夫妻。二人一块儿生活几年后,很有些积蓄。

何二原来有妻子,已经亡故,曾生有一个儿子。这儿子忽然得了疯病,持刀弄斧,见这妇女来就要杀了她,并说:"我是胡四,你家花了我几千两银子,等把我钱花完了,便变了心,又去跟了姓何的,你倒快活,我死也不甘心。我已告到神灵处,神灵准许我来报仇。"

何二请医求药治儿子的疯病,总治不好,又请来和尚、道士,拜神求鬼,也根本没有效果。这样闹腾了几个月,何二的儿子病得骨瘦如柴。忽然有一天,这疯儿子叫戏班子来唱戏;或者跨上驿馆里的马,在人街上狂奔;再不然,又会将家中的东西打碎,将银钱等找出来散给别人。疯儿子说:"神准许我把你家财产散完花光,再来要你儿子的命。"

何二的儿子到现在还活着,但家产早已挥霍空了。

董刺史雪冤

董溶在海宁州任上时,一次下乡实地勘察,突然刮起一阵旋风,迎着轿子而来。轿子避向左边,风旋到左边;轿子避到右边,风也旋到右边,始终不得摆脱。董溶觉得十分奇怪,对风祝告说:"如果是有奇冤,可在轿子前面旋三转,然后退去。我会命令差役仆从跟着你走。"祝告完毕,旋风果然像董所说的那样,三旋而退。

董溶于是命令手下跟着风向查寻察看,一直跟到偏僻的地方,旋风刮进坟墓里就消失了。手下人确知那是某解元女儿的墓,就据实禀告董溶。董立刻传讯某解元,供说他女儿是得了暴病夭折的。董不相信,想立即发掘坟墓验证。那解元就要董溶写一张无故开棺的亲笔字据,方才同意发掘坟墓。董溶别无选择,只好写给了他。等到开棺检验之后,果然是属于生病死亡。董溶非常后悔写了字据,此时已无可奈何,只有等着解元告发,听候上级处理。

不料,乘着轿子回衙时,走不了几步,旋风又刮过来,董溶更为吃惊,停下轿子仔细思考,回想起墓内搁棺材的一块石板下面可能有问题。董又命手下回到坟墓前,揭开石板检查,只见又有一个棺材,里面也是一具女尸,面貌还像活人一样,绝色美丽,却是遍体鳞伤。董就捉拿解元审讯,原来那女子是面对解元威逼强奸,力拒不从,被殴伤致死。董溶于是按照法律条文量刑判决,为那女子昭雪,并旌表她的贞节。

刘 老 虎

　　江右(指今江西省)有个叫刘捷的人,外号儿人称"刘老虎"。此人生来性情粗暴蛮横,加上他膀阔腰圆,块头儿特别大,又非常有力气,这五里三村儿的乡亲们全都躲着他走。他像一只伤害人的老虎,谁还敢惹他?

　　有一天夜晚,刘老虎已经喝得烂醉了。他晃晃悠悠,一遛歪斜地往回走。一路上,酒劲上涌,翻肠倒肚,他自觉着头重脚轻,总有点儿站不稳,于是,就一路摸扶着临街的墙壁往前走。走出不算太远,墙壁之间就出现了一道门。刘老虎认为自己是到家了,就稀里糊涂地跟跄而入。进门之后,脚下酸软,咕咚一声倒在了地上。很快,他就睡着了!

　　直至五更将尽,刘老虎才从昏醉中苏醒过来。他还没睁眼,就听得耳边有人在说话儿。一个问:"黄大在哪儿?"另一个答:"他不是在飞洪洞里吗?"那个又问:"眼前这些尤物都是谁? 怎么处置?"另一个一口气说出了一大串名字,其中就有刘老虎。刘老虎不由得大吃一惊,心里暗想:我这是犯了什么罪? 被拘进了哪道衙门? 他蒙蒙眬眬睁眼一瞧,天已经渐渐亮了,仔细一琢磨,才察觉自己是躺在本村的土地庙里。

　　刘老虎霍地坐起身来,往四周一趸摸,却是一个人也没有。他大为惊异,不知自己怎么会钻到这鬼地方来了。刘老虎想,这飞洪洞就在附近的一座山上,离这儿并不算远,我何不去看看,会一会所谓"黄大",瞧他究竟是何许人? 于是,飞步上山,进入飞洪洞。

　　他一进洞,就发现地上躺着一名大汉。他睡得正香,不时地发出震耳的鼾声。刘老虎一瞧,这汉子体大肩宽,身材雄健,恐怕好说好道,绝不足以将他慑服。于是,他噌地拔出了腰刀,揪起那大汉,把刀刃对准他的脖子,说道:"别装死了,快站起来!"

大汉睁开眼,惊问道:"你……你这是干什么?"刘老虎说:"你是个歹人,这还用得着问我吗?"大汉说:"你这是怎么说话? 我是个过路人,你凭什么说我是个歹人?"刘老虎啐了一口说:"呸! 你既然是个过往客人,为什么不投宿旅店,却躺在这山洞里? 你行动诡秘,一定不是个好东西! 倘若不说实话,我就先宰了你!"

大汉显出非常急迫的样子,叫喊道:"我不是坏人! 我是奉官差来拘捕人犯的!"刘老虎冷笑着说:"你既然是个公差,快把传票拿出来,叫我也开开眼界!"那大汉毫不犹豫,马上从怀里摸出一张传票来,递给刘老虎看。刘老虎一瞧,那传票上写了一大串名字,头一名就是刘捷,赫然在目。

刘老虎看了,不免寒心,口气也不那么强硬了,他问那大汉:"老兄,你那传票上,头一个就是在下我的大名! 不知道我犯了何罪,为什么要拘我? 看在咱哥儿俩有一面之交的份儿上,你就高抬贵手,把我放了吧?"那大汉却断然地摇了摇头,说:"这是大数所定,天帝所命。我这一名小小的拘差,怎敢徇私情,随便儿就把你放了?"

刘老虎一听这话,立刻又变了脸,说道:"这么看来,我杀了你也是个死,不杀你也是个死;还不如把你杀了,咱们俩一块儿上西天呢!"说着,又把那锃亮的刀刃,比画到大汉的脖子上。吓得那大汉连连摆手,又用胳臂抵住刘老虎握刀的手腕,说:"要想叫我救你,你自己必须先把手指头咬破,把指血滴到我的传票上。从今儿以后,你要更名改姓,远走他乡。这么做,或许能多延续你几年的寿命?"

刘老虎万般无奈,只得依他,自己咬破了手指,把鲜血滴到了传票上。那大汉一把抓了传票,仓皇逃出飞洪洞。出洞之后,就地打了个滚儿,顿时化作一只黄毛黑斑猛虎,咆哮着窜入深山之中。

刘老虎见了真老虎,这才感到后怕。他跟跟跄跄回到家中,天已经大亮了。此后,他更名改姓,移居外府,从此改悔,不再做无赖。他习理义,从事业,娶妻生子,寿至七旬。

后来,刘老虎的一位至亲家里有了病人,为了给病人祈愿,将要参拜北斗。而拜北斗,又得请年长又品德高尚的人来做干保。刘老虎应亲戚家长辈之请,为病人做干保。他想,这是与神明打交道,半点儿也虚假不得,怎敢冒用假名? 于是,把以前与老虎打交道的事在上天面前全说了,又在保单上填写了刘捷这个真名实姓。

没料到,他刚走出亲戚家的大门,没迈出几步远,眼前就扑来一只斑斓猛虎,一口把他叼走了。

屈 丐 者

苏州枫桥镇是客商粮船的聚集处。村子尽头有座古庙,住着一个姓屈的乞丐。姓屈的乞丐两只脚有病,他早出晚归,从不离开枫桥左右。

一天早上起来,他见到厕所旁有一个丢弃的口袋,拾起来一看,见口袋里有几百两银子。姓屈的乞丐便想,这一定是过路客人丢的,我这个穷要饭的怎能享用这笔钱财?并且不知道那失主是干什么的,一旦丢了这些银子,也许会关系到那失主的性命。他于是又回到庙中坐等失主。

中午时,果然有一个人急急忙忙跑来,捶胸顿足,看样子非常惊慌着急。姓屈的乞丐便问那人:"你莫非丢了什么东西?"那人说:"正是。你拾到了吗?"乞丐说:"我是拾到了一样东西,但要听你说说你丢的东西什么样,说对了,才能给你。"那人大喜,便向姓屈的乞丐讲了一共是几封银子,多少两,银子的成色,是什么样的口袋包的。说的果然相符,屈乞丐便将那装银子的口袋拿出来还给了失主。

失主见银子原物归来,大喜,情愿分一半给屈乞丐。屈乞丐笑着说:"你是糊涂还是呆傻?我连你这整包银都不贪,还贪图一半银子吗?并且你如果少了一半银子,又不能做你的大事。请赶快走吧,不要耽误我去乞讨。"失主没有办法,便从中取出十锭银子给了屈乞丐,告别而去。

屈乞丐来到街口,忽然看见一个小女孩,长得非常漂亮,靠着父亲在哭,围观的人很多。他便向周围人打问,有人告诉他:"有一个姓曹的债主向他们讨债,打算夺这小女孩抵债,因此女孩才这样悲伤。"屈乞丐又问这父女俩欠了多少债。众人说:"十锭银子。"屈乞丐听后怒道:"强要私债,竟这样凶恶,如果他们欠了官债,又该怎么办呢?况且欠十锭银子不过是个小事,为什么为富不仁,竟然到这种地步!"

谁知债主就在旁边,听屈乞丐这么一说,便勃然发怒,指着屈乞丐问道:"像你这种只配死了填沟的人,也来说仁义?你既然口出大言,那么你能替他们还债吗?"屈乞丐当即将方才失主赠他的银两很大方地拿出,为这父女俩还了债,并要回了欠债单子,给了那父女俩。众人散去。

姓曹的讨债的本意,原来就是图谋夺取那女孩,而不是银子,他恨屈乞丐破坏了他的奸谋,便贿赂了捕役,诬指屈乞丐是贼,将屈乞丐用枷锁了送到官府。吴县的陈县令怀疑其中有冤情,丢银子的失主听说后也立即赶到县府,为屈乞丐申明冤屈。

陈县令听后,高兴地说:"这是位义丐呀!"依照反坐的刑律,重重惩处了捕役,并传令枫桥各米行老板来县府,下令说:"你们各家米行每天收取的米样,都要赏给屈乞丐,以免除他早晚沿门乞讨之苦。"陈县令并给屈乞丐披红挂彩,让差人用轿子抬屈乞丐回去。

从此,屈乞丐享受每天收取一石米样的好处,后来又寻求名医治脚病。有一个道士给屈乞丐开了干荷瓣、茅、术等药,煎洗没几天,屈乞丐的脚病就好了,和常人一样健康。不到十年间,屈乞丐居然也置办了大房子,娶了妻子,成为富翁。

僵　尸

绍兴有个姓徐的人,新典下了一所大的住宅,书屋有三间,楼台水榭都齐备,作为家中的塾师章生教书的地方。

有天,章生夜里读书,到二更天以后,忽然听到东面房间里有开窗的声音,怀疑是盗贼,就从窗缝里偷看。只见一个年轻女子在赏月,登上假山,攀上树梢,跨过邻居的墙头去了,因此又疑心是私奔行径。于是他合上书卷,吹灭蜡烛睡下了。

到鸡叫天还未大亮时,听见树上有簌簌的响声,似乎是幽会回来的年轻女子。清晨,书童送来洗漱用的热水,章生问道:"东面的房间是什么人住的？和内室相通吗？"书童回答说："不通。东房是以前宅子主人锁着的空房罢了。"章生听了大起疑心，就走过去看，见房门紧锁，窗像以往一样地关着。他向房里偷偷一看，只见停着一具棺材。

到了夜里，他又留心观察，情况又和昨晚一样。章生于是手持蜡烛开窗进东房一看，只见棺材盖斜着掀开了，里面已经空无所有。章生就把棺盖代为扶起，拿了一本《易经》拆开密密地铺在棺材上，然后回到自己房里，登楼等待那女子回来。

到五更时，见女子从窗子进去，看见《易经》就朝后退，绕着棺材走了一圈，不知所措地四面张望。抬头看见章生，知道是他放的《易经》，就向章下拜哀求，章生面带笑容却不答应。女鬼说："如果你不下楼来，我就要上楼来了。"章仍然不听她说。女鬼就变化成青面獠牙的凶恶形状，腾跃着直冲上来。章生被吓得晕跌下楼去，摔得不省人事。

等到书童送茶水进书斋，到处寻找不到章生，就和主人一起登上楼察看，见楼下东房内似乎有人，开了锁进去一看，原来是章生和那女子的尸体都躺在地上。摸摸章生，身体还有些温热，于是二人一同把他抬出，用汤水灌救。

过了好一阵，章生才苏醒过来。他讲述了他的夜晚所见，并详细呈报官府，请官府查明尸体的亲属，好认领尸体埋葬。但尸亲已全家远出，因为无人看守房屋，所以典当出去，到徐家已经是第三家典当主顾了，以往易主的原因，也是由于僵尸作祟。于是焚烧了东房里的棺木，而邻居家患鬼病的儿子，从此也就痊愈了。

申氏自拶

张先生为他儿子完婚，娶妻申氏。婚后一年多，小夫妻生活和美，感情笃深，本来是非常美满的事。有一天，不知是病是魔，申氏突然变得昏昏沉沉、如醉如痴，行动不得自主了。最初，她的两手下垂，很自然的姿态。忽而，她举起双手，八个指头互相交叉，做出受夹指棍（即拶指，一种用拶子夹手指的酷刑。以绳子贯穿五根小木棍，套在手指上,用力拉紧绳子)的样子。接着,就痛苦地呼叫,凄惨欲绝。

更奇怪的是,她的八个手指叉到一起之后,自己再也不能分开;别人想帮她分开,也照样拉扯不动。派两个特别有力气的仆妇强拉硬拽,那两只手依然交叉不移,不动分毫。这可把张家一家人都急坏了,他们追问申氏:"这到底是怎么回事?"申氏只说:"有个女人在我背后操纵,是她把我治成这个样子的。"

可是,申氏的话音未落,接着便悲惨地号叫起来,好像夹指棍的绳子又拉紧了;不一会儿,她的脸颊两侧也变得通红,好像挨了一顿大嘴巴。她不敢随便说话,否则,痛苦就会更大。她只能强忍着痛苦低声呻吟。

过了大约一个时辰,这种无形的刑罚才算解除,申氏的八个手指都皮肉红肿,活动不便。又过了大约半个时辰,手指才渐渐平复,活动如初了。但是,申氏始终不敢明言她为什么会遭受这种痛苦。

从那以后,申氏几乎是每天都要遭受一两次这种无形的刑罚;有时候,高达每天三四次,使她痛不欲生,不想再活下去了。家里人也为她请医用药,祷仙拜佛,施加符咒,希望能解除她的痛苦。但是,这一切努力全都无济于事。申氏至今仍然要每日受刑,谁也无法解释她前生今世到底积了什么罪孽。

有人说,申氏自幼生长在一个富饶的家庭里。父母把她娇生惯养,使她为所欲为。所以,她性情乖僻放纵,成了那个家庭中的小小女皇。

据说,她当初深居闺阁,每日三餐,都要用一种特制的小木牌点菜;菜肴稍不可口,这位小姐就要开口骂人,而且定是连菜带盘,一起摔到地上。丫鬟女仆给她送上茶来,若是不小心碰了一下茶杯口,她就认定是把杯中水污秽了。她不免要大发雷霆,不但摔掉茶杯,还要命人把小丫鬟痛打一顿。她有个规矩,仆从的手,就不许碰那茶杯口!就连她所穿过的衣服,只要下水一洗,她就不穿了,只好白白扔掉,并不许送给别人穿。

有人说,申氏如今之所以遭受无形酷罚,是与她当初的奢侈霸道有关系的,这也许是一种报应!但不知这种说法,可信还是不可信。

雁宕仙女

六合县戴某有一个儿子,十八岁了,生得眉目清秀。一天正闭门读书,忽然失踪了。戴家人到处寻找也没下落。

一天,戴某的儿子忽然从花园中香橼树上飞身下来,说:"我那天晚上到花园,在月下散步,见一美女从空中飞来,要带我上天。我说我是个凡人,怎么能上天?美女微微一笑,采下一片香橼叶,让我踏住,当下我便腾空而起。我随那美女来到一座高山,山顶上有几十处石门,石门里亭台花草,样样都有。我问这是什么地方?美女说,这里是温州雁荡山。天台山是座小山,还有刘晨、阮肇入山采药遇仙女的事,何况我雁荡山比天台山还高出一千多丈,难道就没有佳话传说流传人间吗?美女于是和我结成夫妻。各石门中都有仙女来往出入,老老少少都有。她们说的话,都很玄妙,我记不下来。我只觉得在山中穿衣吃饭活动居住,都又新鲜又华美,非常好,我很高兴,竟至忘了回家了。昨天美女忽然对我说:'你父亲明天过八十寿辰,不仅你应该回去祝寿,我也应该一同去。'她又取来一片香橼叶,让我踏上,于是我又乘云而起,回到了家中花园里。"

戴家人和邻居们听到这消息,都来观看。忽然,只闻得异香扑鼻,听到天空中有吹箫击鼓的声音,果然见一绝色女子,戴着珍珠冠,佩着玉器,在云中向戴某叩首。每当她跪罢起来,就有霞光闪闪、百鸟鸣叫。戴家人正想挽留住她们,就见一阵清风起来,那女子和戴某的儿子已经手拉手,慢慢离去了。

戴某思念儿子,哭泣不停。有人说:"这个神怪懂得礼节,等到你老汉九十岁寿辰时,她一定会和你儿子再来祝寿的。"

生魂入胎孕妇方产

金山县有个老农,某月初一梦见一个穿青衣的人,像是公差,带了一份公文来,告诉他说:"你到这个月十七日寿数已尽,应该死去。因你一生勤劳谨慎没有大过错,死后立即投胎到某家为子,将来生活也可保小康,长寿是不必担心的。我特地前来通知,以便你早点交代家中后事,到那个日子我会来陪同你去投胎。"

老农醒来,把梦境告诉了家里所有的人,把家里的事全部托付给儿子。没过几天,就一切交代停当,把家里打扫干净,只等那个日子到来。

到十二日夜里,老农忽然又梦见初一那个青衣人来催他去投胎。老农以日期未到为理由,推辞不去。青衣人解释说:"我当然知道日期还未到,只是那个产妇初十晚上不小心失足摔了一跤,伤了胎气,不能等到十七日,当天夜里就临产了,现在婴儿已生下,必须有生魂进入他的身体,才能饮食。到今天已经三天了,你如果不去的话,婴儿就不能活了。"

早晨醒来,老农对家里人讲了梦中情景,又睡去,就再没起来。

女 化 男

乾隆四十六年(1781),湖南省首府长沙城里发生了一桩大怪事。

长沙的西城有个长安坊,长安坊有个奇石胡同。旗兵把总安某就住在这条胡同里。安把总有个小女儿,年方五岁,只因家境贫困,就把这小女儿嫁到长沙守备张某家里当童养媳。守备夫人对这个小小的童养媳却非常严厉,稍有不顺心之处就是一顿鞭打。小童养媳度日如年,不胜其苦。

及至这小女儿长到十三岁,已经有了些自主能力。有一天,她又遭到婆婆毒打,一气之下逃回娘家,誓死不归了。张守备一家怎肯罢休?三番五次找上安家门来,逼迫着要人。安把总却是好言回绝说:"这孩子虽说长大了,但总还不到及笄成人的年龄;养在婆家,确实很不方便了!莫如任她在娘家再待上两三年,等到了吉期,我会备齐嫁妆,送上门去。"张守备家虽然气焰嚣张,很不服气,却抵不住安把总层层是理,也只好不再争执了。

光阴似箭,岁月如流。一转眼就是四年,这位女儿已经十七岁了。她那名誉上的丈夫,也到了娶亲的年龄。张守备拟定了迎娶的吉日良辰,并通知了安把总。安把总只好履行诺言,备下妆奁送女儿出嫁。

那女儿得知婚期已至,却极端畏惧婆婆的暴虐而拒绝出阁。她日夜哭泣,而且不住地向天祈祷,宁愿早死,不愿出嫁。安夫人见女儿如此痛苦、如此悲凄,很是可怜,自己心里也如刀绞,但却说道:"我的儿,你这么哭、这么闹,都是成心糟践自己,又有什么用?谁让咱们生就了是个女人呢?谁也逾不过这个出嫁从人之路!你这么哭,若是老天爷可怜你,把你化为个男人,出嫁之事才可免了!"

安夫人这番无可奈何的话,旨在打掉女儿拒嫁的决心,听天由命。但是,当天夜里,这位女儿果然做起梦来,一位鬓发全白的老人来到她面前,手捧丸药三粒,奉献给她。这三丸药两红一白,晶莹可爱。老人命安氏女服下这三丸药,便匆匆离去了。

等她一觉醒来,就觉得小腹之下暴热难耐,喉头也剧痛而不可忍。没出一顿饭工夫,她已经自觉得两腿之间累然,男性的器官已经完全具备了。大颏之下,也鼓出了男人特有的象征隔勒嗉(结喉)。这时候,她却非常惊恐,只好把这一切悄悄地报告了母亲。母亲无奈,只得亲自验看,证明这事情确实发生了,一点儿不假。她又惊又喜,惊的是这事儿太怪诞了;喜的是他们夫妇膝下无子,只有这么一个女儿。如今,女儿一旦化为男儿,老夫妻更有依靠了。

然而,张守备认为此事荒诞而不可信,是安家故弄玄虚而赖婚,一状告到了官府。

当时,长沙知县是山西人党兆熊[字羽文,号迟园。山西晋宁人。乾隆十九年(1754)进士]先生。党先生受理此案,首先将安氏女拘押到衙。而后，又命牢婆实地检验。牢婆向县太爷回禀说："此人外观仍为女性形态，而又生有阳物，茎头鲜红，实为男性特征。据此，则绝不可出嫁而为人妻了！"

党兆熊先生据此公断：变性之女不可为人妻；张家不可强娶；安家将所备妆奁陪嫁物无偿赠送张家，以助张家另择佳偶。当堂断定安家女剃发放脚，改着男妆，从此成为男子汉！

人化鼠行窃

观察使王某因为领取公家钱饷来到长沙。长沙县令陈公将他安排在公馆住下，将钱饷放在屋内。

王某一天晚上刚上床，胸闷气短不能入睡，翻来覆去到了三更，忽然听到顶棚里有一动物在咬木头，声音急切。王某便掀开床帐去看，见顶棚裂开一个碗大的洞，一动物从上面掉到地上，一看，原来是只老鼠，有二尺长，像人一样站立行走。王某很害怕，急忙在床上找东西，想用这东西打这老鼠。慌忙间找不到合适的东西，可巧枕边放着印匣，便举起来扔过去。匣子摔破了，官印滚出来，打中了老鼠，老鼠倒地脱皮，原来是一光身子的人。

王某惊慌地大叫，衙役们都闻声赶来。不一会儿，县令陈公也来了。陈县令一看这光身子人，原来是一向认识的乡里一位绅士。这绅士家中富裕，不知为什么要来作窃贼。陈县令便审讯他，这绅士浑身发抖，说不出话来。王某便在公馆里坐定，要给这人施刑。

这人后来坦白说，他小时贫穷，难以生活，打算去投河，遇上一人问他原因，听后，那人劝他不要寻死，说："我能让你丰衣足食。"那人把他带到家中，取出一个口袋，让他伸进手去摸。口袋里都是一卷卷的皮张，密密地放在一起。他便随手取出一张皮，是张老鼠皮。那人教给他符咒，让他顶着鼠皮，踩着一定方位，向北斗叩首，念咒二十四下，往地上一滚，身子便变成了老鼠。那人又把一个小口袋系到他身上，让把偷到的东西放在里边。那口袋不大，但总装不满，也不重。他回到家中一念咒,老鼠皮便脱下来,又变成人的样子。窃贼供认说,他多年偷窃的钱物,不下几十万。

王某便问道:"你今日行窃事败,以前是否也败露过?"窃贼回答说:"这法术很神,轻易不会败露。记得十年前,我见客店住客木牌上,写着一位客人,钱很多,便想去偷他,于是变作老鼠去。我顺着柱子往上爬,突然出来一只猫咬我脖子,我急忙念咒语把皮脱下,打算逃跑,就听到'刷'的一声,那猫的皮也脱下来了,原来也是个人。那个人便抓住了我,追问我从哪儿学来的这法术。原来那人和我是同一个师傅传授,不过他的法术更精,要变什么,就能变什么,不一定非靠着动物皮才能成。他念我和他是同学,便放了我,告诫我今后不要再干。我已经洗手不干三年了。因为我有五个儿子,两个儿子都已做了官,一个儿子被选拔做了贡生,还有两个儿子,我想给他们花钱各捐一个知县做做。我收集家中银两,尚不够数,探听到你这儿钱饷很多,因此打算偷一半来凑足捐官的钱。没想到被官印击中败露了。"

王某便取老鼠皮,命令窃贼再念咒试验一次,这次,皮和人合不到一起了。王某便将窃贼交到县里复审,判案后才离开长沙而去。

唱 歌 犬

长沙街上有两个人牵着一只狗。这狗比一般狗稍大,两条前足趾,比一般狗的长,后足如熊足,尾巴小,耳朵鼻子都长得像人,一点也不像狗,但全身则都长满了狗毛。这狗能像人那样说话,还能唱各种小曲,唱起来都很合节拍。来看这狗的人里三层外三层,争着给钱让狗唱支曲子,喧哗声响彻四野。

县令荆公路过碰见,便命令衙役把狗带回府,借口说是太夫人想看看,并将给予厚赏。那人牵着狗来到县府,荆县令便命令把狗先带到内衙讯问。荆县令看着狗说:"你是人还是狗?"那狗回答说:"我也不知道自己是人还是狗。"荆县令问:"你跟着的那二人是干什么的?"狗说:"我也不知道。"荆县令于是问那二人平日都干些什么。狗说:

"我白天便被他们牵出上街,晚上回来便被他们装在桶里,不知他们在干什么。一天,因下雨没有出去,他们将我放在船上给我饭吃。我被放出桶,见他们二人打开一个箱子,箱子里有几十个木头人,木头人的眼睛、手、脚都能自己动,船板下还躺着一个老人,是活是死,我也不知道。"

荆县令便命押上二人审讯。这二人起初不招认,荆县令便命令衙役烧红铁针,刺入他们身上的鬼哭穴,施以极刑审问,这二人才招供说:"这狗是用三岁孩子做成的,先用药使他身体溃烂,让皮都脱下来,然后把狗毛烧成灰,和药掺和后敷在身上,同时让孩子吃药,让疮伤痊愈,这样,小孩身上就生出了狗毛和尾巴,变得十分像条狗。用这办法时,小孩十个中难得有一个活下来,但如果做成了一条狗,就可以终身获利,我们也不知杀死了多少孩子,才做成这一条狗。"

荆县令又问那些木头人是干什么用的。二人回答说:"我们拐来小孩子便让他们自己挑选一个木头人,如选择了跛木头人、瞎木头人、断肢木头人,我们便按这些木头人的样子将小孩弄跛、弄瞎、弄断肢,让他们作乞丐去要钱,这样来发财。"

荆县令当即命令手下人没收了那二人的船,在船板下搜到一张老人皮,这皮从背部裂开,皮壳中间填满了草,问二人这是做什么用的,二人说:"这是九十岁以上老人的皮,最不容易得到。如果得到了晾干,再做成碎屑,掺和着药物弹到人身上,那人的魂就会来听我们使唤。我们找了几十年,最近才得到。因为皮湿,不能做屑,想不到事情就败露了。这是天意呀!天意!我们只求快死。"

荆县令便把这二人押到街市上,历数二人罪行后用乱棍打死。那只狗后来也饿死了。

韩 铁 棍

韩舍龙是山西汾阳人,贫困得没有可以居住的地方,只好在县城的破庙里栖身。他以帮人打短工为生,身体健壮,勇猛有力。

有一天,打工回来,看见庙门外躺着一个道士,上前一问,知道那道士因病不能行动,就把道士留在庙里,每天供给饮食并照料生活。道士并没有流露感激的神色。

这样过了三个多月,道士的病全好了,就对韩说:"我感谢你的深情厚谊,没有什么可以用来报答的。现在我要走了,平生蓄藏了一样东西,吃下去后,力量增强到可以超过古代的勇士孟贲和夏育,并且可以致富。我把它送给你,七十二年后最终还是要归还我。只是你生活富足以后,千万不要去做捐资纳粟以换取官职的事,那只会折你自己的阳寿。"说完,从口中吐出一只小羊,像拳头大小,放在掌心一看,是面粉做的。

道士把小羊放进韩的嘴里,他刚想吞咬,小羊已经从喉咙直滑下肚去。道士用手掌在韩脑后一拍,韩就昏倒在地上了。

等到韩醒过来,道士已不知去向。他试着举起锄耰等农具,都轻得像稻草一般。第二天,韩去见打短工家的主人,表示愿意住在那儿当长工,叫主人买铁另外为他特制大型农具。耕作起来,他一人要顶十个人,一天要吃三斗米,其他饮食也要按相应比例消耗。主人因为他勤劳有力,很喜欢他。

一天,主人叫他赶车拖五千斤煤从另一个地方回来。车子爬上山坡,将下坡时,骡子失蹄,车也倾斜将要倒下。韩在车后用手挽车,慢慢地走上坡来,连面色都没有丝毫改变。主人知道这件事后,感到惊奇,叹服他的神勇,就派他跟随标行押送布匹到京城去。

走到半路,遇上了强盗,两个保镖和强盗搏斗,都受伤死去。韩手无寸铁,拔出路边的一棵枣树横扫过去,强盗纷纷倒下,全被捉拿。主人从此以后就让他押标贩卖布匹,准许他在利润中分成,不让他再下田干活了。

韩就用精铁铸成一根铁棍,有一丈二尺长,八百斤重。他使起棍来,没有固定章法,也没有师父传授,只是凭着勇力乱打,没有人能够抵挡他。江湖上都称呼他为"韩铁棍",盗贼们没有敢惹他的。韩的铁棍总是装在车后,没有八个人不能把它举起来,而韩却仅用一只手就能取出,轻松得像捏稻草一样。

一天,韩到了京城,正要投宿,忽然有人来拜访,自报名号是山东白二。韩从来不认识白,为白的突然来到而惊讶,就问他来意。白说:

"我听说你善于使用铁棍,为什么不让我看看?"韩指了指车后,叫客人自己去拿。客人用一只手就轻轻取下,对韩说:"你用这根铁棍不知伤了多少人,我抬头仰面,你试着用铁棍打我,如果能打伤我,那你就真的是神勇了。"韩不同意,说:"我和你无冤无仇,为什么要用兵器来伤人打赌呢?你既然要和我比力气,不如我屈一根指头,你能把它扳开,我就保证隐去踪迹,回到乡间,再不敢在路上招摇了。"说完就环起食指。

白用手钩韩的指头,韩等到白指头伸进,乘势提起,把白扔倒在地上。白爬起来,满面羞愧地说:"我本是山东的大盗,一生未逢敌手,今天让你占先了。"

以后,韩经过山东北直一路,像在家中一样安全无事。在押标途中来来往往,这样过了二十年,韩分到的利润已很可观,就辞别主人,不再当标客。主人还是用车载着韩的铁棍送货,共有二十多年。

韩回到家乡,购置了田产,生了两个儿子,务农为业。年过七十,一天自己在场上看麦,忽然有一只山羊从场上奔出,众人都以为晋地出产的都是胡羊,这只羊不知是从哪里来的,就争先恐后地追赶。

羊被追赶,拼命奔逃,不小心掉到一口枯井里。众人想进去捉,被韩抢先跳下。见羊在井底,用手举起羊,向上一扔,不知不觉身体也随着羊上升。众人在井外,看见一缕白气从井中飞出,羊上升到云里,韩坐在地上,气力全无。众人一起抬他起来。过后也没有什么病痛,但从此就手无缚鸡之力了。

韩这才理解道士所说还羊的意思,韩的神力已经消失,又活了二十多年,到九十岁寿终。他所用的铁棍还在韩庄,到现在已有六十多年,始终没有人能举起它来。

认鬼作妹

浙江布政使衙门里有个更夫陈某。此人不但爱喝酒,而且相当有胆量。

那天夜里,三更已过,月亮却极其明亮。陈某正在衙门外的高墙下巡逻,迎面儿碰见一个女人。看上去,她大约有十八九岁,容貌艳丽,仪态风雅,很惹人动情的样子。陈某想,这地界是官衙禁地呀! 就是私约幽会,也没人选择这地方! 深更半夜的,独身女人谁敢到这儿来? 这女人不是个人,必是个鬼! 可我也不能饶了她,先调笑她一番再说。

陈某三步两步奔上前去,一把就掐住了她那细弱的手腕子,嬉皮笑脸地说:"妞儿,这半夜三更的,你不待在家里,溜达到这儿来干什么? 大概是想爷儿们了吧? 没关系,让我陪陪你怎么样?"那女人却非常冷淡,说道:"你松开我! 我不是人! 是个女吊死鬼!"一边儿说着,已经变成一个披头散发、瞪眼吐舌的女吊死鬼形象。陈某没有丝毫的惧怕之意,笑眯眯地说:"我知道,你们鬼都能随时改变面貌,这没什么新鲜的。刚才,你不是还那么水灵吗? 怎么眨眼之间就变得这么丑了? 不过,我也不嫌!"一边说着,就使劲把那女鬼往怀里拉搂。

那女鬼被他拉扯得无可奈何,又恢复了原来的面目,好言好语地央告陈某说:"好大哥了! 您放了我吧! 我能帮助您得到十五千大钱! 怎么样?"陈某非常鄙夷地说:"你一个女鬼,哪儿来的钱? 别糊弄我了!"女鬼说:"您忘了? 荐桥以东不是有个康记钱庄吗? 明天,我就到钱庄去作祟,迷住钱庄老板的女儿,逼迫他拿出十五千大钱来。但是,您必须认我为妹妹,把这笔钱拿到手,康家的女儿也会恢复常态。此后,我要在这地方办点事儿,您是大哥了,就不要再打扰我!"

陈某点头答应,那女鬼一闪,就不见了。

第二天午后,康记钱庄果然派人找上门来,对陈某说:"您那位妹妹,怎么当了死鬼还那么不仁不义? 昨天,我家小姐外出看戏,回来之后,就被她祟住了。我们哀告她,她死活不走,说是非把她哥哥请来不可! 主人万般无奈,特派我来请您,您就辛苦一趟吧!"

陈某心里当然有底儿,就随之来到荐桥以东的康家。他一进康家的门儿,就听见那女鬼在屋里说:"哎呀,我哥哥来了!"接着,就呜呜咽咽地奔上前来,与陈某相见;陈某也假装做出兄妹久别重逢的样子,相与抱头哭泣。

此后,女鬼就非常郑重地向康家主人说:"我哥哥很穷,都快要混得吃不上饭了;你们家是开钱庄的,有的是钱。你们必得付给我哥哥十五千钱作生计,我才能离开。不然的话,那滋味儿可不是好受的!"

康记钱庄老板万不得已,只好如数点齐十五千大钱,付给了陈某。那陈某背了钱袋,心满意足,竟忘记了与妹妹告别,径自去了。陈某走后,女鬼随后离去,钱庄老板女儿的病也痊愈了。

几天之后,布政使衙门的厕所里就吊死了一个女人。据说,这女人是衙门里一位官员的家属,陈某明白,这是女鬼在抓替身。为了排除干扰,不得不借他人的财力向自己行贿。

蟒 过 岭

湖广武冈州,有水路可通达。有一人去武冈上任,带着家眷从水路航行,一路上都是险滩大河,两边山峰陡立,树木葱郁,只有中午时才能见到太阳。

一天,船正在航行,只听得上流河滩边有人敲着锣在警告众人什么。上任者询问敲锣人,敲锣人说:"今天有蟒蛇经过山岭,必须停船,不能航行,不然就会受损失。"问敲锣人怎么知道的,回答说:"我们这地方烧山,一向有固定时间,蟒蛇都知道。烧南路山时,蟒蛇提前半个月从南转移到北;等到烧北路山时,又从北迁到南。目前正值十月,因南路烧山定在初冬,北路定在初春,蟒蛇将由南迁往北。到蟒蛇来时,早晨必定会刮大风阻止船行,以便利它们横渡河溪。今天早上起了大风,因此知道蟒蛇要来了。"问蟒蛇现在哪里,敲锣人说:"离这儿只有一里来地,可以望见。"

一会儿风更大了,只见两山树梢枝叶都垂了下来,露出一条蛇的脑袋,有十石坛子那么大,慢慢从山上下来渡过溪水。蛇头已进了北山,尾巴还在南山没拖走,约略计算两山隔着溪河有三五百丈,像这样慢慢爬行。那蛇走了一顿饭工夫才过去。一条蟒蛇过完了,又来了一条,都差不多长,一条接一条爬行,躯体也一条比一条显小,过了一整天,蟒蛇才全部过完。当地人说:"这是黑蟒,生性善良,从来不伤人。"

食猴怪物名石掬

　　湖南长沙到道州路上有一座山,高数百丈,千百座山峰环绕排列,山中有濂溪讲堂。这山里猴子最多,常常出来对人骚扰。

　　山脚下有居民几十户,都是采油漆的。山上出产漆树,树上刚刚长出红芽时,形状很像香椿,人们误食了它,大多会中毒而死。官府为此立了石碑,禁止人们采食。沿着漆树林进山,树林周围有五六里,前面隔着一道山涧,过涧就进入山路,那砍柴的路在云中穿过,高高地好像插上天空。

　　我的同乡爱堂居士到山里去游览,远望山崖边上,好像长满枯松,似针叶覆盖有好几里长,又像蛇一样蜿蜒蠕动。走近一看,都是猴子。屏住呼吸,小心走过,已经爬到猴群上方,向下俯视那些猴子,大约有六七万之多,老的、小的、雌的、雄的,都呦呦地发出哭声,也不知是为什么。过了一会儿,忽然看见有两只猴子自山崖上跑来,向群猴摇手,好像是叫它们不要哭泣。接着众猴全都起来,有扶着老猴的,有搀着幼猴的,一齐沿着山崖左边向上。到了经香台旁边,伏在地上,一声不响,上上下下都被猴子占满,几乎没有一点空地。接着就有一阵大风刮过,吹得树木籁籁响动。台后出来一只野兽,形状极像猴子而身体略小,高约一尺多。众猴看见那兽,又都伏在地上。那兽跳上濂溪讲堂上的座位,盘腿坐下,推推身子,忽然伸长了一丈多。众猴在下仰望,看不见它的头顶。过了很久,看见一只猴子走上去跪在它的座位旁边,自己用双手向脑后剥去头皮,像供给那兽吃的样子。

　　爱堂还想再看那奇异情景,不料仆人见了陡然发怒,点起大爆竹。响声一出,震天动地,众猴都被惊吓得哭着跑下山崖,死者不计其数。那兽听到响声,腾身一跃,直穿屋顶飞出,转眼之间就不知去向了。

　　按《异物志》上说,石掬像猴子却吃猴子,或许就是这种野兽吧。

铁 牛 法

湖南地方被判处死刑的犯人，在秋决之后，按例都要暴尸三天示众，然后才允许掩埋。到了夜间，官府并不派专人看管这些尸体，所以，就经常出现丢失尸体的现象。官吏们对此大为恼火，派出差役四处搜索，也找不出个下落来；他们又怀疑是犯人的家属把尸体偷走埋葬了，又把家属抓来讯问，家属们却一个认账的也没有。

有个姓武的秀才骑马到县城去办事。他走近一个镇子，跨下的马直喘粗气。他翻身下马，牵着它到小溪的桥下去饮水，偶尔往溪水中一瞥，却发现水中荡漾着一个坐着的倒影。他不由得弯下腰去往桥洞里窥测，只见桥下那块地方的水已经枯干了。有个人闭着眼，在那儿盘腿儿打坐，就像修身养性的和尚似的。

武生蹑手蹑脚地走近桥下那个人，仔细一瞧，发现他的脖子之下和衣服的大襟上有大片大片的血污，就像刚刚被杀死的人一样。武生有点儿害怕，又觉得有点儿稀奇，不由得大叫道："喂！你是什么人？坐在这儿干嘛？"不料，那个在桥下打坐的人就像是死的一样，一点儿反应都没有。武生这才感到恐惧，慌忙牵马上岸，赶快逃离这地方。

他走出不远，就碰上了镇子上的防汛吏卒，急忙把桥洞下那个怪人指给吏卒看。吏卒不敢怠慢，马上报告了驻镇守备殷某。

殷守备带着衙役吏士卒，亲自下桥洞去观察。当他逐渐走近了那个怪人的时候，怪人突然飞起左腿，一脚把殷守备踢倒在地。随从吏卒急忙抢上前来扶起殷守备，再找桥下那个怪人，已经无影无踪了。他们只好把守备大人搀扶回府去。

当天夜里，此地发生了大雷雨。第二天，就在那座桥的桥柱下，发现了一具被雷击而死的尸体，殷守备和他的随员们仔细辨认，认出正是昨天在桥下打坐的那个怪人。

有人说，这就是在炼铁牛法（古人治水或建桥，往往铸铁牛置于堤下或桥塃，用以镇水或加固堤桥。铁牛法，即习铁牛之姿势而练功）。

练就了铁牛法的人,可以借别人的尸骸来代替自己的形体。但是,这毕竟是一种歪门邪道,利用它去作恶,终于受到了上天的谴责与惩罚。

妖术二则

江阴有一读书人到茅山学得法术,能够招来妇人。用乌龟壳一个,在上面写上符,夜里抱着乌龟壳睡觉,一会儿工夫就能见一轿子抬来一少妇,或者平日有中意的妇人,都可以招来。天快亮时妇人便离去,离去时必定反系裙子出去,不知什么原因。据说这招来的是那妇人的魂。

娄县有一道士,善于招来仙女。有人来求他施法,他就叫那人准备好女人用的衣裙钗钏一类的东西,说必须是极华丽珍贵的,才可以做仙女服饰。道士还说,这是因为仙女不能穿天宫里的衣服到人间来的缘故。当仙女来时,必定在初更时,必须先打扫一干净居室,让人们退出回避,道士进来,画符念咒,仙女这才来,果然容貌超群、体香异常。仙女和人亲热,和凡人没两样。那仙女也不说不笑。天未亮,道士来,又让人退出,画符念咒,送仙女去,去时连衣服饰物一并带去,没有一样留下。

人和仙女接触后都没有后祸,因此这道士的法术很受富门大户人家看重,他们就是为此花好多钱也不吝惜。后来才知,道士经常是和妓女串通好了来骗人的。道士生得高大,将妓女绑在怀中,用道袍遮住,昏黑之中人们辨认不出。道士让人退下,便将妓女放出,穿戴上那家人准备好的衣服饰物,假装是仙女来骗人。天快亮时又原样将妓女带出,这样来瓜分衣物首饰。

这事是道士死后,他的徒弟对人们讲的。

种　　蟹

　　盛京有一位将军,带兵驻扎在关东一带。那里一向没有鳖和蟹,只有他的府署里鳖和蟹很多。

　　有人感到奇怪,请问将军是怎么回事。将军笑着回答说:"这不是天然土产,而是我用人力种得的。方法是将赤苋捣烂,把活鳖用刀连着甲壳剁得细碎,再和上青泥做成一个个球丸,放在太阳下晒干,然后投放在活水溪流旁,等七天以后生出小鳖,取出放到池塘里去养。螃蟹的做法也是这样。"

　　按,《养鱼经》中载有类似方法,但是没有说能种螃蟹。据将军说,凡是介壳类动物都可以用这种方法养殖,那么赤苋本来就是介壳动物的还魂丹了。

扯鸡嗉救溺死人法

　　凡是落水淹死的人,在一天之内,大多可以救活。《洗冤录》(又称《洗冤集录》,宋朝宋慈撰,五卷,是一部关于尸体检验的法医书)中记载着一种"骑牛法",人们都称颂用这种方法救淹死的人为最妙,其实,他们哪里知道,还有一种方法更妙,称之为"扯鸡嗉法"。用这种方法,可以把落水三天的溺死者救活。

　　扬州有个黄一谦,沛县(今江苏沛县,清属江苏徐州府)人。他被公推为扬州各商业作坊和店铺的总调谐人,是位很有威望的人物。他往往是单身匹马地贩运货物,而且获利不浅。日积月累,他就变得很富有了。他拿出家资的绝大部分,去救济那些贫苦无倚、饥寒交迫的乡里百姓,因此,他又是当地最有名的慈善家。

康熙五十九年(1720),黄一谦运货来到北通州(今北京通州,清属直隶顺天府),不慎失足,从堤坝上落水。过了三天三夜,他的尸体才从下游打捞上来。大家都认定他再也没有复活的希望了。

这当口,不知从何处来了一位长眉毛、白胡须的老人。老人精神抖擞,两眼闪着智慧的光。这位老人给大家献计献策说:"快找一杆笔管儿和一只鸡嗉子来,把鸡嗉子套在笔管儿上,一齐插入死者的肛门,按住笔管儿,扯出鸡嗉子。而后,顺着笔管儿往死者腹腔里吹气,人就一定能救活!"

大家抱着"死马权当活马医"的想法,姑且按老人的说法做来试试看。但是,这种吹气法非常费气力,不时地就要更换吹气人。当吹气者更换到第三个人时,黄一谦的胸口处竟微弱地有些翕动了。那位长眉毛、白胡须的老人突然惊叫道:"活了! 活了!"大家不由得跑上前去观看。一转眼的工夫,那位长眉毛、白胡须的老人就不知去向了。

大家无暇顾及,又努力给黄一谦吹气。又过了一顿饭工夫,他终于长叹了一口气,彻底苏醒过来。

鸟兽不可与同群

荆州某寺院有个僧人,在参禅礼诵方面相当精熟。

有一天,有猎人捕获了一只小老虎,回家途中在寺门休息。僧人劝猎人不要杀这小虎,猎人们就把小虎施舍给佛寺。僧人给小老虎饮水吃饭,小老虎也很驯服。小老虎跟着僧人生活,每逢寺院做功课,小虎也跟在大家后面,做出顶礼的样子。功课完毕,才退回原处。

老虎一天天长大了,有客人来到寺院的僧人居处,看见老虎趴在僧人座位前面,开始很害怕,后来观察到老虎的样子并没有恶意,也就不害怕了。就是跟它玩耍,它也不发怒。

有一天,有个客人来拜访僧人,走进来后,那僧人用脚踢老虎,叫它出去,说:"不要吓着我的贵客。"老虎作个伸腰的样子,瞪大眼睛,看了很久,才走出去。不久又来了,趴在人的脚边,气息很粗,有气喘的声音,客人更害怕了。僧人用手抽打老虎,老虎又瞪大眼睛,看了很久,好像在想些什么。僧人用脚踢它,它才出去了。

一会儿,老虎又走进,怒容满面,上前一口咬下僧人的头就走了,僧人的身子还坐着没有倒下。寺庙里的人们看见老虎口里有鲜血,跑出寺门去,大家一起去追赶。老虎跑进深山去了,到底没捉到它。

拘　蛇

江阴人章燕桥说,有一个南方客人住在京城旅馆,自称能捉蛇。旅馆主人想看看他如何捉法,他不肯答应。主人又一再要求,他才答应。

他先叫竹工削好一百支竹签,一支长三尺左右,将竹签两头锯尖,如箭锥。到了日子,约请主人及外地客人用麻绳捆好竹签,用车拉着,一同来到西山石佛庙中。南方客人站在石台上,按星位行走画符,口中念念有词。一会儿,微风吹起,草中索索有声,蛇果然大批而来。

先来小的,后来大的,盘旋回绕,有像锦绣的,有像花的,各种颜色的蛇都有。众人都惊诧不已,从未见过这样的蛇。最后来了一条蛇,不太大,遍体发着黑光,抬着头看着南方客人。客人神色大变,怅然说道:"危险了!"急忙画符退蛇。众蛇都散去了,只有黑蛇不走开,张着口,吐着舌信,好像在发怒。客人披头散发,光着脚,手拿符,咬破舌尖,朝蛇喷血,那黑蛇这才离去。

客人回看众人说:"你们可以回去了。这蛇来和我斗法,我不能走,走了就会给主人带来祸。"于是让众人用绳子绑住他的身体,捆在石佛背上,把带来的竹签放在他手边,便催促众人离去。

第二天客人回来了,众人问发生了什么事情。客人说,当天夜里风雨大作,那蛇从天而降,张口吸气,想把他吞下去。他看见蛇来,便拿起一支竹签投过去,签被蛇吸入肚中。这样几十次,蛇的气渐渐衰弱,竹签也快用完了。接着就听得庙门外一声巨响,那蛇死在地上,风雨也停了。

金香一枝

有个富裕百姓，听说某座庙里有位老和尚德行很高，就把老和尚请到家中，供奉在静室中，早晚对老和尚顶礼膜拜，就是插在香炉里面的香，也都全用金子做成。

一天，老和尚在静室中入定，忽然看见室内彩云飘渺渺逝指，同时异香扑鼻，有二位仙女搬了一个莲花座来，说："我们奉了西方佛祖之命来迎接您。"和尚自以为功德道行很浅，恐惧不敢前往。仙女几次三番催促，并且说："您如果不去，我们无法向佛祖复命。"和尚无可奈何，就从瓶中取出一枝香桂交给她们，二位仙女才慢慢升空而去。

第二天，主人家里产了一头小驴，落地就死了。奴仆们把小驴子剖开做菜，发现肠子里有金香一枝，吃惊地报告主人。和尚不知道这情形，连主人也不知道这金香桂就是供奉和尚的物品。

后来在礼拜和尚时，主人偶然谈起这件事，和尚大惊失色，才把那天夜里仙女莲花座迎接自己的事告诉主人。急忙朝瓶里一看，已经少了一枝香桂。大概是因为无功而受禄，被天意所忌恨，所以让它变成驴以示警告。

小童遇女鬼

镇江人梅甫先生有一位堂弟，堂弟家里雇用了一名小书童，名叫孔四儿。孔四儿每天侍奉少爷梅岸夫，晚间就陪伴他住宿在楼上。

乾隆五十年（1785）十月十五那天晚上，已经是夜下三鼓了，梅少爷打发孔四儿到楼下去取东西。一直等到将近四更鼓，竟不见孔四儿上楼来。梅岸夫有些意外，就叫上馆师王松坪先生，一起下楼去寻找孔四儿。找遍了楼下,并不见他的踪影。梅岸夫惊慌失措,就大喊大叫,唤起家人奴仆一齐寻觅。

　　大家找到第三进的小屋里,才发现了孔四儿。只见他正趴在桌子底下昏睡,脑瓜儿已经钻到桌子旁那把椅子的横撑之下了。家里人抓住他的脚腕子,擦啦一声,就把他从桌子底下拽了出来。孔四儿这才从梦中惊醒。他揉揉眼睛,愣尔巴瞪地问道:"这是在干什么?"家里人说:"你还有脸问别人?谁叫你钻到桌子底下睡大觉去了?叫别人找不着!"孔四儿听了这番训斥,显得非常委屈,说:"这怎么能怨我呀!我刚下楼梯,就有一位少奶奶迎上前来,一把拉住我,叫我跟她走。我没见过她,心里害怕,就要叫喊,早被她掐住了脖子,一句也喊不出声来。她拉着我,进了一道门,又进一道门,不知道共进了几道门,我就昏昏沉沉,一无所知了。您问我为什么钻进了桌子底下?我哪儿知道?"

　　大家见他依然睡眼惺忪,就又打发他上楼去睡觉。第二天,孔四儿醒来,照旧侍奉梅少爷,没有任何不正常的表现。

　　到了第二年五月十五,小书童孔四儿又陪伴着少爷梅岸夫,睡在书楼的楼下。那天晚上,明月皎洁,屋里院内一片宁静,一派明亮。二更鼓之后,孔四儿又突然喊叫起来。夜深人静,那叫声显得非常凄惨。

　　梅岸夫慌忙赶到他床边,问他发生了什么事。孔四儿说:"去年在楼下拉扯我的那位少奶奶又到了!我害怕之极,就使劲儿把帐子的开口扯紧。可是,那位少奶奶逼上前来,伸手就和我抢夺,差点儿把床帐撕坏了。但是,她没有力气,抢夺无效,回身要走。这时候,我大喊来人!她听到我的喊声,返身而回;我被她吓住,不敢再喊。她见我不喊,又走开了。我等她走得远些了,又大喊大叫,她又将转身回来,只因看见有别人赶到,她才算罢休!"

　　家里人又问:"那位少奶奶长得什么模样?穿的什么衣服?"孔四儿说:"这位少奶奶肉皮儿白净又细嫩,就像初冬的雪花儿一般。她身着蓝布衣裙,外表不甚修饰,却也婀娜多姿,风雅动人!"孔四儿又说,"这位少奶奶仪态娴雅,不像个恶人,可是,她那举动,可真叫人怕!"

　　因为两次闹鬼的事都发生在这个小书童身上,梅家就把孔四儿遣散了。此后,家中安全无恙,不再发生闹鬼的事。

　　这个故事,是梅岸夫的侄儿亲口对我讲的。

怀庆水灾投匾水息

我的同学沈永之做怀庆府太守，天老是下雨，黄河水发，直灌城中，沈太守和部下、百姓，都登上城外高坡看水情。水高数丈，他们被围困不能回城，挨了三天饿，除了向老天祈祷外，一筹莫展。

一天，忽然看见一个黄衣人戴着竹笠坐着船来了，他向沈太守等人说："你们想叫水退，应当向我请教。"沈太守便问他怎么退水。黄衣人说："可以把怀庆府大堂上的匾额取下，投入水中，水就会退去。"问他姓什么，他说："我姓黄。"说完便走了。水随着他坐的船渐渐流远。

高坡离太守公署有几十里地，沈太守的父母都在公署内，没有人能去。正发愁时，有一个姓陈的家人说："小人识水性，愿意去一趟。"沈太守高兴地让他去了。

那人头顶葫芦，沈太守的亲笔信就放在里边。游到公署，见沈太守父母正登楼哭泣。沈太守父母见到儿子的信，大喜，立即取下匾额投到水中，那水顿时便退了。沈太守事后探访乡人，乡人说："某处有一座黄将军庙。"沈太守想，怀庆府应该遭此劫难，将匾额投在水中，算来已经应了这劫难。

沈太守便往黄将军庙烧香，观看黄将军像，果然和曾见到的人一样。

三王神请医治臂

归安有位姓汤的名医，字劳光。他家门外挂着一块匾，上面写着："凡是来求医的，不先送十两银子，不医治。"

一天，听到外面有敲锣声，医生出门观看，只见一艘大游船停泊在门外。不一会儿,有个人登上岸来,随从的人手里捧着一个大元宝。那人自称姓王,家住在菱山下,左臂受了伤,特地来请求名医治疗。

医生立即给他用膏药贴敷,他拱一拱手就道别而去。医生送他上船,依旧是敲响锣开船。船旗上写着"三王府"三个大字,一会儿船就看不见了。

医生回到家中,只见桌上的元宝原来是纸元宝,不由得大吃一惊,说:"这是东菱山的山神啊!"第二天,医生就穿戴整齐赶到东菱山去拜神,看见神像左臂上膏药还贴着,旁边有一个死蝎子在那儿。